# MARCELA E MARISTELA

*O Divino*

*e a Prostituição*

## Ayrton Sanches Garcia

# PÁGINA Nº 1

É DEVER DE TODOS SALVAR AS PESSOAS DA MISÉRIA, QUE É O MAIOR FLAGELO DA HUMANIDADE.

A MISÉRIA NÃO É MISERÁVEL APENAS PARA OS MISERÁVEIS, PORQUE ELA TAMBÉM LEVA À MISÉRIA ÀQUELES A QUEM TEM FALTADO COM ESSE DEVER.

*Aos meus netos, por ordem de chegada, Nic, Lolo e Pipo e, ao retardatário que ainda espero que venha.*

*HOMENAGEM*

*Diante da facilidade que os modernos sistemas de pesquisa oferecem a quem se lança no "trabalho" de escrever um livro, fico a pensar no exaustivo empenho daqueles que, muito antes de mim, tiveram que fazer para enfrentar as diferentes carências de recursos; desde a falta de luz elétrica até a escassez de documentos de informação. Fico a imaginar que muitos deles tinham que aproveitar o início do alvorecer em manhãs frias, e o tremular dos bicos de velas logo ao desparecer o sol, para levar a cabo os seus intentos; muitos grafados em vários e densos tombos. É a esses que dedico este livro.*

*"Escuto o choro de bebês, os observo crescerem. Eles aprenderão muito mais, do que eu nunca saberei."*

(LOUIS ARMSTRONG, EM WHAT A WONDERFUL WORLD)

*"Cure o Mundo. Faça dele um lugar melhor. Para você e para mim. E para toda a raça humana."*

(MICHEL JACKSON, EM HEAL THE WORLD - USE ESTE PODER PARA CURAR O MUNDO)

*"O homem é mau por natureza, a menos que precise ser bom."*

(NICOLAU MAQUIAVEL)

*"O homem é bom por natureza, é a sociedade que o corrompe."*

(JEAN-JACQUES ROUSSEAU)

*"O homem nasce como se fosse uma folha branca."*

(JOHN LOCKE)

*"O livro é um mestre que fala, mas que não responde."*

(PLATÃO)

*"Num filme o que importa não é a realidade, mas o que dela possa extrair a imaginação."*

(CHARLES CHAPLIN)

*"O que me preocupa não é o grito dos maus, mas o silêncio dos bons."*

(MARTIN LUTHER KING)

"*O mundo não está ameaçado pelas pessoas más, e sim por aquelas que permitem a maldade.*"

(ALBERT EINSTEIN)

# NOTA DO AUTOR

Este não é o meu primeiro livro. Também não sei se será o último, mas quero aqui dizer o que sei, da maneira que sei dizer. Já aprendi e amadureci o suficiente para entender que, para ser ousado, preciso ter coragem para me manter vulnerável. E, que, ao aceitar a vulnerabilidade, me exponho a aplausos e vaias; com o direito de festejar de umas e de não reclamar de outras.

Se trata de um romance ficcional que, ao ser lido, poderá levar à pecha de complicado, instável e cheio de palavrões. Porém, não o é complicado nem instável; mas cheio de palavrões. Todavia, ao escrever, achei essas palavras convenientes, adaptáveis e, por vezes insubstituíveis na formação de frases e textos. Com toda certeza, no vernáculo posto a meu dispor, não encontrei mais precisas e figurativas exclamações como: *Que merda! Que porra! P. q. p.!*, em resposta a preciso momento em que somos surpreendidos por algo errado que nos incomoda. Não sei se estes são *nomes feios*, porém, sei que são bem explícitos. Não bastasse isso, são palavras, além de outras mais, que podem ser encontradas em qualquer dicionário da língua portuguesa; exceto, todavia, *p. q. p.,* que são iniciais de uma expressão idiomática, algumas vezes ofensiva, mas, que, qualquer pessoa comum saberá decodificar. Por certo que os palavrões que usei para expressar-me, contrariam os preceitos defendidos por La Rochefoucauld e La Bruyère – expoentes que foram da escola da Filosofia Moralista do século XVII, em França. Mas, como não terão chance de ler-me e, muito menos de criticar-me ou admoestar-me, sinto-me livre para dizer o que penso e da maneira que quero. Mesmo, porque seria injusto e desrespeitoso para com o leitor, se dissesse que do muito que coloco no livro, quase nada coloco de mim.

Estou prevenido para as críticas, que, para minha sorte deverão surgir; mas não estou pronto para mudar-me. Se precisar ser diferente, prefiro não escrever. Parafraseando Sócrates pouco antes da sua morte, copio as suas palavras: "*Embora vocês possam me matar, não podem me fazer mal*". Prefiro manter-me autêntico, para ser lido por quem me respeite ainda que possa me contrariar. Algumas críticas e formas do meu pensar sobre as diferentes questões que abordo, não passam de *material bruto*, que necessita ser lapidado pelo leitor atento e disposto a obter melhor proveito sobre o que lê. Ademais, toda obra tem seus defeitos; ou melhor, defeitos têm os seus autores e, essa, espero que seja a regra na qual me incluo.

Estou convicto de que aqui disse o que penso e do meu jeito. Sei que algumas vezes me aventuro e me excedo nas minhas palavras, mas com metrificada reserva; afinal, não sou louco nem imbecil. Usando da minha *liberdade* de escrever o que me provém, com certeza não me sinto refém de filósofos e de tendências moralistas ditadas por uma sociedade tão gelatinosa quanto cínica, como definida pelo grego Antístenes; e, nem hipócrita, como disse Noan Chomski. Mesmo assim, uso de expressões *agressivas* para um livro romanceado, dando-lhes um toque de humor azedo, com a intenção de chamar a atenção para os males que entendo que devam ser evitados em proveito da paz social. De mais a mais, tal como a Bíblia foi escrita para todos e os ateus não a contemplam, a minha maneira *torta* de escrever, poderá ser rejeitada por moralistas e por amorais. Tanto faz, porque já sei que não existirá trincheira que me proteja contra a linha de fogo aberto. Além do mais, todos sabem que se esgotou, por excesso de uso, o tempo de constrangimento e de indignação com coisas que todo mundo ouve, vê e lê. Não é verdade? Não há mais lugar para o uso de burcas e véus, pois o Carnaval está repleto de nudez e as arquibancadas abarrotadas de gente que paga caro para ver mulheres nuas; e não apenas isso, obviamente.

De qualquer modo e acima de tudo, busco utilizar-me de críticas de cunho moral, contra aqueles que julgo responsáveis pelos atos que entendo errados e prejudiciais ao seio comum. Assim o faço, condenando a hipocrisia e disseminada farsa praticada por pessoas com condições de formar opinião de caráter social e dimensional. Há quem diga com algum acerto que, para escrever, algumas vezes se impõe como imperativo certa ousadia ou liberdade intelectual, como forma de obter novas ideias. Embora não seja o objetivo deste trabalho que, nem tão ousado é, nem busca alcançar novas ideias, talvez o leitor nele encontre apenas um despertar daquilo que o tempo vai colocando no baú do esquecimento.

Demais disso, não estamos mais vivendo à época em que as informações não alcançavam os iletrados, porque o principal, senão único meio de comunicação de massa até o século XIX, era a imprensa escrita (basicamente o jornal e a revista). Com o surgimento e a disseminação do rádio, a notícia teve um novo alcance, ainda que esse importante e também diletante aparelho, só aos poucos foi chegando às classes menos favorecidas. Porém, para quem nada sabia, porque quase nada da vida social e política lhe era informado, o rádio foi um avanço. Ainda que não tivessem o aparelho, todos tinham ouvidos que a tudo escutavam, pegando *carona* no equipamento do patrão; do vizinho e; do serviço de autofalantes. Hoje isso está superado, a ponto de que todos têm igual acesso à informação e, nem precisa saber-se ler para de tudo ser informado, instantaneamente.

Lendo um livro do seu agrado, o leitor *conversa* com ele (com o livro). O livro é um companheiro silencioso, ainda que, quem o leia nem sempre o seja. (Lembram das pessoas chatas, incômodas, que costumam ler em voz alta, ou simplesmente murmuram?) Pois o livro ainda oferece a silenciosa e segredada oportunidade a quem lê, de extrair dele todo tipo de imaginação, ainda que esta possa não ser conforme o que está escrito.

Este livro é um mosaico de assuntos, de críticas e de incentivos para dias melhores a todos que participam da *NOSSA* especial sociedade. Tão especial quanto a podermos dizer ser *NOSSA*. Acho também oportuno logo dizer, que as citações e referências a autores de todos os tempos, as utilizei de forma metrificada, de modo a não as substituir pelo que me diz respeito como escritor. Mas, quando as referi, citei, ou transcrevi, sempre o foi no interesse de fortalecer o que digo e dourar o meu trabalho. De modo que fiz por onde não cair na crítica que colhi de livro de Montaigne que, se a mim fosse atribuída, morreria de vergonha: "*O filósofo Crisipo misturava a seus livros não apenas passagens como obras inteiras de outros autores ... dizia Apolodoro que se suprimissem o que nele havia de alheio, seu papel ficaria em branco.*"[1] Chama atenção o fato de isso tudo ser dito num livro; o que se torna corporificado. Por seu turno, Klosterman explica o inegável fosso que separa o livro da internet: "*Uma frase num livro é escrita um ano antes de ser publicada, com a intenção expressa de que fará sentido vinte anos depois. Uma frase na internet é projetada para durar um dia, geralmente o mesmo dia em que é escrita. Na manhã seguinte ela já foi reescrita (e por vários)*". [2]

Também não sei se é correto identificar uma mulher da noite como *puta*, mas o termo não ofende mais os ouvidos nem a moral de mulheres do século XXI. Se pergunta, então, para que tanto constrangimento, se Shakespeare, no distante século XVII usou, sem *aspas* a palavra PUTA, verbalizada por Antônio na peça A Tempestade, para ser assistida pela nobreza inglesa da rainha Elizabeth I?[3] Também não será caso que se possa lembrar da situação a que se sujeitou Ulysses, da obra de Kerri Maher, A Livreira de Paris, que levou o consagrado autor a enfrentar as barras da Justiça francesa, para desanuviar campanha de letrados e acadêmicos que a julgavam pornográfica.[4] Além disso, estão longe as sufocadas condenações à Lucrécia Borgia (Borges), que espantava a todos com as suas reprovadas aventuras amorosas nos distantes séculos XV e XVI; as então escandalosas aparições cinematográficas para a época, das sensuais Brigite Bardot e Sophia Loren e, da encantadora vedete brasileira, Íris Brüzzi. Ainda fica blindada a perspicaz, linda, poderosa e poliglota rainha do Egito, Cleópatra., cuja história conta que se embrenhava nas entranhas de seus opoentes com interesses escusos - a mulher sedutora que conseguiu com que o grande César perdesse o seu vigor diante da bela e instigante *fêmea* por quem se apaixonou. Nesse rol de mulheres fantásticas não poderia escapar Dalila, a prostituta e amada de Sansão, cujas narrativas sagradas e mitológicas alcançam os nossos tempos. Prostituta também se tornou Fantine – da obra de Vitor Hugo -, pela necessidade de manter a filha Cosette.[5] O uso deste e de outros termos lançados contra as prostitutas, longe está do que alguns costumam chamar de *expressão de ódio*. Pois se sabe que há situações e colocações em que se tornam apropriadas às circunstâncias e ao propósito a que são ditos. Em caso contrário, se estará aceitando encobrir a realidade com falsa cortina de moralidade. Para sorte ou para azar delas, mas para desencanto de todos, os homens também estão aderindo à essa *atividade profissional*.

Hoje, qualquer menina graciosa ou mesmo velha cheia de estrias e celulite, não se constrange ao curtir a sua praia *trajando* um sumário biquini ou um provocativo fio dental. Mostrar as cochas e exibir seios e bunda é o que mais se vê, chegando ao ponto de vir diminuindo a atenção dos conquistadores de plantão. Por sorte que a mulher está voltando a valer mais pelo que é, do que pelo que mostra. Estamos entrando na era do *menos é mais*. Que sorte!

Em boa parte do livro, propositadamente, machuquei às mulheres que fazem da prostituição um modo de vida. Isso foi intencional, porque envolve o interesse maior de chamar a atenção da sociedade para esse tipo de degeneração, que de há muito pede socorro. Ajuda-me, porém, uma mensagem de Shakespeare: "*Não há nada bom ou nada mal, mas o pensamento o faz assim*". Também já li, não lembro onde nem de quem: "*Mesmo que a janela seja a mesma, nem todos os que nela se debruçam veem as mesmas coisas: a vista depende do olhar.*" Outra, que igualmente vem de boa cepa, tirei de Jacques Montain, citado por Luiz Feracine: "*O que faz a distinção entre o bem e o mal é a conformidade ou a desconformidade com a razão.*" [6] Rubião, no romance de Machado de Assis, disse: "*Tão certo é que a paisagem depende do ponto de vista, que o melhor modo de apreciar o chicote é ter-lhe o cabo na mão.*" [7] Deepak Chopra nos ajuda: "*Duas pessoas com visões diferentes do mundo podem ver o mesmo fato e dar interpretações totalmente divergentes dele, porque nenhum fato ou acontecimento é percebido por si só.*"[8] Dentro de um outro tema, segue esse entendimento a americana Flannery O'Connor:"*...cada um tem o seu modo de ver.*" [9] De José Oscar de Almeida Marques, em nota de edição à obra de David Hume, transcrevo: "*Do mesmo modo, nossos julgamentos e avaliações morais não são referidos a um padrão transcendente do que é intrinsecamente bom ou mal, mas derivam integralmente dos sentimentos de aprovação ou desaprovação que experimentamos diante de certas ações, comportamentos e inclinações, e das* *consequências práticas dessas avaliações para o bom funcionamento da sociedade.*" [10] De Sharon Lebell: "*Tudo tem dois lados: depende da forma como você vê a situação.*" [11] Entretanto, não esqueci que a mulher é como paisagem, como beleza, presente nos versos de João Cabral de Melo Neto que a enaltece: "*...sempre foi e será merecedora de flores, de admiração, de atenção, de pensamento lírico.*" [12]

Sei bem o quanto é temerário falar sobre uma atividade que nunca exerci, embora já tenha tido oportunidade de conhecê-la de perto. Todavia, o modo agressivo com que por vezes a trato, mais tem por interesse chamar a atenção na busca de uma solução, do que o propósito de a macular. Ademais, em seu favor defendo que algumas coisas para serem entendidas precisam ser sentidas. Na vida, nem tudo tem a sorte de receber com tristeza as cores do Pierrot, Colombina e Arlequim, da bela Commedia dell'Arte, de Jean-Gaspard Deburau.

De qualquer modo, me provocaria riso saber que alguma imaculada velhinha, cheia de pudor - mais por simples constrangimento do que por resguardado recato -, tivesse se escondido no meio do taquaral dos fundos da sua casa para, evadida de todos, inclusive do linguarudo papagaio e, então, sentir-se pecadora por ter lido algumas palavras que jamais ousaria escrever e, sequer ler.

O meu tom irreverente, as vezes apaixonado, as vezes petulante e, outras vezes errático e belicoso, com certeza resultou do meu estado de espírito no momento em que rascunhava o livro. De igual modo, não estou aqui para julgar objetivamente qualquer pessoa, nem as nomeei em nenhuma parte da palpável e sinuosa história. Porém, alguns dos fatos verdadeiramente existiram e os presenciei, ou deles tive confiáveis informações. Para tanto, usei de metáforas e de nomes e lugares fictícios. No fundo, tratam de pensamentos críticos, modos de ver, de observar, de sentir e de ouvir sobre situações do cotidiano. Apesar do diversificado alcance dos textos, não vêm eles ornados com desejada retórica; mesmo porque não sei onde buscá-la. Catando pensamentos nas diversas obras que especialmente li quando escrevia este livro, anotei: "*As melhores ideias são também as mais simples.*"[13] Encerro essa justificativa, transcrevendo parte da canção My Way, de Frank Sinatra: "*I did my way*".[14]

De todo modo, penso estar contribuindo para uma das funções da literatura crítica - a de lançar seu foco sobre fatos que estão a ensejar alguma atitude da sociedade. Tomo aqui emprestado um fragmento tirado de Solo de Clarineta, de Érico Veríssimo: "*Desde que, adulto, comecei a escrever romances, tem-me animado até hoje a ideia de que o menos que o escritor pode fazer, é acender a sua lâmpada, fazer luz sobre a realidade de seu mundo, evitando que sobre ele caia a escuridão, propícia aos ladrões, aos assassinos e aos tiranos...*" [15]

Sei lá se alguma coisa doce ou amarga eu também senti descer pela minha seca garganta, em momentos de maior entusiasmo ou de interpretação dos meus personagens. Quem escreve um romance, tem que dar interpretação aos seus personagens, porque mais ninguém o fará por eles. Isso é um livro, não é uma novela televisiva, nem uma representação teatral. Então, se o autor não viver as vibrações dos seus personagens, não poderá transmitir essas sensações aos seus leitores. Como dizia Ruy Barbosa, *cada um se avém como entende, e faz o que pode.* Grifo ainda que todos os meus personagens têm um tanto do que sou e, isso parece ser óbvio e necessário para quem cria uma história; porém, me dispenso de garantir que eu necessariamente seja tudo o que eles mostram ser. De mais a mais, nem tudo o que acontece num romance necessita ser verdadeiro; muito embora não queira ter a pecha de o boneco criado por Japeto (ou Gepeto), filho de Céu e da Terra. Segundo a mitologia, foi ele o carpinteiro a quem se atribui a criação de Pinóquio - um dos mitos que alcançou a idade contemporânea, que o utiliza como exemplo e chacota contra os mentirosos.

Reservei ainda espaço para a eventual e prudente necessidade de ter que recuar um pouco quando achasse importante assim agir, porém, isento ou despido de desonrada covardia. Confesso que ao comentar alguns *problemas* da cultura universal, me forcei fazer certas incursões, que, para o leitor possam parecer predatórias ou, pelo menos, dispensáveis. Porém, penso ainda não terem sido suficientemente exploradas pelos diferentes padrões sociais. De outro modo, àquele que se sente plenamente satisfeito com tudo o que sabe sobre a vida nessa pequena parte do Universo, *recomendo não ler este livro*, porque de nada mais lhe servirá, do que de fonte de contrariedade ao que pensa. De todo modo, sem que queira desvalorizar àquele que discorda do que escrevi, afirmo que já li ou ouvi alguma vez, que o semissaber é mais malévolo do que a ignorância, porque o saber mal, o saber errado, o saber contrário ao fato ou à verdade, é mais nefasto do que o ignorar; o não saber. Porque o saber errado, empurra o fato para uma versão de falsa verdade; enquanto a ignorância se mantém receptiva, aberta a toda e qualquer informação, sem afetar ou macular o fato.

Dentre a diversificada gama de temas que procurei *enquadrar* no romance que idealizei como tema de fundo, me arvorei tratar, ainda que de modo esparso e superficial, alguns punhados que cunhei da mitologia, especialmente, da grega. Mas confesso que tanto na mitologia quanto na história, gregas, há dificuldade de se encontrar obras com narrativa cursiva e integral sobre o que por lá aconteceu em épocas tão distantes quanto os documentos que as atestam. Por mero oportunismo literário, confesso que me chamou atenção o que li de Martha Robles sobre esse atrativo tema, dentro de outro contexto: "*Como não existe mito desprovido de astúcia...*"[16] Realmente, senão em todos os contos mitológicos, pelo menos em grande parte deles isso ocorre. Tanto que, mal comparando, por forçada ironia me faz lembrar filmes do oeste americano, em que o forasteiro chega sozinho na taberna lotada de mal-intencionados e, só apoiado num revólver a todos desafia e vence.

Assevero que, em razão da diversidade de temas abordados e, em decorrência das tumultuadas relações entre os dois principais casais que dão enredo ao romance, apesar de procurar obstar equivocar-me com datas e ocasiões em que os fatos aconteceram, procurei evitar – ainda que sem garantia de não errar – cair nas "*contradições cronológicas*" do método de trabalho de Balzac, segundo Eliane Robert Moraes assinala na sua "*Introdução*" à obra do escritor francês. [17]

De igual modo, sei não ser pouco ter a disposição e a atenção de alguém quando se *fala* ou se *escreve*. Por isso sempre entendi que não bastará falar ou escrever, se não tiver quem o escute ou o leia. Para mim, escrever é um tipo de terapia; o que também poderá ser para quem lê. Também não descuido de que quase sempre é mais fácil alguém dizer o que entende a um auditório – via-de-regra ávido para ouvi-lo -, do que para quem precisará que alguém adquira o livro e se disponha a lê-lo com atenção. E, a diferença entre a retórica e a escrita é de tal modo tão larga, que o orador ainda poderá escolher o seu auditório, enquanto o escritor, sequer saberá quem o lerá. Veja-se que Aristóteles, na República, classificou os seus auditórios conforme a idade e a fortuna. Cícero, dizia ser melhor dirigir-se de forma diferente aos ignorantes e grosseiros, do que aos esclarecidos e cultos. Aos primeiros, porque sobrepõem o útil ao honesto; aos segundos, porque põem a dignidade moral acima de tudo. Já quem escreve, não dispõe dessas relativas opções. De mais a mais, o orador sensível à receptividade do seu auditório, ainda pode, sorrateiramente, ou mesmo com o hábil recurso da eloquência, ou mesmo mediante o abuso ou a estratégia da boa retórica, alterar ou alternar os seus argumentos ou o modo de expressá-los; o que não socorre ao escritor. Porém, não afasto a convicção de que tal como o ouvinte, também o leitor, depois de apoderar-se do conteúdo do discurso ou do texto escrito, buscará a interpretação que melhor lhe aprouver. Então, só depois desse natural e espontâneo primeiro momento – que eu diria instintivo -, é que ele poderá redirecionar o pensamento, conforme o caso, para aproximá-lo daquilo que é pretendido pelo orador ou pelo escritor.

Também sei que aquele que após a leitura não meditar sobre o que leu, possivelmente ela não o tenha apreendido e, muito menos aprendido com o tema que escolheu para ler. Apenas aceitou como verdadeiro o que estava escrito; embora se tenha descuidado de que a leitura é uma boa forma de se aprender. Mas, eu não desejo deixar de avivar que é através do que se costumou chamar de *o mundo da escrita*, que se pode descobrir o que já foi feito e guardar o que está sendo feito. É a partir dessa magnífica invenção/convenção, que não veio para exterminar nem para concorrer com os outros meios de comunicação, que hoje temos documentados fatos acontecidos durante os mais de 4.000 anos de vida da literatura universal. Demais disso, ainda destaco a importância da leitura, como oportunidade que nos dá de *conversar* com quem escreveu o que lemos.

*"Histórias não são forjadas com conselhos nem com gramática; brotam de um mistério que toca a nossa imaginação em repouso."* [18] Pois bem: em meados de 1976 li o livro acima (identificado na nota de rodapé), que me foi emprestado por uma amiga. Fiquei tão fascinado com a história, que nunca a esqueci e, algumas vezes, resumidamente, a contei para amigos, colegas e alunos. Agora que dedico tempo da minha aposentadoria rascunhando este livro, não me contive em concluí-lo, sem antes reler Fernão Capelo Gaivota. Encomendei-o, e já comecei a lê-lo. Para minha boa surpresa, essa última edição (2020) contém uma 4ª parte que inexistia na anteriormente lida e, que, me parece ser interessante. Cansado de tanto ler economia, política, filosofia, história, religião e outros temas pesados de distinguidos pensadores, agora me dou tempo para distrair-me na companhia do que *de leve*, Richard Bach oferece a quem deseja fazer uma gazeta aprendendo.

Esse sempre evolutivo trabalho de escrever e publicar o que se escreve, certamente passa por inúmeros processos que o aprimoram, até chegar ao que hoje conhecemos. Martin Puchner nos ajuda a entender a marcha e o tempo percorrido pela escrita, no livro dele identificado como o *"Mapa do Mundo da Escrita – Linha do Tempo no Mundo da Escrita."* Pois que, apesar de só na década de 1.440 da era Cristã, Gutenberg *reinventar* a imprensa, possivelmente inspirado no modelo asiático, obras escritas já existiam desde 2.100 a.C., tendo por destaque as histórias de Gilgamesch - a Epopeia de Gilgamesch. Em 1.000 a. C. se têm a Bíblia Hebraica, em Jerusalém e, no século V a. C., aparecem obras de Buda, Sócrates e Confúcio, ainda hoje ao alcance de todos, graças à invenção da escrita - eis que só a oralidade não as preservaria com tanta lealdade e detalhes. A propósito, no Museu de Gutenberg, em Maine, há a correção de que não foi ele o inventor da impressão com tipos móveis; o que já existia no Leste Asiático. Essa *novidade*, todavia, só veio a mudar bem mais adiante, com Benjamin Franklin, nos EUA, já com diferentes tipos de tintas, de letras e de papel. É bem sabido que, o que se transmite pela oralidade, se acresce ou se reduz em alguma parte. Afinal, em 200 a. C. surgiu o grande salto com a invenção do papel; até que, recentemente, na década de 1990 do século XX, é iniciada a grande revolução que vem atender a todos os modernismos, com o acesso ao ciberespaço, através da Internet.[19] O mesmo autor, em minudente trabalho de pesquisa, informa que a Ilíada não surgiu como obra literária, mas como narrativa oral passada na Idade do Bronze, em torno de 1.200 a. C.; portanto, antes da escrita.[20] Então se pergunta: será que o que hoje se sabe sobre a Ilíada é tão fiel ao que foi narrado por Homero sobre a Guerra de Troia? A história da literatura universal, como se vê, já avança em torno dos 4.000 anos - tempo durante o qual, só através da escrita está sendo possível guardar, pesquisar e relembrar infinitos fatos. Mas, não foi tão logo depois de criada a escrita que os povos passaram a registrar por escrito os fatos e acontecimentos. Mesmo, porque só poucos sabiam escrever e, em igual quantidade sabiam decifrar o que estava escrito. Muito embora a literatura tenha surgido há tanto tempo, a escrita já existia antes – cerca de 5.000 anos, na Mesopotâmia. "*O fundamentalismo textual se baseia em duas suposições contraditórias: uma sustenta que os textos são imutáveis e fixos, a outra reconhece que eles precisam ser interpretados, mas restringe a um grupo exclusivo a autoridade de fazê-lo. Examinando até que ponto o fundamentalismo textual se desenvolveu em quase todas as culturas alfabetizadas, passei a considerá-lo um efeito colateral inevitável da literatura, seu lado negro. Como podemos nos proteger disso? Por meio de uma sólida cultura de interpretação, os leitores vão invariavelmente formar suas ideias, valores e cultura a respeito de um texto, e vão entender de novas maneiras as mesmas palavras que existem há cem, mil ou 3 mil anos. Não devemos restringir esse processo ou limitá-lo.*"[21] Todavia, vale ainda saber: "*A invenção da imprensa, apesar de engenhosa, não tem qualquer valor se comparada com invenção das letras. Porém, ignoramos quem foi o primeiro a descobrir o uso da letra.*"[22]

Algumas mentiras ficcionais serão encontradas, possivelmente em menor proporção que verdades. Caberá ao leitor decidir se lhe interessará mantê-las na sua memória ou nas suas anotações. Outro ponto que quero deixar claro, é o de que, se gosto de escrever, evito ter que falar, especialmente em público. Assim que, não tenho constrangimento em dizer que as minhas palavras valem menos do que os meus escritos; "*se é que pode haver escolha onde não há valor algum.*"[23] Um dos propósitos desse trabalho é alcançar pessoas dotadas de bom-senso, de refinada razão, de modo que os temas abordados estejam ao alcance de todos quantos se importam com a leitura. "*Para ser bem-sucedida, uma fantasia deve se manter muito próxima da realidade.*" Assim se manifestou o The New York Times Bkook Review, ao elogiar a obra de Willian Golding, Senhor das Moscas.[24]

Desde que me alfabetizei, convenci-me de que saber ler e saber escrever são timbres da liberdade que a completam; aquele que não sabe ler, principalmente, tem tolhidas algumas das suas liberdades – por exemplo, a de decidir-se em muitos casos por si próprio. Tem que *comer pela mão de outros*. Mas também tenho sabido que a habilidade para ler, nem sempre vem atrelada à destreza para escrever. Conheço pessoas que sabem ler (se para ler bastará juntar as letras!) e não sabem escrever, sequer o seu nome. Claro que são pessoas que não frequentaram escola; são autodidatas de uma alfabetização incompleta. É triste isso. Também acredito que a função primordial da escola, no sentido elementar da palavra, é ensinar a ler e escrever; mas não apenas ler letras, mas ler todo o mais que é o Mundo. Li, não sei onde nem de quem: "*Uno de los mayores y más valiosos aprendizajes que pudo obtener el hombre fue haber aprendido a ler.*"

O iletrado traz graves consequências ao seu país. Mas não se pode negar que, por aqui, já foi muitíssimo pior. Quando eu era piá, a cada duas pessoas não se encontrava uma alfabetizada. Tinha-se que escolher 5 pessoas, para ser obter 2 letradas (que sabiam decifrar letras, apenas). E, parece que não havia muito interesse em deflagar luta contra essa situação. Mesmo, porque o brasileiro é do tipo que busca satisfação imediata; resultado a curto prazo e o aprendizado geralmente é demorado. De outro lado, há pessoas *alfabetizadas* que não conseguem entender o que está escrito numa página de texto; que não conseguem discernir o que contém o ponto central de um argumento discorrido numa página de livro. Vejam que estou tratando apenas da leitura. Mas quando se chega à escrita, a fenda é bem maior; é um enorme fosso.

Parece que, bem ou mal, quem sabe ler, ainda que precariamente, vai tocando o barco por si mesmo, ou com a ajuda de alguém que saiba um pouco mais. Porém, na escrita, sem que se queira falar no desapego à elementares regras de gramática, o problema reside na dificuldade de transferir para o papel os seus pensamentos. Esse é um mal tão enraizado, que se torna difícil podar depois que já floresceu. Há gente cursando carreira jurídica e jornalística, em que o uso da linguagem é instrumento essencial, que não sabe escrever, mesmo que dispensando algumas regras mais rudes da nossa estrutura gramatical (bem sei das complexidades da nossa gramática, que as vezes dá rasteiras até em gramáticos, linguistas e filólogos). São pessoas sem capacidade argumentativa através da escrita. Quem ler este livro, certamente saberá que não escapei a essa dificuldade. Escrever com relativa retidão, facilita aos dois lados: ao que escreve e ao que lê. Um texto mal pontuado, confunde um desses atores, ou os dois; levando a não alcançar o objetivo proposto por quem o redigiu. Recente pesquisa encomendada por livreiros, constatou que cerca de 31% dos brasileiros, nunca leu um livro. Afora o pessoal que diz que lê, mas no fundo só *passa os olhos* nos livros; não entende quase nada do que *viu*. Viu letras e mais letras; palavras e mais palavras, mas não as *uniu* para entender o que está escrito. Isso é muito ruim!

Existe um antigo ditado que diz que sabedoria não se adquire através da leitura de livros, mas de homens. Pois entendo que não seja tanto nem tão pouco; nem muito ao norte e nem tão pouco ao sul. Na verdade, conhecer-se aos homens é por demais importante ao nosso crescimento como parte da comunidade. Dificuldade enfrentará aquele que pensando saber tudo sobre os homens, um dia se defronte com atitudes inesperadas, à guisa de direitos dos outros. Porém, a leitura, não apenas de livros, mas também de outros escritos, raspam as escamas daqueles que têm dificuldade em aceitar a vida em sociedade tal como ela é. Além do mais, sempre defendi que a boa leitura, além de ensinar, alarga o pensamento e o saber que por vezes venham sendo estreitados pela ausência de outros meios de o dilatar. Há quem diga que a leitura não desembrutece o ainda indomado, mas não é uma verdade. Aquele que lê boas obras, certamente que não se amansa se não quiser; pois tem gente que sente prazer em ser bruto, rude, duro; de voz grossa e gestos pesados - com os quais, para nosso incômodo, temos que conviver; sempre mantendo cautelosa distância. Para esses, realmente a leitura de nada adiantará; só a dor os refinará.

Ao escrever e desejar prender a atenção do leitor, exige-se como imperativo a habilidade natural de quem redige; dar beleza ao tema, de modo a torná-lo atrativo e desencadeado de forma a que, quem o lê, se interesse pela busca de mais saber o que o escritor tem a dizer. Algumas vezes o que prende o leitor ao tema é o seu conjunto; outras vezes, alguns sutis detalhes é que despertam mais a atenção ou a curiosidade.

Outro ponto, todavia, tratado com superficialidade, mas de modo a que possa parecer agressivo, diz respeito a ideologias políticas e aos atores que mais incisivamente têm contribuído para expor um cenário de conflito, segundo penso. Também acredito ter beliscado um tanto profundamente outras questões que derivam desse abusivo descuido com as pessoas que, esperançosas, não cansam de aguardar por dias melhores ou, pelo menos, nem tão sofridos. No mundo, infelizmente ainda se morre *de* fome (pela absoluta falta de alimento) e, também *pela* fome (nas lutas corporais pela busca de comida). Não escapa disso a frequente falta de recursos *pessoais* para adquirir esse meio de subsistência. E o que se pode dizer é que a morte *de* ou *pela* fome, é uma das maiores fatalidades humanas. Pergunto agora: quando isso acabará, meus senhores? Para essas questões, nenhuma justificativa pensei ser necessária, porque nela há largo espaço para a aplicação da repisada regra da carapuça: quem se entender atingido, que a enfie e ofereça as suas razões de defesa ou de repúdio. Assim também faço, para poder oferecer defesa à insuficiência, que certamente desejo ter, por me entender um normal e, contra quem me julgue um comum entre as bestas. Quando há tanta presença do cinza, penso estar lançando luzes de várias cores e intensidades.

Uma das constantes preocupações foi com a redação. Sempre que possível, optei por palavras e frases simples, descomplicadas e tão curtas o quanto fosse capaz; mas vez que outra, pintadas com algum termo usado pelo homem comum, na gíria, na conversa descontraída e, com certeza, alguma piada escondida numa oportuna metáfora. Sei que tenho o condenável pecado do emprego da tautologia, mas com certeza desprezo o pleonasmo por achá-lo abominável, para não dizer *cafona*. Grifo aqui a inafastável preocupação pelo possível emprego involuntário de alguns barbarismos linguísticos - o que tem traído inclusive alguns corretores de textos. Debito isso à nossa complexa língua e seu minudente sistema ortográfico. Estudei no tempo do curso Primário, do Ginasial e do intermediário (Científico, Clássico, Profissionalizante): requisitos para se chegar ao Universitário. No curso Ginasial, dentre o mais fui *obrigado* a estudar latim, embora quase nada dele tenha aprendido. Ainda me restam lembranças das declinações latinas, e dos termos que só agora pesquisando os revivi: nominativo, acusativo, genitivo, dativo, ablativo e vocativo. Mas sei que, dos meus contemporâneos, só raros deles se latinizaram.

Confesso que gosto de palavras, embora desgoste das letras - talvez porque as minhas são quase ilegíveis. Também sei que ao escrever um romance não se poderá ter a liberdade de quem escreve sobre uma ciência; como já fiz anteriormente,[25] porque neste caso, o autor não terá que se preocupar com a possibilidade de o leitor não entender a sua obra, uma vez que é dirigida principalmente para os seus pares. No caso do romance, o autor terá que ocupar-se por se fazer compreendido pelo universo de leitores. Daí, sempre que possível usei da lógica de construção da língua, da forma mais direta cabível, para torná-la o mais que a possa compreensível, dispensando o exercício de complicadas regras de semântica. Além disso, o cuidado que tive com questões relativas à transmissão dos fatos e ideias dos personagens (fictícios), certamente que não chegam à exaustão, pelo meu convencimento da falta de tanto saber. Também, para contar coisas de fácil entendimento pelo homem comum, não me exigiria reler Aristóteles na sua rica e elucidativa obra, Da Interpretação: *"A expressão 'conforme convenção' quer dizer que nada por natureza pertence aos nomes, mas vem a pertencer quando se torna símbolo, uma vez que mesmo os sons inarticulados, como os das feras, revelam algum significado, ainda que nenhum deles seja um nome."*[26] Essa dificuldade de se dizer o que se pensa através da linguagem escrita, nem sempre transfere àquele que a ler, o mesmo sentimento e a mesma intenção. Pois que nem todos incorporam uma mesma verdade sob mesmo aspecto ou ângulo. Vezes há em que, em razão de um mesmo dizer, surgem diferentes interpretações e sentimentos em relação a uma e outra pessoa. Pascal teve a preocupação de lembrar se a expressão (*Cogito, ergo sum*) "penso", na memorável frase atribuída *ultimamente* à René Descartes, *"Penso, logo existo"*, vinha imbuída do mesmo espírito, quando Santo Agostinho a pronunciou mil e duzentos anos antes.[27] De toda sorte, Descartes a mantém como sendo sua, dentre o mais, no Discurso do Método.[28] A redação em estilo suave e objetivo, penso que melhor atrairá o leitor. Embora possa parecer enfadonha em algumas passagens, logo adiante o leitor será recompensado com outros atrativos.

Um romance ficcional quase sempre tem alguma ligação com verdades; certa afinidade com fatos reais. Porém, nem sempre é possível a quem o escreve poder traçar de forma convincente ao leitor, essa valiosa circunstância. Também é com o emprego desse vínculo, que muitas verdades transbordam como ondas espumantes do oceano, a rebentar na areia umedecida da praia. Por isso mesmo, muitas vezes vale mais a pena romancear os fatos, do que bater de frente com a aflitiva realidade. Também concordo que, aquele que se dispõe a escrever tem que se despir das "*solicitações da vaidade*", cujas palavras grifadas, colho de Eça de Queirós.[29]

Outro ponto, diz respeito ao fato de que me utilizei quase sempre do gênero masculino quando me referindo aos dois gêneros. Afinal, o masculino é um gênero *não marcado*, enquanto o feminino, linguísticos dizem ser gênero *marcado*. O gênero masculino é inclusivo, enquanto o feminino é exclusivo ou excludente. Quando eu digo que *as* atletas brasileiras foram vencedoras, estou excluindo *os* atletas masculinos; quando eu digo que *os* atletas brasileiros foram vencedores, posso referir-me apenas aos homens, como aos dois gêneros, porque o gênero masculino é *não marcado*. Aqui não estou falando de sexo, que é questão biológica, mas de gênero, que é o objeto da linguagem. (Embora ainda haja quem defenda que sexo e gênero são sinônimos; que não se distinguem.) Apenas agrupando as duas desinências numa só, uma vez que a nossa língua a tal faculta. Isso não tem relação com o indefensável e condenável machismo, mas como regra de linguagem. Oportuna brincadeira ouvi alguém contar sobre um palestrante que disse antes de iniciar a sua aula: Bom dia a todos e a todas. Ora, se o bom dia foi desejado a *todos*, não era somente aos homens, mas a todas as pessoas ali presentes; a todo mundo. Também discordo e, sempre que possível critico o pisado erro de dizer: *eu pessoalmente acredito...* (ora, se sou eu, só poderá ser pessoalmente, a menos que eu terceirize o meu *eu*, como nos casos de outorga a terceiro – então, seria *eu*, através de meu procurador). Também já li de conceituado escritor: "*eu, de minha parte confesso que...*" Afora o maldito *elo de ligação* e o *ambos os dois*, que, lastimavelmente, já li em literatura de bom nível.

Algumas descrições de lugares, via-de-regra passam sem qualquer comentário, por entender que na maioria das vezes cansam ao leitor. Sem qualquer crítica aos autores e suas obras (imaginem, eu querer criticar alguém!), vivi essa experiência nos livros de Leon (Liev) Tolstoi e de Miguel de Cervantes, respectivamente, Guerra e Paz e O Diabo e Outras Histórias, do primeiro; e, Dom Quixote, do segundo, em que os detalhes, as minudências sobre lugares e objetos, sufocavam um pouco a minha vontade de ver a história retomar o seu curso principal. (Mas, creio absolutamente oportuno ressaltar a capacidade descritiva e argumentativa de Tolstoi na segunda das obras nomeadas, em Kholstómer – A História de um Cavalo). Porém, além de não ter embaçado o valor daquelas memoráveis obras, a experiência que delas tirei e usufrui, me instruíram sobre a dispensável necessidade de descrever um cenário repleto de coisas que prefiro transferir para a imaginação do leitor.

Ainda evitei seguir o caminho – porque confesso dele não dispor - dos harmônicos, cheios de esmero linguístico e de belos traços dos discursos um tanto prolixos, mas não difusos, mas que os admiro, dos juristas pátrios de eterna e amiúde referência - Rui Barbosa, Francisco Cavalcante Pontes de Miranda e Nelson Hungria.

Ademais, também não busquei um estilo literário *fascinante*, porque não o aprendi a usar, nem seria caso de copiá-lo, mas apenas escrevo de maneira a que possa ser entendido por quem desejar ler-me. De toda sorte, vale a observação de que não há o propósito de um *escólio*, mas breves explicações sobre o uso de alguns termos e expressões utilizadas no romance, a luz do propósito e da narrativa do autor.

Desde que o homem começou a se comunicar por meio de símbolos gráficos, especialmente através do que se convencionou chamar de escrita, decifrar esses elementos tem trazido algumas dificuldades. Se, para o nosso idioma, no caso o português escrito e falado no Brasil, algumas regras gramaticais ajudam a escrever corretamente, em outras, os excessos têm nos empurrado para o porão das dificuldades. Parece haver muitas regras para pouca gente que escreve! E isso não é deboche nem brincadeira, é uma realidade em nosso país. Não estou aqui falando de quem rascunha um bilhete ou rabisca uma lista de compras. Estou tratando de quem escreve por imperiosa necessidade de desempenhar trabalho. Mas, vamos lá, então: se, por aqui nós vamos nos safando com acertos e erros do idioma que adotamos como o pátrio, já com outras línguas a coisa se complica bastante. Por exemplo, quando a necessidade é escrever e/ou ler inglês, francês, italiano ou alemão, ainda que aos empurrões há chances de entender, mesmo que nem sempre literalmente.; mas quando chega no grego, no russo e no chinês, dentre outras escritas, cujos símbolos gráficos são diferentes dos nossos, a coisa tranca; não anda, mesmo.

Mas, perdoem-me aqueles que criam essas regras; desculpem-me, os que sustentam em contrário, porém será que dará para simplificar esse verdadeiro código gramatical? Será possível aglutinar algumas regras para facilitar a quem quer utilizá-las, respeitosamente? Vejam o quanto se tornou complicado, exemplificativamente: com as palavras compostas; com o uso da crase; do(s) porque(s^). Num trabalho científico, o abnegado pesquisador, depois de exaustivo e demorado empenho, descobre ou cria algo inédito, mas na hora de redigir a sua defesa, de demostrar o resultado da sua original pesquisa, se descuida na redação e, leva uma esfolada ao querer *comprovar* o que está ali *provado*. E, ainda terá que dar satisfação formal às rigorosas normas da ABNT (Associação Brasileira de Normas Técnicas). Ufa, melhor não descobrir nem inventar nada! Seria de perguntar-se, se Antenor Nascentes, de lá da sua atual morada, poderia nos dar uma ajuda do alto do seu saber. Mas ainda é de saber que, de algum tempo para cá, vimo-nos deparando com uma nova versão de escrita: são uns rabiscos ou riscos ilegíveis, agressivos, *alguns se assemelhando a um gráfico de exame cardiológico* e, incompreensíveis para os *leigos*; mas que são mensagens transmitidas para coroinhas de *tribos* urbanas. Ainda não encontrei tradutor, mas tenho esperança de encontrá-lo n'alguma *drogaria*; eis que, como *drogas* me parecem ser.

Propositadamente, alguns questionamentos não estão expostos de modo explícito, mas entremeados nos textos. Preferi fazer assim, para que o leitor extraia do que ler a conclusão que melhor aprouver. Sempre guardei a certeza de que uma palavra não poucas vezes pode servir de caminho para várias interpretações, assim como, um termo pode ser dito por várias palavras distintas. Mas, afinal, pessoas com a mente ordenada, de suas abstrações melhor apreenderão e darão o rumo que o seu conhecimento pré-leitura e pós-leitura encaminhar. É como ler um livro de filosofia, para o quê o leitor não se vale de qualquer ajuda externa, pois a sua mente terá que atuar sozinha; apenas pensar e pensar, até entender. Ademais, criar arte, quanto *filosofar* ou estudar essa ciência, pode dispensar a participação no ensino regular e superior, porque a filosofia pode ser aceita como uma experiência humana que resulta de observações comportamentais sobre infinitas coisas determinadas pelo observador. De modo que, se o entendimento é o caminho para se chegar ao conhecimento; se entendo, é porque me foi dado conhecer. Aliás, devo ter sido bom aluno quando aprendi que pensar faz bem a todo mundo; que descobrir as coisas sozinho, apenas com o uso da sua mente, é bem mais importante do que a opinião alheia. Além disso tudo, o escritor e o leitor, nas atividades recíprocas de escrever e de ler, exercem papéis ativos. O primeiro, com o propósito de, através da escrita, transmitir um pensamento, uma ideia, um fato; o segundo, com o interesse de captar a mensagem *transmitida* por aquele. De modo que, quanto mais fácil e explícita a redação, mais fácil também será captá-la.

Todavia, pensa errado quem acredita que só o escritor exerce atividade ativa e, que, o leitor, se mantém passivo durante a leitura. Se assim este se portar, não será capaz de entender o que leu, por não ter ativado o seu raciocínio. Se você não entender algo que lhe foi verbalmente dito por alguém, poderá usar do recurso de perguntar ao seu interlocutor o que ele quer dizer com aquela informação. Agora, se não entender o que está escrito num livro, só restará a você mesmo responder, *ou telefonar para o escritor.* Só existe uma maneira de você saber se realmente venceu alguma etapa da sua vida através da leitura: se for capaz de dizer a si mesmo e a outra pessoa, o que realmente leu e entendeu. Aquele que diz que sabe o que leu, mas não sabe explicar, está se traindo. Além do mais, um livro pode produzir interpretações diferentes para diferentes leitores; bem como que, o grau de interesse do leitor pelo livro, depende da personalidade de quem o lê. Por fim, não se pode exigir de quem escreveu e de quem leu, mais coisas do que as que as que estão escritas no livro.

Sartre dizia que o escritor se dirige em princípio a todo tipo de leitor. Porém, depois observou que era lido apenas por alguns. Mas, que deixa oportunidade a que possa encontrar compensação na ideia de *universalidade abstrata.* "*Isso quer dizer que o autor postula a perpétua repetição, num futuro indefinido, do punhado de leitores de que dispõe no presente...o recurso à infinidade do tempo busca compensar o fracasso no espaço...*" Todavia, ele mesmo censurava os escritores que abandonam a *universalidade concreta*, em troca daquela que chamou *de ilusória universalidade abstrata.* E, explica que a *universalidade concreta* representa a totalidade dos homens que vivem numa determinada sociedade.[30]

Fato que também chama a atenção, é que por aqui vivem estrangeiros por tempo quase igual ao da sua existência, mas sem falar o nosso idioma. E, não se precisará ir muito longe: veja-se aqui no Sul, onde há muitos uruguaios, argentinos, chilenos e pessoas de outras nações que falam a língua espanhola, mas aqui se mantém sem falar a nossa língua. Já os brasileiros são ávidos em falar outras línguas, dentre elas o próprio espanhol e o inglês. Chegue-se à beira do cais de qualquer cidade portuária, e verá pessoas de cultura rasa, ali falando mais de um idioma com boa facilidade.

Confesso que certa vez ao ler a obra de Kant, fiquei com enorme dúvida sobre a minha capacidade de saber ler (acho que não aprendi o suficientemente necessário, quando fui alfabetizado). Pois o filósofo ao tratar da "*Divisão da lógica transcendental em analítica e dialética transcendentais*" (só o enunciado já assusta!), me veio com essa *simples, concisa e explícita* frase: (sic) "*Como é muito atraente e tentador, no entanto, empregar por eles mesmos esse conhecimento puro do entendimento e esses princípios, e fazê-lo para além dos limites da experiência – a única que pode, todavia, entregar-nos nas mãos a matéria (objetos) a que aqueles conceitos puros do entendimento podem ser aplicados -, então o entendimento corre o perigo de, por meio de sofismas, fazer um uso material dos princípios meramente formais do entendimento puro e, sem fazer qualquer distinção, julgar sobre objetos que não nos foram dados, nem jamais poderão sê-lo."* [31] *"Da aplicação das categorias aos objetos dos sentidos em geral." "Como no entanto, toda nossa intuição é sensível, a imaginação pertence então à 'sensibilidade' devido à única condição subjetiva sob a qual ela pode dar uma intuição correspondente aos conceitos do entendimento; na medida, porém, em que a sua síntese é um exercício da espontaneidade, o qual é determinante e não, como o sentido, apenas determinável, e pode, portanto determinar 'a priori' o sentido de sua forma conformemente à unidade da apercepção, a imaginação é então uma faculdade de determinar a sensibilidade 'a priori'; e a sua síntese das instituições, 'conforme às categorias', tem de ser a síntese transcendental da imaginação, que é um efeito do entendimento sobre a sensibilidade e a primeira aplicação sua (também fundamento de todas as demais) aos objetos da intuição possível para nós."* [32] Pois, de início, nem com a ajuda dos *universitários* consegui desembrulhar esse pacote. Como detesto não entender o que me estimula conhecer, só depois de desbastada a densa floresta e chegado a um oásis, me foi possível compreender não apenas essa pequena passagem, como de resto, a bela obra que levou a convencer-me que filosofia é coisa para gente de cabeça arejada; apesar de Cícero ter dito que não haveria coisa mais absurda do que o que está escrito nos livros dos filósofos. Será? De todo modo e, em todo caso, lembrei esse ensinamento que recolhi do livro de David Hume: *"'Sê um filósofo, mas, em meio a toda tua filosofia, não deixes de ser um homem.'"* [33]

As narrativas que muitas vezes circundam os fatos vividos pelos personagens, têm por finalidade fixar as ideias transmitidas pelo autor e, contar de forma mais compreensível, segundo este, o que não seria tão claro se o fosse através de diálogos. Também sei, por experiência tirada de outro livro que escrevi há mais de quarenta anos, que a excessiva busca pela perfeição, em certos casos poderá se tratar de ato de covardia para quem não admite ser criticado. Sei também que escrever parece ser algo insaciável: quanto mais se escreve, mais vontade se tem de escrever. Demais disso, algumas vezes se cai no erro de desviar do foco necessário, para transmitir o pensamento ao leitor. Numa entrevista que assisti de um famoso cantor conhecido por ser um perfeccionista, ele disse que, a certa altura o autor tem que se livrar da sua obra e entregá-la para o público; em caso contrário, os remendos poderão mais piorar do que aprimorar o trabalho até então desenvolvido. E, aqui, me aproveito para utilizar do massacrado ditado: errar é humano.

O primeiro livro que escrevi, com mais de 400 páginas, o fiz em 2 meses e 14 dias, em cumprimento à exigência da editora. Com este, já passa de 2 anos que o venho escrevendo. Primeiramente, o dei por pronto em poucos meses, inclusive revisado, mas o motivo que acima expus (*mania de perfeccionismo*), levou-me a querer mexer aqui e ali e, isso vem consumindo um tempo em que venho mudando a minha vida e o meu modo de pensar e ver o mundo; seja através de novas leituras; seja através de novas pesquisas; ou, através do novo ver e do novo ouvir.

Ao escrever um livro com tantas páginas, é necessário tempo e disposição para alcançar as metas de quem pensa e redige. Durante esse tempo o meu moral variou entre prazeres, angústias, preocupações, e uma grande vontade em vê-lo concluído; embora sempre descobrisse algo que ainda lhe faltava. Algumas vezes ri do que escrevi; outras vezes, em meio às angústias que a vida nos reserva e nos surpreende, encontrei no que escrevia um punhado de calma e de confiança em momentos melhores que, por sorte, sempre me abraçaram. Confesso que houve dias em que a tristeza cansava de mim, mas a alegria logo reacendia o meu semblante. Em alguns desses momentos *baixos*, ao reler alguns trechos dos rascunhos, cheguei a imaginar *que o livro teria escrito para mim*, já que tão acostumado comigo; a ponto de voltar a me aconchegar com a felicidade.

Quero pedir desculpa por me ter estendido tanto no que intitulei de Nota do Autor, pois pensei que *mataria* tudo numa pequena tacada e acabei fazendo dela quase um proêmio. De qualquer sorte, quem não quiser ler, é só pular algumas páginas do livro, e ninguém saberá que não foi lido integralmente. Afinal, se fosse um discurso diante de uma plateia, provavelmente traria algum constrangimento abandonar o local em meio à fala do orador. Por sorte não é o caso de quem se dispõe a ler e no caminho se vê enfastiado. Por fim, se o leitor achar que o que escrevi é algo insignificante ou imbecil, talvez tenha acertado, mas para assim adjetivar, o convido a ler o livro por inteiro. Certo!?

Encerro trazendo uma verdade: *O homem é o melhor ser da face da Terra. Também não o seria, se ele mesmo é quem isso diz? Todavia, quando nasce para ser ruim, nada há que o detenha.*

Boa leitura a todos.

# MARCELA & MARISTELA

*O Divino*
e a Prostituição

Porto Alegre, inverno de 2011. Dia gélido por excelência, com sensação térmica ainda mais acentuada em razão do forte vento que soprava intensamente e, de alguns espaçados pingos da geada. Tudo prenunciava uma noite especial para quem tem uma lareira e um bom vinho para saborear. Caminhava a passos rápidos por uma das calçadas da larga e extensa avenida, o advogado Ronaldo Mendonça de Oliveira, que viera do Rio de Janeiro para participar de audiência concluída pouco tempo antes. Como as demais metrópoles, Porto Alegre se mostrava mais agitada nos finais de tarde de dias úteis. Tão cheia de irregularidades como qualquer cidade grande; tão antiga no preservar das suas memórias e tradições; e, tão moderna para gozar do que há de novo e proveitoso.

Trajando elegante terno de tecido acamurçado azul-marinho, na padronagem *riscas de giz*, impecável camisa branca de punhos duplos, gravata de seda vermelha e sapatos Luis Vouitton Richelieu (tão bem cuidados quanto ao resto da elegante indumentária), o causídico, que só retornaria para o Rio de Janeiro na segunda-feira, começava a pensar como ocupar o seu tempo no final de semana, que já considerava iniciado. Era um verdadeiro Adônis perdido na noite gaúcha, a busca de companhia. Todavia, o frio o mantinha tenso, pois ele sabia que a baixa temperatura e a umidade do inverno sulino, deixava as pessoas pálidas, quase sem cor e, *brônquicas*, caso não se protegessem. Também lembrou do tempo em que morou no estado, e que os meses de inverno são *escuros* e, se a pessoa não procurar se animar, termina se encolhendo e dando vazão à tristeza, ao desânimo, à melancolia.

A bela avenida, com trânsito nos dois sentidos, tinha por marco divisor enormes canteiros com piso bordado com pedaços irregulares de pedra portuguesa, nas cores preto e branco, formando desenhos de flores, folhagens e de outras figuras não bem definidos. Além dessa linda paisagem, de longe em longe havia enormes palmeiras, possivelmente seculares, cujas pendentes palmas balançavam de um lado para outro, como que acompanhando a cadência impulsionada pela incessante ventania. Naquele entreveiro, em que carros trocavam espaços com outros veículos e com pedestres mais apressados, também se viam pessoas que se amontoavam nas calçadas, sempre andando a passos rápidos e nervosos. É o que se extrai das cidades grandes, que a cada dia se tornam maiores, mais diversificadas e, também, mais complicadas. *"Em certas horas, o movimento nas grandes cidades gera o maravilhoso mal-estar da 'multiplicação' dos sozinhos. Com uma espécie de horror e sentimento de pânico, constata-se ingenuamente que os 'singulares' são inumeráveis."*[34] Pois aquela movimentação gerava o sangue da grande cidade, pulsando mais fortemente quando impulsionado pelo contingente de pessoas que se acotovelavam e se batiam umas nas outras, como coágulos que transformados em trombos, aderiam aos enormes vasos que davam vida à metrópole. E, quem não se apressasse, corria risco de ser empurrado, porque a circulação do sangue não pode parar, pois é sua missão manter ativo aquele enorme coração, que mais pulsa nas regiões mais disputadas pela população.

Nessa época, sabidamente já tinha desaparecido o glamour da rua dos Andradas, a sempre famosa Rua Da Praia. Em tal época, o local teria sido ponto de atração da sociedade porto-alegrense, que por ali desfilava com o que tinha de mais bonito e elegante. Na Rua Da Praia se concentravam algumas das mais frequentadas lancherias e bares do Centro da cidade. Lá, foi sede da Confeitaria Matheus, que depois mudou-se para a avenida Borges de Medeiros. Dado à concentração de várias salas de cinema, na distante década de 1930 chegou a ser apelidada de Pequena Broadway. A porta de acesso ao Clube do Comércio, um dos mais grã-finos da cidade, durante as tardes era ponto de troca de flertes entre as lindas e sempre bem-vestidas moças da sociedade e os distintos moços daquela época. Hoje, lamentavelmente, tal como ocorre na maioria das metrópoles brasileiras, isso tudo foi relegado a outro plano, passando o comércio mais requintado a ocupar espaços nos shoppings centers. Mas, nem nos privilegiados espaços dos shoppings, será capaz de se encontrar pessoas vestidas com aprumo, na *abundância* antes vista nas ruas do Centro da cidade.

Parece que a elegância mudou, ou se simplificou, ou se inverteu, para não contrariar aos que a ela aderiram: das roupas distintas e de aprimorado gosto, para as calças rasgadas, manchadas e franjadas – hoje proibidas de ser usadas pelos mais pobres, dado o seu alto custo. As camisetas dispensam comentários, pois algumas estamparias são motivo de inveja a quem as aprecia, mas não tem. E, também caras. A moda do uso de calças com o cós abaixo da cintura, de modo a mostrar a parte mais baixa, ou quase toda a cueca do improvisado manequim, parece que veio para ficar. E, está fazendo sucesso com os *novos* jovens. Têm-se safado disso, pelo menos por agora, alguns recintos públicos, em especial, as sedes dos foros e tribunais do Poder Judiciário, onde ainda a maioria dos que por ali transitam, especialmente profissionais do Direito, vêm zelando pela manutenção de alinhado comportamento.

Voltando à larga avenida, nas calçadas também ladrilhadas com harmônicos desenhos, grandes postes antigos de estilo inglês, além de bastante iluminar o local, contribuía para o embelezamento do logradouro. Algum tempo depois, Ronaldo ficou sabendo que os postes, construídos em ferro fundido e com desenhos em relevos originais, teriam sido encomendados pelo antigo intendente municipal, José Montaury, no início do século XX.

Sem luvas, Ronaldo procurava aquecer as mãos nos bolsos do pesado casacão de lã cinza-azulado, quando avistou um café numa das esquinas que cortavam a avenida. O intenso e barulhento tráfego de automóveis, motocicletas e transeuntes, perturbava bastante a atenção do apressado advogado. Não demorou muito, e os veículos começaram a acender os faróis e faroletes, pois a tarde prenunciava o seu fim e, a chegada da noite era questão de pouco tempo. Buzinas e roncos provindos de motos, eram prova da falta de paciência de muitas pessoas, especialmente, condutores de carros – esse equipamento perigoso, capaz de atingir mortalmente quem por ele for abalroado ou colidir.

Ronaldo detestava presenciar a troca da tarde pela

noite. Sempre que podia, preferia ficar em algum lugar onde não precisasse presenciar essa inevitável passagem em que a tarde cede espaço para a noite. Quando a luz do fim de tarde entrava em seu declínio, ele tinha uma ligeira sensação de tristeza, de melancolia, de desolação; só se restabelecendo quando a noite definitivamente se acomodava no seu lugar, e a lua mostrava toda a sua prateada claridade. Certamente, alguma esquisitice; nada mais do que isso. Porém, nunca se constrangeu ao confessar a sua insatisfação por aqueles pequenos instantes determinados pela mãe Natureza. Pensava que poderia se tratar de algum problema de infância, ainda não detectado por nenhum profissional em saúde mental, apesar de já se ter recostado no divã de alguns deles.

Concomitantemente a isso tudo, os estabelecimentos comerciais situados na avenida e nas ruas adjacentes, também começavam a acender as luzes das vitrines e dos letreiros luminosos - inquestionável e comum maneira de atrair clientes que por ali passassem, já no apagar de mais um dia. Eram pessoas que paravam diante de vitrines, e outras que entravam nas lojas com a intenção de comprar ou apenas perguntar o preço de alguma mercadoria. De toda sorte, não se poderia dizer que o comércio lojista já teria cessado as suas atividades daquele final de sexta-feira. Muito pelo contrário, ele estava atento à passageira e eventual freguesia, com o propósito de atrai-la a se interessar por uma compra não programada ou não prevista.

Ao parar na esquina em que teria visto um café, detendo-se mais demoradamente, notou por entre uma das vidraças, que lá dentro a maioria das pessoas estava despida dos agasalhos mais pesados. Que ao lá chegar, tiravam as roupas mais quentes, que teriam usado na fria rua.

Sentindo frio quase que insuportável, a ponto de tirar-lhe o prazer de continuar passeando pelas ruas da cidade, ele resolveu entrar no local para preservar-se um pouco da incômoda temperatura que fazia ali fora. A gélida sensação que sentia, o levou a lembrar de algumas cenas narradas por Viktor E. Frankl, no livro Em Busca de Sentido, no qual o autor descreve as desumanas situações a que se submeteu no campo de concentração nazista, de Auschwitz. Ali, segundo ele, foi obrigado a executar serviços forçados em áreas externas dos alojamentos, em lugares de intenso frio, com pouco ou quase nenhum agasalho e, que, alguns prisioneiros eram obrigados a marchar descalços em meio ao gelo.[35] Parecia-lhe, também, estar participando da história contada por Kazuo Ishiguro em O Gigante Enterrado, em que Alx e Beatrice passavam por uma região em que havia uma névoa gelada que *"pairava sobre os rios e pântanos, muito útil aos ogros que ainda eram nativos naquela terra."*[36]

Ao entrar, dirigiu-se ao caixa e pediu ficha para um café pingado com leite. Ato contínuo, dirigiu-se ao enorme balcão em forma de "U", com tampo revestido com pedra de granito, e aguardou ser atendido. Enquanto isso, observou que no espaço aberto ao centro do referido balcão, havia uma cuba de alumínio cheia de água fervente, onde eram mergulhadas as xícaras e talheres depois de cuidadosamente lavados noutro recipiente. Naquela água escaldante eles então eram esterilizados, sendo depois retirados com o auxílio de uma pinça metálica. Depois de lavados, eram colocados no balcão e servido o café. Uma interessante rotina do distinto e agradável estabelecimento. As funcionárias, cerca de umas vinte, todas higienicamente uniformizadas com blusas brancas com a logomarca da empresa bordada ao peito, tratavam a todos os fregueses com igual gentileza; tendo ainda notado que algumas conheciam os hábitos de grande parte da clientela. Pareciam ser homens e mulheres que durante o dia se ocupavam com o seu trabalho e, ao final da tarde, para lá se dirigiam antes de tomar o rumo das suas casas.

No grande salão havia mesas redondas e outras quadradas, todas com os pés em madeira de imbuia, com desenhos torneados em alto relevo, e tampo de pedra de granito. As cadeiras que compunham o conjunto do mobiliário também eram de madeira de imbuia, com assento de couro na cor marrom. Os encostos, que davam seguimento aos braços em forma anatômica, proporcionavam conforto a quem nelas se sentasse. Ambiente convidativo para se ficar por bastante tempo; não apenas para sorver um cafezinho em pé, à beira do balcão.

O agradável calor proporcionado pela fervura das xícaras e colheres, além da grande quantidade de café saído da robusta máquina, se somava à calefação mantida em vários aparelhos espalhados pelas laterais do salão. As paredes fronteiriças às calçadas, tanto no quadrante da avenida como no da estreita rua transversal, eram totalmente envidraçadas. Isso oportunizava aos transeuntes ver o que se passava lá dentro, como aos frequentadores assistir o movimento da área externa. Três portas em madeira de lei, com caixilhos envidraçados em *bisoté*, davam acesso ao conhecido e disputado estabelecimento - uma na esquina e duas laterais; uma fronteiriça à avenida e, outra, à rua secundária. As demais paredes eram revestidas com mármore à meia altura e, daí para cima, pintadas com alguns afrescos confeccionados por artista desconhecido. Bem ao centro, atrás do balcão, tinha um grande relógio redondo com fundo branco e ponteiros pretos em formato de seta. No mostrador estava gravado o nome do café - o que o fez imaginar ter sido mandado fazer pelos proprietários quando da sua distante inauguração.

Além do café, o estabelecimento contava com lancheria, confeitaria e charutaria - esta última, mais pelo interesse em manter antiga tradição do local. Dentre os frequentadores, muitas mulheres sentadas às mesas saboreavam chás acompanhados de tortas e doces elaborados na própria casa. O ambiente era alegre, com aspecto de local para confraternizações, particularmente quando se iniciava mais um fim de semana. A predominância era por roupas simples, porém sóbrias; mas quase todas elegantes. Antigos ventiladores de teto já em pleno desuso porque tiveram sua função substituída por modernos aparelhos de refrigeração, ali se mantinham harmonizando e decorando o distinto lugar. Eram cerca de cinco ou seis ventiladores com pás de madeira pintadas de preto, tendo ao centro três tulipas cada um, com vidros leitosos e bordas sinuosas - tudo muito bem conservado.

Ronaldo procurava alguém com quem pudesse distrair-se durante a noite que já se iniciara. Achava que ficar a noite trocando pernas de um lugar a outro e, sem ter com quem conversar, não seria programa para aquela noite fria, numa cidade para ele quase que desconhecida. Queria preferencialmente companhia feminina, muito embora na falta dessa, poderia ser algum colega que ocasionalmente viesse conhecer e, que, com ele pudesse conversar e acompanhar em algum lugar agradável. Depois de permanecer razoável tempo dentro do café, observou que lá não encontraria a companhia desejada. Ademais, pelo visto, todos os frequentadores já estavam acompanhados: fossem homens com mulheres; homens entre si; e grupos de mulheres ocupando mesas em comum. Então, decidiu-se por sair do lugar e retornar à rua para caminhar mais um pouco. Talvez tivesse a sorte de encontrar outro lugar onde existisse a companhia que procurava. Ao sair, parou um pouco na soleira de uma das portas laterais, como que esperando decidir-se a enfrentar a gélida noite.

\* \* \*

De repente viu passar à sua frente uma linda mulher, alta, cabelos pretos, olhos claros e, vestida com elegância. Num lapso temporal, pareceu-lhe que aquela mulher o teria olhado firmemente; como que já o conhecesse d'algum lugar. Pelo menos se convenceu de que ela o percebera ali parado na porta do café.

Não perdendo tempo, procurou segui-la, mas a perdera de vista em meio ao grande número de pessoas que se apressava e se *debatia* na movimentada rua. Ela era alta e trajava roupa preta – únicos indicativos que teriam ficado gravados na sua retina. Apesar de também ser alto, procurou ver se a enxergava olhando por cima da massa de pessoas que bloqueava a sua passagem. Na pressa de poder reencontrá-la, chegou a imaginar que a tivesse perdido de vista, definitivamente. Que, possivelmente ela tivesse entrado em alguma loja; ou entrado em algum estacionamento; ou entrado em algum automóvel... ou, ou...

Já um tanto que abobalhado em meio à multidão, nem saberia lembrar por qual motivo resolvera olhar para dentro do café – lugar onde jamais imaginaria encontrá-la, pois que uma das portas de acesso era o local onde ele estava parado ao se olharem. Mas a sorte parecia estar com ele naquela noite, pois a elegante mulher teria entrada por uma das outras portas e estava comprando ficha para tomar um cafezinho.

Ronaldo apressou-se e tomou igual atitude: adquiriu outra ficha e posicionou-se no balcão em local oposto ao dela. Com certeza que esse segundo café era de mero pretexto, pois nem a sensação de frio ele mais sentia. Era algo que naqueles instantes ele subordinava, para que servisse de patético álibi para ser observado pela calma mulher que, antes dele se postara no balcão. Nem tão perto que ele a pudesse agarrar, nem tão longe que o impedisse de admirá-la. Ele parecia estar a admirar uma estátua, uma tela, algo inusitado e desejado, mas que, na sua percepção, não estaria a venda. Atrapalhado, quase deixou cair um pingo de café na roupa - o que possivelmente o ajudasse a desistir da desastrada conquista; ou, quiçá, conquistá-la desde logo, por ela rir-se da sua babaquice. Assim poderia melhor vê-la e dar chance de por ela ser visto. Ao admirá-la tão seguidamente, o fez lembrar o que lera em O Primeiro Amor, de Ivan Turguêniev: *"..nos movimentos daquela menina...havia algo tão encantador, cativante, carinhoso, engraçado e meigo que quase dei um grito de admiração e de prazer..."*.[37]

Enquanto sorveu os primeiros goles evitou olhá-la; possivelmente para aguardar alguma iniciativa dela. Por certo que ele ainda não assimilara a intenção do olhar daquela mulher, nem o eventual interesse de propor-se a querê-lo. Mas ele tinha certeza de que aqueles lindos grandes olhos claros, iluminavam as suas emoções, a ponto de intranquilizar o seu coração. Percebeu se tratar de uma mulher realmente muito atraente e vivaz. De gestos delicados, mas seguros. Que deixava transparecer que tinha domínio sobre si mesma. Que era dona de si. Que não se tratava de uma pessoa comum como a maioria das mulheres que conhecia. Algo de especial a envolvia, porém, ainda era muito cedo para melhor defini-la. Mas ele já sabia que isso se somava à especial beleza física daquela mulher tão singular.

A cada segundo e a cada novo olhar, ele percebia, ou se convencia de que percebia que ela não o olhava só para vê-lo; porém, com alguma suave, mas decidida intenção, quiçá, de tê-lo para si. De outro lado, a sua insegurança e o seu momentâneo constrangimento, não permitiam sequer subordinar-se ao olhar dela, quanto mais, afrontá-lo. Ele necessitava de um pouco mais de tempo para assegurar-se da intenção dela. Nem mesmo a lembrança do que fora bem definido por Gustavo Corção, ainda o encorajaria a tomar a iniciativa. Dizia o referido escritor: *"O desejo masculino é um 'querer ir'; o feminino é um 'querer que venha.'"* [38] Mas, essa responsabilidade que o escritor transferia para ele, ainda não teria amadurecido na sua insegura mente, que mais o indefinia, do que por ele decidia. E, tudo isso, para qualquer dos dois, se passava como num estalar de dedos, embora para ele parecesse ser bem mais célere do que para ela.

Com certeza Ronaldo cada vez mais se convencia de que se tratava de uma mulher especial, com um semblante marcado pelos olhos e pelo leve sorriso, que ele nem saberia dizer se era para ele; ou, que ela pudesse estar sorrindo de algo que lhe tivesse vindo à lembrança. Mas, que os olhos e o sorriso seriam capazes de afrouxar àquele que dela não estivesse seguro. Ao olhá-la vez que outra, se parecia convidado para uma viagem a ser realizada apenas em sonho, ainda que pudesse estar a sonhar acordado e de pé. Se aquela *estampa* de mulher bonita e de extremo bom gosto e jeito já o faziam sentir-se inseguro, ao ser convidado a entrar na sua alma, mais o intranquilizaria e o indefinia. Para ele, descendo tanto o quanto jamais desejou, se achava não ser merecedor de tamanha glória. Num lapso, chegou a pensar que fosse mulher para outro homem, que não ele. Naqueles momentos se sentia retraído ao subjugar-se à sua timidez e agudo senso de inferioridade, sabidamente imerecidos. Por sorte, logo reagiu e tornou a ser o que sempre fora.

A tal altura, ela já sabia que os seus olhos e o seu olhar poderiam retê-lo por muito tempo naquele balcão de café, porque teria observado que ela já o notara e, que por ela, ele se teria encantado. Mas ele só poderia se aproveitar do indefinido tempo em que ela tomasse o seu cafezinho, esticada no flanco oposto ao dele. Ronaldo começava a sentir uma inquietação que o dominava num momento tão inoportuno, pois diante dele estava alguém que seria capaz de lhe oportunizar a festa que ele desejava para aquela noite fria. Embora o tempo provavelmente fosse exíguo para alguma abordagem, ele não poderia queimar etapas. Um atropelo poderia levar tudo a perder em poucos segundos. Ele ainda tinha guardado na sua memória a circunstância passageira de que ela o havia olhado ao passar pela porta do café. Se não fosse o decidido gesto dela, olhando firmemente nos seus olhos, ele jamais teria pensado em procurá-la com a intenção de buscar uma aproximação. Ela teria passado, tal como outras tantas mulheres que por ele cruzaram, sem qualquer empenho ou iniciativa dele.

Depois de passados alguns segundos ele resolveu olhá-la com firmeza, e observou que ela também o fitava. Ela novamente o olhou com igual firmeza e, ele pagou o flerte com um olhar de alguma indefinição, em razão da insegurança que o dominava. Mas, logo em seguida, para ele não havia dúvida de que ela estaria interessada nele; ou, que, pelo menos já o conhecia de algum lugar que ele não lembrava. Certamente que haveria o risco de já serem conhecidos, inclusive de longa data, sem, porém, terem tido oportunidade de se reencontrar. Poderia ainda se tratar de esposa de algum amigo ou colega - o que poderia causar constrangimento numa abordagem mais agressiva da sua parte.

Ronaldo tinha um rosto másculo, com tez num tom de moreno claro e cabelos pretos. Com boa forma física, ainda sobressaiam os grandes olhos escuros e densas sobrancelhas; o que se poderia dizer ser um moço esbelto, que não passaria por uma mulher sem ser admirado. Além do mais, bem-vestido e, demonstrando nos poucos gestos por ela observados, se tratar de pessoa de bem; educada. Ela tinha certeza de que ele era um homem que jamais teria visto e, que, tinha certeza de que jamais teria visto um jovem tão bonito. Ele, persistia na dúvida de que ela poderia ser alguém que já conhecera, não lembrando quando nem de onde.

Novamente ele a olhou e ela sorriu, cautelosamente. Se ela sorriu, para ele tal gesto era bastante importante; e, estava acima do esperado. Então, ele à respondeu com igual sorriso e, de pronto contornou o balcão para se achegar da linda mulher. A chance não poderia ser perdida, ainda que o fosse para saber com quem estava flertando ou, com quem estaria trocando olhares. Além do mais, na sua cabeça piscava uma luz que o estimulava a dar início a qualquer ato, sem demora, porque a todo momento o cafezinho dela poderia terminar, tanto quanto a oportunidade de se aproximarem. O que ele mais desejava era poder conversar com aquela bela mulher. A sensação de insegurança foi aos poucos tomando conta dele, a ponto de perder parte do domínio sobre os seus atos; mas procurou segurar-se ao máximo, evitando botar a perder o que já teria começado além das suas expectativas. Ao chegar perto dela, disse-lhe o seu primeiro nome e perguntou o dela.

- Sou Marcela. Moras aqui? Perguntou ela.

- Não. Moro no Rio de Janeiro e, talvez por isso esteja sofrendo com esse intenso frio. Não sei mais o que fazer para evitar sentir tanto frio!

- O frio aqui do Sul realmente castiga, inclusive a nós que dizemos estar acostumados ao inverno sulino. O que fazes aqui em Porto Alegre numa noite gélida como essa? Perguntou ela.

- Vim participar de audiência no foro Central, que terminou no final da tarde. Sou advogado no Rio de Janeiro, mas precisei vir acompanhar ao interrogatório de uma testemunha aqui residente – disse Ronaldo.

- Ah, também és advogado?! Então somos colegas. Tenho escritório de advocacia aqui em Porto Alegre, que divido com alguns colegas há bastante tempo. Em qual área mais atuas? Perguntou Marcela.

- Sou um civilista por natureza, atuando especialmente na área de Direito Bancário e Financeiro, mas de algum tempo para cá tenho me envolvido um pouco com o Direito Penal e com o Processo Penal. Coisas da profissão...

Então, disse ela:

- Sei muitíssimo pouco de Penal, para não confessar que não sei quase que nada. O que aprendi na faculdade, acho que já esqueci por completo. Atuo mais no Direito Civil e por contingência no Processo Civil. Também advogo bastante na área trabalhista; o que me encanta sobremaneira. Me considero uma juslaborista, se não uso de muita pretensão para esposar o termo. Confesso que gosto de manter-me atualizada sobre o tema e, ainda sou o tipo de profissional que entende que uma boa biblioteca não só *embeleza* a estante do advogado como, principalmente, é profícua fonte de pesquisa. Não confio muito na busca que alguns colegas fazem, até em celulares. Esse tipo de consulta creio insuficiente e pouco elucidativa. Apenas prática, mas deixa a desejar em termos de conhecimento científico. Prefiro ler o inteiro teor das obras que adquiro, ainda que consuma muito mais tempo do que nas consideradas pesquisas-relâmpago. Gosto de ter pleno domínio sobre o tema - o que me torna mais confiante, mais segura, quando diante de um caso concreto.

Ronaldo concordou com o que ela dissera e, crescendo o entusiasmo pelo assunto, teceu as seguintes considerações:

- Observei que a organização dos cartórios judiciais aqui em Porto Alegre é bem melhor do que no Rio de Janeiro. Pelo menos, no cartório em que fui atendido. Não possa garantir que seja regra; que tal ocorra nos demais ofícios, mas no foro Central do Rio a situação é calamitosa. Perde-se muito tempo aguardando ser atendido e, outro tanto enquanto procuram a localização dos autos. Porém, os funcionários são bastante atenciosos e respeitosos para com os profissionais. O erro é de estrutura, cujos vícios são difíceis de ser corrigidos.

Parece que pretendendo fugir do assunto, ela disse:

- Antigamente, o Rio de Janeiro por ter um grande porto marítimo, era considerado um dos lugares aonde a informação chegava primeiro. Dizia-se que a informação desembarcava nos portos, dentre eles no do Rio, porque, além disso, a cidade sediava do Governo Central. Era a Capital da República e, por isso tinha enorme vantagem se comparado com outros lugares.

E ela continuou alimentando a conversa:

- A novidade poderia ser originária de um país europeu, asiático, dos Estados Unidos, mas no Brasil chegava através de informações trazidas pelos marinheiros dos navios mercantes. Com a modernização dos meios de comunicação, ninguém mais goza desse privilégio. A informação chega instantaneamente em todo o planeta. Bastará ter-se um sinal de televisão ou de internet e a captação da mensagem chegará a todo e qualquer destino. Não estou certa?

- Sim, tu estás plenamente certa, Marcela. O papo está tão agradável, que penso convidar-te para nos sentarmos numa das mesas. Será bem mais confortável do que ficarmos na beira desse balcão. Concordas?

- Correto. Convite aceito.

Ela parecia não querer dificultar as coisas, como fazem muitas mulheres no primeiro encontro. Provavelmente, uma maneira de valorizar o pedaço que, n'algumas vezes, nem vale tanto. Pelo contrário, Marcela dava mostra da que se sentia segura para *engatar* uma conversa amistosa com o galante desconhecido. E foi assim que o papo se desenvolveu livremente entre eles.

Antes de se afastarem do balcão, Marcela perguntou quando ele teria se formado e, em qual universidade; ao que ele respondeu:

- Formei-me pela Universidade Federal do Rio de Janeiro, a UFRJ, em 2002. Já advogo há quase nove anos e, se mais quiseres saber, tenho 31 anos!

Após um escondido sorriso, ele retribuiu a pergunta:

- E tu Marcela, quando e onde te formaste em Direito?

- Sou bastante direta em tudo o que me diz respeito. Formei-me pela Universidade Federal do Rio Grande Sul, em 2005 e tenho 28 anos.

Após isso, andaram alguns passos até encontrar uma das mesas desocupadas, sempre ela à frente seguida por ele, como de se esperar. Ao se aproximar da mesa, ele tomou a dianteira, recuou uma das cadeiras e a ofereceu a Marcela. Após, sentou-se na sua frente para melhor poder observá-la. Durante esse curto trajeto, Ronaldo não pode observar com maiores detalhes o corpo dela. Seguindo-a de perto, não conseguia ver o seu corpo sem o risco de sujeitar-se a inoportuno constrangimento. Todavia, desde logo se fazia notar ser uma mulher de uma delicadeza aveludada; de atos irretocáveis e de beleza só imaginada em sonhos – o que o levou a um imediato encantamento por aquela singular e especial mulher. Imaginou que tal só poderia ser obra de gaúcho em noite de inverno rigoroso.

Marcela tinha cabelos pretos, lisos e bem cuidados, que não chegavam a descansar sobre os ombros. Os olhos eram claros, como ele já havia observado na primeira vez que a viu. Ela trajava vestido preto caído um pouco abaixo dos joelhos, com um fecho éclair que, partindo da altura da cintura se estendia até o pescoço e fechava a estreita gola do mesmo tecido. Sobre os ombros mantinha um longo sobretudo também preto e de tecido pesado, com comprimento quase até a altura dos tornozelos. Ao sentar-se ela o deixou caído sobre o encosto da cadeira. Ao tirar o sobretudo, ele notou os carnudos e largos ombros que estavam desnudos. Sem dúvida era um encanto de mulher; de uma beleza angelical.

Passado algum tempo em que conversavam e sorviam taças de café com biscoitos amanteigados, ela pediu licença para ir ao toalete. Apressando-se, o gentil cavalheiro levantou-se e a auxiliou a levantar-se. Foi então que ele pode melhor observar o belo corpo da sua colega e parceira da noite, que já se anunciava um tanto agradável. Era uma mulher alta, não mais do que ele; com acentuada cintura, e coxas e nádegas aparentemente rígidas. No trajeto de ida ao banheiro e na sua volta, Ronaldo observou que ela fora notada e comentada por diversos homens que circundavam o balcão. Na verdade, ele observou que, aos homens virarem os olhos para aquela beleza tão singular, o levaram a sentir orgulho capaz de estufar o peito. Afinal, ele já tinha certeza de que se acompanhava de uma linda mulher, sob vários aspectos. Ela se mostrava quase que toda, logo de início. Além de bonita e bem trajada, desfilava inconfundível e fina elegância.

Se por um lado os indiscretos olhares e as silenciosas observações dos frequentadores confirmavam a beleza da sua parceira, por outro, nele já soprava leve ar de ciúme, apesar da embrionária relação ainda estar no seu estágio preliminar. Possivelmente coisa de homem possessivo e inseguro em relação à mulher que desejaria para si. Mesmo depois de voltar a se sentar à mesa, alguns inescrupulosos homens lançavam cobiçados olhares sobre ela e cochichavam e riam em pequenos grupos.

Ao retornar à mesa, já aquecida pelo calor do agradável ambiente, ela abriu parte do fecho éclair, mantendo-o próximo ao início da fenda que separava os seios. O ato embora nada proposital nem provocativo, no entanto atraia e fomentava a curiosidade e a cobiça de quem a observasse. Ronaldo, apesar de pretender manter a maior discrição possível, a todo instante sentia-se tentado a espiar o que via emoldurado à sua frente. E, quem não se sentiria tentado? Ele interrogava-se.

Depois, ele ficou sabendo que ela era uma verdadeira dama, sempre bem-vestida e, ainda jovem e muito graciosa. Nem o frustrado casamento e as consequências da separação, a tinham tirado a elegância e os gestos de fineza. Também tinha um rosto encantador, para o qual dava destaque com suaves cosméticos, porém nada que fosse capaz de alterar a sua espontânea e natural beleza feminina. Tinha um gracioso talhe nas acentuadas espáduas. Era mulher de não poder passar desapercebida por onde andasse.

Com toda certeza, entre eles despertara recíproca afeição e, talvez, já bastasse o comum interesse na relação tão logo que iniciada, para levá-los a uma desejada admiração de um pelo outro, traduzida em bem-estar e felicidade por se conhecerem. Assim, estava latente que cada qual mais se esforçava para proporcionar ao outro o que de melhor tinha para oferecer, em troca de alguma garantia de continuidade daquilo que ainda estaria para acontecer.

Durante um bom tempo conversaram sobre tudo, inclusive sobre o Direito e, sobre algumas situações mundanas. Ronaldo, então, disse algo assim, ou parecido com isso: defendo que o Mundo, desde que o homem nele chegou, é movido pelo trabalho, ou por trabalho. Sem o trabalho o Mundo não andaria e não andará. Com o desenvolvimento, o trabalho necessitou se organizar para obter resultados mais efetivos, mais eficientes e, mais abrangentes. Disse mais a ela:

- Então, Marcela, surgiu o mercado de trabalho; uma *instituição* criada pelo homem para atender às exigências e necessidades do próprio homem, que veio se tornar um necessário ou indispensável prisioneiro desse *sistema*. O que achas?

Marcela, disse:

- Eu já tinha observado isso que agora me dizes, e comentado com várias pessoas que concordam conosco. Por sorte que não estaremos sujeitos a trocar esse *sistema* por outro, sequer imaginado. Pelo menos, se a vida para continuar depende do trabalho, tenho certeza de que a maioria de nós está preparada ou se preparando para desempenhá-lo da melhor forma possível. É dele, ou através dele, que nos *alimentamos* para dar o melhor atendimento às exigências vitais. É através dele, que a quase que totalidade das pessoas consegue enfrentar e resolver a maior parte dos problemas que a vida impõe como indispensáveis à sobrevivência.

Desejando dar seguimento à conversa ,ele disse:

- Quem pensar um pouco mais sobre o que é a vida em sociedade, *a vida em comum*, observará que o ser humano na sua mais pura essência, é cheio de zonas sombrias, só penetráveis por cada um em relação a si próprio. Há um buraco escuro em particular a cada ser humano, no qual só ele pode penetrar. Esse buraco negro é responsável, por vezes, a ferir um comando da filigrana que oportuniza a convivência entre civilizados. Então, a convivência não se resolve, ainda que outras afinidades possam ensejar o encontro entre almas gêmeas.

As horas foram passando e a fome irremediavelmente despertou o apetite em ambos. Foi quando Ronaldo a convidou para jantar em restaurante de escolha dela, pois ele quase nada conhecia na cidade. Depois de fazer um sorriso permissivo, ela aceitou o convite, tal como já o desejasse, e rumaram para o local em que estava estacionado o seu automóvel. Durante o trajeto, ainda dentro do café, ele a informou que estava sem carro, pois chegara de viagem no início da tarde, e ainda não teria tido oportunidade para locar um carro.

* * *

Naquela hora o movimento de veículos e de pedestres já havia diminuído, sensivelmente. A cidade estava bastante mais tranquila; se bem que a falta de movimento nas ruas, na maioria das vezes traz como apêndice a insegurança. Mas a distância a percorrer a pé até o estacionamento era bastante curta.

Marcela tomou a direção do carro e lentamente o dirigiu até um restaurante que, segundo ela, Ronaldo gostaria bastante. Era um lugar com decoração em estilo italiano, embora o cardápio fosse bastante variado. No lugar havia dois amplos salões, divididos por arcos que separavam dois ambientes com a mesma proposta à clientela. A opção por ocupar mesa de um ou de outro dos salões era do cliente. Por iniciativa dela, escolheram uma mesa que ficava no salão da frente, onde havia enorme balcão de bar.

Nas mesas próximas das paredes laterais, as cadeiras eram substituídas por bancos com encosto a meia altura, com assento estofado em couro, para duas pessoas em cada um; o que tornava o lugar parcialmente reservado. Toalhas com estampas em xadrez nas cores vermelho, branco e verde combinavam com a oferta de uma boa cozinha italiana. Afixados ao lambri que revestia as paredes, apliques com luminárias e cúpulas em tecido rústico completava a decoração das mesas laterais. Nas mesas centrais, os apliques eram substituídos por pequenos abajures, no mesmo estilo escolhido para os apliques. Presos ao lambri, ainda tinham entalhes em madeira com caricaturas em alto e baixo relevo, retratando pessoas ilustres que antigamente frequentaram o local.

De onde estavam sentados, avistavam um grande e alto balcão em formato de "L", com vários bancos que completavam o conjunto de bar. Contornando o tampo do balcão e, também, quase rente ao chão, havia tubos de metal dourado que, além de proporcionar beleza, oferecia conforto ao cliente. O tampo era todo em couro, ou material semelhante e, ao fundo, enorme armário envidraçado exibia grande quantidade de garrafas de bebidas. De uísques a conhaques; de licores a vermutes; de cachaças a vodcas; de runs a bitters – das mais diversas marcas e paladares exigentes. Sobre um dos cantos, uma adega oferecia grande variedade de vinhos nacionais e estrangeiros. O bar era realmente encantador.

Do centro do teto de cada um dos salões, pendiam luminárias em estilo colonial com cerca de oito ou dez lâmpadas cada uma. Ao fundo, havia um adorno imitando duas janelas rústicas que, segundo Marcela, teriam sido confeccionadas com madeira reaproveitada de alguma demolição. Completavam a original decoração, cortinas com o mesmo tecido, estamparia e cores das toalhas das mesas.

Além do excelente condicionador despejando ar quente, a casa, que estava quase que totalmente lotada, se encarregava de mais aquecer o agradável lugar. Música ambiente, exclusivamente instrumental, ao som caloroso de um violão ou de um melancólico violino, como refere Strogatz,[39] quebrava o incômodo barulho ocasionado por pessoas que falavam muito alto - situação comum em alguns bares e restaurantes. Há pessoas que não se conscientizam de que não são exclusivas dentro de um lugar que dividem com outros iguais. Isso é tão horrível, ou pior, do que estar dentro de um vagão de metrô, obrigado a ouvir gritos ou ladainhas de pessoas que pensam estar viajando num carro particular. Resta o consolo de que educação não se adquire num vagão do trem; mas em casa. Bastará ter *vontade* de ser educado; o que, *aritmeticamente*, poderá não fechar. Dizia um malandro erudito, mas descomprometido com os fatos: isso é coisa *pra* cara tarimbado, *inda* que possa ser poético!

Os trajes, em sua maioria eram diferentes daqueles vistos no café. Dava para se ver, que eram pessoas que se tinham arrumado para ir a um elegante restaurante e, que, talvez, esticassem a noite numa boate ou outra casa de danças. Quase nenhuma dama usava o oportuno *tailleur*, que muito veste as executivas e outras profissionais. Marcela ao entrar e, enquanto escolhia mesa, foi objeto de admiração de homens e mulheres que ocupavam parte do primeiro salão. Via-se, que ela tinha uma presença imperiosa aonde chegava; um ar triunfal, que se esmaecia em meio ao seu sorriso. Ela bem sabia que alguns pequenos esforços para manter boa postura, são educativos e merecem ser observados. Também sabia que, com o passar do tempo, tudo é feito com absoluta naturalidade; sequer sendo observado por quem a pratica. Esse era um dom que adquirira, sem que alguém a tivesse ensinado. A sua única irmã, como adiante se poderá ver, até diante das maiores dificuldades pelas quais passou, por bastante tempo gozou de igual vantajosa postura. Com a cabeça bem a prumo e corpo ereto, ambas eram observadas por quem as via caminhando. Trajada tal como quem a pouco saíra do trabalho, ela mais encantava a todos pela beleza física e pela discreta maquiagem que realçava o seu rosto. Além de naturalmente ser bela, era de uma sensualidade escondida, que ela só seria capaz de mostrar àquele a quem tivesse interesse em cativar – o que ainda não era o caso.

Esse seu lado de mulher sedutora se mantinha recessivo, tanto nas expressões do seu rosto, quanto nos gestos de uma diva essencialmente feminina. E, realmente, ela estava divina aos olhos de todos. A sua voz, ao dirigir-se ao *maitre*, soava palavras macias e graves, entrecortadas por delicados e elegantes sorrisos. Mulher de orgulhar a quem a cortejasse. Ela parecia ter a faculdade de conciliar elegância com o que se poderia chamar de virtuosidade no interpretar e falar o que pensava. Dona de um sorriso capaz de encantar almas que a vissem em qualquer momento e circunstância, assim ela era observada. Segura nas suas palavras e frases, sabia bem dizer o que escolhia para si, sem machucar a quem com ela dialogasse. Disso, possivelmente resultasse boa parte do seu sucesso profissional. Graciosa em seus gestos e, em quase tudo o que fazia e dizia, levava a pensar, segundo Johan Huizinga, que a sua *"Vivacidade e graça estão originalmente ligadas às formas mais primitivas do jogo. É nele que a beleza do corpo humano em movimento atinge seu apogeu." "São muitos, e bem íntimos os laços que unem o jogo com a beleza."* [40] Realmente, essa por vezes estreita afinidade entre o *jogo* e a beleza é de tão profunda complexidade, que só a obra de Huizinga é capaz de provar e, talvez, convencer a quem quiser saber. Todavia, com expresso pedido de perdão ao leitor, confesso não me sentir plenamente esclarecido sobre o termo *jogo*, quando empregado em sentido ou questão diversa daquela conhecida e praticada pelo homem comum. Não o faço para o contraditar, mas para dizer que o desconheço.

Com passos miúdos e pausados, pisando levemente sobre os sapatos em couro preto com um discreto laço sobre o peito do pé, ela não teve muitas opções de escolha de mesa, pois quase que todas estavam ocupadas. Ronaldo apenas a acompanhou nessa tarefa, nada dizendo sobre a escolha. Para ele, ela lhe parecia tão linda quanto a atraente Sofia para Rubião (de Memórias Póstumas de Brás Cubas); ou mais ainda, que a imaginada Dulcinéia (de Dom Quixote). Mulher para ser mais do que apenas sonhada; porém, idolatrada. E, pensava ele: essa deusa está diante de mim e quase a meus pés. Que o frio gaúcho se vá para o quinto dos infernos, pois deixei de senti-lo tão gélido, desde que me envolvi com esta linda mulher. Que os santos a conservem em minhas mãos!

Era uma das não reveladas intenções dele, manter Marcela tão menos exposta quanto fosse possível – assim, evitaria o assédio de algum galanteador ou *homem da noite*; daqueles que não medem consequências para abordar uma mulher, ainda que esteja acompanhada. Ele já havia cursado essa escola no Rio de Janeiro, onde alguns pensam que a conquista depende apenas de ousadia; de boa e oportuna pegada. Lembrou que até há quem envie bilhetes por garçons em troca de alguma gorjeta mais quente; que, quem marca bobeira dá chance para o esperto e perde a mulher; ficando apenas com a conta da festa para pagar.

Sempre usando de fidalguia, ele aguardou que ela escolhesse qual dos bancos a sentar-se e, só depois ele sentou-se no que ficava na sua frente. Por mais essa vez, ele desejava sentar-se à frente dela, para melhor observá-la. Além disso, a relação era bastante prematura para sentarem-se juntos - lado a lado, como costumeiramente acontece entre casais. Logo que se acomodaram, ambos já sem os agasalhos pesados, o *maitre* ofereceu-lhes o cardápio e logo se afastou do lugar, para aguardar ser chamado para anotar os pedidos. Ronaldo, que já confessara não se adaptar ao frio do Sul, que ainda castigava as suas orelhas e o nariz, antecipou-se, e pediu ao *maitre* que, antes de mais nada, lhe servisse uma *pinga* bem forte. Prontamente a bebida chegou e, afoito, ele deu um gole daqueles que só termina quando o cálice esvazia. Pois a reação que sentiu foi tão forte e tão intensa, que lhe pareceu ter levado um tapa na cara. As bochechas avermelharam, mais se parecendo ter sofrido uma bofetada. Como resultado, o frio que sentia se mandou de vez.

Ela sentada de frente para ele, apesar de mostrar algum ar de desconhecida nostalgia, estava encantadoramente bela. Ele, como aparentando mais jovem do que realmente o era, ficara a admirá-la demoradamente e, sem nada dizer. Aliás, por algum tempo nenhum deles disse algo. Havia entre o par uma sensação de vazio; de vácuo.

Ronaldo preferiu acompanhar a escolha de Marcela. Então, pediram dois pratos de *fettuccine* ao molho de frutos do mar e, para acompanhar, vinho tinto. Dentre as variedades constantes da carta, Ronaldo optou pelo *carménère* e, antes de fazer o pedido explicou a Marcela:

- Os vinhos da uva *carménère* são originários da região de Bordeaux, na França, tendo sido extintos na primeira metade do século XIX; mais precisamente, por volta do ano de 1840. Todavia, muito tempo depois, no final do século passado eles começaram a ser produzidos aqui na América do Sul, no Chile, com enorme sucesso que se mantém até hoje. Mas confesso que não os acho saborosos, apesar de já ter-me habituado com eles. Antes do *carménère*, a minha preferência era pelo *cabernet souvignon*, também originário da região de *Bordeaux*, no Sudeste da França. Porém, depois que fiz a troca, não mais provei o *cabernet*. Qualquer dia vou tirar a prova dos nove: degustarei um pouco de cada um. Verei qual deles me convencerá ser o mais saboroso. Também aprecio o Merlot e, o Malbec argentino ou francês. Aliás, a Argentina e a França são os maiores produtores dessa variedade. O Brasil também vem se tornando grande produtor de vinhos e, avança com a cautela e o zelo necessários para quem deseja participar de um mercado tão concorrido e exigente.

- Pelo que vejo, és bastante conhecedor de vinhos. Tens adega na tua casa? Perguntou Marcela.

- Não. Não tenho adega em casa; apenas aprecio vinhos e esse tem sido o meu preferido. Sempre que posso, especialmente à noite e, em casa, consumo uma ou duas moderadas taças; sendo que hoje é difícil dizer-te a quantidade de vinho despejado numa taça. Elas são cada vez maiores!

- É verdade, tenho observado isso, mas como raramente bebo vinho...! Aliás, quase nunca consumo bebida alcoólica; a minha preferência é por água e sucos naturais. No entanto, sempre tenho algumas bebidas em casa para oferecer à eventuais visitas que as apreciam.

- Quais os sucos da tua preferência?

- De laranja, de abacaxi, de laranja com maracujá, de mamão e de manga. Não gosto de suco de uva nem de melancia - respondeu ela.

- Bebo sucos raramente. Ainda que saiba das recomendações em contrário, diariamente consumo muito refrigerante e, vez que outra, bebo água mineral com gás - disse Ronaldo.

- De fato, refrigerante não é recomendado para ninguém, ainda mais diariamente. Por que não fazes um esforço e deixas de tomar refrigerantes?

- Já tentei várias vezes, mas acabo dominado pela vontade de beber só um pouquinho e, então, acabo por ingerir mais um copo ou latinha.

O garçom chegou com os pratos escolhidos e, antes disso já tinha servido o vinho que foi degustado por ambos. Ela adorou o sabor do *carménère* e logo que consumiu a primeira taça, aceitou ser servida novamente.

Ainda que o pedido fosse de um prato de massas, escolheram como entrada um coquetel de camarões, servido em taças forradas com alface fresca e de coloração bem viva. Os crustáceos, bem rosados e graúdos, mergulhados em farto molho rosê levemente adocicado, estavam uma delícia dos deuses, segundo ele. Uma opção de Marcela que, pelo que Ronaldo imaginou, já havia provado o gostoso petisco. O ambiente entre eles era convidativo para um espumante; mas o frio e o prato principal os levaram a preferir o tinto de boa qualidade.

Enquanto saboreavam a massa e o gostoso vinho, conversaram bastante e sorriram outro tanto. O encontro estava assaz animado e parecia haver tempo para muito assunto e troca de perguntas. Cada qual desejava mais conhecer o outro. Em dado momento Marcela fez duas observações em relação a Ronaldo:

- Sou extremamente curiosa e, pouco depois que nos encontramos, notei algumas características que possivelmente possam mostrar-me um pouco mais de ti. São elas: qual perfume estás usando e qual a marca dos teus sapados?

Enquanto eles riam um pouco, Ronaldo preparou-se para dar-lhe uma resposta bem fácil.

- O perfume que agora estou usando é o *Cartier*, mas também alterno com outras marcas. Gosto do *Paco Rabanne*, do *Polo*, que tem uma fragrância amadeirada, além de outros. Nada de muito especial. O importante é o fixador. Para saberes, o *Cartier* que estou usando, mantém a fragrância desde o início da manhã, quando borrifei após o meu banho.

Uma vez que ela não tinha obtido resposta para a segunda das curiosidades, não perdeu tempo e voltou a perguntar-lhe:

- E, os sapatos?

- Poxa, será que em tão pouco tempo conseguistes observar os meus sapatos? Então, lá vai: *Louis Vuitton Richelieu*, que adquiri há um bom tempo, mas como sou bastante cuidadoso com as minhas coisas, ainda permanecem como em estado de novos.

- Ah, mas são muito bonitos! Também, devem valer o quanto pesam! - Disse ela.

- Pelo contrário, pois pesam muito pouco; são bem leves, o que não torna cansativo usá-los. De alguns tempos pra cá, os fabricantes de calçados têm tido a preocupação de produzir sapatos leves. Foi-se o tempo em que ao se caminhar, parecia estar calçando um par de coturnos – os *combat boots* dos militares. Quanto ao preço, não vou poder dizer-te, porque não sei quanto hoje custariam, mas seriam mais caros do que um jogo de pneus de automóvel! Satisfeita a curiosidade?

- Sim, - disse ela - por enquanto só mais uma coisinha! Tu tens alguma obsessão por sapatos? Porque fiquei estupefata com o preço deles, embora se encontre calçados até mais caros, especialmente os femininos. Alguns, nem muito couro de boa qualidade têm, mas valem pelo lançamento, pela criação, pela grife, pelo, etc.

Então ele respondeu:

- Não se trata de ter obsessão por sapatos. Aliás, não tenho muitos, embora goste de escolher bons calçados. Aprendi que o homem caprichoso não dispensa o uso de sapatos bem cuidados. Não precisam ser caros, mas bem cuidados, engraxados, com saltos e solas também cuidados. Isso é uma demonstração do zelo masculino. Vou mostrar-te dois exemplos que confirmam o que disse: Imagina um cara com um bom terno, participando de uma festa; de um casamento, por exemplo, mas com os sapatos *bebendo água*, como eu costumo dizer; isto é, esfolados, sujos, barrentos, e com o salto torto. Quem o olhar dirá: é um jeca; é um relaxado; deve andar sempre com esses sapatos tortos e sujos; ele não costuma olhar para baixo... Agora, pensa num cara com uma calça jeans suja de graxa, ou de ferrugem, ou até rasgada, mas com um par de sapatos bem cuidados, engraxados. Quem o olhar dirá que é uma pessoa caprichosa, mas que por alguma razão, pouco antes sujou ou rasgou as calças. Que, possivelmente ao chegar em casa trocará a roupa.

Adiante, Ronaldo a perguntou se ela tinha algum irmão ou irmã. Ela então respondeu:

- Não tenho irmão, mas tive uma irmã já falecida. Faleceu no Rio de Janeiro, não há muito tempo, em circunstâncias não bem esclarecidas. Mas eu não gosto de falar neste assunto. Me perdoa, mas ainda ando muito chocada com o que houve com ela.

Ronaldo apenas a olhou fixamente, mas nada disse. Abaixou a cabeça, numa visível manifestação de respeito a quem sofria pela perda de pessoa próxima e querida. Ela também nada mais disse sobre a irmã ou qualquer outra pessoa da família.

Apesar da música instrumental e suave, mas propositadamente tocada em volume capaz de quebrar o zumbido proveniente das conversas entre clientes, ainda assim se ouviam algumas vozes menos educadas para um restaurante noturno, chique, e bem-frequentado.

\* \* \*

O interesse entre eles estava, como se costuma dizer, à flor da pele e se desenvolvia com leveza e grande expectativa. A cada resposta dada por um, nova interrogativa surgia do outro. Com as posições em que se encontravam – um de frente para o outro – a conversa era do tipo olho no olho, portanto, a mais sincera possível. Em meio às amenidades conversadas, ela perguntou a Ronaldo:

- Qual o teu estado civil? Desculpa-me pela pergunta tão direta, mas o propósito é o de nos conhecermos um pouco mais. Isso também, se não entenderes que pergunto demais para uma relação ainda nascente. Quero que fiques bem à vontade, só me respondendo o que para ti não incomode.

Então, Ronaldo respondeu-lhe:

- O meu estado civil sempre foi o de solteiro. Nunca me casei, nem tenho filhos. E tu Marcela, qual o teu?

- Sou separada judicialmente, há alguns anos e, também não tenho filhos, embora ainda deseje tê-los. Espero ainda ter essa bela oportunidade.

- Falaste em tê-los, no plural. Então pretendes ter mais de um, não é isso?

- Sim, a minha cota estará completa com dois filhos, não importando o sexo. Porém, tenho consciência de que criar uma criança é uma das atribuições mais difíceis da humanidade. Certamente que nos dias atuais é uma atribuição assaz desafiadora para os pais. Além de cara e algumas vezes arriscada, os filhos não nascem com bula, nem com certificado de garantia sobre o seu futuro. Não são poucas as famílias, inclusive do meu estreito relacionamento que, apesar do esmero na formação dos filhos, têm sofrido decepções - não apenas angustiantes e constrangedoras, mas dolorosas decepções, aflições e, desencantos. Algumas não sabem se será melhor abandoná-los à própria sorte, ou continuar numa luta que aparenta ser inglória. Não tenho dúvida de que, ao ter filhos, arrisco por isso passar.

E, ela seguiu: não descarto de tudo o que disse, as hipóteses e até comprovações de que muitas vezes o que estimulou tais desastres familiares, decorreu de criações impróprias; que não compreendem os desejos dos filhos, de serem melhormente aceitos e compreendidos pelos seus pais. Os pais não podem deixar de ter em conta que, uma família é formada por homens e mulheres na mais das vezes demasiadamente maduros e, de filhos jovens, inteligentes e ansiosos por um tipo de vida diferente daquele, a quem vêm sendo submetidos pela via de milenar forma de educação.

Em meio à conversa, Marcela ainda fez à Ronaldo outra oportuna observação.

- Notei que apesar de morares no Rio de Janeiro, tu continuas com o singular sotaque do gaúcho. Inclusive o uso do pronome pessoal na segunda pessoa: *tu*. Sempre que converso com alguém que reside fora do nosso Estado, observo a troca do pronome por *você*. A que deves essa circunstância?

- Moro no Rio de Janeiro há muitos anos, mas por alguma razão que desconheço, continuo com o sotaque dos sulistas; inclusive empregando o pronome *tu*, ao invés de *você*, como utilizado por lá. Uma ou duas vezes por mês encontro-me com um grupo de gaúchos que mora no Rio, para botar conversa fora e matar a saudade da nossa terra. Nesses encontros, combinamos não usar o pronome *você*, numa deferência às nossas origens. Mas, vez que outra há quem o deixe escapar... Também poderás observar que pessoas de outros estados, que veem morar no Sul, por aqui continuam a usar o *você*. Me parece que têm dificuldade de usar o *tu*.

- Já ouvi dizer que o nosso linguajar é muito *duro* - disse Marcela -, difícil de ser pronunciado por pessoas de outras regiões. Dizem que o nosso sotaque é *linear*; de um só tom; sem qualquer balanço; sem um mínimo de *ginga*. E, que o pessoal da fronteira acentua ainda mais essa característica. Em decorrência disso, se torna difícil adaptar-se ao nosso sotaque. Conheço pessoas vindas de outros lugares, que, aqui morando há muitos anos, não conseguem assimilar o nosso sotaque.

Ele tomou novamente a conversa e perguntou se ela apreciava filosofia. Ao que ela respondeu que sim, mas que pouco conhecia. Disse, pois:

- Mas, algumas coisas que li ainda guardo no meu pequeno *baú*. Lembro de um pensamento, embora tenha esquecido o nome do autor, que diz que, de toda inteligência, por mais ínfima que seja, se extrai uma boa sabedoria. Que, saber e dizer uma verdade, já é prova de sabedoria. Que os retraídos, encolhidos, escondidos e os egoístas, na mais das vezes se portam como menos sabedores do que o singelo e humilde homem que traz consigo e defende a sua verdade. Também já li que o nosso espírito pode se manifestar sem a nossa ativa e consciente participação, como é o caso da função do subconsciente.

Querendo dar seguimento à boa conversa, Ronaldo disse:

- Toda a boa leitura é importante para o espírito, porque ela enriquece e, quase sempre, se antecipa aos fatos ainda não conhecidos pelo leitor. Além disso, facilita a busca pelo conhecimento e pelo entendimento. Alguns livros dificultam o saber; complicam o leitor menos orientado e menos conhecedor do tema abordado, mas com a máxima das máximas certezas, a maioria das obras são esclarecedoras e didáticas. Quase tudo o que homem civilizado conhece está escrito. Desde a *era* da civilização, ele aprendeu lendo, ou lhe foi repassado por alguém que leu. Dos fatos mais antigos aos mais atuais; dos lugares mais distantes aos mais próximos, sempre haverá algo registrado para ser lido e perpetuado. Porém, assim como a leitura propõe a informação, deverá provocar crítica ao leitor. Estou falando de um livro; não de um folhetim, embora nesses, também haja espaço para a crítica. De sorte que, do leitor se espera uma absorção não apenas contemplativa, concessiva, mas também crítica, quando isso lhe aguçar a inteligência. Ler para melhor se instruir, mas sem se deixar sufocar pelo que ler; com óbvia exclusão ao que pensar sobre o que ler.

Marcela, depois de escutá-lo atentamente, fez uma observação fora das linhas do assunto que vinha sendo conversado:

- Não poucas vezes mudo de assunto sem ligar a seta do carro. Mas, logo entenderás como sou dispersiva. O que vou abordar, nada tem de próximo com o que estamos falando, mas lembrei de comentar e, não quero perder essa oportunidade de me expressar. Sou apolítica; pelos menos penso que assim eu sou. Mas tenho as minas convicções. Acredito que estamos passando por uma época de enormes dificuldades, uma vez que se acentua em nosso meio, a arte de governar sem base no patriotismo. Há uma sede de governança, que mais se parece com um modismo; *uma onda*; uma espécie de vaidade e de exibicionismo, cujos propósitos – inicial e final – ninguém declara com convicção. Falam a toda hora em mudanças, mas não esclarecem quais serão essas mudanças. Os discursos são atropelados com apostos colocados em meio a frases, com o notório propósito de confundir; de enganar e, de provocar interpretações divergentes. Muitos são os declarados donos das novas ideias, mas poucos os que as abraçam de verdade. Tirando a turma que ombreia bandeiras e estende faixas, poucos outros dão o peito à luta. Os botons, que antes enfeitavam lapelas de orgulhosos tórax, hoje se escondem atrás das golas para só serem mostrados aos irmãos *tribais* mais convictos e aos que têm direito ao uso do *cocar*. Como em toda tribo, a taba continua a encher-se de adeptos que nos dias de sessões se reúnem com as suas indumentárias, caracterizadas por pinturas no corpo, cada dia mais e mais trocadas por tatuagens e outros apetrechos. Depois que a indiada se acocora em círculo, um dos graduados destacado para dar o verbo da hora, fala sem ser aparteado; mas ao final de cada oração é abafado por palmas e gritos de ordem. No entanto, vai dia e volta dia, no que menos se fala é *na salvação da lavoura*; isto é, da pátria que agoniza a cada mudança de ideia. Opa Brasil forte e rico esse! E, isso que já foi mais forte e mais rico! E ainda tem gente que pensa que isso é só uma bagatela, coisa atoa, que não passa de opiniões ou de pareceres do vulgo. Pari passu, contrário sensu, a cada mudança vão delapidando a joia rara e a transformando em pedra bruta.

Ronaldo, depois de escutá-la, deu a sua opinião sobre tema transverso:

Marcela, não posso garantir que sou apolítico; afinal, penso que isso pertence a todo cidadão de bem. Todavia, só converso sobre política, quando sei que estou diante de pessoa que saberá escutar-me; ainda que possa pensar em contrário ao que eu digo. Falo sobre política, como falo sobre algum esporte. Mas tenho feito severas críticas ao valor do salário-mínimo fixado pelo governo que, historicamente, vem sendo insuficiente para atender às necessidades mais primárias. Embora já tenha sido bem mais minguado, ainda está distante do necessário para que uma pessoa atenda às suas obrigações básicas. Imagina como faz aquele que, com tão pequeno valor, tem que dar cabo às despesas de uma família! Como um pai poderá dar condições a que seus filhos atendam às exigências propostas pela escola? E, com a falta de escolaridade, se afunila a saída da pobreza e da miséria; resultando disso, mais um pequeno aglomerado de pessoas sem capacidade para crescer. Multiplicando esse pequeno grupo por tantas vezes quantas forem as famílias que vivem na pobreza, logo se terá a conta de quantos pobres assim permanecerão nesse enorme país. Por certo que o círculo vicioso não só não se encerrará, como ainda crescerá progressivamente. O salário-mínimo já surgiu com absoluta ineficiência, que eu costumo chamar de insuficiência para atender às necessidades básicas de uma família, como previsto na lei. São elas: moradia, alimentação, educação, saúde, lazer, vestuário, higiene, transporte e previdência social. Nem mágico depois de tirar coelho de uma cartola conseguirá satisfazer todas essas necessidades, com o valor que lhe é creditado à título de salário mínimo.

Durante um relativo demorado tempo, sentados frente a frente, ficaram a se contemplar; de tal sorte que pareciam esquecer de tudo o mais que havia no seu entorno. Após uma retomada de si mesmos, Ronaldo abriu um novo assunto, na tentativa de mostrar um pouco mais de si para a sua parceira de noite e, quiçá, dela também saber um tanto mais. Disse, então:

- Marcela, embora fora de tom, te confesso que não gosto de pessoas que se apegam demasiadamente a detalhes e circunstâncias sobre um fato ou determinada coisa. Não fazem o meu tipo. Esses preciosismos, essas pessoas detalhistas, com ideias milimétricas, sem senso de perspectiva e sem dar espaço para erros, não entram na minha *escola*; não passam no meu vestibular. Esses acadêmicos do positivismo, que trocam o sonho pela realidade, deveriam conversar com marcianos; não com humanos. Outro importante fator é apontado por Huizinga: *"O homem encontra-se no mundo literalmente como uma criança, quiçá como uma criança em um conto de fadas. Muito está ao seu alcance: viajar de avião, falar com alguém no outro hemisfério, retirar guloseimas de uma máquina, trazer, via rádio, qualquer parte remota do planeta para dentro de casa. Basta-lhe apertar um botão, que a vida aparece, obediente. Poderia esse tipo de vida tornar alguém adulto?* [41] Pois vejas que o mal atinge a outros flancos; se espalha indefinidamente e, quase sem controle. Não chega a ser pecado ao qual não se possa remir, mas enseja observações.

Depois de uma boa risada, ele continuou:

- Também não são lá muitos brasileiros, porque o brasileiro não é apegado a coisas inflexíveis, imutáveis, com excesso de realismo. Com um litoral desse tamanho, desde pequenos aprendem que cada onda é diferente da outra e, a que rebenta na praia, volta mansa para o oceano. Esse realismo demasiado faz mal para a cabeça e para a barriga e, quem se apega a isso, está condenado a não poder beber, porque a bebida faz o espírito sonhar - fugindo da realidade metafísica. Machado de Assis dizia que *"...a realidade é boa, o Realismo é que não presta"* [42]

- Pelo que observo – disse Marcela – tanto gostas de boas obras, bem como, de usar boas metáforas para dizeres o que gostas e pensas.

- Não é bem assim, disse ele. E foi adiante, abrindo espaço para outra observação:

- Observo que há pessoas que com o passar dos anos e a idade avançando, apesar de perderem o viço natural que as embelezaram durante a juventude, adquirem alguns outros atrativos como a simpatia, a segurança e, não raro, novas formas de cativar. Como na vida nem tudo é permanente, imutável, a passagem da mocidade para meia-idade também tem as suas vantagens. Porque até mesmo a contagem dos anos tem como prêmio maior sabedoria; maior experiência; e, novas formas de cativar e de ser cativado. É só uma questão de saber viver em cada época da vida. Nem seja um velhinho transviado; nem seja um jovem sisudo e demasiado austero.

Depois de ter concordado plenamente com o que ele dissera, ela aditou, usando da calma e da finura que lhe era peculiar. Olhando bem firme para os olhos dele, Marcela então disse:

- Uma pessoa e, em especial uma mulher que cuida da higiene pessoal e da sua aparência, evitando descuidar-se da maquiagem e do bem trajar, sempre é melhor recebida onde e para quem ela se apresenta. São qualidades que, associadas à elegância e à simpatia, fazem dela uma agradável, senão, uma encantadora pessoa, pronta para abrir espaços para a sua vitória. Já comprovei isso muitas vezes, tanto com experiência própria, como, ao observar colegas que não têm bons cuidados com a aparência e, além de tudo, têm olhar e gestos rudes no seu cotidiano. São pessoas que parecem estar sempre de mal com a vida – certamente, que, com a vida delas. Isso além de fazer grande mal à saúde física e mental, as envelhece; ou, pelo menos, parecem ter mais idade do que têm. No meu caso, posso afirmar que o meu cuidado, o tenho para mim. Me arrumo e me maquio para mim. Gosto de me sentir bem, quando bem trajada e bem maquiada; isso me faz feliz.

Ronaldo, então, respondeu com outro *quesito*:

- Há quem diga que uma dama só se levanta de onde estiver sentada, para responder ao cumprimento de um homem, se este for Sua Santidade, o Papa; porque ele representa toda a Divindade.

Ela concordou, com um ar sisudo, mas sereno. Falou, então:

- Há pessoas tão cheias de orgulho barato, que vivem com o peito dilatado; com tal proeminência capaz de ultrapassar as pessoas que o suportam e carregam. E isso é uma verdade, porque pessoas de peito estufado, geralmente têm cabeça bem menor, não apenas no diâmetro – o que não faz mal algum -, mas na quantidade e na qualidade dos miolos; da massa ali armazenada. Há pessoas tão incríveis e de tamanha vaidade e orgulho de si, a ponto de se preocuparem bem mais com o fato de se darem mais ao trabalho, do que à obra que dele resulta. Sem se darem conta de que a obra que realizaram é fruto da sua participação, preferem valorizar mais o seu trabalho do que a obra realizada. *Savoir*, madame?

Eles riram num pequeno riso abafado; mais pela caricata pergunta do que pela anterior afirmação.

A conversa não tinha trégua, pois o interesse em se manterem juntos o mais que fosse possível, era-lhes algo importante. Quando um concluía um pensamento, o outro iniciava novo assunto. Ronaldo, então disse:

- Não sei se concordarás comigo, mas já li que o sono é irmão da morte, mas eu não os vejo tão próximos. Todavia, posso acreditar que existe entre eles algum parentesco (sorriu). Acho que o sono possa ser um primo distante da morte, para aliviar um pouco o sofrimento dos irmãos que sobrevierem à morte do fraterno falecido. Diz assim Calderón: *"Evocam-se tópicos de tradição ciceroniana que postulam que a morte é sono longo, e o sono, pequena morte."* [43] Nem tão certo; nem tão errado, pois que faltaria saber se a morte seria um sonho eterno. Dizem que quanto maior a distância entre os que ficam e o que se foi, menor é sofrimento *daqueles*, tanto quanto a fatia no acervo a partilhar. Exceto, pois, o caso de um testamento beneficiando a um parente distante, mas de grande afeto àquele que desencarnou. La Rochefoucauld assim definiu: *"É iludir-se acreditar que a morte vá parecer de perto como foi julgada de longe e que nossos sentimentos, que são pura fraqueza, sejam de têmpera bastante forte para não sofrer o golpe da mais rude de todas as provas."* [44] Li, não lembro onde, que a morte pode ser tratada como uma alquimia que substitui a vida, que se pensa ser para sempre; em um nunca mais. Krishnamurti propõe um medo da morte distante daquilo que abraça. Para o filósofo indiano não se pode ter medo da morte, por ser esta algo desconhecido. Dizia que, ao pensar na morte, tinha medo é de *"...perder a ligação que tenho com as coisas que pertencem a mim."* *"...medo de perder minha família, minha reputação, meu caráter, minha conta bancária, meus desejos e assim por diante."* [45]

E Ronaldo continuou:

- Li também no livro de Luiz Barsi Filho algo assim: *"Não acho que um dia, no Paraíso, alguém tenha tido uma costela suprimida para originar a humanidade. Porém acredito em uma força suprema capaz de criar elementos e realizar façanhas que não estão ao alcance do homem> o Sol, o vento, a Lua, os mares. Quem criou tudo isso tem um poder extraordinário e admirável."* E, disse mais: *"...A hora da morte chega e ninguém é capaz de revertê-la". "Não estamos no controle."*[46] Chico Anysio dizia que não tinha medo da morte; mas pena de morrer. De todo modo, costumo dizer que a morte, que a tantos preocupa, não é mais do que a etapa final de quem viveu. Por isso, sou favorável ao dizer na letra do samba de Zeca Pagodinho: *"Deixa a vida me levar... Vida leva eu!"* Mas, o pavor que muitas pessoas têm da morte, me faz recordar o que li recentemente no livro, O Jardim do Éden. Em certa passagem do interessante romance, Catherine diz a David:

*- "Mas e quando eu morrer?"*

*- "Então estará morta - ele a respondeu."*

*- "Mas não suporto morrer - disse ela."*

*- "Então não deixa que isso aconteça até o momento em que isso acontecer - completou ele."*[47]

Constatando o interesse dela pelo que ele argumentava, ele então disse mais:

- Observa, que belos contrastes retirei de algumas meditações feitas durante as minhas viagens: um deles, é saber que o soldado rude, guerreiro e bruto no seu aprendizado e no seu serviço diário, se torna suave, agradável e aprazível quando no convívio social. É a prostituta que vende o seu corpo por dinheiro vil, mas que ao se casar se torna recatada e respeitosa para com o seu esposo. É o cirurgião e obstetra que com as suas mãos apalpa as partes mais íntimas da sua paciente e, que, com essas mesmas mãos a cumprimenta respeitosamente, tanto no primeiro quanto nos demais encontros. É a modelo que posa nua para um anúncio publicitário, mas se constrangeria, se tivesse que andar desnuda pela rua. É a criança birrenta que desacata a mãe, mas que não desrespeita a professora. É o supremo líder de uma quadrilha que, diante do policial, se rende e se admite vencido.

Marcela então resolveu contar alguma coisa que ocorrera durante a sua adolescência. Historiou o fato, dando um certo romantismo, sem outro motivo que não o de poderem continuar juntos trocando ideias. A noite apesar de fria lá fora, no restaurante estava muito agradável. Disse assim:

- Certa noite, sob o luar que parecia me convidar a continuar olhando para cima, do pátio da minha casa fiquei a observar o céu estrelado. Parada, eu distinguia algumas constelações, dentre elas, a Cruzeiro do Sul que, sempre que as nuvens nos franquiavam a sua vista, eu ficava apontando para o auto. Quando eu era menina, lá em casa diziam que não *prestava* apontar para as estrelas, porque esse gesto fazia surgirem verrugas na ponta dos dedos. Mas, fosse por descrença; por teimosia; ou fosse por esquecimento dessa advertência de gente antiga, sempre que eu via uma estrela mais brilhante, para ela eu apontava o dedo indicador, num gesto costumeiro de mostrá-la para quem estivesse comigo. Por sorte, nunca tive queles grãozinhos feios nos dedos e, em nenhuma parte do meu corpo. No meu colégio tinha uma menina da minha idade, que tinha o dorso das mãos cheio de verrugas. Eu achava aquilo muito feio. E, parecia que ela tinha vergonha de mostrar as mãos. No inverno, invariavelmente ela ida à escola usando luvas e, nos dias quentes, as escondia nos bolsos. Precavida, ela tinha variados pares de luvas, que combinavam com as suas roupas - o que me causava um pouco de inveja. Mas, que me perdoasse quem soubesse o que eu pensava, porque não desejaria usar luvas para esconder as minhas belas mãozinhas!

Ela riu um pouco e continuou:

- Algumas colegas fofoqueiras, diziam que ela não arranjava namorado por causa das verrugas, mas eu achava que o motivo era outro. Achava que era porque ela era muito nariguda e magrela. Se parecia até com a Olívia Palito, a mulher do Popeye.

Depois de um pouco de silêncio, falando sobre o

amor ela disse ser um assunto complexo. Que já teria lido e escutado algumas versões sobre o nobre sentimento, mas que sempre há lugar para novas interpretações. Na Antiguidade, os gregos classificavam o amor sob os seguintes aspectos: o *Ágape*, que tem um sentido amplo - por assim dizer, um aspecto universal, sem se vincular especificamente a determinada coisa. O *Philia*, que para nós pode ser entendido como a amizade; portanto, mais brando que o seguinte, que é o *Eros*. Esse último, então, é o nosso atual amor romântico, carnal, direcionado mais especificamente a alguém, a quem se tem a sensação de entrega. Ainda tem o *Storge*, que não vai além de apenas uma simpatia; uma tendência por algo ou por alguém; uma feição. Mas que também pode ser interpretado como o amor familiar; portanto mais denso do que a versão anterior. Ulrich, em resposta à interrogativa de Ágata, no romance de Robert Musil, sobre se existe o verdadeiro amor, assim se expressou: *Sim!...Mas é uma exceção. É preciso separar isso: primeiro, há uma experiência corporal, que faz parte das excitações epidérmicas; e pode evocar como mera excitação agradável sem conteúdo moral, sem sentimentos. Depois, em segundo lugar, há habitualmente movimentos emocionais que se ligam intensamente à experiência física, mas apenas de modo a serem os mesmos em todas as pessoas, com mínimas variações; esses momentos fundamentais do amor são os que eu preferiria incluir nos aspecto físico-mecânico, e não na alma. Por fim, existe também a verdadeira experiência espiritual do amor: mas ela não tem necessariamente a ver com as duas outras partes. Pode-se amar a Deus ou ao mundo; talvez só se possa amar a Deus ou ao mundo. De qualquer modo, não é preciso amar a uma pessoa. Porém, se o fizemos, o físico atrai todo o mundo, de modo que este se vira do avesso...*"[48] Karl Marx, citado por Erich Fromm acresce: "*Se você ama sem suscitar amor, isto é, se seu amor é tal que não produz amor, se por meio de uma expressão de vida como pessoa amante você não se fez uma pessoa amada, então seu amor é impotente, é um desastre.*" [49] Isso por certo é diferente do repisado entendimento de que amar é dar-se, sem querer nada em troca. Fato também defendido por Erich Fromm. Se poderia então dizer que é incondicional. É possível entender o amor, no qual a flexa atinge a pessoa amada, sem que esta, a despeito de sentir-se amada, não deseja retribuir o afeto recebido a quem a atingiu. Na situação anterior, de Karl Marx, o amor *despendido* pelo amante poderá ser de tal modo *insuficiente*, que sequer é sentido pela pessoa amada. Daí o filósofo alemão tê-lo adjetivado de *impotente*, de um *desastre*.

Como que, querendo dar por esgotado o tema, ela perguntou:

- Como são os teus colegas de escritório?

- Eles são considerados pela clientela mais efetiva, como profissionais bastante diligentes. Apesar disso, nós sabemos que advogado anda sempre correndo; sempre com os prazos quase esgotados. Isso já faz parte da profissão. Dizem que aquele que trabalha com boa folga de tempo, possivelmente, seja porque tenha pouco serviço. Um dos meus companheiros de banca, dizem que ao escrever a suas petições, mais se parece com um moleque em briga de rua, tal a agressividade que transfere para o papel. Certa vez, um juiz mandou riscar alguns termos com excesso de agressividade, inclusive contra a autoridade; mas ele recorreu da ordem e teve sucesso no Agravo. De tão zeloso com o grande volume de trabalho que ele tem, já disse que, há mais de 1 ano não consegue ler qualquer outra coisa, que não sejam processos e pesquisas sobre matéria jurídica.

Comentou ele, então:

- Só nós, advogados, podemos saber a decepção

que sentimos, quando após detalharmos fatos consubstanciados em prova idôneas; tudo redigido num sem-número de laudas de petições e, a despeito dos incontroversos fundamentos jurídicos e fáticos, o magistrado tem entendimento diverso daquele que esposamos.

Marcela, por sua vez, então disse:

- E para o advogado ainda resta ter que explicar e nem sempre convencer ao cliente, sobre a realidade do fato e da decisão judicial. Já me deparei com situações difíceis e constrangedoras, patrocinadas por alguns poucos clientes, que parece se esforçarem para não entender por que perderam a ação. Mas, agora, bem mais madura, prefiro evitar falar com pessoas imbecis. Vez que outra, tenho conseguido que algum dos mais pacientes colegas de escritório converse com o irredutível cliente. Certa vez ouvi alguém dizer que não se deva discutir com um idiota, porque não dará para se saber quem é quem no bate-boca.

Ronaldo, pois, continuou emendando:

- Então, aquele exaustivo trabalho feito com zelo e esperança (ou mesmo certeza) de que será vencedor na causa, se transforma em folhas de papel sem qualquer valor. No entanto, resta como consolação a certeza de que o profissional fez o que era necessário e certo fazer. Fecha-se uma porta como a escuridão da noite e, certamente, mais adiante se obterá uma vitória num novo processo; o que não levará a esquecimento a derrota anterior. São marcas que o advogado não esquece, ainda que, por vezes, o cliente não mais lembre.

Marcela então retomou o assunto nos seguintes termos:

- Não faz muito que, ao ler O Processo de Franz Kafka, deparei-me com algumas passagens que um pouco se assemelham com o que estamos dizendo e concordando. Se ainda não leste o livro, te aconselho não perderes a oportunidade de debruçares sobre a interessante obra do também advogado e escritor.

Ronaldo continuou:

- Não conheço o livro, mas o procurarei quando retornar ao Rio. Dele já li uma ótima obra, A Metamorfose, considerado o livro mais lido do autor.

E Marcela completou o seu pensamento:

- Como nem tudo é perfeito, há uma, dentre outras passagens no romance, de que discordo. Na trama sobre um complicado processo judicial que envolvia pessoa de importância social, há uma declaração do advogado nos seguintes termos: *"Certa vez, encontrei muito bem expressa, num escrito, a diferença que existe entre representação em causas comuns e a representação neste tipo de causas. Ali constava o seguinte: um advogado conduz por um fio o cliente até a sentença, o outro no entanto ergue-o logo sobre os ombros e, sem depô-lo ao chão, carrega-o até a sentença e mesmo além dela. Assim é."* [50] No entretanto, como já frisei, não concordo com o que li. Para mim, todos os processos e todos os clientes têm a igual importância, a mesma dedicação e zelo do defensor. Mas, não posso negar que há profissionais e profissionais; tanto na advocacia quanto em todas as demais atividades.

Após satisfeitos da refeição principal, por sobre ela

foi servido rica ambrosia escolhida por Marcela e, por ele, um arroz com leite. Assim mesmo, tão simples quanto as escolhas. Sobremesas num local que se poderia chamar de *chique*, mas não de grã-fino, nem de austero, porque bem descontraído, a variedade de sobremesas é escassa e caseira. Enquanto provava da delícia, ela comentou que aquele doce para a mitologia grega significava o *manjar* dos deuses olímpicos; que garantia a imortalidade a quem o saboreasse.

\* \* \*

Logo que o garçom retirou os pratos, Marcela descansou as mãos sobre a mesa. A pele macia e aveludada, da cor do interior duma maçã, com a voz suave, pausada e firme, a ele faziam lembrar a escrita bordada por algum artista que desenha com letras figuras indescritíveis na tela; tal como ele acabara de ler em obra de Otto Lara Resende. Aquele encantador conjunto, emoldurado pelas bem cuidadas unhas pintadas num atrativo vermelho, para ele parecia um convite para pegá-las e acariciá-las. Mas Ronaldo foi além da conta. Sem mesmo ter a certeza de que ela oferecia as suas mãos para ser agarradas, suspendendo um pouco o corpo, agarrou-as e tentou beijá-la na boca.

Grande engano, pois ela não estava preparada para o que achou uma leviandade de parte dele, para não dizer uma agressão à confiança que estava depositando naquele sujeito – pessoa a quem conhecera há poucas horas e, que, de quem quase nada sabia. Nem mesmo o nome completo lhe fora dito. Quase que nada sabia sobre aquele homem, que até então se lhe apresentava como respeitoso e honrado.

Em seguida ela recolheu as mãos e as deixou sobre as pernas. Fechou o semblante e disse-lhe:

- Por favor, peço não estragares a nossa noite que até aqui vinha sendo muito agradável. Não sei por qual motivo tomaste essa atitude, pois penso não ter dado entrada para chegar a essa desagradável consequência. Não desejo decepcionar-me contigo; aliás, estava gostando muito de ter-te em minha companhia.

Ele abaixou a cabeça e nada disse. Mas ela notou a decepção que ele sofreu pelo que teria feito de errado e, com o consequente esfriamento da agradável relação. Afinal, muitas vezes o silêncio diz mais do que as palavras. Ouve um bom tempo de absoluto silêncio de parte a parte. Parecia que ele teria esquecido do exigido cavalheirismo e se vulgarizado naquele ato. Ele se achava mergulhado num estado de absoluta vulgaridade, se afundando em turvas águas. Por um instante ela também pensou em algo que já teria escutado sobre homens despreparados: "esfregue o couro de um alguém que se pareça elegante e, quem sabe encontrará o pelo de um grosseiro".

Sopesando aquele triste instante, ela ainda pretendeu dar alguma oportunidade a ele, mas mantendo a distância que um relacionamento recente exigia. Pareceu ter voltado ao lugar em que deveria ter-se mantido, ao estar com alguém que não conhecia. Mas, para não tornar o ambiente mais pesado do que já estava, ela tomou a iniciativa de retomar a conversa. E, perguntou-lhe:

- A que horas de segunda-feira partirá o teu voo?

- Tenho certeza de que será pela manhã, mas não lembro a hora. No hotel tenho o e-mail de confirmação e verificarei. Não poderei perder essa viagem, pois tenho compromissos agendados para o início da tarde de segunda-feira. Como o pouso será no aeroporto Santos Dumont, que fica próximo ao Centro da cidade, chegarei ao escritório em pouco tempo.

- Serão compromissos com clientes, ou com audiência?

- Tenho audiência agendada para as 16:15 horas na sede do foro central, mas antes disso terei encontro com outro cliente por volta de 14:00 horas.

- É o mesmo cliente para o qual vieste participar da audiência aqui em Porto Alegre?

- Não. Com o cliente para o qual vim participar da audiência já me comuniquei pelo celular, informando-lhe sobre o que foi tratado e que estou na espera de despacho do juiz para dar seguimento ao processo.

Depois desse breve diálogo, conversaram sobre outros assuntos. Embora ela tivesse notado que o clima de descontração entre eles havia mudado, sensivelmente. De outro lado, ele sabia que teria *pisado na bola*, e agora precisaria de bastante tempo para ter oportunidade de corrigir o seu erro. A sua inoportuna precipitação quase que botara tudo a perder; se na verdade já não teria estragado a embrionária relação, que se iniciara de uma forma jamais esperada.

Na sua adolescência e no início da juventude, Ronaldo namorou algumas belas meninas. Se apaixonou por algumas poucas que, porém, por ele não se encantaram. Com todas sempre foi cortês, fazendo jus à boa formação que recebera dos pais. Outras namoradas o cercavam com ideia de com ele se casar; mas elas não correspondiam às suas exigências. Apesar de não serem mais do que simples conhecidas, ele lembrou-se de uma passagem interessante que ouviu de um colega de escritório: a amizade entre as pessoas deverá espelhar-se nos girassóis que, quando a tempestade atinge a um deles, este se vira para outro seu igual, que o acolhe igualmente para ele ser desvirado. Assim, um recebe e oferece a ajuda de que o outro necessita. Na tormenta eles não se curvam, mas se viram uns de frente para os outros, trocando as suas energias. Isso também é uma bela fonte de amor. Ele também lembrou que lera sobre a filosofia de Sócrates, que entendia que a pessoa humilde prioriza as necessidades dos outros e, que, a falta de humildade pode dar azo para aflorar a arrogância, que é uma desvirtude.

Mas, no absoluto e instantâneo silêncio, parecendo adivinhar os pensamentos de Ronaldo, Marcela estava convencida de que nele não havia lugar para uma troca tão elevada quanto a dos girassóis, nem a humildade citada nos seus secretos pensamentos; pois ele teria trocado tudo por um gesto de arrogância. O relacionamento entre eles teria iniciado tão rápido quanto era anunciado o seu fim. Ela não estaria disposta a perdoar aquilo que a sua recatada formação entedia como ato repugnante, nauseante e, por certo que, revoltante. Fora algo que ela não poderia deixar de censurar mas, especialmente não deixando transparecer o seu mal-estar por ato de educação, de urbanidade e, circunstancialmente, por estar em um ambiente público e não saber qual seria a retaliação dele, no caso de ficar contrariado com as observações dela.

Por alguns instantes Ronaldo fez ligeira retrospectiva, relembrando que até algumas horas atrás estava sozinho numa cidade fria, por ele praticamente desconhecida, a busca de companhia; de qualquer companhia, inclusive masculina, com quem pudesse conversar e gastar um pouco do seu tempo.

Relembrou da casual oportunidade que tivera de conhecer Marcela – mulher bonita, elegante e inteligente, com boa cultura geral e profissional, além de demonstrar ser suficientemente segura para se permitir sentar-se num café com um desconhecido; de oferecer-lhe carona no seu automóvel; e, de aceitar com ele jantar num lugar socialmente bem frequentado. Mas abusando da sua permissividade, ele mostrou-lhe um lado para ela imprevisível, se é que ela poderia prever algo a seu respeito.

Agora, ele se colocara no lado da contramão; o que lhe dificultaria em muito corrigir o erro (in)voluntariamente praticado. Talvez ele tivesse agido da forma que aprendera na *escola do Rio de Janeiro*, como pouco antes havia pensado. À tal altura, realmente ele não saberia mais como agir: se, deveria ficar calado, ou, se tentaria abrir espaço para oferecer as suas *sinceras* razões sobre o ocorrido; pedindo que ela o *indultasse* pelo mal que provocara. Com toda certeza, apesar do notório desconserto dele e, da oportunidade de se culpar pelo que achou errado ter feito, Ronaldo também considerava estar diante de uma mulher que aparentava ter formação alicerçada em bons princípios, mas não se poderia dizer que fosse tão casta como representou ser, quando negou-lhe o beijo e o afastou da oportunidade de um convívio mais próximo. Afinal, ligeiramente ele pensou: quando a vi pela primeira vez, ela quase me *comeu* com os olhos, tal o interesse que demonstrou ter por mim. No balcão do café, seu olhar teria sido tão cativante, que só faltou me *cantar*, tal a insistência em olhar-me e a sorrir para mim. Algumas outras concessões ela também fez, aceitando sentar-se comigo no café e, depois levar-me no seu carro até o restaurante. Seria ela apenas uma mulher segura a tal ponto de isso tudo ter aceitado; ou seria alguém se disfarçando de mocinha, que aguardava o momento para ser abordada para um relacionamento mais íntimo? Ele logo ficou a pensar, com boa razão, que o raciocínio correto que a fez surpreender-se com a atitude dele, desmoronara a sua então proveitosa delicadeza de sentimento. E no fundo, ele já percebia se sentir profundamente cativado pela parceira com a qual debutava na fria noite de Porto Alegre. Veio-lhe, pois, à lembrança, o que dissera a raposa para o pequeno príncipe – uma das passagens mais marcantes do inesquecível conto de Antoine de Saint-Exupéry, O Pequeno Príncipe: *"Tu te tornas eternamente responsável por aquilo que cativas."*

Após isso, passou-se algum tempo que ele não saberia dizer se fora grande ou pequeno, durante o qual houve um silêncio respeitoso de lado a lado, ou mesmo a rejeição dela em relação a ele. Durante aquele vago tempo, a ele pareceu que todo o restaurante também teria silenciado. Sentia a constrangedora impressão de que todo mundo teria visto aquela reprovável situação. Durante alguns segundos ele sentiu-se envergonhado com o que fizera; que *todas* as demais pessoas teriam visto e reprovado a petulância dele e a imediata rejeição dela. O silêncio que entre eles imperava, só foi quebrado quando ele levou à boca a taça de vinho e sorveu mais um gole. Ele tinha a sensação de ter chegado a ouvir a bebida descer pela laringe, ainda que não tivesse sentido qualquer sabor. Parecia que ele teria se valido daquele gole, mais para disfarçar o seu incontido embaraço, do que para apreciar o saboroso vinho prestes a terminar. Ronaldo então estaria mais decepcionado consigo mesmo, do que Marcela desencantada com ele.

Demais disso, ele estava fazendo companhia a uma mulher separada, sobre a qual quase nada mais sabia, que não o seu demonstrado e afoito interesse em estar com ele. De sorte que, assim como estava prestes a perdê-la pelo que fez; também poderia tê-la perdido por não ter tomado uma ousada iniciativa enquanto estiveram juntos. Quem sabe que, se, em caso contrário, a falta de iniciativa dele, a levasse a querer rejeitá-lo, por tê-la feito perder uma noite que não passou de muita conversa e pouca ação. Seguro nesses últimos pensamentos, Ronaldo se sentiu um pouco mais tranquilo, embora receoso de que a pudesse perder para sempre.

O silêncio dele enquanto pensava no que fizera, a levou a interrogá-lo:

- Por que estás tão calado; tão absorto em algum pensamento?

Ele preferiu usar de toda a sinceridade:

- Estava pensando no grave erro que pratiquei ao tentar beijar-te. Abusei da tua confiança e sinceridade. Agora não sei como poderei corrigir essa minha leviandade. Penso que só o tempo será capaz de restituir a confiança perdida; se é que terei tempo para isso.

- Falaste em tempo; pois será o tempo a tua única chance de livrar-te desse peso. Mas não sei se haverá um segundo tempo, Ronaldo.

No fundo ela já estaria gostando dele, apesar dos pesares. Mas não queria demonstrar, porque perdera a confiança que vinha depositando nele e, que, submergiu a partir do gesto que ela rotulara de abusivo. Para ela, seria difícil continuar uma relação que em poucas horas mostrou o lado negativo do seu parceiro. Agora, também para Marcela só o tempo decidiria... Isso possivelmente lhe fosse favorável, porque não precisaria perder mais tempo com alguém que não valia o que parecia demonstrar. Com homem dessa espécie ela não queria ter relações, ainda mais que ele morava em lugar distante de Porto Alegre; o que dificultaria conhecê-lo como desejado e necessário. Raivosa com o impetuoso acontecimento, no seu interior passou a achá-lo um canalha, um aproveitador, um abusado, um homem agressivo que se aproveitou do local, do ambiente e certamente dos efeitos do álcool para consumar a sua inicial intenção. Sem dúvida, ele poderia ser uma pessoa perigosa, pois sabe lá o que seria capaz de fazer, estando a sós com ela dentro do automóvel. Ele provocava medo a quem dele se aproximasse. O tempo de ação dele era pequeno. No menor descuido, aquele safado vestido de advogado seria capaz de atacar uma mulher; fosse que tipo de mulher fosse. E pensou: ele que vá contar as suas lorotas bem longe daqui. Quem sabe no Rio de Janeiro. Insatisfeita, chegou a pensar em solicitar a ficha dele na O.A.B. (Ordem dos Advogados do Brasil), sessão do Rio de Janeiro. Pensou, depois, para qual fim, se não pretendia mais dar seguimento à relação?

Todavia, por outro lado ele começou a lembrar dos galantes moços do Rio de Janeiro, que na verdade nem precisariam ser moços para praticar abusos. O assédio a mulheres no Rio era tão crescente, que o Governo teve que obrigar a administração do metrô destinar carros para o uso exclusivo por mulheres. Mesmo assim os agravos continuaram, porque muitas delas viajavam nos vagões comuns aos gêneros pela falta de lugar nos exclusivos, se sujeitando ao assédio e outras formas de violência à mulher. Além disso, mesmo que destinados vagões para uso exclusivo de passageiras, vez por outra, homens viajavam neles sem qualquer advertência ou penalidade de parte da fiscalização. Muito pouco ou quase nada adiantou a determinação administrativa.

Continuou lembrando que os casos de assédio não se limitavam aos bairros da zona Sul da cidade, como antes se dizia acontecer. Pelo contrário, as estatísticas vinham demonstrando que ocorriam com igual frequência em Jacarepaguá, na zona Oeste, como na comunidade de Ramos, na zona Norte. No Centro da cidade o volume de denúncias ainda era mais crescente. Eram casos de funcionárias de bancos e de outras empresas estabelecidas naquela região, que se diziam assediadas por seus superiores hierárquicos ou mesmo por colegas de trabalho. Isso vinha resultando num crescente número de ações judiciais com o objetivo de indenizações e outras punições; algumas com determinação de prisão do acusado.

\* \* \*

Mas sabidamente o assédio sexual a mulheres não fora obra exclusiva nem nascida na cidade no Rio de Janeiro. Sem que ainda se pudesse saber onde brotou por primeiro, casos são registrados com igual intensidade, num sem- número de outros lugares. Está presente entre os paulistas e os paulistanos; no Recife e nas históricas São Luiz, Maceió e Salvador; em Belo Horizonte, Porto Alegre, Curitiba; e assim segue, indefinidamente.

São casos como o do filho do madeireiro, que desfilando numa possante caminhonete 4X4, com cabine dupla e caçamba estendida, praticava atos de assédio contra as pobres moreninhas malvestidas, com gestos e traços de humildade. Enquanto isso, o pai dele se embrenhava no meio da selva amazônica com trajes de vaqueiro americano, para comandar homens que serravam e ainda serram densas árvores centenárias e as colocam nas carrocerias de enormes caminhões. Tudo, segundo ele, como meio de *levar o sustento para a sua família*. A prova de que muito ainda precisa ser feito contra todo tipo de assédio, é o fato de ter chegado - no caso específico contra menores -, às barras do Sagrado Vaticano, que o vem combatendo com as armas de que dispõe.

Mas a vigorosa força das mulheres finalmente vem crescendo mundo a fora. E, diga-se que, em boa hora, se não, em hora já bastante tardia. Em hora em que os homens, como que ilhados, não mais dão conta de satisfazer a todas as necessidades e exigências da sociedade. Já é tempo de melhor dividir o peso e a sorte entre todos, sem o pardo véu da discriminação. Está longe o tempo em que Napoleão desacreditou das mulheres porque fora traído por Josephine. Mas ainda há dois antagonistas – se antagonistas realmente ainda o são -, o clero e a maçonaria, que continuam a olhar para as mulheres com disfarçados olhos de superioridade. Quem sabe já não estejamos perto disso acabar. Um papa e um grão-mestre nem precisarão dar-se as mãos para que isso se realize. Bastará um deles dar a partida que, possivelmente o outro o seguirá. E isso não é utopia! É uma verdade viva! Se haverá muito bate-boca, nem sei; mas valerá a pena pagar o preço. Afinal, já estamos no terceiro milênio, e Cristo não inferiorizou às mulheres. Aliás, quantas delas foram santificadas pela Igreja. Será que elas precisarão morrer para poder achegar-se ao altar?

\* \* \*

Ronaldo então pensou que muitas vezes a calmaria; o vento fraco faz mais estragos que o tufão, que só passa por cima, mais ao alto. Que é preciso conhecer bem os ventos, para que a casa não fique destelhada. Uma chuva fina tocada a vento, quase sempre molha mais do que aquela de pingos grossos. Então, também será preciso conhecer a chuva, para não se molhar à toa. O rio de águas serenas, leva para bem mais longe do que as ondas do mar agitado. Então, é necessário também conhecer as águas abertas. Enfim, o sol que seca é o mesmo que arde; que queima. O mesmo sol que vitamina o corpo, também o pode adoecer. Pois, assim, saibamos primeiro conhecer a Natureza, porque, se somos capazes de exercer domínio sobre nós, já não o temos sobre a Natureza. Enfim, pensou: também é preciso conhecer as mulheres, antes de enfrentá-las.

Em determinado momento, dado o grau de *gelo* em que se transformara a então agradável noitada, Marcela procurou mais e mais aquecer a conversa, se distanciado do possível mal-entendido de ambas as partes. Dele, por avançar prematuramente o sinal e, dela, por ter sido tão ríspida e repetitiva na condenação do ato. Além do mais, como já havia pensado e observado, ela não teria apagado de vez as suas luzes sobre ele. O papo recomeçou e, entre uma piada caseira e outra, o convívio foi melhorando.

Já passado das dez horas da noite ela manifestou desejo de ir para casa. Argumentou que teria tido um dia bastante cansativo, com a participação em mais de uma audiência, além de ter enfrentado a pesada rotina do escritório. Ele pediu a conta a um dos garçons e prepararam-se para a saída e o enfretamento da noite cada vez mais fria, tanto *por dentro,* quanto lá fora.

Ela ofereceu levá-lo ao hotel; o que ele aceitou e agradeceu. No trajeto conversaram um pouco mais sobre Direito e Filosofia. Ambos disseram gostar de ler sobre Filosofia, como meio de disciplinar a vida, inclusive a profissional. Chegando à porta do hotel se despediram com aperto de mãos e nada programaram para o dia seguinte; o que passou a ser motivo de ansiedade para ambos, conforme logo se verá.

✳ ✳ ✳

No hotel, chegando ao seu apartamento, Ronaldo jogou-se na cama sem sequer banhar-se e trocar de roupa. Tampouco voltou a remexer na pouca bagagem que levava na sua pequena mala Louis Vuitton. Deteve-se a pensar em Marcela, sua beleza física, sua elegância, seu sorriso e, principalmente, no seu comportamento. Se, de um lado sentia-se entusiasmado com o inesperado encontro, de outro lado criticava-se pela indesculpável gafe que praticara ao pretender beijá-la, abruptamente. Todavia, em resumo, ele sentia uma incômoda sensação de que ao perdê-la, adoeceria pela sua falta, pelo seu erro e, pela perda da encantadora mulher. A vontade impulsiva de possuí-la, dava lugar ao amor que passava a sentir por ela. Ele passava a entender que ao invés de tê-la, desejaria amá-la. Pensando, por várias vezes sentiu-se um homem sem qualidades para aquela mulher; admitiu não ser merecedor de uma dama, tal como ela se mostrara para ele e para que a visse. Esses pensamentos, que se repetiam a cada instante, tocavam muito fundo no seu psicológico.

Sentia-se como se tivesse feito coisa de malandro, de vagabundo que não está acostumado a lidar com pessoas de bem. Marcela era uma dama, além de ser uma respeitada profissional como demonstrara no pouco tempo em que estiveram juntos. Em resumo, achava que a teria perdido em definitivo, culpando-se pelo grosseiro gesto que ultrapassara aos limites que ela esquadrilhara. Que deveria ter prestado mais atenção ao nível de relacionamento que ela propunha, pelo menos para um primeiro e rápido encontro. Lembrou que vira nos olhos daquela mulher o brilho do céu; a luz do luar e, começou a se torturar por tê-la perdido. Enquanto isso, no aparelho de televisão que se mantinha ligado, ele podia ver Carly Simon interpretando *Moonlight Serenade*, de Glenn Mille; o que aumentou o seu sofrimento.

Aturdia-o, pensar que deveria ter prestado bem

mais atenção ao tipo de pessoa que se propunha a acompanhá-lo sem antes o conhecer. Que, se o teria aceitado como parceiro para aquela noite, seria porque algum interesse nela teria despertado. Mas o afoito advogado confundiu tudo, só faltando pensar em levá-la para um motel ainda na mesma noite. Pensou que estava tratando com alguma puta, e não com uma mulher distinta. Mas a esperança não saía dos seus pensamentos, ainda que remota. Não parava de criticar-se por ter sido tão indiscreto, temerário, excessivamente ousado. Sentia-se arrependido com que tinha feito, a ponto de aceitar por ela ser punido com o pleno desenlace da embrionária relação. Fui um idiota! Fui um imbecil, que não merece uma mulher recatada como Marcela! - exclamava ele. Lembrou que o lugar estava cheio e, em meio as pessoas poderia estar quem a repreendesse por ceder ao beijo. Talvez alguém da sua mais estreita intimidade; talvez algum parente; talvez, o ex-marido ou parente dele, que reprovando o gesto dela, viesse a ele contar sobre a leviandade da sua ex-mulher. Chegou a pensar que, afinal, quem tinha agido daquela reprovável maneira, não teria sido ele. Mas isso não passava de um momentâneo delírio. Se lhe fosse possível, iria a um confessionário e pediria, não só o perdão, mas a penitência pelo mal que praticara.

Porém, ao mesmo tempo procurava desculpar-se, mediante uma análise retrospectiva de tudo o que ocorrera antes do seu ato impulsivo. Dos olhares conquistadores dela, ao percebê-lo na porta do café e, já no balcão do mesmo lugar. Da facilidade com que ela aceitou a todos os seus convites: para sentarem juntos no café; para irem ao restaurante; ao oferecer-lhe carona no seu carro; ao demonstrar inequívoco interesse por ele e, aparente desejo de tê-lo para ela. Afinal, pensou ele em seu favor: o esperar em demasia; o desprezo a oportunidades oferecidas ou insinuadas pela mulher, também podem levar à perda do encantamento pelo homem que ela deseja. Pensou, finalmente: quão difíceis e quão estranhas são as mulheres! Tudo o que já havia pensado quando ainda estava frente a ela no restaurante. Mas, no fundo, Ronaldo estava com a alma desorientada; confusa; fora de si.

Em dado momento soou a campainha do telefone do quarto e logo ele pensou que pudesse ser uma ligação dela. Precipitou-se a atender, já um pouco trêmulo em razão de não se perdoar pela gafe. No entanto, para sua decepção, era o funcionário da portaria solicitando que o informasse a hora que deveria ser acordado – fato que dissera que informaria logo que chegasse ao apartamento. Diante disso, resolveu retomar a sua rotina, tomando uma ducha bem quente e deitando-se até o sono dominá-lo. Mas como o sono não vinha, ligou a televisão - o que ainda mais o deixou ansioso. Logo depois dormiu, só despertando com o telefonema da recepção do hotel.

Ao levantar, pensou que teria sonhado com ela durante a noite, mas as lembranças eram nebulosas, indefinidas e se confundiam com os reais momentos em que estiveram juntos. Tentou relembrar as imagens do possível sonho, mas não conseguia porque as lembranças continuavam turvas; levando-o, a convencer-se de que, afinal, não teria sonhado com Marcela. Se nela não pensou em sonho, já nos primeiros momentos após o despertar voltou a pensar naquela mulher, para ele tão especial.

Tomou nova ducha e arrumou-se para fazer o desjejum no salão de café do hotel. O movimento era pouco no local e a manhã se apresentava bem melhor do que a noite anterior. Um belo sol resplandecia, aquecendo e iluminando a bela Porto Alegre - orgulho de gaúchos e gaúchas, como dizem nos pampas. A Porto Alegre, escolhida para viver o reverenciado poeta alegretense Mário Quintana e, o estadista brasileiro Osvaldo Aranha; a festejada professora, tradutora e jornalista santa-cruzense Lya Luft, dentre outros tantos.

Após isso, Ronaldo resolveu dar um passeio pelas imediações do hotel, que se situava na zona Central. Distraído, mais pensando em Marcela do que o que se propunha fazer, quase foi atropelado por um carro quando atravessava a avenida Borges de Medeiros. Só não foi atingido, porque o atento motorista freou o automóvel a tempo e, simultaneamente acionou a buzina para chamar a atenção do descuidado pedestre. Naquele instante, lembrou que estava na terra do poeta Mário Quintana e, dele lembrou de uma bonita frase: "*Mais bonito que o canto dos pássaros, são seus voos...Pois nem todo canto é de alegria... Mas todo o voo é de liberdade.*" Afinal, se dera conta de que voltava a estar livre, embora não o quisesse; ainda que não fosse o seu desejo. Pensando ainda no seu incorrigível erro da noite anterior, imaginou que Marcela o estivesse enquadrando na figura de um homem falso; o que na verdade, ele achava não ser, pois apenas teria se precipitado em roubar-lhe um beijo. Veio-lhe à cabeça o que disse La Rochefoucauld, em livro que teria lido durante o voo entre o Rio de Janeiro e Porto Alegre: "*Há falsos que querem sempre parecer que não são. Há outros, de melhor fé, que nasceram falsos, que se enganam a si mesmos e que nunca veem as coisas como elas são. Há falsos cujo espírito é reto e o gosto é falso. Outros têm o espírito falso e certa retidão no gosto.*" [51]

Após passado o susto e o fato constrangedor, ele lembrou que se estivesse na companhia de Marcela, por certo que ela também se assustaria com o som forte da buzina e o barulho da frenagem dos pneus no asfalto. Subestimando-se, também pensou que ela poderia rir-se da falta de atenção dele, que mais se parecia com um caipira recém chegando da roça para passear na cidade grande. Então, procurou recompor a necessária cautela para andar na rua. Também desistiu de locar um carro, porque conhecendo muito pouco a cidade, em quase nada o automóvel contribuiria. O uso de taxis melhor resolveria as suas locomoções, acrescidas da possibilidade de orientar-se com os motoristas sobre lugares interessantes para visitar ou divertir-se no final de semana.

Mesmo assim, Marcela não saía da sua cabeça. Alguma coisa ele teria que fazer para reconquistá-la, se é que a havia conquistado na noite anterior. Titubeante, pensou em enviar-lhe algumas flores ou uma caixa de bombons. Um mimo qualquer, como lembrança. Pensou em telefonar... pensou muito, mas nada fez porque a sua indecisão sufocava qualquer solução. A manhã ia passando e o carioca por adesão ou por indução, não conseguia controlar a ansiedade. Em mais de uma vez olhou o número do celular dela com a finalidade de telefonar-lhe, mas não concretizou a intenção por absoluta indefinição. Ele começava a manifestar um modesto processo de abulia, de indecisão para resolver-se, que talvez nem fosse tão grave quanto naquele momento parecia ser. Mais adiante, isto será bem esclarecido.

\* \* \*

De outro lado, Marcela ao chegar em casa na noite anterior, não mais pensou em Ronaldo. Deletou da sua memória o encontro com aquele desastroso homem. Não valeria a pena perder qualquer tempo do seu precioso sono pensando numa pessoa que não a respeitara. Assim, logo que se deitou, dormiu profundo sono.

Ao acordar, fez a sua higiene e tomou café na copa do apartamento. Foi a partir daí que voltou a pensar em Ronaldo – o advogado gentil, cavalheiro e bonito que conhecera na noite anterior. O sentimento de repulsa a ele parecia ter diminuído com o sono reparador. Embora tivesse dúvida sobre desejar revê-lo, no fundo não descartava esta hipótese, não tão remota como antes imaginara.

Como antes haviam informado os respectivos números de celulares, nela brotava a ideia de que ele pudesse ligar. Porém, se tal ocorresse, ela ainda não saberia decidir como comportar-se. Se aceitaria um convite para um reencontro, ou, se o rejeitaria. Ligar para ele, em hipótese alguma isso aconteceria. Mas ela não poderia permanecer nessa dúvida por muito tempo, porque imaginava correr o risco de ele telefonar a qualquer momento; quando já deveria estar decidida sobre como e, o que fazer.

Não estando disposta a sair, apesar da bela manhã ensolarada, manteve-se com o aconchegante pijama e um chambre de tecido de algodão. Reclinou-se numa poltrona da sala e pegou um livro para ler. Tratava-se da obra de José Cretella Júnior intitulada de Liberdades Públicas. Um livro interessante que ela teria começado a ler poucos dias atrás. O autor, segundo ela deduzira, deveria ser o mesmo do conhecido Português para o Ginásio - obra didática que por muito tempo foi adotada em escolas do extinto curso ginasial. Todavia, ela não tinha certeza se se tratava do mesmo autor. Mas José Cretella Júnior também foi jurista de nomeada, tendo escrito várias obras e artigos, principalmente sobre Direito Administrativo. [52]

Em dado momento da atrativa leitura soou a campainha do apartamento. Ela marcou a página do livro, fechou a frente do chambre e abriu a porta. Era um entregador de flores com um belo arranjo floral e um cartão. Ela assinou o protocolo de recebimento da encomenda e, sem sombra dúvida atribuiu o lindo presente à lembrança e um pedido de desculpas de Ronaldo. Quanta satisfação, afinal, nem tudo estava perdido!

Puro engano, pois ao ler o cartão viu se tratar de uma cliente que, em agradecimento a um processo por ela patrocinado e que obtivera um final feliz, enviara o lindo mimo. A decepção só não foi maior, porque afinal teria partido de uma gentil cliente que, sentindo-se satisfeita com o seu trabalho, encontrava uma forma de agradecer-lhe pela competência e dedicação à espinhosa causa.

Mas bem que as flores poderiam ter sido enviadas por Ronaldo, pensou a indefinida Marcela. No fundo, restava-lhe a escondida vontade de encontrar motivo para desculpar a atitude dele. Tanto assim, que, entre as duas alternativas que vinham a sua mente – a do sim e a do não -, ela não sabia em qual direção deveria seguir, no eventual instante em que voltasse a ser procurada por ele. Essas antagônicas e excludentes condições que precediam a sua possível deliberação, se tal lhe fosse proposta, infernizavam a sua mente naquela manhã ensolarada.

Passados mais alguns minutos nos quais retomara à leitura do livro, novamente soou a campainha. Dessa vez era Rosinha, sua amiga e confidente de todas as horas de dificuldades. Rosinha se chamava tudo isso: Rosa Maria de Lourdes Amaral Cotta de Centeio. Era formada em engenharia industrial, com distinção pela credenciada Universidade Federal do Rio Grande do Sul. Filha de família abastada, sua mãe, Sra. Matilde do Amaral Cotta de Centeio dividia o tempo da administração da casa com o gosto pela pintura de telas impressionistas. Além disso, colecionava obras raras que catava em antiquários, e gostava de ler sobre História. O seu pai, Sr. Nelson Cotta de Centeio era proprietário e diretor-presidente de um grupo de empresas capitaneadas por uma metalúrgica onde Rosinha desempenhava o seu trabalho. Casal que gostava de frequentar lugares badalados da cidade, não perdia um final de semana em que estivesse em Porto

Alegre, para ir a um bom restaurante, um baile, uma boate, ou mesmo, um bem frequentado bar da noite. Gente que costumava ser listada nas colunas sociais de distinguidos cronistas da agitada metrópole dos gaúchos.

Rosinha era uma mulher muito especial. Sempre alegre e bem-vestida, trocava joias por bijuterias porque as achava mais originais. Onde estivesse, levava a marca de formar roda de amigos, centralizando nela a conversa sobre qualquer assunto. Quase tudo o que dizia com simplicidade e boa praticidade, vinha emoldurado num sorriso espontâneo, sincero e aberto. Tinha cabelos loiros, crespos e sempre bem cuidados, olhos verdes e lindos dentes que combinavam com o seu conjunto. Não era bonita, mas não passava despercebida - fosse na rua, fosse no shopping, ou fosse no local de trabalho. Rica e com abençoado nome que pertencia a antigas famílias de abastados barões, fazia questão de trabalhar e cumprir com as suas obrigações tal como qualquer empregado da metalúrgica. Culta e com inteligência acima da média, se caracterizava pela curiosidade a tudo o que existia em sua volta. Lidava com notável desenvoltura com os mais modernos aparelhos eletrônicos; alguns deles ainda não existentes no Brasil. Gostava muito de viajar, tanto a passeio para conhecer novos costumes e lugares interessantes, como para participar de cursos, seminários e congressos de interesse da sua atividade profissional.

Solteira por convicção, dizia não desejar casar-se tão cedo, embora não fosse tão nova que pudesse protelar essa decisão. De qualquer modo, era raro encontrá-la sozinha num restaurante, numa pizzaria, ou numa reunião social. Bastaria telefonar para uma amiga ou amigo, e já se faria presente em qualquer desses lugares, bem acompanhada. O seu círculo de amizades era bastante extenso, composto de pessoas de todas as classes e gêneros. Já conhecia boa parte dos países europeus e orientais, além dos Estados Unidos, como óbvio. No Brasil, já estivera em todas as capitais dos Estados e em algumas cidades importantes de cada uma dessas unidades. Falava francês, espanhol e inglês com boa pronúncia; salvando-a nas suas viagens mundo afora. Dizia-se uma cidadã do mundo. Além disso, poderia se dizer que era uma perfeita *farfalhante*, pois para se calar e escutar o que o interlocutor estivesse a querer dizer, o assunto deveria ser do seu agudo interesse. Amigos garantiam que para interromper a fala dela, era necessário erguer-se o dedo indicador, e aguardar que ela autorizasse a interrupção da sua fala.

Rosinha era uma descontraída mulher que fazia parte da sociedade porto-alegrense. Tocava piano para si e para os íntimos e, seguidamente era listada com algum destaque nas colunas sociais. Quando presente em festas, costumava seguir as regras do círculo social participante. Simples, mas elegante, o seu modo de mulher descontraída trazia para o seu entorno até mesmo aqueles que, com sínico fuxico, dela desfaziam quando afastados daquele verdadeiro fogo que atraía tantos quantos nela se sentiam aquecidos. Era uma mulher ao seu tempo, embora o seu tempo parecesse nunca acabar; o que levava aos mais próximos dizer que ela era uma mulher infinita. Em qualquer evento no qual ela estivesse, longe de se comparar à *estrela do show*, sequer ela desejaria esse destaque. Mas, apesar de não aparecer mais do que a noiva nas bodas, também não era menos expressiva do que o pároco celebrante. Esta era a Rosinha da sociedade porto-alegrense e adjacências.

De tudo o que foi dito e se falou sobre ela, se poderia acrescer que não era uma mulher dotada de repreensível esnobismo, apesar de rica e pertencente à uma família de ricos industriais. Aliás, o esnobismo parece uma *fobia* ou uma *folia*, que, com o tempo e o chegar da idade em que as frescuras vão naturalmente desaparecendo, são passíveis de envergonhar a quem as exibiu e cultivou durante tanto tempo, mostrando-se ter sido merecedor de minguado e duvidoso desprestígio. Quantas vezes se vê pessoas *nojentas*, que na fase em que se apresentavam como superiores aos que rotulavam de inferiores, adiante se veem obrigadas a modificar o *modus vivendi*. Quantos homens que na época em que auferiam boa renda proveniente do seu trabalho, esnobaram aos que a eles serviam; e, ao chegar à inatividade laborativa, têm que viver dos escassos e insuficientes valores pagos pela Previdência Social - mãe de todos os pobres que sempre foram pobres e, madrasta daqueles que se tinham por ricos, mas que se tornaram tão pobres ou mais pobres do que os primeiros.

A amizade entre Marcela e Rosinha era bem antiga; o que a autorizava entrar na casa e enfiar-se na cozinha sem ser convidada. Por isso, logo que se cumprimentaram correu até o refrigerador e encheu um copo d'água gelada - só depois disse estar com muita sede. Coisa de gaúcho que num dia de sol radiante em pleno inverno, se diz sedento e, sempre que pode, saboreia um sorvete ou lambe um picolé.

De retorno da cozinha, sentou-se numa das poltronas da sala e disse que ali teria ido para convidá-la para passear num dos shoppings e comprar alguma novidade ou algo interessante. Mas Marcela não estava disposta a sair. De qualquer modo, confessou que a sua visita teria sido providencial, pois talvez fosse capaz de baixar um pouco a sua tensão, a sua ansiedade em relação a Ronaldo e o que teria ocorrido na noite anterior.

Então, Rosinha a provocou:

- Quem sabe vamos até um dos shoppings e lá, tomando um café conversamos sobre a situação que te atormenta? Não perde esse belo sábado ensolarado, minha amiga. O dia está tão lindo, que mais se parece com a antecipação da primavera. Arruma-te logo e pegamos o meu carro que está estacionado aqui perto. No percurso já poderás ir fazendo uma síntese dos fatos. Topas?

Sorrindo, com ar de caçoada que a antiga amizade permitia, ela respondeu-lhe citando o seu nome por inteiro:

- Aceito o convite, Rosa Maria de Lourdes do Amaral Cotta de Centeio. Tu sempre me ganhas! Espera um instante, que em pouco tempo me arrumarei e zarparemos para o shopping mais próximo.

Em alguns minutos Marcela estava pronta para sair e assim rumaram até o destino previsto. Lá chegando, se sentaram num quiosque e pediram duas taças de café, enquanto Marcela se adiantava contando com alguns detalhes o que teria havido na noite anterior.

Rosinha foi simples e direta como costumava ser e, com o semblante fechado e franzindo a testa respondeu de modo a não deixar mais dúvidas sobre o que pensava:

- Minha amiga, quanta confusão numa situação aparentemente tão romântica como acabas de me contar. Pelo que observo estás a fins do cara, mas indecisa porque ele tentou te beijar. Não percas tempo com essas besteiras que alguns rotulam de pudor! Segue em frente; não perde a chance de continuar o que vinha te trazendo prazer. Pela descrição que me deste do teu encantador causídico, valerá a pena insistir no investimento. O que sabes dele para o julgares, amiga? Quase nada, não é? Deves ser mais vibrante com as coisas boas; com aquilo que te faz bem. Não atrapalhes a felicidade quando ela se aproxima de ti.

- Mas, é que fico pensando que ele possa me ter enganado com aquele papo cheio de gentilezas e, ao final, possa ser um safado, um enganador, um abusado. Será mesmo que é solteiro? Será mesmo que mora no Rio de Janeiro? São perguntas que me perturbam.

- Ora Marcela, tu não tens mais idade e tão rasa cultura para seres abusada ou enganada por alguém, especialmente num lugar público como num restaurante lotado, como me disseste. O que o cara desejava era pontificar uma bela cena de romantismo. Dar-te um selinho – marca registrada da saudosa Hebe Camargo. Mas tu o rejeitaste por isso. Acho que não fizeste o certo e perdestes boa oportunidade de dar seguimento à noite e à relação. Será que não estarás fugindo de algo que queres; ou será que estás fugindo de algo que tens medo de querer? Pensa bem...

E Rosinha continuou:

- Corre atrás dele minha cara, para que não o venhas perder para outra bonitona como tu! Não esqueças essa passagem do Rei: "*...de que vale o paraíso sem amor?*" Mas te aviso: não telefones para ele, pois aí poderás chegar à fronteira da vulgaridade. As respostas às tuas dúvidas sobre o estado civil e a moradia do gajo, só com o seguimento da relação conseguirás saber!

- Gostei da tua solução, disse Marcela. Agora só me resta ter a sorte dele ligar-me.

- Resolvido isso, vamos às compras? Propôs Rosinha.

Marcela, então, respondeu:

- Não pretendo comprar nada, mas te acompanharei. E, quem sabe sou tentada a comprar alguma coisa... passear em shopping é passaporte para gastar, nem que seja comprando algo inservível.

Depois de circularem pelos corredores do shopping nada compraram. Porém, para Marcela o passeio foi assaz interessante, porque definira a sua ansiosa situação em relação a Ronaldo. Agora a relação estava cravada no exclusivo interesse dele em dar seguimento. Essa cômoda situação dela alterava o seu estado de ansiedade: da vertente indefinição quanto a perdoá-lo, para a de que ele se dignasse a telefonar-lhe.

❋ ❋ ❋

Retornando ao seu apartamento ela tentou retomar a leitura do livro de Cretella Júnior. Por ali se manteve por cerca de meia hora, tempo durante o qual pouco absorveu da interessante leitura. Na verdade, leu algumas páginas, mas pouco entendeu, porque a sua atenção estava ligada noutro polo. Em meio à leitura da elucidativa obra, que para ela naquele momento estava sendo exaustiva, soou o seu telefone com número que ela não reconhecera. Era Ronaldo:

- Bom dia, Marcela. Como estás? Que lindo dia, depois daquele de muito frio. Posso continuar conversando contigo?

- Podes, sim. Ela respondeu com um sorriso que o encorajou.

- Estou telefonando para convidar-te para almoçarmos aqui no hotel, se não preferires outro lugar. O que achas?

- Ah, acho ótima a tua ideia. Poderá ser aí mesmo no hotel, se preferires.

- Então vamos combinar. Por volta das 13:00 horas estará bom para ti? Se concordares, antes de saíres de casa me liga para que eu desça e te aguarde no *lobby*. Ok?

- Ok. Estarei aí no horário combinado. Muito obrigada pela gentileza. Abraço.

- Abraço.

\* \* \*

No horário combinado se encontraram e após se cumprimentarem, seguiram para um dos restaurantes do hotel. Ele propôs que fossem à churrascaria, que ficava a poucos passos do *foyer*; justificando que não queria retornar para o Rio sem antes provar o tradicional churrasco gaúcho.

Lá chegando, optaram por beber água e suco de laranja, como forma de se desintoxicarem do vinho ingerido na noite anterior. Enquanto aguardavam ser servidos dos diversos tipos de carnes, iniciaram conversa sobre o agradável dia e outras tantas amenidades; inclusive sobre os noticiários nacionais e internacionais. Parecendo haverem combinado não falar sobre o mal-estar da noite passada, nada sobre ela disseram. Aliás, nada mesmo, nem sobre as coisas boas que vivenciaram naquela noite que estava marcada para se tornar inesquecível. Afinal, foi naquela gélida noite que eles se conheceram.

O almoço regado a boa conversa estendeu-se até cerca das 15:00 horas, quando ele propôs procurarem uma confeitaria para saborear bons doces. Ela conhecia uma nas proximidades do hotel, que garantiu que ele gostaria de conhecer. Como era perto foram a pé, caminhando por cerca de duas ou três quadras. Realmente a confeitaria oferecia doces bonitos e muito gostosos. O arranjo, a formatação e o embelezamento dos doces, eram fatores convidativos para serem provados.

Referindo-se à bela *apresentação* dos doces, ele comentou:

O bom confeiteiro nunca deve esquecer-se desse importante atrativo. É um dos *marketings* das boas confeitarias!

Dali, como forma de continuarem juntos por mais tempo, ela o convidou para ir a Ipanema, um dos belos e antigos recantos da orla do rio Guaíba. Apesar da distância, valeu muito o passeio. Lá, caminharam pelo calçadão enquanto ele apreciava a linda paisagem.

Enquanto estiveram parados à beira do grande rio, Ronaldo apanhou um punhado de pedregulhos que *dormitavam* num pedaço de terreno arenoso, e começou a jogá-los n'água, fazendo abrirem anéis concêntricos, que passaram a ser observados por Marcela. Olhando-a com bastante atenção ou mesmo com interesse, ofereceu as que sobravam para ela também lançá-las no Guaíba, para que, segundo ele, marcasse a presença deles naquele lindo lugar. Ela aceitou, e imitou a descontraída brincadeira, que realmente viria marcar aquela tarde de sábado em que queriam se manter juntos durante o tempo que lhes restava.

Como durante o inverno o entardecer se prenuncia mais cedo, conseguiram se deliciar com a vista do belo pôr do sol no Guaíba - uma das atrações de porto-alegrenses e turistas. Também uma das belezas naturais da cidade, tantas vezes reproduzida em fotografias e telas. Esse belo fenômeno que a Natureza presenteia, faz imaginar que uma enorme bola de fogo, lentamente vai submergindo nas águas do caudaloso rio, a um ponto tão distante quanto a linha do horizonte. Essa beleza, sempre repetida nas tardes em que as nuvens dão licença, oportuniza apreciar o grandioso, belo e singular fenômeno, do qual participam o sol e o rio; e, a terra, como expectadora do significativo espetáculo.

Como a noite já era anunciada, ele a convidou para assistir alguma peça teatral. Porém, não sabia onde se situavam os principais teatros da cidade. Ela disse que estava em cartaz no Theatro São Pedro uma peça com Fernanda Montenegro, bastante elogiada pela crítica. No entanto, achou que pelo adiantado da hora, talvez não houvesse mais lugares. Mas ele propôs arriscarem. Como a distância era bastante grande entre Ipanema e o Centro da cidade, apesar de todo o esforço de Marcela, quando lá chegaram souberam que a lotação realmente estava esgotada. Evitando maior perda de tempo com a procura de outro teatro e, ainda sem saber o que estava em cartaz, optaram por ir a um cinema. Num dos shoppings encontraram distração por bom tempo assistindo a uma inteligente comédia do cinema brasileiro. Na saída ela opinou que retornasse para o seu apartamento e, ele para o hotel. Ela queria arrumar-se para jantarem, se ele concordasse, num dos restaurantes da região do bairro Moinhos de Vento.

Em pouco tempo ela o deixou na portaria do hotel e combinaram horário para o reencontro. Conforme previsto, ela retornou para o hotel quando avisada de que ele já estaria descendo para o *lobby*. Durante o trajeto, com a pouca luz interna do carro, ele não pode bem observá-la, todavia encantou-se com o perfume que exalava do seu corpo.

✳ ✳ ✳

Após pouco circularem, desceram numa rua arborizada e bem iluminada onde havia vários restaurantes, inclusive com mesas sobre as calçadas. Foi então que ele pode observar que Marcela realmente estava encantadora, com um lindo vestido vermelho de tecido pesado, e sapatos altos da mesma cor. Sobre os ombros, deixava cair uma estola preta de boá; o que ainda mais valorizava o já belo conjunto. Sobre o peito, um colar de pérolas contrastava com a cor do vestido. Completava o arranjo, brincos de ouro com pérolas miúdas. Sob a estola, a agasalhava uma jaqueta em tecido bordado com mangas longas e largas, e luvas pretas de pelica. Estas, foram retiradas logo que que ela se sentou à mesa de um dos restaurantes. Ele estava convencido de que tinha diante de si uma mulher *chic*. Que nem precisaria estar tão bem-vestida, porque a sua beleza seria notada até mesmo se estivesse dentro de um jaleco amarrotado.

Desde o primeiro dia em que se conheceram, Ronaldo já havia percebido a maciez do aveludado rosto e mãos dela, na suave cor de pêssego ou maçã que, agora, mais se destacavam. Ele também já notara a elegância da sua linda parceira. Os gestos daquela mulher incomum, por si só informavam muito sobre a sua cultura e o meio em que vivia. Realmente, apesar de ter sido criada por família de costumes simples, de poucas posses e nenhum interesse pela acessão social, a vida e convivência com pessoas instruídas a tinham lapidado, de modo a saber manter observado comportamento, especialmente, quando em meio a pessoas de aprimorada educação. Onde ela passava chamava a atenção de quem a via.

Ele sentia no coração uma doce paz quando se punha a relembrar o seu passado que dizia ter sido vitorioso. No silêncio proporcionado por momentânea paz de espírito, Ronaldo se sentia feliz; tal como um poderoso que se põe a descansar depois de uma árdua batalha. Afinal, ele tinha certeza de que já teria conquistado aquela bela mulher que tanto desejara desde que a olhara pela primeira vez. E, estava convencido de que ela, de igual forma também o desejava.

A escolha de um restaurante foi fácil, porque muitas eram as opções com mesas dentro e fora do salão. As mesas dispostas nas calçadas eram guarnecidas por cortinas de espesso plástico incolor, arrematadas por sanefas de tecido de lona e caídas sobre um toldo ou outro tipo de arranjo. Além disso, para melhor conforto, nas áreas externas havia estufas a gás que aqueciam o local. Caminhando pela larga calçada, escolheram um restaurante especializado em frutos do mar. Como nele havia opções para ocupar mesas na calçada ou dentro do estabelecimento, preferiram a área fechada, porque o frio não dava trégua, ainda mais à noite.

Depois de acomodados e escolhidos os pratos e as bebidas, em meio ao que conversavam Marcela perguntou-lhe se gostava de poesia, assim se justificando:

- Eu tenho lá minhas frustrações por nunca poder criar, nem recitar e, menos ainda, declamar poesia. Gosto de conversar sobre esse tema, para mim bastante interessante. Diz o que achas da poesia, Ronaldo?

- Tenho eu cara de poeta, Marcela?! Por que me perguntas se gosto de poesia? Pelo que o meu avô contava sobre o estereótipo de poetas, nada me pareço com eles. Vovô dizia que tinham cabelos longos e ondulados, marcadamente na altura da nuca. Não sei se era verdade, mas era o que ele me dizia. Porém, sei que os poetas são os príncipes das belas metáforas; são fabulistas de todas as épocas. O poeta tem o raro dom de transformar palavras em sentimentos nobres. Ser divino, que tem por sua encantadora musa a própria alma que o reveste de beleza e encantamento. Com toda certeza, poetas são pessoas com singular capacidade de fazer mágica com as palavras, sem precisar serem dotados de excepcional conhecimento da língua. Aliás, vovô exemplificando dizia que bons pintores, nem sempre conhecem a arte e a técnica do desenho; dos filósofos, não se exige conhecer o funcionamento do cérebro; excelentes e convincentes oradores, nem sempre sabem escrever corretamente o que a oratória os privilegia. Inclusive, conheço músicos – e não são poucos – que apesar de bem executarem belas músicas, não sabem ler partituras. Mas que bom que assim possa ser, pois se não o fosse, possivelmente teríamos perdido a oportunidade de conhecer alguns bons poetas; excelentes pintores; filósofos de singular notoriedade; hábeis e vibrantes oradores; músicos de excelência; enfim...

Franzindo a testa e buscando pela memória, ele foi dizendo com calma e, vez que outra interrompendo o seu pensamento:

- Digo mais, Marcela: as aprecio sim, desde pequeno. Criei-me no meio de pessoas que compunham e recitavam poesias, mas nada sei sobre elas, a não ser que também me frustro por nunca ter criado nem recitado um poema, sequer. Por quantas vezes, tempos e lugares, vi e ouvi recitarem lindos poemas, que já nem lembro quando e onde. A todos ou quase todos, deles desfrutei como por encanto. Embora pouco saiba sobre eles, tenho a certeza de que iluminam a alma de quem os ouve, e que acrescem seletos valores a quem os compõe, a quem os recita e, a quem os aprecia. São verdadeiras obras do céu, escolhidas e confiadas a raros; a muito raros que tanto as merecem e seduzem. Tal como as demais artes, a poesia é uma das formas de expressão do belo. Porém, não tenho os poetas como gênios, tal como alguns o são na música, especialmente. Sorte de quem não o seja, porque há quem garanta serem ótimos apenas para uma só coisa – a sua arte. Quanto ao resto, deles não se deve esperar muito. Perdoem-me os atingidos, mas quanta blasfêmia numa só sentença! Me desculpem mais ainda, Homero, Hesíodo, Dante, Camões e outros tantos poetas que a história petrificou por suas valiosas obras.

E continuou:

- A poesia, cara doutora, é arte pura: misto de divino e humano. O poema tem inspiração na alma de poucos distinguidos com o singular dom de fazer respirar letras e sons universais, metrificados e cadenciados em perfeita e simétrica harmonia de palavras e sons. Olha que já se passaram anos que, desde a minha meninice, ainda nos primeiros tempos de escola, me punha a escutá-los imbuído de irrompido silêncio e concentrada atenção; como se assistisse a uma bela cerimônia. Ato majestoso, quase irreal, o poema envolve prazer e emoção em forma de amor, doutora. É capaz de silenciar espíritos mais rebeldes, que a ele sucumbem em absoluto prazer. Em linhas gerais é o que penso sobre poemas. E tu o que achas?

Ela fez a seguinte observação:

- Mas não sabia que tinhas uma relação tão estreita com essa tão bela arte. Nisso, penso que combinamos. Também admiro poemas. Poema é expressão de arte, de elegância, de altivez, porque é exclusivo, solene, inconfundível e indisfarçável. Gesto de puro requinte e de seleta cultura, a exigir de quem o aprecia, verdadeira sintonia brotada de sensibilidade e de beleza.

E disse mais:

- Se tivesse a sorte de ter tal inspiração, Ronaldo, certamente teria seguido caminhos outros, que não apenas saber dizer através de duras frases, pesados escritos, sem harmonia, sem cadência e, sem a dourada exuberância concedida ao poeta que tudo diz graciosamente, com encanto e delicado enlevo. Pelo que confesso, perdoem-me os que não têm inspiração poética, por distanciá-los tanto dos que a têm, mas entendam que não estou a diminuí-los, mas a distingui-los.

Mas Ronaldo ainda tinha o que dizer sobre esse comum encantamento:

- Arte viva, Marcela, genuína, materializada nos escritos do poeta; não se sabe quando surgiu e o seu fim é imprevisível e, diria mais, improvável. Sempre parabenizo aos imortais poemas e aos seus iluminados tutores.

- É verdade Ronaldo. A nossa sintonia está cada vez mais fina. Bom jantar para nós, disse ela.

- A conversa está ótima, mas a comida não poderá esfriar antes de ser saborosamente apreciada. Vamos ao vinho branco, então - afirmou

Ronaldo.

Entre o vinho e a comida, ainda havia espaço para continuarem conversando. Em dado momento entrou no restaurante um grupo de jovens de várias *matizes* e *matrizes*; o que por si só não chamou a atenção. Mas a barulheira, um tanto escandalosa de dois deles, parecia ter sido com o propósito de chamar a atenção - o que aliás conseguiram. Gente marota, com cara de malandra, de desordeira. Mas, muita gente está acostumada e acha natural essa oportunidade de as pessoas assumirem as orientações sexuais e sociais que melhor lhes atrai. Mas o que não se quer que ocorra, é que por conta disso se faça arruaça em lugar em que se propõe certa moderação. Foi então que Ronaldo disse a Marcela:

- Nem somos tão velhos; na verdade ainda somos jovens, mas quando nascemos o mundo era diferente e, não faz tanto tempo. Naquela época, homens ainda eram homens e, mulheres, ainda eram mulheres. Não se valorizava nada mais além disso. Isso, Marcela, é apenas uma constatação; nada mais! Não permito julgamentos sobre o que veio à tona depois. Cada um é dono das suas opções e desejos. Todos pertencemos a um só mundo; a um só exclusivo mundo e, então, devemos aprender a conviver nesse grande e populoso planeta. Foi-se o tempo em que Alan Turing, que desenvolveu a computação e o conceito de algoritmos, foi mandado preso por ser homossexual. Mas o respeito num lugar privativo como esse, é algo que exijo.

E, ele continuou:

Não estou em meio a um bloco carnavalesco, mas jantando num restaurante onde se espera certo comedimento dos frequentadores. Apesar de não ser saudosista, pois nem tenho idade para integrar esse grupo de pessoas que pararam no tempo, posso garantir que parte da atual juventude virou o mundo de tal forma, que vem desfigurando o correto modo de se viver em sociedade. Isso é lamentável! Dante Alighieri assim dizia: "*...o homem não é recriminado na maioria das vezes por não poder e não saber comportar-se, mas o é sempre por não querer, porque no querer e no não querer nosso é julgada a maldade e a bondade.*" [53] Chama atenção o fato de que pessoas extravagantes busquem com os seus gestos e algazarras encontrar algum lugar na fama – mal sabem que, ao ela alcançarem, suas vidas se acabam. Não são poucos os famosos que têm trocado as suas vidas pelas suas estampas; o seu *eu*, por aquilo que os outros imaginam que seja. Trocam a tranquilidade dos comuns, pela agonia vivida pelos descobertos. Se tornam prisioneiros da sua própria fama, que, não poucas vezes é bastante efêmera. Elisabeth Noelle-Neumann, sobre esse fato, em sua obra assim diz: "*A influência mais desastrosa provém da necessidade de se distinguir da maioria; do 'amor à fama', para citar o título de um capítulo do tratado de David Hume, ou, ainda, algo como angariar prestígio ou ser comparado elogiosamente com outros.*" [54]

Marcela, então disse:

- Não sei, mas há quem diga que isso é moderno. Será mesmo? Sei lá Ronaldo, se isso não esteja *engatado* em algum modernismo que ainda não conhecemos. Será bom nos mantermos atentos às novidades, pois quando elas se instalam, parece que chegam para ficar. Por isso não é de bom alvitre esquecer o que disse Platão, no diálogo com Hípias: "*Os modernos não são inferiores aos antigos, a não ser pela inveja dos vivos e pela veneração dos mortos.*"

Ela então emendou o comentário:

- Do tempo em que padre usava a batina como *roupa*

de uso diário e, mantinha um distanciamento solene e uma aproximação eucarística. É bem verdade que apesar de todas essas liberdades concessivas, alguns poderão se exceder e serem qualificados como libertinos. Nessa qualificação se incluem os que não distinguem o certo do errado, o bom do ruim, o respeito do desrespeito; o que poderá nos levar à uma vida social beirando ou já mergulhada no caos. A partir disso, o regresso talvez não seja fácil de se conseguir em curto tempo e na mais tranquila paz. O pior é que em meio a esses caras que eu prefiro chamar de estravagantes, vez que outra se intromete um babaca viciado em drogas, disposto a inventar qualquer porcaria que lhe venha na cabeça, e, assim, ajuda a nivelar o grupo por baixo. Porém, estou me convencendo de que essa gente está fazendo *história* e, não tão lentamente. Crescem essas variadas formas de comportamento a cada dia e, com boa rapidez; não mais escolhendo lugar e hora para se comportar de maneira imprópria. Chuck Klosterman afirmou que "*A história é definida por gente que não sabe direito o que está definindo.*"[55]

Aproveitando o silêncio dele, ela continuou:

- Acredito que essas manifestações para muitos se trata de modernismo ou de comportamento aloucado e criado pelas novas gerações, que desejam sufocar o que chamam de convencionalismo superado e criado por moralistas de pijama, que não deveriam mais sair à noite. E, em meio a essa juventude, se misturam moços de todas as classes sociais; no que resulta, pelo menos nesse aspecto, a demonstração de uma melhora nas relações mais avançadas. Mas desconfio que tal não seja apenas uma onda modernista. Pelo contrário, creio que veio para ficar e, se tiver que ficar, que fique, pois sempre nisso poderá haver coisas boas e aproveitáveis. Quem sabe aprenderemos com essa nova ordem alguma transitoriedade? Penso que o homem atual alcançou a liberdade que por muito tempo o impedia de mostrar uma versão moderna do que ele é ou poderá ser. E a liberdade não se restringe a poder fazer apenas o que é moralmente certo é ético, segundo pensam os outros. O homem vem paulatinamente se livrando da moldura que o enquadrava, para ousar viver fora do quadrilátero que a sociedade o impõe.

Disse ainda, Marcela:

- A *liberdade* está libertando o homem das algemas impostas pela sociedade, para se tornar uma escolha pessoal, individual, de cada um segundo o seu desejo e a sua concepção sobre a moral. Claro que não se pode descuidar dos limites e restrições em relação a terceiros. Ao se sair do *quadrado*, não se pode afetar a geometria do alheio; seja que tamanho ou forma ela tenha; por que a audácia está sujeita a restrições. Em caso contrário, se instalará o caos e tudo desmoronará e se transformará em pauleira; quando não, em algo pior do que isso. Sabe-se lá, se não estamos vivendo ou revivendo a era da modernidade dos primeiros anos da década de 1920; motivada, segundo muitos, pelo fim da Primeira Grande Guerra. Claro que os motivos atuais são outros, mas não há desgaste em supor que o mundo, presentemente, vive sufocado dentro de uma panela de pressão que ao ser destampada, exigirá todo cuidado para não estourar. Mesmo assim, é impositivo saber se esses movimentos são forjados por uma classe ou grupo de revoltosos descontentes com a realidade presente; ou, se resulta de manifestações livres e espontâneas.

E, Marcela foi mais adiante, depois de um pequeno intervalo:

- Tenho curiosidade de saber o que virá depois das calças jeans desbotas e esfarrapadas; das blusas que mostram os bicos dos seios; da prostituição infantil; do silencioso preconceito racial; da parafernália de tatuagens que escondem a fisionomia de alguns adeptos; dos estravagantes piercings e adereços de fazer inveja à tribais da selva; do dialeto incompreendido pelos *normais*; das pichações em prédios alheios; das festas impulsionadas por drogas pesadas; dos reality shows; da submissão de professores a alunos pelo cruel medo de serem agredidos; da falta de hierarquia entre pais e filhos. (Mateus 19:19: *"Honra teu pai e tua mãe, e amarás o teu próximo como a ti mesmo."*); do trabalho escravo e de menores; da miséria debaixo de marquises e de viadutos. Interessante se observar, que a modernidade tem dado oportunidade a que se mostre mais na rua e na televisão, o que cabarés e motéis procuram esconder. J. Locke entendia que o filho deve ser governado pelo pai até que atinja a idade em que tenha discernimento; enquanto isso não ocorrer, não terá a sua liberdade autorizada por aquele. E, vou mais a fundo com um ensinamento de Hobbes: *"Sem a espada, os pactos não passam de palavras sem força, que não dão a mínima segurança a ninguém."*[56]

Mas ela ainda tinha mais a expor:

- Realmente, é isso o que preconiza a sociedade moderna, a despeito de alguns poucos desvios que não chegam a constituir elemento para a estatística. De todo modo, se mantém firme a observação de que muitos dos filhos (modernos) não se sujeitam à subordinação paterna, porém, de qualquer modo, só poucos abandonam o bem-estar que lhes é proporcionado pelo lar da família; ainda que continuando a desrespeitar aos pais. Bem, Ronaldo, como sei que a Terra gira sempre no mesmo sentido, de oeste para leste; isto é, não dá para traz, nada mais nos restará do que aguardar... Porém, algo de novo virá quando isso se tornar *démodé*. Mas, o que virá depois, então? Essa é a questão! Pode ser que, quando forem franqueadas viagens aeroespaciais, algum modernista descubra algo interessante noutro planeta e o desenvolva de modo a reverberar por aqui. Mas, para o bem de todos, atualmente as distinções e relações entre gêneros se tornaram bem simplificadas - o que sabemos que seria impossível num passado próximo.

- Defendo – disse Ronaldo – que não precisamos concordar; mas também não discordar. Dá para entenderes, Marcela? Se não concordares, não discordes. Fiques neutra, deixando que cada qual assuma a sua posição ou opção. Parece que estamos vivendo um tempo em que tudo está se invertendo; em que as coisas mais óbvias parecem não mais serem entendidas, porque vêm sendo modificadas pela ação de uma juventude que perdeu a importância do retrovisor e, também das consequências de um futuro inseguro e incompreendido pela maioria. Parece pertencerem a uma *casta* tão especial e tão singular, cujo egoísmo que a envolve não dá chance a que os mais experientes sejam admitidos. Mudaram e continuam mudando o linguajar, os trejeitos, os trajes, o comportamento e a forma de aprender e de respeitar. Vale repetir que se acreditam exclusivos e, o resto que se *exploda*. Mas a idade também os alcançará com a suas sempre impositivas limitações. De sorte que, quando não mais puderem *deslizar* sobre skates ou *navegar* sobre pranchas de surf, terão que criar coisas que lhes permitam viver sem precisar retroagir ao que agora desprezam por serem antiquadas. Talvez não mais estejamos por aqui, mas não faltará quem presenciará essa passagem por novas invenções, porque o que já foi inventado, jamais se adaptará às suas engenhosas e ardentes mentes.

Marcela, pois, retomou os comentários sobre o que vinham falando:

- No terreno da gelatinosa moral, penso que estejamos passando por uma vacilante turbulência em meio a ventos transversais e nuvens espessas. De modo que, enquanto as partes se mantiverem em cotejo, teremos que nos equilibrar no muro da ambivalência; ora jogando o guarda-chuva ou barra de metal para um e para outro dos lados, tal como faz o equilibrista para se manter em pé no arame. E, não há erro ao afirmar que a moral está *novamente* em crise – aliás, certamente, que, de há muito está vivendo e revivendo situações já antes enfrentadas. Pior, ainda, é descobrir que ninguém pode garantir o que é moral e o que é imoral. Mas essa *crise* geralmente funciona como o arauto que anuncia a chegada de uma nova ordem; de novos tempos que se abrem para novas ideias. E, perdoem os que se *desesperam* com o que estão presenciando, porque terão que ter coragem para aceitar a nova ordem, se não quiserem sucumbir no mundo dos desaparecidos. Há que se aceitar que a cada dia, novas ideias, novas descobertas e novas palavras são criadas; ainda que, por vezes, não passem de idiotices e asneiras, que mais poderiam servir para piadas e gracejos – mas sempre *novas*. Muitas dessas são criadas por um só homem, mas não conseguem ser vencidas por uma multidão. Johan Huizinga melhor explica isso numa de suas obras intitulada, Nas Sombras do Amanhã. [57]

A conversa rolava solta e, não faltava o que comentarem, porque entre eles, muita coisa ainda havia para ser descoberta. Viviam uma das melhores fases do relacionamento, em que cada um queria descobrir mais e mais sobre o outro e, os dois sentiam ânsia de contar um tanto da sua vida. Começando por mostrar as coisas boas, de pouco a pouco também foram expondo seus problemas, para que, sem demora, pudessem saber se poderiam continuar se equilibrando no arame.

Marcela então contou que há poucos dias assistiu pela TV um show da banda Mötley Crüe e, melhor detalhou:

- Foi uma ótima e vibrante apresentação da consagrada banda californiana. O entusiasmo tomou conta da imensa plateia, que não se conformava com o fim da apresentação, ao término do show. Banda do padrão de público exigente; de boa apresentação, tal como Pink Floyd, Nirvana, U2 e outras tantas que levam a plateia ao delírio. Depois de assistir ao espetáculo, percebi que estou certa quando penso que as maquiagens, tatuagens, sons, luzes, coreografias e outras *performances,* dão espaço à que a morte triste e melancólica seja substituída pela morte raivosa, indignada. Era um tipo diferente e para mim estranho. Era a troca do suave toque na harpa, pelo frenético dedilhar da guitarra; era a mudança do campo de guerra, para a arena da paz. É o mundo que nunca para, mostrando o que tem de mais atual; com mais brilho e muita emoção. É uma forma de evolução ainda não assimilada pelo patinho feio, mas que vibra no peito da *moderna modernidade.* É o chique abrindo espaço para o bruto, o selvagem; é o melancólico dando passagem para o vibrante; é o preto e branco sendo substituído pelo multicolorido; é o cinza sendo invadido pelo arco- íris; é o *um* aceitando o *outro,* desde que cada qual se restrinja ao seu palco, porque entre eles ainda não há lugar para metamorfoses. Mas, que bela homenagem a banda prestou ao passado ainda vivo. Saindo do palco, caminhando em meio ao seu público, cumprimentou a tantos quantos pode, ao som de My Way, de Frank Sinatra.

Ronaldo, por sua vez, talvez querendo encerrar o assunto, ainda que lhes parecesse oportuno, referiu que tudo o que haviam visto, via-de-regra é passageiro, tal como toda e qualquer *novidade.* Comentou com ela que poucos dias atrás teria lido em livro da Martha Robles um comentário que tratava de tema relacionado à Cristina da Suécia, mas dentro de um outro contexto. Disse a escritora mexicana: "*Há artistas que enriquecem os caminhos da beleza, filósofos que sonham com a verdade, místicos que se confundem com Deus, homens e mulheres que desejam trocar de sexo por desespero ou pela busca do prazer, e criadores que se deparam com o instante em que o inesperado coincide com a manifestação da voz, com o deslumbramento ou a materialização de um sopro divino."*[58]

Após saborearem o prato com frutos do mar e o vinho branco, ele a convidou para ir a uma boate. Gostaria de dançar antes de terminar a agradável noite. Porém, se ela concordasse, teria que indicar algum lugar de sua preferência. Ela aceitou o convite e foram até uma bela e animada casa noturna.

\* \* \*

O lugar se resumia a um grande salão onde havia muitas mesas e um enorme balcão com bancos altos. Além disso, havia uma pista de danças circular, com luzes numa espécie de ribalta rente ao chão, que cobria cerca de metade daquele espaço. Num nível pouco acima ao da pista havia várias mesas, todas já ocupadas quando eles chegaram. Como ao entrarem só havia lugar na parte anexa ao salão, ali mesmo se acomodaram numa das mesas que ficava rente a uma das paredes. A decoração da casa era bastante luxuosa e a iluminação muito agradável. A música era executada por uma banda constituída por seis ou sete músicos, que tocava sucessos para todos os gostos e épocas.

Depois de pedirem a bebida, ela disse querer ir ao toalete. Lá chegando, encontrou-se com uma amiga, Juliana, que a viu entrando acompanhada de Ronaldo. Interesseira, logo a perguntou quem era o príncipe e, se estavam namorando. Marcela respondeu que era um advogado que residia no Rio de Janeiro e que não estavam namorando.

A curiosa petulante, então perguntou-lhe o sobrenome, e ela respondeu que não sabia; como de fato não sabia por incrível que pudesse parecer. Mas a bisbilhoteira não se satisfazendo com as respostas, disse-lhe que já tinha visto aquele cara em algum lugar; mas não lembrava onde. Que não lhe era estranho aquele galã de fim de noite. Porém Marcela a respondeu que se tratava de um *cara respeitador* e que acreditava que ela não o conhecesse, porque morava no Rio e há muito tempo não vinha a Porto Alegre. Possivelmente ela estivesse enganada; ou, o trocando por outra pessoa parecida.

Saindo do toalete e voltando para a mesa, ela nada comentou com Ronaldo. Apenas beberam e se dispuseram dançar um pouco.

Próximo da mesa deles, outra era ocupada por Juliana e mais três outras garotas; todas conhecidas de Marcela. Eram Raquel, Anna e Olga Maria - todas solteiras e que gostavam de curtir a noite porto-alegrense. Entre elas cochichavam e bisbilhotavam sobre o comportamento do casal, sempre com a insistência de Juliana, de que conhecia Ronaldo de algum lugar. Mas não recordava de onde.

Ao retornarem para a mesa, Marcela observou que as amigas seguidamente olhavam para onde estava sentada com Ronaldo, parecendo que conversavam a respeito dele. Mas nada poderia fazer, senão evitar o encontro de olhares. Igualmente nada disse a ele. Elas não paravam de movimentar-se e, parecia criticarem a tudo o que os seus olhos alcançavam. Como algumas barulhentas gralhas, conseguiam chamar a atenção de alguns homens da noite, que, todavia, não mais faziam do que olhá-las sem demonstrar interesse por qualquer delas. Porém, vez por outra, parecia estarem interessadas por alguns rapazes que estavam em pé entre as mesas.

Eram moços que, pelas atitudes, demonstravam já

estar com caveira cheia de álcool, pois se abraçavam e se empurravam sem outro motivo, que não o de chamar a atenção de quem estava por perto. Em certo momento um deles convidou Raquel para dançar; porém ela não aceitou por achá-lo bastante alterado. Quando ele retornou ao lugar em que estavam os companheiros, foi vaiado e afastou-se do grupo. Logo depois, os outros também foram ocupar outro lugar.

Como a música era bastante animada, Marcela e Ronaldo várias vezes foram à pista para dançar. Já passado de duas horas da madrugada resolveram ir embora. Levantaram-se para sair e, ao passar próximo da mesa em que estava Juliana, esta, olhando firmemente para Ronaldo lhe disse:

- Não sei dizer de onde te conheço, porém já te vi em algum lugar. Como Marcela me disse que moras no Rio, acho que não é de passagem pela rua ou algum outro lugar aqui de Porto Alegre, porque essas hipóteses se tornam bem raras. Quem sabe de alguma reportagem jornalística?! Disse sorrindo e brincando com ele.

Marcela adiantou-se a despedir-se do grupo, pois achou petulante a intromissão de Juliana, que já havia questionado sobre o mesmo assunto quando se encontraram no toalete. Ademais, não era seu desejo esticar o assunto com aquele grupo de solteiras, para quem sempre há oportunidade para atrair homens.

\* \* \*

Ao rumarem para o hotel e para a casa, combinaram novo encontro para a amanhã do dia seguinte – domingo. Ela propôs visitar o Brique da Redenção. Além de uma boa caminhada, haveria oportunidade de apreciar objetos estranhos, antigos e raros. Ficaram de encontrar-se por volta de dez horas, quando Marcela o apanharia na porta do hotel. Entre eles, parecia ter havido um pacto de armistício.

No domingo, logo que conseguiram estacionamento nas imediações da Praça da Redenção, iniciaram a lenta caminhada por entre as inúmeras bancas que se posicionavam lado a lado, nas duas margens da bela e arborizada avenida. Por lá, viram inúmeros estandes com trabalhos em artesanato variado. Coisas originalmente feitas com corda, com renda de bilro, estamparias com o uso de técnica de silk screen; com folhas secas, barbantes, entalhes em madeira; objetos exclusivos trabalhados com papel, sisal, tecidos, lascas de troncos de árvores e, mais uma extensa região onde predominava a exposição para venda de objetos antigos e raros. Ronaldo comparou a atividade, àquela que também aos domingos se instala na praça General Osório, em Ipanema, no Rio de Janeiro. Numa das bancas em que havia objetos gauchescos e produtos artesanais, pararam enquanto Marcela escolhia uma das bonecas que achou interessante e bonita. Perguntou o preço e pediu que a colocassem num saquinho plástico.

Situação constrangedora, que não foi esquecida por eles, foi quando passando pela região em que estavam expostos os artigos de antiquários, em maioria bem caros, viram que num conjunto de jarra e seis copos de cristal Baccarat, com um cartaz informando o alto preço. Sequer eles pararam para observar mais atentamente, especialmente, porque o belo jogo de peças raras, não interessava a qualquer deles. Seguindo um pouco mais adiante, quando parados num outra tenda, foram atraídos por um fato que sensibilizou quase todos que por ali estavam. Um casal, de aparência modesta, ao pegar uma das taças a bateu noutra, quebrando as duas. A situação foi de tal forma desagradável, que Marcela e Ronaldo sequer quiseram melhor olhar o que se passara, e suas conclusivas consequências. Tipo de coisa que poderia ser evitada, se não tivessem agarrado a rica peça, possivelmente antiga e de procedência francesa. Porém, se já tinha acontecido, o que mais fazer? Passado muito tempo, eles ainda lembravam desse desastroso caso e, se ficavam a perguntar, como teria sido resolvido entre o antiquário e o desastrado, ou inconsequente e curioso cliente.

Voltando ao que vinha acontecendo na tenda em que compraram a boneca escolhida por Marcela, enquanto era atendida por uma moça gentil e interessada em explicar quem a confeccionara, por detrás dela apareceu um homem alto, com enorme bigode e densa barba, grande chapéu de aba larga e um poncho. Olhando para Ronaldo, logo pegou de um facão que trazia na cintura e o brandiu ao alto, reluzindo contra o forte sol da manhã, e disse:

- Não sei por que não te espeto agora mesmo, seu covarde. Tu é o *adevogado* que por dinheiro *tá* defendendo o cara que matou a indefesa e *alejada* mulher. Mas tu ainda não *tá* livre de que alguém faça isso por mim, seu *adevogado* de merda. *Adevogado* que defende criminoso desse tipo devia ir preso junto com o assassino. Já pedi *prum* vereador que aparece por aqui buscando voto, pra que faça uma lei que bote na cadeia o bandido e o *adevogado* que defende essa porcaria. Esse tipo de patife não devia andar solto pelas *rua*. O lugar dele é na cadeia, bem trancado para não escapar.

Muita gente que passava pelo local parou para ver a inusitada cena, que sequer dava para ser explicada. Ronaldo ficou bastante intranquilo com a reação do agressor e, também nada entendeu sobre o que ele dizia. Realmente, na oportunidade ele advogava para um homem que, segundo o inquérito, havia assassinado a sua mulher inválida. Mas isso fora no Rio de Janeiro. Todavia, esse caso vinha trazendo-lhe demasiada preocupação, motivo pelo qual ele nada contava para ninguém; nem para os seus colegas de escritório; nem para o próprio cliente. Via-se envolvido numa verdadeira teia, e com poucas alternativas para dela se livrar ileso.

Mais tarde, através de colegas de escritório de Marcela, ele ficara sabendo que o inoportuno agressor o confundira com outro advogado; este com banca em Porto Alegre que, fisicamente, bastante se assemelhava a ele. Era seu sósia, sem qualquer dúvida e, também defendia um marido que havia assassinado a ex-mulher inválida. Em razão da grosseria e acinte do barraqueiro de plantão, deram por encerrado o passeio pelo brique.

Uma vez que o mimo já havia sido pago, logo que as pessoas foram-se afastando do lugar, Marcela e Ronaldo resolveram voltar para o automóvel e procurar outro lugar para passar o resto da linda manhã.

Num primeiro momento ela pensou em registrar queixa policial contra o agressor, mas foi convencia por Ronaldo a não fazer nada. Segundo ele, não valeria a pena envolver-se mais com aquele desequilibrado, cujas consequências seriam imprevisíveis. Louco como pareceu ser, talvez pudesse levar a cabo a sua pretensão, ainda que enganado quanto à pessoa. Que, o melhor seria esquecer o lamentável episódio, que serviu para consolidar um pouco mais a relação entre eles. O enfretamento de dificuldades por um ou ambos os parceiros, quase sempre gera natural e crescente afinidade entre o casal. De igual modo, serviu para que conhecessem as reações de um e outro diante de um quadro imprevisível e até perigoso. Felizmente tudo acabou bem; sem maiores consequências.

Passaram o dia pouco falando sobre o fato. Porém,

Ronaldo que já tinha preocupação com algo semelhante ao que fora dito por aquele verdadeiro *tronco de árvore centenária*, sentia um formigamento no sistema nervoso. Uma situação angustiante que o acompanhava desde longa data. No início da noite jantaram juntos e se despediram, pois na manhã seguinte ele partiria para o Rio de Janeiro, sem previsão de data para retornar a Porto Alegre. Ela ainda ofereceu carona para levá-lo ao aeroporto, mas ele agradeceu, pois já tinha confirmado que o voo seria nas primeiras horas da manhã e contratado condução para esse deslocamento. Ao se despedirem na porta do hotel, ela deu-lhe um beijo no rosto e disse que aguardaria o seu retorno ao Sul, quando lhe fosse possível. Um pouco ainda desorientado com o que havia passado no brique, disse para ela em tom vacilante: o que passei ainda me atormenta um pouco, mas espero que tudo passe, logo que chegar em casa. O que aquele grosseiro homem fez já está feito e, é tão verdadeira a injusta agressão, quanto saber que aquilo que foi feito, jamais poderá ser não ter sido feito. Enfim...

Antes disso, ao passarem por uma igreja Ronaldo a convidou para entrarem. Na oportunidade, ecoavam os campanários; o que o atraiu bastante naquele momento. Embora declarado bom católico e assíduo frequentador de igrejas, Ronaldo detestava participar de missas. Dizia não ter paciência para assistir e participar do culto; do rito da Santa Missa, como falava. O templo fora construído por volta de 1938, no estilo neogótico. Uma fachada bastante alta, com 2 torres até certa altura se parecendo com as da Catedral de Notre-Dame, de Paris e, a seguir desse ponto, erguiam-se duas enormes agulhas em direção ao céu. Ambas absolutamente idênticas e bordadas com material duradouro e capaz de suportar fortes ventos. Porém, ao lá chegarem, foram surpreendidos com uma missa já em pleno curso. Os bancos, apesar de quase todos já estarem ocupados, com um pouco de paciência conseguiram lugar para se sentarem juntos. No centro do amplo salão havia um corredor e outros dois nas laterais. Sendo que o principal estava revestido com um trilho em cor vermelha, liso; isto é, sem qualquer desenho, sequer de artes sacras e, se estendia até próximo ao altar-mor.

O padre, levando pelas mãos o breviário já fechado, se encaminhava para o púlpito, cujo acesso era por uma escada de madeira, circular, com artes sacras esculpidas por toda trajetória das suas laterais curvilíneas. Sobre o púlpito havia um belo dossel em tecido fino, branco, ou tão claro quanto o branco, que se poderia dizer que transmitia pureza a quem o admirava. Assim, o sermão estaria apto para iniciar, quando ao fundo ainda se ouvia, em tom macio, quase silencioso, o órgão a executar a Ave Maria, de Gounod. Por algum tempo o par ficou a olhar e admirar a bela igreja, cujo altar principal e outros dois laterais que compunham o conjunto arquitetônico, eram parcialmente revestidos de mármore desmaiado, translúcido ao se acenderem os refletores internos dos 3 móveis majestosos e sagrados. Sobre as pedras de mármore havia filetes em material desconhecido pela maioria dos frequentadores, como depois vieram saber. Parece que se tratava de uma espécie de segredo entre as famílias que contribuíram para a construção do templo. Alguns até diziam que, possivelmente, porque teriam sido contrabandeados da Itália. O teto, bastante alto, era ornado por três abóbadas, ao estilo de claraboias, bem simples, mas amplas e translúcidas. O silêncio que reinava em absoluto quando chegaram, só era quebrado pelo som do órgão. Próximas da nave principal havia algumas colunas que se estendiam até o teto. Diversos nichos guarneciam grandes imagens de santos e, de um lado e de outro das naves secundárias, havia confessionários laborados em madeira de boa qualidade, também com trabalho em alto relevo. Os genuflexórios eram recapados com material que se assemelhava a couro, na cor avermelhada, ou semelhante.

Mesmo consciente de que não gostava de frequentar igrejas durante a celebração do rito, Ronaldo participou da antífona entoada pelo padre celebrante da missa, a repetindo juntamente com os demais fiéis. Em meio aos fiéis, alguns, curvando o tronco e abaixando a cabeça, liam os missais acompanhando as orações. Após alguns instantes de absoluto e sagrado silêncio, o vigário convidou todos a orar em louvor à Virgem Maria, mãe de Jesus Cristo. Em uníssono, todos entoaram em voz alta a prece à Santíssima Nossa Senhora. Depois disso, passou a dizer que Maria teria ido à casa de Zacarias, para ali aguardar pelo nascimento de João Batista, filho de Izabel e primo de Jesus Cristo. Foi então que, logo a sua chegada, Izabel, ao sentir que o pré-nascido que trazia em seu ventre se moveu, iluminada pelo Santíssimo Espírito Santo saldou Maria com palavras que, séculos depois se tornariam versos da prece Ave Maria: *Ave Maria cheia de graça, o Senhor é Convosco.* Mais adiante, por volta do século XV, à prece foi acrescentado: *Bendita sois vós entre as mulheres, e bendito é o fruto do Teu ventre.* Ainda foi em tal época que se acrescentou o nome *Jesus,* ao final da oração. Ao saírem da igreja, Ronaldo disse estar se sentindo confortado por ter participado da missa, com a promessa de que, ao retornar ao Rio, frequentaria outras tantas.

❊ ❊ ❊

De volta à sua casa, Marcela deitou-se e, quando parecia fazer uma relembrança do que tinha passado com Ronaldo, tanto na primeira noite quanto dali em diante, ficou feliz por tê-lo conhecido e ter disfrutado da sua boa companhia. Então lembrou-se de uma frase de Erich Fromm: *"Amor é uma experiência pessoal que só é possível ter por e para si mesmo."* [59] Pensou um pouco mais, e achou que deveria discordar do psicanalista e filósofo. Ela já começava a amar Ronaldo, talvez tanto quanto a ela própria. Enquanto divagava por um quase infinito pensamento, ao acionar o celular escutou uma manhosa e chorosa canção, porém muito linda e convidativa para continuar meditando. Essas canções entram n'alma de quem está a pensar num horizonte distante e cheio de entusiasmo; de inigualável e inimaginável sentimento de fé, de esperança – *esta doce filha do céu* –, segundo lera em algum lugar; cheia de bondade, de amor, de solidariedade. Fé em tudo o que seja capaz de lembrar o bem e esquecer o mal. Que ao se aproximar do bem, ela se afasta do mal, para que possa agir em toda a sua plenitude de bondade e de otimismo. Era uma música que expressava lamúrias de quem busca a sorte que sabe estar por perto e que logo a abraçará. Parecia-lhe escutar os sons de um *quanun,* de um alaúde, de uma flauta, de um coral composto de suaves vozes femininas, a fazendo imaginar estar vendo uma linda mulher fazendo evoluções da dança do ventre. Ela ainda bem sabia que o amor é o pulsar do Universo. Que sem ele, o Mundo vira um caos. Pouco depois ela dormiu até o amanhecer da segunda-feira.

❊ ❊ ❊

Na manhã seguinte, logo que desceu no aeroporto Santos Dumont, no Centro do Rio, Ronaldo dirigiu-se ao escritório e contou aos colegas como teria sido a audiência de que participara na sexta-feira. Nada contou a respeito de Marcela; sequer disse que a conhecera. Acreditou ser melhor manter sigilo sobre o fato, para evitar instar a curiosidade e expectativa dos colegas.

Em quase todos os dias eles trocaram telefones e

mensagens pelo celular, contando um pouco das suas atividades diárias e, sem dúvida, da saudade que um sentia do outro. Duas semanas depois ele ligou para ela avisando que dentro de dois ou três dias iria a Canoas, na grande Porto Alegre, para participar de uma audiência. Que antes confirmaria a data e hora do ato, pois queria encontrá-la para se reverem.

Porém, como a audiência foi cancelada, a ida ao Sul ficou adiada para outra oportunidade, em data ainda desconhecida. Certo dia ele a convidou para ir ao Rio de Janeiro, porém ela agradeceu, mas não aceitou ao convite. dizendo que no Rio teria passado por situações que bastante marcaram os seus sentimentos e, que, por isso não gostaria de lá estar, pelo menos, por enquanto. Então ele propôs irem a alguma das cidades da Serra Gaúcha, cujo passeio ele sabia ser bem agradável. Ela concordou, porém nada ficou acertado em definitivo.

Poucos dias depois ele ligou dizendo que iria a Gravataí, outro município da região metropolitana de Porto Alegre, para ali realizar audiência. Mas que teria que retornar no dia seguinte. Porém, não queria perder a oportunidade de revê-la, ainda que por pouco tempo. Conforme combinado entre eles, ela o alcançou na saída do foro logo que concluída a audiência. Passaram a tarde e boa parte da noite juntos. Estiveram noutro bom restaurante, mas se recolheram cedo porque ele tinha retorno marcado para as primeiras horas do dia seguinte. De qualquer forma, acharam maravilhoso o encontro e, com isso consolidaram mais a relação, ainda não definida como namoro.

Alguns dias depois, ele tornou a ligar dizendo que a audiência a ser realizada na cidade de Canoas voltara a ser agendada para a semana seguinte, quando certamente ele estaria no Sul. Seria numa manhã de sexta-feira, com previsão para nada fazer durante a tarde e no fim de semana. Ela ofereceu-se a esperá-lo no aeroporto Salgado Filho, de Porto Alegre e levá-lo a Canoas. Mas ele agradeceu, dizendo que logo que desembarcasse tomaria condução já contratada pelo escritório para levá-lo a Canoas, ida e volta. Diante disso, combinaram almoçar num restaurante da região central de Porto Alegre. De tal sorte, ele telefonaria quando terminasse a audiência, seguindo para o restaurante.

\* \* \*

Na véspera da viagem dele, Marcela voltou a encontrar-se com Rosinha e a relatou que Ronaldo estaria em Porto Alegre no dia seguinte. Que, sentia-se muito feliz com a possibilidade de revê-lo e poderem estar juntos durante mais alguns poucos dias, pois ele só retornaria à sua cidade na segunda-feira.

Rosinha, com alguma insistência e boas justificativas, então a convenceu de que deveria convidá-lo a pousar no seu apartamento. Que achava desagradável deixá-lo hospedado num hotel, sabendo que um dos motivos para ele ficar na cidade até o início da próxima semana, seria o de poder estar junto dela durante aqueles dias. Que, se não desejasse vê-la, e com ela curtir o final de semana, certamente que ele retornaria para a sua cidade logo que terminado o compromisso para o qual viria. Poderia até não a avisar que viria a Porto Alegre.

E parece que Rosinha não precisou de muito argumento para convencê-la. Tanto assim foi, que antes dele sair do Rio de Janeiro ela telefonou convidando-o para hospedar-se na sua casa. Ato contínuo, Ronaldo agradeceu ao convite, e cancelou a reserva no hotel. O entusiasmo pelo convite não esperado o deixou em grande euforia. Durante as horas seguintes e no dia da viagem, esboçava gestos de alegria e de felicidade. Para ele a relação teria vingado a ponto de reconhecê-la como sua namorada, pelo menos.

Terminada a audiência ele rumou para o restaurante onde a encontrou já sentada numa das mesas, a sua espera. Cumprimentaram-se trocando beijos no rosto e abraços. De pronto, ele a pediu que o ajudasse a colocar a sua pequena bagagem no porta-malas do carro dela; o que foi feito em seguida.

A conversa entre eles se desenvolvia com entusiasmo de parte a parte e, terminado o almoço ela o convidou para ir ao apartamento. Lá chegando, Marcela mostrou-lhe o quarto de hóspedes com banheiro conjugado. Era um apartamento organizado, como sói acontecer na casa da maioria das mulheres; especialmente das que vivem sozinhas. Ele gostou muito dos cômodos e da decoração de requintada escolha. Num pequeno escritório ou sala de leitura, ela tinha uma boa coleção de livros sobre os mais diversos assuntos. Como era de se esperar, alguns sobre Direito. Mas tinha outros: obras de Sartre e de Simone de Beauvoir; de Diderot; de Kafka; de Alexandre Dunas; de Leon Tolstoi; de Gide; de Karl Marx e mais uma infinidade de clássicos da literatura universal.

Ele abriu a mala no quarto a ele destinado e tomou uma gostosa ducha bem quente, apesar do dia não estar tão frio como aqueles das viagens anteriores. Ronaldo sempre vestia com elegância e bom gosto. Mas também era elegante nos gestos, no pensamento e nas palavras. Tinha um guarda-roupa bem diversificado, e cheio de roupas próprias para as mais diversas ocasiões. Embora que, em razão da sua atividade profissional geralmente vestisse terno e gravata, também sabia escolher trajes esportivos. Vestiu uma roupa esportiva e a convidou para conversarem na sala de estar. Trocaram conversas e contaram algumas novidades ocorridas nos últimos dias; inclusive sobre o noticiário na televisão e jornais. Como as horas passam rápido em tais circunstâncias, quando se deram conta a noite já tinha chegado. Combinaram de não sair para jantar. Em troca pediram uma pizza nos sabores que cada um desejara. Saboreando a pizza, beberam cerveja que Marcela mantinha na geladeira, apesar de quase nunca beber. Como sobremesa, ela tinha preparado um pudim de laranja, por saber que ele gostava muito de doces. Principalmente depois das refeições.

Em meio ao entusiasmo do encontro e das conversas que trocaram, em dado momento ele manteve-se calado, com ar de preocupado. Tendo observado a mudança de humor de Ronaldo, ela perguntou o que teria havido para manter-se calado e cabisbaixo. Ele demorou um pouco a responder, mas afinal disse que eram preocupações com determinado processo, cujo andamento o vinha deixando inseguro, há muito tempo.

Ela então perguntou se seria aquele processo criminal sobre o qual ela já teria falado na sua primeira viagem a Porto Alegre. Ele confirmou que sim e, ela pretendeu saber mais um pouco sobre a ação. Mas ele disse nada poder dizer-lhe. Que o desculpasse, mas nada diria, apesar de ter inteira confiança nela. Não se trataria de falta de confiança, mas de questão de foro íntimo; que só ele saberia resolver. Passado isso, ele disse:

- Realmente, tenho a sorte de ter diante de mim uma bela mulher e, não posso negar que já estou a amá-la. Também estou certo de que tenho procurado tudo fazer para manter a felicidade que esse nobre sentimento produz em mim.

Mas, não há dúvida de que na medida em que começamos a amar, sobre nós paira uma certa aura de insegurança pelo receio de perder a pessoa amada. Todavia, tenho a esperança de que isso passará. Não sei por qual motivo agora me sinto triste e desanimado, quando tudo corre no sentido de satisfazer a minha felicidade. Sei que se trata de um ligeiro pensamento que logo deverá ser afastado, pois estou confiante no teu demonstrado interesse por mim. Àgata, disse a Ulrich: *"Será que amamos uma coisa porque ela é bela, ou ela fica bela por ser amada?"* Então ela mesma redarguiu: *"Talvez a beleza nada mais seja do que ter sido amado."* [60] Ele ergueu-se e a beijou cândida e demoradamente. Após, se mantiveram bom tempo abraçados em silêncio.

* * *

Dentro de pouco tempo o astral dele melhorou e ela harmonizou melhor o ambiente com algumas boas músicas, dentre elas, nas vozes de Diana Ross, Frank Sinatra, Louis Armstrong, Donna Sammer e da inesquecível banda Bee Gees. Também as mesclou com samba e chorinho. A escolha do repertório e dos artistas era de primeira linha. A ampla sala encortinada, mantinha acesa apenas a luz de um grande abajur num dos cantos; o que tornava o lugar sereno e agradável, para ainda não dizer, romântico. Numa prateleira, ao fundo de um pequeno balcão de bar, havia algumas poucas garrafas de bebidas. Ela abriu uma de uísque Chivas Regal, 18 anos, e o convidou para beber a moda caubói; isto é: sem gelo para resfriar a bebida. O primeiro copo foi por ela ingerido muito antes do dele. Não satisfeita, encheu outro copo e começou a dançar perto dele, rebolando o corpo ao som de um samba de Beth Carvalho.

Ela vestia uma saia com comprimento pouco abaixo dos joelhos, com enormes fendas nos dois lados. Além disso, uma blusa branca de tecido acetinado, semitransparente, e desabotoadas as duas primeiras casas, formava um provocativo decote no qual mostrava parte dos volumosos seios. Marcela começava a expor a sua sensualidade, até então preservada. Ela tinha certeza de que Ronaldo era o homem a quem ela desejava cativar com o seu lindo corpo e a sensualidade que naquele momento aflorava. Enquanto isso, o ressabiado moço que já teria levado um fora por ter avançado ao sinal antes da hora, se mantinha apenas a observá-la, sorvendo lentamente o seu uísque. Vez que outra desviava o olhar com a intenção de não a constranger; como se a provocativa encenação dela pudesse mais tarde envergonhá-la. Mas a atitude passiva dele, parecia mais provocá-la a gestos de exibicionismo.

A tal altura ele já não sabia mais com quem estaria tratando, mas que certamente se mantinha num cativeiro por ela escolhido. A mulher pudica que conhecera, agora era outra, bem oposta àquela. Vencidos mais alguns instantes, ela o puxou pelo braço e o levou para perto de si, querendo com ele dançar. Mas o cauteloso homem aceitou a dança, apenas balançando o seu corpo sem tocar no dela. Dançando separados, ele evitaria qualquer mal-entendido daquela confusa mulher. Em sequência, ela começou a circular em torno de si mesma, como que numa dança sem ritmo e com movimentos suaves. Várias vezes se aproximou dele, como a querer provocar-lhe mais interesse pelo que ela fazia, mas quando bem perto chegava, ela desviava os olhos. Porém, as expressões de fulgor não a deixavam mentir sobre o que teria decidido fazer naquela noite tão especial. Ao reabrir os grandes olhos mostrava todo seu incontido desejo e fascinação. Depois de duas ou três músicas ele a convidou para beber um pouco mais. Encheu os dois copos e beberam mesmo em pé. Mas ela não trocava a agitação por qualquer momento de sossego e, a falta de iniciativa dele parecia incomodá-la mais e mais. Ela então o puxou novamente pelo braço, insistindo para dançarem. Mas dessa vez o trouxe para junto do seu corpo, encostou o seu rosto no dele e passou a acariciar o pescoço e as orelhas de Ronaldo.

Inicialmente ele tentou desvencilhar-se das provocações, todavia parecia já ser tarde para que tomasse alguma atitude pensada. E as circunstâncias foram mais decisivas quando ela pôs os seus braços sobre os ombros dele e os entrelaçou, beijando mais de uma vez o rosto e o pescoço, soltando abafados murmúrios de excitação sexual. Se envolvendo com o suave frescor da colônia pós-barba e a pele macia do rosto dele, a cada instante ela se sentia mais apaixonada e se mostrava mais desejada. Começou a beijar a mandíbula e, propositadamente, evitou beijar-lhe a boca. Querendo apenas acariciá-lo nesses primeiros momentos, com um leve sussurro passou os lábios sobre uma das orelhas dele e, aos poucos desceu até o pescoço. Descansando o seu queixo sobre a clavícula dele, afastou os seus cabelos e o beijou levemente na boca. Já estando bastante excitada, buscava provocar igual sensação nele; o que não demorou conseguir.

Em dado momento, dançando bem colados, ela roçando as belas e rijas coxas nas pernas dele, fez com que se tornasse irresistível a tentação. Daí em diante, ela o foi deixando um tanto transtornado pelo calor que embaçava os seus pensamentos. A partir desse momento, ele não mais se guiava; perdera o controle sobre os seus atos; passou a desejar ser conduzido por ela, então percebendo que ela arfava de prazer e pedia-lhe bem mais do que ele estava a entregar-lhe. Os seios dela mantinham o natural equilíbrio da mulher jovem, entre a rigidez e a maciez, já com as aréolas excitadas pela incontida vontade de dar vazão ao coito.

Pronto para o inevitável ataque sexual, ele passou uma das mãos sobre as costas quase desnudas dela, acariciando-as da altura da cintura ao pescoço. A agradável sensação sentida pelos dois foi cada vez mais liberando a libido e, então, ele enfiou uma das suas mãos por entre a fenda do vestido e propositadamente a passou de leve por uma das suas coxas. Percebendo que os macios pelos dela já estavam eriçados, ele foi um pouco mais adiante, atrevendo-se a apalpar as nádegas da cada vez mais enlouquecida mulher. Afrouxados os *freios e contrapesos*, eles chegavam ao que se tem admitido há muito tempo: que a música e a bebida, entrelaçadas ao romantismo e à galanteria, algumas vezes leva a situações que podem resultar em futuros arrependimentos. Mas, ao que tudo indicava, não seria o caso deles que, sabidamente, estavam enamorados e ansiosos por aquele momento de especial liberdade de seus espíritos; de doação sem limites. A eles se impunha um momento tão agradável quanto o que estavam vivendo, para se tornar inesquecível. Esse desabalado descontrole, impede que o intelecto mantenha o domínio racional sobre a pessoa já em estado de absoluta abertura para tudo o que a possa fazê-la se sentir feliz; ainda que apenas momentaneamente. A dança continuava, mas o ritmo não era mais acompanhado pelo par. Em dado instante ele passou uma das suas mãos na zona pubiana dela e percebeu que as calcinhas estavam bastante umedecidas pelos repetidos orgasmos. Depois de demorados beijos, só na cama obteriam um resultado mais prazeroso e confortável. Todavia, não restava dúvida de que em meio aos ímpetos de ardente excitação, se mantinha acordado um romantismo, que alguns dizem ser a fada maligna.

A iniciativa de irem para o quarto foi dela, como era de imaginar e, ele não tinha mais condições físicas nem emocionais para refutar ao iminente ataque daquela bela, fogosa e desejada mulher. Ela desvencilhou-se das roupas mais rapidamente do que ele e, quando ele se virou para a cama, já a viu deitada de bruços, com apenas uma sumária calcinha. As pernas e as nádegas sedosas e rijas, eram um convite irrecusável para o que ele não mais teria condições de rejeitar. Deitou-se sobre ela e começou a beijar-lhe o pescoço e as orelhas; o que mais a excitou. Mas Marcela continuou na mesma posição, apenas virando a cabeça para beijar-lhe várias vezes e dar-lhe a mostrar o seu lindo sorriso emoldurado em belos e perfeitos dentes. E assim permaneceram por demorado tempo, enquanto ela, vez que outra sussurrava algo em meio a repetidos sorrisos. Depois, com leveza ela virou-se, o abraçando firmemente, quando Ronaldo passou a beijar os seus seios a partir dos eriçados mamilos. Já ambos despidos, o que eles mais queriam era levar o demorado ato às melhores consequências. *Degustadas* as variadas preliminares, ela deitou-se de dorso com as pernas levemente entreabertas e com as mãos entrelaçadas sob a nuca. Era a forma que ela escolhera para oferecer-se por inteira ao homem que amava.

Selavam com isso a natureza da relação que existiria entre eles a partir daquele belo e inesquecível momento. Marcela, na primeira noite com Ronaldo, ao excitar-se, parecia demonstrar sentindo-se vítima de uma intensa paixão pelo seu homem. Que, de há muito esperava por aquela inigualável oportunidade, de a ele entregar-se por inteira e dele receber a desejada recompensa. A ele, ela se dava, transformada em brutal naturalidade de quem se entrega aos indescritíveis prazeres da carne. Ela entrara num êxtase; em um desejo insaciável e inesgotável. Algo que a dominava por completo, cuja única maneira que acreditava possível de amenizar aquela pura loucura, que jamais sentira antes, seria dando-se cada vez mais a seu amado, Ronaldo. A ele, ela entregava naqueles demorados momentos o seu corpo e a sua alma, já embebidos no que lhe parecia um choque de prazeres sucessivos e infindáveis. Sentido o corpo dele esfregar-se no dela, à maneira que ela nunca antes provara, trocava com ele doces e aveludados carinhos.

Com os seus corpos em plena tensão, nada mais além disso seria preciso fazer para, cada vez mais ela sentir-se como que afogada e devorada por um suave e espumoso oceano de prazeres. E, quanto mais ela se dava a ele, também sentia que o deixava mais excitado; que igualmente a ela se entregava por inteiro. Era algo incontrolável, que a tal tempo já dominava o casal de amantes que não desejava saber que aquelas mágicas sensações, em dado momento alcançariam o seu apogeu com orgasmo, mas que poderiam se repetir e, certamente, se repetiram enquanto não saciado por completo o desejo de ambos. Esses doces momentos que pareciam intermináveis, para ela se mostravam mais adocicados, poque provinham do homem que ela desejava para si. Só a partir daí, Marcela conseguiu entender e provar o amor que antes lhe tinha sido negado conhecer, experimentar e, *saborear* em toda a sua plenitude. Por concedida brutalidade de seus pais, que a teriam presenteado como um troféu a um insano com quem ela se casara, nada disso ela teria experimentado e, muito menos provado. Ela se fizera convicta de que nunca antes teria experimentado essas especiais fases do frenesi, só possíveis no ardor da paixão.

O tempo para eles, nem era longo, nem era curto. Só poderia ser marcado pelo relógio que marca o tempo dos enamorados. Satisfeitos sexualmente, porque ambos teriam alcançado ao orgasmo, se mantiveram abraçados por bastante tempo enquanto conversavam e se acariciavam. *Parecia que o dardo teria acertado o centro do alvo.* Roxane Gay, fora mais explícito: "*Uma vagina satisfeita é um bálsamo de Gileade.*" [61] A troca de carícias manteve acesa a chama da libido e, depois de um carinhoso beijo ela o puxou para cima de si, convidando-o para um novo ato sexual. Ela ainda não estava totalmente saciada e, pelo visto, ele também não.

Depois de novas carícias e chegados à exaustão, saciados, pelo menos até então, resolveram tomar uma boa ducha no mesmo banheiro e, depois foram à copa beber um suco de frutas para recompor as energias dispendidas durante aquela especial noite de sonhos. Ao retornarem para a cama conseguiram dormir bem aconchegados e aquecidos pelos corpos entrelaçados e pelas pesadas cobertas. No meio da madrugada Marcela o acordou carinhosamente pedindo mais... e teve mais, como desejara. Afinal, ele estava enlouquecido por ela, e pelo que ela sabia fazer com excelente maestria, segundo o seu gosto. A falta de lucidez durante a realização do ato sexual, como sói acontecer, teria embaçado o seu olhar e perturbado a sua atenção, de modo que só após maior sossego, quando ela saiu na sua frente para o banheiro, ele foi capaz de admirar cautelosamente o lindo corpo da sua parceira. Os seios eram volumosos e rijos e as pernas e nádegas com igual textura e rigidez. Não tinha barriga e mantinha-se plenamente ereta, com a cabeça erguida em absoluto aprumo. Os olhos e perfeitos dentes emolduravam a sua alegre fisionomia caracterizada por gestos de elegância e feminilidade.

❋ ❋ ❋

Depois daquela noite tão especial para ambos, Ronaldo não conseguia mais afastar Marcela das suas lembranças. A imaginava de todas as formas e em todos os lugares. Além disso, ele se convencera de que tinha conseguido mostrar para ela um tanto mais do que realmente ele era. Tinha o seu coração cheio de boas lembranças e, pela sua cabeça repetia um filme de cenas intermináveis com a presença dela. Aspirava o seu cheiro; enxergava o seu rosto e o seu corpo marcado por uma pele roseada, lisa, em que alguns leves pelos se acendiam ao menor contado com a luz. A sua voz macia e calma sussurrava ao seu ouvido, mesmo que dela estivesse distante. As suas doces palavras, transmitidas com suavidade e alternância, soavam pelos ares, como se viesse de longe ao seu encontro. A sutileza e voluntariedade dela o fazia lembrar passagem do que lera em Noites Brancas, de Dostoiévski: *"Como ela estava dedicada a mim, me fazia carinhos, como animava e acalentava meu coração. Oh, quanto coquetismo de felicidade!"*[62]

O incontido prazer carnal que eles sentiram, os fez perceber que aquela transa selava mais uma importante etapa do relacionamento do novel casal; que não deveria se manter adstrito a cenas de um idílio próprio de um namoro juvenil. Essa liberdade ou libertação por eles alcançada, contribuía e completava a desejada e necessária afinidade entre eles. Era mais uma forma de se conhecerem; de chegarem ao extremo da recíproca entrega do corpo, da alma e do prazer, tão instigados pela atração de um pelo outro. A cada nova excitação que um provocava, acrescida de novas performances experimentais, eles mais se convenciam e declaravam ter sido feitos um para o outro. Isso simbolizava que a relação entre eles era amorosa; não vulgar, menos ainda pecaminosa. Então, teriam adicionado ao inicial e distanciado amor cortês e respeitoso, a não menos também respeitosa e prazerosa sensação do amor carnal. O amor que os unia era de tal modo intenso e forte, que alguém lhes disse que se comparava à aderência de duas pedras de mármore, lisas, que depois de sobrepostas exigem redobrada força para separá-las.

A falta de experiência de Marcela nessa *atividade* tão especial quanto agradável para os enamorados, teria desaparecido desde no momento em que, liberada pela bebida, estimulada pela música e a dança, se sentiu atraída por aquele a quem ela reconhecia ser um homem de verdade. Pela primeira vez ela tinha diante de si, envolvido nos seus braços e colado por inteiro ao seu corpo, um verdadeiro homem; um homem capaz de com ela trocar carícias e provocar gestos e recíproca excitação. E foi então que ela também pela primeira vez se sentiu mulher; tão distinta; tão diferente quanto deveria ser, quando cotejada por um homem. Naqueles momentos incríveis e indescritíveis, ela passou a provar a real e prazerosa diferença entre os *sexos*; o que de tão bom um pode fazer para o outro, quando embalados pelo amor carnal. Sentiu que além do mais, existe uma mulher e também existe um homem, para dar e receber carinho, excitação e prazer sexual. Essa parte Marcela ainda não conhecia, apesar de ter sido casada e ter vivido, não com um homem, mas com *artefato* que se dizia ser do sexo masculino.

* * *

Durante o fim de semana passearam bastante e, ele teve oportunidade de conhecer alguns programas atrativos da cidade. Numa das livrarias demoraram razoável tempo escolhendo livros sobre filosofia, direito e alguns romances. Dentre os adquiridos estava o último lançamento da cronista gaúcha Martha Medeiros, que sempre tem lugar cativo nas melhores prateleiras de livreiros.

Contra tudo e, especialmente contra a vontade de ambos, despediram-se na manhã de segunda-feira, com um demorado beijo na antessala de embarque do aeroporto. Ao ficar só, após despedir-se de Ronaldo, Marcela ficou a pensar que nunca teria vivido momentos tão saudáveis como aqueles que tinha dividido com ele. Que apesar de ter sido casada por alguns anos e ter namorado aquele que se tornara o seu marido, jamais teria se libertado sexualmente como fizera com Ronaldo e, ele a proporcionara. Que o ex-marido nunca a teria proporcionado bons passeios e se tornado uma companhia amorosa, inclusive na cama. Ela começava a viver a *infância do coração*, no dizer de Balzac. E, ela tanto o admirava, a ponto de compará-lo ao Eros, personificado por Agaton. Nele, ela reunia a refinada jovialidade e sonhava com a figura por ela mesma criada, de que o seu amado valete só frequentava lugares onde flores enfeitavam e exalavam inigualáveis perfumes; além de viver cercado de virtudes como a justiça, a coragem e a sabedoria. Esses encantamentos a faziam tão feliz, a ponto de esquecer-se de si mesma, para dar espaço para viver apenas na figura e na imaginação do seu sempre especial e singular Ronaldo.

* * *

Marcela tinha sido casada com Anselmo, de quem se separara há bastante tempo. A relação entre eles fora do tipo arrumada, prometida pelos seus pais, desde a sua ingênua e obediente mocidade; desde o frescor da sua juventude. Embora ele não a atraísse sob nenhum aspecto, ela nunca pensara em frustrar a vontade dos pais, especialmente de seu Sérgio, a quem tinha como um ser superior. Se fosse atualmente, Anselmo poderia vir a ser chamado por ela de *tio*, dado a fraternal intimidade que ele tinha com o seu pai e a diferença de idade entre ela e ele.

Para melhor entender o caráter do seu ex-marido, é bom saber que era um homem extremante vaidoso e cheio de outros tantos erros. Anselmo escolhera uma vida pautada em superlativos. Tudo para ele tinha, ou teria que ser o máximo; melhor do que o dos outros. Triste isso, porém verdadeiro. Era um homem de poucas relações e, nisso se parecia com o irmão, que era um eremita. Não era dotado de diversificadas e salutares experiências sobre a vida em sociedade. Não conhecendo as pessoas e o mundo de modo mais incisivo, mais profundo, resultava-lhe apresentar-se como uma pessoa cheia de espantos; crente em notórias besteiras que ouvia; difícil de aceitar coisas novas e de acreditar nos jovens; além, pois, de ser muito teimoso. Por isso tudo, diante da maioria das pessoas era tido como um bobalhão, um idiota, um bestalhão de terno e gravata. Mesmo assim, vivia como Narciso, sem ser um metrossexual.

Gostava de dizer que algumas pessoas o achavam parecido com Maurice Chevalier: Imaginem! Com inteligência e cultura escassas, costumava utilizar-se de expressões idiomáticas, como frases feitas, para querer mostrar o que não sabia bem explicar. Quando falava, mesmo depois de muito enjoar a quem tivesse paciência para escutá-lo, na falta de mais coisas a dizer, se mantinha a balbuciar alguns restolhos de termos esquisitos, nem mesmo por ele *decifráveis*. Prolixo, como desejaria ser - mas não o era -, antes de iniciar um assunto se esbanjava em circunlóquios que, além de nada o auxiliar, ainda dificultava o paciencioso, cordato e cativo ouvinte, que sempre acenava positivamente com a cabeça. Na repartição em que trabalhava, vez que outra aparecia alguém capacitado e disposto a perder algum tempo discutindo com o pretencioso beócio. Nessas ocasiões, dizia estar demasiado ocupado com os seus rotineiros afazeres e, saía de perto do desafiante. Uma frase que acabo de ler, parece contextualizar o que vem sendo dito a respeito dele: *"Devo confessar que se torna culpado de imperdoável arrogância aquele que conclui que um argumento realmente não existe só porque escapou à sua própria investigação."*[63] Tido como egoísta por linhagem familiar, não era capaz de se aproximar do refinamento de um estoico, como Epicteto. Era um grosso avantajado em tudo o que cobiçava e desejava.

Metido a participar de temas sobre os quais nada sabia, mas gostava de opinar, na falta de argumentos válidos apelava para a mentira. Parafraseando crítica de Montaigne, bem que poderia assim pensar e dizer: *"Sou sensato, sou instruído, sou corajoso, belo e talentoso..."* [64] A vaidade que dominava os seus atos e pensamentos, ao invés de ser utilizada no proveito de coisas agradáveis, alegres e voltadas para o sentimento de felicidade, ao contrário, se apegava à prepotência, à grosseria, à estupidez e, à clara evidência de que se tratava de pessoa rude, mal-informada e egoísta. Talvez porque desconhecesse que a vaidade é o nada transformado em orgulho.

Além do todo mais de ruim que a vida lhe *emprestara*, Anselmo era uma versão triste e acanhada daquilo que Augusto Comte definia em seu próprio desfavor: ser um homem sem *charme e beleza*. Possivelmente, o motivo de ambos terem dificuldade de se relacionar com mulheres; ainda que um e outro tenham se casado. Um com uma moça virgem; o outro, com uma prostituta. Enfim, que diferença isso fazia para eles, se nenhum deles tinha vocação para dividir a sua vida com qualquer mulher?

Usando de uma pronúncia *engasgada*, sem bem saber o que verbalizava, vez que outra soltava a seguinte expressão latina, para encantar-se frente aos colonos que visitavam a repartição em que trabalhava: *"Ex nibilo, nibil fit"* (Do nada, nada surge). Porém, certo dia por lá apareceu um agrônomo que tinha sido seminarista e, que, portanto, dominava o latim. Não mais suportando a arrogância do munícipe, respondeu-lhe: disso resultou o seu nascimento, senhor!

Além de não ser inteligente, carecia de outros tantos atributos para se tornar o vencedor que acreditava ser. Faltava-lhe também educação, cavalheirismo, respeito, disciplina e, sem dúvida, algum valor às artes, à literatura e, por que não, à certa religião. Despido disso, não passava de um grosseiro metido a *pó de arroz*. A sua tortuosa e quase incompreensível letra, não bastassem grosseiros erros de grafia, era cheia de *bigodes torcidos, lacinhos, floreios e dispensáveis caprichos*. Escutá-lo com o uso do senso crítico era uma farra. Era um velado excêntrico, para o qual não faria mal algum chamá-lo de danado e maldoso. Era um homem intragável, cujos únicos espectadores que o aplaudiam era seu Sérgio e dona

Leda.

Quando contrariado sobre o que dizia, atribuía ser interpretação diferente, apenas; que não valeria a pena discutir. Vez que outra se utilizava do termo latino *ab ovo* (de início), para referir-se a fatos relativos a ovos; sua escassez; seu alto preço; sua qualidade. N'algumas vezes um tanto mentiroso e, noutras bastante exagerado sobre o que contava, esquecia que, quem não tem boa memória está proibido de mentir. De certo que era um homem tão vaidoso, que preferia dar mais importância aos adjetivos, do que aos substantivos; se é que ele sabia a diferença entre estas classes gramaticais.

A sua vaidade era tal que superava a *burrice*; jamais se dava por vencido. Sempre encontrava resposta, ainda que ridícula e desconexa com o assunto, para não passar por ignorante; muito embora passasse – mas, certamente, que, sem se dar conta de que a emenda quase sempre saía pior que o soneto. Isso fazia lembrar René Descartes, que assim disse: "*Espero que a posteridade me julgue generosamente, não apenas com as coisas que expliquei, mas também com aquelas que omiti intencionalmente para deixar a outros o prazer da descoberta.*"[65] Steven Strogatz, assim o descrevia: "*René Descartes (1596-1650) foi um dos mais ambiciosos pensadores de todos os tempos. Ousado, intelectualmente destemido e desdenhoso em relação a qualquer tipo de autoridade, tinha um ego tão grande quanto seu gênio.*" E, mais: "*Em nível pessoal, Descartes podia ser paranoico e suscetível.*"[66] Mas Anselmo ainda sofria de outro mal: uma incontida depressão que procurava esconder de qualquer pessoa que o criticasse. Bem colheu esse sofrimento psíquico Francis Scott Fitzgerald, em parte do seu livro Este Lado do Paraíso, sobre um dos seus personagens (Amory), que, aqui serve como uma luva para o caso do nosso protagonista: "*Mergulha num inferno de depressão quando julga que alguém o menosprezou. Na verdade, não possui muito respeito por si próprio...A verdadeira razão por que você tem tão pouco confiança em si próprio, embora viva anunciado com ar grave ao filisteu ocasional que é um gênio, é que você atribui a si próprio todo tipo de culpas atrozes e está procurando viver de acordo com a sua própria opinião.*"[67]

Tanto Anselmo quanto seu Sérgio, se poderia afirmar serem criaturas de grande limitação cerebral e, quando se juntavam para conversar, parecia que esse limite mais se estreitava e mais se afunilava, ao pensarem ser mais inteligentes que as outras pessoas. O par ou a dupla parecia estar dentro de uma esfera de pensamento de idiotices, tal o que consumia em bobagens durantes os *monólogos*. Monólogos, sim, porque enquanto Anselmo falava, o outro apenas o aplaudia, sinceramente.

Inarredável importância Anselmo dava ao seu *englostorado* cabelo, sempre bem alinhado e, que, evitava deixar bagunçado para não servir de advertência dos outros. Diziam que, nem quando se banhava, para não esculhambar o penteado sempre cheio de *Gumex*, *Brylcreen*, ou outro fixador barato, não o molhava. O escritor acima citado, ao identificar fisicamente Descartes, parecia ter conhecido Anselmo. Senão, veja-se a preciosidade do retrato físico de um, que se enquadra no outro: "*Seu retrato mais famoso* (de Descartes) *mostra um homem de rosto magro, olhos altivos e um bigodinho. Parece um vilão de desenho animado.*" [68] Apesar de *burro*, como adiante melhor se verá, fazia questão de espargir ares que, quem não o conhecia, pensava que tinha suas origens ligadas à corte elisabetana; tais as suas poses e gestos.

Certamente que Anselmo nunca teria sabido que, *a priori*, contra a *evidência* não prosperam *argumentos* (seja como teoria ou fato). Afinal, talvez nunca lhe tenham dito que a natureza da *argumentação, a priori,* não vigora diante da *evidência*. Pois diante de uma evidência, a argumentação se desbota, porque é por demais sabido que aquela, através da crítica, com o uso da razão, é suscetível de neutralizar a argumentação. Mas o teimoso e convencido barnabé, era um convicto dono da verdade. Seguidamente falava sobre coisas inexequíveis, desconexas; quase um caleidoscópio humano. Gostava muito de usar o termo *vivalma*, ainda que sem saber por que o pronunciava. Tipo que desejava fazer tudo ao mesmo tempo, a ponto de que, em pouco tempo, não sabia mais o que, então, desejaria fazer.

Sujeito invejoso, acreditava que o sucesso alheio lhe parecia uma ofensa pessoal: ainda que algumas pessoas a quem invejava, de certa forma o admiravam. Possivelmente porque a inveja retira da frente do invejoso o espelho que o deixa enxergar-se. A inveja é antes de tudo o atestado do fracasso do invejoso, que transfere o ódio a si próprio, para o invejado que, para ele, alcança o sucesso por ele desejado, mas não obtido. O invejoso teria por ideal destruir o outro, o invejado. Porém, isso não resolveria o seu sofrimento, porque ele continuaria sendo inferior àquele. No fundo, ele não desgosta do outro; tanto é que o inveja. No que ele desgosta é de si mesmo, por saber-se incapaz de ser melhor do que o outro. Esse é um defeito tão grave, que tem levado à assassinatos e à suicídios; com maior incidência do segundo caso.

Era uma pessoa negativista, um niilista, que não acreditava em nada; exceto, pois, naquilo que lhe fosse satisfatoriamente provado. Sempre sonhou com a possibilidade de um dia tornar-se um homem importante. Porém, não sabia o que fazer nem como fazer para lá chegar; sequer sabia dizer o que era um *homem importante*. Todavia, confessava a quem nele desfizesse, que um dia se tornaria um *grande homem*; que, quem lhe criticasse, ainda um dia haveria de render-lhe homenagens. Os seus colegas de trabalho diziam que ele tinha "*mais caraminholas na cabeça do que dinheiro no bolso.*" [69]

Dentre a série de princípios que não flexibilizava, era o de fazer apologia da castidade masculina, não admitindo a relação sexual antes do casamento. Ele tinha pensamento e modo de agir que se poderia dizer antediluviano. Se tivesse vivido na época de Noé, certamente teria sido carregado para a arca, como uma espécie de animal ainda não identificado pela ciência. Um cara bizarro, que as vezes tinha uma conversa enrascada, indecifrável, criada para confundir ao ouvinte; quase sempre sobre assunto sobre o qual ele não tinha domínio. Sem que bem soubesse o que era, nem o porquê, no meio de algumas frases inseria expressões latinas como: *a priori*. a *posteriori*, *data vênia*, e mais outras poucas, como já se disse. Gostava de jactar-se de ser médico-veterinário – ao que acrescia sempre a expressão – *formado*. As suas discussões com colegas de trabalho, para ele eram como batalhas, nas quais ele se acreditava sempre o vencedor.

Adiante, se verá que ele e seu Sérgio formava uma boa dupla de mentecaptos que, se se escorassem um no outro, os dois tombariam. Anselmo era presença diária na casa dos Silva; fizesse sol, fizesse chuva, lá se apresentava ele, sem mesmo ser convidado. Porém, ele sabia que era bem recebido e aceito pelo dono da casa. Seu Sérgio, ao escutar atentamente às preleções de Anselmo, quase sempre ficava a observá-lo com ar de encantamento pelo que ouvia do amigo. E, assim se mantinha com guardada, respeitosa e silenciosa atenção, que também exigia das demais pessoas que estivessem no entorno da cena. E para demonstrar o seu interesse por fatos que já ouvira outras tantas vezes, de tempos em tempos articulava um resmungo quase impensado. A admiração de seu Sérgio pelas repetidas histórias contadas por Anselmo, não o permitia desviar o olhar para outra coisa, e a sua boca ficava entreaberta, numa expressão assemelhada a de um boboca ou retardado. Algumas vezes, por passar muito tempo sem engolir a saliva, babava sobre o peito sem perceber.

Mas Anselmo seria o homem que viria *desposar* a bela e inteligente Marcela. Aliás, Shakespeare dizia que há mais coisas entre o céu e a terra do que pode imaginar a vã filosofia. As conversas, fossem com o pai de Marcela; fossem com os colegas de trabalho, se transformavam num verdadeiro parangolé; em histórias sem qualquer sentido ou propósito, que não o de exibir-se. Epicteto dizia: "*A conversa agressiva, fútil ou exibicionista deve ser completamente evitada. Só faz diminuir a consideração de seus conhecidos por você.*" E, mais: "*O primeiro passo para viver com sabedoria é renunciar à vaidade.*" Enfim: "*A arrogância é a máscara mais banal da covardia...*", assim como, "*O amor-próprio exagerado não só faz os outros se afastarem, pois é insuportável ter um tolo arrogante por perto...*"[70]

Era um homem tão feio quanto qualquer pessoa possa imaginar. De sua gestação, nasceu com orelhas tão avantajadas, que por certo o identificava com quem tem escassa capacidade para entender e pensar. Muito se parecia com um polichinelo de madeira, com seu nariz proeminente, barriga protuberante e acentuada cacunda. O rosto era cheio de rugas, furos e duros fios de barba - se parecendo com uma fruta passada. Por falta de estatura, para seu constrangimento foi dispensado de prestar o serviço militar obrigatório. Isso aumentou os seus complexos.

Trabalhava numa secretaria municipal dedicada ao registro de animais do meio rural. Exibido, especialmente quando estava na presença de seu Sérgio, viajava em verdadeiros sonhos, em devaneios, afirmando ser um profissional de alta qualidade científica e, capaz de desafiar quem o contrariasse. Um falastrão; um iconoclasta, se a tal lhe fosse possível comparar. Certa vez, em conversa, veio com essa: nem maiorias, nem minorias e nem iguarias. Todo mundo ficou calado, com medo de que, ao corrigi-lo pudesse levar uma bronca. De sua miserável vaidade, se poderia dizer que numa escala de 1 a 10, ele seria capaz de chegar a 11 – possivelmente porque algum dia ouviu alguém dizer que o homem precisa crer que é mais do que é, para, afinal, ser o que realmente é.

As criações da sua mente se altercavam entre alguma utopia por ele mesmo inventada; e, por vezes, uma distopia copiada do que teria ouvido de alguém, a quem dava muita importância. Porém, se fosse questionado, nada conseguiria comprovar. Era um homem sem expectativa; ou de expectativa inútil; de expectativa zerada à esquerda; um expoente com sinal negativo. As histórias que repetidamente contava, se assemelhavam a uma ladainha capaz de provocar descuido ou sono ao ouvinte. Com gestos de pessoa anosa, longeva, apesar de não ter tanta idade, ainda escorregava no pedantismo. Mas é das coisas ridículas que surgem boas histórias - acertadamente isso alguém já disse.

Sempre enfiado num gorduroso e antigênico terno e gravata estampada, tratava os munícipes, especialmente pessoas que trabalhavam no campo, com excesso de desprezo. Nos dias de maior calor do intenso verão, de quando em quando se permitia trocar o casco do terno por um camisa de mangas curtas. Para manter a marca registrada da sua falta de cuidado com a higiene pessoal, invariavelmente eram vistas manchas do suor expelido pelo sovaco. Uma nojeira, só não percebida por ele e pelo amigo, seu Sérgio. Era o tipo de cara seboso, como se dizia antigamente.

Achava-se mais importante do que os modestos e até constrangidos homens do meio rural que, de modo subserviente, na maioria das vezes se curvavam às indelicadezas e grosserias do medíocre servidor público. Quando algum humilde roceiro, pedia-lhe para melhor explicar o que estava a informar, secamente respondia: estude mais, meu senhor; ou, leia mais, meu senhor. Mas ele mesmo não passava de um leitor provinciano; um intelectual de colônia, se tanto realmente o fosse.

Impostor como costumava ser, quando lhe convinha era um ator na arte de bajular e agradar os seus chefes, que sempre dispensavam esses gestos e afagos de homem de pequena estatura; fazendo não entenderem o significado daqueles inoportunos malabarismos. De uma servilidade bajuladora, por natureza ou por aprendizado, mesmo que desprezado pelos seus superiores, não se encabulava com as manifestações de desagrado ou de desinteresse dos chefes que, não poucas vezes, faziam que não o escutavam quando falava. Por certo, ele não sabia que, aquele que pretende subir, jamais deverá se curvar. Getúlio Vargas dizia que, com o ato de agachar-se, o homem perde o respeito que lhe é devido.

Anselmo era um inoportuno, que seguia um padrão de servidores que ainda existente por aqui e acolá. Do tipo que nada faz, porque nada sabe fazer além de descansar a pança sobre os guichês e balcões das repartições públicas. Era um *João Ninguém* metido a gente grande e sabichão; um zero à esquerda, que mesmo trocando o sinal jamais chegaria à unidade. As suas monótonas falas eram como discursos sem peroração e sem coordenação. O uso abusivo de palavras e frases copiadas de algum discurso ou artigo de jornal, tornava incompreensível o que ele pretendia dizer.

Era um exibicionista que vivia à caça de verbetes nos dicionários da biblioteca pública, para usá-los em suas sonolentas *preleções*. A idiotice dele chegava ao ponto de pesquisar em obras de vários dicionaristas, para convencer-se de que todos davam a uma certa palavra o mesmo sentido ou interpretação. As suas falas bem se encaixavam no que Sertillanges disse sobre tipos desse naipe: *"Que tristeza ver homens de 'elite' tão pouco úteis aos seus conhecidos! São praticamente identificados com os simplórios; toma-se deles o que têm em comum, não o que têm de raro"*. (grifo meu). [71]

Durante os Jogos Olímpicos de Pequim, em 2008, sempre que ele ouvia os noticiários, repetia em bom tom a máxima do poeta romano Décio Júnio Juvenal: *"Mens sana in corpore sano"*; embora não bem soubesse pronunciar o termo. Quando não tinha um novo assunto ou uma nova notícia, conversava sobre temas que sabia serem desconhecidos de todos; de inaudita, com a clara intenção de passar-se por sabichão, por bem-informado. Chico Xavier observava que *"pessoas chatas, chateiam pessoas."* Alguns colegas de trabalho, para desfazer na arrogância dele, diziam que era um intelectual de vilarejo, ou de povoado.

O tagarela, certamente nunca teria ouvido que o silêncio as vezes vale mais do que as palavras; que as vezes ele é a mais grave das respostas; que a verdade nem sempre está do lado de quem mais fala; que o silêncio é um dom dos inteligentes e a fala, muitas vezes, é a única arma dos errados, dos prepotentes, dos atrevidos e dos mentirosos.

Presunçoso, ao ver Marcela ou a irmã, era seu hábito olhá-las por cima, querendo demonstrar deixá-las abaixo do seu queixo, em sinal de reprovada demonstração de superioridade. Ele se sentia o maioral! Quanta soberba dentro de um corpo sujo e de uma cabeça anã. Ao olhá-las com firmeza, parecia querer melindrá-las; diminui-las na frente dos seus pais. E os genitores a tudo aceitavam em reprovável ato de subserviência ao petulante Anselmo.

Na repartição, era o tipo de servidor que todo mundo

detestava e tinha medo de com ele tratar, por correr o risco de perder o controle sobre os seus atos. Sempre exercera atividades subalternas, que não exigiam a inteligência como requisito. Mau-colega, era objeto de chacotas entre os seus pares, de tal modo que reluzia mais pela ausência do que pela presença. Sabe-se lá como esse tipo de gente entra no serviço público e por lá se mantém pela vida toda e, não poucas vezes, ainda se aposenta com direito a polpudos proventos.

Usava e cultivava bigode fino, já fora de moda que, vez por outra aparava ao raspar a barba. Fumava cigarros e usava piteira de osso, revestida com galalite em cor neutra, que exalava insuportável sarro. Seus amarelados dentes manchados pelo continuado contato com a nicotina e, um dos caninos parcialmente revestido com platina, fazia parte dos seus garbosos ornatos. Além, claro, do reluzente anel de grau com pedra de safira, que fazia questão de mostrar gesticulando com a mão direita. Era uma besta vestida de humano; um camelo sem corcova; um canguru que esqueceu a bolsa no ponto do ônibus. Com uma alfabetização sujeita a reparos, ninguém sabia como teria entrado e depois saído da faculdade de Veterinária.

* * *

Por outro lado, Seu Sérgio, quase sempre mais autoritário do que harmonioso com a família, especialmente com as filhas, certa vez ao Maristela querer opinar sobre assunto de difícil solução para o pai, disse-lhe:

- Papai, eu *pensei* numa alternativa para o senhor resolver essa pendenga de uma vez por todas.

Ao que ele respondeu com voz bem rouca e impositiva, fazendo lembrar Borges de Medeiros, que governou o Estado do Rio Grande do Sul por cinco mandatos. Homem franzino, miúdo, que bastante se fazia notar pelo desproporcional nariz e saliente bigode; mas absoluto mandão e pouco cordato:

- Maristela, *tu pensas que pensas*, mas aqui em casa só quem *pensa* sou eu! Tu e a tua irmã apenas executam o que eu penso e determino. Portanto, perdeste boa oportunidade de ficares calada e quieta no teu canto. O assunto sobre o qual quisestes opinar, não é coisa para meninota pouco sabida e nada experiente. Deixa isso comigo, que saberei encontrar a solução. Cala-te, pois, e recolhe-te para o teu lugar, juntamente com a tua irmã, que ainda é tão pouco sabida quanto tu. As duas juntas não conseguem formar uma completa.

Ela se afastou e recolheu-se triste e chorosa. Arrependida do que teria dito, prometeu para si, não mais ajudar ao grosseiro pai, que não sabia por que o teria merecido como genitor *postiço*. Já sabia ela que, as ordens do pai deveriam ser rigorosamente aceitas e acatadas pelas irmãs, de modo que nenhuma delas diante de tal rigor, "*não chiasse nem piasse*". (expressão que tomei emprestada de Fiódor Dostoiévski).[72]

Embora Anselmo tivesse cerca de vinte anos mais do que Marcela, fora desde cedo prometido em casamento com a bela adolescente, *desde que ele a desejasse*. A partir dessa velada e inalterada promessa dos genitores, ela não pode namorar qualquer outro homem, se mantendo cativa e dividindo a rotina diária entre a escola e a casa, onde juntamente com a irmã, ajudava a mãe nos afazeres domésticos.

Estudiosa, sempre foi aprovada com distinção, inclusive quando cursou Direito.

* * *

Um dos *hobbies* de Dona Leda era colecionar bibelôs de louça, de vidro e até de metal. Tinha uma infinidade deles expostos na sala principal e, a maioria espalhada em cima de móveis da casa. Era uma mulher de gestos lentos e meio distraída. Ficava as vezes parada, olhando fixamente para alguém, que todavia não enxergava, porque os seus pensamentos enfumaçavam a sua visão em relação à pessoa a quem olhava. Isso não é raro entre pessoas bastante distraídas; outros, ao falar, fixam o olhar em algum objeto e, não o dirigem para o seu interlocutor. Parecem estar falando com as paredes, ou com algum objeto. Mas era mulher cheia de júbilo, alegre, espontânea e acolhedora.

Todavia, era extremamente submissa ao marido - o que era entendido por quem a conhecia, como forma de autoflagelação. Provavelmente, porque apesar de não gostar de se manter contida pelas exigências e o controle do esposo, não imaginava meio de modificar aquela situação. Se mantinha submissa ao esposo, não apenas para cumprir um respeito matrimonial - ainda bem comum para a época -, mas especialmente por ser detentora de um elevado espírito de compreensão, de paz, de aceitação do outro como ele é, ainda que reconhecendo cada um e todos os defeitos dele. Nisso ela o superava em muito, embora não deixasse transparecer, nem em gestos e, nem em palavras ou expressões. Se um dia seu Sérgio soubesse quem era a mulher que desposara, possivelmente se envergonharia dos atos de desprezo, de desfeita e, até de desrespeito lançados contra aquela inteligente e estudiosa mulher com quem havia se casado.

De dona Leda se poderia dizer que vivia em constante aprendizado sobre a vida. O seu estudo se baseava nas observações que fazia sobre o que se passava no entorno do seu pequeno e limitado mundo. Se poderia dizer que fora uma autodidata da escola da vida. Era uma contumaz e silenciosa observadora dos gestos, palavras, decisões e manifestações acontecidas na sua casa e com a sua família, principalmente. Observadora, tinha os olhos, os ouvidos e a cabeça atentos a tudo - a sua escola era o seu mundo. Se fazia *babar* por Anselmo, porém não se enganava com ele. Era uma senhora com cara e com gestos de doméstica; e, doméstica, realmente ela era. Atendia e resolvia às exigências e necessidades do lar, sem nunca se atrapalhar, mas de par com isso, se mantinha sentada na primeira classe da sua *virtual* aula de aprendizado. Aprendizado, pelo qual teria sido aprovada com distinção. E, na escola da vida, o que se aprende não se esquece; na escola da vida, só se aprende o que é necessário e, não se aprende o que não é necessário aprender. Na escola da vida, o aluno não se dispersa do que quer aprender; mas também não ocupa espaços da mente, com temas estranhos aos que deseja ou necessita aprender. Na escola da vida, o profícuo iniciado, sobre alguns conteúdos as vezes supera os mestres.

Seu Sérgio era um homem alto, tipo de pessoa da campanha, embora morando numa metrópole. Com ombros largos e o tronco um pouco curvado para a frente, era o mais alto da família. Nem tão longevo quanto anotava a sua certidão de nascimento, mas sempre com ideias retardatárias. Quase sempre malvestido e, com os sapatos esfolados e empoeirados, tinha o rosto sulcado por acentuadas rugas. Geralmente andava mal- penteado e, os cabelos já um tanto grisalhos, não eram bem tratados. Com toda essa falta de cuidado, se apresentava ao trabalho e assim ficava até o final do expediente. Os salientes dentes amarelados pela nicotina, não causavam boa impressão a quem com ele falava. Certamente que não a Anselmo que, além de ser portador de iguais descuidos com a higiene bucal, com ele conversava enquanto papo existisse. Um dos papos prediletos dos amigos, era relembrar coisas passadas.

Muitas vezes se comportava com certa impertinência, até mesmo rabugice com as filhas e com a esposa, apesar de sempre o tratarem com respeito e algum toque de carinho; quando *ele* isso permitia. Nem tão loquaz, nem tão calado, assim ele levava a vida em casa e no trabalho. Assim sendo, tanto no atacado quanto no varejo, não era temido, mas também não era desejado. Logo, não passava de uma desencantada patinha choca. Dessarte que, segundo os mais próximos diziam em tom da galhofa, não servia nem para guarda, nem para ladrão. Para certas coisas, em especial para as diretrizes da sua casa e da sua família, se portava como um homem enérgico, firme, intransigente; para outras, fora desse círculo, era um fracote. No tratamento com a família era meio irascível, impaciente, mandão e mal-humorado na maioria das vezes. Com outras pessoas, especialmente, seus superiores hierárquicos, era um tipo beija bancos - exemplo de velhas carolas que passam a tarde na igreja a atrapalhar as atividades do vigário com confissões de crendices absurdas.

N'algumas vezes em que dona Leda metia o bedelho em assunto para o qual não era chamada, o grosseiro marido a advertia de que não deveria se intrometer em conversa que não lhe dizia respeito. E, quando a humilde mulher queria justificar a sua intromissão (participação), ele chispava na frente de quem mais ali estivesse: cala a tua boca! Já te disse pra não te meter nisso! E, ela calava no mesmo instante, sem nada mais dizer. Quase sempre se retirando o recinto, com ar de magoada e, as vezes choramingando. A família, não se poderia dizer que era do modo convencional, se esse é o termo correto. Então a ressalva: o elo que os mantinha em relação ao marido e pai, ao invés do amor, era o respeito e, n'algumas vezes o medo. Se caracterizava como exaustiva, esgotante e abusiva, a rotulada convivência patriarcal. Se poderia afirmar que, em relação ao patriarca, até o afeto sempre esteve em falta.

\* \* \*

Já ao final da adolescência, as manas tornaram visíveis aos olhos dos moços, as suas irradiantes belezas. Com seios protuberantes, cinturas bem acentuadas, belas pernas e lindos rostos, os rapazes que as conheciam se esticavam para roubar-lhes o coração. Mas elas não se descuidavam desse assunto, bastante advertido pelo pai. Não se sabia se o ranzinza do pai chegava a notar a mudança no corpo das filhas, porque pouco olhava para elas. Era do tipo que não encarava as filhas e a mulher, porque as achavam inferiores a ele. Além disso, era do tipo que falava antes de pensar e, quando pensava antes de falar, nada nele mudava, porque recaía sempre nas mesmas besteiras e destemperos. Assim que, para chegar-se a elas, era um enorme desafio para os jovens interessados em namoro, porque as restrições impostas pelo pai, eram rigorosamente vigiadas por ele, com a cumplicidade de dona Leda. Como se dizia, com verdades ou com inverdades, nunca algum galã se arvorou chegar perto de qualquer delas com intenção de conquistá-las. Muitas vezes havia quem caçoasse dizendo que, quem se casasse com uma, levaria a outra de presente. Que belo presente!

\* \* \*

Anselmo se dizia numismata, embora tivesse uma escassa quantidade de moedas, cujas origens não sabia bem informar. Mas gostava de tê-las no seu pequeno acervo, as limpando com produtos que as deixavam brilhando. Era uma das suas distrações. Não sabendo o valor real de cada peça, a cada uma estimava cifras maiores do que realmente poderiam valer.

Por outro lado, seu Sérgio gostava de colecionar selos; se dizia um filatelista, embora, tal como ocorria com Anselmo, a sua coleção era bem minguada. Escolheu esse passatempo, porque certa vez ouviu dizer que um moço que trabalhava para um fabricante de canetas, tornou-se diretor da empresa porque tinha a maior coleção de canetas daquela marca. Com essa luminosa descoberta, trabalhando para os Correios, imaginava algum dia chegar ao cargo de gerente da agência.

Certo dia de pouco movimento nos Correios, o gerente da repartição em conversa com um subalterno, querendo elogiar a honestidade de seu Sérgio, mas igualmente comprovar a sua inaptidão para várias atividades, relembrou frase de Dostoiéveki em Os Irmãos Karamázov, que, quando se referindo ao padre Ilinski, Fiódor Pávlovitch assim se pronunciou: *"Esse padre não tem capacidade de examinar nada. É uma criatura de ouro... mas incapaz de examinar o que quer que seja, é como se, nem fosse gente, até uma gralha o passa para trás."* [73]

Seu Sérgio não queria Marcela estudando Direito, porque para ele era profissão para homens, e dizia que mulher distinta não deveria envolver-se entre advogados e juízes. Que essa conduta a desvalorizaria como moça bem cuidada pelos pais, e que, no futuro talvez viesse esposar um médico-veterinário, *desde que ele a desejasse.*

\* \* \*

Quando Marcela atingiu os 18 anos de idade, o namoro entre ela e Anselmo foi oficializado pela família dela. A partir de então, ela passaria a dever algum tipo de obediência ao sisudo namorado, para ir se acostumando à comum subserviência que a mulher deveria ter em relação ao marido. Porém, como já sabido, mesmo antes de atingir a idade núbil, ela já teria sido prometida de casamento a Anselmo, sempre com a ressalva de seu Sérgio, de que, *desde que ele a quisesse.*

Ciumento, uma das primeiras proibições de Anselmo, foi que ela não mais se encontrasse com um dos primos de nome Cabral, da mesma idade, com quem brincara quando criança e, que, vez que outra a acompanhava numa ida ao cinema ou festa na escola em que os dois estudavam. Entre eles não havia qualquer interesse amoroso, apenas a amizade cultivada entre parentes que se conheciam desde pequenos, pois o pai dele era irmão do seu Sérgio. Tanto assim foi, que essa inoportuna e intransigente exigência, mais tarde veio trazer constrangimentos à família dos Silva. Ocorreu que ao iniciarem os preparativos para o casamento, Anselmo proibiu que Cabral fosse convidado para a cerimônia, porque não seria homem digno de estar presente a ato tão importante e especial para os noivos. Inclusive afirmou que alguém poderia criticar a presença dele na igreja ou na festa, pois que alguns o tinham como namorado de Marcela. Grande injustiça pregada pelo noivo, pois nada sabia sobre do respeitoso e cordial primo da sua noiva. Teísta, como logo se verá, Cabral seria incapaz de abusar da prima ou de trair o seu noivo. Desde então, alguns tios e primos de Marcela se distanciaram dos pais dela e, certamente dela e de Anselmo.

De pouca estatura, nas poucas vezes em que os namorados saíam, ele a proibia de usar sapatos com saltos altos, para que não se mantivesse acima da altura dele. Assim mesmo, com sapatos rasteiros, ela continuava acima da altura dele. No dia do casamento ela foi obrigada a usar um par de sapatos com salto quase ao nível da sola. Mesmo assim, ainda que tivesse descalça, o burlesco, baixo, franzino e curvado noivo desapareceria da cena focada apenas na alta, elegante, linda e ricamente vestida noiva.

Apesar de estar em quase que total desuso, Anselmo só escrevia com canetas tinteiro. Antes de começar algo a escrever, não se desprendia de um superado costume de, com a caneta na mão direita, gesticular em círculos contínuos, como antigamente algumas pessoas de boa caligrafia costumavam fazer. No dia do seu casamento, ao ter que assinar o termo lavrado pelo juiz de paz, pelo receio de que a tinta não fluísse, ele sacudiu com força a velha Parker 21 e, ela jorrou pequena quantidade de tinta azul no belo vestido branco da sua noiva. Atrapalhado como era o seu jeito, tentando limpar o vestido com o punho da sua camisa, só piorou a situação, porque as poucas gotas localizadas em lugar não muito visível do vestido, terminaram se espalhando por outras partes da bonita indumentária da noiva.

A passagem dos noivos pelo corredor central da igreja, no percurso entre o altar e a porta principal do repleto templo, foi motivo de fuxico entre todos, principalmente, pela pose arrogante dele que, com o peito estufado, procurava demostrar superioridade à esposa e aos convidados. Dentre os agudos comentários, alguns ainda diziam que as promessas que a ela ele fizera no altar, diante do padre celebrante, tinham o mesmo valor que alguns políticos assumem em palanques. Mal sabia ele que aquela multidão ali estava para cumprimentar, apenas, à simpática noiva. Recolheu-se ao seu pequeno mundo, quando notou que muitos dos convidados, sequer o cumprimentaram.

Ao saírem da festa, foram para um lugar previamente reservado para a esperada noite de núpcias. Possivelmente, não deva ter sido tão prazerosa como acontece com os demais noivos, porque dela participava uma moça inexperiente e um velhaco cheio de preconceitos e sem treino para as coisas do amor. O que realmente aconteceu naquela noite ninguém ficou sabendo – sequer, se Marcela teria mantido a sua virgindade e, se ele, como provável, também continuasse casto.

\* \* \*

A relação sexual entre eles era cheia de esquisitices, pois ele só a procurava na cama quando a luz estivesse apagada; em absoluta escuridão. A ela não era permitido procurá-lo para transar, porque tal manifestação era exclusiva do homem. Mulher séria, como ele dizia, perde o respeito e o recato ao procurar um homem para uma relação sexual, mesmo ele sendo o seu marido. Lembrava ela, que nunca tivera prazer sexual nas relações que teve com ele; que inclusive nunca sentira a sensação do orgasmo. Desde os primeiros dias de casados, Anselmo *caçava* motivos para ter algumas querelas com a sua linda e interessante mulher. Não lhe faltavam motivos para abrir discórdias, inculpações e, principalmente, desconfianças. Dizia não sentir ciúme da esposa, mas todos sabiam que era uma pessoa muito ciumenta. Controlava todos os passos dela e, mesmo quando ela a tudo atendia e respeitava, ele sempre cavava algum motivo para repreendê-la, a ponto de deixá-la magoada. Naqueles primeiros dias, ele forçava mostrar-se superior a ela, não só em razão da diferença de idade entre eles, mas também porque se atribuía o fato de já ter-se formado em grau universitário.

Certa noite, após banhar-se, tendo esquecido de levar as suas roupas para o banheiro, Marcela correu pelo quarto até chegar ao roupeiro, quando foi flagrada por Anselmo, totalmente nua. Esse ato por ele rotulado como mundano, vulgar, próprio de mulheres de vida fácil, levou ao casal ficar por vários dias sem conversar. Mas a falta de escrúpulo dele, o levou a dar conhecimento do seu sogro sobre o ocorrido. Chegando na casa dos pais dela, chamou seu Sérgio para uma conversa a dois num dos cantos do passadiço e, ali contou-lhe que a sua mulher teria saído nua do banheiro ao quarto, num verdadeiro ato de reprovação e de imoralidade. Que tal atitude não era própria para uma mulher casada, ainda mais com um homem mais velho do que ela; o que por si só já seria motivo para ser respeitado.

Além do que isso que já foi contado, com certeza que Anselmo ainda não teria lido ou escutado o que diz Rossiter acerca do casamento: *"No comprometimento amoroso do casamento, ocorre uma fusão parcial dos egos, que altera as fronteiras psicológicas de cada um dos parceiros, desafiando o egocentrismo, e modificando de forma única a soberania do ego. As fronteiras do ego são expandidas para incluir o cônjuge e suas posses, obrigações e ambições. Na união do casamento um novo ego parcial é adquirido na pessoa do outro. O ego é redefinido em termos de um 'nós' abrangente, muito além do familiar 'eu'"*. [74]

Anselmo era um homem que sabidamente não cumpria, nem pretendia cumprir com as obrigações de marido em relação a sua mulher; mas que, também dela jamais pensaria separar-se, nem concordaria com tal iniciativa. Mas, desafiava com indisfarçável desfaçatez – verdadeiro descaramento – os fuxicos que aos seus olhos e ouvidos chegavam, de pessoas que condenavam as suas descaradas atitudes.

Na verdade, pelo que Marcela supunha, a mulher ideal para Anselmo deveria ter o comportamento espelhado nos atos e gestos de sua mãe, dona Leda. Esse tipo de mulher seria o modelo de companheira, de esposa desejada por Anselmo. Ou, quiçá, como costuma dizer o gaúcho das lides campeiras, daquelas que já vêm de rédeas caídas, bastando o peão montar e cutucar na cincha ou barrigueira.

\* \* \*

Durante o casamento com Anselmo, que por sorte não foi duradouro, Marcela sofreu muito com as manias e restrições impostas pelo genioso e doentio marido. O covarde e maldoso esposo, sempre exerceu dolosa e dolorosa pressão sobre ela – desde antes do casamento; desde o tempo de noivado. Isso tudo, sob a complacência criminosa do seu Sérgio e, subalternamente, de dona Leda. Se antes do casamento a vigilância e determinação de alguns atos já se espraiavam, com o matrimônio tornou-se uma ordem a ser cumprida, ainda que sob qualquer argumento em contrário. O dono da bola era ele e, não permitia descumprimento nem argumentação contrária.

A cada dia que se passava, mais trazia nela um sentimento de vazio; uma sensação do nada e do inexistente. Os seus pensamentos pareciam se apagarem de momentos a momentos; como a luz de um farol que, ao girar, dá-nos a impressão de movimentos de acender e de apagar; de ligar e de desligar. O marido, por incrível que pudesse parecer, tinha trancafiado as ideias e a liberdade de pensamento da sua consorte. Ela se via sujeita a um especial tipo de censura domiciliar. Como se fosse adepto de algum pensador de séculos passados, ele parecia seguir o que instituíra Grócio, para invocar em seu favor o direito de exclusiva regência das relações matrimoniais, pois se intitulava detentor de poderes sobre a sua mulher: um verdadeiro *summa potestas* em pleno século XXI. Alegava que ela não poderia separar-se dele, em razão de que ao se casarem, ela *prometera* com ele viver até que a morte os separassem. Como se fosse um *pacto sunt servanda*, fundado na boa-fé e na obrigatoriedade do cumprimento da obrigação, calcado no fato de que, "'*{o} que cada indivíduo pronunciou como sua vontade é lei para ele próprio...*'". [75] Essa intransigência levou Marcela, mais adiante, ter que buscar em juízo a separação. Com toda certeza, ela já tinha a convicção de que uma casa mal agasalhada é pior do que uma casa desagasalhada.

Todavia, pior de tudo é que não a convinha com a hipótese de se separar-se dele, pela certeza da reprovação de seus pais e pelo sofrimento que a eles proporcionaria. Ela sabia que teria assumido o casamento como um dever familiar. Mas apesar de procurar dissimular o mal-estar que a união lhe proporcionava, ela tinha a impressão de que a sua mãe já havia percebido o desastre que o casamento nela produzira. Era o sentimento materno que aflorava acima de todas a inverdades. Dona Leda conhecia o lado avesso das suas filhas; o que se sabe ser perceptível por todas as fêmeas em relação às suas crias. E a matrona, embora tardiamente, já percebera que o genro não era digno da sua filha. Mulher que aprendera mais com o silêncio do que com as perguntas, apesar de nem tão amorosa, já se dera conta do pecado que ela e seu marido teriam praticado, *oferecendo* a noviça filha a um desajustado. Uma jovem que ainda tinha a cabeça virada para o sol, e que sonhava com uma vida de liberdade e de troca com o homem com quem viesse casar-se. Mas, que esse desejo lhe fora frustrado pela pecaminosa interferência dos seus pais, que nunca lhe deram oportunidade para amar um homem de sua escolha para com ele dividir a vida. Não lhe oportunizaram conhecer o papel de um *homem de verdade*, dentro do casamento. Dona Leda sabia que seu marido era um homem de convicções inalteráveis, mas sempre lhe concedeu respeito e atenção. Havia entre eles um recíproco amor e uma mútua entrega; o que certamente inexistia na cabeça daquele diabólico, transtornado e megalomaníaco Anselmo. Charles Fourier (socialista-utopista francês que viveu nos séculos XVIII e XIX) abordava essa situação da seguinte maneira: "'*Pois não é uma jovem uma mercadoria posta à venda pelo melhor lance? Pois não é ela tiranizada pelos preconceitos desde a infância e obrigada a consentir com qualquer casamento que arranjem para ela? As pessoas tentam convencê-la de que ela só está presa por correntes feitas de flores. Mas será que ela pode, honestamente, duvidar da sua degradação?*'" [76]

Essas atitudes, próprias de um maníaco; de pessoa que não tem condições de viver em sociedade e, muito menos de contrair casamento, só por ele e pelos pais dela não eram observadas. Todos os dias, ou melhor, a partir de todas as manhãs, ele *publicava* uma verdadeira *ordem do dia*, ao modo do que acontece nos quartéis no início de cada expediente. Isso a foi adoecendo, mas ela não tinha direito de contestar nem reclamar às determinações do marido. Os argumentos dela, eram por ele recebidos como desrespeito e insubordinação – insubordinação, poque ele a considerava sua subordinada. Nas poucas vezes em que ela levou esses fatos ao conhecimento dos pais, voltou com a mochila tão cheia de reclamações, quanto as que carregou na ida. Durante esse curto tempo que durou o matrimônio, ele demonstrou não se prender aos deveres domésticos, pois dizia que tais atribuições eram exclusivas da mulher. Apesar de não disporem de uma serviçal (alguns dizem secretária do lar) que ajudasse nas lides da casa, ele sequer auxiliava a lavar o copo que usava. Porco, quando comia deixava a mesa e o chão cheio de restos de alimentos. Como costumava falar com a boca cheia de comida, ao fazer esforço para pronunciar alguma palavra com tom agudo, espalhava farelos e detritos de comida pela mesa e pelo chão. Na arte de comer era um homem voraz em todos os sentidos; um glutão.

O que aparecesse na sua frente ele devorava. Resumidamente, Anselmo era o que diziam os seus colegas de trabalho, um *inessencial*.

Marcela também não tinha com quem desabafar as suas angústias, porque lhe fora proibido o contato com qualquer pessoa, sem antes obter autorização do marido. O desabafo nem sempre cura, mas alivia o moral e, muitas vezes, colhe conselhos de amigos, que propiciam boas alternativas. Isso que ele fazia com ela, se caracterizava como maus tratos, porque além de atos absurdos, que restringiam liberdades primárias, como, inclusive, o direito de ir e vir, desde que casaram se tornaram recorrentes.

Passado algum tempo, ela adoeceu gravemente, mas não pode se tratar, porque Anselmo dizia que o mal do qual ela reclamava, era pura frescura. Que lugar de mulher é em casa e, sempre atenta às ordens e desejos do seu marido. Certa noite, ela não suportando continuar deitada na mesma cama com ele, deitou-se num sofá da sala. A opção dela não foi boa; tanto que Anselmo a obrigou voltar par a cama do casal, com advertência de que, se isso se repetisse, ele levaria o fato ao conhecimento do seu Sérgio e da dona Leda.

Ao retornar do trabalho na prefeitura, ele já entrava em casa com o seu humor virado ao avesso. Se não encontrasse algo para se contrariar, inventava um e, a culpada, direta ou indireta pelo que o incomodava, invariavelmente, era a sua boa mulher. Certo dia, sentindo-se indisposta, ela não quis almoçar. Pois ele a fez ficar à mesa, até que ele terminasse a sua refeição. Era um castigo que ele aplicava, sob o argumento de que, a comida que estava na mesa, teria sido paga com o dinheiro do seu trabalho e, portanto, não aceitava qualquer recusa ao alimento que ia para a mesa.

Apesar de ela ser proibida de sair de casa sem a companhia dele e, efetivamente, não sair, ele começou a desconfiar que ela o traía com um dos vizinhos mais próximos. Era um homem elegante, que tinha fama de namorador, de conquistar, de galanteador. Fiel ao seu marido, apesar de tudo o que ele de ruim fazia com ela, Marcela sequer notara a existência do galante vizinho. Nunca ouvira falar nele, mesmo, porque, com poucas pessoas falava, desde que se casou e foi obrigada a restringir os seus relacionamentos. A sua irmã e companheira Maristela, detestava ir à casa em que o casal morava, porque as birras do cunhando, também começaram a se direcionar contra ela. Como ela não ousasse responder-lhe a altura, restava-lhe desaparecer da casa por algum tempo. Afinal, pensava ela, as idas à casa da irmã, eram para prestigiá-la e trocarem conversas sobre algumas novidades; nunca para ser agredida verbalmente por aquele incompetente e turbinado veterinário.

Num final de tarde domingueira em que o casal estava com os ânimos receptivos, abertos para tudo o que viesse, Marcela o perguntou se ele gostava de cavalos. Que, ela os achava muito lindos. Que a primeira vez em que viu um deles bem de perto, foi quando ainda era menina, e o seu pai a levou junto com Maristela para um passeio no Jockey Club. Contou mais alguns detalhes daquele passeio que não tinha esquecido e, depois disso, perguntou-lhe, mais outra vez, se ele gostava de cavalos. A resposta de Anselmo a surpreendeu, pois disse-lhe que não poderia gostar de cavalos, porque são irracionais; porque não se comunicam com ninguém e, entre eles, apenas relincham e se coiceiam.

Disse, ainda:

- Na faculdade, me obrigavam a ter contato com cavalos, cães, aves, etc., mas essa era a pior parte das aulas. Por sorte, na prefeitura eu não preciso ter esse contato. Na verdade, eu nunca quis ser veterinário, mas cursei a faculdade porque os meus pais me obrigaram, em razão de que trabalhavam no campo.

A resposta do marido, que por certo não mais a surpreendia, a levou a dizer algo mais sobre os cavalos:

- O que eu vou dizer não está sujeito a qualquer tipo de discordância, porque resulta de fatos reais e inquestionáveis. O cavalo faz parte da história da Humanidade. Prestou relevantes serviços e, ainda os presta. Com a participação do cavalo, foram desbravadas áreas até então desconhecidas e não conquistadas pelo homem. O cavalo serviu e ainda serve como meio de transporte; atuou em quase todas as guerras da antiguidade; serviu e ainda serve a vários dos exércitos e às forças públicas de segurança; atua e continua atuando nas áreas de esporte e lazer. Na campanha, na maioria das vezes, é o único meio de transporte. Posso te assegurar, então, que sem a participação do cavalo, a história Universal teria sido diferente daquela que hoje conhecemos; bem como, a vida no campo. Mas ainda há outro bom animal que continua servindo ao homem e, é reconhecido como seu maior amigo: o cão. Virgílio (Marão) foi tido como um dos mais famosos romanos em rodeios a cavalo em sua época. Por seu turno, Xenofonte, de origem grega e discípulo de Sócrates, além de filósofo, historiador e militar, tinha paixão pela equitação; tanto que escreveu dois tratados sobre o tema. De alguma maneira, essas notícias originárias de épocas tão distantes, ajudaram e ainda ajudam a comprovar a importância do cavalo no desmembramento, desenvolvimento e conquistas alcançadas pelo homem, desde que ele o soube domesticar e, dele retirar o proveito que precisava para o crescimento da Humanidade. O cavalo sempre representou um símbolo de beleza, de elegância e, não poucas vezes, de nobreza. Animal que reúne força e agilidade, também tem sido parceiro de cavaleiros que conquistaram vitórias esportivas que, para sorte e plena justiça, muitos deles (os cavalos) se tornaram bem mais distinguidos e valiosos que seus criadores, amestradores, tratadores e cavaleiros. Nas associações e outras entidades equinas, essa constatação é inegável, e tem sido a razão para o orgulho de todos aqueles envolvidos nessas atividades cheias de distinção e de nobreza.

Anselmo ficou calado, mas muito brabo com a manifestação de Marcela. Chamou-a de arrogante e, que, por certo alguém a teria contado aquela história, só para provocá-lo e trazer a desarmonia entre eles, naquele momento em que estavam muito bem. Levantou-se da cadeira em que estava sentado e recolheu-se no quarto. Passou o resto da noite sem com ela falar e, na manhã seguinte, imitando criança rabugenta, não se sentou com ela à mesa do café.

* * *

Quando criança, Anselmo foi tolhido de fazer o que os seus colegas tinham plena liberdade para fazer. No colégio, não costumava juntar-se aos demais alunos, que em grupos brincavam no pátio durante o horário de recreio. Sempre fora muito retraído. Possivelmente por imposição do pai, se tornou um menino acanhado, envergonhado e sem iniciativa. Foi criado numa cidade do interior do Rio Grande do Sul, onde morava com os pais, seu Amora e dona Flor. Eles passavam o dia no campo, só retornando para a cidade no final de cada dia, que dali distava uns 10 quilômetros. Os meios de transporte eram a carroça, a montaria e a bicicleta. Enquanto a gurizada da vizinhança se reunia para jogar bola num campinho das redondezas, o pai dele o proibia de participar da brincadeira. Homem rude, acostumado com as lides campeiras, não tinha maior sentimento por esse filho. Dizia para todo mundo, inclusive na frente dele, que não queria que ele tivesse nascido, pois não estava no seu programa de casado ter aquele filho. Que, ele nasceu por algum descuido da mãe dele, que deveria ter sido mais atenta e, assim, evitado engravidar. Mas, que, se afinal tinha nascido, teria que ser criado.

Seu Amora, segundo pessoas que o conheceram, era um presunçoso, cabotino e, muito desconfiado. Desde os primeiros anos da sua infância trabalhou na roça, ajudando o pai nos trabalhos do campo. Dividia o seu tempo entre os horários de estudo e os de trabalho; muito pouco sobrando para o lazer. Seu Amora não se podia dizer que fosse homem pobre; mais passava por avarento. Se dizia econômico, mas no fundo era um tipo mão de porco. Enfim, o que mais gostava mesmo era de guardar dinheiro. Mantinha a sua pequena fortuna em dinheiro guardada em secretos lugares que não contava nem para a passiva dona Flor. As cédulas e as moedas eram guardadas em envelopes e latinhas. Tudo era etiquetado com a informação do total contido em cada receptáculo. Aleatoriamente, em alguns finais de semana, ele abria um ou mais desses *cofres* e fazia uma recontagem, para ver se tudo estava correto; se não faltaria alguma cédula ou moeda. Na verdade, era um acumulador de dinheiro, ao invés de um poupador; tanto que em época de alta inflação, ele perdia parte do valor juntado. Bastante conhecido no lugarejo, ao saberem desta e de outras esquisitices do homem campeiro, algumas pessoas que dele não gostavam, passaram a inventar grosserias e sátiras desrespeitosas e até ofensivas.

Apesar dessa incômoda e desatenta criação, além das dificuldades para aprender o que o ensinavam no colégio, Anselmo conseguiu concluir o ensino médio. Por exigência do pai, mudou-se para Porto Alegre, com cerca de dezoito ou dezenove anos para estudar veterinária. O pai queria tê-lo como veterinário, porque acreditava que ganharia bom dinheiro depois de formado, trabalhando na sua cidade. Um dos maiores sacrifícios passados por Anselmo, foi adaptar-se à vida em Porto Alegre.

Saído da zona rural de uma pacata cidade do interior do Rio Grande do Sul, ao chegar na metrópole, nem chegou a ficar deslumbrado, porque lhe faltava tempo e oportunidade para apreciar as coisas bonitas e modernas da cidade em que passaria a viver. Ao lá chegar, por indicação de pessoa amiga da sua família, foi morar numa pensão localizada perto da faculdade. Era uma república de estudantes de vários cursos. Mazanza como sempre fora, ainda que morando há mais de 1 mês na pensão, não se comunicava com quase nenhum dos colegas. Porém, já servia de chacota do pessoal, que logo notou quem era o novato e esquisito morador do velho sobrado.

Logo que chegou, uma das perguntas que fez ao dono da pensão, foi onde ficava o *quartinho de banho*. Tendo perguntado isso na frente de alguns outros moradores, aprontou-se para servir de piada e de riso de tantos quantos souberam dessa desatualizada façanha. Apesar de ter alugado o quarto para morar pelo menos durante 6 meses, nunca usou o guarda-roupa, pois preferia deixar as suas roupas dentro da antiga mala que trouxera de casa. Assim, diariamente ele tirava as roupas, as dobrava com cuidado e, as repunha na mala; sempre a fechando com uma pequena chave.

Nas suas comunicações com os colegas da faculdade, ainda usava termos que tinham caído em desuso como: carpins, em vez de meias; e, ri-ri, no lugar de fecho éclair. Entre os colegas de pensão e os da faculdade, parecia haver uma disputa de atos de zombaria em razão do seu jeito e das coisas que dizia; o que se transformava em violência moral e, em indefensável revide de parte do acanhado e roceiro ofendido. Desde, então, Anselmo passou a ser vítima de atos que se poderia rotular de arrepiante vulnerabilidade; o que, por certo, contribuiu para a deformação do seu caráter. Sujeito a todo tipo de constrangimento provocado pelos colegas, já sentia vergonha de frequentar a faculdade. Geralmente malvestido, ou vestido com roupas desatualizadas e grosseiras, não conseguia acompanhar os jovens da sua época. Fizesse ele, ou deixasse de fazer qualquer coisa, se sentia humilhado e constrangido, a ponto de se sentir inferiorizado diante de qualquer pessoa, especialmente, se fosse jovem.

Durante os anos que cursou a Veterinária, ele colecionava motivos para se sentir ridicularizado por quem o conhecesse. Se sentia uma pessoa diferente e inferior às outras. Isso o levou a profundo sofrimento, que machucou de forma implacável a sua alma. Porto Alegre era uma metrópole; uma cidade cosmopolita, mas apesar disso, lhe parecia que qualquer transeunte que por ele passasse, o veria como *coisa* sem valor. Ao andar na rua, lhe parecia necessário, ainda que impossível, se manter distante de qualquer pessoa, para evitar ser criticado.

Anselmo, não se sabe como, iniciou relacionamento amistoso com uma moça que, tal como ele, teria ido morar em Porto Alegre para estudar. Também morava numa pensão, em rua próxima da república em que ele morava. Apesar de bastante feia e desengonçada, era muito desinibida. Pessoa que não perdia tempo para tomar iniciativas. Pelo que se soube, ela é que se aproximou dele, para juntos conversarem e passearem, vez que outra. Ela se chamava Violeta. Era magérrima, quase sem seios e pernas finas e tortas. Por ter algum problema de visão, usava óculos com lentes grossas – do tipo fundo de garrafa – e, com aro preto, igualmente largo e espesso. Era muito boa de conversa, mas tinha a língua travada - o que a deixava fanhosa e, algumas vezes incompreendida sobre o que dizia. A *Fanha*, como fora apelidada e identificada pelos colegas de faculdade, apesar de não ter elogiável inteligência, era bastante estudiosa e apreciava ler sobre qualquer assunto.

Violeta logo se apaixonou pelo seu parceiro de bate-papo e, se esforçava para conquistá-lo; apesar dele nada perceber. Anselmo apenas a tinha como uma amiga – algo mais do que simples companheira. Com ela, ele se *abria* um pouco mais, se queixando da vida difícil que levava, por se sentir ridicularizado por todo mundo, segundo acreditava. Num domingo ela o convidou para irem ao cinema, já dizendo que cada qual pagaria a sua entrada. Nada de um gastar o seu dinheiro com o outro, pois que, para ela, isso não seria justo. Afinal, ambos se mantinham com dinheiro pensionado pelos respectivos pais. Ele topou a parada e, no horário combinado se encontraram em frente ao cinema.

Sentados em poltronas situadas ao centro de uma das fileiras, enquanto saboreavam pipocas e refrigerantes, Violeta aproveitou-se de uma cena em que escureceu a sala de cinema, e agarrou da mão dele. Surpreso com o inesperado ato da amiga, ficou tão nervoso que urinou nas calças. Envergonhado e sem saber o que fazer, seu primeiro ato instintivo foi recusar a mão dela, e dizer-lhe que precisaria ir ao banheiro. Ao retornar, ainda mijado, como certo de saber, ela novamente arriscou a pegar-lhe a mão, porém ele a disse que não abusasse da amizade e do lugar em que estavam. Que a atitude dela não era correta. Nada mais disse, porque alguém que estava sentado por perto, exigiu silêncio. Ele, se sentindo violentado por uma colega em quem confiava, não aceitou o que disse ser um abuso da parte dela. Todavia, para sorte de ambos, a situação não progrediu e continuaram se encontrando como dantes; apesar de ela continuar o assediando.

Como se tem como consabido que os feios se atraem, Violeta mais adiante conheceu outro moço, tão *desbotado* quanto ela. Porém, apesar de ser bem mais feio do que Anselmo, parecia ser um cara de mente sadia; disposto a conversar sobre qualquer assunto e, não demonstrava ser complexado quanto aquele. Ainda que não tivesse rompido relacionamento com Anselmo – nem haveria motivo para tal – tomou a iniciativa e a liberdade de encontrar-se para passear com o novo companheiro. Alegre e inteligente, a ela parecia ser ótima companhia, além de que, de nada se queixava sobre a vida que levava. Duas mentes abertas, têm mais probabilidades para bons progressos. E foi assim que a cada dia mais e mais conversavam e se sentiam bem em estar juntos.

Todavia, não demorou Anselmo vir saber que Violeta se encontrava com outro homem. Por se sentir traído, logo que pode procurou agredi-la com palavrões e outras intempéries. Disse-lhe, que não esperava que ela fosse mulher para mais de um homem e, que, ela então escolhesse com qual dos dois desejaria ficar. Disse mais: que a continuar assim, ele procuraria o seu *rival*, para dele tomar satisfações. Diante disso, ela preferiu dar por encerrado o seu *caso* com Anselmo, porque além do mais, passou a reconhecê-lo como um cara ciumento e possivelmente perigoso.

Começava a tal tempo uma doença, uma paranoia que ele próprio desconhecia e, por tanto, nunca procurou tratar. O medo de ser diminuído, o levou a se tornar uma pessoa agressiva e, adiante, presunçosa, como antes se viu. Isso, por lógico, contribuiu para a *formatação* do seu caráter. Mas logo se verá, que, também contribuiu para esse *desacerto* o tipo de criação a que se sujeitou.

Quando garoto foi um verdadeiro poia, que além de lento era desastrado. Costumava deixar cair quase tudo das mãos. Muitos foram os copos e pratos de louça que quebrou por ser descuidado. O maldoso pai, certa vez o castigou fazendo um colar com um barbante no qual pendurou vários cacos de louças por ele quebradas, e o mandou ficar sentado na soleira da porta de casa, em horário de maior movimento. O coitado do menino, envergonhado com a maldade impingida pelo pai, chorou durante o tempo em que teve que ficar exposto a ridículo. Quando retornou para dentro da casa, ainda levou umas chineladas, para nunca mais quebrar qualquer coisa.

Outra vez, estando arrumado para juntamente com os pais ir ao casamento de um parente, sujou a roupa branca que só usava em dias de domingo. Pois o pai o pegou no colo e o colocou dentro do tanque cheio d'água, com roupa e sapatos e, ali o deixou; com a advertência de que não saísse enquanto não voltassem da festa. Certamente que essas privações e outros tantos constrangimentos por que passou na infância, contribuíram para a formação do seu caráter; para sua acentuada beligerância. As atitudes grosseiras do pai, o tornaram uma pessoa vingativa e de um estranho temperamento.

\* \* \*

Anselmo tinha um irmão que se chamava Sócrates, que morava num povoado da zona rural de uma cidade do interior do Rio Grande do Sul. O nome dessa cidade, nem mesmo Anselmo saberia dizer, pois se tratava de um segredo, que nem os pais conheciam. Com certeza, o mano eremita jamais diria para Anselmo onde se enfurnava para fazer as suas meditações; ademais, não confiava no irmão. O achava muito tagarela e o chamava de barriga fria; que não sabia guardar segredos. Quando meninos, vez que outra entre eles havia algumas desavenças; todavia, sem chegarem às vias de fato; sem quartel, como costumavam dizer. Sócrates era uns poucos anos mais velho do que Anselmo; mesmo assim, foram criados em mesma época e sob o mesmo teto.

Desde mocinho, já ao tempo em que frequentava o colégio, Sócrates também se portava como um rapaz estranho; de difícil convivência e, certamente, não tinha amigos. Tal como houvera com o mano Anselmo, ao seu tempo. Mas era extremamente inteligente e estudioso. Ao concluir o ensino médio, não quis cursar faculdade. Passava maior parte do tempo encerrado no seu quarto de dormir, na casa dos pais. O pai sempre dizia que ele preferia a solidão, do que juntar-se ao rebanho. E, o seu pai trazia em viva lembrança o que lera certa vez: "*A solidão, a singularidade, a contraposição ao homem como animal de rebanho ao que é gregário aproxima a noção de espírito livre em sua intenção com a de filósofo do futuro...*"[77] Como ermitão, consagrava o flagelo da união da ociosidade com a solidão. Dois pecados só capazes de fazer feliz, pessoa tão estranha quanto Sócrates. Ele era um enigmático, capaz de ser decifrado apenas por ele mesmo, ou por outro seu semelhante. Mas esses dois *valores*, para ele não representavam tédio; pelo contrário, lhe traziam satisfação.

As ideias na sua cabeça – apesar de ser homem cauteloso – vez que outra eram entorpecidas por algum pensamento ruim, que ele dizia decorrer da natureza de qualquer homem. Além disso, se reconhecia como um altruísta; uma pessoa do bem e, que, a sua solidão, mesmo que por vezes forçada, não se tratava de algo deplorável, nem disso ele se orgulhava. Assim pensava e agia, porque entendia se tratar da sua singular natureza; do seu especial modo de vier. Não poucas vezes, quando *acampado*, ficava a observar o céu; simplesmente, sem nada mais fazer por várias horas. Quando a sua admiração pela natureza se iniciava antes do anoitecer, ele se mantinha calmo e a olhar para o sol do fim de tarde; do final de mais uma das tardes da sua vida. Gostava de olhar o reflexo do sol poente sobre as águas de algum rio lindeiro ao seu acampamento, a observar o crepúsculo chegar e, aos poucos o escurecer do final do dia. E assim ficava a pensar, que aqueles momentos tão rápidos jamais voltariam a acontecer; e, jamais voltariam a passar.

Costumava Justificar as suas faltas, com a razão de que ninguém é perfeito, ainda que ao nascer, todos se aproximem do Divino. Mas, nem por isso, ou até por isso, ele não se culpava das suas falhas, por mais leves que elas fossem; por mais graves que se mostrassem. No entretanto, se viesse a saber que alguém tivesse sido atingido por um erro seu, enquanto não alcançasse o perdão daquela pessoa, não sossegava a sua angústia. E assim fazendo, seria bem capaz de sofrer mal maior do que a vítima do seu desacerto. Não poucas noites ele perdia, por algum erro cometido. Era um homem que se podia dizer *econômico* na transparência das suas emoções. Não chegava a ser pessoa *fria*, porém quase não demonstrava entusiasmo nem desencanto com as travessuras da vida. Assim ele era desde menino, segundo contava quem melhor o conhecia. Mas era uma pessoa de caráter exemplar, inquebrantável; isto é, que se podia pôr a toda prova, sem risco de errar.

Nos tempos de escola primária, se portava retraído; parecia ser um estrangeiro que, além de ter estranhos costumes, desconhecia o linguajar da gurizada cheia de gírias. Parecia não entender o que os garotos da escola conversavam. Também tinha aparência de menino incompreendido, insatisfeito e, quase sempre triste e calado. Apesar de andar com a cabeça abaixada, parecendo olhar para o chão, na verdade o magricela observava a tudo que se passava no seu entorno e, até coisas mais distantes. Com aparência de *burro*, era um guri inteligente, que se sobressaia em relação aos colegas de sala de aula. Certa vez urinou nas calças, por se constranger de pedir à professora para ir ao banheiro. Em razão disso, foi gozado por toda turma e, teve que voltar para casa antes do final do turno.

Muitas vezes entrou em depressão psicológica, por

castigar-se pelas suas falhas. Em dias assim, não conseguia meditar, porque o seu cérebro não abria espaço, senão para ser ocupado pelas suas lamúrias. Nesses dias, praticava autoflagelo, se debatendo com as mãos no rosto e no peito, e nos próprios braços. Certa vez investiu com a cabeça contra o duro tronco de um eucalipto; do que lhe custou enorme hematoma. Ao olhar-se num espelho que achara no pequeno chalé em que adiante passou a ocupar, se via com a pele um tanto esmaecida; amarelada e, mais magro. Firmando o olhar contra o espelho, se achava parecido com um defunto e, incrivelmente, isso ao invés de o infelicitar, melhorava o seu ânimo.

Algumas vezes entrava na fase de masoquismo que, então, lhe tomava e resistia por bom tempo. Realmente, alguns familiares já sabiam que ele tinha por hábito passar algum tempo sob *agradável* sofrimento. Quanto era questionado pelo fato de passar bom tempo a meditar, respondia que se convencera disso através da leitura de um livro que afirmava que, para muita gente a mente humana é um enigma metafísico capaz de se alojar no corpo físico, melhor dizendo, no cérebro; como um fantasma, como algo indecifrável, indefinível. Que talvez por isso ele passasse muitas horas a meditar, provavelmente, dentre o mais, na busca de algum sinal, de alguma razão para invadir esse espaço tão desconhecido; tão enigmático.

Sócrates costumava dizer que preferia manter-se *exclusivo*, como realmente o era, e assim acreditava ser. Não gostava de ser comparado a qualquer outra pessoa. Ao ler obra de Corção, nunca mais esqueceu de uma parte que parecia identificá-lo e, assim dizia: *"Muito mais tarde descobri que eu era eu, isto é, uma coisa muito escondida, muito destacada, isolada, segregada do resto do universo." "Era uma categoria que se excluía de tudo e, que se recusava a qualquer comparação."*[78] Dizia detestar gente que se satisfaz por ser comparada a outra pessoa, ainda que nessa comparação, ficasse muito longe dos predicados do seu paradigma. Sabia que havia gente que se sentia honrada, pelo fato de lhe ser atribuído grau inferior ao de outra pessoa, pela minúscula grandeza de se entender pertencente à mesma *confraria*. Um violinista de inferior habilidade instrumental, seria capaz de se sentir distinguido, ao ser identificado músico de qualidades inferiores, se comparado com a maestria de um violinista de distinguida virtuose. De tal modo isso o gratificaria, porque se sentiria como um lembrado integrante do grupo dos melhores violinistas, mesmo que em grau de pouca relevância.

Contava aos amigos e parentes, que, por que não conseguia decorar a tabuada no seu tempo de escola, a professora de matemática do ensino fundamental, o fez decorar os dígitos que representam o infinito número *pi*, a saber: 3,14,15926535897993238462643383279502884197169399375105820974... Apesar de que até então não conseguira fazer contas com base na tabuada; senão, contando nos dedos ou usando uma calculadora de bolso, nunca mais esqueceu a série de algarismos que representam o *pi*. Então, desafiava e exibia essa especial performance, dizendo que saberia tudo dizer, também, do fim para o início. Cabra doido! - diziam os colegas de aula. Babava ao dizer que o *pi* tem 31 trilhões de dígitos; mas que a isso ele não desafiaria ninguém a decorar. Também dizia ter lido algo sobre a vida de Leonardo Fibonacci, ou Leonardo de Pisa, como também era conhecido, que foi considerado o primeiro grande matemático europeu da Idade Média. Coisas de quem não tinha algo melhor para apensar e para dizer.

Afirmava ser uma pessoa *desaparecida*; ausente de tudo; invisível à percepção dos outros homens. Não dava importância para o sexo e, afirmava que ninguém morre por falta de sexo; apenas por falta de amor. Mas o amor a ele não faltava, porque amava a Natureza e sabia que ela também o amava. Que, tanto cuidava da Natureza, a preservando sem limites de tempo, quanto ela ele, lhe oferecendo luz, calor, sombra, alimento, abrigo, folhas curativas e tudo o mais que o homem necessita. Sabia que a vida no completo isolamento social, embora a admirasse e a desejasse, era um tanto perigosa. Mas, com a modernidade e a bandidagem crescendo na cidade, talvez nem fosse menos segura a vida a sós. Além disso, costumava afirmar que, quanto maior for o perigo a enfrentar, maior será a glória de quem o superar.

Era uma pessoa convicta do seu destino e das suas escolhas. Vivendo a sós e praticamente sem algo mais do que a si mesmo, costumava repetir a quem o ouvisse, pensamentos de Sêneca: *"O sábio...nada pode perder. Tudo ele preservou a si mesmo, nada confiou à sua fortuna, mantém seus bens em segurança, contente com a sua virtude, que não carece dos dons da fortuna, e por isso não pode sofrer nem acréscimo nem diminuição."* [79] Dizia mais: Os que riem e debocham de mim os tenho como uns coitados.

Sócrates nem era tão imundo, nem tão asseado; mas ocupando-se com o que buscava descortinar sobre a vida, parecia descuidar-se de alguns hábitos comuns às demais pessoas: o da higiene corporal e da regular e saudável alimentação. Possivelmente, nele se pudesse identificar algo que o aproximasse de certos comportamentos de Arquimedes. Senão, veja-se: *"...Plutarco continuava dizendo que, quando Arquimedes se perdia na matemática, tinha de ser 'levado pela violência absoluta para se banhar.'" "De acordo com o arquiteto romano Vitrúvio, Arquimedes ficou tão empolgado com uma repentina percepção que teve no banho, que pulou da banheira e correu nu pela rua. Gritando Eureca! (Descobri, em Grego)."* [80]

Mais adiante, durante os seus isolamentos, preferencialmente em áreas desertas, durante as noites quentes e com o céu limpo, se deliciava olhando para o alto, observando aquilo que ele costumava chamar de harmonia celestial. E, assim, era capaz de passar várias horas, inclusive varando a madrugada. Algumas vezes, dormia enquanto olhava para o infinito, só acordando como o alvorecer.

\* \* \*

Anselmo lembrava que, quando iniciou os estudos na faculdade de medicina-veterinária, Sócrates não mais morava com os pais; e, já tinha alcançado a maioridade. Ao mudar-se da casa da família, deixou um bilhete confessando algumas das suas angústias e determinações. Pediu ao pai que lhe enviasse mensalmente uma pequena quantia em dinheiro – o suficiente para se manter vivo, com absoluta modéstia e integral dispensa a gastos com supérfluos. Que não tinha ambições de qualquer ordem e, que, desejaria viver enquanto a vida nele se mantivesse, ou Deus o permitisse. Indicou um número de conta bancária e de agência, para que nela fossem creditados os valores da mesada – caso em que o pai aceitasse. Disse que amava toda família e, em especial, a sempre bondosa e dedicada mãe. Ofereceu como endereço, apenas o número de uma caixa postal dos correios. Porém, disse que tais endereços – do banco e dos correios -, não ficavam no mesmo lugar em que ele passaria a morar. De modo que, jamais o encontrariam, na hipótese de quererem procurá-lo. Mais ainda: que, se viesse saber que estaria sendo procurado por alguém da família, prontamente mudaria de residência para lugar bem mais distante e menos habitado. Além do mais, que um rouxinol com lindas penas, o havia avisado com seu belo canto, que logo que se iniciasse a primavera, seria a melhor época para mudar de vida.

Mais adiante, a família veio saber que ele vivia

verdadeira vida de eremita, morando num casebre com poucos recursos, inclusive com falta de higiene. Construída com paredes de barro e palha no teto, parece que teria apenas duas aberturas – uma porta e uma janela; quase que uma tapera, ou, realmente uma choça. Porém, a usava como se fosse o seu eremitério, esperando ali reunir-se com outros eremitas; quiçá, não saberia ele quando. De todo modo, para ele não deixava de ser um lugar escolhido para o seu retiro mental e espiritual; como o dos religiosos dedicados à oração e as práticas espirituais. Se alimentava praticamente de pão de massa clara e algumas frutas e legumes. Mas não fazia refeições todos os dias. Alguns dias eram escolhidos para jejuar e, outros, para ingerir alguns poucos e bem escolhidos alimentos. Diariamente bebia muita água e alguns chás. Quanto ao mais, passava os dias fazendo o que mais lhe dava prazer: pensar, pensar e, pensar...

Sócrates pensava muito na vida, sobre a qual andava sempre a busca de descobertas, as quais dizia serem suas incógnitas. Confessava não poder revelá-las, exceto para alguns que nelas conseguissem penetrar através de profundas e verticalizadas meditações; de pensamentos profundos e capazes de alcançar o infinito; passíveis de levar a estado de êxtase; de profunda exaustão; suscetíveis de a pessoa não mais poder voltar a si mesma, pela incapacidade de reversão ao seu estado de normalidade; de perder por completo o domínio sobre si; de passar a se estranhar; a se desconhecer. Também, talvez, a mergulhar num mundo estranho ao da humanidade; possivelmente passando algum pequeno tempo, ou mesmo um grande tempo desencarnado do seu corpo e sem domínio sobre si. Gostava de ler confissões de pessoas que narravam *experiências de quase morte.*

Então, afirmava entender, ou pensava entender muito sobre a morte. Parafraseando o que disse Montaigne, "*A morte, dizem, libera-nos de todas as nossas obrigações.*" [81] Ainda que o mesmo filósofo não aceite a frase como conclusiva, pois a esgotou com alguns exemplos que se estenderam após a morte do obrigado, Sócrates era convencido de que, realmente, a morte desobriga o homem que sai da vida e caminha para o infinito. De toda maneira, o filósofo conclui parte do seu pensamento com a seguinte frase: "*Não podemos ser devedores acima de nossas forças e de nossos meios.*"[82] Por essa razão, o eremita repetiu que, nada mais de alguém se poderá exigir depois de sua morte. Sustentava ser errado dizer, *depois de sua morte,* porque a ninguém foi dado saber o que acontece depois da morte. Certo seria então dizer, *depois da sua vida.* Ele costumava simplificar a passagem da vida para a morte, com a seguinte frase: a morte acontece quando a vida para de viver.

Sócrates costumava dizer que não poucas vezes ouvira alguém falar em *após a morte.* Frase de gente que diz que, exemplificativamente, não quer dar trabalho para ninguém *após a sua morte.* Então, questionava: estará isso correto? Perguntava, mais: será a morte um *instante* em que se dá a passagem da vida para ela (a morte)? Ou a morte será algo eterno, infinito? Mas, ele mesmo respondia: claro que a morte é algo que, apesar de não bem definido e, apesar de muito falado, é algo infinito, ou eterno, ou demorado para os que creem na reencarnação. De sorte que, - repetia ele - me arrojo a convidar a todos entender que o *após a morte,* como acima referi, não passa de uma força de expressão, ou algo similar. Mais, ainda: para ele a morte era a força que transforma o tudo em o nada. Não há quem seja capaz de se opor à imbatível força da morte. Ela aparece despretensiosa e certeira quando se lança sobre a vida, se tornando irreversível e irrecusável.

Ele lembrava ainda que certa vez lera coisas estranhas e curiosas sobre a morte. Que, um dos casos mais macabros de que teve conhecimento, é o de Benthan, filósofo que, pouco antes de morrer lavrou em seu testamento que desejava que o seu corpo fosse doado à escola de medicina, para ali ser dissecado por estudantes de anatomia e, depois, montado como um esqueleto vestido de preto. Depois disso, queria que o esqueleto, *enfatiotado*, se mantivesse em exposição pública. Assim que, para que não haja engano e todos acreditem nessa estranha loucura, o seu testamento foi fielmente cumprido e, ainda se mantém exposto na University College London.

Tinha como distração, olhar, observar e pensar na Natureza. A sua vida e os seus pensamentos, algumas vezes se direcionavam para o infinito que, por impossível e improvável que se quisesse admitir, ele garantia que o encontraria num certo momento e, em algum lugar. Que, passado um indeterminado tempo, quando lá ele chegasse, a infinitude encontraria o seu fim; se esgotaria concluindo as suas metas; e, não mais teria razão para continuar existindo. Dentro da sua aparente contradição, ele conseguia provar para si, que o infinito era algo finito, eis que o termo apenas existia para identificar algo indecifrável, como por exemplo, o próprio tempo. Garantia, pelo menos para si, que a infinitude do tempo é mera questão retórico-filosófica, dita por quem não sabendo identificar quando algo irá se exaurir, acabar, terminar, se esgotar; mas que poderá durar por muito tempo, muitíssimo tempo; incalculável tempo – por tempo longo e, pois, indeterminado, o diz que esse tempo é infinito.

Jejuador, além de silente e taciturno (passava boa parte do seu tempo pensando na morte), do tipo que quase sempre expressava aborrecimento, ainda que sabendo que vivia onde escolhera para viver; que vivia, conforme o tipo de vida que escolhera para viver; que vivia, para pensar nas coisas que gostava de pensar; que vivia sob obediente silêncio que o permitia meditar; que vivia a contemplar a Natureza, tal como desejava e admirava. Então, Sócrates reclamava de que? Por que Sócrates vivia aborrecido, contrariado, avesso a tudo? Será que, porque apesar disso tudo, o Mundo não lhe era igual, como o era para os outros? Por que o Mundo não o compreendia? Ou será que ele não compreendia o Mundo? Ou será, ainda, que, pelo menos o Mundo, não lhe era tal como ele desejaria que o fosse? Então, o que Sócrates poderia fazer, se já sabia da impossibilidade de mudar o Mundo ou, de ele mudar para se adaptar ao Mundo? Essas interrogações que ele a si mesmo fazia, bastante lhe perturbavam. Encruzilhada difícil para ser vencida por Sócrates! Mas, a teria que vencer de algum jeito. Se dizia devoto de Santo Antão, defensor dos animais domésticos, que, como ele, foi um ermitão. Era pessoa que expressava indiferença por tudo e por todos. Era difícil agradá-lo ou aborrecê-lo.

Insensível praticamente a quase tudo, nunca se sabia se estava feliz ou triste. Nunca franzia a testa e, do seu semblante não saiam expressões de alegria nem de abatimento. Era uma múmia fora do esquife, como alguns diziam. Nos instantes de maior angústia, pensava ele: a solução é fácil - deixar o Mundo: eis uma decisão plausível. Então, terei que deixar o Mundo, pensava ele! Terei que sair do Mundo! E, nessa euforia, gritava bem alto em meio ao vazio em que se encontrava. Aquele som agudo ecoava longe, mas não era ouvido nem respondido por ninguém. Absolutamente por ninguém. Ninguém o respondia, ainda que por alguns instantes ele ficasse a aguardar uma resposta. Mas a resposta que ele então escutava, era a pergunta que ele teria feito, e que a si voltava através do eco que a retransmitia. Pois, pensou: quem se atreverá a me responder, se não conheço ninguém e não sou conhecido de alguém? Variando naquele *infinito* delírio, perguntava-se: por que motivo o sol não me responde, ou as nuvens, ou o azul do céu? Serei tão pequeno que ninguém me enxerga aqui sentado a gritar? Ou o meu grito não foi suficientemente forte para ser escutado pelo sol, pelas nuvens e pelo azul do céu?

Para deixar o Mundo, ele acreditava que só com a sua morte, ou, quem sabe nem assim; pois sabia que, com a morte as pessoas não desaparecem do Mundo, mas nele continuam como mortas. Depois de meditar longo tempo em absoluto silêncio e profunda concentração, veio-lhe à mente mais uma sabedoria que, de alguma forma explicaria o que ele vinha passando naquele lugar isolado de tudo e isento de mais outro tanto. Para ele, a vida era algo que se subjugava à morte. A morte era o ente supremo que permitia existir algo um pouco mais do que o nada, que aqui se chama de vida. Era a morte que definia ou que determinava a duração da vida. Então, quando a morte se aproxima da vida, a toma como que sem aviso, cumprindo, assim, apenas uma das suas atribuições, que era a de extirpar a vida para o todo e para o sempre.

Para ele, a vida não se impunha diante da morte; pelo contrário, era esta que se sobrepunha àquela. Então, a morte teria infinito maior valor do que a vida; embora esta fosse glorificada e, aquela, desprezada e amaldiçoada. A vida então seria uma passagem, algumas vezes tão pouco duradoura, que nem chegava a durar mais do que alguns minutos, ou algumas horas, ou poucos dias. Por isso, ela é finita, enquanto a morte poderia ser infinita, desde que alguém isso pudesse comprovar. Então, enquanto a vida é comprovadamente finita, a morte poderá durar para sempre, ser infinita. Daí, mais uma razão da morte vir a ser mais valorizada e gozar de maior importância do que a vida. Ninguém saberá dizer por quanto tempo viverá, mas certamente é convencido de que morrerá. Enquanto o nascimento é algo provável, nem sempre garantido, a morte é certa e indubitável. Então, Sócrates mais uma vez se perguntava: por que razão a vida é mais prestigiada do que a morte? Por que os homens lutam tanto durante a vida e esquecem da morte? Será a morte tão ruim; que leva as pessoas a lutarem contra ela e a favor da via? Concluídos esses pensamentos, ele pôs-se a descansar, embora acordado, mas com a mente desocupada.

Sócrates era um homem que, além das suas estranhas visões sobre o Mundo e sobre a vida, era crente na existência de Deus. Pensava, pois: não sou ateu; pelo contrário, sou extremamente crente. Acredito em Deus e, em todo o mais Divino que por Ele foi criado e vive e existe ao seu entorno e de acordo com a Sua vontade. Acredito piamente na existência de Deus como o Criador de todo o Universo (o Universo que conhecemos e, o possivelmente ainda desconhecido pelo homem). Tenho profunda e inabalável fé Nele e nos demais Seres Divinos. Entrementes, ainda que reafirme que Deus é o Criador do Universo e, que, dentro desse Universo Ele criou o homem, não tenho dúvida de que essa crença levou (o homem) a criar Deus, a seu modo e, de acordo com a fé que professa. Dentre o mais, o homem O criou, para justificar a Sua existência e a de todo o resto, tal como, a existência do próprio homem e de todo o mais que integra e representa o Universo até aqui conhecido ou explorado. E, para ainda render-Lhe inabalável crença e incondicional obediência; exceto, pois, o ateu.

Firme na sua crença em Deus, ele relembrou o que lera numa passagem da obra de Dostoiévski, em que Kóia assim se expressara: *"Claro, Deus é apenas uma hipótese.... porém... reconheço que 'ele' é necessário, para a ordem... para a ordem universal, etc... e se Ele não existisse seria preciso inventá-lo..."*. Em meio à conversa com Alióchá, este foi mais adiante: *"... porque se pode amar a humanidade sem crer em Deus... Voltaire não cria em Deus, mas não amava a humanidade?"* E, segue o diálogo: *"Voltaire cria em Deus, mas, é claro, pouco, e parece que também amava pouco a humanidade..."* [83] Sócrates afirmava haver pessoas que diziam crer em Deus, só pelo medo de serem castigadas por

Ele, mas na verdade eram ateias. Então, garantia: Deus não é para ser temido, mas para ser amado e respeitado. Dizia ainda que Ele não puniria ninguém, porque Nele não acreditasse. Isso é bobagem que enche a cabeça de pessoas desmioladas! Cada um que pense o que quiser sobre Deus, pois Ele não se importará com isso. O importante é não fazer o mal para outros, enquanto por aqui estiver. Disse que também sabia que a crença na existência de Deus tem origem e se desenvolve pelo caminho da fé. E, que, apesar da ciência nada ter provado a esse respeito, há outro caminho para isso ser provado. Pois que, enquanto a ciência se firma em provas concretas e insofismáveis, a fé autoriza a crença naquilo que nem sempre será possível de ser provado, mas que igualmente venha ser aceito, *acreditado*. Demais disso, se pode mais garantir, que a "*A ciência não se volta para o conhecimento da mente de Deus; ela dedica-se a entender a natureza e a razão dos fatos.*", com ressalva feita pelo mesmo autor abaixo identificado: "*O emocionante é que a nossa ignorância excede ao nosso conhecimento.*"[84]

Diversificado em seus pensamentos, ele garantia existir duas classes de ladrões: os que são chamados de bandidos e, que, quase sempre vão para a cadeia; e os que são chamados de cidadãos, que, quase sempre se mantém em cargos públicos. Sorte nossa é que nenhum dos grupos é majoritário; ainda que, o que *abatem* seja bastante volumoso, tanto assim que, vez que outra balançam as contas do Estado.

Sócrates dizia comunicar-se espiritualmente com Sidarta Gautama (Buda), de quem colhia muitas descobertas e conhecimentos. De outra forma, algumas vezes parecia querer viver como no monacato, indo ao encontro ou à busca do Divino - aliás, próprio dos solitários. Para isso, se preparava com afinco, jejuando o tempo que entendesse necessário à purificação da sua alma que, conforme a sua inabalável crença, por natureza já era um tanto limpa. Dizia que algumas vezes é necessário se passar por algumas dores, por alguns sofrimentos, para que se possa obter experiência para alcançar coisas melhores. O mar calmo – dizia ele – não faz bons navegadores, porque os melhores só aprendem a boa a arte de navegar, em mares agitados. Seguindo a doutrina budista, pautava o seu *modus vivendi* nos seguintes três pilares: pensar, esperar e jejuar. Desse modo, alcançaria a plenitude espiritual. No entanto, tal como Sidarta Gautama, ele também se convencera de que para obter a luz em sua plenitude, teria que continuar sua caminhada de desenvolvimento espiritual. E, pois, assim fazia com todo afinco e fé. Todavia, apesar da sua crença espiritual, também tinha certeza de haver uma fronteira entre a fé e a razão, quando o tema é a existência de Deus. Se perguntava, então: afinal, com quem ficou a verdade ao se encontrarem o cristão e cardeal católico Joseph Ratzinger (papa Bento XVI), e o ateu e filósofo Pablo d'Arcais? De qualquer modo, para ele o tema parecia não se esgotar e, discussões e argumentos a favor e contra a existência de um Ente Superior, criador do Universo, continuaria sendo objeto de manifestações científicas, filosóficas, religiosas e de outras fontes do pensamento. Uma linha de convergência nesses traços paralelos, certamente que não seria coisa para o século que recém iniciou-se. Todavia, parece que, pelo menos em algo prevalece a tão desejada convergência: a de que o tempo de duração de uma vida é a sua existência.

Naturalista como o era, dizia que na Natureza nada é ridículo, ainda que alguns encontrem motivo para desrespeitá-la. Tudo o que nela existe tem alguma importância, que deve ser descoberta e respeitosamente aproveitada por quem nela vive. Sem ela não haverá vida; e, ela se confunde com a própria vida. Apesar de viver distante do convívio social, quando se via obrigado a conversar com alguém que lhe provocasse o diálogo, o que ouvia do interlocutor transformava numa história por ele vivida n'alguma época. Assim ele era; assim ele gostava de viver.

Em alguma noite, quando mais gostava de meditar porque assim não ficava privado por tanto tempo de admirar a Natureza, voltou a pensar na existência de Deus e, se questionou mais um pouco: afinal – pensou -, então, quem criou a quem? Deus criou o homem, ou o homem criou a Deus? Pensou bastante e profundamente e, enquanto passava levemente uma das mãos na sua crescida barba, acreditou ter solucionado essa profunda e instigante curiosidade. Aliás, para ele já resolvida, mas valeria a pena melhor firmá-la. Fixou o pensamento no seu propósito e estabeleceu a seguinte conexão: ora, como eu já havia pensado, Deus criou o homem e mais as outras tantas coisas que compõem o Universo. Alcançado isso, Ele mesmo dotou o homem de condições para *criar* uma maneira de criá-Lo, para assim, atender a uma satisfação lógica, racional e, até certo ponto compreensível e admissível. Se, não por todos os homens, pelo menos por àqueles que Nele creem. Veja-se, que os amimais em todas as suas espécies: os vertebrados e os invertebrados, os insetos, as aves, os que vivem nos mares e nos rios, as plantas, as árvores, as renas, os ursos, os *inteligentes* cães; os prestativos e adestrados cavalos, nunca demonstraram preocupação sobre a existência de um Criador. A galinha deverá pensar que é fruto do ovo chocado pela sua paciente mãe; os peixes, através do mesmo recurso; o cão e o cavalo, transferem tal *pensar* para a cadela e a égua e, essas fêmeas, para o trabalho dos seus machos, cobrindo-as quando desejadas de procriar. As plantas, para quem as semeou e cuidou até dos seus brotos. Sobraram os homens, para complicar. Afinal, são inteligentes e têm sentimentos. Além do mais, grande parte deles, não está tão convencido da existência de Deus como criador de tudo o que existe no Universo, mas, com a fé que Nele devotam, o admitem e aceitam ser capaz de atender aos seus chamados nas horas mais difíceis de suas vidas.

Então, Sócrates achou que, se não mais poderia investigar além dessa sua assertiva, possivelmente o fosse porque Ele não o permitisse. Pensou, ainda: por qual motivo, já passados tantos milênios, esse enigma não foi descoberto? Então, deverá ser porque nos foi imposto algum limite nessa parte do pensamento humano? Sim, ou não? Depois de mais uma pequena pausa, optou pela possibilidade do limite imposto por Deus na capacidade de pesquisa do homem para mais saber sobre Si. E, vai ver que isso é bastante provável, pois o mesmo homem que pesquisa sobre a existência de Deus, é o que já andou pelo espaço sideral e pelas profundezas dos oceanos, mas, em matéria do Divino, sempre encontrou portas fechadas que o impedem de continuar averiguando. Portanto, pensou, a nem tudo nos foi dado direito de conhecer, de saber, de descobrir; a despeito de que já tenhamos descoberto e inventado muitíssimas coisas. Haverá que ter-se resignação; aceitação de algumas coisas, para podermos continuar avançando em outras. Se o horizonte não ficar horizontal, o que se poderá fazer? O que não se poderá, é perder a oportunidade de continuar vivendo e se ter um objetivo na vida. Dizia Sêneca: *"A alma que não tem um objetivo definido se perde, pois, como se diz, estar em toda parte é não estar em lugar algum."* [85]

Pensando sobre a Humanidade, Sócrates conferiu que o pobre é dotado de um perfil de humildade, que bastante serve para nivelar a vida em sociedade. Ele não pensou aqui no miserável, naquele que está abaixo da linha de pobreza; no que compõe no quadro de classificação a cifra zero; ou abaixo dela. Ele pensou como pobre, aquele que vive em constante dificuldade financeira, mas que, o que ganha é fruto do seu trabalho. Aquele que não fica na dependência de ninguém – muito menos do Estado e do governo -, mas do seu labor. O pobre, então, geralmente é mais dotado de aceitação às coisas que a vida lhe impõe. Nele, se observa quase que uma calada e pacífica submissão à vida que lhe é imposta pela sociedade ou mesmo pela humanidade. Por ser geralmente mais crente, mais religioso, mais apegado à fé, com maior consolo aceita as revezes da vida. Também é incrivelmente muito mais solidário do que os abastados; do que os burgueses - aqueles burgueses que, segundo diziam, dormiam em colchões macios e perfumados. Muitas vezes o pobre aceita a sua cruz, como uma carga determinada por Deus e, pensa que assim o é porque Ele o capacitou para suportá-la. Todavia, o valor da virtude está na utilidade de quem a merece e no prazer de quem a tem. Lembrou ainda que o homem para se manter vivo e de bem com a vida, é necessário ter coragem, resignação, ambição e linear senso de justiça; e, a alma que mantém salutares pensamentos, torna saudável o corpo que a aloja.

Pensou também que não sofre maior decepção àquele que sabe usar com cautela e sabedoria o que lhe pertence; de tal sorte que, se o infortúnio nele tropeçar, suportará o choque com maior firmeza e esperança de reconquistar o que lhe foi desfalcado. Por mera distração e na falta do que mais pensar, lembrou de algo que ocorreu com Isócrates, ao ser convidado para discursar numa honrosa festa. Pois assim se safou o orador, por não querer usar da oratória naquela ocasião: *Agora não é o momento daquilo que sei fazer, e aquilo de que agora é o momento, não o sei fazer.* Voltando a meditar um pouco mais, entendeu que n'algumas situações o perigo não reside no fato de fazer o mal; mas de nada fazer. Que há pessoas que de tal sorte são tão nefastas, que o pequeno mal que venham fazer, seja menos degradante do que a sua absoluta inutilidade.

Sempre meio que metido a dar alguma *pitada* em assuntos relativos à política, dizia que os *bons* governantes têm o dever de unir os seus cidadãos de forma sociável e o mais humanamente possível. Que isso não é favor, mas obrigação; e, que, ao assumirem os cargos, devam manter arriadas e guardadas as suas bandeiras partidárias. Em caso contrário, acabarão governando apenas para alguns e não para todos. Ademais, além de fugazes, também se reconhecem como memoráveis transmissores de seus intentos, através de mensagens boca a boca; ou, de boca em boca, como alguns preferem.

Pensou também, que não se estaria a dizer algo de mais reprovável, se fossem cognominados de (in)confiáveis guardiães das *verdadeiras inverdades*; abomináveis e indomáveis fanáticos daquilo que se confunde com uma seita, ao invés de uma ideologia. Por esse caminho, buscam contrariar a palpável realidade através de ideias transversas. Assim o são e, assim continuarão a ser, pois nada se poderá fazer contra eles. Mas é preciso que se mantenha atento para não ser absorvido pela boa lábia; encantado pela sereia, ou pela cobra. De todo modo, burgueses são burgueses, porque são burgueses. Porém, os pseudossocialistas não são burgueses, mas gostam de imitá-los e deles se aproximar. Quer dizer que sofrem de dois males que se antagonizam: o de serem pseudossocialistas e pseudoburgueses. Daí se constatar que deles não se espera algo de verdadeiro, porque a falsidade lhes aparece tanto na esquerda quanto na direita. Dizia Sócrates que com eles todo cuidado é pouco! Ambos defendem a luta pela extinção da pobreza, como se isso fosse viável através dos caminhos então apontados. Maurício Langón, numa participação na obra Interpelação Ética, de Antonio Sidekum, mostra uma das faces cruéis dessa questão milenar e universal: "*A pobreza é considerada um mal. No mesmo plano em que o é uma epidemia, como a cólera e a Aids. Por isso fala-se em erradicá-la, como se pudéssemos crer que as suas causas são físicas ou naturais, e não, humanas, históricas e sociais; como se pudéssemos imaginar receitas ou vacinas que permitiriam curar a pobreza.*" O próprio autor do livro acima citado dedica boa parte do seu trabalho ao que chamou de "*Uma nota sobre a gramática moral da pobreza e desigualdade.*"[86]

Mas afirmava que não se pode esquecer que, apesar de tudo, faz morada no meio deles, o aceitar com total crença; com absoluta ausência de ceticismo aquilo que ouvem ou lhes é transmitido por qualquer meio de *transmissão*, especialmente, através das palavras de um adorado ídolo ou respeitado *senhor*. Essas pessoas, a despeito do que pensam, defendem e fazem, chegam a não ter opinião própria. São conduzidas em seus pensamentos e ações, pelo que ouvem e observam de seus ídolos. São *inquilinas de suas cabeças*, como diria o filósofo inglês James Harrington, dentro de um outro contexto. [87]

Sabia ele que nem mesmo os intitulados burgueses de *happy hour* são tão autênticos e tão legítimos como imaginam e propagam os pseussocialistas. Por aqui, dizia ele, poucos são burgueses *natos*, de fidedigna tradição; que não precisaram cursar aulas de etiqueta social, porque as assimilaram dentro dos costumes familiares. E esses, nem são tão cheios de *frescuras*, e jamais agem com grosserias e com escandalosa e exibida parafernália de roupas, adereços e palavreado adrede escolhido para se comunicarem. Passam boa temporada *lá fora e*, quando retornam, nada de novo têm para contar, porque todos os *seus* também já conhecem o que os oceanos os separam. Não costumam ser listados em colunas sociais, porque preferem o aconchego caseiro aos bares, botecos e bailecos de finais de semana. Trabalham tanto quanto todos nós, com a diferença de que não são capazes de desfazer em algum dos seus subalternos. O motorista e o segurança são seus *amigos*, não seus inferiores. São todos tratados como membros da família; tanto quanto o antigo jardineiro e a idosa cozinheira que os viu crescer.

Mas também sabia ele, que pobre adora a vida como nenhum outro a adora. Mas tem consciência de que não ser pobre é um grande avanço neste mundo movido pela força do dinheiro. Para este, bastará qualquer pequena folga de seu trabalho, para que aquelas poucas horas ou aqueles poucos dias se transformem em festa; sempre com a participação de outros iguais. É generoso e aglutinador por sua natureza, e se contenta com o pouco que tem e o pouco mais que venha conquistar. Adora música e cores. Festa de pobre sempre será embalada por boas músicas – geralmente ampliadas para elevados decibéis – e, muitas cores. A decoração de festas de pobre, se distingue pela diversidade de cores – e isso é muito bonito. Gostar da variedade de cores que a natureza nos oferece é algo muito bom! Chega de coisas cor-de-cinza! Nunca esquecendo-se, também, que essa gente pobre é que faz o maior show da terra – o Carnaval.

Para deixar a vida mais serena e menos aborrecida, no distante ano de 1942 o imortal Herivelto Martins nos presenteou com a sua Ave Maria no Morro – um tributo ao pobre. Diz assim um de seus versos: que pobre "*...vive pertinho do céu; onde tem alvorada; tem passarada e sinfonia de pardais e; que o morro no fim do dia reza uma prece à Ave Maria.*" Quanta sensibilidade para dizer tanto em tão poucos versos, pensou o convicto eremita.

Sócrates mantinha em sua viva memória algo que lera há bastante tempo num livro sobre La Rochefoucauld. Era sobre o cardeal Richelieu. Assim dizia certa parte do pequeno livro: "*O cardeal Richelieu foi senhor absoluto do reino da França durante o reinado de um rei que lhe deixava o governo de seu Estado, embora não ousasse lhe confiar sua própria pessoa; o cardeal tinha também a mesma desconfiança do rei e evitava ir à residência em palácio, temendo expor sua vida ou sua liberdade...*"[88]Olha só, ficavaele a pensar sempre que lembrava do que havia lido há tanto tempo: que dupla do inferno essa, na qual um não confia no outro; mas que, pesar disso, o rei confiava ao cardeal a governança do seu reino. Pobre França dessa distante época; desgraçado povo francês que teve que sujeitar-se a tais aberrações! Enfim...

Quando ainda morando com a família, ele costumava dizer, ser o indivíduo mais indivíduo dos indivíduos da Terra. Então, quanto trocadilho para dizer tão pouco! Mas com certeza ele era mais indivíduo do que os indivíduos, embora não fosse o único da sua *espécie*; porém era um indivíduo antissocial, inadaptado para a vida em convivência; mais se parecendo com *a* preguiça, que leva a vida a passar no ócio, embora *esta* não fique a meditar.

Admitia ter optado pela vida de ermitão, porque depois de ter lido os sete volumes de História das Cruzadas, de Joseph François Michaud, nada mais lhe restaria aprender sobre a vida humana. Mas, esse era o seu tipo de vida e, talvez assim continuaria a viver em constante, progressiva e intensa felicidade, por fazer o que gostava de fazer: pensar. Isolado no seu pequeno mundo, que para ele tinha o tamanho que desejava. Comparava duas situações bem antagônicas: a daquele que, alguém estando numa ilha deserta, clama por um barco para tirar-lhe daquela aflitiva situação; a de outro, que, estando à beira do afogamento, clama por uma ilha para salvar-se.

Para ele não havia coisa que passasse mais rapidamente do que a vida bem vivida. Quanto melhor vivida ela for, mais rapidamente ela passará – parece que as coisas ruins encarnam na gente e não deixam o nosso tempo passar, pensava Sócrates. Também dizia, que nos olhos dos jovens arde a chama, enquanto nos dos velhos brilha a luz. Que a iniciativa dos moços vale tanto quanto a sabedoria e a experiência dos velhos. De todo modo, não se pode negar que sempre haverá uma criança em cada adulto.

Pensador como sempre fora, outra sua sabedoria era a de que o maior mentiroso é aquele que se convence da própria mentira. Que pessoa assim, com mais facilidade pode convencer aos outros da sua mentira; e, o seu único remédio é deixar de mentir. Pensamento correto, era o de que a chuva pode ser uma tormenta ou alguns pingos; de qualquer modo, sempre é benvinda, poque é necessária à vida. Que, assim como a chuva, o sol também tem funções indispensáveis à existência, pois além de iluminar, mais do que isso, ele aquece.

Sócrates bem sabia que havia pessoas que o tinham como homem inteligente; outras, como um ridículo. Outras, ainda, como um louco. Porém, como só poucas o conheciam e, menor número destas tinham acesso aos seus pensamentos, parecia que esses comentários não o incomodavam. Como, aliás, muito pouco o incomodava, desde que não lhe fosse dificultado o tipo de vida que escolhera; desde que não fosse perturbado nos momentos de meditação; desde que ninguém quisesse intrometer-se na sua sossegada e isolada vida. Vivia apenas para si e tinha como uma das máximas que defendia, não se envolver no tipo de vida dos outros. Se mantendo dentro desse *quadrilátero*, se sentia absolutamente feliz e satisfeito. Porém, não se poderia negar que alguma semelhança ele tinha como o paranoico irmão, Anselmo. Ambos tinham comportamentos que os identificavam como bastante semelhantes.

Com pensamentos esparsos, lembrando da família que abandonou sem outro motivo, que não o de desejar se manter isolado e meditando, continuava firme com a certeza de que amava a todos os seus. Dizia que, quando algo se faz para os pais e, estes para os filhos, não se faz para outros, porque os pais e os filhos são a unidade familiar. Então, quando para eles algo fazemos, estamos fazendo para nós mesmos. Em suas meditações, ele passava bom tempo como se estivesse em estado ou processo de ascese; dedicando-se a orações, em busca da perfeição espiritual.

Para ele, o mistério (sentido vulgar) era algo que, em

princípio não conhecemos, mas que existe, com ou sem vida. O mistério poderá ser em razão de uma verdade ou de uma mentira; de um pensamento ou de um segredo; de algo humano, ou de algo sem vida; ou, apenas, matéria. Poderá ser verdadeiro ou irreal. Importará que tenha capacidade para aguçar a nossa curiosidade, para mais ou para menos. Dizia ter escolhido viver no anonimato, na solidão, porque sabia que, embora seja importante se dizer o que se pensa, haverá que se escolher o que dizer e para quem dizer; por que a palavra nem sempre tem sido oportuna quanto se a apregoa. Por falar o que pensam, muitos já foram condenados; por falar o que pensam, muitos foram calados; por dizer o que pensam, muitos desapareceram; por dizer o que pensam, muitos nunca mais puderam dizer o que pensam. Que, há que se ter cuidado quando se quer falar o que se pensa, principalmente, quando se fala a quem não pensa como a gente pensa.

Lembrou, também, que o mundo gira desde que surgiu e desde antes do homem ocupá-lo. O tempo passa aos milhões de anos e tudo cresce e se desenvolve e se aprimora. Muitas coisas permanecem intactas, mas outras tantas se modificam e se aprimoram. Que, atualmente, não há dia em que algo de novo seja feito ou descoberto. O homem é um ser insaciável na busca de avanços em todas as áreas: na agricultura, na indústria, nas ciências; todavia, em relação à morte nada há de novo e certo, desde que Adão e Eva aqui chegaram. Que coisa misteriosa! Exclamava ele. Mas ainda tem gente que desafia esse mistério, acreditando que algum dia ele será desvendado. Será mesmo? Para aqueles que nisso creem, há seres mortos que se comunicam com pessoas vivas. E isso não é tão raro para os espiritualistas. Doutra banda - entendia ele - aquele que desejar fazer melhor o seu feito, precisará por primeiro saber bastante de si mesmo. Sem que se conheça, não será capaz de fazer o melhor de si.

Questão ainda por ele observada, era a que tratava do caráter das pessoas. Ele sabia que, bem vive o injusto; o pecador que pratica a *injustiça* sem sofrer equivalente ou proporcional punição; que, mal, então vive quem a sofre, sem chance de ver reparado o dano por aquele praticado. Também ele sabia que a injustiça na mais das vezes é praticada por ato voluntário, doloso, premeditado, intencional; enquanto a justiça se dá por mera liberalidade e vontade de praticar o bem. E isso não é raro entre os homens inescrupulosos e os homens de boa-vontade; entre os injustos e os justos. Alguém lhe poderia dizer que isso se aprende por aqui: no mundo; na Terra; e, lamentável e vergonhosamente isso é uma verdade. Decerto restou-lhe pensar que grande parte dos homens prefere viver na prática de atos injustos, porque maiores vantagens disso tiram em seu proveito. Depois de assim pensar e se convencer sobre o que meditou, pediu aos céus que alertassem aos homens de boa e de má- vontade, para que jamais praticassem atos de injustiça. Com a vontade de que os seus pensamentos fluíssem pelos céus, pelos oceanos, pelos rios e pela terra, até chegar a cada um dos seus destinatários, resolveu se manter em descanso, com a esperança de que a sua mensagem chegasse a todos antes do seu despertar.

Muito embora não tivesse interesse por uma mulher e, talvez sequer amasse qualquer uma além da sua mãe, costumava dizer que a paixão ofusca o amor; a paixão supera a esperança; a paixão vence o medo e acaba com a covardia; a paixão dribla a inteligência e ludibria a prudência; a paixão não se instala no peito dos corajosos nem dos vencedores, mas dos aventureiros; a paixão é o mais belo dos prazeres, porque vive o momento e se projeta para um tênue futuro, apagando o demorado passado. Mas, a paixão é etérea; é uma ilusão; é alguma coisa que passa, porque não chega para ficar. Aliás, de tudo o que passa na vida - e quase tudo passa na vida -, uma das coisas que pode ser perene é o amor. Por tudo o que sempre fazia por decisão da sua livre vontade, não podia se queixar dos seus erros, que só poderiam ser percebidos por ele. No entanto, por vezes pensava que os invejosos gostam de assistir à queda dos vencedores.

Em suas divagações, nos seus constantes devaneios, Sócrates acreditava na existência do Eldorado – uma lenda indígena que dizia existir uma cidade repleta de ouro, na qual havia um príncipe também coberto de ouro. Que ainda, sabia lá quando, lhe seria oferecida oportunidade para visitar aquele quixotesco lugar, para ele nem tão distante. Possivelmente encontrasse tal lugar ainda pronto para ser melhor descoberto; o que o entusiasmava muito. Certa vez pensou que recebera o espírito da bela, atraente, doce e lendária Sheherazade (ou Sherazade), que o teria convidado para em sua companhia, viver momentos por ela narrados no conto das Mil e Uma Noites. Que, envolvido nas roupas transparentes da cativante mulher, se viu preso numa enorme teia de fios tão macios quanto os da sedosa túnica que ela vestia e, da qual não podia escapar; e, a ter que suportar os enfeitiçados sons que dela sussurravam em seus ouvidos. De tão influenciado pelo que viveu naquele sonho acordado, chegou a apaixonar-se por ela e pela sua narrativa, que viveu intensamente. Porém, depois de desperto daquele deslumbramento, continuou a acreditar na certeza de que ela o encontraria naquele ermo lugar, para ali terem infinitos momentos de felicidade e romantismo. Pensou ainda em ter sido transformado num califa que se mantinha sujeito aos olores dos seus encantadores e atraentes perfumes.

Sócrates gostava de treinar esgrima com um pequeno galho que esculpia imitando uma espada, ou florete, cruzando lances contra o vento na direção de alguns pequenos arbustos secos, que terminavam tombando. Em voz alta, chamava para o embate os lendários mosqueteiros tirados de uma das histórias de Alexandre Dumas: Aramis, Athos, Phortos e D'Artagnan. Ao chamá-los pelos nomes, se dizia ludibriado, porque apesar de se dizerem três, eles eram quatro. Que isso era uma grande covardia contra um homem que, apesar de valente, ainda não estaria suficientemente preparado para enfrentar quatro espadachins. Pois que viesse apenas um de cada vez, que certamente ele venceria a todos. Dizia ter visões dos três reis magos, principalmente nos dias 6 de janeiro de cada ano. Os reis o vinham visitar, porque bastante o admiravam. Dizia que de Baltazar recebera um afiado canivete que guardava num esconderijo e, só o usava quando estivesse em apuros; Gaspar, o teria presenteado com uma corrente de ferro maciço, para que ele provasse ser um homem forte e valente; e, Belchior (Melchior), lhe teria dado um facão com lâmina bem afiada e reluzente, para que se defendesse dos inimigos.

Dizia que romper com o passado, as vezes é necessário para se poder dar alguns passos à frente. Mas, essa poderá ser uma decisão perigosa, porque o presente, que é o tempo encarregado para tomar essa decisão, conhece o passado, mas o futuro lhe é estranho. Um vacilo nessa troca de passos, poderá levar o desavisado a sucumbir, carregando com o seu tombo todo o resto que havia construído anteriormente.

Eterno pensador como era, sem demonstrar cansaço no seu sistema nervoso, atacava em diversos flancos. Lia muito, quando lhe alcançavam alguns bons livros; quando não os tinha, relembrava o que mantinha gravado na memória. Aliás, a sua memória era um enorme repositório de boas lembranças. Certa manhã, pensando como deveria andar a política no conturbado mundo lotado de pessoas governadas por alguns poucos, recordou de um diálogo entre Platão, Trasímaco, Sócrates, Plemarco e mais alguns outros personagens de A República de Platão. Em certo trecho, Sócrates interpelando Trasímaco diz: *"Portanto Trasímaco, ninguém em qualquer posição de comando, enquanto governante, visa ou ordena o que é vantajoso para si mesmo, mas o que* é vantajoso para os seus governados, os quais são o objeto de sua arte. É daqueles que estão submetidos ao seu governo e do que é vantajoso e apropriado para eles que ele cuida, e tudo que ele diz e faz, o diz e faz para eles". Então, ironicamente, Trasímaco responde-lhe: "Diz-me Sócrates, tens ainda uma ama de leite?" [89] Para ele, a ironia de Trasímaco, salvou o criterioso e ingênuo entendimento de Sócrates. Ele tinha certeza de que, pelo menos por aqui, o sentido natural da política ainda não teria chegado. É bom lembrar, então, que na política a fraude e seu combate recuam ao tempo de Platão, ou mesmo antes dele. Assim sendo, nada de novo e surpreendente é o que se vê por aqui e por ali. Porém, ele ainda sabia que, só quando os representantes do povo forem representados por quem os conheçam; isto é, que conheçam as suas trajetórias políticas e também as que antecederam à suas entradas nesse maravilhoso mundo, se poderá falar em democracia; só então se poderá dizer de peito aberto, que se tem uma democracia formada pelo conjunto de interesses do povo. Sem isso, a palavra democracia não passará de um verbete de dicionário. Foi nessa histórica reunião entre amigos, que Platão idealizou uma sociedade perfeccionista, ou mesmo utópica, como aponta Colin Bird. De toda sorte, o mesmo autor reconhece que Platão defendia, sob certo aspecto, que a justiça era parte inseparável do bem comum. [90]

Certa vez, numa de suas viagens interiores, sem dar ao menos um passo, imaginou construir uma réplica do Liceu, ao estilo da época de Aristóteles, para ali receber e dar aulas de filosofia. No seu modesto pensar, afastava a hipótese de algo grandioso; queria um lugar acanhado. Mas, lá com seus botões, logo ficou a pensar de quem e para quem trocaria lições, eis que havia se disposto a viver em completo isolamento. Isso o deixou bastante contrariado. Fez promessa de não voltar a pensar em coisas irrealizáveis, em despropósitos, em coisas que o desagradassem e atrapalhassem o seu pensamento em momentos que queria ocupar a mente, tão apenas com meditações. Quando se sentiu culpado por ter imaginado construir um liceu, ainda que bastante modesto, sem ter levado em conta o fato de não querer receber ninguém naquele isolado lugar, a sua cabeça parecia ferver. Chegou a pensar que estivesse ardendo em febre, tal a sua contrariedade, a sua raiva, a sua ira para consigo. Começou a detestar-se, a desvalorizar-se, a diminuir-se. Passou a não querer mais pensar, porque quando pensava, falava consigo; o que ficaria proibido por algum tempo. Então, o mote, a palavra era: silêncio, com ausência de pensamento. Para punir-se, xingava-se e debatia-se contra uma árvore frondosa. Pouco depois, veio a calmaria, a bonança e as águas serenaram por completo. Bons ventos começaram a levá-lo para lugares mais seguros, onde pudesse reencontrar a serenidade. Deitou-se um pouco para descansar e, dormiu. Quando acordou, já plenamente recuperadas as suas energias, ele meditou mais um pouco, pois ainda faltava muito para o dia acabar e um novo raiar voltar a brilhar. Escutou, como se viesse de longe, Sonata ao Luar, de Beethoven e, depois, ficou a observar o sussurro do vento na folhagem dos eucaliptos.

Apesar de criticar as pessoas apaixonadas, lembrou que, quando ao tempo de colégio se apaixonou por uma colega que, todavia, não queria flertar com ele. Depois de algum tempo ele soube que ela estava namorando com um camarada que ele detestava e, isso, encheu-o de ciúme. Ele então pensou parecer-se com Otelo; o que não seria correto para quem sempre criticou os ciumentos, além de se tratar de uma enorme baboseira. Afinal, as pessoas têm que ter domínio sobre as suas mentes e, não seria justo ele desgostar da menina e do seu namorado, que sequer o conheciam. Sabia que o homem inteligente pode dominar os seus instintos e os controlar segundo a sua malignidade ou a sua bondade. Lembrou, também, que as pessoas mais serenas; as mais equilibradas; as mais corajosas e dotadas de bom-senso, sempre serão as menos afetadas pelas circunstâncias a elas adversas; aos sofrimentos a elas impingidos; às dores sensíveis da alma. Assim as são, porque vêm revestidas, não por uma carapaça, mas por um manto aveludado; uma suave película brilhante e envernizada; uma macia camurça escovada. Esses belos sentimentos que carregam e as protegem, não precisariam ser guardados na protegida Torre de Londres, onde são guardadas as joias da Coroa britânica, porque são percepções carregadas e guardadas nas suas almas e nos seus inabaláveis interiores. Mas isso para se manter preservado, necessita ser cultivado a cada dia, a cada instante de vida. Dizia que os pensamentos necessitam ser desenvolvidos, para que cresçam. Em caso contrário, darão oportunidade a chegada do embotamento. Quem não pensa não cresce; quem não pensa, não se desenvolve; quem não pensa, abaixa a guarda para as coisas que precisa conhecer para poder continuar vivendo em paz; quem não pensa, não cultiva boas coisas; que não pensa, não valoriza as suas conquistas. Pensou, então: há que se pensar; não se há de parar de pensar. Pensar, é uma espécie de ginástica que se pratica exercitando a mente.

Entre um pensamento original e outro, voltou a idealizar alguma grande obra; possivelmente um templo; um enorme templo, com capacidade de agrupar pessoas em número quase infinito. Pensou orná-lo com dois domos assentados sobre enormes colunas envidraçadas. Na fachada, teriam duas torres ao estilo da arquitetura gótica; se assemelhando às da catedral de Notre-Dame, em Paris. No interior, as paredes seriam pintadas em afrescos com imagens de variados santos e de Nossa Senhora. Um belo tapete confeccionado com desenhos em alto e baixo relevo, cobririam quase que a totalidade da nave. Bancos ornados e genuflexórios estofados, acomodariam grande número de fiéis, que, se desejassem, poderiam ter lugares cativos, mediante o pagamento de um valor anual, a título de dízimo. Grandes lustres em cristais, mandados confeccionar para o templo, penderiam do teto e, um excelente sistema de transmissão dos cultos através de telões seriam instalados em vários lugares. Num dos mezaninos teria um carrilhão, no qual seriam executadas músicas sacras durante os cultos. Envolvido em tais belos pensamentos que quase o levavam para fora de si, repentinamente pareceu acordar-se de um sonho de fadas e colocou a imaginação em ordem. Deu-se conta de que tudo aquilo que pensara, não teria passado de uma enorme fanfarra.

Lembrou, quando já bastante desperto, que há pessoas que atuam na privilegiada área reservada à políticos que, entusiasmadas pelas ovações de correligionários e populares menos informados, se acreditam políticos. No entretanto, apesar de exercerem atividades que deveriam ser privativas aos políticos, sequer sabem o que é ser um político e, pior, desconhecem qualquer linha sobre a ciência/arte da política (diz-se que a política é a arte da ciência de governar). Nunca esquecendo-se, que a política também é a arte de ouvir e, não apenas de falar. Melhor desempenha esse papel, quem muito ouve e pouco diz; ou faz errado. Veja-se, pensou ele, o que ocorre em grande parte dos parlamentos, a não se esgotar nos legislativos municipais; poque há gente assim também em cargos do executivo desse nosso imenso Brasil. Uma proposição básica, seria a de exigir-se dos candidatos conhecimentos essenciais, ou mesmo elementares, acerca do que seja política e sobre questões da área na qual pretendem atuar. É de se destacar que, quando o político erra por desconhecer a sua função e as atribuições do cargo, o dano por ele causado poderá ser coletivo, pois que abrangente a uma comunidade; e, não poucas vezes, sem a contrapartida da responsabilização direta e imediata pelo dano causado. Está no Google, para quem quiser ler: *"...quem não se interessa por política, acaba sendo governado por aqueles que se interessam."* Faltou dizer na informação do aplicativo, que aos que se interessam, se espera preparo tal como o exigido para grande parte dos profissionais.

E, continuou ele a pensar:

Desde há muito tempo que o político deixou de ser um benfeitor, para se tornar um profissional bem remunerado. Esses *baluartes* da política, que também se intitulam *fortalezas* da democracia, não são movidos apenas pelo dinheiro, mas também pela propaganda. A publicidade, especialmente nos períodos que antecedem eleições, é o que os mantém vivos e garantidos em seus cargos. Na publicidade vale de tudo: desde inteiras verdades, a meias verdades e, a inverdades. Nada precisa ser provado; apenas falado de modo a convencer. Eles aprenderam que *a propaganda é a alma do negócio*; *a alavanca do sucesso* e, na atividade deles, sem propaganda o negócio não pega, murcha. Ele lembrou, ainda: não estou criticando o que eu vi num espaço de anunciante da revista Veja e, até o aceito como verdadeiro. Assim dizia: *"Oral-B A ESCOVA MAIS USADA PELOS DENTISTAS NO MUNDO. O INMETRO ACABA DE COMPROVAR: ORAL-B É SUPERIOR."*[91] Sabe-se, que poucos se interessam por buscar a verdade sobre uma propaganda, embora ele reiterasse que acreditava nesse comercial, como se verdadeiro o fosse.

E, insistiu em suas ideias: então, quantos eleitores buscam averiguar se o que é anunciado pelos candidatos é confiável? Na política, lamentavelmente, inexiste a aplicação da lei que disciplina normas sobre propaganda enganosa. Se bem, que, deveria... Em relação à política em geral e, aos políticos em particular, nem tudo o que acreditam estar *certo*, realmente estará certo. Previsões, é o que mais essas pessoas sabem fazer – afinal, prever algo não faz mal a ninguém, se nada do que foi previsto não acontecer. Junto com os expressivos, seguem os doidões, os babacas, os tacanhos e os esquisitões, que também são expostos em prognósticas coisas que garantem ser absolutamente *certas*. Muitas vezes as suas mentiras são tão *verídicas* para eles próprios, que são capazes de enganar a si mesmos. Principalmente, se o costumeiro mentiroso não for dotado de boa memória. Isso faz lembrar passagem de diálogo entre Próspero e Miranda, do clássico A Tempestade, de Shakespeare: "Que *de tanto falar contra a verdade, transformou a memória em pecadora até acreditar em mentira.*"[92] Todavia, certo está que o que todos buscam, ou pelo menos afirmam buscar, é uma nação governada com honra, com virtude, com dever e com real estabilidade social, não importando o lado no qual afirme e firme as suas convicções. Mas, isso tudo, apesar da aparente simplicidade, parece brotar de um *surrealismo* (expressão criada pelo poeta Guillaume Apollinaire, segundo Modris Eksteins.[93] Enquanto cada pessoa, individualmente, não se conscientizar que o seu esforço deverá ultrapassar os seus desejos para alcançar o bem-comum, continuaremos resvalando num caminho cuja meta a alcançar, necessariamente, exige que cada um ofereça um tanto de si para os demais membros da coletividade. A isso se poderá chamar de *harmonia social*. Porém, para que o propósito se cristalize, as iniciativas deverão vir de dentro para fora; de baixo para cima; não, segundo os sistemas políticos vigentes praticam. Citando obra de Beccaria, verbalizou trecho de Evaristo de Moraes no prefácio do tradutor: *"Sem... demorada educação do espírito, nunca chegam as revoluções a construir algo – afirma dolorosa experiência dos tempos."* [94] *"Aqueles que cruzam depressa o mar mudam seus ares, mas não suas mentes.* [95]

Lembrou que a Primeira Guerra Mundial também foi diagnosticada como a guerra da classe média e da burguesia; daí, também, ser chamada de Grande Guerra. Não há dúvida de que para crescer, cada país precisa muito dos seus cidadãos; o que faz lembrar a provocação de Kitchener, diante da desastrosa guerra agora mencionada: *"Seu país precisa de você."* *"Cumpra o seu dever."* Claro que o dever era outro, ainda que também patriótico. Por sorte que não estamos diante de uma guerra; o que torna tudo muito mais fácil. O povo carece de um esforço com metas desejadas e definidas, pelo menos pela maioria dos cidadãos. Sem isso, nunca se alcançará um estágio de supressão das dificuldades mais latentes e históricas. Até faz parecer que há um contingente elevado de pessoas, que invariavelmente luta pelo insucesso da nação. Esteja quem estiver na governança, eles se colocam em sistemática oposição. E, incrivelmente, conseguem ser contra até àqueles que representam e defendem os seus anseios e propósitos. Para esses, sempre sobrará espaço para a crítica negativa; oportunidade para puxar a orelha ou o nariz de quem está no poder. Fazem *estilo* ao não pouparem o uso da conjunção adversativa, *mas*, quando são questionados. Sempre lhes saltará à língua antes da inteligência, algo que contradiga ao que lhes é dito.

Com seus pensamentos esparsos e tresloucados, tentando desafiar a ciência, garantiu para si mesmo que, se um pião girar em torno de seu eixo; isto é, em torno de si mesmo, não produz deslocamento. Em sua tese, ele só admitia o deslocamento do brinquedo, se o fosse em relação a outro espaço que não o seu próprio espaço. De tal sorte que, ao girar apenas em torno de si mesmo, o objeto não se deslocaria do seu exclusivo espaço. Confiante nisso, enviou cartas para várias entidades científicas, com o propósito de colher as suas manifestações sobre o que declarava como certo e verdadeiro. Nenhuma resposta lhe havia chegado, pelo menos, enquanto não trocara de endereço da caixa postal dos correios – coisa que seguidamente praticava, com o propósito de não ser descoberta a sua *toca*. Não obtive resposta – pensou ele – por mera covardia da Academia, que não teve coragem para enfrentar tamanho desafio. Mas, não me importo mais com essa gente, pois me considero autossuficiente. Eles pensam ser os maiorais, pois lá vai o que eu penso sobre quem assim se julga: o maior, assim como o maioral, só o será em relação a alguma outra pessoa ou coisa; e, assim, permanecerá no superlativo, apenas enquanto outra pessoa ou outra coisa não lhe for ainda maior ou melhor, ou mais expressiva. Então, em razão de que essas grandezas só existem quando cotejadas com outras de igual categoria ou espécie, não têm caráter de eternidade nem de serem insuperáveis. Assim, um navio será o maior navio do mundo, só enquanto não construírem outro navio que o supere em tamanho. Do mesmo modo, alguém será o maioral em cálculos de matemática, só enquanto não surgir outro matemático que o supere em cálculos matemáticos.

No dia seguinte, logo que se levantou e fez o escasso desjejum, voltou a meditar. Para ele, meditar, além de uma atividade prazerosa, era uma necessidade.

E, assim pensou:

Há quem diga e se convença que o meu *um* mais o *um* de outra qualquer pessoa forma o *dois*. Mas, restará saber que, se eu sou *um* e outra pessoa é outro *um*, quando estivermos juntos nos consideraremos o *dois*. Mas, não é bem assim. Começo por perguntar o que há de comum entre nós (eu e outro qualquer), para que sejamos entendidos como *dois*? Na verdade, cada um de nós é *um* e, nada tem que ver com o *dois*, não é mesmo? Esse negócio de somar duas pessoas e formar uma terceira pessoa que chamam de *dois* é uma absurda e incompreensível invenção; um besteirol. O *dois*, pelo menos para mim e para a outra hipotética pessoa não existe, porque não nos despojaremos das nossas unidades; dos nossos *uns*, para formarmos o *dois*. Assim, que, se o *dois* inexiste como unidade própria, exclusiva, se pergunta: por que o *dois* passaria a existir entre nós? Ou a partir de nós, sem que, em seu proveito, liberássemos os nossos *uns*? Então, para que o *dois* tenha validade como unidade, será necessário que nós nos desapeguemos de nossas unidades e, assim, desapareceremos juntamente com elas. Seria como que nos metamorfoseássemos, nos transformando em *dois*. Daí, que, perderíamos as nossas identidades que, possivelmente, se misturadas em meio ao *dois*, jamais retornariam às suas origens. Esse *dois*, pois, então, pertenceria com exclusividade a uma terceira pessoa, que nada tem que resultar de cada um de nós. Ela já teria que surgir com essa exclusiva qualidade que, por certo não se saberia definir ou explicar, pois se trataria de algo inédito, absurdo. Então, o dois; o três; o quatro; ou o cem, entre pessoas não existe, restando-lhe a unidade absoluta apenas na ciência da matemática, que não lida com pessoas; nem com filosofia. Observa-se, então: se duas pessoas fazem algo em conjunto, cada uma delas faz uma parte do todo (a sua parte do todo); se duas pessoas carregam juntas algo pesado, cada qual carrega uma parcela do peso total; se duas pessoas comem juntas, ainda que no mesmo prato, cada qual come uma porção de comida (a sua porção da comida). Dessa sorte, só a partir do cálculo matemático, haverá possibilidade de entender que *a soma de 1+1 resulta em 2*, sem a necessidade de alcançar cada uma das unidades que o fomentam. Mas Platão, que não era tido por louco, apontava isso sobre outro ângulo. Num diálogo entre Sócrates e Gláucon, assim ele demonstrava: *"Sabes ao que se assemelham os versados nessas matérias: se no desenrolar do argumento alguém tenta dividir o próprio um, eles riem e não permitem. Se o divides, eles o multiplicam, cuidando para que a unidade sempre surja não como unidade, mas como uma 'multiplicidade de partes'."* [96] Vejamos como ainda não estou sozinho, pensou o eremita: *"O que o Comandante disse é verdade. Um mais um mais um mais um não é igual a quatro. Cada um permanece único, não há nenhuma maneira de uni-los em um só. Não podem ser trocados pelo outro. Não podem substituir um ao outro. Nick por Luke ou Luke por Nick."*[97]

Já sentindo-se exausto depois de tanto pensar sobre o que acima explicou com a clareza que lhe era peculiar, teve fortes dores de cabeça e novo princípio de febre. No meio daquela noite, ele percebeu que não se sentia bem. Parecia-lhe ter contraído alguma doença, mas ainda não tinha certeza se, realmente, estaria doente e, em caso afirmativo, qual mal o estaria afetando. Sócrates não gostava de consultas médicas e, na verdade, não acreditava muito no que os médicos diziam. Ele confiava mais nas suas ervas; na cura mediante o uso de plantas. No entanto, apesar de bastante conhecer ervas curativas, para pouca sorte sua, no lugar em que estava quase nada havia que o pudesse socorrer. Resolveu então relaxar o quanto lhe fosse possível, pois sabia que, se ficasse estressado poderia vir a piorar e, então, precisaria ir a um posto médico. Fez um compressa com água fria e a colocou na testa. Depois de algumas horas, sentiu que estava melhorando e, voltou a umedecer o pano e a repô-lo sobre a fonte. Sentiu uma sonolência e acabou dormindo novamente.

No amanhecer, foi acordado por um cachorro com pelo ralo e tigrado que latia perto dele, e parecia estar a pedir-lhe alguma coisa. Inicialmente ele não conseguiu entender o que o cão lhe pedia, mas imaginou que estivesse com fome. Então, deu-lhe um pouco da comida que havia sobrado da noite anterior, e o cachorro comeu tudo sem demora. Realmente ele estava com muita fome. Por outro lado, pareceu-lhe que o bichinho estaria à procura de alguém que o estimasse e o cuidasse, mas Sócrates não estaria disposto a dividir as suas atenções com o pretenso amigo. Enquanto o cachorro não saia da sua volta, ele resolveu sentar-se sobre um pedaço de tronco que poderia servir-lhe de banco. Como se tivesse sido tomado por algum espírito, passou a pensar:

Nada será mais obscuro do que aquilo que não é, nem mais evidente do que aquilo que é. Porque aquilo que não é, e, aquilo que é, são formas insuperáveis; intransponíveis. Entre essas duas *performances*, não há espaço para dúvidas, nem para inexatidões. Aquilo que não é; que não existe, não será superado jamais, pois que se outra forma tomar, deixará de *não ser*; de não existir, para passar a *ser*; para passar a existir. Do mesmo modo, aquilo que *é*, se reveste de tamanha autenticidade que jamais será superada. Aquilo que *é*, não poderá ser mais nem menos do que *é*, sob pena de deixar de ser o que realmente *é*. Então, o que *é*, é uma forma absoluta em relação a qualquer coisa e, não relativa. São *elementos* intransitivos e, por isso, nada mais precisam para se completarem. Para Sócrates, da sua abstração não sobraria lugar para probabilidades, para incertezas. Não se encaixariam situações circunstanciais, como, o talvez não é; ou, o talvez não seja. Também não haveria espaço para relativismos, tal como, parece que *é*; ou, talvez, poderá ser que seja. Assim, encerrado o seu *circuito*, fez para a si a costumeira pergunta: será que fui explícito, ou não fui explícito? Me fiz entender, ou não me fiz entender? Todavia, algo mais pode completar o sentido do que aqui está sendo demonstrado: "*...o verdadeiro não contradiz o verdadeiro e nem mesmo o efeito, a causa.*"[98]

Sócrates, como já se disse, era uma pessoa muito estranha. Algumas pessoas que o conheciam, diziam que ele não era bem certo. Era meio doido, meio tocado, meio fora de prumo. Que tinha algum desvio mental ou emocional. Quando pequeno, levou um tombo de cima de uma mesa e bateu fortemente com a cabeça no chão. Apesar de ter-se ferido, os pais não procuraram recurso médico; nem o levaram a fazer exames para saber se teria comprometido algum dos seus órgãos, principalmente, na cabeça. De toda sorte, era sabido que ele não tinha uma vida regular, pelo menos se comparado com outras crianças de mesma idade. Ao atingir a maioridade, parecia que as coisas iriam piorado, pois não gostava de cultivar amizades e, sempre que pudesse, se isolava em algum canto da sua casa. Possivelmente ele tivesse sofrido algo mais de grave e, que a pouca ou nenhuma importância que os pais deram àquele tombo, depois estaria a cobrar-lhe um alto preço. Não raras vezes, manifestava atos falhos que, Freud dizia ter origem no inconsciente; algo inesperado; que surpreende inclusive quem o pratica. Esse era o Sócrates que pensava e pensava...

Ele dizia que, aquele que se embrabece ao saber que a verdade do outro é mais verdadeira do que a sua é um egoísta. Aquele que se encolhe ou se esconde diante das suas más-condutas, é covarde. Aquele que se vangloria das suas vitórias, é vaidoso. Dizia, assim, que Adolf Hitler reunia esses três defeitos. Que, certa vez, quando os seus soldados começaram o morrer do frio congelante da Rússia, Hitler passou-lhes o seguinte recado: os covardes não merecem viver. Mas, o que é isso, *fuhrer*! Sócrates exclamava. Todos merecem viver, ainda mais aqueles soldados que foram enfeitiçados pelas suas promessas de vitórias! Dizia que ele era um empedernido; um homem cruel, desumano, insensível, apesar de ter sido um catalisador. Que tinha facilidade para direcionar e convencer o povo de suas absurdas ideias. Certamente que o ditador sanguinário se esquecera que só aquele que contempla e pratica o bem, estará diante do belo, do correto, do certo; onde não há espaço para o feio, ao incorreto, ao errado. Mas que ele o achava um épico, um herói, apesar das atrocidades que cometeu.

Sócrates costumava ver miragens, como se estivesse num deserto à procura de um oásis. Com toda convicção, afirmava que o conhecimento é uma poderosa faculdade humana que não pode nem deve ser dispensada por aquele que almeja melhor sorte. Seguidamente dizia ver uma borboleta labareda – sempre a mesma borboleta de asas alaranjadas. Achava que ela o perseguia com o propósito de transmitir-lhe alguma mensagem. Certa vez pensou em caçá-la, mas a linda borboleta fora mais esperta do que ele e, alçou voo antes dele se aproximar. Pretendia com a sua astúcia mantê-la num lugar privilegiado, para aguardar dela alguma mensagem alvissareira; algo satisfatório aos seus desejos e propósitos. Com a fuga do inseto, se manteve um pouco desiludido da remota hipótese de que em breve poderia vir a ser surpreendido com algo novo e interessante. Penso mais, até: como alguns insetos têm mais reflexos do que os humanos! Veja-se, a dificuldade que muitas vezes se tem para caçar uma incomodativa mosca; ou um nocivo mosquito que suga o nosso sangue, tão logo estejamos distraídos da sua presença em nosso redor.

*  *  *

Certa vez, as irmãs Marcela e Maristela começaram a recordar do tempo em que eram meninas, piás como diziam. Que eram lembradas pelo pai como umas gurias *pidonas*, mas que na verdade não eram, porque quase nada a ele pediam. Lembraram do rigor imposto pelos pais, especialmente pelo seu Sérgio, que as mantinha sob corda curta. Era muito rigoroso e, as vezes reclamava de dona Leda nos seguintes termos: Leda, cuida o que essas raparigas andam fazendo; persegue elas de perto; não afrouxa a corda, se não, qualquer dia nós poderemos ter uma surpresa desagradável. Filha é para estar debaixo dos nossos olhos, ainda mais essas, que além de bonitas são muito espertas. Abre o teu olho, Leda!

Ele exercia poderes de chefe de família, como um rei plenipotenciário, subjugando a esposa e filhas, como se fossem seus súditos. Com ele não havia espaço para argumentação; menos ainda, para o contraditório. A regra que imperava na casa sob o seu mando era do tipo, escreveu não leu, o pau comeu. E os demais membros do grupo familiar o respeitavam como um ente sagrado e, assim, deveria ser observado; embora, nem sempre admirado.

Lembraram, também, que certo dia ele as levou a um parque de diversões que se instalara num terreno não muito longe de onde moravam. Para lá foram a pé, saindo de casa antes de escurecer. Lembraram que era final de outubro ou início de novembro, numa época em que as estações eram bem mais definidas e, a primavera já alcançava quase que a sua metade. O céu ainda estava claro, apesar de ser mais de seis horas da tarde, quando elas souberam que iriam ao parque de diversões. Foi um programa inesquecível; era a primeira vez que elas entravam num parque de diversões. Antes disso, teriam que se contentar em ver os brinquedos e as luzes multicoloridas, da parte de fora das grades afixadas rente às calçadas. Andaram na roda-gigante que, em mais de uma vez parou quando a cadeira delas estava na parte mais alta. De lá, viram a cidade totalmente iluminada. Maristela sentia medo quando a cadeira chegava na parte superior do brinquedo; então, gritava escandalosamente. Depois, brincaram na rumba - um aparelho que girava em torno de um eixo, com o piso com aclives e declives. Foi tudo muito divertido. Andaram nos carros-choque e noutros outros tantos brinquedos. Também recordaram quando foram pela primeira vez ao circo. Como o pai delas teria recebido uma gratificação, adquiriu ingressos para se sentarem num camarote rente ao picadeiro. Ali, bem de pertinho do picadeiro, participaram de algumas brincadeiras dos palhaços. Lembraram que no intervalo do espetáculo compraram pipocas e comentaram sobre o que até aquele momento tinham assistido.

Numa tarde domingueira em que o seu Sérgio estava bem-humorado, as levou ao Jockey Club para assistirem corridas de cavalos. Elas nunca tinham visto cavalos de perto, ainda mais, porque na zona em que moravam era proibido passar carroças. Assim que, os poucos que até então tinham visto, teriam passado quase sempre a trote rápido. No hipódromo, viram animais muito bonitos, para elas, verdadeiros atletas. Cavalos elegantes, robustos, bem cuidados, e montados por jóqueis vestidos com camisas coloridas em tecidos sedosos e, com bonés com abas curtas. Antes de uma das corridas, foram ao paddock ver bem de perto os cavalos antes de serem levados para a raia. Receberam algumas informações de um gentil moço que por ali estava.

Noutro domingo, foram a uma sorveteria e depois ao matiné com programação dupla de filmes. Foi uma tarde bem completa e, ao retornarem para casa, passaram o resto do dia comentando os filmes. Mas também lembraram da rigidez do pai. Que um dia as proibiu de ir na padaria, porque teimou que um rapaz que trabalhava no caixa estava de olho numa delas. Que era um moço atrevido e, ele não permitiria que elas se aproximassem dele. Recordaram, ainda, que o pai em dias de folga costumava brincar com elas, equilibrando uma vassoura pelo cabo, na testa ou na ponta do nariz. Ele tinha boa agilidade para essa travessura e, só raramente deixava a vassoura cair.

Marcela e Maristela se amavam muito. Cada qual demonstrava mais amor pela outra. Mas, como se poderá dizer, ser natural, vez que outra pintava um pedacinho de ciúme entre elas. Coisa de manas que viviam sobre o mesmo teto e educação dos pais, mas que as vezes disputavam iguais lugares, prazeres, diversões ou rapazes; esses, com todo o sigilo que a família exigia.

Quando crianças não tiveram muitos brinquedos. Não sabiam se, por se tratar da educação escolhida pelos pais; ou, se, pela escassez de dinheiro. Mas lembravam ter menos brinquedos do que as amigas e colegas de escola. Só mais tarde, quando adultas, se convenceram que o excesso de brinquedos nem sempre faz bem à formação do caráter, que se inicia na infância. Dentre os brinquedos que sempre lembravam, eram as bonecas russas, as *matrioskas*, presenteadas pelo pai, que as comprou de um ambulante que as ofereceu no trabalho. Uma era de cor rosa e, a outra, de cor pêssego. Mas as lindas bonequinhas que se encaixavam umas dentro das outras, eram de cores variadas. Maristela, já adulta, desconhecia o paradeiro da sua *matrioska*, enquanto Marcela sempre a mantinha no seu armário de roupas. Ela tinha para com a sua boneca, aquilo que se costumava dizer, um zelo religioso.

✳ ✳ ✳

O namoro entre Marcela e Ronaldo vingou e, a cada vez mais se amavam e se desejavam. Era o quadro de um amor perfeito que deveria ser contado em versos pelo poeta. Era a imagem para ser pintada na tela do artista. Passeavam muito e viajavam outro tanto, sempre abraçados e com singular cumplicidade. O convívio do casal não esmoreceu os atos de gentileza entre eles, que sempre sublinhavam gestos de carinho e de respeito entre si. A cada encontro a troca de carícias e afagos mais sedimentava a relação, confirmando o desejo de se manterem juntos sempre que fosse possível. Formavam um par que parecia ter sido criado pela ação da Natureza, tal a atração que um sentia pelo outro.

O amor que cada vez mais aflorava entre o casal, foi ocupando lugares na mente de cada um; foi apoderando-se de espaços que suavemente foram permutando entre eles; de modo a sentirem necessidade de dar-se mais e mais ao outro. Em tal estado, já tinham descoberto que, para glória de ambos, cada qual já teria dado boa parte de si para o outro. Percebiam que cada qual passara a pertencer um tanto no outro.

Ronaldo já tinha algo de si nas entranhas de Marcela e, esta, igualmente entregara parte sua para aquele. Assim, ambos caminhavam na busca e no encontro do amor perfeito, que acreditavam fosse capaz de existir entre eles. E quanto mais se amavam, sabiam que mais purificado ficava o amor. E o amor para existir como verdadeiro, não reclama a presença de provas, porém estas terão que existir espontaneamente. Sabiam que entre eles cada parte se unia a outra, sem perder o que havia de original. As suas maturais curvas, eram como na figura sinuosa representada entre peças côncavas e convexas que se encaixam. Quem ama nada exige da pessoa amada, pois contempla e se contenta com o que tem; e, o que tem lhe é suficiente para continuar amando a si e ao outro.

Com o passar do tempo e sabendo da dificuldade de viverem juntos, cada separação temporária era carregada de sofrimento. Tais momentos sempre guardavam dias de grande melancolia e, quase sempre, molhados com lágrimas. Cada qual abria o seu coração para o outro, logo que tinham oportunidade de voltar a estar juntos. E, mesmo morando em cidades distantes, diariamente trocavam juras de amor. Cada qual via no outro algo singular; que jamais pudesse ser imitado ou superado. Cada um jurava para si, que se necessário fosse, em caso de doença, trocaria a sua saúde pela do outro. Por certo que cada qual desejava mostrar e provar para o outro o que de bom lhe desejava que viesse acontecer. Cada qual desejava oferecer o melhor de felicidade que lhe fosse possível. Assim como explica Erich Fromm, em A Arte de Amar,[99] entre eles existia verdadeira necessidade de querer servir ao outro, sem nada querer em troca; apenas, pelo prazer de entregar-se tanto quanto mais lhes fosse possível. Isso tudo, em meio a demorados momentos de ternura e de demonstração de afeto. O amor é assim; amar é assim; isso é o amor, ambos sabiam.

As esboçadas tentativas de morar juntos nunca se consumaram, pelo fato de que mantinham escritórios de advocacia em lugares distintos e muito distantes, com clientela formada há bastante tempo. Além disso, apesar de não afetar nem reduzir o amor que um sentia pelo outro, ambos gostavam da profissão e não desejavam abandoná-la depois de tanto empenho e investimento financeiro e científico. Mas eles também sabiam que a dificuldade em terem uma convivência diária, crescia a percepção de que o amor traz consigo uma espécie de inquietação aos amantes. E essa *tortura*, por incrível que pareça, é responsável por parte da felicidade de quem ama. Kant, assim diz sobre a felicidade: *"Ser feliz é necessariamente anseio de cada ser racional, mas finito e, portanto, um fundamento de determinação inevitável de sua faculdade de desejar."* [100]

Num dos encontros ele voltou a perguntar-lhe se já aceitaria ir ao Rio de Janeiro, para passear e curtir os programas que a linda cidade oferece. Todavia, por mais essa vez ela recusou o convite, com o mesmo argumento de que o sentimento que tinha em relação ao Rio, se confundia com os momentos de tristeza que lá passara diante de fatos que envolveram a sua falecida irmã. Mas o amor entre eles e, as invejáveis cenas de romantismo, pareciam relembrar as encenadas por Susanne Pleschete e Troy Donahue, no inesquecível filme O Candelabro Italiano, para quem teve a sorte de assisti-lo mais de uma vez, como o fizeram vários apaixonados. Só lhes faltava a inesquecível Al di lá, cantada por Emilio Perícoli, para tornar as cenas mais reais.

Sabedora de que Ronaldo estaria para vir a Porto Alegre no final de semana vindouro, Rosinha propôs a Marcela que combinassem de sair juntos, pois ela também convidaria mais alguém para compor um agradável grupo regado com boa conversa. Com isso, ele teria chance de conhecer mais algumas pessoas do seu círculo de amizades. Marcela concordou com a ideia da amiga e, logo que Ronaldo chegou, o informou do convite de Rosinha.

Na mesma noite do dia de chegada de Ronaldo, as

amigas combinaram lugar e hora do encontro. Era um agradável restaurante que servia pratos de um seleto cardápio. Além disso, era bastante recomendado pelo chope e vinhos que servia aos habitués. O privilegiado lugar oferecia uma bela vista aos frequentadores, pois construído no alto de um morro, de cima era possível admirar boa parte do movimentado bairro, especialmente, durante à noite, quando a iluminação de ruas e de prédios era mais um atrativo.

Rosinha levou em sua companhia Pedro Jorge Costa Pereira Di Fontana; um jovem e experiente engenheiro da Petrobras, solteiro, sem filhos e, ainda não disposto a contrair qualquer tipo de união. Mas para os íntimos, em tom de alegria, confessava que, se um dia resolvesse se casar, primeiro pensaria se escolheria alguém de rosa ou de azul. Da mesma empresa – a Petrobras -, a maioria dos membros da sua família era acionista com a participação em ações de várias classes, embora já tivessem tido bem mais. Rico – o que por si só dispensava maiores comentários -, trabalhava mais por convicção do que por necessidade financeira. Dizia que o ócio fazia mal para o corpo e para a cabeça. Gostava muito de conversar e contar *causos* interessantes, que provocavam risadas a quem os ouvisse. Não dispensava cerca de 1 hora de exercícios físicos por dia e a ingestão de sucos naturais, como forma de manter-se disposto, sadio e vigoroso. Costumava atender também por Jorginho, entre os mais íntimos. Pedro Jorge era pós-graduado em curso frequentado na Inglaterra e, seguidamente participava de palestras e congressos para o seu aperfeiçoamento profissional.

Moço erudito, Jorginho apreciava as artes cênicas; do que se poderia dizer que colecionava ingressos das principais salas de espetáculos. Pontual e zeloso no trabalho; porém, terminado o expediente das sextas-feiras não ficava um só minuto a mais na empresa. Os fins de semana eram sagrados para ele, que os iniciava em meio a festas a partir da noite. Falava vários idiomas e já tinha viajado por grande parte dos continentes; o que iniciou fazer desde o tempo em que ainda vivia sob o custeio dos seus pais. Dizia que mais importante do que ser rico, é bem saber o que fazer com o dinheiro. A curiosidade por tudo que via, nele acendia a chama do conhecimento inovador. Seu gosto por automóveis esportivos e de luxo, se completava com a capacidade de conhecer o funcionamento dessas maravilhosas máquinas. Quando os levava para revisão, quase que trabalhava junto com os mecânicos. Embora pouco ainda usasse, mantinha numa ampla garagem da casa dos seus pais, duas MG Lafer – uma vermelha e outra amarela. Eram algumas das relíquias e paixões de que não desejaria desfazer-se, ainda que por excelente oferta.

Bom apreciador da moda, em casa tinha um closet com roupas de fazer inveja aos mais requintados costureiros. Pessoa de cabeça arejada, dificilmente se sentia contrariado com alguma coisa e, quando tal ocorria, afastava o mal com simplicidade e sem demora. Tinha o hábito de comer apenas o necessário e, isso, segundo ele se tornava fácil de ser fiscalizado, porque uma vez que tivesse consumido tudo o que havia servido no prato, nunca repetia. Dizia beber com moderação, mas nunca se sabia o que media esse voluntário comedimento. Não era preguiçoso, mas dizia não comungar com os excessos – fosse no trabalho, no estudo e até no lazer.

Apesar de ser um moço bonito e de agradável convivência, se dizia não estar disponível para ninguém; de qualquer sexo ou raça. O gosto pela política era meio rasante; isto é, sem comprometimento e sem influência. Extraído o que conhecia com a leitura de bons livros sobre o tema, de resto, o que o mantinha medianamente informado e atualizado era o noticiário, embora, sabia ele, nem sempre fiel à verdade. Dizia ser importante se saber escolher o que ler, e o que assistir na televisão. Em caso contrário, se corre o risco de jogar fora tudo de correto que se aprendeu. Dizia que a leitura pode exercer influência sobre a mente do leitor; motivo pelo qual frisava a necessidade de se saber escolher o que ler.

Apreciava música e, dela, vários dos gêneros. Já tivera uma boa discoteca e excelentes aparelhos de som, que deles se desfez não fazia muito tempo, pois chegara à conclusão que isso caíra em *desmoda*. Certamente já havia meios mais simples e mais diversificados de se escutar o que desejava, sem precisar fazer estoques para se atualizar, com a barriga encostada nos expositores das lojas do ramo. Dizia que uma boa música limpa a alma e oportuniza o apreciador a viajar sem sair de casa. Além do mais, é excelente meio de trazer à mente recordações; preferencialmente, as boas e, de pessoas admiráveis.

Certa vez o perguntaram se ele gostaria de percorrer os 800 quilômetros do caminho de Santiago de Compostela. Respondeu que iria se pudesse ser carregado numa liteira com ar-condicionado e bebendo champanhe em copos gelados. Mas sabia que Paulo Coelho adorara o passeio que, se não lhe falhava a memória, já o teria percorrido mais de uma vez. Dizia que opção sexual e cor de pele eram coisas abstratas que os olhos das pessoas educadas não deveriam enxergar. Reiteradamente, dizia não gostar de conversar sobre política, porque na maioria das vezes resultava em discussão acalorada e desentendimento entre amigos e conhecidos. Mas era bom ouvinte de quem abordava o tema; se, não por algum outro motivo, pelo menos por sublinhada educação. Sobre futebol gostava de conversar um pouco, mas não com pessoas fanáticas por algum time. Enfim, Pedro Jorge era uma boa opção para integrar um grupo de pessoas inteligentes, descontraídas e descomprometidas de princípios inflexíveis.

Apesar de ser descendente de família antes abastada, mas ainda com um bom patrimônio e bem relacionada nos altos círculos de Porto Alegre, já tinha os seus brasões um tanto desbotados e as espadas com gumes cegos. Os desfalques no antes valioso patrimônio, desde há muito já teria obrigado os sucessores a se envolverem com o trabalho – coisa que os patriarcas nunca fizeram nem admitiram fazer, porque delegavam tais atos aos seus comandados. De certo que todos sabiam que a família jamais teria condições de reerguer-se patrimonialmente, de modo a que fosse capaz de voltar a ter o brilho e os iluminados títulos de nobreza. Mas Pedro Jorge não dava importância a esse fato e, não perdera a fleugma que herdara ainda quando criança.

Logo que chegou ao restaurante, olhando para uma das mesas mais ao fundo, que estava ocupada por cerca de 3 ou 4 casais, ele comentou que ali estavam reunidas pessoas que disse ser de *qualidade*; isto é, que honravam os seus nomes e dos seus antepassados. Pessoas de boa formação intelectual e moral que, onde eram vistas chamavam atenção em razão desses predicativos hoje tão escassos. Que, ali, ele também seria bem recebido, porque gozava da simpatia e da agradável convivência que já tivera com elas noutra época e, que, não se tornou esquecida. Comentou ainda, que nem todos mantinham a fortuna da qual desfrutaram os seus antecessores; mas, mesmo assim ainda eram ricos – se se tem uma régua para medir essa escala. De toda sorte, importante era saber que todos ainda mantinham o caráter herdado dos antepassados, gozando de absoluto respeito e honra, tal como sempre usufruíram os seus familiares. Com toda elegância, se aproximou da mesa e cumprimentou a todos com um abano e a alegria de poder revê-los. Sem mais, com um novo sorriso, disse que estaria noutra mesa com pessoas que o teriam convidado para jantar, e despediu-se desejando um bom apetite e uma boa noite.

Pedro Jorge era bisneto do conde Maurício Di Fontana que, apesar de residir em Porto Alegre da segunda metade do Século XIX ao início do século XX, quando veio a falecer, fora proprietário de grandes áreas de campo destinadas à criação de animais para corte e leite. Dentre os seus prazeres, dava preferência a viagens à América do Norte e alguns países da Europa. Mas, apreciava curtir o inverno argentino, onde pela primeira vez viajou num dos antigos vagões do metrô, em Buenos Aires. Homem endinheirado, dizia saber aproveitar a sua fortuna em demoradas viagens por países desenvolvidos. Uma das suas preferências era a França e a Alemanha. Mas, não só esses países, pois até na Itália e na Rússia esteve algumas vezes. Na França costumava hospedar-se em Marselha, Cannes e Nice. Porém, Paris nunca ficava fora da sua agenda, sendo o lugar em que maior tempo permanecia.

O título nobiliárquico do bisavô, nunca se soube se o recebeu por atenções dispensadas à imigrantes italianos que vieram para o Rio Grande do Sul, ou, se o comprou – o que já era bastante comum naquela época. Há quem diga que o conde e sua digníssima esposa, Senhora Francesca Di Fontana, estavam em Paris na noite de 29 maio de 1913, no Théâtre des Champs-Elysés - lugar de estreia do musical coreografado, A Sagração da Primavera -, levado a efeito no Théâtre des Champs-Elysiés; exibição artística que representava a Rússia profana. O casal de brasileiros ocupava um dos camarotes laterais na companhia de um casal de amigos franceses, que os teria convidado para assistir ao espetáculo daquela noite que parecia ter tudo para brilhar.

Fora uma noite de alta gala, na qual a distinguida sociedade parisiense preparou-se para exibir o que tinha de melhor. Vestidos luxuosos e joias raras eram exibidos pela maioria dos presentes. Os fuxicos entre os presentes, muitos deles apontando para algumas das celebridades que ocupavam os lugares de maior destaque do teatro, não constrangia a ninguém, pois os corredores de acesso aos lugares da plateia baixa, mais se pareciam com passarelas da moda. No entanto, lamentavelmente, a festa não terminou como desejado. Segundo o noticiário local e, depois, outros diários, inclusive estrangeiros, logo no início da apresentação, aos primeiros acordes da orquestra e os primeiros passos das bailarinas, o lugar transformou-se em verdadeira anarquia patrocinada pela plateia, de todos os setores, que se manifestava através de vaias, gritarias e assobios.

De outro lado, defensores dos artistas, em sua defesa os aplaudiam fortemente, levando tudo a insultos de parte a parte. Pelo sim e pelo não, a verdade maior é que, como acima foi dito, a desordem naquela antes engalanada festa, ganhou maior repercussão jornalística do que a peça que, a despeito de tudo isso, parece que consegui concluir a sua apresentação. Pelo que sempre afirmaram os pais e avós de Pedro Jorge, o conde e a esposa, apesar da decepção, nada sofreram, podendo ter assistido tudo do camarote que os guarnecia. Anotações feitas por Maurício Di Fontana – seu hábito quase que diário -, registravam que o sucesso artístico francês daquela época, muito se devia a artistas estrangeiros, especialmente, russos. Mesmo assim, a França logo reagiu e, mostra disso ficou estampada na *famosa belle époque*, que bastante pavimentou a teatralidade – um dos símbolos da cultura universal. No final do século XIX Paris ganhou nova vida, e os ricos então habitavam as áreas nobres da cidade, como a avenida Montaigne e outros logradouros renomados, como Parc Manceau e Passy. A partir do início da Primeira Grande Guerra, em agosto de 1914, o casal Di Fontana não mais viajou para a Europa.

Rosinha, sempre vestida de acordo com a ocasião, apesar de não fazer muito frio naquela noite, se preveniu com alguma roupa que a agasalhasse. Como sempre, preferia bijuterias a joias. Mas tinha bom gosto para escolher os seus acessórios. Num dos dedos da mão esquerda, tinha um anel com pedra que parecia ser ametista, mas não era. Porém, apesar de não ser algo que brilhasse de qualidade, era bem bonito e combinava com a gargantilha que circundava o pescoço.

Depois de apresentados e sentados à mesa, para surpresa de todos chegaram outros dois casais de amigos de Rosinha e de Pedro Jorge, que, alguém os já teria apresentado à Marcela. Em meio a abraços e apertos de mãos, foram convidados a integrar o grupo, sentando-se na mesma mesa que logo foi ampliada pelos garçons. Tratava-se de Modesto e Norma; ele cardiologista e, ela psicóloga. Do outro casal, o marido era Agenor, engenheiro civil e a esposa Lívia, bióloga e professora universitária.

Modesto era um homem gentil, mas parecia ser um tanto contido no relacionamento com pessoas estranhas; no caso, Ronaldo, que ainda não conhecia e, sobre o qual nada sabia, além de que iniciara namoro com Marcela. Apesar disso, gostava de conversar e discutir pontos de vista sobre assuntos que acreditava medianamente conhecer. Quando falava, costumava franzir o cenho, mas de resto, tinha um rosto fresco, com expressões leves. Era um contumaz estudioso, além de curioso a respeito de tudo o que de novo ouvia falar. Interessado pelos avanços da medicina, especialmente na sua área de atuação, se mantinha atualizado, participando de cursos, seminários e congressos, aqui e no exterior. Tinha um jeito americano de pensar e de agir; do tipo: *isso passará...*; ao estilo Elas por Elas, da banda The Fevers: *'Tudo na vida passa...'*. Aliás, dizem que Chico Xavier tinha uma placa na cabeceira da cama dizendo *"Isso também passará."* Era pessoa de pensamento constante e reto, além de obstinado pelas coisas que gostava de fazer e de ter. Além disso, era dono de um senso de justiça capaz de a todos render.

Sempre bem-vestido e, com discreta elegância; no consultório e no hospital não dispensava o uso de avental ou de jaleco; desabotoados na casa superior, dando para ser observada a sempre alva camisa social com o colarinho engomado e, uma bonita gravata de seda, ou de outro tecido nobre. No esporte, tanto ele quanto Norma jogavam tênis aos finais de semana, formando uma dupla bem respeitada entre os tenistas do clube que frequentavam. Também quem o conhecia, sabia que era um bom enxadrista, embora a sua modéstia não o permitisse concordar com isso. Mas sempre que lhe sobrava tempo – o que era raro - gostava de estudar algumas estratégias e lances desafiadores. Apreciava um bom vinho tinto nas refeições da noite; possivelmente para dar maior fluidez aos vasos sanguíneos. Ninguém mais do que um cardiologista para assim entender.

Apreciador das belas telas, no entanto só tinha muito poucas porque as achava muito caras. Preferia gastar o que ganhava com outros prazeres. Costumava justificar-se com a seguinte afirmação: para que gastar tanto com a aquisição de uma cara tela que, depois de exposta na minha casa, quase que não mais me deterei a observá-la! Acho isso mais uma vaidade dos ricos que as adquirem por enormes fortunas, mais do que por prazer. Demais disso, se se tratar de investimento, é um patrimônio de não fácil liquidez. Além do mais, até mesmo o que é belo, depois de tanto visto, para quem o admira parece perder um pouco da sua beleza. E, emendava: isso acontece inclusive com a beleza das mulheres. Alguém tem dúvida? Provocou ele. Mesmo assim, apesar do seu nome – Modesto -, não lhe convinha dispensar-se do desejo de ter bens materiais; de modo a não poder ser comparado com Platão que, sendo filho de rei, não se interessava por coisas da coroa.

Norma, contrariamente ao que alguns leigos

pensam, não costumava fazer juízo de valor em relação às pessoas com quem conversava. Não se sabe por qual motivo, ainda há quem sustente que os psicólogos estão sempre a analisar e, pior, a criticar os seus interlocutores. Se assim fosse, ninguém gostaria de ter conversa demorada com psicólogos. Ela sabia que a maioria das pessoas dispensa pouco do seu tempo para pensar em si próprias. Essas pessoas têm tempo para se comunicar com outras pessoas; mas separam pouco tempo para se comunicar consigo mesmas. São impulsionadas pelos mais diferentes interesses ou necessidades, a pensar no que acontece num mundo externo a si; fora do seu *eu*. São levadas a se *distrair* com o que há fora de si; com o seu trabalho; com o cuidado com a família; com o estudo; e, às vezes, até no lazer são passivas de que o que fazem, não o é com interesse de agradar-se, mas por impulsos, hábitos, ou mesmo por interferência de terceiros.

E, dizia ela:

Isso não é bom, porque é importante separar algum tempo do dia, ou mesmo da semana, para relacionar-se com o seu interior. Passar a limpo a sua parte interior, esquecendo-se por algum pequeno tempo; por alguns minutos o que acontece lá fora; no *mundo* exterior. Isso é de grande importância, segundo ela, para que se possa exercer um saudável controle sobre si e, consequentemente, sobre os seus atos. De nada adiantará eu ser um excelente profissional; um dedicado estudante; um exemplar chefe da família; uma honrada pessoa se, o que faço está em desacordo com a minha vontade; não me dá satisfação e não me complementa. Quanto piadista; quanto palhaço faz outros rirem, dando a parecer que é uma pessoa feliz. No entanto, nem sempre isso representa o seu lado interior, que muitas vezes está machucado, inclusive em razão do que vem fazendo com a sua arte ou profissão.

Norma era uma mulher bonita, mas se poderia dizer sem demérito, que era mais elegante do que bela ou, que, a sua elegância destacava a sua beleza física. Era uma pessoa agradável, simpática; porém, pouco participativa quando reunida com amigos. De todo modo, o seu comedimento não a permitia mais do que um sorriso que não ia além do canto da boca. Tipo de pessoa capaz de se destacar por se tornar invisível diante de um grupo. Era tal, como algumas outras que se conhece, que, em meio a um numeroso grupo mais se destacam pelo seu comedimento; são mais notadas pelo seu silêncio, do que os mais falantes e inquietos. Também não conhecia Ronaldo e, nada dele sabia, além de que iniciara namoro com Marcela e, que, como ela, era advogado. Isso ela soube logo que foram apresentados por Rosinha.

Além do tênis, que praticava com o marido nos finais de semana, frequentava com boa regularidade academias de ginástica, como condição para manter em dia a forma física. Com um grupo de amigas e colegas de profissão, uma vez por semana jogava cartas, com apostas em valores irrisórios, simbólicos. Mais como um atrativo em busca da vitória. Esses encontros eram nas casas das integrantes do grupo, em rodízio entre elas; e, sempre abastecidos com um bom chá, tortas ou bolos. Uma verdadeira confraria, exclusivamente feminina. Mulher de voz macia e calma que, em razão da profissão, se acostumara mais a ouvir do que a falar. Mas, fora do consultório, não se sentia tão controlada quando desejava falar sobre algo que a atraísse. Apesar da marcada elegância, gozava de natural simplicidade – o que pessoas exibidas costumam chamar de *bonomia*.

O casal morava numa bela casa com dois pisos, no estilo bangalô, em zona seleta e privilegiada de Porto Alegre. O prédio, que não fora mandado construir por eles, todavia, foi reformado e adaptado ao gosto e à praticidade dos moradores.

Com um pequeno, mas bonito e bem cuidado jardim na frente e numa das laterais, o prédio ainda oferecia boa, mas sempre relativa segurança contra a cada vez mais sofisticada e astuta bandidagem.

Agenor, era um homem simples, como parecem ser os engenheiros; principalmente os da área da engenharia civil. Acredita-se que esse desapego às coisas mais *frescas*, resulta do seu contato com pessoas oriundas de diversas classes sociais, que com ele trabalham nas obras. Essa salutar convivência, os tornam mais abertos; mais cuidadosos no trato e no contato com pessoas que, tanto quanto eles, participam do trabalho conjunto da construção civil. Cada um tem igual cota de participação no gigantesco quebra-cabeça, do qual resulta a edificação de um prédio. Todos têm igual responsabilidade e contribuem com igual importância para o resultado. Numa obra, a hierarquia administrativa ou funcional não vingará, se não houver comprometimento de todos e de cada um.

Era um homem marcado por traços de amabilidade, que expressava simpatia e, de aparente agradável contato; que misturava às palavras o espontâneo sorriso. Pessoa fácil de se chegar, como costumavam dizer. Além disso, ainda era homem de finos gestos, que o trabalho pesado na obra e o contato com pessoas boas, mas rudes, não esmoreceu. Um cavalheiro sempre pronto a prestigiar uma dama. Ademais, era considerado um *piadista*, com fisionomia que, no geral, se mantinha aberta. Mas, diante de algum dissabor se mantinha fechado, grave, só esboçando a natural e espontânea alegria, quando passado o fato que o desagradava.

Agenor era um excelente pianista, embora dissesse que apenas executava algumas músicas para o *gasto*. Mas quando moço, teve formação regular no conservatório de música durante todo o demorado tempo de duração do curso. Todavia, só tocava em casa, ou em algum lugar reservado e entre amigos. O grande e diversificado repertório seria capaz de ser executado por algumas horas, sem repetir qualquer música. Quando jovem jogou basquete, sem qualquer destaque. Apenas na companhia de amigos e colegas; por mera diversão e exercício físico. A sua excelente forma física o permitia durante a execução de algumas obras, subir mais de 15 andares de escada, sem intervalo e com rapidez. Apesar de gostar de viajar, pouco viajava em razão de que a atividade profissional, na mais das vezes exigia a sua constante presença nos diversos lugares em que eram realizadas obras de construção ou de reforma.

Costumava dizer, *sem qualquer cerimônia*, que no Brasil vivemos em uma época de tamanha fantasia. Que por incrível que pareça, o brasileiro confia mais no *bicheiro*, do que no político. O papelzinho com a centena ou o milhar, para muitos é mais confiável do que o voto que ele registra na urna. A confiança que o apostador tem no banqueiro do jogo de bicho é de tal estatura, que se poderia considerá-lo como o contraventor *mais sério* do país. Que as maracutaias que vêm sendo reclamadas por parte do eleitorado, são de tal modo apontadas, que se aconselharia ao pessoal que organiza as eleições tomar algumas aulas com os bicheiros. Que, é de se ficar a interrogar o porquê de não legalizar o jogo, já legalizado para algumas instituições tão especiais. Do pequeno Uruguai ao grandioso EUA, passando pelos charmosos sítios de jogos, como o principado de Mônaco, Aruba e Curaçao, o jogo está liberado, pois dele se aproveitam para estimular o turismo.

Sobre política, dizia que nunca se deva esquecer que as inverdades e as mentiras costumam ter lugar reservado no mundo do coletivo. Além do mais, o mundo não se desenvolveu apenas em meio a verdades. Muito do que foi conquistado teve origem em algumas mentiras que se transformaram em verdades depois de muito repetidas, propagadas e assimiladas. Afirmava, ainda, que muito do que acontece de verdade é escondido e, muito do que não é verdadeiro explode como se verdadeiro seja. Essa *magia* que alguns chamam de *malandragem*, certos políticos sabem praticar com maestria.

A sociedade, para essas pessoas funciona como um laboratório, como centro de experiências: quando acertam, alcançam a glória; quando erram, uma grande explosão se transforma em fumaça que deixa alguma fuligem – nada mais do que isso. Além do mais, para ele, um *fator* preponderante, que dificulta o desenvolvimento e a segurança no país, contrariamente ao que alguns pensam, não se restringe ao excesso de leis – o que por si só já é um ponto negativo, porque quanto mais minudente for o diploma e a sua diversidade, mais controvérsia ele suscita. Todavia, o que também obstrui a natural garantia do respeito ao que está escrito na *legis*, é o seu impune descumprimento e a diversificada interpretação, na mais das vezes, descaradamente ditada por interesses pessoais de grupos, de partidos e de ideologias. E isso, *de cara limpa*, sem máscara, abertamente e aos olhos de todos e, presente nos três Poderes da República. Isso, se poderá dizer que é uma forma de *descarnar* a lei, dela nada mais sobrando que o esqueleto e o nome na laje. Assim sendo, de nada adiantará pavimentar o caminho de acesso à vitória, porque sempre haverá uma baliza ou uma bifurcação de última hora, para impedir o curso normal da caravana mais bem intencionada. Essa imperfeição no sistema público, de tanto repetida, parece ter acostumado o povo a não mais se sensibilizar e se horrorizar com o que diariamente chega ao seu saber. Pior, ainda, quando convence à maioria que, afinal, admite que isso é assim mesmo e, que, nada poderá ser feito para mudar.

Lívia, talvez por ser bióloga, *parecia* ser mais acanhada. O seu relativo afastamento com o mundo dos humanos, para poder ter espaço para pesquisar e cuidar de outros seres vivos, possivelmente a teriam deixado tímida. Mesmo assim, quando abria a boca em defesa do que pensava, tinha conversa para bastante tempo. Gostava de ler sobre política e filosofia, mas não se descuidava das pesquisas científicas. Era uma mulher tão elegante quanto as demais que compunham a mesa; aliás, como se via nas mulheres que lotavam o agradável lugar. Não costumava *abrir os trabalhos*, como se habituava dizer, mas depois que tomava a palavra, era difícil de roubá-la antes que ela concluísse o seu pensamento. O seu hobby principal era desenhar e pintar alguns quadros, que depois os aproveitava na decoração da casa, ou os doava a amigas e colegas. Como exercício físico, apenas fazia caminhadas matinais por cerca de 1 hora, aproximadamente. Ao levantar-se e, logo depois do desjejum, de abrigo e tênis tomava rumo por diversas ruas da zona em que morava. Nessas caminhadas, sempre encontrava outras *atletas* da vizinhança; o que fazia o percurso parecer ser menor, enquanto conversavam. Só depois, se preparava o trabalho diário.

Era uma mulher que não apenas dizia, como também demostrava ser bastante feliz com o modo de vida que escolhera e que dividia com o marido. À noite, como não gostava de assistir novelas ou outros programas na televisão, dava asas à sua compulsão por leitura. Lia de tudo, levando as amigas dela debocharem, dizendo que seria capaz de ler até almanaques e folders publicitários. Mas de certa forma era elogiável a biblioteca do casal, sempre organizada, com as obras etiquetadas e catalogas em fichários preenchidos por ela ou por ele. O desejo ou a necessidade de rever determinado livro em meio àquela quantidade e diversidade de obras dos mais variados assuntos, era fácil, porque bastaria buscar o volume no fichário, tanto pelo título quanto pelo nome do autor.

Certa vez tentaram transferir o fichário de

pequenos cartões para o computador; mas não deu certo, pelo medo de que o que se registra num aparelho sofisticado como esse, para os leigos não bem adestrados, nem sempre há garantia de segurança. Vá lá que num certo dia, um afoito aciona uma tecla incorreta e tudo se apaga, como num verdadeiro blackout.

Quando menina aprendeu balé, por devoção dos seus pais e, também, por sua vontade de um dia tornar-se bailarina. Isso a tornou mais delicada nos gestos e no andar, bem além do que dizia já lhe ser natural. Mas, outras alternativas a levaram para caminhos diversos, embora só para os mais íntimos, dizia quais eram esses caminhos.

* * *

Sempre bastante alegre, gesticulando muito, Pedro Jorge fez um descontraído comentário:

- Alguém na mesa está usando Chanel Nº 5? Tenho absoluta certeza e, o meu *faro* é bem aguçado. As minhas aletas estão sempre abertas para esse tipo de olor. Dentre mulheres de bom gosto, pergunto qual está me dando a chance de *aspirar* esse perfume que conheço desde a minha adolescência. Faço ainda uma ressalva: não precisará necessariamente ser alguma mulher, poque embora o Chanel Nº 5 seja preferido por elas, tenho alguns parceiros que o usam. E já me demonstraram ser bem viris. Alguém se apresenta?

Prontamente Lívia levantou o indicador e disse que estava usando o Chanel que lhe teria presenteado Agenor, no dia do seu aniversário.

Pedro Jorge, sempre brincalhão, disse que o presente que seria algo pessoal e bastante romântico, então se tornou público, por culpa dele. E, em tom de brincadeira disse:

- Que horror! Quem mandou eu perguntar quem estava usando Chanel? Mas, como introdução, quero dizer que admiro mulheres lindas, todavia, com a advertência de que a beleza física não é atributo exclusivo das mulheres. Segundo Johan Huízniga: *"Os concursos de beleza masculina faziam parte das Panateneias e das festas de Teseu."*[101] Ainda que essa beleza não fosse exclusivamente física, porque outras qualidades eram exigidas pelos organizadores dos simpósios.

Em seguimento, continuou puxando a atenção para si:

- Gente, o que está havendo que todo mundo reclama; reclama de tudo. Reclama da reclamação e reclama de quem reclama! Que horror! Semana passada escutei algo que ainda estou por decifrar, mas achei muito gozado. Um colega me disse que estamos vivendo num abismo horizontal, ou será num penhasco? Disse ainda que esse abismo é do tamanho de um deserto de areias; da infinitude do céu; maior que os 3/4 de água que cobrem o planeta; e, mais frio que as geleiras polares. Quer dizer, o cara estava pra lá de doido, por ver tanta gente reclamando. Pensei em recomendá-lo tomar um Lexotan® ou um Rivotril®, de preferência em dose dupla.

Mas Pedro Jorge estava com a corda esticada, e não deu trégua para a assistência:

- Por falar no perfume que Lívia confessou ter sido presente do marido, mas que a fiz tornar público, lembrei-me de outra coisa interessante: os mais próximos sabem o valor que dou à imprensa. Sou assíduo leitor de jornais, revistas e assisto aos noticiários da televisão. Mas a partir da grande expansão dos meios de comunicação (sentido lato), alguns *fatos* têm perdido a membrana que os reveste e os preserva contra a curiosidade e a maldade públicas. Eles têm perdido o seu caráter de pessoalidade; de exclusividade - se este é o termo correto -, para se tornar público; de domínio comum; do conhecimento de todos. De outro lado, alguns *fatos* têm deixado de chegar ao jornal através de natural repercussão, para então serem perscrutados, investigados pelo repórter, que tem por atribuição sair à caça de *fatos* que possam ou devam gerar notícia. Mas o que vem acontecendo e, cada vez mais, é que o espaço reservado para respeitosa privacidade, por conta de noticiários da imprensa escandalosa, vem se expandindo, se tornando público, quando ainda deveria ser preservado o seu natural e especial sigilo.

Me chama atenção, que não são apenas os fatos que naturalmente ensejam notícia; aqueles que, em razão do seu mister a imprensa deva tornar público, independentemente de que possam ou não atrair leitores e gerar audiência. Pois tenho observado que alguns fuxicos, principalmente com pessoas com notoriedade, têm servido para ocupar páginas e outros espaços dos meios de comunicação. A isso, que acho muito feito, também atribuo falta de profissionalismo que, em algumas vezes chega às barras da criminalidade. Não é possível que a vida privada, o espaço íntimo de qualquer cidadão passe a ser objeto de domínio público, em razão de ser divulgado por algum órgão de imprensa que entendo como desqualificado.

Pedro Jorge era uma agradável companhia para pessoas descontraídas e inteligentes. Pessoa simpática e de conversa atraente. Do tipo que deixa dúvidas quanto à sua opção sexual, quando a quer esconder. Na verdade, só se permite alguma expansão sobre esse tema, entre amigos, pois é do tipo que jamais sairia do armário. Os que melhor o conhecem, dizem que ele entrou no armário ainda na oficina do marceneiro e, de lá não sairia, nem quando fosse vendido em algum antiquário. Dizem também que essa restrição se dá em razão do respeito que tem pelos pais, que não gostariam de saber que o filho é homossexual. Ainda que isso possa ser um preconceito para muitos, não se pode negar que seja um antigo tabu e, que, no caso, envolve a relação familiar que ele quer preservar e respeitar o que pensa. Ele costumava dizer em roda de amigos, que durante a semana perdia o *glamour*. Que, os finais de semana o despertavam para pessoas e programas muito especiais.

Jorginho quando saia para encontros sociais, parecia que antes passava em alguma botica e adquiria doses de *hormônios da felicidade*, pois ao se enturmar, distribuía alegria e alto-astral. Diziam os mais próximos, que todas as manhãs ele convidava para acompanhá-lo no desjejum a tia *dopamina* e o tio *ocitocina*, com quem buscava mais um dia cheio de vida, de amor e de entusiasmo.

Rosinha, que lá chegara com um denso volume de boa leitura, dirigindo-se à Marcela disse:

- Tenho aqui comigo este livro que me foi por ti emprestado e o trouxe para devolver-te. Mas gostaria de ler um trecho que bastante me interessou. É um romance, para os que não o conhecem, do qual assinalei uma passagem que diz assim: "*Todo homem rico considera a riqueza uma qualidade de caráter. Todo homem pobre também. Todo mundo está silenciosamente convicto disso. Só a lógica cria aqui algumas dificuldades, afirmando que a posse do dinheiro talvez conduza a certas qualidades, mas jamais pode ser, ela mesma, uma qualidade humana."* [102]

❋ ❋ ❋

Modesto, a certa altura do agradável bate-papo, fez uma explicativa interferência, baseada em parte na sua experiência profissional. Como era do seu feitio, costumava estabelecer verdadeira propedêutica antes de ingressar em tema de seu domínio. Coisa de gente que tem por hábito organizar o pensamento antes de falar.

Então, disse:

- Tem cliente meu que toma uma ou duas gotinhas de remédio ou um diminuto comprimido – tão pequeno que, se não tiver atenção o perderá e terá dificuldade de encontrá-lo - e, assim, passa grande parte da sua vida sem nada reclamar do seu coração ou da pressão alta. É a ciência oportunizando melhores condições e prolongamento da vida.

Enquanto em tom suave era possível ouvir Odeon, de Ernesto Nazareth, executado ao violão, ele fez uma pequena pausa e provocou a todos, perguntando:

- A propósito: o que é a vida? Quem saberá dizer o que é a vida? Será esse um elemento poético, científico, religioso ou intelectual? A vida será um sopro do Divino? Só sei que ela é desigual, sob o aspecto sociológico, conforme o naipe social. Algum dia conseguiremos comprovadamente conhecê-la? Penso que não, não, não, e, certamente, não! Não a conhecemos, porque, Aquele que nos fez, nos deu quase tudo, mas isso jamais nos dirá. E não tenho dúvida de que Ele tem as suas razões para nunca nos dizer. Que, certamente não nos dirá, para o nosso bem, porque O tenho como o infinito bem! Mas a vida ainda poderá ser explicada como o fez Virginia Woolf: *"A vida não é uma série de lanternas dispostas simetricamente, a vida é um halo luminoso, um invólucro meio transparente onde somos encerrados desde o nascimento de nossa consciência até a morte"*.[103] Logo ela que teve forte inclinação maníaco-depressiva (bipolar) que, em razão da demência, por mais de uma vez tentou o suicídio e, na última dessas, levou a morte a efeito, ainda que o seu marido, Leonardo Woolf, tivesse bastante lutado para que tal não acontecesse.

- Por que para alguns, sequer é- lhes dado o direito de nascer e, a outros, o fardo de ter que continuar vivendo, mesmo que não tendo forças para cumprir com essa pesada missão? Láquesis, filha da virgem da Necessidade, dizia que o nascimento é o portador da morte. Quem sabe ela já não estaria bastante acertada? Jean-Paul Sartre – que se reconhecia como o Don Juan Literário, pois apesar da sua fraca estatura física, confessou que chegou a ter nove mulheres simultaneamente -, com outras linhas e com outro colorido, dizia o que para ele era a vida: *"Eu sou o meu passado, e, no momento da minha morte, não serei mais do que esse passado, que agora é o presente."* [104] Será isso um fragmento da vida ou a totalidade dela? Já ouvi de alguém que a morte é cláusula pétrea aplicada a quem nasce. Pois quem nasce, invariavelmente morrerá.

E, Modesto continuou:

- Enfim, isso tornou-se tão difícil quanto querer definir se a matemática é uma ciência intuitiva ou lógica. Vejam só: Mario Livio, traçando parâmetros e abrindo discussão sobre a Matemática, provoca pensar se tal ciência foi *inventada* ou foi *descoberta*. Em seu livro, abre discussão sobre as hipóteses de que a matemática tenha sido *inventada* pelo homem, ou, tenha sido *criação* de Deus. Aproveito um gancho de Paul Valéry para expor o que de interessante ele disse sobre os matemáticos: *"Eles costumam considerar as suas descobertas não como 'criações' de suas faculdades combinatórias, mas, sobretudo, como capturas feitas pela sua atenção dentro de uma riqueza de formas preexistentes e naturais, apenas acessível pela rara conjugação de rigor, sensibilidade e desejo."*[105]

- Por seu turno, Pitágoras emoldurava dizendo que a matemática é o alfabeto com o qual Deus escreveu o Universo. Todavia, Steven Strogatz, sobre o tema assim se refere, após uma boa divagação: *"O primeiro exemplo nos leva de volta ao ponto em que começamos, com o gracejo de que o cálculo é a linguagem falada por Deus, feito por Richard Feynman."* [106] Quer dizer que, para Strogatz, a possibilidade de que o cálculo não passe de uma brincadeira, se torna coisa séria e definitiva. Alinhava, dizendo que isso não é uma realidade e, muito menos científica.

- Na beleza de sua explanação, Mario Lívio seguindo por outro flanco, *atormenta* o leitor com as interrogações: *"... foi Deus inventado ou descoberto?"* Ou, ainda mais incisivamente: *"...teria Deus criado os seres humanos...ou teriam os seres humanos inventado Deus...?* [107] Catão aconselhou: *"Não indagues os mistérios de Deus e a Natureza do céu; porque és mortal, cuida do que é mortal."* [108] Pois eu acredito que só partir do conhecimento do início do Universo - tema até agora restrito a teses que se debatem entre certezas de que ele teve um começo, ou, se existe desde a eternidade –, coisa não resolvida sequer por Kant, possivelmente se chegará a conhecer quando teve início a vida na Terra.

- Para embaralhar ainda mais essa complicada equação, o cientista americano Craig Venter, um dos responsáveis pelo mapeamento do genoma humano, em entrevista publicada nas páginas amarelas da revista Veja, assim se expressou: *"É muito difícil ser um cientista de verdade e acreditar em Deus. Se um pesquisador supõe que algo ocorreu por intervenção divina, ele deixa de fazer a sua pergunta certa. Sem perguntas certas, sem questionamento, não há ciência."* [109]Ora, nem quero comentar tamanha barbaridade. Como se a pesquisa científica só fosse possível, se afastada a existência das coisas divinas. Pretensão tem seus limites! Em todo caso, embora que contrariando o que li, respeito quem a defende.

- De todo modo, se a morte é coisa certa, eu digo que não costumo me perguntar como é que vou sair daqui, mas, como é que eu vou chegar lá e, como lá serei recebido. Para não dizer que nada mais tenho a comentar sobre a vida e a morte, lá vai mais uma para que possam continuar pensando: *"post mortem nihil psaque mors nihil."*[110] Em Roma já se cantava isso em coro. Mas vou adiante no que tenho dito até aqui. Cito então o que disse Bossuet, dentro de outro contexto, mas que ora aproveito: *"A morte...não tem um ser distinto que se separa da vida; porém, nada mais é senão uma vida que se acaba."*[111]Vejam também o que mais aprendi sobre a morte, lendo Deepak Chopra, que bastante se aprofunda sobre o tema no livro Vida Após a Morte: *"Na verdade a morte é um acontecimento tão obscuro que as pálpebras continuam a piscar 10 ou 12 vezes depois que a cabeça é decapitada de um corpo (um fato terrível descoberto pela guilhotina na Revolução Francesa")*.[112] E, pouco adiante: *"...nada é mais pessoal do que a morte."*[113]

- O homem é composto de corpo e alma (espírito); sobre isso não há mais dúvida nem contradição. O corpo é um mecanismo que, além de se automover, também bastante se move pelo comando da alma. A alma, ao emitir determinados comandos, o corpo a obedece *instantaneamente*. O corpo não contesta, nem descumpre ao que a alma a ele determina; exceto o caso de alguma patologia. Entre o comando da alma e o cumprimento pelo corpo, penso que não existe tempo a ser medido – é *instantâneo*, como disse acima. Todavia, apesar do corpo ser uno, a alma se divide em duas partes: a que deseja algo e a que não deseja aquele algo. Uma das partes quer fazer ou não fazer algo e, a outra parte a contesta ou a confunde, querendo fazer ou não fazer aquele algo. Em meio a essa dúvida (insegurança ou indefinição), alguma coisa terá que resultar – uma das partes terá que vencer e comandar. Santo Agostinho nos deu uma amostra: *"A alma dá ordens ao corpo e este obedece imediatamente; a alma dá ordens a si mesma, e resiste. Manda a alma à mão que se mova, e é tal a sua presteza, que apenas se pode distinguir a ordem da execução; não obstante, a alma é a alma e mão do corpo." "A alma dá à alma a ordem de querer; uma não se distingue da outra, e, contudo, ela não obedece..." "Logo, não quer de modo total, e por isso não manda de modo total. A alma manda na proporção do querer, e enquanto não quiser suas ordens não são executadas, porque é a vontade quem dá a ordem de ser uma vontade que nada mais é que ela própria. Logo não manda plenamente, e esta é a razão por que não faz o que manda."* [114]

- Mr. Schiflet disse à Lucynell, um tanto indignado com o que resmungava a velha que a ele oferecia a filha em casamento: *"Minha senhora, o homem se divide em duas partes, corpo e espírito." "Um corpo e um espírito." "O corpo, sabe, é como uma casa: não vai a lugar nenhum; mas o espírito é como um automóvel, está sempre em movimento, sempre..."*[115] De Epicaro (341-270 a.C.) pesquei a seguinte interpretação sobre a morte: *"'A morte não é nada para nós, já que, quando somos, ela não chegou, e quando chegou, não somos.'"* [116]

- Dias atrás, lendo o livro *"Sobre a Brevidade da Vida"*, de Sêneca, colhi o seguinte e oportuno pensamento: *"'É diminuta a parte da vida que vivemos'. Realmente, todo o período restante não é vida, e sim tempo.'"* E, mais adiante, do mesmo filósofo: *"...somos gerados para uma curta existência, porque esse espaço de tempo que nos é dado transcorre tão veloz, tão rápido, que, exceção de bem poucos, os demais a vida os deixa exatamente nos preparativos para a vida."* E, mais ainda: *"O maior obstáculo da vida é a expectativa, que fica na dependência do amanhã e perde o momento presente."* Além do mais, *"Tudo o que há de vir repousa na incerteza."* [117]

Mas Modesto estava com a corda esticada e não dava trégua:

- Diz David Hume: *"Mas é um milagre que um homem morto retorne à vida, porque isso nunca foi observado em nenhuma época ou lugar."*[118] E, a despeito do minudente trabalho do filósofo acerca dos milagres; das suas inverdades e dos seus sofismas; das crenças religiosas (de todos elas e de várias deles), dos homens comuns e dos poderosos homens acreditados em todas as épocas e lugares; em nenhum momento trouxe ânimo ao descrédito à ressurreição de Jesus Cristo; o que, por certo, acreditou o autor, se tratar de um milagre; tanto quanto os milagres atribuídos ao Salvador. Lembrou que o filósofo franco-argelino, Albert Camus, dizia que, como a morte é inevitável, por certo que a vida deixa de ter sentido.

- Por sua vez e a seu tempo, os egípcios reconheciam a existência de duas almas para cada ser humano. Uma se chamava Ká, que seguia o corpo do morto e com ele se mantinha na tumba. A outra alma chamavam de Bá que, após a morte se desligava da múmia e subia para o infinito mundo dos espíritos, cuja *viagem* era feita na barca do Sol – embarcação na qual também viajavam os deuses.

Após pequena pausa em que olhou para todos aguardando alguma resposta para as suas indagações, ele retomou o discurso, não sem antes sorver um pouco mais do que continha o seu copo. Cauteloso, apesar de recear cansar os parceiros da noite, todavia, ainda não tinha esgotado o assunto que lhe parecia importante e oportuno. Continuando sentado, sem maiores gestos, aguardou o momento de um propício silêncio para mais dizer:

- A vida é eterna ou tem um fim? Ao morrermos o corpo fica e a o espírito continuará o seu curso normal, ininterrupto e interminável? Para nós, o corpo se desintegra, desaparece; e, com o espírito, o que ocorre? O tempo de vida é marcado pelo calendário gregoriano; ou pelo silencioso indicador de um relógio suíço moderno; talvez um Patek Philippe; ou pelo badalar do Big Bem, da Elizabeht Tower; ou pelo preciso horário do Greenwich Mean Time; ou, ainda, cada um de nós marca o seu tempo?

- Engels dizia ser impossível fixar-se o momento da morte e, que, além do mais, ela não é um acontecimento instantâneo, de vez que está sujeita a um processo de longa duração. Mas eu nem sei mesmo se esse processo é tão longo e pode ser generalizado. O que se dirá, pois, das mortes instantâneas? Claro que Friedrich Engels fala sob o aspecto filosófico, mas a filosofia como ciência, tem preceitos de natureza generalista, que eu provocaria dizer por linhas travessas, *erga omnes*.

- A vida é a soma das coisas boas e das coisas ruins por quê passamos, ou só valem umas e outras, não? Mas há um sentimento quase que unânime: que a vida é um bem supremo! Para não os chatear por tanto tempo, vou tentar lembrar de alguns trechos da música, O que é, o que é, do saudoso Gonzaguinha: *"E a vida o que é?"*; *"A vida é a batida de um coração"*; *"É uma doce ilusão"*; *"Há quem diga que a vida da gente é um nada no mundo, é uma gota, é um tempo que nem dá um segundo."* Mas, amigos, ainda há um poema musicado e dedilhado num violão, cujo autor não lembro ou não conheço, que assim diz: *"A vida é uma peça de teatro que não tem ensaios, e que deve ser aproveitada antes que a cortina do palco se feche."*

- E, o que é a alma? Ela morre ou é imortal? Já perguntei sobre isso pouco antes! Há dúvidas, não acham? E, num ou noutro caso, viva ou morta, para onde ela vai depois que desencarna? Haverá um depósito de almas como uma verdade absoluta? Cientificamente provada e comprovada? Há unanimidade filosófica e religiosa sobre isso? Ou essas conclusões são alimentadas por paixões, pela fé ou pelo fanatismo? Quem sabe o debate entre criacionistas e evolucionistas nos oferece algum sinal? Será que ainda há algum alquimista a espera de obter a Pedra Filosofal, na expectativa de encontrar o elixir da longa vida? E, o que dizem as profecias? Salomão assim dizia: *"Então voltará o pó como antes, e o espírito voltará a Deus, que o deu."*[119] Para Schopenhauer, *"A morte é o verdadeiro gênio inspirador ou o Musàgeta (que conduz as musas) da filosofia, razão pela qual Sócrates também a definiu como 'thamatou meléte' (preparação para a morte). De fato, sem a morte seria difícil filosofar"*.[120] Mesmo assim, continuaríamos com as iniciais interrogações: a) o que é a vida? b) ela será eterna ou finita?

- Há quem diga romanescamente que a vida é uma invenção. Será que ainda nos restará esperar a concretização do Avatar ou Krishna, com a descida de Deus ou a Reencarnação; a Suprema Personalidade de Deus? Também, ainda há quem sustente não haver sofrimento nem benefícios após a morte e, que, as sensações de prazer e de agonia desaparecem juntamente com o corpo físico, tanto quanto o que com ele podemos fazer enquanto vivemos. Para adoçar um pouco essa amarga pimenta, trago para vocês um pensamento tirado de algum livro, cujo nome e autor, também não mais recordo: *"Vejam como é bonita a vida; o céu se abrindo para dar entrada ao sol que vem iluminar a terra, para colorir tudo de novo, num novo dia de amor e de felicidade."* Então, pergunto: há algo mais bonito e mais brilhante do que a vida? A alegria de viver é o maior presente que Deus nos legou...

- Por seu turno, o *materialismo*, numa concepção generalizada, nega a existência da alma. Em tal circunstância, o pensamento resulta da matéria, que responde pelo funcionamento do cérebro humano. O Materialismo, que para Marx e Engels poderá ser utilizado em duas versões (*dois termos*), Materialismo Dialético e Materialismo Histórico. O primeiro, *"inicialmente utilizado pelo filósofo marxista russo Plekhanov...enfatiza o método dialético em oposição ao materialismo mecanicista."* O outro, o Histórico, é o *"Termo utilizado na filosofia marxista para designar a concepção materialista da história, segundo a qual os processos de transformação social se dão por meio de conflito entre os interesses das diferentes classes sociais."*[121]

Fez outra pequena pausa e, apesar de ter notado que outros parceiros também gostariam de manifestar-se sobre algum assunto, ou, inclusive sobre o tema por ele abordado, Modesto seguiu com um certo ar de generosidade sobre o que falava:

- Veja-se, que por sua natureza e cultura, o homem sempre se esquivou de tudo o que diz respeito à morte; com mais estreiteza em relação a sua morte e a dos que lhe são caros. Se alguns a recepcionam com serenidade; outros tantos – por certo que a maioria – ao dela tratarem com seriedade, se sentem temerosos, angustiados. Há quem evite tocar no assunto; há quem afirme que é ruim falar na morte; que dá azar conversar sobre o tema; há, inclusive, quem antes ou depois de nela falar, faz o sinal da cruz, pedindo que dela se escape. Mas, ainda estará para chegar quem dela possa escapar. Outros há que até fazem graça e piada. Assim que, tem gente com todo tipo de opinião; além, claro, das fontes e dos ensinamentos religiosos.

- Enquanto uns defendem a vida, outros há que a sacrificam em nome da promessa da paz celestial. Melhor saber o que preleciona Cícero sobre a morte: *"Só há duas alternativas: ou desprezá-la, completamente, pensando que ela extingue, de vez, o sopro da vida e também da alma; ou desejá-la, se ela conduz a algum lugar, onde seu futuro é a eternidade. Não há uma terceira alternativa. Com efeito, que há para temer, se depois da morte, sendo a alma mortal, livro-me da miséria deste mundo; se, ao invés, for imortal, vai ser feliz para sempre?"*[122]

- Porém, poderemos ir mais adiante: é consabido que a maioria das pessoas não têm preocupação com a morte, desde que esta esteja bem longe de ocorrer. Aliás, se preocupam é com a vida, na mais das vezes colocando a morte num ponto bastante distante; o mais longe possível; quase que inatingível em momento próximo. Exceção feita àqueles que realmente sabem que ela se avizinha, todo o mais se preocupa apenas com a vida; com a possibilidade de vir a perder as coisas boas de que desfrutam, sem exclusão daqueles que dela (a vida) quase nada *tiram*, porque quase nada dela *ganham*. O desejo de não perder a vida, os faz esquecer a morte, esta coisa negativa; escura; indefinida; tida por ruim e triste. Circunstância onde impera o tédio, em substituição ao gozo; ao prazer de viver.

- Por outro lado, essa coisa sombria que pode aparecer no final de um túnel, também é mostrada como algo leve; agradável; onde há um céu azul claro, com poucas nuvens que mais o enfeitam do que o escurecem; onde há anjos vestidos de um branco tão alvo quanto a pureza que representam, recepcionando os recém-chegados à entrada da nova morada. Lá chegando, não sei por que não se vê Deus e, quando muito, às vezes, apenas um grande olho, bem aberto, a observar àquele que chega na parte celestial do seu imenso e infinito domínio. De qualquer modo, o medo que as pessoas têm não é da morte; mas da perda da vida que, do jeito que a levam, as satisfazem mais do que se ela lhes faltar.

- Mas ainda há o admirável fim dos pecadores, que então seriam levados para o *inferno*. Porém, para estes, já há quem tenha preparado uma alternativa que os deixaria, possivelmente, em condições melhores do que àqueles que vão para o *céu*. Verdade ou não, já inventaram que no inferno não existe mais o ardente fogo, nem o diabo vestido de preto com capa vermelha e com o tridente em punho. Que, esse cenário foi trocado pelo de uma grande e insaciável orgia à moda bacanais romanos; o que lhes agradaria bem mais do que ficar no céu a rezar e a expiar os pecados em meio a uma centena de santos a lhes recomendar bons atos e melhores pensamento. Santos prontos para puni-los com um sem-número de orações.

- Porém, ainda há algo de real importância, sobre o qual valeria a pena pensarmos com profundidade e desprendimento: "*Segundo Nietzsche tanto o cristianismo como a tradição filosófica haviam se afastado do mundo real e apontavam para o 'céu' e para o 'mundo das ideias'. Mas exatamente este que se julgava o mundo 'real' era na verdade, um mundo superficial, 'epidérmico'. 'Sê fiel à Terra', dizia ele. 'Não dês ouvidos a quem te prometer esperanças para além deste mundo'*".[123] Bem pensando, acho que Nietzsche teve a mais sensata das ideias sobre esse complicado tema. Como prometer algo que não se possa garantir, nem provar? Isso nos tem levado a crer num pensamento meramente ilusório, sem comprovação e real segurança, sobre o quê, acabamos aceitando como verdade. Pelo sim ou pelo não, como ainda está para nascer quem tenha conseguido passagem de ida e volta para esses dois distintos lugares, nada custa acreditar em qualquer dessas boas histórias. Já que discorro tanto sobre a vida e a morte, vou encaixar outro ensinamento: "*Embora o céu, como a Terra, esteja submetido a uma sequência de acontecimentos diversos, os anjos não têm a menor noção ou ideia de espaço e tempo. Lá também os fenômenos se sucedem uns aos outros, em perfeita conformidade com o mundo, mas, mesmo assim, eles não sabem o que significa o tempo, pois no céu não há anos e dias, vigoram apenas modificações de estado.*"[124]

- Sigo aqui com algo que me parece oportuno dizer: vez que outra me perguntam se doarei meus órgãos e, se desejarei ser cremado ao morrer. Acho que estas inoportunas funestas perguntas deverão ser dirigidas a quem dispuser do meu corpo, quando eu não mais viver. Afinal, ao morrer não mais disporei do meu cadáver, nem terei condições de fiscalizar o cumprimento das minhas ordens pré-finadas. Privilegiado pela opção profissional, já presenciei muitas vezes à angustiante passagem da vida para a morte. Sempre, certamente que sempre, depois de esgotados todos os recursos disponibilizados pela ciência e hoje ao alcance da maioria das casas de saúde. A rápida passagem de um para o outro dos estágios presentes a todas as pessoas, na mais das vezes antecedem a instantes angustiantes para o paciente e para a equipe que busca a todo preço evitar a morte. Porém, infelizmente ela chega e exerce o seu pleno domínio sobre a vida. Mas, há o consolo por saber-se que a ninguém é dada a vantagem de continuar existindo para sempre. E há quem entenda que a morte não será mais do que uma passagem para o nada.

- Vale ainda grifar, que, de todos os seres vivos, apenas o homem tem antecipada certeza da sua morte e, que ela é invencível. Sobre esse *interessante* tema, não faz muito tempo que li um livro do holandês Hendrik Groen, no qual ele diz que, segundo levantamento de pesquisa feita pela emissora Max (não sei se holandesa), *"Quarenta e seis por cento dos idosos pensam que as pessoas têm direito de pôr fim à própria vida de maneira humana se acreditarem que já viveram o suficiente. Catorze por cento dos idosos acham que sua vida na verdade já está concluída. Os principais motivos para querer cair fora são medo de ficar demente e medo de cada vez ter mais dores e problemas."* [125]

- Hendrik Groen, que foi ou é morador de casa para idosos, resolveu escrever um diário contando quase tudo o que se passava no seu *lar* e, um pouco do que acontecia lá fora. Embora não tenha dito o que vou dizer, me pareceu que criou esse passatempo, como forma de continuar esperando a morte chegar, sem muito precisar pensar nela. Não sei se é válida essa estatística! Além disso, a despeito de tudo o que aprendi; dos ensinamentos filosóficos e religiosos e dos recursos científicos, ainda não se pode afirmar por quanto tempo se viverá, nem quanto lhe restará de vida antes de ser abatido pelo *"Anjo da Morte"*. [126]

- A vida tem um traçado sinuoso e as vezes bifurcado, que se inicia com o nascimento e se conclui com a morte; esta, mais infalível do que aquele. Portanto, nascimento e morte têm a mesma expressão e valor na vida. Não se conhece vida sem esses dois polos que a iniciam e que, irremediavelmente, a extinguem; não por exaustão; não por acidente; as vezes, por opção; mas sempre por prescrição da Natureza.

- Também não sei, em que enorme *depósito* estaria guardado o grandioso (ou infinito) *estoque* de almas que se incorporam ao incessante nascimento de milhões de novos seres a cada pequenos intervalos. Será, ainda, que após a morte algumas almas desencarnadas se somam a esse *estoque*? Ou será que se tornam imprestáveis e incorrigíveis? Ou será que depois de passarem por um processo de purificação e ajustamento, retornam para dar vida em outros corpos? Já li e ouvi de tudo, sem, todavia, a garantia necessária a convencimento incontestе. Platão defendia em sua milenar sabedoria, que a alma existia antes de integrar ao corpo; o que não poderemos desprezar, a essa altura. Se ela então já existia, provavelmente, pelo menos para o grande filósofo, ela tinha existência eterna? Ou apenas ela floresce pouco antes de se incorporar ao homem?

- Mas, atrai-me uma outra questão: animais têm instintos, pelo menos para se defender, para se alimentar, etc. Já li que os animais, especialmente os domésticos, são portadores de almas ou espíritos incompletos; inferiores, mas todos criação de Deus. E, tal como vimos acima querendo entender, o que acontece com os *espíritos* dos animais, quando morrem? A morte está presente na arte sacra; nas religiões e nas seitas; nas guerras e nas passeatas de protesto e de reivindicações; em algumas artes marciais da Antiguidade e, em cenas da arte teatral e cinematográfica. No Brasil, se fez representar na emblemática figura do Zé do Caixão, do cineasta e ator José Mojica, e do temido vampiro Conde Drácula, personagem criado por Bram Stoker. Verdadeiro *tira-gosto* faziam os egípcios, que, em meio aos seus banquetes regados a tudo e a todas, mandavam trazer para o salão da majestosa festa uma múmia, para que ninguém esquecesse que aquele é o fim inevitável; como, que, querendo dizer: aproveitem ao máximo, porque a morte é certa e inegociável.

- A morte para os cristãos, é uma das consequências do pecado; do *pecado original*, a partir do qual todos nós estamos condenados a morrer. Assim, somos forçados a admitir que todos somos pecadores, sem que possamos expiar nossos pecados, senão, ao nos encontrarmos com a morte. De outro lado, o homem é capaz de suportar e até saber o que poderá perder com a sua morte, mas não lhe é possível imaginar o que ganhará com ela. Mesmo assim, é fato comum a luta pela vida e contra a morte. Há quem admita que essa restrição bendita ou maldita pela morte, possa ter razão no fato de que ninguém saberá dizer o que o espera ao expirar o seu tempo de vida. E, esse é o *buraco escuro* e desconhecido, que sobre ele impõe o medo da morte. E, aqueles que voluntariamente buscam a morte, em sua maioria são tidos por insanos.

- De Sofia pincei algumas frases, quando ela ainda nada sabia de filosofia: "*Vida e morte eram dois lados da mesma coisa*". "'*Não é possível imaginar que existimos sem imaginar que um dia morreremos.*'".[127] Na Antiguidade era usual uma expressão latina que assim dizia: "*Memento mori*", que significa, "*Lembra-te de que vais morrer.*"[128]Mas, meus caros, ainda me resta dizer algo que li há bastante tempo e, que está a interessar, em razão de ser uma bela verdade que contém uma recorrente sentença. Diz mais ou menos assim: *Quando morreres, nada mais restará de ti, além de uma pequena placa no teu túmulo, com o teu nome e datas do nascimento e morte. Em não mais do que três gerações, serás completamente esquecido por todos, inclusive pelos teus familiares. Se tiveres sido uma pessoa importante, ainda poderás constar de um livro de História ou de piadas; ou ganhar o nome de uma rua, mas neste caso, também não passará de uma plaquinha. Então, aproveita o que de bom sabes e podes fazer para ti, porque, quanto ao resto, se a vida não te ensinar, a morte mostrará para os que ficarem.* Elton John, numa de suas inesquecíveis canções diz: "*Se lembre que a vida é um sopro...*" "*Antes de homenagear quem já morreu, aprenda a valorizar quem ainda está vivo.*"

- Todavia, a morte ainda pode fazer algumas injustiças: imaginem quantas pessoas só obtiveram sucesso em suas obras e descobertas, depois de mortas. Algumas, sequer tiveram oportunidade de usufruir dos valores monetários atribuídos aos seus trabalhos, porque a morte os surrupiou. Exemplo disso foi o caso de Vicent van Gogh, que nada desfrutou dos milhões que foram pagos pelas suas obras, que só se tornaram famosas e valiosas depois de falecido. Mas, para evitar cansar o pessoal lá da ponta da mesa, que parece mesmo já estar louco para comer, trago uma frase de Gustavo Corção: "*O mundo parece uma enorme oficina de deteriorar o que as pessoas deveriam ser. A decomposição começa antes da sepultura.*"[129]

- A morte é a constante companheira da vida. Ela gruda nos seres vivos e os acompanha de perto, passo a passo. Talvez por isso ela seja tão temida e tão respeitada e, quanto mais se aproxima, mais assombra. A vida, pois, é a véspera da morte; é o último instante que a separa da morte. E, entre a vida e a morte não existe um marco divisor, poque parece não haver tempo nem espaço para tanto. Também, não venham dizer que isso é coisa de derrotado, porque não o sou; muito menos, coisa de derrotista, porque continuo pensando para a frente. Mas o que define a existência da vida é a morte e, não ao contrário. A vida não tem, até agora, suficiente capacidade para determinar a morte. Sequer, através do suicídio. Veja-se o número de tentativas frustradas!

Digo um pouco mais: um dos cortesãos da Academia Palatina, de Carlos Magno, ofereceu as seguintes definições sobre a vida e sobre o homem: A vida é "*A alegria dos felizes, a dor dos infelizes, a espera pela morte.*" O homem é "*O escravo da morte, o hóspede de um só lugar, um viajante que passa.*"[130] Ainda digo que a morte é o apagar das luzes da vida; é a noite que nunca mais dará chance para o amanhecer. Enfim... há quem diga que quem morre devolve-se a Deus; devolve a sua alma ao Criador. Também há quem diga que suicida é aquele que abandona a vida por vontade própria. De toda sorte, nunca é demais repetir que há quem creia e sustente a existência da vida eterna, através da imortalidade espiritual. Isso é mais religioso do que filosófico, mais crença do que ciência.

Mas, por que não admitir e respeitar quem assim pensa? Quem provará quem está com a verdade?

Ao concluir a sua explanação, a parceria de mesa ficou aos cochichos trocando considerações sobre o que fora abordado, mas ninguém tomou a iniciativa de firmar entendimento sobre o complicado e pesado tema. Modesto teria colocado uma grande pedra nos sapatos do grupo, embora não fosse a sua intenção. E, pior, não ofereceu alternativa para sair daquela grudenta enrascada que gratuitamente criou. Era momento de trocar de assunto para tornar a reunião mais leviana. Afinal, quem sai à noite para distrair-se em grupo, do que menos desejará falar será em morte, ou do cotejo entre esses importantes e singulares fenômenos da humanidade.

Apenas Rosinha fez uma observação oportuna, com as seguintes palavras:

- As mãos que nos abrem os olhos, geralmente não são as que os fecham quando morremos. Será esse o destino da humanidade? Penso que sim e, tomara que eu esteja certa, porque a maior perda de todas as perdas, é a de um de nossos descendentes. Não queiramos passar por isso. Na vida nós só temos certeza do que já vivemos; do que já passamos de bom e de ruim; ou do vácuo. Com relação ao futuro, a nossa única e irremediável convicção é da morte. Ainda é oportuno conhecer a frase de Georg Christoph Lichtenberg's, Vermischte Schriften, citado por Schopenhauer: "*Após a morte, será o que foste antes de nascer.*"[131] Voltaire afirmava: "*A espécie humana é a única a saber que deve morrer, e sabe-o por experiência.*"[132] De um filósofo já li que "*O homem é uma existência para a morte.*" Afinal, quanta frieza nessas palavras que mereceriam um pouco mais de docilidade ou de entusiasmo para nós que por aqui ainda estamos e pretendemos continuar o quanto mais for possível. Desse jeito, parece estarmos diariamente preparando as nossas vidas, para receber a inevitável morte! Quão frios são alguns filósofos quando comparam a vida e a morte; ou quando antagonizam esses dois estágios universais que a humanidade nos reservou para a eternidade. De todo modo, parece que por aqui, apesar de saber-se que quase tudo o que vive, morre; para os humanos esses dois momentos são distintos. E, que, apesar de muitos sofrerem pela vida que se lhes oferecem; poucos desejam morrer antes da chegada do seu tempo.

- A morte para os humanos, não parece representar apenas o final da linha da vida, como alguns a tratam com certa simplicidade ou desprezo. Para os humanos a morte é tratada como um momento de sofrimento, apesar de ninguém saber, se realmente ela carrega algum tipo de dor para aquele que se vai. Será que vocês já perceberam que o mundo vive em eterna despedida? Que muitas vezes nos sentimos em lento ou, mesmo rápido processo de despedida? Que, da mesma forma em que nos submetemos a esse vertiginoso processo que não para, nem oferece intervalos para descanso, só pouquíssimas vezes nos damos conta de que a cada dia e a cada segundo, somos mais um pouco empurrados para o momento da despedida? E, não há disfarce que nos leve a enganar.

- No entanto, acontece que a vida nos ocupa a cabeça e embaralha os nossos pensamentos, a ponto de quase sempre nos mantermos esquecidos dessa realidade que nos pertence. Afinal, ninguém é *composto* apenas de vida, porque no pacote, no *combo*, vem a inexorável morte. Mas algo tenho por absolutamente certo: que entre o berço e a sepultura, apenas uma coisa existe, resumidamente, porém, integralmente – a vida. Nada mais além disso. Não importa quanto tempo isso dura, mas certo é que esse espaço é, ou foi, completado, preenchido com a vida e, nada mais nem menos do que a vida. Excepcionalmente, como já ouvi falar de caso em que alguém deixou a vida por alguns instantes e, a ela retornou. Será mesmo? São aquelas declarações de experiências da quase morte. Perdoem-me, mas não sei se nelas acredito. Por enquanto ainda não...

Disse mais, sem medo de cansar a *plateia,* que no seu entender estava assimilando e gostando do que ela teria dito. Corrigiu a postura logo que notou que se mantinha pouco curvada, deitou as mãos sobre a mesa e falou em meio a um demorado sorriso:

- Felizmente a morte é *mulher* (substantivo feminino) e, assim, sempre se atrasará. Sempre lhe faltará algo, que só na última hora lembrará de fazer, antes de tomar conta de um corpo já exausto por alguma doença; que encarece a sua pressa para logo afogar o seu cansativo sofrimento. Vezes há, em que é o último pedido daquele valentão acostumado a dar e receber porradas no picadeiro de algum UFC da vida, mas que agora implora à dona Morte, que se apresse a socorrê-lo. Mas, bem sabe ele, que por ser mulher, ela não dispensará olhar-se no espelho para conferir se tudo já está no seu devido lugar, antes de investir contra o seu encomendado *cliente.* Afinal, bem ela sabe que terá que participar de uma sessão de velório, onde comparecerá gente de todos os graus; alguns até chorando, mas todos olhando para ela, a senhora Morte. Os olhos dos convivas estarão direcionados a ela e, se se tratar do desencarnado ter sido pessoa de grande influência, de relevo social ou político, será muito provável que ela venha ser fotografada ou filmada, para o fim de ser exposta em capa de revistas, de jornais e chamadas de noticiários de TV. Quem sabe, se, até abençoada pelo papa. Eis porque nunca se apresse para morrer, afinal, até nisso você dependerá dos caprichos de uma mulher. E, se antes de vir a óbito você era uma mulher, então se prepare para esperar ainda mais, poque entre mulheres sempre há uma pontinha de inveja; um tantinho de ciúme, inclusive nessa hora. Vá a um velório e veja como as mulheres chegam bem arrumadas e perfumadas. Algumas, sequer dispensam as joias - afinal, velar um defunto, por vezes é um acontecimento social! E, também é importante perceber que, as menos próximas do finado, e mais vaidosas, se o corpo em suspensão for do sexo feminino, farão o possível para serem mais vistas e mais admiradas do que a *despessoa* inerte e pálida que se coloca entre velas e flores. Mas, aí também já é ato de covardia!

- Incrível é saber que já vi colunista social comentar o traje com o qual a socialite Madalena foi ao velório da advogada Felisberta. Ela simplesmente arrasou, exclamou o cronista. Também, não seria de se esperar menos, afinal, mulher chique sempre será bem-vista e observada em todo e qualquer lugar, completou o jornalista. Me disseram que uma delas, apesar de só saber da despedida da amiga pouco antes do sepultamento, ainda conseguiu que, com pressa, o maquiador a preparasse como o lugar e o momento recomendam. Algumas comparecem ao *evento* com um véu negro cobrindo o rosto e, ao se aproximarem do ataúde, o recolhem para cima, para conferir de perto o morto. Puro charme! Enquanto isso, entre os homens, lá fora, já estão fazendo a escalação e fixando a ordem dos que pegarão nas 6 alças do caixão. Se tiver missa, geralmente é escolhida dentre os presentes, uma mulher de boa e firme voz para puxar as rezas. Me desculpem as mulheres que fazem parte desta mesa e, as tantas outras que conheço e as que não conheço, mas me digam se estou errada?

E ela continuou com a palavra por mais algum bom tempo. Afinal, o seu antecessor teria tido tempo livre para tudo expor e, agora, desejava o mesmo tratamento dos colegas de jantar. Além do mais, estava entre amigos educados e que mostravam interesse por tudo o que vinha sendo falado:

- Também saibam, que não há na vida o pecado, o mal, a desobediência, se não houver a liberdade de escolha, autonomia para desobedecer; o arbítrio. Outro pensamento que sempre guardo na minha memória e faço por onde valer, é o de que não resta mais dúvida de que a alma não tem sexo. Alguém ainda será capaz de duvidar e de provar o contrário? A dicotomia; a polarização entre os gêneros parece estar chegando ao seu fim, se realmente já não chegou. Extraído algum ranço mal-cheiroso, de coisa velha e mal-tratada, se pensa que homem e mulher são iguais. Erich Fromm já os referiu como a mesma coisa. *"Os homens e as mulheres tornaram-se 'a mesma coisa'". "A proposição da filosofia iluminista, 'l'âme n'a pas de sexe', a alma não tem sexo, tornou-se prática geral."* Mas o autor observa: *"A polaridade dos sexos está desaparecendo e, com ela, o amor erótico, que se baseia na polaridade. Os homens e as mulheres tornaram-se a 'mesma coisa', em vez de serem-se 'iguais' como os polos opostos."*[133] Formam um ente só, pelos menos na visão dos comuns. É como a borboleta e o vagalume, que aqui de casa dizemos serem *unissexuais*.

- Noutro sentido, Kant dizia com inconfundível objeção, que nenhum homem pode ser meio para outro homem alcançar o seu fim; eis que todos os homens são iguais e, apenas o fim, nunca um meio para o alcance de outro homem. Mas, tal como existe por todos os cantos desse enorme Mundo, se pode dizer que até os lugares onde são depositados ou despejados os corpos daqueles que um dia foram pessoas, também há castas. Os cemitérios são as cidades dos mortos. Nessas cidades, não raro encontramos capelas onde são velados alguns mortos com direito à entonação de um memento, cartórios, escritórios, crematórios, trabalhadores, pintores, garis, artistas plásticos, pedreiros e, uma variedade de *moradias*, daqueles que antes viveram nos mais diferentes lugares. Ali, os mais abastados e suas famílias *moram* em ricos e caros mausoléus ricamente ornados com artes em bronze, mármore e outros materiais nobres. Também há lugar para a turma da classe média, que se aloja em sepulturas (gavetas) encrustadas em muros, tal como se fossem prédios de apartamentos de 1 quarto. Para os mais pobres e os indigente, restam lugares no chão, onde são enterrados, com direito à uma cruz de pau, nem sempre pintada. Tudo isso, desde muito antes do tempo em que o *Atari* fazia sucesso entre a gurizada e os adultos e, se estende até os tempos dos *nativos da tecnologia*, da chamada *natividade digital*. Já presenciei velório com direito à espumante servido por garçom trajado a rigor, inclusive com luvas brancas, ao som de La Moldau, de Arturo Toscanini. Também já fui à uma sessão de despedia, em que a vibração provinha da turma do pagode que, ao invés de champanhe, se satisfazia com dois dedos de pinga branquinha.

Marcia desejando trazer algum conforto, depois do desastre verbal e filosófico de que se valeu Modesto, e trazer um pouco de água para aquele deserto sem oásis, disse um pequeno trecho de Louis Armstrong, extraído da inesquecível e sonora What a Wonderful World:

- *"Mas eu vejo as árvores verdes, rosas, vermelhas também; eu as vejo florescer para mim e para você; e penso comigo, que mundo maravilhoso!"* Ao final do fragmentado trecho, comentou sobre a tradução para o português, sublinhando que, apesar da versão original ser em inglês, as línguas românticas são originárias do latim. Pegando no rabo da pipa, disse que o importante era que Deus estava ali entre todos e que preferia melhor saborear o jantar regado a vinho e outras boas especiarias.

Porém, Modesto ainda teria algo mais a dizer sobre a morte e, assim, adiantou-se:

- Me perdoem se me proponho agressivo com o que logo direi, mas quando vejo aglomerações, logo me desperta a ideia de que, cedo ou tarde, todas aquelas pessoas morrerão. Nós mesmos, aqui reunidos, não escaparemos de algum dia sermos velados em uma urna fúnebre, quando alguns próximos poderão chorar, menos o homenageado naquele respeitoso ato. Por ter tido a especial ou a singular oportunidade de ter assistido a tantas passagens da vida para a morte, aprendi que a percepção do estado de mortalidade começa ante do atemporal processo que se exauri com o fim da vida; com a morte. A isso, se pode dizer que seja um estado de terminalidade. Todas essas palavras para quem é leigo, podem não produzir o mesmo efeito que para nós, que lidamos diariamente com essas duas fazes que fazem parte dos seres vivos. Mas o paciente geralmente começa a sofrer, ao perceber que está em processo que se aproxima do seu fim. Da Dra. Ana Claudia Arantes, fisguei algo bastante interessante para transmitir a vocês, quando ela se refere de maneira bem próxima do que estou dizendo. Diante do seu paciente em fase terminal ela assim se manifesta: "*Durante esse processo, a dor e muitos outros sofrimentos físicos estarão lá a nos dizer: 'Olá, estamos aqui e faremos o possível para você vivenciar o seu morrer.' Então, quando falo sobre sentir dor, me refiro a: o que a dor nos diz, o que o sofrimento tem a nos contar a respeito da vida que vivemos. No entanto, só conseguimos pensar no sentido da vida se a dor passar.*"[134]

Depois disso, pareceu que o pessoal repugnou a bela e bem decorada ceia, mas ele fez-se de descuidado. Afinal, não pra dava remendar tamanha grosseria. A manifestação dele saíra desprovida de respeito e, inoportuna. Pesada demais para ser dita num jantar. Faltou-lhe um pouco de creme para aliviar a mordida tão dura quanto necessária a uma carne de segunda categoria. Afinal, a reunião entre amigos tinha por objetivo celebrar a vida; não, a morte. Sobre a morte, já teriam falado demais; a esgotar. Fora uma fala demasiadamente dura, trágica, pois trazia no seu bojo cada um dos companheiros de mesa. Porém, apesar do choque de água fria, ninguém disse algo, nem o criticou ou o advertiu. A elegância entre o grupo, exigia apenas o silêncio e, a pose clássica, se sobrepôs a tudo o que de trágico e brutal foi dito e ouvido. Porém, não se poderia duvidar que, em casa, após o jantar, cada casal fizesse o seu comentário; a sua crítica.

A pungência sentida por Modesto parecia ter sido sombreada pela fisionomia de provocada distração; porém, os que o conheciam, já tinham percebido que o orgulho havia superado um pedido de desculpas. Para estes, perceptivelmente, o seu humor havia mudado por instantes, dando sinais claros de que o tamanho da gafe teria sido bem maior do que o esperado. Algumas vezes impõem-se calar, para evitar que a emenda não supere o soneto. Mas o persistente parceiro não desejava encerrar a sua participação, sem antes dizer algo mais. Provavelmente, já impulsionado por algumas taças de vinho:

- Vou falar sobre coisa bastante rara para quem não se envolve *costumeiramente* com a morte. Grifei o termo costumeiramente, com impostação da voz, porque conviver com a morte alheia nunca será um costume. Há quem lide costumeiramente com mortos (bastará o pessoal que trabalha no I. M. L.), mas conviver com a morte é algo bem distinto disso. Ao tratarmos de alguém que está à beira da morte, não poderemos enganar, porque essa pessoa sabe tanto do seu estado, que não se deixa nem se faz enganada. A sensação da morte não depende de dores físicas nem da alma. É algo singular, especial, só perceptível por quem está *apto* a recebê-la; ou a aceitá-la como meio de comiseração; de fuga de sofrimento; e, até da vingança contra quem lhe diz amar, mas o trai, no caso do suicídio. A morte não dá início a nada. Ela é sempre fim de um ciclo da vida. Quando damos valor à morte, desmascaramos àquele que duvidou da nossa coragem, a ponto de nos chamar de covarde. Mas, aqui, quando não se está tratando de suicídio, obviamente. Porém, daquele que condenado a morrer, simplesmente a aceitou ou a acolheu com serenidade e sem esforços para afastá-la, já que sabedor de que ela é inevitável naquele ou noutro qualquer momento próximo. Alguns até se perguntam: se sou predestinado a morrer, por que não aproveitar esta oportunidade? Mas, repita-se: ela só aparece uma vez e sem treino ou ensaio. E, uma vez que ela chegue não dá para dela desistir-se. Não há *estorno*, nem troca de data, nem forma de instalação. Também não dá para se alterar o seu tempo; o seu momento para mais ou para menos. Nisso não há lugar para a colocação de advérbios. Nós poderemos prolongar a doença na esperança da cura, mas não da morte.

Estando todos reanimados e a alegria voltando a brotar, Agenor primeiramente conversou apenas com Modesto, de quem estava mais próximo - mais parecendo um fuxico entre compadres; ou, algumas amabilidades, para o reanimar. Disse então a todos, logo em seguida:

- Como as mulheres sabem melhor se controlar do que os homens! Esse atributo, de não demonstrar maior importância diante de situações difíceis é para ser elogiado. Se portam sem transparência, quando desgostosas de algo que lhes afeta a mente e os sentimentos. Controlam bem mais as reações contrárias ao que veem e ao que ouvem. Isso que agora digo, é uma crítica construtiva, para não dizer que, em verdade, é um elogio que faço às mulheres. Não é por outro motivo, que cada vez mais elas se destacam em atividades antes cativas aos homens. São excelentes negociantes, empresárias com grande desenvoltura que, com facilidade alcançam postos de liderança; e, ria-se quem quiser: podem jogar o charme para um homem, sem serem condenadas por assédio. Isso não é bom?

Mas, logo ampliou-se a conversa para todo o grupo, com um tema também não muito fechado, mas bastante controvertido; passível de provocar discussão entre os parceiros. Disse, então, Agenor:

- Observo que há muita gente que gasta muito além do que pode, porque não sabe adaptar as suas despesas ao seu orçamento. Depois de endividada, a pessoa tende a aumentar o seu passivo, buscando recurso em bancos, a custo bastante alto, para poder saldar parte das suas contas. A partir disso, quase sempre se cria um círculo vicioso, muito difícil de fechar. Esse é um erro que atinge considerável número de pessoas e, bons exemplos estão por aí diariamente. Situações que via-de-regra acontecem, porque há pessoas que só encontram felicidade adquirindo. São os esbanjadores de oportunidade, que adquirem essa doença cara e de difícil cura. Há que ter-se presente, que muitas vezes a modéstia dos costumes e dos escassos recursos, também são capazes de servir à felicidade. É grande erro pensar que felicidade só se alcança com gastos, com aquisição de bens de qualquer ordem. Quem pensa e age assim, tem algum pouco tempo de felicidade e uma enorme temporada de sofrimento, pois se vê espremido pelos compromissos assumidos, que ficam a exigir-lhe difíceis respostas. Sou a favor de que todos devem viver dentro do seu quadrado; isto é, adaptar os seus gastos aos seus ganhos; especialmente os gastos com coisas supérfluas. Quem não tem domínio sobre os gastos com coisas desnecessárias, não tem controle sobre a sua vida e, assim agindo, quase sempre traz angústia não apenas para si, mas para família e até para os credores. Isso é mal que tem que ser combatido na sua origem, não deixando que escape ao controle de quem se sente dominado pela ganância.

Depois que obteve a concordância de alguns

parceiros de mesa, Agenor enveredou por outro atrativo assunto. Homem inteligente, que gostava muito de ler e observar o que acontecia em seu entorno, fez algumas críticas de cunho político, todavia, sem declinar nomes nem identidades. O tema, bastante controvertido, abria oportunidade para muita discussão; porém, ele foi adiante. Disse, então:

- Há pessoas que condenam certas vertentes liberais e ideais político-partidários de direita - pois, se consideram socialistas -, mas vivem em meio ao luxo dos abastados conservadores, como costumam chamá-los. Com eles, desfrutam do viço e do requinte não alcançado pelas classes menos privilegiadas. São pessoas que durante o dia propagam a luta pela igualdade, mas durante a noite, são menos iguais do que a maioria dos iguais. Reclamam do mau uso do erário, mas dele se aproveitam sempre que podem. São uns farsantes a céu aberto, como costumo dizer. Não são criticados pela direita, porque à noite todos os gatos são pardos em meio ao charme das adegas e das especiarias de frutos do mar e de aves raras - mesas não menos caras do que uma suculenta refeição para uns dez pobres famintos.

- Vivem na busca da defesa da divisão de quem tem mais, com os que têm menos. Mas, desde que não precisem abrir mão daquilo que têm. Isso me faz lembrar uma música cantada por Evandro Mesquita que assim diz: "*Todo mundo quer ir para o céu, mas ninguém quer morrer*". Então, aí abre-se uma estrada pavimentada com material escorregadio, que puxa para trás as duas pernas a cada passo dado para frente. Isto é; não conseguem sair do mesmo lugar. Não são criticados pela esquerda, porque à luz do dia, ninguém ousaria desbancar a fé que dizem ter na defesa do socialismo. Porém, em razão da vida ociosa que a maioria deles usufrui, sustentados muitos deles por algum emprego público bem remunerado, morrem de medo de serem chamados de burgueses, ou, de se terem aburguesado. Gostam de surfar na onda dos ricaços; dos economicamente poderosos; e se dizerem amigos ou conhecidos de pessoas que desfrutam das coisas por eles mesmos ironicamente condenadas. Apreciam saborear o *fine à l'eau*, a moda James Bond no Cassino Royale. Não dispensam saborear um *oue au jambon*, para lastrear o já castigado estômago. *Vivem* assim, num verdadeiro *romance ideológico*; de fazer inveja a uma novela de horário nobre de televisão. Se infiltram em festas de celebridades e fazem o possível para ser vistos por algum colunista social, com a intenção de serem confundidos com alguns socialites. E, não poucas vezes, com os seus afagos, conseguem ser fotografados em meio aos tradicionais titulares da classe *A*.

- Por indesculpável preconceito, geralmente atuam nos bastidores, nunca participando ativamente das grandes manifestações populares. Assim vivem e certamente continuarão vivendo no amanhã, aqui e acolá. Costumam criticar os ricos, porque alegam não ter contato com as massas; mas geralmente aparecem como teóricos e intelectuais de orelhas de livros. O cotidiano deles é como verdadeira prova de fogo a busca de novos adeptos às suas *causas*. Diga-se, *causas* que originalmente não são suas, mas daqueles a quem idolatram. Enfrentando contumazes batalhas de vida ou morte, como se mantinham os gladiadores do histórico Coliseu, para eles vale tudo para conquistar mais um parceiro de luta pelos ideais que lhes são doutrinados pelo restrito grupo de *cachorros grandes*.

- Mantém sumo respeito em relação aos seus líderes, aos seus ídolos; sendo incapazes de contrariá-los sobre as questões que defendem. O respeito e a idolatria que mantém com as lideranças, é de uma fulgura, um esplendor, um brilho tão respeitoso e admirado, como o bom filho tem pelo pai que lhe serve de exemplo de retidão e de vida. Como não são ricos, alguns para se perfilarem ao que fazem os abastados, têm conseguido através de ações de nepotismo, de desavergonhado apadrinhamento, nomeações para cargos de alta remuneração, geralmente dispensados da prestação de concurso. Boa parte desse funcionalismo parasitário já era objeto de crítica de Gramsci, com a situação que a exemplo acontecia na Itália nos primórdios do século passado, bem como, em outros países europeus. Para se ver que o fato não é novo nem localizado no Brasil. "*Renato Spaventa calculou que na Itália um décimo da população vive de rendimentos estatais. Ocorre ainda hoje que homens relativamente jovens, de pouco mais de 40 anos, com muito boa saúde e no pleno vigor das forças físicas e intelectuais, depois de 25 anos de serviço público, não se dedicam mais a nenhuma atividade produtiva e passam a viver de pensões mais ou menos graúdas...*"[135] São *bocas* em bons cargos de estatais, que sempre ganharam bem mais do que qualquer servidor de carreira, com a vantagem extra de serem prestigiados por banqueiros e empresários, que através deles buscam alguns benefícios para os seus negócios. Mas isso é coisa um tanto recente. Bem depois dos tempos da *Juventude transviada*; do, *paz e amor*, porque em tais épocas, os senhores eram mais senhores dos que os senhores de hoje. Eles já enganaram muita gente durante muito tempo e ainda continuam enganando. Menos a mim, porque eles não vão roubar a minha esperança de que tudo um dia irá melhorar. Porém, ainda há muita gente que acredita nessas mentiras deslavadas, com falsas palavras penetrantes de uma verdadeira gangue que se aproximou dos poderosos para deles obter vantagens escusas.

- Mas esse criminoso proveito da coisa pública, faço parêntese para advertir e garantir que não é privilégio dos falsos esquerdistas, pois gente de todas as bandeiras, inclusive autênticos defensores de outras cores, já se fartou de se lavar nas águas mornas de algum governo. Mas todos negam ter usufruído de qualquer benesse pública. Afinal, bem sabem que uma mentira bem estruturada e bastante repetida, quase sempre vira numa verdade. No livro A Seríssima República e Outros Contos, de Machado de Assis, li essa joia que se encaixa no que estou dizendo: "*...Uma pedra com tais quilates de luz, não existiu nunca, e ninguém jamais a viu; mas muita gente crê que existe e mais de um dirá que a viu com os próprios olhos. Considerei o caso, e entendo que, se uma coisa pode existir na opinião, sem existir na realidade, e existir na realidade, sem existir na opinião, a conclusão é que das duas existências paralelas, a única necessária é a da opinião, não a da realidade, que é apenas conveniente*".[136] Com absoluto perdão ao que disse o saudoso acadêmico, eu aditaria ao seu pensamento para dizer que, sequer é necessário existir a realidade para que uma enganosa ou enganada opinião se transforme em realidade.

E, ele foi adiante:

- São pessoas dotadas de mente questionadora, no sentido improdutivo de perquirir; no propósito de duelar pelo simples propósito de contrariar, ainda que sem fundamento e convencimento próprio daquilo que questionam. São uns aloprados que quando se reúnem, parecem pertencer a uma torcida organizada de time de futebol. Dão pitaco em tudo o que ouvem, mesmo quando não são convidados a participar da conversa. Mas quando em meio aos abonados, os tratam com adulação e submissão, quase sempre expondo sorrisos ao estilo puxa-saco. Filantes de um charuto cubano ou de um fumo Half and Half, para fumacear a preço que não está ao alcance do seu cachimbo de cigarraria barata. Com o deslumbramento pelo luxo alheio, muitas vezes seus olhos piscam como a luminescência de um vagalume, como que querendo firmar a visão para melhor enxergar o que estão vendo fora das telas. São na verdade os grandes falcões dos partidos.

- Abro aqui espaço para dizer que entendo como de grande importância combater o que estou afirmando. Mas apesar de ser livre e seguro nas minhas convicções, faço registro de que não desejo que o que digo seja entendido como crítica, mas como constatação de que os conceitos defendidos pela esquerda se fizeram presentes entre os principais intelectuais dos dois séculos passados, desde políticos até acadêmicos. E, provavelmente, nisso não haja nenhum erro a se apontar. Se é um fato, como tal deve ser recebido; o que não se pode confundir com um juízo de valor; isto é, se dizer se tais conceitos eram (ou ainda são) certos ou errados. Não quero referenciar e muito menos esposar a crítica que Stephen Hicks faz à esquerda pós-modernista no seu livro Guerra Cultural.[137]Mas igualmente a respeito. Costumo julgar as coisas através de conceitos; não pela *corda* de algum pensador ou crítico. Para que não afetem o meu *ninho*, não costumo invadir o dos outros. Não se trata de dizer que cada macaco deva ficar no seu galho, porque aqui não há primatas; mas respeito a opinião séria de qualquer um e, assim, também espero ser respeitado nas minhas convicções, ainda que possam ser falhas.

- Alguns ditos socialistas-comunistas, de algumas nações, mais se parecem pretender usufruir de um domínio sobre os seus súditos, como aquele praticado na França absolutista do século XVII; não faltando-lhes muito para se alinharem à um dos mais conhecidos e combatidos preceitos fraseados por Luis XIV: "*L'État c'est moi*" (o Estado sou eu). Mas o absolutismo está presente em muitos lugares. Todos sabem sobre a ocorrência em países mais distantes e, bastante cruéis. Vez que outra, por obra de Deus ou do diabo, um desses nababos cai ou é derrubado de seu trono, mas, lamentavelmente, quase sempre outro surge com iguais propósitos. Tudo, na mais das vezes, pelo desejo e pelo prazer do poder e da ganância conquistada na base da corrupção e de outros meios ilícitos. Comem, bebem e vestem *ouro*. Moram em palácios e, apesar das frequentes ameaças contra as suas vidas, geralmente se sentem protegidos pelos seus fiéis guardiães que, para defendê-los, oferecem suas próprias vidas.

- Digo a todos que me acompanham neste bom jantar, que não tenho afinidades nem contrariedades por quaisquer das versões ideológicas ou partidárias. O que condeno e critico são as manifestações e reações dos *falsos idealistas*, que se pensam portadores de pensamentos fecundos; tão capazes de convencer a todos que os contrariarem e, até mesmo aos que não se manifestarem. Certamente que só poucos deles já ouviram alguém dizer que na vida nunca se tem um curso completo e, que, aqueles que ao saírem da última *fornada* conquistaram algum diploma, deles se pode dizer que apenas estão aptos a iniciar a carreira sem fim. De boa importância também será saber daqueles que gritam por *LIBERDADE!* pensando que ela só alcançará alguns. Será melhor se convencerem que esse pensamento é quimérico. Ou a liberdade virá para todos, ou ela nunca existirá. É que o futuro por eles prometido e glorificado, não passa da imaginação; do sonho; e, algumas vezes, de uma deslavada mentira pública. Mas, não de um planejamento desenhado numa mesa de cálculos. Seus discursos, na mais das vezes são suscetíveis de excitar as paixões de uma *populaça* que os ouve e idolatra, embebida numa linguagem que os anuvia, mas que pouco entendem; porém, aceitam e propagam em meios aos seus redutos que a ampliam indefinidamente, como num dominó de 1 milhão de peças. Assim que, tal como o fermento que dá crescimento ao bolo, a falácia cresce e se expande para diversos lados e crenças de mera opinião e oportunidade.

Continuou Agenor depois de tomar um pouco de ar e de beber um bom gole d'água. Ele costumava intermediar o vinho com água, para manter a garganta suavizada. E dizia que isso era algo que aprendera quando jovem e mantinha o aprendizado como forma de se sentir melhor. Disse que a *fórmula* o prevenia contra eventual ressaca e, que, sempre que observou o conselho, dormiu sono profundo e sem sentir dor de cabeça ou outro incômodo. Possivelmente não tenha sido por motivo outro, que a maioria dos parceiros começou a beber água a partir do que ouviram:

- Essas pessoas não servem para nada, sequer para o que defendem antes do cair da tarde. Procuram se passar por chiques, embora sabidamente não os sejam, porque a maioria é egressa da classe média, ou mais abaixo dessa e, durante o dia estagiam em meio à plebe. Enclausurados em suas falsas crenças, seguidamente são defrontados pelo constrangimento de vestirem caras grifes, frequentarem restaurantes de luxo e, se hospedarem em hotéis de boa reputação. Consomem iguarias e vinhos de fazer inveja às melhores mesas. Quando sentados num café das *Champs-Élysés,* ou observando as vitrines da Galeria Lafaiete, se sentem como milionários norte-americanos, a questionar pelo invisível socialismo francês. Sempre que possível, contrabandeiam alguns bens de alto valor, para exibi-los por aqui na terra das araras. São casacos de vison, caras camisas esportivas e algumas quinquilharias eletrônicas que por cá ainda não tenham chegado. No fundo, todos tem um certo *q* da burguesia, de cujo tipo de vida tanto adoram, quanto criticam até as dezoito horas; ou seja, antes do festivo *happy houer* regado à uísque importado e canapés com *foie gras* francês.

- Em suas conversas e doutrinações *pseudo-acadêmicas,* parecem querer desenterrar; ou, ainda não saberem, que já foi enterrada a maioria das antigas lideranças do império soviético; a saber, dentre outros, Lênin, Stalin, Nikita Khruschev, Brejnev e Yuri Andropov. O rol segue, sem ser necessário dizer mais alguns desses nomes. Todos os conhecem, pelo menos suponho. Mas ninguém precisa espelhar-se nesses homens, porque o Brasil tem a sua particular *performance.* Aqui temos de tudo e, se prestigiarmos as nossas riquezas, nada faltará. Pero Vaz de Caminha, ao chegar disse que, aqui, *em se plantando, tudo dá.* Observem, que para alguns desses (ou muitos desses), os princípios que defendem são indiscutíveis e não podem sofrer discordância. São verdadeiros cânones. Essas ideias chegam a ser aceitas com certa reverência pelos seus adeptos. E a contrariedade que possa ser provocada por um não-adepto, poderá o levar a sérias consequências perigosas e até desastrosas. Impõem-se certo cuidado ao discordar dessas pessoas que, diga-se, não são más, mas mal instruídas, porque incapazes de admitir e discutir o contraditório.

- Algumas dessas pessoas, sequer têm a intenção de persuadir aos contrários, mas de destruí-los. Esse pensamento heterodoxo, lhes é transmitido por alguém ou por algo em que acreditam, porém, sem liberdade para pensar e para escolher. Mais ainda: se algum dos que defendem as suas bandeiras – as bandeiras dos adeptos do *vem que tem* – os traírem, fiquem certos de que o ódio tomará conta dos *traídos,* cuja implacável ira não abandonará a perseguição contra aquele que os abandona. Ainda nesse campo, mas na pequena área dos políticos, o que bastante se vê entre eles é o linchamento público, ao invés de pretensas discordâncias de princípios ou de opiniões. Aliás, político não tem que ter opinião, mas princípios, metas. Mas, conseguir-se isso sem desconformidade, sem espírito de engajamento; sem o desarmamento dos rancores; sem optar-se pela assistemática concordância, ao invés de opor-se mesmo que intransigentemente, parece mesmo que teremos que aguardar de braços cruzados, pela obra de um milagreiro, de um taumaturgo, de um visionário. Ademais, o mundo vive praticamente em eterna luta entre os rotulados de esquerdistas e os liberais. Só não se sabe se o fim desejado será o mesmo.

- Mas admitindo-se que tanto uma como outra das facções deseja, ao fim e ao cabo, buscar a felicidade social, poderia se dizer que, apesar de terem ideias diferentes para alcançar o bem comum, o mesmo fim; não deveriam se maltratar, pois que no fundo o que desejam obter como resultado é a mesma coisa que ilumina a uns e a outros. Isso me faz lembrar aquela antiga figura que, para explicar o espírito de cooperação, mostra dois asnos presos entre si, a querer comer no mesmo instante, lotes de feno que estão equidistantes para um e para o outro. Seria mais proveitoso que a esquerda e a direita se unissem, pelo menos no que é comum às duas vertentes, para resolver, ao menos essa exaustiva pendenga. De todo modo, as mudanças sociais que se apregoa como necessárias, terão que ser civilizadas, evolutivas, de crescimento e de abertura e, sem radicalismos e confrontos. Qualquer mudança também deverá ser feita sob a ótica de que, a função de líder é transitória e, que, cada governante terá tempo certo para governar. Não será produtivo e não se obterá os resultados apregoados se, de quando em quando, ou mesmo ininterruptamente, o comando volte às mãos de quem já passou pela liderança que dirige a nação, o estado ou o município, sem obter o sucesso prometido em campanha.

Agenor seguiu garantida a palavra, a saber:

Essa forma romântica de adorar um mesmo ídolo por tempo demasiado, na mais das vezes não tem trazido resultados satisfatórios, não só aqui, como em outros países. No entanto, ainda é de destacar que, qualquer regime não poderá descartar que terá que chamar para o Estado um suficiente e amplo sistema de saúde pública sanitária, preventiva e curativa; um exemplar modelo de ensino que consiga transmitir à população, em especial aos mais jovens, conhecimentos indispensáveis à obter capacidade de trabalho digno e suscetível de mantê-la economicamente ao sair dos cursos de grau médio E, no terceiro e quarto graus, sobre ciências que possam devolver à sociedade parte da bagagem cultural que encubaram durante a trajetória escolar. Por fim, como é consabido que hoje o homem vem cada vez vivendo mais tempo do que outrora vivia - na mais das vezes esse tempo de vida vem superando em anos o tempo de atividade profissional -, impõe-se um sistema seguro e garantidor de previdência pública, que deverá ser garantido e reconhecido como necessário, imperioso e intransigível.

- Um último item, diz respeito à segurança, que deverá ser esquadrinhada, analisada minuciosamente, para se saber de onde parte esse verdadeiro terremoto, esse avassalador tsunami mantido e vigente a tantos anos, especialmente nas cidades mais populosas. Não é mais possível que a população se mantenha refém de criminosos e, que, as instituições criadas para combatê-los e extirpá-los do convívio social continuem a se mostrar impotentes e vencidas nessa cruel e sangrenta guerra que pertence ao cotidiano dos brasileiros. Uma situação que que se tornou difícil de ser revertida, porque o nosso país se notabiliza politicamente, por querer preservar a pessoa do mandante; do chefe. Aqui, tanto quanto houver espaço, sempre haverá alguém mandando, ainda que lhe possa faltar em quem mandar e o que mandar. Alguns mandam porque têm mandatos e outros, expedem mandados. Mas há ainda os que apenas têm cheiro e pose de mandantes e, assim, exigem um tal respeito que dizem *lhes ser devido*. Imagine-se que, nesse grande número de assessores de deputados, senadores, vereadores, ministros, juízes e o quanto mais tem direito a exigir tais subalternos, quanta gente miúda que para lá entrou pelo buraco malcheiroso do rolo sujo, não estará por aí a exigir *respeito*. De tudo o que almejam fazer e muitas vezes fazem, não escapa o patrulhamento ideológico, bem colocado por Cacá Diegues. São os mesmos que, por razões escusas, mas por eles mesmos bem sabidas, dão espaços àqueles que se dizem seus amigos, defensores e protetores, mas *não o são*, para recebê-los como *Senhores*, com mesura e jugo, tal como se carregados em andor ou liteira.

E, seguiu o companheiro de mesa:

- Uma das suas tarefas é a de introjetar a sua cultura na cabeça de adolescentes idealistas de um futuro que nem eles mesmos sabem definir concretamente. Dentre esses jovens há uma corrente contrária a tudo e a todos – são os que se consideram incompreendidos pelos que pensam, ainda que pensem como eles imaginam. São os chamados de *absurdos*; isto é, aqueles que de tanto serem contrários a tudo, chegam a ser contrários a si mesmos. A expressão maior da política pode se exemplificar com o círculo - circunstância em que todos são iguais e, cada um não é mais nem menos do que o outro que ali está reunido. Dele, ninguém é excluído nem goza de privilégios, porque a todos é dada igual oportunidade. Tudo o que se cria ou que se faz passa por todos e, até poderá voltar à origem; ao início, depois de consagrado por todos do grupo.

Agenor disse mais depois de outra pequena pausa:

- Está mais do que na hora de descobrir essa história que alguns pregam, dizendo que o fazem em defesa do povo. Mas, pergunta-se: o povo tem sido consultado sobre os tais propósitos e sobre as formas de os alcançar? Será que o povo deseja para si o que eles dizem ser o ideal? Ou será que esses vibrantes pregadores não estarão tendo resultados que os beneficiem, ao invés de favorecer ao povo? Nesse meio todo há gente mal-intencionada; de caráter duvidoso; que se diz defensora dos interesses do povo, mas que muito aproveita em seu favor. Gente que pensa que a inteligência alheia é coisa do mal; que não admite que da inteligência alheira vertam coisas boas. Pessoas que não admitem que alguém possa pensar de modo diferente daquele por eles abraçado, sem com isso pensar em traição e revanchismo. Não importa o lado em que está essa gente de cabeça pequena, mas o certo é que têm que se convencer que a Terra é redonda e, assim, é certo que haverá pessoas que pensam de outra forma. São pessoas perigosas, porque convencidas de que salvarão a humanidade de alguma catástrofe social, esquecendo que esse tsunami já está por aqui desde antes deles chegarem e, nada de certo e de bom tem sido feito para proteger o povo contra os repetidos abalos sísmicos.

- Esse demorado descaso para com as urgentes necessidades da população mais desassistida, um dia poderá levar o país a uma convulsão (uma revolução proletária), aqui não desejada, mas pensada pelos seguidores do marxismo. Certamente que nesse complicado e ladrilhado meio, há pessoas de ação; homens que agem; há pessoas de palavra; que não apenas falam, mas executam o que defendem. Todavia, ainda está sendo raro encontrar quem seja capaz de conjugar os dois verbos, os transformando num só ato. De toda sorte, parece que a população aguarda com ansiedade pelo aparecimento, em maior quantidade, de um *novo tipo de homem* nos circuitos da disseminação de boas ideias; com crença na troca de pessoas viciadas na desonestidade e na incapacidade de fazer melhor pelos interesses da sociedade; varrendo de uma vez por todas, alguns que aí estão para nada fazer além do proveito próprio; tudo mediante meios legítimos e pacíficos de impor-se contra a repisada resistência. Já é por demais sabido que, exceto *eles*, todos os demais componentes desse idealismo, vive mal; mudando apenas o lugar que ocupam na escala social. Esses senhores, que se dizem ter bebido em ricas fontes da literatura política, certamente não vêm fazendo jus ao que leram, ou, pelo menos, ao que entenderam de ilustres autores; dentre tantos outros, de Friedrich Engels e Karl Marx, que patrocinaram uma das maiores publicações sobre um desses temas, em todos os tempos - o Manifesto do Partido Comunista.

- Tanto por aqui, como em países próximos e na Europa, foi sentida a deturpação da bandeira que seus atores levantaram. Assim fazendo, com o passar do tempo, aquele que já foi um dos mais influentes textos da nossa era, depois se tornou obsoleto; de forte desvalio; sem força inspiradora. Assim que, de nada adianta hoje continuar a se falar sobre algo que, tendo tido o seu apogeu, não mais resiste aos fatos que escreveram a História mais recente. Mas na direita também há a turma do *papagaio de pirata*. É formada por pessoas que, nem tão abastadas quanto os reais capitalistas, a eles se juntam, não apenas na calada da noite, mas durante todo o dia e, sempre. Só que esses, embora não sejam capitalistas da *gema*, porque em maioria são *pelados*, usam diariamente a mesma casaca: durante o dia e durante a noite; dia a dia e mês a mês; ano a ano. Todavia, não escapa da minha observação que, aqui há lugar para todos os tipos de ideologias: a dos liberais, lideradas pelos capitalista e alguns poucos intelectuais; a dos socialistas, sobre as quais bastante falei; a dos comunistas, como uma vertente mais radical da esquerda, mas mais centrada e mais coerente com o que defende, segundo penso; e, também outra parte dos intelectuais; ainda há a de centro, que na verdade não abraça com firmeza qualquer ideologia e, não se mantém por muito tempo num ou noutro dos princípios defendidos pelos principais partidos a que, vez que outra se aliam. Porém, cada uma das instituições criadas ou formadas, tendo por base princípios ideológicos próprios ou adquiridos, também se diversifica e se ramifica em várias facções: mais radicais ou mais brandas.

- Certo é que, para virtude da democracia aqui reinante por bom tempo, sempre há lugar para todo e qualquer tipo de pensamento ideológico, sem que com isso se venha a prejudicar quem o defenda. E, por incrível que pareça, ainda há gente empunhando cartazes e proferindo discursos reclamando pela democracia. Afinal, o que essa gente pensa ou entende sobre o que seja democracia? Isso, se não é subversão da ordem institucional vigente, não sei que nome se poderia dar. Imaginam também que a ignorância seja uma boa maneira de subverter o homem, esquecendo que ao pretenderem transformá-lo em algo menor do que um animal, poderão levá-lo a se tornar uma fera incontrolável.

Lívia, esposa dele, todavia sempre discordara de alguns conceitos fisgados pelo marido. Apesar de serem grandes amigos, em matéria de política e de futebol jamais se acertaram. Para começar, ela era torcedora do Internacional e, ele, fanático gremista. Sempre com a carteirinha do Grêmio no bolso, Agenor não perdia partidas do seu clube, com o qual muitas vezes viajara em dias de grandes disputas. Convidado mais de uma vez para integrar a diretoria, nunca aceitou; mas sempre colaborou com bom dinheiro. Lívia, já não tinha o mesmo fanatismo pelo Internacional, inclusive só teria assistido jogos no estádio Beira-Rio em duas oportunidades, quando ainda eram solteiros. Porém, dia de partidas do clube do coração, desde cedo reservava lugar em frente à televisão, não permitindo ser perturbada antes de encerrado o jogo.

A discussão sobre política entre o casal era bem mais amena do que quando se tratava de futebol. Porém, nunca esqueceram do recíproco respeito - o que vinha atestado nos tantos anos de casados. Mas ela não deixaria passar desapercebidas as manifestações do marido, ainda que, em parte as pudesse contrariar. Por absoluta educação, não o interrompeu durante a sua fala, mas logo que teve oportunidade tomou a palavra. Como disse, ela não desejava sair daquele jantar, tendo que misturar a boa comida preparada pelo *chef*, com a entrada rançosa e regurgitada por Agenor. Batendo levemente com um talher num copo, começou assim:

- Não gosto de discutir sobre políticos, embora goste de falar sobre política. Sou contra falar sobre políticos, porque no meio deles, muitos vestem a camisa de hipócrita - não de Hipócrates, consagrado Pai da Medicina -, mas daquele que finge comportamento diverso do que realmente pratica; que aparenta ser pessoa diferente do que é. Esse termo, hipócrita[138]era atribuído aos atores que, através da sua arte, representavam um papel para diversão da plateia. Agora, com outro sentido, vem se expandindo não apenas na política, mas também noutros centros de disputas de especiais interesses. Ressalvo já, que não são todos, talvez nem tantos, mas o suficiente para bastante macular a turma do passo certo. De todo modo, contrariando o que a pouco disse, não sei da possibilidade de se falar sobre política, sem, todavia, ter que falar sobre políticos. Mas, como a conversa está entre amigos, acho que poderei me soltar mais um pouco e dizer o que penso deles.

- Começo dizendo que a muitos deles falta um tanto de vergonha ao se sentirem felizes, alegres e esbanjadores à custa do erário, diante do inevitável conhecimento público da miséria de tantos semelhantes. Aliás, juro que nem sei mesmo se são *semelhantes*. Chego a acreditar que, pelo menos aqui, somos formados por variadas espécies de piso, em que alguns poucos andam sobre ladrilhos banhados em ouro e tapetes mais caros que os alicerces do prédio; enquanto outros pisam em pedra bruta e irregular. Ainda resta a maioria, que pisa em chão batido, arenoso e embarrado. Uns têm o raro privilégio estatal de trafegar em carro de luxo blindado, e viajam no assento traseiro; outros, se espremem em ônibus e vagões, por onde algumas balas já atravessaram os vidros e vitimaram passageiros que, por não terem igual sorte que os primeiros, se encontravam na hora e no lugar errados. Os terceiros, nem isso e nem aquilo têm. Todo deslocamento é feito na pernada; sobre chinelos de borracha com solas gastas ou, com os pés no chão, mesmo. Tem gente com menos de 50 anos que, de tanto arrastar os pés no asfalto e nas tijoletas, tem mais calo na planta e no calcanhar, que sola de coturno.

Ela fez rápida pausa enquanto virou o pescoço para todos os lados, na tentativa de certificar-se que nas imediações não havia algum político, que, ao ouvi-la, pudesse estragar a festa. Lívia bem sabia que com gente fanática não há espaço para discussões e, que são capazes de surpreender qualquer um, mesmo que não tenham sido chamados a dar palpite:

- Retomando o assunto, os que pensam em contrário ao que disse Agenor, talvez possam se alinhar ao meu pensamento. Mas, já vou dizendo que sou bastante liberal quanto à opinião dos outros; sempre soube e continuarei sabendo respeitar o pensamento alheio. Porém respeitar opiniões, não me impede de poder discordar. Sou redondamente contra ao que ele acabou de dizer. E Agenor bem sabe disso. Entendo como correta a sua crítica quanto aos pseudo-socialistas de oportunidade. Porém, acho que ela não se basta. De nada adiantará criticar essa mediocridade quase que institucionalizada, sem atacar o mal na sua vertente. Agir dessa forma é o mesmo que queimar pólvora em chimango; é o mesmo que o marido ao ser traído ir dormir no sofá, mas continuar vivendo com a mesma mulher. De nada adiantará essa alegoria da pseudo-esquerda festiva, enquanto continuar batendo copos com a direita e, esta, os saudando. Com toda certeza, uma das maiores causas desse incrível desequilíbrio social – que existe não apenas no Brasil –, resulta da desmedida concentração da renda nas mãos de alguns poucos abastados, em detrimento da esmagadora maioria de pobres e miseráveis. No dia em que essa enorme diferença deixar de existir; no dia em que a distribuição da renda for equilibrada - mas não precisará ser equitativa -, de modo a dar oportunidades a todos, certamente a pobreza e a miséria deixarão de existir, pelo menos no acentuado grau em que hoje existe.

- Mas isso dependerá de uma decidida vontade política; de uma reforma nos conceitos atuais; de uma mudança estrutural no comando de cada um dos países que, em sua grande maioria ainda padece desse inegável e corrosivo mal. Sem maior esforço, se poderia dizer serem homens (e mulheres) que carregam em suas ideias e propósitos, pensamentos obscenos. Bem se sabe que a riqueza não resolve todos os problemas da Humanidade. Também, que ela não seria a prima bonita da feiura; nem desalento e culpa de todas às dificuldades que existem na Terra. Mas também é certo que a riqueza apara muitas das asperezas pelas quais se atravessa na vida. Entretanto, enquanto os pobres reclamam por ter que suportar a velhice sem dinheiro, nenhum rico suportará a vida no ocaso, sem que encontre paz consigo mesmo. Enfim, a política é uma enorme salada - possivelmente russa (disse ela em meio a um sorriso). Mas, de todos os lados e de todas as agremiações e tipos de pensamentos, conceitos e ideais, destaco o trabalho de alguns líderes que usufruem da especial capacidade de manipular a obscura e por vezes profunda inaptidão para pensar, de alguns dos seus seguidores.

- Sem a livre permissão daqueles, agem como ventríloquos que movimentam e dão vozes a bonecos em perfeita e fina sintonia com o que dizem. Então, seus simpatizantes se tornam capazes de obedecê-los em tudo, com absoluta perfeição, tanto em palavras, quanto até em gestos. E, para sorte de todos, contam com uma plateia de não menos iguais, que a cada vez que os assistem, os aplaudem vibrantemente. Ruy Barbosa dizia que a regra da desigualdade entre as classes sociais, resulta de se *"...quinhoar desigualmente aos desiguais..."* Disse mais: *"Tratar com desigualdade a iguais, ou desiguais com igualdade, seria desigualdade flagrante e, não igualdade real." "Os apetites humanos conceberam inverter a norma universal da criação, pretendendo, não dar a cada um, na razão do que vale, mas atribuir o mesmo a todos, como se todos se equivalessem."* E, então, arremata: *"Essa blasfêmia contra a razão e a fé, contra a civilização e a humanidade, é a filosofia da miséria, proclamada em nome dos direitos do trabalho; e, executada, não faria senão inaugurar, em vez da supremacia do trabalho, a organização da miséria."* [139]

Nova pausa, e Lívia fez nova investida em torno do que parecia ser um tema atrativo. Apesar de nem sempre convidativo para uma noite de descontração, mas o grupo era formado por pessoas inteligentes e, que pareciam estar interessadas pelo assunto. Um olhar coletivo dirigido a ela, possivelmente a teria entusiasmado a continuar a queimar a sua lenha. Além do mais, a reunião não tinha como objetivo exclusivo degustar os alimentos listados na vasta e diversificada carta do restaurante:

- Não é possível continuarmos assistindo de braços cruzados a penúria por que passam pessoas sem acesso a elementares direitos indispensáveis à vida e à felicidade. Não se venha dizer que, quem carece de alimentação, de habitação, de acesso à tratamento médico, à água potável, ao trabalho digno, à segurança básica, à educação, possa ser feliz. Possivelmente, porque alguns que já viram essas pessoas sorrindo, pensam que são felizes! Como se nem sorrir pudessem! Como se o sorriso fosse sinal de felicidade, ao invés de alegria! Pessoas que sofrem também têm espasmos de alegria – o que não se confunde com felicidade. A pobreza algumas vezes se apresenta tão irresoluta, que permite às pessoas rirem da própria torpeza institucional à qual pertencem. É o pobre e o miserável rindo da própria vida; pobre contando anedota de pobre. Todavia, na contramão do que aqui exponho, deixo espaço para a controversa: se defendo que não seja possível alguém ser feliz quando lhe faltam as condições básicas para viver, de outro lado, não posso deixar de entender que, apesar de não encontrarem felicidade na situação em que vivem, essas pessoas podem encontrar tal sorte em outros fatores. Imagine-se, alguém morando na rua, mas feliz por saber que os seus filhos transitam por caminhos corretos; porque, além de morara na rua, se sente feliz por ter boa saúde; por ter boas companhias, com quem poderá contar nos momentos de dificuldade; por não estar enfrentando problemas financeiros ou morais, que o lavassem a algum constrangimento ou imposição legal.

- Porém, ainda é correto destacar, que entre os miseráveis se pratica o mesmo que São João pregava: *amar uns aos outros*. Não sabem os impostores que, para os coitados é motivo para piadas e deboches, a débil futilidade de desfilar um batalhão de homens sem garbo, sem vergonha, e sem força. Além disso, a sua sabedoria tem marcada na lembrança, que quando inicia o *alegórico desfile*, sempre tem destaque um galante, arrogante e pedante chefão, em pose de que se viesse sob um dossel, seguido pelo séquito de submetidos que se curvam aos seus caprichos e desfazem nos que lhe estão abaixo. Certamente que sim, pelo menos na televisão, quando a cena os imita! Não se está pensando numa sociedade que para ser justa, imponha a extinção de classes. Isso é uma utopia. Isso não existe. Divisões em classes sempre existirão; pelo menos duas delas: a dos que dirigem o Estado e a dos que se sujeitam às ordens do comando do Estado (ela sorriu um pouco e continuou). Isso, sim, não é uma utopia, pois existe e continuará existindo. Que me aponte quem provar em contrário! Mas no fundo sempre existirão mais algumas outras classes, talvez *recessivas*.

- Nem mesmo na Rússia de Lênin isso foi possível de acontecer. Mesmo aqueles que, primeiramente, apoiaram a política bolchevique, tão logo se convenceram de que a pretensão culminaria no monopólio do poder político pelo Estado, além de outros cruéis agravantes; como o domínio da mente pública sobre o proletariado; e, agressões psicológicas e um forçado ateísmo, renunciaram aos propósitos iniciais. Esse desmonte, que tem sido lento e demorado e, ainda não terminou, não tem encontrado resposta à crítica ocidental sobre o seu papel em relação aos direitos humanos. Mas isso tudo é lá com eles. Incrivelmente, já li em importante obra sobre política e filosofia, que certo Chefe de Estado de grande estatura - de grande estatura o Estado e o seu governante -, se pronunciou em discurso proferido na primeira metade do século passado, de que não haveria lugar no seu país para mais de um partido. Que, um só partido ali poderia existir - razão pela qual ele entendia que a sua Constituição era a única completamente democrática. Durma-se, pois, debaixo dessa ardente democracia. Que não se instale por aqui, pelo amor de Deus! Para salvação dos que ainda não se afogaram. Dmitri Volkogonov diz que Raisa, em suas memórias lembra que o seu marido Gorbachev ao dizer-lhe que provavelmente sucederia a Chernenko, confessou-lhe: *"Tem sido impossível fazer qualquer coisa importante, de grande escala, adequadamente preparada. É como um muro de tijolo...não podemos continuar vivendo assim."* E, ela seguiu em suas memórias: *"Foi a primeira vez que ouvi aquelas palavras...Naquela noite, acho eu, começou um novo estágio que causou grandes mudanças em nossas vidas."* [140]

Lívia fez pequena pausa para tomar um gole de vinho e retomou ao assunto. Não, sem antes ter perguntado a todos, se haveria espaço para a ouvirem um pouco mais. Como a maioria ascendeu à interrogativa e, dois deles ficaram calados, ela dirigiu-se àqueles que nada tinham dito, para deles tirar a resposta que esperava. Afinal, poderia ser que os *mudos* não desejassem continuar ouvindo aquela ladainha, mas nada teriam dito por mera educação e respeito:

- Esses pseudo-burgueses (que não devem ser confundidos com Pequeno-Burgueses, da obra de Górki), vivem numa reprovação meramente teórica, capaz de alimentar o seu orgulho, o seu ego, mas sem resultado capaz de solucionar o grande mal que alegam defender. No fundo não defendem ninguém, apenas se defendem de uma perigosa mudança radical que um dia possa eclodir. Essa vida de pseudo-burgueses, ao invés de ajudar, mais atrapalha. Aperte o peito dum bilionário e tenha certeza de que achará dinheiro para dividir com alguém; aperte o peito dum etiquetado e, por certo nada sairá do seu bolso. Não, porque não tenha alguns trocados, mas porque não divide; está sempre de olho no sinal de "+". A matemática dessa gente não comporta sinais negativos; é o tudo para mim e o nada para os outros. Defendem que o mal está na concentração de renda nas mãos de alguns poucos abastados bilionários; o que não deixa de ser uma verdade.

- Mas vasculhem as contas de poupança e de aplicações a curto e médio prazos desses fanfarrões, e verão que também contribuem para a concentração da renda. Só são capazes de algo cederem dentro do contexto: *é dando que se recebe.* Se declaram anticapitalistas, mas vivem e usufruem do capital, que lhes proporciona além de tudo o mais, o direito a uma vida no ócio e, dinheiro para sustentar as suas escassas vaidades; as suas mesquinhas ambições. Tal como cantava Cazuza em *Ideologia*: "o que essa gente mais aprecia é frequentar o grand monde." Muitos deles, são "estipendiados" pela sociedade – expressão que tomo emprestada de Engels, na tradução para o português.[141] Se dizem antiespiritualistas, mas reservam os dias de feriados santos para alterar as suas rotinas, as aproveitando com passeios a lugares caros e atrativos. Por simples prazer, sujeitam-se à dependência daquelas, por eles mesmos rotuladas de *classes privilegiadas*, que, contraditoriamente, condenam em suas conversas e gestos. Atuam como um moto-próprio; isto é, se reutilizando da própria energia gerada em si mesmos, *ad aeternun.*

- Parafraseando o que ouvi dizer em certa ocasião, é que em certas circunstâncias eles precisam fazer um *contorcionismo* mental para justificar o que aos olhos de todos é injustificável. Andando sempre com o peito estofado, esquecem que a modéstia é a forma mais destacada de todas as virtudes do homem, enquanto a soberba se enquadra dentre as mais tristes e indesejadas. Os seus erros, como magia, se escondem no fundo das suas palavras fantasiosas e tão mentirosas quanto eles. Mas as pessoas afetadas por essas falhas as captam com segura facilidade e não as esquecem, porque eles continuarão na superfície.

- Edificados sobre hipóteses falaciosas, os seus argumentos não se mantem de pé diante dos seus opoentes e, até mesmo de alguns fiéis correligionários. Afinal, ninguém desconhece, nem eles mesmos, que ao misturar o joio com o trigo, certamente algo de errado acontecerá. Pena que a maioria desses arroubos terminam ficando por conta da estiagem que matou a plantação. É lamentável ter que dizer que o errado fica denegrindo o correto. É desse jeito que o condenado idiotismo, querendo solapar as inteligências, algumas vezes as deixa confusas e, noutras vezes, até as convencem das suas besteiras. Essas bobagens ditas por *alguns muitos*, têm servido de poleiro para o acesso a cargos distinguidos, com o triste resultado de contribuir para uma República de idiotas. Mas, há constante necessidade de se transpor algumas barreiras. Já é momento de transformar boas ideias em realidades. Predigo que, ideias enquanto não são transformadas em atos, de nada valem. Os acalorados debates e campanhas, enquanto não chegam a consenso, não servem a nenhum dos lados e, ainda retardam a execução de válidos projetos de pessoas bem-intencionadas.

- Acostumados a abrir verdadeiros arcos de colisão diante de interesses fundamentais, desfiguram ou procuram desfigurar o propósito de alas ditas conservadoras - e conservadoras realmente são -, que transitam com o mesmo sentir por aqueles pressentido, mas, que, sabe-se lá o porquê, alegam ser contrários. Muitos do que esses políticos de carteirinha pregam são mentiras e, não enganos, pautados que são num sistema que sabem ser utópico e carregado de inverdades. Um sistema como esse, não resta dúvida de que não poderá durar para sempre e, não falta muito para ser despejado compulsoriamente pela sociedade organizada e pelo povo - seu principal mártir. Chegamos a um ponto tão crítico, que até a escolha de governantes e parlamentares, ou até mesmo candidatos a esses importantes cargos, é escassa; para não dizer rara. As estamparias expostas nas vitrines dos partidos já estão desbotadas e manchadas pelas luzes do descrédito. E, quem teria competência e honradez para enfrentar o palanque e o paço, não está disposto a oferecer o seu nome à sujeira a que será jogado. Porque essa gente quando está com o timão, prepara a porcaria que jogará sobre aqueles que os substituírem – tudo na tentativa de que a eles se igualem.

- Não é menos certo que alguns pseudo-socialistas - os não autênticos - ainda procuram forçar as massas simpatizantes de suas pregações, a chegar ao socialismo através do convencimento de uma erudição não bem explicada; numa política que, em constante ebulição, levasse os seus propósitos a todos; isto é, de baixo para cima; dos menores para os maiores; da plebe para o capital. Todavia, a decepção está no fato de que, contrariamente ao que respiram como verdadeiro, querem impor a todos essa repetida e fracassada tentativa. O movimento do proletariado só terá sucesso, uma vez que tenha nascimento e expandido em suas origens. Aquele que não o tem como parte dos seus anseios, não põe a cabeça a risco, nem o corpo a luta. Em caso contrário, não conseguirão atingir a sua principal meta – derrubar o capitalismo. Bem que poderiam ser chamados de idiotas-úteis os integrantes dessa crescente avalanche de seguidores de opiniões, que logo poderão se tornar inocentes-úteis, para não se enquadrarem no termo anterior - um tanto pejorativo -; para quem a inocência e a sinceridade para se enfileirar na tropa, não permite saber bem para que serve, nem para onde os levará.

- Tal como se *adaptados* a um par de antolhos, muitos deles parecem querer retroceder à época em que vigia uma espécie de teocentrismo, no qual a vertente dominante estaria centrada nas mãos (ou nas cabeças) de um diminuto número de deuses; ou, quiçá, de apenas um deus. E o tempo passa, mas nada os faz; mas parece que adiante os fará mudar. Pior, ainda: não sabem o que, a rigor, poderá trazer de vantagem e de benefício para a sociedade. Dou-lhes um conselho: um *especial* modo de entender o que seja política e as diferentes formas de Governo, eles poderão obter lendo Thomas Hobbes, se é que essa gente tem algum pendor pela leitura; pois a maioria costuma ir ao reboque, na garupa ou na rabuja dos que curtem bons livros sobre os temas que eles defendem. Esses pseudo-socialistas de taberna, parece que estão bem identificados numa oportuna passagem do livro de Donatella Di Cesare. Parece terem posado para a foto em preto e branco que, de tão velha, já está amarelada. Embora discorde de muito do que o autor publicou no seu livro, assim ele disse: "*Demagogos e agitadores, verdadeiros protagonistas do neopopulismo, têm em vista um 'retorno ao povo', certamente não para promover o germe da revolta, mas sim para cultivar a recriminação e fomentar o protesto dos ressentidos que, redescobrindo o senso comum popular, a rude esperteza das massas, os caros e velhos hábitos do povo, podem finalmente descarregar os seus ressentimentos contra a elite, os 'podres fortes', os tecnocratas, os especialistas, os intelectuais radical-chique.*" [142]

Em curso na sua preleção, Lívia foi observada por Norma, que a sua comida iria esfriar. Seria, talvez, um sinal de que o assunto já estaria na hora de encerrar. Ela agradeceu, dizendo, todavia, que logo encerraria a sua fala. Sorrindo disse: se não, estarei sujeita a comer uma comida fria. Mas, continuou, com argumentos ainda mais pesados:

- Essa leprosa atividade deles - desculpem pelo pesado termo -, serve de sombra para quem tem obrigação de resolver o grave problema de quem vive à margem da sociedade. São alguns dos que sobem em palanques ou que aplaudem os arautos da mentira, dando azo a cada vez mais se distanciar a verdade, da necessidade. Como grandes jogadores de pôquer são ágeis no embaralhar das cartas, de modo que a *sorte* sempre está ao seu lado e, nunca ao lado daqueles que dela precisam. Não sou contra por defenderem bandeiras socialistas; pelo contrário, penso de igual forma, embora eu aja de modo diferente. Para aqueles que admitem que capitalismo é sinônimo e corrupção, como pensava Jean-Paul Sartre e Simone de Beauvoir, ponham as barbas de molho, porque é um fenômeno presente em quase todos os regimes. Esse é um vírus que existe em praticamente todo o Mundo. Não tem bandeira e, contra ele, ainda não descobriram nenhuma vacina. Aliás, o que existe é um antídoto que confere imunidade para algumas das pessoas afetadas por esses seres invisíveis que estimulam a roubalheira. Dessa forma, ainda estimulam os seus seguidores a não desfrutarem e a gozar do que mais existe de maravilhoso, pois encerram os seus prazeres, na ânsia de combater o que rotulam de burguesia, ainda que desejariam dela participar, se não fossem condenados por aqueles que os norteiam. Se quiserem saber como é o meu agir, me sigam que os ensinarei.

- Vivem em verdadeira atividade de panfletagem verbal, enviando as suas mensagens em meio a bolas de cuspe de saliva contaminada pelas suas absurdas ideias. No fundo, nem eles desejam um regime que os possam comprometer; comprometer a boa vida da qual desfrutam benesses que são direcionadas, indiretamente, pelas classes menos protegidas. Também são eficientes criadores de boatos, cujo propósito é dificultar o entendimento acerca da situação vigente na sua época. Professam a máxima aqui já dita, de que uma mentira repetida muitas vezes, se torna aceita como uma verdade. E, sem dúvida, nisso são muito bons; excepcionais. Buscam inviabilizar o raciocínio dos opositores, não lhes dando chances para pensar diversamente deles. Têm o propósito de viverem como os burgueses, sem serem confundidos com estes e, também, sem serem considerados nobres. Todavia, abominam a nobreza, enquanto procuram imitar o *modus vivendi* dos burgueses. Contanto, que isso só aconteça a partir do cair da tarde e do início da noite.

- São tipos de pessoas que desempenham dois papéis distintos: um papel durante o dia e no trabalho - os que trabalham -; outro papel à noite, em meios aos legítimos burgueses de pai e de mãe. São as pessoas de uma sociedade diferente, distinguida, se assim pode ser chamada. Mas geralmente são pessoas de boa cultura, todavia, ao se misturarem com os burgueses, não se importam com o que eles sabem. E quando a roda da mesa lhes permite, aproveitam a oportunidade para uma doutrinada sobre socialismo, enquanto aqueles preferam falar sobre as belas *socialites*. Se negam a ser comparados às classes dos chamados populachos, porque, em verdade a elas não pertencem, mas delas se utilizam para as campanhas mais incisivas, para não dizer, mais agressivas. Desajeitados para conviver com suas gravatas e roupas de grife em meio a plebe, parece que à luz do sol ensaiam um balé de desajeitados para a apresentação quando a noite chegar, de uma versão roubada e mal-entendida do Lago dos Cisnes, de Tchaikovski, que, por coincidência, ou não, era russo.

- Enquanto o sol não se põe, defendem as ideias que lhes são transmitas pelo *capo*, como se fosse um *tratado* munido de tal veracidade capaz de não caber sobre os oceanos. E, quem será capaz de combatê-los, de discordar enquanto o final da tarde não se anuncia? Dentre esses, ainda têm destaque os *inocentes-úteis*, que se valem de todos os recursos para destruir a quem os contrariam, mesmo que sem muito saberem o que defendem. Também, dentre esses, ainda há a turma dos perseguidores, que se acreditam indispensáveis para tal serviço sujo; capazes de encontrar a glória, por perseguirem aos opositores; como se cada ato de perseguição ou cada desafeto atingido, fosse contado por votos em favor do algoz obsessor ou do seu candidato. Mas, não se poderá deixar de gizar que, do outro lado da moeda a situação não é diferente.

- Na política, algumas vezes uma moeda tem duas caras e nenhuma coroa. Como contrapeso ao que venho dizendo, há empresários que estendem a mão direita na participação de algo de proveito aos mais necessitados e, com a outra mão, cobra-lhes tais vantagens, com a inclusão dos valores dispendidos com esses benefícios no cálculo dos preços dos seus produtos e serviços. E, se tais participações mais aparecem nas parcerias público-privadas, as PPPs, noutras tantas também compareçam. Tudo, desde que refletido ou espelhado numa fofa propaganda indireta, não poucas vezes sob a forma de noticiário de larga audiência e leitura das melhores mídias. Empresário que se preza não perde dinheiro, nem arrisca prejuízo. Tudo o que sai, a ele retorna sob alguma forma e, em algum tempo. Não poucas vezes, acrescido em seus valores.

Depois de mais um pequeno intervalo em que tomou um pouco mais de fôlego e de água, retomou o assunto. Parece que Lívia não estava disposta a finalizar a sua intervenção, ainda que pudesse comer o gostoso prato quente, já em temperatura desagradável. Mas, os demais não se importaram, porque continuaram bebendo e ingerindo as suas porções de comida:

- Todos sabemos que alguns políticos são hábeis na arte de persuadir e manipular multidões de seguidores e, de até convencerem opositores, de que as suas *verdades* são mais verdadeiras do que as dos contrários. Essas aparentes difíceis fases em que vivemos, parecem se perpetuar e, não apontam traços de mudança para melhor - o que fere frontalmente as nossas esperanças. Não se tem notícia de um real impulso econômico e social, suscetível de reverter essas crises em espiral. E as poucas notícias sobre fatos bons, desaparecem na próxima esquina em que o bonde do desencanto passar; ou, são derrubadas por outras que informam em contrário. Parece que o mapa do Brasil está perdendo o colorido. Será que não estaremos a viver à época de Paris do *fin-de-siècle*, em que no encerramento de um grande período de negação, esses mesmos fatos impulsionaram novos momentos de crença, de esperança e de prosperidade? Tomara que sim, quero crer! Esse demorado tempo e, já quase constante colorido proveniente dos grupos de apoio, por certo que têm encontrado repercussão que os mantém vivos e crescentes. Essa demora justifica o aumento de adeptos que, no entanto, fora de dúvida, também cresce na medida em que algum prócere obtém resultado plausível nos secretos votos obrigatórios. Esses atores, que se confundem com a sua própria plateia, desempenham duplo papel: de atuar e de aplaudir. Há momentos em que são o espetáculo; há outros, em que são os espectadores.

- Disso tudo, um certo consenso há entre os extremos (direita e esquerda): que uma superficial observação ao que eles dizem ser uma *psicologia das massas*, se extrai que ela é motivada por impulsos; por estímulos exteriores. Não há erro em afirmar que a massa não pensa, nem está à procura de um resultado certo, lógico, racional para o que defende. Ela apenas costuma vestir-se com algo que a torne diferente. Como se estivesse vestida com uma fantasia, uma alegoria, que a faça imaginar ser aquilo que a sua máscara quer mostrar. Como alguém que no Carnaval se veste de mulher, não o sendo, e pensa que os outros o confundem com uma mulher. Aliás, ele mesmo tem alguns *espasmos*, a ponto de sentir-se confuso em relação ao papel que está desempenhando. Em alguns momentos e circunstâncias, o folião menos convicto, é capaz de admitir ser uma mulher; quiçá uma linda e cobiçada mulher! Na versão da massa, essa mesma pessoa pode chegar a pensar que é detentora da verdade que divulga; ou que criou; ou que aprimorou; ou que, afinal, até tem seguidores. Pior de tudo, ainda está no fato de que apesar de tantas evidências, ninguém faz algo para retirar de sena esse tipo de gente prejudicial à sociedade e ao crescimento do país. Tudo o que fazem e dizem ser objeto de interesse social, é mera capa de revista, a qual o povo apenas vê as principais manchetes, quando estão dependuras em expositores nas bancas de jornais. Martin Luther King dizia: *"O que me preocupa não é o grito dos maus. É o silêncio dos bons."* [143]

Rosinha, que pela vida que levava talvez pudesse ser maldosamente confundida como uma burguesa - embora não o fosse -, bateu com um talher no prato, para pedir a atenção dos demais. Descontraída, como era do seu jeito, abriu a fala em tom suave, mas incisivo. Todos pararam para escutá-la:

- Não me tomem por burguesa, porque todos me conhecem suficientemente para saber que sou uma trabalhadora como qualquer outro ser humano. O fato de ter sido bem-nascida; por pertencer a uma família que dispõe de bons recursos financeiros e patrimoniais, não deslustra o meu esforço e a minha dedicação pelo estudo, pelo trabalho e pelo reconhecimento de que há muita gente vivendo em situação de penúria. Sempre fui ambiciosa e continuo perseguindo alguns dos objetivos ainda não alcançados. Mas levo tudo a seu tempo, sem obsessão, porque sei que a linha entre a ambição e a obsessão é muito tênue. Em sentimentos, me igualo a todos: aos pobres, aos miseráveis, aos medianos e aos abastados. No meu trabalho, me ombreio com o mais humilde dos empregados da empresa, sem erguer o meu nariz por me achar merecedora de alguma benesse que não seja entregue aos meus colegas de serviço. Claro que na vida fora da empresa as coisas mudam; nem por isso, tenho o costume de esbanjar, nem o defeito do exibicionismo vulgar. Luto por causas mais justas, como as pessoas que sentem a necessidade de um mundo mais equitativo. Esse tipo de procedimento, também é praticado nas nossas empresas, mas não é a isso que me refiro. As empresas da nossa família atendem rigorosamente a todos os encargos sociais e trabalhistas previstos em lei, mas isso é a parte obrigacional. Isso não se cumpre por prazer, mas por exigências legais. Todavia, então, por prazer e por reconhecimento, outras tantas vantagens são liberadas aos nossos colaboradores, tanto em dinheiro, através de gratificações e de bonificações, como transferidas no atendimento à saúde pessoal e familiar; ao pagamento de escolas de servidores e de seus dependentes; de oportunidade de lazer e, até de viagens anuais, conforme calendários e destinos previamente escolhidos entre a direção e os interessados. Assim que, no entanto, penso que pouco adiantará e, certamente não vem adiantando, o amparo que vimos dando aos nossos empregados, se os nossos vizinhos nada fizerem. Os nossos colaboradores representam uma fração muita pequena, perante o universo dos que clamam por mais um tanto.

Depois de breve pausa, enquanto bebeu um gole d'água, Rosinha, mantendo o entusiasmo inicial, baixou mais um pouco o porrete. Se via que ela estava disposta a dizer aquilo que não poderia aguardar por outra ocasião para ser dito. Encontrar uma *plateia* com nível e paciência para ouvir o que ela tinha para dizer, talvez fosse uma chance que não deveria ser perdida. Ocasião como a que se mantinha aberta desde a primeira manifestação, não poderia ser desconsiderada:

- O problema não está localizado numa pessoa, nem

num grupo de empreendedores; o problema é estrutural. Luto por uma liberdade plena e, para que isso ocorra, essa escada terá que reduzir muito os seus degraus, para que todos se mantenham em níveis próximos. Já sei que é impossível, é uma utopia querer igualar todos os níveis: isso nunca aconteceu e, jamais acontecerá. Inclusive já foi dito aqui há pouco. Quem promete um país ou um mundo assim, além de mentiroso, é um crápula; um desonesto; um aproveitador. Deveria ser preso por prometer o impossível de ser cumprido e, enganar a grande massa que nele acredita. Além do mais, creio na ideia de que ninguém busca essa utópica isonomia. Impunha-se, que nos afastássemos dos fascistas; dos nazistas, estes, já em seu ardente retorno sob a forma de anarquistas; de neonazistas; e, de outras formas que eu diria excepcionais e estravagantes. Talvez nos sobrasse como correto, o socialismo.

- Mas nós precisamos de um socialismo verdadeiro; não um socialismo de mentira; de troca-troca; de enganadores; de aproveitadores; por onde transitam alguns ateus, que trocam figurinhas com algumas privilegiadas cúpulas de um cristianismo com sombras de paganismo, que se avizinha do politeísmo que, com algum exagero, também possa incorporar o ateísmo. Também não, um socialismo que se encrespa na base de gorjetas, vales e abonos; da construção de casas de qualidade duvidosa, a serem transferidas mediante escolhas não menos suspeitas. O que se busca é um socialismo claro, objetivo, direto, realista, sem decisões sinuosas nem retornos de oportunidade. Enquanto ficarmos agonizando nessa chapa quente sem os alimentos necessários para consumirmos, só estaremos gastando o óleo que deixa deslisar as conversas absurdas e fanfarreias e, o gás, que queima o oxigênio de que tanto necessitamos para continuarmos vivendo com dignidade. Porém, isso tudo é quase nada, diante da recorrente situação pregada por alguns ditos socialistas, que ao fim e ao cabo, querem quebrar o regime democrático, para substituí-lo, traiçoeiramente, por uma ditadura festivamente alegada como do proletariado. Isso não existe em lugar nenhum. Isso mais se parece coisa de gente doutrinada; que sofreu lavagem cerebral, ao modo praticado por alguns cultos religiosos. É mais uma farsa; um golpe; uma derrubada; uma traição, que pretende transferir o direito ao voto popular, para as mãos de alguns muito poucos, que passarão a ter sob suas mãos a condução do país, segundo os seus mais secretos interesses.

- A disfarçada propaganda antidemocrática, já pinta por vez em quando, aqui, ali e acolá. É uma questão de firmar bem as vistas e, logo se enxergará tudo a olho nu. Essa última situação já tem gerado alguns escândalos, principalmente, porque a corrupção não mais tem conseguido grassar tão solta, como antes se privilegiava. Já há gente grossa denunciando essa bandalheira, só não se sabe ainda, no que resultará quando as cabeças forem cortadas. Por enquanto a coisa tem andado apenas na periferia, no entanto, as descobertas desses malefícios já estão a indicar a participação de gente pesada; de gente graúda, tal como ocorreu num passado recentíssimo. Veremos... As elites – ah! será que ainda existem elites? Se elas existem, parece estarem pacificadas com a turma do perigo. Aí sim, se tal for possível de acontecer, será a vez de se instalar o verdadeiro *vale-tudo* conjuminado com o *salve-se-quem-puder*. Esse inchaço artificial da nova classe média, já dá mostras de que não durará e, quando ruir, muitos dos falsos *nouveau riche* não aceitarão passivamente o retrocesso para o *status quo ante*. Com certeza, a gritaria será geral e até bem cabível, apesar de que, então, quererem esfolar a culpa contra o governo que estiver de plantão no momento do declive. Isso é o inverso da pirâmide, que está virada de ponta cabeça; é um funil, no qual só passa na sua extremidade uma gota por vez; e a cada gotejamento, a unidade precisa ser previamente examinada e autorizada pelo *laboratório* situacionista, para descer e juntar-se ao grupo minoritário de privilegiados da *pátria mãe gentil*. Mesmo assim, não se pode esquecer que isso se parece, sobre outra ótica bem distinta – que, aqui só serve como excesso de argumentação -, o que disse Friedrich Engels sobre o antissemitismo na sua época: que os protagonistas do movimento sempre eram os mesmos, mas o coro vinha da ralé ululante da *pequena burguesia*. Pascal afirmava que *"Todos os homens...são quase sempre levados a crer não pela prova, mas pelo atrativo."* [144]

E, seguiu:

- Essa ralé, que de forma indireta participa da política, no entretanto nunca chega à condição de *príncipe*. Resumidamente, se pode dizer que Platão afirmava, com outras palavras mais grosseiras (estúpidos), que o homem comum, o público em geral, era por demais despreparado para contribuir ou participar de decisões públicas. Desaconselhado que o pensador fosse, ao entender que os cargos de gestão pública deveriam ser exercidos apenas por filósofos, quanto ao resto parece ter algum bom acerto. Todavia, em contrário ao entendimento esposado por Platão, Colin Bird assim retruca: *"Esse certamente parece ser um pressuposto apressado (bem como arrogante). Sem dúvida, o público é, de fato, muitas vezes 'desinformado' em relação às complexas questões da política pública, como o controle do fornecimento de dinheiro. Contudo, pode-se responder que, em vez de abandonar a democracia em favor do regime tecnocrático que não presta contas, um remédio mais apropriado seria educar cidadãos democráticos melhor do que o fazemos presentemente."* [145] Porém, o próprio autor logo expõe as dificuldades e *desnecessidades* de um projeto de educação em massa para qualificar enorme contingente de habilitados em economia. O tema é longo e vale a pena melhor conhecê-lo. Por isso, aconselho lerem a boa obra que orientou a minha participação nesse tema.

Depois de uma nova pausa, Rosinha foi adiante:

- Não precisaremos nos distanciar muito daqui, onde agora estamos festejando a vida, para nos depararmos com lugares onde falta de tudo e onde não há espaço para faltar mais alguma coisa; onde a falta tomou o lugar de tudo; inclusive o que não falta, é vontade de sair daquela absoluta e absurda miséria. Ali, a pobreza instalou-se e cresceu em verdadeira progressão geométrica, para alcançar uma expressão na undécima potência na escala de pobreza. É um lugar em que falta não é uma exceção, mas a regra; não é o parágrafo nem o inciso, mas o *caput* do artigo, ou ele mesmo por inteiro. Por lá, as intimidades que deveriam ficar protegidas pelas paredes das casas, são vistas a céu aberto, pela falta de alternativa que os deixem esconder as coisas próprias das suas privacidades. As manifestações de sexo, que por vezes iniciam no boteco da vizinhança, nem sempre conseguem chegar ao seu apogeu antes do casal entrar em casa. E, quando ali chega, não poucas vezes se depara com a cama ocupada pelos outros tantos membros da família sempre faminta por tudo. Piolhos, chatos, verminoses, raquitismo, sujeira, água não tratada, esgoto a céu aberto, lixo descartado na frente das casas, miséria total, absoluta, desesperada - esse é o retrato iluminado daqueles horríveis lugares. Amorosos animais domésticos, disputam o espaço e a comida, assim como a falta, com os seus fiéis donos. Mesmo assim, essa gente ri e sorri; canta os sucessos populares; suporta gigantescas filas de entrega de cestas básicas, cujos conteúdos nem sempre são suficientes para atender ao apelo de toda a família; e, de insignificantes, mas badalados abonos em dinheiro, para os quais do mesmo modo se sujeitam a madrugar em filas infindáveis. Enfrentam o terror interno que, para eles, é mais letal do que o externo. Esses, são os que sequer têm o auspicioso desejo em peregrinar, pois não acreditam mais em encontrar a chama do milagre que os possa aquecer.

- Se, no inverno se aquecem entre corpos encolhidos e

justapostos; no verão, não suportam ao calor que durante a noite se associa ao sem-número de insetos provindos das valetas cheias de água putrefata e a céu a vista. Acho que além da falta de competência nas lideranças políticas para meter a mão nesse buraco fundo, há o medo em quem o queira escavar; porque há notícias abafadas de gente que foi morta por querer meter o nariz nessa sujeira. No entanto, parece que já está em curso uma luta contra a imoralidade pública. Alguns grupos de *moralistas* parecem querer levar à forra os culpados, mas ainda não se sabe se realmente são pessoas *moralistas* dignas de ser chamadas de *moralistas*, ou se, se trata de mera troca de comando com propósitos iguais ou assemelhados. Só o tempo poderá dizer, porque as bolas de cristal estão em falta por esses tempos sombrios e, ninguém arriscará fazer previsões. Está para mais do que na hora de abortar essa gente, retirando de cena todos os fulanos, beltranos e cicranos que ainda mamam nessa gorda teta que, no nosso caso, se chama Brasil. Por sorte que o antes malvisto instituto da delação – o do conhecido *dedo duro* -, agora vem ressurgindo entre os grandes e com o aplauso do Judiciário e da população. Só me resta dizer, Amém!

Rosinha fez um breve intervalo, mas demonstrou ainda ter mais para falar, pois ainda não tinha esgotado o seu pensamento. Que bom que o pessoal parecia ser todo *de casa*:

- Tenho alguns colegas na empresa que, apesar de pertencerem ao grupo dos falsos socialistas; daqueles que também desfrutam das coisas que de outro lado condenam, quando criticados se defendem dizendo que nada há de errado compartilharem mesa e festas com pessoas que eles próprios condenam. Tem um engenheiro que trabalha no mesmo meu setor, de quem sou colega há muitos anos e nos respeitamos bastante, que diz que faz a sua parte em defesa da sociedade. Afirma que luta por condições melhores para os desafortunados, mas, que, nem por isso estará privado de usufruir das coisas boas, na companhia seja de quem for; seja de alguém que pense como ele, ou mesmo de alguém que pense em contrário. Que a sua luta por condições melhores para as classes menos privilegiados, em momento algum poderá impedi-lo de poder desfrutar das coisas boas que a vida lhe oportuniza. Alega que vive do que ganha e, que, o que ganha é obtido com o seu trabalho. Que é cumpridor dos seus deveres como cidadão e como empregado e, que, o emprego que tem como professor em universidade pública, conquistou através de concurso regular. Que o seu interesse é que haja uma maior aproximação entre as classes sociais, um quase nivelamento – pois sabe que o absoluto nivelamento é utopia -, não o obriga a entregar o seu ouro. Assim ele se expressa. Defende que o que ele tem e ganhou com o seu trabalho é algo sagrado para ser usufruído por ele e pela sua família.

- Ele alega que provém de família de classe média e, que, os seus pais o ajudaram a vencer através do estudo e da formação de um bom caráter. Sustenta ser cristão e pessoa de bons hábitos. Que o que tem em excesso, costuma dividir entre pessoas necessitadas que conhece e que sabe das suas dificuldades. Mas também diz que nem todos os pobres têm direito ao apoio do qual reclamam, pois não são capazes de progredir, quando chances lhes são abertas. Que tem gente que não merece sair da má situação em que se encontra, porque não quer colaborar para dela sair; para melhorar. São pessoas que vivem reclamando do que lhes falta, mas quando lhes é dada oportunidade de trabalho - nem pensar! O negócio deles é gritar palavras de ordem quando reunidos em grupos: são aqueles que estão mais interessados na desordem do que na ordem. Diz ele, que a esses não dá apoio e, pelo contrário, os critica pessoalmente, quando então pode. Que aquela é a turma do não faz nada, mas tudo quer. A eles, o meu colega diz que não comparara os demais; aqueles realmente necessitados, que não saem das suas dificuldades por falta de amparo em uma legislação que os contemplem melhormente. Que a favor desses últimos, ele sempre estará desperto e fará o que for possível para recorrer a meios de os socorrer. Mais ainda: li no Manifesto do Partido Comunista muitas verdades que não se pode negar, apesar de ter sido redigido em meados do século XIX. Mas, não consigo assimilar a seguinte declaração: *"A burguesia rasgou o véu sentimental de família, reduzindo as relações familiares em meras relações monetárias."* [146]Pergunto, então: será mesmo que a família sofreu tão violenta transformação sob o mando da burguesia?

- Mas, ainda há gente em pleno século XXI, que acredita nisso. Todavia, firme, persistente e sempre válida é a atenção que deve ser dada ao proletariado; fato que até hoje se mantém tão difícil e prejudicial quanto antes. Se muita coisa mudou durante esse longo tempo, inclusive para as classes de trabalhadores - em especial os operários -, as superficiais vantagens que têm auferido muitas delas com o timbre da legislação especial, ainda estão longe de encontrar o equilíbrio entre as forças de tal modo antagônicas - do empregador e do empregado. Não se pode negar que desde o surgimento das leis trabalhistas houve considerável avanço, se comparado com o que antes disso existia. Mas ainda falta um outro tanto para que a gangorra que tenta figurar esta importante parte da vida em sociedade, se mantenha nivelada. Não é justo que tantos deem de si para manter o lado oposto do simbólico brinquedo, constantemente no alto. É necessário que o extremo ocupado pela classe patronal - que nego chamar de burguesia -, reparta um tanto mais do que se beneficia com o trabalho do proletariado. Isso está melhormente explicado no já referido Manifesto do Partido Comunista: *"...na exploração de uma classe pela outra."*, adiante substituído por *"'exploração da maioria pela minoria.'"* [147] De toda sorte, parece se tratar de algo só *degustado* por quem tem emprego, ou está na busca de trabalho assalariado. Essa *sorte* não alcança o empregador - nenhuma categoria de empregador -, que, quando oferece algo a mais do que o previsto na lei, faz questão de alardear para além das suas paredes, os benefícios cedidos aos seus empregados, como merecedores de algum óbolo. Conheço profissionais liberais, artesãos, técnicos, médicos e advogados que, vestindo a camisa do socialismo, são incapazes de favorecer aos mais necessitados, inclusive aos seus empregados. Encontro mais gente assim, que o faz por religiosidade, bom coração, amor ao próximo; não em razão da sua *crença ideológica*.

Depois de tomar mais dois bons goles do vinho, ela pediu licença a todos para sair um pouco do interessante assunto. Porém, teve um acesso de tosse, que logo afogou com um forte pigarro, antes de voltar a falar. Mas, ainda esclareceu que aquela *ventania* era fruto dos distantes anos que fumou. Então, disse:

- Vou falar de algo que se parece com assunto entre comadres, ou de madrinha para afilhada, mas estou vendo sentado numa das mesas um cara que me faz lembrar o que agora vou dizer. Vou fazer o possível para que ninguém o identifique, mas é capaz de ser notado com certa facilidade depois de escutarem o que vou dizer: Ele me faz lembrar de certas pessoas posudas – inclusive ele – que estufam o peito quando adquirem algo que lhes parece maior do que a si; quando são aceitos em certos lugares ou rodas de pessoas, que julgam superiores a si. Essas pessoas, quando a arrogância, a vaidade e o esnobismo se juntam não cabem dentro das suas machucadas almas. Tipo desse, é aquele que se acha mais do que vale porque comprou o carro do ano; porque foi admitido num superado clube social; ou que, *se dá* com algumas pessoas reconhecidas como parte da escol da sociedade local. Essas pessoas – anotem aí - são as mesmas que quando estávamos no colégio, com abominável ar de egocentrismo, se achando filhos de magnata porque o pai ganhava um bom salário, ficavam a perguntar-nos em meio aos colegas, quanto ganhava por mês os nossos pais. Passei por isso, sim! Em tais circunstâncias, o boboca tinha a intenção de humilhar-nos ou de poder dizer para todos o quanto de bom ganhava o seu pai.

- Mas eles crescem no tamanho, porém, não no sentimento. São os mesmo que chegando num salão de cabelereiros, fazem a mesma pergunta para alguém que conheça dentre os clientes; que igual pergunta faz, em meio à reunião de diretoria do clube ou do condomínio. Como se isso pudesse interessar-lhe e fosse assunto para ser tratado em público. Pois certo dia assisti a um *questionário* da besta que está ali adiante, com toda cara de filho bastado de alguém que ganha um pouco mais que a média. Em resposta, o seu interpelado respondeu: meu caro, eu não ganho nada por mês, quem ganha por mês é assalariado. Eu tenho. Houve um silêncio e o idiota ficou com o sorriso amarelado. Em época em que se fala em inteligência emocional, e tantas outras novidades interessantes e úteis, um cara desses ainda anda com os parafusos girando ao contrário.

Após Lívia falar- sucedida por Rosinha -, Agenor fez uma brincadeira com ela: notaram que a boca da minha mulher fica macia quando fala em *público*? Isso deve ser fruto do seu prazer em dizer o que sente na presença de vocês! Todos riram, menos ela que estava com a boca cheia. Não tão cheia que pudesse passar por ato de deselegância, mas o suficiente para nada dizer antes de mastigar e engolir a saborosa porção que degustava.

Pedro Jorge, o mais solteiro de todos, resolveu mostrar o que pensava. Limpou as lentes dos óculos e passou a falar em tom firme, mas em voz baixa como era seu costume. Afinal, aquilo não era um comício nem uma palestra. Ainda que não insinuasse levantar para falar, uma vez que se tratava de um jantar e não de uma convenção partidária, ele apenas afastou um pouco a cadeira; o que para ele era mais confortável. Antes de iniciar a conversa, observou a todos que pararia de comer enquanto falasse. Mesmo que em alguns clubes de serviço, os trabalhos e as falas prosseguem com o orador falando e garfando um pouco do que abastece o seu prato. Cada qual a seu modo.

Disse, pois:

- Façamos agora um brinde ao grande Baco, que nunca envelhece. Talvez porque carregue um tanto de loucura e outro tanto de bebedeira. Mas sempre se mostra disposto a participar de festas, orgias e banquetes. Então, ergamos os nossos copos e taças em louvor àquele irreverente deus da alegria e da folia. Tim-Tim. E passou a falar:

- Parece que por aqui, os amigos que me antecederam esqueceram de falar sobre o lado bonito dessa história. Pois posso dizer a todos que, mesmo diante de tudo o que já foi dito e, com o que concordo, não foi sublinhado que o brasileiro é um entusiasta; que é dotado de grande sensibilidade artística; que tem uma surpreendente e invejável capacidade criativa; que está sempre revestido de um incrível espírito de bondade e de solidariedade; que é festivo por sua natureza; que é respeitoso e possuidor de um bom caráter; que dispõe de incrível capacidade de acreditar e aceitar o que lhe dizem, e as leis que regem a nossa sociedade; que goza de elevada capacidade de inventiva; que confessa e demonstra o seu amor à pátria; que professa a sua religiosidade – qualquer religião; que é um povo alegre, tão alegre, que é capaz de criar e transmitir piadas sobre o seu fracasso social e o do seu país. De par disso tudo, me entusiasma saber que existem jovens - nem tão moços, as vezes -, cuja honestidade clama pela verdade; que lutam por causas verdadeiramente justas; que ao invés de ideologias, têm ideais sérios, humanos e transparentes. Eles já acordaram para o fato de que, quando alguém que desviou do seu rumo certo, procura fazer por esquecer aquela passagem sinuosa, mas as outras pessoas jamais a esquecem. Isso, meus amigos, ninguém lembrou, embora muito bem se saiba. Se continuarmos seguindo essa trajetória de crítica ao que está errado e, verdadeiramente há muita coisa errada, mas sem atitude, dificultaremos o acesso a qualquer situação menos ruim do que está. Se nada fizermos para estimular a saída desse gigantesco buraco, cada vez mais e mais afundaremos na lama. Desculpem-me, por essa intervenção, mas a achei bastante oportuna. Quem sabe acordaremos para um Brasil melhor!

E, encerrou a sua participação, eis que observou que alguns aguardavam oportunidade para comer. Disse ele, então:

- Bom proveito a todos. Vamos continuar o jantar ao som dessa bela música que estou escutando. A música alegra a alma, faz pensar em coisas boas: possíveis ou apenas imagináveis, mas estimula o pensamento e nos transporta para lugares maravilhosos. Através da música viajamos por todos os continentes e por todos os mares; pelos lugares mais distantes; dos pequenos vilarejos, aos campos e às metrópoles; através dela vivemos romances possíveis e impossíveis, inclusive os inimagináveis, ainda mesmo que estando acordados. Se ainda bebermos, a combinação nos levará à gloria! Por isso, as vezes pergunto, para quê tanta eloquência, se a solução parece estar mais perto do que imaginamos? Me acreditem, também, se eu disser que o que até aqui escutei são valiosas ideias.

Com o sorriso entre os lábios, grifou que, o que mais importava naquela reunião era o prazer do encontro com pessoas amigas. Usando de uma metáfora poética, citou um ditado holandês:

- *"...o que importa não são as bolinhas de gude, mas o jogo."*[148] Uma confraternização como essa, certamente está vinculada à amizade, que por vezes se confunde com o amor. Por isso nunca esqueço que o amor é o que ornamenta a vida.

Calado que se mantivera por bastante tempo, mas atento a tudo o que Rosinha defendia, Ronaldo quis também participar sobre o tema. É verdade que não se tratava de um conclave, de um debate, de uma assembleia sindical, nem de uma discussão em alguma câmara parlamentar. Mesmo assim, o tema era assaz interessante e, ele não desejaria perder a oportunidade de dar a sua opinião. Aduziu, então:

- Está consumado o entendimento de que o homem, biologicamente falando - o indivíduo, a criatura -, não é objeto de interesse da política social. Pelo menos não vem sendo. Ainda, que se queira declarar ser o seu principal objetivo - para o qual a política social busca meios para entregar a mais integral felicidade e bem-estar, não é uma verdade. Pois isoladamente, ele não é o seu objetivo maior e final. Esse homem, para a política só tem valor; só se expressa; só é reconhecido e valorizado dentro da coletividade. Isolado, ele não tem importância política; ele não vale nada, com a minha ressalva e perdão pelo que estou dizendo. Mas isso é uma verdade. Dentro de uma concepção diversa, muito mais ampla e, não apenas política, mas sociológica, para Aristóteles: *"O homem é um animal social"*. Aliás, já foi dito por aí, que o homem não é uma ilha; que sozinho não se basta sequer para si próprio. Isso realmente não vai na contramão do que contém no prefácio da 1ª edição de O Capital, de Karl Max. Todavia, com absoluta certeza, de que dentro de outra visão, mas plenamente compatível com o que eu defendo. Diz o texto: *"Minha concepção do desenvolvimento da formação econômico-social como um processo histórico- natural exclui, mais do que qualquer outra, a responsabilidade do indivíduo por relações, das quais continua sendo, socialmente, criatura, por mais que subjetivamente, se julgue acima delas."* [149] Conclui-se que, para o filósofo comunista ora citado, o indivíduo cada vez mais está se tornando invisível, uma abstração, uma folha de papel branco, para dar lugar de destaque à coletividade, à comunidade e, tal como uma folha de papel branco, já não mais se encontra quem a forneça, senão, num masso, ou num caderno.

- E não é para aí que nós caminhamos, porque aí já chegamos. Saímos do individual e fomos para o coletivo. Outra, ainda, é a visão de Nietzsche que, de alguma forma também dá o seu entendimento sobre essa onda tubular. Surfando nessa maré assim referiu: *"Em algum lugar ainda há povos e rebanhos, mas não entre nós, irmãos: aqui há Estados." "Estado é o nome do mais frio de todos os monstros frios. E de modo frio ele também mente, e esta mentira rasteja de sua boca. 'Eu sou o Estado, sou o povo'".* [150] Segue essa mesma trajetória Dmitri: *"Ombro a ombro (o povo) marchou ao longo da trilha de Lênin, que expulsou o indivíduo do caminho, pois só tinha espaço para as massas."* [151] Essas matrizes, por certo não desencantam nem contrariam o que acima foi dito, mas servem para repisar que o indivíduo fora do contexto social, não é objeto de preocupação nem de interesse político-social.

- Um outro aspecto que quero lembrar, diz respeito a efetiva e real importância do governante político. A experiência e a crítica têm mostrado que diante de um impasse, de um sério problema, o governante, o líder político deva ser mais temido do que amado. Maquiavel ensinou que *"O Príncipe deve despertar temor e respeito, granjear e consolidar reputações de duro e inflexível e até de cruel, nunca de piedoso, compassivo, condescendente ou mesmo bondoso, o que poderia torná-lo alvo do desprezo do povo." "Por outro lado, o povo aprecia mais o afago e a ilusão que a verdade, e consegue viver tranquilo, satisfeito e produtivo mesmo ludibriado eficientemente por um astuto governante."* [152]

- Em seguimento aos que me antecederam, reitero que os políticos tantas vezes aqui esculachados, são pessoas incrivelmente desejosas de poder e, outros partícipes nem tanto, mas que dão sustentação àqueles por mera paixão; por servilismo; por cega comiseração; por dó; pelo compromisso com a legenda. São os carregadores de malas; as mulas; os eufóricos babados e vaidosos cabos eleitorais; os que se comprazem de abrir a porta do carro do seu candidato; de cuidar dos seus cães caseiros quando aqueles viajam; de transportar as esposas destes em seus carros particulares, quando vão às compras; de vibrarem e gritarem aos quatro cantos que são *amigos* do deputado, do vereador, ou do prefeito. Isso tudo acontece num ambiente de carnaval sem o povo, mas à custa do povo. Um verdadeiro e interminável troca-troca; uma feira livre onde se pratica o escambo e tudo se vende e se compra. É apenas uma questão de preço. A moeda sempre será a combinar no momento do fechamento do negócio sujo. É o jogo do pôquer, onde quem paga e cobre o valor das fichas é o trabalhador, a cada 24 horas do dia.

- Se xingam e se delatam reciprocamente, mas no final das contas todos assinam uma só súmula e um só balanço, sempre com saldo positivo. Mas, quem terá esquecido que o homem é o lobo do próprio homem, como diz certo escritor? A cada escândalo, um outro terá que ser aberto para sufocar o anterior. O negócio é não se demorar por muito tempo na fila dos procurados, ou, quiçá, na cabeça da fila dos achados e procurados; ou na boca do povo. A dança das cadeiras não pode parar. A cada um que é pego, menor será o número daqueles com chance de escapar em meio à confusão. Essa matemática não poderá falhar nem ser interrompida. Entre eles, a soma de dois mais dois poderá não ser quatro e, na *subtração*, não costumam errar. Além disso, quanto mais cedo puder sair da lupa da mídia, tanto melhor. A tenebrosa mídia os vem incomodando com um bom passo à frente; quanto ao resto, eles sabem dar um bom jeitinho, sem precisar se acusarem; sem precisar apontar culpados; sem precisar delatar; sem precisar constranger; sem precisar provocar brigas.

- Porém, alguma coisa supera todo esse aparente entusiasmo: no meio político, a contradição, a controvérsia, a discussão; a falta de apoio pela falta de apoio; a crítica pelo simples *dever* de criticar, está se tornando algo endêmico e, nem sempre conduz à uma aura de passividade e de bom resultado. De sorte que, pode levar parcela da população ao caos; à intolerância; ao desastre; à descrença; à desesperança; e, ao desafeto entre homens que, *contrário sensu*, deveriam lutar pelo encontro da paz social. Afinal, dentro em pouco haverá nova feira ou novo leilão e, muitos precisarão estar de bem entre si. Demais disso, ainda faltará um pouco para as eleições. Mas, antes de completar, abro um parêntese para dizer que Apolo de Alexandria infernizava os seus contemporâneos, dizendo que o homem sábio não deve envolver-se com a política.

Ronaldo precisou fazer uma pausa e, pediu que todos continuassem comendo, para evitar que a saborosa janta não esfriasse. Mas disse que daria perfeitamente para irem comendo e ele falando; que, no final, aquilo era uma conversa entre amigos; não um discurso. Mas, que não gostaria deixar em aberto a manifestação que já teria iniciado. Disse, então:

- Isso é triste, mas necessário dizer: são grupelhos de pessoas imprestáveis para os fins a que a política lhes concede cargos. Homens e mulheres que se consideram superiores aos seus cargos e ao povo que os elege. Mas o carrossel do parque de diversões não para e, pelo visto, não parará tão cedo. Um circo de horrores, de palhaços trasvestidos de pessoas honradas, diante de uma plateia que se reanima e se entusiasma a cada nova sessão, não perdendo a esperança de que alguma fera escape da jaula e imponha o respeito que é devido por todos a todos.

- Tenho que confessar, que as *esquerdas* sempre foram mais unidas do que as *direitas*. Nem sei mesmo se ainda existem direitas, no plural – acho que se enfartaram noutras épocas e, o que deglutiram por tantos anos, penso que ainda não desceu totalmente. Penso que para eles, não adianta chá de camomila nem *Eparema* ®. O negócio ainda deve estar trancado nas tripas, mas na medida que a turma vai sumindo, o número deles vai reduzido. Eles não convenciam na base do gogo e da promessa, mas na força da espada e do xilindró. Mas isso já se foi, se é que deveria ter-se ido. Quem sabe é o povo, que é soberano, segundo alguns ainda bradam. Há quem reclame a sua falta; como há quem condene a sua presença, antes e agora. Acho que a direita logo se choca ou se encontra com alguma das vertentes do centro; ou do centrão. Mas o guarda-sol das esquerdas sempre oferece sombra a comunistas, socialistas e, aos mais e aos menos radicais. As alas podem ser muitas, mas os fins são os mesmos. Nas lutas pelos seus ideais, todos se juntam e não há cobranças nem constrangimentos. Quando é preciso, eles têm uma frente única, comum, uníssona. Firme e vigorosa; sem traições; sem disputas de cargos; todos com a mesma bandeira; todos com o mesmo lema; todos sempre de pé; todos com ares de vencedores, mesmo nas derrotas. Todos cumprindo com os seus especiais e importantes encargos e tarefas, em nome do que pregam aqui, lá, acolá e, infinitamente, muito mais adiante.

- Todavia, qualquer mudança radical que se torne necessária, poderá ser recepcionada pelo povo, sempre soberano e, com parcela dele atenta, obviamente; sem o uso da força – diga-se, das armas. Isso sempre estará fora de qualquer cogitação. Não seria justo pretender mudar algum rumo da política, se tanto for admitido como necessário, com o extremado emprego de armas e sangue. As armas e o nosso sangue, sempre estarão de prontidão para as ameaças externas, para os consumados atos de esbulho do nosso patrimônio e do desrespeito à nossa independência. É para isso e, somente para isso, que mantemos durante tantos anos preparadas como melhor se as pode preparar, as nossas Forças Armadas. Só para isso; para nada mais do que isso. E, por grande sorte, não as temos precisado usar para o fim a que foram instituídas. Está distante e, muito distante, o tempo em que Teseu, Moisés e Ciro, precisaram usar da força para fazer valer os seus propósitos. Isso, apenas no exemplo da História Universal. Mas por aqui, já houve esse espetáculo em passado recente.

- Pela idade de todos nós, não há nesta mesa quem não tenha algum antecessor próximo, que tenha presenciado essa parte da História do Brasil. Porém, aqui não há lugar para crítica – para qualquer crítica - pelo que já passou. Cada passagem histórica encontra as suas soluções segundo as suas circunstâncias e exigências do momento. De outro modo, a transposição de ideias, mesmo que erradas, só será válida e legítima, através de atos virtuosos, convincentes, respeitosos e, que, minimamente possam ser livremente respeitados ou contraditados pelo cidadão comum. Em caso contrário, não terão valor, ainda que possam ter a sua observação; o seu cumprimento exigido com o uso da força; com o emprego das armas; ou, através de outros meios de coação física e/ou psicológica. Tal como, ainda, a restrição de direitos - de quaisquer direitos: fundamentais ou tangenciais; ou elementares; ou adquiridos ou não adquiridos, mas reconhecidos; em infringência a leis anteriores, ou não. Nesse caso, se brotarem de alguma lei, se terá por certa a ilegitimidade dessa absurda lei, que não emanará da vontade do povo, nem em nome do povo será aplicada.

- Não podemos esquecer que o poder é etéreo e volúvel: etéreo, porque desaparece como um fluído - quando o seu titular o procura, o poder já desapareceu. Sobra-lhe apenas a cadeira e uma caneta já sem tinta. É volúvel, porque troca de mãos com relativa facilidade: tudo dependerá da capacidade cognitiva do governante em ralação ao seu povo. Quem pensa que o tem seguro em suas mãos, que não o disperse com palmas, porque poderá deparar-se com uma decepção. Um dia o cara é o chefão, no outro poderá estar na prisão. Não acham? Importante é ainda afirmar que político sem carisma; que se esconde nos banheiros nos horários das sessões, é político de um só mandato. Geralmente é tão improdutivo, que sequer serve para compor alguma comissão como suplente. Na hora de votar, geralmente segue o caminho dúbio da abstenção. Ele nunca tem coragem ou iniciativa para ser um 3; sempre será um número par. É um *maria-vai-com-as-outras*; não tem opinião própria; não pertence a nenhum *clero* ou *bancada*, porque para isso ele teria que definir-se, que engajar-se. A pior coisa para ele é descer do muro, poque ali em cima se sente seguro, pois sabe que o muro tem 2 lados. Não tem valor moral, social, político.

- Outro fato, é que na política sempre há lugar para secretas conspirações e o conspirador é um perigoso invejoso que age como o cupim – às escondidas. Quando se vê, o bem já foi consumido, ficando reduzido a diminutos farelos, quase pó. Outra importante questão, é que a força popular sempre foi respeitada em todos os lugares e, em todas as épocas. A História está repleta desses exemplos. Mas me parece que no Brasil, neste momento, o povo está sem vez, ou, quiçá, sem grande interesse em ser ouvido. Já foi dito por aqui em outras palavras, que o poder é vulnerável. Em consequência, o governante precisa sempre estar atento para o fato de que alguns dos que fingem apoiá-lo, não perdem tempo para manter-se seguros de suas benesses, a todo e qualquer custo. Para tanto, ficam à espreita e bajulando aquele que já se conte como o novo vitorioso. Quase sempre, são esses os mais próximos daquele que está para cair e, traiçoeiramente, tramam a aceleração da sua queda, com o troco de intermediarem a ascensão do sucessor. Essa gentalha sempre tem lugar no céu e na terra; na claridade e na escuridão; brilham em dia de sol e, em noite escura; andam na chuva e, incrivelmente não se molham; são uns anfíbios e uns pecilotérmicos; uns camaleões. Mas sempre são prestigiados pela Corte, por sua invencível capacidade de impingir medo e pela sua incrível capacidade de tramar algum ardil. Todo mundo os teme e, por isso, nenhum *soberano* os quer tão longe que não os possa vigiar; nem muito perto, que possam injetar o seu veneno. Porque também são ambiciosos e desleais, contra eles de nada adianta mostrar uma caveira, ou uma figa, ou uma réstia de alho, porque está provado que sempre será melhor conceder-lhes, do que negar-lhes; melhor bajulá-los, do que hostilizá-los; melhor tê-los, do que não os ter, porque quando não os têm, com certeza como inimigo os terá. Além disso, são uns excelentes pombos correio; uns leva e traz. Essa simples regra criada por eles é universal. Nos governos tiranos, os mortos já tinham deixado candidatos a sucessores e, essa *prole* se recompunha sucessiva e infinitamente. É como ninho de camundongo em fábrica de queijo velha e abandona.

- A matança era um dos pontos fortes da manutenção do regime. Lênin e Stalin mataram seus patrícios aos milhares, pelo fato de não pactuarem com os seus ideais. Hitler, fez igual, mas dizem que não se igualou em quantidade, apesar de ter matado incontável número de pessoas. O ditador recordista de mortes foi Mao Tsé-tung. Nessas ditaduras, a matança era escancarada e todos sabiam que, se não cumprissem com os ditames da lei ditatorial, certamente seriam fuzilados. Aí se pergunta: que tal importância tem a ONU? Talvez muito pouca, se comparada com a sua enorme estrutura de abrangência internacional. A literatura sobre o tema tem repetido fatos burlescos ocorridos em sessões da sua Assembleia Geral. Dentre vários, um deles ficou entre o ridículo, o desrespeito e a grosseria: foi quando um chefe de Estado de nação de primeira grandeza, em determinado momento de fúria descalçou o sapato e com ele passou a bater sobre a mesa.

- Mas, voltando aos *anfíbios* politiqueiros, ainda há o caso de gente incauta, que age mais como a traiçoeira raposa, do que como o cão fiel. São uns perigosos insurretos contra a tudo, até contra os governos que professam a sua *religião*; são contrários por sua natureza; são capazes de contestar o sexo informado pelo obstetra; seja ele qual for; qualquer um deles... A sua maior preocupação é a defesa dos seus escusos interesses e o prestígio que gozam no mundo da política. Atuam nas três esferas e, se não se abrir o olho, também nos três poderes, pois em dois deles já estão encostados. O lado em que estão, sempre dependerá da direção do vento que impulsiona a jangada. Mas, se aparecer por perto uma embarcação mais segura e mais promissora, saltam fora num pulo só e, ainda ajudam a afundar o rústico flutuante de madeira e cordas, no qual navegaram e do qual usufruíram até ali. São *soldados* de um exército de mercenários, pois que, depois que dão apoio a certa facção política, tão logo essa chegue ao poder, se tornam credores de direitos e favores irrenunciáveis. Vários desses *soldados* gozam de tamanho prestígio, que têm acesso livre entre as diversas bandeiras partidárias e, alguns, ainda têm tanta influência, que cobram bem caro pelo exercício do tráfico de favores e de convencimento das partes divergentes. Algumas vezes, nem mesmo chegam a ter influência, porém gozam da confiança das partes que, entre si, se antagonizam. São os anjos pecadores que, por isso mesmo, têm lugar especial em altares de paróquias que se estranham e se extremam. Gozam de tanta importância, que são reverenciados por *reis* e por *rainhas*, e têm livre acesso a castelos e a palácios. Poucos, mas nem tão poucos, são mais facilmente recebidos por certas autoridades, em detrimento de ministros e secretários de Estado.

- Esses marcados traços, me leva a pensar em Fábio

Abreu dos Passos que, ao apresentar obra de Descartes, identificou como *"gênio maligno"*; alguém que *"nos faça acreditar que todas as operações matemáticas ... não são verdadeiras"*.[153] E ainda repete o termo, quando tratando da existência de Deus. De sorte que, não vejo exagero entre o que foi dito pelo apresentador da obra do filósofo francês e as atuais correntes mais entusiásticas da política brasileira. Assim como o canto, a música, a pintura, a oratória, a política é um dom e, portanto, não se aprende na escola; nesta, pode-se obter apenas aprimoramento, porque o dom é nato, ainda que por vezes venha ser desvirtuado.

- Aguarda-se, ainda que sem muita esperança, que essa atividade deixe de andar em voga; que caia em desuso, a bem dos homens de boa-vontade; debalde o esforço e a vontade da maioria que age e professa em contrário. Muitos políticos não têm limites; são uns transbordantes. Certas vezes, por *passar de giro* acabam presos. É que existem certas lógicas na vida, que não podem ser desatendidas; algumas pautadas na lei; mas que os mais atrevidos agem como se fossem inimputáveis; não alcançados por ela. Mentirosos por sua natureza, dão de ombros para a assertiva que reclama que, quem mente para alguém, faz um mal para o outro e para si. Alguns dos que mentem para si, provocam um dano ainda maior, chegando a não distinguir uma verdade de uma mentira. Numa das hipóteses o mentiroso desrespeita o outro; na outra, desrespeita a si mesmo, podendo chegar à bestialidade.

- Todos nós sabemos que ainda há muito para ser feito pela sorte dos infortunados; impõe-se a urgente necessidade de implementar meios de tornar essa triste parcela da sociedade, habilitada para se transformar em produtiva, útil, capacitada para si e para todos. A continuar assim - com o perdão da fé, da crença, das religiões, das ceitas, inclusive dos fanáticos, dos feiticeiros, dos magos e dos brutos, será melhor dizer-se que *é preferível não viver.* Por ora, só nos resta dizer amém!

Como tanto a comida quanto a conversa estavam bastante atrativas para aquela noite tão especial, na qual se teriam reunido vários amigos de longa data, Pedro Jorge abriu mais uma brecha e ingressou com outro importante assunto. Aliás, parte de tema já abordado pouco antes, pois que também se refere à relação entre familiares. Disse ele:

- Outra questão que envolve a família e, que, cada vez mais se acentua, é o número de desuniões entre os casais. Com o advento do divórcio, as rupturas entre os casais, aumentou enormemente. Bem sei não ter autoridade para falar nesse assunto, porque ainda não experimentei viver casado. Mas me parece que todos concordarão com o que penso.

- A mulher separada ou divorciada não mais fica estigmatizada como outrora ocorria. A desquitada, ao tempo desse tipo de rompimento da relação conjugal, mesmo que não fosse apontada como pessoa indigna de participar de certas rodas e eventos sociais, já se mantinha acanhada para frequentar lugares mais seletivos, e até outros mais movimentados. Sei de mulheres que usavam de atalhos de menor densidade de pessoas para chegar ao seu destino, pelo constrangimento de ter que passar em meio à multidão. Senhoras que se constrangiam em ir ao cinema e frequentar uma confeitaria, ainda que na companhia de amigas. Algumas delas me confessaram que tinham a sensação de que contra os seus rostos eram apontados dedos indicadores que a figuravam como impróprias ao convívio; pelo menos em certos lugares, para elas rotulados de proibidos. Uma senhora desquitada não se permitia ser acompanhada por um homem; mesmo que se tratasse de um cavalheiro tão digno quanto esse adjetivo dele exige. Mas o divórcio veio para liberá-las, já que bem tardio.

- Esse modelo, que nos Estados Unidos foi apropriado ates de vários países europeus e, bem antes do Brasil, levou à marcantes novidades. A legislação americana, depois de algum tempo passou a proibir a capitães de navios a celebração de casamento, porque casais que embarcavam na Europa ou em países de outros continentes, antes de desembarcarem na América do Norte já estavam à busca do divórcio. Isso realmente poderá servir de prova da banalidade a que foi levado o casamento. Porém, de outro lado, libertou os casais do angustiante e até mesmo perigoso convívio forçado sob um mesmo teto, por pessoas que, além de não mais se amarem, se odiavam. E o ódio, a ira, poderá levar a consequências impensadas, imprevisíveis e inimagináveis. Lembro que ao tempo do desquite, na sua fase mais verde, havia cinco ou seis motivos previstos na legislação, capazes de permitir a ruptura da relação. Se nenhum dos cônjuges se enquadrasse naquela moldura, teriam que continuar casados, apesar de não mais quererem e se quererem.

* * *

O papo voltava a rolar solto e, em determinado momento Rosinha atropelando alguma outra conversa interessante, questionou Marcela sobre a possibilidade de pedir ajuda a Ronaldo, para tentar resolver o problema pendente sobre a sua irmã no Rio de Janeiro; já que ele teria banca de advocacia naquela cidade.

Marcela ficou visivelmente corada, como se tivesse acabado de ingerir num só gole um martelo de cachaça pura. Olhou firme para a amiga e disse-lhe, secamente: Tu bem sabes que detesto falar nesse assunto! Qual é o motivo de falares nele agora? Rosinha abaixou a cabeça, fechou o leve sorriso que havia esboçado junto com a sua ingênua, mas inoportuna opinião, e nada disse. Mas o clima entre elas fechou-se, e os primeiros raios já anunciavam o mau tempo. Todos notaram que uma batalha estava pronta para iniciar, se alguém não procurasse desarmar as contendoras.

Inteligente e versado em assuntos agradáveis, Pedro Jorge foi o primeiro a procurar o retorno à descontração entre o grupo. Contou mais algumas piadas domésticas, que logo foram seguidas por Ronaldo e Modesto. Chamou a atenção de todos, inclusive dos seus maridos, o fato de Norma e Lívia cochicharem algo, que dava a entender que estariam reprovando a dura atitude de Marcela. Que, mesmo que não quisesse tratar daquele assunto no momento, haveria maneira menos agressiva contra a agradável amiga. Delicadamente, Agenor disse alguma coisa ao ouvido de Lívia, mas os demais convivas nada souberam. Apenas observaram que as amigas pararam com o reprovado ato de falar uma com a outra ao pé do ouvido, em meio ao grupo com outras pessoas. Em certo momento, o assunto recaindo sobre os rumos da Academia, despertou o interesse da maioria. Lívia, quando perguntada por Norma sobre qual juízo fazia sobre os rumos do conhecimento científico, disse:

- Eu entendo que na luta pela consolidação da sociedade através de formas racionais de manifestação, a universidade sempre teve papel destacado: fosse orientando novas inteligências; fosse fomentando modernos conhecimento; ou mesmo, fosse instituindo modernas perspectivas e tendências culturais. Penso que para atingir esse patamar, por vezes foi obrigada a abandonar paradigmas, mecanismos, processos, e personagens, não permitindo o afunilamento daquilo que deve estar em absoluto crescimento e constante expansão. De modo que, alicerçada em experiências extraídas da História da Humanidade, ela está comprometida com a ideia de criar mentalidades capazes de descortinar um futuro melhor: A tal respeito Khalil Gibran sublinhou na sua obra O Profeta: *"Sábia como deve ser, não vos convidará para entrar na mansão do saber, mas antes, vos conduzirá ao limiar da vossa própria mente"*. [154]

Concordando com o pensamento da amiga, Agenor completou, não sem antes pedir licença para se manifestar sobre o tema. O assunto bastante o agradava e, ele já o dominava há muito tempo:

- Entendo, ainda – disse ele-, que uma nação não pode reduzir a atividade da inteligência a uma operação numérica destinada a buscar, em vez da ordem das coisas, a simples soma de opiniões. E isso, sociólogos e filósofos já defendem há muito tempo; não se tratando, pois, de nenhuma novidade. Estando o homem na posse do seu destino, há muito tempo já conhece a sua capacidade em todos os flancos da inteligência; o que também não é nada novo, embora deva sempre ser pontuado.

E continuou depois de um bom gole de vinho e uma nova saudação a todos:

- Digo ainda que, de um lado, o avanço das ciências naturais favoreceu a conquista de novos espaços; e, de outro lado, as ciências sociais têm melhor desempenhado o seu papel dentro da sociedade – sua principal, senão, essencial finalidade. De igual sorte, desenvolveram-se novos meios e condições de acesso às liberdades em todas as suas dimensões e latitudes. Surgiram novos direitos e garantias institucionais, como nunca antes tinham sido conferidos aos cidadãos. Soma-se a esse conjunto de fatores, a expansão e a emancipação da economia, que hoje atinge a todos que dela dependem ou a praticam. Além do mais, a vontade popular vem libertando-se da opressão política, emergindo pelo saber, pela tolerância, pelo respeito ao próximo e pelo necessário sentimento de igualdade. De toda sorte, mesmo assim, venho preocupando-me com os destinos que estão dando à universidade.

Norma, como ainda tinha bastante para falar, então retomou o assunto:

- Lamento essa verdadeira *baiana* de vagas sob o pretexto da igualdade de oportunidades; sob o pueril argumento de que é necessário corrigir erro histórico que produziu tamanha desigualdade entre iguais. E, por incrível que pareça, ainda tem muita gente que, apesar de aproveitar-se dessa forçada entrada no ensino de terceiro grau, ainda se mostra descontente com o que conseguiu. Não poucos, ainda se arvoram a fazer manifestações contrárias à instituição, que sequer teriam direito de passar pelos seus pórticos. Tem uma menina magra, que vejo passar quando vai para a faculdade, quase sempre empunhando um cartaz com dizeres ofensivos ao seu curso. Tão feia e tão magra, que mais prece um saco de ossos. Além do mais, é muito antipática; sempre carrancuda. Talvez para que melhor seja identificada como pessoa contrariada com o *status quo.* Sempre achei que gente feia, como compensação pela sua feiura, devesse ser simpática; receptiva, agradável. Todavia, não é o caso dessa magrela, que poderá ser confundida com uma bicicleta velha e mal- cuidada.

- Outro dia, a vi com um papelão velho pregado num pedaço de madeira, que fazia as vezes de uma haste. Nele vinha escrito: Abaixo os professores, não precisamos deles para aprender. Aí, me perguntei: o que estará pensando essa pipoca cosida com milho para galinhas! Será que ela pensa se tornar autodidata? Se é assim que pensa, não precisará frequentar faculdade; no entanto, tenha certeza de que ao pensar que já sabe tudo, não receberá diploma de conclusão de curso e, menos ainda, registro no órgão profissional. A universidade é instituição para ser frequentada apenas por quem comprovar estar capacitado para absorver o que ela tem para ensinar. De nada adiantará oferecer vagas a quem não se sujeitou à prévia e substanciosa qualificação para nela ingressar. O resultado desse lamentável desastre vem sendo provado a cada avalanche de formandos que dela sai, sem o mínimo da qualificação desejada. E muitos ainda se arvoram a querer cursar instituições dedicadas à pós-graduação. Porém, por lá geralmente escorregam na comprovada falta de inteligência tão necessária quanto exigida. Tem-se observado, deveras, que o profissional do magistério a cada tempo mais se aprimora através da variedade de cursos, congressos e outras plataformas afins; o que é muitíssimo elogiável, porque contribui, sobremodo, a despeito de qualquer crítica irresponsável, para o melhor conhecimento e transmissão do saber.

- Todavia, com pouco tem contribuído para o aumento da criação, da invenção e da descoberta - o que tem ficado praticamente restrito à parcela de acadêmicos pós-graduados e de cientistas que operam fora dos muros das universidades. Isso é fato que se espera venha ser corrigido, com a oferta de estímulo para a pesquisa inovadora - fator importante; e, assim, não quero aqui fazer apologia de que a educação, como formadora de capacitação cultural, profissional e científica não contribua para a formação e/ou aprimoramento do caráter. Isso é inegável; mas não é suficiente. Aliás, destaco que erroneamente andam ministrando algo, a que dão o nome de educação, mas não o é. Além do mais, ainda não basta que a educação não nos estrague, como vem acontecendo em alguns casos, mas é de grande importância que nos aprimore, nos melhore em vários dos sentidos a ela confiados. De qualquer sorte, outras riquezas culturais e sociais devem concorrer para o aprimoramento da mente e do caráter humano. Aristóteles antevia isso, mais de 300 anos a.C.: *"...é um absurdo `aquele que pretende introduzir uma educação e acreditar que, por meio dela, a sua cidade será digna de atenção, por pensar que a endireitaria com tais expedientes, mas não com os costumes, com a filosofia e com leis, tal como...Lacedemônia e em Creta."*[155]

- Mas antes de encerrar o que estou dizendo, quero destacar que há dias venho pensando no nome de Helena - obra literária provinda de 3discurso elogioso à distinguida figura composta por Isócrates, presumidamente, por volta de 385 a. C.. Conforme li de Aldo Brancacci, em Oikeios Logos – Linguagem, Dialética e Lógica em Antístenes,[156] nada guarda relação com outra importante Helena – a de Machado de Assis – considerada uma filha bastarda, reconhecida pela família do seu genitor, depois do falecimento deste. Outra Helena também tem relevo, na encenação da peça teatral de Marlowe, em que se torna a apaixonada de Fausto.[157] Pois isso me tem levado a valorizar o referido nome; razão pela qual o escolhi para o registro da minha primeira filha. Talvez, exceto Ronaldo, todos os demais a conheçam. Seguindo o seu desejo e a sua tendência, pretende estudar biologia; com o que eu concordo plenamente. Nem seria possível discordar de tão boa opção, especialmente, em se tratando de filha disciplinada e estudiosa. Certamente que sabe o que quer e pretende fazer profissionalmente.

E, Agenor tomou a palavra:

- Outro fator que enseja mais atenção, é endereçado ao aluno. Não poucas vezes, em meio ao curso - qualquer curso de qualquer nível -, o estudante cessa com os estudos, com ou sem o trancamento de matrícula, porque lhe é oferecido o trabalho almejado ou o prazer que o satisfaça. N'algumas vezes, até o casamento é motivo para a interrupção dos estudos. Essas interrupções são um desastre nas suas vidas, pois além de praticamente ter cessado com o aprendizado sequencial que escolheu durante o tempo em que frequentava a escola ou a academia, pesa sobre ele grande desinteresse por um futuro retorno às aulas. São casos de atividades laborativas que os impedem de conciliar com os horários de aulas; da dificuldade de deslocamentos entre o trabalho e a escola ou a universidade e, dela, para outro qualquer destino. Isso faz lembrar a situação de Atalanta, que interrompeu a corrida para apanhar a bola de ouro que contra si teria sido lançada. Isso, lamentavelmente, é exemplo de interrupção do progresso e do conhecimento. Metaforicamente, se poderia dizer que lhes seria confortável que conseguissem reunir em si o espírito de Serafim, como anjo do amor, e, o espírito de Querubim, como anjo da luz, do saber. Dessa sorte, teriam garantido um reino na terra e outro no céu. Então, quem modestamente desejará algo além disso? Mas, para que tal seja alcançado, os esforços no saber e na renúncia, são do tamanho do universo e pelo tempo da existência da humanidade.

Marcela ao ouvir de Agenor que a vontade popular vem libertando-se da opressão política, o interrompeu para mencionar ensinamento que José Cretella Júnior expôs no livro que há pouco teria lido. Literalmente citou frase do jurista pátrio: "*Num quadro mundial como esse o tema das liberdades públicas assume importância fundamental*". E grifou: "*É nesse cenário que as liberdades públicas despontam com um vigor nunca antes assimilado*".[158]

- Após ninguém se ter manifestado sobre o que dissera, ela apimentou um pouco mais o assunto, para ver se provocava alguma reação entre o pessoal. Disse ter lido algum tempo atrás em O Capital, de Karl Max - o que comparou como se tivesse sido pintado numa tela, na qual o autor usa de suas definidas e nunca escondidas cores, o que entendia como transformação na "*fisionomia dos personagens*", na relação entre o capital e o trabalho: "*O antigo dono do dinheiro marcha agora à frente como capitalista; segue-o o proprietário da força de trabalho, como seu trabalhador. O primeiro com um ar importante, sorriso velhaco e ávido de negócios; o segundo, tímido, contrafeito, como alguém que vendeu sua própria pele e apenas espera ser esfolado.*"[159] Mas, remendou ela: isso ocorria no final do distante século XIX, com toda certeza. Hoje, apesar de não ter substancialmente melhorado, muito progresso alcançou a classe trabalhadora - o proletariado e, quem isso negar, possivelmente esteja um tanto comprometido com a falta de sinceridade. Mas ele (Karl Max) possivelmente tivesse os seus motivos para assim ter dito, pois que a História não escondeu essa triste passagem pela qual passou a Humanidade. Nem tão distante desse triste contexto, mas também tendo por finalidade mostrar de onde partiam as regras que esmagavam os trabalhadores. Nikolay Chernyavsky, filósofo russo prediz que, aquele que tiver receio de sujar as mãos não poderá se envolver com política. Vladmir Solovyon, também filósofo russo, dizia que a salvação de alguns se encaixava na defesa de salvar a si próprios. Belas frases que, por certo, desencorajam pessoas de bem se envolver com a política.

Talvez querendo tirar uma *casquinha*; se fazendo de quem pouco sabia sobre Karl Max, Pedro Jorge costurou um pedaço da colcha estendida por Marcela sobre a cama em que todos aguardavam para vê-la, a perguntando:

- É aquele economista que chama de fetiche o interesse das pessoas em adquirir algum produto? Que chama de metamorfose a transformação da mercadoria em dinheiro? Será que quando ele diz que durante o processo de trabalho, ele se transforma de ação em ser, de movimento em produto; que, ao fim de certa hora, a ação de fiar está representada em certa quantidade de fios; que, uma dada quantidade de trabalho ou, um certo tempo de trabalho se incorpora ao algodão. É desse que tu falas?

Marcela sorriu e respondeu:

- É ele mesmo; acertastes. Talvez por isso, agora se tem chamado um conjunto musical de meia dúzia de músicos, de banda; um ateliê, de oficina; de ferramentas, alguns ícones e resultados de trabalhos intelectuais. São as contradições e suas épocas. Quando meus pais eram jovens, de um lado viam alguns pregarem a máxima de paz e amor, enquanto outros lutavam no Vietnã.

Sorrindo, em tom de evidente caçoada, Pedro Jorge não a deixou descansar. E, então disse:

- Rosinha, querida filha de empresário, apesar do bom desempenho no preâmbulo do laudatório discurso de Marcela, por certo não te excluirias do que ele afirma sobre o capitalista: *"...produtor da laboriosidade alheia, sugador de trabalho excedente e explorador da força de trabalho..."*[160].

Rosinha o respondeu:

- Então, o que o meu amigo deseja que a minha família faça? Que partilhe as empresas entre os necessitados e passe a trabalhar como empregada? E, o que se faria com os empregados que lá trabalham? Aqui vou te contar uma parábola, que possivelmente te convença de algumas coisas que parece ainda não saberes: não há estímulo para encantar-se por um teatro de marionetes, aquele que se pondo por detrás dos cenários, descobrir o enigma que dá movimento aos graciosos bonecos. Aquele que conhece a origem das verdades não se deixa iludir por falsas palavras, porque o conhecimento é a principal fonte de combate à mentira.

- Ingênuo, Pedro Jorge, é aquele que pensa enganar o sábio. Duplamente pecador é aquele que trai um filho de Deus: a uma, porque a traição, por natureza é um pecado; a duas, porque ela foi lançada como um dardo, cujo alvo se encontra protegido pelo Senhor. Duplo erro; dupla pena: uma terrena, outra celestial. Essa gente tem que parar de enganar, se pretende conseguir um lugar fora do inferno. Porque aqui eles vivem para sugar o que há de bom, em troca da infernal desgraça que deixam para os seus inocentes seguidores. Apenas os inocentes seguidores, porque para os convictos seguidores, eles reservam bons lugares. Vou dar mais uma pitada: Francis Bacon referindo a Virgílio[161], assim transcreveu: *"Feliz quem pôde conhecer as causas das coisas e que esmagou com os pés todos os medos, e o destino inexorável, e o barulho do avaro Aqueronte"*. [162][163] E, ainda do mesmo Bacon: *"O homem inculto não sabe o que é descer em si mesmo, ou pedir contas a si mesmo nem o prazer da 'suavíssima vita, indies sentire se fieri meliorem' (a vida mais doce, é aquela em que cada dia sentimos que estamos melhores)".*[164] Infelizmente, alguns que integram a turma que vive por debaixo do solado, não sabe descer em si mesmo, nem pedir contas a si mesmo. Certamente, porque vem sendo enganados ou esmagados por repetidas falsas promessas. De toda sorte, também esposo a assertiva de que a cultura pode refinar o caráter, mas quem não o tem, jamais poderá se beneficiar desse nicho. Quem nasce com o pescoço torto, não será na escola que encontrará o prumo! E, me perdoes ter que isso dizer em meio aos amigos: *atualmente*, aquele que tem defeito de origem, o poderá piorar no convívio escolar – reduto que, para muitos, o tem como ideal para o aperfeiçoamento e a liberação dos erros.

Aquela ceia, que primeiramente deveria ser de descontração entre amigos e conhecidos, parecia ter virado numa confraria. Modesto, sentindo-se provocado a participar do assunto, também expôs o que pensava a respeito. Dirigindo-se a Agenor, assim manifestou-se:

- No demorado e lento passar do tempo, o mundo caminhou por séculos em busca de fontes onde pudesse amparar-se em princípios que respeitassem a legalidade e a democracia. Aliás, já confesso que não reconheço a existência de democracia sem legalidade. A História nos conta que com passar desse longo tempo, o homem precisou enfrentar guerras, discussões e muitas controvérsias para se aproximar daquilo que parcialmente conquistou. Mesmo assim, ainda existem perseguições a detentores de ideais liberalistas. E ninguém saberá dizer, a isso continuar, aonde chegaremos. Ou, quiçá, não chegaremos a outro lugar, que não aquele em que há muito nos encontramos entrincheirados - o caos.

Disse mais,Modesto:

- Não podemos também esquecer-nos de situações cunhadas na História, como a ordem dada a Galileu para que abandonasse as suas conclusões e comprovações científicas; a condenação de Sócrates e o castigo que levou Joana D'Arc à morte. No entanto, de outro lado, a tecnologia de ponta e a mídia alteraram sobremodo o mundo contemporâneo. Os meios de comunicação instantânea levam informações a todo planeta, inclusive às comunidades mais distantes.

Pedro Jorge, querendo dar um tom de maior desprendimento entre a turma, pensou abrir um novo capítulo na agenda da noite. Deixando escapar alguns gestos adamados, então disse:

- Por sorte estamos quase todos salvos desse horroroso precipício. Muito ainda se poderá fazer de bom e de belo. Bastará escolhermos dentre o círculo de opções que nos são propostas, as mais singelas; como por exemplo, semear a cultura para colher o saber; cultivar a arte para exprimir o belo; amanhar o amor para amainar a fraternidade. Ora, são questões básicas! Não entendo como se possa chegar ao saber sem valorizar a cultura; de igual modo, sendo a arte uma das expressões da beleza, não a teremos sem cultivá-la. E, para não me tornar chato, sublinho que o amor é a principal fonte da fraternidade.

Sorrindo fechou a sua curta intervenção com o seguinte questionamento: o que acham, pessoas?

Norma, desejando que a conversa desviasse para outro assunto, dirigindo-se a Rosinha comentou:

- Rosinha, eu sempre procurei gostar das coisas simples e belas, procurando afastar-me de ideias complexas, ainda que as entenda importantes. Jamais desfiz na importância que a Humanidade atravessou para conseguir aproximar-se do que hoje somos e desfrutamos. Quantas conquistas até aqui chegaram, hein?! Tudo, em razão do progresso muitas vezes alcançado debaixo de sangrentas lutas, como todos sabemos. Porém, amiga, também me encanta a leveza de ouvir o gorjeio de uma ave; de sentir o frescor da brisa. Quando posso, dedico tempo a admirar a sincrônica dança cadenciada da relva posta ao vento. De sentir a maciez de uma pluma. São coisas que me fazem muito bem.

E Norma disse mais:

- Por gostar de arte, envolvo-me no contraste das cores lançadas numa tela - de qualquer tela digna de ser admirada; nos acordes harmônicos de uma sinfonia. Sou capaz de levitar em sonhos, ao som da Ave Maria! Que maravilhoso é esse mundo! Possivelmente por essas lindas e suaves coisas, desperta-me a vontade de dar um tempo para o mundo que existe dentro da minha pequena janela. Não se trata de alienação, como alguns poderão imaginar, mas de escolha de tipo de vida que prefiro ter. Defendo sempre, que mais da metade da minha vida dedico a mim e, a outra metade, divido conforme as circunstâncias.

De tão bela manifestação, Norma recebeu sinceros e carinhosos aplausos dos companheiros de mesa.

Ronaldo, embora não estivesse sentindo-se bem, não desejava dar a conhecer o seu estado de preocupação. Ademais, se assim continuasse e fosse percebido pelos colegas de mesa, poderia desagradar a todos e, principalmente Rosinha e Marcela que teriam organizado o encontro. Então, em meio a uma repentina pausa, levantou o dedo indicador da mão direita como que, em sinal de quem pede a palavra. Todos o olharam com atenção, esperando o que ele teria para dizer. Esforçando-se para sorrir, disse da satisfação de estar com todos num lugar e ambiente tão agradáveis. Que, se sentia honrado e distinguido por poder participar de grupo tão culto e alegre como pudera ver. E, seguiu:

- Lugar como este, não raras vezes é escolhido para palco e cenário do lazer, da diversão, do descanso, do congraçamento, da renovação e reposição das energias - o que penso ser a situação atual. A vida aqui no extremo sul desse grandioso país, certamente que motivado pela sua enorme dimensão territorial, não poucas vezes forja costumes distintos num e noutro lugar dessa imensidão de valores chamado Brasil.

E completou o pensamento:

- Nem sempre o que se fizer aqui, ecoará ao norte e ao nordeste. Não bastassem a distância e as origens, a colonização também foi diferente para uns e para outros. Não sei se Rosinha e Marcela disseram a todos que, apesar de morar há muitos anos no Rio de Janeiro, nasci no Rio Grande do Sul. Sou gaúcho nato sim, senhores. De tal sorte que, quero expressar o meu prazer em conhecê-los, de poder participar desse agradável jantar e, desde já passo a considerá-los meus amigos.

Como o encontro estava bastante interessante – possivelmente melhor do que se tivesse sido previamente combinado com todos – Norma puxou um novo assunto, focado num tema ainda não abordado naquele encontro. Escolheu para levar à discussão as modernas ou atuais relações familiares. Disse, então:

- Já, há algum tempo, tem voltado à discussão o relacionamento familiar. Vira e mexe o assunto entra em pauta; seja no âmbito da sociologia, seja no da psicologia, seja no do direito, enfim, seja no seio da própria família que, afinal, é a maior interessada. Não há dúvida de que existem correntes antagônicas sobre o papel do homem e da mulher na relação familiar. E, essa polaridade adquire maior destaque quando há filhos que convivem com o casal. Abro a minha provocação, afirmando entender que ambos têm papéis importantes na relação familiar. Assim que, não se poderá dizer que a participação de um supera ou supre a do outro. Ambos - diga-se, que, numa relação normal – devem participar, ou melhor, contribuir com igual importância para a boa organização da sociedade familiar. Porém, entendo que os papéis de um e de outro, se preconiza que devem ser distintos. Cada qual deverá responder por uma parte do todo que foi convencionado pelo casal. Essas partes não precisam ser tão iguais; vezes há em que o conjunto de tarefas atribuídas a um dos cônjuges, supera as do outro. O que deverão evitar é a sobreposição de algumas tarefas por ambos, enquanto outras não são atendidas por qualquer deles.

Norma pediu licença para tomar um gole de água e continuou:

- Quando eu era criança, na minha casa as atribuições dos meus pais eram bem distintas. O meu pai tinha por atribuição trabalhar para obter dinheiro para atender às necessidades da família, enquanto à minha mãe, eram dadas as tarefas de criar e educar os filhos e organizar a casa. Não se podia imaginar naquela época, que o meu pai e a minha mãe chamassem para si a atribuição de obter dinheiro para o sustento da família, enquanto nenhum deles se ocuparia com a criação e educação dos filhos, mais a organização das tarefas da casa. Naquela nem tão distante época, poucos casais delegavam a criação e educação dos filhos e a organização da casa, exclusivamente para alguém que não pertencesse à família. Ainda não aceitavam a ideia de *terceirização* das atividades de criação e educação dos filhos e organização da casa. Muito embora desde muito antes já se admitisse a participação de empregados domésticos nos serviços da casa; esta era de caráter apenas executório, pois que as tarefas eram determinadas e fiscalizadas, geralmente pela patroa, como a chamavam. E, pelas notícias e vivência que tive, isso funcionava satisfatoriamente. Mas a modernidade, impulsionada pelo consumismo, pela vaidade, pelo egoísmo, alterou sobremodo essas diretrizes, exigindo maiores recursos financeiros para atender necessidades que, então, passaram a ser tidas como básicas à família.

- Porém, esse argumento que a pouco usei não é o único que tem levado o casal a trabalhar fora do lar. Com toda certeza outros motivos têm justificado essa mudança; dentre eles, a libertação da mulher, que transferiu grande parte do tempo que *usava* com o cuidado da casa e do grupo familiar, para atividades remuneradas e desempenhadas noutros lugares. Foi-se o tempo em que se tinha por uma moça *prendada* e apta para contrair matrimônio, aquela que sabia fazer tudo o que é exigido para uma dona de casa, com o adicional de que também sabia bordar, costurar, ter dotes artísticos, dentre alguns mais atributos. Eram raras as moças que trabalhavam fora, antes de se casar. Na maioria, por certo que, tendo concluído o curso Normal, eram professoras que lecionavam em escolas de curso primário. Outras, trabalhavam no comércio e noutras atividades. Mas esse conjunto de trabalhadoras, em relação ao todo, era algo quase que invisível.

- E, aqui faço uma ressalva quando falo nas professoras de cursos primários: só mesmo essas dedicadas e incansáveis mulheres são capazes de ter a delicadeza e o amor para alfabetizar crianças. Quanta dedicação, paciência e esforço para formar crianças numa das principais fases de suas vidas! Quem passou por elas, jamais as esquece. Mas, seguindo o assunto: hoje, uma moça que está próxima de se casar, já desempenha alguma atividade remunerada, ou está se preparando para isso. Já trabalha num banco ou em outro lugar onde possa desenvolver o que aprendeu em seu curso de formação profissional, ou, já é uma profissional autônoma, por ter concluído curso superior. Essa é a atual moça *prendada*. Poucos moços desejam contrair núpcias com moças sem capacidade laborativa; verdadeiras *dondocas*. Ninguém mais quer puxar a carroça sozinho, porque se perder o emprego, toda família vai para o brejo.

- Numa época em que cada vez mais a garantia de emprego vem desaparecendo, o casal prudente, dentre o mais que valoriza, também se preocupa com o fortalecimento da garantia dos recursos econômicos exigidos pela família. Com certeza que essa alteração passou a exigir que, ao invés de uma cabeça e dois braços, se precisasse de duas cabeças e quatro braços para conseguir o dinheiro necessário para atender às novas exigências familiares. Em contrapartida, como acima referi, as tarefas antes desempenhadas por um dos cônjuges - geralmente pela mulher, passaram a ser cumpridas, quase que exclusivamente por pessoas estranhas ao núcleo familiar. Passaram a ser quase que integralmente delegadas; *terceirizadas*. À essas pessoas (geralmente empregadas domésticas e *tias* de creches), além da organização da casa, são delegadas as funções de criar e educar os filhos, do que resultou uma profunda mudança na organização, não apenas da casa, mas do lar. Sendo o lar um núcleo formado com a participação dos pais e, a partir da idade da compreensão, também dos filhos, poderá se afirmar que, quando uns e outros têm formação distintas, extravagantes, dispares, se torna difícil a coexistência de pensamentos e de sentimentos, como o de acatamento à hierarquia familiar; de amor recíproco; de respeito a tudo o que deva ser socialmente respeitado; à percepção de direitos e de deveres entre os membros da família, etc. etc. Johan Huizinga aponta outra importante vertente: "*As mais esplêndidas culturas, é certo, amaram e veneraram a juventude, mas sem mimos e bajulação, e sempre dela exigindo obediência e respeito aos mais velhos.*" [165]

Norma continuou, enquanto os outros a escutavam, atentamente:

- Não se pode perder de vista o fato de que as profissionais *terceirizadas* passam a ter maior tempo de contato com as crianças, do que os pais; que transmitem a esses inocentes, ainda que sem maldade, valores que entendem como os mais valiosos, ainda que possam ser contrários aos defendidos pelos pais. Se tornam reais formadoras do caráter dessas crianças. Não poucas vezes, as crianças têm maior respeito e aceitação de ideias e princípios transmitidos pelas *tias*, do que os transmitidos pelos pais. Claro que isso não leva a ideias, razões, ou princípios inquestionáveis; a uma verdade absoluta; também não se poderá tal coroar como um dogma, mas vale a pena investigar se a *nova família* vem cumprindo com os *deveres de casa*.

- Então, pergunto se o crescimento da violência praticada por jovens; se o aumento de atos de desrespeito entre esses e, entre esses e os mais velhos; se os atos de agressão moral e física à autoridade, na escola e, em lugares públicos e privados; se os crescentes atos de vandalismo, possivelmente não cresceram em razão do que expus e defendo? Com efeito, há quem diga que a falta do convívio diário e estreito entre pais e filhos, pode responder por essas mudanças. Há, ainda, quem assegure que essa prática poderá levar à progressiva falta de amor dos filhos pelos pais. Não sei se é verdade, mas acho oportuno dizer o que ensinou Moisés: "*Honra teu pai e tua mãe, a fim de viver muito tempo na Terra.*" (Deuteronômio, V, 16). De todo modo, o pai que se vê desrespeitado pelo filho, não pode se espelhar em Cristo, que perdoou a Judas, poque a relação entre aqueles é de outra natureza, pois que o pai tem por dever orientar ao seu filho à boa educação. Exemplo de boa criação tem a tradicional cultura chinesa, onde o cidadão chinês tem velado respeito pela autoridade paterna; pelos professores; pelos superiores hierárquicos; pelos funcionários públicos. Os idosos também gozam de exemplar respeito dos mais novos.

Como era de esperar, o assunto tomou conta de praticamente todos os integrantes da mesa. Embora não houvesse unanimidade de ideias, a maioria posicionou-se favoravelmente ao que Norma defendeu. Porém, ela ainda quis completar o seu pensamento. Então, continuou:

- Eu disse a pouco que isso não é algo que se aplique a todas as famílias que vivam sob aquela condição. Também afirmei que não se trata de um dogma. Com certeza que há famílias que se esmeram por cativar os filhos; por procurar entregar-lhes o que melhor sabem e desejam para uma boa formação; que seguem os moldes das famílias antigas, tradicionais; que aprenderam com os seus pais e seus avós, mas que mesmo assim, por motivos mais diversos, seus filhos, ou algumas vezes algum deles, se desvia do que lhes é ensinado em casa. E, aí se pergunta: onde estará o erro? Possivelmente na índole do filho? Nas companhias que ele escolhe? Nos exemplos que lhes são transmitidos pelos noticiários? Na rua? Nos filmes que assise? Em algumas escolas? Na comunidade em que vive? Sabe-se lá.

- Outro fator de grande importância, reside no fato de que os pais devem se empenhar em entregar aos seus filhos todo o conhecimento de que dispõe; mais ainda aquele que possam alcançar através da educação escolar. Todavia, não devem esquecer de estimular às crianças e adolescentes a terem iniciativa na busca pelo saber, forçando-os a procurar e conquistar as suas vitórias. Porém, mesmo com a educação escolar é preciso estar atento, porque, seguidas vezes o sistema de aprendizado vem se dispensando da importância do estudo na solução de questões práticas exigidas durante todas as fases da vida. Não é tão raro as escolas *diplomarem* moços cujas mentes continuam vazias de indispensável dose de autodeterminação. O atual sistema educacional, via-de-regra se esforça para ensinar alunos a memorizar fatos, em vez de ensiná-los como usar suas próprias mentes. *"Esse sistema de acumulação da memória faz com que a atenção dos estudantes seja centrada apenas em ganhar créditos e boas notas, mas deixa de lado a questão mais importante, que seria a do uso desse conhecimento nos assuntos da vida."* [166]

Mas, há outro ponto sobre o qual quero falar – disse Norma.

- Aqui estamos dois casais, já casados há bastante tempo e, pelo que vejo, em breve poderá ocorrer outra união, no caso entre Marcela e Ronaldo. Tudo inicia com um namoro e, depois, se houver real afinidade entre os namorados, o destino deles, por livre vontade, será o casamento. Nada de anormal e de incorreto no que estou dizendo. De fato, numa relação amorosa, os primeiros momentos de encantamento são os responsáveis pela aproximação do novel par - o que é algo esplêndido, quiçá, a melhor fase do namoro. A fase em que pouco sabe um do outro e querem mais saber. Com o cair do frescor e o seu dissipar, só o amor será capaz de tê-los unidos e desejados; senão para sempre, pelo menos por demorado tempo de troca de carinhos e de mútuo respeito. Às sombras do crepúsculo, quando a jovialidade se esvai e o que sobra é a realidade; quando o fim do sono faz despertar do sonho, só a verdade aceita entre o casal será capaz de mantê-los juntos e uníssonos.

Todos concordaram com o que Norma havia dito e, parecia ter havido alguma pausa, pois que, se outro motivo não os afligisse, pelo menos desejariam continuar saboreando o que estava na mesa. Porém, ela ainda tinha algo mais a comentar:

- Tenho boa convicção de que ninguém vem ao mundo, ninguém nasce, para necessariamente ser feliz. A felicidade de cada pessoa pode iniciar-se a partir do seu nascimento e, depende mais de si mesma do que dos outros. Assim que, não é difícil provar que há pessoas pobres e enfermas, mais felizes do que outras sadias e ricas. Sabem por que? Por que a felicidade mora dentro do corpo de cada um; não, fora dele. O que nos torna felizes é a nossa cabeça; não, a cabeça de outra pessoa, por mais que a admiremos. Há pessoas que admiram extraordinariamente outra pessoa e, no entanto, não são felizes, porque trocam o sentimento de felicidade pelo de inveja. Viktor Frankl assim propõs: *"...a busca do ser humano pela felicidade somente pode lhe cair no colo, nunca, porém, ser conquistada. Kieskegaard foi quem formulou esta sábia metáfora: A porta da felicidade abre 'só para o exterior'; quem a força em sentido contrário acaba por fechá-la ainda mais.*"[167]

- Depois disso, Marcela resolveu dizer mais algumas coisas, antes que o convívio murchasse, uma vez que a noite ainda era *uma criança*:

- Assunto tão ou mais antigo do que ocorria na Grécia ao tempo de Aristóteles e de outros filósofos de sua época, vem assim descrito: "*...as democracias mudam mais por causa da insolência das demagogias; pois ora, em privado, acusam falsamente os que possuem riquezas, e os incitam a se tornarem seus partidários (pois o medo comum une também os inimigos mais hostis), ora, em público, arrastam a multidão.*" [168] A partir disso, o filósofo desfila situações e lugares em que a demagogia (demagogos maldosos, segundo ele) mudou, ou dissolveu, ou provocou mudanças na democracia, tal como em Cós, Rodes, Heracleia, Mégara e outras. Dizia ainda que em tais épocas, quando os cidadãos se tornavam demagogos, mudavam a forma de governo para tiranias, uma vez que os antigos tiranos foram originários de demagogos. Quer dizer, muita atenção com os demagogos!

Ela sorriu e nada mais disse.

❊ ❊ ❊

Depois de passado algum tempo, por iniciativa de Rosinha o convívio com Marcela aparentemente voltou ao normal. Mas por motivo desconhecido de todos, Ronaldo é que passou a se manter calado. Ainda não lhe tinha passado totalmente o mal-estar sentido quando Rosinha opinou que Marcela poderia pedir a sua ajuda para tentar desencalhar o processo que envolvia a sua falecida irmã. Achando que pudesse ser o mesmo processo que o vinha mantendo em enorme desconforto, pensou que, o que ele mais queria era deixá-lo encalhado o maior tempo possível. Mesmo assim, sabia da impossibilidade de tratar-se da mesma ação, pois coincidência igual a essa seria quase que impossível. Que a sua preocupação tinha origem noutros fatos, absolutamente distantes da relação que vinha mantendo com Marcela e a sua irmã que, para ele, era pessoa desconhecida; tanto no meio familiar, quanto no social e judicial. Que desencalhar processo, nada! Ele exclamou para si.

Mantendo-se quase que em absoluto silêncio depois da sua intervenção de abertura do bom bate-papo, Modesto resolveu dizer alguma coisa que pensava sobre a política, assim:

- Algumas das doutrinas defendidas por políticos, ao invés de abrirem caminhos para alcançar soluções para os problemas sociais, constroem intricados labirintos só descobertos por aqueles que dispõem do mapa sigiloso do partido político. São legítimos sucessores de Dédalo. Só que, ao invés de esconderem o Minotauro, nele mantém escondido o segredo que nele guardam *a sete chaves*. Parece serem instruídos para sistematicamente criarem objeções ao que é tratado pela facção opoente. São expertos em dilacerar o que tem boa solidez, com argumentos e fatos de menor importância; pelo simples exercício da contestação que, entre eles sempre está presente. São programados não para criar, mas para descobrir falhas no que é criado pelos outros. É disso que se orgulham, se admiram e se valorizam. Já se dizia que maior valor tem o homem suscetível de mostrar-se menos de si mesmo, desde que não se deixe ser aviltado ou diminuído em seus valores.

- Ao invés de se dedicarem à criação de coisas úteis,

se comprazem em catar frestas para inundar o que de correto e proveitoso é feito pelos adversários. A contestação entre eles, é parte de uma insidiosa retórica que, como soe acontecer, se apresenta inicialmente como defensora dos menos favorecidos, mas se conclui num fim em si mesma. São pessoas que nascem com latente imperfeição do espírito e com acentuada e afunilada capacidade intelectual. Se tornam presas de grupos de pestilentos formadores de caráter vicioso e cheio de erros. Costumam atuar escarpados em *doutrinas de massa*, expressão cunhada por José Ortega Y Gasset, como logo adiante irei mostrar. Isso também me faz lembrar o que disse Catão, o Censor, a respeito do povo romano que, para ele parecia adaptável ao que vimos criticando desde há muito tempo: *"Os romanos são como carneiros, pois é mais fácil conduzir um rebanho deles do que um só; pois, em um rebanho, se você conseguir fazer com que alguns obedeçam, os outros o seguirão."* [169] Esses seguidores que José Ortega Y Gasset - a pouco por mim referido -, chama de *homem-massa*, têm razoável capacidade intelectiva; mas essa capacidade não lhes serve de nada ... *"a rigor, a vaga sensação de possuí-la lhe serve somente para se fechar mais em si e não usá-la. Consagra, de uma vez para sempre, a abundância de superficialidades, preconceitos, pedações de ideias, ou simplesmente palavras vazias que o acaso amontoou no seu interior; e, com uma audácia que só se explica por ingenuidade, quer impor isso a toda parte."* [170] Como grifa o mesmo autor, embora se referindo a outro caso, *"A massa...não deseja convivência com o que não seja ela. Tem ódio mortal pelo que não seja ela."* [171] Em suas bruscas lutas, são capazes de se lançar até mesmo contra a ciência, ainda que sem prova consistente. Mesmo assim, arrastam enorme contingente de pessoas de dentro e de fora dos seus altos muros.

- Uma sociedade cujos seus líderes não dão valor e atenção à ética, não poderá prosperar com liberdade e com respeito às suas leis. O resultado disso é o fracasso, que leva de roldão os seus cidadãos, especialmente, os menos afortunados; seja pela falta de dinheiro e outros recursos materiais; seja pela falta de cultura capaz de orientá-los e indicá-los onde estão os botes salva-vidas, quando a nau for tomada pelas águas do mar revolto em meio à tormenta. Crimes contra a sociedade e contra cada um dos seus cidadãos, por aqui e por ali, grassam há muito tempo e, de tal forma, que se parecem desimportantes para muitos deles. E isso não se corrige na escola nem na cadeia; se corrige em casa, com a família, desde tenra idade.

- Paralelamente a isso e, de forma coerente, a bandidagem anda solta nos bairros e nos palácios, a ponto de não mais se precisar ir ao cinema para assistir a um filme do tipo do faroeste americano. É só pegar um saquinho de pipocas e ligar a TV, que se verá exibido em realidade o que já foi ficção. Há pessoas que vivem em constante porfia; em eterno confronto verbal. São, em síntese, obstinadas pelas causas que defendem, a ponto de não admitirem caminho diverso daquele que mapeiam, ainda que por outra via seja possível chegar ao mesmo destino e com maior facilidade. Não aceitam conviver com o opositor, nem governar sujeitos à qualquer oposição. Algumas vezes, quando contrariados, principalmente, quando a razão não os socorre, fazem uso da força, cujo exercício todos sabem só ser admissível como *ultima ratio*. No entretanto, quero ainda repetir o que li algum tempo atrás: *"A supremacia da 'volonté génerále é uma cláusula prescritiva, uma exigência moral estabelecida para o homem bom que ainda não existe, mas que será criado por uma sociedade igualitária e uma educação natural."* [172]

Depois de algum tempo de descontração regado a boas piadas, Pedro Jorge resolveu mais uma vez provocar a amiga Rosinha, com uma boa insinuação.

Perguntou, então:

- Alguém da mesa já foi convidado para jantar na casa de Rosinha?

Diante do silêncio de todos, emendou:

- Podem crer que é um luxo a mansão da família dela; é algo deslumbrante; ou um desbunde. Pois se depararão com lindos e caros móveis e objetos de decoração de bom gosto. Certamente, que, porque teve a mão de um arquiteto ladeado por um decorador de interiores. Vale a pena jantar na casa dela. Na casa dela só se bebe água puríssima; aquela reconhecida como a mais pura do planeta: a Voss, de origem norueguesa e captada no deserto selvagem do gelado sul da Noruega. Era importada diretamente da Svalbardi, que a retirava do arquipélago de mesmo nome, situado no polo Ártico.

Depois de rir um pouco, acompanhado pela amiga que bem sabia que ele gostava desse tipo de brincadeira, ele ainda disse que aos convidados não era obrigado imitar a façanha de Amásio (Amósis II, faraó egípcio), popularizado por Heródoto em uma anedota, na qual dizia que nos seus banquetes os comensais lavam os pés numa bacia de ouro. Disse também que a finada avó dela alugava um cofre no Crédit Lionnais, para ali guardar as suas joias que outrora usava em suas viagens a Paris. Com igual travessura, ele disse que o patriarca da família fumava charutos havaianos de anel dourado.

Rosinha, então, meio que encabulada, com um sorriso envergonhado disse que tanto Pedro Jorge quanto Heródoto eram mentirosos e, que, na casa dela, ninguém era convidado a lavar os pés. Que, além do mais, as bacias da casa dela eram de alumínio e de plástico, adquiridas em qualquer loja de varejo. Mais, ainda: que a sua falecida avó era pessoa que dispensava o luxo, apesar de ter vivido muito bem e de ter viajado bastante e, que, o seu avô, realmente fumava charutos, porém ela não sabia de qual marca. Se manifestando pelo amigo, disse saber que Pedro Jorge era apaixonado por outra especialidade norueguesa: as bandas, dentre elas, a A-ha e a Immortal; o que por ele foi confirmado:

- Gosto mesmo, disse Pedro Jorge. Isso é sinal de que Rosinha me conhece muito bem. Elas fazem parte das muitas coisas que aprecio. Ora, sou um jovem, ainda!

Mas Pedro Jorge estava com a língua solta. Queria mais e mais conversar. Então disse:

- Tenho observado que, em meio aos chamados intelectuais, cada vez mais vimos surgir e se agrupar pseudointelectuais; pessoas sem qualificação para merecer tal distinção e, até desqualificadas; mas que recebem de seus admiradores, menos qualificados ainda, esse *título*, que lhes é atribuído como se pertencentes a uma nobreza. Eles procuram expressar quando rodeados de bons leitores um *"refinamento intelectual"* e uma *"espécie de luxo espiritual"*, nas expressões que aproveito de Cassirer dentro de outro tema, mas que sabidamente esse *refinamento* e esse *luxo* estão apenas na sua parte exterior; na sua densa carcaça.[173]. Porém, eles realmente se sentem como que pertencentes a uma casta distinta e privilegiada. Esses, em verdade são perigosos, pois têm capacidade natural para deformar opiniões.

- Quando reunidos, muitos deles ao invés de exercitar os miolos, apenas movimentam a língua. Aliás, são muito ardentes na fala e pouco incisivos em ideias. Preferem mais atacar, do que inovar. Como times de futebol, estão apenas interessados em derrotar o adversário. Mas, também, toda carapuça se ajeita na cabeça desses falsos aristocratas; aristocratas de faz de conta, sem se darem conta que essa pretensa aristocracia não existe mais, desde que todo o mundo virou povo. Parecem viver sob o regime da cartilha do jurista holandês Hugo Grotis (Hugo Groot, Huig Grócio), que admitia a escravidão a partir de direito concedido ao vitorioso na guerra, de pactuar com o vencido a garantia de manter vivo o seu povo, desde que levado à condição de propriedade do triunfante. Pois observa que aquele que trafega dentro de um luxuoso automóvel, cujo preço sequer lhe foi informado, ao acender o sinal vermelho no cruzamento, terá que parar, como qualquer outro humano, para dar passagem preferencial ao catador de lixo que puxa ou empurra a sua gaiola com duas rodas.

- É o mesmo cara que diariamente entrega a sua sorte ao assalariado motorista que guia o seu carro e ao segurança que é pago para pretensamente defendê-lo contra os fracos e os poderosos. Grande erro reside na vaidade do homem que se pensa ser superior aos seus iguais. Os exageros em se vangloriar, estufando o peito, olhando para o alto, e engrossando a voz, são práticas que diminuem a quem tem esse abjeto costume. O esforço em querer destacar-se em meio aos que o cercam, pode ser traduzido em pecado. Aqui chegamos para tratar a todos como iguais. Para cá fomos trazidos pela mesma luz Divina e por ela desapareceremos, tão logo a nossa meta venha ser cumprida. Uns a cumprem rapidamente e até sem dores; outros, mais se demoram e podem ser levados a sofrimento. Aqui, para que não me passe por mal-entendido, figura como *fraco* o garoto de rua que é tão ligeiro quanto corre para satisfazer um (i)legítimo interesse pessoal - saquear um celular, um relógio ou uma cédula de R$ 20,00. E retrato como *poderoso*, a bem qualificada gangue que, sob o comando de um *capo*, em fração de tempo subjuga à força da bala, o nobre aristocrata, com segurança malformado, destreinado e, que, de lambuja faz um pequeno rombo no patrimônio do *ilustre* proprietário.

- São os apóstolos da igualdade, desde que não percam as benesses que a desigualdade lhes proporciona. Alguns mais autênticos, mais puros e, *algumas* vezes são levados a sofrimento pelo que reconhecem que de errado fizeram. São circunstâncias e situações que devem aprender enquanto aqui estiverem e, quanto mais cedo as aprenderem, melhor será a sua passagem pela vida. Porém, sem menosprezar o que já disse tantas vezes: não se esqueçam de que aqui somos todos iguais. Todavia, quero deixar claro a todo o pessoal, inclusive ao Ronaldo, que só agora vim conhecer, que há muito homem de dinheiro que desfila em flamantes carros, dispondo do seu tempo e da sua fortuna para ajudar aos que precisam. Seria uma grande injustiça se não fizesse essa ressalva. De igual modo, também sei e quero frisar que dentre os afortunados, também há falsos intelectuais; verdadeiros babacas que, só não aprendem porque a preguiça desceu em seus corpos e por eles se mantém por tempo indeterminado. Estudar e se pôr a par do que acontece no país e no mundo, poderá dar trabalho e falta de vontade para alguns, mas é algo necessário para quem gosta de usufruir das vantagens oferecidas pela cultura. De sorte que, em especial a esses que gostam de passar por bons ledores, advirto, que, só lendo poderão passar por bom leitor.

- Em círculos de pessoas em que há falsos sabidos (caras chatos, porrinhas), há quem opte por fazer não entender o que falam. Preferem passar por desinteressados pelo assunto, para evitar atrito e *trocação*. Alguns, por igual motivo, preferem concordar com o que ouvem. É uma maneira de suportá-los, ainda que não se devesse, por alguns motivos: a uma, porque os fazem se achar os certos e, então, engrandecidos pelas asneiras que dizem; a duas, porque todo e qualquer gesto que os favoreça, pode se tornar em ato de traição a quem luta contra o que eles pregam; a três, porque, se os apartarem, poderão machucar a sua autoestima.

Pedro Jorge bebeu um pouco mais do vinho e disse o que ainda tinha mais para contar:

- Mas tem uma população com aspirações verdadeiras, válidas, autênticas. É a população composta pelos que sofrem os desafios e os desmandos oriundos dos demagogos, dos socialistas de ocasião, da falsa nobreza e, de alguns políticos de carreira, ou mesmo de plantão, apenas. São aqueles que comumente chamamos de povo, que representando o fiel da balança, ainda não sabem da grandeza das suas forças. Aqueles que se mantém esquecidos, mas não escondidos dentro de uma bolha de ar, e que correm risco de, em algum tempo faltar o ar e morrerem; ou, por excesso de injustiças e escassez de direitos, a estourarem. Aí, depois disso, não haverá discurso nem promessa que os tranquilizem e os contenham. Essa corrente, que sabidamente corre a busca, senão da equivalência social, pelo menos de uma vida melhor, também vem se nivelando a outros grupos que integram a vida em comum. Assim, cada vez mais se aproximam da unidade ou mesmo da universalidade de classes de pessoas - se se pode chamar de classes –; como os homossexuais e suas derivantes e equivalentes; as mulheres, que deram um saldo qualidade nunca antes visto na história dos povos ocidentais; uma visível aproximação da classe média – que se iniciou a partir da revolução industrial -; à dos ricos que, se não podem equivaler-se sem crescer ou decrescer de uma para a outra das classes, pelo menos estão mais próximos. De qualquer modo vale a pena aproveitar a ocasião para dizer que, o que restou de diferença entre os médios e os ricos está no valor e importância do patrimônio. Quanto ao resto, afirmo sem medo de errar, que desfrutam dos mesmos prazeres; se utilizam de bens iguais; usufruem de coisas semelhantes; viajam no mesmo avião; embarcam no mesmo navio de cruzeiro; praticam os mesmos esportes e, têm simpatia pelo mesmo time de futebol.

Após mais uma rápida interrupção, Pedro Jorge voltou com a sua voz gutural:

- Outro assunto diz respeito a fato que deve ficar bem assimilado: de que o que era antes, agora pertence ao passado e, sobre o qual não cabem críticas, pois na pior das hipóteses, necessitamos dele para aprender as coisas boas e as coisas ruins. As coisas boas nos servem de guia para o presente e para o futuro; as ruins, as maldosas, talvez necessárias para que possamos hoje mudar e, não voltar a tropeçar nos mesmos erros. Pior, muito pior, teria sido se a mudança se processasse pelo caminho inverso. Hoje, sem muitas agressões a um passado tão marcado por divisões e preconceitos, conseguimos viver cada vez mais em harmonia; exceto, todavia, o que ainda pontualmente acontece com alguns fulanos e outros menos beltranos. Vez que outra me surpreendo ao ver que os que mais esbravejam, são os beneficiados com o avanço. Por certo, porque não tenham sabido que a coisa mudou. Possivelmente, porque não tenham a paciência necessária para esperar pela plenitude que está a poucos passos; talvez, porque a essa altura, ainda queiram cobrar um erro que tem a idade da Humanidade, esquecendo-se que, se alguém *deveria* ser cobrado, já está enterrado juntamente com a sua história.

- Igualmente, há um bom contingente de pessoas que vive dos benefícios liberados pelo Estado, na forma de bolsas e outros substantivos compostos ou adjetivados. Evidentemente, que, muitos de tais beneficiários não desejam trabalhar, nem procuram trabalho; eis que vivem sob uma nova e graciosa classe social, que se poderá chamar de prazerosa por excelência. Essas – não são todas -, que juntas alcançam altos números de favorecidos pelo Tesouro; como um exército de desocupados e sem compromisso de ter que lutar, seguem suas vidas ganhando pouco, mas perto do que ganhariam se trabalhassem. De modo que, não há estímulo a que trabalhem; sequer, que se aprimorem ou que se candidatem a emprego. Não há exigência de qualquer contraprestação ao que recebem *de mão beijada*. O que seria recomendável fazer e, aqui não se trata de uma descoberta; de alguma novidade; seria exigir desses beneficiários a prática de algum serviço social *voluntário*. Que poderia esse, ser das mais diversas formas: desde o auxílio na limpeza pública, até serviços burocráticos em instituições públicas e instituições privadas de cunho social (ONGS) porém, ajudando da maneira que cada um possa, segundo a sua qualificação pessoal e/ou profissional. De modo que todos possam contribuir de alguma forma em troca do que recebem.

- Alguns vivem em constante inquietude e aparente agonizante sofrimento, que os levam a constantes provocações contra quem os contesta. Parece que passam o dia pensando na mesma coisa; numa cruel teimosia, cuja ininterrupta continuidade leva a queimar os seus espíritos. São uns antagonistas, pois na mais das vezes contestam tudo; inclusive aquilo que defendem, se processado de modo diferente daquele por eles traçado, ou apenas seguido. Na verdade, não mostram felicidade e, quando demonstram alegria, o fazem com um sorriso trancado. Festejam mais a derrota dos opositores do que as suas vitórias. Vivem numa desconfiança psicótica, surgida de doentia ideia de que, quem a eles não segue, os queira mal e os trairá. Sonham durante o sono como os mesmos pesadelos que carregam durante o dia. Quanta infelicidade numa só pessoa! Andam em constante luta por reformas que podem ferir a lei, esquecendo de que, onde impera a lei democrática (então legítima), ela é soberana, em razão da qual não cabe descumprimento. Vez que se trata de instituição absoluta, não está sujeita a restrições nem a extensões, como muitos almejam e defendem.

- Ademais, para alguns só haverá correção quando imposto o jugo aos outros; desde que não tenham que se expor a tal jugo. Isso não passa do que se poderia chamar de uma efusão lírica, pois ainda que se abata sobre os seus sentimentos, é contrário a tudo o que se sabe de correto e verdadeiro. Um idílio, uma imaginação, um louco e perdido devaneio, ou mesmo uma utopia. Algo que se fosse aplicado, dilaceraria a luta que muitos fazem em busca da igualde de classes. Ainda quero logo dizer, pelo receio de que venha esquecer, que há aqueles que, quando são contrariados sobre o que dizem ou o que fazem, costumam dizer que essas são as *regras*. Todavia, essas não comprovadas *regras*, são feitas por eles próprios, sem o beneplácito de mais ninguém; muitas vezes, sequer dos seus mais próximos seguidores.

Quando de volta a uma ligeira ida ao banheiro, Modesto pediu que o desculpassem por voltar a comentar sobre assuntos que, possivelmente, não interessassem a todos. Logo que viu o consentimento unânime dos parceiros de mesa, disse:

- Tenho observado e lido que a capacidade física e intelectual demonstrada na prática esportiva e, no desenvolvimento intelectual, vêm crescendo de modo invejável, se comparados com os catalogados do início do século passado. Isso comprova o rápido crescimento físico e intelectual, que vem sendo somado a cada fração de tempo; graças, segundo eu, ao igual avanço científico. Quem tiver oportunidade de ler Impressões do Brasil no Século Vinte – Sua História, Seo Povo, Commercio, Industrias e Recursos,[174] e O Mundo do Futuro?,– obras escritas no amanhecer do século passado, não terá dificuldade para entender a ocorrência e a velocidade desse progresso.; embora alguns conservadores discordem de que se trate de real progresso e, até critiquem os saldáveis avanços. O século XX foi de transformações inigualáveis, se confrontadas com o que lhe antecedeu. E, o atual século vem *a galope* para mostrar mais pujança em menor tempo.

- Mas, sabe-se lá se os conservadores não terão razão? Não se pode opinar sobre isso, quando se está a falar sobre a vida humana; seus prazeres; sua tranquilidade; o convívio com a família. Afinal, o perigo poderá residir no fato de que esse espetacular e rápido crescimento não tem direção e não tem meta. Ele vai para todos e para qualquer lado. Não tem um fim determinado. Não segue uma escola; um rito; nem está, em vários casos, na busca do suprimento das necessidades humanas. São invenções e descobertas que *chutam* para todos os lados e, o homem que corra atrás para entendê-las e a elas se adaptar, se quiser continuar vivendo em paz. Nos países mais adiantados e, sem demora aqui também ocorrerá, já se substitui muito documento impresso e de uso indispensável, antes grafado numa folha de papel, pela mensagem transmitida pelo computador e pelo celular. E o interessado pelo documento obrigatório - que já foi selado, carimbado e assinado com caneta-tinteiro -, que se vire para obtê-lo. A demora nas filas dos guichês de repartições públicas, agora foram transferidas para frente dos computadores de *lan houses*.

- Além do mais, transparece com clareza, que o homem comum, menos capacitado e menos jovem, se vê perdido em meio aos seus semelhantes. Se acha perdido no meio de excesso de coisas, cuja maior parte delas não conhece e, se conhece, não as sabe utilizar plenamente. Porém, ele já sabe que o atrapalham; que complicam a sua vida, antes tão fácil e que lhe fora conquistada com algum esforço e saber. Parece-lhe, que muito do que levou muito tempo para aprender, agora não lhe presta para nada. E isso provoca um sentimento de dolorosa angústia, intranquilidade e insegurança, a ponto de instigá-lo a engatar a marcha ré no carro da vida. Se vê em meio a um universo de itens; nichos; códigos, senhas, informações que lhe são remetidas e que lhe são exigidas, parecendo que na verdade, não há muito interesse em facilitar; pelo contrário, dificultar o que antes era fácil de se fazer.

- Além disso, ainda se depara com falsas e perigosas informações que lhe são transmitidas, mesmo quando não as solicita. Ele sente vontade de voltar ao extinto curso primário, apenas para dizer aos seus dedicados professores, que o que eles estavam ensinando, hoje, praticamente não serve para mais nada. Ah, quanto tempo e desgaste mental foi preciso para *decorar* a tabuada, para ela ser substituída pela infalível e rápida calculadora eletrônica, inserida no pequeno celular que faz quase tudo pela gente! Ah, quanto tempo gasto para aprender elementares regras gramaticais necessárias a quem quer escrever um bilhete, se hoje existe o instantâneo corretor de textos, que bate nos nossos olhos e instiga nossos dedos suaves ao teclado, bem antes de nos darmos conta de que trocamos o "ss"pelo "ç". Outro mal que disso eflui, é a sensação de que muito do que agora aprendemos poderá ter vida efêmera, pois se acredita que logo será derrubado pelo encantamento de mais uma novidade; produzindo uma constante insegurança que atinge até os negócios. Perdido ficou o mecanógrafo e o técnico em conserto de máquinas de datilografia, a partir da expansão dos microcomputadores. De par disso, a tradição é coisa que foi para o brejo e por lá se afundou. Não que se seja contra o progresso, especialmente quando as novidades são salutares e contribuem para uma vida mais simples e mais segura. Então, é de se perguntar se hoje valerá a pena abrir uma livraria com prateleiras abarrotadas de livros físicos, para logo serem submissos da crescente mídia digital dos *e-books*; se, será produtivo abrir uma loja física, quando é crescente a venda virtual, através do sistema *e-*

*commerce*? De qualquer sorte, hoje há grande variedade de opções; o que antes era bem restrito. Assim, é possível optar por se manter em uma ilha ou algumas ilhas, dando as costas para o que ocorre de desinteressante para si; ou, além dos seus limites.

Depois de ter ficado atento ao que Modesto dizia, Lívia pretendo enriquecer o que ouvia, o interrompeu, educadamente:

- Esse tempo passado, não tão distante, é aquele em que a maioria das poucas instituições de ensino superior ofereciam alguns poucos cursos aos seus acadêmicos. As profissões, inclusive as não qualificadas, também eram em número restrito. Hoje, em tese, não aprende quem não quer; ou, se for um obtuso doente que deseja ascender ao impossível – tão impossível quanto a sua descontrolada mente não saberá dizer o que deseja e onde está. Mas, infelizmente ainda há muitos jovens que evadem de escolas, em troca de uma noite com a namorada, ou por um programa que lhes seja ocasionalmente interessante. Mas o preço lhes será cobrado mais adiante.

Modesto, sempre com a veia pulsando para o assunto relativo à vida e à morte, levantou o dedo e foi dizendo:

- Algumas vezes fico a perguntar – não a mim, porque sei que não saberia responder - onde estarão as pessoas que me foram íntimas e que já desapareceram? Será que estarão sepultadas com os seus corpos? Ou será que deles se desprenderam? E, se dos corpos se desprenderam, para onde terão ido? Para o céu? Mas, o que é o céu, em resposta ao lugar aonde essas pessoas queridas estarão? O céu será esse espaço azul infinito que enxergamos quando olhamos para cima e por onde passam os aviões? Esse azul infinito em cujo espaço cabe o Sol, a Lua, Marte, Saturno e, mais àquele montão de estrelas que alternadamente palpitam e, que, só vemos nas noites de lua cheia? Nos meus momentos de maior sossego, de fato fico a pensar onde essas pessoas estarão; ou mesmo, se já não estarão de volta aqui na terra, em lugares que nunca saberemos. Fico a pensar se essas pessoas depois que o corpo morre, continuam a pensar em mim e nas outras pessoas com quem conviveram antes de morrer. No sossego das noites sem sono, algumas vezes fico triste por não saber onde estará o meu pai e a minha mãe e, depois de ficar com os olhos marejados pela chorosa lembrança e pela saudade incontidas, a insônia parece superada pelas mãos deles a tocar na minha fronte. Algumas vezes penso que poderei enlouquecer, se for muito a fundo nesses pensamentos. Mas, o que fazer, se ninguém me responde a essas perguntas tão fáceis de ser arguidas; que têm sido objeto de tantos questionamentos religiosos, filosóficos e psicológicos? Posso até supor que, em razão de que as respostas dadas pelas fontes mais acreditadas não são uníssonas, provavelmente não sejam, *a priori* sérias e verdadeiras. Mas, sabe-se lá, se a resposta estará tão ao nosso alcance que só nos resta atender a alguns chamamentos Divinos para entendê-la.

O bate-papo parecia não ter fim e, na verdade ainda havia muita coisa para ser dita pelos amigos que se encontraram naquela bela noite, apenas para jantar; ainda que nem todos tivessem combinado reunir-se.

Mas, quando alguns já pensavam em escolher a sobremesa, Pedro Jorge voltou a tomar a palavra:

- Venho observando que, em razão de incontido e cada vez mais veloz crescimento da inventiva, o que ficou para o passado não envelheceu por se tornar senil, mas porque foi ultrapassado pelo novo. É o modelo novo do automóvel, que deixou o anterior na lista dos carros *velhos*, embora ainda possa estar tão flamante quanto o seu sucessor. E isso acontece também na moda, com a mudança de modelos ou estilos de roupas – sua cor, seu tecido, sua etiqueta. E tudo isso por conta e risco de um progresso que custa dinheiro, mas que satisfaz os desejos, as necessidades e as vaidades das pessoas. Porém, esse dinheiro gira muito e bem, e passa muito bem entre pessoas jurídicas e pessoas físicas, resultando renda para todos, inclusive para o Estado sempre faminto. É grande a quantidade de coisas úteis que se tornam *inúteis* a cada tempo; é algo estrondoso. Para o que servirá hoje uma máquina de datilografia, um mimeógrafo e um fogão a querosene, que já serviram a tantas pessoas?

E, ele foi adiante:

- Coisa que me dá prazer é ler. Lendo ontem uma interessante obra do filósofo espanhol José Ortega Y Gasset, do qual já falei pouco antes, deparei-me com uma frase que aqui vale mencionar, mas com a clara observação de que o escritor se referia à Espanha da primeira metade do século passado: "*A função de mandar e obedecer é a decisiva em qualquer sociedade. Como a questão de quem manda e de quem obedece anda uma bagunça, todo resto seguirá de forma maculada e imperfeita.*" [175] Pois não é que o que disse o escritor, cai como uma luva no Brasil de nossos dias. Eu acrescentaria ao adjetivo *bagunça* usado pelo filósofo, desrespeito, afrontamento à autoridade (*todas autoridades*); pois nem mesmo o policial com um trabuco pendurado na cintura consegue ser respeitado pelo *cidadão*. Até onde isso irá, ninguém arriscará dizer.

Passado mais algum tempo, sem mais o que os parceiros quisessem dizer, foi servida a sobremesa conforme a diversificada escolha de cada um e, ao final, para alguns, um cálice de licor; para outros, um cafezinho; e, ainda para outros mais, uma taça de chá de boldo para ajudar na mais rápida digestão.

\* \* \*

Na volta para casa Marcela perguntou a Ronaldo, por qual motivo teria mudado o seu humor? Por que teria ficado calado depois de algum tempo? Perguntou-lhe se algo o acontecera, ou que tivesse sabido de alguma coisa que não gostara. Perguntou ainda se alguém teria dito ou feito algo que o desapontara.

Ele disse apenas, que pensando no processo criminal em que trabalhava, sentiu-se um tanto preocupado; porém nada que pudesse diminuir o prazer de estar com ela e com aquele agradável grupo de pessoas. Afirmou que tudo já teria passado; que a sua costumeira preocupação já teria se dissipado; que ela não se preocupasse, pois que nada de grave teria ocorrido, senão a mesma aflição que o afetava vez que outra. E, disse mais:

- Marcela, tenho que resolver esse problema, pois não poderei continuar a preocupar-me com situação que a mim não pertence, mas ao cliente. Rindo disse: desse jeito vou ficar louco!

Ela tentou acalmá-lo, concordando com os seus argumentos:

- Acho que estás certo. Deixa essa preocupação para o teu cliente. Imagina se o médico não dormir porque esteja preocupado com o paciente! No dia seguinte, não terá condições físicas nem psicológicas para atendê-lo!

Ronaldo sofria de um tipo de transtorno

psicológico, identificado pelos médicos com os quais teria realizado algumas sessões de psicoterapia, como de estado fóbico específico. Em síntese, era um tipo de fobia que afetava o paciente, sempre que se preocupava com determinado problema. No caso dele, o tal processo criminal, no qual muitas vezes invertia a sua posição de advogado com a do seu cliente. O caso dele, apesar de não ser exclusivo, porém, era raro. O tratamento seria longo e também dependeria de um bom esforço de sua parte. Só medicação e terapia não alcançariam a cura, embora pudesse amenizar o sofrimento; a angústia. Ele bem sabia que um grande inimigo da pessoa é o seu sistema nervoso. Ele produz surpreendente tensão no estado psicológico, sendo capaz de prejudicar ou afastar, mesmo que temporariamente, a necessária e imperiosa racionalidade. Quando em ação, é capaz de levar a pessoa a desespero – um tipo de tortura difícil de ser contida. O desequilíbrio emocional que se apodera da pessoa, poderá trazer-lhe consequências imprevisíveis e indesejáveis e, algumas vezes desastrosas, medonhas, e, até funestas.

Depois de normalizado o seu estado de espírito, eles voltaram a conversar sobre coisas mais leves. Cada qual contava uma parte da sua vida ao outro e, assim, além de se distraírem, iam se conhecendo mais e mais. Em dado momento Marcela perguntou se ele tinha um bom relacionamento com toda a sua família.

Ele respondeu:

- Sim, porém, a maioria dos meus parentes continuam morando no Rio Grande do Sul; quase não tenho contato com os meus tios e primos. Mas no Rio de Janeiro morou uma prima, muito religiosa; isto é, extremamente católica, que sempre demonstrou querer manter boa distância de mim. Falava muito sobre a tradição e o magistério ordinário da Igreja. Isso foi no meu tempo de muito moço, quando ainda estava estudando. Acho que ela tinha medo de mim; parecia ter medo de que a agarrasse a força – o que não aconteceria em hipótese alguma, pois não era e não sou um tarado, nem ela fazia o meu tipo. O mais provável é que ela tivesse medo de apaixonar-se por mim. Afinal, eu sabia que era um garoto bonitão e que possivelmente fizesse o tipo por ela desejado. Isso é uma verdade que para ti não quero esconder. Além disso, eu era estudante de Direito e, naquela época, reluzia entre as moças a impressão de que por isso éramos pessoas sérias, distintas, centradas, confiáveis. Por sorte, faz muito tempo que não a vejo; nem sei se continua morando no Rio de Janeiro.

\* \* \*

Certamente que por sentir que a inércia mental do isolamento o cansava, Sócrates passou a transmitir alguns dos seus pensamentos, mediante mensagens que enviava para a família através do celular. Pois, por incrível que pudesse parecer, apesar de pretender manter-se isolado, não esquecia de manter consigo o telefone. Eremita moderno é coisa fina! Melhor, ainda, tipo século XXI! Demais disso, em nada ele se parecia com um fariseu andando pelo deserto sem camelo. Gostava muito de apreciar às cintilantes estrelas em noites de luar e, as confundia com anjos ou outras criaturas celestiais que acreditava que n'algum dia o viriam visitar.

Numa das mensagens sobre a vida, escreveu:

- "O indivíduo vai compulsoriamente se desfazendo do seu corpo durante a vida e, algumas de suas partes vão sendo afetadas por processos de disfunção lenta, ou não, até alcançar o ocaso. Isso decorre, na mais das vezes, pelo desgaste, pelo mau uso, pelo uso excessivo e descontrolado, pela falta de conservação e de reparação dos diversos componentes que compõem o corpo humano. Certo é, que desde que nascemos iniciamos a nossa decomposição física. Trava-se uma batalha entre o acelerado surgimento e crescimento de novas estruturas corporais (e do espírito também) e a lenta decomposição física do que nos foi dado ao nascer; além do que vamos adquirindo durante a nossa existência. Abro um parêntese para registrar que o espírito não sofre as ações da decomposição, uma vez que continuará se desenvolvendo enquanto existir a vida física (para alguns, ou para muitos, o espírito continuará se desenvolvendo, ainda depois de desencarnado). A morte é coisa certa e indiscutível; ninguém poderá negar. Pondé, a ela se referiu assim, embora dentro de outro contexto: '*O que há de mais exato do que a morte? Ela é exatamente precisa.*'" [176]

Sócrates tinha certeza do grande valor da solidão. Que o fato de se manter afastado, jamais o levaria ao desapego e ao desamparo daqueles que estimava, desde que continuasse a efervescer o amor fraterno. Ele também acreditava que, para melhor conhecer aos outros, é necessário o silêncio interior que leva a conhecer a si. E isso ele levava a sério, tal como uma oração cheia de convicção e de doação. O silêncio encontrado no isolamento o inspirava a organizar o pensamento. Sem o pensamento em boa ordem, ele sabia que corria o risco de mais errar. Por isso, pregava que não se devesse ter receio de estar a sós, desde que sempre se esteja consigo e pensando no bem. Sabia ser preciso ter um espírito forte para vencer as longas jornadas apenas consigo. Que isolar-se, não se bastará encerrar-se num quarto silencioso; é preciso o contato com a Natureza, como ele preferia. Também apregoava que quanto mais forem refreadas as paixões, maior será o fluxo da inteligência racional. Porque o prazer da paixão, a eufórica sensação que ela nos traz, perturba o nosso raciocínio. Mas que devemos cuidar para não abandonar todas as paixões, porque elas servem de estímulo ao nosso bem viver. Não deixemos, então, que o rio da vida seque, a ponto de não mais haver graça de viver.

Noutra *missiva*, assim ele se manifestou:

- "A pedagogia que defende a tese de total liberdade, está sendo contestada como uma triste e até perigosa realidade: os filhos não mais respeitam pais; não mais respeitam professores; e, lá na ponta, já aparecem empregados desafiando patrões, mesmo que ao custo da perda de emprego. E esse condimento que parece dar bom paladar à merenda na fase da infância e da adolescência, também contribui para bastante aguçar o entusiasmo de jovens que desrespeitam e enfrentam a lei, a ordem e a polícia, em verdadeiros confrontos de homem a homem – mais explicitamente, de tiro a tiro. Pergunta-se: já não haverá muito atraso, quando se pretende reformar essa cruel mentalidade; essa condenada pedagogia do amor? Amor a que? Amor a quem? Amor à desordem; à desobediência; ao crime? Enquanto não houver critérios, limites e parâmetros, a vontade se sobreporá às normas da convivência respeitada. Impõem-se, sempre, o velho e correto adágio: não faças ao outro o que não queiras que façam contigo. Pelo menos assim. "*Você criou seu filho, ele lhe deve respeito como a seu pai e reconhecimento como a seu benfeitor. 'O período de maior ganho em conhecimento e experiência é o período mais difícil da vida de alguém.*'" (Dalai Lama). [177]

Ainda enviou outra mensagem do mesmo dia:

- "Quando se abandona a tradição, começa-se a apostar no novo. Mas o novo é um desconhecido que poderá nos decepcionar e nos conduzir ao abismo. E, a tradição também já foi o novo antes de ser lapidada. E isso lhe custou um preço proporcional ao que, agora, ao ser trocada pelo novo, todos nós haveremos de pagar. É um ciclo encerrando outro e, a cada novo ciclo, estaremos sujeitos a novos desafios. É o preço da alternância, da mudança, da busca pelo novo. O recomendável é não nos desfazermos de um todo da tradição, nas primeiras aparições do novo. Ousado e perigoso será trancarmos todas as portas do conhecido, para darmos exclusivo acesso ao desconhecido. É preciso não se entusiasmar com o rápido furor do novo, devendo melhor esperar que o antigo se vá esmorecendo, lentamente, como é do seu andar."

Muito embora não gostasse do novo, Sócrates sabia que ele existia e, que, quando ele chegava, vinha para ficar. O novo era parte da vida, da evolução e, sempre que apareceu, foi contestado por uns e cotejado por outros. Na mais das vezes, os mais jovens assimilam mais facilmente as coisas modernas, as novidades. Parece que são de tal modo atraídos por essas descobertas, que as assimilam com enorme facilidade. Mas a novidade não chega apenas aos jovens, porque há coisas novas, bem novas, que são do interesse dos mais maduros. Possivelmente, na moda, na música, na arte em geral, a aceitação inicial seja mais bem recebida pela juventude; porém, passado algum tempo em que o novo começa a amadurecer, as gerações anteriores as acolhem com naturalidade. Muito embora quando chegam a tal tempo, possivelmente não mais tragam o rótulo de coisa nova, visto que já um pouco superadas pelo passar da sua época.

Mas o novo é tão ou mais importante do que o antigo e, o antigo, muitas vezes se torna superado pelo repentino surgimento do novo. É muito importante para o desenvolvimento da Humanidade conhecer o novo e o aceitar como natural necessidade a cada tempo; a cada momento; a cada época. Quantas coisas novas foram, e são descobertas e inventadas no passar do tempo. O homem é um curioso e um insatisfeito com o que tem. Sempre anda à busca de algo diferente e, quanto mais descobre e inventa, mais coisas quer descobrir e inventar. Se tivesse faltado ao ser humano esse extinto de curiosidade, que pode ser traduzido por insatisfação, mas que no final se traduz em descoberta e criação, ainda estaríamos a viver como primatas, ou, como caçadores e coletores. Nem é momento para pensar em algo tão novo; mas será bom lembrar que viajamos do telefone acionado a maniveladas, para o celular; da vitrola, para os mais modernos e fidedignos aparelhos de som; evoluímos do bonde puxado a burros, para o metrô e o automóvel - este último, com possibilidade de, em breve, andar sem motorista. Na aviação o avanço foi muito maior, com a chance de encurtar em tempo recorde as distâncias percorridas. O computador e a internet diminuíram o tempo e a distância entre pessoas e, vieram para ficar, e melhorar a cada tempo que passa.

Nas últimas décadas, participamos de mudanças jamais imaginadas pouco tempo antes. Capazes de facilitar a nossa vida em muitos aspectos; em compensação, vimos nascer e se desenvolver a era atômica que, se por um lado é sinônimo de inovação, de crescimento; por outro lado, o seu uso nocivo nos tem deixado perplexos e assustados com o que possa resultar com o seu mau emprego. De outro lado, a crítica vem se dividindo no que trata da real possibilidade de serem criados seres humanos em laboratórios. No entretanto, abraçamos os resultados das invenções da chamada engenharia *cyborg*, com indiscutível e aceita possibilidade de usarmos aparelhos como o marcapasso, braços e pernas mecânicas, dentre uma gama de outros instrumentos que contribuem sobremodo para superarmos diversas dificuldades orgânicas que, na falta deles, quiçá, fôssemos impedidos de poder continuar vivendo; pelo menos, de continuar vivendo conforme as exigências do nosso organismo e da sociedade.

Admirador da poesia, Sócrates afirmava ser sensível

a ela: fosse a lírica, a épica, a trágica. Tanto admirava os versos, quanto aos poetas e declamadores. Mas sabia não ter dom para criar um poema sequer, apesar de por ele se enfeitiçar. Algumas poesias, as tinha guardadas na sua privilegiada memória; outras, porque nunca mais as lera, nem ouvira, já passado tanto tempo, as esquecera.

Quando o céu se agitava e começava a escurecer em pleno dia, ao ouvir os trovões e ver os relâmpagos que anunciavam a tempestade, ele sempre lembrava de Tor e seu inseparável martelo. Recordando o que já haviam lhe transmitido alguns crentes, para ele era inverídica e risível a história de que Tor viajava sobre o céu numa carruagem puxada por bodes, anunciando o período de chuvas sempre desejado pelos camponeses. Daí, que, para aqueles, Tor era considerado o deus da fertilidade. Segundo a mitologia, o barulho dos trovões se dava aos movimentos do martelo de Tor, tão capazes de provocar o aguaceiro. De toda sorte, ainda que ele não acreditasse em lendas e não tivesse medo de trovejos nem de relâmpagos, sempre que a chuva de grossos pingos se iniciava com toda a sua força e grande quantidade de água, ele procurava se proteger por sob uma árvore frondosa, ou dentro da pequena, mas aconchegante cabana, que passou a ser a sua morada enquanto por ali ficava a meditar e a fugir do meio urbano.

Numa manhã chuvosa ele ficou a pensar com certa convicção, que é através da realidade que surgem as possibilidades. Todavia, bem sabia ele, que há pessoas que imaginam isso de modo inverso, ao contrário, ao avesso, como ele gostava de dizer. Pensam essas pessoas, que o que imaginam, certamente se tornará realidade, independentemente de qualquer esforço e ainda que fora de toda e qualquer realidade. Lembrou que há sonhadores; os voadores; os utopistas; aqueles que pensam que a realidade é algo dado apenas pelo Divino e, assim, de nada valerá buscá-la noutro lugar.

* * *

Certo dia, quando Marcela almoçava num restaurante próximo do seu escritório foi surpreendida com a desagradável presença de Anselmo que, diga-se de passagem, não o costumava frequentar. Sentado noutra mesa, dentro em pouco se aproximou dela e, sem a cumprimentar, lascou:

- Já destes para aquele teu namoradinho carioca? Gostastes da *performance* dele?

Ela nada respondeu-lhe. Apenas abaixou a cabeça e continuou comendo. Insatisfeito com o desprezo dela, ele voltou à baila com mais agressividade, então dizendo em tom alto, para ser ouvido pelos frequentadores do restaurante:

- Como mudaste Marcela, nunca pensei que cairias tão facilmente! O teu comportamento como mulher separada é de envergonhar a quem cumprimentas na rua. Pouco falta para te prostituíres, sua vadia!

Ela nada respondeu, mas caiu em copioso choro, não sabendo o que fazer. Constrangida, como ele não saia de perto dela, pediu-lhe que a deixasse em paz. Mas ele respondeu:

- Pensas que mandas em mim? Nunca mandaste em mim! Mas vou embora para não manchar a minha honra com a tua presença.

Marcela logo que se recuperou um pouco pagou a

conta e saiu sem almoçar. No escritório nada contou aos colegas, mas eles notaram que algo de ruim havia acontecido com ela. Perguntada sobre o que teria havido, ela preferiu dizer que se tratava de assunto íntimo; que tudo logo passaria.

Dois dias depois ela novamente o encontrou numa confeitaria que costumava frequentar. Novos insultos ele disparou contra ela, voltando a chamá-la de vadia e de mulher acostumada a frequentar restaurantes noturnos. Dessa vez ela teve mais coragem e disse-lhe que se ele não fosse embora, chamaria a polícia. Tenha sido por medo de envolver-se com a polícia ou por qualquer outro motivo, em seguida ele saiu do local, sem nada mais dizer. Dessa vez, braba, ao invés de constrangida, logo que ele se evadiu ela retornou ao escritório e tudo contou aos colegas, que insistiram para que ela registrasse um boletim de ocorrência na delegacia mais próxima. De início ela não aceitou a sugestão, mas depois de alguma insistência resolveu registrar o fato, pois imaginava que, se não o fizesse, estaria sujeita a novas investidas do ex-marido. Dois dos colegas a acompanharam até o plantão policial e, depois a levaram para casa.

Chegando em casa ficou a pensar se contaria a Ronaldo sobre os lamentáveis episódios patrocinados pelo ex-marido. Melhor refletindo, achou que não poderia medir as consequências dele ao saber dos insultos verbalizados por Anselmo. Não o conhecia suficientemente para saber qual tipo de reação ele poderia ter. Apesar de aparentar ser calmo, diante de uma agressão a ela, nas circunstâncias em que acontecera, ela não poderia garantir a reação do namorado. Preferiu nada dizer e, pelo que soube, Anselmo foi chamado a prestar depoimento na delegacia. De todo modo, ela tinha certeza de que tanto o ex-marido quanto o seu pai, tinham mentes congeladas, que não se derretiam sequer diante de uma boa ideia exposta ao ardente sol do verão. E que, nada mais aprendiam e não queriam aprender, por birra; apenas por teimosia. Estava ela convencida por larga experiência adquirida no convívio com a dupla em apreço, que gente birrenta é assim mesmo. Que, se se disser para um teimoso como eles, que deva sair dos dormentes da linha férrea porque a composição logo passará por ali, serão capazes de querer esperar até a última fração de tempo, quando a maquinista acionar o apito do sinal de alerta. Sabem por quê? Ela pensou: por birra! Por teimosia! Por pirraça! Sabia que o ex-marido e seu Sérgio eram pessoas de cultura empobrecida, embora Anselmo tal não admitisse. De sorte que a dupla levava a vida nos seguintes termos: o primeiro descarregava a bossa e o segundo aplaudia. Um tinha certeza de que convenceria ao outro; o outro, tinha certeza de que seria convencido por aquele. Bela dupla que tomara para si a vontade de viver tropeçando: um no calcanhar do outro e, o outro, no calcanhar do primeiro. Mas o aculturado Anselmo não perdia tempo quando o negócio era tirar alguma besteira das suas entranhas; e o seu parceiro, jamais o trairia numa façanha como essa.

* * *

Marcela tinha uma irmã, como antes foi dito, que era cerca de 1 ano mais velha. Era Maristela, que fora adotada pelos pais de ambas. Muito embora não fosse filha natural, sempre foi tratada e reconhecida como se a fosse. O tratamento dispensado a elas era igual; tanto para uma como para a outra. As duas sabiam das origens de nascimento de cada uma, pois isso em casa nunca fora objeto de sigilo. Todavia, só muito depois Marcela veio saber e, possivelmente Maristela nunca soube, qual foi o verdadeiro motivo de, ao serem registradas no cartório de nascimentos, não terem recebido sobrenomes plenamente iguais. Enquanto Marcela foi registrada como Souza da

Silva, Maristela foi registrada apenas como Silva. Então, as irmãs se chamavam: Marcela Souza da Silva e Maristela Silva. Nas poucas vezes em que questionaram perante os pais o motivo de Maristela não se chamar Souza da Silva, mas apenas Silva, seu Sérgio se adiantava dizendo que fora erro no processo de adoção de Maristela, mas que tal não traria maior problema, pois nas certidões de nascimento de uma e de outra, constavam como filhas dele e da sua esposa, Dona Leda. E, como realmente isso não trazia qualquer dificuldade para elas, especialmente para Maristela que não recebera o cognome da mãe, sempre aceitaram passivamente essa versão. Demais disso, dona Leda era uma mulher com muitas reservas; como hoje muito pouco se conhece. E, sempre obediente às determinações do marido.

Apesar do tratamento igualitário às irmãs e, também entre elas, vez que outra Maristela se sentia diferenciada. Resmungava dizendo não receber igual tratamento ao dispensado à irmã. Porém, isso não era verdade, porque os pais, apesar de todas as críticas que pudessem ser dirigidas a eles, essa nunca pesaria nos seus ombros. Possivelmente fosse algum ranço pelo fato de saber-se adotada, enquanto a irmã era filha biológica do casal. Mas para ela, esse forçado sentimento de desigualdade, nunca fora em razão de não ter recebido o sobrenome da mãe. Pelo contrário, sempre aceitou o fato com naturalidade, sequer apontando culpa a quem presidiu o processo de adoção. De outro lado, nunca contaram a nenhuma delas quem eram os pais biológicos de Maristela, nem como a receberam como filha antes da adoção. Diziam algumas pessoas mais próximas, que possivelmente eles não soubessem quem eram os seus pais biológicos. e, que, segredavam como obtiveram a menina; que eles nuca diziam se a ganharam, se a acharam, ou se pagaram alguma recompensa para tê-la. Porém, ao recebê-la como única filha, na ocasião com apenas alguns dias de nascida, ainda usando cueiros, corretamente a registraram como adotiva, acrescendo ao seu nome, o sobrenome Silva.

Ainda que fisicamente tão diferentes, apesar de ambas muito bonitas, excluídas essas diferenças, quanto ao resto e, em especial, quanto à educação que receberam dos pais, se podia dizer serem tão parecidas "*como duas gotas de água*" (expressão cunhada de Dostoiévski).[178]

Ambas estudaram em boas escolas e tiveram o apoio dos pais em tudo o que se relacionava à educação e cultura. As duas estudaram piano e frequentaram cursos de língua estrangeira. Para proporcionar maior desenvoltura e progresso no aprendizado de piano, com certo esforço o pai adquiriu um piano para as filhas. Quando os pais viajavam, as duas meninas e, adiante já moças, os acompanhavam e participavam de todos os passeios.

Maristela, por ser a mais velha, na escola sempre estava 1 ano à frente de Marcela. Em época de Natal e aniversário, elas recebiam presentes semelhantes e, sempre que fosse possível, lhes era dado oportunidade de opinar sobre o que desejassem. Quando cada uma delas fez 15 anos de idade, os pais organizaram bela festa, para a qual convidaram as amigas e algumas das colegas de aula. Ao concluírem o curso universitário, para ambas foi programada festa na casa da família e, no dia da cerimônia de colação de grau, Seu Sérgio as presenteou com bonito anel de formatura.

Maristela era tão linda quanto a Marcela. Mas, enquanto esta era morena, com cabelos negros e lisos, a outra era loira, com cabelos crespos. Ambas tinham semelhante altura e olhos claros. Como Seu Sérgio era moreno e Dona Leda era loira, quem não sabia da diferente origem biológica das meninas, dizia que Maristela tinha *puxado* à mãe e Marcela, ao pai. A beleza das irmãs sempre fora motivo para comentários de quem as via, tanto na rua quanto na escola. Foram criadas como verdadeiras *Bona Dea*, que na mitologia romana significava a deusa da virgindade e da fertilidade. Eram mantidas segregadas do contato com moços que as pudessem conquistar e delas *abusar*; em verdadeira *prisão virginal*. Elas sempre tiveram o que se costumava dizer, um *comportamento filtrado*. Sem excessos e com absoluto respeito a tudo e a todos.

As irmãs, indistintamente, costumavam contar às amigas e colegas de escola, que os seus pais seguidamente repetiam ter assistido ao filme A Casa de Chá do Luar de Agosto, com Marlon Brando e Glenn Ford, quando ainda se namoravam. Porém, que já teriam contado a história com clareza de detalhes, que nem sempre eram os mesmos, inclusive, caiam nesse pecado de errar, ao repetirem para iguais pessoas. Incrível, era notar que sempre era o mesmo filme; o que parecia não terem assistido a outro qualquer filme enquanto namoraram. Coisa de adolescentes, nas suas importante e inesquecíveis épocas. Que bom que para eles era assim, pensavam as irmãs e filhas do casal que muito as estimavam.

Maristela não gostava do seu nome e, detestava informá-lo a quem quer que fosse. Por isso, desde criança foi tratada e conhecida por Stella. Só em documentos e papéis oficiais ela grafava o seu verdadeiro nome. No convívio com as pessoas do seu círculo de amizade e parentes, desde que começou a manifestar rejeição ao seu nome de batismo e de adoção, passou a ser chamada de Stella. Incluía esse grande número de pessoas, os seus pais adotivos e a sua irmã Marcela. Na escola, praticamente atendia pelos dois nomes: na chamada e registros do colégio, da faculdade e de outros assentamentos importantes, por Maristela; nas relações com colegas, Stella. O nome que adotou ficou cunhado de tal modo, que muitas pessoas não sabiam que Stella se chamava Maristela. Nos textos que redigia, fossem cartas ou bilhetes, os subscrevia como Stella. Igual situação ocorria quando recebia algumas correspondências ou anotações, inclusive dos pais e da irmã. De sorte que, todos respeitavam a sua opção, não vendo motivo para opor-se ao que ela acreditava ser melhor para si.

Essa situação só foi mudada bem adiante, quando ela se mudou para o Rio de Janeiro, onde passou a usar exclusivamente o nome de registro em seus documentos. Pensando que num lugar estranho, onde a ela ninguém conhecia e também não era conhecida, o uso incorreto do seu nome poderia trazer-lhe alguns transtornos, senão, dificuldades. Mesmo assim, inicialmente continuou recebendo cartas dos pais, irmã e amigas, destinadas à Stella. E, para não quebrar o hábito formado com essas pessoas, também subscrevia as cartas a ela endereçadas como de Stella. Esse, então, terminou sendo o único vínculo que ela conservou por mais algum tempo em relação ao nome que escolhera. Mas, não demorou muito para, digamos, extirpar do seu convívio o codinome Stella.

Enquanto Marcela cursou Direito, Maristela cursou a faculdade de Administração de Empresas. Esta nunca tivera namorado, apesar da sua encantadora beleza. Possivelmente porque também estivesse sujeita aos excessivos rigores do pai. Todavia, se o seu Sérgio pudesse a teria prometido a um tenente do Exército, que seguidamente aparecia na casa da família. Ninguém saberia dizer qual a origem dessa inesperada amizade, embora alguém dissesse que o seu interesse estava em namorar Maristela, desde que o pai consentisse.

O tal tenente também era um cara chatíssimo e cheio de manias. Quando aparecia enfiado na farda, mais se parecia com o soldadinho da antiga propaganda do inseticida *Flit*. Também cheio de cacoetes, constantemente piscava um dos olhos e, outras vezes piscava os dois ao mesmo tempo. Ao cumprimentar alguém, antes de apertar a mão batia continência, como se tivesse no quartel ou cumprimentando algum superior hierárquico. Com o cabelo da metade da cabeça para baixo raspado, era um verdadeiro *fora de moda*, em época em que a bossa era usar cabelos compridos. Sempre empertigado, parecia manter-se em posição de *sentido* e, se ninguém o convidasse para sentar-se, de pé ficaria, tal como se tivesse de sentinela numa guarita de quartel. Ao entrar, descobria a cabeça e colocava o quepe embaixo de um dos braços - ato respeitoso que cumpria com a desenvoltura que aprendera na Academia Militar.

Tal como a maioria dos militares, de longe, ao vê-lo, não se tinha dúvida de que era um soldado, acima de tudo. Na Academia aprendera a manter o corpo ereto; o passo cadenciado; os ombros em aprumo; ventre sugado; cabeça erguida e peito estofado. Acima de tudo, educado e trajando com o rigor que a farda exige de quem a veste, ou mesmo a paisano. Não negava ser um soldado altamente disciplinado e orgulhoso da profissão e do respeito a ela conferido. O corpo modelara-se através de constantes treinamentos e atendia, impensadamente, a tudo o que dele fosse exigido. A todo esse conjunto; essa *performance*, se chama de disciplina; circunstância a que todo homem é capaz de adquirir, mas nem todos a empregam, diuturnamente, como o soldado que a exerce com docilidade e espontaneamente, reunindo elegância e caráter; respeito e obediência. Na guerra é o agente da morte; na paz é o solidário da humanidade. Duas versões antagônicas vestidas na mesma pessoa. A um só tempo, comanda e é comandado; manda e obedece; ensina e aprende, mas em todas essas vertentes ele cresce e se aprimora. Só recebe ordens verticalizadas, mas mantém respeito e harmonia laterais. As irmãs Maristela e Marcela ao vê-lo chegando na casa, faziam o possível para desaparecer. Elas diziam entre si, que ele tinha cheiro de defunto.

Acontecia, que, virando a esquina da casa delas existia uma casa funerária, onde morava juntamente com o negócio de artigos fúnebres, duas amigas com quem gostavam de brincar quando crianças. Elas detestavam entrar naquela casa, pelo medo de verem algum morto em meio aos caixões que ali se mantinham expostos em grande quantidade. Todavia, pela insistência das amigas, nem sempre podiam evitar ter que passar pelo meio dos esquifes, quase todos bem ornados. Os convites que várias vezes receberam para tomar um café com elas, sempre recusavam. Certa vez Maristela querendo ir ao banheiro, teve que servir-se de um que ficava ao fundo da loja e, pelo medo de que lá tivesse ou entrasse algum morto, deixou a porta entreaberta e sempre falando alto, para desviar algum pensamento misterioso. Era por tal razão, que diziam que o empertigado tenente tinha cheiro de defunto, apesar de nunca o terem cheirado; sequer chegado tão perto dele. Mas seu Sérgio querendo a aproximação dele com a mais velha, chamava-a para participar da conversa. Linda como era, a sua presença dificultava o desejo do soldado abandonar o posto. Enquanto ela estivesse por perto, ele não abandonava a posição conquistada com o auxílio do amigo e pai da moça. Encantado com a disciplina, a cultura e o garantido futuro dele, o pai fazia o possível para mantê-lo perto da filha. Quase sempre a pedia para tocar algumas músicas ao piano; o que a deixava ainda mais chateada.

O bom militar teria cursado a AMAN (Academia Militar de Agulhas Negras) com reconhecida distinção pelos seus superiores e instrutores. Estudioso, sempre que podia se mantinha estudando estratégias militares e outros temas afins. Uma das suas metas mais audaciosas era galgar todos os difíceis degraus da carreira militar em qualquer das armas. Não era um moço feio e, inclusive tinha corpo atlético.

Alto, belos dentes, peito e ombros bem formados, era o tipo de homem capaz de chamar a atenção de mulheres. Porém, o que atrapalhava toda essa visível beleza era a maneira de ser, incompatível com o mundo em que as meninas viviam e viam na televisão. Elas queriam um homem mais leve, menos austero, nem tão empertigado, capaz de sentar-se na soleira de uma porta e abraçar e beijar a sua namorada em público. Um cara que fosse capaz de poder carregar um violão a tiracolo e o dedilhar, com um dos pés sobre um banco da praça - coisas que a ele não seriam permitidas, porque não se autorizava descer daquela farda com estrelas e botões dourados. Morando no quartel, as poucas vezes em que saía nos horários de folga, compulsava livros em alguma livraria, ia ao cinema e, quando possível, visitava o seu Sérgio.

\* \* \*

Passado algum bom tempo em que ocorreram os anteriores episódios entre Anselmo e Marcela, os dois voltaram a se encontrar, passageiramente, numa das ruas mais movimentadas do Centro de Porto Alegre. De sua parte, ela fez que não o teria visto, mas percebeu que ele fizera como passar o mais próximo dela que lhe fosse possível. Todavia, cada qual seguiu o seu rumo sem mais atropelos. Como já foi largamente demonstrado, ele era uma pessoa dotada de pensamentos inelásticos, se assim se poderia dizer de alguém incapaz de transigir; de não transitar pelas duas mãos; de não aceitar, pelo menos em parte, ideias diversas daquelas a que esposava, ainda que esta última situação fosse de uma burrice comprovada e atestada por ele mesmo. Mas a sua teimosia sempre foi maior do que todas as verdades, ainda que isso o levasse ao descrédito pela maioria das pessoas que o conheciam. Exceto, por óbvio, seu maior amigo, para não se ter que dizer, seu único e incondicional amigo, seu Sérgio. Coisas que só os normais conseguiam observar e criticar. E assim, Anselmo levava a vida entre trancos e barrancos, sempre notados por quem não seria capaz de a ele igualar-se. Todavia, como já bastante dito, ele não se sentia mal com as atitudes que tomava, pois se considerava superior a toda e qualquer outra pessoa. Com aquela pequena estatura física, de homem baixo e franzino, possivelmente devesse valer quanto pesava.

\* \* \*

Seu Sérgio era funcionário da empresa de correios e telégrafo. Desempenhava sua função num dos guichês de venda de selos, em época em que no verso das estampilhas havia uma cola suave, que proporcionava ao remetente umedecê-la passando a ponta da língua antes de afixá-la ao envelope. Quando o movimento no guichê era menos intenso, trabalhava num setor em que, com um carimbo datador inutilizava os selos colados nas cartas, para não poder mais ser usados. Eram tarefas simples, pois que se resumiam na venda de estampilhas e, de quando em vez, as inutilizar com o carimbo. Mas era uma pessoa que muito se orgulhava do seu emprego. Não chegava a ser tão vaidoso quanto Anselmo, além de não ser tão intratável como o outro. De outro modo, sentia-se em grau de inferioridade em ralação ao amigo e futuro genro, porque não teria frequentado uma faculdade, como o fizera o outro. Mas orgulhava-se e gritava aos quatro cantos, que o seu amigo era um bom veterinário e distinto funcionário da secretaria de agricultura. Seu Sérgio era um homem desajeitado, canhestro, desastrado. Tinha certa dificuldade de entender o que lhe explicavam e, mesmo assim, depois de convencido de que teria aprendido, costumava cair em erros indesculpáveis. Mas representava ser uma pessoa correta, de bons princípios, um cara que, quem não o conhecesse por dentro, poderia dizer ser do bem. Não era uma pessoa de fino trato, porque vez por outra fazia certas grosserias, mas parecia ter bom caráter e, na média, era suportável, sem chegar a ser um indivíduo agradável.

Por algum tempo, desejando ser telegrafista, inscreveu-se em curso organizado e patrocinado pela própria empresa. O maior interesse dele pela mudança de atividade, basicamente estava na oportunidade de obter melhor salário mensal e mais algumas vantagens pecuniárias. Passados vários meses em que frequentara aulas noturnas, ele não conseguira a rapidez necessária para o uso de dados do código Morse. Nos dois testes internos a que se submeteu para alcançar a lotação como telegrafista, ficou com média abaixo da exigida. Além disso, foi reprovado na prova de português, em questões sobre ortografia – porque várias palavras que sabia verbalizar, não sabia grafar corretamente. Insatisfeito com o resultado das provas, para não fazer feio diante dos amigos e colegas, dizia ter sido perseguido pela administração da empresa e, que, alguns dos aprovados tinham *pistolões* que intervieram nas suas nomeações.

Seu Sérgio, apesar de não ser um impostor como Anselmo, tinha lá as suas manias. Uma delas era a de desconfiar de todo mundo, e até das suas próprias convicções. Quando recebia dinheiro em pagamento de selos, contava aqueles trocados mais de uma vez. Ao separar cédulas ou moedas para o troco, repetia o mesmo ritual, até ficar convencido de que os valores estavam corretos. Não poucas vezes se atrapalhava com a soma e precisava contar tudo mais outra vez. Quando caía alguma moeda no chão da cabine, o serviço parava enquanto ela não fosse encontrada. Assim fazendo, a demora no atendimento no guichê levava a formar fila de pessoas que reclamavam pela lentidão do funcionário. No final de cada expediente, em razão de que movimentava somas em dinheiro, precisava lançar as entradas de valores num borderô que diariamente era entregue na tesouraria da empresa. O documento que registrava as importâncias recebidas e discriminava as estampilhas movimentadas, era emitido em cinco vias. Essas vias eram copiadas através do uso de papel carbono - hoje quase em desuso. No entanto, o sempre desconfiado Sérgio, depois de preencher o documento, conferia via por via, para convencer-se de que o que estava registrado na primeira teria sido copiado, *ipsis litteris* para as outras. Era um homem que se poderia dizer extremamente inseguro; que não seria capaz de confiar sequer no que ele mesmo escrevia. Não confiava no que estava escrito em cópias feitas com uso de carbono, ainda que ele mesmo tivesse calcado a caneta ou o lápis para perpassar os caracteres gráficos.

Seu Sérgio era meio metido a filosofar e a contrariar a quase tudo o que lhe contavam. Tinha como sua marca registrada, dizer que tudo terminava com a morte. Como ninguém se atreveria discordar dessa iluminada sentença pelo medo de tornar-se um desafeto, ele sentia-se como um vencedor. Quando o assunto era História, o seu argumento era outro: negava que Pedro Alvarez Cabral tivesse descoberto o Brasil, pela lógica obtusa de que, se Cristóvão Colombo teria antes descoberta a América e, o Brasil se situa na América, segundo ele não haveria razão para ser descoberto por duas vezes e por dois descobridores distintos. E, talvez, não estivesse totalmente errado! Se dizia católico, mas não praticante, porque detestava participar das missas, especialmente, as domingueiras. Mas obrigava as filhas e a esposa a participarem e a obedecer toda a liturgia. Apesar de pouco ir à igreja, dizia conhecer todos os vigários que por lá passaram nos anos em que residiu perto da paróquia. Porém, não havia informação de que algum dos padres o conhecesse. Pelo menos, sequer o cumprimentavam quando por ele cruzavam na rua. Possivelmente, porque sabiam que, apesar de se dizer católico, costumava falar mal da igreja, principalmente, dos dízimos arrecadado dos fiéis.

* * *

Ao concluir o curso de administração de empresas, no ano de 2005, Maristela ganhou uma bolsa de estudos para aperfeiçoamento em nível de pós-graduação a ser ministrado na Fundação Getúlio Vargas, no Rio de Janeiro. Não mais suportando o rigoroso tratamento dispensado pelos pais e a pressão para namorar com o tenente, resolveu aceitar a bolsa de estudos e mudar-se para a cidade maravilhosa. Inicialmente nada disse aos pais, especialmente ao seu Sérgio, pela convicção que tinha de que ele não apenas reprovaria a ideia, como ainda seria capaz de tudo fazer para dificultar a sua resolução. Depois de preparada toda a documentação e confirmados os créditos mensais e a reserva de vaga, em hora em que toda a família estava reunida ela contou a sua grande e imprevista aventura. Claro que, exceto Marcela, a mãe e o pai reprovaram a ideia, que sempre foi acrescida por eles, de circunstâncias negativas, inclusive de que no Rio de Janeiro havia muitos assaltos. Porém, ela foi adiante com a sua intenção e não arredou pé da sua escolha. Essa realização seria um marco divisor na sua vida, saindo do cativeiro para a plena liberdade. Somaria a isso, a rara oportunidade de estudar em instituição tão conceituada como a Fundação Getúlio Vargas; o que lhe abriria as portas para o sucesso profissional e financeiro.

Com algumas economias que guardara durante bastante tempo, mais algum dinheiro emprestado por Marcela, comprou passagem de ônibus por ser mais barata do que a aérea, e ainda reservou um pequeno fundo para as primeiras despesas que teria que contrair nos primeiros dias. Numa mochila e numa bolsa de viagem de couro sintético, levou quase tudo o que tinha: todas as roupas íntimas, algumas roupas leves para enfrentar o calor carioca, dois pares de tênis e um de chinelos. Além do material de higiene, ainda levou alguns livros técnicos; não levando todos porque não dispunha de mala para carregá-los. Porém, combinou com Marcela para remeter o restante do material quando o solicitasse.

No dia da despedida a casa virou num enorme caos. Seu Sérgio não queria que ela saísse e dona Leda chorava pela saudade que certamente viria sentir logo que se despedissem. No fundo, nunca teriam imaginado *perder* a filha tão prematuramente. Nem mesmo com o casamento pensaram perder qualquer das filhas, pois além de poder mantê-las por perto, sempre poderiam meter o bedelho em algum assunto importante. Criada nesse meio, em que a mãe era uma mulher insípida e o pai um autoritário, ao desejar sair de casa ela estaria juntando o útil ao agradável. Para economizar desde logo, meio que atrapalhada foi em ônibus urbano até a rodoviária, carregando a mochila, a pesada bolsa de viagem e a de passeio. A viagem até o Rio de Janeiro, apesar de cansativa pela quantidade de horas, tinha como sedativo o prazer de morar sozinha na cidade grande, que só conhecia pela televisão e, em filmes e fotografias. Mas o mais importante para ela, era poder cursar Administração em instituição tão recomendada e reconhecida como a FGV.

Ao chegar à Rodoviária Novo Rio, sentiu-se bastante isolada com ausência de parentes e de pessoas conhecidas. Ali ela deixaria de ser a Stella, sempre protegida pela família e amigas, para tornar-se a única responsável por si. Tudo era estranho para ela; o que lhe causou enorme intranquilidade e insegurança. Antes de partir, já havia sido informada por uma ex-colega que igualmente teria morado no Rio e frequentado o mesmo curso, o endereço de uma pensão situada entre o bairro do Catete e o Largo do Machado – região antiga, com predominância de prédios velhos e malconservados. Como nada conhecia, não quis arriscar-se a ir de ônibus até o endereço, preferindo ir de taxi, apesar do alto valor que teria que desembolsar. Mas se tratava de necessidade inadiável e insubstituível.

Chegando ao local, viu tratar-se de um enorme sobradão, com três pisos, velho, imundo, malcheiroso e o que mais ela viria a descobrir depois de alojar-se num dos quartos. Uma verdadeira espelunca; lugar no qual ela jamais pensara que um dia moraria. Era uma casa *decrépita de 3 andares*, como definiu Ray Bradbury, no Fahrenheit 451.[179] Baratas vivas e mortas, ou agonizando, era parte do convívio dos estranhos moradores. Pessoas falando alto e outros gritando, davam o tom do que seria estudar num local como aquele. Ao falar ao celular, parece que preferiam usar o sistema de viva-voz, para dar conhecimento a todos sobre o que conversavam. Geralmente discussões e contrariedades entre familiares. Homens e mulheres que habitavam o nojento lugar, quase que se esfregavam nos estreitos corredores, para poder se locomover de um aposento a outro. Em cada um dos andares havia dois banheiros comuns a todos os moradores do mesmo piso. Quem os ocupasse, não deveria demorar-se muito para proporcionar o uso por outras pessoas. As tábuas do assoalho rangiam ao pisar e as mossas vinham sendo substituídas por enormes buracos, onde possivelmente as baratas faziam os seus ninhos.

A ela foi designado um dos quartos da frente, no andar do meio. O quarto era para uso compartilhado com uma mulher que parecia não gostar de conversar com estranhos. Ao chegar a cumprimentou e apenas recebeu outro cumprimento em troca. Um pequeno guarda-roupa era destinado às duas ocupantes do aposento, além de um jogo de cobertas, incluindo um surrado cobertor. Ao saber que só teria direito a um jogo de roupas de cama e não lhe davam toalhas, no mesmo dia procurou alguma loja na redondeza e comprou outro jogo de cobertas e dois de toalhas de banho e de rosto. Tudo a preço de *meia pataca*, como a qualidade e o pouco dinheiro sugeriam. Com isso, desembolsou mais algum dinheiro que não previa e que faria falta no seu curto orçamento. Porém, nada poderia fazer em contrário, pois se tratava de despesas inadiáveis, que preferiu entender como um compulsório investimento. Chegando lá, totalmente desorientada, ela ainda não tinha noção de que a vida que a esperava não era como aquela que imaginava. Que numa cidade onde nada e ninguém ela conhecia, as coisas não se resolvem num pimba; num estalar de dedos; num simples mostrar a cara, como estava acostumada em Porto Alegre e nos lugares onde era conhecida. Ela teria entrado numa selva, sem conhecer os atalhos nem os seus habitantes. E, pior, só poderia contar com ela e com os seus parcos recursos para conseguir sobrevier. Lá estando, o negócio era vencer e vencer, ou, então, desistir para não sucumbir.

Logo que teve alguma folga, já com as roupas organizadas, foi à rua para ver se conseguiria enxergar o morro do Corcovado com a estátua do Cristo Redentor. Pois ao fundo do prédio, para seu encantamento, lá estava o Cristo Redentor abençoando a cidade. Essa bela imagem trouxe-lhe maior entusiasmo e certa segurança; como se nela encontrasse apoio para enfrentar os primeiros momentos de estada numa cidade tão estanha quanto deslumbrante. Aquela vista a fez sentir-se por algum pequeno tempo, como familiarizada e orgulhosa com a cidade. Afinal, passara a se considerar moradora da cidade do Cristo Redentor; tão consagrada pelo mundo todo. Sobrevindo a noite, não teve coragem de sair da pensão. Ficou reclusa no quarto trocando mensagens com a irmã e algumas poucas amigas e colegas. A companheira de quarto saíra no início da noite e, até ela dormir não teria retornado. Na manhã seguinte foi à sede da Fundação Getúlio Vargas, que para sua boa surpresa não ficava muito longe da pensão. Lá, deu e recebeu algumas informações básicas, e obteve o calendário de aulas e de outras atividades curriculares.

Apesar de estar a tão pouco tempo na cidade, notou que a vida por lá era bem mais cara e mais difícil do que esperara. A saída de uma vida segura sob o manto protetor dos pais, para imediatamente enfrentar os revezes da grande metrópole, não seria fácil de ser assimilada em pouco tempo. Apesar de ter sido criada numa cidade grande, o Rio de Janeiro era bem maior do que Porto Alegre. Além disso, o índice de criminalidade era assustador e não tinha lugar seguro para se manter protegida. A bandidagem atacava em todo e qualquer lugar; fosse dentro de coletivos; nas paradas de ônibus; dentro de grandes lojas de departamentos; enfim, em meio às pessoas que circulavam pelos bairros mais populosos. Nos subúrbios e, especialmente nos morros com maior densidade populacional, milicianos circulavam com armamento pesado, tal como se fossem integrantes do policiamento estatal. O dinheiro foi gradualmente sumindo, e as surpresas em relação ao custo do que necessitaria comprar, além de alimentação, condução, etc., a assustaram sobremodo.

Demais disso, os valores mensais a serem creditados a título de bolsa de estudos, só seriam efetivados trinta dias após o início das aulas; mas o locativo mensal da pensão já teria sido desembolsado no momento em que ela assinou o contrato e ocupou o quarto. Em linhas gerais, o dinheiro que trouxera do Sul para manter-se antes de receber o valor da bolsa, era insuficiente para cobrir as suas despesas essenciais. O errôneo cálculo que fizera acerca do custo para manter-se com aquelas economias, a vinha levando à inexorável insolvência. Enquanto não teria recebido o valor da bolsa, a despesa superava em muito a receita; o que dela exigia um fundo maior do que estimara ao sair de casa.

O medo de não conseguir vencer no Rio de Janeiro, a levou a pensar em desistir do curso e voltar para a sua cidade. Porém, quando ficava mais tranquila, sabia ser muito cedo para decidir por essa desastrosa forma. Afinal, era apenas o seu segundo dia de estada no Rio. Para optar por essa forma, melhor seria não ter saído de Porto Alegre.

Com o passar dos primeiros dias, já um pouco mais ambientada com a cidade e as suas circunstâncias, foi-se acalmando e parecia aos poucos estar dominando o inicial estresse causado na chegada. Uma das coisas que mais a afligia era o deplorável estado de conservação e de higiene da velha casa que abrigava a pensão. Ela nunca teria pensado em morar em lugar tão pobre e tão imundo como aquele. Numa noite ouviu uma escandalosa mulher gritar que tinha visto um camundongo correndo pelo corredor. Isso provocou repulsa nela, porque a presença de rato é exemplo de sujeira no seu pior grau de classificação. Mas ela não sabia de outro lugar para morar. Apesar de menos assustada com a falta de dinheiro, a matemática era infalível e corria contra o seu fundo de reserva. Com a cautela adquirida a partir da primeira semana, para evitar atropelos de última hora pediu antecipado socorro à irmã. Então Marcela depositou algumas de suas economias, mas a avisou que teria *raspado o cofre*. Ainda bastante preocupa com as finanças, ela pediu que a irmã oferecesse ao primo Cabral a compra da sua bicicleta, uma vez que ele sempre a elogiava, como sendo uma boa e segura condução.

Todavia, Cabral não tinha interesse na *bike*, apesar

de continuar reconhecendo as suas qualidades. Mas para ajudar a prima que se encontrava em apuros, adquiriu-a juntamente com o capacete, a garrafa para líquidos e outros acessórios. Tanto não a queria, que, em seguida a revendeu com algum prejuízo. Com a pronta remessa do valor, Maristela sentiu-se um pouco mais segura quanto ao seu fundo de reserva financeiro.

\* \* \*

Cabral era um menino educado e bem compenetrado nos estudos. Quando já mocinho, esteve internado num seminário católico, pois se achava com pendões para a religião católica. Antes de ingressar no seminário, não se sentia resolvido sobre algumas das opções que, possivelmente, teria que decidir de antemão. Ainda não teria optado, dentre as alternativas ofertadas pela carreira religiosa: se, na vertente dos dominicanos; dos capuchinhas; dos jesuítas; dos seculares, enfim, parecia estar disposto a resolver-se sobre tal importante escolha, quando já tivesse apto para ser admitido no secular internato.

Apesar de católico praticante e, de devotar inabalável fé nos ditames da Igreja, costumava verbalizar uma frase de Chico Xavier: "*Onde quer que você esteja, seja a alma desse lugar.*" Gostava muito de ler sobre filosofia, teologia e história universal. Adorava a sua família e, por ela era muito apreciado e elogiado. Seguidamente era visto na companhia de *fradecos*; com os quais gostava de conversar e, desejava ser um deles no futuro. Apesar da sua religiosidade e farta convicção de que era católico, mantinha indiscriminada relação com protestantes, evangélicos, espíritas, judeus e até com agnósticos, a quem respeitava as suas opções quanto a fé e quanto à crença ou a negação a Deus. E isso era-lhe necessário, para que fosse e se mostrasse puro.

Cabral era um jovem de comprovada elevação da alma, na qual carregava um espírito por demais evoluído para aqui viver. Era incapaz de passar um dia sem que dedicasse parte dele às orações, à meditação sobre o Senhor e para a caridade. Bondoso, cria que só através da prática do bem se é capaz de um dia encontrar o reino do Céu. Jamais se viu nele manifestação de inveja, de calúnia, de egoísmo e de apego a coisas materiais. Vivia com o básico necessário, ainda que tivesse condições para mais obter. E, sempre que podia, alguma coisa adquiria para ofertá-la a quem dela necessitasse. Só não praticava o milagre, porque não o haviam dotado com este dom. Mas havia quem mais o conhecesse, que acreditava que, a seu tempo, poderia vir a ser um milagreiro. Era um moço marcado pela simplicidade de espírito e, de um coração maior que o seu próprio peito. Nunca se atrevia; nunca atacava nem desacatava; incapaz de levantar a voz; só expressava docilidade nas palavras e nos gestos. Fiel a tudo e a todos, jamais deixou transparecer ato que negasse a sua retidão. Homem admirado por todos quantos o conheciam (exceto Anselmo), nunca se mostrou superior a quem quer que fosse. Modelo de caráter a ser copiado, desconhecia os seus atributos, ainda que lhes fossem mostrados por quem o admirava.

Apesar de ser um jovem bonito e trajar roupas simples, mas com elegância e capricho, ele não esboçava interesse para qualquer moça da sua idade. Apreciava estar com a prima Marcela, especialmente, porque com ela mais se afinava do que com Maristela. Os assuntos entre eles, parece que convergiam com maior facilidade do que com Maristela. De todo modo, também sentia prazer em bater um papo com Maristela, que sempre usava de uma linguagem coloquial, sem observância de regras, bem descontraída. Isso não quer dizer que ela falasse mal, que não soubesse usar linguagem escorreita, mas gostava de usar um pouco mais de gírias do que Marcela; o que também o agradava.

Os jovens adoram usar gírias nas suas conversas e, as inventam com boa facilidade. Pois com a mesma facilidade, elas se espalham e se intercalam nas falas de adolescentes e até de pessoas maduras. Aliás, o brasileiro também gosta muito de usar termos estrangeiros (os estrangeirismos), preferencialmente ingleses, que aqui soam como gírias, mas, também, com alguma corruptela, especialmente na linguagem oral. Não se trata da linguagem estilística, cuja preocupação está centrada no seu estilo, com fins estéticos ou emotivos. Todavia, nunca se afastando da ideia de que possa cair no erro gramatical; responsável pelo confessado desconhecimento de regras de gramática.

Cabral dizia com certo exagero que, por aqui havia tal invasão de termos modernos e, evasão do que estava consagrado na nossa língua. Que, se alguém daqui se ausentasse por muitos e muitos anos e, aqui retornasse, possivelmente não entenderia o que lhe dissesse um jovem ao lhe informar coisas simples. E se na fala a situação é de tal dificuldade, pior é na escrita, que já *balançou* para vários lados, tornando obsoletas e mortas algumas expressões, bem como acentos e grafia de palavras compostas; dentre outras *cosas más*. Todavia, quem sabe esse novo palavreado não estará a fazer o que fez o *idioma popular* em relação ao latim, expresso no Banquete, de Dante Alighieri [180] Num país com tamanha variedade de sinônimos, é de admirar haver espaço para o uso de expressões em outras línguas. Mas, assim também caminha a humanidade; assim caminha o Brasil. Língua amada, que é tão bela entre as belas, por favor, salvem-na!

Moço dotado de princípios os mais elogiados, costumava dizer que há necessidade de a pessoa erguer-se da vida em meio à ignorância, para alcançar algo de mais proveitoso para si e para os seus. Citando frase de Dom Bosco, seguidamente repetia: "*Ai de quem trabalhe esperando os louvores do mundo; o mundo é um mau pagador, e paga sempre com ingratidão.*" Descrição infalível e certamente emocionante acerca do lugar em que se encontra Deus, segundo ele foi mostrada por Santo Agostinho, quando reconheceu ter errado ao procurá-Lo do *lado de fora*, pois *Ele estava dentro dele mesmo. "Este é mais íntimo de mim do que sou eu de mim mesmo."*[181] Criticava quem acredita que conhecendo as primárias figuras geométricas, como o quadrado, o círculo e o triângulo, ou as dimensões, altura, largura e profundidade, nada mais é necessário saber. Grande engano, dizia ele, tal como aquele que pensa que ao conhecer o ABC, todo o mais é dispensável. Isso é apenas a porta que precisará ser aberta para se chegar ao conhecimento; diga-se, ao infinito conhecimento.

Contava que um professor lhe dizia com boa rima, que a idade e o conhecimento afrouxam a vaidade e o sentimento; que o amor nos traz felicidade, mas o prazer pode se estender do sexo à dor. Que, incrivelmente há quem sinta prazer no sofrimento e há, também, quem não o sinta no sexo. Que cuidar dos seus bens, não se confunde com cuidar do seu próprio bem. Dizia que o amor de Deus é misericordioso e cheio de doçura; oportunizando que os mais fracos se tornem fortes como merecem, e reconheçam as suas faltas. Costumava gizar o que Pascal dizia: Duvidar de Deus é acreditar Nele.

Dizia também que muitos são o que acreditam no que dissemos, mas poucos são os que ouvem o que o coração alheio é capaz de confessar. Pois é no coração que se guarda aquilo que se é, e, nunca, aquilo que não se é. Que devem saber, então, que nem sempre estamos aptos ou dispostos a mostrar o que guardamos nas entranhas do nosso silencioso coração. Que, além do mais, os nossos olhos são mais fiéis ao nosso coração do que as nossas palavras. O infiel tem que melhor saber dissimular os olhos do que as palavras. Então, não acreditem em que fala olhando para baixo; ou melhor, desconfie daquele que fala olhando para o lugar em que pisa, porque pode estar mentindo. Mas, há ainda os tribunos, que por dom e por experiência, não só dominam os olhos e sua fala, mas também exercem ascendência sobre os olhos e os ouvidos de quem os assiste. Tenham cuidado com eles!

Cabral disse, ainda, certa vez:

- Lembro sempre a todos que de mim são próximos, que em suas rezas, ao pedirem à Deus resposta para suas indagações, prefiram Dele não receber a resposta que desejam, mas àquela que Ele lhes dará. Assim o é, porque Deus não lhes dará respostas erradas apenas para satisfação das suas vontades; mas respostas certas, ainda que tais não sejam as por vocês desejadas. Deus é supremo e, assim o sendo, jamais falta com a verdade; jamais será passível de enganar, ainda que hipoteticamente. Ele próprio é impossível de falhar, porque sendo um ser infalível, não está aberto ao erro e ao esquecimento. Deus não tem memória, tal como nós, humanos. Nós a temos por que Ele é eternamente presente; sempre presente. Nele não existe passado, tal como não existe futuro. Ele é presença constante e eterna, num só ato; o que O difere dos seres humanos.

- Em suas orações, quando diante de dificuldades de qualquer ordem, não se convençam de que a mão de Deus conduzirá os fatos para o lado por vocês desejado; mas, apenas transmitirá às suas mentes, a verdade, ainda que essa possa lhes doer e decepcionar. E, quando Ele assim age, não o faz para prejudicá-los, porque Ele é um ser bom e correto e, sendo bom e correto, não poderá faltar com a Verdade. Em tal circunstância, quando já sabido que a resposta dada por Ele não atenderá às vossas expectativas, de nada adiantará em nova oração pedir em troca dos seus sofrimentos: Deus, tenha piedade de nós, porque Ele não vos atenderá, porque embora conhecedor de todas as pedras do imenso tabuleiro que criou, não mexe nas suas peças; as deixando que sejam movidas conforme o arbítrio de que dotou a cada um dos homens. Se a luta se dá entre humanos iguais, entre estes deverá ser resolvida. Mas, e a Graça Divina?, perguntarão alguns. Bem, essa existe e é seguidamente dada a quem a mereça. Mas, destaco que para a receber, se terá que mostrar merecedor - Deus, em Sua suprema onipotência e onipresença, bem sabe quem merece e quem não merece a Sua Graça. De todo modo, sempre aconselho não abondarem a esperança na grandeza da misericórdia do Senhor.

Disse mais, ainda:

- Acostumado a rezar e a pedir a Deus que o protegesse e, assim também a todos os necessitados e crentes no apoio Divino, costumava repetir um conselho que lera de Gandhi, quando ele falava na oração: *"É pena que isso* (a reza) *tenha se tornado uma atitude apenas mecânica e formal, quando não hipócrita."* Dizia mais o pacifista indiano, cujas palavras e atos se tornaram objeto de pensamento do mundo inteiro. *"A oração nada mais é do que um intenso anseio do coração." "Como o grão é o alimento do corpo, a devoção é o alimento da alma." "Que apesar de podermos expressar as nossas orações através dos lábios, para que seja genuína deve originar-se das últimas profundezas do coração."* [182]

No entanto, Cabral pregava que toda oração deve partir de um ato de espontaneidade de quem reza; nunca deverá ser uma imposição, uma obrigatoriedade, uma exigência de terceira pessoa ou instituição, ainda que esta seja de caráter religioso. Em tais circunstâncias, a oração perderá o seu valor e a sua importância; ainda que Deus possa perdoar àquele que faça as suas preces sem convicção e sem alinhamento com o coração. Mas, certamente que condenará quem faça da oração uma obrigação a ser cumprida por outra pessoa. Nem o sacerdote, nem os pais, nem os professores serão perdoados por tais atos. Infeliz e abusado será aquele que exigir de outro a fé e a oração; uma vez que são plenamente voluntárias essas manifestações de crença e de amor a Deus.

Cabral afirmava em suas conversas, que a ninguém se poderá exigir a prática religiosa; o que deve ser observado, cautelosamente, em relação aos filhos, a partir da idade em que começam a compreender o mundo no qual vivemos. Embora isso possa ser uma prática de estímulo à crença em Deus, não poderá ser imposta, especialmente, quando já é possível perceber a contrariedade da criança ou do adolescente. E, sabido deverá ser por todos, que o *convencimento* à crença através de interposta pessoa, só será possível mediante dominação psicológica; o que, além de não obter resultado na esfera interior, na alma, ainda se trata de ato agressivo à lei. Porém, em que importasse esse seu entendimento, ele sabia que havia quem o contrariasse; como foi o caso de Gandhi, que mantendo o que ele defendia, em resposta a uma carta publicada, contrariou um seu leitor que se opunha ao seu pensar.[183]

Cabral costumava dizer que é através das preces que encontramos o caminho para nos tornarmos melhores e, consequentemente, mais puros. Ninguém será capaz de, em suas rezas pedir a Deus ou ao Santo de sua devoção, que lhe dê forças ou coragem para agir de forma errada; para agredir alguém; ou para praticar algum crime. Porque certamente não será atendido nas suas orações. Nem um louco faria tal coisa; mesmo porque loucos só rezam através da boca, pois suas consciências geralmente estão longe das coisas divinas. Ainda assim, receberão a proteção de Deus, que os compreenderão e guarnecerão.

* * *

Voltando à relação entre os primos, não havia outro interesse de parte de Cabral por qualquer das primas, que conhecia desde tenra idade. Queridas dele, sempre ficavam lépidas e faceiras de tanta alegria ao vê-lo. Ele gozava de grande confiança do tio e da tia, seu Sérgio e dona Leda. Tanto assim, que a ele confiavam o cuidado das filhas quando saíam a passear. Não faltava missas, especialmente nos domingos e, por algum tempo atuou como coroinha numa igreja do bairro, onde era admirado pelo pároco e pelo pessoal mais próximo do sacerdote. Brincando com ele, as primas – descoladas e debochadas - costumavam chamá-lo de *mon père* (meu padre, fr.); o que ele aceitava de bom grado. Um de seus prazeres era ler hagiografias (biografias de santos), tendo alguns raros livros sobre o tema e, seguidamente conseguia por empréstimo alguns outros. Quase tudo sobre santos ele sabia: locais e datas de nascimento e de morte, milagres, dados da santificação, dentre outras informações, as quais sabia de cor, mais do que alguns padres. Antes e depois das missas, procurava se manter na sacristia, onde ficava atento aos diversos atos de catolicidade praticados na igreja, com o profícuo interesse de quem desejaria vir a ser padre.

Além dessas duas primas, ele tinha outras; então, filhas de uma irmã de dona Leda. Elas se chamavam Amália e Rebeca. Ambas, também com idades que regulavam com a de Cabral e, dele gozavam de igual simpatia desde crianças. Tanto assim, que ele tinha liberdade de entrar no quarto delas, sem precisar bater na porta ou pedir licença. Acostumou-se a entrar no quarto das moças desde que todos eram bem pequenos e ali brincavam. Para ele, entrar no quarto das primas, seria o mesmo que entrar na cozinha da casa da tia. Pois certo dia, ao entrar no quarto foi surpreendido, ou surpreendeu uma delas que, tendo saído do banho estava apenas com roupas íntimas – calcinha e sutiã. Isso resultou num grande alvoroço, pois a prima o culpou de abusado e, que, por certo ele já sabia que ela ainda não se teria vestido completamente. Disse várias vezes que não esperava dele uma atitude como aquela; que sempre o respeitou e, que, dele esperaria igual respeito. Que, ele se aproveitou da circunstância de serem parentes e, não levou em conta que ela era uma moça, já com mais de 15 anos de idade.

Levado o assunto à mãe dela, ficou determinado que Cabral não mais poderia entrar no dormitório das primas, sem antes avisar e aguardar ser autorizado a ingressar. Ele ficou muito triste e, mais, ainda, porque não teria abusado da prima, pois não sabia que ela estaria em trajes íntimos. Pensou, ainda: ora, por que ela não se trancou no quarto, pois sabia que eu estava na casa e, que, a todo momento poderia ali entrar? Na verdade, a roupa íntima por ela usada, não descobria as partes de maior recato do seu corpo, pois a calcinha era do tipo com pernas; isto é, sem cava e, o sutiã cobria totalmente os seios. Mas, pensou: o que posso fazer se não aceitam as minhas desculpas e ainda acham que entrei no quarto, já sabendo o estado em que ela se encontrava!

Todavia, como nada é melhor do que esperar o outro dia, no próximo domingo ele a encontrou na praia, alegremente trajando um conjunto de roupas de banho, com a calça do tipo *fio dental* e, a parte superior do conjunto, quase apenas escondia os mamilos; isto é, num traje muito mais sumário do que a calcinha e o sutiã que usava quando a viu no quarto. Ora bolas, pensou Cabral: entenda as mulheres; entenda a moda; entenda os tabus. Isso está certo? Pensou, ainda: são essas contradições que me levam a crer que não haverá virtude, se não houver a imoralidade. A virtude está no fato de se poder viver distante da imoralidade. Se não existisse a imoralidade, todos seriam iguais e não mereceria louvor aquele que trilhasse o caminho certo.

Ele percebera que o pudor já deixara de existir para boa parte das mulheres; inclusive para as que se intitulam de *senhoras*. Ao andar em público, isto é, além da porta principal das suas casas, costumam se vestir com maior ousadia do que na licenciosidade do lar; em meio a família. Cuidadosamente, se preparam para mostrar na rua o que tiverem de mais atraente; especialmente, para os homens. Só não mostram aquilo que não têm; mas, não poucas delas, se socorrem de cirurgias que as permitem mostrar ainda bem mais do que a Natureza lhes dera de belo.

Rapaz sem maldades, muito depois ficou sabendo que as priminhas nem eram tão puritanas como diziam ser. Na verdade, gostavam bastante de algumas sacanagens, especialmente de, propositadamente, fazer poses que mostrassem as belas pernas para os marmanjos que as cortejavam na saída da escola e no bar da esquina. Moças pubianas, o erotismo já tinha chegado nelas há bastante tempo. Elas, e também algumas das colegas mais íntimas, já sabiam tudo, e bastante conversavam sobre *poliamor* e relação *trisal*. Escondidas dos pais, assistiam na casa de uma amiga filmes pornôs alugados pelo irmão mais velho de uma delas. Aliás, ele já sabia que desde há algum tempo vivemos em crescente erotização que, além do mais que se possa dizer, vem retirando da mente dos adolescentes e, ainda, dos pré-adolescentes, senão de crianças, também, o interesse pela descoberta do belo que se transforma em bom; do agradável; do sensual; do atraente e do atrativo, na relação entre os que se desejam.

Talvez pelo respeito ao voto de castidade que pretendia jurar em futuro não distante, Cabral também se embaralhasse para falar em amor monogâmico entre parceiros do mesmo sexo. Ele não sabia que esse tipo de assunto já rolava as escondidas entre jovens de ambos os gêneros e, que, na escola se aprendia mais no recreio do que nas salas de aulas. Que, em reuniões com amigos, se descobre mais coisas do que as que são transmitidas pelos pais.

E continuou a pensar nessas e noutras tantas primas que tinha. Lembrou do tempo em que todos eram crianças e brincavam juntos. Recordou que, quando se é criança, tudo pode virar uma magia; nada é impossível; que o sonho de uma criança, para ela é uma realidade, porque ela não sabe diferenciar a fantasia da verdade. Uma criança quando sonha não põe limites à sua imaginação. Por isso, nela, as coisas têm mais graça. E lastimou para si: que pena sermos obrigados a não mais sermos criança! Sabem de quem é a culpa? A culpa é do tempo, esse fenômeno que jamais para de andar, sequer um minuto, para que possamos recordar o nosso tempo de criança, sem perdermos um pouco mais do nosso tempo. Nas relações entre os primos, todos os primos, nada de mal e de condenável faziam; apenas brincadeiras sadias e próprias de crianças e, depois, de adolescentes. Quando mais adultos, se juntavam para espraiar as suas imaginações da infância dourada.

\* \* \*

Quando já frequentando faculdade, Rebeca gostava de manifestar o que entendia sobre a vida e, assim se pronunciava: o amor-próprio é a um só tempo instrumento de autodefesa incondicionada, mas quando seu emprego se torna abusivo em relação ao outro, pode sinalizar ato de arrogância. Dizia também que há pessoas que, por imperiosa necessidade, hábito, obrigação, ou mesmo por ato de cortesia, se curvam diante do outro, mas não curvam o seu espírito. E, isso nem é raro, dizia ela. Em sentido contrário, algumas vezes o seu espírito se curva perante pessoas aparentemente comuns, mas que na verdade têm riqueza interior, ainda que não flexionem a espinha dorsal. E isso também não é raro. Dizia ela, ainda: outras vezes, o respeito à ordem do outro, pode nos levar a recebê-la como intimidação. E isso não é correto, porque ninguém se obrigará descer tanto, para simplesmente demonstrar respeito. Para haver respeito, é imperioso que se dê valor a quem o faça merecedor; em caso contrário, é ato de abuso ou de arrogância que, embora possa ser acatado, não precisará ser respeitado. Mas o respeito não deverá ser confundido com admiração; todavia, esta poderá ser corolário daquele. Não poucas vezes, depois do horário de estudos, as irmãs Rebeca e Amália ficavam conversando, discutindo ou mesmo discordando sobre diversos assuntos. Acreditavam ser uma maneira de aprender e de trocar ideias. E, por certo tinham razão; pois bastante aprendiam enquanto trocavam ideias.

N'alguns desses bate-papos, chamavam para a roda o primo Cabral que, tanto quanto elas, gostava bastante de tagarelar e também possuía boa base cultural. Porém, se o assunto fosse o cristianismo e, particularmente, o catolicismo, ele não deixava ninguém mais falar. Tinha excepcional e crescente domínio sobre o tema, a ponto das primas, longe dele, dizerem que era um fanático. E, se bem que elas tinham alguma razão para isso. De tão religioso e convicto, chegava a ser chato em algumas ocasiões. Até usava de moderada intransigência, quando se via acuado; todavia, sem perder o controle, pois sempre fora bastante contido ao discordar. De toda sorte, elas o toleravam, por serem primas e grandes amigas. Tanto assim, que, quando ele não estava com elas, as conversas não se demoravam, ou, se tornavam pouco atrativas. As agradáveis conversas com Cabral, vez que outra vinham adocicadas ou apimentadas (dependendo do lado que estava quem delas participava), em meio ao pecado original ou à Justiça Divina.

Crente como sempre fora e certo da infalibilidade Divina sob todos os sentidos, guardava em boa lembrança o que certa vez leu em obra de Descartes sobre a existência e o respeito a Deus – certamente, senão o maior defensor, pelo menos um dos maiores filósofos que, em sua época, defenderam a existência, a infinitude e a infalibilidade Dele: "... *que* (Deus) *não é sujeito a quaisquer falhas e que nada possui de todas as coisas que marcam alguma imperfeição*". [184] Todavia, sempre argumentava ser preciso que se creia na existência do Supremo com a mais alta fé. Mas, que, bem sabia que são poucas as pessoas que preferem o justo ao útil, e isso é uma lamentável e inegável verdade. Aristóteles já afirmava que os deuses não são virtuosos, eis que estão em estado mais elevado que as virtudes.

Numa tarde em que a conversa sobre religião avançava sem obstáculos, Amália fez uma provocação a Cabral, que estava sentado ao seu lado. Ela pensava que, como teria lido algo há poucos dias em livro de James Joyce, possivelmente o deixasse enrascado; sem uma resposta plausível para a sua intervenção. Bem que ela discordava com o que lera, mas deixou para ele a resposta que julgasse correta:

- Primo, li num livro dias atrás, que em período de *retiro*, um pregador religioso verbalizou aos seus alunos: "...*Trata-se de dum fogo que procede diretamente da ira de Deus, trabalhando não por sua própria atividade, mas como um instrumento da vingança divina.*" [185] Ora – prosseguiu a prima -, será que Deus poderá irar-se, usando o fogo como instrumento da vingança divina, Cabral?

- Nada disso, Amália. Com essa manifestação eu não concordo. Algo de incorreto se passou no livro do qual me falas. Será que bem entendestes o que lestes? Quem sabe voltas a ler essa parte da história contada por James Augustine Joyce?!

Amália, então satisfeita com a manifestação de Cabral, levantou-se, pondo de frente a ele e, respondeu:

- Concordo contigo, meu querido primo. Fiz isso apenas para provocar-te. Eu também estranhei essa desconexa manifestação que li no romance. Por isso, nem precisarei voltar a lê-lo; coisa que fiz com toda atenção, quando dei de cara com essa estranha parte da obra.

Cabral arrumou-se na cadeira e, com os olhos e o semblante fechados, fez o sinal da cruz e, em voz alta disse:

- Ave Maria, rogai por nós, os pegadores. Cremos em Vós, virgem Maria, rogai por nós.

Rebeca, depois de algum tempo de absoluto silêncio, disse a Cabral:

- Querido primo, sou contra padre que se mete em política. O espaço dele é outro. Cada qual no seu pedaço, não achas? Acho que padre que se envolve em política, passa a usar a sagrada casa de Deus como comité eleitoral. Pior, ainda, quando usa parte da celebração da missa como palanque eleitoral. Com isso eu não concordo de maneira nenhuma. Cada raposa que se limite a sua toca!

O primo concordou com ela, mas observou que é

dever do vigário orientar o seu rebanho. Todavia, ela retrucou dizendo que quem vai à igreja é para rezar; não para participar de comício. E, se bem se observar, daqui e dali o padreco sempre dá uma dica bastante perceptível do lado em que ele está. Mais *papo* menos *pato*, aos poucos ele vai abrindo o jogo para o seu rebanho. Isso não é correto, meu primo – concluiu Amália.

Certa tarde, quando novamente os primos voltaram a se encontrar, a conversa foi ficando a cada momento mais estimulada pelas provocações de Rebeca. Parecia existir um quase binarismo de temas por ela levantados e por ele defendidos. Mas todos sabiam que por mais provocativa que fosse a conversa, não seria capaz de afetar a amizade entre eles. Ademais, se poderia dizer que, de um modo geral, mais concordavam do que discordavam. De outro lado, Cabral bem percebia que na maioria das vezes, essas discordâncias sobre o que ele pensava, não passavam de amáveis e infantis provocações de uma ou de outra, ou mesmo de ambas as primas. E, elas também sabiam até que ponto poderiam provocar o carola juramentado, sem com isso ofenderem as suas convicções. Assim que, não se tinha notícia de algum desacerto entre o trio, que ao cabo de cada bate-papo, se despedia com abraços, beijos e a promessa de novos encontros.

Amália, que também gostava de dar o seu palpite quando lhe davam espaço, não perdia tempo para falar sobre as suas convicções. Costumava dizer que há pessoas honradas e, há pessoas que fazem por se passar por honradas; embora não as sejam. A essas, ela chamava de simples mentirosas. Mas, para ela também havia pessoas que não sendo honradas, se convenciam de ser honradas. A essas, ela chamava de mentirosas complexas, porque eram capazes de mentir para si mesmas. As irmãs sempre tiveram os dois pés na modernidade; isto é, os quatro pés.

Gostavam de tudo que era novo e se interessavam em saber como funcionavam as modernas máquinas e aparelhos. Admiravam dos últimos lançamentos de músicas e de roupas; o que não as distinguiam das demais moças da sua época. É próprio da mocidade gostar de mudanças, de descobertas, de novas criações em todas as áreas do conhecimento. Participavam de uma turma de rapazes e garotas *avançados*, que onde iam eram observados por seus trajes estravagantes, mas também atrativos. Apesar de já ter passado tanto tempo em que isso surgiu, elas ainda cultivavam a exclusiva mentalidade liberal dos hippies. Adeptas do jargão paz e amor, tocavam a vida conforme desejavam, sem dar muita importância a conselhos, para ela retrógrados. Essa era a vida das irmãs, completada com mais algumas exclusivas coisas que, para a dupla eram da maior importância; quase que existenciais.

Em momentos de brincadeiras, gostavam de imitar vozes metálicas; tudo em recreio à modernidade. Mas o correto e discreto primo não conseguia entender esse largo costume das queridas primas. Para provocar constrangimento em Cabral, vez que outra elas mostravam um pouco das lindas pernas ou qualquer outra parte sensual do corpo. De sorte que, nem precisaria ter olho de lince para se encantar com o que elas mostravam. Porém, ele se mantinha em posição correta, sem dar chance a que elas o pegassem olhando para o que mostravam. Mesmo assim, ele admitia aquilo como um erro; um erro crasso das primas, pois jamais imaginaria que elas se mostrassem, propositadamente.

Aos poucos, dentro dos espaços permitidos pelos pais, Amália e Rebeca vinham se convencendo de que entrar no embalo do novo é uma grande virtude. Que, atraso é ficar batendo sempre na mesma tecla; escutando o mesmo som que vibrou no rádio ao tempo da infância que se foi e, que, não mais retornará. Adulto que usa calça de pernas largas e corridas depois que sai do escritório, é candidato à velhice prematura. Quando o pai delas chegava em casa depois do trabalho, enquanto não vestisse um jeans, elas não o deixavam descansar. De par disso, o faziam escutar músicas atuais, novos sucessos – com o som ligado em altos decibéis. Pois aos poucos os *velhos* foram aderindo aos novos tempos e, passavam essas descobertas aos seus amigos contemporâneos. Seguidamente, eles as interrogavam sobre novos fatos e novos equipamentos que teriam visto expostos em vitrines. Com elas, aprenderam melhor aproveitar os recursos disponíveis no computador e no celular; o que foi satisfatório e agradável a todos.

Com essa nova via de comunicação entre os pais e as filhas, eles criaram vida nova, e passaram a interagir mais com as meninas, pois começaram a melhor entendê-las e a aproveitar o que elas tinham para ensiná-los. Eles diziam que não haveria motivo para se fugir do novo, quando este fora criado para facilitar, ou mesmo, para embelezar e ser usufruído. Uma música nova, nem sempre se torna assimilável aos ouvidos na sua primeira aparição, mas passado algum pouco tempo, nós a *convidamos* para participar e estimular os nossos prazeres. As gurias eram *vidradas* em games e, sempre andavam à busca de algum lançamento que fosse objeto de destaque em feira de jogos eletrônicos. Porém, não apenas na moda; na música e nos equipamentos de entretenimento, também; pois se interessavam por saber novidades na medicina; na robótica; de técnicas que já estão sendo adotadas para a realização de cirurgias torácicas, em áreas de difícil acesso pelas vias convencionais. Asseguravam que, além de tornar as cirurgias menos invasivas, essas novas técnicas, com imagens em 3D, podem ampliar a visão dos órgãos em até 20 vezes.

Católico fervoroso, para Cabral Deus era algo indefinível, ou mesmo indecifrável - o que seria mais correto e muitos admitiam. Que, segundo outros, era um ente inapreensível. Ainda havia quem admitisse que o mais próximo a que se teria chegado era reconhecer o que não seja Deus, para entender, quiçá, que todo o mais é o Divino. No entanto, observava ele, é necessário se manter atento, porque muitos ateus se aproveitam desses indefinidos argumentos para tentar convencer-nos sobre a inexistência de Deus: sequer como Criador e, ainda menos como Divino. Desse modo, chegam a um ponto em que a busca pela razão desaba para o vago, estancando em zonas ainda não resolvidas pela ciência. Pois esse acesso, então obstruído, só é possível de ser transposto através de uma fé que possa ser confundida com abstração e, principalmente, com uma intensa vontade de alcançá-Lo. Nada além disso.

Dizia ainda que essa forçosa descida em direção ao amor a Deus, poderá chegar ao seu clímax, quando alguns admitem que O encontraram, ou que por Ele foram recebidos e abençoados. Ainda é importante comentar, dizia Cabral, que não será na lógica que encontraremos sinais da presença de Deus. A presença Dele para muitas pessoas, em especial para os que Nele creem, está nas evidências por Ele mostradas; e, são muitas e bastante claras durante todo o tempo de existência do Universo. Então, alguns descrentes perguntam: por que Ele não aparece diante de nós? Bem – completou Cabral -, quem sabe Ele já respondeu a essa pergunta, infinitas vezes! Além do mais, Ele está sempre entre nós, que somos parte Dele. Por isso, que, falar sobre Deus é falar sobre nós e sobre tudo o que existe no infinito Universo.

Apesar de bem amigas, Amália e Rebeca vez que outra encontravam motivo para se desentenderem. Na maioria das vezes, porque Rebeca se achava inferiorizada em relação à irmã. De fato, Amália era muito linda e sempre admirada pelos moços galanteadores. Sempre vivia cortejada por candidatos a namorá-la. De outro lado, Rebeca tinha uma beleza ofuscada, principalmente quando estava na presença de Amália. Além do mais, aquela era descuidada no vestir e pentear-se - o que é condenável a uma garota na *flor da idade*.

Numa certa tarde em que saíram para passear e depois optaram por entrar na igreja próxima de casa, Rebeca olhou firmemente para a irmã e, contemplando a sua reluzente beleza, nela desfez rudemente. Num ímpeto de provocação; de um agudo sentimento de inferioridade e de inveja, se pareceu com a teatral cena protagonizada por Hércules, ao se deparar com a imagem de Adônis, o escolhido da bela Vênus, nele desfazendo dentro do templo em que se encontraram, com a seguinte lacônica expressão: *"nil sacris es"*; isto é, *não és um sagrado*. De qualquer sorte, já conhecedora desses arroubos despropositados da irmã, Amália nada falou. Porém, ficou a pensar que o que por sua natureza é bom, é insuperável pelos melhores elogios que dele se possa fazer; todavia, o que é ruim na sua essência, facilmente é superável por qualquer palavra fútil.

\* \* \*

Iniciadas as aulas, se de um lado começaria a contagem do prazo de 30 dias para Maristela receber a primeira parcela do crédito relativo a bolsa de estudos, de outro lado tinha uma lista de materiais e livros para adquirir. O jeito que encontrou para enfrentar mais esse desafio foi comprar tudo a prazo. Alguém a incentivou a procurar algum político que lhe proporcionasse alguma ajuda de custo, além da bolsa já concedida. Mas ela não conhecia nenhum desses atores. Além do mais, tinha receio de ficar cativa a algum seguimento partidário; o que não desejaria que ocorresse. Vencido o primeiro mês, já bem ambientada, conseguiu fazer frente às principais despesas, ainda lhe sobrando algum pequeno valor que jamais poderia gastar com coisas fúteis. Mas a partir do terceiro mês o dinheiro tornou a apertar e, desta vez com maior intensidade. Lá pelo dia 15; ou seja, no meio do mês, já se via quase que sem dinheiro. Pensava não poder almoçar todos os dias, e na pensão apenas serviam um fraco café da manhã com pão e margarina, que estava incluído no valor do locativo.

Manuseando alguns livros na biblioteca da FGV, viu anunciado que procuravam estudante para trabalhar como bolsista naquele lugar. O valor da bolsa era inferior ao do salário-mínimo, mas o trabalho desempenhado seria em apenas um turno. Ela candidatou-se à vaga e foi escolhida, tendo começado a trabalhar na segunda-feira seguinte. Com isso, passaria a ter um generoso *plus* nos aos seus escassos ganhos mensais, e poderia honrar com os compromissos com boa margem de segurança.

Dentro de não muito mais tempo, Maristela começou a sofrer pelas dificuldades que o Rio de Janeiro a impunha. Ela foi perdendo a inicial doçura que a sua natureza emprestava. O desprezo que a cidade grande estigmatiza para quem não a conhece e não encontra amparo, a levou a endurecer os sentimentos e, até, a embrutecer um pouco. A alegria, o sorriso e a simpatia foram dando lugar ao desamor e ao descuido para com as outras pessoas. Essa triste e indesejada degeneração se apossou dela com certa rapidez e de forma progressiva. Só vez por outra ela conseguia retomar os seus legítimos e naturais sentimentos. Ela começou a pensar em coisas ruins e a praticar maus hábitos - como nunca antes lhe teria acontecido. Não sabia definir se essa radical mudança no seu caráter, resultava de sentimento de raiva e de repulsa ao que de ruim lhe vinha acontecendo ou, se, se tratava de natural instinto de defesa contra o novo modo de viver. Afinal, ela não estava acostumada àquele tipo de vida.

Começou a perder a consideração e a educação no trato com as pessoas, inclusive, com aquelas que a tratavam com distinção. Aprendeu a ser cínica em certas ocasiões e, ousada e impetuosa. De par disso, começou a alternar momentos de profundo e infundado medo por coisas banais. Em certas ocasiões, a ousadia se transformava em timidez e, a garra, em indolência, em desânimo. Começou a perder o controle sobre si. Maristela começou a perceber a distância que a separava da abandonada convivência familiar e da rudez que o isolamento da grande cidade oferece como castigo para quem a ela não está acostumado. Claro que ela sabia que Porto Alegre também era uma grande cidade, mas ainda mantinha e, também ainda mantém, raízes profundas do estilo de vida do interior gaúcho. Além do mais, tem população várias vezes menor do que a do Rio de Janeiro.

Na sua mudança do Sul para o Rio, ela possivelmente esquecera de colocar na bagagem o que lhe seria da maior importância: conhecer-se e conhecer as pessoas. Ela saía de uma vida na qual tudo era decidido pelo pai, para outra, na qual ela é que teria que decidir-se. Saia de um ninho que a sufocava, mas a mantinha segura, para o infinito desconhecido, onde ninguém mais a manteria, que não ela mesma e sem qualquer garantia de que pudesse sobreviver. Mudou-se de um lugar cinzento, onde poderia viver de graça; para um lugar colorido, onde tudo lhe era cobrado.

✳ ✳ ✳

Aqui, o autor, porque acha oportuno, interessante e proveitoso conhecer o que segue, pede licença ao leitor para abrir um parêntese na sua narrativa e, transcrever confissão feita pelo ex-padre canadense Carlos Chiniquy, em seu livro intitulado O Padre, a Mulher e o Confessionário, escrito na segunda metade do século XIX. Se trata de escarnar as dificuldades pelas quais passaram e ainda passam as mulheres, para enfrentar todo o tipo de constrangimentos e angústias, quando obrigadas a se expor diante de parcelas restritas de uma sociedade ainda preconceituosa. Esse parêntese se pensa necessário, para não se dizer obrigatório, porque em várias das partes da narrativa aqui desfraldada sobre a forma de um romance, essa implicação está viva e muito aparente em castigadas passagens da história então imaginada. Diz assim o ex-padre Carlos Chiniquy, no Capítulo I da sua obra:

"Há duas mulheres que devem ser constantemente objeto da compaixão dos discípulos de Cristo, e por quem se deve diariamente fazer oração diante do trono da divina misericórdia, e são: a bramina, que, iludida pelos seus sacerdotes, se deixa queimar sobre o cadáver de seu marido para aplacar a ira dos seus deuses de pau, e a católica romana, que não menos iludida pelos sacerdotes dela, sofre uma tortura muito mais cruel e ignominiosa no confessionário, para aplacar a ira da sua igreja."

E segue na implicação:

"Pois eu não exagero, quando digo que para muitas mulheres de coração nobre, bem educadas e de sentimentos puros, o fato de serem obrigadas a descobrir o seu coração aos olhos dum homem, a patentear-lhe os maiores segredos de sua alma e todos os mais sagrados mistérios da sua vida de solteiras ou casadas, permitindo que lhes dirijam perguntas que a mulher mais depravada não aceitaria do seu mais vil sedutor, é muitas vezes um suplício mais horrível e intolerável, do que serem amarradas e postas sobre as brasas vivias." [186]

Pois bem: há não muito tempo atrás, a mulher e o

homem, para que estivessem prontos para receber a eucaristia, que simboliza o corpo de Cristo, se tornavam obrigados a confessar os seus pecados diante do pároco da sua igreja. Extraio aqui os homens, pela conveniência nesta aguda oportunidade, de me relacionar às mulheres, em especial. Imagine-se, em época de intenso e desmedido puritanismo, uma mulher honesta, imaculada, ou mesmo desonrada, precisar depor os seus erros diante de um vigário, para obter o direito de receber o sacramento da hóstia! Ela se prostava de joelhos em um genuflexório, a dizer ao sacerdote tudo aquilo que ela própria entendia como de errado tivesse feito e, por isso, enquadrados esses erros dentre os pecados listados nos cânones da Sagrada Igreja Católica. Esse sacerdote, que é pessoa que, na mais das vezes integra a mesma paróquia, a mesma sociedade a qual pertence a mulher que a ele se confessa – e ambos sabem disso –, é um homem de carne e osso, com iguais sentimentos de prazer, de felicidade e de culpa que a *ingrata* mulher que diante de si se ajoelha e pede para absolvê-la dos pecados.

Mas nem sempre ela sabe, ou as vezes até bem sabe, que o seu confessor não apenas é um homem, mas por certo não é um homem completo, na correta e linear acepção do termo. Obrigado por voto sacerdotal a se manter despido, ou pelo menos contido de alguns dos impulsos de que naturalmente são dotados os homens (e as mulheres), jamais ele teve a oportunidade de sentir as sensações vibratórias que através do sexo se consuma na relação carnal. E, não se poderá perder de vista, que Deus declarou em sua benção, dentre o mais, no Gênesis 1.28: "*Sede fecundos, multiplicai-vos, enchei a terra*". Esse, pois, um dom da criação, um dom da Natureza.

Então, ao autor cabe perguntar a quem pensa diferentemente: como se chegar à criação sem a relação sexual, claro que, emoldurada numa aura que se poderia até dizer divina, de recíproco amor e doação entre o homem e a mulher? Aqui, por óbvio, não têm lugar os modernos recursos da fecundação em proveta; da barriga de aluguel; da doação e congelamento de espermatozoides e óvulos. Felizmente, essa situação hoje está superada, na conformidade de vigente orientação da Igreja Católica.

\* \* \*

Passados cerca de quinze dias em que começara a trabalhar na biblioteca, Maristela observou que um homem passava boa parte da tarde sentado numa das mesas do amplo salão, mais olhando para ela do que manuseando o livro. Como ela trabalhava no setor de registro de entrega e devolução de livros, aos poucos foi observando que aquele homem solicitava sempre o mesmo livro em todas as tardes que lá comparecia, o devolvendo ao final do expediente. Era um homem sempre bem trajado, com ótima aparência, sempre perfumado e, que, parecia se tratar de pessoa bastante educada. Cerca de dois ou três dias da semana ele aparecia na biblioteca, sempre pedindo o mesmo livro, que tratava da História da Prostituição no Brasil. A obra, apesar de tratar de prostituição, tinha conteúdo histórico; o que a levava imaginar que se tratava de um homem culto. Talvez um professor de história ou um sociólogo que fazia alguma pesquisa sobre o inusitado tema. Em meio às opções por ela imaginadas, lembrou do romance de Umberto Eco, O Nome da Rosa, no qual um monge fazia visitas secretas à biblioteca do mosteiro, onde o acesso era restrito por conter publicações profanas.

Mas, ao ver que o cavaleiro sempre escolhia o mesmo livro, numa das vezes em que o devolveu, Maristela deu uma passada de olhos sobre algumas páginas da referida obra, e constatou que, dentre os motivos das mulheres se prostituírem, estava a pobreza. Casta como era e como teria sido criada, nunca ultrapassando os limitados ensinamentos provincianos transmitidos pelos seus pais, evidente que rejeitou o argumento de que a falta de recursos financeiros poderia ser causa para levar a mulher a se prostituir. E, se interrogava: então, como fariam os homens que também tivessem falta de dinheiro para viver? E as mulheres que não se prostituíam, como superavam as suas dificuldades financeiras, sem se utilizarem da venda dos seus corpos? Para mim, pensava ela, não passam de vadias, malandras, que preferem vender-se a ter que enfrentar trabalho digno.

Adiante o livro narrava os ardis usados pelas prostitutas para aliciar clientes. Que, já na segunda metade do século XIX, especialmente na região central no Rio de Janeiro, a partir do cair da tarde, debruçadas sobre janelas ou paradas nas soleiras das portas de modestas casas, se dedicavam a provocar o interesse de homens que por ali passassem. Sempre bastante maquiadas, com o uso exagerado de batom, ruge e de perfumes de duvidosa qualidade e olor de mau-gosto, procuravam mostrar o que acreditavam ter de melhor em suas aparências físicas.

Esse *estilo* de abordagem, lamentavelmente está de volta em muitas cidades; com maior frequência nas metrópoles. Em Porto Alegre – cita-se esta, porque parte o enredo do romance diz ter nela ocorrido – nem se precisará se afastar das zonas mais movimentadas. Bastará passar-se pelos arredores da estação rodoviária, e se deparará com variado número de mulheres - muitas delas de pouco idade ou até adolescentes -, para constatar que o declínio ali chegou para ficar. De passagem, apenas para registrar, um dos ícones da prostituição em Nova Iorque foi a cantora Billie Holiday, que acabou cumprindo prisão domiciliar, na década de 1940, por ser pega portando drogas.

Que, a original forma de prostituição era feita mediante a promessa de prazer sexual ao parceiro, em troca de dinheiro, geralmente em espécie. Porém, pouco adiante não só o dinheiro servia como moeda de troca, mas alguns presentes, como bijuterias, roupas, joias e outros mimos. Depois, o pagamento também podia ser feito mediante a promessa e, até mesmo da consecução de empregos em atividades privadas e públicas; outras mulheres aceitavam algum tipo de segurança ostensiva oferecida pelo cliente; outras, ainda, por uma posição de destaque na sociedade; um tipo de *status* social.

Dizia o livro, que houve época em que qualquer vilarejo tinha a sua zona de prostituição e, em cidades um pouco maiores, era bem grande e variado o número de cabarés, boates, rendez-vous e outros tipos de casas noturnas. Em algumas cidades, a zona do *puteiro* chegou a integrar o roteiro turístico, como foi o caso de La Boca, na moderna e sempre procurada capital da Argentina, onde nem tudo se encerra com um tango bem-marcado. Que o Rio de Janeiro reserva alguns quarteirões da Princesinha do Mar - a inesquecível e bela Copacabana -, mas antes tinha o seu foco na região da Lapa, depois revitalizada. Narrava também, que na distante Primeira Guerra Mundial (1914/1918) *"A prostituição aumentou de forma impressionante. Em Paris, das 3.907 meninas presas em 1914-1915, mais da metade tinha doenças venéreas." "A relação entre mulheres e soldados também se tornaram mais comuns. "Há uma garota para cada soldado..."* [187]

Num outro livro que bisbilhotou em meio às estantes encontrou as seguintes palavras sobre as "moças", em relação aos jovens que as cercavam, mas que Maristela as confundiu com as prostitutas: *"Naturalmente, não temos amigos. Temos amantes egoístas, que gastam sua fortuna não por nossa causa, como dizem, mas para satisfazer a própria vaidade. Para eles, temos de estar alegres quando estão contentes, bem dispostas quando querem cear, e céticas como o são."* E, seguiu lendo: *"Então, não podemos ter, ou melhor, eu não podia estar triste como me sinto algumas vezes e doente como sempre tenho estado, maior felicidade que encontrar um homem de espírito superior o bastante..., para ser amante mais dos meus sentimentos que do meu corpo."* [188]

Importante abrir-se aqui um parêntese, para dizer que se deva ter em conta, que não são só os homens adoram saborear a maçã envenenada. As mulheres também gostam, só que são mais seletivas quanto ao homem que lhes possa dar prazer na cama. Também já ouvi homem dizer que, se for proibido de gargantear aos amigos que transou com certa cobiçada mulher, é melhor nem transar. Valeu!? Mesmo assim, essas figuras ficam distantes da demoníaca Lilith - a prostituta do mal, dotada de um propósito sexual de comprovado e inequívoco perigo para quem se tornasse presa dos seus anseios e caprichos. Temida por seus propósitos vingativos e dona de uma incontida perversão sexual, disputou e, para alguns ainda disputa importância com Eva, que se identifica como mulher nem tão nefasta, ainda que lhe seja imputada culpa pela participação no pecado original. Capaz que foi através de sua beleza, e do seu instinto libidinoso, constranger Adão a com ela manter relação carnal, a tanto proibida. Mesmo assim, para muitos nela reside a primeira manifestação feminina de libertação; o que a levou a desafiar às ordens do Divino. Tanto foi assim, que pagou caro ao ser transmudada de deusa em pecadora. Resta disso a dúvida mitológica que reparte a culpa pelo pecado original entre Eva e Lilith.

Mas, não só aqui na América do Sul havia e ainda há esse costume de zonear e dar destaque às casas de tolerância. Em Paris, é no ainda estridente Bois de Boulogne, onde o serviço até bem pouco tempo podia ser prestado de forma surreal, ou seja, dentro de minivans locadas ou de propriedade das prostitutas, estacionadas na beira das calçadas. No bairro do Queens, em Nova Iorque, onde cafetões criaram os apelidados bordéis móveis, cuja atividade sexual é realizada dentro de caminhões circulando pela cidade. Em Tóquio, no chamado *centro da luz vermelha*, no distrito de Shinjuku - um dos lugares mais perigosos do Japão -, mesmo assim se constitui um importante ponto turístico do país. Seja aqui, lá, ou mais adiante, isso tudo gira em torno do dinheiro. Sem dinheiro não haverá prostituição, a festa sequer começa, porque é o vil metal que faz girar esse antigo festim, muitas vezes cheio de glamour.

Mas não se vá botar culpa no ingênuo do dinheiro que, como uma peteca, passa de mãos em mãos, sem poder se envolver nas transações realizadas por quem através dele transaciona. Célebre frase vem em nosso socorro: Perguntado para que os gregos precisavam de dinheiro, respondeu Anacharsi Clootss: para fazer contas. A história conta casos de putas que levaram reis a perder a coroa, o trono e o cetro; políticos, à perda de poderes: *"Homens no poder sempre tiveram amantes,..."*;[189] barões foram levados à miséria; ricos, ao fracasso financeiro e patrimonial; empresários, à bancarrota; outros, a contrair dívidas impagáveis; à perda da confiança; do trabalho e de amigos; a adquirir vícios; a desmanchar casamentos e destruir famílias; ao desequilíbrio emocional e à loucura; a homicídios e suicídios por ciúme ou, por suposta ou real traição.

Algumas prostitutas ao se apaixonarem por seus parceiros ou pelo dinheiro deles, são capazes de fazer o imprevisível e até mesmo o que se pensaria impossível para mantê-los sob o seu poder. São do tipo que colam naqueles que costumam chamar de *meu homem*, com uma aderência maior do que qualquer fixador de placas de aço ou de tecidos humanos. Esquecem que o homem que frequenta a zona, geralmente pega, mas não se apega. Não quer compromisso com ninguém. Pagam para não se incomodar com queixas posteriores. Sobre a prostituição já li algo assim parecido: Há um mundo em que as mulheres não são seres humanos, mas objetos de consumo. Li, também de Mary Wollstonecraft: *"A necessidade nunca faz com que a prostituição se converta em meio de vida dos homens; todavia, são inumeráveis as mulheres que assim se rendem ao vício de forma sistemática".*[190]

Algumas perigosas e vingativas, são capazes de perseguir os companheiros com o uso de lupa de um investigador policial. Ligam insistentemente para os seus telefones e para os dos seus familiares, com preferência para as esposas e filhos, fazendo ameaças. Os aguardam na saída de casa e do trabalho, onde não raramente praticam atos constrangedores e de vandalismo contra os seus bens, especialmente automóveis. Contratam *jagunços* para intimidar, ou mesmo baterem no fugitivo parceiro – que dizem ser *o amor da sua vida.*

De toda sorte, não resta dúvida de que o sexo é uma *indústria* que já rendeu muito, apesar de ainda render alguns trocados. Mas em priscas épocas empregou muitas mulheres e uma estrutura de pessoas necessárias para manter casas de todo tamanho e requinte. De outro modo, donas dos mais escondidos e encantadores segredos do leito, são capazes de afetar a razão e a moral dos menos avisados e dos menos contidos. Experientes nos hábitos de uma aparente inocente candura, são capazes de, através de um véu mascarar a fonte da perversidade, aspirando para dentro de si todo o desejo do pretenso e ansioso parceiro de cama. Com a maioria dos seus parceiros, mantém uma relação toxica; moralmente agressiva, especialmente através de atos que elas pensam ferir o cliente, mas que na verdade as rebaixam como mulher.

Quanto menos vertidos nas artes da noite, mais fáceis eles se tornam presas dessas experientes e atrativas *mulheres da vida*. Por isso, então, restará o consolo de perguntar-lhes: quem os mandou adentrar no estranho mundo da orgia, se não estavam munidos da carapaça que garante sabedoria e oferece defesa aos homens da noite? Sobre elas, é impossível negar que são expertas na prática das especiais e saborosas sensações provocadas pelo erotismo. Algumas, são capazes de ser igualdas à encantadora Circe, filha do Sol e de Perseis, que fora gerada pelo Oceano, segundo a mitologia. Poderosa deidade de extrema sensualidade, acreditava que nem a morte lhe alcançaria, pela razão de ser uma deusa.

De gestos e vozes macias, elas buscam alguma forma de subjugar àquele que se candidata a parceiro de algum tempo na cama. Então vencido, via-de-regra o desavisado e inexperiente mocinho, ou mesmo o velhote estreante, se deixam envolver na teia que a cada instante e a cada novo gole da *pinga*, mais se enredam.

Apesar disso, também é visível a força interior dessas mulheres, incomparáveis que são neste aspecto, à uma bonita, mas frágil borboleta, capaz de fragmentar-se ao sopro de um vendo nem tão forte. Seguras de si e dos motivos que as levam a viver na rua, porém, não no flagelo, são capazes de brigar entre si pelo ciúme por um mesmo homem; mas se unem quando necessário for debelar o inimigo comum; inclusive o homem que a um só tempo trair as duas por ele apaixonadas. Da obra de Strohmeyr se pinça essa flor de declaração que Heloísa faz ao seu amado, Abelardo: *"Por mais que o nome 'esposa' possa parecer mais sagrado e honrado, no meu coração o de 'concubina' ou de 'vossa meretriz' sempre foi mais doce."*[191] De toda sorte, a mesma Heloísa é também assim descrita por Martha Robles: *"Insuperável até hoje, Heloísa é o símbolo de uma força espiritual que transforma seu desamparo em perspicácia e suas orações a Deus em refúgio da palavra a fim de se purificar no desamor."*[192]

Armin Stromeyr, ao narrar a trajetória de Abelardo – um professor de filosofia que morava em Paris, disse que ele sentia *"repugnância em visitar as mulheres que se vendiam em Paris, a tal 'relacionamento sujo com meretrizes.'"*[193]

Há situações em que tendo tido relação com homens solteiros, criam verdadeiros barracos nas cerimônias de casamento dos ex-parceiros. Não poucas vezes, algumas rameiras simulam gravidez; fingem estar grávidas do parceiro, ou mesmo com ele forçam a gravidez, para maior ou melhor firmar a relação. Há casos de mulheres que, em razão dos parceiros se negarem a reconhecer a paternidade dos filhos, deixam os recém-nascidos na porta da casa dos pais. Mesmo assim, elas continuam por aí, para quem quiser conhecê-las e prová-las. Que a elas se achegue, quem for homem de verdade!

Cínicas, estão sempre dispostas para trocar o corpo por qualquer coisa material; em especial o dinheiro. São o que alguns chamam de mulheres a preço de dinheiro. Essa é uma universal mercadoria, tão mercadoria quanto o corpo delas. Por isso, entre elas e eles nunca há reciprocidade, porque a alma, não trocam e, quando eventualmente a entregam, não poucas têm insucesso.

Essas mulheres *de vida fácil* para alguns e, de vida difícil para muitas delas, têm o seu apogeu durante a juventude. Muitas se tornam meretrizes bem antes de alcançar a maioridade. Bonitas e, algumas nem tão belas, disfarçam os seus rostos e corpos na moldura proporcionada pelas luzes baixas, as vezes coloridas, dos salões da maioria das casas noturnas em que trabalham. Grande parte delas, nos *camarins* em nada se parecem com a aparência que exibem ao público durante o dia.

Mas a vida, para a maioria delas reserva um final nem sempre promissor. Não bastasse o avanço da idade, que paulatinamente as leva para o inexorável envelhecimento, raramente têm oportunidade de se manterem saudáveis. Trocando a noite pelo dia; ingerindo alimentação de má-qualidade e álcool, além de, em sua maioria, fumar e ingerir substâncias toxicas, abrem caminho para várias doenças que só começam a ser tratadas a partir dos sintomas mais agudos.

Outro elemento que concorre para a redução das suas defesas orgânicas, é o contato íntimo e rotativo com homens de toda espécie, alguns portadores de doenças graves e transmissíveis e, nem sempre higiênicos. Essa transferência de vírus e bactérias tanto se dá através de beijos, como na penetração sexual, agravada com a liberação do esperma e de algumas doenças sexualmente contagiosas. Não são tão raros, casos em que os parceiros foram a óbito durante a relação sexual ou logo que ela fora concluída. Os motivos que os levaram à morte, são os mais diversos – falo apenas nos casos de *morte natural* -, pois que excluo casos de assassinatos. Isso, com certeza provoca um desconforto na mulher que com o cliente participava daquilo que seria apenas uma relação sexual. A História registra casos e cita nomes de situações ocorridas num distante tempo: *"E, entre as coxas das mulheres, (morreram) Cornélio Galo, pretor, Tigelino, capitão da guarda de Roma, Ludovico, filho de Guy de Gonzaga, marquês de Mântua. E, de um exemplo ainda pior, Espêusipo, filósofo platônico, e um dos nossos papas."* [194]

Algumas línguas afiadas dizem que quem mais as tolera, ainda que com o respeito que a batina impõe, são os vigários, que não podem impedi-las de assistir as suas missas. O *hábito* da confissão, cada vez é menos *usado* pelas divas da noite, porque quase não têm o que confessar: afinal, trabalham com dignidade, quando o exercem dentro dos ditames da profissão. Todavia, o que nenhum frade sabe dizer, é se o que elas fazem se constitui pecado. Afinal de contas, elas jamais pedem a absolvição. E, o que só alguns padres sabe, é quanto elas ganham por tarefa ou jornada de trabalho; pois, por juramento, estão impedidos de contar os sepulcrais segredos da confissão. Ora missas, nem o delegado e nem o juiz podem tirar do sacerdote esse curioso depoimento.

Essas mulheres, com o respeito que todas merecem, se tornam condenadas a trabalhar por toda vida, pois em sua maioria não têm garantido qualquer direito previdenciário. Quase nunca contribuem para um fundo de previdência ou para uma instituição pública ou privada, que as venha pensionar ao se aproximarem do ocaso da vida. Soma-se a isso, o fato de que, na medida em que vão envelhecendo, a clientela vai diminuindo e, o dinheiro consequentemente rareando. Usando trajes ultrapassados, que além de vencidos pelos ditames da moda, se observa estarem enxovalhados, com as tintas esmaecidas; com os tecidos demasiado gastos pelo demorado uso e diferentes serventias; essas velhotas para as quais não há mais tempo nem idade para tomar vergonha na cara e mostrarem ao mundo que sempre haverá momento para se tomar juízo e dar exemplo aos que com elas se criaram e elas formaram, continuam mostrando um rosto depravado e acentuado por grossas e malcuidadas sobrancelhas que disputam espaço no critério *aparência* com os lábios grossos, carnudos, pintados e rachados; mais se parecendo com um código de barras de produtos à venda no comércio.

Passam de antigas cobiçadas vedetes e procuradas por galantes endinheirados, para artistas de um teatro sem plateia. Mas a tristeza não as abate, porque encontram força na coragem que sempre tiveram para enfrentar a vida pelo caminho que optaram. Corajosas, autênticas e as vezes dissimuladas por força de exigência *profissional*, nada as deprime mais do que serem desprezadas por uma inexperiente novata, que ainda tudo desconhece sobre a vida que escolheu trilhar. O tempo e a idade, por certo que as ensinará a baixar a crista diante de quem mais lhe possa ajudar.

Algumas deixam de desfilar as suas belezas naturais em lindos trajes e adereços nos salões cheios de homens sedentos por sexo, em troca pelo trabalho na copa, na cozinha e como faxineiras dessas mesmas casas em que outrora brilharam. Já li ou escutei não lembro de quem, que elas saem de uma cultura na qual usavam seus rotos como máscaras e seus corpos como escudo; vez que eles não desejavam mais do que isso. Fazem parte de um grupo que nada mais têm para apresentar aos homens e, que, ainda se tornam mal-educadas; outras, para se mostrarem difíceis, beiram à grosseria. Isso nada mais é do que o choque ao se confrontarem com a realidade.

Outras, ainda, são aquelas que sequer obtém condições de qualquer ordem para frequentar casas noturnas; seja, como eventuais visitantes que ali chegam à busca de algum parceiro; seja, como vinculadas à casa de prostituição, por alguma espécie trato ou contrato. Essas fazem ponto nas ruas, encostadas em paredes de prédios ou beiradas de calçadas de zonas desvalorizadas de centros urbanos.

Nelas, o desprezo pela vida em sociedade é quase que absoluto, se podendo dizer terem chegado ao último dos degraus da escala social. E seria desrespeitoso e ofensivo afirmar que se ombreiam às moradoras de rua, uma vez que a maioria dessas goza de ilibado caráter; apenas desprovidas da sorte de ter uma casa para habitar. Essas mundanas, algumas com pouca idade e invariavelmente malvestidas, quase nunca têm outro calçado além de um velho e gasto par de chinelos de borracha. Despidas de vaidade, quase que atropelam homens que por elas passam, com ofertas de valores ínfimos em troca de uma sessão de sexo rápido. Ao peitarem algum transeunte, rapidamente verbalizam uma verdadeira tabela de preços para as diversas formas e *performances* de sexo que oferecem ou propõem. De toda sorte, é impossível negar que algumas ou muitas delas são dotadas de bons pensamentos e de crença nas coisas Divinas. De sorte que, se mantendo em meio à prática da prostituição, possam também cultivar pensamentos elevados; o que as torna receptivas a tudo o mais, desde que a intenção não venha eivada de interesse maldoso.

Para muitos, a prostituição ainda é uma violação da decência, ou algo pior do que isso. Há homens – digo homens – que evitam falar em prostituição com outro homem. Se sentem constrangidos ao ter que falar sobre esse antigo *status*. São vestidos de um certo grau ou tipo de constrangimento, que os impede de conversar sobre assunto tão simples quanto comum, desde há muitíssimo tempo. Mas, também há os que evitam falar, porém aceitam praticar o sexo com meretrizes; claro que muito bem escondidos. Se lhes possível fosse, mais seguro seria praticar esse gostoso *esporte*, escondidos sob uma máscara; ou receber a parceira, só quando a alcova já se encontrasse em absoluta escuridão. Além do mais, muitas vezes elas disputam espaço e clientela com travestis que, para algum desavisado ou menos atento, não raro são confundidos com uma bela mulher.

Esses travestis, que não se confundem com os homossexuais, geralmente têm um final de vida assemelhado ao das prostitutas; isto é, sem eira nem beira, na expressão popular. Algumas, com o prazo de validade vencido há muito tempo, nem por isso deixam de maquiar-se diariamente, querendo passar-se por atraentes frente aos homens que transitam pelo local em busca de carne fresca e macia. Mesmo assim, procuram exibir o que pensam ter de melhor, deixando para além do corpete as tetas murchas, enrugadas e caídas; o que contribui – *contrario sensu* - para afastar a freguesia. É a luta pelos anos de vida que ainda lhes restam. Elas, também cognominadas de *mulheres esgotadas*, nem mesmo podem optar pela cessação plena de algum trabalho, especialmente na zona, pois precisam de dinheiro para fazer frente aos gastos que muitas vezes aumentam com o avanço da idade.

De outra banda, lado a lado com essa triste face da vida em sociedade, existem os cafetões, alcoviteiros, os aliciadores de mulheres, inclusive de menores, os gigolôs, que fazem do *bas-fond* suas moradas e locais de *trabalho*. Em grande parte, são homens agressivos, de um perigoso tipo de mau-caráter; que batem em mulheres quando essas não satisfazem às suas exigências; que tiram o dinheiro que elas adquirem dos seus parceiros; que as ameaçam e, na maioria das vezes, cumprem com as suas promessas. Esses vilões, cujos quartéis-generais são os puteiros, os bares e restaurantes frequentados por todo tipo de malandro, de gente de péssima qualidade moral, ou mesmo sem moral alguma, são capazes de responder por considerável número de mulheres que optam pela profissão de prostituta.

Muitos deles acrescem a essas condenadas atividades, outras como a do tráfico de entorpecentes; da banca ou intermediação da prática de jogos de azar; do contrabando e do descaminho e, do jogo do bicho que, por aqui, era "*obra de uso velho*" – expressão usada por Bentinho, de Dom Casmurro.[195] Enquanto aquelas com o passar do tempo vão reduzindo os seus atrativos, esses, cada vez mais se tornam mais espertos, mais *categorizados*, mais respeitados, mais diversificados em suas atividades criminosas. Via-de-regra não empobrecem com o passar dos anos; pelo contrário, a cada dia mais e mais enriquecem. Se notabilizam por usar joias caras, correntes e pulseiras de ouro, relógios caros, roupas finas, ainda que de gosto duvidoso. Pilotando caros e luxuosos automóveis ou potentes motocicletas, são notados por onde passam. Com o tempo, raramente precisam chegar as vias de fato para exigir duma mulher o que dela querem, porque já se tornam conhecidos e respeitados como impecáveis cumpridores de suas criminosas promessas.

Mas a despeito disso tudo, cada uma dessas mulheres tem uma forte razão; uma triste história para justificar a vida que leva. Isso é fato que não pode ser desprezado, quando, a respeito delas se queira fazer alguma crítica. Demais disso, não é por outro motivo, embora não provado, que dizem ser a prostituição a mais antiga das profissões. Em todo o caso, não é aconselhável distanciar-se de outra realidade: a de que muitas vezes essas mulheres buscaram a *liberdade*, porque recusaram se tornar donas de casa, como a maioria das heroínas que sufocaram a sua independência; que afogaram o bem-querer a si próprias; que maltrataram os seus ideais maiores; que subjugaram alguns dos sonhos acalentados na infância e na adolescência em troca do casamento; que tiveram que criar e educar sozinhas, os filhos que pertenciam ao casal; que tiveram que trabalhar, enquanto os maridos se jogavam aos prazeres da noite e à orgia; que dividiram, nem tão bem pela metade, as suas vidas com as dos seus parceiros, quando mais adiante se depararam com a tardia verdade, de que se tornaram reféns desses homens para o resto das suas existências. Por isso perguntam-se: onde estará a glória de umas e de outras? E o arrependimento onde terá lugar? Isso, na mais das vezes é reflexo da enganosa versão que lhes era passada (e ainda existe em algumas famílias), do errôneo e impróprio conceito de Hera, da ilha de Samos, que admitia que o casamento atenderia aos melhores anseios da mulher.

Mas, se têm o direito de viver como vivem; de terem escolhido fazer de suas vidas o que vêm fazendo, merecem ser respeitadas, ainda que muitos, delas digam, não dignificadas. Porém, se for o caso, mais do que dignificadas, mas certamente respeitadas, devem ser vistas como seres vivos iguais a todos os demais humanos que habitam esse enorme planeta, tão diversificado e tão plural, como muitos gostam de dizer. Assim que, se cada um cuidar mais de si e, menos daquilo que entende de errado nos outros, a marcha da passagem por aqui, será melhor cadenciada e bem mais harmônica. Na marcha da vida, não há quem não troque o passo e, assim se mantenha, até que descubra que deverá corrigi-lo em nome da necessária harmonia. Todos aqui viemos para passar um tempo jamais antecipadamente conhecido por alguém. Mas todos sabemos que essa inexorável passagem terá que ser vivida segundo as circunstâncias que nos são oferecidas e as que por nós são escolhidas. Algumas por imposição; outras, por opção. O presunçoso é mau-vizinho; é mau- colega; é mau-companheiro; é a parte fedida da família. Enfim, do que serve a alguns desfazer em outros?

Mulheres guerreiras, tanto na vida familiar como na prostituição, na mais das vezes dão mais de si do que têm para oferecer. Em casa, não raro são desatendidas pelos companheiros que escolheram para formar o que imaginavam pudesse vir a ser um lar; na zona, servem de objeto de excitação e orgasmo de homens de valor duvidoso, ao custo do que imaginam valer tal *serviço*. Trocando a noite pelo dia, noite após noite são mais iguais na noite seguinte, do que na sua véspera. Consumidas pela ação e pela passagem do tempo, a cada período não muito longo, mais mostram o desgaste da saúde, com visíveis sinais no retrato que precisam mostrar quando em atividade. Auxiliadas pela falta da luz solar e a densa maquiagem facial, durante à noite conseguem disfarçar aquilo que à luz do dia é inevitável mostrar.

Porém, não muitas delas ainda têm a sorte de vir à tona quando já dentro desse enorme e agitado oceano. Algumas, depois de chegarem à beira do abismo, criam coragem ou têm a sorte de se restabelecer como pessoas iguais à todas as demais pessoas. Isso, então, se alguém entendê-las diferentes das outras pessoas - o que, na verdade não são. Afinal, quem e de quem alguém recebeu a suprema benção de fazer juízos de valor? Algumas conseguem trabalho noutras atividades, ainda que inicialmente ganhando menos. Outras, ainda, se tornam merecedoras de um bom casamento com homens dignos e respeitadores. Mulheres que, a partir de então, formam suas famílias, envoltas no que há de mais respeitoso que se possa desejar. Não são muitas, mas servem de modelo; de exemplo a quem não tem a coragem de mudar, com vistas a vencer por outros meios. E, realmente há muitos outros meios de se vencer. Mas, para tal, apesar de se saber não ser fácil, se terá que ter perseverança e se preparar para um novo tipo de vida; se isso for do seu interesse e o for o seu propósito.

Dentro de alguma boate, as mais bonitas, elegantes e bem-vestidas, são objeto de cobiça dos endinheirados clientes. Por algumas horas vivem num ambiente de glamour e de festa. Ainda que possa parecer diferente, nessas casas, via-de-regra há respeito entre as mulheres e os homens e, as arruaças que na rua se conhece, geralmente são apenas entre mulheres. Contrariamente ao que se imagina, nem lá dentro e nem na rua, há um clima de erotização. Isso tudo é criação da cabeça de quem nunca entrou numa dessas boates, ou não se deteve a observar o que se passa nas ruas da zona do meretrício. Lá, a *nudez não é castigada*, mas só é praticada entre as quatros paredes dos quartos de motéis. Há quem diga que as coisas são verdadeiras ou falhas conforme o lado pelo qual as olhamos. Não deixa de ser algo que deva ser pensado.

Claro que vivemos uma nova era, muitíssimo distante daquela em que até o tango chegou a ser proibido no início do século passado, em salões europeus. Inclusive, entre mentalidades conservadoras da América, ele foi vetado, porque o consideravam algo obsceno. Oficiais da marinha e do exército chegaram a sofrer pressão do kaiser, que tentou proibi-los de dançar o ritmo quando uniformizados. Porém, a pressão exercida pela classe conservadora, parece ter fortalecido o sucesso da bela e artística dança que vinga até os nossos dias. O que dizer, então, dos atuais shows de *strip-tease*, que respondem por parte da lotação de cabarés e outras casas noturnas. O mundo da noite evoluiu, felizmente, para gozo de quem o admira, frequenta e participa. Mas, a nudez e a arte não poucas vezes estiveram juntas: "...Quando Anna dançou grávida e nua na frente do marido em 'O arco-íris' (*romance de D. H. Lawrense*) ... ele não conseguia entender por que ela estava dançando nua. 'Você vai pegar um resfriado.'" - disse o zeloso marido, que no ato não via erotismo, mas arte.[196] Mas, não há erro em afirmar que a prostituição ainda hoje rompe com as convenções. É um mundo à parte, sempre distante do social, seja qual for esse social.

Porém se deve deixar claro, que as prostitutas não *vendem* o seu corpo; o *alugam*, apenas, com o propósito de entregar prazer sexual ao seu cliente. Aliás, nem sei se elas se consideram *um corpo usável*, no sentido emprestado de Margaret Atwood.[197] Quem *vende* o corpo é a mulher que se casa por interesse; sem amor. Homens também *vendem* o seu corpo, quando beliscados por igual interesse. Claro que já ouvi de homem bonito e novo, casado com mulher velha – muito mais velha do que ele -, feia e rica, mas que jura ter casado por amor. E, pode, naturalmente...

* * *

A relação sexual, bem se sabe que nem sempre é absorvida apenas pela sexualidade. Enquanto pode ser identificada como um estado de espírito positivo; uma fonte de energia e de sensação de bem-estar; um estímulo aos nossos sentimentos de otimismo, de amor, de interação, de prazer, de doação, de felicidade, de boa autoestima e de autoconceito, mas também de apetite sexual; igualmente poderá acontecer sem qualquer desses sentimentos. Pode se dar apenas por um desejo ou atração sexual entre pessoas de sexos diferentes ou do mesmo sexo. Esta última versão, poderá ser tão somente uma atração carnal, um interesse financeiro, ou puro erotismo, algo que, via-de-regra se exaure ao chegar ao orgasmo. Uma relação *interpessoal* que praticamente se inicia nas preliminares, ou mesmo sem essas, e termina ao se alcançar o orgasmo. Ainda há situações em que essa relação, muitas vezes *promíscua*, se abafa antes dos parceiros chegarem ao clímax.

❋ ❋ ❋

Sobre outro enfoque, esse uso mais *rasteiro* do termo para identificá-las, se poderia afirmar que não endossa nem retira a *majestade* do cargo. Todavia, se faz necessário aqui pontuar, que o despertar da luta pela libertação da mulher – em todos os sentidos -, não é coisa tão recente. Uma das suas significativas vertentes data do século XVIII, quando foi elaborada a Declaração dos Direitos da Mulher e da Cidadã, em França; por obra da feminista Olympe de Gouges. Porém, apesar de distante no tempo, desde então vem-se desenvolvendo a passos lentos. Veja-se, que só em 1928 o Parlamento inglês autorizou o registro eleitoral para mulheres com mais de 30 anos de idade. Mais lenta ainda foi a ONU, que só bem depois, em 1975, declarou como destaque o Ano Internacional da Mulher. Depois, em 1977, estabeleceu o dia 8 de março, como o Dia Internacional da Mulher. Antes disso, no Brasil, o tema passou a ter relevo em 1962, com a instituição do Estatuto da Mulher Casada que, dentre outros temas, garantiu à mulher o direto de trabalhar sem precisar autorização do marido. Também, de receber herança e, na separação, requerer a guarda dos filhos. Todavia, aqui, o direito de a mulher votar surgiu na denominada Era Vargas, em 1932.

Digno de observação sobre o tema, é o fato de que ficou acertado que o crescente uso da *bicicleta*, de certa forma contribuiu para a libertação da mulher. O novo e interessante meio de locomoção começou a ser objeto de interesse por mulheres nas mais diversas circunstâncias – o que demonstrava no distante final do século XIX, uma forma de libertação do então chamado sexo fraco.

A "*Apresentação* "de um dos livros de John Stuart Mill contempla a mulher com as seguintes douradas expressões: "*...a mulher tem qualidades nobres, especificamente femininas, como a virtude, a abnegação, a intuição intelectual e a agudez de espírito.*"[198] Certamente que se poderia acrescer a esses especiais atributos, a singularidade da maternidade e da criação da prole. Se os indicativos referidos pelo autor inglês, filho do filósofo James Mill, mostram atributos e qualidades tão especiais; no que trata da maternidade elas são exclusivas e insuperáveis. Todavia, não há como negar a subordinação a que se sujeitou a mulher ao homem; com maior ênfase entre casais. Isso foi e ainda é um erro que, não bastassem outros tantos, inibiu e continua as alienando das relações sociais, quando o tema envolve sexos distintos. Por sorte que estamos cada vez mais nos distanciando da grande massa, especialmente, de homens que defendiam e, de alguns que ainda, equivocadamente, propagam o adágio que diz que cabe aos homens mandar, enquanto às mulheres, obedecer. Isso, sem sombra de dúvida, gera um repugnante preconceito, muitas vezes originário das classes superiores, das mais abastadas e, também, das mais intelectualizadas. Por sorte, repita-se, a folha está sendo virada, ainda que apenas aos poucos; lentamente, mas com a certeza de que o que já foi conquistado por elas, jamais reverterá. Está chegando ao fim o entendimento de que a mulher pertence ao *sexo frágil*, ou ao *sexo fraco*; o que não mais se ouve nem lê, ainda que em respeitoso gesto de carinho, sem o risco de ser recebido pela *agraciada*, como ofensa. Sexo fraco é uma ova!, diria alguma delas. Sexo fraco era o da sua mãe, que isso aceitava com total passividade e respeito àquele que a ofendia!

Circunstância que pode ser motivo de alguma observação, diz respeito ao que Lucy Delap ao tratar do feminismo, fala em *"...pressão implacável do olhar masculino sobre as mulheres."* [199] Possivelmente, a festejada historiadora tenha esquecido de mencionar que parte importante desse *implacável olhar* é resposta a provocadoras atitudes femininas, tanto no vestir quanto no se comportar. O Olhar masculino que é dirigido à mulher, se alterna entre a cobiça e a admiração; sendo fiel dessa balança, o modo de se expor e de agir de cada uma. E, isso não é algo atual, porque se sabe e a história nos ensina que esse meio de exibição e até de conquista, é tão antigo quando à civilização tem catalogado e mostrado. Virginia Woolf, em Guinéu (Três Guinéus), talvez tivesse bastante certeza e verdade quando assim disse: *"Quando nos encontramos, homens e mulheres, falamos com a mesma pronúncia, utilizamos facas e garfos da mesma maneira. Esperamos que a criadagem prepare a comida e lave os pratos e, sem grandes dificuldades, podemos falar a respeito de pessoas, de política, da guerra e da paz, da barbárie e da civilização e de todas outras questões... Estas reticências, porém, representam um abismo, uma separação tão profunda e abrupta entre nós que, durante todos esses anos estive sentada em próprio lado do abismo perguntando-me se, por acaso, existe alguma utilidade em poder conversar com o outro lado."*[200] Rossiter procura balizar esse movimento ao dizer: *"Com origem no Iluminismo e evolução pelos últimos 200 anos, o movimento feminista original tem procurado estender às mulheres as mesmas bênçãos da liberdade tipicamente desfrutadas pelos homens livres. Colocado em forma simples, seu objetivo declarado é acabar com domínio masculino e atingir a igualdade de liberdade para as mulheres nas arenas econômica, social, sexual, educacional, legal e política."*[201]

Ao tratar mais de perto desse assunto, que antes foi complexo e hoje é simples, rejeitam-se até as hipóteses defensivas de alguns que negavam a equivalência dos sexos, pela falta de prova científica confiável da disparidade no elemento capacidade na relação homem x mulher. Ora, pois, para que provar aqui, o que já é do domínio público! Mesmo assim, em muitos casos, em todas as classes sociais, a dependência da mulher em relação ao *seu* homem a tem levado a outras dependências: ora pela exigência do parceiro; ora, pelo natural constrangimento dela, que a ele se curva, em razão da dependência financeira para a sua vida e até a da prole. Norberto Bobbio nos ajuda a reforçar o que estamos a defender, ao tratar do preconceito entre grupos de várias origens e tendências: *"Já me referi ao fato de que entre homens e mulheres existem desigualdades naturais que seria estupidez esquecer. Mas é inegável que muitas das desigualdades entre a condição masculina e a feminina são de origem social, tanto que as relações entre homem e mulher mudam segundo as diversas sociedades. A emancipação da mulher, a que assistimos há anos, é uma emancipação que também deve avançar por meio da crítica de muitos preconceitos, isto é, de verdadeiras atitudes mentais radicadas no costume, nas ideologias, na literatura, no modo de pensar das pessoas, tão radicadas que, tendo sido perdida a noção da sua origem, continuam a ser defendidas por pessoas que as consideram, de boa-fé, como juízos fundados em dados de fato. Precisamente porque esses preconceitos interpostos entre o homem e a mulher dizem respeito à metade do gênero humano e não apenas a pequenas minorias, é de considerar que o movimento pela emancipação das mulheres e pela conquista, por elas, da paridade dos direitos e das condições, seja a maior (eu estaria até mesmo tentado a dizer) revolução do nosso tempo.*"[202]

Lendo obra da mexicana Martha Robles, no seu Prólogo observei o seguinte destaque dado ao repisado atributo conferido à mulher – a feminilidade. Diz a escritora: "*Consultando as teorias orientais concebidas há milhares de anos, podemos crer que a feminilidade consiste em uma vigilante continuidade vital que, mesmo de maneira simbólica, na explosão dos sentidos ou nas perversões que a impulsionam a praticar o desprezo, compromete seu poder desde a fonte íntima da criação.*" Ainda da mesma autora: "*Não importa quando nem como um membro de nosso sexo se subleve, sonhe ou batalhe, sempre irá se deparar com o invariável desafio da subcondição de debilidade que lhe é atribuída pelos homens, quiçá porque tenha sido tão lenta e acidentada nossa própria aceitação do compromisso que sela o poder de criar, outrora atribuído somente a Deus.*"[203]

Uma outra volta ao passado nem tão distante, faz lembrar que as mulheres enquanto solteiras, eram preparadas por suas famílias para se casar. Dentre esses *religiosos* ensinamentos, nelas era incutida a ideia de que, ao se casar, deveriam ser obedientes aos seus esposos. Por outro lado, os filhos varões, tirando exemplo do que existia com os seus pais, aprendiam, sem que precisassem sujeitar-se a outros ensinamentos, que, teriam a seu dispor uma mulher que cuidaria de si e de suas coisas, compreendido nisso, o trato com a casa, a comida, as roupas e os filhos, quando esses nascessem. É bom saber que as mulheres, não tanto agora quanto antes, eram criadas com o sentimento de que tinham caráter diferente do dos homens. Até hoje é emblemática a frase: homem que afrouxa as *rédeas* da sua mulher, acaba a perdendo. E, mais: mulher não gosta de homem frouxo. De resto que, a mulher se iniciava submissa aos pais e, assim, segue na relação com o marido.

É de nota, o fato de que apesar da Inglaterra ter sido governada por uma rainha, não desfaz o que é sabido e repetido: a sujeição da mulher aos homens e, também às leis, pois é certo que algumas destas as desprestigiam e diminuem se comparadas aos homens. De outro lado, os Estados Unidos, em tese, foram fundados a partir da Companhia de Virginia, que, dentre o mais, *trasladava* mulheres inglesas para serem leiloadas na América.

Questão outra, é que nada há de natural nessa fantasiosa questão, como alguns admitem. Diferença que leva muitos e muitas a acreditar que seja uma condição da vida humana, resultante de pressão *artificial* forçada pelo homem e acolhida pela mulher no curso de infindável tempo. Tempo durante o qual a mulher aceitou passivamente ser subjugada por um ser idêntico a ela, em grande parte das suas características individuais. É suscetível de ferir o caráter do homem que vivendo longos anos em absoluta intimidade com uma mulher, não reconheça a igualdade ou a equivalência de cada um na formação do casal. E, diga-se mais: é no casamento que na mais das vezes surgem chances para o afrouxamento das tensões *artificiais*, que passam a ser vencidas ou substituídas por sentimentos de amor e de carinho. Assim que, se mesmo diante desses voluntários sentimentos, o homem continua demonstrando querer ser dotado de algo que o torna superior à sua mulher e, ela o aceita como de tal *musculatura*, estaremos diante de uma questão de falha de caráter – nunca de um fator ou circunstância da Natureza.

O casamento por muito tempo e, se pode dizer que até boa parte da segunda metade do século passado, era o principal *destino* das moças de todas as classes - pobres e não pobres; educadas; formadas para quem desejava amparar a sua prole. Essa situação é tão longeva, conforme Martha Robles, que vem desde a Grécia antiga, onde havia instituições educativas para adolescentes de distinguido prestígio. Em tal tempo e lugar onde só raramente *"...se encontrava uma jovem de boa família que não houvesse recebido as regras e refinamento da perfeita mulher casada. Havia inúmeros agrupamentos religiosos denominados 'thiasoi', nos quais eram treinadas com especial rigor aquelas moças destinadas a se casar com filhos da nobreza, comerciantes enriquecidos e heróis de guerra."* [204] Já, em relação aos homens, nem tanta preocupação havia, mas um pouco dela não se pode negar que existia. Se, para a filha moça havia a preocupação de *bem* casá-la, para o filho varão, era indispensável que tivesse um emprego que garantisse a manutenção da nova família. Assim era e nada mudou, muito embora essas filigranas não mais dependam da formação ou educação dos pais, porque os jovens já *nascem* sabendo de tais critérios para uma vida a dois. E, que, uma vida a dois, poderá se transformar num coletivo maior.

Também, na mais das vezes, elas não mais aceitam ser tão submissas ao seu parceiro; quase que servas, com antes eram. Já há muitos casos em que os *valores* se inverteram e o bom marido passa a ser um submisso mantenedor da sua glamurosa e determinada mulher. Também existem casos de maior reversão de valores, quando as mulheres autoritárias e rebeldes, conseguem submeter os maridos as suas vontades; seja porque o domínio delas sobre eles se dá naturalmente; seja, porque eles têm temperamento passivo o cordato. De tudo o que se disse, é imperioso que, dentro ou fora da relação matrimonial, deve existir apenas equivalência, igualdade, em detrimento da superação e da subordinação.

Ponto demasiado forte, especialmente na atualidade, é que a mulher para se tornar mais liberta – também no casamento -, tem buscado meios de auferir renda própria; especialmente, quando não tem bens de sua exclusiva propriedade. Isso, certamente lhe garante uma espécie de segurança e tranquilidade; a distanciando, ainda que de forma relativa, da *absoluta* dependência financeira do seu companheiro. Stuart Mill foi bem incisivo nesta questão. *"O 'poder' de ter a própria renda é essencial para a dignidade da mulher, se ela não tiver uma propriedade independente." "O exercício real, de modo habitual ou sistemático, de ocupações externas ou daquelas que não podem ser realizadas dentro de casa seriam...proibidas para um grande número de mulheres casadas. Mas, a latitude máxima deve existir para a adaptação das regras gerais nas adequações individuais."*[205]

De mais a mais, cada vez mais aparece a luta, a perseverança da mulher no embate por melhores colocações no mural dos vencedores. Cada vez mais a mulher se destaca no cenário internacional, com alguns bons resultados, ainda que minguados em países que as sufocam e as denigrem sobremaneira. De outra modo, há escritores que apontam, provavelmente, apenas como diferença; porém, não como insuficiência, como inferioridade, o fato (em regra geral) de que só poucas mulheres tiveram e, talvez ainda tenham maior destaque que os homens, exemplificativamente, na literatura clássica, científica, filosófica e outras de igual estatura. Igual diferença também é apontada no que trata da música erudita, na regência de orquestras, na pintura e, em algumas outras artes de tradicional importância.

De outra banda, até mesmo em atividades naturalmente a elas consagradas e aceitas como peculiares, os louros têm sido entregues a homens. Nesse caso, aparecem os chefes ou mestres de cozinhas, os figurinistas (costureiros), os lançadores da moda, os cabelereiros e maquiadores, etc. No entanto, nada disso há de unanimidade de ideias e de convicções, ainda que, publicamente, pareça estar correto. No entretanto, também isso não as diminui, quando apenas as diferencia dos homens. Por sorte que não se está aqui buscando forçar algo que não existe, apenas para defender as mulheres, porque, na verdade, elas são apenas diferentes dos homens; nunca, a eles inferiores.

De outro modo, a cada dia nos afastamos mais dos tempos terríveis, e passamos a viver sob um clima cada vez mais humano e igualitário, nos fazendo crer que estamos à porta de uma nova era, possivelmente, advinda de um novo século, onde o Sol é ainda mais brilhante, mais quente e, parece que, também, mais igualitário. Mundo a fora, cada vez menos leis vêm dificultando e impedindo o livre e permanente acesso de mulheres a tudo o que é aceito e permitido para os homens. Além disso, a sociedade como um todo, indiscriminadamente, já tem certeza de que segue o mesmo caminho. E, aquele que imaginar um mundo sem as mulheres, certamente é louco ou, não bem homem.

Há muitos homens que ao dirigirem ofensas às mulheres, desconhecem que há palavras que ferem mais do que armas. Aliás, muitas vezes as palavras são usadas por quem não dispõe de outro meio para atacar. E o pior é que esses *machos* assim agem, por acharem que a mulher é mais fraca. Então, a ofensa e o desrespeito passam a ser modalidades de covardia. Tal aquela em que o pai, literalmente, tira o couro do inocente filho, sob o patético argumento de querer educá-lo. Talvez, porque também tenha sido sob feérica forma que ele foi educado. Talvez, porque, aquele que covardemente ofende e bate na sua mulher, esteja a copiar o que o pai *parrudo* fazia na mãe franzina e calada, cuja sua única expressão era o choro engolido e o olhar de humildade e de medo.

O preconceito contra a mulher é o mais antigo de que se tem notícia. A História comprova esse vergonhoso e milenar fato, que tem demorado muito para ser mudado. De todo modo, parece que já engatamos a 2ª marcha e o carro não tem marcha ré. Ao que parece, a partir do midiático século XXI, em que as mulheres manejam o celular com maior habilidade do que os homens e, não mais precisam de autorização marital para levarem à público as suas convicções; apesar dos solavancos dessa estrada ainda esburacada, os dois chegarão juntos ao destino comum que os espera, com iguais forças, capacidades e recíproco respeito.

Essa triste e imperdoável diferença tem machucado a tantas quantas se têm envolvido de corpo e alma numa luta que, apesar dos reconhecidos progressos, é sabido que ainda falta outro tanto para terminar. Uma questão que é tão antiga quanto a História da Humanidade. Sêneca nos fez lembrar que, em época tão remota quanto aquela que precedeu a Cristo, já se reduzia a dignidade da mulher. Vale a pena conhecer o trecho a seguir: *"Entre os estoicos e os outros mestres da filosofia, Sereno, eu diria, não sem razão, que há tanta diferença entre as mulheres e os homens, dado que uns e outros contribuem no mesmo tanto para a vida em sociedade, mas uns teriam nascido para obedecer, outros, para mandar."* (grifei).[206] Aristóteles dizia que *"...as mulheres eram 'monstruosidades' da natureza e pouco mais que animais domesticados."* E, durante a sua vida tratou as mulheres como *"gado".*[207]

Outro fator que também serviu, senão para chamar a atenção, pelo menos continha esse propósito, foi o vestuário das mulheres nos diversos tempos e regiões que, para alguns, tinha o caráter de provocação e de defesa dos interesses feministas, como exaustivamente demonstra Lucy Delap no seu denso e minudente livro.[208]

Chama atenção e até agride o pensamento, os que defendem o contrário a frase de abertura da Introdução, de obra de Marilène Patou-Mathis: *"As mulheres pré-históricas não passavam o tempo varrendo a caverna!"*[209] Pois que, quem ler o ilustrativo livro, saberá que além das atividades domésticas, as mulheres de tal época ainda atuavam em atividades como a de coletora e, algumas, apesar de poucas, eram caçadoras, tal como os homens. Porém, parece que a História vem tendo interesse em lançar uma nuvem de fumaça escura sobre esses fatos, evitando dar a conhecer a capacidade da mulher que, em muitos casos, desde àquela época, ombreia com a do homem. E isso é muito feio, para não se dizer algo mais agressivo. *"Nas sociedades de caçadores-coletores, as mulheres participavam da caça de várias maneiras. Para capturar animais pequenos, elas utilizavam armas contundentes – varas de cavar, porretes e clavas – ou armadilhas – fumigação de tocas, uso de laços." "Na maioria dos casos, as mulheres não utilizavam armas cortantes ou perfurantes...mas havia exceções: entre os indígenas Akuntsu, da Amazônia brasileira, somente mulheres caçavam, uma habilidade que se transmitia de mãe para filha. Em outras sociedades ameríndias, as mulheres acompanhavam os homens à caça e à guerra, como aliás acontecia na Gália com as mulheres sem filhos."*[210]

Não foram poucas as mulheres referidas na mitologia. Dentre outras tantas vezes destacadas, há citações a Medeia, Jocasta, Electra, Clitemnestra, Helena, Olimpia, Andrômaca e Penélope. Além dessas, chegaram ao Olimpo Atena, Hera, Afrodite e Perséfone.

Estudos arqueológicos nem tão distantes dos nossos dias, admitem que nem todos valentes, guerreiros e piratas Vikings eram homens. Mulheres jovens e destemidas também lutaram lado a lado com os homens; o que, todavia, ainda é contestado. Porém, há alguma possibilidade de que armadas, jovens exploradoras e invasoras tenham integrado exércitos majoritariamente formados por homens. De toda sorte, recentemente, cientistas reconstituíram o rosto de uma guerreira enterrada, com ferimentos profundos; o que, de certa forma, possa comprovar que tenha participado de alguma batalha. Milunka Savic, nascida na Sérvia, em alegado ato de compaixão pelo irmão, Milun, cortou os cabelos e apresentou-se ao exército com o nome dele. Combateu contra a Bulgária, nas Guerras Balcãs. Do mesmo modo, participou da Primeira Grande Guerra, atuando no front. Ao falecer, em Belgrado (1973), foi reconhecida como a mulher mais condecorada da história militar. Tômiris Mesageta, liderou o povo Masságetas, em substituição a seu pai, Spargapise, então rei das tribos dos Masságetas. Após conquistar a liderança, demonstrou coragem e lealdade ao seu povo.

Maryléne Patou-Mathi, tantas vezes aqui citada, fecha o círculo dessa vergonhosa história da discriminação da mulher em todos os tempos e lugares, assim se expressando no epílogo da sua obra: *"Desconstruir os argumentos sexistas, mais ideológicos que científicos, é a tarefa que a ainda balbuciante arqueologia de gênero se atribuiu. A porta foi aberta e não se fechará antes que a mulher tenha encontrado seu lugar de direito na história."* [211]

No decorrer do tempo, inúmeras *entidades* foram criadas com o objetivo de dar voz às mulheres. Algumas tiveram vida efêmera e sem sucesso; outras mais, vingaram e obtiveram resultados, pelo menos parcialmente. Mas o importante é que todas contribuíram para que a mulher alcançasse o respeito e a liberdade que hoje tem nos países do Ocidente e parte do Oriente. Mas essa situação que se poderia chamar de flutuante, se alternava em decorrência de lugares e momentos históricos. Exemplo não isolado é o da República Islâmica do Irã, quando, apesar de pretender manter mulheres confinadas no período pós-revolução do final dos anos 1970, a participação delas na vida cultural e, em atividades públicas, inclusive na magistratura, não conseguiu ser estancada. Demais disso, parece que adiante houve um demorado, mas crescente afrouxamento das exigências oriundas do período pós-revolução de 1979.

Essa escassa participação delas em áreas importantes da comunidade, vem apontada no livro de Armin Strohmeyr, que reclama a ausência em obras de filosofia. E o autor justifica essa significativa falta, com a dificuldade que as mulheres tinham de acesso a obras que às instruíssem, tanto como instruíam aos homens. O mesmo escritor ainda diz que se salvaram algumas exceções na Antiguidade, citando Aspásia de Mileto ou Hipátia de Alexandria que, todavia, não deixaram textos escritos.[212] Esta última, que passou a vida como solteira, mas de extrema erudição e grande beleza física, foi filha e discípula do matemático e físico, Teônio. Provavelmente tenha sido a primeira mulher a se interessar pelas ciências exatas. Mulher pagã, há quem afirme ter sido *a primeira mártir feminina da história da filosofia*", por assassinato a que se atribui responsabilidade ao colérico Cirilo, bispo de Alexandria.[213] Todavia, ainda antes de ter sido esquartejada dentro de uma igreja, foi apedrejada por monges e, ao final, teve arrancadas a suas roupas, ficando desnuda e humilhada diante de tantos quanto presenciavam tamanha violência.

Antonius de Butrio (ou Antonio de Butrio), jurista italiano e distinguido professor de Direito em Bolonha, que viveu entre os séculos XIV e XV, chegou ao extremo de admitir que a mulher não fora feita à imagem de Deus; que somente o homem fora feito à imagem e glória de Deus. Que colosso de extremismo! O Direito Canônico, da Igreja Católica, proíbe à mulher de exercer função e ofício espiritual, estando ainda impedida de receber a ordenação. Quanta distinção sobre algo que mais se parece com desrespeito à seres humanos de iguais origens, e que estão sujeitos à iguais proteções dos mantos religiosos. Pergunta-se, de qual poder supremo (divino) foram dotados os homens, que não alcançam às mulheres? Seria Deus seletivo? Seria Pedro, seletivo?

A vitoriosa luta das mulheres por uma independência justa e já tardia, emerge de época em que bastante nelas desfizeram e as machucaram. *Pensadores*, com juízos *tacanhos*, mas com vozes ouvidas, muito nelas desfizeram; como se a sua simples existência os fizesse enorme mal. Em o Romance da Rosa, que data do século XIII, para Jean de Meung, "*...as mulheres não são, de forma alguma, criaturas castas e adoráveis, e sim meretrizes excitadas que não têm nada mais em mente além de satisfazer seu desejo e, assim, corromper moralmente os homens.*" E segue: "'*Toutes estes, sereiz e fustes / De fait ou de volenté putes.*' (Sois, sereis ou fostes todas meretrizes pelas ações ou pelo mero desejo) Com isso, já antecipa o mito literário da 'femme fatale', a mulher fatal, tão aludida na literatura da decadência por volta de 1900 (como em 'Salomé', de Oscar Wilde).*"[214]

Mas Clarissa Pinkola Estés, sobremodo, assim as enaltece: "*Em todas as mulheres, sobretudo quando entram na maturidade, instala-se uma força subterrânea e invisível que se manifesta por meio de comportamentos inesperados, arroubos de energia, intuições perspicazes, ímpetos apaixonados: um impulso arrebatador e inesgotável que as impele obstinadamente ruma à salvação, à construção de toda e qualquer integridade despedaçada. Como uma grande árvore ameaçada pela doença, golpeada pela intempérie, agredida pela fúria do homem, se recusa a morrer e, milagrosamente e com enorme dose de paciência e persistência, continua a nutrir-se através das próprias raízes, restaura-se e renasce para manter o próprio espírito vital de forma a poder gerar novos frutos, aos quais confiará esta herança inestimável.*" [215]

Essas poucas manifestações de mulheres, pelo menos na esteira da filosofia, são distinguidas pelo autor por último citado, no seguinte rol: Heloisa (a apaixonada por Abelardo), Hildegarda de Bingen, Cristina de Pisano, Émilie du Châtelet, Ricarda Huck, Edith Stein, Simone Weil, Hannah Arendt, Simone de Beauvoir e Jane Hersch.[216] A obra em apreço, em razão de ser atual, parece não ter deixado de fora qualquer outra mulher de reconhecida expressão no vasto mundo de escritores sobre filosofia.

Diga-se, que uma das poucas publicações de trabalhos filosóficos é um tratado de Hanmah Arendt, filha de um casal de alemães judeus, em 1960, intitulado originalmente de Vita Activa (*ou Condição Humana*). Destaque ao fato de que manteve relações amorosas com o alemão e seu professor, Matin Heidegger, por cerca de quatro anos, até ter que fugir para os Estados Unidos, quando ele se filiou ao partido nazista, no ano de 1933. A referida filósofa, que não se reconhecia como tal, mas como teórica política, antes de falecer, em 1975, deixou incompleta mais uma obra, A Vida do Espírito, que foi então publicada, parcialmente, em 1978.

Por outro lado, Simone de Beauvoir, dedicada e apaixonada por Sartre, se posiciona, enfaticamente, descortinando situações que sufocavam as mulheres. No seu livro O Segundo Sexo, publicado na primeira metade do século passado, ela aponta o inegável fato de que as mulheres eram mantidas presas a determinações ou convenções do regime patriarcal. Se mantinham submissas a um regime que as impediam de desfrutar de liberdade plena, absoluta. Faltava-lhes o direito à independência, por motivos que são do domínio público. Mas, felizmente, agora estão se libertando das amarras que por tanto tempo as sufocaram. Trancafiadas em casa, a liberdade por elas desejada sempre dependia de um homem: primeiro, o pai; depois, o marido. E, houve algumas que chegaram a ter seus limites impostos por filhos homens, ao enviuvarem.

Mas, seguindo na obra de Simone de Beauvoir, o seu desprendimento, especialmente para a época em que o trabalho foi publicado (1949), não se poupou de abordar temas relativos a condenáveis tabus, como é caso, o da relação lésbica. Ela tocou fundo, diretamente, num tema que interessa de perto à mulher.

Argumentando suposta diferença entre homens e mulheres dentro de um sistema de predomínio do patriarcado, ela diz: "*Evocam-se qualidades e necessidades supostamente 'naturais' de meninas e mulheres, que na verdade são construções, 'mitos da feminilidade'... Essas características não são apenas repassadas às meninas na sua infância ,...mas também aceitas por elas de bom grado...Entre esses mitos estão as chamadas 'qualidades femininas', como modéstia, virtude, timidez, vergonha sexual.*" [217] Seguindo nessa mesma luta, Madeleine L'Engle assim diz em artigo publicado em 1987: "*"Meu papel como feminista não é competir com os homens no mundo deles – isso é fácil demais e, em última análise, improdutivo. Minha missão é viver plenamente como mulher, desfrutando de todo o meu ser e de meu lugar no universo.""*[218]

Ainda no trato com mulheres filósofas, se destacou Edith Stein, que pertenceu ao fechado núcleo religioso do convento das carmelitas descalças. De sua contribuição para a filosofia, se destaca que se mostrava contrária ao uso da expressão *massa*, como conceito destrutivo (pejorativo) da sociedade. Todavia, a despeito da contrariedade dela, o termo ainda vem sendo usado sem restrições ou advertências. Se, eventualmente, fez alguma diferença em seu meio e na sua época (primeira metade do século passado), hoje é utilizado para realmente identificar determinados grupos sociais. E, até para denegri-los.

Marie de Gournay le Jairs, filósofa francesa, também se distinguiu como feminista na distante época marcada pelos séculos XVI e XVII. Em decorrência da morte de sua genitora, já viúva, e residindo em Paris, se obrigou a trabalhar como escritora. Dentre as suas obras, destaca-se o conto O Passeio do Senhor Montaigne, que teve o consentimento do nomeado escritor para ser lançado. Dentre outras obras, aparece Defesa dos Padres Jesuítas, em 1610; o que lhe custou grandes problemas, pois ao defender a Companhia de Jesus logo após o assassinado Henrique IV, se envolveu em ferrenha briga com seus adversários, a ponto de ser rotulada e denunciada como incursa em assuntos políticos – coisa então vedada às mulheres. Em 1622 ela lançou A Igualdade entre os Homens e as Mulheres. Mais alguns excelentes trabalhos a distinguiram como defensora das mulheres.

Outra, ainda, foi Diotina de Manteneia, grega com expressão na Antiguidade, foi filósofa, citada por Platão, que admitiu com ela ter aprendido o quanto conheceu sobre o amor. Sócrates também a contemplou como mulher de destaque entre as filósofas daquela época. Professora, filósofa e sacerdotisa segundo alguns, por volta de 441 a.C. foi convocada a ir a Atenas, para discutir medidas para evitar uma peste em vias de chegar àquela cidade.

Outra é Mary Wollstonecraft, inglesa que viveu no século XVIII. Filósofa, em cujas obras tratou de lutas pela emancipação da mulher, além da busca pela igualdade de condições educativas para ambos os sexos. Em suas atividades como filósofa, destacam-se Pensamentos Sobre a Educação dos Filhos; Uma Reivindicação dos Direitos da Mulher, dentre outros trabalhos. Destacou-se ainda como crítica às ideias de Rousseau em ralação às mulheres, que as colocava em situação de subalternas em suas obras. Contemporânea de Kant, no seu feminismo, acompanhada de Olympe de Gouges, compartilhou da ideia do valor da educação da universalidade de direitos, então exclusivos aos homens. Filha de um déspota que deu fim aos bens da família, aos 19 anos saiu de casa e passou a se sustentar com pequenos ganhos que recebia como empregada doméstica. Vale lembrar que em carta que ela endereçou a Talleyrand-Périgord, antigo bispo de Autun, comuna francesa, ela procura justificar a sua atividade como feminista, dizendo que advogava a sua causa em defesa do seu sexo; não de si mesma.

O rol de mulheres literatas realmente é maior, mas aqui se aponta apenas algumas, não apenas pela importância que tiveram as suas obras em época de tamanha dificuldade para o sexo feminino, mas para igualmente mostrar o quão poucas delas tinham oportunidade para essa atividade. Algumas delas arriscaram a própria vida, por manifestar o que sentiam e não aceitavam sobre o constrangimento a que sujeitavam as mulheres de suas épocas.

Catando em algumas obras literárias e no sempre indispensável Google, não é difícil defrontar com nomes de mulheres feministas brasileiras de nomeada. Veremos, pois, algumas delas:

> - Nísia Floresta Brasileira Augusta, ou simplesmente, Nísia Floresta, como se tornou conhecida, é considerada a primeira educadora feminista do Brasil, além de filósofa. Viveu e pregou os seus princípios, enfrentando as dificuldades impostas em pleno século XIX. Nascida no Rio Grande do Norte, faleceu aos 75 anos de idade (1810-1885), quando morando no Rio de Janeiro. Dentre as suas profícuas

atividades, merece destaque a defesa ao acesso à educação formal para meninas em idade escolar, como meio de futuro ingresso à formação científica. Dado às audazes manifestações para a época, foi considerada uma infratora das normas e convenções então vigentes no período.

- Francisca Sobrinha da Motta Diniz, mineira de nascimento, trabalhou como jornalista e escritora, tendo fundado os semanários, O Sexo Feminino e o Quinze de Novembro do Sexo Feminino, que, dentre outros temas que abordavam, difundiam a lutava pela liberdade do voto às mulheres. É desse tempo e o foi através dela que surgiram umas das primeiras manifestações de caráter feminista no Brasil.

- Bertha Lutz, paulista, nascida no final do século XIX, tendo se destacado quando já em curso o século XX. Filha do médico e cientista de nomeada, Adolfo Lutz, foi uma das participantes de momentos feministas; dentre esses, o que lutava pela concessão do sufrágio das mulheres, no Brasil.

- Rose Maria Muraro, carioca, autora de livros que destacavam o feminismo, especialmente no Brasil. Lutou pela igualdade da mulher no Brasil, tendo sido agraciada pelo Governo Federal, como Patrona do Feminismo no recente ano de 2005. Em seus livros procurou dar ênfase à sexualidade da mulher brasileira.

- Teresa Margarida da Silva Orta, paulista que, no século XVIII se destacou como a primeira romancista brasileira, em cuja obra tratava de política e de defesa da mulher. Também foi a primeira escritora de língua portuguesa. No livro, As Aventuras de Diáfones, assim se expressa, corajosamente, em face da época em que o publicou: *"Não temos a profissão das ciências nem obrigação de sermos sábias; mas também não fizemos voto de sermos ignorantes."*

Essa constante luta por dias melhores e pelo reconhecimento de uma efetiva paridade entre homens e mulheres, trouxe destaque a um verdadeiro universo de defensoras nos diferentes países e momentos. Seria impossível nomear a todas; mesmo, porque as fontes são inesgotáveis. Porém, vale a pena referir nomes de mais algumas, ainda que correndo risco de esquecer ou omitir o nome e a importância de outras que se destacaram nesse trabalho de vanguarda. Assim que, dentre as muitas guerreiras, algumas delas que sofreram punições que as levaram à prisão e outros sofrimentos, inclusive ameaçadas de morte, é bom não esquecer de líderes como Charlotte Perkins Gilmar, Charles Fourier, Pandita Ramabai, Juliete Lanteri, Jessie Boucherett, Betty Friedan, Katherine Lenroot, e a brasileira Bertha Lutz. De toda sorte é importante que se registre que a luta das mulheres na busca do reconhecimento dos seus justos anseios, nem sempre foi pacífica, e não se limitou à comícios e artigos em jornais e outros veículos de comunicação de massa.

Não poucas vezes, ainda que o fosse apenas para atrair a atenção sobre as suas reivindicações, ou mesmo em revide às negativas ao que pleiteavam, a história conta situações de apedrejamentos, incêndios, destruição de bens de valor, como obras de arte e a explosão de bombas em igrejas e prédios públicos. Outras formas, eram a pichação de paredes; a greve de fome; a prática de se acorrentar em monumentos e prédios; tudo com o propósito de atrair a atenção para os seus protestos. Oura tática que vigora nos dias atuais, é a exposição dos seios em atos públicos; especialmente, em passeatas e em palanques. Com os corpos seminus, neles escrevem frases e palavras de ordem.

Mas, segue a luta dos que são contra a emancipação da mulher, ou a igualdade em relação ao homem. Sylvain Maréchal, filósofo, poeta e jornalista que viveu entre os séculos XVIII e XIX (de 1750 a 1803), arrolou uma sequência de atos que, segundo ele (mas não apenas ele), não deveriam alcançar o sexo feminino. Dentre os tantos, vale a pena referir alguns, para exemplo da imagem negativa, voluntariamente dirigida à mulher: que, apenas às cortesãs fosse permitido serem letradas, talentosas e inteligentes: que, as mulheres que se arvorassem a escrever livros, fossem impedidas de ter filhos; que os maridos fossem os únicos livros vivos das suas esposas. Enfim, assim era e, muito disso, ou perto disso, ainda persiste entre nós.

Em pleno século XXI, se sabe de homens que não permitem que suas mulheres estudem e trabalhem fora de casa. Não as autorizam a ter total, ou mesmo, relativa independência financeira. Não as permitem pensar diferentemente deles, sob pena de serem *castigadas*. São impedidas de ir às compras ou ao cinema sem a companhia deles, mesmo que eles não se envergonhem de frequentar casas de prostituição e de terem amantes. E, pior: se algumas delas vier a saber que estão sendo traídas, contra essas impõe-se o silêncio e a comedida aceitação. Mulheres corriam e correm risco de serem assassinadas, se informar à polícia que vêm sendo maltratadas e ameaçadas. Quando isso cessará? Que tempo de *machismo* é esse? Quanta deslealdade de alguém que se intitula chefe de família! Quando esses vilões de terno e gravata, ou mesmo de macacão e botinas vão criar juízo e ter vergonha na cara?

Rousseau, um dos principais filósofos do iluminismo, que dividiu a sua vida entre a Suíça e a França, por incrível que nos possa parecer, afirmava que a mulher não tinha nenhuma inteligência! Possivelmente, sou capaz de pensar que assim pensava, por não ter tido oportunidade de conviver com a sua mãe, de quem se tornou órfão logo ao nascer. É provável que, se tal infortúnio não se tivesse abatido sobre ele, o convívio materno o ensinaria algo bem diferente.

Friederich Engels, criador do marxismo juntamente com Karl Marx, e, tanto quanto este, trouxeram um alento ao tratamento igualitário entre os dois sexos; mas, que, ficaria limitado aos interesses do chamado feminismo socialistas. Há quem sustente que a relação entre o feminismo e o marxismo, se alicerçava no interesse contra a luta de classes, numa sociedade já emancipada. Juntamente com Karl Marx, ele buscava acabar com a opressão a que se sujeitavam as mulheres, entendendo que esse fosse um dos vetores da luta pela emancipação do proletariado. Pois que, em tal época, já grande parte das mulheres participava de atividades produtivas, trabalhando em fábricas e disputando valores semelhantes aos de homens e, inclusive, ocupando muitos dos seus lugares. Assim, sem esse visível reconhecimento, não haveria condições para a libertação do proletariado, como um todo; por completo. Todavia, para muitos, isso tudo tem sua origem no início da Revolução Industrial, pois em tal época, as mulheres encontrando dificuldade para conseguir trabalho, formaram uma nova sociedade, com a qual buscaram resguardo na esquerda. É a partir desse fato, que pouco adiante, como acima foi dito, são acolhidas por Marx e Engels, que as reconheceram com iguais direitos e virtudes que os homens.

De todas, as mulheres belas e as nem tão belas, não poucas vezes serviram de apoio que resultaram nas virtudes de homens que se destacaram na História Universal. Quando falo na beleza das mulheres, evidentemente, que não me dirijo ao trato físico, mas aos sentimentos e outras expressões inerentes à sua composição, como pessoas distintas e incomparáveis aos homens. Enquanto umas se impõem com aparente fragilidade, os outros, com a demonstrada rigidez de ideias e de atos, só em especiais exceções serão capazes de vencê-las perante as intermináveis lutas pela vida. Vaidosos, machistas, só vez que outra confessam ter sido influenciados por mulheres para alcançar o apogeu. Serão capazes de esconder ou mentir sobre os fatos que os levaram à vitória, para não ter que confessar que foram instigados ou estimulados por mulheres.

"*A história das mulheres na filosofia é marcada por numerosos desequilíbrios, dos quais o mais evidente - sua longa, muito longa ausência – tende a esconder os outros. Sabemos, é claro, que, desde a Antiguidade e até o século XX, a sociedade patriarcal europeia reservou o estudo das letras a seus rebentos machos, de modo que principalmente a literatura e a filosofia acabam sendo atividades reservadas aos homens.*" [219]

Passando pelos diferentes níveis pelos quais viveram muitas mulheres, Maureen Murdock assim expõe: "*Houve um tempo em que a mulher assertiva, exigente e determinada era vista como uma megera devoradora (Bette Davis, por exemplo) e a mulher que se queixava da falta de oportunidades era vista como uma chorona passiva.*"[220] Outro aspecto genuinamente feminino ocorre quando no avançar da puberdade a mocinha, ao descobrir a sexualidade e, algumas vezes, a atração física do seu corpo pelos homens, ela se acanha, se envergonha, levando esse constrangimento a um demasiado senso de pudor. Porém, é necessário que esse *estágio* seja tão passageiro quanto possível de evitar que a leve a rejeitar a presença do homem na sua vida. Ela não poderá se julgar suficiente ao viver apenas para si e para as outras mulheres. Ela precisa enxergar com absoluta normalidade que o masculino existe tanto quanto o feminino.

Na luta pela equiparação ou superação do sexo masculino, algumas mulheres procuram romper com o desbotado sistema patriarcal. Paras estas, esse é o ponto de partida; a alavanca que as impulsiona para dentro de um universo que outras acreditam ser intangível. Erram as que pensam de modo diferente. O mundo está aberto para todos e, só não alcança os seus objetivos quem não se esforça para atingi-los. Há mulheres que ainda esposam a ideia de que algumas atividades não existem para elas; são coisas exclusivas de homens. Claro que ao pensar dessa forma, elas expõem traços adquiridos durante alguns milhares de anos. A cultura que guiou as suas vidas, invariavelmente, era definida e exercida por homens, que a tudo criavam e, a quase tudo faziam. Havia coisas que só eles faziam e, também, havia outras coisas que eles impediam que elas fizessem. Ainda é assim, apesar do *laço* já estar mais frouxo.

Apesar dos esforços de várias lideranças feministas no correr dos séculos, nunca faltou quem se opusesse às suas ideias e propósitos. Dentre outros, aprece o filósofo e político francês Pierre-Joseph Proudhon, anarquista do século XIX, que sustentava ideias antifeministas; para quem as mulheres tinham por natureza e, em decorrência do casamento, servirem apenas aos trabalhos domésticos. Mera suposição infundada; sem qualquer alimento científico. Simples proposição pretenciosa e até grosseira. Para ele, se poderia responder com o seguinte pensamento: tapar a boca de alguém não silencia a sua alma; não é porque o céu está nublado, que a estrelas morreram.

A inacabada e vibrante luta das mulheres por um lugar

melhor, senão, igualitário no meio em que vivem, já atravessou várias fases nos diferentes países e épocas. E, com toda certeza continuará a trepidar como o rufo de um tambor, enquanto não atingidas as suas metas. Mas não se pode negar que o trabalho tenha sido proveitoso, porque avançou em alguns termos. Essa busca por uma liberdade que lhes foi frustrada por muito tempo, parece que só cessará quando alcançado o desejado objetivo – nem mais, nem menos do que é concedido aos homens; apenas, tanto quanto. Essa liberdade, que se vem mostrando em vários aspectos, também alcançou a forma de vestir. Desde a proibição do uso de calças compridas, ao estilo usadas pelos homens, sem autorização, até a substituição dos incômodos vestidos *vitorianos*, de cinturas apertadas e anáguas, pelos atuais trajes leves e cômodos; variados e a preços convidativos. Em época não distante, por volta dos anos 1960, algumas escolas públicas brasileiras ainda não permitiam que alunas adultas, de turnos da noite, frequentassem o colégio usando calças compridas (*eslaques*). Para se ater em alguns exageros, vale dizer que no início do século XX, a legislação japonesa decretou a proibição de as mulheres usarem *cabelos curtos*. Todavia, apesar da absurda proibição assinada pelo imperador Meiji (que, apesar disso tornou o Japão uma das potências capitalistas), o cabelo curto adotado por mulheres ganhou outros espaços no período entre guerras.

Hoje, a exibição de joias, semijoias e outros adereços é vista na cozinha, nos escritórios e nas ruas, sem causar espanto, curiosidade ou contrariedade de quem quer que seja. Tudo se tornou normal e corriqueiro, deixando o maior destaque para aquelas que sabem combinar modelos, cores e outros quesitos. Atualmente, a moda feminina muda a cada estação do ano; ou em período menor do que esse.

Voltando à Antiguidade já antes falada, prefaciando o livro que organizou, Maxime Rovere preleciona: "*Acima de tudo, para além do destaque dado às figuras heroificadas e apresentadas segundo os códigos da historiográfica masculina, as futuras gerações deverão abordar as contribuições femininas para a história intelectual de uma maneira profundamente diferente. Ao estudar as redes, em vez das autoras, ao pôr em evidência a circulação de ideias, em vez de superestimar as obras, ao recolocar o ato de escrever no contexto mais amplo de todas as maneiras de viver e de pensar filosoficamente, as mulheres e os homens letrados do século XXI terão a chance de dar à história um aspecto diferente do que ela tem hoje.*"[221]

Mas as mulheres vêm tomando iniciativas que as têm levado a *extirpar* condições que a elas continuam sendo impostas; vêm rompendo com as carcomidas algemas criadas por uma sociedade em desequilíbrio, para chegarem, não ao topo da desigualdade, mas à mesma grandeza. Exemplo disso foi o de Leila Diniz, que foi um dos ícones da liberdade das mulheres na segunda metade do século passado.

Exagerada, ou nem tanto *cravada* é a expressão dita por Maureen Murdock: "*O corpo das mulheres é de domínio público, como se evidencia claramente no momento atual, dado todo o furor sobre a questão do aborto. Todos têm uma opinião sobre o que uma mulher deve fazer ou não como o próprio corpo.*"[222] Por isso e o que mais se vem observando, se pergunta ainda por que diabos nesse desequilíbrio entre o sexo masculino e o feminino, a mulher tende a se manter na parte de baixo da *gangorra*? Ora, se bastaria apontar o seu papel como principal partícipe na criação humana – na gestação, no parto e na criação – para se reconhecer que o seu lugar não poderia ficar na parte inferior do brinquedo que ilustra a metáfora. Porém, lamentavelmente, parece ter sido posta de *castigo* na parte de baixo e, dela se exigindo enorme esforço para que a outra parte (o homem) se mantenha no alto.

De outro lado, para ser feminista a mulher não precisará expurgar do seu meio à aversão ao macho, porque ele é tão importante quanto a fêmea. Correto e bem mais lógico é que ambos saibam conviver; desde que cada um se mantenha dentro do seu quadrado e fazendo a sua parte, com atenta exclusividade e plena harmonia entra os dois polos. A mulher, para vencer, não precisará *matar* o homem; tal como parece ele ter feito para se manter no topo da montanha. Esse é o aprendizado que, no caso, não deverá vir de cima. Pois que, se aprendermos as coisas erradas, tendemos a errar. Com melhor razão se poderia dizer que ela precisará entender a sua função dentro do seu mundo (da sociedade) e, aceitar a convivência como o outro sexo; passivamente. Inclui-se nessa ideia, ela ter que afastar o velho dito, de que a mulher completa o homem. Nada disso: ambos se completam naquilo que não é próprio de cada um; de sua origem. No casamento, se ela já tem consciência da igualdade de forças entre os sexos ou, pelo menos, que cada qual complementa cada um na vida a dois, ela precisará descer, antes de chegar ao altar, da ideia de que casará com um homem que passará a substituir o seu pai que a amparou nas dificuldades e nos seus azares; que o seu marido nunca será mais do que um homem que não se pode confundir com algo divino e superior; que ele não é e nunca será  algo maior nem menor do que ela; que sendo diferentes, sempre serão equivalentes. E, que, vestida de branco ou outra qualquer cor, com véu ou sem véu, ela nunca será algo de divino a ser sonhado como tal pelo seu amado consorte.

De mais a mais, ela precisará saber como conquistar o mundo, sem precisar desfazer nele (no seu ou em qualquer homem); pois cada vez que ela invocar como sua desgraça a participação dele, ela dá um passo para atrás. Deixará de vencer pelas suas forças ao se enraivecer olhando para ele; isto é, olhando para a retaguarda.

As dificuldades por elas encontradas durante o patriarcalismo foram de notório conhecimento. Senão, vejamos: *"O patriarcalismo (que existe desde os hebreus e dos gregos) tornou-se, historicamente um poderoso instrumento ideológico de subjugação das mulheres em todas as áreas da vida social."*[223] Assim, se torna fácil entender que, durante a rigorosa vigência do patriarcado, inclusive na filosofia, não era permitida a participação da mulher em assuntos *considerados exclusivos* aos homens. De sorte que, aquela que infringisse à regra era ridicularizada e considerada prostituta ou mundana, por exercer ou praticar atos então tidos como exclusivos ao sexo forte, ao *másculo*.

Como já foi explicitado anteriormente, Aristóteles, a seu tempo, incorreu no imperdoável pecado de entender que a mulher dotada de inteligência, por certo que contrariava à Natureza e, que, as suas *insuficiências ou fraquezas* eram oriundas da sua natureza. Chegou ao triste e equivocado pensar de que a fêmea devesse ser um macho mutilado. Se tal era aceito e dito por um filósofo da sua estatura, o que se pensar do homem comum, em época tão distante e, de uma civilização que não dava chances ao estudo, pesquisa e confrontação de pensamentos e ideias. Por seu turno, Sócrates tinha tal aversão às mulheres que, por ato *caprichoso* e reprovável, determinou que elas se retirassem do recinto no qual se envenenaria com o uso de cicuta, dando fim a sua vida.

Roxane Gay, faz algumas advertências às próprias mulheres: *"Não destrua outras mulheres, porque mesmo que elas não sejam suas amigas, elas são mulheres; e isso é muito importante. Não quer dizer que você não possa criticar outras mulheres, mas compreenda a diferença entre criticar e demolir cruelmente." "Se você acha que é difícil ser amiga de mulheres, considere que talvez as mulheres não sejam o problema. Talvez seja você."*

*"ABANDONE O MITO CULTURAL de que as amizades femininas devem ser desagradáveis, tóxicas e competitivas. Esse mito é como saltos altos e bolsas – lindos, mas projetados para ATRASAR as mulheres."* [224]

Demais disso, não se deve fincar pé no propósito de algumas feministas mais arretadas, que entendem que para as mulheres virem à tona, terão que levar os homens ao afogamento. Isso não é necessário; não precisarão dar um *caldo* nos homens, para que possam se manter na superfície. Há espaço para todos nesse imenso oceano, quase que sem limites. Esse quase infinito mar, não deixará de lançar as suas ondas na praia, pelo simples fato delas passarem a surfar em ondas antes exclusivas aos homens. De toda sorte, é importante gizar que as mulheres vêm ocupando cada vez mais espaços antes *impróprios* para elas.

Hoje se vê, sem descaso à outras atividades antes exclusivas para os homens, mulheres dirigindo pesados caminhos e ônibus, composições do metrô, Airbus e Boeing. Já estão presentes nas atividades policiais (civil e militar) e nas Forças Armadas. O número delas na magistratura e no Ministério Público, em número, nada fica a dever aos homens. Na medicina isso já é recorrente, sem que esqueçamos que já temos bombeiras civis e militares, enfrentando iminente perigo e salvando vidas – o que até pouco tempo atrás era obra exclusiva de homens. E por falar em obra, elas também ganharam espaços na construção civil e na metalurgia. Então, estão mostrando que valem bastante mais do que alguns homens imaginavam e elas mesmas não acreditavam. Ainda levam de rasteira em relação aos homens, pertencerem ao exclusivo sexo capaz de dar à luz a outra pessoa.

Mas todo esse progresso feminino se aloja quase que exclusivamente no lado de cá. Muito ou tudo ainda falta para as mulheres que escondem o rosto atrás de burcas e tapam as pernas até os tornozelos. Para essas, realmente ainda falta tudo; porque até hoje nada têm, que não seja o braço rijo de um homem para várias delas. Houve época em que aqui, enquanto o homem poderia *provar* tantas mulheres quanto desejasse, a mulher que fosse deflorada antes de se casar era malfalada e até desmoralizada. E o homem que viesse se casar com mulher deflorada por outro, também era atingido pela má-fama. Veja-se, que a legislação brasileira até pouco tempo, admitia como condição para o homem pleitear a anulação do casamento, o fato de vir a saber que, só ao se casar, constatará que a sua noiva não era mais virgem. Que, por certo, ele teria sido levado por ela a imperdoável engano. De tal sorte que, diante disso, o casamento já se iniciava marcado pela falta de sinceridade, ou franqueza dela para com ele.

Mary Wollstonecraft, finca pé no que se vem procurando demonstrar desde páginas atrás: *"Desde a infância diz-se às mulheres, e elas aprendem pelo exemplo das mães, que um pouco de conhecimento da fraqueza humana, uma espécie de astúcia, um temperamento suave, uma obediência 'exterior' e uma atenção escrupulosa a um conceito pueril de decoro farão com que elas obtenham a proteção do homem e, se forem belas, todo o resto é desnecessário por, pelo menos, vinte anos de sua vida." "É assim que John Milton descreve nossa primeira e frágil mãe; contudo, quando ele diz que as mulheres são feitas para a suavidade e a graça doce e atraente, não consigo entender a que se refere a menos que, no verdadeiro sentido maometano, ele pretenda privar-nos de alma e insinuar que somos seres concebidos apenas para a graça doce e atraente e a obediência dócil e cega destinadas a satisfazer os sentidos do homem, quando ele não mais voar nas asas da contemplação."* [225] E, eu então concluo: a que ponto de submissão elas foram aconselhadas a se sujeitar aos *seus* homens!?

Nem mesmo a distinção tida como da *natureza* entre o homem e a mulher (natureza assexuada ou sexo natural, conforme Judith Butler), garante a existência de fundamentos ou mesmo meros motivos que, a partir de tal desigualdade se possa apontar alguma supremacia do masculino sobre o feminino; então, do homem sobre a mulher. A questão que vem debatida na obra de Seyla Benhabib e outras filósofas, também não aponta com plena segurança essa superioridade tão discutida desde priscas épocas. Judith Butler, acima referida, nos aponta situações e circunstâncias que forçam a dificuldade em obter unicidade em grupos que poderiam buscar um interesse comum, exclusivo e, sem *facciosidade*, para empregar o termo por ela escolhido. Diz ela: *"Nos anos 1980, o 'nós' feminista foi corretamente atacado por mulheres de cor, alegando que o 'nós' era invariavelmente branco e que esse 'nós' que deveria solidificar o movimento era a própria fonte de uma dolorosa facciosidade. O esforço em caracterizar uma especificidade feminina pelo recurso da maternidade, seja ela biológica ou social, produziu uma facciosidade similar e até mesmo uma rejeição total do feminismo. Pois é evidente nem todas as mulheres são mães; algumas não podem ser, outras são muito jovens ou muito velhas para tal, algumas fazem outras escolhas, e para algumas que são mães, esse não é necessariamente o ponto de partida de sua politização no feminismo."* [226]

Drucilla Colrnell, depois de debater sobre outra "forma" de feminismo, assim se manifesta: *"Há uma segunda moralização, mais sutil, que talvez seja ainda mais corrosiva da solidariedade feminista. Essa forma de moralização envolve a separação, realizada pelas próprias feministas, entre um feminismo moderado, comprometido com um programa de reforma razoável, e o feminismo 'selvagem', que parece deixar incontestadas apenas poucas das nossas práticas institucionais básicas. Esse tipo de moralização pode ser encontrado na desassociação de algumas feministas da luta por cidadania igualitária para gays e lésbicas. Como concordo com Judith Butler sobre o modo com que se ganha um 'sexo', é um erro tanto teórico quanto ético tentar separar o gênero da matriz da heterossexualidade (Butler, 1993 a)"*[227].

Com efeito, ainda que sem desfavor ao que justamente defendem as lésbicas, gays e +++, se as feministas se afastarem dos originais propósitos de busca pelos seus direitos, ao diversificarem os pleitos e, se afiliarem a grupos que reclamam por interesses sem sincronia com os delas, sem dúvida que enfraquecerão e, possivelmente, confundirão as principais e exclusivas causas que agasalham. Ainda poderá vir a acontecer, que alguém de dentro ou de fora desse caleidoscópio sexual, se confunda de tal modo, que nem mais saiba a qual dos grupos realmente pertence, ou para qual torce.

É recorrente a assertiva de que a diversidade de pleitos, pode levar a debilitar o propósito maior e central de qualquer ação. Demais disso, em tal caso não se estará tratando de tema correlato ao Feminismo – que aqui vem grafado com letra maiúscula para ter a importância que enseja dentro do texto -, mas dele certamente que distinto. Se torna imperioso grifar que, ao se fazerem reivindicações parciais que possam concorrer com o interesse universal, poderá se levar esse último objeto a subsumir-se por debaixo do outro. É importante evitar o embaralhamento de coisas que precisam se manter distintas. A indefinida e confusa "mistura" de propósitos, poderá levar ao prejuízo de interesses de umas e de outros; o que poderá resultar em retardamentos imprevisíveis, com a possibilidade de perda de valores adredemente conquistados. Por isso, é recomendado que "todas" – feministas, femininas ou, simplesmente mulheres que lutam por alguma coisa que lhes é comum, entendam de modo seguro e perene o que querem e, contra quem ou o que lutam. Qualquer desvio que se proponha vir a ser aquecido dentro desse mesmo pulsante sangue, ou, qualquer "escapada" do grupo em favor de interesses outros, resultará no enfraquecimento das suas forças e até no declínio de alguns degraus já conquistados.

Mas nesse verdadeiro leque de varetas com plumagens multicoloridas, sempre haverá lugar para alguém que respeite e compartilhe dos seus interesses e propósitos; e, sem prejuízo às feministas, pois qualquer delas poderá integrar esse distinto grupo; todavia, sem o emblema ou o nome que dão à sua bandeira. Questão outra, ainda dentro do mesmo enfoque, pode ser assim exemplificado: numa batalha, àquele que emprestar parte do seu potencial bélico para socorrer a seu vizinho que se vê invadido pelo inimigo comum, com certeza que estará enfraquecendo as suas fronteiras, com iminente risco de vir a perder o conflito que lhe poderia ser favorável.

Realmente, esses grupos de defesa de interesses comuns, devem cercar-se de um pragmatismo capaz de evitar a intromissão de temas alheios aos seus propósitos, ou de desviar-se do seu norte, porque atraídos por objetivos a eles estranhos. É necessário saberem que há uma crescente multiplicidade de ações que se alimentam umas nas outras, mas todas direcionadas à mesma autoridade (pública ou privada) e à sociedade. Estas, realmente podem se tornar incapazes de assimilar tão grande número de *pleitos* díspares. Por esse motivo; ou por mais esse motivo, se tem visto recomendações de que os *petitórios* devam ser deduzidos da forma mais uníssona e objetiva possível. Há necessidade de que cada grupo que se empenha na busca de determinado resultado, saiba descartar tudo quanto lhe for estranho; desinteressante; e, quiçá, prejudicial para obter o mais fácil acesso ao que pretende. Assim que, expostos todos os argumentos que julgarem necessários e indispensáveis ao reconhecimento do pleito, sem excessos, mas, numa racional síntese expositiva; tudo se tornará mais compreendido por parte de quem pretendam que ouça os seus clamores.

Atualmente, enquanto alguns lutam contra a mudança de sistemas políticos e ideológicos, outros tantos ainda têm que lutar, não pela derrubada de um sistema machista, mas por um sistema de igualdade de direitos e de ações a ambos os sexos. De toda sorte se pode asseverar que o tema relativo ao feminismo e às feministas é quase tão inesgotável, complexo e convidativo quanto a sua demorada existência. Veja-se, pois, o que já existia no distante século XVIII: "*Os costumes de algumas nações segregam mulheres de todo convívio social, e os de outras fazem delas uma parte tão essencial da sociedade e da conversação que, exceto nas transações comerciais, o sexo masculino, isoladamente, é considerado quase totalmente incapaz de conversas e entretenimentos mútuos. Como essa é a diferença mais importante que pode ocorrer na vida privada, deve também produzir a maior variação em nossos sentimentos morais.*" [228]

* * *

Apesar de Maristela, por mera curiosidade, ter bisbilhotada n'alguns outros livros que tratavam de prostituição, sentiu repulsa ao ler mais algumas páginas daquele título sempre escolhido pelo mesmo frequentador da biblioteca. Isso a levou a dele não gostar e não mais o querer continuar lendo. Não se tratava de leitura que a atraísse, ainda mais, porque, deixara de acreditar na versão defendida pelo autor que, além de historiador, parecia ser um defensor da prostituição. Pareceu-lhe ser uma leitura muito pesada e contrária ao que aprendera em casa e na escola, quando ainda morando em Porto Alegre. Chegou a pensar que o autor pudesse ser algum explorador de mulheres; dono de casa de prostituição; um aliciador de mulheres; ou, um cafetão ou gigolô. Matuta, ao terminar de folhar a obra, olhou bem ao seu redor, para ver se alguém a teria visto lendo sobre tamanha sem-vergonhice.

Porém, com certeza o conteúdo daquele bom livro; a bela história que ele contava, não estava à altura daquela mulher que, apesar de ser originária duma metrópole e ter formação universitária, tinha recebido criação assemelhada a transmitida a uma menina do mais campeiro interior. A vida ainda teria muito a lhe ensinar, para poder ler uma obra daquela qualidade, com a isenção esperada pelo seu autor. Maristela ainda não teria se desvestido da roupagem que a sua família a teria obrigado usar, para poder aceitar algo que fosse adiante do tão pouco que aprendera sobre a vida. Precisaria se despir de preconceitos que não a levariam a crescer como pessoa. Ela necessitaria soltar um pouco os seus freios morais, para poder aprender o que mais o mundo tem para oferecer e, o que o mundo, dela iria exigir-lhe. Ela ainda não sabia que fora da sua bolha de ar comprimido, muita coisa teria que saber, senão para aceitar, pelo menos para optar.

Passados mais alguns dias, ela notou que o homem sempre que podia a olhava firmemente. Mais do que mera observação, ele aparentava querer flertar com ela; mas ela evitava corresponder ao seu apelo, desviando o olhar sempre que possível. Todavia, parecia haver uma espécie de tentação involuntária, possivelmente por curiosidade, que a levava a olhá-lo vez que outra, e o via olhando para onde ela estava. Com o tempo, conseguiram falar um pouco mais além de meros cumprimentos e troca de informações e, num certo dia ele a convidou para tomar um lanche num bar que ficava na esquina do prédio onde ela trabalhava. No início ela vacilou, porque achou que um homem que gostava de uma leitura tão profana, com certeza não lhe serviria de companhia.

Pouco depois, melhor pensando e, querendo conhecer alguém com que pudesse conversar um pouco, concordou. Como para ela aquele homem já se parecia um pouco íntimo e não mostrava traços aparentes de perigo, aceitou o convite. Demais disso, entendeu que o juízo que fizera sobre um livro, do qual ela teria lido apenas algumas páginas, não poderia ser motivo para rejeitar o convite.

No final do expediente ele a esperou na saída do edifício, e juntos foram até o bar. Caminharam pouco mais de meia quadra e se sentaram numa das mesas. Era um lugar bastante frequentado pelo pessoal da Fundação, parecendo tratar-se de local recomendado. Ao passar por ali diariamente, ela já vinha observando o lugar que sempre tivera vontade de entrar para tomar um lanche; porém, não arriscava gastar o seu contado dinheirinho. Ele propôs pedirem uma pizza, cujos sabores ela escolheria. Para beber, ele pediu um suco de frutas e sugeriu que ela também fizesse igual pedido. Disse que as frutas alimentavam bem mais e não fariam mal como os refrigerantes. Como ainda não se tinham apresentado, ele tomou a iniciativa de dizer o seu nome: Pedro Ernesto. Ela então disse o seu, Maristela, e reciprocamente disseram: muito prazer. Estavam, pois, protocolarmente apresentados.

Depois de saborear a pizza e conversar sobre amenidades, parecia nada mais desejar saber um do outro. Tanto que nada por ela fora perguntado sobre as atividades dele, nem ele a perguntar, sequer onde ela morava e o que mais fazia, além de trabalhar na biblioteca. De qualquer sorte, pelo visto o interesse dele se restringia à beleza física dela que, sem dúvidas era uma mulher muito linda, apesar de modestamente vestida e sem o uso de qualquer cosmético. Nem mesmo batom ela vinha usando desde que chegara ao Rio de Janeiro. De qualquer sorte, em razão do sotaque gauchesco, ele ficou sabendo que era originária do Rio Grande do Sul.

Ao final do agradável encontro, ele a ofereceu carona para casa, caso ela não tivesse automóvel. Mas em razão da necessária falta de confiança em pessoa que acabara de conhecer e, constrangida de dizer que morava numa pensão em zona tão pouco valorizada, agradeceu e disse que esperaria o ônibus numa parada bem próxima do bar. O recato que ainda trazia da sua vida no Sul, por certo que não a permitiria aceitar carona no carro de um homem que recentemente começava a conhecer. De todo modo, viajando em ônibus urbano, ela já teria experimentado todo tipo de constrangimento e amargura. Bonita e, apesar de não bem-vestida, atraia a atenção e o desejo de quem a visse. Não poucas vezes, já tinha sido assediada por algum vagabundo, que além de verbalizar algumas piadas mal-intencionadas, especialmente quando viajava em pé nos horários de pico, já vinha perdendo a conta das bolinadas que levava. Mas, nada poderia fazer, que não aguardar que a viagem terminasse e, que, ao descer do coletivo, não fosse seguida pelo vadio. Isso era coisa que, pelo que fora informada pelas colegas de trabalho, era bastante comum na cidade.

No dia seguinte ele não compareceu na biblioteca, contrariando o que ela esperava que acontecesse. Não se sabe se por estratégia dele, ou por qualquer outro motivo, ele só voltou à biblioteca da FGV dois dias depois. Cumprimentou-a com simpatia e foi correspondido com igual alegria. Pediu o mesmo livro e o levou para uma das mesas, onde se manteve bom tempo, agora o manuseando, embora muitas vezes flertando com ela. O interesse nele, já havia transpirado nela, que o via como um homem bonito, possivelmente sem problemas financeiros e, cavalheiro. Passado algum bom tempo, ao devolver o livro a convidou para tornarem e se encontrar na saída do expediente; com o que ela concordou. Não bastasse estar um pouco interessada nele, nada teria a perder em conversar na saída do expediente, ou quem sabe, ainda saborear um lanche antes de recolher-se na pensão.

A relação entre eles foi-se desenvolvendo com espontaneidade de lado a lado. Os sucessivos encontros, já nem precisariam ser previamente combinados, porque duas ou três vezes por semana ele a esperava na saída do expediente para algum curto passeio ou para saborear um lanche. Em razão disso, ela foi adquirindo cada vez maior confiança nele.

Vivendo sozinha numa cidade grande e não tendo mais com quem falar além dos poucos colegas de curso e da biblioteca, Pedro Ernesto passara de um mero companheiro para se tornar seu confidente e conselheiro. Não havia namoro entre eles, apenas um relacionamento amistoso, mas ela começava a depender um pouco dele, enquanto ele, parecia que a tinha apenas como companheira. Certo dia ela perguntou-lhe o nome completo e ele respondeu:

- Pedro Ernesto Ruas Barcellos e nada mais do que isso. Quer saber o número do meu CPF? Gracejou.

- Que nada, apenas queria saber o teu nome completo, pois já nos falamos há tanto tempo e esse *item* eu desconhecia.

Com a intimidade crescente entre eles, ela um dia resolveu dizer-lhe onde morava. Ainda que um pouco constrangida em razão da grande diferença financeira e social entre eles, permitiu que ele a levasse até a porta do velho sobrado. Para evitar maior desapontamento de parte dela, ele sequer olhou para o prédio, apenas beijou-a no rosto e abriu a porta do carro para que descesse. Desse dia em diante ele passou a deixá-la em casa ao final dos encontros.

A razoável dependência dela por ele não era financeira, porém emocional, para não dizer existencial. Mulher inexperiente e constantemente assustada com o mundo que a cercava – desde a crescente falta de dinheiro para sobreviver até o medo de ser assaltada ou de sofrer algo pior do que isso -, nele encontrava apoio. Era a única pessoa que, segundo imaginava, seria capaz de aliviar as suas tensões emocionais. Era o porto seguro que ela tanto precisava ter.

Certa tarde, Pedro Ernesto a convidou para que, na saída da biblioteca fossem tomar um drinque num outro bar da redondeza. Seria oportunidade para ainda melhor se conhecerem. Lá chegando, ele propôs que ela provasse um coquetel de frutas – especialidade da casa -, com o que Maristela concordou, apesar de advertida de que era um drinque; isto é, continha bebida alcóolica. Ao chegar a bebida na mesa, antes do primeiro gole ela cheirou e, ao que pareceu, gostou. A bebida bem gelada, era servida numa taça alta, contendo suco de variadas frutas e aguardente. A borda do recipiente vinha *lambuzada* com açúcar refinado; o que o adoçava ainda mais. Completava o aperitivo, uma rodela de laranja em um espetinho, ou *e*spátula de vidro colorido para misturar o conteúdo. Tudo tão bonito, elegante, gostoso e convidativo. Ali ficaram por bom tempo, enquanto conversavam sobre diversos assuntos. Não é demais dizer, que, depois da metade da primeira taça, ela já estava enrolando a língua, de tão desequilibrada que teria ficado ao beber algo que nunca teria experimentado. Aliás, Maristela nunca teria ingerido bebida alcóolica, por máxima exigência da sua família.

\* \* \*

O contrato para trabalhar na biblioteca era por improrrogáveis seis meses. De modo que, vencido o prazo fatal ela deixaria de receber o valor daquela bolsa, reduzindo o seu ganho mensal em importância menor do que o salário-mínimo, mas que precisava para atender aos seus compromissos. Quando o contrato entrara no seu último mês de vigência, ela teve a sorte de saber que poderia ser contratada como empregada da Fundação, para trabalhar no mesmo lugar, mas possivelmente noutra função. O salário seria maior e ainda teria direito a todas as vantagens do trabalhador regido pela CLT (Consolidação das Leis do Trabalho). Dentre elas, vale-alimentação e vale-transporte. Com isso, resolveria em parte a sua crescente angústia.

Porém, como nem tudo chegaria a ela com facilidade, foi-lhe informado que trabalharia em turno integral; isto é, pela manhã e pela tarde; o que não a permitiria continuar estudando. Não bastasse não poder continuar frequentando o curso para o qual teria ido para o Rio de Janeiro, por esse mesmo motivo ela perderia a bolsa de estudos paga pela instituição federal ligada à área do Ensino. Daí em diante, tudo seria uma questão meramente aritmética, para não dizer econômica. Ou, não receberia o salário a ser pago para trabalhar na biblioteca, com a vantagem de poder seguir com os seus estudos; ou, assinaria o contrato de trabalho e abandonaria o curso de pós-graduação, com a redução do valor pago a título de bolsa de estudos. Essa angústia trouxe-lhe demorada dor de cabeça, possivelmente uma enxaqueca, que nela se instalava quando ficava nervosa.

Durante esse tempo em que já estava no Rio, constantemente se mantinha a procura de emprego como administradora de empresa;

afinal, essa era a sua profissão. No entanto, encontrava dificuldade pelo fato de não comprovar ter experiência como administradora. Nunca teria trabalhado como tal, em qualquer lugar; nunca teria participado da administração de qualquer empresa - o que lhe exigiam nas entrevistas e não constava do seu currículo.

Dentre as espremidas opções avaliou que, com o cancelamento da bolsa fornecida pela biblioteca, ficaria ainda mais sufocada se tivesse que viver apenas com a bolsa de estudos fornecida pelo governo federal. Então, preferiu aceitar o emprego, com a esperança de mais adiante, se lhe fosse possível, voltar a estudar.

Porém, o contrato de trabalho também era por prazo determinado; isto é, por 1 ano e sem chance de prorrogação. Acuada por certo desespero, tentou voltar para a casa dos pais. Para isso pediu a intermediação de Marcela. Mas seu Sérgio foi lacônico: disse que filha dele que saíra de casa para morar noutra cidade, ali não mais retornaria. Que o problema seria exclusivamente dela. Que deveria ter pensado antes e ouvido os seus conselhos e os da sua mãe. Que a sua volta macularia o honrado nome da família. No seu pior desabafo, arrematou a ofensa, dizendo que isso comprovava que o sangue que corria nas veias dela não era o mesmo que pulsava nas suas e nas da sua esposa.

Sabendo dessas injúrias, Maristela caiu em pranto no quarto da pensão. Muito embora Marcela tivesse tido a intenção de apenas mostrar a maldade estampada no sentimento e nas palavras do injurioso pai, poderia ter evitado tal sofrimento à irmã, não repetindo de forma literal e enfática o que tinha verbalizado o infeliz e grosseiro pai. Marcela até pensou numa verdade que mantinha guardada na sua memória: *Quem pariu Matheus, que o embale.* Porém, também sabia que seu Sérgio jamais pactuaria com esse pensamento. Por sorte, ainda pensou: eu e minha irmã conseguimos nos desprender dos elos que nos prendiam a pessoas tão incrivelmente desumanas. Ela, do nosso intolerante pai e, eu, dele e de Anselmo, que ainda é pior do que os dois juntos. Embora arrependida por ter sido tão direta e explícita, Marcela nada mais poderia fazer para consertar o seu lamentável e inoportuno erro. Ainda que tentando acalmar à irmã com alguns conselhos e argumentos que a pudessem consolar, não conseguiu transmitir-lhe, nem aquela, assimilar o afago que naquele infeliz momento desejava. Já tendo dito o que não precisava ser de modo tão manifesto, nada mais poderia fazer. Preferiu nada mais tentar emendar, pensando que correria o risco de piorar a situação já bastante aflitiva. Mesmo que aflita e indecisa, por si só Maristela resolveu o problema pelo modo que entendeu ser o menos gravoso e o mais imediato. Trancou a matrícula na FGV; o que resultou no automático cancelamento da bolsa de estudos. Depois de tudo resolvido, contou a Pedro Ernesto a dificuldade financeira que a afetava e a decisão que tomara.

* * *

A conversa entre eles fora demorada, mas sempre lubrificada com alguns conselhos de um homem experiente. Em meio à conversa, ele contou-lhe algumas das suas façanhas, que ela nem saberia dizer se seriam verdadeiras. Mas foram capazes de aliviar a tristeza que a amargurava por ter que trancar o curso, para o qual já teria feito tanto sacrifício.

Usando de algumas metáforas, ele disse que para vencer na vida nem sempre basta ter-se capacidade ou habilidade para uma ou várias atividades. Não são poucos os casos de pessoas que só mediante a ajuda de alguém distinguido, de relevo no meio empresarial ou político, serão suscetíveis de alcançar o sucesso. São pessoas absolutamente capazes, com excelente currículo e comprovação de demorada experiência, mas que só com o apoio ou a indicação de alguém influente serão capazes de alcançar a meta desejada. Que, esse empurrãozinho inicial muitas vezes se faz necessário para acelerar o alcance ao sucesso. Que, exemplo dessa assertiva estava no fato dele ter vencido profissionalmente.

Se dizendo ser microempresário, afirmou que foi através da sua aproximação a pessoas influentes que conseguira expandir os seus negócios. Que sempre soubera manter-se em meio a homens e mulheres poderosos, para com eles ter acesso a bons negócios e poder participar da estreita confraria composta por banqueiros, industriais, armadores, proprietários de multinacionais e milionários que aplicam suas fortunas em mercados internacionais. Sustentava que o dinheiro também pode transformar o homem numa força mística, com a qual, só poucos sabem lidar sem ferir a sua personalidade.

Apesar de respeitador, Pedro Ernesto tinha um voraz apetite sexual. Porém, sabidamente, não era um libertino e, bem sabia escolher as suas companhias e lugares para o dia e a noite. Ainda que nunca tivesse amado, tal como ocorre com a maioria dos casais, sabia que o amor não se pode forçar, ele brota ao natural; ou, não brota.

Pedro Ernesto, todavia, apesar de só ter passado a usufruir da fortuna quando já era adulto, nunca se deixou levar por sentimentos de egoísmo e de extravagâncias. Sempre apreciou e deu valor ao dinheiro, sem ele desprezar e sem a ele subjugar-se. Sabia o que tinha e como usar sem constranger a ninguém. Ao usar algumas joias caras em lugares especiais que tal recomendavam, sabia medir a importância desses complementos, porque desde cedo aprendera que, quando uma pessoa procura distinguir-se pelos bens que ostenta, corre o risco de aparecer menos do que os seus artefatos. Para ele, era como se colocar num valioso vaso belas e coloridas flores, que poderão levar a que elas se destaquem mais do que a também bela e conservada antiguidade. E, quando sobre isso comentava, dizia não ser raro em mulheres que, se sabendo não muito belas e atrativas, exageram nos adereços e nas maquiagens, a ponto de darem maior destaque aos acessórios do que a si mesmas.

De toda sorte, em razão do seu contido uso de adereços em ouro, jamais poderia ser comparado ao rei Midas, que era obcecado pelo nobre metal. Ao ser paparicado por uma procissão de puxa-sacos, se lembrava da lição que aprendera de Boécio: "*Aqueles que são festejados injustamente devem certamente enrubescer ao ouvir os elogios que lhe são feitos.*"[229] Mas, ele costumava dar um descanso ao peso da consciência, com o convencimento de que o que fazia de modo a lhe granjear elogios, era parte da sua arte como profissional que só com a inteligência e a ousadia que lhe eram peculiares. Esse era o seu trunfo; esse era o seu triunfo. Sabia que também conseguia se manter por todo tempo fora do eixo da legalidade, sem ser punido. Porém, isso não o absolvia da fama de bandido fino; gato sofisticado; rato inteligente e perspicaz.

Para disfarçar a fisionomia diante de circunstâncias constrangedoras, costumava usar óculos Ray-Ban, modelo aviador, da consagrada marca Bausch Lomb. Assim era ele; assim continuava sendo ele. Bom para os bons; duro para os traidores. Essa singular forma de pensar, parecia ter-se espelhado em máximas exigidas dentro de algumas instituições religiosas. "*Que nenhuma pessoa seja mais amada do que* outra..." *"Que ninguém de nascimento nobre seja posto acima de quem antes foi escravo, a não ser que haja razão aceitável para isso."* [230]

Criticava o que dizia ser gente curiosa, que se põe a querer conhecer a vida alheia, mas sem vontade para corrigir os seus próprios defeitos. Mas ele era um homem duplamente afortunado. Primeiramente, porque gozava da sorte, da felicidade, da alegria e da satisfação, que outrora se chamava de *fortuna*; além disso, também se apropriava do mesmo termpo, para identificar pessoas possuidoras de bom patrimônio, de muito dinheiro, de muitos bens. Assim que, Pedro Ernesto a um só tempo era feliz e rico; mas, que não aceitava dizerem que era feliz porque era rico.

Também, não era homem capaz de discriminar qualquer pessoa. Tanto recebia bem alguém de *cabeça coroada*, como um simples pedinte, a quem geralmente atendia usando da sua peculiar simpatia e interesse no que ouvia. Bem ou mal, era tido como um autêntico em tudo o que fazia. Jamais se deixava levar por influências *externas*; pois na verdade era um invejado influenciador de ideias e atos. Também não poupava dinheiro na compra de joias extravagantes e outras coisas caras. Por esposar o caráter de autoindulgente, muita coisa errada se autorizava fazer para se manter como centro de atenções do pequeno-grande mundo em que vivia. Desde o uso de relógios exóticos, até um cobiçado carro de linhas e preço estravagantes. Mesmo assim, não se achava como pessoa que vivia sob um luxo demasiado; excessivo e até pretensioso. De todo modo, se poderia dizer que se tratava de um homem que alcançara a felicidade, na forma definida por Immanuel Kant, para quem ela é: *"'o estado de um ser racional no mundo em cuja existência inteira tudo ocorre de acordo com o seu desejo e vontade' – e isso poderia incluir não apenas o bem-estar pessoal, mas também riqueza, poder e influência."* [231]

A partir desse ponto de convergência entre ele e Maristela, Pedro Ernesto começava a definir a sua meta inicial. A sua estratégia vinha dando certo e o investimento que vinha fazendo estava correspondendo às suas expectativas. Todavia, em razão do exaustivo trabalho que Maristela passara a desempenhar depois de contratada pela Fundação, o contato entre eles foi-se reduzido paulatinamente. Além do mais, ele era uma pessoa que no fundo não tinha coração, só cérebro. Um enorme e criativo cérebro que sozinho pensava por um monte de gente; era uma máquina de calcular bons resultados financeiros, principalmente, aqueles virados de costas para a lei.

Esperto, perspicaz e ousado, não costumava perder oportunidade para realizar bons negócios. Quase nunca perdia uma parada e, algumas vezes, a dava de mãos beijadas ao adversário, para surrupiá-lo, logo adiante, em valores muitas vezes maiores do que aquele que teria propositadamente perdido. Era homem para viver fora daqui, pois o Brasil estaria ficando pequeno para os seus arriscados negócios. Mas, ele gostava muito do seu país e, principalmente, da movimentada, diversificada e cosmopolita Copacabana. O bairro de Copacabana era o seu chão; foi o lugar que teria escolhido não apenas para morar, mas para manter as principais diminutas sedes dos seus grandiosos negócios. Conhecia muitas pessoas, mas parecia ser conhecido por número muito maior. Uma ou algumas poucas salinhas de algum prédio antigo do bairro, era suficiente para a transação de negócios de enorme vulto. Tinha por princípio, que o esconderijo dos negócios é um dos fatores que mais garantem o seu sucesso e desenvolvimento. E, pelo que se via e sabia, ele estava certo. Realização de negócios importantes não lhe faltavam e não desfaziam nas suas premissas.

Pedro Ernesto e Maristela passaram a se encontrar

apenas uma vez por semana e, mais adiante, uma vez ou duas em cada mês. Os telefonemas e mensagens também foram diminuindo, para não dizer que teriam acabado. Parecia ter havido desinteresse entre eles; o que levou Pedro Ernesto a imaginar que ela tivesse conhecido algum outro homem. Embora nunca se tivesse apaixonado por aquela bela mulher, não a desejaria perder para ninguém, pois isso seria capaz de derrubar os seus planos. Porém, otimista como sempre fora, imaginara que seriam percalços que a seu tempo seriam resolvidos. E, paciência de Jó, era o que não lhe faltava. Ademais, ele sabia dispor de alguns vetores capazes de trazê-la de volta, quando a desejasse. Ainda mesmo que ela tivesse encontrado outro homem para sua companhia. Era por demais ousado; o que lhe fazia ser uma pessoa tranquila e despreocupada com o amanhã; mas não era um desatento ao que lhe interessava e ao que lhe poderia trazer risco. Demais disso, apesar de já vir quase que saturado com as histórias e dificuldades apontadas por ela, nunca esquecera do que lera em romance de Vitor Hugo: *"Ser desumano não dá a ninguém a chave da prosperidade."*[232] E a prosperidade era um dos seus objetivos maiores.

* * *

Numa bela manhã de sábado ele a convidou para irem à praia. Seria uma forma de afrouxar um pouco as tensões que a mantinha esgotada. Ato contínuo ao convite, ele disse que teria comprado um bonito biquíni que, certamente a vestiria bem. Que poderia trocar as roupas no apartamento dele, onde também poderia tomar banho quando retornassem da praia. Pensando que ficaria constrangida se não aceitasse o convite, principalmente porque ele teria comprado uma roupa de banho para ela, mesmo que voltando a sentir a costumeira dor de cabeça, ela concordou e agradeceu ao convite e ao presente.

Meia hora depois ele a apanhava na porta da pensão, e rumaram para o apartamento dele. Trocadas as roupas, seguiram para a praia. Lá chegando, se sentaram um pouco para descansar e tomar algum suco. Depois de um dedo de prosa ela o convidou para se banharem. Correndo até mergulharem nas ondas, indo ela à frente dele, foi possível ver o escultural corpo da gaúcha de cabelos loiros e olhos claros. Também ele notou que por onde ela passava, todos a olhavam com ar de admiração, inveja e cobiça. Com isso, ele aprofundava o desejo de não a perder. Era uma linda mulher que ele desejaria manter sempre ao seu alcance. Segundo ele, não seria razoável perdê-la, depois de a ter bem perto de si; já amadurecida, como o fruto caindo do pé. Apesar de bastante cauteloso nas suas investidas amorosas, não perdia oportunidade para uma conversa astuciosa; e, se a dona fosse do seu interesse mercantil, a lábia teria duplo sentido, ainda que com o risco de perder todo o baralho de cartas, praticamente já cortado pelo meio.

Já na praia, durante uma fração de tempo em que se mantiveram calados, olhando de frente para o imensurável oceano, parecia que estavam a observar as movimentações das infindáveis ondas que se lançavam espumosas à praia e, depois, sem pressa, num verdadeiro movimento de sucção, retornavam para o caudaloso e infinito mar. Mesmo assim, ele se convencera de que naquele momento tão singular, não havia mais atrativo do que a mulher que o acompanhava. Para ele, nem a beleza da luz do sol; a agradável sensação de pisar n'areia úmida e macia; o azul que cobria o céu e o mar que rebentava bem perto deles, seria mais atraente do que a sua linda parceira. De tanto nela pensar e a comparar com a Natureza, ele começou a sorrir. Então, Maristela o perguntou do que ria; mas ele não quis dizer. Manteve-se mais algum tempo naquela secreta alegria e, nada a respondeu. Afinal, lhe parecia ter esquecido que ela também fazia parte daquele quadro pintado pela Natureza.

* * *

Durante demorado tempo, Maristela continuou enfrentando sérias dificuldades, principalmente financeiras. Mas evitava dizer a ele, porque pensava que dessa forma o afastaria do agradável convívio que tiveram quando se viam quase que diariamente. Porém, não demorou a trair-se, como logo se verá.

Passado algum tempo ele a procurou e convidou para jantar em Copacabana, bairro no qual ele residia. Ela aceitou, com a condição de que não fosse no apartamento dele. Ele esclareceu que o convite seria para jantar num restaurante do mesmo bairro e que não pensara em levá-la para o seu apartamento. Combinou que ela fosse de taxi até o local, onde a esperaria na porta.

Ao chegar ao restaurante, em meio à conversa que inicialmente fora bastante leve, ela disse-lhe que vinha contando nos dedos os poucos dias que faltava para vencer o contrato de trabalho firmado com a biblioteca da Fundação. Que a partir disso, uma vez que não poderia ser prorrogado, estaria desempregada e, consequentemente, sem recursos para manter-se. Diante dessa convulsiva informação, ele voltou a recordá-la de que, a não muito tempo atrás havia dito que para vencer na vida, não raras vezes é preciso contar com a ajuda de alguém com projeção no meio empresarial ou político. Em suma, de um empurrãozinho. Que se ela não conhecesse alguma pessoa que a pudesse ajudar, ele procuraria meios de socorrê-la, procurando algum amigo de influência. Que o leque de relações dele era bastante amplo, contando com pessoas de todos os níveis, algumas capazes de apontar trabalho tão remunerado quanto ela precisaria. Que ao ser desligada da biblioteca, o procurasse sem constrangimento, pois que teria enorme prazer em ajudá-la. Afinal, se considerava seu amigo e, como tal desejaria agir.

Dois ou três dias depois voltaram a se encontrar e, dessa vez ele a convidou para comer uma pizza no apartamento dele. Mais confiante, ela aceitou o convite e ele se prontificou a apanhá-la na pensão. Depois de saborear a pizza e beber algumas taças de vinho, resolveram assistir televisão, quando começou a cair forte chuva, acompanhada de trovões e raios. Pouco depois, a chuva se intensificou e começou a cair pedras de granizo que, impulsionadas pelo forte vento batiam nas vidraças do edifício. Dentro de mais algum tempo a luz apagou-se não só no apartamento, como igualmente na rua. Porém, a escuridão e o mau tempo não assustaram Maristela, que se sentia segura na presença de Pedro Ernesto. Entre uma taça de vinho e outra, a luz retornou e a televisão voltou a funcionar, quando foi noticiado em caráter extraordinário que alguns bairros estavam completamente alagados, não sendo possível transitar em muitas das ruas da cidade. Que a torrente vinha afetando tanto a zona Sul como o Centro da cidade e adjacências.

Pouco depois, a televisão voltava a noticiar que já havia moradores desabrigados em alguns bairros e, que, a Defesa Civil e o Comando do Corpo de Bombeiros estariam orientando às pessoas evitar sair de casa, mantendo-se seguras até segunda ordem. Em dado momento novamente a luz foi cortada, ficando o apartamento e a rua em total *blackout*. Como já estavam sentados num dos sofás da sala, ali se mantiveram em quase absoluto silêncio, aguardando a chuva diminuir para que ele a pudesse levar para casa. Mas a tormenta não dava trégua, mantendo-se com a mesma fúria desde que iniciara. Para que ele pudesse levá-la para a pensão, não bastaria parar a chuva, pois ainda precisaria que as águas baixassem; sem o que não conseguiria trafegar com segurança e à grande distância. Diante dessa constatação, Pedro Ernesto a informou que se ela desejasse descansar um pouco, poderia recostar-se no sofá até que lhe fosse possível voltar para casa.

Mais uma vez em caráter extraordinário a televisão informara que o maior desastre ocorria nos bairros do Catete e Largo do Machado, onde um dos casarões havia ruído parcialmente, com possibilidade de tombar. Os moradores já teriam sido evacuados do prédio e as ruas próximas estavam interditadas para veículos e pedestres. Com essa bombástica notícia, Maristela quase entrou em pânico, porque sequer sabia qual casarão havia ruído. Um dos casarões daquela zona era o que abrigava a pensão onde ela morava. Ele a disse não haver outra coisa para fazer do que esperar a chuva diminuir ou cessar. Que, só depois de liberadas das ruas dos bairros mais atingidos, poderiam dirigir-se ao lugar onde ela morava. Pediu-a que não ficasse tão aflita, pois que tudo se resolveria ao seu tempo. Que o lugar onde estava havia segurança; o que já era motivo para sentir-se confortada.

Com o passar das horas, já começando a madrugada, ele opinou que ela posasse no seu apartamento, onde havia uma suíte para hóspedes, que poderia ser usada se ela desejasse. Ela nada respondeu no primeiro momento, mas parecia ter ficado a pensar como resolveria a sua difícil situação. Para distraírem-se um pouco, ele colocou algumas músicas para abafar o incômodo barulho da tormenta e serviu um copo de uísque com gelo. Sentados no mesmo sofá e bebendo no mesmo copo, o tempo foi passando e ela quase adormeceu, pois estava costumada a se deitar no início da noite e a se levantar bem cedo. Surpreendentemente, ela adormeceu caída sobre o ombro dele, que a acomodou sobre o seu colo. O sono então viria colaborar com o sossego de que ela tanto precisava. Além do mais, nada havia para ser feito naquela hora, que não esperar...

Mulher pudica, virgem sob todos os sentidos, sequer teria namorado alguém, porque boa parte da sua vida fora castrada pela rígida criação imposta pelos pais. Nunca beijara um homem na boca e, no rosto, apenas alguns primos, por se tratar de costume da família. Ao acordar da sonolência deu-se conta de que estava com parte do corpo deitado sobre o colo dele. No início envergonhou-se do gesto, mas logo ele a ambientou, dizendo que deveria sentir-se à vontade. Que, afinal, não eram estranhos e, que, ademais, eram maiores e que não estariam fazendo nada errado. Além disso, não deveriam explicações a ninguém. Ela sorriu diante da explicação e deu-lhe um beijo de agradecimento no rosto.

Suspendendo o corpo ela entrelaçou os braços no pescoço dele e encostou o seu rosto no dele num gesto de carinho, buscando afago para aliviar o seu quase constante sofrimento. Ele acariciou a sua cabeça e a beijou na boca, sendo correspondido com um abraço demorado e apertado. O inicial beijo repetiu-se várias vezes e a cada momento ela mais o procurava. Ele não conseguia bem definir o que ela procurava com tais gestos: se apenas se aconchegar numa das poucas pessoas que conhecia e, em quem depositava alguma confiança; ou, se, excitada, buscava liberar a sua libido. Para ele a cautela era circunstância imprescindível - o que o deixava um pouco indefinido sobre como agir. Fluía a seu favor, o convencimento de que o excesso de cautela não o poria a perdê-la, pois sabia que se tratava de pessoa muito ingênua, para não dizer arisca. Em sentido contrário, se a atropelasse, queimando algumas importantes etapas do inicial relacionamento amoroso, poderia vir a perder tão encantadora mulher.

Em meio à troca de carícias, Pedro Ernesto lembrou que ela havia dito ser virgem. Isso robusteceu a ideia de que não deveria forçar uma relação sexual naquelas condições, sob pena de espantar a *avis rara*, pois encontrar mulher virgem com aquela idade e naquela época era algo inusitado. Porém, ele não poderia desperdiçar aquela bela oportunidade que viria ao encontro daquilo que há tempo desejava. Todavia, depois de não muito tempo, as iniciais carícias descambaram para preliminares de relação sexual e os dois acabaram na cama consumando o ato com o defloramento dela. Satisfeitos, ali se mantiveram abraçados buscando a reposição das energias despendidas. Depois de algum tempo em que se mantiveram desnudos, ela o procurou novamente, pois ainda não teria saciado o convulsivo prazer, que nunca teria sentido.

A descoberta do prazer sexual - coisa que ela jamais conhecera e sequer imaginara -; naquela mesma noite ela passou a sentir e a aprender tudo o que parecia estar retraído no seu corpo e na sua mente, desde que nascera. Tudo o que lhe fora ensinado e ela aprendera ou descobrira naqueles envolventes momentos, não desejaria perder. Queria ter oportunidade para mais e mais saber sobre os prazeres do sexo. Parecia-lhe, que aquela noite seria exclusiva; que nunca mais se repetiria e, por isso, deveria ser saboreada até o seu final; até se esgotar, se é que ela admitia alguma forma de esgotamento, de exaustão a tudo o que de excitante sentia.

Apesar de já sentir-se bastante excitada antes de dividir com ele a mesma cama, ainda se sentido como pecadora por assim estar, conseguiu lembrar de um conselho dado pela rainha Vitória à sua filha: "*Feche os olhos e pense na Inglaterra.*" E, parece que a partir dessa lembrança, ela esqueceu-se por completo da maldade que a castidade lhe vinha oferecendo em troca do nada. Ao terminar a transa, ficou a pensar quanto prazer teria perdido, pela injusta fraqueza de não querer dividir tão boas sensações com um homem. Sentiu-se mais pesarosa por não ter cedido espaço para que aquilo tivesse acontecido muito antes, do que por ter perdido a virgindade. Aliás, seria capaz de afirmar que não viu pecado em ter perdido a castidade - pelo contrário, sentiu-se mais mulher.

Depois disso, fizeram um bom lanche na cozinha e retornaram para a cama. Apesar de ter diminuído a chuva, ela ainda não teria cessado por completo e, na televisão continuavam as informações de que as ruas da zona em que Maristela morava permaneciam interditadas. A tal altura ela pensou que ficar com ele seria bem melhor, pois se sentia aconchegada em um homem que desejava para si.

Assim, Maristela escrevia no seu currículo mais essa etapa da sua vida: ter perdido a virgindade sob os braços de um homem que sequer namorara e do qual pouco sabia. Para ela, essa era mais uma consequência de ter optado por morar fora de casa. E, pensou: valeu a pena. Obrigado Pedro Ernesto por me ter mostrado mais essa linda fonte de prazer...

❊ ❊ ❊

Logo que amanheceu Pedro Ernesto a ofereceu um desjejum na copa do apartamento e se prontificou a levá-la para casa em seguida, evitando que chegasse com atraso no emprego. Ao chegar à pensão ela soube que nada de ruim teria acontecido no prédio. Que o imóvel que tendia ruir era outro situado no mesmo quarteirão. Trocou de roupa e rapidamente seguiu para a FGV. Estando mais aliviada, tanto pela agradável noite que tivera na companhia de Pedro Ernesto, como em razão de que o prédio em que morava não era aquele possível de ruir, ficou mais descansada. Todavia, não saía da sua mente a constante preocupação com a falta de dinheiro que, indubitavelmente se agravaria com a rescisão do contrato de trabalho.

Como via-de-regra ocorre nesse Brasil a fora, só a partir da possibilidade de um sobrado ruir, levou à administração municipal determinar a visita de fiscais a vários prédios daquela zona, para relatar o estado físico em que se encontravam. Vale aqui o velho ditado: *Depois de portas arrombadas, trancas de ferro.* Concluídos os trabalhos, no relatório constou que dentre outros imóveis, o velho sobradão onde se instalara a pensão teria que ser desocupado no prazo impreterível de quinze dias, porque também corria risco de tombar. Notificados os responsáveis, logo informaram aos moradores a exigência do órgão fiscalizador, para que providenciassem a saída e a retirada dos seus pertences o mais rápido possível.

* * *

No Sul, o namoro entre Marcela e Ronaldo se desenvolvia como era de se esperar. A cada oportunidade, mais trocavam juras de amor e, sempre faziam por onde ficar juntos o maior tempo que lhes fosse possível. Passeavam bastante, sem que reduzissem os momentos do prazer na intimidade. Numa das viagens que ele fez a Porto Alegre, embora tivesse desembarcado antes do horário previsto, ele optou por ficar no aeroporto, ao invés de logo dirigir-se ao apartamento dela. É que preferiu adiar o momento do esperado encontro, com o prazer de usufruir ao máximo o desejo de ser esperado. De outro lado, Marcela, quanto mais conhecia Ronaldo, mais se convencia de que o amava intransigentemente. Convencimento esse, que só não poderia ser maior do que a sua real existência. E realmente, foi ele o homem que, por primeiro a fez conhecer e gozar os indescritíveis prazeres do amor carnal. A cada novo encontro, cada qual mais se entregava ao outro. Havia uma incontida vontade de reciprocamente se darem física e emocionalmente. Viviam abraçados e se beijando, fosse lá onde estivessem.

No dia seguinte, apesar da forte chuva que caía, lançando riscos oblíquos de água tocada pelo vento, conseguiram se acomodar na esplanada de um bar, protegida por uma sanefa de lona e plástico. O local era muito agradável e, quebrando o pequeno burburinho feito por quem conversava em tom um pouco alto, se escutava o som de um órgão lamuriando lindamente ao fundo. Ronaldo, em meio a conversa, passou a dizer algumas frases que há muito tempo trazia guardadas consigo e, que, as achava bastante interessantes. Eram orações que se intercalavam entre a dor e o prazer, se tal realmente era o que ele desejava dizer:

- Marcela, algumas vezes doe mais do que a tristeza, a recordação da tristeza; as vezes pior que a injustiça é a lembrança de ter sido injustiçado. Mas, como quase sempre poderá haver uma compensação, também se poderá dizer que, muitas vezes vale mais do que a homenagem, a eterna lembrança de ter sido agraciado. Outras vezes, castiga mais do que a dor, a lembrança de ter sido amaldiçoado; algumas vezes, doe mais que a traição, a recordação de ter sido enganado. De outro lado, mais do que a conquista, a lembrança de ter sido vitorioso; mais do que o mistério, a eterna certeza de ter sido agraciado. São coisas que sempre soube entender e, que, em momentos de alguma angústia bastante me entristecem ou muito me fortalecem. A vida é algo difícil, quando não temos a sorte de fazê-la agradável, auspiciosa; ou, eu diria melhor, quando nos dispomos a fazê-la saborosa e macia. Algumas vezes temos a oportunidade de podermos desfrutar de singelos momentos, como os que agora estamos vivento, no entanto, isso não é uma constante. Parece-me, que a cada bom momento, somos cobrados ou penalizados com algo que nos preocupa ou entristece. Será mesmo, que o prazer em algum momento precisa ser castigado?

Quando Ronaldo deixava Porto Alegre para retornar para o Rio de Janeiro, Marcela ficava bastante abatida pela saudade, que desde os primeiros momentos tomavam conta da sua pura alma. Num desses dias de tristeza, ela lembrou-se do que pensara de Violante, de um romance de Marcel Proust: "*A ausência não é, para quem ama, a mais certa, a mais eficaz, a mais vivaz, a mais indestrutível, a mais fiel das presenças?* [233]

Num outro final de semana, ela convidou um casal de amigos que conhecia de longa data para jantarem juntos. Apesar de jovens e casados, ainda não tinham filhos, embora desejassem ter pelo menos um menino. Como combinado, se encontraram num dos restaurantes de região privilegiada para quem deseja aproveitar os sabores da noite porto-alegrense. Como soe acontecer, apenas Ronaldo ainda não era conhecido dos alegres parceiros para aquela noite.

Logo que apresentados e ocupada uma das mesas, a conversa começou a correr solta, ainda antes de se dirigirem ao garçom. A noite estava bastante agradável e os casais logo se entrosaram bastante. Aliás, Marcela sempre teve prazer de confraternizar com eles. Os conhecia desde o tempo de solteiros, quando ainda namoravam e noivaram. Marcelo aos poucos foi perdendo a inibição e entrosou-se logo no grupo. Tanto que, de início foi o que mais falou. Como teriam ido ao restaurante para confraternizar e, obviamente, também comer e beber, a certa altura fizeram os pedidos ao garçom.

O simpático casal era de engenheiros civis. Pessoal da construção civil, geralmente tem trabalho bastante exaustivo. Saindo da prancheta de cálculos, tem-se que haver com a turma que trabalha na obra e, ali é que a coisa pesa bem mais. Além da rigorosa fiscalização do que vem sendo feito pelos operários, quase sempre estão sujeitos a contrariedades e atos de indisciplina e de insubordinação. Mas isso tudo tem que ser acomodado com civilidade e respeito mútuo. Quem trabalha nessa área, ou já trabalhou, bem saberá dizer sobre o que se está falando.

O nome do engenheiro era Soberbo - o que já ofuscava um tanto se querer dizer que era um moço simpático. Triste pai, pobre filho, se diria! O arquiteto que o criou não teria outro nome para dar ao filho? O nome dela era Sandra; bem suave e atrai o nome de Santa. Bem mais originais foram os pais dela! Quanta sorte, menina! Sandra era mulher de uma beleza incomum, fazendo lembrar a apaixonada de Ivan Vassílievtch – criação de Tolstói na História Depois do Baile:"*...era encantadora: alta, esbelta, graciosa e majestosa... Porte singularmente ereto, sempre, como se não pudesse ser de outra forma, cabeça levemente inclinada para trás, o que, com aquela beleza e a estatura, apesar de ser magra e até ossuda, dava-lhe certo ar de rainha, que afastaria as pessoas, não fosse ela afável, sempre com um sorriso alegre nos lábios...*" [234] Onde andasse, sempre demonstrava segurança através da fala e dos suaves e graciosos gestos. Via-se logo, ser pessoa de forte personalidade e que sabia exercer domínio sobre os seus pensamentos. Quando os seus olhos brilhavam, irradiavam luz ao seu redor, atraindo a atenção de quem a observasse.

Além de usar de um bom vocabulário (acessível, mas fino), ela conseguia com certa facilidade convencer a quem a ouvia; que sabia bastante sobre o que dizia. Mas, apensar de não ter qualquer interesse em convencer aos seus interlocutores, com o passar do tempo cada vez ela mais aprimorava a técnica de bem dizer as coisas, por banais que fossem. Era uma artífice no domínio das palavras e das expressões faciais. Possivelmente seria bem-sucedida como educadora, palestrante ou advogada.

Em comum, o casal era proprietário de uma empresa da construção civil, que fundaram logo que se formaram em engenharia. Aliás, cursaram a mesma faculdade e na mesma turma. Como não dispunham dos recursos necessários para o caro empreendimento, foram ajudados pelos pais, de um e do outro. Gostavam muito de confraternizar com amigos, tanto em casa como num bar ou restaurante. Sempre que podiam, viajavam, especialmente, quando havia oportunidade para participar de algum seminário ou congresso. Tinham por norte, que a atualização profissional era importante para vencer. Por isso, não perdiam tempo nem economizavam dinheiro para o aprimoramento na área da construção civil.

Ele, homem de refinado gosto, desfrutava de um bom acervo de obras de arte, especialmente, telas de pintores nacionais e estrangeiros. Esse era um dos seus especiais prazeres. Sempre atualizado e com visão no futuro, já dispunha de boas informações sofre a nascente cripto-arte e, por ela estava bastante interessado, apesar de nunca ter visto algo parecido nos salões que visitou.

Nascidos em Porto Alegre, sempre lá moraram, sem propósito de mudarem para outro lugar. Gostavam muito da cidade natal e sabiam enfrentar as mudanças de temperatura que a capital enfrenta todos os anos. Moravam em bonita casa na região do Passos das Pedras, zona nobre da cidade, apesar de que, vez que outra, terem que enfrentar as acentuadas ladeiras que ocupam a maioria das ruas do bairro. De toda sorte, estavam bem servidos com um enorme shopping e com bons supermercados. Resumidamente, gostavam muito do lugar em que residiam. Era uma casa ampla, com enorme varanda e com dependências em três pisos. Para melhor a embelezar, logo que a compraram contrataram uma arquiteta que se encarregou de torná-la tão aprazível quanto os donos queriam.

Soberbo era um homem alegre, expansivo, anedótico. Resumidamente, muito comunicativo. Era colaborador de um jornal local, para onde enviava crônicas escritas nos dias em que a sua inspiração aflorava. Mas confessava que para escrever, se depende de algum esforço. Nada se cria com a liberdade que alguns imaginam. Produzir literatura exige estímulo; não apenas intelectivo, mas também nervoso. Costumava dizer que quem comanda os textos é a alma - tanto quando está agitada, quanto quando está em descanso; tanto quando está irritada; quanto quando está serena ou alegre. Algumas vezes é preciso pensar e repensar várias vezes sobre o que se quer escrever, evitando cair nas mãos da crítica ávida de poder desfazer no trabalho de quem escreve. Para quem escreve algo para ser publicado, todo cuidado é pouco, dizia ele. Em conversa, lembrou ainda que "...as ideias inesperadas só aparecem porque esperamos por elas." "E embora uma cabeça inteligente tenha muito mais habilidade e experiência nos movimentos do que uma cabeça tola, a solução também para ela chega de forma inesperada, acontece de repente, e sentimos com vago espanto que os pensamentos se fizeram por si, em vez de esperarem pelo seu autor." [235] A isso, segundo a obra acima citada é o que muitos chamam de "intuição".

Tão logo se sentaram, ele abriu um assunto que se poderia dizer de fundo: tratava de mercados, coisa que parecia entender bastante.

- Diz-se que um mercado tido como *livre*, deixa de assim ser identificado, se os compradores e tomadores de serviços forem coagidos a adquirir os seus produtos e serviços resultantes de ameaça de futura exorbitante elevação de preços, ou escassez dos produtos ou serviços. Também não é raro o produtor e/ou o vendedor e/ou prestador de serviços provocar escassez de produtos e/ ou serviços, para lograr-se dessa falta no mercado e, abusivamente aumentar os preços de venda. Nesse caso, não se poderá falar em *liberdade*, pois se dará clara desigualdade de condições entre o fornecedor/vendedor/ prestador de serviços e o comprador/tomador de serviços. Nessa hipótese, desaparecerá a liberdade de compra, que ficará reprimida pela elevação dos preços, restando apenas a venda para o comprador que não encontre outra alternativa para atender a sua necessidade, ou, àquele que se sujeite a pagar o ágio aplicado sobre o preço original do produto ou serviço. Além de se caracterizar como prática abusiva, certas situações podem ser admitidas como criminosas. É o que por vezes ocorre após uma grande catástrofe natural, e o preço dos materiais de construção chegam à altura das nuvens. A ganância, antes de tudo, é um defeito moral que precisa ser combatido a partir do próprio ganancioso.

E, continuou:

- Eu tenho em mente que o dinheiro não vale nada, senão depois de transformado em algo que traga prazer ou que supra uma necessidade. Quem gosta de guardar dinheiro é banco e cofre. Capitalista não o guarda; pelo contrário, o aplica da forma mais rendosa possível. Jean-Jacques Rousseau numa frase explicou a razão de se ter o dinheiro: *"O dinheiro que se possuiu é o instrumento da liberdade; o que se procura ganhar é o da escravidão."*[236].

- O mundo dos humanos - penso que apenas o deles - está dividido desde sempre entre os vencedores e os vencidos. Todos nascemos igualmente, mas recebemos um emblema que lacra a nossa alma e o nosso corpo a partir do instante em que somos germinados no ventre materno. Só mui raros são capazes de contrariar essa lógica. Até aí a situação não seria tão desastrosa como nos pareceria ser; mas ela se agrava quando se vê que a parcela dos que terão direito de iniciar as suas vidas sobre um tapete espelhado, é infinitamente menor do que aquela que se manterá sobre a parte triste, sombria, desbotada e desprotegida. Schopenhauer bem mostrou essa distinção: *"A miséria, que alastra por esse mundo, protesta demasiado alto contra a hipótese de uma obra perfeita devida a um ser absolutamente sábio, absolutamente bom, e também todo poderoso; e, de outra parte, a imperfeição evidente e mesmo burlesca caricatura do mais acabado dos fenômenos da criação, o homem, são de uma evidência demasiado sensível. Há aí a dissonância que não se pode resolver."* [237]

- Não há dúvida de que, tanto os abastados quanto os miseráveis, se não atentarem para o fato de que devem viver dentro do quanto recebem (pelo trabalho ou outra fonte); isto é, não gastando além do que ganham ou têm para gastar, a nenhum desastre financeiro estarão sujeitos. Essa regra matemática aplicada na contabilidade primária do crédito e do débito, todos sabem ser infalível. Adam Smith, dentro de outro tema que aqui se apropria, ministrava: *"Entre os nossos antepassados feudais, o longo tempo durante o qual as propriedades costumavam pertencer à mesma família demonstra sobejamente que as pessoas geralmente viviam dentro dos limites de sua renda."*[238]

Sobre política, ele também tinha as suas ideias. Disse, pois:

- Assim como as virtudes e os atos honrosos não devem passar desapercebidos, os erros também ensejam críticas. Se tal não for observado, não se estará separando o joio do trigo. De vários dos nossos políticos, não se proporia uma atitude tão drástica como a que foi proposto pelo conservador Charles Grassley, tendo em foco a distribuição de bônus à altos executivos dos negociantes; de bancos; e, de corretores da Wall Street, tudo a custo de verbas liberados pelo Tesouro norte-americano. Em tal situação, Grasley propôs que a exemplo dos japoneses, eles pedissem desculpas ao povo americano, renunciando aos cargos e cometendo suicídio.[239] Mas, é de se esperar desses desastrosos homens públicos, uma clara manifestação de mea-culpa, ainda que eu duvide que sejam capazes de praticar ato de tamanha dignidade. Afinal, dignidade é o que a eles tem faltado. Muito bem sabido que Grassley mais adiante desculpou-se, dizendo que não teria os incentivado a tamanha tragédia, mas que assumia a responsabilidade pelos seus erros. Em se tratando de Brasil, seria perda de tempo essa melosa desculpa, porque político aqui, exceto Getúlio Vargas, a história não registra outro suicida por causa pública.

Depois de pequeno intervalo, já que ninguém mais se manifestara, ele retomou a palavra:

- Questão outra, é a de que não poderemos negar que estamos passando por uma época de grande crise moral. Na verdade, isso não se iniciou agora, mas hoje cresce rapidamente e, parece não encontrar limite que a contenha. Ela se apresenta tão corajosamente, como nunca houvera. Ostensiva, tão agressiva, que vem encontrando em sua injusta defesa, a sufocação daqueles que em verdade agem com retidão. Estamos vivendo momentos – demorados tempos – em que se percebe a indisfarçada troca do certo pelo errado; a ponto de que se possa supor que, quiçá, cheguemos a trocar o errado pelo certo. E não se trata de questões filosóficas, nem de criações de fictícia moral. A menos que passemos a entender como correto e digno de aplauso e louvor o roubo, o furto, a traição em todas as suas modalidades, espécies e categorias.

- A inversão de valores, que já alcança a relação entre docentes e discentes, se nada for feito para extirpá-la, quem sabe um dia não chegará aos quartéis? E, então, o caos se instalará por completo, dando chance à anarquia e à desordem. A falta de autoridade, como condição indispensável à manutenção da ordem, já vem sendo sentida nos lares e não se tem estendido às relações entre padrões e empregados, em decorrência do poder de demissão concedida ao empregador. Sem a contenção desse verdadeiro descalabro, acabaremos ferindo o que há de mais importante na vida em sociedade – o mútuo respeito, que funciona como uma solda que une a todos dentro do mesmo universo. Essas pessoas têm agredido gravemente os padrões e valores morais e até os estéticos. Há fatos que se transformam em rotina do crime e, pouco se tem feito para quebrar esses paradigmas. Assim como o crime, o besteirol corre solto na cidade e no campo, sem chances de vir a ser sufocados por ações corretas e instruções elucidativas. Estamos vivendo a era do vale-tudo e do salve-se quem puder, pois mais vence quem melhor ousar ou abusar.

Sandra, logo que Soberbo calou, disse em tom sereno e descontraído, mas cheio de algumas verdades que costumava dizer quando estava num grupo de pessoas conhecidas:

- Observo que poucas pessoas praticam algo tão pessoal, quanto as suas escolhas. Muitas delas agem em conformidade com os costumes - os seus costumes; ou, os costumes dos outros. Não escolhem mais, porque abdicam de um bom e exemplar exercício de exclusividade e pessoalidade. Possivelmente, porque para isso precisam exercitar a percepção do que há ao seu entorno e pelo mundo e, fazer o seu julgamento sobre essas mesmas coisas, para que as possa escolher e manter atualizadas as suas opções de vida. Melhor, ainda, se tiverem capacidade para criar seus modos de vida, observada a necessária parcimônia. Em caso contrário, se deixam levar como se vivendo impulsionadas por um moto-próprio; se transformando numa máquina que, por isso serem, não têm caráter.

- Outra questão que acho marcante, é a exaustiva pretensão libertária; isto é, sem limites. Para tudo na vida, há que ter um limite; um espaço delimitado para que não se torne indiscriminado e abusivo. Vejam que o economista americano Milton Friedman, tão comentado e criticado na imprensa em matéria de teoria libertária, chegou a dizer que a pessoa ao praticar atos de *liberdade*, na verdade se vê constrangida a praticá-los contra a sua vontade. De modo que, parece transparente a dificuldade de se identificar quando determinada escolha ou ato, é praticado no pleno exercício de liberdade, ou forçado a praticar. Ainda é fato escancarado pelo mesmo autor: *"Como já vimos, ...a ideia de que somos donos de nós mesmos, se aplicado de maneira radical, tem implicações que apenas um libertário convicto poderia apoiar: um mercado irrestrito sem a proteção de uma rede de segurança; um Estado mínimo, o que exclui a maioria das medidas para diminuir a desigualdade e promover o bem comum; e uma celebração tão completa do consentimento que permita ao ser humano infligir afrontas à própria dignidade, como o canibalismo e a venda de si mesmo como escravo."*[240] E vai adiante em suas explicações sobre questões libertárias, admitindo que a pessoa pudesse sujeitar-se a tratamento e até cirurgia através de profissional que não tivesse formação como médico, com a radical afirmação de que cada um tem a liberdade de escolher com quem tratar dos seus males. Kant, ampliando essa capacidade, oferece uma proposta *"alternativa"*, segundo Sandel, afirmando que somos capazes de escolher livremente, por sermos racionais e termos a faculdade de pensar; enfim, porque somos seres autônomos - o que é próprio do ser humano.

Ela parou por um instante para tomar algo que umedecesse a boca, já um pouco ressecada por ter falado mais do que costumava. Mas, logo retomou a conversa, abrangendo outro tema:

- Acredito que todos já notaram que o desenvolvimento científico vem crescendo em alta velocidade; coisa que nunca antes foi tão rápida e que trouxesse tantas vantagens para todos, a um só tempo. Tão logo nos acostumamos ou, simplesmente, conhecemos algo de novo e, sem demora, o atual já se torna obsoleto. Dá a impressão de que as ciências têm deixado cair seus inventos e descobertas, ao sabor e à força impulsiva da gravidade. A cada dia estudiosos lançam novos inventos e descobertas. E, certamente, isso não terá um fim, uma exaustão, um limite, uma barreira que impeça o seu desenvolvimento, o seu crescimento, a inovação e a surpresa diante de todos; inclusive dos mais preparados; mais otimistas e mais auspiciosos. Vejam o que acabo de ler: É de constranger *"...o fato de que a geração de aproximadamente 1890 viveu imersa na convicção de que a ciência estava prestes a cruzar a linha de chegada, após o que já não restaria nada a ser descoberto, nenhum conhecimento de que os homens não tivessem provado."*[241]

Depois de um novo intervalo, Sandra continuou a falar, pois percebeu que o seu papo estava sendo bem recebido pelos companheiros de janta:

- Defendo que as desigualdades sociais mais *agudas*, a própria sociedade e, dentre ela o Estado, deve esforçar-se para fazer com que diminuam. Entendo, que os que ganham menos não devam se manter socialmente, ou economicamente tão distanciados dos que ganham mais. Todavia, não se poderá esquecer que jamais haverá régua que nivele todas as classes econômicas. Isso é uma utopia. Isso é próprio da natureza humana e, se vê aberta e comprovadamente inconteste em todo o Mundo. Sabe-se lá, se em algum planeta habitado haja essa igualdade entre os seus habitantes; porém, aqui, já sabemos que não existe e que jamais existirá. Isso é fato; não é fantasia nem história. Uma justiça distributiva poderá e deverá reduzir a miséria dos mais pobres, mas esse é o seu limite. As pretensas e até certas e válidas defesas em prol da compensação de dificuldades e de injustiças sofridas pelos menos agasalhados – seja aqui ou lá bem adiante –, é verdade que nos convoca a todos a uma ação coletiva de modelos afirmativos.

- Vamos, então, diretamente as faculdades e suas cotas. Nelas, há que se ter muito cuidado com a capacidade de assimilação do que é ensinado e do que precisa ser aprendido. Pergunta-se, então: onde ficará a qualificação e a expansão da ciência, diante dos sistemas de cotas? Quem responderá pela fuga do saber e, do mais e melhor saber? E as instituições de ensino tão privilegiado e especial, nenhuma responsabilidade terão pelos diplomas que assinarem liberando quem deu prova de não ter aprendido? Reduzir ou facilitar conteúdos; reduzir as exigências nas provas; facilitar a saída, só compromete a todos, a começar pelos que se rotulam sabedores daquilo que lamentavelmente não sabem e, que, não têm culpa por se diplomarem sem saber o que é necessário e indispensável conhecer.

- Não é missão das universidades premiar seguimentos sociais desamparados. Não é esse o lugar apropriado para diminuir essas graves, condenáveis e escancaradas diferenças. Essas questões têm que ser solucionadas bem antes do candidato bater às portas da universidade, na busca de vaga. É pré-requisito que deve ser exigido do candidato à academia, que comprove está apto a participar do que ela tem para ensinar. Caso contrário, se estará deixando em ponto morto o veículo do saber, quando dele se está a exigir força máxima para uma subida das mais íngremes do seu percurso – o curso superior. A isso, eu atribuo grande maldade, porque engana todos e reduz a capacidade especulativa da ciência. Abafa a pesquisa e ludibria a extensão, transformando o curso superior num *colégio*. Alguém já disse o que agora repito e reforço o que o renomado filósofo Khalil Gibran bem expôs sobre o papel da universidade: *"Sabia como deve ser, não vos convidará para entrar na mansão do saber, vos conduzirá ao limiar da vossa própria mente."*[242]

- A universidade vive à busca de expansão, não podendo ser estreitada em razão de fatores estranhos à sua primordial finalidade. Ainda que o espírito de justiça esteja presente no sistema de cotas, vale a pena invocar Aristóteles, para quem a justiça é teleológica; isto é, vai ao encontro de um propósito, de uma finalidade. Mas também é honorífica, porque deve premiar a quem mais merece. Reunindo esses dois fragmentos, o filósofo defende que se deva oferecer o que se tem de melhor, a quem tenha melhor capacidade para tê-lo; para merecê-lo. E, esse não deixa de ser um princípio universal de justiça. No caso das universidades, em especial às públicas, se trata de instituições que o Estado mantém e põe à disposição da sua população, para que sejam usufruídas; aproveitadas por quem tem aptidões para tanto. De nada adiantaria o Estado distribuir livros numa comunidade de analfabetos; porque eles precisariam, antes disso, aprender a ler e provar saberem ler e entender o que leem. Aliás, Aristóteles já apregoava que as teorias de justiça distributiva eram discriminatórias.

Ela parou um instante, bebeu dois goles de água gelada e voltou a dizer o que ainda não teria dito. Não desejava encerrar a sua conversa, sem antes arrematá-la com um outro comentário. Disse, pois:

- Questão que muito me incomoda, para não dizer

que me agita e me desconforta, é a de buscar a verdadeira verdade sobre alguns importantes fatos. As coisas acontecem e nos são contadas sem que possamos obter plena garantia de que ocorreram tal como nos são ditas. Não poucas vezes, uma informação que é transmitida por alguém em quem confiamos, pouco depois, outra pessoa igualmente confiável, dá a mesma notícia, mas um tanto desfigurada e, por vezes, bem diferente da anterior. O fato resulta sendo o mesmo, mas as características e consequências têm versões diferentes. Quando se trata de fatos antigos, os quais nenhum dos informantes participou ou presenciou, o grau de insegurança aumenta consideravelmente. Só os sabemos, através de registros feitos por quem não mais está entre nós e, quando as dúvidas e contradições aparecem, não temos a quem recorrer para obter a verdade nua, crua e única. Chuck Klasterman, em livro que li a pouco, apimenta mais essa questão dizendo que há também *"...a compulsão humana para mentir..."*. E, segue o autor: *"...quem não sabe das cosias geralmente erra por acidente e quem sabe das coisas erra de propósito."*[243] Mas, seja por uma outras das razões acima, ou ainda seja por outro qualquer motivo, sou bastante cética em relação a fatos que conheço apenas superficialmente. Sou assim, enfim, a despeito do que aceita o mesmo autor, ao dizer que é tão difícil de se ter informações acerca de fatos anteriores ao século XX, que qualquer boato lhe é aceito como verdadeiro.

Depois disso, Marcela manifestou desejo de dizer algo e, falou:

- Tenho observado que, além de tudo o que já se tem comentado, que os atos de nobreza, de gentileza, vêm despencando a cada nova geração que chega no nosso dito avançado ocidente. Mas a tal ponto que só restam registados na memória de nossos antepassados como bons costumes, o que antes se caracterizava como gestos de riqueza e de boa e firme educação. Parece-me, pessoal, que a cada nova geração que por aqui desembarca e se instrui, cada vez mais se brutaliza, trocando a referência da educação pela grosseria e o desrespeito, inclusive aos seus iguais. Olha que já vi moços que parecendo gostar mais da cueca do que da calça, ao passear em meio ao público, abaixam a roupa externa para além das nádegas, para mostrar as sujas e desgastadas cuecas que ele tanto adora. Mas poderão ter a certeza de que, na realidade, o gesto não está em querer mostrar a roupa íntima – antes o fosse, porque o mal seria bem menor – porém, estou certa de que o propósito é agredir à sociedade, contra a qual ele sempre terá alguma queixa a pontuar. Todavia, nada será capaz de fazer para tentar modificá-la, segundo a sua ótica. Muito pelo contrário, sempre agirá de modo a piorar aquilo que para ele não está bem e lhe causa tanto mal.

Mudando o foco do assunto, num arroubo de vaidade profissional, Soberbo disse que nas suas atividades, eles desenvolviam o trabalho nas pranchetas com o rigor exigido pelo projeto e revisado em cada fase. Que nada poderia faltar, senão aquilo que não dependesse do homem. Mas, ressaltou que nesse mundo ninguém pode garantir algo; ninguém tem certeza de nada; que, por certo, só serão capazes de vingar as incertezas que nos levam a viver como se estivéssemos numa gangorra. Disse, ainda:

- Olhe-se para um eletrocardiograma, e sinta-se como ele, com picos para cima e para baixo. Ninguém poderá garantir nada, ou alguma coisa que possa acontecer depois de passado o instante que representa o presente. Se é que o presente existe, como um tempo de intercalação entre o pretérito e o futuro. Benjamin Franklin, referindo-se ao desejo de que a Constituição americana fosse duradoura, teria dito que: *"...neste mundo nada é certo, exceto a morte e os impostos."* Mas arremato esse tema dizendo algo que nunca fiz questão de esconder: por muito tempo me considerei uma pessoa não-aparente, invisível. Depois dessa fase em que eu não dava bola para outros e, me parecia que ninguém se interessava por mim nem pelo que eu fazia, surgiu uma mudança a partir da qual passei a achar que era um homem semi-invisível - o que levou a preocupar-me um pouco mais comigo e com os outros. Mas tenho certeza de que não passei dessa fase, para chegar a acreditar-me como uma pessoa visível aos outros, atraente, convidativa para o convívio. Essas circunstâncias, para mim atestam o meu caráter de homem que se constrange diante de outras pessoas; especialmente, quando me relacionando com estranhos, como é o caso presente. Todavia, tenham certeza de que já estou me ambientando com a presença de Ronaldo que, apesar de antes não conhecer, me parece bastante afetivo.

Marcela, dispersando o assunto disse que, quando uma pessoa dura e firme suporta com rigor a ameaça e o furor do opoente, a impetuosidade deste tende a desvair-se, a desanimar-se. Por isso que, algumas vezes é melhor retrai-se com firmeza, do que abrir discussão contra o opositor. Uma atitude impetuosa, desmedida, se enfraquece diante do manifesto desprezo daquele que se pensa atingir. De outra forma, Maquiavel tratando de estratégias de guerra, entendia diferentemente: *"...enquanto se permanecer em campo* (de batalha), *não se pode evitar de entrar em combate quando se tem pela frente um inimigo que quer o combate a qualquer preço."* [244]

E, ela disse mais:

- Penso ser pessoa sem convencimento nem preocupação do tempo que passou e daquele que ainda me resta. Vivo em plena felicidade e aproveito ao máximo todos os meus dias. Montaigne ensinou-me: *"...não sentimos abalo algum, quando morre em nós a juventude, o que é, em essência e em verdade, uma morte mais dura do que a morte cabal de uma vida moribunda, que é a morte da velhice. Porque não é tão penoso o salto do viver mal ao não viver, como é o de um viver doce e florescente a um viver penoso e doloroso."*[245]

- Questão outra - continuou Marcela - é que vimos nos deparando, sem forma objetiva para mudar, com o fato de que *sociedade* dia a dia vai se tornando mais desavergonhada. Quase mais nada é capaz de contrariar ou ferir os brios dos mais convictos moralistas; seja aqui, seja acolá. Apesar de algumas queixas domésticas, ninguém mais parece se ruborizar por ouvir ou assistir uma cena que muitos poucos insistem em rotulá-la de indecente, vergonhosa, desrespeitosa ou imprópria. Estamos vivendo a época em que quanto mais vergonhoso, melhor se encaixa. E a vergonha tem tido assento em palácios, com maior força, abrangência e arrogância. Isso me tem feito lembrar Antístenes, ao observar a repulsa dos atenienses aos versos de Eurípedes: *"O que há de vergonhoso em um ato, se ele não parece vergonhoso a seu autor?"* E, logo apontou como ressalva que: *"O vergonhoso é vergonhoso, parecendo-lhe ou não."*[246] Mesmo assim, isso foi causa de contradições, de lado a lado. De tal sorte que, se em tal época isso era motivo de contrariedade em meio ao seu povo; hoje, por aqui e mundo a fora, vem-se encaixando como peças de brinquedos do LEGO. E, verdade seja dita, sem chance para contrariedade, que, ainda que alguns poucos cães se ponham a ladrar, a caravana continuará passando *sem vergonha.*

Concluída a fala de Marcela, Soberbo voltou a comentar:

- Tive ascendentes que participaram do teatro de guerra: na Primeira e na Segunda grandes guerras. Cada qual em seu respectivo tempo e vivendo em países diferentes. Então, todos meus ancestrais – sangue do meu sangue, ou melhor, sou sangue do sangue deles. Todavia, a curta distância temporal entre um e outro desses enormes desastres bélicos, oportunizou que esses parentes fizessem suas análises (ainda que modestas, mas presenciais) do que houve num e noutro dos conflitos. Em anotações que a nossa família ainda mantém, eles registraram que, enquanto na Primeira Guerra o conflito foi quase que exclusivamente bélico, com iguais ou proporcionais chances de ataques e de defesa; na Segunda, além do conflito entre as forças militares beligerantes, deu-se uma chacina a civis, jamais vista na Idade Moderna. Hitler foi um genocida que levou a sofrimento e morte milhões de pessoas inocentes; que sofreram as suas selvagens ações, pelo exclusivo motivo de pertencerem ou estarem em países por ele atacados. Nem a arqueologia, em pesquisa a fatos históricos e pré-históricos de grandes brutalidades, ocorridos ao tempo em que o homem vivia distante da civilização, encontrou algo de tamanha crueldade e de inigualável densidade e vastidão. E, parece que com o passar do tempo, o caos de extensão e expressão monumental, tem ficado por isso mesmo. Não é por outro motivo, que vez que outra se ensaiam os neonazistas a querer fincar as suas bandeiras em terras para eles proibidas.

Após isso, Ronaldo fez alguns comentários sobre o ensino e a sua correlação com o trabalho e a criação.

- Talvez nos seja difícil entender o que vou comentar, mas há pensadores e estudiosos que vêm observando que, quanto mais *educado* se torna o homem, ele se torna menos disposto a pensar. Para alguns desses pensadores e pesquisadores, por incrível que possa parecer, quanto maior a carga de conhecimento posta a disposição das pessoas, menor é o seu interesse em pesquisar e desenvolver novas práticas. Li no mês passado, assim como Marcela, um dos livros de Johan Huizinga, no qual ele aborda com boa propriedade esse assunto. Vejam o que diz o autor que já teria sofrido sob as garras do nazismo: *"Numa sociedade com um sistema nacional de ensino público, com uma divulgação ampla e imediata dos acontecimentos diários e com a divisão do trabalho em estágio muito avançado, o homem médio passa a depender cada vez menos de pensamentos e formulações próprias. O fenômeno raia ao paradoxo. Afinal, era de se supor que um meio cultural com reduzida atividade intelectual e disseminação do conhecimento, bem mais que um meio desenvolvido, é que viesse a inibir o pensamento individual, limitado e submetido ao círculo estreito do próprio ambiente."* [247] Realmente, essa constatação tem vigor em fatos reais; a saber, dentre o mais, pelo crescente e rápido desenvolvimento das tecnologias postas a disposição do homem, que não mais se esforça e encontra estímulo para pesquisar e buscar entender por si mesmo, o funcionamento de tudo o que faz parte do meio em que vive. Parece pensar que, se alguém vem fazendo por ele, aquilo que ele antes teria que fazer para conhecer, melhor será evitar envolver-se em temas que já estão descobertos e postos a disposição de todos. Com o acréscimo, ainda, de que ficará isento do risco de errar.

\* \* \*

Novo choque Maristela levou. Não bastasse a constante falta de dinheiro e a iminente perda do emprego, mais uma incômoda situação se apresentava para afetá-la. Logo que soube da ordem para desocupação quase que imediata da pensão, entrou em novo transe nervoso. Não sabia sequer onde poderia deixar os seus poucos pertences ao ser desalojada. Não sabendo mais o que fazer nem a quem recorrer, pensou em dormir na rua. Convencida de que essa seria a única alternativa, dominada pelo desespero, na mesma noite perambulou por algumas ruas na procura de lugar para dormir tão logo fosse despejada. Imaginando que as ruas próximas de onde morava e outras de bairros adjacentes não ofereciam segurança, foi até Copacabana, onde durante a noite o movimento é mais intenso e, por isso parecia-lhe mais seguro.

Por lá andou bastante, principalmente pelas principais avenidas e algumas outras ruas mais movimentadas. Viu muita gente que, talvez por igual desespero e absoluta falta de recurso, usava as calçadas como cama e as marquises para proteção nos dias de chuva. Ela pensou em conversar com alguns dos moradores de rua, tentando obter alguma informação que a ajudasse. São *figuras* que, tristemente, são qualificadas, apontadas como *miseráveis*, que se acotovelam nas calçadas nas madrugadas em que a temperatura desce, mas que apesar de tudo, são capazes de rir e de sorrir, tal como o homem que, pilotando um Jaguar ou um Porsche conversível, para no sinal vermelho. Este, apesar de visto e cobiçado pelos miseráveis, a eles sequer aponta o nariz. Possivelmente, deva pensar que seja melhor, sequer olhar; não ver, para que a sua consciência não pese durante a festa que ainda irá começar.

Ela já sabia que nem todas as pessoas que ali estavam, teriam sido para lá empurradas pela absoluta falta de dinheiro, porque não poucas outras, se mantinham em tal situação por terem sido *abatidas* pelas drogas ou pelos diferentes tipos de doenças mentais. Então começou a viver e a sentir o verdadeiro amargor da pobreza e da falta do calor familiar. Primeiramente preferiu nada falar com qualquer delas, porque ainda não se definira sobre aquela situação.

Depois, vendo que algumas dessas pessoas a observavam, abriu oportunidade para obter dicas que possivelmente lhe seriam úteis dentro em breve. Em poucos minutos de observação, viu que se tratava de pessoas que não tinham esperança de um amanhã e, isso a fez sentir maior dor ainda, porque, de certo modo ela se incluía naquele grupo, porque também não tinha o seu amanhã. Ficou a pensar na beira de uma das calçadas e, então, recordou um livro que lera quando ainda morava com os pais. Em certo trecho, uma moradora de rua que teria feito o seu diário, numa das páginas teria escrito *"...que o povo não tolera a fome. É preciso conhecer a forme para saber descrevê-la."*[248]
Lembrou um antigo pensamento bastante real, que dizia que a gente enxerga as pessoas segundo o grau dos nossos óculos no momento em que as avistamos. Ah, pensou ela: esses danados óculos que nos fazem enxergar para dentro!

Em seus pensamentos ainda cobrou de todo mundo, que tais fatos clamam por uma resposta digna e tão imediata quanto possível. De toda sorte, lembrou também que houve quem admitisse a possibilidade de redução da pobreza global e, não menos, a equiparação de todos os níveis econômicos entre pessoas de um Estado, ou, ainda mesmo, global. Mas, para que tanto fosse alcançado, necessário seria *sacrificar* o patrimônio dos mais endinheirados em favor dos desprotegidos desse tipo de sorte. De modo que, se se poderia imaginar a dificuldade de isso ser adotado num Estado, se tornaria utópica a universalização do propósito.

Colin Bird em sua obra mostrou e dissecou esse tema, inclusive, segundo o olhar de outros filósofos, apontando as dificuldades para enfrentar problemas e esforços para alcançar o imaginado desiderato.[249]Somou-se ao olhar e ao pensar de Maristela, ao ver e, até mesmo ao participar daquele *teatro da tristeza*, criado que teria sido, segundo ela, pelos operadores da fortuna e protagonizado por aquela gente miserável, lembrar o que lera no prefácio de obra que teria bisbilhotado na biblioteca da F. G. V.: *"Confrontar-se com a pobreza de maneira dissipadora aos códigos em vigor é, seguramente, muito mais do que uma falta; é um crime ao padrão da sociedade oligárquica. Com efeito, a 'pobreza' é o objeto de uma codificação social particularmente eficaz e sutil, que tem por função sufocar a abundância das contradições que sua questão comporta e cuja explosão seria de uma periculosidade extrema para a ordem estabelecida."*[250]

Ela também lembrou de um ditado que diz que ninguém pode ser visto como a mendigar, quando está a exigir o direito a que faz jus. Mas, assim como há quem plane sem tirar os pés do chão, há quem naufrague em terra firme. Nessa segunda parte deste último pensamento, bem que se enquadram os miseráveis e os mendigos, ela pensou. Pensou, também: essas incríveis pessoas, que também não se pode negar serem vencedoras, parecem assimilar o que dizia Shakespeare: *"Sempre me sinto feliz, porque não espero nada de ninguém."* Recordou ainda o que lera noutra ocasião, em Rei Lear, do mesmo Willian Shakespeare. Num diálogo entre Kent e Edgar, este disse para si mesmo: *"Estou resolvido a assumira aparência mais vulgar e miserável, o limite em que a miséria, na sua degradação do homem, o aproxima do animal."* E, mais adiante: *"Nossos miseráveis mais miseráveis sempre têm alguma coisa que é supérfluo às suas necessidades miseráveis. Se concedermos à natureza humana apenas o que lhe é essencial, a vida do homem vale tão pouco quanto a do animal."*[251]

Pois vá vencer na vida, vivendo com igual sorte dessas pessoas e, verá se será possível sobreviver!? Por isso, não se pode negar que sejam vencedoras. Quantos deles, ninguém sabe, mas se admite que sejam muitos, os que de tanto aguardar a mudança do modo de viver, já perderam a esperança por dias melhores. De toda sorte, que não lhes seja omitido que ao médico cabe curar, apenas àquele que aponta o sintoma da sua doença. E, que, enquanto continuar inativo, não conseguirá afastar o mal que o aflige. De modo que, enquanto assim viverem, deles pouco ou nada se saberá; sequer entre eles mesmos. Quando morrem, não deixam sinal de que ali onde estão enterrados o corpo e os pertences, é de alguém que passou pela existência em absoluto anonimato. Se amaram, também quase nada se sabe; tal como se foram amados. Ah, vida! Por que dessa maneira? Mas, de tudo o que ela viu e sobre tudo o que pensou, restou-lhe asseverar que é imperativo que cada pessoa tenha *posse de sim mesma*, pois em caso contrário jamais existirá ajuda suficiente para libertá-la da miséria.

Ao observar aquelas tristes figuras desprovidas do mínimo, para não de dizer de tudo, lembrou duma frase que lera em Crime e Castigo, de Dostoiévski, dita por Marmeládov a Raskólnikov: *"...a pobreza, não é um defeito. A penúria, sim, é um defeito. Na pobreza, ainda se pode conservar algum sentimento nobre, mas na penúria não,..."*.[252] Observou que alguns deles se alimentavam, apesar da adiantada hora. Provavelmente, que, só então teriam conseguido algo para comer. E, que, logo que comiam, limpavam os potes com a língua, lambendo a gordura restante com os lábios, tal como fazem os animais, que lambem os *beiços* depois de satisfeitos. Porém, isso não era por falta de educação – que talvez também existisse -, senão, por vontade de mais ter para comer.

Isso, pensou Maristela, é a vida numa de suas tristes, revoltantes, mas verdadeiras formas ou modalidades. Por que tão pouco para tantos e tanto para tão poucos? Viktor E. Frankl disse: *"Sabemos, hoje mais do que nunca, em que medida 'vem primeiro a comida e depois a moral.'...Mas sabemos, em resumo, que a comida sem qualquer moral não tem sentido, e que essa ausência de sentido pode ser catastrófica para a consciência daquele que tem em mente somente a comida."*[253] De um homem com aparência de malandro, que carregava enorme aparelho de som sobre um dos ombros, tocando a todo volume Feelings, de Morris Albert, ela ouviu: *"a vida pode me bater o quanto quiser, mas não poderá obrigar-me a chorar pelo que ela me faz"*. Essa pequena parte da letra da bela canção, traduz o que muitas dessas pessoas carregam em suas mentes, para encontrar o oxigênio indispensável; senão, o indispensável para continuar vivendo com tranquilidade e subalterna necessidade de continuar vivas. Mas com certeza muitas delas serão capazes de passar grande parte do seu tempo sem pensar nas dificuldades que têm e que ainda terão que suportar enquanto aqui viverem. Essa gente não pensa em morte; apenas na vida. Em sua grande maioria, são mais tranquilas do que muitos dos que vivem à sobra do que a riqueza lhes proporciona. E, isso, não se poderá negar que já é parte das suas vitórias. Pelo menos, parece não terem inveja dos seus iguais; porque, afinal, todos eles são *iguais*. A inveja é defeito de quem já tem, mas quer também o que o outro tem.

Lembrando de um texto que lera em um livro, ficou a pensar no sacrifício ou *malabarismo* que por vezes algumas daquelas pessoas teriam que passar, para não imitarem o que fazia Diógenes, O Cínico. Pois aquelas pessoas, que em maioria são vítimas da humanidade, e, que, contra a própria humanidade nada fazem de mal, a deixava a imaginar no que precisariam fazer para não serem comparadas ao filósofo grego, de priscas épocas anteriores à Cristo, que professava *"...que o que é natural não pode estar errado..."*, como argumento em defesa de seus maus-hábitos de *"...peidar, urinar, defecar e se masturbar em público."* [254]

No entretanto, também pensou ela: parece existir uma insignificante consideração pela vida humana; tanto de quem tem obrigação de resolver o encravado problema; quanto de quem pode estender a mão para minorar o sofrimento de quem vive em completa penúria; mas também dos próprios desassistidos, que deixam transparecer estarem de acordo com o que a sociedade lhes entrega. Isso nos faz lembrar – pensou ela - da vida na Idade Média, em que a nobreza considerava como absolutamente normal o exercício de todo tipo de supremacia sobre as pessoas de baixa ou nenhuma condição.

Lembrou, também, que há muita gente que deles desfaz, por acreditar que são pessoas de espírito menor. Nada disso – ela pensou -, em sua grande maioria são homens, mulheres e até crianças de elevadas almas; sempre dispostos a fazer o bem e, a entregar o pouco do que lhes não falta. Sempre à espera de alguém de boas intenções, de elevada alma, capaz de apaniguar aquele demorado sofrimento que, para muitos, são exemplos de pé rapado, pobretões e, nada mais do que isso. Estão no grupo dos que são capazes de socorrê-los, mas não o fazem os mais distantes e, também, os mais próximos. Os que preferem trocar o saber, pelo *savoir*. Que, no seu distante conhecimento do Mundo e dos seus alicerces e subterrâneos, em suas euforias proclamam: *ego sum lux mundi* (*eu sou a voz do mundo*). Que tristeza para uns e outros! Não deixam de ser *misérias* que se misturam.

Um homem de aparente grande estatura a chamou para confessar algo que lhe parecia singular. Disse ele:

- Antes de cair nas ruas, moça, fui um homem rico e bem-relacionado. Viajei muito e conheci gente importante. Dois dos meus ídolos eram Nelson Mandela e Will Smith – dois homens iluminados. Pois conheci pessoalmente os dois. Quando juntos, nas poucas vezes em que assim estiveram, seriam capazes de abrir sol num dia de chuva, tal o carisma que irradiavam. Um já se foi, moça, lamentavelmente.

Em conversa que adiante teve com outra mulher, idosa, com expressão de palidez, dela ouviu: é bem capaz que você não queira acreditar, mas passei quase toda a minha vida morando na calçada. A minha mãe me pariu num lugar desses e, depois de recolhida a uma casa de apoio a órfãos, ao ser liberada não me restou outra saída do que a rua para continuar vivendo. Mas não sou infeliz. Aqui, convivo com pessoas iguais a mim que, além de tudo, me apoiam. Sou uma das mais velhas e, que aqui está a mais tempo. Então, já tenho um título; uma conquista. Esse é o meu troféu, o meu diploma, moça jovem e bonita. Já sei que qualquer dia desses vou ser *chamada* e, assim, me aposentarei para sempre, sem precisar que o governo me pague pensão. Nem posso dizer que vou pendurar as chuteiras, porque passei a vida sem trabalhar. Morando na rua é difícil de conseguir trabalho. Quando alguém quer que para ele se trabalhe, a primeira coisa que pergunta é o nosso endereço; onde a gente mora. Quando se diz, arruma uma desculpa e despacha o candidato. É assim mesmo, senhora. Quem mora na rua sabe que não goza de boa fama. Ela sorriu e Maristela seguiu caminhando. Registre-se, que Paulo Freire ao se ocupar com essas pessoas, as rotulou de *esfarrapados*, para juntá-los a outros tantos vulneráveis, tais como negros, pobres, indígenas etc.

Na sua desesperada ânsia por dias melhores e mais seguros, Maristela parecia desacreditar de tudo o que via, a ponto de querer provar a visibilidade do que na realidade era invisível. Vivia num verdadeiro acúmulo de sofrimentos incapazes de serem suportados, mas que para seu mal maior, aumentavam progressivamente. Até quando suportaria essa aflitiva tensão emocional ela não saberia dizer. Parecia viver numa usina de dificuldades e de dissabores. Lembrou então de Arthur Schopenhauer: "*A mais eficaz consolação em toda desgraça, em todo sofrimento é voltar os olhos para aqueles que são ainda mais desgraçados do que nós; esse remédio encontra-se ao alcance de todos.*"[255] Então, pensou ela, ainda há quem seja capaz de encontrar felicidade em quem descarna a desgraça, como algo mais suave e nem tão infeliz que a sua profunda e invencível dor.

Ela também não teria esquecido que se podemos dizer que na vida o importante são as escolhas, nada mais justo será também afirmar que igual importância têm as recusas. E, ela já tinha recusado a algumas ofertas de meios de ganhar dinheiro, em razão de desejar manter sua moral, a mais ilibada que lhe fosse possível e a sorte a contemplasse. Mas, vez que outra, também pensava que, aceitando trabalhar em atividade que recriminava por ferir a sua moral, possivelmente fosse meio de chegar ao apogeu; isto é, concluir os seus estudos em instituição privilegiada e, ao final, exercer a profissão que escolhera.

Para sua sorte, vez que outra o astral dela subia e, mesmo que abatida com decepções que diariamente a vida lhe impingia, ela voltava a reunir novas forças, tirando ânimo de algum lugar escondido nos seus pensamentos. Quando a luz verde acendia, ela voltava a se equilibrar e a acreditar que alcançaria o seu intento: crescer para ser independente e vitoriosa. Desistir – pensava ela quando mais calma -, jamais. Maristela trazia no peito e na alma um conselho que ouvira de um professor da faculdade: é mais nobre morrer do que desistir. Ministrando disciplina que ele sabia ser complexa, de difícil aprendizado, com essa frase ele pensava estimular os alunos a lutar o quanto fosse necessário, até aprender.

Além disso, ela sabia que os resultados não chegariam, se ela não os fosse buscar. E, ela sabia que a confiança em si e a esperança, são o elixir que nos alimenta nas horas mais difíceis. Que o desespero, e o elevado descontrole sobre aquilo que almejamos obter, é fonte de perda e de regresso ao ponto mais baixo. Possivelmente nos levando para lugar que nunca acreditaríamos chegar. Na escala de 1 a 10, pela força do descontrole emocional, talvez possamos chegar ao ponto zero; ou, abaixo dele.

Nos instantes de coragem, nos quais ela parecia afogar as suas inseguranças, parecia ficar convicta de que seria uma profissional da área que escolhera – a administração de empresas. Que lutaria contra tudo o que estivesse a tentar desviá-la dessa decidida vontade. Que não deveria se envolver com conselhos que a arredassem do seu alvo; do seu norte. Afinal – pensava ela – teria se mudado para o Rio de Janeiro para vencer; não, para perder! E o sucesso dependeria mais de si do que da qualquer outra pessoa, para não dizer que, para chegar ao apogeu, dependeria exclusivamente dela. Enfim, que nunca deveria dizer para alguém nem para si mesma, que não venceria os obstáculos.

Curioso fato, é que muitos dos homens ali *albergados*, sequer tinham prestado o Serviço Militar Obrigatório, se tornando insubmissos da Pátria. Com toda certeza, teriam perdido boa oportunidade de se livrar das ruas e, quiçá, para elas não mais ter que voltar. Mas, parece que teriam sido predestinados à vida que levavam, sem capacidade para reverter o que lhes fora decidido como porvir. Porém, exceptuados alguns poucos gatunos e viciados, a maioria, apesar da maneira como vivia, mantinha a dignidade e o respeito aos seus semelhantes. Eram cuidadosos e carinhosos com animais domésticos, que os tinham como membros da família. Por isso tudo, nada mais seria necessário deles se exigir, para que também fossem merecedores de respeito. Durante aquela demorada passagem pelo cenário da miséria, ela lembrou ter ouvido de alguém de quem não mais lembrava, que a pobreza e a miséria gostam de se manter acompanhas. Possivelmente – segundo Maristela - fosse um meio dessas pessoas se sentirem seguras, quando nada mais lhes restava para se agarrar.

Caminhando lentamente e, agora mais observando as pessoas por quem passava, do que firme no seu propósito inicial de descobrir lugar para se acomodar quando não mais pudesse se abrigar em uma casa; olhando para aquela absoluta miséria que vestia seres humanos, ela lembrou de uma frase da feminista de vanguarda, Virginia Woolf, para grifar que aquelas pessoas viviam em situação tão incrível, que lhes afetava a capacidade de praticar atos do cotidiano: *"Não pode pensar bem, amar bem, dormir bem quando não se janta bem."* E, ainda da mesma autora Maristela pinçou essas palavras: *"...que efeito exerce a pobreza na mente; e que efeito exerce a riqueza na mente..."*[256] Realmente, sem o alimento ingerido pela boca ou por meio nutrição parenteral, o cérebro enfraquece, levando a pessoa a não mais raciocinar de forma ordenada e equilibrada. Há quem, quando em profundo e insuportável tempo sem alimentar o corpo com as calorias que ele está a reclamar, antes de ser consumido pela morte física, paralisa o cérebro e não mais age de forma equilibrada. Esse é um dos princípios do seu fim.

Se deparava com pessoas que se serviam de comida e de roupas já *renunciadas* por alguém – expressão que ela surrupiou de Eça de Queirós.[257] Mas, ainda um tanto lúcida, ela lembrou de um outro preceito que lhe fora dito tempos atrás: de pouco ou nada adianta beneficiar àquele que pede ajuda para apenas diminuir o seu sofrimento; mais merece e mais produtivo será o auxílio a quem através da ajuda subir algum degrau da escala social. Então, de pouco proveito será auxiliar a quem se conforma com a vida que leva; sem ânimo para dela emergir para um nível melhor. Além do mais, lidar com situações que para o homem comum são tidas como adversas, para pessoas que vivem em condições *especiais*, nem sempre o impacto é o mesmo. Essas incríveis pessoas, de tanto e tanto viverem sob a desproteção e ao desamparo de tudo, nem sempre se acham tão infelizes como em verdade as são. Muitas delas não sofrem mais os *seus* sofrimentos, nem se acham tão infelizes como em verdade as são. Não sofrem sequer a dor dos seus iguais, ainda que as vezes aqueles isso demonstrem. As condições de vida a que são jogadas, amortecem as sensações psicológicas mais traumatizantes. Certa vez, Maristela leu num livro que tratava dos horrores da guerra, e muito dele dava para comparar com o que via na indigência. O que há de mais comum entre eles, é o crescente abandono, por constante e progressiva aceitação de que nada podem fazer para mudar aquele estado de coisas. Uns, por dever de obediência; outros, por aceitação à vida.

Se pensa não ser necessário nem crível ter que aceitar o que disse Modris Eksteins, a respeito da Primeira Guerra Mundial no livro A Sagração da Primavera: *"'Entre as coisas mais bonitas que a guerra trouxe...está no fato de que não temos mais uma ralé.'"*[258] E segue o mesmo autor: *"A mobilização foi purificadora: a escória desapareceu e sobraram apenas os alemães, uma nação de aristocratas espirituais."*[259] Quanto horror! Quanta desumanidade!

Ela não saberia distinguir, mas já ouvira dizer que em meio aos reais e autênticos miseráveis, se intrometem vadios, falsos mendigos, oportunistas, vagabundos, malandros, ladrões de pequenos furtos. Enfim, pessoas que se poderia dizer pertencentes a outro *status social*, com o perdão à inadaptação do termo. Com certeza, esse tipo de gente se faz presente em todos e quaisquer lugares. Tudo é questão de oportunidade para agirem inescrupulosamente. Também já lhe haviam dito que alguns dos reais ou autênticos miseráveis, prestam alguns serviços ilícitos a malandros que com eles convivem, especialmente durante a noite; sempre em troca de algo pequeno, mas de necessário valor para estes. Se dava nisso, uma das imposições da vida; uma exigência vital e, portanto, irrecusável, inafastável. Todavia, eles corriam risco de acreditar que o crime poderia se tornar algo atrativo; que poderia se tornar atraente delinquir; que poderia tornar cativante a prática de delito; que tais atos não se caracterizariam como fontes do mal e do erro, mas indispensáveis as suas vidas. Até que um dia, quiçá, trocassem a miserável liberdade das ruas, pela não menos desgraçada moradia numa restrita cela de cadeia. É a classe dos que *não têm*; dos que não têm nada; e, que, para os quais tudo falta.

Em meio àquela sequência de pessoas a quem tudo faltava, ela viu uma mulher bonita, porém, em deprimente estado. Suja, com roupas velhas, rasgadas e imundas. Lembrou que, como com ela, talvez já teriam tentado levá-la para a prostituição; o que para aquela infeliz pessoa, talvez fosse uma alternativa. Uma alternativa cheia de pecados que, com os quais Maristela não concordaria. Todavia, nem por isso deixaria de ser uma alternativa para sair do *chão*. Porém, se bem assim desejasse a infeliz moradora de rua, a tal não seria capaz de alcançar, enquanto não melhorasse a aparência para apresentar o seu belo rosto e linda silhueta, a quem a desejasse numa cama. Faltava-lhe o mínimo, do que de menos é exigido a uma prostituta, a qual, quase sempre, nada mais de especial oferece como atrativo ao parceiro. Faltava-lhe, o que se poderia dizer, dissimetria para se por em condições de oferecer, minimamente, o seu *produto* ao sempre ávido mercado aquisitivo. No entretanto, ela não descartava a hipótese de que algum cafetão, ou mesmo um gigolô lhe proporcionasse um melhor visual, como meio de se lançar no mundo da prostituição e, afinal, trocar a dura vida da calçada, pela menos agressiva e melhor remunerada, numa confortável cama de motel ou de prostíbulo.

São pessoas que se poderá afirmar que vivem em completa e eterna desventura, mas que nem sempre admitem essa realidade. Ainda menor o mal para elas, pois em caso contrário, as levaria a maior sofrimento, se se pode crer haver situação pior.

Em meio ao *universo* dessas pessoas, contaram à Maristela que vez que outra, algumas mulheres, já senhoras, parecem não se preocupar em evitar mostrar algumas *peças* pudicas, porque talvez a miséria que as vestem há tantos anos, as faz aprender que, se a fome e a doença conseguem ser suportadas, o pudor se torna um detalhe sem valor. Mas, não comparam estas com as provocativas mulheres da noite que, apesar de igualmente sofredoras, os motivos e os resultados são bem distintos e distantes. Eis, então, dois mundos diferentes. Possivelmente, se estas tivessem escolhido o caminho daquelas, certamente teriam escapado da miséria, pelo menos enquanto jovens e atrativas.

Maristela estava à beira da cruel perda do instinto de sobrevivência, como último sentido de resistência ainda perceptível pelo ser humano, antes que o desespero o conduza ao pecado, ou desapareça desse mundo - instinto que já perdoou canibais e, que, por sorte, a civilização afastou essa desgraça humana, numa sociedade tão desigual. Maristela estava perto disso, pelo menos no sentido figurado; ou, quiçá, se realmente não estaria bem mais perto desse mal e ainda não tivesse consciência da iminente profanação. Talvez para atender ao instinto de sobrevivência, não fosse capaz de matar, nem de matar-se, mas possivelmente roubar para comer.

Não se imaginava passar a viver da bondade das pessoas que transitam pelas ruas; do óbolo; da esmola, nem sempre alcançada por alguém e, mesmo assim, insuficiente para garantir a manutenção do seu corpo e a tranquilidade da sua mente. Era uma inequívoca saga; uma verdadeira narrativa lendária o que se passava pela sua cabeça já bastante desestruturada. A radical e rápida mudança do tipo de vida por que passava, a deixava desiquilibrada; confusa; atordoa; abandonada; desrespeitada por si mesma. Em meio a esses transtornos, ela precisava ter forças para manter o controle sobre tudo o que acontecia e sentia; ela não poderia praticar alguma atrocidade, quando a cólera, a ira, perturbavam o seu interior mais profundo. Ela teria que desviar o pensamento da tentação de tramar alguma vingança, especialmente, contra quem não tinha nenhuma culpa pelo que com ela acontecia.

Ela tinha perdido toda candura que a acompanhara desde criança; a pureza da ingenuidade que tanto a identificava desde menina; a amabilidade no trato com as pessoas – com todas as pessoas. Em troca disso, ela passara a menosprezar, a desdenhar de tudo o que via ou lembrava. Mesmo assim, não esquecia das observações e previdências apontadas pelo seu pai, antes de sair de casa. As vezes ficava com os olhos cheios d'água, ao lembrar que devia ter atendido às suas advertências sobre o quanto nos cobra a vida distante da família, numa cidade grande e desconhecida. Essa desobediência, que agora lhe parecia como um ato de loucura, senão de castigo, a machucava a ponto de cair em pranto e sem saber o que fazer para fugir de tal desespero e descontrole sobre si.

Ela parecia não amar mais nada; não achar prazer em nada e, não se alegrar sequer com as piadas de um palhaço que procurava alegrar os poucos transeuntes que ainda passeavam pela grande avenida. Na mesma noite, resolveu caminhar pelos canteiros centrais da enorme avenida Atlântica, onde achou que poderia melhor derramar todo o seu pranto sem ser observada por ninguém. Caminhou e chorou bastante, não mais sabendo se mais caminhou ou mais chorou, mas quando se deu conta, já teria percorrido quase toda a extensão de uma das mais belas e concorridas avenidas da capital fluminense. Mesmo assim, parecia poder continuar mantendo a pureza, a delicadeza e a doçura de uma mulher que sempre fez por onde guardar os segredos que a levavam a uma vida honrada. O choro convulsivo e incontrolável, não poucas vezes a levou a soluçar e, as vezes a procurar sufocá-lo.

Machucada pelas lembranças que parecia ter

perdido das coisas mais importantes do seu recente passado; da vontade de se ver vencedora pelo seu exclusivo esforço, quase não a mantinha de pé, pois que, em mais de uma vez tonteou e precisou sentar-se um pouco no meio fio da calçada. Pior, saber que não tinha para quem queixar-se, senão para si mesma – única culpada pelo tombo que levara e, que, sobre ele foi bastante advertida. Todavia, a sua incontida dor parecia conduzi-la a mais sofrimento, pois não enxergava naquela desesperada noite, algo que a consolasse, não apenas com palavras, mas com claras soluções. Não enxergando um futuro nem perto nem longe; só lhe restava aceitar que o seu fim havia chegado e, igual ao daquele que havia abraçado o contingente de pessoas que observou durante a sua maldita viagem pelas calçadas de Copacabana.

Mas lá também não havia apenas isso, pois os lugares festivos eram em bem maior número, mas sem acesso a quem não tinha dinheiro para desfrutar dos tão invejosos espaços; sem meios, sequer para obter um pedaço de pão já passado. Depois de mais sossegada, quando já havia transbordado todo o seu choro, se manteve durante bom tempo em pleno silêncio, parecendo em nada mais pensar: nem de bom nem de ruim. Num silêncio que, por incrível que parecesse, se comparava ao de alguém que está num belo teatro a assistir a sinfonia de uma ópera. Talvez ela tivesse mesmo pensando numa ópera, que na verdade nunca assistiu, mas já teria visto algumas partes em filmes transmitidos pela televisão, ao tempo em que morava com os pais. Afinal, a ópera, senão burlesca, será dramática.

Voltando a observar e conversar com alguns moradores de rua naquela longa noite em que andou praticamente sem rumo definido, ela percebeu que alguns deles vivem em constantes caminhadas, sem disporem de um lugar fixo para dormir e comer. Dormem em qualquer lugar; em lugares alternados; onde lhes aprouver dormir quando o sono os derrubar. Se alimentam com o que lhes dão durante as suas andanças. E assim andando, não raro mudam de rua e até de bairro. Andam, como se diria, a Deus dará.

De uma pobre mãe, assistiu a uma cena que pensou jamais esquecer: a sua filinha chorando por sentir fome e, ela não tendo nada para oferecer-lhe, deu-lhe água com farinha e, a menininha cessou com o seu pranto. Então, a mãe disse-lhe que a filha teria parado de chorar, porque pensou que aquilo fosse uma sopa.

Alguns se juntam a grupos formados por algumas poucas pessoas que se mantém reunidas todos os dias, especialmente, durante a noite. Dessa união, resultam forças capazes de os valorizar em suas reivindicações. Através da união, resultam melhor informados, especialmente, sobre tudo o que a eles diz respeito. Entre eles há um verdadeiro *rádio corredor*, que transmite a todos e a cada um, os dias e locais de realização de algumas campanhas que os interesse e favoreça. Afinal, eles integram uma das classes sociais e participam das estatísticas e cálculos feitos pelos órgãos de registro e de informação de cada país e do universo. Apesar de saberem estar abaixo da base da pirâmide social, de algum modo concorrem para a formação do seu alicerce.

Certa vez um amigo a disse que essas pessoas vivem abaixo do *zero*; isto é, abaixo da linha de pobreza e com poucas chances de ver o horizonte. Pergunta-se: quando chegará a hora de botar em prática os valorosos princípios de humanidade? Ou será necessário que continuemos desumanos para nos garantirmos acima dos *indesejados*? Ou será mais fácil que um dia eles sejam iguais a nós, do que nós iguais a eles? Aí ela perguntou para si, como que desejando enviar uma mensagem para a *outra* parte desse Mundo, que é tão diferente entre os que nele habitam: quantas pessoas já pensaram em *salvar* esse pequeno grupo que vive em meio à multidão? Quantas pessoas já fizeram algo para salvá-los da ingrata maneira em que vivem? Poucos? Muitos? Mas, não todos, porque não é possível que todos tenham feito ou pensado fazer e não tenham obtido resultados. Eu não sei nada sobre eles, mas cada um sabe tudo sobre si. Salvar alguém implica em transferência de amor. Nem todos que ali estão, se sentem necessitados do que lhes podemos oferecer; mas grande parte deles, aspira por dias *normais*.

Ela ficou a meditar por demorado tempo e, então, lembrou que a miséria é capaz de afetar, de enfraquecer a inteligência e a memória; o que pode ser motivo para que só poucos reclamem das condições adversas em que vivem. Possivelmente, pensou Maristela, apenas nos primeiros dias de intenso sofrimento, depois de terem perdido o *conforto* do lar serão capazes de reclamar. Depois dessa fase inicial, tudo se transforma em hábito; inclusive a desfaçatez com que enganam a fome. É admissível que ao longo do tempo, muitos esqueçam de si; de sua pessoa; o que são e o que estão fazendo. Esquecem dos seus direitos, já que obrigações, praticamente não têm; pois que ninguém os poderá obrigar fazer, além do que já vêm fazendo. Passam por natural lavagem cerebral, que os tornam capazes de sobreviver em meio a tudo que lhes falta, inclusive de si próprios. E, é através desse processo *anestésico* que muitos conseguem superar o frio e o calor; a fome e a sede; o desejo e a conformação; o amor e a ausência de quem amar; o ódio e a indiferença; a iniciativa e o descaso. São capazes de morrer de frio, sem que o sinta, porque apesar do corpo não resistir, a alma nada mais sente.

Observou, que em meio àquela diversidade de pessoas, que em comum apenas tinha o estado de miséria, ela via alguns velhos (homens e mulheres) presidiários da extrema pobreza que não tem prazo nem data para alcançar a liberdade. Em grande maioria, eram idosos debilitados, com cabelos grisalhos e até mesmo sem mais ter cabelos; com rostos e mãos vincados; enrugados e com poucos ou nenhum dente. E, nem precisariam estar sujos, como costumam estar, para dar prova do que são a miséria humana, para não dizer da *sujeita humana*, como tantos os qualificam. Todavia, dentro do possível, cada um era verdadeiro amante da vida, a qual se mantinha agarrado com a pouca firmeza que ainda lhe restava.

Dentre as pessoas que viu pela rua, parou algum tempo para ver uma mulher bastante nova, dando seu peito ao filho para mamar. Ao seu lado, tinham dois cachorros que lhe pareciam famintos e, que, provavelmente fossem dela. Então Maristela com pensamento jocoso disse para si: nesse restaurante só há comida para humanos! Aquela criança, como tantos outros pequeninos anjos, por certo que encantam muitas pessoas, mas outras tantas os olham com desdém, como se pertencentes a uma outra *espécie*; a uma *espécie* diferente da dos seus filhos, afilhados, sobrinhos e netos – crianças a que estão acostumadas abraçar e beijar. Pobres anjinhos, que já nascem com uma cruz a carregar nos franzinos ombros, certamente mais pesada do que serão capazes de suportar. Porém, por incrível que pareça, algumas delas são melhor olhadas e obsequiadas pela sorte e, vez que outra, são aquinhoadas com uma vida digna de ser desejada por outros seus *semelhantes*. São as crianças *fora de série*; inusitadas; exemplares; como modelos únicos de uma obra tão cobiçada quanto admirada e procurada. Mesmo assim, todas elas – as que não tiveram igual sorte e, as que a sorte abraçou -, são irmãs do Menino Jesus, que também nasceu pobre.

Depois disso pensar, sorriu para dentro, enquanto lembrava que em pouco tempo, talvez ela própria viesse a viver essa triste realidade.

Conseguiu pensar ainda, que há um tempo em que a gente leva a vida; há outro, em que a vida leva a gente. Também meditou sobre a eterna vulnerabilidade a que são jogados esses miseráveis seres humanos; seres vivos. E, que, certamente, segundo ela pensou, essa vulnerabilidade social, além de eterna e universal, é global e infinita. A cada miserável que sai da rua, por morte ou por qualquer outra circunstância, um contingente de outros tantos desvalidos, desamparados, ocupa aquele lugar.

Apesar da sua quase desesperança, ela conseguiu entender que aquela gente tem muito a ensinar à humanidade; aos invejosos, aos egoístas, aos excessivamente vaidosos, aos perversos, aos pródigos e, até a alguns que se dizem crentes e caridosos de oportunidade. Porém, nem todos abominam aquele tipo de vida e, alegam viver melhor do que alguns que têm uma casa para lhes aquecer e uma família para lhes aconchegar.

Lembrou que Charles Chaplin também foi morador de rua. Oriundo de família pobre, enquanto menino andou de orfanato em orfanato. Mas teve a sutileza de dedicar à sua arte, aquilo que pautara a sua vida de miserável, transformando em memoráveis, as cenas nas quais fazia o papel de um homem pobre e malvestido e, até quando, adiante, envergando uma casaca e um chapéu coco. Por outro lado, também lembrou de uma desconcertante frase de Tiêteriev, personagem da peça teatral criada por Górki, Pequeno-Burgeses: *"Pois não há no mundo nada mais triste e repugnante que um homem que dá esmola ao seu próximo!"*[260]

Convenceu-se, de que essas pessoas levam uma vida que se poderia chamar de *animalesca*, sem com isso ofender a umas e a outros. Em meio à imundice, a poeira e, sem oportunidade e meios para se banharem, ainda que não diariamente, assim eles levam a vida; ou a vida os levam. E, não se pode negar que em meio a tudo isso, se encontra lugar que serve de habitação para moscas, piolhos, lêndeas, pulgas, mosquitos e, vez que outra, a infernal ratazana.

Não é novidade, pois, que certos questionamentos políticos que pipocam aqui e acolá; no Brasil e no exterior; ontem e hoje, não chegam a lugar nenhum e nada resolvem. Mesmo antes da Primeira Guerra Mundial (1914), o povo alemão era o mais aberto a questionar princípios e valores defendidos pela denominada burguesia liberal daquela época. Foi o povo que mais questionou as regras culturais, sociais e políticas antes da sangrenta e demorada guerra, com maior incidência contra os princípios defendidos na Inglaterra e na França. Mesmo assim, não conseguiu extirpar esse terrível mal que o homem oferece ao seu semelhante.

A rotina a eles prescrita pela sociedade que os cerca; mas só rara e escassamente os protege, os leva a uma espécie de entorpecimento dos seus estímulos sensoriais, de modo a se poder acreditar que alguns deles, em algumas circunstâncias, fiquem propensos a perder o instinto de autopreservação. Mesmo assim, quando cônscios dos seus *deveres sociais*, são leais, respeitosos, humildes, generosos e solidários para com os seus iguais e para com os seus desiguais. Peçam um favor a um deles, e será prontamente atendido. Possivelmente, com maior interesse do que se pedisse a um seu igual.

Nas situações mais agudas, que atingem homens e mulheres que chegam a passar mais de 1 dia dormindo e sem se alimentar, há a possibilidade de perda temporária e parcial da memória, se tornando distantes de tudo o que os cerca e envolve. Alguns perdem alguns reflexos, a ponto de serem mexidos e transferidos de lugar, sem perceberem o que com eles está se passando. Depois de viverem algum tempo em desumanas condições, as suas reações tendem a afrouxar e, o descaso para consigo, se torna algo suscetível de acontecer, ainda que por algum tempo. Se tornam insensíveis a muitas coisas, inclusive a si mesmos. Além do mais, essas pessoas não têm ora para satisfazer os seus desejos (necessidades), que só acontecerão, na maioria das vezes, quando lhes for possível. Se há certa hora prevista para a refeição, de nada adiantará esperá-la, porque se a comida não chegar, não haverá refeição; se há necessidade para tratar de certa doença, o resultado será o mesmo.

Questão assas importante, diz respeito a devermos bem separar o joio do trigo, pois há quem compartilhe da ideia – correta ou não – de que a maior parte do que ocorre com o ser humano – com todo ser humano -, depende da sua responsabilidade perante a *sua* vida. Na mais das vezes, esse *desvio* da responsabilidade decorre do imperdoável excesso de indolência. Essa máxima, com efeito, também se aplica em boa dose a essas pessoas maltrapilhas e famintas de tudo – não só de comida. Pessoas que *habitam* diuturnamente as ruas da maioria esmagadora das cidades do planeta. Contribui para o resultado do que acontece com essa última turma de sobre-humanos, é que, com o passar do tempo em que vive em extremada miséria, brota e cresce o desinteresse por outro tipo de vida. Isso, talvez lhes seja bom, por incrível que seja assim pensar, porque de certa forma contribui para a diminuição do sofrimento.

* * *

Maristela não sabia mais o que fazer de si; o que fazer da sua vida; para onde direcionar o leme da sua confusa, mas necessária existência. Ela não podia despedir-se de si; despedir-se da sua animação como pessoa; partir desse mundo para outro desconhecido; despedir-se do tudo e do nada. Ela sabia que teria que continuar, porque a sua vida não pertencia apenas a si, mas ao universo do qual ela era apenas uma parte; um traço; um ponto; uma coisa; um sinal, porém necessário ao seu conjunto. Ela precisava ir até o fim, embora não soubesse o que era o fim; se havia o fim; onde era o fim; nem como chegar ao fim.

Se muitas vezes pensava estar sozinha, *abandonada*, não poderia *abandonar* a certeza de que teria que decidir-se por si mesma, uma vez que já sabia que ninguém mais, em seu exclusivo e egoísta benefício, por ela decidiria. Que, de nada lhe adiantaria perder a esperança e, como defensora que sempre fora da filosofia existencialista, ela sabia que para *atuar* é necessário ter esperança. Além do mais, achou que muitos dos moradores de rua, com o passar do tempo se tornam plenamente passivos, admitindo aquela vida como absolutamente normal. Que alguns, embora tendo chances de sair da rua, preferiam nela ficar em troca da liberdade de que dispunham. Pois é bem verdade, que maior privação, passam aqueles que têm tolhida a liberdade de ir e vir - os presidiários que, reclusos e amontoados em suas celas, estão a pagar por dívidas não impostas pelo destino, mas pela sociedade que os segrega.

Acrescentou a tudo isso, a hipótese de que nem todos os moradores de rua seriam pessoas de bem, pois que alguns bandidos e viciados também viviam naquelas condições. Ela tirou disso uma inesquecível lição – a de que o quanto a humanidade é dispersa; o quanto as pessoas são desiguais; o quanto os seres humanos se habituam com a indiferença aos que sofrem. Lembrou das tantas vezes em que, antes disso, viu pessoas dormindo nas calçadas e, de, tão pouco ou nada ter-se abalado com o que via. Lembrou de ver pessoas visivelmente sofridas, padecendo de fome e até de frio, como seguidamente acontece no Sul, mas que, impulsionada pela máquina propulsora da sua vida, sequer os olhava com a atenção pranteada.

Enquanto ali esteve, conseguiu sentir um fio de esperança ao ver um homem vestindo trapos e, que, descontraído, caminhava lentamente assobiando a Ave Maria, de Franz Peter Schubert. Imaginou, então, que a vida só existe para quem se atreve a vivê-la como ela é, pois por ali passava um maltrapilho, com ânimo para assobiar algo tão sublime. Ele parecia não se sentir afetado pela vida que levava; pelo menos naquele momento. Quão sublime aquele momento, e aquele assobio se tornou para ela; dando chance a que pudesse um pouco alimentar a necessidade de continuar a viver entre aqueles que, apesar de sofridos, ainda viviam como tantas outras pessoas.

Lembrou que a alegria de viver é o maior presente de Deus; e, a ela teria sido traçada aquela meta que precisaria ser vencida, porque era uma missão a ser cumprida. Entendia que sair voluntariamente do mundo, como a opção de alguém desesperado, seria uma traição à vontade do Senhor. Pensou, ainda, que, enquanto o dinheiro pode ser uma condição de liberdade para quem o tem; para quem nada tem, a liberdade brota de outra fonte: a da desnecessidade de tê-lo para vier.

Voltando aos seus anteriores pensamentos, observou que essa desumanidade vinha crescendo em acelerada velocidade, não apenas por onde ela passava, mas em todo o planeta, como os noticiários seguidamente informavam. Que aos olhos da maioria, essas pessoas não tinham corpo, nem cara, nem fisionomia. Esqueciam de que também tinham alma e sentimentos, algumas vezes mais puros, mais nobres do que muitos dos que não os conseguiam enxergar. Esse desapego aos mendigos, a fez lembrar célebre frase de William Sheakespeare, na imortal obra encenada pelos amantes de Verona, Romeu e Julieta, que se conheceram num baile de máscaras (isto é, até então não se olhavam): *"Só ri de uma cicatriz quem nunca foi ferido."*

Passou a observar naquela mendicidade um grau de submissão à vida que levava; o respeito a tudo e a todos; a assimilação dos revezes e das rasteiras que a vida diariamente lhes ofertava, cujo único troféu era a sorte de poder continuar vivendo. Pessoas que aprenderam a não gostar de alguém, porque foram rejeitados por aqueles de quem gostavam. Pessoas com corpo e alma, mas relegados a triste casta dos excluídos; que, equivocadamente, pensam ser a classe dos párias. Pessoas com direito à vida, mas sem o direito de viver. Pessoas que têm nome, e pessoas que já esqueceram o seu nome. Pessoas vulneráveis à doença, mas inacessíveis à cura. Pessoas que sequer número têm, porque não estão catalogadas em qualquer órgão de registro ou de controle. Que vivem em famigeradas condições, só capazes de ser suportadas por elas mesmas; e, por iguais. De tal sorte que, se alguém que disso não necessite, se arvorar a imitá-las, provavelmente não aguentará enfrentar a rudez desse tipo de vida, ou, sucumbirá em pouco tempo.

Pior, ainda, que, em meio a esse triste cenário, existem crianças da mais iniciada idade, ainda não desmamadas, cuja sorte, só a *sorte* saberá guiar e protegê-las. São filhos de pais amados que os amam, mas que não mais têm espinha para mantê-los erguidos com decência. Não se tratam, necessariamente, de pessoas ruins, imprestáveis, mas obrigadas a viver em um mundo estranho; porém não desconhecido do resto da sociedade. No entanto, sobrevivem em meio à fermentação de uma espécie de desencanto, de desesperança e de convencimento de que jamais sairão daquele já assimilado tipo de vida.

Um tipo de vida incapaz de querer ser imitado, senão, compulsoriamente. E, como não têm casa, restou-lhes como sorte ter as ruas como se fossem suas; ou suas casas. Totalmente suas; suas enormes casas; suas imensas moradias; seus infinitos lares. Casas sem paredes divisórias e com um único cômodo que dividem com os seus iguais e com os seus semelhantes. Semelhantes que entram e saem das suas casas, sem serem convidados e sem pedirem licença. Semelhantes que usam, sujam, pisoteiam e abusam das suas casas. Para esses, um lugar público; para aqueles, a sua casa.

Viver na miséria não é privilégio de miseráveis, mas também de quem se tornou miserável. Quem sabe a vida que hoje alguns levam, não reflete a que levou o *sobrinho* de Rameau, contada no diálogo com Diderot. Quem sabe a vida de alguns destes é mais verdadeira do que a do sobrinho do renomado compositor e músico da França dos séculos XVII e XVIII.[261] Uma vida que ainda serve para dar exemplos àqueles que não cuidam das suas vidas. Uma vida não proposta por alguém, mas acolhida por muita gente, que dela se socorre antes do apagar das suas luzes. Pessoas que já iluminaram as suas vidas e as de outras tantas pessoas; especialmente, das mais próximas, mas que hoje não cintilam mais, porque o mundo as relegou à tal triste condição de descer quase ao nível dos que já foram enterrados.

Para esses não sobrará sepultura quando morrerem, apenas covas de poucos palmos de profundidade - o suficiente para não ficarem fedendo o ar que os outros respiram. Assim são eles; assim eles vivem; assim eles são; assim eles morrem. Nem todos conseguem morrer depois de serem assistidos num hospital público de qualidade duvidosa e por médicos nem sempre aptos a amenizar os seus sofrimentos, porque vários deles morrem no leito em que dormiram a sua última noite, ou, no qual amanheceram com o raiar do sol de um novo dia que jamais os aquecerá. São pessoas pobres por fora, mas nem sempre pobres de alma, porque muitas delas têm muito para ensinar a quem com elas quiser aprender o que é sofrer sem sentir a dor. Afinal, há quem diga que a dor é algo psicológico; que poderá ser dominada. Pois, belisquem o psicólogo, para ver qual será a reação dele!

Então, Maristela pensou mais, se interrogando: por que a humanidade consente tamanha disparidade entre os que têm tanto e os que nada têm? Será que já passados tantos séculos, ainda se deva aceitar a miséria absoluta? Pelo que se constata – pensou ela – nem a atuação da Oxfam Internacional tem obtido sucesso no árduo propósito e difícil tarefa de extirpar ou reduzir a pobreza.

Logo diante ela ficou a listar alguns dos sofrimentos ou escassezes quase que totais, ou até absolutas, pelos quais passam essas pessoas que, no mais, são iguais a todos nós: fome, rejeição e exclusão, doença e ausência de tratamento, desilusão e depressão, insegurança e medo. E, se manteve ainda a pensar se alguém seria capaz de ajudá-la a acrescentar algo mais nesse deprimente rol de coisas ruins.

Ela levava uma vida complicada e indefinida. Atrapalhada, por assim dizer. A todo instante se parecia com alguém que resolvera caminhar por um grande túnel sem saber o que encontraria no lado oposto. E, que, depois de andar por várias horas, vários dias e várias semanas, ao chegar ao lado extremo descobre que não havia saída, porque está tapada com uma enorme pedra. Então, a ela só restaria voltar ao ponto de partida, andando tudo novamente, porém, de costas viradas para o lugar de onde partira. Essa era a sua *silhueta*; o que ela imaginava...

Passado demorado tempo em que circulou por

Copacabana, tomou um ônibus para voltar para a pensão. Durante o trajeto tremia muito e chorava intensamente. Vendo o seu estado de desespero, uma pessoa que viajava no coletivo impressionou-se com o seu estado de profundo sofrimento e tentou ajudá-la. Porém, sem sucesso, pois nada a bondosa e afetiva passageira poderia fazer para socorrê-la. Depois de ter escutado rápida informação sobre o que a afetava naquele instante, a bondosa interlocutora procurou transmitir-lhe uma mensagem em tom de afago. Então, citou uma frase de René Descartes, para quem é necessário *"vencermo-nos antes a nós do que ao mundo"*.[262] Maristela agradeceu a atenção da caridosa mulher e, seguiu procurando administrar em si aquele oportuno ensinamento.

✳ ✳ ✳

Chegando à pensão, conversou com algumas moradoras do prédio, que a informaram já ter encontrado lugar para morar quando precisassem desocupar o sobradão. Soube, inclusive, que algumas delas já teriam desocupado o quarto e se mudado para casas de parentes ou amigos. Porém, a situação de Maristela era bem pior do que a dessas pessoas, porque não tinha parente nem pessoa amiga que a socorresse ou amparasse. Um pouco mais calma, pensou em dormir no saguão de um dos aeroportos, que não ficava muito longe de onde trabalhava. Sabia que por ali muitas pessoas passavam a noite recostas em poltronas aguardando saídas e chegadas de voos. O lugar se parecia bastante mais seguro, se comparado com a hipótese de ter que morar na rua. Mas isso, só poderia vir a ocorrer depois que ela rescindisse o contrato de trabalho, porque até então não teria onde deixar os pertences. Como a rescisão do contrato só ocorreria alguns dias depois da data fixada para desocupar a pensão, terminou desistindo dessa imaginária possibilidade. Alguma das colegas de pensão a convidaram para dividir aluguel num apartamento. Dependendo do tamanho do imóvel, poderia morar 5 ou 6 pessoas, que dividiriam igualmente as despesas com o locativo e acessórios. Mas Maristela não tinha condições de integrar o grupo, porque sabia que em breve estaria desempregada e sem recursos para suportar qualquer compromisso.

Bastante chateada com a incrível situação que a cada momento mais e mais piorava, resolveu contá-la para Marcela, na esperança de obter alguma ajuda, mas nada conseguiu. Apenas conselhos para que se cuidasse, evitando envolver-se com estranhos. Disse-lhe também que o militar teria sido transferido para outra cidade, no interior do Estado. De todo modo, desde que ela teria saído de casa para morar no Rio de Janeiro, as visitas dele foram encurtando, até que não mais apareceu para conversar com o pai delas.

Que, o *esticado* oficial que lá chegava com a impecável farda verde oliva, as suas visitas mais se pareciam com aquelas que as pessoas fazem a doentes: chegam, fazem caras, entre de satisfeitos por verem o acamado; pesarosos pelo mal que os aflige; indefinidos, por não saberem o que dizer e fazer; e, de esperançosos com a recuperação do paciente. Cumprimentam a todos que estão no entorno de paciente (no caso, o próprio tenente era o doente que agonizava pela ausência da moça que logo lhe seria oferecida como troféu de bodas).

Chegando na casa da família, o militar não mais sabia onde colocar as mãos e o quepe com aba preta. Sensivelmente mais desajeitado do que de costume, só lhe restaria perguntar por Maristela. Porém, constrangido, o mais que arriscou perguntar na primeira visita, foi pela *moça* que tocava piano. Como lhe fora informado sobre o *desgraçado* paradeiro dela, nas vezes subsequentes nada mais perguntou. Quase que totalmente calado, a todos parecia que um camundongo teria roído a sua língua, ou, que, por ordem superior estaria proibido de falar fora do quartel. Assim foi, que, depois de 3 ou 4 visitas sem mais propósito, o militar deixou de frequentar a casa dos Silva, até ter sido transferido para outra cidade.

Que na última das visitas, seu Sérgio lhe teria dito que vinha notando as suas ausências, mas que isso atribuía o fato de Maristela ter-se mudado para o Rio, para tentar uma vida inversa àquela que lhe ensinara. Disse-lhe que vinha guardando a filha mais velha para se casar com ele, mas a rapariga foi-se embora daquele jeito que todos sabiam. Que ela tentou voltar para casa, mas ele não permitiu.

Mesmo assim, que, se ela tivesse voltado, um homem correto e com formação militar não aceitaria namorar com uma mulher que talvez nem fosse mais virgem. Disse que ele certamente saberia que no Rio as mulheres se largam nos braços dos homens. Jogam-se dentro daqueles carros sem capota, levando os motoristas a fazer manobras arriscadas. Que um amigo dele que morou por lá, disse-lhe que há motéis em quase todas as quadras dos bairros mais movimentados. Que as bebidas e drogas correm soltas, sem qualquer fiscalização das autoridades. Que, em algumas praças há lugares reservados para os viciados consumir e traficantes vender drogas, sem qualquer incômodo. Que, à noite e, principalmente durante a madrugada, as areias de algumas praias famosas viram motel e a polícia nada faz para impedir essa vergonha. Que, mesmo depois que o sol se esconde, muitas mulheres continuam passeando em trajes de banho, com a finalidade de se exibir para os forasteiros.

Disse, também, que um outro amigo que passou uns dias por lá, lhe falou que na frente de hotéis as bagaceiras se oferecem para os hóspedes em troca de dinheiro, se fazendo de apaixonadas pelo parceiro para faturar ainda mais. Que também há ruas específicas para as mulheres praticar a prostituição e, as autoridades tudo sabendo, fazem vistas grossas. Certamente porque deverá correr algum dinheiro grosso por debaixo dessa bandalheira. E, começou a pensar com o semblante fechado e a testa franzida, que Maristela possivelmente estaria por lá, em meio àquela libertinagem e escandalosa vida, em alguns lugares daquela grande cidade. Que segundo lhe disseram, esse estado de coisas começou depois que a capital federal se transferiu para Brasília, levando consigo a maior parte dos homens e mulheres de honra. Que desde então, o Rio de Janeiro deixou de ser a Cidade Maravilhosa, que todos diziam ser. Que Copacabana não era mais a Princesinha do Mar, mas a rainha da vadiagem e da prostituição. E, antes de concluir o seu pensamento, exclamou em voz alta:

- Que tristeza para um pai que cria uma filha com tanto cuidado, e agora a vê metida nesse mundo perverso! Pois que ela não venha mais bater na minha porta, porque será uma vergonha para mim e para a mãe dela! Sempre precipitada, Maristela está jogando fora a sorte, quando ela já estava batendo na sua porta. Menina de cabeça louca! Eu sempre avisei à Leda que esse negócio de pegar criança dos outros para criar, poderia não dar certo. Pois que ela agora veja em que enrascada nos metemos. O que vão dizer os nossos amigos e vizinhos, quando souberem que ela anda solta lá por aquela cidade cheia de bandidagem e de orgias. Onde será que ela estará morando!? Espero que seja num lugar digno para uma moça formada e criada na volta dos pais.

Ao perceber essa sufocada exclamação do marido, dona Leda perguntou-lhe o que estava sentido. Ao que ele respondeu:

- Nada, mulher... Só estava pensando naquela nossa filha e nas coisas erradas que deverá estar fazendo por aquelas bandas lá de cima. É capaz de qualquer dia nos aparecer barriguda ou com um filho no colo, mas aqui nem ela nem a sua cria entrarão. Nem que eu tenha que apelar para a polícia.

* * *

No dia seguinte Maristela foi procurada por Pedro Ernesto, que a convidou para ir ao seu apartamento. Ela aceitou o convite e ele a apanhou na porta da pensão. Sentados num dos sofás ele a perguntou como estaria a sua situação na pensão. Como teria ficado o prédio depois do temporal. Ela contou tudo a ele com absoluta fidelidade, e ao final lavrou a sua sentença:

- Já sei que terei que morar na rua por falta de outra opção. Porém, apesar de triste, me sinto com coragem para enfrentar mais essa privação. Estou convencida de que é caindo que a gente se recupera. Por favor, Pedro Ernesto, não te preocupes mais comigo. Não é tua obrigação socorrer-me a todo instante e diante de cada revés na minha vida. Com o passar do tempo as coisas se acomodarão. Tenho certeza disso; pelo menos espero muito que isso aconteça.

- Vou ajudá-la, menina. Não sejas teimosa. Tenho influência suficiente para ajudá-la. Contes comigo...

- Mas não é justo te preocupares comigo. Cuida mais das tuas atividades profissionais; essas, sim, dependem do teu empenho.

- Não mesmo, eu jamais lhe abandonaria diante de uma situação como esta. Só morarás na rua se desejares, porque tenho condições para socorrê-la. Amanhã de manhã você procurará o senhor Machado que providenciará meios para resolver o seu problema de moradia. Apenas o informa que fosses recomendada por mim e que estás disposta a dividir um apartamento com algumas pessoas de confiança. O resto deixa comigo.

- Mas acabei de dizer-te que não tenho dinheiro para pagar aluguel, por barato que seja!

- Ouve o que estou lhe dizendo. Procura amanhã de manhã o senhor Machado, por volta de onze horas. Ele é corretor e administrador de imóveis. Sempre tem muitos imóveis para alugar e certamente arrumará um para você. O endereço dele está neste cartãozinho. Não chegues tarde e não se preocupe com a circunstância de chegar atrasada no serviço. Eles vão lhe mandar embora de qualquer jeito, não é?

- Está bem. Vou aceitar a tua ajuda, mas não quero que pagues nada por mim.

- Deixa comigo que resolvo tudo. Não afirmei que pagarei alguma coisa por você. Lamento não poder levá-la para a pensão, porque preciso fazer algumas ligações logo que ficar a sós. O ônibus passa aqui na frente e não demorará. Vá tranquila. Um beijo e até amanhã.

- Beijo.

Ao sair do encontro, Maristela imaginou que ele estivesse verdadeiramente apaixonado por ela. Que a relação vingaria em todos os sentidos e, que teria encontrado o homem que tanto desejava quanto necessitava para minorar o seu sofrimento. Enganava-se, pois a relação que ele tinha para com ela era meramente carnal, e com vistas a tê-la com parceira num dos seus lucrativos negócios.

Logo que ela saiu, Pedro Ernesto ligou para Machado e o autorizou alojar Maristela num dos apartamentos da rua Prado Júnior, ali mesmo em Copacabana. O referido apartamento era de propriedade de Pedro Ernesto e nele sempre moraram quatro mulheres. Porém, uma delas teria rescindido o contrato e, assim, havia uma vaga num dos quartos. Determinou que não cobrasse a parcela dela no aluguel durante os três primeiros meses. Que dissesse a ela, que o proprietário havia dispensado o pagamento dos três primeiros meses, porque já teriam sido pagos pela locatária que antecipadamente rescindiu o contrato. Mas que isso ela não poderia dizer às outras inquilinas, porque então elas pretenderiam gozar de igual favor. Que, em hipótese alguma informasse o nome do proprietário do imóvel. Que firmasse o contrato de locação em seu próprio nome.

Na verdade, Pedro Ernesto poderia convidá-la para ficar no seu apartamento durante o tempo em que procuraria emprego e melhorasse de situação financeira. Todavia, já tendo transitado por difíceis caminhos, bem sabia da dificuldade que teria que enfrentar para retirá-la da sua casa, na hipótese em que ela não manifestasse claro interesse em sair. Que, em época passada, pensando ajudar uma mulher em semelhante situação, não foi fácil convencê-la a deixar o apartamento e mudar-se para outro qualquer lugar.

Homem experiente, já tinha sentido na própria carne esses incômodos próprios de uma faca pouco afiada. Depois de acostumada ao conforto e à segurança proporcionados pelo espaçoso imóvel guarnecido com o que há de melhor e mais moderno, nem sempre há *ânimo* para trocar a vantajosa vida com direito a empregadas domésticas, por outra desconfortável e cheia de incômodos. E sempre que ele contava essa situação a alguém, fazia questão de dizer que além da falta de ânimo para mudar-se, faltava-lhe vergonha na cara, depois de ter sido ajudada pelo dono do imóvel.

Assim que, não teve dúvidas ao oferecer-lhe ajuda, todavia para morar noutro local. Além do mais, Maristela era uma pessoa complicada, cheia de problemas reais e de outros tantos que criava com a sua fértil e sempre negativa imaginação. Ele já havia constatado que, ademais, era uma mulher hipocondríaca, sempre a volta com doenças inexistentes e imaginárias. Que não poucas vezes sentia-se como diante de uma grave doença e, que, só não consultava algum médico pela falta de recursos financeiros. Mas que várias vezes teria faltado ao trabalho e ao curso, ao tempo em que ainda estudava, em razão de supor-se doente. E as imaginárias doenças não eram coisas pequenas, como um resfriado, mas aquelas de difícil cura e prolongado tratamento. Isso era mais uma face daquela adorável e bela pessoa, mas que a puxava para baixo. Parecia que tinha prazer em chafurdar na sua autocomiseração. Era uma mulher muito correta, mas sempre que tinha oportunidade para optar, escolhia a alternativa mais difícil de ser acatada. Na hipótese de existir opção por mais de um caminho para percorrer, ela sempre seguia pela trilha mais difícil ou a errada. Costumava atribuir a isso, falta de sorte. Fosse por um, ou por outro motivo, ele não estava disposto a meter-se em encrencas domésticas. Já tinha motivos suficientes para resolver com o seu trabalho. Deixar-se pegar por uma sarna dessas, seria o mesmo que procurar doença incurável. Ajudá-la seria muito bom para ambos, todavia, à distância e sem maior envolvimento. E isso ele teria condições de realizar, sem maior sacrifício de sua parte.

* * *

Pedro Ernesto se dizia microempresário, porém era um macroempresário. Era proprietário de várias empresas em diversos ramos de atividade, mas evitava que o seu nome constasse em contratos de qualquer natureza. Sempre tinha alguém que cedia o nome e identidade para participar como proprietário ou sócio das empresas. Milionário, tinha negócios no Rio de Janeiro, São Paulo e Manaus, principalmente. Mas as suas empresas também estendiam os negócios até os Estados Unidos, Paraguai, Argentina e Japão. As principais atividades eram importações e exportações de mercadorias proibidas em geral, quase sempre debaixo da fiscalização aduaneira e da Polícia Federal. Corruptor, para ele não faltaria quem aceitasse uma boa propina para participar dos seus escusos negócios. O tráfico de drogas deu origem à sua riqueza, e até então seria uma das suas principais atividades. Não tinha qualquer tipo de vício; nem de cigarro. Nunca experimentou sequer um baseado. Bebia apenas socialmente e não se envolvia diretamente com a prostituição. Também atuava em jogos de roleta, nas nunca jogava. Raramente aparecia em alguma de suas casas de jogos, para não ser notado. Diziam ser protegido por Zé Pellintra, uma entidade protetora de casas de jogo de azar. Mas era louco por dinheiro.

Á voz pequena, Pedro Ernesto era chamado de Rei Midas, pela obsessão que tinha por joias de ouro. Mas exercia reconhecida e respeitada liderança na sua zona e nos seus negócios. O seu modesto escritório, propositadamente programado para não chamar a atenção do fisco e da polícia, era para ele como a ilha de Ítaca; só lhe faltando travestir-se de Ulisses, tal o domínio que exercia sobre aquele lugar e seus tentáculos. Era homem de uma afortunada astúcia; corajoso, visionário, inteligente e incrivelmente ousado - marcos que o levaram ao sucesso econômico, financeiro e patrimonial.

Dono de uma incalculável fortuna que nem ele mesmo a conhecia por inteiro, quase nada mantinha no seu nome, porque, para burlar o fisco costumava adquirir propriedades em nome dos seus *apadrinhados*; porém, sempre deles tinha procuração guardada em lugar de todos desconhecido, outorgando-lhe poderes para dispor de tudo, vendendo e/ou transferindo a terceiros; dispensada a obrigação de prestar contas. Pelo que já foi visto e dito, Pedro Ernesto vivia em meio a negócios *atravessados* e, apesar de muito inteligente, vez por outra pensava e confessava aos mais íntimos o que aprendera lendo em Otelo: "*Eu deveria ser esperto, pois a honestidade é boba e perde aquilo por que se esforça obter ou conservar.*"[263]

Apesar de bastante ambicioso, já tinha abocanhado fortuna que o permitiria continuar a viver no luxo e no prazer, sem mais precisar trabalhar. Mas ele sabia que que, se parasse, com ele parariam os seus empregados, que dele precisavam para continuar ganhando as suas rendas das mais diferentes formas. Havia uma rede de pessoas que gravitam em torno dele e, que, se ele parar, a roda parará de girar. Pois foi por esse espírito de altruísmo, de solidariedade e de gratidão pelo que os seus colaboradores sempre fizeram pelas suas empresas, que ele continuava a trabalhar. Isso o fazia lembrar uma máxima de Schiller, que costumava dizer: "*Quando os reis constroem, os carroceiros têm o que fazer!*" Assim que, trabalhando, todos cresciam juntos com ele.

Mas ele sabia que continuando com os seus escusos empreendimentos, se mantinha em permanente risco de ser pego pelas garras da lei impetuosa; do que resultaria levá-lo a cumprir pena atrás das grades e perder tudo o que já tinha conquistado. Também tinha lucidez para saber que poderia escapar de possível cerco da Justiça, se evadindo da bela, mas saturada Copacabana, para residir em terras outras, detentoras de seguros paraísos fiscais. Mas o seu grau de altruísmo o retinha grudado à simpática e descontraída Princesinha do Mar, apesar de não ter mais lugar para abrigar sequer mais um vivente. Inteligente como toda pessoa bem-sucedida, lhe exigia a vida em sociedade que, a despeito de ser tão bajulado e até admirado por alguns, nada passava duma grande e viciada farsa. Sabia, ser um bandido fardado de policial. E, para o constante convencimento dos seus indesculpáveis erros, nunca esquecera do que leu dos tantos livros que folhou: *"Moral não é algo que cai do céu nem dura para sempre, mas apenas regras funcionais para o bem-estar e o progresso da sociedade."*[264]

Pedro Ernesto nunca patrocinou atos de desmanche à corrupção, mas abertamente confessava defendê-los. De outro modo, ao invés de drenar o caudaloso pantanal do mundo do crime, sempre contribuiu para que ele crescesse, abastecendo os crocodilos que o aguardavam com insaciável apetite.

A moeda forte do seu *erário* era a propina, cujas reservas aumentavam na mesma proporção em que os seus negócios escusos prosperavam. A propina era o tapa-boca de agentes públicos de todos os degraus dessa cara e burocrática escada rolante e, de pessoas influentes no comércio e bancos. Para tanto, eram oferecidos segredos de parte a parte, com igual ou maior garantia do que o (des)confiado sigilo bancário. Alguns desses atores eram como que *alugados* pelo magnata do crime e da contravenção – sempre que possível, através de interpostos mandatários da sua mais larga confiança. E a traição entre membros da elite palaciana poderia levar qualquer deles ao cadafalso, sem deixar vestígio. O traidor simplesmente sumia, desaparecia, varava e, como costumavam dizer; cessava. Sempre fora tido por muito namorador, apesar de ele negar tal qualidade. No entanto, quem melhor o conhecia, sabia que ele tinha um *jeito* diferente de tratar as mulheres e, dependendo de quem fosse, o jeito nem sempre era o mesmo. Afinal, as mulheres e, dentre estas as bonitas, faziam parte do seu *metier*.

Esse conjunto de pessoas desprezíveis e perigosas, formava uma verdadeira camarilha que atuava em múltiplos setores do mundo público e do privado; aqui, lá e acolá. A propina valia tanto em dinheiro quanto em festas regadas a garotas de programa, bebidas caras e canapés de qualidade excepcional. Muitos dos corruptos sentiam-se orgulhosos e distinguidos por fazer parte do *seleto grupo de amigos* do lendário Pedro Ernesto – um dos reis da zona Sul do Rio de Janeiro. Mas na verdade, muito poucos realmente eram os apaniguados pelo capo que, todavia, tratava a todos com igual distanciamento, embora procurando demonstrar simpatia para com os subalternos.

Mas, era um homem acima de tudo, bondoso para com os seus colaboradores e suas famílias. Apesar de se enquadrar como um criminoso, contrário sensu, era considerado uma pessoa do bem e, por que não, de bem. Na sua agenda não cabia a máxima *primeiro eu* ou, a *melhor parte é para mim*. Mas esse não era apenas um dos atributos que lhe conferiam o adjetivo de *alpha* daquela tribo de contraventores, porque além desse, era um homem carismático, poderoso, rico, influente e, com inteligência acima da média. Apesar de um pouco cético, não acreditava no insucesso na primeira derrota. Seguindo Yuval Noah Harari, também para ele *"os humanos morrem...por causa de alguma falha técnica"*.[265] Mas, ainda há quem acredite que poderemos chegar a um estágio de completo desaparecimento do ser humano, tal como ele hoje é; isto é, como hoje vivemos.

A grande mídia via e sabia de tudo de forma comprovada e documentada, mas sempre se mantinha silenciosa, porque com parte da propina que recebia, pagava as suas sempre atrasadas contas de energia elétrica e alguns tributos. Quer dizer que todos se acumpliciavam do rentável *negócio*. Apparício Torelly, o Barão de Itararé, dizia: "*Todo homem que se vende recebe muito mais do que vale.*"

Pedro Ernesto não gastava um centavo do seu dinheiro com publicidade, pois nada tinha para divulgar sobre as suas empresas. Em contrapartida, gastava para assegurar o necessário silêncio sobre as suas criminosas atividades. Atividades essas que, vez que outra estavam na mira da polícia e do fisco, enquanto não estivessem agasalhados pelo dispendioso, mas necessário faz-que-não-vê. Alguns carrancudos funcionários que pretenderam denunciá-lo, acabaram transferidos ou tiveram retardadas algumas promoções na carreira funcional. Essa verba, dividida entre o passivo das suas várias empresas, era imperativa ao regular desenvolvimento dos vultosos negócios; mas representava baixíssimo percentual do montante de valores levados à crédito.

Sua mais recente atividade era com o recrutamento de mulheres bonitas e cultas, para acompanhar grandes empresários e políticos em suas visitas ao Rio. Os contatos com esses barões da indústria bem como com a maioria dos políticos da mais alta esfera, eram feitos através de interpostas pessoas. Antes mesmo desses milionários e poderosos chegarem ao Rio de Janeiro, o contato já teria sido feito, e eles escolhido uma ou mais mulheres mostradas em álbuns virtuais.

Uma das suas expectativas era convencer Maristela a integrar o seleto grupo de acompanhantes. A atividade era agradável, segundo elas, e bem paga. Ele buscava formar um *quadro* de neófitas, porque acreditava que eram mais fáceis de serem seduzidas por boas ofertas em dinheiro e, que, geralmente, mais atraíam aos clientes. Claro que ele tinha certa caída por ela, porém não a queria exclusivamente para si. Pretendia que ela participasse das suas atividades, como as outras tantas mulheres de igual destaque e beleza.

Apesar de bonito e elegante, quase sempre vestido com roupas de grife e, o inconfundível anel de marcassite, vez que outra ele deixava escapar algum gesto ou palavra que denunciava a sua cafonice e escancarava a sua precária origem. Frequentava os melhores lugares no Rio de Janeiro como em outras cidades, inclusive no exterior. Com algum dinheiro e caros presentes, seguidamente posava para as colunas sociais. Sorridente, transmitia simpatia e formava rodas de amigos onde estivesse. *Na escola da vida,* como autodidata aprendera a dar passos longos e certeiros, para então concretizar os planos que fixara desde o início da sua *carreira* e, cada vez mais os aperfeiçoava.

Era um homem sabido, como todos admitiam. Apesar de sempre transitar pela contramão, tinha desenvoltura para manter-se respeitado e admirado até pelos seus opositores. Embora não faltasse quem o criticasse à boca pequena, em público ninguém se arvorava a desfazer dos seus *predicados* e do seu sucesso. Era o tipo de pessoa que veio para, sem esforço se mostrar; para aparecer com naturalidade; e, certamente, para ser notado diante dos poderosos. Bonito, rico e inteligente, seria de esperar que tivesse desafetos, mas sempre por detrás de biombos.

Tinha por conceito que, fácil é lidar com os imbecis e com os inteligentes; difícil é se esconder dos falsos sábios e dos que pensam que sabem muito. Dizia que "*O sexo feminino traz consigo um interesse pessoal intuitivo e imutável, do qual não abre mão em nenhuma hipótese; e, de modo contrário, nas relações sociais, na vida mundana, as mulheres deixam-se facilmente conduzir pelo homem de quem se ocupam. Assim, tanto por meio da rejeição quanto do acolhimento, da obstinação e da condescendência, elas ditam as regras que nenhum homem do mundo civilizado ousa infringir.*"[266] Ele sabia que era detestado pela hipócrita sociedade tradicional e conservadora; mesmo assim era respeitado por aqueles que a compunham. Pedro Ernesto não deixava de ser um homem que vivia conforme o seu tempo. No seu apartamento com cerca de trezentos metros quadrados, muitas vezes recebia homens de negócios quando pretendia fechar contratos sigilosos.

Não poucas vezes percebia que algumas pudicas senhoras, aos cochichos falavam mal dele. Algumas menos talhadas, quando estando distantes, até apontavam o indicador na direção dele. Mas ele não dava atenção para isso, porque apesar do falatório, elas faziam questão de cumprimentá-lo quando o viam numa roda de pessoas importantes. Ao cumprimentá-lo em tais circunstâncias, se faziam de íntimas, fazendo questão de beijar-lhe o rosto. Jamais o quereriam para genro, mas adorariam casar suas filhas ou netas com homem de igual potencial econômico e envolvimento social.

Ele era o modelo errado da sociedade grã-fina. Nessas festas cheias de *finuras*, sempre há gente que, além de bem-vestida, aproveita a escassa oportunidade para exibir a sua *joalheria*. Geralmente as mais anosas, para usar o termo barato – as mais velhas. Pois é ali que se veem e, algumas vezes se conhece algumas pedras lindas e legítimas; porque, de imitações, as lojas de bijuterias de Ipanema e de Copacabana estão entupidas. Nessas elegantes festas, essas distintas senhoras nos deixam ver e conhecer rubis da Birmânia, ametistas, pérolas, diamantes, safiras de Caxemira, turmalinas, além de muito ouro e prata. Dizem alguns entendidos ou invejosos, que algumas imitações são tão perfeitas, que serão capazes de enganar um joalheiro inexperiente. As pérolas, nem pensar, tal a semelhança entre naturais e falsificadas.

Ele sempre teve mais de um automóvel, dentre esses, um esportivo. Era louco por motocicletas - sua grande paixão. Na ocasião tinha na garagem uma BMW, uma Harley Davidson e uma Kawasaki Ninja H2R. Não as emprestava para ninguém, nem as expunha à chuva. Quando as levava em oficinas para revisões, ficava perto dos mecânicos dando palpites daquilo que bastante entendia. Gostava de corridas de cavalos, cujas apostas levaram um tanto do muito dinheiro que tinha. Mas dizia não ser viciado, apenas apreciador do turfe. Em certa ocasião, por mera vaidade, chegou a ter um cavalo, com o qual gastou muito dinheiro para mantê-lo. Desgostoso, apesar do animal ganhar vários prêmios, dele se desfez e ainda ganhou um bom dinheiro. Em homenagem a Dom Quixote, registrou-o como Rocinante, muito embora em nada se assemelhasse ao matungo do lendário aventureiro espanhol.

O seu escritório ficava num modesto prédio do bairro de Copacabana, onde vez que outra ele comparecia; mas a maioria dos empregados não sabia que era o proprietário. Lá entrava em todas as pequenas dependências, se dizendo amigo do dono e dos empregados mais antigos. Desempenhava os seus gigantescos negócios quase sempre através do celular. Movimentava grandes quantias e fechava contratos, virtualmente. Para ludibriar o fisco, usava o que costumam chamar de *contabilidade criativa*. Manter-se atualizado e à frente do seu tempo era uma das suas virtudes. Com vasta rede de bons e bem pagos informantes, sabia de quase tudo num estalar de dedos.

Excêntrico, não delegava tarefas que julgava

importantes, nem para os seus colaboradores mais antigos. Apesar de conhecer e ser conhecido por um verdadeiro exército de pessoas, só com poucos se permitia privar. Além das empregadas domésticas e uns poucos profissionais do tipo *faz tudo*, só algumas outras pessoas, muito especiais, conheciam o seu confortável, grande e luxuoso apartamento. Evitava o contado demorado com os seus poucos cortesãos e subalternos - que bastante o bajulavam -, porque sabia que o poder estimula uma grande atração gravitacional.

Embora não tivesse cursado qualquer faculdade, muitos o reverenciavam com gestos de respeito e humildade, e chamando-o de doutor. O preço disso era expresso em boas gorjetas e alguns mimos, que costumava chamar de estipêndios. Mas gostava de dar presentes, não apenas como gratificação ou recompensa, mas para satisfazer o seu ego ao ver nos rostos dos apadrinhados, expressões de constrangimento, que mais se imaginavam devedores do que gratificados.

Pedro Ernesto também tinha certas generosidades com ostentações. Embora não deixasse de ser um *nouveau riche*, só raramente produzia gafes que levassem a mostrar as suas origens. Demais disso, no caso dele caberia equalizar o que silenciosamente sentenciou Martin Claret ao prefaciar – Vida e Pensamentos, de Jean-Paul Sartre: *"No espaço e no tempo as coisas mudam. Transformam-se. Nada tem forma permanente"*. *"Modificar-se é o início da sabedoria"*.[267] Ele sabia que a criatura humana nasce e está aqui no mundo para vencer, mas precisa aprender a pensar, para também saber como mudar e a hora para mudar. Ademais, o homem é cada vez mais um consumidor de informações e, através delas, ele poderá melhorar, ou piorar. Certamente que Pedro Ernesto aproveitou-se das informações para melhorar substancialmente, pelo menos no trato, no comportamento com pessoas com as quais desejava se nivelar, mas não apenas nisso. Tinha a seu desfavor uma errônea filigrana no seu caráter, segundo o qual, para ele seria digno vencer o mal com outro mal. Não poucas vezes, a sua demonstração de paixão por alguma causa ou por alguma mulher mais funcionava como desculpa; mas, na verdade era uma desforra.

* * *

Na manhã seguinte Maristela encontrou-se com Machado que a informou o endereço do apartamento dizendo, que, se desejasse, poderia ocupá-lo com outras três locatárias que lá moravam. Disse-lhe, enfim, que após conhecer o imóvel e, se dele gostasse, voltasse ao escritório da imobiliária.

De volta, disse a Machado que gostou muito do apartamento, mas que não teria dinheiro para garantir os aluguéis. Foi então que, seguindo as orientações de Pedro Ernesto o corretor disse-lhe que poderia lá ficar por três meses, em razão de que a locatária que havia rescindido com o contrato, já teria adiantado os três meses de aluguel. Depois de titubear um pouco, ela terminou firmando o contrato locativo.

Logo que tudo ficou legalizado, ela informou Pedro Ernesto o que havia feito e o agradeceu pela interferência. Ele disse que ela não precisaria agradecer-lhe e, que, o prazer era dele em ter podido ajudá-la. Combinou de encontrá-la à noite na porta da pensão, para ajudá-la na mudança para o apartamento. Mas ela insistiu que não teria certeza de poder pagar o aluguel, mesmo que perdoado o período de três meses, pois não sabia se conseguiria emprego antes disso. Ele a respondeu que por enquanto aproveitasse à boa nova de ter onde morar, sem preocupar-se com problema de futuro ainda distante e incerto. Que ela deveria levar em conta que a situação dela teria melhorado, pois que não teria mais o risco de ficar desalojada.

Ao chegar ao apartamento, conheceu as três colocatárias, que a trataram com cordialidade. Uma delas ocuparia com Maristela o quarto da frente, com vista para a rua e, as outras duas já vinham ocupando o quarto dos fundos. A companheira de quarto, Renata, mostrou-lhe que havia espaço sobrando no guarda-roupa, onde ela poderia colocar os seus pertences. Indicou-lhe a cama que estaria disponível para ela usar e mostrou-lhe o resto do apartamento. Disse-lhe que a rua era bastante movimentada durante o dia e à noite, mas sem perigo para sair. Que nas proximidades havia um bom supermercado e alguns quiosques.

Depois que arrumou os seus pertences, preferiu não sair naquela noite, reservando-a para descanso e meditação sobre a sua vida. E não demorou muito a pegar no sono, possivelmente em razão do cansaço físico e mental.

Acordou-se por volta de cinco horas da manhã e não viu no quarto a sua companheira - o que estranhou. Espiou no outro quarto e igualmente não viu as outras duas. Ficou curiosa com a circunstância de não ver qualquer das mulheres em casa àquela hora da madrugada. Escutando alguma arruaça na rua, abriu a janela e olhou o que havia lá embaixo. Na quadra seguinte havia muita gente discutindo em voz alta e em tom de briga. Ficou um pouco assustada, mas continuou observando como terminaria aquele bate-boca. Pouco depois ouviu a sirene da polícia chegando e alguns policiais pedindo documentos para todos os envolvidos na discussão. Os guardas se demoraram por cerca de trinta minutos e foram embora sem levar ninguém. Apenas desmancharam o grupo de pessoas que perturbava o local.

Mais adiante, ela ficou sabendo que aquilo não era incomum naquela zona. Mas que as brigas geralmente eram entre prostitutas que disputavam clientes, e outras que se sentiam traídas por companheiras de zona. Bastaria não se meter nos rolos, que nada aconteceria a terceiros. Fazia parte das zonas de meretrício no Rio de Janeiro, em Porto Alegre, em Paris e, em Lisboa. Portanto, nada de anormal...

De toda sorte, veio-lhe à lembrança algo que teria aprendido em casa. Seus pais diziam, que para se viver em sociedade - seja em qualquer comunidade -, contanto que não se perturbe aos outros, é direito seu de viver da maneira que lhes aprouver; todavia, repisando que, é necessário o respeito aos costumes e às regras. Com certeza, isso mais adiante causou boa confusão à Maristela, pois ficou sabendo que as algazarras e arruaças, eram costumeiras naquela zona, ainda que burlando às regras; às leis. Porém, o que fazer, se aos poucos ia se acostumando ao seu novo teto. Ademais, as colegas de apartamento também não se incomodavam com a barulheira quase que diária nas redondezas.

O local, adiante ela soube, oferecia diversidade de bares, restaurantes e boates, quase que todos, vizinhos entre si. Algumas boates apresentavam espetáculos de dança e música à clientela. Em pequenos palcos ou simples estrados improvisados, *artistas* dançavam e cantavam para o público assistente, em meio à fumaceira que contaminava o ambiente já sujo por outros fatores. A fumaça e a música em alto volume, *abrilhantava* os lugares cheios de homens ansiosos por sexo e mulheres sedentas por dinheiro. Nem mesmo se poderia dizer se o desempenho artístico era de qualidade, porque a maioria da plateia que assista aos shows, já chegava mamada no álcool e noutras drogas. De qualquer sorte, quase todas as dançarinas de diziam sósias de alguma prima-dona do Ópera de Paris, ou de outro lugar sagrado da arte internacional.

Depois que se voltou para o interior do apartamento, ainda sem a presença das três colegas, pensou que se levantassem cedo para trabalhar, ou que tivessem ido a alguma festa e ainda não tivessem retornado. Mais tarde ouviu o barulho das colegas do quarto dos fundos chegando em casa, mas nada comentou com elas. Preferiu continuar deitada, sem qualquer movimento ou manifestação.

Ao amanhecer, preparou-se para ir ao trabalho na FGV, mas até àquela hora Renata não tinha retornado ao apartamento. Com toda certeza ficou ainda mais curiosa com este fato. Preocupada, chegou a pensar que ela pudesse ter sofrido algum acidente, ou que qualquer outra coisa de ruim tivesse acontecido. Passou pela porta do quarto dos fundos e as outras colegas estavam dormindo profundo sono. Não querendo acordá-las, em silêncio saiu do apartamento para tomar o ônibus para o trabalho.

Ao retornar ao apartamento no final da tarde, encontrou Renata disposta e, aparentemente descansada. Um tanto constrangida, a perguntou se não teria dormido no apartamento, pois que não a teria visto durante a noite. Renata a respondeu que só voltou para casa por volta de dez horas da manhã. Disse que teria passado a noite num motel, na companhia de um empresário de São Paulo, com quem já havia se encontrado noutras oportunidades. Que sempre se sentiu uma mulher livre de preconceitos e era contra as feministas. Lembrou do texto de um romance que leu há muito tempo e repetiu, como forma de aliviar as preocupações de Maristela sobre a vida que as colegas levavam. Assim dizia o texto: "*Ágata detestava a emancipação feminina exatamente como desdenhava a necessidade feminina de ser como uma galinha que deixa o homem prover-lhe o ninho.*" Ainda mais: "*A filosofia que Ágata conseguira dessa maneira era simplesmente a do ser feminino que não se deixa enganar, e involuntariamente observa o que o ser masculino pretende fingir.*"[268]

Na contramão do que defendo, disse Renata, ainda há quem diga que as mulheres são tão fantásticas; que desejariam ser mulher, desde que não tivessem que amar um homem. É assim que as coisas andam dentro desse pleno regime de liberdade. Como vale a pena sermos livres! Também sou favorável, minha amiga, de que a evolução científica e humana é algo inacabável; não será capaz de cessar, porque não se esgota. E o ser humano a cada dia que mais se conhece, se desenvolve e se convence que no dia anterior sabia muito pouco, se comparado com o que sabe hoje.

E Renata disse mais:

- Então, somos uma migalha incapaz de produzir alguma modificação. Uma das vanguardistas na defesa dos direitos das mulheres, foi a francesa Olympe de Gouges, que também se destacou como dramaturga e ativista política. Pouco tempo depois da Revolução Francesa, ela teve a incomum coragem de publicar *Declaração* defendendo os direitos das mulheres, já que a Declaração Sobre os Direitos do Cidadão não prestigiavam o então *sexo frágil*. Isso lhe custou a condenação à pena capital, tendo sido executada poucos anos depois, sob o fio da guilhotina.

Ela disse-lhe, também, que trabalhava como acompanhante de ricos empresários e políticos, cujos contatos eram feitos através de uma agência de toda confiança. Que já fazia isso há vários anos, sem qualquer reclamação. Respondendo algumas perguntas de Maristela, disse que ganhava muito bem pelo seu trabalho. Que, com o valor recebido podia trocar de automóvel a cada dois anos e, que, já teria liquidado quase que integralmente o valor de um apartamento que lhe seria entregue no ano seguinte. Que a sua atividade era assistemática, pois que não a obrigava a acompanhar executivos todos os dias. Também não estaria obrigada a acompanhar pessoa que, por qualquer motivo não a desejasse.

Perguntada sobre o que faziam as colegas que ocupavam o outro quarto, Renata com simplicidade disse que faziam ponto nas ruas de prostituição do bairro. Mas que eram colegas muito bacanas, sem qualquer confusão. Ganhavam relativamente bem, embora o padrão da clientela delas fosse um pouco menos seleto. Mas que ela nada teria contra a atividade das meninas, que sempre as respeitaram. Que, aliás, o respeito e a amizade entre o grupo era um dos fatores de destaque entre todas.

Renata era uma mulher escolada e pós-graduada em atividades da zona. Quando tinha pouco mais de 20 anos; muito bonita, fogosa e insinuante para os homens, já se preparava para a vida de rua. Sempre bem maquiada, não deixava de marcar bem os grossos lábios com batom em cores atrativas. Os cabelos, cuja cor original poucos sabiam, geralmente se mostravam loiros e, algumas vezes, acompanhando os tons da ocasião.

Sujeita a deixar homens por ela apaixonados, quem já a tinha experimentado sabia se tratar de um mau-pedaço; daqueles com cobertura de merengue, mas com recheio de veneno. Enquanto o cara não se desgrudasse dela, dele era sugado tudo o que tinha por dentro e por fora.

Para chegar à fama de mulher cativante, atrativa e tentadora, por algum tempo usou como *cobaia* um sobrinho que não tinha mais que 9 ou 10 anos. Desde então começou a fazer as experiências laboratoriais na sua própria casa; aonde o garoto seguidamente ia e passava boa parte do dia. Para provocar-lhe excitação, ela sempre encontrava maneira de chamar-lhe a atenção para o que tinha de gostoso e que o atraísse. Sabendo que ele estaria para chegar, uma de suas provocações era sentar-se com as pernas cruzadas, de modo a mostrar as suas lindas, bem torneadas e lisas coxas. Vendo que o garoto não tirava os olhos das partes mais mostradas, ela o pegava no colo e o sentava sobre as suas penas, encostando o seu rosto nos seus seis, já quase que totalmente descobertos. Com os seios quase totalmente desnudos, com apenas as aréolas cobertas, ela mais provocava o ingênuo ratinho de laboratório. Quando notava que ele estava excitado, dava-lhe uns beijos nas orelhas e na nuca, fazendo carinhos que ele confundia ser, da tia, ou de uma mulher que o provocava. Casto, ele mais tendia para a ideia de que eram carinhos familiares, de uma tia que, quando pequeno, o ajudou banhar-se e a dormir no seu colo. De qualquer modo, se criticava e se penitenciava pelo fato de estar *abusando* daquela que dele cuidou, como se fora sua mãe.

Certa vez, ela estando no banheiro, pediu-lhe que a alcançasse uma roupa que teria esquecido pelo lado de fora. Quando ela abriu a porta, segurando uma toalha que a cobria parcialmente, a deixou cair no chão, mostrando por inteiro o lindo e glamuroso corpo, com os claros pelos ouriçados pelo frio, e a pele roseada pela fricção durante o banho. Porém, ato contínuo, fez-se de descuidada e, o pediu que a alcançasse a toalha que ficara amarfanhada sob o piso; o que ele atendeu, senão, constrangido por ter visto a tia nua em sua presença. Todavia, o que ficou registrado na cabeça do garoto, era que, para ela, ele era tão ingênuo; tão inocente, que não lhe trazia qualquer mal-estar ou diferença ficar nua na sua frente.

E Renata completou a narrativa:

- Afinal - deveria ter pensado ele -, realmente eu sou uma criança e, ela é minha tia, a quem devo respeito. Preciso corrigir-me e impor-me diante de fato como esse, não podendo ficar a pensar mau da minha querida e zelosa tia que tanto me ama.

- Mas esses atos se repetiram por muito tempo; até que quando o garoto chegou à adolescência, ela começou a usar de táticas mais incisivas; mais objetivas; mais diretas e, que, com maior fixidez alcançassem o resultado desejado. Foi quando o *cantou*, com o convite para dormirem juntos certa noite, porque ela estaria com medo de ficar sozinha, porque diziam que nas redondezas andava um assaltante. Ali, incrivelmente, houve o defloramento do moço, que não teve muito trabalho para satisfazer o experimento da tia Renata. Daquela noite em diante, um e outra contavam histórias de que o bandido teria invadido casas do bairro e, que seria mais seguro se manterem juntos ao dormir.

De sorte que, ao decidir-se pela vida mundana, Renata já vinha experimentada por homens de todas as idades. Desde os da pré-adolescência, até enquanto eles pudessem e quisessem. Isso a libertou para o mundo, que desde nova o enxergava de modo mais aberto e descontraído do que outras pessoas. Com essa opção, exclusivamente sua, passou a viver como melhor lhe aprouvera e, sem receios e sem angústias e constrangimentos. Pensava ela: ninguém terá o direito de envergonhar-se com a sua profissão. Afinal, faço um trabalho digno e, não forço ninguém a procurar os meus serviços. E, tanto é assim, que muitos homens *direitos* me procuram e sentem-se satisfeitos com o que lhes ofereço de tão bom e satisfatório. Muitos me trocariam pelas suas esposas; não fosse a enrascada em que se meteriam para terminar o casamento.

Além do mais, era uma pessoa livre e descontraída. Vivia em harmonia com as pessoas que com ela moravam; com seus parceiros; e, com as demais mulheres que com ela disputavam os serviços da noite. Generosa, sempre estendia as duas mãos para quem dela precisasse. Paciente, afetiva, caprichosa e de boa fala, sempre era bem recebida em meio as pessoas que a conheciam. Com exclusivos recursos do seu trabalho – para ela tão digno quanto qualquer outro -, já tinha recolhida alguma fortuna capaz de fazer frente às suas necessidades; o que a isentava de precisar tomar dinheiro emprestado para as suas emergências. Renata, então, era uma inquestionável vencedora, num mundo em que a maioria das pessoas – mulheres e homens – são incapazes de alcançar a independência pessoal e financeira. Apesar de ser uma prostituta, não deixava de ser exemplar pessoa para quem a conhecida e a admirava. Não dava bola para fuxicos, inclusive de alguns familiares mais distantes que, todavia, com o passar do tempo e o que ela vinha mostrando de progresso pessoal, não mais a criticavam. Gostava de afirmar que, apesar de alguns a rotularem de libertina, ela não era nenhum trapo velho caído na rua e, quando isso ouvia, exigia respeito.

\* \* \*

Cerca de dez dias após, Maristela foi notificada protocolarmente de que no dia seguinte seria dispensada do trabalho, não devendo mais comparecer na biblioteca da Fundação a partir daquela data. Triste, preferiu ligar para Pedro Ernesto sugerindo que saíssem um pouco, pois que não desejaria ficar sozinha no apartamento, como já teria ocorrido anteriormente. Queria sair para divertir-se na companhia dele e, possivelmente aliviar a enxaqueca que a estava atormentando. Antes de sair do apartamento, ela ingeriu alguns comprimidos baratos, para ajudar no relaxamento da sua tensão nervosa e da dor de cabeça.

Ele a apanhou na portaria do edifício e passearam um pouco. Depois disso foram para o apartamento dele, onde beberam algumas doses de bom uísque e lá ela dormiu até o dia seguinte. Em meio à conversa ela contou o que soubera sobre a sua companheira de quarto. E, ele a respondeu:

- Isso por aqui é algo bem normal, Maristela. Não há nenhum pecado em exercer essa rendosa atividade. Muitas mulheres enriqueceram fazendo companhia a homens endinheirados; até fazerem lastro suficiente para exercer outra atividade quando assim desejarem. Esses homens, geralmente influentes na atividade que desempenham, além de pagar pela companhia serão capazes de intermediar excelentes trabalhos para as mulheres que os acompanham.

Disse mais:

- Tudo é uma questão de jeito, de tempo e de oportunidade. Nada é resolvido num estalar de dedos, mas é sempre um bom caminho para se alcançar a independência financeira. Além do mais, esses homens são pessoas distintas e respeitadoras, que com o passar do tempo se tornam amigos das suas acompanhantes. Geralmente, quando contatam com a agência, já solicitam ter para sua companhia a mulher com quem já estiveram anteriormente.

Interessada pelo que ouvia, fez algumas perguntas a ele, até satisfazer a sua plena curiosidade. Mas nada decidiu nem deu a entender. Ela ainda não podia assimilar tamanha mudança na sua forma de pensar sobre a prostituição. Para ela, prostituta era mulher vulgar, de caráter reprovável e, chegou a sentir momentânea rejeição às colegas de apartamento. Por sorte, logo tudo passou, especialmente, a partir de que se convencera de que, apesar de prostitutas, elas mantinham exemplar modo de convivência e absoluto respeito entre todas. Ademais, além de serem mulheres que vinham tendo desinteressada atenção para com ela, nada poderia fazer, pois não tinha outro lugar para morar. Estava diante do repetido jargão: ame-as ou deixe-as.

A partir da rescisão do contrato de trabalho com a Fundação Getúlio Vargas, Maristela ativou ainda mais a procura por trabalho através de pesquisas em sites e diretamente em agências de emprego. Todavia, apesar do grande interesse e da absoluta necessidade de encontrar serviço, as portas não se abriam para ela. Isso vinha consumindo a sua paciência e os nervos tendiam a ficar à flor da pele. Mas ela precisaria manter-se calma, serena, evitando por a perder o pequeno espaço que por sorte tinha obtido e outros que necessitava alcançar. O que mais a prejudicava ao procurar ser contratada como administradora de empresa era o repetido fato de não comprovar experiência na atividade. Como sabido, ela nunca teria trabalhado na função cujo curso teria completado com distinção. Nunca teria trabalhado sequer numa empresa, lotada como administradora. Dentre a lista de requisitos para firmar um contrato, destacava-se a comprovação de experiência profissional. Boa na teoria, mas insuficiente na prática, não via oportunidade de seguir a carreira para a qual tanto teria se esforçado e admirava. De nada estariam valendo as cansativas aulas que tivera na faculdade e o contingente de livros técnicos que lera para o seu melhor aperfeiçoamento. Ela sabia que nem sempre o mais letrado é o vencedor nessa disputa. Ela recomendava-se a trabalhar por algum tempo como estagiária em alguma grande empresa, para adquirir experiência; todavia, não teria condições para tanto, eis que, em tal situação, receberia apenas uma bolsa de valor simbólico, insignificante para se manter.

* * *

O apartamento que locara na rua Prado Júnior, ficava no segundo piso do prédio. No edifício em frente, no piso térreo existia um salão de beleza, aparentemente bem frequentado; pelo menos, mostrava um grande volume de clientes que por lá entravam e saíam. Sempre que ela abria a janela do seu quarto, se deparava com a vista do local, decorado com bom gosto e, que, parecia ser bem higiênico - o que não era muito comum pela vizinhança.

O proprietário era um rapaz muito simpático e, depois soube que também era muito prestativo. Em poucos dias passaram a se conhecer; no que resultou num bom convívio entre vizinhos. Não parecia ser bem homem, na expressão literal e linear do termo, mas isso não fazia nenhuma diferença. Algumas pessoas ao se referirem a ele o tratavam como o *bicha*; ou, o *bichinha*; ou, o *veado*. Mas isso em nada mudava a bem-querença àquela boa e exemplar pessoa. Nada disso seria capaz de ferir o bom relacionamento entre todos; ainda mais, que, essas grosseiras expressões ficavam trancafiadas entre quem as verbalizava e quem as escutava. Nunca eram dirigidas ao educado e prestativo profissional. De modo que não se consideravam homofóbicas; que apenas mantinham uma indesejável e corroída tradição de assim se referir aos homossexuais.

O nome dele era Dutra ou Dultra; o que só os mais próximos sabiam distinguir. De toda sorte, não distinguia o seu gênero com o uso do nome. Não se tratava de um salão que pudesse ser comparado em clientela, ao do falecido Jambert – o famoso cabeleireiro das damas *do high society* carioca, que ousava expor na entrada do seu ateliê da Vinícius de Moraes, em Ipanema, uma linda arara branca, que nunca fora incomodada pelos ecologistas que lá frequentavam ou passavam. Nem também, do renomado Jean-Luc Bernard, que por algum tempo foi sócio de Jambert e, com ele, disputava a clientela da alta sociedade da zona Sul.

Dutra muitas vezes ofereceu seus serviços a Maristela que, de início não os podia desfrutar, porque o pouco ou quase nenhum dinheiro que tinha, não a permitia gastar com embelezamentos. Só mais tarde, quando começou a ganhar um pouco mais e, algumas vezes, bem mais, ela se tornou cliente assídua do bom e agradável cabeleireiro, que atendia a mulheres da zona e a senhoras de outros bairros, que o procuravam pela sua capacitação profissional e atenção para com as clientes.

O salão de beleza dele, alguns dias se transformava em lugar comum, no qual se misturavam e, respeitosamente, conversavam prostitutas com distintas senhoras daquele enorme templo que se chama Copacabana. Dutra tinha uma eficiente equipe de profissionais que o assistiam nas tarefas de lavagem de cabeças, de manicure e pedicure. Mas os trabalhos de corte de cabelo, penteado e maquiagem, eram exclusivos do conhecido, mas não renomado *coiffeur*. Lá dentro não se falava sobre assuntos da zona, especialmente, da noite. Toda a freguesia bem sabia onde estava e o respeito que o lugar exigia. Raramente algum homem lá chegava para cortar o cabelo, mas todos sabiam que a preferência dele era pelo corte e penteado de mulheres.

Acostumado com as dificuldades enfrentadas pela vizinhança, não oferecia obstáculos para prestar os seus serviços e, só receber o dinheiro alguns dias depois. Além do mais, ele sabia que a clientela era de confiança e, que, se não pagava a conta quando o serviço fora prestado, seria por absoluta impossibilidade financeira. Mas todas as clientes, antes de tomar os serviços, avisavam não dispor do valor para pagar, indicando o dia em que quitariam a dívida. Além do mais, ele tinha consciência da importância do seu trabalho de embelezamento para mulheres da zona, para melhor poderem desempenhar o trabalho da noite.

De sorte que, Maristela e Dutra sempre tiveram excelente relação. Brotou entre eles uma amizade que, com perdão ao uso da redundância, se poderia dizer sincera. Não foram poucas as vezes em que trocaram confidências. Ele, porque por vezes se imaginava traído pelo namorado; ela, pelos motivos que todos sabiam. Em seus desabafos, certo dia disse a ela que alguém lhe teria dito que sobre mulheres só se deva falar aos homens. Quanta injustiça! Exclamou Maristela. Quão agradável é conversar com mulheres, insistiu ela. E, foi adiante na sua defesa ao sexo fraco:

- Quão espirituosas elas são; quão inteligentes, meigas e graciosas. Confesso que para conversar, as prefiro aos homens, dependendo do que se queira e de quem se queira falar. Psiu! De minha parte, acho que a maioria dos homens quando conversam com uma mulher, sempre trazem escondido no seu biombo alguma segunda intensão. Não sei se é superstição minha, mas assim os tenho encarado. As mulheres são pessoas que propõem soluções práticas, fáceis; são amigas de suas amigas, embora alguns desacreditem nisso. Mas são belas e cheirosas; e brilhantes tal como as joias raras.

Mas, Dutra a retrucou:

- Zaratustra, personagem de Nietzsche disse: *"Duas coisas quer o verdadeiro homem: perigo e brinquedo. Por isso quer a mulher como o mais perigoso brinquedo."*[269] E, riu ao terminar o que disse.

Ela redarguiu:

- Se um dia eu encontrar o túmulo de Nietzsche, juro que ainda o visto de *mulher*, para aprender a respeitar ao belo sexo. Entendido, meu amigo?

- Concordo contigo, amiga. Se precisar, posso lhe dar uma ajudinha; é só me avisar.

\* \* \*

Com o passar dos dias e a dificuldade de encontrar emprego, acresceu-lhe a certeza de que o dinheiro recebido pela rescisão do contrato com a FGV vinha diminuindo a cada dia. Estava diante de um sistema de contas em que o dinheiro que saía não era compensado por qualquer entrada. Sabia que em pouco tempo estaria raspando o fundo do cofre, pela absoluta falta de novos recursos. Assim, novamente pesava sobre si a tristeza, a angústia e a profunda preocupação com os dias vindouros. Embora ainda fosse cedo para preocupar-se com o pagamento do aluguel, se via na contingência de, doravante não ter mais dinheiro sequer para os seus gastos básicos, como alimentação, transporte, etc. Começou a sentir uma espécie de rigidez nos braços e a tremer a cabeça, como se fosse sinal de alguma doença grave e, para a qual não disporia de dinheiro para tratar. Talvez o início de uma fase de depressão emocional, que poderia se agravar com a falta de tratamento.

Conversando sobre isso com a sua colega de quarto,

a mesma lhe disse que talvez fosse em razão de algum problema sério que a viesse atormentando. Que procurasse manter-se calma e, assim, contribuiria para a sua melhora. Que para obter boa solução para os problemas, a meta inicial sempre seria buscar a serenidade, enchendo a cabeça de bastante otimismo. Que as ideias pessimistas só dificultam as pessoas que buscam um resultado que lhes seja favorável. Que ela deveria confiar um pouco mais na sorte e muito menos no azar, pois já havia notado que ela era uma pessoa muito boa, apesar de bastante pessimista. Que puxar para baixo o seu astral só pioraria a sua capacidade de resolver os problemas. Que evitasse fazer tamanho mal a si mesma, pois assim fazendo, somaria outras tantas dificuldades que poderiam levá-la a contrair alguma doença. E, aí sim, seria o completo caos. Aconselhou-a, a ter um pouco de fulgor nos seus pensamentos, pois esse brilho lhe traria algum tipo de entusiasmo e de perseverança naquilo que perseguia como sendo o se intento maior. De toda sorte, que se precisasse tomar um caminho diverso daquele que perseguia, não o rejeitasse, porque nem sempre as conquistas brotam diretamente; como que numa linha reta e sem deixar espaço para outras alternativas eventuais e transitórias, antes de se alcançar o fim pretendido.

* * *

Certa noite, Ronaldo andando por uma das ruas do nobre bairro carioca do Leblon, não conseguia aliviar do seu acanhado espírito, a infernal preocupação com o já enfadonho fato que mantinha baixo o seu semblante. Uma mescla de tristeza e de preocupação, o mantinha em quase permanente estado de insegurança e intranquilidade. O seu *astral* parecia mais abalado naquela noite quente, onde, ao passar, presenciava grupos de pessoas a sorrir e comemorar a festa da vida. Em dado momento, ele foi provocado por uma mendiga bastante embriagada, que carregando uma garrafa de *marafo*, pediu-lhe alguns trocados. Ele prontamente deu-lhe algum dinheiro, mas ficou a observar que a pedinte, possivelmente porque bêbada, ria sem parar, parecendo estar feliz, pelo menos durante àqueles instantes. Ficou ele, pois, a pensar, se comparando com a alegre esmoler – ela miserável, porém alegre; ele, senhor de alguma pequena fortuna, porém triste e preocupado. Teria a indigente alguma preocupação, alguma tristeza? Pensou ele. Pelo menos, agora, acreditou que não.

Pensou mais: seria eu capaz de desejar ser trocado por aquela miserável mulher, deixando com ela a minha tristeza e a minha fortuna, e tomando dela a alegria e a miséria? Desejaria eu ser um pobre, mas cheio de alegria; ou, ao invés, um *endinheirado* triste e preocupado? Sei lá, pensou: amanhã, passado o porre e curada a ressaca, ela reiniciará uma vida tão cheia de tristeza e de preocupações como eu as tenho. Pior, ainda, sem dinheiro para suas necessidades básicas. De outro lado, eu também continuarei a carregar este meu fardo, sem, todavia, preocupar-me com a minha manutenção. Afinal, quanto egoísmo e quanta fraqueza de minha parte! Por certo que, se eu souber alegrar a minha noite, como está fazendo a esmoleira, possivelmente tenha chance de esquecer o meu sofrimento e me dar momentos de alegria, como ela. Vou tentar. E, tentou...

* * *

Certa tarde, Maristela voltou a falar com Renata, pedindo que melhor explicasse sobre o trabalho de acompanhante de executivos. A colega de quarto, com paciência tudo narrou com detalhes, apesar de saber que a colocando na roda, teria uma forte concorrente, dado a sua notória beleza física e já percebida educação. Mas não desejaria ser egoísta com quem dividia o quarto no apartamento. Além disso, Maristela parecia ser uma boa pessoa e que, verdadeiramente enfrentava sérias dificuldades financeiras e emocionais. Ofereceu-se inclusive para apresentá-la à agência, se tal desejasse.

Maristela, a agradeceu e disse-lhe que aguardaria mais alguns dias, na resistida esperança de encontrar emprego para a sua atividade profissional. Que, afinal, teria se mudado para o Rio de Janeiro, com o interesse de cursar pós-graduação e trabalhar como administradora de empresas.

No dia seguinte Maristela ligou para Pedro Ernesto e contou-lhe o teria conversado com Renata. Por mera esperteza ele quase nada respondeu. Uma de suas estratégias para a oportunidade, recomendava-lhe nada dizer. Fez-se mais de curioso do que de interessado. E disse estar preocupado com as constantes queixas sobre a sua saúde. Que ela deveria desligar o botão do pessimismo, para que o agente do otimismo entrasse na sua vida com mais facilidade. Mas, insistindo em querer demonstrar despreocupação sobre o que ela teria falado com Renata, apenas disse-lhe que a decisão seria exclusivamente dela; de mais ninguém. Porém, que não se demorasse a decidir, porque o tempo corria contra as suas necessidades e a sua angústia lhe parecia ser crescente. Que não deixasse por mais outra vez a sorte afastar-se dela, por falta de decisão ou mesmo de interesse.

Que, nas condições em que estava, não deveria sobrar-lhe mais tempo para indefinições, sob pena de sucumbir por completo e, então, ninguém saberia garantir o que lhe aconteceria. Disse-a, que a vida é feita de pedacinhos e, quando algum deles é desprezado ou não prestigiado, poderá levar a ruir todo o mais. Que achava que, apesar de já se ter distanciado bastante da adolescência e, de ter sofrido muito desde que se mudou para o Rio de Janeiro, parecia que ainda lhe faltaria passar por mais alguns difíceis privações, para se dar conta de que já estaria na hora de tomar a decisão de aceitar trabalhar em qualquer atividade, sob pena de ter que morar na rua, como recentemente ela pensou.

Ele disse-a, conhecer pessoas que para ganhar dinheiro para o seu sustento e da família, trabalham na empresa de limpeza pública recolhendo lixo. Aliás, que ela deveria ter certeza de que os garis e lixeiros, trabalham nestas importantes funções pela inequívoca necessidade de ganhar dinheiro para se manter; ainda que a maioria desejasse ter outra atividade, outra profissão. Ou será que alguém supõe que eles o fazem por vocação; por afinidade? Que não desejaria mais falar com ela sobre esse assunto, que para ele já estava bem explicado e, até cansativo. Que, afinal, não eram duas crianças discutindo sobre a escolha de um brinquedo, mas sobre a imperiosa necessidade de uma delas trabalhar; no caso ela, Maristela.

Disse-lhe, ainda, que já teria sido solidário para com o sofrimento dela, mas enquanto ela não se esforçasse para resolver os seus grandes e graves problemas, só os conselhos dele não seriam suficientes para ajudá-la. Que os conselhos que ele já havia dado, parece que não teriam sido acolhidos por ela; que a todos rejeitara. Mas, que continuaria torcendo pelo seu sucesso, embora tivesse certeza de que o caminho para lá chegar, seria outro, que não aquele por ela trilhado. Advertiu-a, de que seria imperioso ela se desprender de alguns grilhões que a impediam de vencer; cosias que possivelmente teria adquirido antes de mudar-se para o Rio de Janeiro.

Que já estaria na hora dela entender que o mundo

em que agora vivia, era diametralmente oposto ao que vivera no Sul e na companhia da família. Faltava-lhe observar um pouco mais o modo como as pessoas vivem numa cidade grande e agitada, para que sirva de paralelo para a sua constante insegurança e indefinição. Que ela escolhera morar numa cidade, na qual quem dá bobeira corre risco de perder a peteca e sucumbir. Que acreditava que ela estaria confiando demais em hipóteses remotas, bastante distantes do seu objetivo, sendo capaz de a qualquer momento vir cair em desgraça. A menos que ela não entendesse como desgraça a vida das pessoas que moram na rua.

Bastante descontrolada, Maristela disse ainda não estar contente com o mundo em que vinha vivendo. Divagando em meio às suas queixas, disse que via o tempo passar e não vislumbrava oportunidade de um dia conhecer as grandes pirâmides de Gizé: Queóps, Quéfren e Miquerinos, montada num enorme camelo, como tantas outras pessoas já teriam desfrutado. Que pensava em nunca poder conhecer os palácios de Versalhes e de Buckingham, nem o famoso castelo de Windsor. Que tinha vontade de conhecer o suntuoso palácio do Kremlim, sem chances de algum dia chegar a satisfazer tal desejo já alcançado por tantas e tantas pessoas. Num quase delírio, parecendo não ter mais do que se queixar, ainda relacionou o museu do Louvre, para tentar descobrir o que pretendeu Leonardo da Vinci com aquela expressão enigmática da Monalisa.

Ela parecia que estaria variando, descontrolada, fora de si, num delírio quase que incontrolável que, diante do que acabara de dizer, preocupou ao seu amigo e interlocutor. Ele chegou a pensar: será que ela enlouqueceu! Como poderá alguém que nada tem e não se esforça para algo adquirir, vem com um assunto tão distante e fantasioso!

Na verdade, nada do que ela dizia tinha relação com o propósito inicial de contar a Pedro Ernesto a conversa que tivera com a sua colega de quarto. Ele ficou um tanto chateado por ter que ouvir aquilo tudo, que lhe pareceu besteira de quem não tendo dinheiro sequer para cobrir as suas despesas mais imediatas, ficava a sonhar com tamanhas bobagens. Parecia-lhe, que Maristela estaria fora do seu juízo normal. Mas nada falou; apenas se manteve a escutá-la com paciência e respeito. Porém, ela disse ainda, que, como não tivera oportunidade de assistir shows de imortais como John Lenon, Frank Sinatra, Louis Armstrong, e Nat King Cole, dentre outros monstros da arte musical, não desejaria morrer sem assistir Paul MacCartney, Elton John e participar de um concerto do maestro André Rieu, misturando-se àqueles milhares de expectadores.

Ao terminar esse elenco de coisas desconexas, ficou a olhar para Pedro Ernesto, parecendo-lhe, que esperava dele alguma palavra de consolo. Mas ele permaneceu inerte todo o tempo, sem nada dizer; apenas a observar a sua repentina mudança de comportamento. Se mostrava um pouco decepcionado com ela e, um tanto preocupado com a sua saúde mental. Possivelmente já tivesse chegado a hora dela consultar um profissional em saúde mental; mas para isso, ele sabia que ela não teria dinheiro. Pensou que, se não a conhecesse um pouco mais e, de certa forma viesse acompanhando o seu incontido sofrimento, se convenceria de que se tratava de uma gaiata em busca de alguma vantagem. A isso, somava-lhe o fato de que, apesar de já ter tido melhor interesse por ela, não mais a desejaria para si. Lembrou até, quando pensou em tê-la como sua, ter lido uma verdade que, sempre que possível, preferiria não lembrar: *"É uma verdade universalmente conhecida que um homem solteiro, possuidor de uma boa fortuna, deve estar necessitando de esposa."*[270]

Realmente Maristela não estava sintonizada com a

vida, devendo sujeitar-se a tratamento psicológico, ou mesmo psiquiátrico, sob pena de piorar e terminar sucumbindo de vez. Algo de positivo ela deveria começar a fazer com toda brevidade, não ficando, apenas, a esperar que caísse sobre si alguma oportunidade dourada. Se persistisse nesses loucos devaneios, corria o risco de botar a correr as poucas pessoas que se dispunham a escutá-la e a dar-lhe bons conselhos.

Porém, mais do que os seus tabus, para ela importaria o que as pessoas diriam dela, ao saber que estava se prostituindo. Em dado momento, lembrou de uma passagem de Sartre, que leu quando trabalhava na biblioteca da FGV. Dizia a sentença por ela lembrada: *"...se o inferno são os 'outros' (Les Autres) ...se não os repelires ou não os aceitares, acabarás sendo os 'outros'"*.[271] E, parece que isso a acalmou um pouco, pelo menos por alguns bons instantes.

A sua preocupação com a dificuldade de encontrar trabalho nas condições que merecia e desejava, já vinham perturbando a sua tranquilidade – caminho certo para o desespero, cujas consequências já eram previsíveis; possíveis de serem imaginadas. Se fosse afetada por algum tipo de demência, possivelmente não conseguisse meios de tratar-se como desejado e necessário. Isso poderia levá-la à doença de morosa e difícil recuperação, com resultados nem sempre fáceis de serem alcançados.

Dois dias depois Pedro Ernesto ligou para uma experiente amiga e coordenadora de uma das suas empresas, de nome Esther, e a convidou para jantar. Disse-lhe que na ocasião levaria uma *parceira*, cujas principais referências e interesse para ele, já adiantou. Ato contínuo convidou Maristela para jantar juntamente com uma amiga que desejaria conhecê-la. Que se tratava de pessoa agradável e de papo descontraído. Também seria ótima oportunidade para se divertirem com algumas novidades que possivelmente ela tivesse para contar. Tratava-se de pessoa sempre atual e informada sobre os últimos acontecimentos.

Maristela aceitou ao convite e combinaram de sair juntos, enquanto Esther os encontraria no restaurante.

Encontram-se num excelente restaurante especializado em massas, situado no bairro do Leblon. A conversa fora a mais descontraída possível, de modo que todos se divertiram muito. Entre as mulheres houve perfeita empatia, de modo que no caminho de volta, Maristela confessou a Pedro Ernesto que teria simpatizado muito com a sua amiga. Que desejaria encontrá-la outras vezes, se possível.

E, disse mais:

- Mas não em restaurante, pois bem sabes que as minhas finanças estão raladas. Talvez, se ela concordar, tomaremos um café num quiosque de shopping. Em síntese, eu desejaria reencontrá-la em qualquer lugar para conversarmos um pouco mais, desde que não fosse num restaurante caro. O alto astral dela, pareceu-me capaz de baixar um pouco a minha tensão nervosa, principalmente agora em que o meu tempo é todo ocioso e, por isso, passo a maior parte do tempo pensando em coisas negativas. Vê se amarras esse encontro!

Na semana seguinte Pedro Ernesto ligou para Esther e a disse que Maristela teria tido enorme prazer em conhecê-la e, que, estaria interessada em novo encontro entre elas, quando fosse possível. Mas que antes disso, ele a telefonaria para amarrar o encontro.

Na mesma hora ela o respondeu positivamente,

dizendo que estaria a sua integral disposição. Continuando o assunto, ele a pediu que a motivasse a se engajar no rol de acompanhantes de executivos. Que a situação financeira dela se agravava a cada dia, a ponto de que em breve não teria recursos sequer para a sua manutenção básica. Que possivelmente ela já teria observado que Maristela era uma mulher um tanto arredia a situações mais abertas, com ideias ultrapassadas, mas pedia que, a despeito dos seus tabus, tentasse convencê-la da oportunidade de sair da agonia financeira, sem com isso ser desvalorizada.

Que insistisse, que ela precisaria dar alguns passos à frente para poder sair do atoleiro em que se metera e, que, apesar de não ter acontecido por sua culpa, também não poderia negar que dele precisaria emergir o mais rápido que lhe fosse possível. Que uma das poucas chances mais imediatas, seria a que ela lhe poderia oferecer: trabalhar como acompanhante de executivos e políticos de alto padrão e, a bom dinheiro e sem maior esforço. Que ela tentasse fazer uma experiência; oportunidade em que saberia que existe um outro mundo em torno daquele que até aqui ela conhecida. Um mundo paralelo e cheio de festa e de glamour, aberto a poucos escolhidos. Que ela certamente terá a chance de sair do buraco para a passarela, com possibilidade de se tornar independente e, ainda poder voltar a cursar o pós-graduação, pois lhe sobraria tempo e dinheiro para isso.

Além disso, Pedro Ernesto sabia que Esther tinha grandes e importantes orelhas para ouvir à desesperada e carente Maristela.

\* \* \*

Dois dias após, Esther ligou para Maristela, a convidando para tomar um cafezinho num dos shoppings. Combinado o encontro, ficaram de se encontrar no quiosque indicado por aquela, em torno de quinze horas do dia seguinte.

Aceito o convite, Maristela ficou radiante com a oportunidade de poder reencontrar-se com aquela mulher tão interessante e aparentemente tão sábia. Gostaria de voltar a conversar com ela e, se oportunidade tivesse, a narraria a situação caótica em que se metera. Talvez ela apontasse alguma boa alternativa para resolver os seus lamuriosos problemas. Afinal, ela era uma mulher aparentemente muito inteligente e com grande círculo de amizades. Que, com certeza Esther não se esquivaria de ajudá-la com uma solução prática que a tirasse de tamanha dificuldade. Supunha que, com ela, por também ser mulher, se abriria mais do que seria capaz de fazer com Pedro Ernesto. Além do mais, achava que com Pedro Ernesto ela sofria algum tipo de dependência, ou de dívida moral, pois ele já a havia ajudado em mais de uma ocasião e circunstância.

Maristela não aguentava mais continuar vivendo com aquelas eternas preocupações que a levavam à tristeza e às margens de possível depressão. Se viesse a se tornar depressiva seria o seu fim – seria o maior desastre, pois não teria condições para manter tratamento médico, por absoluta falta de recursos financeiros. Demais disso, não teria quem a socorresse, na hipótese não descartável de não mais poder administrar os seus atos mais comuns; diga-se, de administrar a própria vida. Sozinha numa cidade imensa como é o Rio de Janeiro, sem dinheiro e sem alguém que pudesse responder por si, o desastre seria previsível, tanto quanto as suas danosas consequências. Realmente, ela era uma pessoa profundamente derrotista, pois chegava a imaginar cair em tamanha desgraça.

Vez que outra, saia a caminhar pelas ruas do bairro

durante a noite; sem rumo, mas com o pensamento firme na preocupação com a sua vida. Muitas vezes ficara a pensar por qual motivo estaria a pagar com tão pesado castigo. Seria por não ter dado ouvidos aos seus pais? Será que teria uma vida mais tranquila se tivesse namorado e casado com aquele asqueroso militar? Seria por não ter dado atenção à sua mãe biológica? Mas com relação a esta não poderia culpar-se, pois nunca soubera quem ela era! Mas poderia ter tentado procurá-la... mesmo contra a decisão dos seus pais adotivos. Não encontrava respostas para essas suas constantes interrogações, mas sabia que vinham consumindo diariamente a sua vida. A cada dia que passava, havia um tanto menos de si. Até quando isso aconteceria, ela não saberia dizer. Ninguém saberia dizer. Talvez assim estivesse acontecendo, para realmente ninguém saber.

Certa noite uma voz parecia sussurrar aos seus ouvidos: vai adiante Maristela; enfrenta a tudo, porque se recuares, nada te adiantará! O choro não resolverá os teus problemas; apenas abafará a tua dor, o teu sofrimento, a tua angústia. Chorar não é proibido nem ruim, mas se não reagires continuarás estaqueada nessa mesma situação para sempre. Tenta equacionar os teus problemas com mais inteligência e menos emoção! Procura aceitar com maior praticidade as opções que se abrirem para ti, pois poderão ser a travessia para dias melhores e mais tranquilos. Em toda subida encontrarás degraus mais difíceis para alcançar o topo, mas se não os venceres, continuarás abaixo do primeiro nível dessa desgastante escalada da vida humana! Acredita mais em ti e nas coisas que potencialmente podes e sabes fazer, além daquelas que almejas conquistar. O caminho nem sempre é reto e linear; algumas vezes precisamos aceitar passar por trilhas nunca previstas na nossa caminhada, para que então possamos chegar ao apogeu. Será que terás mais arrependimento por teres tentado e, eventualmente errado, do que da tua inércia pelo medo de optares por um novo tipo de vida? A vida para muitas das pessoas decorre das suas necessidades, quase nunca por escolha. E não há um padrão, desde que não beire a atos criminosos. Sobreviver é direito e obrigação de todos, mas para a isso se chegar, impõe-se atravessar algumas pontes e enfrentar caminhos difíceis, pelos quais já havíamos jurado não cruzar. Mas, o que fazer, se para vencermos não tivermos outra opção? No teu caso, é a vida ou a vida; porque nem a morte anda te rondando; mas a desgraça, as vezes é bem pior. Ergue-te, pois nem tantos têm as chances que já tiveste e as estás dispensando em troca de sentimento por demais puro para quem veio arriscar a vida; conhecer um novo mundo que está à tua frente e não consegues enxergar. Porém, arriscar a vida não pode ser confundido como uma aventura, onde há um tom de romantismo. Arriscar a vida é coisa séria; enquanto a aventura, poderá ser uma diversão.

E os conselhos que sopravam aos seus ouvidos tentando levá-la a decisões mais coerentes, segredavam: abre-te para a vida e para o mundo, porque as coisas não são tão difíceis como as retratas. Enquadra-te noutra moldura e saberás que o teu retrato poderá ser outro, que não aquele que estás pintando há tanto tempo. Não olhes para trás, nem para os lados. Olhes apenas para ti e para o que possa levar-te à vitória. Ainda és muito nova para desistires dessa pequena batalha enfrentada por tanta e tanta gente mundo afora. A pobreza, a falta de dinheiro para viver, não é privilégio exclusivamente teu. Se olhares ao teu entorno, verás que há gente pior do que tu; gente que sequer tem o amparo de um amigo para lhe socorrer. Gente que não tem onde morar, como pouco tempo atrás tu mesma constatastes!

Em meio a esses estímulos, Maristela lembrou de alguns válidos ensinamentos de Sartre: *"O homem é responsável por si mesmo..."*, e isso é uma verdade cravada no peito de quem não admite assumir-se. Mas a mais forte sentença, que parece ter respondido à sua intranquilidade, diz que: *"O homem nada mais é do que aquilo que ele faz de si mesmo..."*[272]

Nesse monólogo ela parecia escutar: há gente que, tendo ou não tendo dinheiro luta contra a morte. Não, à busca de dinheiro para viver ou para curar-se, mas a cata de circunstâncias sobrenaturais para poder manter-se nesse mundo que verdadeiramente é tão bom; que só poucos e loucos fazem questão de deixá-lo. Menina, já é hora de abrires os teus olhos para a vida e para o que a cerca! Se é certo que não tens domínio sobre a vida; sobre os destinos marcados pelo Universo, procura adaptar-te a esses destinos, extraindo deles o que te possa trazer maior e melhor proveito. Não lutes contra as circunstâncias mundanas, porque jamais as vencerás da forma que estás pretendendo. Se as tuas alternativas se mostram fechadas, terás que outras abrir. Deixa o constrangimento de lado e faz o que está a te proporcionar como salvação. Por fim, um conselho de ordem moral: só não percas o caráter, por favor, porque esse atributo nunca será fácil de recuperares. Mas não te esqueças que o trabalho nunca será motivo para macular o caráter; pelo contrário, o trabalho, seja em que condições for, sempre te honrará. Se um dia precisares vender o teu corpo, não vendas com ele a tua alma. Porque é a tua alma que forja o teu caráter. Só será capaz de criticar-te, aquele que ainda não precisou beber o veneno amargo que estás experimentando. Gente que costuma saborear um licor após boa refeição, jamais pensa em necessitar um dia ter que provar o fel de um veneno.

Essa fragilidade que a envolvia e tanto a dificultava, possivelmente decorresse de que, em situações de grandes dificuldades, há pessoas que têm a inteligência perturbada, afetada e, até momentaneamente reduzida, em razão de fatores emocionais que a embaralham. Comprovadamente, há situações em que problemas emocionais, não poucas vezes se tornam difíceis de ser resolvidas por quem não sabe lidar com os sentimentos.

Enquanto a inteligência pode ser desenvolvida através de exercícios, os sentimentos nem sempre dependem de práticas. Aquela, se muito aguçada, pode resultar de um dom; esses, da natureza humana. O homem tem-se preocupado muito com a inteligência e quase nada com os sentimentos. Há cursos e práticas para o desenvolvimento do raciocínio, da inteligência; mas muito pouco para o domínio dos sentimentos. Os sentimentos de tristeza, desânimo, angústia ou euforia, são capazes de interferir no raciocínio, o desenquadrando, ainda que momentaneamente, dos limites da sua normalidade. As sensações de preocupação ou de um exagerado mal-estar, quase sempre afetam a inteligência, desequilibrando aquilo que devia manter os pratos da balança no mesmo nível. Esse, talvez fosse um dos fatores que tanto afetavam Maristela.

Já caminhamos a passos rápidos nas avançadas formas de desenvolvimento da inteligência artificial. Os robôs estão por aí, acrescentando valores à inteligência humana. É inegável que vêm contribuindo para o desenvolvimento econômico e de outros fatores indispensáveis a um mundo tão complexo; tão diversificado quanto a sua enorme e heterogênea população. Mas ainda não existem, nem se cogita que venham existir, máquinas capazes de substituir os sentimentos humanos. O homem, pelo menos enquanto psiquicamente sadio, é capaz que viver com baixos índices de inteligência, porém, não, sem sentimentos. De outro lado, as máquinas mais inteligentes, mais sofisticadas, não são dotadas de quaisquer sentimentos. As máquinas não têm sensações de prazer, de amor, de alegria, de tristeza, de preocupação, de desânimo, de angústia, de ódio ou de raiva. Nessa parte, ainda somos insubstituíveis, graças a Deus.

Algumas ideias vêm sendo repassadas por fontes interessadas em mudanças radicais no nosso *modus vivendi*, tendo por efeito constante, as novas invenções e descobertas oferecidas pela ciência. Parecem indicar uma prosperidade tão rápida quanto se tem observado e comprovado nos avanços tecnológicos. Todavia, estes poderão desenvolver-se contínua e indefinidamente, pois por enquanto ninguém aponta falta de espaço para continuarem a crescer. Sempre haverá interesse e oportunidade para se provar o novo. No entanto, vê-se alguns entusiasmos num futuro que ainda carece de prova; o que poderá ser bem rotulado, conforme vozes dissidentes, de um chamado *profetismo poético*.

\* \* \*

De outra banda, o que Maristela muito precisava, era substituir os seus sentimentos de resignação pelos de indignação. Só assim começaria a abrir caminho para uma vida diferente e, diga-se, bem melhor. As poucas pessoas que Maristela conhecia, envolvidas ou não em escusos interesses, d'alguma forma procuravam orientá-la a seguir um caminho menos bifurcado, mais definido, procurando tirá-la da perturbadora indefinição que sombreava as suas decisões. De qualquer forma, parecia não estarem aptas a convencê-la como necessário. Além do mais, uma coisa é vermos cenas de guerras num noticiário, por mais nítidas que sejam as imagens; outra, é estar no *front*.

Ela parecia manter-se agarrada à beira de um enorme precipício, as vezes se conformando com a ideia simplista, oportuna e *depressiva*, de que o seu caminho havia sido traçado por alguma força maldosa do diabo – aquele *ser* que habita o inferno. E, no seu sofrimento, ela realmente acreditava na existência do diabo e da sua invencível e determinada força. Imaginava que tal decorresse de alguma inspiração diabólica a mando de satanás; algo do mundo dos demônios; da miscigenação resultante de alguma imperfeição. Enfim, para ela, algo de sobrenatural.

Sentada na soleira da porta de um dos edifícios da avenida Atlântica, ficou a relembrar o que há muito tempo ouvira de um professor de filosofia que conhecera em Porto Alegre. Dizia o modesto professor, não literalmente:

"*Meus desejos são poucos, porém muito grandes, difíceis e importantes. Desejo primeiramente ter plena, senão boa saúde para gozar dos prazeres que a vida ainda não me ofereceu e, que, não dispenso desfrutá-los antes do meu fim. Esse, repito, é o meu primeiro desejo. Além disso quero, que, ao desfrutar de tais importantes e sigilosos prazeres, possa reparti-los, ou pelo menos gozá-los o mais satisfatoriamente possível com as pessoas que me são singularmente caras. Não excluo dessas os meus filhos e netos, que nunca deixarão de sê-los, e a mulher que comigo viver ao tempo dos fatos*".

"*Os secretos prazeres que ainda não tive oportunidade de alcançar são em pequeno número, mas de grande importância e difícil realização, pelo menos para mim. Desejo ainda, que ao tempo em que me for possível desfrutar dos meus reservados prazeres, me sinta auspicioso, esperançoso e febril como hoje o sou, por que triste será saber que depois de demorada espera, ao cabo, não mais os queira usufruir*".

"*Desejo, doutra forma, que tais objetivos não me decepcionem no momento em que se concretizarem, transformados que venham ser em coisas diversas daquelas aspiradas por tanto tempo e a tanto custo. Certamente isso será tão mais triste do que jamais poder alcançá-los. Esses, pois, são os meus desejos; desejos de gozar dos meus desejos*".

E aí ela ficou a pensar quais seriam os seus desejos, pelo menos naquela hora. Levantou-se um pouco mais encorajada pelo que relembrara daquele homem tão modesto quanto inteligente, e começou a caminhar olhando para as pessoas que naquele momento desfrutavam de um estilo de vida diferente do que ela vivia.

Porém, ela ainda não tinha certeza de que aquelas pessoas realmente tinham vida diversa da dela. Apenas imaginava que naquele momento e naquele lugar, elas não se lamentavam pelos sofrimentos que pesavam sobre os seus ombros. Olhou para os restaurantes e bares que coloriam e enfeitavam a orla, e observou que as pessoas que ali estavam, serviam de objeto de inveja ou de repúdio de alguns malvestidos que do lado de fora as tripudiavam com fulminantes olhares. Do mesmo modo, as pessoas que consumiam caras e sofisticadas refeições, também evitavam a proximidade de algum maltrapilho que, vez que outra entrava para pedir ajuda. Na mais das vezes, os de dentro faziam não perceberem os de fora; e os que estavam fora, procuravam ser notados por aqueles. Estava ali estampada a invencível e universal luta entre o ter e o não ter.

Então, Maristela interrogou-se: em qual lugar, isso eu não verei? Será que é nessa eterna e universal distinção, que se equilibra a vida em sociedade na Terra? Já aprendi tudo, ou ainda não sei nada? Já estou sentindo uma das dores mais profundas, ou ainda haverá muito mais coisas para ver e sentir? Isso será o início, o meio, ou o fim? Faltará muito, ou muito pouco para isso acabar? Aguentarei até o fim, ou sucumbirei antes do dia *D*? E, o que acontecerá no final da minha luta, ou mesmo do meu desânimo e da minha incapacidade para lutar e vencer?

Dentro de pouco tempo caiu uma tromba d'água que a molhou um pouco, mas ela conseguiu proteger-se sob a marquise de um prédio, na esperança de que a chuva logo cessasse. Mas, como não parava e, estando próxima do seu apartamento, resolveu dar uma corridinha, ainda que sabendo que mais se molharia. Lá chegando, secou-se e trocou a roupa antes de deitar-se. Porém, durante a noite tossiu muito e começou a sentir dor de cabeça. Juntamente com a tosse veio alguma pequena inflamação, que foi suficiente para ela pensar que - pessimista como vinha sendo -, tivesse contraído pneumonia. Mas nada poderia fazer, que não continuar tossindo...

\* \* \*

No dia seguinte, como combinado, Esther a aguardou na portaria do prédio da Prado Júnior e zarparam para um dos shoppings. Sentadas num dos quiosques, primeiramente Maristela ficou um pouco vacilante sobre o seu propósito de contar para a parceira as dificuldades que a atormentavam incessantemente. Achou que, não tendo intimidade para tanto, Esther pudesse decepcionar-se a seu respeito. Porém, em meio a outros assuntos e, necessitando obter algum conselho da experiente mulher, resolveu contar-lhe; sem restrições e sem rodeios.

Depois de ouvi-la sem qualquer interferência, Esther a aconselhou percorrer outros caminhos para resolver a situação calamitosa que confessara estar vivendo. Que continuar buscando solução através dos meios até então utilizados, possivelmente não a levasse a resultado satisfatório. Que as várias investidas que ela teria feito, com certeza em nada teriam frutificado. E, pior, ela não deveria esperar chegar ao caos, para só depois procurar caminho diverso. Isso poderia ser tarde demais. Que há situações em que as alternativas que aparecem, não poderão ser descartadas por quem tem interesse em mudar o seu rumo. É o caso de lembrar o trem da sorte, que não para duas vezes pela mesma estação. Diante disso, Maristela a perguntou se poderia ajudá-la a encontrar uma alternativa ainda não experimentada, para enfim sair do sufoco em que estava.

Esther então disse:

- Maristela, eu conheço um só caminho que poderá levar-te à redenção; embora devam existir outros, mas que não os conheço. Para tanto, você precisará confiar em mim e, em algumas pessoas que também poderão lhe auxiliar. Essa tempestade passará, mas a escolha que fizeres agora, poderá mudar a sua vida por muito tempo, ou mesmo, para sempre. Precisarás agir mais com a inteligência e menos com a emoção. A sua escolha possivelmente não superará apenas os problemas imediatos, mas passada a tempestade, você poderá gozar de boas perspectivas e realizações. Serei bem direta no assunto.

E, continuou:

- A minha vida também foi complicada durante os muitos anos em que trabalhei em troca de dinheiro para satisfazer apenas as minhas despesas comuns. Chegou um tempo em que eu desejava ter acesso a outros atrativos, que só alcançaria se fosse capaz de ganhar muito mais do que me pagavam. Como você, eu também tinha estudado em curso de nível superior, mas as chances de ganhar salário compatível com a minha escolaridade, apesar dos meus constantes e demorados esforços, nunca chegavam. Um dia alguém me ofereceu para trabalhar como acompanhante de ricos empresários e políticos. No primeiro momento, não sabendo bem do que se tratava, pedi algum tempo para estudar o assunto. Mas depois de bem-informada sobre as vantagens e do risco quase que inexistente, topei a parada.

E, Esther continuou:

- Hoje ganho dinheiro suficiente para manter um bom padrão de vida, com direito a viagens dentro e fora do país. Sempre troco o meu automóvel a cada dois anos, sem qualquer dificuldade. Moro num amplo apartamento de minha propriedade e tenho diversas aplicações financeiras bastante rendosas. Não tenho motivo para queixar-me da vida; pelo contrário, sinto-me feliz com o que conquistei com o meu exclusivo esforço, e ainda ajudo minha mãe a sair das suas dificuldades financeiras. Então, resolvi organizar uma vida só para mim. Sempre evitei ter filhos, porque os achei incompatíveis com a vida que tenho levado. O meu casamento não tendo dado certo, depois dele só quero namorar. Casar-me, por enquanto não, embora eu não possa dizer que dessa água não mais beberei.

Maristela, depois de ouvi-la atentamente, aduziu:

- Esther, eu já tinha ouvido falar sobre esse tipo de atividade, através de uma colega na locação do apartamento em que estou morando. No dia em que me informou, achei que se tratava de coisa que se assemelhasse à prostituição. Melhor dizendo, seria uma modalidade de prostituição e, esse emblema eu não desejaria ter. Fui criada com enorme rigor, em casa em que prostituição era palavra que não poderia ser verbalizada ou escrita. Porém, pelo que me disseste não se trata de prostituição, mas de uma forma de convívio com pessoas, na mais das vezes bastante agradáveis.

Esther, então replicou:

- Tenho certeza de que se optares por essa atividade, em pouco tempo te encontrarás com o sucesso. Além do mais, você é bonita, inteligente, fala mais de um idioma e, é bastante meiga. Se pretenderes provar da sua capacidade para ganhar mais, quando decidires me procura. Além do mais, lhe sou bastante sincera e, pelo que sei, a sua situação será capaz de ser enquadrada na expressão de Hobson's Choice: *é pegar ou largar; ou, se só tem tu, vai tu mesmo*, pois me parece não teres outra opção que resolva o seu problema dentro do exíguo tempo que precisas. Penso que lhe será mais proveitoso aprenderes a pensar com a própria cabeça e, não com a dos outros; especialmente, daqueles que não serão capazes de fazer algo por você. Se te ajoelhares aos pés de algum deles, te chutarão, ao invés de te socorrerem.

Marcela disse, pois:

- Vou pensar por algum tempo, mas sei que não poderei demorar-me. Fui por ti alertada de que o trem da sorte não para duas vezes na mesma estação.

Depois disso conversaram mais um pouco sobre futilidades e, então, combinaram ir embora, sem marcar novo encontro. Porém, antes de se despedirem, Esther arrematou o assunto, citando duas frases que sempre a ajudaram guiar-se quando diante de alguma indefinição. Uma, de Benjamin Franklin: *"Se amais a vida, não desperdiceis o tempo, que é a sua tela"*; outra, de James Watt: *"O tempo mal-empregado não é vivido, mas perdido."*

\* \* \*

Maristela foi deixada na porta do condomínio e subiu para o apartamento. Encontrando a sua companheira de quarto, contou-lhe o que conversara com Esther e a proposta que ela teria feito para trabalhar como acompanhante. Disse-lhe, que não teria decidido aceitar a indicação, pois desejava esperar alguns dias, enquanto aos poucos pudesse deglutir a ideia. Mas que, se decidisse por exercer aquela atividade, preferiria firmar contrato através de Esther. Que assim desejaria, para evitar constrangimento à companheira de quarto, na hipótese de não atender de modo satisfatório às exigências da agência. Que acima de tudo queria preservar a fidelidade entre as co-locatárias do apartamento; o que atribuía ser de grande importância.

Com um leve sorriso de canto de lábio, Renata disse-lhe que ficasse inteiramente à vontade. E que torceria para que ela aceitasse o contrato, pois que a sua vida mudaria radicalmente. Ela certamente riria dos tempos difíceis, como estes que ora vinha passando. Que entendia perfeitamente o que ela sentida, mas que estaria na hora de alcançar equilíbrio na sua vida. Em caso contrário, rejeitando uma ou outra oportunidade, a tornaria por demais seletiva ao precisar de dinheiro para viver. Que não teriam sido poucas as derrotas por que teria passado, ultimamente; o que deveria encorajá-la a mudar o modo de pensar.

E, disse mais:

- Conheço bem Esther. Conhecemo-nos há muito tempo, apesar de não chegarmos a ser amigas. É pessoa muito correta. Venceu muito na vida com a atividade que escolheu. Começou como acompanhante e foi galgando alguns degraus até chegar à função de coordenadora de recrutamento de candidatas. É a função que está lhe oferecendo para o início da carreira. Se você já caiu na simpatia dela, pegue a boca sem mais pensar. O sucesso está rondando em seu entorno. Se você perder essa boa oportunidade, depois lamentará.

- Mas isso não será um tipo de prostituição? Perguntou Maristela.

- Não, Maristela. Na prostituição a mulher aluga o seu corpo para uma relação sexual com qualquer homem que pague o valor por ela exigido. Entre o casal não há qualquer outro vínculo, nem intimidade. Apenas o sexo rege a relação entre eles. Uma prostituta é capaz de manter relações sexuais com dois, três ou mais homens durante uma só noite. Para ela, é quase que uma atividade física, na mais das vezes sem sentir o prazer do sexo. É a banalização do sexo, no seu maior exponencial. Mas nem por isso elas merecem ser criticadas ou desclassificadas, porque, na maioria das vezes chegam a esse estágio da vida, por excessiva necessidade financeira. Quase todas elas têm desejo de mudar de atividade, mas é grande a dificuldade de encontrar trabalho. Não é disso que estou falando. O que falo é algo bastante diferente.

- Na atividade de acompanhante os parceiros se conhecerão antes, podendo ter casos, não raros, de que ao final não haja relação sexual. A relação entre o casal é bastante respeitosa e sexo só haverá quando ou, se, ambos desejar. Peço não confundires uma e outra das atividades. Respeito e entendo o trabalho das prostitutas, mas a atividade delas é distinta daquela a que estou falando. Entendido? Você tem que aprender a massagear a sua consciência e aceitar a crítica alheia, quando isso for necessário para a sua sobrevivência. De nada lhe adiantará manter-se nessa áurea de puritanismo, passando fome para não ferir a sua moral. Quando você estiver na indigência, ninguém lhe estenderá a mão, mas igualmente lhe criticará. Pelo menos, quando estiveres trabalhando, terás como exercer o seu direito de defesa contra os críticos e desafetos.

- Entendi, e vou pensar sem mais demora, disse Maristela.

Maristela, sempre indecisa, parecia viver em estado de embevecimento pelos pensamentos de Hamlet, não se definindo entre "o ser ou o não ser"; isto é, entre jogar-se à versão charmosa da prostituição e alcançar uma condição financeira que a sustentasse, ou, continuar como uma semi-púdica e submissa à sua condição de miserável. Defendia de tal sorte o que pensava sobre princípios morais, ainda que não mais fosse virgem, como já se viu, a ponto de se perturbar. Só lhe faltava pedir ajuda à Santa Inês – padroeira da castidade e da pureza. Em meio a toda a sua indefinição, claro que não poderia escapar-lhe lembrar o que dissera Cícero, com outras palavras. Em síntese, defendia o filósofo romano que, o não se interessar com os que outros pensam a seu respeito, pode ser prática de arrogante, mas também de dissoluto, de libertino. E, sem dúvida essa aguda lembrança bastante pesava-lhe no momento de decidir-se. Possivelmente, lhe tivesse sido melhor esquecer o que dissera Cícero, de cuja lembrança ainda mais a atrapalhava enquanto procurava equilibrar-se na interminável corda bamba.

* * *

Renata não tinha dúvida de que Esther era *cobra mandada* de Pedro Ernesto. Teria galgado à função de coordenadora porque há bastante tempo cortejava o magnata da noite e de outros negócios ilícitos. Certamente ele teria encarregado a sirigaita de convencer Maristela a ingressar na sua empresa como acompanhante – o degrau de acesso. Esse negócio de despachar mulheres bonitas e com outros bons atributos para noitadas com riçaços rendia muito a Pedro Ernesto, embora o nome dele não constasse em qualquer contrato. Renata sabia bem mais do que muitos imaginavam, pois sabia que ele sempre preservou o seu nome, não permitindo aparecer como titular ou sócio de qualquer de suas empresas. Homem esperto, Pedro Ernesto não metia a cara nem o nome em coisa que poderia comprometê-lo. Acostumado a calar quando perdia pequenas batalhas por culpa de algum traidor, jamais esteve perto de tanger a perda da guerra. Quando a coisa tendia a esquentar, ele arranjava dinheiro para abafar o fogo e a imprensa mais escandalosa. Quando uma empresa de jornalismo apertava o seu sapato, com dinheiro ele subornava outra que o defendia e desmentia o noticiado pela primeira. A balança dele só tinha o prato dos direitos, porque o dos deveres sempre estava repleto de dinheiro sujo; porém, muito bem usado nessas horas. Por outro lado, desde que Esther assumira a coordenação, deixara de acompanhar executivos, senão aqueles que a agradassem. Assim que, só eventualmente saía com algum empresário, com o qual nutrisse simpatia, e que bem remunerasse a companheira. Um deles, além de caras joias já a tinha presenteado com um cruzeiro marítimo.

Como coordenadora, recebia comissões pelas atividades das acompanhantes, além de um salário fixo pago pela agência. Tinha plano de saúde e determinados litros de combustível por mês; tudo pago pela empresa. Para manter esse contrato, precisava mostrar bom desempenho a cada mês, estimulando as mulheres já contratadas e admitindo outras tantas. A cada uma principiante que ela conquistasse para a agência, recebia um polpudo bônus equivalente ao valor do seu salário fixo. Como a sujeira campeava nesses negócios, os valores pagos como bônus não eram documentados pela agência – eram pagos por debaixo do pano -, de modo a poder sonegar as contribuições previdenciárias e o Imposto de Renda. Dando uma banana para o Instituto e outra para o Leão, vez que outra a empresa necessitava alimentar alguns vorazes carniceiros, retirando parte do dinheiro sonegado para comprar frangos e carne vermelha.

Sempre assessorado por bons advogados e não menos sabidos contadores que conheciam os furos da lei, Pedro Ernesto se dizia cumpridor dos seus encargos sociais e tributários. E quando a bomba recaía sobre alguma das suas empresas fantasma, dizia não saber de nada, pois que as firmas não estavam em seu nome, nem sob sua responsabilidade. É bem verdade que esses advogados e contadores sabiam cobrar muito bem os seus honorários. Mas, mesmo assim valia a pena tê-los pelas imediações dos crimes de sonegação e outros do colarinho branco. Capitalista de verdade e por convencimento, sabia que o dinheiro no seu cofre sempre que saía retornava mais gordo. Não costumava perder negócio; nem com negócios. A economia circulava pelas suas veias e sobre o seu atento cérebro, de modo que ele mais a entendia do que qualquer PhD formado com distinção e honrarias. Ele bem sabia que a obtenção de lucro não é ato isolado, mas um processo em sequência. Também não operava com mercadorias, porque dizia que trazem despesas e, estão sujeitas a riscos. O negócio dele era o dinheiro com transações, preferencialmente, em nome de terceiros.

Malabarista muito bem treinado, ele passava sobre fio de navalha sem sequer arranhar a pele e, enquanto o povo agonizava o aumento do pão, ele era capaz de equilibrar-se sobre o arame sem o auxílio de vara. Sarcástico, dizia ter pena do sofrimento humano, que não tivera a mesma sorte dele. Costumava contribuir com asilos e outras ONGS quando solicitado. Isso não fazia por espírito de altruísmo, mas por envaidecimento e para se manter próximo dos diretores dessas instituições – geralmente gente da alta sociedade, que também participava com o seu trabalho por igual vaidade.

De igual modo, embora vivesse na riqueza, só para alguns gostava de mostrar essa opulência. Homem assim, sempre viveu cercado de bons informantes sobre a maioria dos assuntos que lhe interessavam. E quando a coisa ficava tão torta que nem com dinheiro dava para endireitar, encarregava algum jagunço para dar fim no assunto, sem deixar rastro nem cheiro. Não era esse um dos serviços mais caros, mas certamente um dos mais sujos. O seleto, pequeno e confiável número de meliantes a seu serviço, nas vezes em que foram levados ao xadrez para prestar depoimento, nunca dedaram o poderoso mandante. Uma das estratégias adotada por Pedro Ernesto era não permitir que os *serviçais* se conhecessem entre si. Nenhum deles conhecia o outro. Porém, todos sabiam que se traísse a confiança do chefe, seria sacrificado por outro elemento da tribo, muito bem pago para destruir àquele que fez serviço malfeito. Com toda certeza não se poderia exigir dele o que fora dito por São Tiago: *Alguém que vive pela lei, mas tropeça num único momento, torna-se culpado de todos* (os males). Afinal, o nosso milionário errante, nunca viveu pela lei.

Quando tomava para si alguma atividade, atuava tanto na direção e na supervisão, quanto na base. Isso por si só justificaria o fato de um homem com inteligência e conhecimento multidisciplinar, se prestara para ter ficado dias a fio num salão de biblioteca para, de tocaia, investir numa bela mulher. E, se a perdesse, apenas a teria perdido; mas se a ganhasse, ganharia muito. E foi através desse jogo de perde ou ganha que ele venceu e acreditava que continuaria a vencer.

Mulher bonita sempre foi um dos pontos fracos de Pedro Ernesto, porém não se deixava ser levado por paixão, a que atribuía ser uma fraqueza do ser humano. Embora já tivesse gastado bom dinheiro para conquistar algumas lindas mulheres, delas poderia se afastar quando lhe conviesse, sem muito esforço e sem sofrimento. Nesse nicho, o seu prazer em estar com alguma mulher se esgotava no momento em que com ela estivesse e, novo prazer só teria, se houvesse nova oportunidade para com ela estar.

Mulher que nele se enrabichasse, em pouco tempo dava jeito de desgrudá-la do seu entorno. Primeiramente com algum dinheiro, ou então, arrumando um homem que o substituísse naquela desmedida paixão que afetava a desesperada. Na insistência da tresloucada, algumas vezes precisava dar um jeito mais severo, embora não fosse a sua vontade. Em tal hipótese, passava o trabalho para algum leão de chácara que estivesse disponível na ocasião.

Costumava dizer que mulher e veado que não cai em si, só presta para incomodar. Além disso, traz azar para os negócios e bota em risco a reputação do homem. No meio dos políticos, Pedro Ernesto exercia boa influência e por eles sempre foi pajeado, pois seguidamente contribuíra com alguma fortuna para as suas campanhas eleitorais. Em Brasília era recepcionado por parlamentares de várias cores partidárias. Transitava pelos corredores e salas do Congresso com a mesma desenvoltura dos deputados e senadores, assim como era conhecido e respeitado pelos funcionários das duas Casas.

Sabichão, nunca demonstrara afinidade por qualquer agremiação, nem se mostrava mais simpático por qualquer delas. Com descarado cinismo dizia, sem esconder de ninguém, que o seu partido teria todas as cores e uma só plataforma – a defesa da humanidade e o combate à pobreza. Sem medo nem vergonha, dizia a todos que a corrupção era inerente à atividade política em todos os níveis. Que político metido à sério estaria condenado a não se reeleger – eram os famosos parlamentares de um só mandato que, após concluído, só lhes restava ficar escondido atrás de uma boquinha de menor importância, mamando algum dinheirinho para viver, mas sem qualquer expressão.

Em roda de pessoas influentes, dizia ser contra à prostituição e ao vício em drogas, que para ele seria uma tragédia da humanidade. Dizia também ser contrário a jogos de azar, pois poderia levar pessoas à perdição e ao infortúnio. Mas, contraditoriamente, era a favor da legalização de cassinos no país, como forma de atrair turistas. Era a figura viva do verdadeiro cara-de-pau. Quando morresse, mereceria uma estátua em praça pública, ainda que viesse ser custeada por ele próprio, como alguns outros já haviam feito, ainda em vida.

Pedro Ernesto era um delinquente de luxo; um fora-da-lei requintado; do tipo que está em extinção. Agora, a turma do fura-bolo até enfrenta policiais, sem medo nem remorso; ao modelo da máfia *in Brazil*, que tanto atua no asfalto quanto nos morros do Rio e subúrbios de outras grandes cidades. Mas Pedro Ernesto exalava perfume francês, roupas de grife e, não passava em qualquer lugar, sem ser observado o seu elegante charme. As suas grandes armas eram a inteligência, a ousadia, a lábia e, sem exclusão, a propina. Só depois disso, diante de iminente perigo, ele seria capaz de apelar para o ferro. Nunca demonstrou simpatia por qualquer time de futebol, porque dizia que rico que se envolve com futebol estará condenado a levar altas mordidas em dinheiro, que some como água pelo ralo. O dinheiro gasto com agremiações entra pelo cofre da tesouraria do clube e sai pelo bolso do atleta. Se todos os clubes deixarem de pagar tão altos salários aos seus atletas, esses valores deixarão de ser inflacionados. E dizia: prefiro dar dinheiro para um hospital filantrópico ou para um asilo, do que gastá-lo com atletas milionários. Sem contar que alguns desses, apesar do tanto que ganharam nos seus áureos tempos, por exagerado exibicionismo e descontrole financeiro, foram à miséria bem antes do que supunham.

Com relação ao Carnaval, Pedro Ernesto tinha ideia diferente. Muito embora não se envolvesse com escolas de samba, pelo mesmo motivo de que, sendo rico estaria sujeito a levar mordidas, sabia que os milhares de integrantes que formavam aqueles extraordinários espetáculos, eram pobres e, na maioria, muito pobres. Que, não poucas vezes se endividavam para poder se apresentar ricamente fantasiados na avenida defendendo o projeto da sua agremiação carnavalesca. A esses, individualmente ajudava de forma indireta; sem aparecer.

\* \* \*

Passados alguns dias Esther ligou para Maristela perguntando-a, se já teria decidido trabalhar para a agência, pois que em breve chegariam alguns políticos para participar de um congresso no Rio de Janeiro e já tinham contatado com a empresa. Maristela disse ainda não ter resolvido, mas que dentro de dois dias a responderia. Numa última tentativa de colher alguma outra opção, ainda ao telefone tentou buscar novo conselho de Esther sobre os rumos da sua vida.

Porém, ao procurar uma derradeira opinião da *amiga*, antecipadamente ela já sabia que estaria comprometendo a si mesma. Que ao procurar Esther para aconselhá-la, já sabia que tipo de conselho receberia. Afinal, lá no fundo da sua alma, apesar do seu desespero e da sua aparente nuvem de ingenuidade, ela não poderia evitar a hipótese de ser aconselhada a se prostituir. Com toda certeza, ela ainda não se sentia segura quanto à proposta feita por Esther. Faltava-lhe entusiasmo; motivação para alavancar a sua decisão; para iniciar a ação, mediante a acolhida da proposta que lhe vinha sendo feita. Se pelo lado financeiro lhe era tentador, a deslumbrava; de outro lado havia uma contenda de natureza moral, que lhe fora ensinada pelos pais e pela sociedade da qual participara até então.

De toda sorte, Maristela tinha na conta dos *prós*, o fato de que a sua autoestima dependia, desde que chegou no Rio de Janeiro, de necessária segurança financeira. Isso para ela, era quase um caso de vida ou morte. Depois de tantos baques, que quase a transformaram numa *imprópria* moradora de rua, qualquer vacilo poderia custar-lhe muito caro. Além do mais, ela se sentia moralmente devedora de Pedro Ernesto e, financeiramente, do corretor imobiliário. Ela também sabia que não estava em situação na qual pudesse apostar todas as suas poucas fichas numa abstrata moralidade, com latente e frequente risco de sucumbir mais outra vez.

Cheia de escrúpulos, melindrosa pela formação do seu caráter, se via entre a cruz e a espada. A saia justa na qual se metera desde que foi morar no Rio de Janeiro, era por demais apertada para quem não estava acostumada a não cair da elegância, ainda que transitando em meio a um dos mais profundos níveis do esgoto social. Mas, se um tanto foi a vida que lhe presenteou tamanho mal-estar; outro tanto se poderia debitar à sua rudez e inflexível razão em face do que ela bem sabia que lhe esperava, dentro em pouco tempo. Ela se metera num caminho de uma só via – seria pegar ou não pegar; porém, na segunda hipótese, corria risco de mais sofrer, do que se optasse pela primeira das alternativas.

A moral é gelatinosa para muitos e, muitas vezes, a simples mudança de lugar é condição para ser esquecida pelos que presenciaram a descida. Quanta gente evadiu-se de sua cidade depois de algum grande vexame; de um fato desonroso e, depois de algum tempo, *recuperou* a sua moral, quando em meio a pessoas que antes não a conheciam! Nem precisaria chegar ao extremo constrangimento, como o de pessoa que *vazou* os olhos para que a vergonha interior não transparecesse, e, que *"...com eterna noite resolveu seu condenável pudor"*, como referiu Dante.[273]

Durante esse prazo a situação de Maristela não melhorou; pelo contrário, necessitou fazer algumas compras extraordinárias, mas indispensáveis. Com isso, gastou mais do que previa para terminar com a sua estreita reserva de dinheiro. Preocupada com o esgotamento da pequena economia, levando em conta que, qualquer novo emprego não a remuneraria senão no final do mês, resolveu aceitar a proposta para trabalhar como acompanhante. Mesmo que não admitindo tratar-se de uma atividade honrada, nada mais lhe restaria fazer naquela hora e diante daquelas circunstâncias. Além do mais, já teria perdido a virgindade que por tanto tempo preservara, para um homem a quem não conhecia suficientemente e, que, sequer seu namorado teria sido. Não bastasse tanto, quase nunca mais se encontravam e, entre eles não havia amor ou outro sublime sentimento.

Sentindo-se atraída pela proposta de Esther, ainda pensou a respeito do seu criterioso sentimento de preservação, de uma espécie de reserva moral. Concluiu, então: afinal, sejam pessoas de todas as esferas sociais; sejam ricos ou pobres, a verdade nem sempre estará com eles. Que critiquem, pois o motivo dessa possível jornada da minha vida, certamente não estará ao alcance dessas castas! A sociedade? Então o que a sociedade tem feito por mim? Quais oportunidades a sociedade tem aberto para mim? Pois que se rale a sociedade! Que a sociedade e a sua gelatinosa oportunista moral, que vá para os quintos dos infernos, porque primeiro *eu* e, só depois *eles*; se sobrar algum lugar para *eles*.

A sociedade a um só tempo é algo concreto e algo abstrato, volátil; é o tudo e o nada; é o branco e o preto, embora possa ser o verde, o laranja, o lilás, o carmim, o cinza, o incolor e, o arco-íris. Ela tanto se apresenta invisível, como também transparente. É como uma vidraça, na qual bastará se dar uma demão de tinta e, não mais mostrará o que antes ela mostrava. Conforme os seus subalternos interesses, ela se apresenta com louvores ou com horrores; como a santa bondade, ou como a diabólica maldade. Nada há nada mais flexível, etéreo e transitório que o pensamento social. Sociedade que se divide entre quem a defende e quem a acusa; por quem aponta e por quem é apontado; por quem tem muito e por quem tem pouco, ou quase nada, ou mesmo, quem nada tem. Mas todos (ou toda sociedade) vivendo num mesmo espaço físico chamado de Mundo, ao mesmo tempo, no mesmo momento. Afinal, que a sociedade me responda por favor, o que é certo e o que é errado! Se alguém já jogou a primeira pedra? E pergunto bem mais: por que uns são sadios e outros doentes? Por que alguns morrem cedo e outros, vivendo num calvário, custam a morrer? Por que a sobra de uns não aproveita aos outros? Porque algumas belas flores têm espinhos e outras nem tão belas, são aromáticas?

Em dado momento no qual se inclinava para aceitar a proposta de Esther, ela lembrou-se do que havia escutado de uma das companheiras de apartamento, que levava a vida, do que a vida na zona lhe proporcionava. Teria lhe dito a parceira na locação: minha amiga, eu valho pelo que penso valer; não pelo que os outros me avaliam. Por isso, vivo com tranquilidade e convencida de que não devo explicações a ninguém sobre o que sou e como vivo. Sou uma mulher altiva; cumpro com os meus deveres; sou respeitadora e, imagina, pago até imposto! Não sou menos do que os outros, pois sei que somos todos iguais. Que me desafie quem tiver a coragem de fazer o que faço todos os dias para poder continuar vivendo. Cada um tira o seu preço de onde pode ou de onde quer. Eu, como bem sabes, o tiro do prazer que dou aos homens. Se não me serve; não o sirvo. Pior é saber que há mulheres que têm que dar o seu serviço todas as noites, em troca de homens que não só as desmerecem, como as trocam por outras. São as *vítimas* do adultério consentido. Algumas ainda apanham e são forçadas a entregar o dinheiro que ganham. São as verdadeiras desgraçadas, que se enrabicham em quem não as merecem. Mas, por que criticá-las, se conheço algumas que além de tudo, se sentem felizes e satisfeitas com os seus gigolôs?

Somando a tudo isso, ela ainda lembrou da célebre frase de Platão, que ao tempo de faculdade teria lido: *"Não espere por uma crise para descobrir o que é importante na sua vida."* De uma delas, certa vez Maristela ouviu: De tanto pensar na vergonha de ser o que sou, acabei perdendo a vergonha para todo o mais. Afinal, de que adianta castigar-me com a vergonha que sinto de mim, se não posso livrar-me de ser o que sou e, saber que jamais serei perdoada por mim.

No dia seguinte Maristela ligou para Esther dizendo aceitar firmar contrato com a agência. Todavia, pedia maiores detalhes sobre a atividade. Esther disse ter ficado contente com a iniciativa dela, e que estava a sua inteira disposição para as informações que desejasse obter.

No mesmo dia as duas se encontraram, e Esther

procurou satisfazer as dúvidas de Maristela. Ao final do assunto, levou-a de carro até a agência e a apresentou ao encarregado da contratação. Ao vê-la, o empregado sorriu e a cumprimentou, desejando-lhe sucesso na atividade que passaria a desempenhar. Disse-lhe, que poderia contar com ele para o que mais desejasse. Deu-lhe as informações e recomendações de praxe e a elogiou pela beleza e elegância. Garantiu-lhe que teria enorme sucesso. Que aguardasse ser avisada por ele quando algum cliente a tivesse escolhido para acompanhá-lo.

* * *

O namoro entre Ronaldo e Marcela seguia como de vento em popa. A cada dia mais e mais se amavam e pensavam em estar juntos. Cada necessário afastamento por motivos profissionais vinha sombreado de enorme e recíproco sofrimento. Porém, apesar de passado tanto tempo de namoro, ela nunca o apresentou aos seus pais; nem se arriscaria a tanto, com medo de ser criticada e até repudiada por qualquer deles; principalmente por seu Sérgio. Ele ainda não aceitava a separação dela e, jamais admitira vê-la envolvida noutra relação amorosa. Era um osso duro de roer. Uma pessoa difícil de vergar os seus arcaicos princípios. Além disso, temia que o pai pudesse ser grosseiro com o educado namorado. Ela bem sabia que daquele lado, tudo seria possível de ocorrer e de surpreender a todos. Mas eles se amavam verdadeiramente, a ponto de ela lembrar no que entendia Schopenhauer sobre o amor: *"Não é portanto permitido duvidar do amor, nem da sua importância."*[274]. Lembrou que o próprio filósofo, polonês por nascimento, ao criticar Kant na *"...terceira parte do 'Traité sur le sentimentu du beau et du sublime', trata tal assunto de um modo demasiado superficial, e por vezes inexato, como quem não entende nada do caso.",* deixando porta aberta para igualmente ser contraditado, ao firmar o entendimento de que o amor entre homem e mulher se fixa na concepção da formação de um filho; da existência de um novo ser, fruto do amor do casal; o que nem sempre é verdadeiro. Com o mesmo sentido crítico, ele desfaz em Rousseau, em seu Discours sur L'inégalité, como *"falso e insuficiente.".* Por fim, alcança Platner, que *"...na sua antropologia, apenas nos oferece ideias medíocres e vulgares."* Na página 51 da mesma obra, Schopenhauer alicerça ainda mais o seu entender sobre o tema: *"O amor tem, portanto, sempre por fundamento um instinto dirigido para a reprodução da espécie; essa verdade a nós parecerá evidentemente clara se examinarmos o caso detidamente, como o faremos."*[275]

Quem serei eu, pensou Marcela em voz alta, para criticar Schopenhauer, mas o mesmo vigor e coragem que o deu entusiasmo para criticar Kant, Rousseau e Platner, me elevo perante ele, para dizer que o *"detido exame"* que diz ter feito, também não me convenceu a ponto de querer rotulá-lo de pífio e irreal. Usa de uma pretensa certeza da volúpia e até da bigamia do homem e da fidelidade da mulher, a ponto de defender que *"...a fidelidade no casamento é artificial para o homem e natural para a mulher...".* Mais ainda, do mesmo filósofo: *"Os casamentos de amor são concluídos no interesse da espécie e não em proveito do indivíduo. Esses imaginam, é certo, que trabalham para a própria felicidade, mas o verdadeiro fim é-lhes estranho, visto que não é outro senão a procriação de um ser que só é possível por meio deles."*[276] Sinceramente - ela continuou a pensar -, não esperava sofrer essa rasteira de Schopenhauer, ao tratar do amor. Teria bem mais para dizer sobre o que li no livro dele, mas prefiro secar a minha garrafa de vinho, que julgo ser mais proveitoso.

* * *

Certa tarde, num dos cafés do Centro da cidade ela encontrou-se com a sua antiga professora de filosofia, de nome Catharina, com quem conversou alguns minutos. Trocaram gentilezas e Marcela quando perguntada, disse-lhe que era advogada. Que se havia separado há algum tempo, mas que estava namorando um colega residente no Rio de Janeiro. Dona Catharina era uma senhora bastante culta e muitíssimo educada. Tinha um bom círculo de amizades, que sempre a cortejava. Marcela, embevecida pelos seus discretos gestos a considerava como uma senhora ao seu tempo, pois que pelo que imaginava, já teria passado dos oitenta anos de idade. E ficou a pensar por alguns minutos sobre a distinta senhora.

Quando sobre ela comentava, dizia ser de uma elegância que o tempo não tirava, mas aprimorava e, que além de tudo, era sempre observada onde estivesse. Caminhando com passos lentos, leves e coordenados, ou mesmo sentada com o dorso erguido, a cabeça ao alcance do seu entorno e as pernas juntas dos joelhos aos calcanhares, sempre se mantinha em absoluta passividade diante de si e de quem a observava. Nem sempre parecia ter beleza física, mas tal nela se tornava invisível em razão dos seus delicados gestos; do seu zeloso cuidado no vestir; e da leve maquiagem. Com sapatos via-de-regra fechados ou levemente abertos apenas na biqueira, não trocava o discreto *tailler* por uma saia ou vestido estampados. Circunspecta, era incapaz de extravagâncias, ainda que eventualmente. Seu sorriso sempre contido, não a permitia uma indelicada gargalhada. Apesar de morar sozinha, não vivia em solidão. Era uma mulher amável, que se dizia nascida para viver na felicidade; como se a felicidade fosse um lugar destinado a pessoas que a procuram e a desejam. Mas, a felicidade também tem um tanto disso. Sua presença, onde estivesse, era preciosa e apreciada por quem com ela estivesse.

Dona Catharina enfrentava a vida com absoluta tranquilidade – o que a tornava segura dos seus atos e decisões. A alegria que dela brotava com suavidade, garantia-lhe o adjetivo de simpática. Envolvida em roda de mulheres de todas as idades, ou de homens em cafés, sempre via garantida a sua vaga em qualquer desses grupos. Capaz de abordar assuntos de toda ordem, discutia sobre política, e conversava sobre teatro, história e música – nessa última, ia de Bethoven a Elvis Presley, não dispensando o jaz de Armstrong e a bossa nova de João Gilberto, Vinícius e Jobim.

A professora, invariavelmente andava a pé e não aceitava carona de ninguém, sob o argumento de que caminhar faz bem à saúde. Encontros festivos, apenas em aniversários de parentes e de algumas poucas pessoas da sua mais restrita intimidade. Reservada quanto ao mais, nem por isso se distanciava de quem a cortejava. Vez por outra a via sorvendo um café no balcão da padaria situada naquela mesma zona em que a encontrara. Em razão da sua elogiável memória, não esquecia o nome de ninguém, nem de suas profissões e de seus afazeres prediletos. Uma mulher encantadora!

Por alguns dias Marcela ficou a pensar naquela ilustre professora, que ainda servia de referência a tanta gente. Que, com o passar do tempo se mantinha ativa, pois apesar de aposentada do magistério público, dava aulas particulares e escrevia artigos para um jornal da cidade. Num sábado chuvoso, Marcela sentou-se na frente do computador e construiu um texto que, resumidamente retratava aquilo que extraíra do caráter, da cultura, e dos finos gestos daquela elogiável senhora.

Na segunda-feira procurou uma das atuais professoras do centenário colégio, de nome Jurema, que com ela teria estudado. Perguntou-lhe se lembrava da professora de filosofia; o que ela respondeu afirmativamente. Então, deu-lhe o texto para que lesse e, se possível, fizesse chegar às mãos da direção da escola, como uma homenagem que desejaria prestar a recatada docente.

No dia seguinte Jurema ligou para Marcela e disse ter adorado o texto e, que, seu sobrinho sendo presidente do grêmio estudantil, mandaria publicá-lo no jornalzinho mensal da instituição. Quanto à direção da escola, igualmente ficou satisfeita com a homenagem e afixaria o texto no mural da sala de professores. Ao ser publicado no jornal do grêmio estudantil, a professora homenageada soube que o texto se referia a ela, porque a direção da instituição estudantil a nomeou acima da redação e identificou a autora. Em seguida a professora Catharina a procurou através de informações cedidas pela direção do grêmio estudantil e, a agradeceu pelo que, com a sua modéstia, disse ser uma imerecida homenagem. Convidou Marcela para tomar um café logo que possível.

Na mesma semana encontraram-se no mesmo lugar em que se teriam encontrado pela última vez, dando oportunidade a que a professora homenageada com o belo texto pudesse pessoalmente agradecer à autora. Depois de bastante conversar, Dona Catharina perguntou-lhe como andava o namoro com o advogado carioca. Marcela respondeu que a cada dia mais intenso, embora tivessem dificuldade de se casarem, porque trabalhavam em lugares muito distantes. Dona Catharina disse desejar conhecer aquele que teve a sorte de arrebatar-lhe o coração. Então, combinaram que, quando Ronaldo viesse a Porto Alegre, retornariam ao café para uma boa conversa entre os três.

Duas semanas após, Ronaldo voltou a Porto Alegre e teve oportunidade de conhecer a professora Catharina. Dona Catharina ficou encantada com a gentileza e elegância do namorado de Marcela e, em tom de brincadeira, disse-a que não o perdesse. Perguntou-lhe se teria nascido no Rio; ao que ele respondeu ter nascido no interior do Rio Grande do Sul, mas morava no Rio de Janeiro há bastante tempo. A professora disse gostar muitíssimo do Rio de Janeiro e, sempre que podia passava uma temporada por lá, onde tem alguns parentes. No meio da agradável conversa, a docente disse que acreditava já ter visto Ronaldo em algum lugar; porém não lembrava onde. Ronaldo, que vivia a braços com o problema criminal que patrocinava no foro do Rio de Janeiro, ficou um pouco desapontado e muito preocupado. Na verdade, ficou nervoso, mas evitou dar a perceber o seu estado emocional. Porém, a inteligente e observadora professora notando a mudança, perguntou-lhe se estaria tudo bem com ele; o que ele respondeu afirmativamente.

Terminado o encontro, foram para o apartamento de Marcela e, lá chegando ele tomou um comprimido de antidepressivo, sem que ela notasse. Melhorado o seu estado de espírito, jantaram e curtiram o que a noite teria de melhor para oferecer. Durante a longa noite, mais de uma vez o reconhecimento alegado pela professora afetou o humor de Ronaldo. Era a tal fobia que o rondava seguidamente. Para ele, poderia ser a mesma confusão que alguns já teriam feito com o seu sósia, que defendeu o assassino de uma inválida no Rio Grande do Sul. No entanto, a anosa professora sublinhara que sempre que podia, ia ao Rio de Janeiro, onde teria alguns parentes.

\* \* \*

Na segunda feira Ronaldo retornou ao Rio de Janeiro. Porém, já sentindo saudade desde a sua última noite, antes de viajar deixou sobre uma das mesas do apartamento dela um pequeno texto que construíra durante a madrugada, para que ela meditasse:

*"Saudade é sentimento que nasce dentro de nós e que nem sempre permitimos que se esparja para ser compartilhado. Misto de dor e de prazer, às vezes só dor, outras, só prazer, a saudade pousa nos nossos sentimentos, independentemente de que a provoquemos. Basta um relance de memória, a presença de algo ou de alguma pessoa, para nos sentirmos guiados pelo retrovisor da vida. A saudade nem sempre expressa a letra do Meu Primeiro Amor, eternizada nas vozes de Ângela Maria, Raymundo Fagner, Zezé de Camargo e Luciano, dentre o incontável leque de cantores que a festejam em tom de melancolia. A saudade pode mesmo trazer-nos boas lembranças; alegres instantes; demoradas passagens de nossa vida, que gostaríamos de reviver se o tempo tivesse parado."*

*"Beijos, Ronaldo."*

Ao retornar do aeroporto, para onde teria ido para levar Ronaldo, Marcela leu o pequeno texto e encantou-se com a versão por ele dada a sentimento tão puro quanto bonito, como o da saudade. Saudade era o que ela também sempre sentia quando estava longe do seu amado, Ronaldo.

Esse sentimento compartilhado entre ambos, por vezes perturbava o trabalho que desempenhavam nos respectivos escritórios. Ali, necessitavam ter atenção concentrada no que pensavam e redigiam. Essa concentração era uma das principais exigências no desempenho das suas atividades e, para tanto teriam que manter a mente livre de qualquer outro pensamento. Mas para eles isso vinha dependendo de um esforço até então incomum para ambos.

Todavia, com o auxílio das inovações tecnológicas, pelo menos poderiam conversar e olhar-se na tela do computador; o que diminuía um pouco o ardente desejo de estar juntos. Mas ainda era insuficiente, apesar do avanço da ciência. Muitas vezes começavam a conversar no início da noite e assim permaneciam até quase entrando a madrugada. Assunto para aqueles que se amam nunca falta, eles bem sabiam. O trabalho de ambos não dava trégua para programar uma viagem por cerca de uma semana. Também não havia previsão de algum feriado prolongado, que abrangesse tempo suficiente para ir a Buenos Aires, que tanto desejavam curtir juntos. A época já não era de tempo tão frio e, a vida noturna, cheia de bares nas calçadas, se tornava mais agradável. Queriam desfrutar da noite no bairro da Recoleta; um dos atrativos da metrópole portenha, que parecia ter sido idealizado para amantes. Mas por enquanto nada poderiam fazer, além de esperar alguns dias de folga para viajar por maior tempo do que apenas num final de semana. De qualquer forma, a relação entre eles crescia como desejada por ambos. A prova da cumplicidade entre o casal, não se bastava nas declarações de amor verbalizadas de um para o outro, mas também demonstradas em outros gestos de carinho, pois, que, na intimidade costumavam usar igual copo e talheres. O alimento era levado prazerosamente à boca de um pelo outro, antes daquele provar e saboreá-lo.

\* \* \*

Maristela, no segundo dia após firmar contrato com a agência fora comunicada de que um rico empresário a teria escolhido para encontro a partir do final daquela tarde. Como se trataria da sua primeira atividade, o empregado encarregado dessa atividade a pediu que antes de encontrar-se com o proponente desse uma chegada na sede da agência para recapitular algumas orientações. Que a atividade que ela desempenharia não se compararia com a de uma degradada da sociedade, por isso, precisaria mostrar-se digna de estar na companhia de pessoas distintas.

Lá chegando, foi avisada que deveria tratar o empresário com cordialidade, mostrando-se feliz por conhecê-lo e, principalmente, por poder estar na sua companhia. Que nada lhe pedisse; limitando-se a aceitar o que lhe fosse oferecido. Que a sua participação financeira seria paga pela agência no dia seguinte, conforme previsto no contrato. Que o nome dele era Jonas. Teria vindo de São Paulo e a apanharia por volta de dezessete horas na portaria do prédio do seu apartamento da rua Prado Júnior, em Copacabana. Não havendo mais dúvidas, conforme antes recomendado, ela arrumou-se com as melhores roupas de que dispunha e o aguardou no local indicado. Tratava-se de um homem novo, aparentando não ter mais que quarenta anos, bem-vestido e perfumado. Ao entrar no carro ela o beijou no rosto, em sinal de cumprimento e de estreitamento da necessária intimidade que deveria ter entre eles. Seguiram para um bar ao ar livre na Barra da Tijuca, onde ele ofereceu alguma bebida, e deram continuidade ao que vinham conversando durante o trajeto. A noite foi bastante agradável para ela; o que, de algum modo afastou o fantasma que a rondava sobre aceitar ou não o contrato com a agência.

Durante o tempo em que estiveram juntos, em razão da gentileza do parceiro, que também demonstrava boa afinidade para com ela, Maristela quase escorreu nas suas lamúrias, contando tudo o que vinha passando de ruim nos últimos tempos. Mas ainda bem que se conteve a tempo. Esse tipo de assunto espantaria qualquer parceiro, que paga caro para divertir-se com uma mulher capaz de proporcionar-lhe alegria e prazer.

Por sorte, ela já estava acostumada a ingerir bebida alcoólica, porque o seu parceiro bebia bastante e a oferecia outro tanto. Num dado momento, ela começou a perceber que deveria parar de beber e, assim se manteve sóbria durante toda a noite. Eram circunstâncias que ela começaria a dominar dali em diante, uma vez que necessárias ao cumprimento do seu contrato.

Tendo passado a noite com ele, ao retornar para o apartamento na manhã seguinte, ficou a pensar sobre o que fizera; se certo, ou se errado. Aí pensou que de nada adiantaria ficar machucando-se com tais pensamentos, pois não poderia fazer o tempo retornar, caso achasse que teria feito algo de errado. Além do mais, o parceiro lhe teria bastante agradado; tanto que ficou com o número do seu celular para futuros encontros. Diante disso, Maristela registrava no seu currículo mais esse quesito: ter atuado como acompanhante de executivo; tipo de prostituta de luxo.

No dia seguinte ela voltou a tossir muito e achou que fosse uma recaída do resfriado que teve na noite em que se molhou andando na chuva. Pessimista, voltou a imaginar que pudesse ter contraído pneumonia. Na falta de dinheiro para consultar algum médico e comprar os remédios que fossem receitados, ligou para Esther pedindo-lhe orientação sobre como agir.

Depois de fazer-lhe algumas perguntas que julgou necessárias, Esther a recomendou consultar um pneumologista, caso continuasse imaginando que tivesse contraído pneumonia – doença gravíssima e de difícil cura. Que além do mais, naquele estado não deveria aceitar compromissos com parceiros, sob pena de transmitir-lhes a infecciosa doença. Mas Marcela disse-lhe não ter dinheiro para pagar a consulta médica, mostrando o seu desespero por estar naquela difícil situação. Esther então respondeu que procuraria dar um jeito para ajudá-la. Que ela aguardasse um retorno seu pelo celular.

Preocupada, e sem saber que Maristela sofria de hipocondria, de imediato ligou para Pedro Ernesto e contou-lhe o que teria ouvido. No primeiro instante ele ficou bastante brabo, tendo dado um soco na mesa e verbalizado: essa merda recém ganhou uns trocados e já anda atrás de dinheiro para curar as suas fantasiosas doenças! Ela não desgruda de doença nenhuma. Quando se cura de uma, logo arruma outra para poder continuar a sofrer de algum mal. E, completou:

- Eu sou redondamente contra auxiliá-la nessa empreitada, mas como ela poderá estar certa e, desse modo transmitir a doença para algum cliente, corremos o risco de perder muito mais. Acho que devas marcar consulta com um pneumologista e, a acompanhares durante a visita médica para te inteirares do que ele dirá. Paga a consulta e compra os medicamentos, que a empresa lhe reembolsará. Mas observe que isso não poderá tornar-se uma rotina. Bem sabes que gosto muito dela, mas desse jeito eu irei à falência! Boa sorte, amiga e, desculpa-me por transferir-lhe esse complicado trabalho.

- Conte sempre comigo, Pedro Ernesto, respondeu Esther.

* * *

Embora não sabendo que Pedro Ernesto era o proprietário da agência, Maristela notou que nos últimos dias ele deixou de procurá-la. Então ligou para ele, dizendo que teria assinado contrato com a empresa e que já teria atuado na sua primeira atividade. Que estava com saudade dele e que gostaria de vê-lo quando ele pudesse. Ele respondeu com alguma evasiva, prometendo que andava atrapalhado com o serviço e viajando muito, ultimamente. Mas que quando tivesse uma folga a procuraria para saírem.

Em verdade Pedro Ernesto não gostava de envolver-se com as suas *rolinhas*, como as chamava entre os amigos, pois tal tipo de relação poderia atrapalhar os seus negócios. Além do mais, ainda não sabia se ela estaria curada da suposta pneumonia. De outro modo, apesar de sentir grande atração por ela, não queria arriscar nova aproximação. Ainda mais que conhecia a sua constante instabilidade emocional. Pensava em correr o risco de, quiçá, diante do respeito e admiração que ela tinha por ele, vir achar que teria feito algo de muito errado, a ponto de desistir da atividade de acompanhante. Isso, para ele seria um chute para trás.

Passados mais alguns dias ela voltou a telefonar-lhe, o convidando para saírem. Ele disse ter ficado contente com a iniciativa dela, mas teria um encontro intransferível para aquela noite. Que mais adiante combinaria com ela uma noite para passearem. Mais alguns dias se passaram e Maristela voltou a ligar para Pedro Ernesto que, como das vezes anteriores, esquivou-se de aceitar o convite para se encontrarem. Diante disso, ela imaginou que ele estaria evitando encontrá-la, embora não soubesse por qual motivo. De todo modo, parecia-lhe não ser pelo fato de saber que ela estaria trabalhando como acompanhante, porque ele mesmo já a teria informado sobre a atividade e seus benéficos resultados financeiros. Imaginou, dentre as várias opções, que talvez ele estivesse namorando alguma mulher. O fato é que não mais se encontraram.

Maristela, em razão da sua beleza e de outros

atrativos, vinha tendo acompanhantes para encontros em quase que todos os dias. O dinheiro começou a abastecer o seu caixa com polpudas importâncias, deixando-a descontraída quanto a esse item. Começou a investir mais no seu guarda-roupa e produtos de beleza - o que para ela seria um dos requisitos que interessava aos parceiros. Lembrava que nos primeiros dias se apresentava aos contratantes com roupas muito simples, algumas corroídas e desbotadas pelo demorado uso e, quase sempre sem maquiagem. Isso poderia levar aos parceiros se constrangerem de estar com ela em lugares bem frequentados e não a procurassem para novos encontros. Começou a dar ouvidos às colegas de apartamento, e passou a demorar-se mais tempo de frente para o espelho e a enfeitar-se como um pássaro de bela e atraente plumagem.

Logo ela começou a entender que se tratava de uma ferramenta importante para a mulher que se dispõe a conquistar homens. Foi-lhe recomentado pela colega de quarto, que evitasse repetir roupas já usadas em encontros anteriores com o mesmo parceiro. Possivelmente tal representasse um pouco de luxo e de alternativas no seu guarda-roupa - fato que costumava ser observado pelos homens mais cuidadosos e elegantes e, que, os satisfazia. Homens ricos, como era o caso dos seus acompanhantes, segundo a colega, não costumam conviver com mulheres descuidadas. Além do mais, geralmente têm bons exemplos em casa, onde as suas esposas são bastante atentas com o trajar e o cuidar de si. Mulheres que até no recanto do lar, invariavelmente têm bom gosto no que escolhem para usar. Não costumam estar perante a família com roupas velhas, sujas e amarrotadas. Dessa forma é que esses homens estão acostumados a ver as mulheres.

A parceria vinha sendo agradável e ela não desejaria perder qualquer cliente. Algumas vezes ficava a pensar no tempo que teria perdido antes de aceitar esse tipo de atividade bem remunerada e por vezes até agradável. Curtir bons lugares na companhia de homens interessantes, nem era algo que se poderia dizer ruim. Pelo contrário, se fosse classificada como trabalho, seria uma tarefa aprazível.

Maristela começou a conhecer casas noturnas que jamais pensou existirem. De posse de um guia entregue pela agência, soube de lugares luxuosos que poderiam ser informados aos parceiros. Esses, na maioria das vezes também desejavam conhecer lugares diferentes. Sabiam que numa metrópole sempre há algo de novo para ser visto e usufruído. E a noite no Rio de Janeiro gozava da fama de ter grande variedade de opções de lazer. Seriam restaurantes, bares, boates, cabarés e outros lugares atrativos para quem queira divertir-se e possa pagar o preço das festas nessas requintadas casas.

Jonas a procurou em mais de uma das viagens que fizera ao Rio de Janeiro e o interesse fora recíproco, pois ela via nele um homem bonito, atraente e que valia a pena estar na sua companhia. Além do ganho financeiro, ela sentia atração física e afetiva por ele. Ele também via algo de especial nela; por isso a escolhera para acompanhante nas diversas vezes em que esteve na cidade. A sintonia era tanta entre eles, que andavam como se namorados fossem. Mas ela nunca perguntara o estado civil dele; o que era recomendado pela agência não perguntar. A acompanhante deveria manter-se o mais que fosse possível, distante da vida profissional e familiar do cliente. Deveria conversar apenas sobre amenidades e outros assuntos interessantes, mas descomprometidos; a menos, por óbvio, que o parceiro iniciasse assunto daquele teor. Nesse caso, a participação na conversa deveria ser o mais superficial possível, evitando opiniões que pudessem aborrecer ou constranger o parceiro.

Depois de alguns meses foi escolhida por um homem com cerca de cinquenta anos. Era quase que um maltrapilho, graças à rota roupa que vestia e a total falta de higiene. Parecia não ter tomado banho há vários dias. Com os dentes amarelados e com mau-hálito, ainda fumava charuto e dava baforadas que chegavam ao rosto dela. Era um homem *grosso*, sob todos os aspectos. Gordo, com uma cara de buldogue velho e brabo, com enorme pança que quase encostava no volante do carro, dava grandes gargalhadas que algumas vezes a assustaram. Se parecia mais com um *troço* do que com um homem; com o qual ela não se dignaria passar a noite de beijinhos e tudo o mais que ela bem sabia que o cara iria exigir. Já teria percebido que não conseguiria na companhia dele, qualquer ato obsequioso, gentil, cordial.

Então, achou melhor cortar o mal pela raiz, antes que adiante viesse incomodar-se com aquele descuido da Natureza. Ele que fosse procurar mulher do tipo dele, se quisesse namorar. Ela chegou a pensar que se tratasse de algum tarado e, por isso não quis sair com ele. Para resolver de pronto aquela complicada situação, poucos minutos depois que se encontraram, ainda na portaria do edifício, disse-lhe que não poderia sair com ele, sob qualquer argumento que serviria de desculpa. Ele ficou possesso e tomou a iniciativa de também não a desejar. Chamou-a de fresca, de cachorra e de putinha faceira. Ameaçou dar-lhe uns tapas que, no entanto, não passaram de gestos e de insinuações. Abriu a porta do automóvel e quase a empurrou para fora.

Contrariado com a negativa, ele telefonou para a agência narrando o fato e pedindo o seu dinheiro de volta. Na mesma oportunidade o empregado da agência ligou para Maristela pedindo-lhe explicações sobre o ocorrido. A administração da agência entendeu que a justificativa dela não era plausível, pois que conheciam o parceiro de outras contratações e nunca teriam recebido queixa do cliente. Que, inclusive ele dissera que não mais contrataria os serviços da empresa e, que dali em diante passaria a firmar contratos com outras empresas. Isso trouxe uma marca negativa no prontuário dela, mas não foi punida por qualquer forma. Apenas, na sua ficha ficou consignado o fato negativo; como que um cartão amarelo daqueles que árbitro mostra para o atleta. Tivesse ela razão, ou não tivesse, não se poderia negar que seria um passo atrás para Maristela, que ainda estava passando pela fase de experiência como contratada pela empresa.

Depois disso, para sorte dela a parceria melhorou e os encontros foram satisfatórios; como ela previa. Os bons parceiros repetiam a escolha pela linda loira de olhos claros e, de agradável companhia. O dinheiro continuava a crescer no seu caixa e a alegria voltara a rodeá-la. Por todo esse tempo ela esquecera de Pedro Ernesto e não mais teria encontrado Esther.

Com a entrada de dinheiro, conseguia pagar as suas cotas na locação do apartamento da Prado Júnior e, investiu ainda mais em roupas e acessórios. Começou a frequentar salões de beleza, especialmente nos dias em que teria encontros programados pela agência. Parecia ter-se encontrado com uma realidade que a tanto tempo procurava, mas não teria tido a sorte de encontrar – fazer algo que a remunerasse bem e a valorizasse sobremaneira. O seu ego vivia massageado, porque era sempre elogiada pelos parceiros que sentiam igual prazer em estar com ela. A sua vida tinha girado cerca de 180 graus, se comparado à situação em que vivia pouco tempo antes.

Porém, passado mais algum tempo outro incidente ocorreu com ela. Um parceiro, no motel resolveu fumar um baseado e a ofereceu um fininho para tragar. Ela não apenas não aceitou o cigarro, como também pretendeu dar-lhe uma boa lição de moral. O cara não gostando da atitude dela, deixou o quarto do motel sem qualquer explicação e queixou-se à agência. Em razão disso, novamente Maristela foi advertida pela empresa, e teve mais um registro negativo no seu prontuário. Dessa vez foi informada que na próxima queixa que surgisse, seria rescindido o contrato com a agência. Era, pois, o seu segundo cartão amarelo. Ela ficou nervosa e procurou conter-se nos próximos encontros, que por sorte o foram com homens limpos, cordiais e sem vícios; que, pelo menos não exigiram dela, participar da farra com o consumo de drogas. Ela gostava de ter uma companhia cordial e tão educada quanto ela procurava ser. Achava descabido preparar-se para receber um cavalheiro e, ao final, ser abordada por um fanfarrão de última categoria, inclusive imundo, como o primeiro que a dispensou.

Mas depois daquele último incidente, mais um ocorreu. Foi quando um homem robusto pretendeu forçá-la a fazer espécie de sexo que ela não permitia. O parceiro passou o resto da noite contrariado com ela e, pela manhã a deixou no quarto sem sequer despedir-se. Ato contínuo, ele telefonou para a agência e queixou-se dizendo que com ela não mais sairia. Que era uma mulher cheia de frescuras e de problemas na relação sexual. Que possivelmente fosse uma depravada se fazendo de santinha.

Diante disso, a agência avisou-a que rescindiria o contrato como já havia previsto. Ela ainda tentou argumentar em defesa das suas recusas, mas os administradores da agência replicaram dizendo que os três parceiros eram clientes antigos e que nunca se haviam queixado de qualquer das suas acompanhantes. A partir disso, ela novamente ficara sem trabalho, e dinheiro para não muito tempo, porque teria gastado bastante em roupas, acessórios e artigos de beleza.

&#42; &#42; &#42;

Maristela assim voltaria a sofrer com a falta de dinheiro que tanto a angústia lhe traria. Voltaria a ter alguns sintomas de depressão, com reflexos no humor; o que lhe tirava a alegria, a segurança e a disposição que a estimulara nos últimos tempos. Pensara em ligar para Esther ou para Pedro Ernesto, mas não se decidira por qual deles ou, mesmo, por nenhum deles.

No terceiro dia depois do rompimento do contrato com a agência ligou para Pedro Ernesto, que procurou confortá-la com algumas palavras, mas a despistou. A atitude dela teria sido como um tiro no pé dele. Afinal, depois de demorado investimento para tê-la como uma de suas *rolinhas*, agora a perdera por *frescuras*, como teria reclamado o último dos seus parceiros. Para ele, Maristela seria uma mulher incorrigível, que dizia sofrer com as dificuldades financeiras pelas quais passava, mas não aceitava suportar alguns dissabores próprios da atividade, a qual se comprometera desempenhar. Duro no pensar, não desejou mais vê-la nem atender às suas chamadas pelo celular. Em resumo, riscou-a da sua agenda, com o propósito de não mais precisar intervir na sua complicada vida. Chegou a dizer para Esther, que estava de saco cheio com as pendengas de Maristela. Que, se melhor achasse, então fosse morar embaixo de uma marquise. Talvez lá aprendesse o quanto a vida é difícil e, o quanto é errado desperdiçar uma oportunidade de trabalho bem remunerado.

Inconformada pelo aparente descaso de Pedro Ernesto, Maristela ligou para Esther com a mesma intenção. Esta foi bem mais direta; mais incisiva, dizendo que já a teria avisado que toda atividade está sujeita a vantagens e algumas eventuais desvantagens. Que, afinal, durante o tempo de vigência do contrato com a agência, ela teria abocanhado considerável soma de dinheiro, além de ter afastado o fantasma da insegurança e da depressão que a afetava anteriormente. Que teria ficado bastante decepcionada pelo fato de que em tão pequeno de tempo, ela tivesse provocado reclamações de três bons clientes da empresa. E disse-lhe mais:

- Não tenho mais como ajudar-te e, também não desejo empenhar o meu nome diante de colegas e, depois sofrer com a decepção pela indicação feita. Não costumo agir dessa forma. Além do mais, pouco ou quase nada conheço a seu respeito. Apenas me aproximei porque Pedro Ernesto que é uma pessoa de excepcional bondade nos apresentou. Talvez esse tombo tenha servido para acordá-la sobre a realidade da vida que, segundo penso, você ainda não conhece, apesar de nem tão nova ser e de ter boa escolaridade.

Disse mais, Esther:

- Mas observa que também servirá para você saber o cadafalso pelo qual passam as prostitutas; aquelas de beira calçada; de porta de boate; de esquinas de zonas de meretrício. Estas sim, realmente enfrentam graves amarguras para alcançar algum dinheiro. Por isso tipificam as mulheres do grupo ao qual você acabou de pertencer, de prostitutas de luxo. Tristemente, aquelas são objeto de prazer de homens que as procuram sedentos por sexo e nada mais. A maioria delas cai nessa deplorável vida, pela mesma necessidade pela qual você vem passando. Demais disso, enquanto jovens e bonitas o dinheiro poderá jorrar como água em cachoeira, mas quando envelhecem e a beleza desaparece, lhes restará atuar como cafetinas, faxineiras de boates, auxiliares de cozinha em casas de prostituição, etc.

- Está bem Esther, respondeu Maristela. Desculpa-me por importunar-te. Não mais te incomodarei.

Chegando ao apartamento, tudo contou para Renata. Concluída a desastrosa narrativa, perguntou se ela conseguiria contrato na agência para a qual trabalhava. Renata então lhe respondeu:

- Maristela, nem pensar. Essas agências são como que parentes entre si. A essa altura todas as demais agências de contratação de acompanhantes já foram informadas do rompimento do seu contrato e dos motivos para o desenlace. Isso é um pacto de honra entre as principais agências. Serão capazes de brigar na disputa por uma boa acompanhante, mas se uma delas aceitar mulher que trabalhou para outra, poderá virar caso de morte entre os proprietários. Nessa atividade, pelo menos aqui na cidade, não encontrarás mais serviço. Terás que procurar outras alternativas para continuares trabalhando, porque como acompanhante não terás mais chances. Desculpa-me por ser tão franca, mas prefiro que logo saibas o que te estou dizendo, para que não percas mais tempo tentando contrato com outra agência.

Maristela então voltou a se justificar para Renata:

- Voltei a preocupar-me com a falta de dinheiro. Pensei que com o contrato teria afastado essa preocupação por muito tempo; possivelmente por alguns anos não me incomodaria com o dinheiro para as minhas despesas, além de poder fazer um lastro para adquirir algum patrimônio.

Maristela ficou a pensar por quase toda noite. O

sono não aparecia e ela se virava de um lado para outro na cama. Num dado momento ouviu alguma barulheira lá embaixo. Espiou pela janela e certificou-se de que era uma das costumeiras discussões entre mulheres da vida, que acabaria com a chegada da polícia. Fechou a janela do quarto e novamente procurou dormir. Sem sono, voltou a pensar no que poderia fazer para encontrar trabalho. Não poderia perder tempo com a procura de emprego, pois o dinheiro que ainda restava, mal daria para pagar mais 1 mês de aluguel. E, ela não poderia ficar a dever o valor do aluguel, porque o Sr. Machado teria sido muito legal ao ter conseguido o apartamento com a isenção de três meses de pagamento.

Depois, pensou ligar para Jonas, seu primeiro parceiro, de quem teria sentido boa afinidade. Ela desejava desabafar todo o seu sofrimento, mas aquele elegante homem, com quem não tivera maior intimidade para isso, não poderia estar nos seus planos de uma noite de queixas. Então, pensou em procurá-lo para sair juntos, sem intermediação, de modo que o dinheiro que ele pagaria para a agência, ficasse todo direcionado para ela. Ligou para ele, que se mostrou surpreso. No primeiro momento disse não saber como ela teria o número do seu telefone e como ainda lembraria dele, pois só teriam saído algumas vezes. Isso foi como uma barra de gelo no colo dela, que buscava aproximar-se do rico executivo paulista.

Mesmo assim, conversaram um pouco, mas ela, como já previa, descartou a hipótese de contar-lhe a sua saga. Em meio a conversa, perguntou-lhe se estaria para ir ao Rio de Janeiro e, que, se o fosse para os próximos dias, que não a contratasse através da agência, porque não mais trabalhava para aquela empresa. O contato poderia ser diretamente com ela, através do celular em que ela estava falando. Mas ele a respondeu que não tinha previsão de ir ao Rio, pois estava com viagem marcada para os Estados Unidos, na companhia de alguns sócios da empresa. Mas que gostaria muito de vê-la, muito embora não soubesse quando seria possível encontrá-la. Despediram-se, e ela voltou a pensar noutra alternativa. Teria que encontrar meio de resolver os seus problemas. Dessa vez ela não contava com mais ninguém, pois Pedro Ernesto teria esfriado a relação, possivelmente em definitivo.

* * *

Certa tarde, quando as colegas do quarto dos fundos estavam no apartamento, Maristela as procurou para uma conversa de seu interesse. Na falta de outra oportunidade de trabalho, optaria por trabalhar como prostituta, como faziam as duas co-locatárias. Depois de um pequeno preâmbulo, lascou logo o que delas desejava saber:

- Há poucos dias foi rescindido o contrato que eu mantinha com uma agência para acompanhamento de executivos e políticos. Tive um bom sucesso financeiro durante o tempo em que trabalhei para eles, mas com a rescisão do contrato, estando sem recursos para continuar a minha vida, acho que uma das alternativas poderia encontrar com vocês. Não sei se o que vou pedir atrapalhará as atividades de vocês; mas estou sendo sincera quanto a minha pretensão.

E Maristela continuou:

- Depois de quebrar muito a cabeça pelo Rio de Janeiro, novamente estou às vésperas de ficar sem dinheiro para cumprir com os meus compromissos. Necessito com a maior pressa possível encontrar meios de suprir as minhas dificuldades financeiras; em caso contrário, tenho medo de ter que mudar-me deste apartamento e passar a morar na rua, como algumas vezes pensei. Sabendo da atividade desenvolvida por vocês, pediria que me informassem como poderei participar dessa vida, pois através dela penso conseguir recursos para continuar morando aqui e enfrentando as demais despesas do meu dia a dia. Se acharem que eu possa atrapalhar as suas atividades, por favor, me digam logo. Não pretendo incomodá-las, especialmente porque aqui sempre fui tratada com todo o respeito e amizade.

Uma delas adiantou-se a dizer que em nada ela atrapalharia. Pelo contrário, ficariam contentes em tê-la na mesma atividade. Que poderia contar com elas para o que precisasse e, que a acompanhariam nos primeiros dias, para apresentá-la às demais colegas de atividade da noite. Maristela sentiu-se aliviada e agradeceu o empenho das duas. Disse que naquela mesma noite se disporia a sair com elas.

No início da noite as três foram para a zona da prostituição e, ali Maristela foi apresentada para algumas das meretrizes. Sentindo-se segura e acolhida pelas mulheres, começou a caminhar pelas calçadas da zona à cata de algum cliente disposto a pagar algum valor para se deitar com ela. Quanto ao valor de cada programa, ela já havia se informado com as colegas de apartamento.

Mulher bonita, bem vistosa, na primeira hora em que por lá esteve conseguiu um parceiro disposto a pagar o valor por ela exigido. Até o final da noitada, que terminou por volta de cinco horas da madrugada, ela já tinha feito programa com três homens; o que resultou num bom dinheiro - importância suficiente para viver toda a semana, se economizasse. Com isso, Maristela registrava no seu eclético currículo, ter exercido a atividade de prostituta, em plena área de meretrício da zona Sul do Rio de Janeiro.

O prostíbulo naquela zona era ponto de referência para quem desejasse chegar ao auge da prostituição carioca. Para algumas privilegiadas, a participação ali era franca, livre e aberta, e as mulheres que frequentavam o local, sentiam-se na vanguarda de uma atividade desempenhada em zona de referência do Rio de Janeiro. Com toda certeza ela começara a beber e saborear na própria fonte. Isso para ela estava sendo algo fantástico, embora se possa entender que, na verdade não o fosse. Se para os probos e probas era um dos últimos degraus da escala social, para ela se assemelhava à subida numa escada rolante, que dela não exigia qualquer esforço; pelo contrário, a compensava com dinheiro.

Maristela então conseguia credenciar-se como pejorativamente chamam as mulheres lúbricas: aquelas que se entregam à libertinagem; às putas. Porém, com o *plus* de que a sua iniciação se dera em local tão especial, como a zona de meretrício de Copacabana. Passava assim a frequentar o *bas-fond* da Princesinha do Mar, sem antes ter passado pela fase preliminar; necessária para grande parte das *mulheres da vida,* que antes precisariam passar pela fase de biscates aqui e ali, dias sim e dias não. Com a ajuda de boas cicerones, ela foi admitida diretamente numa das regiões mais procuradas e pretendidas por suas colegas de profissão. Afinal, a sua vida não era apenas repleta de azares.... mas, de outros tantos desencontros. Esse era o segundo tiro que ela acertava na mosca. O primeiro, foi conseguido sem prévia prova de capacitação - ingressar na concorrida atividade de acompanhante de executivos. Mas, ela tinha dificuldade para esquecer que muitas pessoas ainda nutriam pelas prostitutas tamanho horror, que jamais desapareceria. Como se fosse uma marca impossível de ser removida. Tanto era o desprezo e a devassidão, que jamais ela superou essa agonia. Ela sabia que algumas pessoas as chamavam de "*mulheres públicas*", como Rousseau as rotulou.[277]

De qualquer modo, ela já tinha domínio completo

de que a sua atividade era apenas profissional, se satisfazendo por ter sabido atender ao prazer sexual do seu cliente. Nela, durante a relação profissional (sexual), não despertava desejo sob a forma de concupiscência; da libido, eis que tudo fazia *mecanicamente*, de modo programado, como o faz o profissional de qualquer outra atividade laborativa. Mas isso lhe dava também prazer, porém de outra ordem – o de ser remunerada pela sua atividade, pelo seu trabalho, ou até pelo seu *talento*. Fazia isso, como outras tantas da mesma estirpe, que vivem sob aquele crepúsculo durante os verdes anos do frescor da juventude, provocando gestos sedutores aos seus parceiros de cama, até chegarem à fase da aterrorizante velhice abissal; quando não mais prestam para aquela atividade.

Então, a partir daí, elas trocam o escarlate pelo lilás, ou pelo desbotado avental de uma cozinha de puteiro. Talvez ela não soubesse, tanto quanto as suas colegas, que um dos desastres da vida das meretrizes, está em que, encantadas pelos prazeres e as magias compensatórias do crepúsculo, não suportam mais a luz do sol. Ao esquecerem que o trabalho profícuo cresce mais durante o dia, se tornam iludidas de que serão gratificadas durante a noite. Assim, Maristela teria mudado como do Gênesis ao Apocalipse (expressão que tomo emprestado de Roberto Muggiati, no posfácio à obra de Hemingwai, O Jardim do Éden, dentro de um outro contexto).[278] Ela teria mudado do saudável para o venenoso.

Entusiasmada com os bons resultados da primeira noite, informou o seu sucesso às colegas de apartamento. Resguardada a manhã para a recuperação das energias despendidas durante a madrugada, no início da noite seguinte já estava apta para novos e desejados programas. Com a sua beleza e bem trajada, conseguia maior número de parceiros do que a maioria das outras mulheres. Nem todas conseguiam igual número de programas por noite, apenas calcadas na sua beleza, mas porque tinham parceiros que se dizendo clientes, sempre as preferiam.

Descoberta por importante revista masculina, em razão de sua deslumbrante beleza física, foi convidada para posar nua numa das edições, mediante pagamento de alto valor em dinheiro. Confusa como sempre era, disse que pensaria no assunto.

Passados alguns dias voltaram a procurá-la, mas ela disse ter constrangimento para tal, pois que não desejaria que seus pais a vissem daquele jeito. Assim, mais uma vez Maristela jogava a sorte pela janela; tudo em razão do constrangimento que sentiria em aparecer despida na capa de uma revista que poderia ser mostrada aos seus pais.

Ora, os seus pais teriam virado as costas para ela, numa das vezes em que estivera desesperada e até desejara voltar para o Sul. Agora, não deveria dar importância ao que pensassem ao vê-la pelada numa capa de revista. Possivelmente fosse bom sentirem-se constrangidos, num justo pagamento de parte do mal que fizeram à filha, que a tal tempo era pura em todos os sentidos. Se, por aguda omissão a tivessem ajudado a chegar a tal situação que, para alguns é até glamurosa, com certeza, dela ainda se orgulhariam por outros motivos. Posando nua, Maristela pularia do anonimato do puteiro de rua, para o sucesso e a glória de uma estreita e disputada atividade, passando a trilhar caminho aberto para outros tantos trabalhos bem remunerados à tantas outras belas mulheres que se tornaram celebridades.

Agindo dessa forma, Maristela perdia a chance de dar um salto para o sucesso, com oportunidade de ser contratada por outras agências para posar em anúncios publicitários. Passaria a ter outro tipo de vida, com expressão e notoriedade nacional ou mesmo internacional. Mas a sempre confusa e atormentada mulher, tinha quase que por superstição pensar negativamente. Sempre a volta com os abalos sísmicos causados pela sua constante falta de dinheiro, preferia colocar a cabeça num buraco e chorar na frente das pessoas que davam ouvidos às suas lamúrias.

O fato de conseguir maior número de parceiros do que outras mulheres, levou algumas a sentir inveja, pois chegavam a passar a noite sem conseguir qualquer cliente. Começavam a perceber que a concorrência além de forte, para elas era desleal. Afinal, Maristela tinha a vantagem da sua expressiva beleza física, para praticamente roubar parceiros de outras mulheres que não tinham condições de, nesse nicho, a ela se igualar. Não bastasse a distinguida beleza física, outro fator a atraia – a novidade. Para os assíduos frequentadores da zona, sempre seria um desafio para o seu ego, poder se deitar com uma mulher ainda desconhecida pela maioria dos habitués.

De início se queixaram às colegas de apartamento, que a teriam levado para a zona. Mas elas disseram nada poder fazer, porque o caso já se encontrava plenamente consumado. Jamais a motivariam sair da zona pelo fato de causar inveja a alguém.

Verdade verdadeira é que em meio a todas as mulheres que faziam ponto naquela rua, Maristela se destacava não só no item beleza, mas também no fino trato com os clientes. Educada e simpática, com facilidade conquistava a quem dela se aproximasse. E ganhava de disparada, como se costuma dizer nas corridas de turfe. Nada de vitória por pescoço ou por meia-cabeça, porque nem *photo finish* seria preciso para comprovar.

Havia quem dissesse se tratar de uma covardia aquela desproporcional disputa. Muito embora a sua exibição *pública* lhe fosse favorável em face da atividade rendosa que exercia, depois que perdeu a timidez dos tempos de *caloura*, ela acabou gostando de ser vista e cobiçada; ainda que pudesse servir apenas de recreio para homens e de inveja para mulheres.

Provocativa, bem que sabia exibir o seu corpo, em especial os carnudos seios e o avantajado bumbum. Demais disso, parecia-lhe fácil disputar a clientela em meio a um grupo de mulheres que, em maioria se poderia dizer *balzaquianas*, na expressão tirada de Eliane Robert Moraes, na explícita exposição à obra de Honoré de Balzac, A Mulher de Trinta Anos.[279] E, na medida que crescia o número de parceiros por noite, proporcionalmente aumentava o seu *cachê*. Já com o sutiã cheio de cédulas, para obtê-la por um pouco mais de tempo, só com uma nota preta, como as outras costumavam dizer, ao nela desfazerem.

Certa noite um desses galantes homens que varam a noite e parte da madrugada a vasculhar as *bocas*, de rua a rua, sem se fixarem em lugar algum, a confessou que ela tinha olhos que mais brilhavam do que as estrelas do céu. Mas que, como as estrelas, se mantinha tão distante quanto fosse possível tocá-los. Bem sabia o galanteador barato que para tocar naqueles olhos, precisaria dispor de alguns gordos trocados; o que ele não dispunha, ou não estaria disposto a pagar.

A partir da terceira semana de atividade, ela aumentou consideravelmente o valor de cada programa; pois observou que poderia agir menos com melhor resultado. E assim continuou fazendo e gradualmente crescendo o preço por cada programa. O dinheiro voltara a cair como água em cascata e a felicidade retornara a abrir o seu semblante. Voltara a poder adquirir algumas roupas e bijuterias, além de não mais preocupar-se com as despesas ordinárias. O dinheiro fluía ao seu alcance e o entusiasmo tomara conta dos seus dias e das suas noites. Quando o sol se escondia, o seu entusiasmo irradiava simpatia e vontade de apressar-se até ao local, para encontrar algum parceiro interessado em fazer um programa.

Certa noite uma das antigas mulheres, especialmente uma baixinha que diziam ser recalcada por ser feia de rosto e de corpo, resolveu reclamar a Maristela, pelo fato de que conseguia mais programas do que ela. Num primeiro momento, aquela apenas ouviu as reclamações, mas não deu maior atenção, porque estava interessada num cliente que se aproximava para combinar um programa. Porém, logo soube que aquela mulher era uma mercenária de pai e mãe; por convicção e por devoção; de nascimento e de criação. Uma doida pelo vil metal que costumava guardar numa bolsinha de pano costurada dentro da calça. Quando nova, apesar da pouca estatura, diziam que era seu desejo alistar-se como componente da Legião Estrangeira Francesa, para lutar em qualquer lugar e contra qualquer país, desde que fosse bem remunerada pelo arriscado trabalho.

Mas a baixinha tinha a seu favor uma tropa de velhas vadias que, como ela, eram tão feias quanto antigas naquele ponto, e que também só raras vezes conseguiam alguém para fazer um programa. Eram o que diziam ser, as futuras damas das cozinhas da zona. Eram, irremediavelmente, candidatas a sair da rua para as cozinhas de bares da região, onde trabalhariam como lavadoras de louças e talheres e, vez que outra, ganhar alguns trocados como cafetinas. Porém, cada uma delas tinha sua particular história de glórias dos bons tempos, para contar a quem tivesse paciência para ouvir. Referiam a nomes de homens famosos, que algum dia teriam passado pelas suas vidas, deixando marcadas as suas participações no mundo da noite em festa. Eram lembranças de fatos nem sempre reais, mas que cada qual acreditava terem sido verdadeiros. Diziam que em tais distantes épocas, eram respeitadas por aqueles que as abordavam, como verdadeiras damas da noite. Orgulhosas daquelas épocas que, nas suas lembranças eram perfumadas e cheias de flores, costumavam desfazer nas novatas que embarcavam no mesmo trem – só que agora, a locomotiva não mais era tracionada à carvão. E isso as decepcionava e entristecia, as levando a mágoas por se saberem passadas pela ação do tempo. Nem mesmo as maquiagens e adereços que usavam nos lugares em que faziam ponto, eram capazes de atrair homens novos e endinheirados, como dantes. Só vez que outra, um velho saudosista era capaz de ser fisgado por alguma delas, mas sem chance de muito fazer quando recolhidos na cama do motel. Geralmente pagavam para escutar lamúrias e mentiras; mesmo assim, parecia que se sentiam satisfeitos por poder recordar dos mesmos bons tempos de juventude, que igualmente teriam passado há muitos anos.

Embarcadas em naus do tempo dos descobrimentos, bem sabiam não ter chances de concorrer com belos e velozes barcos modernos que, numa rápida mudança de bordo, seriam capazes de jogar água suficiente par lhes borrar a densa máscara de pó de arroz e batom. Apesar de se tratar de uma inequívoca realidade que a vida constrange a muitos, nem todas diziam acreditar, ou mesmo acreditavam que o final da linha estaria por perto e, que, para pior, quanto mais demorava, mais dificuldades se apresentavam para ser vencidas. De todo modo, nem se poderia dizer que o crepúsculo as atingia de forma tão maldosa, visto que a maioria ainda dispunha de saúde suficiente para enfrentar uma noitada às claras, de pé, não poucas vezes fumando e bebendo. Sorte essa, que outras tantas anosas não tinham, como não têm; e, que, apesar da saudável vida que tiveram, algumas se mantém recolhidas à hospitais ou abrigos.

A veia cresceu no meio da rua, o semblante febril acentuou-se, e Maristela respondeu às imputações verbalizadas pela atrevida baixinha, dizendo que tudo se tratava de concorrência absolutamente leal. Que verdadeiramente a baixinha não teria condições de disputar clientes com ela, pois que não passava de uma anã feia, velha, mal-humorada e atrevida. Além do mais, a blusa cavada, deixava aparecer os pelos crescidos do sovaco; que a relaxada poderia ter raspado se quisesse candidatar-se a conseguir algum homem.

Mas com o sangue fervendo pelo seu corpo, a agressora procurou dar-lhe um tapa no rosto, porém não conseguiu porque Maristela desviou-se. Ato contínuo, Maristela respondeu com igual bofetada que atingiu em cheio o rosto da provocadora. Como resultado, a briga fora apartada pelas demais mulheres e a polícia chegando, levou as duas para a delegacia. Maristela tendo viajado em camburão até a delegacia de polícia, conseguia mais um título para registrar no seu currículo. De administradora de empresa, formada com distinção e tendo frequentado parte de curso ministrado pela Fundação Getúlio Vargas, agora conseguira ser fichada no plantão policial, como arruaceira, prostituta e agressora. Quanta comida podre num só prato!

Logo depois que se indispôs com a baixinha, Maristela não mais com ela falou e, terminou esquecendo o seu nome. Porém, lembra que ela não gostava que a chamassem pelo apelido, Nica - diminutivo de nanica. Logo que começaram a chamá-la pela alcunha, ela não se importou, porque achava se tratar de uma manifestação carinhosa das companheiras. Mas depois descobriu que o apelido provinha de um tipo de banana que nem é tão pequena e é bastante apreciada, não mais admitia ser chamada pelo debochado apelido.

Numa madrugada um vaqueiro de Goiás chegou na zona com a indumentária de passeio, e dois revólveres pendentes do cinturão com brilhante fivela cravada de pedras coloridas. No centro do chamativo acessório, tinha uma ferradura ainda mais aparente. O cara era muito grande, e cultivava enorme bigode, daqueles de torcer e levantar as pontas. Parado no centro da rua, tirou o chapéu e, em voz grossa e alto som gritou: oh nanica, vem aqui fazer umas gracinhas para me divertir, mulherzinha! E não te demora, porque não tenho tempo para perder! A baixinha ficou fula com o tratamento dispensado pelo vaqueiro que, além de grosso era desaforado e autoritário. Mas, vendo aquela montanha de homem com dois berros na cintura e com aparência de que o tanque já estava cheio de combustível, não teve outra alternativa, que não se chegar para perto dele. Para sorte dela, ele a mediu de cima a baixo quando estavam frente a frente, bem próximos uma e outro e, não gostando do tamanho do petiça a dispensou de cara. Mas a ofendeu dizendo que se gostasse de petiço, preferiria ficar com as que doma lá no campo. Ela fez um sorriso amarelo e se conteve, saindo de perto daquele verdadeiro obelisco de carne e osso, o mais rápido que pode. Abaixou a cabeça e zarpou da zona para não ser gozada pelas demais mulheres. Com isso, ganhou mais um apelido: o de Tica, diminutivo de petica. Carregando dois apelidos pejorativos, tinha mesmo que passar as noites enfurecida, principalmente, quando não conseguia parceiro para o seu trabalho que, segundo ela, era mal remunerado.

Uma noite um homem educado e muito calmo procurou Maristela para fazer um programa. Entre os dois parecia ter havido alguma afinidade, pelo menos empatia. Na cama, não resumiram o programa a uma simples relação sexual, porque conversaram bastante sobre a vida de cada um, especialmente, sobre as dificuldades dela. O discreto homem pagou-lhe o valor combinado para o programa e ainda lhe deu algum dinheiro a mais.

Durante aquela semana o mesmo homem a procurou para novos programas. Chamava-se Severo e pelo que ela soubera tinha muito dinheiro. Apesar de gostar dos *sabores* da noite, era homem cauteloso e bastante contido naquilo que se poderia traduzir como farra. Por isso, não era merecedor do apelido escolhido por alguns amigos que o chamavam de Felipe – o rei da Macedônia que, não só se destacou por suas vitoriosas guerras, mas também pelas noitadas de grande orgia e bebedeiras em meio a bailarinas, prostitutas e outras tantas mulheres do cardápio de festas escusas. Numa das visitas a presenteou com algumas bijuterias e prometeu voltar quando lhe fosse possível. Para Maristela, não deixava dúvida de que ele era um homem de reconhecida nobreza de alma. Todavia, sem saber-se o motivo, ele passou muito tempo sem retornar ao local.

Numa outra noite apareceu um rapaz aparentando pouca idade, com longos cabelos loiros, olhos claros e barba por fazer. Usava calça jeans franjada na barra e com vários cortes nas pernas. O peito nu mostrava a diversidade de tatuagens que exibia no tórax e nos braços. Procurou-a para fazer um programa e, embora aparentemente não fosse o tipo de homem com quem estava acostumada a se deitar, aceitou a proposta, mesmo que por valor muitíssimo menor do que o da sua tabela. Algo naquele jovem a atraía.

O nome do doido tipo hippie à brasileira era Valdemar, mais conhecido por Val no meio da vadiagem do submundo carioca. Não fazia absolutamente nada além de procurar mulheres para tirar alguma casquinha, principalmente dinheiro, e vender drogas em pontos designados pelos traficantes. Sempre com o corpo bronzeado, costumava passar parte do dia sentado nas areias da praia de Copacabana, admirando as manobras dos surfistas e sonhando com uma vida de milionário desocupado. Na sua imaginação passava a ideia de estar surfando nas ondas do Caribe, da Indonésia, da Califórnia, ou de qualquer outro paraíso oceânico. Levava uma vida comparável a dos caçadores-coletores do período paleolítico, mas não se poderia dizer que fosse um nômade, porque raramente se ausentava da zona Sul do Rio de Janeiro. De qualquer sorte, trazia estampado na fisionomia, o que se parecia mais por um cara *marrento*, do que *zen*. Tanto assim, que havia dias em que pensava poder praticar travessuras assemelhadas as de Arsène Lupin, o famoso Ladrão de Casaca, extraído dos contos de Maurice Leblanc, nos idos do início do século XX.

O cara era o verdadeiro capeta em forma de vadio. Talvez se achasse encarnado no corpo de Sísifo que, segundo a mitologia grega, era de tal esperteza que conseguia enganar até aos deuses. Simplificadamente, como adiante se terá oportunidade de saber, não queria *patavina* com coisas úteis e produtivas. O seu negócio era a malandragem em larga escala. Expressava no seu meio o charme da viagem; um encantador apaixonado pela marginalidade; um exemplar fora-da-lei a ser invejado e copiado pelos seus admiradores. Um modelo de vagabundo no qual muitos e muitas se espelhavam e, com o seu *tipo* sonhavam um dia vir a ser. Talvez fosse insuficiente chamá-lo de *prole de bruxa*, termo ofensivo usado por Próspero contra Calitbã.[280]

Porém, apesar de tudo, se poderia exclamar: poxa menino de sorte aquele! Só lhe faltava ser rico e honesto para ser um homem completo. Ele parecia ou pensava estar do zênite da carreira de vagabundo; tal como assim era reconhecido pelos seus iguais. Tanto assim, que para muitos outros vadios ele era visto como um modelo, não apenas a ser seguido, mas também invejado. E, não precisaria muito dele exigir, quando passaram a vê-lo envolvido com a bela Maristela que, apesar de já um pouco castigada pela noite, ainda mostrava as suas marcadas linhas simetricamente distribuídas num corpo e num rosto de fazer minguar qualquer mulher metida a vistosa.

Ladrão contumaz, Val não respeitava nada nem a ninguém. Era só necessitar de algo e ter a chance, que o trabalho sujo era feito com bastante rapidez. Rapidez em furtar e rapidez em fugir. Val era um antissocial, para se dizer o mínimo a seu respeito. Vivia num mundo que a sua mente criou exclusivamente para proveito seu, e o corpo obedecia sem reclamar. Não por pouca coisa, que um cara que fuma, cheira e engole drogas e outras porcarias todos os dias, além de mal alimentado e malcuidado, dele não se tinha notícia de que tivesse adoecido alguma vez. Oh saúde de ferro!

Mas o foco principal dessa escura observação, estava no fato de que ele levava a sua vida de costas para a sociedade, para o mundo que o cercava e ao qual ele pertencia, inexoravelmente. Provavelmente, ele nunca se tivesse dado conta de que não vivia apenas dentro do seu imaginário espaço; que havia no seu entorno um universo, infinitas vezes maior do que ele, formado de pessoas, de coisas e de ordens (legais e morais), às quais ele devia, antes de obediência, respeito. Vivia como animais que fazem as suas necessidades fisiológicas e atendem aos impulsos sexuais diante dos seus iguais e dos seus desiguais – como é caso, o público.

Não há algo mais público para se exemplificar, do que a vida dos animais, porque é aberta a tudo e a todos. Pois Val andava bem perto disso. Elisabeth Noelle-Neumannn, em A Espiral do Silêncio, aponta fatores que admite presente no modo de agir das pessoas, mas que, no nosso caso, não eram observadas por Valdemar: *"Afinal, o que é essa força que expõe continuamente o indivíduo e o obriga a atender às exigências da dimensão social de sua vida? É o medo do isolamento, da má- fama, da impopularidade; é a necessidade de consenso. Isso é o que faz com que a pessoa deseje prestar atenção ao entorno e se torne consciente do 'olhar público'"*.[281] Esse medo do isolamento com certeza não alcançava ou não atingia Valdemar que, consciente ou inconsciente optara por um tipo de vida que o mantinha excluído do mundo em que habitava.

Não se tratava de uma vida de eremita, porque este, por pudor ou por qualquer outra razão, se esconde do público, evitando ser visto e de ter contato com os seus iguais. Val, pelo contrário, não se escondia de nada; de ninguém, porque estufava o seu peito, erguia a sua cabeça e agia como se fosse o único ser vivo na face da Terra. Não tinha medo de nada; sequer da fome; sequer do isolamento social; muito menos da *opinião pública*, tantas vezes definida e explicada pela autora acima citada e; se pensa, sequer da morte. Eis um tipo que deveria ser levado a algum laboratório para ser estudado. Havia quem dissesse que era mais sujo do que patente de oficina mecânica. Mas quando as coisas se tornavam muito ameaçadoras, ele logo dava no pé. Espertalhão como era, não deixava chances para o azar.

Era *una persona* que vivia no vácuo; ou era o próprio vácuo. Ele sempre seria uma hipótese, nunca uma certeza. Nele não havia nada certo; nem mesmo fora dele. Era um errante por natureza, um naturalmente errado. Que mais se parecia com um esboço, que nunca foi passado a limpo; uma obra inacabada, possivelmente por falta de inspiração durante a sua criação. Diziam as pessoas que o conheciam e o criticavam, que ele deveria ser uma mutação genética, resultante de alguma alteração biológica no esperma ou no óvulo dos seus genitores, que tivessem afetado o seu cérebro. Apenas o cérebro, porque todos concordavam que o resto do seu corpo era de fazer inveja, depois de um banho com bastante sabão.

Se poderia dizer que era um cara não intuitivo (essa parte devia ter faltado quando o fizeram), porque era insensível à percepção das coisas em seu entorno. Ao ser *montado*, ficou com a mente direcionada exclusivamente para alguns objetos pré-estabelecidos por ele ou pela sua exótica realidade. Nem sempre se alimentava bem, em razão de que também nem sempre tinha dinheiro para pagar qualquer refeição. Porém, não reclamava da vida que escolhera. Em resumo, se poderia dizer que era um *cuzão*, mas com liderança, pois era respeitado por algumas merdas que o idolatravam. Possivelmente, fosse um cara feliz, se a sua felicidade estivesse a reboque do que ensinou Kant, dizendo que ela *"não é um ideal da razão, mas da imaginação."*[282]Talvez pudesse ser atestado como um sociopata, por se portar absolutamente indiferente aos sentimentos de outras pessoas; exceto, quando em razão delas ele tinha algum *interesse*. Todavia, alguém já teria dito que ele jamais mudaria; sequer, em bom francês, nem a pau. Aliás, por conta disso ele já teria tomado algumas bordoadas.

O dia dele começava quando o despertar permitisse e terminava quando o cansaço o derrubasse. Falava um dialeto pouco entendido, senão pelos seus comparsas e admiradores. Sim, admiradores, porque apesar de ostentar uma figura paupérrima e, em desacordo com o lugar em que vivia e costumava frequentar, colecionava fãs de ambos os gêneros e raças. As adolescentes, por querê-lo como namorado; os marmanjos, por desejar imitá-lo; os outros, por admirá-lo. Em síntese, Val era um ídolo nascido, criado e vivido no bairro de Copacabana, onde aprendeu e criou hábitos, trejeitos, malandragens e vícios de variados naipes.

Conforme as circunstâncias, passava o sarrafo mais acima ou mais abaixo. Com pais também nascidos e criados no Rio de Janeiro, era considerado um legítimo carioca da gema. Viciado em várias drogas, além da preguiça para trabalhar, fazia prova de que os vícios mais copiosos, são os de fácil obtenção, por isso, também mais fáceis de garantir dependência a eles. Sendo um ídolo a serviço do seu *povo*, que abastecia com drogas de várias espécies, origens e naturezas, certamente que estaria a um passo da figura que o *rei* desempenha em ralação aos seus súditos.

Pois não é que certa tarde, ao se envolver numa séria encrenca, um seu rival tentou assassiná-lo com 2 tiros que, por sorte erraram o alvo. Tivesse os tiros o alcançado, possivelmente se teria o *regicídio* de Copacabana, em pleno século XXI.

Nem lembrava quantas pranchas e *bikes* ele perdeu por ser extremamente descuidado com as suas coisas. Mas se alguém se distraísse nas proximidades dele, corria o risco de perder os seus pertences. Embora não fizesse exercícios físicos regularmente, era muito bom de corrida; principalmente quando fugindo de alguém. As suas passagens pela polícia sempre eram meteóricas, embora tivesse longa ficha criminal. Não havia policial que tivesse prestado serviço do posto1 ao 3 da orla de Copacabana, que não o conhecesse. Mas também o tinham como informante; razão pela qual quase que nunca era levado preso.

Val quase nunca se banhava, tanto no mar como em casa. Quando o calor era muito intenso, ficava debaixo de um dos chuveiros públicos instalados na praia e, secava-se sacudindo a cabeça e o corpo, como cachorro faz após molhar-se.

O mau-caráter metido a esperto, não costumava

obedecer a ordem em filas. Quando chegava em algum lugar que tivesse formada fila de espera para o atendimento, ele a *furava* literalmente. Um certo dia um senhor reclamou: jovem, eu estou na sua frente, o seu lugar é atrás de mim. Pois Valdemar respondeu que o homem estava errado. Disse, então: Cara, se você *tivesse* no lugar que pensa, *tava* na minha frente, mas olhe aí e veja que *tá* atrás de *eu*. Então, por que me diz que *tá* na minha frente? Não *tá* vendo que *tá* atrás de *eu*? Ou *qué* que eu desenhe a fila? Não lhe faltava oportunidade para uma presepada. Ele era assim mesmo e jamais mudaria.

Era um cara asqueroso, por todos os lados que fosse olhado. Se não fossem as calças, poderia passar por um bicho; possivelmente um leão, pela vasta juba castanho-loira, via-de-regra tão suja quanto à do felino. Não poucas vezes, quando turbinado, pensou em cortar a enorme melena, deixando dela apenas uma tonsura, do tipo usado por iniciantes ao ensino sacerdotal. Quando se sentia feliz por ter conseguido alguma vantagem material, comemorava saltando e soltando fortes rugidos, capazes de assustar seu sósia - o rei da selva. Mas não gostava que o comparassem à fera, tendo chegado às vias de fato, em várias vezes em que se viu comparado com o grande e destemido animal. Levava a vida, como se diz, sem compromissos e sem obrigações. Na moleza!

Val não costumava carregar documentos, e dizia que não precisava porque na delegacia tinha toda a sua ficha. Na escola da vadiagem foi iniciado como professor, pois quando começou a frequentá-la já sabia tudo de cor e salteado. Sabia de todos os meandros, cacoetes e trejeitos para disfarçar, atacar e vencer alguém que desse sopa na rua, na praia, ou no supermercado. Vivia num constante ritual de Shabal, ou seja, descansando por não ter se cansado, pois nada fazia, além de pensar em porcarias.

Na sua torta mente, o abstrato se tornava concreto e o ficcional se tornava real. Era um perigoso imprestável, que vivia em meio a outros tantos imprestáveis, a fazer mal a quem prestava. A diversidade de drogas ilícitas que já experimentara era quase que completa: maconha, ópio, ecstasy, heroína, cocaína e, raras vezes LSD e crack. A maconha fazia parte do seu dia a dia, porém as outras, nem sempre conseguia obter. Quando vendia alguma pedra, costumava pedir um pedacinho para o comprador, que a presenteava ao correto e galante fornecedor. Atuava na venda de drogas, especialmente nas proximidades de colégios e de academias de ginástica. Mas vez que outra se aproximava da sede da Fundação Getúlio Vargas, onde também tinha alguns clientes cativos. Um cara que se poderia dizer que vivia numa *clandestinidade aparente. Trabalhava* como intermediador no tráfico de drogas, mas não aparecia, apesar de todo mundo saber e nada fazer para cessar o crime e prender o criminoso. Isso é um tipo de vida diferente, como todos nós diferentes somos uns dos outros. Só que no caso do Val e de outros tantos *Valdemares*, o crime está estampado na cara de todo mundo, mas o *mundo* prefere fazer que não vê. Comentam, fofocam, nas não reagem. Quem dera...

Todo mundo sabia que Valdemar vivia em estado de *queda livre* e, que, ainda não muito tarde pousaria na *sarjeta* como tantos outros integrantes da *cracolândia*. O que talvez o diferenciasse, é que o malandro era muito mais esperto que cada um daqueles decadentes que, por falta de sabedoria ou, de sorte, tinham abdicado da vida real em troca de um mundo imaginário. Ele era dotado de boas intuições, pois geralmente pensava mais longe, ainda que só pensasse em coisas ruins. Mas esse equilíbrio e domínio sobre si, embora não tivesse data marcada para esvair-se, um dia não distante o alcançaria. A ninguém é dado o direito de desafiar a vida sem consequências severas. O choque de retorno traz consigo um sofrimento insuportável, como outro tanto de drogas que embalsamam o corpo e a alma, antes de atingir o estado de putrefação irreversível. Nem ao homem polido isso é autorizado.

Na segunda vez em que Val apareceu na zona do meretrício, Maristela engraçou-se para o lado dele, e terminou fazendo programa mesmo sem o pagamento do valor cobrado. Parecia ter tido grande atração pelo vagabundo que, além do sexo normal, gostava de dar-lhe algumas porradas; o que dava prazer a ambos. Terminada a transa, ele começou a tragar um baseado e a convidou para experimentar. Mas ela rejeitou a oferta; mais por medo de viciar-se, do que pela falta de curiosidade. A noite foi longa e terminaram desocupando a cama, só ao amanhecer. Ele nada pagou porque não tinha dinheiro e ela o teria isentado, mas ainda ganhou um demorado beijo ao se despedir.

Desde, então, Val começou a ser seu fã; seu parceiro predileto; um quase namorado; um caso; seu malandro; seu gigolô; seu mal; seu inferno e seu empurrão para a desgraça. Não havia dúvidas de que ela teria gamado naquele tipo de vagabundo; marginal quase que de nascença e malandro por convicção. Ele passaria a ser o seu gigolô, por ela sustentado para comprar parte das drogas que consumia.

A diversão estaria muito boa, se o dinheiro dela não começasse a escassear em razão do que gastava com ele e por ter diminuído os programas com clientes. Depois de duas ou três semanas, ela quase que não reserva tempo para encontros com clientes, pois passava quase todas as noites amando o serelepe do Valdemar. Val era um cara que se poderia dizer deformado; um incompleto, porque ao fazerem o belo físico, esqueceram de anexar o cérebro. Era um erro, para não dizer que era um defeito, que no fundo seria a mesma coisa.

Numa noite por lá apareceu Severo, que havia se encantado com ela, mas ela o recusou porque teria combinado de ficar com Val. Depois disso, Val começou a exigir exclusividade nos programas, não querendo que outro homem se deitasse com ela. Essa foi mais uma grande burrice de ambos, pois enquanto ela não fazia programas, não ganhava para si nem para dar ao desocupado atravessador de drogas. Mas como o amor não tem preço nem raciocínio, ela optou por mais uma vez dar com *os burros n'água*. Enquanto isso, as colegas de noite faturavam na sobra dos clientes que ela recusava.

Com a decadência e a falta de dinheiro, Maristela começou a consumir drogas junto com Val e a beber intensamente. Aquela mulher bonita e atraente, que fazia dois ou três programas por noite teria mudado para pior. Tornara-se uma viciada em bebidas alcoólicas e drogas Ilícitas e, que, além de não mais faturar, ainda teria que sustentar o seu gigolô. Estava na cara que essa situação teria tempo marcado para durar. Não poderia perdurar por muito tempo. Mas em troca ela registrava no seu inusitado currículo mais uma atividade: o vício em drogas ilícitas e bebidas alcoólicas.

Numa ocasião ele passou-se nos tapas que costumava desferir no rosto e noutras partes do corpo dela e a machucou muito. Os olhos ficaram roxos e os hematomas marcavam várias outras partes, como braços e pescoço. Ao chegar no apartamento foi questionada pelas colegas sobre o que teria acontecido. Não desejando expor-se a negativos comentários, disse que teria sido assaltada e, que, ao reagir tomara muitos tapas. Mas que tudo passaria logo; que elas não se preocupassem. Em razão da deformidade em que ficara o seu rosto e outras partes do corpo, ela preferiu afastar-se das poucas atividades da noite, enquanto estivesse naquela situação. Não se sentia à vontade para participar de algum programa e, além do mais, seria objeto de muito bate-boca entre as demais mulheres. Mas uma das colegas de apartamento desconfiando de que o fato teria sido diferente da versão apresentada por ela, perguntou:

- Onde realmente ocorreu o assalto? Ninguém a socorreu?

- O assalto foi na rua Ministro Viveiro de Castro esquina com a Barata Ribeiro. Mas ninguém me acudiu!

Então a colega a respondeu em tom de aconselhamento:

- Amiga, preferiríamos saber a verdade. Não se constranja em contar-nos o que realmente ocorreu consigo, porque assim poderemos auxiliar-te. Estamos nessa vida há muito tempo e sabemos que na zona ninguém se atreve a assaltar, principalmente uma garota de programa. Todas nós sabemos que se alguma for assaltada, todas as outras a socorrerão, inclusive com o uso de armas. Aquilo é um terreno reservado para as mulheres que fazem programas em busca de dinheiro, e malandro que as quiser assaltar tomará laço até cair e a polícia o carregar. Então, conta-nos o que está havendo consigo.

Maristela então contou a verdade, e elas repudiaram o ato dela e do malandro. E, a advertiram sobre o fato de que a noite foi feita para trabalhar, não para se divertir com um gigolô. Que se desejaria fazer sexo com ele, que o fizesse fora da hora reservada para atender aos seus clientes. Mas que não esquecesse que há pouco tempo ela se preocupava com a falta de dinheiro e, agora, que teria conseguido algo rentável, estaria desprezando; jogando a sorte fora. E citaram o ditado que ela já teria ouvido noutra ocasião: que o trem da sorte nunca para duas vezes na mesma estação. Querendo melhor firmar o seu entendimento sobre a perigosa relação entre Maristela e Valdemar, depois de fazer algumas outras considerações, a colega de quarto, Renata, foi mais incisiva:

- Maristela, o meu conselho é de que você se afaste em definitivo desse mau-caráter. Com ele, você não terá o futuro que almeja e necessita. É um cara que não serve sequer para sua companhia; sequer como seu cliente, pois na mais das vezes, como você já disse, além de não querer pagar-lhe, ainda leva boa parte do seu dinheiro. Se afaste desse homem o mais rápido que você possa. Esse é o meu conselho como sua amiga. A sua relação com esse cara me faz lembrar livro que li a poucos dias: O Jogador, de Dostoiévski. Se um dia o leres, certamente nele encontrarás muitas passagens que se coadunam com o que te atrai por esse rapazola.

Maristela ficou um certo tempo calada e, depois disse:

- Na verdade tenho muita dificuldade para afastar-me de Val. Ele realmente me atrai sob uma forma que eu ainda não tinha experimentado. Ao vê-lo, ou mesmo ao ouvir à sua voz, confesso que sinto algum frisson, uma incontrolada emoção e, se quiserem acreditar, a presença dele me provoca arrepios. É incontrolável o que sinto por ele, embora, enquanto não o vejo, tenho consciência de que ele não serve para mim. De todo modo, seguindo os conselhos de vocês, especialmente de Renata - minha escudeira de quarto - prometo esforçar-me, o afastando do meu convívio. Realmente, ele é um atraso para qualquer pessoa, mas tem algo que não sei definir, que me deixa num verdadeiro transe quando o vejo e quando ele me aperta. Mas, sei que terei que me esforçar para não aceitar a sua convivência, seja em que circunstâncias forem. É uma questão de esforço, de rejeição, como ocorre quando alguém quer abandonar um vício – doe, castiga, machuca, intranquiliza, mas é necessário. Chego a pensar que ele seja o *Meu Malvado Favorito*.

Uma das amigas ainda fortaleceu a ideia por ela mesma alinhavada.

- Mais do que tudo que você disse, além de necessário é indispensável o rejeitares. Esse cara vai lhe jogar no ralo em pouco tempo. Malandro, safado, viciado e metido a valentão, você tem mais é que escapar das garras dele enquanto tem forças para isso. Você não poderá dar mais chance para esse vagabundo. Escute os nossos conselhos e, certamente não terá motivos para arrepender-se. Todas nossas estamos torcendo pela sua vitória.

Feitas essas considerações, ela agradeceu a preocupação e conselhos das colegas e prometeu comportar-se a partir daquele momento. Todas deram-se as mãos, simbolizando um pacto em torno da desejada vitória de Maristela

Em razão do seu afastamento da zona por uns dias, Val também teria tomado sumiço. Possivelmente tivesse encontrado outra mulher que o sustentasse, ela pensou. Grande engano, de tanto cantar fora da gaiola terminou preso por determinação do novo Chefe de Polícia, que deu ordens para prender os suspeitos de um arrastão que ocorrera na orla de Copacabana. Demais disso, o arisco malandro já havia desaparecido da zona, com medo de vir a ser responsabilizado pelas agressões desferidas contra a namorada. E, mais ainda: o dinheiro que ela alcançava já estava muito curto para satisfazer às suas ambições.

Mas na verdade, ele não integrava o grupo de meliantes que teriam saqueado o pessoal que descansava nas areias da praia, naquele final de tarde domingueira. Porém, como estava nas imediações, foi levado de roldão entre os demais e, chegando à delegacia recebeu ordem de encarceramento. Por lá ficou cerca de dois ou três dias, até que um Defensor Público conseguiu com um habeas corpus coletivo a soltura de todos detidos; dentre eles o desocupado Valdemar. Mesmo assim, sempre foi um *rebelde sem causa*; do tipo que, não tendo de quem mais reclamar, transferia a culpa da sua desgraça para o sistema, para a sociedade, para os políticos; enfim, desde que ele não fosse o culpado pela vida que escolheu viver.

Durante o tempo em que esteve trancafiado no xilindró, em algumas tardes grupos de malandros frequentadores da praia, protestaram contra a prisão dele, empunhando cartazes com palavras de ordem e entoando o refrão de algumas músicas de protesto. Ao ser libertado, o grupo o foi levando até o calçadão num grande cortejo, cantando músicas do *funk* carioca e do *hip hop* jamaicano. Na manhã seguinte a imprensa noticiou a arruaça feita pelo que chamou de *uma gangue de desocupados* que, dentre o mais, atrapalhou o já congestionado trânsito das imediações; assustou muitas pessoas e quebrou algumas vidraças por onde passou.

\* \* \*

Passados vários dias em que se manteve em absoluto retiro das suas atividades, achando-se mais entusiasmada e observando que os hematomas haviam diminuído sensivelmente, Maristela resolveu voltar para a noite, fazendo ponto no local de costume. Perguntada por algumas companheiras sobre o motivo da sua ausência, disse que se mantivera resguardada, porque teria sido acometida por forte gripe que a abatera nos últimos dias. Ainda que a maioria delas não tivesse acreditado na sua versão, deixaram tudo por isso mesmo, para evitar uma contradição desnecessária. Mas certamente que a rádio corredor já as teria informado tudo, com riqueza de detalhes reais e/ou imaginários e, com espaço para alguns exageros, como soe acontecer. Não foi por motivo outro, que o fuxico entre as putas que tinham ponto cativo naquela rua, não cessou tão cedo.

Na primeira noite de retorno à zona fez programa com apenas um homem que a remunerou conforme combinado. Mas a importância ainda era pouca para quem teria passado vários dias sem faturar e, ainda estaria retornando de um período em que teria gastado além do previsto. Quase tudo, com o alcance de dinheiro para Valdemar. Agora, ela teria que recuperar o tempo e o dinheiro perdidos, em decorrência da burlesca aventura amorosa com um malandro e intermediador de drogas ilícitas. Pior, que, além de tudo, ela não poderia prever difíceis revezes que a vida poderia vir a plantar no seu caminho. O futuro dela era tão incerto, quanto é para todas as pessoas e, todo esforço para evitar alguma recaída, dependeria mais dela do que de qualquer outro fator. A sorte estaria lançada e caberia à Maristela saber comandar o barco em meio à calmaria que o mar voltava a lhe proporcionar.

Durante um bom tempo ela levou a sua atividade a sério, fazendo programas e recebendo as importâncias cobradas aos parceiros. A época era de calor, e o verão atraía além da clientela comum, muitos turistas que, visitando o Rio de Janeiro não dispensavam a visita à zona do meretrício. A oportunidade para faturar voltaria a se abrir para ela, que precisaria ganhar bastante dinheiro para repor as reservas gastas, principalmente com o seu gigolô. Pouco a pouco ela foi recuperando o déficit do seu caixa, possivelmente com alguma folga para comprar alguns objetos e roupas. Começou a alimentar-se corretamente e, na ausência de Val, afastou-se das drogas e das bebidas alcoólicas. Parecia ter encontrado o caminho da redenção, que jamais deveria ter perdido. O que faltava a essa bonita mulher, era o juízo que perdera desde que passara a envolver-se com um vagabundo, viciado, atravessador e gigolô. Elemento perigoso, nocivo a toda e qualquer pessoa; que jamais ela deveria ter aceitado a sua aproximação.

Mas ela sempre teve uma caída por ele, mesmo quando distante do relacionamento. Não poucas vezes sentia saudade daquele traste, que nem pose de malandro e esperto tinha. Ao ser visto, mesmo que de longe, causava medo às pessoas que receavam ser abordadas ou assaltadas por aquele cara peçonhento. Era um verme que transitava pelas calçadas e areias de Copacabana, mas que deveria ter limitado o seu espaço a uma cela de presídio de segurança máxima. Poderia ser que assim se ajeitasse, ou terminasse preso para sempre. Era uma cobra píton que, passeando pela orla de Copacabana, seria capaz de devorar um homem inteiro em pouco tempo e, sem deixar vestígio.

Mesmo assim, fazia muita gente relembrar que ele se apresentava como ídolo de garotas que já se encaminhavam para a triste tarefa de prostituir-se e, que, desde muito cedo ensaiavam nas beiras de calçadas, pedindo algum dinheiro em troca de um beijo ou um roçado de pernas. Mas a polícia e órgãos de defesa de crianças e adolescentes, pelo muito que faziam para terminar com essa nefasta atividade, pouco resultado trazia, porque o número de meninas retiradas das ruas era desproporcional ao das que entravam em atividade. Vez que outra conseguiam prender e condenar um adulto por sedução a menores, mas pouco ou nada adiantava, porque elas trocavam de homens, mas não trocavam de atividade. Essa triste realidade avançou e espalhou-se pelo Brasil inteiro, com mais intensidade nas cidades grandes e nas metrópoles. E a administração pública como um todo, em todas as suas vertentes, não sabia e não sabe mais como agir para eliminar essa tristeza e essa vergonha que macula o país por inteiro e, em especial, aos brasileiros que precisam conviver diuturnamente com esse infeliz estado de coisas.

Numa certa noite surgiu um rapaz formado em engenharia, que depois de passar a noite com ela, queria tê-la, exclusivamente para ele. Teria sido um tipo de paixão à primeira vista. Mas ela resistiu aos seus apelos, inclusive o de levá-la para morar com ele em Belo Horizonte. Maristela não mais desejaria envolver-se em aventuras. O moço era bonito e parecia ser pessoa honrada, trabalhadora e endinheirada. Mas esse tipo de paixão repentina a assustara. Passados mais alguns dias em que eles se encontraram, o rapaz acabou não mais a procurando; o que por si só, aparentemente, deu por findo o interesse dele por ela.

Uma semana depois a procurou para desculpar-se pelo desaparecimento sem qualquer explicação. Disse-lhe que estava com medo de manter uma relação mais profunda com ela, principalmente, porque pouco se conheciam para tomar tal decisão. Que no dia seguinte retornaria para Minas Gerais onde morava e desempenhava o seu trabalho.

Retornando a Belo horizonte, ele sentiu que Maristela não saía da sua cabeça. A sua beleza física e elegância tinham se alojado num lugar muito especial do seu coração. A desejava para si, mas precisaria conhecê-la muito mais, embora não tivesse oportunidade para tanto, em razão da distância que os separava. Numa noite em que escrevera algumas coisas para ela, mas depois jogara no cesto de papéis, achou um texto que construíra há algum tempo, e que resolvera remeter para o endereço da rua Prado Júnior, porque se encaixava no que ele sentia por Maristela. Moço erudito, gostava de criar alguns escritos em horas de folga, mas que nem sempre guardava no birô da sua casa.

Dizia assim o que rabiscara:

*Folha de papel – natureza morta e por isso insensível, és repositório de tudo o que em ti fazem grafar. Em ti são escritos textos poéticos e melancólicos, tristes. Em ti registram confissões de amor e juras de ódio, de rancor e, de vingança. Esquecem, porém, que desde que te usam para confessar dores, rancores ou amores, te tornam a titular de tudo o que em ti registram. Infiel, és capaz de dar a conhecer a qualquer um as confidências a ti reveladas e confiadas. Bastará ler-te, para não segredares as paixões, iras e confissões em ti deixadas. Tal como inquebrantável meio de prova, materializas como se de pedra fosses, tudo o que a ti confiam.*

*Banco de lamúrias, de choros ou de prazeres, sobre ti trêmulas mãos por vezes rabiscam em forma de letra o que o coração não se encoraja a confessar pela voz. Receptáculo de lágrimas brotadas da tristeza ou da alegria, tu és capaz de consolar ou serenar no teu imparcial destemido silêncio, a aflição dos inseguros, a raiva dos brutos e, a euforia dos afoitos e dos vibrantes.*

*Injustiçada, por vezes te ferem como se culpada fosses pelo que de outros carregas em teu inerte corpo. Brabos, revoltados, indomáveis pelo que em ti leem, te amassam, te dilaceram, te jogam com selvagem brutalidade, em verdadeiro ato de covardia por não terem coragem de isso fazer contra quem de longe os ferem. Pálida folha de papel, passiva, deixas te usarem para secar as lágrimas e enxugar a dor. Resguarda-te, pois muito do que em ti escreverem, terá vida tão ou mais duradoura do que a tua.*

Assim, ele pensava sossegar o prazer que teria se pudesse estar junto dela, eternizando o seu sentimento naquela folha de papel. Era um sentimento de amor puro, que um bondoso e erudito engenheiro dedicava a uma mulher que descobrira em meio a um submundo marcado com tarja preta. Mas isso para ele não teria importância, porque teria visto nela tudo o mais que ele desejava – o carinho, a inteligência, a beleza física e de sentimentos e, quiçá, o amor por ele.

Maristela ao receber o texto o leu, e deu a ler às colegas de apartamento. Estava bastante entusiasmada com o mineiro, mas não poderia tê-lo como desejaria. Teria que dar asas a uma vida com um horizonte mais visível. Segundo ela começara a pensar - aventuras nunca mais! Seria hora de não tirar os pés do chão; de manter-se o quanto mais equilibrada lhe fosse possível. Ela sabia que sonhar é algo infinitamente bom, especialmente, porque em sonhos é possível direcionar fatos e circunstâncias para lugares e momentos só capazes de serem vividos na imaginação de quem sonha. Que o sonhar é como saborear um champanhe, cujo prazer se exaure quando a taça de cristal esvazia. E ela também sabia, que o brilho vivido no sonho, nem sempre é possível de ser imitado na vida real.

Parece que em dado momento ela acordou-se daquele devaneio e disse para si: que bom que me convenci de que sou o que tenho e, na verdade tenho muito, porque tenho a mim e, isso me é suficiente. É tudo o que eu mereço e não posso queixar-me de não ter mais do que sou, porque eu sou tudo de mim e para mim, por inteiro. Que coisa boa gostar de si, antes de qualquer outra coisa. O quanto é boa a felicidade vivida apenas em si, sem que seja necessário depender de outra pessoa para sentir-se feliz. E, perguntava-se: serão todas as pessoas assim? Pelo menos aquelas que se declaram felizes? Nem sei mesmo, porque imagino que muitas pessoas também se encontram com a felicidade, quando as podem repartir com alguém.

Ora, ela pensou mais: cada qual que encontre o seu bem-estar onde melhor o achar! E, não importa mesmo que seja tão duradouro ou infinito, mas que seja satisfatório e empolgante. Acho que não exista quem ainda não viveu alguns instantes de felicidade; de felicidade absoluta; total e satisfatória àquele que a sente em sua alma.

Mas, ainda ficou a pensar nas pessoas que apesar de serem felizes, não percebem. São pessoas que pensam que felicidade é algo estranho a elas e, não há erro em afirmar que a felicidade é algo que brota de dentro para fora; nunca ao contrário. A pessoa que não peca e, mesmo quando peca, pode encontrar justificativas para os seus erros fazendo um autoexame à sua alma e, então, sentir-se feliz. E isso é muito bom; é maravilhoso; é extraordinário; é encantador; e, é tudo que basta e se torna suficiente para se ser feliz. Ora bolas, pensou Maristela: quanta gente anda a procura da felicidade noutras pessoas e coisas! Quanto empecilho; quanta dificuldade; quanto obstáculo para querer chegar aonde já se está; para encontrar o que já se tem! Parece que muitas pessoas preferem encontrar sinuosidades, onde o caminho é reto; sem curvas nem bifurcações e, principalmente, plano.

* * *

Numa noite qualquer, para surpresa dela e das colegas, Val reapareceu na zona com a sua característica e imutável indumentária. Andando calmamente, com o peito estufado e olhando para todos os lados, parecia estar procurando por Maristela. Não desejando dar oportunidade ao azar, ela tentou esquivar-se escondida na virada da esquina. Mas o petulante vadio parecia ter faro de cachorro de policial, e logo a encontrou com cara de decepcionada com o furtivo encontro.

Ao chegar perto dela, já a abraçou firmemente e a beijou com certa gana. E já foi anunciando:

- Quero *transá* consigo, agora.

- Não posso Val. Além do mais, a nossa relação terminou desde a noite em que me machucaste do jeito que ainda deverás lembrar. Não te quero mais. Por favor, não me procures mais. Estou voltando a ajeitar a minha vida e não quero desviar-me do que planejei. Não insiste, porque não desejo mais ter-te ao meu lado. Não te quero mal, mas não te quero para mim. Está entendido?

Mas ele insistiu, dizendo:

- Que nervosinha *tá* a minha gatinha! O que será que aconteceu com ela? Será que algum homem botou feijão na cabeça dela? Fica mansinha que logo tudo *vai passá*. Tenho um presente gostoso *pra você*, que venho guardando há muito tempo! Mas só lhe mostro se subir comigo para o quarto.

E, ela retrucou:

- Não há nada que possa interessar-me. Apenas deixei de gostar de ti. Por favor, vai embora! Não te quero mais.

- Vais me dizer que não *tava* gostando das porradinhas que eu dava quando namorávamos? Diz que você não *gostava*, sua certinha duma figa! Não sei mesmo por que já não lhe dou mais *uns tapinha pra lhe acordar*. Fica sabendo que você é minha, e só minha! Ouviu?

- Valdemar, por favor, vai embora. Não me incomodes! Não quero envolver-me em confusão, especialmente contigo. Me deixes quieta!

- Parece que terei que tomar outras atitudes para *lhe convencê* que sempre será minha. Vou embora agora, porque tenho outras coisas *pra* fazer, mas voltarei *a lhe procurá*.

Pegou-a firme pelo braço, e a juntou ao corpo dele num forte abraço. Val foi embora e ela voltou para o seu ponto, aborrecida e assustada. Porém nada contou às colegas de zona. Na tarde seguinte contou tudo para as colegas de apartamento, que a aconselharam a resistir às insistências dele. Não ceder às suas pressões sob qualquer condição. Que, se ele voltasse a constrangê-la, ligasse para a polícia.

Duas noites depois ele retornou ao local e a procurou. Dessa vez, bem mais calmo. Sequer a agarrou e beijou. Disse-lhe que estaria apaixonado por ela, e que não saberia viver sem ela. Pura lorota de vagabundo e gigolô. Ela nada disse, mas insistiu para que ele a deixasse, pois precisaria trabalhar. Que ele bem sabia que ela dependia do seu trabalho à noite para sobreviver. Então ele a perguntou:

- Você *podi* me *adiantá* algum dinheiro? *Tô* completamente duro; não tenho nem *pro* o lanche da noite.

- Não, Valdemar. O pouco que tenho não posso desperdiçar, porque será necessário para saldar as minhas contas. Por favor, me esqueças!

Mas, ao invés de ir embora, ele foi-se chegando cada vez mais perto dela e parecia que se iniciava um flerte entre eles. Ao chegar bem perto dela, começou a exalar aquele horrível cheiro de quem não costuma tomar banho. O cheiro do suor fedido naquele imundo corpo, com algum vento que soprava naquela noite, era por ela aspirado. Além disso, o bafo malcheiroso também a contaminava. Porém, ao invés de pedir para que ele se afastasse, a cada instante ela mais se aproximava dele.

Com certeza Val exercia uma profunda atração física sobre Maristela; uma química que não a permitia afastar-se dele, por mais que ela necessitasse. E, nesse embate entre o desejo de tê-lo e a necessidade de rejeitá-lo, ela se tornava vencida pelo encantamento do imundo vagabundo. Nem mesmo o fato de que ela começava a desconfiar que ele tinha maior interesse pelo dinheiro, do que atração por ela, a fazia não recusar o convite para compartilharem a mesma cama. Em questão de pouco tempo o casal estaria subindo para o quarto de um dos motéis da redondeza. Pois, vá entender certas mulheres!

Maristela, que teria perdido o emprego como acompanhante em razão de que se negara a deitar com um homem porque cheirava mal e outro porque queria obrigá-la a usar drogas; agora tudo faria sem nada exigir do parceiro, e dele nada receber. Ainda arriscando ter que adiantar algum valor para o gigolô.

Durante a noite de grande orgia entre eles, além de levar algumas excitantes porradas e dar-lhe algum dinheiro, provou algumas drogas, das quais ainda não teria consumido. A regressão dela estava latente e nem precisaria ser provada nem comentada. Voltou a faltar-lhe o necessário empenho, que geralmente sufoca a maioria das pessoas viciadas; e a forma como ela se entregava a ele, se poderia comparar a de um vício. Era ilógico pensar que uma mulher limpa, bonita, perfumada, bem-arrumada e cheia de outros atrativos, pudesse ficar sujeita a um tipo daquele que, sequer banho tomava. Realmente, parecia que Maristela estava viciada num jogo bastante perigoso, que se chamava Valdemar que, em pouco tempo poderia levá-la à ruína, como acontece com muitos dos viciados.

Na manhã seguinte, ao sair do motel trazia alguns hematomas e sentia-se muito tonta e com dor de cabeça pela ingestão de álcool e drogas. Chegando ao apartamento foi observada pelas colegas que a condenaram pelo que teria feito. Disseram que desse jeito ela não se recuperaria; pelo contrário, estaria correndo a busca do cadafalso. Porém, ela prometeu que não mais se encontraria com Valdemar.

Mas na noite seguinte Valdemar voltou a procurá-la e a dose repetiu-se: sexo selvagem, apimentado com bebida alcoólica de baixa qualidade e boa variedade de drogas. Nos dias subsequentes o receituário passado por ele repetiu-se e intensificou-se. Foi a partir desses dias que Maristela tornou-se viciada em drogas a ponto de que, quando não as tinha para consumir, entrava em sofrimento. Porém, a seu favor tinha o fornecedor, mas, que, logo adiante começaria a negar o fornecimento, em razão de que o dinheiro dela estaria no fim. Não havia dúvida de que, pelo menos para ele, a relação tinha um dos pés fincados no *caixa* dela e, quando o saldo negativava, ele sumia das redondezas, fixando a sua base onde fosse possível extirpar algum órgão ainda em bom funcionamento.

Val era um cara que costumava sugar tudo das suas parceiras, as deixando, como se diria, sem eira, nem beira e, nem tribeira. E não poucas pessoas sabiam disso. Porém, apesar de Maristela inicialmente não saber, foi avisada pelas suas amigas, mas preferiu desfrutar de bons momentos na cama com o seu amor vadio, pagando um preço que ela não poderia dizer que não sabia. Em decorrência disso, o mal-estar provocado pela abstinência, principalmente, em razão do seu já viciado organismo não poder continuar sendo abastecido com drogas, quase a enlouquecia. Soma-se a todos os infernos que ela já vinha enfrentando, mais esse: o de que, seguidamente, ela entrava em profundo transe causado pela falta de drogas para suprir às exigências do seu organismo, a tal altura, dependente do suprimento diário de entorpecentes. Então, parecia nada mais faltar-lhe para sucumbir em definitivo. Ela iniciava a primeira fase da desgraçada vida em que se envolvem todos os viciados, sem exceção, todavia, já suportada há muito tempo pelo seu amado Valdemar.

Visivelmente dependente dele, como se o amasse e por ele estivesse apaixonada, o desejava a todo instante, mas não mais tinha dinheiro sequer para pagar o quarto da pensão onde passaria a noite transando com o vagabundo. Então, pediu às companheiras de apartamento que a deixasse levá-lo para dormir em noite em que a sua colega de quarto não estivesse. Porém, em uníssono, indeferiram o pleito da então abusada gaúcha; sem direito à revisão do que fora decidido. Maristela estaria passando dos limites ao pretender levar Val para posar no apartamento. Havia nela completa falta de noção sobre a ocupação de um imóvel em parceria. Estava deixando de lado regras basilares da vida em comum dentro de uma casa, onde acima de tudo, deve haver respeito entre as pessoas que ocupam o imóvel.

Elas jamais teriam imaginado que Maristela chegasse a esse desrespeitoso ato de pretender levar para casa, um cara tão nefasto; tão perverso; tão torpe; tão abominável; afinal, tão desgraçado como Valdemar. Todas o conheciam; aliás, quase que toda Copacabana conhecia a sua fama de homem perigoso, de caráter comprometedor; se é que caráter se poderia dizer que ele tinha. Homem asqueroso; do tipo que tudo o que faz vem batizado com ervas do mal. Que ao ser visto de longe, leva pessoas a dele desviar pelo medo de serem afetadas pela sua repugnante aproximação. Cruza do diabo com satanás, se algo de pior não poderia existir. Exemplo de coisa ruim, modelo de podridão por dentro e por fora. Uma falha da Natureza, um errado, uma exceção. Em síntese, era um parafuso com rosca quadrada, que por mais que fosse possível nele insistir, jamais se alcançaria algum resultado. De uma infatigável coleção de coisas ruins, nem a cadeia o corrigiria.

A partir desse ato, as colegas começaram a manter um pé atrás quando o assunto era Maristela. Ela decaíra muito da confiança das co-locatárias. Para elas, Maristela não mais era aquela pessoa meiga, insegura, mas correta. Certamente tivesse chegado a esse estágio, em razão de que estaria viciada em drogas pesadas e álcool. E, não tardaram a descobrir que estavam acertadas. O vício contaminara o seu raciocínio, obstruindo a liberdade de pensar e conduzindo o seu pensamento para lugares nunca visitados.

Maristela começaria uma longa viagem por situações inusitadas e irreais. Seria a fase de começo do seu fim, lamentavelmente. Em conversa entre elas, o pensamento era unânime sobre o mal que as drogas causam. O exemplo estava estampado diante delas, bem perto delas que já tinham vivido alguns meses com Maristela. Eram testemunhas presenciais da triste mudança sofrida por uma mulher correta, sincera, preocupada com os seus compromissos e fiel às colegas e, até, um tanto ingênua – se é que isso a pudesse favorecer. Sobre essa realidade, muito elas já tinham ouvido, mas nunca a teriam presenciado de tão perto.

Começaram a se dar conta de que o envolvimento e a dificuldade de se afastar do vício se dá muito mais rápido que imaginavam. O domínio que a droga exerce sobre o viciado é avassalador, arrasador, não deixando chances para a recuperação, senão, mediante tratamento especializado, cujos recursos não estariam às mãos de Maristela.

Preocupadas e sentindo pena do seu sofrimento, várias vezes as colegas se reuniram para trocar ideias sobre os caminhos a seguir, de modo a evitar maior afundamento do que aquele em que ela já se teria envolvido. Mas nada de positivo encontravam, pois tudo dependeria de um gigantesco esforço da colega de apartamento; com o que acreditavam não poder contar, pelo menos enquanto estivesse em crise aguda. Na verdade, elas tinham mais vontade do que esperança em salvar àquela que não seria apenas colega de apartamento, mas já a consideravam amiga. A dor extravasava de modo a atingir a todas e, sabe-se lá, se, talvez em maior intensidade nestas, do que naquela que, parecia estar passando por alguns momentos, tais como alguém que está sedado, para não perceber e, sequer, sentir verdadeiramente o que acontece consigo.

Maristela vivia dias em que estava com seus instintos plenamente dominados por aquela nuvem que lhe era estranha; que lhe fazia bastante mal, mas que dela não conseguia se livrar. Não dispunha de forças suficientemente capazes de afastar tamanho mal, que a sombreava e a constrangia a viver subjugada por aquela fonte de angústia e de desespero. Quando a dor domina o raciocínio, este se vendo vencido, se entrega à irracionalidade, não mais se interessando pelo que há de racional e saudável. O sentimento de preservação desaparece, dando lugar ao desespero, que traz de reboque a maldade, que se vira contra si mesmo. A pessoa sente maior prazer em machucar-se, do que defender-se. Maior interesse em viver no sofrimento, do que na glória. A dor, para ela, é uma forma de satisfação, de gozo, de prazer, de exaustação. Pobres indivíduos que se encontram nesses desesperos! Tristes pessoas, se pessoas ainda são!

Nas raras fases em que melhoram; de alguma superação; serão capazes de não sentir necessidade de nada, porque para elas nada lhes falta, eis que tudo que desejam, está em si mesmas; já encontraram; já obtiveram. Poderá ser um período de conformação e aceitação do seu sofrimento. São pessoas que acreditam estar completadas, pelo que entendem faltar aos outros. Nada lhes falta, nem lhes faltará, porque tudo o que precisam já alcançaram com a última dose de alguma substância que as dominou. Não são felizes, mas pensam ser, embora não se comportem como tal. Vivem num mundo que se assemelha ao dos loucos ou, pior do que eles, pois nem poucas vezes, se tornam imotivados perigosos. Passam para a irracionalidade, embora que, passando o *fogaréu*, possivelmente sejam capazes de raciocinar tal como o homem comum.

* * *

Foram dias e noites de grande sofrimento para Maristela. Com a falta de dinheiro o esperto malandro sumiu da zona. Dentro de poucos dias ela começou a sofrer alguns delírios e alegava falta de ar. Começou a ter dificuldade para sair de casa e passava o dia praticamente deitada. As colegas não sabiam como resolver o problema, especialmente pelo medo de que se a levassem a algum hospital, pudessem saber que ela era consumidora de drogas ilícitas e, a forçassem a confessar onde e com quem as obtinha. Na cama ela resmungava algumas coisas quase inaudíveis e gemia muito. O quadro dela era desesperador. As colegas chegaram a imaginar que ela pudesse desfalecer. Combinaram de não a deixar a sós no apartamento. Faziam rodízio para cumprir com os seus programas, de modo a que uma delas sempre se mantivesse em casa. Ela recusava qualquer alimento que lhe fosse oferecido.

Em razão do uso e depois da falta dos alucinógenos, ela trocava momentos de incontrolada euforia, com outros de melancolia, de sonolência, de desânimo, de tristeza. Ao quase completar uma semana, a situação se agravara ainda mais, pois os rins pararam de funcionar e ela não urinava há dois dias. Juntamente com isso, uma tosse encatarrada a fazia expectorar golfadas de sangue. Não havia dúvida de que o caso dela era grave e a cada dia mais piorava.

Já um pouco consciente do seu estado, ela sentia aproximar-se o fim da sua vida e, mentalmente, se cobrava por ter chegado a tal situação. Arrependida pela sequência de atos prejudiciais à sua saúde, de fato só lhe restava reclamar a si própria. Examinando os pertences dela, especialmente bolsas, encontraram pouco dinheiro - insuficiente para pagar uma consulta médica domiciliar. De outro modo, elas não queriam gastar as suas economias com o tratamento de quem não as teria ouvido quando fora aconselhada a deixar o vadio e perigoso parceiro. Pelo contrário, voltou a encontrar-se com ele diversas vezes, inclusive se atrevendo a pretender levá-lo para dormir no apartamento.

Na noite seguinte Severo a procurou na zona e não a encontrou. Perguntando para algumas mulheres se sabiam do paradeiro dela, o informaram o grave estado de saúde em que ela se encontrava. Que se pretendesse encontrá-la, ela estaria acamada no apartamento em que morava, que ficava a poucas quadras dali.

Ele seguiu para lá em seguida. Ao ser atendido, identificou-se dizendo que já a conhecia da noite e desejaria ajudá-la; que tinha boa estima por ela. Foi até o quarto, mas não conseguiu ser identificado por ela, tal o estado de degradação em que se encontrava. Conversou com as colegas de apartamento e traçou algumas diretrizes do que pretenderia fazer, se elas consentissem. Minutos depois ele chamava uma ambulância que a levaria para um dos melhores hospitais do Rio de Janeiro; tudo por conta dele. Aquela mulher carecia de atendimento imediato e de alto nível, sob pena de vir a falecer, segundo os plantonistas. Ela estava quase em estado de torpor, e não haveria mais tempo a perder.

Ao ser examinada no plantão hospitalar, constaram logo que ela deveria permanecer internada por tempo indeterminado na UTI. Que, só em poucos horários poderia receber visitas. Então combinaram que as colegas de apartamento e Severo se partilhariam nas visitas ao hospital. Maristela ficou internada na UTI por vários dias e outros tantos num dos quartos do hospital. Depois de revertido o grave estado em que estivera, recebeu ordem médica de alta hospitalar, todavia, deveria continuar tratamento medicamentoso em casa.

Severo então a levou para a sua casa no bairro do Flamengo, com a intenção dela só sair de lá, depois de totalmente curada. Pediu que as colegas de apartamento informassem o endereço da administradora de imóveis, para liquidar eventuais débitos pendentes. Antes de agradecer ao apoio que delas recebeu, pediu que separassem os seus pertences, para que ele os levasse para a sua casa, onde ela ficaria até a sua total recuperação. Que não rescindiria o contrato locativo por enquanto, em razão de que aguardaria ouvir Maristela sobre essa e outras providências a tomar. Que, qualquer débito de responsabilidade dela, o avisasse para que fosse liquidado sem demora.

Severo, apesar de que, vez que outra gostasse de dar uma passada pela zona do meretrício, tinha um modo de viver bem diferente daquele. Homem refinado, sempre procurando encontrar o prazer em situações que não o retratassem como um ganancioso, um usurpador, nem mesmo um opulento. Apesar de rico, acreditava que a maior fortuna era a felicidade. Dizia que amar a si mesmo é ato de prudência antes de ser de egoísmo, porque antes de dar-se é imperioso que se tenha. Que ninguém poderá dar de si, aquilo que não tem pra si. Mas, que os atos de bondade são infindáveis, porque, se alguém entregar ao outro toda a sua bondade, ela não se esgotará, porque é infinita. A cada gesto de bondade que se transfere ao outro, novos bons sentimentos nascem, aspirados na renovação inspirada no sistema do moto-próprio. É o princípio do sem-fim, que a cada volta se renova e se expande, infinitamente.

Entendia ele que, além disso, nunca devemos esquecer das pessoas incríveis que já partiram, mas que deixaram para a eternidade as suas significativas marcas; pessoas que não mais convivem conosco, porque foram chamadas para cumprir outras missões; mas, que ao partirem, deixaram suas lembranças em nossos corações. Pessoas que, nem sendo boas para todos, o foram para nós e, isso nos bastará para as mantermos juntas de nós. Pessoas que, quando por aqui estiveram, não apenas passaram, mas aqui viveram trocando sentimentos, transmitindo afeto, engrandecendo o nosso sentimento de tê-las como parte de nós. E isso é muito importante para todos os homens de boa-vontade.

Dizia que não devemos esquecer que somos todos iguais desde que aqui chegamos e, assim continuaremos até a nossa partida. Por gostar de ler sobre filosofia, era uma pessoa que trazia consigo e transmitia aos amigos, pensamentos justos e merecedores de ser copiados.

Felizardo, diziam alguns de seus amigos, é quele que teve a sorte de conhecer Severo e com ele ter privado. É um mestre dotado de boa sabedoria e uma pessoa encantada com o que os outros fazem de correto. Não costuma poupar elogios a quem os merecesse, pois entende que o reconhecimento aos bons atos, são fontes de estímulo a quem os praticar desinteressadamente.

Severo sempre estava atento e disposto a ajudar em campanhas de toda ordem e para todos os fins honestos. Com um grupo de pessoas, se juntava alguns dias da semana para levar alimentação à moradores de rua - o que fazia com satisfação. Esses atos de grandeza o colocavam acima de alguns outros, que sempre pensavam e faziam coisas diversas dessas. Mas, ele mesmo costumava dizer que, ninguém poderá dar o que não tem; por isso, não os criticava. Mas, quando lhe era possível, os procurava *convocar* a fazer o bem da maneira que o pudessem. E, acreditava já ter arregimentado alguns seguidores.

* * *

Numa tarde domingueira de início da primavera, na qual Ronaldo não estaria em Porto Alegre, Marcela convidou a amiga Rosinha para tomarem um chocolate numa confeitaria próxima ao Parcão. Cada uma foi no seu carro, para evitar maior demora ao encontro, pois moravam em bairros distantes, uma da outra. Lá chegando, conversaram sobre vários assuntos, mas Marcela não podia esconder que estava com saudade do namorado. Apesar dele não a visitar com a frequente e habitualidade desejada, ela não se acostumava com as ausências dele. Porém, entendia a dificuldade de ele voar todos os finais de semana para o Rio Grande do Sul. Tanto assim foi, que Rosinha percebendo algum sinal de tristeza no olhar da amiga, provocou uma conversa sobre o namorado. E, a intimidade entre elas, a autorizou falar sem um *prelúdio*. Então, Marcela confessou que realmente estava tristonha, porque sentia saudade de Ronaldo.

E disse:

- Estou convencida da minha paixão. Nunca havia me apaixonado antes de conhecê-lo. Além de bonito, elegante e inteligente, Ronaldo é um homem muito especial para mim. Lamento não podermos morar juntos. Mas tenho esperança de que um dia isso possa ocorrer. A felicidade, minha amiga, temos que aceitar na forma com que ela se apresenta aos nossos sentimentos. Não há coisa mais subjetiva do que a felicidade. E, sou feliz por ter Ronaldo como a pessoa que escolhi para mim. Tenho certeza de que me apaixonei pela pessoa certa para mim. Sempre me achei incapaz de sentir fortes emoções, mas agora tenho certeza de que estou a senti-las. Não consigo desligar de mim a figura dele, que *se põe na minha frente*, tanto quanto durmo, quanto, quando estou acordado, como há bem pouco ocorreu.

A conversa seguiu um tanto mais sobre o mesmo assunto e, depois sobre outras coisas, até que, iniciando o final da tarde, pagaram a conta e se despediram ali mesmo.

\* \* \*

Nos primeiros dias em que Maristela passou a morar no amplo e confortável casarão de Severo, a recuperação dela, sempre assistida por médico que acompanhava a sua evolução, vinha surpreendendo a todos. A cada dia apresentava algum grau de recuperação da sua tão abalada saúde. Terminada a primeira semana de resguardo, teve autorização médica para passear no jardim da casa, desde que não fizesse excesso e, por pouco tempo. Depois dessa fase, gradualmente foi sendo liberada para outras atividades, inclusive com a mudança da alimentação e remédios.

Sentindo-se felizes, o casal conversava diariamente sobre tudo; inclusive sobre alguns sonhos e projetos para o futuro. A beleza física dela aos poucos vinha sendo recuperada, sempre com a ajuda de uma maquiadora que a auxiliava. Fazia sessões de fisioterapia diariamente, como recomendado, e algumas de psicoterapia, para afastar-se definitivamente da dependência por drogas. Dentre todas as drogas, seria atribuição da psicoterapeuta, afastar dos seus pensamentos, a *droga do vagabundo do Val* que a teria empurrado para o abismo. Apesar do que ela tinha passado, não estava descartada a hipótese de que ainda continuasse a desejar manter contato com o travesso debochado e titular de uma insaciável ironia bestial. A prudência levava a todos usar da maior cautela no item Valdemar; inclusive, por recomendação da psicóloga que a acompanhava no tratamento.

Severo desejava que a vida deles, a partir daqueles momentos, *se misturasse*, de modo a se sentirem num emaranhado de pensamentos, sentimentos e desejos. Esse era o propósito e a vontade dele, ainda que não tivesse certeza, de que ela estaria pronta para tanto. Ele sabia que, para atingir esse objetivo, além de maior tempo, seria necessário a cumplicidade de ambos. Porém, isso ele não poderia confessar a ela, porque a fusão das duas almas só seria verdadeira, se o fosse espontânea. É o tipo de coisa que só se sabe que é possível de existir, depois que acontece.

As companheiras de apartamento teriam se encarregado de avisar às colegas de zona que, se Valdemar por lá aparecesse, não o informassem o lugar em que Maristela estaria morando. Isso seria como que um segredo de Estado. Elas não descartariam a hipótese de que o vadio descobrindo o paradeiro dela, voltasse a procurá-la; o que resultaria no seu derradeiro fim. Esse elemento pernicioso, parte da escória da sociedade, jamais poderia aproximar-se de Maristela. Quanto a isso, houve consenso entre todos, inclusive das companheiras de trabalho na Prado Júnior e adjacências. Voltava-se a abrir um novo céu para Maristela que, em hipótese nenhuma ela poderia desprezar. Mais uma vez o trem da sorte estaria parando na mesma estação; o que ela bem sabia, que era algo de excepcional.

* * *

Essas mulheres, apesar da discriminação a que estavam sujeitas, tinham alma como a de qualquer outra pessoa. E, não se poderia duvidar disso, pois que, afinal, eram seres humanos, com suas vidas em constante animação como os demais seres humanos. Conversavam sobre tudo e se mantinham informadas de tudo. Expunham os seus pensamentos entre elas, ou para qualquer pessoa com quem simpatizassem e manifestassem bons sentimentos e crédito de confiança. Não eram lunáticas, porém nascidas aqui da Terra. Muitas mulheres boas não conseguiram se livrar da dificultosa situação de viver da prostituição, como foi o caso da própria Maristela, que bastante teria lutado para não precisar chegar a tal desiderato.

Pois é bom saber e com toda certeza, que nem todas caem na *rua* tal como o salto de um treinado paraquedista. Para lá, muitas delas são empurradas quando ainda meninas, pelas suas matronas, que, sofridas pela miséria que as comprime, ou por outro forte motivo, pensam nisso como ato de bondade às filhas que, com o *uso* da beleza física e outros atrativos vulgares, se lançam às calçadas da zona na procura de quem as estenda algum dinheiro em troca de *bons* minutos de prazer desonroso. É a extrema precocidade que alguns dizem ser ato da modernidade, ou da necessidade *judiciosa*.

Mas essa perversão não se limita às classes menos favorecidas, às pobres; outras também as ombreiam para disso tirar igual prazer. Enquanto muitos as consideram pecadoras; outros delas têm pena. Elas, porém, enquanto ali estão se acham vitoriosas, engrandecidas, conquistadoras. Também, dentre elas havia as alcoviteiras, tal como Celestina - personagem criada por Fernando Rojas na metade do distante século XV e, referida por Cervantes, em Dom Quixote, que transitou pela literatura espanhola como uma mulher comum e sem valor.

Numa noite de pouco movimento na zona, duas delas ficaram a conversar enquanto fumavam alguns cigarros. Apesar de não serem santas, se chamavam Maria do Carmo e Maria das Dores. De qualquer modo, eram bastante religiosas, apesar de nunca se terem confessado a um vigário, por terem vergonha de depor sobre os seus pecados. Sempre maquiadas de modo chamativo, quase sempre com o propósito de se mostrarem provocativas aos homens, instigando-os a delas se aproximarem atraídos pelas máscaras cheias de vício e cinismo.

Maria do Carmo então conversando sobre as coisas boas da vida e de suas crenças, disse à amiga:

- Maria das Dores, me entristeço ao ver esse pessoal

que dorme na rua. Isso não é vida! O que será que pensa essa gente? Será que eles acreditam que um dia sairão dessa imensa dificuldade? Muitas vezes nós reclamamos da nossa vida, mas pelo menos temos onde morar e o que comer; tudo com alguma sobra...evidentemente. Amiga nossa que diz que não sobra nada, ou é muito feia ou está mentindo. (Riram um pouco).

Depois de uma tragada do cigarro, ela continuou:

- Essa gente necessita de ajuda, porque se não tiver uma bengala que a mantenha de pé, jamais se levantarão. Essa gente precisa de algum devoto, de algum abnegado que os acolha. Devotar-se aos mais necessitados é ato de amor. Assim eu penso e ninguém me tira isso da cabeça. É ato de amor, antes de ser de bondade; de benevolência, antes de ser de caridade; de solidariedade, antes de ser de engajamento; de pertencimento. Porém, nunca além de um ato cristão, pois esse supera a todos os outros.

- Mas eles também precisam de um pouco de resiliência, aceitando a mão de quem os queira ajudar, porque alguns deles preferem continuar no estado em que estão; sonhando com uma discutida liberdade. Tem um ditado ensinado por uma professora que nunca esqueci: A *coisa* possível só passa a existir em razão da necessidade. A razão da existência da *coisa* possível está na razão da necessidade. Ela ainda explicou da seguinte maneira: A necessidade de algo, também resulta da possibilidade. Mas, eu não sei bem se a professora acertou nisso. Ainda ela disse, Maria das Dores: se alguém tem várias coisas, possivelmente tenha apenas uma, que é a sua totalidade. Você bem sabe que eu tive a sorte de estudar; cheguei até a frequentar os primeiros anos de faculdade, mas não me foi possível continuar por falta de dinheiro. Aliás, você também frequentou faculdade. Mas aprendi boas coisas que ainda têm me servido bastante. Pelo menos tenho um pouquinho de cultura, que aqui, talvez faça alguma diferença. Porém, não tenho muita certeza quanto a essa minha última manifestação. Acho-a um tanto pretenciosa, especialmente no meu caso, que vivo em meio à tantas pessoas que não tiveram a sorte de cursar uma faculdade e, que lutam pelas mesmas necessidades que me circundam.

Concordando com o que Maria do Carmo havia falado, a amiga acresceu:

- Alguns deles, como você acabou de dizer, parecem não querer pensar para a frente; se apegam a um passado que os levou a morar na rua e, por isso, se fecham de corpo e alma - o que é extremamente errado. Isso os levará a um fim que se pode prever, você não acha? Se apenas pensarmos no que éramos e pelo que de ruim passamos, estaremos andando no sentido do retorno; mas se pensarmos no que queremos ser, então estaremos caminhando para frente. Deus não é uma aspiração sisuda, séria, exigente, cobradora, que não perdoa, que castiga; mas que sorri; que nos une; que nos entrega esperanças de que a coisas boas sejam receptivas; nos enche de misericórdia, de felicidade, de otimismo, de solidariedade e, de paz e amor. Acontece, que já vimos que é muito difícil fazer entenderem essas coisas, por isso, penso que muitas pessoas de boa vontade, depois de algum tempo em que se dedicam a ajudá-los, os abandonam por falta de convencimento de que poderão contribuir para o fim do sofrimento e o alcance de alguma melhoria. Tem gente nesse meio, que sequer sofre, como nós pensamos. Vivem com o estado de espírito iluminado, mais aberto e receptivo do que o de muitas pessoas que nos parecem felizes, mas, que, não o são.

Depois de pequena pausa, Maria das Dores retomou o assunto que, para elas, parecia estar bastante interessante. Elas saíam da rotina, em que praticamente conversavam sobre o custo de vida e algumas notícias relativas à política local.

Então, deu seguimento ao assunto que bastante as distraía:

- Aqui a gente vê de tudo. Talvez muito mais do que aqueles que têm boa instrução, reputação e família organizada. Na zona, aprendemos coisas que acontecem em todos os lados. Por aqui passa de tudo; é só parar um pouco e observar... Isso aqui é como um caleidoscópio, com sua infinidade de pedrinhas coloridas que se misturam e se entranham umas nas outras, ao final mostrando uma bela visão. Essa bela visão mostrada pelo caleidoscópio, é cópia da vida; é o que acontece na sociedade; é a convivência entre as diferentes cores e tons que a compõem. Cada qual com a sua especificidade, mas todas convivendo num mesmo planeta que chamamos de Terra. Umas pessoas pensam com o fígado; outras com a cabeça; outras, ainda, com o coração. Algumas respeitam; outras desrespeitam; outras, nem estão aí para o que acontece nem para o que deixou de acontecer e, assim gira o globo, enquanto caminha a humanidade...

Como se extrai desses diálogos, mulheres que se prostituem também carregam bons sentimentos e são auspiciosas à muitas coisas boas. Nem só carregam em seus invólucros coisas ruins, como alguns pensam. Antes de tudo, são pessoas livres, que apenas por si sós, cuidam de si mesmas. Não recebem amparo de qualquer instituição pública nem privada. Atuam em zona de grande risco e sujeitas a todo tipo de doenças transmissíveis ou não transmissíveis. Quando por doença ou outro motivo ficam impedidas de trabalhar, também são afetadas diretamente nos seus ganhos. São naturalmente discriminadas socialmente. Entre uma mulher comum, normalmente enquadrada nas exigências estipuladas pela sociedade e uma prostituta, na maioria das vezes, inclusive o tratamento para com elas, será notoriamente distinto. Porém, isso é uma discriminação, um desafeto, um destrato, um comportamento odioso.

Nós alcançamos o século XXI, onde o rígido comportamento nas relações entre as pessoas sofreu afrouxamento sem precedentes. Cada dia somos mais iguais, independentemente do que possa dizer a lei. Somos cada vez mais iguais, porque nos sentimos a cada dia mais iguais, apesar da teimosia de alguns poucos conservadores retardatários. E isso atingiu a todas as classes sociais, sem exclusão. Alcançamos a unidade de gênero, de raça, a igualdade de oportunidades para mulheres e para homens; e, por que não, para toda e qualquer atividade laborativa. A prostituta frequenta o mesmo restaurante que o reitor da universidade, sem preconceitos de qualquer parte e ordem. Basta ambos se comportarem dignamente, como se espera deles durante uma refeição em lugar público. A prostituta ao chegar ao um lugar público, não mais é motivo para fuxicos depreciativos. Quando muito, é razão para elogios à sua beleza. E, só isso.

Mas na noite nem tudo são flores, pois que as mulheres se obrigam a *amar na cama* vários homens aos quais não amam. Isso, aos poucos reduz um tanto daquilo que realmente elas são. É a expressão e a exibição do artista sem palco e sem plateia. E a cada momento se apresentam de modo diferente, segundo a exigência dos coadjuvantes. O tempo que as treina e as aprimora, é o mesmo que as endurece e as transformam; mostrando o lado avesso que na maioria das vezes não desejam ver e muito menos mostrar. É uma arte que tem seu fim marcado pelo inevitável correr do tempo, em cuja novela não há papel para a vovó.

Bem se sabe do cinismo profissional que as envolve, tal como fazem os *artistas* - mas também sentem prazer quando os parceiros a tal propiciam e, sentem os *fricotes* comuns às mulheres; porque além de tudo são mulheres e trabalham como só mulheres. Essas mulheres, se poderia colocá-las dentro de um conceito criado pelo filósofo moderno, Edwart A. Ross, chamado de *"controle social"* que, embora não institucionalizado, possui um sistema de *penalidades* que resulta da *opinião pública*, mas, que, Richard T. LaPierre ao abordar esse *controle social* dividiu *as penas* em três categorias, sendo que uma delas, era a psicológica - para ele, a mais importante. *"Estas últimas começam quando as pessoas deixam de cumprimentar alguém e finaliza quando o 'membro morto se solta do corpo social'"*, segundo Ross.[284]

Quantas dessas mulheres já tiveram que enfrentar – na mais das vezes olhando para baixo e caladas – situações como essa, amassadas pela falta coragem de enfrentar o olhar, a arrogância e o desprezo de pessoas que antes as recebiam no seu meio social? Talvez porque muitas pessoas esqueçam que inexiste gente sem gente e, que, para que se seja gente, é imperioso que se deva relacionar com todo o tipo de gente. Gente é uma *espécie* de ser humano que se poderá dizer apto para viver em sociedade. Em caso contrário, não será gente; mas um quase desumano, para não ser qualificado com um não humano – *espécie* que também existe em quantidade relevante, mas que não está apta, ou domada, para viver em sociedade.

Mas esses não humanos, ou não pessoas, andam por aí pisando em calçadas, tal como pensam pisar naqueles que entendem ser seus inferiores e não merecerem sequer, por eles serem olhados. Mas no fundo, essas pessoas cheias de ares de soberba em relação àqueles que atribuem ser seus desiguais, não os encaram, em razão de que acreditam poder ser criticados por outros seus iguais – por outros não humanos. Porém, de fato numa coisa eles acertam: os outros, aqueles que eles entendem ser desiguais a si, de fato, os são desiguais a si – porque melhores, se cabe algum tipo de comparação ou de graduação, sem ferir a uns e a outros.

* * *

O vagabundo do Valdemar colecionava adjetivos pejorativos e levava sempre consigo um belo canivete, que possivelmente tivesse subtraído de algum ingênuo escoteiro. Tal instrumento servia para ele cortar alguma fruta roubada da feira ou de algum mercadinho; além de utilizá-lo por simples maldade para rasgar roupas de alguma indefesa velinha. Tudo o que fosse possível de ser condenado, estaria em seus planos. Também o utilizava como objeto de defesa quando o pau ardia contra ele, nas tantas confusões em que se metia. Brigando com boa desenvoltura, era bom em dar rasteiras em quem com ele se estranhasse, mas, também, vez que outra levava algumas bordoadas.

Era filho de uma família de classe média, que não o queria por perto nem coberto de ouro e de pedras preciosas, tal o caráter que carregava consigo. Diziam que pessoa assim não era parida, mas *fundada*. Fundada por alguma instituição do mal, como aquelas que reúnem traficantes, pedófilos, sequestradores, estupradores, latrocidas, infanticidas e feminicidas. Todos numa escala tão abaixo de outros criminosos, como contrabandistas, agiotas, subornadores e alguns políticos que, pela sua baixeza não conseguem ombrear-se com esses. Pois Val, orgulhosamente estava na crista dessa grande onda tubular. Nela, surfava diariamente; fizesse sol ou fizesse chuva; o fosse na praia, ou na avenida; ou num ônibus em que viajava pela parte externa, agarrado nas alças da porta traseira.

Vivendo em meio àquela última categoria, Valdemar se vangloriava por exercer algum tipo de destaque perante a turma que segurava o rabo da cobra. Porque perto da turma endinheirada - aquela que agarrava a cabeça do feroz réptil - ele não chegaria nunca, dado a sua mesquinha capacidade para pensar grande. Mas esse foi o cara por quem Maristela se apaixonou. A mocinha bem-educada e formada por família estruturada do Rio Grande do Sul, que, talvez pela falta de um pouco mais de maldade, teria sido alcançada pelo rabo da cobra venenosa. Pobre Maristela, que ainda se queixava pela falta de dinheiro - situação que poderia ter invertido com as atividades que lhe foram apontadas para exercer. Mas a paixão conduz a alma a lugares imprevisíveis, tornando os apaixonados cegos para o mundo que os cerca. E há quem diga ser bom estar apaixonado. E isso é uma grande verdade. Que a negue, quem já teve a felicidade de viver uma paixão!

O problema de Maristela, residia no fato de apaixonar-se não apenas *pela* pessoa errada, porém *por* pessoa errada. Mas ela ainda terá chances para alcançar a redenção, se usar de prudência. De todo modo, as suas fiéis amigas - aquelas companheiras de prostituição, as putas da zona de Copacabana – ainda são as únicas pessoas que continuam torcendo por ela. Além, claro, do elevado Severo.

Mas o Mundo dá tantas voltas, que nem as voltas o reconhecem e justificam. Pois aquelas boas mulheres, que costumam ser apedrejadas e evitadas pelas mocinhas da sociedade, continuam fiéis e lutando pela ascensão da amiga e companheira de batalha. Quanta coisa errada é ensinada a uma mocinha, que a leva a ter repulsa por uma prostituta! Parecia que aos lhes *ensinar* o que fosse uma mulher prostituta, a teriam transcrito palavras de Boécio que, em outra conjuntura, apelidou outras mulheres, de *"Sereias de cantos mortais."*[285] Como se os sentimentos de uma e de outra fossem tão diferentes, que até evitam cruzar-se pela rua. Quanto constrangimento carregava uma *moça de família*, ao se ver obrigada a cumprimentar uma *mulher da vida*! Quanta repressão a uma menina que porventura fosse filha de uma prostituta! Quanta pressão sobre uma garota de vida recatada, que viesse a ser acolhida por uma meretriz!

Há coisas com aparência de virtude que, se seguidas poderão levar-nos ao caos; há coisas com aparência de malévolas, que poderão levar-nos ao caminho da virtude. A questão é ficar atento a tudo, para não errar por fazer um juízo superficial. Há uma frase costumeiramente usada, que aqui se encaixa como uma luva: cuidado, porque as aparências as vezes enganam! Há ainda uma outra lição ensinada por Maquiavel, que deveria ter sido observada pela dificultosa Maristela: *"Muitas vezes há uma distância muito grande entre o que se vive e o como se deveria viver. De sorte que, aquele que deixa de fazer aquilo que se faz por aquilo que quer fazer, aprende mais o caminho da própria ruína, do que o de sua preservação".*[286] Mas ainda há mulheres que evitam passar pelas ruas em que as meretrizes exercem as suas atividades – quem sabe pelo receio de se converterem a um *mal* que acreditam não ter cura? Talvez, pelo medo de serem confundidas por quem passa, por garotas de programa. No mesmo passo, homens que frequentam a zona, nem sempre aceitam a presença da prostituta com quem dormiram na noite anterior, no seu meio de convívio social. Pura hipocrisia; pura maldade; puro desrespeito; pura falta de caráter. Mas quando estando dentro do prostíbulo se acham vaidosos, cativantes, interessantes, machos e principalmente, endinheirados para cobrir o custo das orgias vividas, como ao tempo do Império Otomano.

Esses pensamentos, tal como palavras e gestos, penetram fundo no sentimento de quem é desprezado. E as prostitutas, não só se sentem aviltadas, rejeitadas, como realmente sabem que são discriminadas. Haverá que se convir que, em meio a essas, não faltará alguma que deverá estar passando pela mesma angústia sentida por Sônia, que, ainda menina se prostituiu para tirar a família da penúria que estava vivendo, por culpa do pai - o incorrigível beberrão Marmeladóv.[287]

Lamentavelmente, isso ainda acontece no século dos maiores avanços de todas as ordens e latitudes, inclusive nas sociais. Mas, não seria justo deixar de mencionar que o mundo vem mudando e, já se observa um bom progresso nesse campo. Deve faltar pouco para que todos se ombreiem. Deve faltar muito pouco para que esse triste passado seja enterrado em definitivo. Porém, para que esse tempo chegue, impõem-se como indispensável que as mulheres atingidas por tamanhos atos de desrespeito, também se empenhem em se impor respeito. Porque enquanto perdurar a prática de atos reprováveis, desnecessários de serem aqui descarnados, esse dia não chegará.

Todavia, as críticas lançadas contra essas mulheres, dá para ser lida em milhares de folhas de livros, tratados, teses, relatórios, reportagens, artigos e onde mais se possa e se queira procurar. Transitam no pensamento de filósofos, de feministas, de sociólogos, de sexólogos, com as mais diversas diretrizes. As críticas que alguns filósofos e sociólogos fazem em relação a exploração do trabalhador e da mulher, respectivamente, pelo empregador e pelo marido, também apontam a situação de prostitutas como sendo *subordinadas* ao ultraje e à violência física de parte dos seus clientes. Para alguns deles, elas não estão excluídas das relações formadas por atos de dominação e subordinação, eis que entre essas partes, não se poderá negar a existência de uma sutil espécie de contrato. Todavia, não se pode subtrair dessa ideia, o fato de que a *contratação* se dá através do livre arbítrio das partes que, se pensa que antes tudo convencionam, exceto a prática de atos de violência de qualquer ordem; o que tornaria viciado o pacto.

De outra banda, também há quem afirme que a prostituição passa a ser tratada como importante indústria capitalista; o que se poderá admitir que se trate de excessivo exagero. Claro que mundo a fora, há casos de alto luxo e, que, só por elevados preços se poderá passar algum tempo na cama, na companhia de uma dessas exclusivas *garotas*. Mas, como já apontado, esses casos são poucos, se comparados com o universo de pequenos cantinhos apelidados de bares, boates e *dancings*, além daquelas zonas nas quais a oferta pelo sexo é feita a céu aberto. De qualquer modo, há quem comprove estatisticamente, não apenas a quantidade de prostitutas a serviço de homens endinheirados, bem como, o alto volume de dinheiro que circula nesse meio. Há quem afirme que a *diversão* integra alguns pacotes de eventos de políticos e de empresários - o que poderá ser difícil de ser negado.

Mas, a história de sujeição de mulheres a homens é fato histórico que retroage aos séculos XVII e XVIII, quando se discutiam as teorias sobre o contrato, nas quais alguns filósofos defendiam que a ideia que envolve "*...o direito dos homens sobre as mulheres tem uma base natural.*" "*As mulheres nascem dentro da sujeição.*" Quanto horror!! "Pufendorf assegurava que "*...embora por natureza, 'o homem seja superior à mulher em capacidade do corpo e da mente', a desigualdade não é suficiente para garantir a ele a dominação natural sobre ela.*"

Porém, o tema não se esgota num passado distante, eis que continua no presente, embora com menor ênfase em todas as relações entre os sexos. Mas, por muito tempo filósofos de nomeada discutiram e alguns deles afirmaram a supremacia do homem (marido) sobre a mulher (esposa). Isso transformava a imagem romântica do casamento, numa face ruim e desprezível. E, assim segue: "*Nem Locke...explica porque o contrato de casamento é necessário, uma vez que as mulheres são declaradas como naturalmente submetidas aos homens.* "Mas adiante Corde explica: '*Mas casamento necessariamente difere de outras relações contratuais, porque participam do contrato um indivíduo e um subordinado natural, e não dois indivíduos.*'" Nietzsche faz a velhinha dizer a Zaratustra: "*...'você vai se encontrar com alguma mulher? Não esqueça do chicote.*'"[288] Pois na comparação da mulher ao escravo, aparece esse requinte de indesejável ofensa. Estas e outras, são algumas das inacreditáveis passagens e pensamentos que por séculos *iluminaram* alguns filósofos. De Rousseau, pinça-se mais esta, na qual ele enfatiza que "*...as mulheres são incapazes de pensar de maneira adequada (e, de qualquer modo, deve-se impedir que elas o façam).*"[289]

As relações de várias ordens entre mulher e homem, inclusive no casamento, têm sido objeto de vários estudos que permeiam entre comparações e contraposições. Quase todos, escritos atrativos, convidativos e até fascinantes, aos mais interessados pelo tema que, sem dúvida, é de profunda complexidade. Mas já foi bem pior, muito pior, ao tempo em que alguns ao tratar do casamento, entendiam as mulheres como subordinadas, subservientes às ordens dos seus maridos, tendo outros as comparado aos escravos, como foi dito acima e, até, às escravas que, para tanto estavam obrigadas a manter relacionamento sexual com os senhores.

Tal como Thompson, Mill dizia que "*...se tornar esposa é equivalente a se tornar escrava, e em alguns sentidos, pior; uma esposa é a 'verdadeira serva de seu marido...*'" Para Kent as mulheres não detinham personalidade civil e, "'*... a existência delas é por assim dizer, puramente instintiva.*'" "*Elas devem, portanto, ser mantidas bem longe do Estado, e também devem ser submetidas ao marido – o senhor delas – no casamento.*" Mais ainda, diz o mesmo filósofo: com o contrato de casamento '"*...o homem adquire a mulher -, que se torna portanto uma res, uma coisa, uma mercadoria ou uma propriedade.*'" Todavia, essa infeliz ideia lhe custou severas críticas de Hegel, para quem, em condições extremas as mulheres podem praticar a venda de seus corpos, quando diante de incondicional necessidade de sobrevivência. Alguém perguntando a uma prostituta desempregada: "'*Por que você deixa os homens foderem você?' Ela respondeu que 'por pães de linguiça', mas que também permitiria 'por tortas de carne e massas.*'" [290] Nos Estados Unidos e alguns outros poucos países, a atividade da prostituição já encontra certo caráter que se pode chamar de associativo. Lá, na Inglaterra e na Austrália já existem comitês de caráter internacional, com o objetivo central de defesa dos direitos das prostitutas, que lutam por algumas garantias especiais.

O estado de dominação do homem sobre a mulher pode ser demonstrado em gravura de Edmundo Evans, bastante conhecida, na qual o terrível Barba Azul arrasta a mulher pelos cabelos até a masmorra. Aristóteles não deixava por menos ao dizer que a fêmea era como um *macho mutilado.* Tomás de Aquino identificava a mulher como um ser *deficiente,* e, Sófocles, dizia optar por morrer sob a mão de um homem, do que ser considerado inferior à mulher. O Atharva Veda (ou Atharvaveda), num texto sagrado do hinduísmo, consagra um *azar* o nascimento de uma filha. Pierre-Joseph Proudon, filósofo e político nascido em Besançon (antiga comuna francesa), assegurava que a mulher era incapaz de criar ideias. Dificultada pelas atividades próprias da sexualidade, a ela faltavam oportunidades para qualquer atividade produtiva; o que a impedia de exercer cargos de direção na política, na administração e na indústria. Por seu turno, Jean-Jacques Rousseau acreditava na incapacidade de a mulher ser detentora de um raciocínio *sólido.* Isso o levava ao entendimento de que à mulher faltava razão no que dizia, defendia e fazia. O seu raciocínio, pois, era *fraco*, podendo se aproximar, ainda que não dito pelo filósofo, de *falacioso*.

Há muito tempo, se usava um ditado não comprovado, de que *o homem cria e a mulher imita*. E, não poucas vezes se repetia o mesmo exemplo justificativo dessa afirmativa: se, se colocar uma partitura musical para uma mulher executar a música ali *cifrada*, ela o fará com absoluta fidelidade com o que está grafado. A isso se atribuiria o predicado de fiel copiadora. Por outro lado, se, esta mesma partitura for executada por um homem, não haverá tal fidelidade, porque ele tenderá a fazer algum arranjo, criando algo que a modifique. Esta, pois, a sua característica de criador, inovador, segundo alguns defendem. Porém, isso não será mais do que aptidões distintas – se verdadeiro o ditado - e, por certo, não se poderá, daí, mensurar a capacidade de cada um dos distintos sexos. Restará sabido, se tal for verdadeiro, que cada qual é mais capaz numa das vertentes e, outro, na outra tendência. Seguem esse entendimento segundo Marilène Patou-Mathis, teorias médicas tiradas de textos da pré-história, que apontam que as mulheres *"...eram menos dotadas para a invenção porque menos criativas."*. Por seu turno, Charles Darwin assim entendia essa diferença: *"Por um lado as capacidades da mulher 'parecem vir de sua infeliz herança natural' algumas (a intuição, a percepção rápida e talvez a imitação) (grifei) 'caracterizam as raças inferiores, e consequentemente existiam num estado de civilização inferior'"*. E, depois de algumas considerações e fundamentos do célebre naturalista nascido e vivido no Reino Unido durante quase todo o século XIX, ele alinhava tudo com a seguinte ideia: *"'O homem, assim, acabou se tornando superior à mulher.'"*[291] [292]

\* \* \*

Com a boa melhora da enfermidade, Maristela recebeu recomendação médica para que saísse um pouco; sem caminhadas longas e cansativas. Na primeira saída optaram por ir a um shopping passear um pouco e escolher algo para comprar. Sempre acompanhada por Severo, compraram algumas roupas para ela e, depois se sentaram num quiosque para fazer um lanche. Como não deveria esticar muito o seu passeio, pouco depois retornaram para a casa. Dessa forma, Severo a conduzia com cuidado, zelo e notória dedicação, sempre escolhendo os melhores caminhos, para evitar que ela viesse a tropeçar em algo e tombasse. Homem cheio de bondade e de cuidados com aquela adorável flor que passara a morar com ele, sentia-se responsável e obrigado a dela cuidar e, a oferecer-lhe bem-estar. Isso tudo fazia parte do seu *eu*; ele era assim mesmo e tudo fazia com absoluta naturalidade.

Embora as caminhas não pudessem ser longas nem demoradas, parecia que ambos se sentiam adoravelmente acompanhados e satisfeitos. Olhando as lindas paisagens que só o Rio de Janeiro oferece, faziam os mesmos comentários sobre o que viam e admiravam. Ao passarem por um vendedor de flores, ele se adiantou a escolher a que achou mais bonita e a ofereceu a Maristela, que bastante agradeceu-lhe com um sincero beijo no rosto. A partir daí, ela passou a ser tratada com a distinção que merece uma dama, cercada de mimos e atenções do seu carinhoso parceiro e protetor.

No dia seguinte ele pediu que ela escolhesse o cardápio para o almoço. Conversando com a cozinheira, o menu ficou acertado e todos gostaram da boa escolha que ela teria feito. Severo começava a gostar cada vez mais de Maristela e, pelo visto, a recíproca se apresentava como perfeita. Ele era um homem obsequioso no trato com qualquer pessoa; mais ainda para com a sua encantadora e amada Maristela. Como profundo admirador das flores, não se encantava apenas pelas nobres e formosas, mas dividia o seu prazer com as daninhas – daí, diziam os mais íntimos, a razão de frequentar as zonas de prostituição.

Apesar dessa predileção pela zona de prostituição, ele era pessoa de grandes virtudes; de espírito aberto; além de ser inteligente e de notória bondade. Era pessoa incapaz de alguma injúria, de alguma blasfêmia; incapaz de assacar alguma calúnia, ofensa, ou ainda, de praticar algum negócio espúrio. Não era um santo, mas pessoa que respeitava a todos, inclusive as mulheres da vida, com as quais tinha boa relação. Algumas vedetes, que se exibiam em teatros de revista da região Central do Rio de Janeiro, especialmente, na Cinelândia, na rua Senador Dantas e adjacências, o conheciam e com ele mantinham amizade. Entre essas, as vezes trocava algumas bisbilhotices, besteiras a respeito da vida que ele levava, mas nenhuma delas sabia mais, de que ele era um homem correto e rico. A vida dele, apesar de não se esforçar para escondê-la, era um teorema, para quem não o conhecia.

Mais adiante, após o café matinal, com alguma ansiedade, sempre na companhia de Severo, ela saía a caminhar, lentamente, logo que o sol se firmasse projetando a sombra de ambos na morna areia da praia. Respirando o ar embalsamado, trazido pelas ondas do imenso litoral, o que ela mais desejava era trocar juras de amor com o seu companheiro. Por ali, se mantinham pelo tempo recomendado pelo médico e, em passos lentos e miúdos. No segundo dia de passeio, que apelidaram de terapia praiana, tiraram os calçados e pisando na areia umedecida pelas águas que ali já tinham chegado, foram deixando marcas dos seus pés, que marcavam uma trilha nunca antes pensada por qualquer deles. Tudo era motivo de alegria e de prazer entre o novel casal, porque, afinal, não deixaria de ser um casal que recém iniciava uma vida a dois; exclusivamente a dois.

Vencida a fase crítica do mal que a acometera, passaram a sair mais seguidamente, inclusive durante a noite, quando começaram a frequentar diversos restaurantes da zona Sul. O casal vivia passeando e o ar de satisfação encobria aos dois.

Como vez por outra Severo necessitava ir a São Paulo, onde tinha negócios, na primeira dessas viagens depois do ocorrido, a convidou para acompanhá-lo. Foi um maravilhoso passeio, inclusive porque Maristela não conhecia a bela capital dos bandeirantes. A todo dia, cada um queria mais estar na companhia do outro. Já se poderia dizer que se estabelecia uma recíproca dependência amorosa entre eles. O casal vivia época de intenso amor, embalado em sonhos, numa constante fase que se diria, literalmente, de *cara a cara, beijo a beijo*, tirada da musicada poesia de Raymundo Fagner. Por lá também fizeram bons passeios e ele a levou aos pontos turísticos de maior relevância. Retornaram com as malas cheias de roupas e outras coisas que compraram nos três dias que por lá estiveram. Foram a excelentes restaurantes – o que não falta naquela metrópole. Além disso, ele a levou a conhecer o MASP, o Parque Ibirapuera, a Catedral da Sé, um passeio pelo Safari, dentre outros lugares agradáveis. Severo sentia-se muitíssimo feliz com a companhia de Maristela. Caminhando por uma das transversais da Avenida Paulista, onde havia algum sossego, a confessou:

- Meu amor, eu comecei a me sentir mais *eu* depois que lhe conheci e, principalmente, depois que começamos a conviver. Não quero perdê-la! Depois que lhe conheci, eu comecei a valorizar-me, e às minhas coisas. A minha luz verdadeiramente acendeu ao lhe conhecer. Agradeço-lhe muito por ter me propiciado esse entusiasmo, que tanto bem me faz e me tranquiliza.

Ela precipitou-se à frente dele, e deu-lhe um beijo *cinematográfico* e demorado; pois também estava muito feliz em poder estar com ele. Maristela teria passado por uma radical mudança na sua vida; o que indicava que duraria para o resto da sua vida. Para as amigas de Copacabana, ela havia se *endireitado* de vez. Com o apoio, atenção e carinho de Severo, ela poderia garantir que nada mais lhe faltaria. Na verdade, eles passavam a viver unidos por um fio dourado que expressava o recíproco amor, carinho e dedicação recíprocos.

Mas, sem pensar em desfigurar o bom momento, contou-lhe um pouco mais das dificuldades pelas quais passara, quando o dinheiro lhe faltava para tudo, inclusive para comer e morar. Da noite em que caminhou por Copacabana procurando lugar para vir a dormir, quando não lhe fosse possível dormir em alguma casa. Disse, sobre a difícil situação em que vivem pessoas, que ela entendia viverem trancadas pelo lado de fora da porta das casas. De todas as casas; das casas pobres e dos barracos; das imensas e ricas casas e das mansões e dos palacetes. Enfim, que morando na rua, o único teto não é a marquise de um prédio, mas a Sagrada mão de Deus. Aí, se perguntava: por que somos tão diferentes? Certamente que Ele sabe e terá as Suas razões para assim ter decidido. Mas, poderá parecer incongruente imaginar que tem gente que se sente inseguro, quando trancafiado dentro de casa. E, ainda pior, é lembrar que há pessoas obrigadas a se manter enclausuradas em algum lugar e, que dariam a vida para morar na rua. Quão complicados são os seres humanos! Quão difícil é a humanidade!

Voltando ao Rio, a vida entre eles continuou ativa, saudável e amorosa. Os passeios e as noitadas em restaurante e boates se repetiam a cada final de semana. Numa sexta-feira de bom clima, ele a convidou para irem à Estudantina, uma casa de gafieira, com música ao vivo, bem frequentada e instalada num sobrado antigo do Centro da cidade. Maristela adorou o local e, jurou que não seria a única vez que desejaria pisar ali. Depois disso combinaram passear por outros lugares que ela ainda não conhecia, no Brasil e no exterior. Como ele gozava de tempo e dinheiro para usufruírem desses incomparáveis prazeres, alçaram voos mais altos. Entre eles, não havia a mais leve dissenção. Acordavam com tudo o que reciprocamente pensavam, falavam e faziam. Discordâncias e controvérsias inexistiam entre o casal.

Na primeira viagem ao exterior, foram a Nova Iorque e, depois a Washington. Antes de retornar foram a Las Vegas, que ela achou um deslumbre, como todo mundo concorda. Pouco tempo depois, foram a Portugal, Espanha e Paris. E, assim, sucessivamente, noutras viagens visitaram mais alguns outros países. Numa dessas ligeiras passagens pelo exterior, ele a presenteou com um vestido de seda pura georgiana; o que a fez ficar encantada com o lindo regalo.

Depois de passearem bastante, mesmo que ainda desejando visitar outros lugares, Severo propôs que ela convidasse sua irmã, Marcela, para passar alguns dias no Rio. Com isso a levariam a alguns pontos turísticos e poderiam oferecer-lhe uma bela recepção. Maristela gostou da ideia e convidou a irmã para passar alguns dias na Cidade Maravilhosa. No dia da chegada, a receberam no aeroporto e a levaram para o casarão do bairro do Flamengo, onde ficou hospedada. Passearam muito e a levaram aos principais pontos turísticos da cidade, pois Marcela nunca teria ido ao Rio de

Janeiro. Ficou verdadeiramente encantada com o que via e, a cada dia mais alguns lugares ia conhecendo. Em todos os dias da curta temporada, levaram-na a bons restaurantes e alguns agradáveis lugares da noite carioca. Entre os três, houve um perfeito entrosamento - o que tornou o passeio da gaúcha ao Rio de Janeiro, ainda mais agradável. Um dos comentários por ela repetidos, foi o seu encantamento pelo modo cordial e envolvente com que Severo a tratava e, assim, à sua irmã. Que, para todos os efeitos, já o considerava como membro da família.

Numa conversa que, então, se poderia dizer de família, Severo quis saber um pouco mais sobre a vida das irmãs. Parecia-lhe uma boa oportunidade para conhecer um pouco mais sobre como teria vivido a sua companheira e a irmã.

Perguntou, então, se quando crianças sempre tiveram um bom relacionamento, como agora demonstravam ter. Se na infância e na juventude eram boas amigas e companheiras; se compartilhavam das mesmas amigas e colegas de colégio; se costumavam estudar juntas e tirarem suas dúvidas entre si; dentre outras mais curiosidades. Apenas curiosidades, pois Severo não buscava outro interesse naquelas perguntas. Quem respondeu por primeiro foi Marcela:

- Sim, nós sempre fomos muito boas amigas e companheiras. Sempre que possível andávamos juntas, inclusive, quando íamos e voltávamos da escola.

E Maristela, completou:

- Também tínhamos amigas e colegas em comum. Claro, que as da escola nem sempre eram as mesmas, porque estudávamos em salas de aula distintas. Como eu estava 1 ano adiantada, por ser a mais velha, as minhas colegas de aula não eram as mesmas de Marcela. Mesmo assim, tinham algumas meninas que, mesmo que não pertencendo à minha turma de aulas, gostavam de participar das reuniões do meu grupo. Era aquela história, em que as mais novas muitas vezes gostam de se juntar com colegas mais velhas, pela curiosidade em saber o que aprenderão quando tiverem mais idade. Além do mais, nem tanta diferença de idade existia entre as turmas de aula e as colegas. Isso também acontecia com as amigas e vizinhas. Havia dias em que o grupo era bem grande e diversificado; mas nosso pai não permitia que brincássemos com meninos e, menos ainda, com jovens, quando já éramos mais crescidas. Ele não largava do nosso pé, quando desconfiava que no grupo tinha algum colega.

Severo então perguntou:

- Qual das duas era a mais quieta, mais sossegada e, qual a mais serelepe?

Então Marcela adiantou-se a responder:

- Confesso que sempre fui a mais agitada. Verdadeiramente, era levada da breca. Talvez por ser a mais nova, abusava dessa condição e, vez que outra aprontava alguma confusão com os meus pais. De outro lado, a Maristela era mais quieta e, assim, sempre mais elogiada pelos nossos pais. Não que eles não me elogiassem também, porém se tivessem que escolher uma no item comportamento, recairia sobre a Maristela. Mas isso era bom, porque desde cedo já tínhamos como definido o nosso comportamento e, cada qual conhecia um tanto da outra. Quando uma estava triste, a outra procurava consolá-la e oferecer-lhe alguns conselhos para mudar o seu humor.

No dia da volta, a levaram até o aeroporto onde se despediram com abraços e certo ar de tristeza, porque a estada teria sido por tempo muito pequeno. Porém, Marcela estava contente por ter visto a irmã, que por sorte tinha uma vida confortável na companhia de um homem honrado e a ela dedicado. Ela ficou encantada com a gentileza e atenção de Severo, a quem elogiou durante todo o tempo. Já no aeroporto, ele a convidou para retornar ao Rio de Janeiro, tão logo tivesse oportunidade para tal. Para surpresa das duas, ele retirou do bagageiro do carro um lindo arranjo de flores, que presenteou a Marcela. Disse também tê-la admirado muito e, elogiou a sua beleza física. Para completar, querendo agradar às duas, disse não poder saber qual das irmãs era a mais bela. Que, embora, sem que pudesse ferir Marcela, para ele, em razão de amar Maristela, por certo que sempre a escolheria como a mais bonita das duas. Os três sorriram e o casal deixou o aeroporto, rumando para casa.

✳ ✳ ✳

O amor e a dedicação entre Maristela e Severo, com certeza poderia ser colocado a prova de quem o duvidasse. Onde estivessem, andavam sempre abraçados e demonstrando outros atos de carinho. Maristela depois de recuperar-se do mal que a afetara, voltou a mostrar a sua inconfundível beleza, agora bem mais aparente em razão das roupas, joias e o serviço de maquiadores e manicures. Frequentando com assiduidade os melhores salões de beleza da zona Sul, era notada em todo lugar por onde passava.

Durante as manhãs, o casal fazia boas caminhadas pela orla do Flamengo, onde Maristela se via entre a infinitude do céu e a imensidão do mar e, assim observando, se reconhecia como distinguida parte do Universo. Isso lhe fazia muito bem, a ponto de se questionar e a se punir pelo que errado tinha feito a si mesma. Passava a viver naquele período com espírito bastante elevado; de humor gracioso; com ideias de prosperidade e de esperança de uma vida de contemplação; de amor e de segurança; na convicção de que o que ficara para trás de si, a teria muito ensinado, a ponto de convencer-se de que os erros que praticara, teriam servido de aprendizado para o resto dos seus dias. E, na verdade, involuntariamente, ou intencionalmente, em razão da fragilidade que ainda sentia, ela buscava e encontrava segurança na companhia e na vida que passava a dividir com Severo. Quem acreditaria em tamanha mudança? De corajosa diante de constantes perigos, ela passava a sentir fraqueza quando agasalhada pelo apoio de um homem de caráter a toda prova e, que a amava.

Ela vivia, merecidamente, como uma dama da alta sociedade carioca. E Severo a cada dia mais se orgulhava da mulher que escolhera para sua companheira. Fazia questão de apresentá-la aos amigos, onde quer que estivessem, sempre demonstrando o afeto que um tinha para com o outro. Era uma mulher que havia se recuperado depois de um grande susto e enorme risco de sucumbir. Não fosse a imediata atenção de Severo e a ajuda das amigas, não se poderia garantir o que a ela teria acontecido. Aliás, como foi dito anteriormente, as companheiras de apartamento imaginavam que ela poderia vir a morrer em pouco tempo, no caso de não ser assistida imediatamente. De igual sorte, se antes disso já era objeto de cobiça e de comentários entre homens e mulheres, agora, vestindo com elegância caras roupas de grifes nacionais e internacionais, era o que se dizia um verdadeiro deslumbre. Não é por outro motivo que Severo, vez que outra demonstrava uma pontinha de ciúme, embora confiasse plenamente na fidelidade da sua mulher. Nem poderia ter motivo para tal, pois o comportamento dela era exemplar, a ponto de não deixar dúvida quanto o amor que sentia por ele. Eram felizes, como se poderia dizer, e isso fazia muito bem para o casal. Mas, se poderia notar que ela já abria as suas asas na expectativa ambiciosa de se tornar mais uma, dentre as *frágeis* celebridades do novo meio que começava a integrar. Um dia ela o perguntou se era feliz; e, ele respondeu positivamente. Realmente ele se sentia muito feliz com o todo que ela proporcionava e, que, a cada dia mais lhe oferecia.

Depois de uma agradável conversa na qual trocaram conhecimentos e escolhas sobre filosofia e outros interessantes temas, Severo disse:

- Vamos deixar de filosofar, querida? Quem sabe nos preparemos para jantar. Convido-lhe para jantarmos num bom restaurante do Leblon. Se concordares, prepare-se para sairmos em seguida, para garantirmos lugar. Se chegarmos a tempo, não precisaremos aguardar numa fila de espera. Estou com muita vontade de curtir uma noite com boa comida e excelente bebida. Vamos nessa, Maristela?

- Em pouco tempo estarei pronta para ti. Aguarda só um pouquinho, meu bem.

Durante esse inicial tempo em que começaram a viver juntos, em Severo ardia uma paixão por ela, que logo dominou o seu impróprio preconceito ou vergonha de se apresentar em público, inclusive entre amigos, com uma mulher que teria retirado da prostituição para ser apenas sua. E tal gesto e iniciativa foi muito bom para ambos.

Todavia, a falta de experiência, depois que começou a conviver como um apêndice da *boa* sociedade carioca, a vaidade a fez achar-se uma *revelação* ao invés de uma *decepção*, como fora até então. E isso a prejudicou, não muito depois. Ela parecia não saber medir a distância entre o 8 e o 80. Que para transitar nesse difícil percurso, se terá que dar tempo ao tempo e o reconhecimento de certos valores positivos, de parte de pessoas que recém a conheciam. Essa ascensão não é instantânea; carece de abertura de um espaço para que naturalmente os bons valores possam vir à tona.

\* \* \*

Chegando ao restaurante, logo foi oferecida uma mesa que ocuparam sem demora. O salão estava quase que lotado e, logo não restavam mais mesas livres. Enquanto escolhiam os pratos e bebidas, Severo observou que na fila estava um casal de amigos de muitos anos. Era Ricardo e sua esposa, Soraia. Ele comerciante e ela dentista. Por saber que não havia lugar disponível no restaurante, convidou-os para fazer companhia na mesa que ocupavam; o que aceitaram. Depois de apresentados à Maristela, conversaram sobre o que lhes mais convinha; sem exclusão à situação política do país.

Como Severo sentara-se ao lado de Maristela, o casal sentou-se no lado oposto da mesa. Severo, nesses lugares costumava respeitar os matizes de seus amigos e parceiros: preferia que cada qual se sentasse ao lado de sua mulher ou companheira. Além do mais, quando Ricardo e Soraia chegaram à mesa, Severo e Maristela já estavam acomodados, um ao lado do outro.

Depois de pouco tempo de conversa descontraída, Maristela notou que Ricardo a olhava constantemente, quase não tendo tempo para outra coisa qualquer. Parecia estar encantado com ela; o que não seria de surpreender, tal a sua notória beleza e elegância. Mas ela preferiu não dar entrada para o amigo do seu namorado; pois o desejava com absoluta exclusividade. Não pensaria em dividir o seu amor por Severo com qualquer outro homem. Ela o queria para si, exclusivamente, e não teria dúvida sobre a sua decisão de viver com ele. Nem desejaria dar oportunidade a que entre os amigos pudesse surgir alguma fonte de suspeição ou desconfiança. Em boa hora ela lembrou de uma frase de Simone De Beauvoir: *"Uma amizade é um edifício delicado: acomoda-se com certas partilhas, mas exige também monopólios"*[293] E, sem desvalor ao belo exemplo tirado da referida obra clássica, se poderia dizer que é um edifício em que há algumas áreas comuns, e outras privativas. Porém, Maristela estava convencida de que desejaria ser tudo para o seu amado Severo e, que, ele também queria ser todo para ela.

\* \* \*

Severo era a pessoa que a contemplava e a completava em tudo, sem nada faltar-lhe. Para ela, era um homem perfeito, se é que ela acreditava existir perfeição entre os humanos. Pensava que nunca teria gostado de alguém como àquele homem bastante singular para ela. Era o tipo de pessoa que ela não se constrangeria em apresentar para os seus pais. Pelo contrário, o seu receio estaria no fato deles não o receberem como merecedor de viver com a sua filha. Para ela, levar Severo à presença dos seus pais, seria um desastre; seria um ato inconsequente, ao qual ela não desejaria expor o seu namorado.

Pensou que, grossos, como sabidamente eram, possivelmente encontrariam algum motivo para desfazer no bom cavalheiro e, ainda o deixar envergonhado ou brabo pela rejeição. Mas a hipótese de apresentá-lo aos seus pais era coisa de sonho que jamais seria realizado. Nem os seus pais, nem Severo mereceriam conhecer-se. Aqueles, porque não estando à altura da fina educação e dos irretocáveis atos de fidalguia de Severo, jamais reconheceriam e agradeceriam à bondade, à atenção e o carinho que ele tem com a sua filha; este, porque não mereceria ser esculachado pelos inoportunos, incorrigíveis e maldosos pais que a criaram e emprestaram o nome.

Ela sabia que eles sempre encontrariam algum motivo para desfazer no seu namorado; especialmente o seu pai, que era um estúpido, intransigente e, metido a envolver-se na vida dos outros. Gostava de provocar oportunidade para dar uma pitada de mau-gosto, para provocar uma discussão e, depois ficar dizendo que na sua casa quem mandava era ele; exclusivamente ele, e mais ninguém. Esse era o jeito do seu pai tratar as visitas, quando delas não gostava. Um homem impetuoso, desagradável, recalcado, que sempre que podia provocava e conseguia encenar momentos de desrespeito e desconforto. Pessoa que era evitada por quem a conhecia, especialmente, no ambiente de trabalho, onde era criticado pelos colegas, que deles sofria deboches e, que, quanto mais procurava revidar às maldosas brincadeiras, mais se afundava no mar de gargalhadas dos funcionários.

Era um tipo de homem, no qual não se encontrava bondade e conformidade em qualquer circunstância. Tipo de pessoa que parecia esforçar-se para apresentar-se como um destemperado e de difícil convivência. Apesar dela e de sua irmã dizerem que gostavam do pai, no fundo, dele não gostavam e, muito menos o amavam. E, elas também admitiam que, inclusive a mãe delas, não mais gostasse dele e também não mais o amasse. Se matinha no casamento, possivelmente por hábito ou por medo, não só de afrontá-lo com a informação de que não mais o queria como marido, mas também das consequências, inclusive financeiras, que disso resultaria. De outra forma, elas acreditavam que seu Sérgio não gostava de nenhuma delas; pois o máximo que desejava não seria tê-las como filhas, mas de chamar para si o *direito* de exigir respeito e cumprimento das suas ordens. Muitas dessas ordens, absurdas e distantes da realidade em que o mundo vivia.

Lembrou que Severo não seria merecedor de ato de descrédito e de desrespeito proferido pelos seu toscos pais. Resumidamente, o desnível entre eles tinha um degrau de difícil superação para um e para outros. Enquanto um não mereceria descer, os outros não conseguiriam subir para se nivelar. Essa era uma realidade que ela acreditava ser insuperável, porque dependeria de um salto intransponível para que se concretizasse qualquer tipo de aproximação entre eles. De toda sorte, culpa igual e integral ela pensava não caber à sua bondosa mãe, mas também sabia que se o pai a infernizasse, ela o seguiria nos gestos de desrespeito. Tristemente, Maristela se via obrigada a rejeitar a sua família, em defesa da honra daquele que a vinha protegendo, defendendo e amando. Daquele, a quem ela devia a sua vida, e o reerguimento do seu *status* e do seu caráter.

Há pessoas que nunca se dão conta dos males que fazem aos filhos, levando-os a constrangimentos que, não poucas vezes, os obrigam, ainda que de modo acanhado e com sentimento de culpa, a esconder as suas origens. Maristela sabia que esses mal-estares quase sempre resultavam em invencível sofrimento; que são incapazes de ser superados com o tempo, ou desfeitos por qualquer forma, meio, tipo, ou espécie de compensação. Mas para ela ainda eram latentes. A dor sentida pelos filhos, jamais os abandonará e, eles a carregarão enquanto viverem. Mas, bem sabem que a causa desse sofrimento não tem origem nos seus atos, mas na dos seus pais, que muitas vezes produzem situações que escapam da esfera delimitada por um ambiente que deve ser observado pelo homem comum.

São pessoas que poderiam ser qualificadas como egoístas, mas nem tanto chegam a ser; apenas esquecem que os seus atos, ensinamentos e, exemplos, podem tanto ser assimilados, como rejeitados pelos seus filhos. Esquecem que os filhos têm capacidades próprias e, portanto, distintas das dos seus pais. Que não apenas o corpo se desprende da mãe ao nascer, mas a capacidade cognitiva também se aparta e se desenvolve distintamente. Que cada nascituro segue o caminho que melhor indicar a sua inteligência, a sua busca pelo bem-estar e, os seus sentimentos, depois de desenvolver algumas importantes capacidades intelectuais e emocionais. Que a busca pelo bem-estar é fator inerente às pessoas normais, ainda que nelas possa residir alguma coisa de errado ou, tudo de errado. Não importa isso, porque o bem-estar é um fenômeno abstrato e cada um o qualifica segundo o seu interesse, a sua vontade, a sua compreensão sobre a vida e, a sua oportunidade. Mas não se pode também esquecer, que até mesmo o desconhecido é capaz de entrar nessa danada escolha, porque há gente que prefere viver em meio ao desconhecido; ao sequer imaginado, só para arriscar saber o que há de estranho ou obscuro da sua natureza no outro. Bastará isso, pois, para que enfrente a insuportabilidade de viver entre pessoas que de tal sorte não a merecem; ao ponto de serem capazes de ser permutadas pelo invisível desconhecido e sequer pensado ou idealizado.

Relembrou que já fora dito, mas que valeria a pena repetir, que um homem não é uma ilha; portando não poderá viver isoladamente, como se não devesse satisfação dos seus atos a qualquer pessoa. Nem tem ele absoluto domínio sobre a vontade de qualquer pessoa, inclusive sobre a opção dos seus filhos, quando alcançada a idade em que souberem escolher entre o bem e o mal; entre o que desejam e, o que renegam; entre o que lhes agrada e, o que lhes desagrada; entre o que querem e o que não querem. Quando já souberem escolher dentre o infinito leque de cores e tonalidades, a preferência pelo verde, e a renúncia pelo amarelo; a opção pela música erudita, ou pela popular; a preferência por uma tela, ou por uma escultura, já estando plenamente formados para enfrentar a vida e dela tirarem o proveito que melhor os satisfizer. Que a cada tempo que passa, se torna mais incisiva a perda do direito patriarcal para liberalismo dos filhos modernos. Que, a cada novo tempo, os pais têm menor comando na criação dos seus filhos, porque estes se entendem detentores de uma liberdade que os desprende da formação atribuída ao conjunto familiar, sob o comando do pai e da mãe.

Pensou ela também, que há famílias que, mesmo diante do avançado estágio de liberdade alcançado com o advento do século XXI, ainda não desataram as amarras que em tempos arcaicos lhes dava o direito de escolher com quem as filhas não poderiam se casar e, quem com elas deveria contrair matrimônio. Não se dão conta de que esses conceitos e preceitos bastante carcomidos e marcados por incorrigíveis erros, levaram muitas filhas a abraçar uma vida de eterno sofrimento, porque além do mais, não poderiam optar pelo descasamento. As levaram e, bem assim aos seus consortes, à uma vida de traições por ambas as parte e, mesmo que o adultério já tivesse sido descarnado pela sociedade em que viviam, faziam por onde negar os fatos repetidas vezes comprovados.

Entre essa gente inexistia o sentimento de amor; e, sequer o uso do termo, como forma de um cínico romantismo. Era uma forma de acasalamento um pouco mais racional do que o dos animais, porque nele existia registro oficial e solenidade, seguida de cerimônia e festa. Pessoas assim, pareciam ainda viver sob o manto do poder pleno do *patria potestas*, previsto e praticado em Roma, em que o pai tinha absoluto direito sobre os filhos, inclusive de vida e morte. De tal sorte que a unidade familiar se mantinha, exclusivamente, sob o rigoroso poder de mando e de obediência ao pai, que exercia a função de chefe absoluto e incondicional daquela microssociedade. Realmente, esse errático propósito teve início no ideário burguês da Idade Média, quando as jovens filhas eram educadas para se tornarem esposas e mães e, nada mais que isso.

✳ ✳ ✳

Apesar dos insistentes olhares de Ricardo, nem Severo nem Soraia teriam observado. Soraia, porque estando ao lado do marido, o ângulo não a favorecia; Severo, porque, se sentindo tão confortável ao lado de Maristela e conhecendo seu amigo há tantos anos, não imaginaria que ele chegasse a tão baixo comportamento. Coisa própria de pilantra, que só faltaria não querer ajudar no pagamento das despesas ao final do jantar. Na verdade, ele não desconfiaria disso, mesmo; pois que, em caso contrário, não o teria convidado para participar do jantar.

Mas um casal sentado em mesa próxima percebeu o ar de cobiça de Ricardo e, inclusive entre si comentaram sobre o disparate do elegante, mas atrevido empresário. Possivelmente essas façanhas dele já se teriam tornado de conhecimento público. O safado; o abusado; o galanteador; o namorador, que nunca pense em conseguir esconder-se, pois sempre haverá quem o espie de soslaio, para fofocar sobre as suas aventuras ou tentativas amorosas. Sempre haverá algum casal ou uma recalcada solteirona a observá-lo de perto ou mesmo de longe, para criticá-lo. E a cena estará ainda mais completa, se for notado que a mulher também está a jogar no mesmo time dele; isto é, está lhe passando a bola para fazer o golo.

O papo foi crescendo e as conversas sendo dividias. De um lado, Severo e Ricardo trocavam comentários sobre a política atual e, de outro, Maristela e Soraia sobre os últimos capítulos da novela.

A conversa entre elas estendeu-se a ponto de desejarem se encontrar noutra oportunidade. Foi quando elas trocaram entre si os números dos seus celulares, com a intenção de combinar sair juntas para continuar o agradável assunto. Afoito, mas mal-intencionado, Ricardo desejou logo saber o número do telefone de Maristela chegando, abusivamente, a dizer-lhe que não teria escutado direito a informação. Mas quebrou a cara quando Soraia, que bastante conhecia os atrevimentos do marido, disse-lhe que já teria anotado no seu celular. Mesmo assim, Severo não observou qualquer ato de despropósito do inescrupuloso amigo. Também Maristela pensou que ele apenas desejasse ajudar a esposa na anotação do número; o que ela já teria feito, seguramente. De qualquer modo, Ricardo já dava mostra de ser um homem impiedoso, quando tivesse interesse em conquistar uma mulher que lhe chamasse a atenção. E pelo visto, Maristela teria chamado muito a sua atenção, a ponto de deixá-lo desconfortável durante todo o tempo em que estiveram no restaurante. Certamente que a beleza dela o ofuscou a tal ponto que não o permitiu saborear o belo prato escolhido para o jantar.

Para sorte dele, nem Severo e nem Maristela desconfiaram que a má caretice do parceiro de mesa, poderia chegar a esse extremo. Até o momento da saída e da despedida dos dois casais, Ricardo não conseguia tirar os olhos de Maristela. A indiscreta atitude dele começou a deixá-la desconfortável e envergonhada, principalmente por estar na companhia do seu namorado e na presença da esposa do desavergonhado comerciante.

Para encurtar a história, ela não teria gostado dele, especialmente em razão do seu ar de arrogância. Exibido, para querer chamar a atenção da bela mulher, não dava chance a que os parceiros de mesa pudessem falar, pois ele procurava ter domínio sobre todos os assuntos abordados. As suas participações mais se pareciam com preleções que deviam ser aceitas por todos; pensava ser o dono da verdade; que suas ideias eram inquestionáveis.

Maristela o achou um cara de pau, daqueles que se atreve a querer flertar com a mulher do amigo, mesmo na presença do próprio amigo. Daqueles que desfazem no amigo, porque acreditam que ele seja um corno manso; daqueles que ainda elogiam a mulher, por vê-la sendo cobiçada por outro homem. Daqueles que, ao saber que são traídos pela mulher, se vangloriam, afirmando que, afinal, quem dorme com ela são eles. Fosse por um ou por outro motivo, ela não foi com a cara, nem com o tipo daquele atrevido e oportunista comerciante, que mais se parecia com um desses homens da noite.

Afinal, ela não era uma mulher inexperiente, pois já tinha passado por muitas provas durante os últimos tempos. Maristela, nessa área, não errava ao precisar separar o joio do trigo. E pensou: é muito peito daquele cara, botar o nariz na minha direção. Ele que vá cuidar da sua bela e distinta mulher! E cogitou mais: com cara assim eu dispenso encontros para jantares, porque ele não tem limites nem comportamento respeitoso com os convivas. Ele que vá plantar batatas no terraço do seu prédio em dia de chuva, que certamente ganhará muito mais. Homem assim, que não se enxerga, deveria ficar em casa vendo televisão, enquanto a sua mulher sai a dar para outro que a respeite. A raiva e repugnância por ele era de tal forma, que ela queria fazer o possível para esquecê-lo. Chegou a pensar em não mais encontrar-se com Soraia, para não ter que lembrá-lo.

Apesar de não ter gostado da atitude dele, ela nada contou para Severo sobre o comportamento indiscreto do parceiro de mesa. Pelo contrário, o elogiou e, ainda mais a sua agradável esposa. Comentou que a noite fora muito gostosa e o lugar bastante convidativo. Mudando de ideia, disse, então, que pretendia reencontrar-se com Soraia, a quem achou uma pessoa muito interessante e bem-informada.

Por outro lado, retornando para casa Ricardo aproveitou-se do momento em que Soraia se banhava, para vasculhar o telefone dela na busca do número do celular de Maristela; o que conseguiu com absoluta rapidez. O cara estaria mal-intencionado, mesmo. Era um tipo de homem perigoso, que não poderia ser convidado para sentar-se à mesa com mulher bonita de homem nenhum; ainda que tal homem fosse amigo seu. Era, como ela teria pensado, um cara de pau, um bagaceiro que, com atitudes tão arrojadas, não só arrisca o fim do seu casamento, como ainda o casamento dos seus amigos.

Ele então ficou a pensar: não posso perder esse peixe. Será que Severo estará dando conta dessa areia toda? Parece ser mulher para mais de um homem, apesar da sua discrição durante o jantar. Logo que puder arriscarei, mesmo que corra o risco de enganar-me e criar uma enorme barafunda com o meu amigo. Isso, se não sobrar para Soraia – o que, certamente não será tão danoso, pois ela já está acostumada com esse meu jeito de ser, um pouco mulherengo. Mas aquela linda e gostosa gata vale a arriscada, sem qualquer dúvida. Ela é mulher que vale muito mais do que alguns dissabores e constrangimentos, ou a inimizade com aquele cara que tem jeito de babaca. Ele me parece muito contido para um mulherão como aquele. Duvido que ela já tenha experimentado todas as versões que gostaria de provar e, se ainda não o fez, eu é que terei que satisfazê-la. Mas não poderei demorar-me, pois os espertos não dormem cedo nem acordam tarde. Além do mais, ela tem cara de quem já experimentou de tudo antes de conhecer o seu amante e protetor. Tem jeito de mulher recatada, mas egressa de mundo bagaceiro. A minha experiência aponta para o fato de que ela sabe bem mais do que demonstra e, não sei se ele conhece os porões daquele transatlântico de luxo. Acredito que na hora do naufrágio, a periquita não disporá de balsa salva-vidas para escapar do afogamento e, então, se apegará no primeiro marinheiro que a prometer salvar, dando uma banana para o marido.

E Ricardo continuou a pensar ainda mais: ela tem jeito de puta regenerada. Pelo menos ela cheira a isso e mais um pouco; que tem prazer em levar umas porradas antes de gozar, se o meu faro não falhar. Mulher safada não tem conserto e, o Severo que se cuide para não passar por trouxa e corno manso. Ele é muito panaca para pegar no timão daquele paquete. Se bobear, ficará apenas com um bote salva-vidas e várias contas para pagar. Mas eu não posso fazer nada por ele. Não será poupando a fidelidade conjugal da sua linda mulher, que eu o salvarei do desastre, porque se eu não o fizer, outro o fará por mim. Quem o mandou se apaixonar por um Concorde, quando sequer sabe planar num teco-teco. Aquilo é mulher para malandro que fura o céu em asa-delta e, quando desce, logo se apronta para novo voo. Homem que se sacia na primeira planada não a satisfaz, porque a deixa no ar a desejar novo salto. Severo é um bom homem, mas tão quadrado quanto um tabuleiro de damas; e, se gostasse de jogar xadrez, não seria mais do que um peão, daqueles que morrem no início da partida, porque não tem a astúcia do cavalo, nem a versatilidade da torre e do bispo. Além do mais, nesse nobre esporte, a rainha é muito mais ágil e versátil do que o pacato rei.

E, enquanto organizava os seus sinistros pensamentos, vez que outra sorria com a história que vinha articulando no infinito interior da sua alma suja. Sorria de felicidade por acreditar que não muito tarde conquistaria Maristela e, do deboche que silenciosamente fazia de Severo. Querendo desculpar-se pelas suas más intensões, confessava-se: não resta dúvida de que somos amigos há vários anos, ou, quem sabe, nem somos amigos, apenas nos conhecemos há muito tempo. Ele se tornou um homem conhecido em razão da sua fortuna, mas sempre se fez acompanhar de mulheres feias e pobres. Acostumado a descarregar as suas tenções nas zonas de prostituição, dava prova de que sempre esteve disposto a aceitar qualquer tipo de rapariga. E fazia isso, em troca de algumas amassadas cédulas de *galo*, ou importâncias menores. Precavido, talvez nunca tenha pegado alguma *galiqueira*, para sorte dele e de toda a zona.

Enquanto Ricardo viajava nesse devaneio, teve um pequeno acesso de risada e, Soraia ao sair do banheiro o surpreendeu naquela euforia. Ao perguntar-lhe de que ria tanto, ele inicialmente ficou desajeitado, com uma pontada de embaraço e, sem saber o que responder. Mas logo se recompôs, e disse que tinha lembrado de uma antiga anedota contada por um amigo. Para sua sorte, ela não teve a curiosidade de pedir-lhe para que contasse a piada.

Alguns dias depois, Ricardo ligou para Maristela, identificando-se e perguntando se ela se lembrava dele. Ela respondeu que sim; que era amigo de Severo e esposo de Soraia. Que ela teria ficado contente com a ligação dele. Perguntou como estaria a esposa e no que mais ela poderia servi-lo. Ele respondeu às atenções dela, dizendo que a sua mulher estava muito bem. Quanto ao mais, ainda que já passados alguns dias em que jantaram juntos, desejava elogiá-la pela elegância e desembaraço durante o jantar.

Tendo entrado mal no assunto, de Maristela obteve uma drástica resposta que o levou a pedir desculpa e a por fim à ligação e ao seu entusiasmo. Disse ela, chamando-o respeitosamente de *senhor*, para afastar qualquer intimidade:

- Por acaso o senhor imaginou que eu não me comportaria bem durante o jantar? Não entendi a sua observação quanto ao elogio ao meu desembaraço! No que diz respeito à minha elegância seu Ricardo, sempre primo por apresentar-me conforme o local em que vou. Não gosto de sentir-me diferente das demais pessoas, em qualquer lugar. Por favor, recomende-me à sua esposa. Avisarei Severo que o senhor ligou.

Sem sequer despedir-se, ela desligou o aparelho, deixando-o com algumas interrogações e constrangimentos. Porém, para evitar alguns possíveis problemas com Severo, com quem vinha tendo ótima relação, nada lhe contou sobre o telefonema do galã tipo superação. Mulher acostumada a levar porradas de Val, não cairia num papo frio daqueles; ainda com o risco de perder a confiança do seu namorado, amigo e mantenedor. Aquele galã de colarinho branco ainda teria muito para aprender, antes de querer cantar uma tarimbada mulher que, além de tudo, já fora prostituta num dos lugares mais clássicos do submundo da orgia carioca. Que vá às favas seu Ricardo, pensou ela. E não mais pensou nele. Ela já teria notado que Ricardo era o tipo de galanteador, do qual dizem que tem no pulso um relógio que lhe desperta a lábia e, no qual, diariamente ele dá corda para que nunca pare de trabalhar. Ela já estava acostumada com esse tipo de sujeito que, sabidamente, já está em desuso.

\* \* \*

Durante o resto da semana ela não recebeu mais ligação dele; o que para ela não seria uma surpresa depois do chute que ele levara. Nem ligou para Soraia, para evitar, sabe-se lá, sentir-se na obrigação de contar que teria recebido um telefonema do seu marido com palavras de elogio à sua elegância e ao seu comportamento. O negócio dela depois do enorme tombo que caíra, era buscar a paz e a harmonia entre todos, especialmente com o seu companheiro. E, pensou: tropeçar nunca mais...

Mas o azar e as surpresas a rondavam de perto. Na sexta-feira Severo disse-lhe que gostaria de convidar Ricardo e Soraia para jantar na sua casa. Desejaria continuar a agradável conversa que com ele iniciara no restaurante e, sabendo da empatia criada entre ela e Soraia, seria um programa bem agradável. Não tendo uma resposta plausível para discordar, ela acabou concordando com a ideia do namorado. Mas por certo que, contra a sua vontade. E já ficou a pensar como poderia escapar dos burlescos ensaios pretensiosos daquele safado empresário. Será que ele teria cara de pau de atropelar-me na nossa casa? Pensou ela, já bastante insatisfeita com o programa inventado por Severo.

Tendo aceitado o convite, na noite seguinte o casal chegou ao casarão de Severo e, ao entrar Soraia adiantou-se a beijar Maristela e igual gesto teve com Severo. Ricardo, um pouco escaldado pelo desastroso telefonema, preferiu um aperto de mãos nos anfitriões. Ao entrar no amplo salão, os casais se sentaram em sofás próximos uns dos outros. Ali iniciaram alguma conversa, quando Maristela convidou Soraia para ocupar uma sala contígua, sob a alegação de deixar os maridos mais à vontade. Mas o que ela queria, seria evitar ao máximo a aproximação e o assédio de Ricardo. Estava com ele até a goela. Se entrasse um pouco mais ela vomitaria o cara por inteiro, com direito a contar tudo para a mulher dele e para Severo. E pensou: ele que se aquiete no seu poleiro, porque nesse galinheiro o galo é outro! Ele que não venha pintar de pavão, porque de homem bonito eu já estou cheia e só me deu azar.

Não demorou muito, o jantar estando pronto para ser servido, os casais se sentaram à mesa em lugares previamente definidos por Severo. De modo que os homens ficaram num dos lados e as esposas no outro; o que, de certo modo facilitaria a conversa entre as mulheres e entre os homens. De outro modo Ricardo ficara de frente para as duas mulheres. Querendo demonstrar certa gentileza para com a linda anfitriã, Ricardo opinou que a conversa se tornasse mais aberta, propondo a participação das mulheres que, quase sempre têm boas opiniões sobre os assuntos discutidos pelos homens. De tal sorte que, no seu pensar, daria oportunidade a que ele e Maristela tivessem algum diálogo. E foi a partir dessa opção que a conversa começou a se tornar mais interessante para todos, porque todo o grupo passou a participar dos assuntos abordados.

Não desejando ser sistematicamente contrário ao que as mulheres defendiam, vez que outra Ricardo concordava com as suas opiniões e, alternadamente, as contrariava com alguma leve ressalva em seu favor. Mas, sempre em seu favor, para não perder dois dos seus notórios defeitos: ser exibido e egoísta. Coisa de quem não tem opinião própria sobre o assunto, mas está interessado em se passar por sabido. De cultura geral abaixo da média, além de pouco saber com relativa segurança e, com medo de vir a dizer alguma besteira que o levasse a constrangimento, evitava se mostrar insolente, desrespeitoso ou, um homem plácido, tranquilo e cordato. Talvez tivesse receio de que da sua pouco ensaiada pirotecnia, pudesse resultar um incêndio de grandes proporções. De sorte que, então, não delegava a qualquer outro do grupo a iniciativa de um assunto. Essa preponderante participação de Ricardo sobre os argumentos dos demais parceiros de mesa, a certa altura foi advertida por Soraia, que sempre criticou tal atitude do marido. E, não demorou a lascar em tom jocoso:

- Meu bem, não vejo o que há de interessante em oportunizar que todos participem das conversas e, depois não deixares eles exporem as suas ideias!

Ricardo calou-se, recolhendo-se ao seu perceptível constrangimento. Essa era mais uma *bola fora* dele, quando se esforçava para fazer bonito diante de Maristela. Mas os olhos do Don Juan à moda carioca – verdadeiro playboy envelhecido – não os tirava da direção de Maristela. E sempre a ela se dirigia, parecendo esquecer que a sua mulher fazia parte do grupo. Tanto foi assim, que Soraia em certo momento disse-lhe que também fazia parte da conversa; o que o deixou encabulado. Ajeitando-se na cadeira e tomando mais um gole de vinho, preferiu recomeçar o assunto perguntando alguma coisa a Severo.

A falta de equilíbrio provocado pela ressalva de Soraia, o deixou quase sem chão. Isso quase sempre acontece, quando alguém é flagrado na contramão dos fatos; afinal, ele teria sido convidado para jantar na residência de um fidalgo e amigo, que mereceria todo o respeito por recebê-lo na sua casa. O desconforto o abalou de tal forma, que ele ficou sem assunto e tinha dificuldade para se manter sereno à mesa. Só lhe faltaria durante o jantar dizer que o sol lá fora estava muito bonito, tal o seu constrangimento.

Mas ele era um camarada incorrigível. Tamanho foi o seu desacerto, que em mais de uma vez deixou cair arroz no seu colo e, só não sujou a calça, porque estava protegida pelo guardanapo deixado sob as pernas. Desejando ser mais gentil do que o dono da casa, errou, precipitando-se a servir vinho para as mulheres. Afoito e desajeitado, fez tombar um dos copos sobre a linda toalha branca de linho, com bordados em relevo. O ato, sem dúvidas provocou-lhe mais um constrangimento e, bem assim à sua mulher, que se sentiu envergonhada por ver manchada a bela toalha, sabidamente de procedência turca.

Quando ele retomou o parcial controle de seus atos, mais uma vez quis mostrar-se conhecedor daquilo que na realidade não conhecia. Ao ver chegar à mesa outra garrafa de vinho de excelente qualidade, com demonstrada curiosidade e aparente interesse, Ricardo confessou ter gostado muito ao degustá-lo. Elogiou o sabor e o aroma do bom deslizante e, para exibir-se perante todos e, em especial à anfitriã, desfiou verdadeira carta de uvas de boa casta, aproveitadas na fabricação dos melhores, mais refinados e mais caros vinhos. Todavia, de nenhum desses ele teria sequer provado; porém deles tinha conhecimento através de folhetins publicitários que afanara de um armazém da zona Sul.

Já cheia de ver aquele homem não parar de fitá-la durante todo o tempo, Maristela não demonstrou qualquer reação; sequer disse que ele não se preocupasse, porque as manchas na toalha sairiam na primeira lavagem. Coube então à Severo dizer que nada de ruim teria acontecido e, que, derramar vinho era demonstração de sorte. Pediu que ele voltasse e encher os copos para brindar a sorte de poderem estar juntos. Mas o pitaqueiro, o palpiteiro Ricardo ainda ousou informar o nome de algum produto que seria capaz de retirar as manchas da toalha.

A noite foi acontecendo dentro de um ambiente de alegria e de cordialidade; tempo durante o qual, mesmo na presença de sua mulher e de Severo, mais de uma vez ele dispensou elogios à beleza de Maristela. Como o jantar era entre amigos, nada esfolou a convivência. Pelo contrário, Severo agradeceu-lhe o elogio feito à sua linda namorada e fiel companheira. Todavia, apesar de não ter tido oportunidade de melhor demonstrar o seu interesse por Maristela, pareceu-lhe que teria cravado a flecha do amor no coração daquela encantadora mulher; ou, pelo menos, marcara o seu terreno de forma indelével. E, ele não estaria totalmente errado. Em seu enternecimento por Maristela, parecia por ela já sentir alguma emoção, ternura e até paixão, embora lhe faltasse a necessária delicadeza de espírito para atraí-la. Mas também não descartou a ideia de que, em resumo, a sua visita pudesse ter sido desastrosa; o que o levou a igualmente acreditar que, ao invés de ter deixado uma boa impressão a todos e, em especial àquela bela mulher, teria sido um tremendo fracasso.

Após a janta, os licores e os cafezinhos, o que restou naquela antes lauta e bem decorada mesa de jantar, foram migalhas e farelos que alguns menos cuidadosos deixaram cair sobre a bem bordada e alva toalha, e cálices e xicrinhas marcadas pelos lábios de quem os usou. Ah! também restaram sujos e enxovalhados os guardanapos de boca – um deles marcado de batom, e outro deles, manchado de vinho tinto. Por sorte que são todos vestígios de uma noite que desapareceu; não como outras que deixam marcas de confidência.

* * *

No dia seguinte Ricardo ligou para ela e de pronto disse-lhe que desejaria vê-la. Seco, direto e com boa pegada, terminou alcançando o seu objetivo – encontrar-se com a linda mulher do seu amigo. Ela, inversamente ao que se suporia, aceitou o convite e combinaram de encontrar-se no mesmo dia, no bar do terraço de um hotel da orla de Copacabana.

Vale abrir um parêntese, para dizer que, com o avançar do tempo e a sua significativa melhora – se poderia dizer que já curada -, Maristela começava a querer viver como uma donzela. Tanto assim que, abusando da bondade e do amor que Severo por ela demonstrava, dava sinais de que a cada dia mais e mais se felicitava com estravagantes compras nas lojas mais chiques do Rio de Janeiro, onde começava a ser recebida pelos proprietários, como pessoa do seu relacionamento; e, também, como cliente distinguida. Havia quem falasse a boca pequena, que um dos seus maiores prazeres seria *tomar um banho de loja*, tal a extravagância em compras, só comparável a uma *nouveau riche*; uma alpinista social. Possivelmente, desejasse alcançar um novo estamento social, desde que saíra da prostituição. Gente brega não tem jeito mesmo...

Ricardo bem sabia que com mulher que se mostra dengosa e difícil, a pegada teria que ser direta e seca; ou não funcionaria. Ainda mais: com mulher desse jeito, não é recomendável se dar tudo de uma só vez, apenas alguns pedaços, para deixá-la ansiosa na busca das demais partes do todo. E foi dessa forma que ele começou a bolar o tipo de engenharia que estruturaria a sua relação com ela, até alcançar o êxtase. Ele bem sabia que o homem sensual é o mais perigoso dos tiranos para a mulher distraída.

No terraço do hotel com vista para a praia, beberam um pouco de uísque e conversaram bastante. Sem demérito à paisagem que do lado externo do terraço mostrava a quem se mantivesse debruçado na mureta protetora – a inigualável baia de Guanabara, iluminada freneticamente pelas luminárias da rede pública e dos prédios que delimitavam o seu simbólico cercado -, lá dentro, no salão reservado para um elegante jantar, as mesas, além de ricamente decoradas e atrativas para uma noite de romance a dois, apoiava candelabros com velas decoradas, acesas e perfumadas.

Tudo se encaminhava para uma noite de conquista amorosa entre pessoas que, talvez, não se quisessem, mas se desejavam, nem que fosse por aquela noite de brilho e de incontrolável excitação. E Ricardo sabia que a indispensável ou provocada resistência da mulher – diga-se, das mulheres -, em nada alteraria o seu tesão depois de decidir-se por querer que a comesse. A histórica piada do *fogo morro acima...* não falharia naquela ocasião.

Ela, diferentemente do que havia feito quando do primeiro telefonema, se mostrava interessada em conhecê-lo mais, e de poder continuar na sua companhia naquele agradável lugar. Depois de trocarem informações sobre si e curiosidades do dia a dia, ao ouvir uma boa música que vinha do salão contíguo, ela o convidou para dançar na pista localizada na área coberta. A oferta era tão inimaginável e imprevisível, que ele chegou a ter medo de que se tratasse de uma cilada. Chegou a pensar que a sua mulher ou o marido dela pudesse chegar a toda hora para flagrar a inusitada cena. Mesmo assim, teve oportunidade de sussurra-lhe ao ouvido, dizendo que ela se parecia com uma libélula, tal a sua exuberante beleza.

Então, Maristela já começava a se dispor a jogar sujo contra Severo, embora inexistisse motivo aparente para essa iniciativa. Possivelmente, coisa de vadia que, não tem bem que a cure, nem há mal que a piore. Quem aprendeu a limpar peixe não se engasga com filé de linguado. Ela bem sabia não haver motivo sério para trair o seu companheiro, ainda mais com um dos seus amigos. Mas, embora não tivesse se criado no meio da vadiagem, bastante aprendeu na escola do puteiro que frequentou com assiduidade e com boas notas; até quando se apaixonou por um *professor* que se interessou em ensinar-lhe o que havia de mais errado naquela profissão: gamar-se por vagabundo, viciado e gigolô.

A dança que se iniciou divertida, dançando separados e ela rebolando e mostrando o seu escultural corpo, continuou bem romântica, com os dois abraçados e trocando carícias. O par parecia estar pronto para consumar uma relação sexual, quando ao ser convidada para ir a um motel, ela disse já ser tarde; que precisaria retornar para os seus afazeres. Tipo de mulher que esquenta a chapa e depois joga água fria, só para ver a fumaça subir e o ferro chiar.

Ele fez um ar de felicidade imbecil, mas só teve que concordar com ela e aceitar ver a porta dos fundos fechar subitamente, na primeira tentativa. Mas como era malandro e acostumado a viajar tanto no lado de dentro como no de fora, não desanimou. Além do mais, o socorria o fato dela ter aceitado o convite para saírem, o ter convidado para dançar e trocado carícias com ele. Não havia dúvida de que ela teria *aberto a guarda* para ele e, a consumação do tão desejado ato sexual seria apenas uma questão de pouco tempo; talvez alguns dias.

Mulher assim, quando pega um homem atravessado, corre risco de pagar caro pela inoportuna brincadeira. Mas ele estava doidinho por ela, e aceitaria tudo para conseguir alcançar o seu intento. Não tendo outra alternativa, teve que engolir a enorme pílula e levá-la de volta para os braços do seu Severo. Quanto a ele, restaria dormir com Soraia pensando no escultural corpo da mulher do seu amigo.

Pelo seu lado, Maristela se portando daquela maneira – de tudo o que se pode dizer *daquela maneira* -, mais uma vez quebrava as suas primeiras ordens e objetivos: ser uma mulher correta e vencedora. Todo o desgaste feito nas suas subidas, vez que outra eram empurrados esgoto abaixo. Parecia que essa linda moça tinha algum pendão pelas dificuldades; pelo menos, demonstrava que não dava importância à vitória, apesar de tanto reclamar da dificuldade financeira para viver.

Realmente, ela era muito linda e, Ricardo ainda não a conhecia por inteiro; mas já tinha certeza de que logo conheceria, como ela também enlouqueceria com o seu desempenho. Vaidoso e faceiro, teve dificuldade de pegar no sono tendo ao seu lado a mulher que um dia também por ele foi cobiçada; mas que já teria perdido razoável percentual da sua original beleza. Para ele, hoje, da mulher que conheceu antes de se casar, só restava o charme, o perfume e a maquiagem, porque nem a companhia era recompensadora e reconfortante. Pior, que muitas vezes a companhia dela ofuscava algumas conquistas que já estavam em fase bastante adiantada.

Apesar de tudo, ainda que não mais gostando de Soraia, jamais pensaria em dela separar-se, pois sabia que isso o levaria e ter que dividir o patrimônio que juntaram e preservaram durante os anos de casados. O divórcio talvez o obrigasse a trocar o espaçoso apartamento da zona Sul e o carro luxuoso, por um prédio de inferior qualidade e por um automóvel usado. Ele também sabia que com a convivência os olhos enxergam bem mais do que antes seriam capazes de ver e, que, com o passar do tempo aquela tela antes tão cobiçada, já não mais mantém a mesma textura ao ser apalpada. Que, diferentemente do que acontece com o vinho, que quanto mais velho mais saboroso fica, só por gentileza se poderá dizer para uma mulher, que quanto mais tempo passa, mais linda ela fica.

Por sorte, a maioria delas admite como verdadeiro o elogio, porque a vaidade que nelas impera e as domina, nem sempre é fácil de ser debelada. Ele sabia que chamar uma mulher de feia não é ato de grosseria – é ofensa grave, cuja uma das maiores consequências poderá ser a vingança. E vingança de mulher que sofre tamanha agressão é imprevisível e inimaginável. Mas ele era o bastante educado para não desfazer na sua esposa tão indelicadamente, muito embora ao seu sentir, vontade não lhe faltava. Pessoas mais íntimas do casal, comentavam que ela era apaixonada pelo traidor e depravado marido, enquanto ele apenas mantinha o casamento para dar satisfação à sociedade e aos parentes. Coisa, aliás, nem tão rara entre vários dos casais. Mas, em defesa dos homens, vale dizer que a recíproca também ali é verdadeira: há mulheres que depois de acostumadas e de fatigadas pela rotina dos seus parceiros, saem a busca de relacionamentos mais divertidos e menos comprometidos.

* * *

De outro lado, satisfeito com a sua relação com Maristela, Severo a matriculou num curso de pós-graduação em administração de empresas, finanças e negócios ministrado pelo IBMEC (Instituto Brasileiro de Mercado de Capitais) - instituição que, em tese, corresponderia ao curso que ela teria trancado na Fundação Getúlio Vargas.

Simultaneamente, também a surpreendeu com a contratação para trabalhar como administradora em uma empresa de propriedade de um amigo dele. Com isso, ela recuperaria o que teria perdido, e que teria sido a razão da sua ida para o Rio de Janeiro. Como as instituições tinham sedes próximas, facilitaria o deslocamento entre elas. Ao saber das iniciativas de Severo ficou contentíssima e o abraçou e beijou demoradamente. Grande porca e cínica! Pelo visto, Maristela teria saído da vida mundana, mas esta não teria saído da sua cabeça e do seu modo de agir. Pobre Severo...menos mal que ainda não sabia que vinha sendo traído pela sua encantadora mulher.

Por outro lado, a traidora não foi capaz de esquecer o que teria feito durante a tarde na companhia de Ricardo. Lembrava-o, a todo instante, desejosa de poder dar sequência à embrionária relação. Ela tinha um apetite doentio por fazer coisas erradas e trair pessoas que a ajudavam. Por isso, não lhe fazia mal jogar sujo contra Severo e, até, contra as colegas de apartamento, quando pretendeu levar para lá o danado do Valdemar. Por seu turno, Ricardo não aparentava ter pressa para dar seguimento, pois se mantinha firme no seu propósito de não lhe entregar tudo de uma só vez. Ele tinha certeza de que naquele dia, ela teria ido para casa insaciada, depois de ter provado um pouquinho do bolo de mel.

De outra banda, Severo jamais imaginaria que Maristela a tal altura o pudesse trair, ainda mais com o seu antigo companheiro e, a quem sempre dedicou muita estima e consideração. Sempre teve por ele muito apreço e entusiasmo, gostando de com ele conversar quando se encontravam, e destacar o seu exemplo como profissional do comércio e, ousado e bem-sucedido empreendedor.

Além disso, ao matriculá-la no curso do IBMEC e conseguir emprego como administradora de empresa, parecia ter sentido maior prazer do que ela própria. Mesmo assim, apesar da integral confiança no amigo Ricardo, quando se tratava de Maristela uma pulga vez que outra comichava a sua orelha. Mesmo que não querendo fazer injustiça ao afetuoso homem, algumas vezes escutava uma voz que poderia ser do bem; que poderia ser um alerta à sua desmedida confiança. Como se fossem sons do além, ele ouvia: Severo, deverias saber mais sobre Ricardo. Deverias saber que ele não é pessoa para ser recebida na sua casa; não poderias tê-lo oferecido ao convívio da tua mulher; ele não é teu amigo; quando o negócio dele é conquista, não será capaz de poupar sequer a tua mulher e nem a dele. Não botes um safado desses na tua mesa, quando estiveres com a tua mulher. Realmente, essa voz lhe trazia alguma insegurança: mas, se de um lado ele lidava com um conquistador, de outro lado, ele tinha uma mulher que imaginava poder por a toda prova. De todo modo, guardava em seus pensamentos: ora, não há corno que não tenha como seu par uma puta.

De outro lado, como Maristela já o teria traído antes da boa surpresa, não mais poderia voltar atrás. O fato já se teria consumado e, jamais poderia ser apagado. Ela começava a aprender e a usar mentiras habilidosas que, num primeiro momento convenciam os seus admiradores e ouvintes. Porém, ela poderia e deveria dar fim ao inicial relacionamento com Ricardo, ainda que o fosse apenas em consideração ao seu marido. Se é que ela já não teria deixado de ter boas intenções, para com o seu bondoso parceiro de todas as horas e para todas as dificuldades. De qualquer sorte, parecia que já estaria na hora dela deixar de lado aquela doentia hipocrisia que passou a acompanhá-la desde que começou a conhecer um novo mundo; uma nova forma de viver.

Todavia, ela não poderia optar pela lealdade, pela sinceridade, porque fazer o mal era da sua essência. Afinal, ela não teria nascido para ser uma boa mulher. Apesar da sua rígida criação, realmente nela corria sangue diferente daquele que circulava nas veias do seus pais adotivos. Aliás, isso já teria sido verbalizado pelo seu Sérgio, quando desgostoso com certo procedimento dela. Se tivesse permanecido em Porto Alegre, ao invés de mudar-se para o Rio de Janeiro, em pouco tempo apresentaria coisas que mais constrangeriam e perturbariam os pais.

É provável que se possa afirmar, que a sorte ficou ao lado deles, ao não mais ter a filha sob o mesmo teto. Estando longe, eles muito pouco ficaram sabendo do todo que ela vinha apresentando no Rio de Janeiro. Casca grossa, nem ao sol e nem à sombra fica macia. Cachorra de rua não adianta querer mantê-la trancafiada em casa, porque na primeira chance de escapar ela corre atrás de algum cão, preferencialmente vadio. Cachorro protetor e companheiro nunca será do seu estilo. O que ela gosta mesmo, é daquele tipo transviado, que a cada dia fica com uma e não se apega a nenhuma. Porém, não dispensa a casa onde lhe seja garantida comida, abrigo, descanso e proteção. Isso, em rápidas palavras define o *estereótipo* de Maristela. Um clichê assaz conhecido e usado por pessoas de caráter duvidoso. Pessoas assim não são movidas por sentimentos de gratidão ou de lealdade, porque só têm interesse por si. Agem de forma egoísta e, para isso, parecem não ter remédio. Já dizia Luiz Gonzaga, no Xote das Meninas: "*...que pra tal menina não há um só remédio em toda medicina.*"

Passaram-se dois ou três dias em que Ricardo não retomou o contato com Maristela, e ela começou a ficar ansiosa; tal como ele previa. Tendo a deixado de *castigo* por alguns dias, por ter sido manhosa ao interromper a sequência que levaria a consumar a relação num motel, ele preferiu aguardar que ela o procurasse. E afinal o garanhão acertara mais uma vez. Agora, ele tinha o domínio sobre as rédeas e, ela não mais escaparia das suas mãos.

Companheiros de conquistas o chamavam de *distinto*, pelo fato de andar sempre arrumado; com bastante aprumo. Esses mesmos companheiros diziam que ele levava dentro de um dos punhos duplos das camisas, uma injuriosa anotação contra as mulheres. Segundo eles, no bilhete estaria escrito: *De uma boa cantada mulher nenhuma escapa e, se escapar, é porque a cantada não foi bem dada.* Mas que mentira eles teriam plantado contra o Ricardo! Se fosse verdade, a bonita passadeira da sua roupa já teria contado para a patroa e pedido demissão do emprego, porque várias vezes ela teria sido cantada por ele; mas garantia que sem sucesso. Era uma mulher de lindas pernas e bem formados seios, que ele ficava bom tempo admirando-a passar as roupas com o decote da blusa semiaberto. Desconfiada da atitude dele, uma vez Soraia questionou o fato dele ficar boa parte da manhã vendo a empregada passar roupas. Esperto, sempre com respostas na ponta da língua, disse-a, que aguardava ela terminar de passar alguns lençóis, para que cuidasse da camisa que usaria naquele dia.

O *distinto* não mereceria ser achincalhado daquela maneira, porque era um cara que valorizava as mulheres; todas elas, sem exceção. E na verdade, segundo ele, mulher não é para ser cantada, mas para ser conquistada. Deverá ser tratada como uma flor; com respeito, afeto, carinho e consideração. Então companheiros, não é verdadeira essa história do bilhete nas mangas do punho duplo da camisa do Ricardo. Melhor seria passar essa história a limpo, conversando com a sua bonita e respeitosa passadeira.

Mas a escola que Maristela teria frequentado na zona do meretrício, não a ensinara as sinuosas artimanhas usadas por Ricardo. Por lá, a coisa funcionava no toma lá dá cá. Na relação entre prostituta e seu cliente não há conquista, porque, o que resolve é o dinheiro; quase sempre o dinheiro; quase que exclusivamente o dinheiro. Além disso, a sensação de prazer na mais das vezes é unilateral; isto é, apenas do cliente.

Não conseguindo esperar mais tempo, certa manhã Maristela telefonou para Ricardo cobrando a sua ausência. Ele a respondeu que estivera ocupado nos últimos dias; o que o impediria de marcar algum encontro. Ela então reclamou do fato dele não ter ao menos telefonado para dar notícias. Ele nada falou a esse respeito, mas marcou encontro para a mesma tarde. Papagaio, para poder continuar bem firme no pé, não precisa responder a todas as perguntas que lhe fazem. Para ele, o negócio não precisará funcionar no esquema do ponto a ponto; sendo oportuno sempre deixar algum argumento de reserva para oportunidades futuras e inesperadas.

No horário e lugar combinados ele a apanhou e levou diretamente para um motel de luxo da zona Sul, sob o argumento de que não deveriam perder mais tempo. Que além de tudo, sob tais circunstâncias as horas parecem correr com muita pressa e, desejava estar com ela na cama, o maior tempo que fosse possível. Ela estava deslumbrante, encantadora, parecia ter-se arrumado para ele; se na verdade, isso realmente teria acontecido.

Ao entrar no carro beijou-o no rosto e seguiram para o lugar previamente reservado por ele. Já nos primeiros instantes, ela sentada bem junto a ele, se ofereceu com um certo ar de meiguice. Mas tinha no rosto a expressão do interesse por ele e, que, partir daquele instante o recebia como seu homem; como seu macho e, nada mais importaria para ela. O desejava, nem que fosse por um pequeno espaço de tempo, mas certa de que durante esse tempo, estaria totalmente disposta a tê-lo e, esperava que da mesma forma, ele a desejasse.

Maristela estava pronta para com ele ir às últimas consequências; a todas as consequências. Por estar com ele, ela não precisaria sentir amor; nem precisaria sentir paixão. O que ela sentia por aquele homem que, n'alguns dias atrás nele e dele tanto desfez, era simplesmente tesão. Excitada desde que combinaram o encontro, prometeu para si que não voltaria para casa sem atender aos seus mais íntimos desejos que, só seriam satisfeitos depois de cumpridas as suas mais selvagens emoções carnais.

Tendo ele ido banhar-se antes dela, quando voltou do banheiro a viu deitada de bruços, com apenas as calcinhas. As suas lisas e sedosas pernas, estendiam essa incomparável performance até à rijas nádegas. Ele, já despido, deitou-se sobre ela e passou a beijá-la nas orelhas e no pescoço, ouvindo leves e repetidos sussurros da encantadora mulher. Após demorado tempo em que assim permaneceram, delicadamente ela virou a cabeça e deu-lhe um demorado beijo. Em seguida, virou o corpo e ele começou a beijar os seus seios, a partir dos mamilos. A excitação deles era algo quase que insaciável, quando depois de algumas carícias foram as vias de fato, até chegarem ao orgasmo. Foi uma tarde maravilhosa para ambos, que a desfrutaram ao máximo. Satisfeitos pelo inesquecível prazer, com o cair da tarde resolveram sair do motel, quando ele a levou até um ponto próximo da casa de Severo. Ao se despedir, não marcaram novo encontro, mas a vontade de se reencontrar era latente nos dois.

\* \* \*

Ao chegar em casa, ela viu que Severo a estava esperando um pouco preocupado pela sua demora. Perguntou-a onde teria estado e qual o motivo de não ter chegado na hora de costume. Ela respondeu que teria encontrado uma colega do tempo em que trabalhara na biblioteca, e se distraíra conversando além da hora costumeira. Mas que tudo estava muito bem; que ele não se preocupasse. Que tomaria uma ducha e voltaria à sala para estar com ele.

Todavia, ele notou que ela estaria muito arrumada para uma saída de rotina, mas preferiu nada dizer. Demais disso, Marcela estava linda, maravilhosa, bem perfumada, e o melhor que ele poderia fazer naquela hora, seria abraçá-la e beijá-la. Tendo se excitado, convidou-a para ir para cama, mas ela disse estar muito cansada e preferiria ficar um pouco sentada na sala, depois de tomar um lanche. Com toda certeza, o que ela menos desejaria era deitar-se com o marido, depois de uma tarde de lindas aventuras e grandes emoções.

Com razão, ele estranhou aquela incomum negativa dela, mas igualmente não desejou estragar o relacionamento que vinha sendo exemplar e admirável. De todo modo, ele não poderia negar que não acreditara na versão dela; de que o motivo do atraso, não seria o de ter-se distraído em conversa com uma colega. Mas resolveu acompanhá-la na sala assistindo programas na televisão e, optou por nada falar sobre a latente inconformidade com a versão por ela trazida.

Homem ponderado, Severo não costumava antecipar-se aos fatos, antes de ter pleno domínio sobre eles. Estava convencido de que, se algo ela tivesse feito de errado, o tempo lhe mostraria a verdade. No entanto, passou a olhá-la com olhos de perscrutador, com ar inquisitivo, um pouco mais desconfiando do que acreditando. De qualquer forma, ele ainda deixava chance para o seu erro; para a verdade dela prevalecer, porque, enfim, era isso o que ele desejava que tivesse acontecido. Mas essa dualidade de pensamentos, se alternava com aquele indomável ar de distanciamento da mulher que ele amava, e a queria para si com absoluta exclusividade. Com certeza ele não desejaria curvar-se a um gesto de covardia tão baixo, como o de aceitar dividir a sua mulher com qualquer *alguém*.

De todo modo, ele ainda apostava na hipótese de que ela não ousaria arriscar-se a voltar para o lixo, depois de ter vivido no altar. Estaria ela desafiando a própria sorte? Aquela que um dia foi uma escrota e ele a reergueu, ousaria recuar outra vez? De todo modo, Severo era um homem indulgente, condescendente, que tolerava muito antes de comprar uma briga. Mas, já estava à beira de arrefecer os seus esforços, de desanimar das tentativas de fazer que não percebia o que ela vinha fazendo e, assim, ir a fundo no assunto; falar diretamente o que vinha percebendo.

Ele dizia ser admissível se tolerar com quem age mal; mas insuportável é, aquele que age por mal. Ele detestava a mentira, a deslealdade, a falta de palavra, a duplicidade de caráter. Era homem dotado de um grande e especial prazer: o de proporcionar felicidade às pessoas, mas não aceitava jogo sujo. Mas Maristela, por não ter suficiente capacidade para conhecer o homem que a amava, se valia da abominável arte da mentira, arriscando perder quem a mantinha no estrelato. Motivada pela vã imprudência e por subestimar a inteligência alheia, abriu o caminho para que a sua sorte fosse a antessala do seu azar. O seu repentino e imprevisto sucesso foi a porta de entrada para o abismo. Não soube viver e usufruir do estrelato, porque não sabia que o céu é reservado para os bons e, que, para os maus, sobra o inferno.

De outro lado, desconfortada por ter que estar com Severo logo depois de tê-lo traído com um dos seus amigos, ela parecia sentir náuseas com a presença do namorado e incondicional amigo. Quanto ela devia àquele homem que a tirou do risco de quase perder a vida, e a levou para a redenção! Então, passou a pensar que no fundo sentia-se enojada com ela mesma, e o que mais desejava seria esquecer Ricardo e aquela tarde de sexo e de orgia. Ela estava convencida de que não deveria ter traído Severo; que ele não merecia tamanha sordidez; indesculpável baixeza; tão grande torpeza.

Por alguns instantes, ainda na presença dele, relembrou do seu tempo de vida como meretriz e, pensou não ter direito a redimir-se socialmente, como ele a vinha oferecendo. E pensou mais: será que eu sou incorrigível? Será que eu não mereço ter uma vida digna na companhia de um homem de conduta exemplar? Assim agindo, ela teria descido do degrau de uma vida familiar, para o de uma puta, tal como teria vivido ao tempo da Prado Júnior. E pensou: como eu não tomo jeito! Desse modo vou terminar caindo outra vez. Se Severo me abandonar, onde irei parar? Então, sorrindo para si mesma, lembrou da fábula de Esopo – O Escorpião e a Rã, cujo mote resulta em admitir que o seu erro é incontrolável, porque é da sua natureza. E era mesmo da sua *natureza*, pois ela era incorrigível, por *natureza*.

Maristela não conseguia olhar Severo nos olhos e, sempre que ele se dirigia a ela, evitava encará-lo. Depois de algum tempo, para evitar ter que continuar na frente dele, disse que colocaria uma roupa mais leve para estar com ele na sala, mais descansada. Diante dessa última afirmativa ele perguntou:

- Querida, você está cansada do que? Você fez algum excesso?

Isso foi como que um pataço no peito dela, pois afinal, ela realmente teria feito muito excesso; só que nos braços de outro homem. Meio que desajeitada e procurando argumento para responder, disse:

- Estou cansada de ter ficado tanto tempo em pé conversando e, depois, desci do ônibus numa parada anterior à costumeira, tendo que caminhar várias quadras até chegar em casa. Desculpa-me por não estar tão disposta, mas logo tudo passará. Te amo Severo!

Ele não se sentiu bem com as respostas dela, mas demonstrou ter acreditado. Preferiria não levantar uma hipótese que poderia falsear diante da verdade. Para ele, ela apenas teria desviado um pouco da sua rotina, tendo se vestido numa tarde corriqueira, tal como se fosse para um jantar festivo. Porém, pensou que ainda conhecia muito pouco a respeito dela para ficar admitindo situações ruins e absolutamente desnecessárias. Ele também sabia onde a conhecera e de onde teria tirado aquela sirigaita, que até pouco tempo integrava a banda podre do Rio de Janeiro. Assim que, apesar dos pesares, começou a ter uma pinta de desconfiança da perfídia da sua encantadora mulher; da possível falta de lealdade de Maristela; de que aquele álibi possivelmente fosse falso. E, algo parecia soprar aos seus ouvidos, ou melhor, nos seus pensamentos, que assim o aconselhava: *É preciso desconfiar, desde a primeira desconfiança; é preciso duvidar, desde a primeira dúvida. Mas é preciso reequilibrar-se, desde o primeiro desequilíbrio.*

Apesar desses avisos, Severo não desanimou do seu intento maior, tal fosse, o de que Maristela não o tivesse traído; e, se manteve irresoluto. Como soe acontecer com a maioria dos homens que custam a acreditar que são traídos pelas suas mulheres - os *mansos* -, preferiu encher-se de otimismo; baixar alguns pensamentos que o entusiasmassem; procurou desviar a atenção de coisas ruins para si. Afinal, como já se tinha convencido, seria melhor não levantar falsas hipóteses. Esse sentimento o deixou tranquilo, pelo menos naquele momento. E, isso foi muito bom para ele; isto é, para ambos.

Além do mais, não se achava preparado para uma solução imediata, caso se confirmasse alguma traição. Além do mais, jamais desejou passar-se por um corno feliz. Isso estaria fora das suas pretensões. O amor por ela e a bondade que a estendia, não comportaria esse tipo de resultado.

Durante o tempo em que ela passou a morar na casa dele, demonstrou fidelidade, carinho e cuidado para com o parceiro. Vinha dando seguidas demonstrações de que era uma boa mulher, apesar dos lamentáveis tropeços pelos quais teria passado por força do que ela achava ser do destino. Para ele, Maristela mereceria toda confiança e respeito possíveis. Um deslize dele, um pequeno escorregão quanto ao respeito e à confiança entre eles, poderia resultar numa ferida de difícil cicatrização. E acima de tudo, ele gostava muito dela, a ponto de orgulhar-se por ser seu companheiro. Era um homem que se sentia feliz com a sua companheira.

Ela continuava sentindo-se incômoda naquele início de noite. Para ela, se arrependimento matasse, possivelmente já estivesse morta. Pensava por qual motivo teria caído nas garras daquele galanteador. E interrogava-se: como eu poderia ter traído o meu namorado e a mulher do outro, que teria sido tão gentil e atenciosa comigo? Como aquele safado poderia trair a sua esposa com tamanha facilidade, sem sentir remorso? Tinha vontade de ligar para ele e dizer-lhe muitos desaforos. Dizer que ele teria se aproveitado de uma mulher honesta, de bom senso, e fiel ao seu namorado.

De fato, a culpa sempre estaria no lado oposto. Como se fosse uma santinha, uma ingênua, uma inexperiente, ela encontrava alguma desculpa para a sua grande culpa, no indesculpável e imaginário fato de ter caído numa armadilha montada pelo parceiro de sacanagem. E, não conseguia tirar da sua cabeça, a ideia de que aquele patife a teria induzido a fazer o mal. Mas, ela vivia um profundo dilema: ser a alma gêmea de Severo; ou, não ser mulher de um homem só.

\* \* \*

No dia seguinte iniciariam as aulas no Ibmec e o trabalho na função de administradora de empresa, tão desejados por ela. Levantou-se bem cedo e preparou-se para possivelmente ter que passar todo o dia fora de casa. Certamente teria que fazer as suas refeições em algum restaurante das proximidades daqueles lugares. Despediu-se de Severo, e foi em frente. Novo tipo de vida a esperava dali em diante. Se o seu desejo seria vencer através do seu trabalho, a primeira porta estava aberta.

No trajeto até o Ibmec pensou muito sobre o mal que tinha feito para o correto e bondoso namorado. Continuava com sentimento de remorso, ao saber que até o almoço que faria, seria pago por ele. Na verdade, todo o sustento dela era coberto por ele que, por certo, dela só queria amor, respeito, consideração e companhia. Ele apenas era seu parceiro e amigo e, entre eles não havia pacto formal de fidelidade. Mas o artigo que tratava da fidelidade, sem dúvida que estaria inserido no código que regia um vínculo de tal natureza. O descumprimento de uma regra tão básica quanto importante, poderia levar ao desenlace da relação, mesmo que escorada apenas na recíproca afinidade entre os parceiros. E as consequências objetivas e materiais ela bem conhecia.

Safada como teria sido, já teria dado bom motivo para ser posta na rua do casarão do bairro do Flamengo. Talvez porque fosse mesmo pessoa incorrigível; para ela sempre haveria motivo para desculpar-se das suas levianas escapadas.

Afinal, fazer o mal era da sua *natureza*, como ela costumava admitir. Na primeira vez em que teve oportunidade para fisgar um peixe graúdo, lançou a sua linha com o anzol cheio de iscas e pôs-se a dançar em conluio com o esperto e oportuno parceiro. Depois, viria posar de arrependida, de ter sentido remorso por ter traído o sempre bondoso Severo. Pois o traiu em duas oportunidades: na primeira, no bar da orla de Copacabana; na segunda, numa cama de motel. E se fantasiava de Madalena Arrependida; arrependida do que, seria de perguntar-se. Sim, talvez arrependida por não ter ficado maior tempo se roçando no adúltero. Aliás, adultério na segunda potência. Pena que a velha baixinha que frequentava o puteiro da Prado Júnior não ficou sabendo dessa escapada de Maristela; porque se soubesse, levaria tudo quentinho para Severo, com direito a fotos e áudios. Mesmo assim, aquela ultrapassada e feiona vadia, cujo prazo de validade teria vencido há muito tempo, não faria injustiça à Maristela, porque não sabia que a traição era da sua *natureza*!

Maristela não tomava jeito; vivia na corda bamba. Viver equilibrando-se no arame, também era da sua especial natureza. Mulher com sentimentos apenas aparentes, parecia não ter nada por dentro da cabeça e do coração. No seu peito só carregava dois belos seios, porque emoções nunca sentira, além daquelas provocadas pelas preocupações por falta de dinheiro e, mais adiante, na sua aquecida paixão por Valdemar.

Ninguém conseguia saber, nem ela, qual sentimento nutria por Severo: se amor, gratidão, ou dependência financeira. Fosse lá qual o motivo, já não mais o respeitara, fazendo o honrado homem de trouxa, se não, de babaca e, certamente de corno. Mas no contraponto do corno sempre se escora uma puta. No entanto, a sociedade sempre aponta bem mais para o corno do que para a puta. E muita gente ainda encontra desculpa para a mulher ter traído o marido, chegando alguns a dizer: bem-feito para ele!

Quem a conhecesse a fundo – se é que alguém conhecesse os seus labirintos e porões -, ficaria a perguntar como é que numa mulher tão bela caberia tanta ingratidão e falta de caráter. E o pior é que cabia mesmo tanta sacanagem, que só um corpo grande e bonito seria capaz de guardar e carregar. Mas Maristela era uma mulher digna de pena, porque no tobogã da vida, ela não corria o risco de cair numa banheira cheia de água, mas na calçada.

Poucos dias depois Ricardo voltou a procurá-la e conseguiu levá-la para mais uma tarde festiva. Vaidoso, trazia sempre preso na lapela do paletó um distintivo da Associação Comercial do Rio de Janeiro (ACRJ), para dar a impressão de que pertencia à diretoria da distinguida instituição fluminense. Mas na verdade, apenas era sócio, e nunca teria entrado sequer no saguão da sua sede. Nem o queriam por lá, dado a sua falta de correção. O distintivo fixado na lapela, apenas servia para fazer bossa entre algumas pessoas que ele gostava de subestimar. Era um bestalhão metido a gente importante; um tipo da classe "C "na escala social, que gostava de se passar por classe "A".

\* \* \*

Certo dia Severo encontrou-se no Centro da cidade com um amigo de longa data, de nome Cristiano, e conversaram um pouco sobre tudo. Em meio à boa conversa, o amigo lembrou-se que certa vez teria sido apresentado por ele à sua simpática namorada ou esposa, cujo nome esquecera. Mas teria certeza de que jamais esqueceria a sua agradável fisionomia. Tanto assim, que na semana passada, possivelmente na terça-feira, a teria visto na carona de um automóvel preto parado no sinal das esquinas da Barata Ribeiro com Constante Ramos. Que, como ele andava a pé, aproveitou que o sinal estava aberto para pedestres e atravessou a rua. Como o tal automóvel estava na frente, viu-a olhando para onde ele estava. Certo de que ela o tivesse reconhecido, a cumprimentou com um ligeiro abano, que por ela foi correspondido.

Diante disso, Severo amarelou e apenas disse que realmente ela era muito simpática e boa fisionomista. Que, aliás, pelo que entendera, ambos eram ótimos fisionomistas, pois depois de se terem visto uma só vez, não esqueceram as suas fisionomias.

Sem algo mais para conversar, despediram-se e cada um tomou o seu rumo. Severo ficou com uma pulga beliscando a sua orelha. Na verdade, com duas pulgas: uma pulga porque imaginava ter sido traído e, outra, para não esquecer de que desconfiava que teria sido traído. Ele não poderia perder a oportunidade para encostar Maristela na parede e descobrir a verdade sobre o paradeiro dela naquela terça-feira. Aquela história não estaria bem contada e, possivelmente, ela estivesse escondendo alguma sacanagem que teria aprontado naquela tarde, na qual vestiu-se em traje de noite, e ainda chegou cansada e atrasada.

Logo que se encontraram, demonstrando ar de despreocupação com o caso, Severo disse sem rodeios, que teria encontrado um amigo, que a teria visto num automóvel numa das ruas de Copacabana. Não deu mais detalhes, para aguardar a sua resposta.

Ela respondeu, então:

- Acho que esse tal amigo está enganado comigo. Não vou a Copacabana há muito tempo. Aliás, desde que de lá me mudei! Certamente ele deverá ter-me confundido com alguma outra pessoa.

- Não quero estender esse assunto, porque você bem sabe da nossa recíproca confiança. Mas ele disse-me ter certeza de que seria você, pois ao lhe abanar, foi correspondido com o seu aceno. Disse não lembrar o seu nome, mas que jamais esqueceria a sua alegre fisionomia.

- Verdadeiramente não me lembro desse teu amigo. Como ele se chama?

- Chama-se Cristiano.

- Há! Eu jamais esqueceria a fisionomia e estereótipo daquele cara. Um homem alto e barrigudo, que conversou muito conosco quando nos apresentaste. Parecia gostar muito de falar..., mas enganou-se o dito cujo. Deveria ter visto alguma sósia minha, ou outra qualquer loira, e a confundiu comigo.

O assunto foi encerrado e nada mais conversaram sobre o flagrante da Barata Ribeiro. Mas Severo continuou invocado com o assunto. Desejava ir a fundo para descobrir a verdade. Precisaria de outras pistas para armar o seu quebra-cabeça. Mas a sorte teria que estar ao seu lado. Ele bem sabia que numa cidade grande é raro encontrar pessoas conhecidas, sendo fácil de confundi-las no meio da multidão. Essa era a situação em que se encontrava Severo, depois da informação dada pelo seu amigo. Na ocasião lembrou de um ensinamento de Goethe: *Por sorte o homem é capaz de conceder a desgraça apenas até certo ponto; aquilo que não pode compreender ou bem o aniquila ou o deixa indiferente."*[294]

Severo colocou um pouquinho de queijo na ratoeira e aguardou por novas chances para desvendar o misterioso e remansoso caso da terça-feira, na qual Maristela chegou atrasada e enfeitada como se fosse para a noite. Para ele que tinha paciência de chinês, o tempo o ajudaria a descobrir onde andava e o que fazia a sua namorada naquela ocasião.

Três ou quatro dias depois, Maristela voltava a encontrar-se com Ricardo para uma festança erótica num dos motéis da Barra da Tijuca. Para isso, foi necessário faltar ao emprego. Porém, para ela tudo valia a pena, e o risco era imanente ao seu defeituoso caráter. Quem nascera para safada, jamais chegaria à nobreza. Pena que Maristela escolhera Severo para plantar tamanhas sacanagens; melhor seria que as aplicasse contra o malandro Valdemar.

No mesmo dia em que gazeteou ao trabalho, Elias, que era o proprietário da empresa e amigo de Severo, telefonou-o perguntando o que teria havido com Maristela, pois que faltara ao serviço, sem dar notícias. Que a considerava ótima profissional, e não desejaria perdê-la como colaboradora da firma. Severo, sem saber o que dizer, desculpou-a com a mentira de que ela estivera com muita dor de cabeça e enjoos. Mas que voltaria ao trabalho no dia seguinte.

Ao voltar para casa, Maristela estampava a cara de quem teria passado a tarde envolta em lençóis. Além disso, trazia no corpo o olor de perfume que não usava. Controlando-se sobre o que diria, Severo contou-lhe que teria recebido telefonema do proprietário da firma onde ela trabalhava, avisando que teria faltado ao serviço, sem justificativa. Ela inicialmente empalideceu, mas reagiu com rapidez e disse que não teria ido ao serviço, porque ficara com algumas colegas na sede do Ibmec, pesquisando para a conclusão de um trabalho a ser entregue em prazo agendado pelo professor. Mas que no dia seguinte explicaria tudo na empresa.

Porém, Severo a interrompeu, dizendo que não inventasse desculpa esfarrapada na empresa que a contratara, em razão da amizade que ele tinha com o seu proprietário.

Ela então respondeu:

- Por que falas em desculpa esfarrapada, se estou dizendo-te a verdade?

- Porque isso não será justificativa plausível para a sua ausência ao trabalho. Acho que você deverá ter maior responsabilidade com os seus encargos.

- Poxa amor, nunca vi falares desse jeito comigo! Não acreditas no que te disse? A partir de amanhã serei a funcionária mais compenetrada da empresa; poderás acreditar!

Mas ele redarguiu:

- Ocorreu que, por não saber o motivo da sua ausência, ao receber a informação de que terias faltado ao serviço, justifiquei a sua falta com a mentira de que você estaria com dor de cabeça e enjoo. Assim, isso deverá ser necessariamente confirmado quando lá você retornar, sob pena de eu cair em descrédito perante o meu amigo.

- Bom – disse ela -, eu queria dizer a verdade, mas se preferes que diga uma mentirinha, poderás contar comigo. Bem sabes que não gosto de mentir, mas entendo a tua preocupação. Pretendo não abusar da confiança que o seu Elias tem no meu trabalho. Ele é uma pessoa muito legal e quase sempre elogia o meu desempenho profissional. Beijo, meu amor.

Nada mais falaram sobre o assunto, mas Severo precisaria saber onde teria se metido a sua arteira namorada ao faltar ao serviço. Essa não era a primeira vez que ela levava um escorregão. E a relação amorosa que sustentava a convivência entre eles, necessariamente poderia ficar ressentida com seguidos desencontros. Ele bem sabia não ser um tipo de homem que vive desconfiado da sua companheira, mas também estaria perto de se convencer que alguma pedra desse jogo de xadrez, vinha saindo do tabuleiro sem uma explicação segura e plausível. Não seria essa e única vez em que ela dava explicação que ficava entre o verossímil e o falso. Assim que, por mais essa vez, ele lembrou de onde a teria tirado e, o quanto era volúvel antes de vir morar com ele. Demais disso, ela sempre teve uma paixão doentia pelo vagabundo do Val; o que o fazia mais desconfiado, ainda. Estaria ela novamente a encontra-se com aquele *ente* indesejável? Pensou Severo.

* * *

Poucos dias depois ele voltou a encontrar Cristiano na agência bancária onde ambos tinham conta. Após o habitual cumprimento, o amigo perguntou-lhe se teria dito à Maristela que a teria visto em Copacabana, e que a achava muito simpática. Severo então respondeu que ela achou que teria havido algum engano com relação à sua pessoa, pois que há muito tempo não ia naquele bairro. Mas Cristiano voltou a ser incisivo no comentário, dizendo que não teria como enganar-se, porque ela o teria igualmente reconhecido e abanado. Mas que para ele deveria ser um assunto de menor importância e, que, se realmente tivesse enganado, que ela o desculpasse. Conversaram sobre mais alguma coisa, e se despediram.

Severo, apesar dos argumentos de Maristela, não engoliu o álibi por ela montado, de que naquela terça-feira teria chegado fora do horário costumeiro, porque se distraíra conversando com uma amiga. Piorava a sua estratégia de defesa, o fato de estar tão bem arrumada para uma tarde comum de meio de semana. Não bastasse essa falseta, ele ainda não teria engolido o fato dela ter faltado ao serviço, sob o argumento de que teria ficado pesquisando na biblioteca do Ibmec. Para ele, algo de mais interessante a teria desviado do compromisso de comparecer ao trabalho, principalmente em razão de que tinha sido contratada há poucos dias.

Como nada mais poderia fazer até aquele momento, e as provas que reunira eram insubsistentes, Severo continuou a coser a sua colcha de retalhos, enquanto catava algo mais denso para comprovar a traição, se é que isso teria ocorrido. Embora as provas não fossem irrefutáveis, as nuances e circunstâncias convidavam a continuar desconfiando de que algo de errado teria havido. No fundo, ele torcia para que não houvesse traição, pois amava Maristela acima de tudo e não desejaria perdê-la. Prometeu a si, que continuaria em busca da verdade, tal como um navio sulcando os mares.

De par disso, ele já se conscientizava de que começaria a passar por um período de indesejado sofrimento, porque contava com a possibilidade de ter que romper com o relacionamento. Começava a lembrar da letra da música que diz que *sinônimo de amar é sofrer*. Porém, embora não desejasse, se sentia preparado para o que viesse, pois o que jamais pretenderia, seria continuar com ela sabendo que estaria sendo traído. Também, ainda não sabia qual a sua reação ao ter conhecimento de algum fato incontestável.

Poucos dias depois, ela voltou a encontrar-se com Ricardo para mais uma festança regada a champanhe e muito sexo. Em razão disso, novamente faltou ao serviço e, outra vez o proprietário da firma ligou para Severo perguntando o motivo da ausência. Quando Maristela voltou para casa, sendo questionada pelo marido argumentou que novo trabalho se apresentara para ser elaborado; o que a obrigara ocupar o turno da tarde em pesquisas na biblioteca.

Mas tinha algo mais que contrariava a sua versão: o cheiro de bebida alcoólica que exalava da sua boca ao falar perto de Severo. Interrogada sobre o cheiro, disse que entre as colegas, uma estaria aniversariando naquele dia, e oferecera uma taça de champanha para a turma brindar.

Maristela sempre tinha uma boa resposta de oportunidade, mas não de convencimento. Era muito avoada e, levando tudo com ampla irresponsabilidade, quase sempre se atravessava com mentiras inaceitáveis, que a deixavam em descrédito. Porém, parecia não dar muita bola para essas consequências. Isso também era da sua *natureza*. Além disso, ela confiava em demasia na impossibilidade de Severo vir a desconfiar dela e, principalmente, de vir a conhecer a verdade. De tanto andar no arame, parecia jurar ter aprendido a se equilibrar. Na verdade, a inexperiente garota que viera estudar no Rio de Janeiro, se imaginava com boa versatilidade em matéria de respostas na ponta da língua. Pensava que não se apertaria com facilidade e, nem saberia dizer onde, nem com quem aprendera a mentir tanto e tão rapidamente.

Mas isso apenas era o que ela imaginava, porque na verdade, na mais das vezes quase ninguém engolia as suas lorotas. Ela ainda não conhecia o antigo ditado que diz que, mentira tem perna curta. Também não teria levado em conta, o fato de que a verdade é sempre mais fácil de ser provada. Nietzsche dizia que a mentira é o uso arbitrário de uma palavra. Georges Bermanos, no século passado já dizia que o homem tem vocação natural para a mentira. Entretanto, ao contrapor-se uma verdade a uma mentira, via-de-regra esta termina perdendo a contenda.

Ademais, ela não sabia que existem mentirosos contumazes; pessoas que mentem pela necessidade de mentir, ainda que disso não obtenham qualquer proveito; são portadoras de algum desvio psíquico. A mitomania, que afeta algumas pessoas, as torna mentirosas compulsivas, porém, quem com elas se relaciona, em algum tempo passa a não mais confiar na maioria das coisas que dizem. Esse, no entanto, não era o caso de Maristela, porque sempre que mentia, escondia atrás das suas mentiras algum interesse subalterno. Na realidade, era uma safada, daquelas que não se pode curar com remédios farmacêuticos.

Ainda que desconfiado, na falta de maior comprovação Severo resolveu jogar a toalha e deixar de preocupar-se em saber a realidade sobre os fatos. Para ele, isso já estaria se tornando uma teimosia, uma ideia fixa até certo ponto perigosa para a sua boa saúde e para a relação entre o casal. Que vinha observando que desde que ele estabelecera essa desconfiança, a relação começara a se desgastar. Inteligente e cauteloso, homem que sabia que a galinha nasceu antes do ovo, mas que o homem nasceu antes da mulher, preferiu voltar a pajear a linda, sempre vistosa e cobiçada Maristela. Como brinde à reconquista, opinou para que ela convidasse Marcela para novamente passar mais alguns dias no Rio de Janeiro.

Em princípio ela mostrou-se entusiasmada com a opinião, mas logo pressentiu que a presença da irmã em solo fluminense poderia atrapalhar as suas escapadas. Ainda mais se hospedando na mesma casa. Argumentou então, que a vinda da irmã não seria oportuna naquela ocasião, uma vez que ela vinha passando o dia inteiro fora de casa, ocupada com os afazeres do curso e do emprego. Severo concordou plenamente com a oportuna argumentação e preferiu convidá-la para um passeio rápido durante o primeiro feriado prolongado.

Como não dispunham de muito tempo para aproveitar o passeio, escolheram viajar até Florianópolis, para conhecer as suas belas praias e o Centro Histórico. Por lá passearam bastante, e nas praias Maristela mais uma vez pôs a prova toda a sua beleza física. Fizera sucesso aos olhos de catarinenses e de turistas que desfrutavam do belo sol das praias de Jurerê e dos Ingleses. Dentre os passeios, festejaram as noites em restaurantes da Beira Mar Norte – lugar disputadíssimo, principalmente nos finais de semana. Recompostas as energias e, principalmente o carinho e a atenção entre eles, a vida deu sequência à sua rotina na segunda-feira.

\* \* \*

Maristela vinha observando que estaria sendo assediada por um colega de curso de nome Benito. O rapaz parecia ser um pouco mais novo do que ela, mas era o tipo de homem que ela ainda não teria provado, mas desejaria saborear. Com a demora dele a se aproximar, ela então passou a assediá-lo. Possivelmente ele não iria além dos flertes, porque sabia que ela era comprometida com alguém, que possivelmente fosse seu marido. Isso o inibia de chegar mais perto, embora viesse percebendo que só faltaria ela convidá-lo para uma sessão de agrado. No entanto, a inibição dele acirrava os impacientes ânimos da fogosa mulher, que sempre tinha pressa para saciar os seus prazeres. Escolada, embora reprovada na vida que frequentou na Prado Júnior, de todo modo era mais desembaraçada do que o novato e inexperiente colega de curso. E pensava: se ele não se aproximar, terei que tomar a atitude de subir nele a qualquer preço e de qualquer jeito. O prazo dele está se esgotando!

Numa das noites de aulas, ela mesma foi em cima dele e o convidou para sair. Disse que a poucos passos havia um bar onde poderiam conversar mais livremente e tomar um suco de frutas. Ele concordou e partiram para o lugar. Para tanto, tiveram que faltar algumas aulas, mas valeria a pena tais ausências. Durante a conversa ele a perguntou se era casada, e ela respondeu que não era, mas que vivia como se o fosse. Porém, que isso não a impediria de estar com ele, apesar do marido ser bastante desconfiado.

Conversa vai, conversa vem, combinaram de faltar à aula no dia seguinte e rumarem para um lugar mais restrito. Ligeira como ela vinha sendo, opinou que fossem para um motel - o que o deixou bastante surpreso, mas disposto a satisfazer o seu prazer e o daquela linda e excitante colega.

Saindo do bar, ela rumou para casa e lá foi recebida com abraços e outras manifestações de agrado de Severo. Ele ainda não desconfiava de nada sobre o colega de curso da sua adorada mulher. Também não imaginaria que com ela não havia momento de trégua; não havia intervalo entre um e outro dos tempos de jogo. Maristela era, como se costuma dizer: fogo, mesmo! E a metáfora era bem oportuna, porque diziam que numa relação amorosa, quando ficava excitada, ela só faltava cuspir fogo.

No dia seguinte, antes do início das aulas da noite ela convidou Benito para rumarem para um dos motéis de sua escolha. Montou na garupa da Biz dele, e costurando o complicado e engarrafado trânsito do início da noite, chegaram ao local dos prazeres para trocar carícias e descobrir seus desafios sexuais. Por lá estiveram por cerca de algumas poucas horas, porque ela teria que estar de volta à sua casa dentro do horário de costume. Ela não desejaria levantar mais uma das suspeitas a Severo. Principalmente, em troca de um prazer nem tão completo, com um principiante; para ela um estagiário num assunto em que era pós-graduada. Ao voltarem, por estar sem capacete, seus belos cabelos loiros adejavam ao vento que soprava na espaçosa avenida à beira mar. O frescor da leve brisa a reanimava, depois de uma relação sexual que, apesar de nem tão ansiosa, fora um pouco cansativa.

Porém, na volta o motoqueiro foi barrado por uma *blitz* policial e a motoca ficou retida por muito tempo. Enquanto isso, ela procurava chamar algum táxi que a levasse logo para casa - o que não estava sendo fácil naquela hora e naquele local praticamente deserto. Não sabendo mais o que fazer, entrou em desespero, mas por sorte um táxi parou e a conduziu até a sua casa. Mas com grande atraso. Ao chegar em casa, apesar do atraso e da consequente desconfiança do marido, ele nada falou.

Marcela tinha se tornado uma mulher que ignorava os princípios da decência; se tornara uma mulher indecente; uma mulher pior do que tinha sido ao tempo em que se prostituíra, porque ali, ela não devia respeito a nenhum homem. Bastaria prestar o seu *serviço*, receber o valor do seu *michê*, e o que fora tratado se daria por cumprido. Se um dia ela pensou que a prostituição seria o mais baixo degrau a que uma mulher pode descer, estava enganada, porque agora ela chegara ao subsolo.

Mas Severo a recebeu com espontaneidade e, apenas perguntou-lhe como teria sido o seu dia. Conversaram um pouco e foram para a cama. Parecia que não querendo admitir que ele era um homem inteligente e bem vivido, ela acreditava que com o simples *uso* da sua encantadora beleza que o fizera apaixonado, investia com cínica fisionomia e disfarçado olhar, na vã ideia de que o enganava com as suas ingênuas e deslavadas mentiras. Mas ele já tinha pleno domínio sobre os fatos e, por ter temperamento de pessoa serena e contida em atos e palavras, apenas a escutava.

De outro lado, mesmo não mais amando Severo, ela se revestia de falsas manifestações de amor e de carinho. Fingindo uma meiguice tão falsa quanto qualquer um podia notar, forçava a continuidade da relação que ela mesma havia rompido. Trair o marido era uma de suas ousadias e, fingir amá-lo, era uma de suas especialidades. Certamente que ela deveria saber que isso teria um fim, mas não tomaria a iniciativa enquanto a *erva* corresse para o seu lado. E, na verdade ela as atraía através de constante insinuações de que algo necessário lhe faltava, para então obter ajuda financeira; o que para ele não fazia a menor falta. Mas ele já havia percebido essa astúcia e, vez por outra, se fazia de desentendido, para ver se a *alegada* necessidade se concretizava.

Severo com toda razão voltaria a ficar suspeitando

de que algo de errado teria acontecido naquele dia de novo atraso dela, para retornar para casa. Mas ele não desejaria armar novo barraco quando aparentemente a relação estaria voltando a entrar nos trilhos. Usou da sua comum paciência e aguardou o desenrolar de possíveis novos acontecimentos. Ele já sabia que na maioria das vezes o cônjuge que tem desconfiança de que vem sendo traído, em algum tempo consegue transformar a suspeição em assertiva.

O seu maior erro foi ter-se envolvido demasiadamente com Maristela. Homem bondoso, voluntarioso e, até um tanto ingênuo na sua relação com ela, o levou, por fruto de uma infantil ilusão e pouca capacidade intuitiva, a um degradante efeito moral que o vinha levando à desconfiança, à insegurança, à tristeza e, à revolta. Apesar de ser pessoa serena em suas ações, aos poucos caminhava em direção à porta de entrada de sentimentos graves, como o do desprezo e do ódio.

De outro lado, ela não imaginaria levá-lo a tanto, ou, não se importava com essas reações. Afinal, a relação dela com ele, não teria sido ocasional nem amorosa, mas de conveniência. De sua parte, ele não sentia vigor para desprezá-la e, muito menos para traí-la, como objeto de represália. Pelo contrário, pensando agir da melhor forma, produzia maiores erros ao forçar mais aproximação e demonstração de bem querê-la. Agindo assim, a cada dia o castelo de areia mais e mais desabava e mostrava que ele não era o AS de ouros, nem o coringa que pensava ser. Pois deixava de ser o valete de paus que a dama de ouros descartara logo que o carteado começara pra valer.

Além do mais, o caso de Maristela estaria cheio de reincidências e de inconvincentes justificativas. Para ele, que sempre gostou de flores, lhe parecia que as rosas vinham murchando dia a dia e, as pétalas caindo; apesar de regá-las sem perder a esperança de reavivá-las. De mais a mais, com o uso de oportuna metáfora, ele sabia que, ainda que ela (a rosa) fosse tão bela, enquanto a outra fosse tão feia que era chamada de cabeça de égua (e de égua apaixonada), representava a primavera e foi reconhecida como a padroeira das colheitas. No entretanto, crescia em seu favor desfrutar de boa posição no mundo do Olimpo.

Maristela, todavia, vinha dando inequívocos e seguidos sinais prejudiciais ao convívio entre o casal. Mesmo assim, não a desejaria ser comparada com Deméter, que teve a infeliz sorte de, ao nascer, ter sido devorado pelo seu pai, o malvado e pecaminoso Cronos.

Por sua vez, Severo previa que o devaneio que com Maristela sonhou, estava próximo de acabar, mostrando uma realidade que nada mais existia entre eles. O amor vinha se desprendendo dos amantes e, isso poderia ser um sinal de que estaria na hora de bater-se em retirada. Que Shakespeare o desculpasse, mas ele estava tendo dificuldade de continuar amando à sua Julieta. Doutra banda, ainda o fortalecia saber que a triste e indesejada comparação com Deméter, tinha alguma identidade, mesmo que no caso de Maristela, ainda não plenamente provado, a mitológica mulher fora reputada como chegada a flertes e situações amorosas com titãs e alguns deuses.

Poucos dias depois um amigo de Severo disse-lhe ter visto Maristela saindo do Ibmec, na garupa de uma moto. Que chamou atenção ela não ter usado capacete protetor; o que seria muito perigoso. Disse mais: que não desejaria fazer algum tipo de observação, porque afinal, quase que não a conhecia, mas por zelo e consideração ao amigo, o recomendava que a instruísse a usar o equipamento de proteção.

Ao final do dia, quando se encontraram em casa,

Severo contou que teria falado com um amigo que a teria visto na garupa de uma moto sem o equipamento protetor. Que isso poderia resultar num acidente fatal para ela. Como ela imaginou que a única preocupação de Severo seria com o fato de não ter usado capacete, apenas respondeu-lhe que não faria mais aquilo; que para sua segurança sempre usaria capacete. Então, ela apenas curvou a cabeça.

Dessa forma, aparentemente ela teria fisgado a linha lançada por Severo. Para ele, o peixe teria beliscado o anzol, e agora só bastaria devolvê-lo para saciar a fome dos famintos tubarões. Mas a esperta Maristela que sempre tinha uma desculpa de plantão, ao concordar com a observação do amigo de Severo, disse ao marido que *a* colega que lhe dera carona, na oportunidade não tinha o capacete para uso pelo carona. Mas, que, mesmo assim, por indesculpável imprudência, ela aceitou a carona até em casa. Em meio à essa desenvolta cara de pau, ela ainda questionou o zeloso companheiro:

- Poxa querido, será que estás novamente me questionando? Será que andas me vigiando? Acho que já te dei provas de que és o único homem na minha vida! Podes crer! Vou ser mais clara ainda: não costumo atravessar a fronteira, ainda mais se o sinal estiver fechado. Beijinhos, meu amor.

Ele então respondeu:

- Nada disso, Maristela. Eu jamais me sentiria a vontade se estivesse a lhe vigiar. Tenho certeza de que, se um dia eu fizesse algo assim, desceria ao nível de não lhe merecer. Não fiques imaginando o que não existe, pois sempre jogo com as cartas abertas na mesa. E, tem mais, no meu baralho não tem o coringa, entendestes?

- Entendi, mas não podes tirar cartas de mangas, porque aí será trapaça!

De todo modo, se sentido um pouco aliviado com a informação de que, quem dera a carona teria sido uma colega de curso, não mais interveio no assunto, o arquivando até segunda ordem. Como ele sabia que a sua esperta mulher sempre conseguia alguma desculpa para escapar das suas armadilhas, preferiu aguardar novas manifestações, ao invés de estragar a noite. Mas por alguns dias ficou de vigília na saída do turno da noite.

Durante as poucas vezes em que se prestou para tentar flagrar a sua mulher – ato só comum a adolescente que fica a bisbilhotar a namorada na saída do colégio - nada notou que a comprometesse. Mesmo assim, ele ficou a pensar na possível falta com a verdade. Não seria a primeira vez que a falsa sinceridade de Maristela se apresentava aparente e, possivelmente por ele identificada. O seu fingimento não mais encontrava espaço ou lugar para esconder-se. Ela parecia começar a ignorar que *não se pode, ao mesmo tempo, ser sincero e parecer sincero* (André Gide). Se durante algum tempo ele acreditou que ela pudesse ser igual a ele, com o passar do tempo ela foi se mostrando diferente dele. A cada novo dia, mais e mais ela ficava diferente dele e, do que ele imaginara que ela fosse.

Ele então pensava: ela me fez perder a confiança nela, e, isso me faz sofrer. Não há como negar que eu já estou em estado de avançado sofrimento; seja por ciúme; seja pelo desencanto por ela. Mas eu não posso negar que estou sofrendo. Eu começo a sentir um gosto azedo na minha boca, como de um fel; do fel mais amargo que eu possa imaginar. Mas, eu preciso manter o controle e, me manter desperto, porque da parte dela, eu já espero de tudo, ou, não espero nada.

Severo não via nas expressões dela sinais de paz e muito menos de candura; pelo que supunha que algum mal ela vivesse fazendo contra ele. Além disso, essa não era a primeira escorregada; outras já se haviam sucedido e cravado indeléveis marcas na sua memória. Ela estava se tornando uma pessoa que vez que outra tinha uma mentira para tapear a verdade; ou possivelmente vinha mentindo sempre – todos os dias; em todas as ocasiões. Vinha se tornando uma mulher vil, desmerecedora do amor e da confiança que ele dedicava a ela.

Quanto mais ela o conhecia, mais o traía. Que, a falta de lealdade não se resume à traição sexual, porém, a tudo mais indispensável ao sadio relacionamento. Onde padece a lealdade, morre a fraternidade – uma das vertentes originárias do amor. O amor não é coisa complicada, porque brota de dentro para fora, mas sem lealdade e fraternidade ele desaparece depois d'algum tempo.

Ambiciosa, talvez não; aventureira e intrigante, certamente ela era. Todavia, articulada em seus pesados interesses, se imaginava estar protegida por um homem cheio de virtudes e de alma tão doce quanto jamais ela imaginaria que alguém tivesse. Mas, desde que se envolveu com Valdemar, Maristela não admitia mais pensar nas coisas boas e belas que são ditadas pela Natureza e aprimoradas e preservadas pelos seres humanos.

Mas para Severo, Maristela ainda não sabia que as palavras nem sempre se conectam com os atos. As suas falsas manifestações de felicidade, vinham emoldurando uma cínica alegria. Era perceptível o seu interno ar de deboche às manifestações de concordância dele, com as suas irônicas mentiras. Mesmo quando ela forçava uma fisionomia de seriedade e respeito com ele, ela escondia no seu mais fundo interior uma sátira. Era uma mulher de virtudes pecaminosas. Desde que ela passou a desconfiar que ele suspeitava das suas travessuras extraconjugais, ela não mais conseguia encará-lo ao conversarem. O olhava de esguelho, porque a vergonha (se é que ainda teria vergonha!) não lhe dava condições para firmar os seus olhos nos olhos dele. Todavia, procurando cativá-lo, a moda mulher da vida, vez que outra lançava gestos e olhares lascivos que, porém, não eram cativados por Severo.

No outro dia, Severo ficou a pensar que, depois de a ter tirado da prostituição e da doença e a ter feito uma dama da sociedade carioca; depois de a ter apresentado a amigos e amigas, como sua escolhida mulher; depois de mostrar-se orgulhoso diante de todos, por se achar merecedor do afeto e da honra daquela linda mulher, ele não aceitaria a traição e humilhação. Nem o seu caráter e o seu coração aceitariam tamanha vergonha, tamanha desilusão e tamanha ofensa. As suspeitas de fatos bem próximos de serem provados, e, que vinham embaraçando a sua alma, parece que aos poucos clareavam a sua mente.

Não se sabe por qual razão ela se transformou de uma moça meiga, insegura e inexperiente, numa mulher de princípios ruins. Teria aprendido isso durante a sua vida de prostituta? Severo não acreditava nessa hipótese, ainda mais porque quando a conheceu, ela não era tão áspera, tão aguda e tão felina. Além disso, também não comungava com essa ideia, porque a vida que ela levou quando trabalhou na noite, lhe proporcionava prazer, prosperidade e segurança financeira. Mais fácil seria debitar essa dificuldade ao seu desencanto por se apaixonar por um cara que, sequer homem perfeito era. Val era isso! E, ela não o podia conter, porque sabia que sentimentos e pensamentos não aceitam algemas. O amado dela era como um pássaro, que a todo momento voa para lugares indefinidos e não se aconchega no ninho de nenhuma fêmea.

Severo começou a acreditar que não tinha mais na sua companhia a mulher que tanto quis e, que, por ela tanto fez e desejou. Em troca, sobrou-lhe uma maliciosa raposa, que o traía sob várias formas, inclusive na relação, que se poderia dizer, conjugal, ou qualquer outro nome que a ela se quisesse dar. Começava a se sentir ridicularizado diante de Maristela. Aquela que fora a sua musa, agora, era a sua fria algoz. Uma mulher traiçoeira, mordaz e, o quanto a ele, ela havia falsamente reverenciado. Era uma mulher que vivia em desgraça e, aqui ele oferecia o termo "desgraça", para ser empregado em mais de um significado: fosse o filosófico; fosse o religioso; ou, fosse o comum, como sinônimo de infelicidade.

Numa noite de profunda angústia, ele ficou a pensar que ela teria sério motivo para trai-lo. Afinal, possivelmente ele não estivesse à altura do homem que ela desejaria para si. Que, se ele fosse *o bom*, com certeza ela não o trairia. Num dos momentos em que misturou ciúme com raiva, desceu tanto nas suas conclusões e comparações, que se julgou inferior a Val. E, pensou: como não poderei ser inferior a ele, se ela o prefere em meu lugar; me troca por ele. Do que valeu o meu cuidado com ela na doença e na saúde? Do que valeram as minhas gentilezas e preocupações? De que valeram os meus presentes e passeios? Para que serviu o conforto da minha casa e o meu dinheiro se, então, ela preferiu trocar tudo isso pelo nada; ou pelo tudo que ele a oferece de tão bom, que supera o meu diversificado conjunto de coisas frágeis que estão sendo quebradas aos meus olhos. E ainda pensou: enganei-me ao acreditar que num majestoso templo o mal não ousaria entrar. Quanto erro de minha parte; quanta falta de sensibilidade ao me entregar por inteiro a uma mulher que é originária do erro!

Severo errou, sim, quanto a liberou das grilhetas que a sorte a impingiram, entregando-lhe o céu como recompensa. Em troca dessa recompensa, ela está a trai-lo física e moralmente. Durante o dia e, agora, também durante a noite. Mas a traição se inicia na rua e não termina quando entra em casa. Mulher diabólica...

Parece ser um tanto natural que a pessoa traída na relação amorosa, possa se sentir debilitada, machucada e entristecia. Para alguns, é bem pior do que a perda de uma conquista profissional. Claro que a relação entre eles era um tanto embrionária, mas ele teria *entrado com tudo o que tinha*, e até com tanto mais. Parecia que ele vivia nela, ou com ela, uma relação bem mais demorada do que a cronologia definia. Havia de sua parte, mais entrega do que o tempo consentia. Ele pouco sabia dela, para dar tanto de si em tão pouco tempo. Resultado: enganou-se e a perdeu. Quando o doce é por demais açucarado, provoca repugnância.

Mas ele talvez ainda sentisse mais raiva do que ciúme. Raiva, por ter passado por bobo, boboca e, na sua cabeça, por estar sendo ridicularizado por Ricardo, Valdemar e, não saberia ele, por quem mais. Talvez ele se qualificasse como um merda, ou mais especificamente, *como a merda*. Se passar por corno, para ele seria pouco. E, pensava mais: se até hoje sou um homem solteiro, é prova de que ninguém será capaz de me querer. Aumentando a sua já doentia culpa, imaginava que nenhuma mulher o amara tal como ele desejava, em razão da sua ineficiente *performance* na cama, no sofá, no chão, ou mesmo no banco traseiro de um Fusca.

O fato dele se sentir pior do que um merda; na verdade, um merdinha; um incapaz de ser amado sequer por uma vadia pobretona, que parecia preferir voltar para a miséria do que viver com ele, ainda mais o enraivecia e perturbava. Quando serenava, passada a raiva, ele voltava a desejar que ela voltasse para ele, tão disposta, alegre e romântica como teria sido algum tempo atrás. Ele sabia que se ela tentasse manter a relação, ele a aceitaria, ainda que pudesse sentir-se encabulado perante as pessoas que sabiam como vivia a serelepe Maristela, quando distante dele.

O seu desespero era tão profundo, que algumas vezes chegou a pensar em aceitá-la, mesmo que sabendo que ela se dividiria entre ele e o Valdemar. Mas em seguida se corrigia, retomando o domínio sobre si e, então, pensava: isso seria por demais; isso eu jamais aceitaria. Em sua confusão mental, por vezes ele pensava: voltar a tê-la como minha mulher é uma probabilidade nem tão distante, desde que com respeito e exclusividade. Eu não poderei ser tão egoísta a ponto de pensar que a minha vida pertença só a mim, quando na verdade ela se estende ao mundo no qual vivo e com o qual respiro o mesmo ar. Mas isso tudo que Severo pensava, poderia não ser uma verdade; apenas um delírio de um cara traído e apaixonado pelo seu carrasco. Na medida em que a raiva cedia, a dor da perda aumentava e, o desequilíbrio emocional voltava a rondar os seus pensamentos.

Safada como ela vinha sendo nos últimos dias, com facilidade ela trocava as expressões de ousadia com as de timidez, e vice-versa; de alegria pela tristeza; de dor por satisfação; de angústia por felicidade, mas nunca de amor, por ódio. Quando tinha algum interesse escuso (agora quase que sempre), ela usava o seu poderoso charme, para o qual não se bastava o uso de sorrisos, perfumes, maquiagens, adereços e, principalmente, sena de inoportuno romantismo despropositado e barato. Talvez esses desastrados e condenados ato praticados por Maristela, resultassem de doentios reflexos de sua vida pregressa enquanto esteve na noite e, mesmo antes dela, quando esteve às vésperas de cair em absoluta miséria. Talvez, ainda, resultado de uma época em que viveu atormentada por maus presságios de toda ordem, que a empurravam para baixo e a desviavam do sucesso que teria procurado obter quando mudou-se para o Rio de Janeiro. E, se tal fosse-lhe uma doença, possivelmente ainda não poderia ser perdoada pelo que vinha fazendo ao seu honrado e respeitoso Severo.

A falta com a verdade, quase sempre vem acompanhada de pusilanimidade; de baixa -covardia; de mau-caráter; da injustiça; da ingratidão; da safadeza; da perniciosidade. Além disso, a felicidade é ferida de morte, quando se sabe que a outra pessoa não valoriza aquilo que é importante para a relação – a verdade e a fidelidade. Enfim, a mentira afetava a relação de tal modo, que o fatigava, aborrecia e, às vezes, o enraivecia; apesar de ele ser um homem naturalmente calmo e cordato.

Parecia-lhe que Maristela assim agia pelo prazer de feri-lo; ou nem isso. Talvez não fosse por tal infeliz vontade, porque, afinal, sempre que ele a acusava de alguma falta, de algum desvio de conduta, ela procurava oportuna desculpa para livrar-se de sua má reputação. Também seria possível que ela agisse daquela forma, por mera leviandade e, porque desejasse manter um duplo relacionamento: um relacionamento fixo com ele e, outro(s) variado(s), com quaisquer homens. De modo que ele continuasse sendo o seu *leche* e, o(s) outro(s), a prancha para surfar naquele sempre agitado mar de ondas que iam e vinham.

Talvez ela entendesse que a sua relação com Severo era a de um "*amor necessário*", dando-lhe direito a "*amores contingentes*", como teria havido entre Sartre e Simone de Beauvoir. Aliás, Simone parecia não ter um amor carnal por Sartre;

algo um tanto platônico. Não no sentido filosófico criado por Platão (uma paixão), mas no moderno e atual, que se manifesta apenas dentro do indivíduo, sem o interesse carnal. Certa vez ela disse: *"O maior sucesso de minha vida é Sartre."*[295] Talvez Simone não chegara a amar o *homem*, mas apenas o que ele pensava, dizia e defendia. E com esse hipotético pensamento, Maristela provavelmente se apresentasse diante de Severo, como uma mulher audaciosa. Por que não? Apaixonada, por certo que não. Atrevida, por certo que sim! Mas voltando à Simone de Beauvoir e Sartre, é de salientar que ela era uma mulher bonita e; ainda que tal não importasse, se relacionava com pessoas da escola da sua época. Ele, um intelectual, como todos sabem, que, apesar de esconder em algumas fotos partes do seu rosto marcado pelos óculos que, em algumas caricaturas que ilustram um dos seus livros, parecem querer mostrar uma das suas distinguidas características visuais, era um homem que vivia o estilo do seu tempo. Até fumava; o que era um charme para um cavaleiro distinto!

Severo pensou, ainda, que isso era uma história; uma história triste e longa; que esses fatos agrupados e ordenados, também faziam parte de uma irônica história; mas de uma história verdadeira; ou de duas histórias: da sua história e da ridícula e pecaminosa história de Maristela. Ainda pensou: todo mundo tem uma história; tem uma história escrita ou não escrita; uma história que acredita ser memoriável, mas que quase sempre é efêmera, etérea, tal o seu desvalor. Mas que toda história sempre terá um personagem, ou vários personagens, ou muitos personagens, embora possa não ser assinada por nenhum desses personagens. Ainda sabendo que não a queria *o mal*, alimentava a esperança de que o tempo a seu tempo, poria o trem de volta aos trilos, mas não mais com a sua presença e a sua participação.

Ele acreditava que até certo momento eles vinham mantendo um projeto de vida em comum. Que, apesar de nada terem combinado, parecia não haver dúvida de que se gostavam e desejavam estar juntos por um grande tempo; um tempo não mensurável, porque inimaginável, porém duradouro e, que, não havia previsão da relação entre eles ruir da forma que vinha acontecendo. Ele estaria a presenciar à implosão de um edifício que com ela construiu e desejaria manter por demorado tempo. Que, o abandono a um projeto de vida em comum é uma traição que fere de morte a amizade.

Parecia que, ao contrário de Marcela e, apesar de terem sido criadas juntas e educadas pelos mesmos pais, Maristela não estava destinada a ser uma mulher bem-comportada. Ou, quem sabe ela só aguardaria livrar-se das amarras impostas pelos seus pais, para viver na sua real intensidade, com a sua integral personalidade – o que, em parte, a vida no Rio de Janeiro a oportunizara com certa vantagem. De qualquer maneira, vinha pagando muito caro por essa desestruturada e repentina liberdade. Seria melhor que ela descobrisse que o tempo é um grande professor e, quanto mais tempo se vive e melhor se vive, mais e melhor se o aproveita. Mas ela era uma mulher movida a choques de ansiedade e muita pressa.

Ele já não sabia se valeria a pena continuar pensando nela; talvez resultasse em outro investimento sujeito à perda. Certamente ele não mais a desejaria como sua mulher, mas pretendia saber o que se passava naquela cabeça tresloucada. Qual seria a origem daquela desenfreada loucura? Daqueles despropositados e ininteligíveis atos? O que viria ocorrendo com Maristela que, de um dia para o outro teria mudado completamente o seu comportamento?

Todavia, ele estava convencido de que para compreendê-la, necessitaria conhecer os seus extremos. Com certeza, isso não seria empreitada para ele, a despeito da sua curiosidade. Seria coisa para um analista, que teria que debruçar-se muitíssimo tempo a observá-la, com extrema paciência para percorrer aquele sinuoso e complicado labirinto. Quando sentia um vazio por tê-la perdido, ele sabia que a culpa não era dela; ela dele, porque se tratava de uma falha da sua alma, que não se educara o suficiente para saber viver apenas em si mesma. Então, começava a compreender que esse *vazio* era uma do seu todo; do seu *cheio*. Afinal, Maristela passava a ser uma ausência que antes fora o seu presente.

E, meditou: *"É inevitável que um homem que queira sempre agir como boa pessoa, em meio a tantos que não o são, acabe por se arruinar, de maneira que é necessário aprender a capacidade de ser bom e empregá-la ou não segundo a necessidade."*[296] Além disso, ele também se culpava por achar que teria sido demasiadamente generoso para com ela; que lhe teria faltado um tanto de parcimônia ao se dar para a sua mulher. Que mostrar um pouco de dificuldade é um bom passo para querer se valorizar diante do outro - no caso, Maristela. Que, quem se dá demais, tem a propensão de em algum tempo esvaziar o seu pote. Uma lembrancinha vez que outra; um mimo em momento inesperado; um beijinho roubado – tudo isso são gestos que valorizam (a) parceiro(a), desde que, eventualmente, parcimoniosamente. O que o(a) apaixonado(a) romântico(a) não pode é sufocar o(a) amado(a). Agindo dessa forma, certamente ele(a) estará desejando comprá-lo(a) ao invés de conquistá-lo(a).

É bem verdade que algumas pessoas agem dessa forma, mais seguidamente os homens, porque as mulheres são mais contidas nas suas demonstrações de afeto. Isso decorre algumas vezes, de uma incontrolável ansiedade e de um angustiante medo de perder a pessoa amada. Não se quer dizer com o que foi afirmado pouco atrás, que as mulheres sejam menos carinhosas que os homens; pelo contrário, elas são campeãs na arte de acariciar. Mas geralmente só se soltam, depois de convencidas de que há cumplicidade de parte da pessoa amada, ou desejada. Bondade e a crueldade, especificamente na situação de Severo x Maristela, são dois pratos de uma mesa balança; por isso, é imperioso saber usar esses dois inconciliáveis pesos. O ideal é que esses dois pratos possam conviver harmoniosamente: com nem tanta bondade e, com nem tanta crueldade. Tudo na exata dose que o fato e as circunstâncias ensejarem. Mas jamais poderão trocar de lado, como se trocam fantasias, porque aí entra em cena o cinismo. E o cinismo; a falta de sinceridade; de lealdade; de honestidade entre o casal é o início do precipício que leva ao fim da relação; a torna insuportável.

Chegando nesse ponto, o caminho fica livre para a traição; para qualquer forma de traição; para qualquer ato de traição, como vinha ocorrendo entre Severo e Maristela, ou melhor dizendo, entre Maristela e Severo. Há casos que se consumam com a desgraçada morte de um ou de ambos os parceiros. Quando se chega, ou quando chegam a esse ponto, não há mais atos de autodefesa, mas de covardia. E o sucesso para um resultado enriquecedor, dependerá da substituição premente da emoção pela razão. Melhor ainda, se ambos ou *todos* chegarem a esta racional solução. A referência ao advérbio *todos*, prestigia as crescentes e consentidas relações *tripartite*s; *quadripartite*s; *enepartite*s que, cada vez mais estão a aflorar.

\* \* \*

Por outro lado, Ricardo teria desaparecido de cena. Supondo que Soraia pudesse estar desconfiada de que ele teria se encontrado furtivamente com Maristela, ficou com medo de que, por vingança, ela contasse a Severo. Então, preferiu esconder o pinto noutra gaiola. Não mais procurou Maristela e, nas duas vezes em que ela lhe telefonou, não deu muito assunto; o que a desestimulou.

Demais disso, além da relação com Ricardo não apontar qualquer futuro, Maristela também correria o risco de ter que enfrentar tamanha confusão caso Severo e Soraia viessem saber das suas aventuras amorosas. As consequências negativas dessa anunciada confusão ninguém poderia garantir, mas os dois poderiam imaginar. Ricardo era um bom parceiro para cama, mas não se comparava com Valdemar. Este teria sido o homem da sua vida, embora muitas vezes se excedesse no seu sexo selvagem, e com a constante e insaciável busca por dinheiro.

A vida de Maristela no Rio de Janeiro, até então estaria marcada por um vinco que a dividia em duas grandes e distintas fases: a primeira, que se iniciou com a sua chegada à cidade, e foi até a noite do grande temporal que a obrigou hospedar-se no apartamento de Pedro Ernesto, ali perdendo virgindade; a segunda, que começara no limiar da prostituição, e segue até os dias atuais.

* * *

Recostada sobre a cabeceira da cama numa tarde de sábado, ela parecia ouvir uma voz voltar a soprar aos seus ouvidos, dizendo:

- Maristela, não te esqueças que de mulher virgem, meiga e honesta, te tornaste uma grande patife, que depois de ter trabalhado como meretriz, começaste a trair o homem que te salvou da morte, te protege, te ama, te sustenta, te acompanha, te valoriza e, o que mais precisares ele estará pronto para atender-te! E o estranho sussurro continuou a exclamar:

- Mas Maristela, tu não deverás traí-lo como vens fazendo, a rodo! Melhor: nem no varejo e nem no atacado, pessoinha inconsequente! Tu deves-lhe respeito, atenção e consideração, que são as únicas coisas que ele espera ter da mulher que escolheu para levar para sua casa, e tê-la como sendo sua esposa. Se não o quiseres mais, caias fora o mais rápido possível, porque ninguém poderá medir as consequências desses atos, se chegarem ao conhecimento de Severo. Nem ele mesmo será capaz de imaginar! O ábaco dele vem somando as mancadas que vens dando, e não esqueças que não saberás quando chegará ao seu limite. Ouve os meus conselhos e não te arrependerás!

Ela despertou daquele devaneio bastante preocupada com o que ouvira. Mais uma vez teria escutado uma estranha voz que a aconselhava a agir ou a não agir de certa forma. Imaginou que pudesse ser aviso de um ente sobrenatural. Quem sabe fosse um parente de Severo, já desencarnado, que tudo observava de outro nível. Assustada, arrepiou-se com o que ouvira e pensou: vou cuidar-me para não tropeçar. Realmente tenho um marido que vale ouro... se o perder, correrei o risco de ter que voltar para trabalhar como prostituta e, inicialmente, sem ter onde morar e o que comer. Lembrou de uma frase de Maquiavel: *"Quem deixa seus cômodos pelo dos outros perde os seus e daqueles não tem satisfação".*[297]

Supersticiosa, lembrou que no último Dia de Finados, porque já morava no Rio não pode ir ao cemitério em Porto Alegre para colocar flores nos túmulos de seus avós. Na verdade, ela quase que não os conhecera, porque morreram ao tempo em que era muito pequena. Mesmo assim, em defesa da honra do seu filho Sergio e da nora Leda, poderia ser que eles lhe fizessem alguma maldade, pela desonra que vinha pregando aos seus pais adotivos. Mas isso tornou-se um segredo velado, que ela jamais contaria a qualquer pessoa. Desejando espantar aquela misteriosa voz que a vinha afligindo a ponto de não a deixar dormir, concentrou o pensamento em coisas boas, não sem antes dizer para si: sai de mim coisa ruim! Tu-tu-fum! Vai perturbar a outro, pois nada te devo, alma aflita!

Durante a noite deitou-se agarrada nas costas de Severo, com medo de voltar a ouvir aquela misteriosa voz. De outro modo, estaria dando a demonstrar que teria voltado a aproximar-se do marido. Porém, apesar de ter gostado de vê-la agarrada nas suas costas, ele não pode entender o motivo daquela súbita mudança de tratamento. Galinha em alambrado em que só há um galo, vive fazendo barulho para chamar a atenção do único garanhão. Se não saracotear e cacarejar o perderá para as parceiras de galinheiro. Mas esse não era o caso de Maristela, que com aquela singular beleza, se desejasse teria homens para escolher. Mesmo assim, por todos os motivos ela fincara o pé no cara errado – o malandro do Val. Então ficou a pensar no que teria ouvido de alguém: vá filosofar sobre o amor e se prepare para quebrar a cara...

\* \* \*

Certo início de noite, ao passar de carro pelas imediações da sede do Ibmec, Severo imaginou que teria visto Val encostado numa parede perto da entrada principal. Como não poderia parar o automóvel, necessitou andar vários quarteirões para retornar ao local onde achava que ele estaria. Perdeu algum tempo, mas ganhou na descoberta: realmente era Valdemar com a sua inconfundível estampa. Sempre com os seus desgastados chinelinhos de dedo que, ao caminhar arrastava para não se cansar ao ter que levantar os pés. Era um tipo marcado para não ser confundido. E aí, perguntou-se já angustiado: o que estará fazendo essa praga em zona privilegiada?! Será que essa grotesca imitação de um ser mitológico pretenderá vender droga por aqui? Ele que se cuide, porque a turma daqui é bem seleta e tem muito policial infiltrado com pinta de aluno!

Ao chegar em casa, ainda não teria decidido se contaria para Maristela ou nada falaria. A indecisão o vinha acompanhando durante o trajeto pelas ruas da cidade, e no final resolveu nada falar. Não queria afastar a hipótese de que aquela traça tivesse intenções de abordá-la e, assim, ele teria melhores condições para observar as reações da sua mulher.

Durante alguns dias, propositadamente Severo começou a passar de carro no local e, vez que outra via o malandro em posição de sentinela em horário de troca da guarda. Desleixado, demonstrando cansaço pelo nada que teria feito, apreciava mostrar os troféus tatuados no bronzeado peito - condição só obtida por quem não tendo o que fazer, passa a maior parte do dia na praia.

Depois de mais de uma semana em que teria interrompido a vigília, Severo voltou ao lugar, e o encontrou em meio a um grupo de camaradas que circundavam uma carrocinha de venda de pipocas. Parou por um tempo para melhor observar o que o grupo fazia, e descobriu que ali era um ponto de venda de drogas. Como abelhas apegadas ao favo, a clientela quase esmagava o atravessador vestido com avental branco e boné de pipoqueiro que, sem disfarce, fornecia o narco-material e contava o dinheiro. Isso era feito a céu aberto e com absoluta tranquilidade. Entregavam mercadorias e recolhiam dinheiro com a desenvoltura de um caixa de supermercado.

\* \* \*

Noutro dia, numa das paradas de ponto de venda de drogas, Valdemar viu Maristela saindo pela porta principal do prédio e a abordou. Ao chegar perto, a primeira reação dela foi dizer que nada mais queria com ele e, que, se afastasse dela em seguida. Ele esboçou alguma reação ao pretender continuar falando, mas ela apurou o passo e gritou:

- Se continuares a incomodar-me chamarei a polícia! Vai embora!

Mesmo assim, ele continuou a segui-la, caminhando a meio passo atrás, até poder alcançá-la novamente, mas sem sucesso de convencê-la a conversarem. Porém, diante da ameaça de chamar a polícia ele abriu pé do lugar. Não desejaria colocar em risco a hipótese de que, numa investida policial descobrissem que ali perto havia um ponto de venda de drogas.

Ao chegar em casa, ainda ofegante pela situação incômoda por que teria passado, Severo a perguntou por que estava trêmula e com respiração acelerada. Não querendo dizer a verdade, inventou que uns caras a estariam seguindo e, pensando que poderiam assaltá-la, correu até chegar em casa. A mentira colou na sua única versão e logo ela acalmou-se.

Poucos dias depois Val tornou a procurá-la, sem igual sucesso. Pois ela fora objetiva com ele, dizendo que amava o seu marido e não o trairia. Que ele se afastasse da vida dela e a esquecesse, em caso contrário a vida dele se complicaria. Com medo de que a ameaça se concretizasse no caso de voltar a assediá-la, ele parou de incomodá-la. No entanto, continuou a fazer ponto no mesmo lugar e, quando a via entrando ou saindo do edifício, apenas a contemplava de longe.

Se aproximando do final do ano de 2008, com o recesso das aulas do curso, por muito tempo Val não a viu. Mas no reinício do período letivo, lá estava ele, estaqueado, com um dos pés apoiado na parede – marca registrada de malandro que aparenta estar sempre cansado –, mas sem chance de abordá-la. Ela passava pela calçada sempre cabisbaixa e com o semblante fechado, para não dar oportunidade à aproximação dele. É bem verdade que ela gostava muito dele e sentia saudade dos tempos em que curtiam debaixo de muita droga e bebida, sobre uma cama rústica e com cobertas já utilizadas. Como qualquer *gaveta* pouco asseada dos prédios da zona de meretrício. Mas ela pretendia não mais trair Severo, especialmente com o cara que ele mais detestava e que a levara quase a óbito. Além do mais, nunca mais esquecera os conselhos que lhe teriam sido segredados pela misteriosa voz oculta.

Mas com o passar do tempo, a saudade venceu a cautela, a vergonha, a gratidão e, num certo dia ele a reconquistou. Os dois estavam sedentos por uma sessão extraordinária, com direito a drogas e muita porrada. Era assim que eles gostavam; era assim que eles curtiam; era assim que eles se desejavam; era assim que eles se excitavam até a plena exaustão.

Combinado o encontro para o dia seguinte, no horário de entrada na sede do curso tomaram um taxi e partiram para o local por ele escolhido. Era a *casa* de Valdemar. Um esconderijo na subida de uma das ladeiras de Copacabana. Um verdadeiro cafofo, tal malcheiroso, exalando um bodum insuportável para quem não está acostumado a inalar tanto fedor. Ao iniciar a subida havia um terreno baldio e, nele, quase na parte mais alta estava a precária morada do *elemento*. Feita com pedaços de tábuas usadas, com enormes frestas que deixavam a luz do dia trespassar, era coberta com pedaços de telhas de várias origens. Não tinha forro de material algum. A porta – única abertura do barraco – era de madeira e fechada com corrente e grande cadeado. Mas para ele a segurança era absoluta. Dizia que ninguém se atreveria entrar na sua casa sem ser convidado ou autorizado. Essa garantia resultava do fato de que era respeitadíssimo pelos demais moradores do lugar, que sempre temeram criar problemas com um traficante que exercia influência entre os parceiros de gangue. Ademais, alguns consumidores das adjacências, costumavam abastecer-se com as drogas que ele fornecia fiado a quem pedisse. A energia elétrica e o fornecimento de água potável eram clandestinos, como soe acontecer em tais lugares e naquelas circunstâncias. Num emaranhado de fios passava corrente para vários condutores de quase toda a vizinhança, sendo praticamente impossível saber o que cada um conduzia e para qual domicílio.

A cama, que mais parecia um catre, era de uma sujeira a toda prova, e se bastava num colchão de crina, um travesseiro manchado e sem fronha e, um lençol surrado que mais parecia um trapo do que uma coberta. Na mesma peça havia um fogão e um frigobar bastante corroídos pela ferrugem. Uma pequena mesa e dois banquinhos de madeira, daria para imaginar que servisse para ele fazer algumas refeições. No entanto, não havia armários. Apenas algumas louças e talheres sujos deixados sobre uma imunda pia. A luz elétrica pendia de um fio suspenso do telhado, com uma lâmpada tão suja quanto o resto do barraco; o que talvez proporcionasse alguma penumbra. Essa era a casa do homem pelo qual Maristela se apaixonara.

Para chegar-se ao barraco, era necessário enfrentar o latido de vários cachorros de rua; alguns deles rosnando para impor medo a quem não conhecessem. Outros, mais urbanizados, pulavam nas pessoas e farejavam e lambiam as suas pernas e pés. De modo que, durante o tempo em que estiveram no casebre, a festa foi orquestrada por incessantes latidos, uivos e choros dos cães das redondezas. Mas o prazer do inusitado casal superava essa ardente barulheira, que até abafava alguns gritos e gemidos da descontrolada e excitada Maristela. Ao saírem do cafofo, parecia que os cães já a conheciam, tal a festa que alguns fizeram para ela.

O que Valdemar parecia gostar mesmo, era de imundice. De sujeira no corpo e na alma. Se podia garantir que, mais na alma. Mas enquanto a sujeira do corpo poderia ser aliviada com uma lavagem com água e sabão, a da alma crescia a cada malandragem que ele aprendia. E malandragem em vagabundo, depois que se apega é difícil de descolar. Era o cara que introjetava no seu pensar a mentira a si mesmo e, quem passa por essa etapa linear e crescente, sem se dar conta do que está fazendo para si, se torna perigoso para ele e, mais ainda, para os outros. Ele tinha um amigo, um *irmão*, que bebia tanto que, só se mantem vivo com o transplante do fígado. Pois o tal *irmão*, apesar do risco de vida pelo qual passou, dizem que, depois de transplantado o fígado, continuou a beber ainda mais do que antes. Que, quando advertido de que não mais poderia beber, ele respondia: ora, se não consegui cuidar do meu fígado, por qual motivo terei que cuidar do fígado do outro que já morreu!? Assim era a roda e a corda em que Val rodava e se equilibrava na Princesinha do Mar e adjacências.

* * *

De outro lado, a casa de Severo, na qual Maristela morava, era de um padrão posto à prova para muitos ricaços. Situada em ponto nobre do não menos importante bairro do Flamengo, tinha um terreno de aproximadamente quinhentos metros quadrados. Era o que se poderia dizer um casarão, recuado da linha da calçada e com um muro baixo, de aproximadamente 1 metro de altura. Sobre o muro havia um gradeado em toda a sua extensão, com lanças bordadas em ferro na parte superior do gradil. Ornando a entrada central existiam duas colunas mouriscas, de cujo propósito ali teriam sido erguidas e de suas origens, Severo jamais soube. Sequer, do mosaico trançado nas cores preta e banca, que circundavam a base das elegantes peças que se estendiam até alcançar a marquise revestida de mármore ou outra pedra assemelhada.

Todavia, quem a conhecia, ainda que apenas de passagem pela rua, dizia que tinha alguns traços do estilo Vitoriano. Acima do piso superior havia um sótão que se estendia por quase toda a extensão da casa, com o teto inclinado acompanhando o declive do telhado. Na parte fronteiriça do sótão, existiam duas pequenas sacadas, que costumavam dizer que eram do estilo *Julieta*. Nas extremidades do peitoril de cada uma, o avô dele teria mandado fixar duas pombinhas de porcelana, na cor branca, que teria adquiro numa das viagens à Paris. Na porta central (principal), confeccionada em madeira espessa e de boa qualidade, se via escrito em letras sutis, em caixa-baixa, o nome do avô de Severo – o patriarca.

Entre o muro e o prédio de dois andares Severo cultivava belo jardim, com flores e verdes de diversas espécies. Mais ao fundo havia enorme pátio com igual jardim, com rosas, alfazemas e outras lindas flores. Nesse mesmo pátio, havia uma enorme e centenária palmeira, com cerca de 10 ou 12 metros de altura, que nos dias mais ventosos, parecia cumprimentar parte da cidade que mesmo de longe podia avistá-la.

Na lateral oposta à da pérgula, um chafariz jorrava água em noites festivas, que antes abrilhantaram a bela casa. Luzes em variadas cores, quando acesas ainda mais destacavam a beleza da ornada fonte. Tudo ali se mantinha bem conservado e limpo. Severo tinha grande apreço pela sua casa, e pensava nunca dela se mudar. O antigo jardineiro que cuidava dos canteiros, sempre sob a supervisão de Severo, os mantinha aguados; de modo que tudo que plantasse e bem cuidado fosse, florescesse nas épocas previstas.

O profícuo trabalho do profissional que, apesar do seu escasso estudo, bastante sabia sobre botânica, a atividade não lhe parecia tediosa; pelo contrário, prazerosa. Um verdadeiro Príapo, que a mitologia distingue como o jardineiro que bem sabia utilizar os seus utensílios de jardinagem no trato das flores da sua época. Desprazer para ele, se dava nos dias de folga quando, mesmo assim não afastava a mente sempre cheia de ideias sobre novas cepas naturais ou criadas pela ação do homem. Além do mais, em tais dias ele sentia falta daquele ambiente de grande frescor propiciado pelo olor expelido pela multiplicidade de flores e de verdes de várias tonalidades. Esse, por certo, também era um dos motivos que mantinha Severo tão profundamente orgulhoso e ligada àquela propriedade. Um prédio que eternizava não apenas a vida dele, mas das duas gerações que o antecederam e, a elas pertencera.

A disposição dos cômodos teria sido projetada por arquiteto contratado pelos seus avós; primeiros proprietários da casa. O piso térreo, construído um pouco acima do nível do terreno, abrigava o que chamavam de ala social, onde havia duas salas de estar, outra de jantar, biblioteca, um gabinete de trabalho com estrutura completa de móveis e equipamentos de escritório, e uma sala de recreação. Ainda no mesmo piso havia um lavabo, cozinha, despensa e adega.

Dentre as salas de estar, na primeira, bem mais ampla do que a outra, tinha um enorme tapete de Paisley, na cor dourada, com contorno em verde limão. Ao centro da elegante e pesada peça que fora encomendada a uma tapeçaria fluminense, se destacava um desenho de florais multicoloridos, com leve e quase insensível relevo. O belo tapete descansava sob um piso de tabuões que, segundo a família, teriam sido adquiridos quando demolida a mansão de um *coronel*, na região das charqueadas do Rio Grande do Sul.

No andar de cima tinha cinco quartos, sendo três deles com banheiros conjugados, mais uma pequena sala e um corredor que conduzia aos dormitórios. Destaque era dado para as maçanetas das portas dos quartos e banheiros, bem como, daquelas que dava acesso ao salão principal. Eram revestidas com porcelana branca e gotejadas com material cor de ouro. Os metais do lavabo eram revestidos de material brilhante, que dava a impressão de serem de ouro.

As paredes da sala de jantar eram revestidas com mármore em pó, tipo de gesso Marmorino Oro e uma camada de pasta de cal; do que resultara uma textura acamurçada e suave aos olhos de quem ali permanecia demorado tempo. Tudo na cor gelo e com larga faixa na parte superior das paredes, rente ao teto, num pastel claro, bem leve, quase imperceptível; cujo contraste entre cores e tonalidades não agredia a visão dos comensais.

Desde o tempo em que a avó paterna de Severo sofreu de doença que a dificultava usar escadas, foi mandado instalar um elevador, que apesar de antigo ainda estava bem conservado; mas raramente era usado. As dependências dos serviçais ficavam num prédio construído no pátio; próximo à lavanderia, à sala de ginástica, à uma pequena oficina e, à ampla garagem. Lindos e caros tapetes combinavam com as cortinas das enormes aberturas. Móveis, lustres e ornatos de bom gosto completavam a agradável, bela e harmônica casa. Ao entrar na sala principal, via-se quase ao fundo uma larga escada que dava acesso ao andar superior, com corrimões em metal tubular dourado. Severo ali morava desde que nasceu, sendo conhecido e estimado pelos vizinhos mais antigos.

Na sala de jantar tinha uma mesa para 8 lugares; com os pés e os das cadeiras estofadas em formato de garras. Tudo era de bom gosto, com um toque de luxo não estravagante, nem pesado. Coisas feitas para quem sabe apreciar o bom e o elegante. Móveis que, sem serem modernos ou atuais, nunca saem de moda. Estilos selecionados e manufaturados para durar por várias gerações. Assim sendo, poderiam ser chamados de *bens de família*.

A rica alfaia, composta por pratos de porcelana e talheres de prata, era utilizada no quotidiano e, segundo ele, foi adquirida pelos seus pais em algumas viagens à Europa. Mas não foi comprada toda de uma só vez. Um antigo faqueiro, teria sido arrematado pelo seu avô, num leilão realizado em São Paulo, na residência de um dos barões do café, então falecido. E, uma baixela pintada à mão, os seus pais teriam ganhado como presente de casamento de um casal de padrinhos.

No primeiro salão existia um belo canapé bordô, que por muito tempo fora usado pela sua mãe, que ali sentada, passava algumas horas do dia a tricotar belos blusões de lã, que presenteava ao seu único e pequeno filho. Era uma casa antiga e, talvez por isso, mantinha um certo bolor de velhice, sem, todavia, qualquer sinal de abandono. Pelo contrário, tudo lá dentro e fora se mantinha absolutamente bem cuidado e higienizado. Era o que Severo costumava chamar de *casa da família*; posto que era o lugar no qual morou e ainda morava a última das três gerações parentais.

Em diversos nichos com prateleiras em vidros espessos e incolores, se viam alguns enfeites em porcelana chinesa e italiana *Capodimonte*. Igual a esse último material e procedência, era um enorme vaso adornado com flores multicoloridas, que descansava sobre uma estante de madeira cultivada, no estilo de uma torre, também com flores esculpidas em relevos altos e baixos. O conjunto de cortinas de tecido branco, rendado ao centro, com bandô em veludo no tom creme, ampliava a já grandiosa peça de acesso ao casarão.

Nada lá era moderno, mas bastante original e especial, além de muito bem conservado, como já fora dito. Tudo bastante bom de ser apreciado e utilizado no cotidiano de quem habitava a grandiosa casa. Ainda o piso inferior dispunha de uma adega, bem ao fundo, construída com espessas pedras de origem desconhecida, mas que deixavam o lugar em temperatura apropriada para a conservação do vinho. As garrafas, com vinhos de várias castas, convidavam a quem ali estivesse demorar por bom tempo para escolher qual delas seria *sacrificada* para acompanhar o jantar.

Severo, apesar de apreciar e conhecer bons vinhos, só abria uma garrafa quanto estava na companhia de alguém que o acompanhasse a saborear complemento tão fino de uma ceia. Vinho que sobrasse na garrafa não era bebido no dia seguinte; mas servia de molho especial para algum prato gostoso. Dentre os que ele mais apreciava, não escondia a sua *atração* pelo espanhol Jerez Manzanilla. Também apreciava um tira-gosto de variados fiambres, ou um presunto defumado e picante, acompanhado de castanhas e nozes.

Certo dia, logo que Maristela teve alta hospitalar, conversando com Severo, perguntou-lhe por que admirava tanto as flores. Ele respondeu-lhe:

- Porque são coloridas Maristela, todas coloridas; perfumadas, muito perfumadas. Se perguntarem para o que servem as flores, responderia que para embelezar e aromatizar o universo. Como seria o mundo se não houvesse flores? Belas, muito belas; feitas para ornar, para alegrar e para alimentar pássaros, insetos, pessoas e, sei lá o que mais, minha querida. Obras de arte brotadas da Natureza e retratadas em telas, gravuras, esculturas, enfim... Captadas pelos nossos olhos e pelo olfato. E, pelas lentes do fotógrafo, não raras vezes são fonte de inspiração; motivo de exposição; complemento de cenários. Noutras, são o próprio cenário e objeto exclusivo da cena.

Ela então o interrompeu:

- Nem precisarás mais dizer, pois a tua verdadeira devoção pelas flores, vai além do cuidado que tens por elas. Se mais tiveres a me dizer sobre elas, serei toda só ouvidos para ti. Estou encantada com o que disseste!

E, ele seguiu:

- Grandes, pequenas, diminutas, não importa isso para qualificar a beleza que as flores transmitem a quem as observa. Nem sempre são notadas pela singela presença, mas pelo encanto que irradiam. Cenário de jardins, panorama de encanto, as flores têm o dom de simbolizar o amor pela pessoa amada; o respeito, a saudade e a reverência a quem se foi; a gratidão; o reconhecimento; a fé. Tamanha a superioridade, nascem, brotam, morrem e renascem em obediência ao seu ciclo divino de vida. Há quem as deplore; há quem as destrua; a quem as inveje. Há sobre elas quem desfeche o punhal do ciúme, e não raras vezes é o motivo e a prova da ruptura do amor traído. Você gostou?

- Gostei sim, e muito. Terás mais para dizer, querido?

- Sim, querida. Tem mais um pouco, se desejares ouvir. Mas não desejo cansar-lhe, ouvindo-me falar sobre flores. Realmente, sou apaixonado por flores e, sei que muitas vezes ultrapasso os limites do ouvinte.

- Claro que quero ouvir, gosto de ouvir e de observar o teu encanto pelas flores. És uma pessoa muito especial quando falas em flores! Embora também o sejas para muitas outras coisas; em especial, para mim que tanto te admiro.

- Então, vou dizer mais um pouquinho. Violetas, rosas, bromélias, orquídeas, camélias, jasmins, alfazemas... Delicadas, se machucam ao menor toque; corajosas, as vezes inabaladas enfrentam as variações do tempo. Lindas, muito lindas, criam e modelam cores e tons; todas as cores e todos os tons.

Ao escutar tão bonita manifestação, Maristela bateu palmas e o abraçou carinhosamente.

* * *

O namoro entre Ronaldo e Marcela se mantinha em pleno progresso. Tanto que os namorados já não saberiam dizer, se o que mantinha acesa a pira do amor era a saudade quando estavam separados, ou a saudável convivência quando estavam juntos. Mas o que importava mesmo, era o fato de se quererem e sempre trocarem juras de amor e de afeto.

Passada a euforia da paixão que quase sempre atropela a vida dos enamorados, instalando-se nas suas cabeças sem pedir licença, novos motivos os entusiasmam. De tal sorte, que, adiante, parece não mais mantê-los levitando naquela bolha imaginária e, o relacionamento vai-se educando, como alguns psicólogos costumam dizer.

Vencida a fase inicial, a vida deles foi se tornando mais saudável e inteligente, sem perder de vista o foco principal – o verdadeiro amor. Embora Ronaldo não se tivesse curado das suas crises de fobia, e Marcela continuasse não querendo visitá-lo no Rio de Janeiro, tudo o mais fluía leve e solto. A cognição entre eles era absoluta. Quase sempre quando um telefonava, ou outro parecia estar à espera da ligação; tanto que atendia o celular ao primeiro toque da campainha. Além disso, trocavam mensagens escritas e de voz, para tentar dirimir a saudade causada pela sempre culpada distância física que os separava. Mas, mesmo assim, parecia não haver jeito de morar juntos...

Ronaldo e Marcela contavam os dias e as horas para voltarem a se encontrar e a se rever. E já sabiam que o relógio que marca o passar do tempo, não se compara com o relógio mental, emocional, especialmente quando a ansiedade parece puxar para atrás esse tempo que nunca passa; que nunca termina; e, que, produz ainda mais e mais ansiedade. E na medida que vai se aproximando o momento em que poderão voltar a se encontrar, parece que esse relógio demora ainda mais para marcar o inexorável tempo que ainda falta vencer.

De qualquer modo, eles já estavam convencidos da dificuldade de se casarem, poque isso teria como imperativo, terem que morar juntos. Estavam, pois, convencidos de que não poderiam se casar, porque, segundo eles, não haveria lógica em se casarem e continuarem morando em cidades diferentes. Se casassem, constituiriam uma família, mas não um lar. Eles entendiam, possivelmente com boa retidão, que a constituição de um lar impõe aos casados a coabitação. Sabiam que há situações em que os cônjuges têm domicílios distintos, mas uma só residência. E, para eles, viver sob o mesmo teto, é da maior importância no casamento. Chegaram a argumentar em conversa, que até moradores de rua, *moram* juntos. Durante o dia, cada um sai para um lado para atender à sua rotina; mas, à noite, estão juntos sob a mesma marquise ou sob o mesmo viaduto. Mas Ronaldo, vez que outra desviava a conversa para alguns planos a serem realizados quando casados. Num tom bastante educado, certa vez ela disse para ele:

- Ronaldo, penso que não há razão para fazermos planos com vista a casarmos. Me parece que, ainda que deseje muito me casar, certamente que contigo, não vejo oportunidade para isso.

Ele, pois, a respondeu:

- Marcela, eu não quero fazer planos para casar contigo. Talvez tenha me expressado da forma errado. Mas não desisto da vontade de fazer planos contigo. Eu te amo.

Depois dessa amorosa confissão, se beijaram e continuaram a conversar um pouco mais.

\* \* \*

Certo dia um anônimo, que inicialmente ela imaginara que teria se gamado na sua beleza, mas não teria coragem para abordá-la pessoalmente, resolveu escrever-lhe um trecho que a enviou pelos correios. Dizia a interessante redação do cavalheiro invisível:

"*Mulher bonita – qual delas não à será, cheia de charme e elegância. Qual delas não à é, cheia de requinte, vaidade e sutileza. Mulher bonita por natureza e por formação. Mulher bonita pela conquista e conservação de bons hábitos, e pela manutenção da beleza física e espiritual. Mulher bonita pelos seus finos gestos. Mulher bonita, por ser incomparável, inconfundível e insuperável. Parâmetro de beleza; ponto de referência e expressão das artes. Estigma de raças e de cores, a mulher bonita não se presta para modelo do que não é necessariamente belo. Com fragilidade externa e higidez interna, a mulher foi feita para ser respeitada, admirada, cobiçada e invejada*".

"*Dádiva divina, a quem foi destinada gestar e criar seu semelhante, dando-se, então, mais do que a si própria. De um amor incondicional à sua prole, a mulher assim já nasce por sua essência e o cultiva por toda a sua vida. Morena, loira, negra, jambo, mulata, amarela, não importa a cor da tez nem dos pelos; sempre será exclusiva, singular, distinguida, exemplar. É única em sua irradiante beleza e formosura. Mulher de sorriso suave, alegre, convidativo, atrativo e, por vezes até chamativo, se distingue e cativa mais pelo olhar do que pelas palavras; mais pelos suaves gestos do que pela forma estética do seu corpo".*

*"De passos leves e seguros, cadenciados, ordenados, elegantes e capazes de irromper barreiras físicas e morais, a mulher bonita é aceita, ouvida, acolhida, respeitada, admirada e cotejada. De pele suave, macia, sedosa, a mulher bonita é presença admitida, observada e destacada em todo lugar. Não importa a idade da mulher bonita, pois sua beleza não é atributo apenas das jovens mulheres. De olhos amendoados ou circulares, íris azuis, verdes, castanhas, pretas, nada altera nem alterna, pois ela sempre será mulher bonita. De lábios finos, carnudos, bicudos; pedaço de bom-bocado, poderá até inverter-se em pedaço de mau-caminho, dependendo de quem a admira, escolhe e atraí".*

Ao final do texto, apenas: *"Um seu admirador"*.

Ela ficou encantada com o belo texto e, sem dúvida, querendo descobrir quem o redigiu e remeteu. Lamentavelmente ela não tinha qualquer pista para *investigar* quem seria o seu dissimulado simpatizante; pois até o endereço do remetente era falso. A folha com o texto circulou pelas mãos de todos os colegas de escritório, e alguns fizeram cópia para mostrar a amigos. A redação do oculto simpatizante, de tanto circular chegou a alguns servidores do Judiciário, que caçoaram com Maristela quando lá compareceu.

No final de semana, deu a bonita composição a Ronaldo, para que a lesse. Brincando com ela, disse não se tratar de uma composição, mas de uma obra, que deveria ser colocada na parede do seu escritório. Riram bastante e não se preocuparam mais em querer saber quem era o misterioso autor. Mas passado o final de semana, Maristela começou a preocupar-se com aquela redação. Pensou ser interessante ou mesmo necessário saber quem a teria remetido. Lembrou-se de casos de pessoas que por paixão teriam assassinado seus ídolos. Isso, apenas no meio do mundo artístico. Mas outros tantos e tantos casos existiam com pessoas comuns.

Ela tinha certeza de que se tratava de pessoa com boa cultura, e relativo conhecimento de ortografia e regras gramaticais. Não seria um Zé deslumbrado. E o remetente teria informado endereço fictício, tanto que o lugar indicado era o de uma praça pública. O envelope teria sido entregue numa agência dos correios, que ficava próxima ao prédio do foro. Tudo bem, mas nada certo e, ela questionava-se: seria um colega de profissão ou um servidor do foro? Também imaginou que pudesse ser algum cliente seu ou dos seus colegas; mas se o fosse, possivelmente teria endereçado o envelope para o escritório.

\* \* \*

A partir dessas desconfianças, ela passou a andar assustada. Lembrou dos atrevimentos de Anselmo, embora tivesse certeza de que não seria coisa dele. Ele sequer saberia escrever bem; era um semiletrado, apesar de ter cursado veterinária. Além de tudo, Anselmo era do tipo que a enfrentaria diretamente, não usando subterfúgios. Grosso como era, jamais pensaria escrever um texto cheio de elogios à mulher; pelo contrário, seria bem mais provável que a ofendesse, como era do seu feitio. Pensou que aquele veterinário que nem cachorro seria capaz de curar, não se atreveria e nem teria capacidade para escrever e remeter-lhe um texto tão bonito, mesmo que tivesse sido elaborado por outra pessoa. Anselmo não tinha tal pendão e, se o tivesse lido, possivelmente não se sensibilizasse com a metade do que estava escrito. Grosso como era, seria capaz de dizer que só poderia ter sido escrito por uma bichona, um fresco, um veado, uma maricas. De tal sorte, que o seu ex-marido estaria descartado das investigações.

O tempo foi passando e o medo de Marcela foi sendo absorvido pela grande quantidade de trabalho e o pensamento sempre dirigido para o seu amado, Ronaldo. Achou que nunca descobriria quem teria enviado o texto. Mais adiante, com o apoio e entusiasmo do namorado, finalmente ela colocou uma pedra em cima do assunto e, parecia tê-lo esquecido. Sem um mínimo de pistas e, de distante possibilidade de ser afrontada por algum tarado, de nada lhe adiantaria ficar ruminando em pasto queimado.

Todavia, ao apagar das luzes nova redação chegou ao seu apartamento, também sem identificação do remetente e com dizeres um pouco macabros; particularmente para quem já vinha assustada com a primeira missiva. Dizia assim, o texto, em aparente forma de carta de possível despedida da vida:

*"Sou esperado desde que nasci. Essa é uma regra imutável, por enquanto... Nos primeiros tempos e nos medianos, jamais pensei ser esperado com tanta aproximação. Achava que isso era coisa para ser pensada muito adiante e, assim, vim protelando o momento, por simples crença de que não me chamariam ou me receberiam em época de tão intenso fervor. Especialmente, quando me aproximo da oportunidade de poder chegar mais perto de ti."*

*"Com o passar do incontrolável e irrefreável tempo, e tudo passando dia a dia, já começo a imaginar que a danada e indesejada espera vem encurtando hora a hora, minuto a minuto, segundo a segundo. Não há mais motivo para protelar; para enganar-me com histórias de que ainda é muito cedo para lá chegar. Num milionésimo de segundo do tempo de um estalar de dedos, a vela poderá apagar-se mais rapidamente do que o sopro. Mas talvez ainda não a deseje ter ao meu lado".*

*"Não tenho tido ansiedade de encontra-me com o que me espera, porque não a conheço e, a ela só serei apresentado quando nos encontrarmos. Ademais, sobre ela não tenho poder de escolha e muito menos de decisão. Seja lá o que for, tu ainda poderás salvar-me de tamanha angústia, se te apressares a me encontrar. Há quem diga que por lá tudo é muito bom, porém pintado de branco. Será que por lá não apreciam outras cores? Será que elas foram criadas, para ser apreciadas somente aqui? Mas há quem garanta que não é bem assim, que, lá, há cores com a predominância do vermelho e do preto. De minha parte, prefiro não somar preocupações com esses pequenos detalhes, pois afinal, penso que não me será dado oportunidade para optar e, muito menos, para alterar esses critérios que aqui classificam como pétreos. Assim que, estou a um passo de espera, sem muita pressa, mas com angústia".*

*"A tua presença me apaixona, mas também me inibe. Espero o teu sinal. Amo-te".*

Com o recebimento desse segundo texto tudo piorou para Marcela, cuja preocupação tornou-se algo como que vital. Além de não saber quem teria remetido as redações, também não sabia se as duas teriam sido postadas por uma mesma pessoa. Observou que o endereço do remetente da segunda, era o de um dos cemitérios de Porto Alegre. Coisa tão macabra como as vividas pela Família Addams. Para ela, era coisa de arrepiar! Medrosa, do tipo que não se constrangia em confessar o seu medo, passou a imaginar tudo de ruim que lhe fosse possível pensar.

Começou a imaginar que as cartas dessem início a um plano insidioso, cruel, dissimulado, criado por alguma pessoa maldosa, ou mesmo vingativa. Ela sabia que a sua profissão algumas vezes deixa mágoas nos adversários dos seus clientes que, escolhem para objeto das suas mesquinhas vinganças, o advogado que defendeu o seu desafeto. De modo que, se a primeira carta tinha um conteúdo romântico, carinhoso, e que distinguia a mulher sob vários aspectos, especialmente enaltecendo a sua beleza; a segunda era um tanto funesta, demoníaca e, possivelmente perigosa. Será que o cara pretenderia suicidar-se? Ela pensou. Ou será que ele pensaria poder evitar essa tragédia se ela o acorresse? Mas como socorrê-lo, sem sequer saber quem ele era? Para Marcela, o perigo começava a rondá-la. E pensou: em que enrascada estou metida, apenas porque um louco se apaixonou por mim! Se ao menos ele me procurasse, eu poderia explicar-lhe que também sou apaixonada, mas pelo meu namorado.

Marcela começou a repartir a sua preocupação com os colegas de trabalho e com Ronaldo. Entrou em grave crise nervosa e começou a ver cabeça de asno em corpo de camundongo. Ao caminhar na rua, vivia sob grande tensão emocional, e olhando para todos os lados, tentando enxergar o invisível. Qualquer homem que para ela estivesse em atitude suspeita, a colocava em estado de pânico. Qualquer olhar enviesado, a deixava em desespero. Começou a evitar sair, principalmente desacompanhada. Quando precisava ir ao foro, procurava acompanhar-se de algum dos colegas, que eventualmente também tivesse que lá exercer alguma atividade. Mesmo assim, nem lá ela sentia-se tranquila, porque imaginava que também poderia ser um lugar onde o invisível suicida pudesse estar.

Com o aumento da crise emocional, foi aconselhada por amigos e colegas a procurar tratamento especializado. E foi assim que fez nos primeiros dias. Sabia que o tratamento seria longo, mas não haveria outro caminho a seguir. Se não fosse possível saber quem teria escrito os textos, pelo menos poderia diminuir a tensão emocional. Também, de nada adiantaria adiar o início do tratamento, pois corria risco de aumentar a tensão nervosa e de perder por completo o domínio sobre os seus atos; sobre os atos comuns e naturalmente praticados por qualquer pessoa. Tal como Ronaldo sabia, ela não ignorava que a tensão nervosa é um dos piores inimigos da pessoa.

Conversando com um colega experiente que a encontrou no foro, depois de ter contado o que vinha ocorrendo, ele opinou que ela procurasse um perito credenciado pela Justiça, que possivelmente pudesse informar se os dois textos teriam sido redigidos pela mesma pessoa. Que havia técnica bastante atualizada e confiável para isso. Antes de agradecer e despedir-se do advogado, perguntou-lhe quem ele recomendaria para ser consultado. Ele deu nome e telefone do experto e, na mesma hora Marcela marcou entrevista com ele, no seu laboratório.

Levou os dois documentos, dos quais já teria feito algumas cópias para sua segurança, e os entregou ao louvado para examiná-los. Pelo que ela viu logo ao chegar, era um homem malvestido, e que carecia de boa higiene. Tinha barba por fazer e cabelos crescidos, grisalhos, visivelmente gordurentos e com caspas que caiam sobre o casaco de cor escura. Um velho e surrado chapéu, remanescente do lendário e clássico Ramenzoni 3X, completava o desaprumo do pseudodetetive à moda gaúcho. Usava gravata, sem saber-se por qual motivo, pois o relaxamento em que ele estava dispensaria o uso de tão distinto quanto elegante acessório masculino. As unhas crescidas e sujas, não destoavam dos dedos amarelados por algum líquido que ele manuseasse, ou pela nicotina do cigarro que não tirava da boca. Esse era o enquadramento físico do recomendado experto porto-alegrense.

O laboratório tinha as mesmas características dispensadas ao seu dono; com o agravante de que ela foi convidada a sentar-se numa cadeira imunda, de onde teria descido um gato, não menos sujo do que tudo o que já teria visto. A sala, com pouca luz, tinha sobre uma mesa cheia de mossas e bastante arranhada, um quebra-luz com o facho direcionado para o tampo. Não bastasse a sua intranquilidade por ter recebido as enigmáticas cartas, isso tudo a deixava bem pior. Mas, teria que aguentar, ou evadir-se antes de consultar com o perito. O aspecto geral parecia querer imitar alguma cena dos inesquecíveis detetives de histórias ficcionais, como Hercule Poirot e Sherlock Holmes. O ambiente parecia ter sido criado para proporcionar medo e terror. O *gabinete* no qual ela foi recebida não tinha qualquer abertura para receber luz natural; era bastante escuro, claustrofóbico. Ao passar pelo corredor, pareceu-lhe ter visto escorado numa parede ao fundo da casa, um ataúde. Mas isso seria ruim por demais, ela pensou. Porém, a fama era de que quando ele metia a lupa, descobria tudo, inclusive se uma pulga já teria acasalado. E, certamente deveria ter muitas pulgas naquele lugar tão nojento.

Como ele dependeria de algum tempo para examinar os papéis, combinou de avisá-la quanto tivesse pronto o laudo pericial. E ela sentiu-se satisfeita por não precisar ficar maior tempo em meio àquela cena de filme de terror. Perguntou-lhe ao sair, se ele poderia enviar o laudo através de e-mail - pois assim evitaria voltar àquele macabro lugar. Mas, secamente e, sem sequer levantar a cabeça, ele disse que não.

\* \* \*

Com o tratamento na base de terapia e medicamentos, Marcela vinha gradualmente melhorando. Os próprios colegas de trabalho notaram essa considerável superação do mal que a afligia, bem como Ronaldo, nas poucas vezes em que pode estar com ela. Porém, ela teria perdido bastante peso; o que a deixara muito desfigurada; com a fisionomia abatida, e o semblante baixo. O sorriso quase que teria sumido das suas feições, mas ela precisaria seguir com a sua vida, ainda que com as dificuldades impostas por aqueles tarados e impostores.

Ao receber a ligação do perito informado que o laudo estava pronto, ela imediatamente deslocou-se para o laboratório para entrevistar-se com o experto. Ele a entregou um envelope contento várias laudas do trabalho, nas quais, dentre o mais, informava os métodos e processos adotados para chegar à conclusão. Porém, disse que desejaria explicar-lhe algo importante: que as folhas do primeiro dos textos por ela recebido, não eram originais. Que o primeiro texto teria sido originalmente impresso noutra folha; noutro tipo de folha de papel. Que o documento que ela entregara para ser periciado não era o originalmente escrito por quem o escreveu e/ou remeteu. Aquilo era uma cópia. Porém, com o detalhe de que aquela cópia não teria sido tirada em papel comum de copiadoras, como os usuais alcalinos, recicláveis e biodegradáveis. As cópias que lhe estariam sendo devolvidas junto com o laudo, teriam sido impressas em papel *Kraft* ou *OffSet*. Mas, ele não poderia precisar qual dos dois. Mais ainda: que a cópia não teria sido feita em impressora comum, dessas interligadas a computadores. Foram feitas em copiadoras de alta complexidade, só encontradas em algumas repartições públicas e poucas empresas.

Quanto ao segundo texto, era do tipo bem comum, mas também cópia do documento original.

Em todo caso, o objetivo principal dela ter levado os documentos para ser periciados, é que os textos teriam sido escritos por pessoas distintas. O tipo de redação era bem diferente de um e de outro, com muitas características que bastante distanciavam um do outro; não sendo possível admitir que tenham sido redigidos por uma mesma pessoa. Todavia, restaria a hipótese de que uma só pessoa tivesse pedido ou contratado dois redatores, para escrever um e outro dos textos.

- Eis, então, uma questão bastante complexa para ser resolvida, doutora, disse-lhe o perito.

Ela agradeceu pelas explicações e levou o laudo para melhor examinar em casa. Para ela, tal como lá chegou, saiu com dúvidas sobre o que desejaria saber; ou quase que nada mais saber, além do que já sabia. Pois o que havia de mais importante no relatório pericial, não teria sido explicado pelo perito.

Isso lhe trouxe mais uma dúvida: por que os textos não foram remetidos nas vias originais? Será que ao mandar apenas cópias, os caras teriam alguma outra finalidade além daquela? E, o pior: não ficara resolvido definitivamente, se os dois textos seriam de responsabilidade de apenas um ou dois maldosos desocupados, que mais se pareciam com loucos.

Passados mais alguns dias, uma amiga do tempo de bancos escolares veio saber que Maristela teria recebido uma carta – no caso a primeira delas. Então a procurou para dizer que uma prima sua também recebera um texto, que lhe parecia ser igual ao recebido por ela. Combinaram se encontrar as três para comparar as redações, e constataram que eram realmente iguais. Inclusive o papel usado no exemplar de uma e no da outra.

Mais alguns dias depois, a mesma pessoa recebera carta semelhante à segunda delas e, em novo encontro as destinatárias constataram também serem iguais. Isso trouxe certo alívio para as duas, pois mais parecia coisa de algum louco ou desocupada, que enchia o seu tempo enviando anônimas missivas.

Não demorou muito, várias outras mulheres receberam uma ou outra das cartas e, algumas, as duas. Isso verdadeiramente mais se parecia com uma incômoda brincadeira de gente desocupado. Algum solitário que, apesar de tudo, deixava claro ter veia poética, e que escrevia com certo conhecimento de gramática e de ortografia. Mas quem seria o gajo? Essa, era a difícil questão a ser resolvida...

Bem mais adiante, sem que pudessem provar, admitiram que o remetente da primeira das missivas, se tratava de um errante, que nada ou quase nada fazia, além de diariamente caminhar. Que costumava andar pela avenida Borges de Medeiros, partindo da região do Mercado Público e indo até próximo ao estádio do S. C. Internacional. Era uma pernada e tanto, que consumia boa parte da tarde. Além disso, mais uma vez se confirmava se tratar de alguém ambientado com as letras, a ponto de criar aquele bonito texto. Imaginando isso, algumas das várias destinatárias do primeiro texto, combinaram de abordá-lo numa das suas longas caminhadas. Porém, a investida não chegou a se concretizar, não se sabendo ao certo por qual motivo. De qualquer sorte, para Marcela o assunto terminou arquivado na gaveta das coisas suspensas, porque outras preocupações mereciam maior atenção na oportunidade.

Mas o titular da outra carta – a funesta – continuava desconhecido; e sequer alguma das destinatárias suspeitava de alguém. Esse elemento, sim, parecia ser perigoso e, por isso, precisaria ser conhecido por todas as que desejassem sabê-lo. Fora uma verdadeira *luta in glória*, pois ninguém tinha ou sequer esboçava algum adminículo de prova quanto à pessoa do remetente. Como diante dessas circunstâncias surgem as mais absurdas opiniões, suposições e *achismos*, alguém disse que conhecia um morador de rua que costumava escrever belos textos. Que talvez fosse pessoa bastante ilustrada antes de cair em desgraça. Que inclusive saberia dizer o lugar onde ele fazia ponto e dormia.

Então, antes que o assunto esfriasse como ocorrera com a outra carta, uma verdadeira comissão de destinatárias do texto partiu em diligência para o lugar indicado. Lá chegando, na companhia da informante, procuraram pelo letrado e provável suicida. Em contato com alguns outros moradores do lugar, disseram que por lá realmente um homem costumava passar o dia, e quase sempre dormir. Que quando se passava na bebida, dizia que nenhuma mulher olhava para ele por ser muito feio. Que quando moço, tivera muito dinheiro, mas fora enganado por uma companheira que lhe roubou tudo. Que ele gostava de escrever cartas que remetia pelos correios, com o dinheiro que pedia aos transeuntes. Que vinha sofrendo de alguma angústia há bastante tempo, mas não incomodava ninguém. Que era uma pessoa triste e quase nunca falava com os outros moradores de rua. Tanto assim, que ninguém sabia o nome dele, mas foram informados de que ele teria morrido na semana passa, não sabendo se atacado por alguma doença ou, se assassinado.

Se, de um lado a notícia da morte trouxera tristeza para o grupo de destinatárias, por outro lado elas tiveram um alívio. Afinal, supunham ter sabido quem escrevera o segundo texto e, que, afinal, ele não mais ofereceria perigo. Porém, ao se comunicarem com os moradores de rua, elas abriram mais uma página nas suas vidas, ao ver bem de perto em que circunstâncias desumanas vivia aquela gente. Eram pessoas que, apesar de tudo, eram imbuídas de extrema coragem; que se lançavam à vida contando apenas com a providência de uma discreta minoria da sociedade. Sem condições para exatamente nada, passavam o dia e a noite contando tão somente com a sorte, que, de há muito sabiam, não os teria favorecido até àquele momento e, não lhes confortava sequer com a esperança de algum dia os beneficiar.

Que ao passar pelas ruas, vendo aqueles seres tão iguais quanto cada uma delas, lembraram da reiterada prática do vergonhoso ato de os desprezar, como se fossem pessoas inferiores.

Então, tiveram oportunidade de saber que aqueles a quem, pejorativamente denominavam de indigentes, não eram tão pobres e desprovidos de tudo, como pareciam. Mas que, por não ter como agasalhar o corpo, cobriam a alma com o que de melhor tinham: a humanidade; a solidariedade; o amor ao próximo; a indiferença à própria dor; o calor; a esperança em troca do desespero; o desapego da vergonha e do constrangimento ao pedir imperiosa e extremada ajuda; a compaixão pelo mais necessitado; a piedade e o perdão ao desafeto. Porém, se quisessem mais saber, ainda teriam, porque são pessoas capazes de suportar o extremo calor e o arrepiante frio, debaixo de sol ou debaixo de chuva, sem nada reclamar, e não ter a quem se queixar.

Geralmente amontoados em pequenos grupos, têm por lema respeitar as leis da Humanidade; as leis da terra e as leis do céu. Professam o respeito mútuo, o individual e, o coletivo. Via-de-regra mais alimentados pelo ar e pelo sol, parecem ter melhor vigor do que muitos que se nutrem com alimentação balanceada. Curam as suas feridas, quase sempre sem a assistência médica – se diria, como muitos dos animais as saram. Ao deixarem o local, quase que em uníssono gritaram: que gente boa e corajosa!

* * *

Os encontros de Maristela com Val vinham se sucedendo, e a cada um deles, ela saía mais encantada e amorosamente mais dependente dele. Ela começava a preocupar-se com o tipo de vida que ele levava, imaginando que ele poderia adoecer gravemente a qualquer momento ou ser preso em razão das suas travessuras. Porém nada poderia fazer, senão aconselhá-lo a mudar o estilo de vida que escolhera. Mas ele não tinha ouvidos para essas coisas, pois adorava a maneira como vivia e a liberdade que gozava para fazer o que desejasse. Era um cidadão do mundo ao estilo vadiagem e bandidagem. Seu único problema era conseguir dinheiro para comprar as poucas e baratas coisas de que necessitava; especialmente, drogas. Val era um acessório defeituoso, que devia ter sido descartado ao ser *fabricado*; que só vingou por descuido do setor de controle de qualidade.

Além de encontrar-se com Val, ela começou a ter relações com outros homens que desejasse provar. Mas agindo assim, acreditava não trair Valdemar, porque o tipo de relacionamento entre eles era de plena liberdade. Tanto assim, que ele também tinha algumas outras transas que lhe alcançavam algum dinheiro para seus gastos a curto prazo. Sabia ela, no entanto, que traía Severo, mas por isso não mais sentia remorso; tão somente, medo de vir a perdê-lo.

Como ninguém será possível de ser traído por tanto tempo e através de diferentes versões, Severo começou a não mais suportar o tipo de vida que a sua mulher estava levando. Ele começara a perceber visíveis mudanças no seu *modus vivendi*, com reflexos nos sentimentos dele. De companheira sempre pronta para agradá-lo e amá-lo, se tornara uma mulher distante, com ares de dissimulação dos seus atos. Para ganhar um simples beijo, que antes lhe fora espontâneo, não encontrava vontade ou prazer da parte dela. As relações sexuais foram sendo reduzidas, e quase que desapareceram por completo. A cada dia ela tinha uma desculpa para não se aproximar dele e, em várias delas, ele achava que eram inventadas para não o ter por perto. Apesar de continuarem dormindo sobre a mesma cama, um se mantinha no extremo oposto ao do outro, parecendo, particularmente no caso dela, que ele sofresse de alguma doença que a pudesse contagiar.

A rotina diária de Maristela teria se alterado, sem que ela desse explicações por qual razão. Não havia mais horário para chegar ela em casa no final do dia e, seguidamente já entrava mal-humorada. Quase sempre com a testa franzida, parecia querer demonstrar desagrado em estar na companhia dele. Apesar de passarem o dia praticamente distantes, porque ela, em tese, continuava estudando e trabalhando, ao chegar em casa, já de noite, nem sempre o cumprimentava, sequer por educação e respeito.

Assim que, ele também deixou de preocupar-se com esse mero simbolismo, pois quando o cumprimentava, por certo que seria para dar apenas satisfação, ou para cumprir com alguma regra de comportamento. Perturbado, e já quase que sem sossego para engolir tanta mentira da sua mulher, Severo resolveu montar um esquema capaz de obter maiores resultados, pois além de amá-la, ainda não desejaria perdê-la.

Destarte, a mantinha sob o seu teto, e não desejaria passar por traído perante os seus amigos. Corno sim, mas manso não, pensava ele. Ser traído pela sua mulher é uma contingência que poderá vir a ocorrer sem que o marido possa sequer desconfiar, mas no caso de Maristela, as evidências se bastavam diariamente. Todavia, Maristela para ele se parecia com Ottilie para Eduard, na obra clássica de Goethe, tal a paixão que ele tinha por ela. Quase não havia limites para ele, embora a bela Ottilie, na versão Maristela, também amasse o seu Eduard.[298]

Sopesando os prós e os contras, ele começava a tirar algumas conclusões: segundo eu acho, ela é a mulher mais bonita do mundo, mas está se tornando uma pessoa complicada. Ultimamente, está se tornando diferente, estranha, difícil, complicada – o que me tem levado à dela desconfiar diversas vezes. No entanto, apesar de não ser melhor nem pior que as outras mulheres, resta o fato que é a minha mulher; aquela mulher a quem eu desejo continuar podendo ter orgulho de ser o seu marido. Todavia, do jeito que as coisas têm andado, cada vez se torna mais improvável que isso continue por muito tempo.

Então, ele começou a fechar o cerco em torno dela. Vez que outra a espiava nas saídas do curso e, outras vezes, nas entradas ou saídas do serviço. Não era uma prática constante, mas que ele acreditava ser suficiente para pegar a ratazana. Em pouco mais do que uma semana ele a viu saindo com o vagabundo e, ao chegar em casa, colocou as cartas na mesa. Inclusive fotografou a dupla bem juntinha num caloroso abraço. Era o que faltava para a ruptura daquilo que teria sido uma vida de sonhos e de prazeres. Realmente Maristela não prestaria nem para limpar os sapatos dele. Ou talvez isso não lhe fosse tão ruim, porque estaria acostumada a esfregar-se num cara tão, ou mais sujo, do que as solas dos sapatos do seu marido.

Como se poderá constatar, o adultério praticado por Maristela era diverso do que existiu entre Betsabá e Urias, do conto David e Betsabá. Pois a traição que esta impingiu ao pobre marido Urias, o fora com o rei David, enquanto, que, Maristela o fazia com a cumplicidade de Valdemar. Afinal, o cúmplice no histórico adultério era o *rei* Davi, enquanto, que, na realidade vivida por Maristela, era o *vadio* do Valdemar. Além do mais, para quem já fora uma prostituta, a relação com Severo poderia tratar-se de um segmento da sua inacabada atividade profissional; então melhor aceita e acolhida pela sociedade. De toda sorte, muitos de nós sabemos que a mulher é um enigma; uma criatura para muitos misteriosa e de difícil entendimento que, não poucas vezes foi qualificada como *fatal*. Pois Maristela, bem que poderia estar escondida por detrás dessa figura indecifrável; mas bela, cativante e interessante a homens e a outras mulheres.

✳ ✳ ✳

Severo esperou Maristela chegar em casa ao final das aulas do curso. Antes de iniciar a conversa, apesar da crescente desconfiança, que se tornou de integral conhecimento dele, vinha evitando o embate e uma possível precipitação. Muitas vezes percebeu nela a dissimulação de gestos, feições, palavras e insegurança na voz. Porém, ele já estava convencido de que não poderia continuar a maltratar-se e trair-se, fazendo que não sabia o que realmente vinha acontecendo. Sentado numa das poltronas da sala, pediu que ela se sentasse noutra em frente a ele, e, não perdeu mais tempo para dizer o que já deveria ter dito há bastante tempo. Surpresa com a expressão fechada do marido, depois de sentada perguntou-lhe qual o motivo daquela atitude. Que ela estava cansada de um dia cheio de tarefas no curso e no trabalho.

Ele foi direto ao assunto e, sem rodeios disse que sabia que ela o viria traindo há muito tempo; o que ela negou com ar de contrariada pela acusação que disse ser injusta. Ele firmou os seus olhos nos olhos dela e, ela abaixou a cabeça de forma oblíqua e dissimulada. Não o olhou *de rosto, mas a furto e a medo*, fazendo lembrar encontro furtivo de Bentinho e Capitu, em Dom Casmurro,[299] provocando falsa manifestação de constrangimento sobre o que estava sendo acusada.

Mera cena de cinismo, interpretada por artista de péssima categoria. E, por certo que o mal aprendizado ela não devia ter colhido de Val, porque o vagabundo era um cara autêntico, apesar de detestável. Vadio não esconde a sua condição; a deixa a mostra e, quando a melhor desempenha, até gosta de mostrar para ser aplaudido. Severo achou que ela deveria ter aprendido no puteiro, onde elas se fazem de apaixonadas para enganar homens que retém na cama por lapso temporal e a bom preço. Visivelmente ela se mostrava menos mulher, enquanto ele mais homem. Os polos de ambos não tinham mais como se integrar, porque um deles era incompleto, não era perfeito, era falho. Então ela disse:

- Severo, por que essa agressão toda contra mim? Por qual motivo ultimamente tens andado desconfiado de que eu venho te traindo? Já dei provas suficientes de que tu és o único homem da minha vida. Será que mais alguém anda influenciando-te? Ou será que não mais me queres, por que encontraste outra mulher?

- Nada disso, Maristela. Eu tenho provas suficientes para não lhe querer mais. Aliás, não posso mais lhe querer, em razão das suas traições. Você vem-me traindo há muito tempo e com diversos parceiros. Inclusive você voltou a encontrar-se com o Valdemar, apesar de todo o mal que ele já lhe fez. Mas não sei se a sorte ou azar está do seu lado. Sei apenas que não mais lhe quero. Já engoli muitas mentiras suas e, também sofri pela sua traição e perda. Por sorte, a tempo descobri que você não é uma mulher que me mereça e que eu deseje.

E Severo disse mais:

Não estou triste; estou brabo, e isso me intranquiliza. Fiques a saber, Maristela, que depois de tanta rixa, tanto perjuro, tanta luxúria, traição e impostura, não há mais espaço para a nossa relação. Terminastes com tudo o que de bom construí para ti, mas nem a tua inteligência foi capaz de preservar-me. Tu não me amas mais, ou talvez nunca me tenhas amado. Mesmo assim, se apenas estavas interessada no meu apoio financeiro e pessoal, nem isso soubestes preservar. Vejo que não vales nada! Para se amar, terá que se dar ao outro, as vezes mais do que para si mesmo. Li uma vez que Platão dizia que o delírio dos amantes é o mais feliz de todos; o que está longe de acontecer contigo, em relação a mim. Mesmo assim, eu nunca esperei tanto de ti; porém chego à conclusão de que no fundo me odeias e, o teu maior prazer é castigar-me.

Ela argumentou, então:

- Mas amor, será que o teu dia foi muito ruim, a ponto de descontares as tuas dificuldades em cima da nossa relação? O que te aconteceu de tão ruim no dia de hoje? Sabes que sempre poderás contar comigo! Abre-te para mim.

Ela levantou-se da poltrona e aproximou-se dele com a intenção de beijá-lo, mas ele a afastou com os braços, e disse-lhe que ficasse longe dele. Que o assunto ainda não teria terminado. Então, ela voltou a sentar-se na poltrona e ficou aparentemente nervosa, preocupada com o que poderia ocorrer dali para frente. Começou a perceber que possivelmente fosse o início do seu fim. Mas, não era o início do fim; realmente, era o fim. Então, querendo esticar o amargo assunto, ela disse-lhe:

- Meu amor, diz logo o que queres me dizer. Estou ficando aflita com o teu comportamento. Afinal, não fiz nada de errado. Acho que andas dando ouvidos a quem se passa por teu amigo, mas não o é. São pessoas que sentem inveja do nosso relacionamento, e por isso desejam separar-nos.

- Maristela, apesar de saberes que sou homem que costumo ser bastante contido quando me dirijo a alguém, serei o mais direto possível: acabou! Entendeste agora que tudo entre nós acabou?

- Mas acabou o que, Severo?

- Acabou o nosso relacionamento. Não lhe quero mais. Estou sendo bem claro?

- Mas não consigo entender o porquê dessa atitude tão repentina. Poderás melhor explicar-me, Severo?

- Sim, já lhe expliquei que você vem me traindo seguidamente, e com mais de um homem. Você quer alguma prova? Discordo de parte do que diz Shakespeare nas páginas de Otelo: *"Mil vezes ser um sapo, vivendo dos vapores de uma masmorra, do que manter um cantinho reservado no objeto de meu amor para o uso de outros. E, no entanto, esta é a praga dos grandes: menos prerrogativas têm, eles, do que os indignos. Esse é um destino inescapável, como a morte. Essa praga de chifrudos é a sorte que nos cabe desde quando nos dão à luz."*[300]

- Sim, quero. Mas que não seja fofoca de algum amigo teu.

- Não, não será fofoca de nenhum amigo, mas a foto que poderás ver aqui no celular é incontestável. Olha se não estou certo ao dizer que me trais? Olha bem essa foto e vê se mereço de ti, tal atitude.

- Mas querido, eu não queria falar com o Valdemar, mas ele forçou-me. Isso que parece ser um abraço entre nós, foi um puxão que ele me deu e quase que caí encima dele. Depois, cada um de nós seguiu o seu rumo, porque o disse-lhe que me deixasse em paz.

E Severo foi adiante:

- Mas nessa outra foto, já perto da esquina, vocês voltaram a estar juntos. O que me dizes Maristela?

- Ocorreu que ele me seguiu e novamente me abraçou com força.

- E você acha que eu não estava acompanhando toda a movimentação e, encenação de vocês? Ou achas que eu fiz a primeira foto e fechei os olhos, só voltando a fazer a segunda foto algum tempo depois? Não quero mais ouvi-la. Não desejo mais lhe ver. O que mais peço é que saias do meu caminho o mais rápido que for possível. Se puderes, hoje mesmo. Quem sabe te abrigas na casa de algum dos seus parceiros? Sejas corajosa para isso, já que o foste para trair-me, vergonhosamente. Você pensa que eu sou um boneco inflável? Quem sabe procuras me esvaziar agora mesmo, e me guardas num armário.

E, ele foi adiante:

- Desde há muito tempo venho observando que o que antes fingias expressar por mim, vêm enrijecendo; se dissipando; encolhendo e secando. Até a tua voz e os teus olhas mudaram, Maristela. Não te prendas a mim, apenas para que possas te manter. Isso é vergonhoso! Isso comprova o teu vacilante caráter; isso é pejorativo! Além do mais, qualquer desculpa que ofereças em defesa das tuas mentiras, se esfarelam antes das tuas palavras serem captadas pelos meus ouvidos, que, para pouparem os meus neurônios, não mais os vêm transmitindo para o meu cérebro.

- Não sei o que fazer contigo, Severo. Desse jeito não chegaremos a nenhum resultado. Acho melhor dormirmos, e amanhã voltarmos a conversar com mais calma. O que achas?

- Não acho nada, Maristela. Mas tenho certeza de que a nossa relação terminou. Aliás, tenho certeza de que a nossa relação para você terminou há muito tempo; desde que me traíste com o Ricardo. Por isso, vou dormir no quarto de hóspedes e, amanhã de manhã, trataremos da sua saída da casa. Quero livrar-me de ti o mais rápido possível.

- Poxa, parece que me tratas como um cachorro. Por que isso?

- Não estou lhe tratando como um cachorro, Maristela. Mas como uma cadela vadia, pois é o tratamento que você merece de mim. Possivelmente algum dos seus amantes prefira tratar-lhe de outra forma. Experimente? Eu dou força... Eu tenho certeza de que você vem inaugurando um processo que visa esmagar o meu espírito de homem tranquilo, bondoso e otimista; um projeto que busca prejudicar a quem deseja se manter vencedor, a despeito de eventuais, mas naturais adversidades. Eu sei que é seu desejo ferir tudo o que tenho de bom, cujo propósito final, ainda não descobri, mas que, ao nos separarmos, será mais fácil de conhecê-lo.

Severo disse ainda mais:

- Você vive uma farsa capaz de ser notada até por quem não lhe conhece. Você é uma pessoa falsa e, acho que falseia até nas relações sexuais – o que deve ter aprendido enquanto viveu da prostituição. As minhas incertezas sobre ti foram embora, Maristela. Agora só guardo certezas a respeito do teu caráter. A sua ousadia se confundiu com aventura, mas dessa vez caístes do galho. A liberdade que sempre franqueei, você confundiu com licenciosidade e permissibilidade – o que foi um erro. Você não tinha, então, o direito de satisfazer os próprios desejos, dentre eles, o da traição. Você esqueceu-se que uma pessoa não é completamente livre enquanto estiver comprometida. As imundices que brotam da sua mente estão putrefatas e fedidas. A propósito, aconselho leres O Eterno Marido, de Dostoiévski. Nele encontrarás muito do que tenho sido para ti.[301] De toda sorte, acho que nada mais devo falar Maristela; o meus silêncio vale mais...

Maristela então argumentou:

- Se já dissaste tudo o que querias, deverás ter esvaziado o teu estômago com as tuas injustas acusações. Eu sei bem suportá-las. Eu sei que esse é o preço que carregarei pelo resto da minha vida, por ter trabalhado na noite. Tem pessoas que não acreditam que uma prostituta possa reerguer-se em definitivo. Há pessoas que estão sempre desconfiadas, achando que a mulher da noite poderá ter uma recaída a qualquer momento. Ou pior: que seja uma pessoa irrecuperável. Amanhã conversaremos com mais calma. Vou deitar-me para não ser mais ofendida.

Severo observava que, apesar da crescente animosidade, o cinismo dela ainda a concedia chamá-lo de *meu amor*. Então, ele pensou: como poderia eu chamá-la de *meu amor*, de *minha querida*, se me é impossível amar e querer a mulher que me trapaceia? A instigante desilusão que se abatia sobre ele, dificultava-o de poder pensar bem da mulher que amou. O investimento sentimental que teria feito, não o autorizava continuar a querê-la; a desejá-la. Ela deixava de ser aquela jovem encantadora, bonita, elegante mulher, porque preferira trocar as suas virtudes por uma forte demonstração de mau-caratismo. E, ele chegava a admitir que nela nada teria mudado tão repentinamente; que apenas tivesse começado a aflorar em si, sentimentos escondidos, retraídos, recessivos, que trazia consigo desde antes de se conhecerem.

Mais uma vez ele seria obrigado a lembrar do lugar onde a conhecera – num palco que a sociedade reservara para aplaudir as artistas mais profissionais que um dia a humanidade já vira. Autodidatas, que mesmo dispensadas de algum ensaio ou treinamento, se lançavam aos espetáculos da noite, fazendo sucesso em suas aparições e com as suas *performances*, arrancando aplausos, entusiasmo, carinho, dinheiro e, em alguns casos, a paixão e o amor de *clientes* mais sensíveis e menos prevenidos.

Lembrou naqueles momentos o que havia lido em Primeiro Amor, de Ivan Turguêniev e, que, se coadunava com o que sabia sobre Maristela: "*... tão bela e cheia de vida, havia uma espécie de mistura fascinante de astúcia e descuido, artifício e simplicidade, serenidade e ímpeto; em tudo o que ela fazia, falava, em cada um de seus gestos, havia um encanto sutil, leve, em tudo se manifestava uma força peculiar e brilhante. Seu rosto se modificava o tempo todo, também brincava: quase ao mesmo tempo, exprimia malícia, meditação e paixão. Sentimentos variados, leves, velozes, corriam sem cessar por seus olhos e lábios, como sombras de nuvens numa tarde ensolarada.*"[302]

A confusão mental e sentimental que recaía sobre Severo, o levava a não saber dizer se seria melhor sorrir, ou se seria melhor chorar; ou, ainda, se seria melhor sorrir e chorar; ou, ainda, então, se seria melhor chorar de tanto rir-se. Ele já sabia que ela não teria motivo para errar, eis que ela era o próprio erro. Com toda certeza, não havia mais sequer uma pétala daquela linda hortênsia cor-de-rosa, que simbolizou o espírito amoroso entre eles, noutra recente época. A antes linda hortênsia teria murchado, tal como se tivesse alcançado o rigor de um inverno sem sol, e os poucos pingos da chuva tivessem sido escassos para mantê-la em sua esplêndida beleza e formosura. As suas múltiplas sedosas folhas tinham opacado, porque teriam perdido parte da sua antes encantadora vida, que ajudavam a orná-la. Restava ali um caule enraizado no fundo da terra seca, sem esperança de vir a ser regado outra vez. Sobraria então em seus fixos pensamentos, o que diria Virginia Woolf, no romance em que é biografado(a) Orlando: "*...o amor não tem a ver com bondade, fidelidade, generosidade ou poesia*".[303]

E, ele pensou mais:

Mas esse mesmo amor poderá ter uma versão oposta, romantizada nas seguintes palavras de uma mãe para seu filho: "'*Meu filho'...' tenha medo do amor de uma mulher, tenha medo dessa felicidade, desse veneno...*'"[304] Demais disso, Severo já sabia que há pessoas que não são capazes de aceitar o amor que lhes é dado por quem as ama. Incrivelmente, há pessoas que só se sentem felizes *desamando* a quem as amam; e, quando traídas por quem amam. Infelizmente, o amor por vezes se aloja na cabeça, ao invés de repousar no coração. Quanto a isso, nada há para ser feito, além de aceitar o que assim está...

Mas, além do mais, ela teria mudado o humor, como já fora demonstrado. Vinha se transformando numa pessoa mal-humorada, geniosa, febril, desagradável e desrespeitosa; exceto, porém, nos seus contatos com Valdemar. Se mostrava a cada dia mais autoritária, desaforada e irreverente, inclusive com quem a tratava com distinção, urbanidade e moderada educação. Parecia estar sempre disposta a criar situações desagradáveis, constrangedoras, impróprias e desprovidas de razão.

De outro lado, possivelmente por tudo o que de ruim Maristela tivesse passado desde que chegou ao Rio de Janeiro, teria endurecido os seus sentimentos tão sublimes quanto eram antes de lá chegar. A dor pelo tudo que passara, especialmente pela falta de dinheiro para sobreviver, que a levou à tantas desagradáveis e até insuportáveis consequências, machucou de tal forma dos seus melhores sentimentos, que não mais havia espaço para coisas nobres. Todas as suas lágrimas já teriam sido escorridas quando mais precisou de ajuda e, apesar de a ter recebido de algumas pessoas se, de um lado se livrou de cair na triste vida de morar na rua e de passar fome, não eram dignas como ela desejava que fossem.

Ter-se envolvido com a prostituição, apesar de lhe ter dado certo alívio financeiro, a levou para a parte mais funda do poço do qual foge qualquer pessoa que teve formação e educação igual a que ela recebera. Isso para ela aparecia como um terror que a acompanharia para sempre; para toda a sua vida e, até, para a hipótese de que viesse a ter filhos. Empurrada pelo que aprendera durante a noite, quando dormia com homens de todos os tipos em troca de algum dinheiro, perdeu-se da baliza que divide a moral da imoralidade. E, assim sendo, não mais se sentido apta para voltar ao que antes era, inclusive pela constante e inarredável falta de dinheiro para se manter. Restou-lhe como única opção, abraçar o lado escuro da vida, sem restrições. Ela não mais conseguia adotar o lado do que é certo – se é que entre esses dois lados, algum poderá ser chamado de certo -, preferindo enfiar a sua cabeça na parte que melhor garantisse a sua sobrevivência.

Maristela não acreditava, porque na verdade inexiste, alguém que a um só tempo seja boa e ruim; moral e imoral, porque uma dessas partes sempre estará apta a absolver a outra. Optando pelo ruim, só lhe restava aproveitar o amparo que lhe era oferecido por Severo, sem, todavia, poder entregar-lhe algo de bom, como a fidelidade e o amor. Balzac, em passagem diversa desta, mas que aqui se adapta ao caso, assim disse, aproximadamente: *"...com todo egoísmo de uma (parisiense) habituada às homenagens, ou com a indiferença de uma cortesã que não sabe o custo das coisas nem o valor dos homens e os preza pelo grau de utilidade que têm para ela."*[305]

Insatisfeito com o que já tinha dito, Severo voltou a dizer o que ainda estava incomodando os seus pensamentos:

- Confesso-lhe, que as suas atitudes, sob certo

aspecto me foram proveitosas, pois conseguiram me desencantar até da sua beleza física. Você se tornou para mim uma mulher feia, embolorada e despida de elegância. E, isso não mais me entristece, nem alegra, porque me é indiferente. Olho-a, como quem não vê sequer a sua sombra e o seu cheiro. O maltrato da sua alma, impregnou de sujeira o seu antes belo corpo e a sua elegância. O seu rosto se transformou numa massa grosseira e disforme, pronta para ser esbofeteada por quem é capaz de se aproximar do seu altar de horrores. O meu desprezo por você é tão grande, que sequer me entusiasma assistir ao seu fim.

- Eu não canso de observar a sua falta de decência; o seu descuido com elementares regras de dever moral. O seu plano de vida, não mais é uma incógnita, como já foi em períodos anteriores, porque agora o jogo está aberto, não importando contra quem e contra o que você luta todos os dias. A plateia que bastante lhe aplaudia, hoje lhe vaia. Mas você não percebe os apupos, as zombarias a boca grande, porque está tomada de absoluta indiferença a tudo o quanto para os outros é feio e imoral. Afinal, Maristela, pergunto se você já ouviu a palavra *moral* e; se a difere de atos imorais? Você saltou da figura de heroína, que se ergueu ao sair da lama da prostituição, para um retrato vivo da patifaria, chegando a ser uma cópia mal retratada do vagabundo que lhe bate; mas, amas. Imagino que ele, pelo menos não lhe traia, como me traístes, porque entre vocês não existe a porta de entrada da fidelidade.

Maristela, que o ouvira calada, depois disso resolveu dizer algo mais em sua defesa:

- Agora, eu tenho certeza de que tu te esgotas ao falar da minha vida pregressa. Sentes verdadeira glória em falar mal da prostituição. Mas, não esqueças que a ela também pertencestes, Severo. Se não existissem homens como tu, que se aproveitam da miséria das mulheres que fingem amá-los porque precisam de dinheiro, não haveria prostituição. A prostituição só *funcionará* enquanto houver homens iguais às putas, que além de tudo, pagam para participar do carrossel de prazeres do mundo quente da noite. Responde-me agora, falso moralista. O que tens a dizer sobre o que acabo de falar? Estou certa ou estou errada?

Severo ficou calado e abaixou a cabeça, em clara manifestação de assentimento. Todavia, isso que ele ouvira, não respondia ao que ela teria feito contra ele. Embora a *tese* dela estivesse repleta de verdade, ele não a desculpava das traições lançadas contra quem tanto a ajudou. Ele ainda ficou a pensar que a falta de dignidade e respeito para com os outros, decorria de uma grave absorção de sua defeituosa personalidade, possivelmente agravada por um estado agudo de entorpecimento, cuja uma das causas, ele atribuía a si mesmo, por a ter liberado por algum tempo, para além do que ela era capaz de fazer por si própria, sem ser advertida, oportunamente.

Transformou-se, assim, numa mulher perigosa e

sem afeto. Que, sugada pelas afiadas garras do seu bandido preferido, a sua visão não vê nada além de dois palmos do seu nariz. Talvez seja muito forte o que estou imaginando – pensou ele -, mas tenho margem para crer que o seu convívio com Val – um dos conhecidos mula de drogas da zona Sul do Rio de Janeiro -, tenha contribuído para obnubilar os seus pensamentos. Os momentos de sua ascensão e declínio ficaram muito próximos um do outro; o que é mais um motivo para que se possa entender – pensou ele -a falta de consolo de sua parte. Pena, que fui traído nos meus projetos, ele pensou. Ao fim e ao cabo, ele achou que já estaria na hora de não mais se envolver com aquela criatura.

✻ ✻ ✻

Na manhã, seguinte ele preferiu fazer o seu desjejum numa lancheria próxima ao prédio, para evitar ter que sentar-se com ela à mesa. Quando voltou para casa, ela estava levantando e ele aguardou a oportunidade de retomar o assunto.

Não demorou muito e ele reiterou o que teria dito na noite anterior, especialmente que queria que ela desocupasse a casa. Que, lhe daria cerca de uma semana para ela encontrar lugar para morar e liberar a casa dele. Que, enquanto isso, ele passaria a ficar num apartamento situado nas proximidades do casarão. Embora ela não tivesse gostado da ordem dada por ele, nada respondeu.

Para evitar continuar na presença dela, ele arrumou numa bolsa alguns dos seus pertences e saiu de casa. Durante aquele dia Severo não voltou ao casarão. Não desejaria encontrá-la, pois tal não lhe fazia bem. Além disso, não saberia dizer qual seria a sua reação diante de eventual ataque dela à sua pessoa. A distância entre eles serviria de bom amortecedor para a queda. Ele estava convencido de que, não bastasse tudo o que teria feito em seu favor, ela já teria esquecido que, o que a salvou da iminência da morte, foi o seu cuidado apaixonado por aquela que se tornaria sua desleal companheira. Com certeza ela não estaria obrigada a continuar o querendo, mas devia respeito ao homem que tanto a protegera. Então, o que lhe custaria dizer que não mais o queria e, junto com ele, firmar um pacto de transição, no qual nenhum dos dois seria traído? No lugar de cada alegria, de cada festa, de cada prazer, surgira uma ruína, um desastre, um horror, a morte de algo que para ele já fora vida.

Ocorreu que, passado o segundo dia de seu afastamento da casa, Maristela não manifestava o propósito de liberar o imóvel. Num telefonema que ele fizera para uma das domésticas, soube que ela vinha levando vida normal. Que inclusive não estaria saindo para o curso, nem para o trabalho. Que passava boa parte do dia escutando músicas e lendo revistas. Que vez que outra telefonava para alguém, mas não saberia dizer para quem.

No terceiro dia Severo retornou a casa e insistiu com a liberação do imóvel. Ela alegou que não teria saído, porque ainda não encontrara outro lugar para morar. Ele deu uma circulada pela casa para ver se tudo estaria em ordem, e saiu sem nada dizer. Ao concluir o período de uma semana, ele retornou ao casarão para lembrá-la que o seu prazo expiraria naquele dia. Ela respondeu que ainda não teria encontrado lugar para mudar-se. Pediu-lhe mais alguns dias; no que ele consentiu.

Durante esse período, Maristela voltou a encontrar-se furtivamente com Val, para algumas relações sexuais no cafofo dele. Num desses encontros, ele a machucou muito, deixando vários hematomas, inclusive no rosto. Severo ao voltar ao imóvel, notou os machucados no rosto e braços dela, mas nada falou. Porém, obteve a confirmação de que ela teria voltado a encontrar-se com o vadio. Isso aumentou o propósito dele, de que a casa fosse desocupada o mais rápido possível. Não seria justo ele continuar abrigando-a, enquanto ela não vinha tendo elementar respeito para com ele.

Ao completar mais de quinze dias ele novamente insistiu com a liberação do imóvel, mas ela usou do mesmo argumento para não sair da casa. Então, ainda que correndo risco de continuar tendo dificuldade para afastá-la em definitivo, ofereceu-lhe o apartamento de sua propriedade, que ele vinha ocupando desde o desenlace. De qualquer forma, ele preservaria a integridade física da sua casa. Mas ela bateu pés dizendo que só sairia do casarão quando encontrasse outro lugar para morar, que não fosse a custa dele; isto é, não aceitaria trocar de imóvel, porque o apartamento também pertencia a ele. Estava ficando incontrolável e ameaçadora. Parecia ter numa das mãos o tridente de Poseidon; quase soprando fogo pelas narinas e pela boca. Teria ficado meio transtornada e ameaçadora.

Porém, com esse provocativo argumento, ele mais se enfureceu com ela, pois notou que estaria servindo de bobo para os caprichos dela. Então disse, que se não desocupasse a sua casa, ela pagaria pelo mal que teria feito e continuava fazendo a ele. Que não o provocasse com argumentos falhos e caprichosos, porque ele sempre teria agido com retidão para com ela. Que ele não era objeto de brinquedo dela e, que, tinha uma vida honrada que desejaria preservar para sempre. Que se ela não se mudasse logo, ele arranjaria um jeito de tirá-la da sua casa. Que ela não brincasse com a paciência dele, que já vinha se esgotando.

Aproveitando-se desse gancho, ela registrou queixa policial, sob o argumento de que estaria sendo ameaçada pelo marido, que a queria tirar de casa sem motivo para tanto. Que sempre fora uma mulher dedicada e fiel, e por isso não desejaria sair de casa como se fosse uma vadia. Que tinha muito medo de que ele a agredisse; o que motivaria a determinação de uma medida protetiva em seu favor.

Sem demora, ele foi intimado de que, em razão dos motivos alegados por Maristela, por decisão judicial não poderia aproximar-se da casa em que ela residia a menos de trezentos metros de distância. Isso caiu como um tijolo no seu peito. Ficou furioso, mas não quis contestar a ordem judicial, porque corria o risco de expor-se a maior número de mentiras arquitetadas por ela, capazes de prejudicar a sua honra. Ele sempre entendeu que, em briga com mulher bagaceira e perigosa é melhor sair com algum prejuízo do que enfrentá-la. Além do mais, ela quase que nada mais teria para perder e, em tal situação, poderia caluniá-lo ou injuriá-lo, com o leviano intuito de ferir a sua honra. Aliás, já teria mentido em juízo ao dizer que ele a ameaçara. Também, ele levou em conta o tipo de pessoa de quem ela se cercava. Era um camarada perigoso, capaz de difamá-lo, sem o risco de alguma perda; pois já teria perdido tudo o que um homem deve preservar – a sua honra.

\* \* \*

Essa brusca mudança no comportamento de Maristela, segundo depois foi aventado, decorreu de situações por ela vivida com a sua família, desde que foi adotada até sair de casa para morar no Rio de Janeiro. No seu subconsciente mantinha guardadas situações nunca resolvidas, especialmente, em relação ao seu pai adotivo, seu Sérgio, de quem, praticamente recebeu boa parte da educação, mas nunca recebeu carinho.

A formação escolhida por seu Sérgio às filhas, era linear e vertical; impositiva, distanciada, amarga. Por sua vez, dona Leda era um pouco mais afetuosa; um tanto amorosa com as filhas e, sem distinção entre elas. Porém, se de um lado Marcela nada reclamava em relação ao tratamento dispensado pelo pai, Maristela se ressentia e até segredava a irmã o seu agudo descontentamento. Essa fria relação entre o pai e a filha, foi abrindo uma ferida interior em Maristela, que nunca a conseguiu curar. Ela chegava a pensar que ele não gostasse dela e, que, gostasse mais da irmã; ou apenas de Marcela, porque lhe parecia ser mais rude com uma do que com a outra.

Uma de suas mais recentes confirmações, ocorreu quando ela disse que sairia de casa para morar no Rio de Janeiro e, ao invés de receber apoio do pai, dele só recebeu repulsa. É certo que um dos motivos de querer sair de casa, estava no fato de se sentir magoada com o pai, mas também ele sabia que ela buscava aprimoramento profissional, já que teria conseguido bolsa de estudos para frequentar curso na Fundação Getúlio Vargas.

A outra confirmação, foi quando ela pretendeu retornar para casa, em razão de que não conseguia mais manter-se no Rio de Janeiro; pois não ganhava o necessário dinheiro para enfrentar as suas despesas ordinárias. A negativa do pai foi mais bruta e profunda do que a primeira. Ao fechar a porta da casa para a filha, a criticou e a ridicularizou, a difamando e a injuriando. A inicial reação por ela sentida, a fez relembrar a sensação que levara Gregor Samsa - em razão da mal resolvida relação com seu pai -, a transformar-se num *monstruoso inseto*, na criação metafórica do viés autobiográfico de Franz Kafka, em A Metamorfose.[306]

Ocorreu, que para se vingar do maldoso, inoportuno e intratável pai, ela escolheu para vitimar em seu lugar, aquele que, na ocasião, parecia vir suprindo a atenção, o carinho, o zelo e a proteção – o seu companheiro de todas as horas, Severo. Com certeza que ela escolheu o alvo errado, mas isso seria coisa para ser resolvidas pela psiquiatria. Ao invés de vingar-se contra o pai – o que parecia ser o mais viável, embora não correto (a vingança não tem lugar para os cristãos) -, ela escolheu para tratar como um Judas Iscariotes, o homem que mais a amava, acariciava, valorizava e, a entendia.

Porém, em momentos de razoável lucidez, ela lembrava ter prometido para si mesma, que, tivesse o que tivesse acontecido, ela precisaria sempre ser sincera. Mas, parecia que a força do mal superava a do bem, de modo que ela não conseguia segurar um comportamento compatível com o tempo e a pessoa com quem vivia; além, de, por certo, manter-se respeitosa e fiel. Sentindo-se perdida, como que abandonada por mais outra vez, ela sabia que a soma dos seus erros superaria a sua pranteada tristeza e o seu incurável desalento. Em meio às suas mais agudas crises, pensava: ninguém acredita mais em mim! Mas, quando lhe aflorava a lucidez, ela sabia que muita gente nela acreditou e, especialmente, o seu sempre desperto e amigo Severo.

Uma noite ela ficou a pensar no escuro do quarto: a minha vida na infância e na juventude foram cheias de bons sonhos e de coragem para ousar. Mas, por mal calcular o espaço e o tempo entre a imaginação e a realidade, acabei encontrando-me com o caminho do mal em mais de uma oportunidade. Levada pela necessidade de sobreviver, caí no mundo da desgraça e tive que enfrentá-lo sozinha. Associei-me a homens que nunca amei e, por eles tive apenas interesse.

Não nego que de alguns deles recebi calor, afeto, segurança e, talvez, um prazer temporal. Mas nada além disso, que, para mim ainda era pouco. Ao *cair na vida*, eu não estava preparada para o salto, e, precisa ter e tive forças para saltar para o outro lado do grande e profundo abismo. Um abismo maior do que eu própria e, que, antes tinha constrangimento e vergonha de conhecer.

Mas saltei porque era necessário e dele dependia a minha vida. Pensando bem, nem sei mesmo se saltei ou se fui empurrada por pessoas e por circunstância. Por sorte que, ao pular, o fiz já sem tanto medo, porque tive a oportunidade de ser orientada numa rápida e desatenta preparação, bondosamente oferecida por quem já tinha passado para o outro lado do fosso e, não se queixava de lá ter chegado. Não sei dizer se imbuída pelo dinheiro que recebi nas primeiras noites, não sofri como esperava sofrer. Pelo contrário, naquelas noites e naqueles subsequentes dias, me parecia ter chegado a um novo mundo.

Depois de ter-me vendido – ou melhor -, de ter vendido o meu corpo, porque naqueles primeiros tempos, a minha alma ainda se mantinha virgem, a minha tensão maior parecia ter enfraquecido, perdido força. Assim que, demorei um pouco mais para vender-me por inteira e, isso foi um grande mal. Ao vender-me por inteira, eu já sabia que isso seria inarredável, irreversível e incorrigível. Pior, que poderia vir a ser aceita por mim mesma; como infelizmente veio acontecer.

A partir daí, eu não tinha mais o que guardar, porque eu já era outra pessoa; outra mulher; tinha outro caráter e outra visão do mundo e da vida. Eu não mais dirigia os meus passos, porque os havia cedido circunstancialmente para um mundo que não era o meu. O meu cofre tinha sido arrombado, certamente com a minha ajuda, mas, enfim, o que fazer agora? Eu não mais me punia por expor e vender o meu corpo e, de certa forma, vinha esquecendo de cuidá-lo, pois ainda não me dava conta, de que, possivelmente, fosse ele o mais importante investimento da minha desgovernada vida. Perdendo a aura do puritanismo colonial, que me foi transmitida desde a infância, não mais me censurava pelo que fazia, já não mais me escondia de mim mesma. Tive luzes suficientes para convencer-me do que eu passara a ser e, não sucumbir, quando não mais havia chão para descer. Depois que aprendi e aceitei deitar-me numa cama com homens que não amava e não conhecia, tornei-me uma profissional daquela arte, naquele meio em que passei a viver.

A minha felicidade e a minha honra tinham mudado de lugar dentro de mim, ou, se perdido dentro de mim. O meu ser tinha sido mexido e remexido, de modo que não mais haveria forma para repô-lo no seu lugar de origem. O preço que tive que pagar foi muito alto, mas também o paguei sozinha, pois que, quem poderia ter-me ajudado, negou-me a sua mão, em nome de uma falsa honra de cuecas velhas e sujas. Mal sabia ele, que a sua honra se tornou mais ferida ao negar-me abrigo, do que, se tivesse me acolhido com o amor que jamais me dera, quando eu o ansiava. Ele nunca fora um pai amoroso, apenas zeloso e autoritário, porém, parecia viver de um tipo de moralismo festivo, impensado, controverso para os outros, menos para ele. Convencida disso tudo, parecia que tinha apagado de minha mente um distante desejo de ser uma mulher rica, de costumes burgueses, para reconhecer-me e pretender continuar como uma puta – o que realmente eu já era.

Além disso, na minha relação com outras pessoas, especialmente com os homens que de mim se aproximavam, eu me tornara uma impostora; uma farsante; uma hipócrita; um perigoso veneno; um vício incontrolável e, às vezes, insustentável e horrivelmente dominadora. Mas eu sabia que eles reconheciam esse meu lado e, que, não exigiam de mim mais do que isso, porque o que eles desejavam, era a parte que enxergavam como boa, como atrativa, como sensual, como erótica – o meu esbelto corpo -; o que lhes era suficiente; que lhes provocava tesão e orgasmo e, nada mais do que isso.

Algumas vezes eu tinha que segurar o riso, diante de situações burlescas, como as de homens chegando ao orgasmo, ao custo do meu belo corpo e da minha já treinada *performance*, cujo prazer trocado, representava apenas o dinheiro que eu guardava no sutiã. Mas não poucas vezes tive nojo de sentir dentro de mim o esperma ejaculado por homens sujos, fedorentos e cheios de trejeitos que eu tinha que ver e sentir ao momento em que *gozavam*; homens, que na maioria das vezes sequer o nome deles eu sabia e, cujos corpos só me eram mostrados no momento de se despirem para se apressarem ao coito. Elementos que não se higienizavam antes de dividir a cama comigo e de saltarem sobre o meu corpo, como seu eu fosse um objeto de prazer, daqueles que vendem em lojas de sex shop. Camaradas que sequer higienizavam a boca, que se mantinha com os alimentos consumidos na recente refeição. Homens, que por *dever* de profissão, era obrigada a participar de certas indesejáveis *performances*, ainda tendo que demonstrar falsos prazeres e fingida excitação.

Isso, por certo que não se enquadra no emblemático termo *de mulher de vida fácil*. Eles pagavam para usar da indumentária, não se importando com o que ela vestia. E, eu já teria aprendido que o comércio do sexo embaça a sensibilidade, descarta o amor, e afeta a razão. Não era uma atividade suja, mas de oportunidade e, quase sempre bem paga. Isso me era o suficiente, muito embora, se mais pudesse eu desejaria. Os lugares fechados, tais como boates e *rendez-vous* transmitiam aparência de maior seletividade, inclusive entre os frequentadores, onde se poderia *namorar* o parceiro por algum tempo e, com ele trocar algumas ligeiras afinidades sobre o que logo viria, ou não viria acontecer. Nisso havia oportunidade para uma razoável aproximação e a troca do que o cliente desejava obter na relação sexual, e, a aceitação ou recusa da mulher. No entanto, a parceria era reduzida, em razão de que as *colegas* que faziam ponto nas calçadas, quase que sempre se antecipavam na conquista da grande clientela.

Parecia-me, que a constante rotatividade de homens na cama, me levava da desdenhar a figura masculina. Eu chegava a pensar naqueles tempos, se ainda conseguiria amar algum homem; o que o homem ainda representava para mim. Que valor teria a masculinidade, o machismo, se todos os que se aproximavam de mim e comigo se deitavam, mostravam apenas as suas fraquezas, porque os dominava por dentro, por fora e, ainda deles arrancava boa quantia em dinheiro. Então, pensava: os homens, ah! os homens! Eles sempre estão nos surrando e, nem aí! Eles são assim mesmo: gozam, pagam e apagam as suas levianas mentes, até a noite seguinte. Eles têm o "*...infatigável caroço da noite...*", como bem disse Simone de Beauvoir. Referindo-se a Faulker, ela ainda faz outros cortes "*...por trás do rosto da inocência, há imundices formigando...*", e, "*...o sexo... põe literalmente o mundo a fogo e sangue...*".[307]. Isso tudo eu aprendi em pouco tempo e, para minha vergonha, não me fazia mal, não me assustava, nem me censurava. Essa era uma das piores consequências desse meu odioso e perverso aprendizado.

Cheguei a imaginar que me teria transformado numa pessoa monstruosa, porque das minhas colegas de noite não pensavam coisa igual; pelo menos, nada me diziam que servisse de paralelo ao que eu sentia. Eu conseguia detectar em mim, a ausência de todo tipo de complacência para com os outros, para com cada uma pessoa e com todas as pessoas. Parecia que eu teria me transformado num ser abstrato, todavia, incongruentemente, real, porque eu tinha vida e pensava. Eu via as coisas na cor cinza; para mim todos e tudo eram iguais. Nem sempre os distinguia e, quando isso conseguia, não costumava dar qualquer importância em tê-los perto de mim e ao meu alcance.

Além disso, eu me beneficiava por conseguir desprender-me de preconceitos que me haviam obrigado manter e preservar durante o tempo passado. Com toda certeza, eu teria conseguido despir-me do puritanismo medieval, ou provinciano, que impregnara a minha alma com a educação que recebera dos meus pais. A vida em casa, mais se parecia com um ritual monarquista, do que a imaginável ou sonhada liberdade encontrada num lar sadio. As pessoas mais íntimas da minha família conseguiam detectar esse pesado clima de animosidade criado pelos meus pais; especialmente pelo meu pai; mas também um pouco pela minha mãe, que era sua fiel escudeira.

Quase que todos os dias sinto verdadeira tortura, asco dessa gente e, gosto de repetir mentalmente: o maior culpado foi ele; foi o meu pai. Se me fosse possível gritar a todos pulmões o faria, mas poderiam achar que eu estava louca. Mal saberiam que eu estaria bem perto de chegar a esse estado de loucura; eu já era uma debiloide; uma lelé da cuca; uma quase esquizofrênica!!!

A partir dessas lembranças já amareladas pelo tempo, comecei a pensar por quê teria que continuar sofrendo, pelo que não me deram oportunidade para ser diferente? Talvez eu não tivesse motivos para orgulhar-me, mas também não os tinha para envergonhar-me. Mas essa súbita passagem da falta de orgulho para falta de vergonha, no meu caso, especificamente no meu caso, me assustava, porque fui criada num meio em que fazer o que vinha fazendo era razão maior para sentir vergonha. E, esse diagnóstico que agora eu fazia, não encontrava resultado apenas na minha família, mas em tudo o mais e, em todas as demais pessoas com quem convivi até chegar a esse ponto que, começo a chamar, de final da linha. Mas o pior ainda, é que esse *final da linha* não responde pelo meu fim, porque ainda terei muito e muito para viver carregando esse estigma, de ter vivido no mundo encantando da prostituição.

Paralelamente a isso, eu sabia que a realidade dos fatos, muitas vezes ultrapassa o volume; a capacidade do reservatório criado pelos nossos sentimentos; pela nossa cabeça e pela nossa sensatez. E, aí, ou surge um vazamento que aos poucos vai deixando a *água* escorrer, dando espaço para a entrada de outras realidades, ou vasa de uma só vez, para não incorrer no pior, que é estourar o *reservatório*, produzindo uma catástrofe de dimensões não previsíveis. Em certos momentos, eu conseguia entender o quanto é perigoso sacrificar o presente com recordações de um passado que não mais será possível de ser corrigido. O que o passado me causou, só poderá ser reparado com ações certas, úteis, vantajosas para mim; nunca com o sentimento de culpa a terceiros nem de vingança. Se, eu perseguir esse caminho, jamais conseguirei sair desse tormentoso estado no qual me embreei. Mas, se aqui cheguei, tenho convencimento de que o foi por inarredável e vital necessidade. Nunca pelo prazer, como algumas pessoas preferem.

De todo modo, ainda que seja por prazer, que o seja

tão proveitoso o quanto desejam. Que não haja decepções, porque o retorno à vida anterior, nem sempre será fácil e vantajoso. Lá em cima, ao nível da rua, acima do túnel, o preconceito ainda afasta, arrasta e mata muita gente que deseje retomar o que perdeu. Já estaria na hora de eu petrificar o meu passado, dando oportunidade para seguir adiante.

Com o coração e o cérebro afastados de todo bom sentimento, eu achava ser impossível vir a amar alguém. Talvez, porque tivesse esquecido o sentido do amor, enganada que fui por mim mesma e pela leviandade que oportunizou a vida enganosa que abracei nos últimos tempos. Eu já tinha observado que sentia saudade e necessidade de mim mesma, deixando de lado essa oportunista e desgraçada terceira pessoa que havia se apossado do meu ser. Também precisava desvestir-me dessa figura insolente, arrogante, que nos últimos tempos carregava nos meus pensamentos e atitudes. Urgia sair dessa vida rude, cheia de estranhos labirintos e de surpresas; rodeada de pessoas diferentes de mim; de gente que de mim se aproximava apenas na busca de interesses espúrios; sempre na base do usa e paga; de me chamar de meu amor, em troca de um gozo; de uma falácia perigosa; de uma vida de outro mundo; ou, de um mundo feito para outro tipo de vida.

E, tenho certeza de que se trata de um mundo encantado, onde há perfume, beleza, prazer e, principalmente, um respeito muitas vezes imposto, porque nem sempre é espontâneo. A vida ali, especialmente à noite, também é encantadora, ainda que artificial, mas artística, envolvente, graciosa, bela, alegre e festiva. Na noite, se curam vários dos males adquiridos durante o dia e, sempre há quem nos dê o ombro para chorar e confessar as nossas angústias, as nossas mágoas, as nossas tristezas, as nossas desilusões, os nossos desencantos, as nossas decepções. Esses ombros macios, são de pessoas que passaram e, de algumas que ainda passam pelos amargores da luz do dia, quase sempre nascidos e crescidos dentro do seio familiar.

A penumbra dos salões de dança e das salas de encontros dos *rende vous* podem esconder as fisionomias, mas o interior de cada pessoa que ali está, continua com a luz branca totalmente acessa. Porém, nem só as mulheres lá escondem os seus sofrimentos, pois muitos homens também ali chegam, na esperança de encontrar alguma tolerância para os seus sofrimentos. Alguns encontram a paz; outros saem piores e mais amargurados do que entraram. De todo modo, me sinto surpresa por poder pensar tudo isso, sem me esgotar nesse exato momento. Tomara que eu consiga manter essa passividade por algum tempo; o que duvido, porque me conheço o suficiente para não apostar em mim. Mas no fundo, eu desejaria mesmo era voltar a ser uma mulher centrada, prudente, reta e, até admirada pelos meus exemplares gestos e escolhas, porém, eu sabia que o retorno seria impossível. Ainda mais, continuando a viver no mesmo mundo e, em meio às mesmas pessoas. Eu não tinha mais um projeto de vida, como tive durante tanto tempo e, isso me fazia muito mal. Eu estava próxima de desmoronar.

Eu sabia que só contava comigo para sair do enorme buraco em que me metera; eu também sabia que tivera chance para dele sair numa boa, mas dei as costas mais de uma vez para a sorte, a minha felicidade, e a minha segurança. O que eu fiz de errado, também fiz da forma errada; fui astuta demais; esbanjei o que tinha de bom, em troca do nada. Perdi tudo e, agora não terá mais volta. Pensando, lembrei de um trecho de Simone de Beauvoir, no denso livro a Força da Idade: *"Ganhar a vida, não é em si um fim, mas somente assim se alcança uma sólida autonomia interior."*[308]. E, era bem isso que eu precisava encontrar. Entendi que ela ao dizer *ganhar a vida* não se referia ao dinheiro necessário para viver, mas à independência dos homens, especialmente, no caso da então *protagonista da revolução feminina* - como a identificou a antropóloga e colunista brasileira

Mirian Goldemberg. Só que esse último pensamento, mais e mais me confundia a cabeça, pois que pouco antes, eu afirmava como incorreto, o ato de ter abandonado a sorte que me era oferecida por um homem que me amava, em troca da minha segurança que, para ele, também da minha felicidade.

Como nada mais a pudesse ajudar a se definir, Maristela lembrou também que nunca tivera proximidade com ceitas judaicas; pouco conhecia sobre esse povo, embora tivesse alguns amigos que professam a religião judaica. Recordou, que há muito tempo ganhara de uma amiga judia, um quipá branco que, segundo esta, serviria para trazer-lhe sorte. A bem cuidada cobertura, veio enrolada num papel para presentes de cor dourada, que ali se mantém guardada e sem uso há muitos anos. Ela o guarda naquele bonito e delicado invólucro, como uma relíquia e, não o usa, porque não tivera qualquer iniciação judaica, nem sabia em que ocasiões deveria ser usado. Mas sempre teve respeito, consideração e admiração pelo povo judeu. Dizia não conhecer judeu que não tivesse boa cultural universal e que não fosse inteligente.

Costumava culpar em grande parte a vida que tivera durante o tempo em que viveu com a sua família no Rio Grande do Sul. E, pensava: na nossa casa, eu e a minha irmã não tínhamos direito a nos termos; e, sob certo ponto de vista, a nossa mãe também não podia usufruir desse direito, que ali era entendido como um privilégio. Nós éramos como uns autômatos dirigidos pelo nosso pai, que nos acionava de tal modo, que parecia dispor de um mágico controle remoto de longo alcance. Assim foi a nossa criação; assim foi a nossa vida em família. A nossa história familiar, estava longe de ser comparada com a contada no romance de Maria José Duprè, Éramos Seis. Qualquer escorregão que déssemos, logo vinha a correlata e pesada reprimenda verbalizada pelo nosso pai. Especialmente pelo nosso pai, pois a nossa mãe não ligava muito para o que fizéssemos de errado. Quando muito, nos chamava a atenção e nos orientava sobre o caminho certo. Ela não era muito chegada a xingar e dar composturas nas filhas.

Eu tinha vontade de um dia viver uma aventura, ter um sentimento de aventura, mas nunca o tivera. A minha maior aventura foi abandonar a minha casa e a minha família, para vir morar sozinha neste imenso Rio de Janeiro, para mim totalmente desconhecido. E, errei. Por isso, essa aventura não pode ser contada, porque não chegou a existir por completo. Nem consegui sentir essa cruel mudança como uma aventura. Eu sabia que toda aventura está sujeita a surpresas, mas isso faz parte da astúcia do aventureiro; essa é uma das partes interessantes da aventura. Mas eu não era uma mulher astuta nem despojada. Vim para o Rio sem nada, e trouxe apenas que tinha dentro de mim. Quando aqui cheguei, dei-me conta de que, apesar disso, eu não teria trazido nada que pudesse me ser útil por aqui.

Este aqui é um mundo diferente do meu mundo. O meu mundo era muito pequeno e, assim, logo que aqui cheguei, ele foi esmagado por esse mundo que existe dentro de uma das maiores metrópoles da Terra. Apesar de Porto Alegre também ser uma metrópole, a vida na minha casa não era mais do que a de uma aldeia, chefiada por um cacique intransigente. Aí, eu vim para cá, onde não há aldeias nem caciques, porque aqui, cada um cuida de si e, ninguém cuida de ninguém. A vida por aqui é assim e, quem dela não gostar, que chupe os dedos ou se mande!

Eu não venho traindo o Severo por sentir prazer na traição. O traio por mera decorrência: dará pra entender isso? Parece um vício frenético. Quando o traio, saindo com outros homens, não faço pelo prazer de traí-lo. Em absoluto!

Não é isso que se passa na minha cabeça. Eu gostaria de ter com ele uma relação tripartite, ou quadripartite, ou, sei lá, *multipartite*. Mas eu sei que Severo não toparia. Eu sei que ele me ama, mais do que eu o amo. Também não sei mais se ainda o amo; acho que não o amo mais. Mas gosto dos gestos carinhosos dele; do comprometimento dele comigo; do cuidado que ele tem comigo; e, sem dúvida, das coisas materiais que ele me dá e que me garantem viver segura e no luxo. A vida com ele, quando as coisas andam bem, é como um idílio e, eu percebo que para ele, eu sou a sua cereja. Mas eu ainda acho que o machuco mais, pela transferência de uma vingança que gostaria de direcionar ao meu pai. Acho que escolhi o homem errado para vingar-me. Um dia a vida me dirá. De todo modo, a minha confusão mental era de tal maneira profunda, que eu achava que tinha perdido a amabilidade da vida.

\* \* \*

Maristela era defendida pela Dra. Linda Bezerra Pinto, mais conhecida por Dra. Lindinha. Ferrenha defensora da defesa dos direitos da mulher, presidia uma O.N.G. cujo objetivo era dar proteção às mulheres ameaçadas ou sujeitas a danos morais ou físicos, causados pelos seus maridos ou companheiros. Defendia ainda aquelas vítimas de estupro e outros tipos de crimes contra a população feminina.

Doutora Lindinha morava e mantinha o seu escritório numa casa pequena e humilde, construída na base de um dos morros da zona norte do Rio de Janeiro. Não tinha hora para trabalhar. Bastaria procurá-la que, com ou sem dinheiro ela estaria pronta para socorrer o seu cliente. No meio do mundo jurídico carioca, era conhecida pelos barracos que criava, inclusive desaforando juízes e promotores. Por esse motivo, já teria sido punida pela O.A.B. em mais de uma oportunidade, mas não baixava a guarda para ninguém. Sempre tinha uma granada de mão, já sem o pino e pronta para arremessar contra quem se atrevesse a perturbá-la.

A atrevida baixinha mais se parecia com uma fedelha disfarçada de advogada, cuja única identificação pública de que se tratava de pessoa que atuava na área do direito, era o anel de grau com gema de rubi, enfiado num dos dedos da pequena e magra mão esquerda. Impetuosa, encrespada, sempre pronta da contradizer um recado desaforado, fazia lembrar uma klikucha (*mulheres* histéricas, *possuídas por achaques, que todavia se acalmavam com a presença de um padre ou do Santíssimo*), do romance de Fiódor Dostoiévski – Os Irmãos Karamázon. [309]

Lindinha era uma estampa digna de ser caricaturada na porta de algum banheiro público. Sempre ornada com chamativas e multicoloridas bijuterias baratas, adquiridas de camelôs de beira de calçada, não perdia a pose e a elegância a seu modo exclusivo.

Do seu espalhafatoso visual nunca escapava um par de enormes brincos de argola, do tipo usado por ciganas. Mas essa parafernália toda era imensa e diversificada, pois costumava não repetir os trajes e os periféricos, se não, de tempos em tempos. Ela sempre tinha uma novidade para apresentar à sua grande plateia do morro e do asfalto. Viajando nos coletivos, sempre se atrasava para dar o sinal para descer e, outro tanto tempo para chegar até a porta de saída. Mas, quando o motorista não parava no lugar previsto, simultaneamente era xingado a viva voz e sob o aplauso de muitos dos passageiros.

Cobrava honorários em valores modestos, e muitas vezes nada cobrava. Também aceitava em pagamento, objetos oferecidos pela grande clientela, quase toda residente no bairro em que ela morava e suas imediações. Por desacatar policiais, em mais de uma vez teria sido levada para a delegacia dentro do camburão da Polícia Militar; não sem antes reagir à apreensão. Alguns a rotulavam de valente; outros de atrevida. Essa era a temida Dra. Lindinha, que alguns advogados evitavam ter que enfrentar em processos, em razão da sua falta de ética no trato com os fatos e com a lei.

Desvirtuando notórias verdades e, assediando ou ameaçando clientes dos colegas advogados, ao seu jeito levava a vida com algum sucesso pessoal e profissional. Não poucas vezes feria o Código de Ética Profissional, quando ao ver-se em dificuldade para obter a vitória num processo. Vez que outra, dizia para a parte *ex-adversa*, que deveria mudar de advogado, pois em caso contrário perderia a causa. Desaforada, certa vez foi silenciada por um antigo e cauteloso advogado, com a seguinte sentença de Mahatma Gandhi: "*A lei de ouro do comportamento é a tolerância mútua...*", digna colega. Ela ficou calada, por não saber o que responder e, aquele episódio foi dado por encerrado.

Com pouca técnica jurídica, mas muito peito, ela ia empurrando os processos em que trabalhava, na tentativa de obter resultado favorável aos seus clientes. Ao chegar nos cartórios, parecia haver verdadeira revoada de funcionários, pois ninguém mais aturava aquela mal-educada e prepotente advogada de porta de cadeia. Em audiência, não raras vezes era chamada a sua atenção por falar demais e, em suas manifestações orais, não sustentar o pleito do seu cliente com boa e apropriada linguagem técnica.

Não temia nada e, quando a coisa engrossava, era defendida por meliantes e milicianos que a guarneciam em troca de defesas sustentadas nos processos abertos contra eles. Dra. Lindinha não gostava que a chamassem pelo nome de Pinto, que teria adquirido ao casar-se com Taciano Pinto – homem humilde e paciencioso, que apesar de sistematicamente ser agredido com ofensas, dela não queria separar-se porque a amava. Quando a chamavam de Dra. Linda Pinto, ela respondia que aquele não era o seu nome, que já teria se divorciado do ex-marido.

Alguns advogados debochavam dela, dizendo na surdina que ela teria se casado com o Sr. Pinto, apenas para conhecer o *pinto* dele e, que, como não teria gostado do seu *pinto*, divorciou-se do Sr. Pinto. Certa vez ela desconfiou que estavam caçoando dela com esse tipo de piada, e quis processar meia dúzia de colegas que tomavam café no bar do foro. Apesar da lambança ter sido grande, tudo ficou por isso mesmo. Piadas sobre ela, e o seu trabalho, surgiam quase que diariamente. E, não poucas vezes, serviu de trote para calouros de faculdades de Direito, cuja brincadeira seria perguntar-lhe se ela era a Dra. Pinto, sem que ela ficasse braba.

Taciano gostava de enaltecer-se, dizendo que era carnavalesco. Em verdade, ele gostava muito de Carnaval, mas não pertencia a nenhuma escola ou academia de samba; muito menos integrava à comissão organizadora de qualquer dessas sociedades. É que durante os dias de reinado de Momo, ele juntava-se a um grupo de amigos que tocavam cavaquinho, violão, pandeiro e mais alguns instrumentos e, formando um conjunto saíam pelas estreitas ladeiras do morro, tocando e cantando músicas. Na frente do bloco, sempre tinha um parceiro que arrecadava dinheiro num boné, para que, vez que outra abastecessem a caveira com alguns goles de cachaça. Quando o dinheiro já daria para pagar um copo de água cheio de cana, eles paravam o cortejo na frente de um boteco e, cada um dos membros da tribo tinha direito de tomar dois ou três goles do perfumado e liso aguardente.

* * *

Durante esse tempo em que, já separada Maristela morou sozinha na casa, organizou várias festas regadas a muita bebida e variados tipos de drogas. Com o som a todo volume, verdadeira gangue arregimentada por Val passou a participar dos festejos no casarão do tradicional bairro do Flamengo. No primeiro deles, pisotearam os bonitos e bem cuidados canteiros de Severo e picharam algumas paredes internas e externas. Tipos exóticos de pessoas de todos os naipes participavam das orgias, que não tinham hora para acabar.

Maristela se teria transformado de uma Vênus em uma Medusa; isto é, de uma deusa da beleza e do amor, numa serpente capaz de amedrontar homens destemidos. Mas para Severo que, apesar de tudo ainda não a podia esquecer, ser bonita ou ser feia era uma questão de opinião. Afinal, para ele, o conforto poderia estar no ditado que diz que, quem ama o feio é porque bonito lhe parece. Mas, ele já vinha se sentido esgotado. O seu limite estava bem próximo. Afinal, ele era um homem de bom caráter e, acima de tudo, inteligente. Todavia, era consabido que para vencer a sua serenidade era preciso muita força contrária ao bem, porque os seus limites eram muito amplos. Era o tipo de pessoa que, segundo exemplifica Norberto Bobbio, é capaz de passar pelo fogo sem se queimar: *"Jamais é ele quem abre fogo; e se os outros o abrem, não se deixa por ele queimar, mesmo quando não consegue apagá-lo. Atravessa o fogo sem se queimar; a tempestade dos sentimentos sem se alterar..."*[310]

Cenas de sexo explícito eram praticadas dentro da casa e no jardim da frente, em absoluto e absurdo desrespeito a quem passasse e, aos distintos vizinhos do elegante casarão. Coisa sequer vista nos quarteirões de puteiro das ruas Prado Júnior, Ministro Viveiro de Castro, e adjacências, no famoso bairro de Copacabana. *Performances*, de escandalizar até às libertinas vadias do submundo do sexo, que não se encorajariam a participar de um teatro tão obsceno quanto àquele encenado aos olhos de quem por ali transitasse. Mas parecia que a polícia nada via, ou não desejaria incomodar-se com gente que não valia o consumo do combustível do camburão.

Sujaram tapetes persas que cobriam parte da sala principal, e mancharam uma das cortinas do mesmo ambiente. Numa grande tela com o retrato dos avós de Severo pintada a óleo por um amigo já falecido, algum vândalo desenhou dois chifres na cabeça do patriarca e um par de óculos no rosto da matriarca. De tal sorte que a tela não pode ser restaurada, tendo sido retirada da sala e guardada num cômodo nos fundos da casa. O lindo casarão teria virado um antro de sórdida depravação; e, pior, com funda agressão à respeitosa vizinhança que, mesmo que não desejando, de tudo sabia e ouvia.

Noutra festa quebraram algumas taças de cristal Bacará que pertenceram aos avós de Severo e, de um antigo faqueiro de talheres de prata alta levaram ou descartaram alguns exemplares. Levaram um enorme samovar de fina prata, que fora comprado no exterior pelo avô de Severo e, que, por muito tempo a sua avó utilizou nas tardes em que recebia suas amigas para tomar um chá com biscoitos amanteigados. Na porta principal, construída em madeira de lei com almofadas bordadas em baixo e alto relevo, picharam alguns símbolos só decifráveis pelos comparsas.

As cenas de nudez, ou com roupas íntimas no jardim da frente, se fazia presente em todos os festejos. Um verdadeiro grupelho de gente viciada e desocupada, na qual o maior prazer era lutar pela continuidade do ócio. Gente, para quem o *trabalho* dá trabalho; o bom-caráter é coisa de careta; e, a polícia é sua adversária e uma instituição do mal.

Garrafas de vidro eram jogadas na calçada fronteiriça ao imóvel, trazendo perigo e intranquilidade para os pedestres. Numa das noites ligaram os esguichos do chafariz, e um casal de drogados resolveu banhar-se ao ar livre, totalmente pelados. O vagabundo escorregou e, ao tombar, parece ter-se ferido com alguma gravidade, mas dizem que não sentiu dor, porque estaria anestesiado sob o efeito de grande quantidade de droga. Mesmo assim, foi levado por alguns dos comparsas ao pronto-socorro, onde precisou explicar o que teria ingerido para não sentir dor ao ter quebrado a clavícula.

Calígula mandou destruir a sua linda casa, em razão de que a sua mãe nela estivera. *Que coisas as pessoas mais inventam, para atingir os alegados males que os sacrificam? Seria tudo por raiva? Por raiva do que eu fiz de bom para ela, ou por que ela bem sabia da impossibilidade de nos igualarmos? Qual fato ou acontecimento por mim provocado, a levou a tamanho desespero e absoluto descontrole?* Plutarco, em memoráveis frases assim se expressou: "*Não devemos nos enfurecer com os acontecimentos. Eles não se interessam por nossas cóleras.*" A História está cheia desses maus exemplos; desses descontroles; desses absurdos que, lamentavelmente, não resultam em fatos positivos. Aonde esses desajeitados e desesperados desejam chegar? O que mais eles pretendem fazer contra mim, que nada de ruim fiz contra qualquer deles; aliás, sequer conheço a maioria - deveria ter pensado Severo ao saber o que houve na sua casa.

As noitadas não cessavam, todas elas embaladas por músicas a todo volume, principalmente com sons e letras de protesto ao estilo verborreia funk. Isso era um chute no peito de autores e cantores de clássicos da MPB e, de canções universalmente aceitas em todas as épocas e, em todos os países. A barulheira e os sopapos em tambores, servia de fundo sonoro para os cantores que saindo e voltando à rima, sopravam sons apenas sensíveis por quem pertencia à tribo. Os pulos, sacudidas e rebolados, mostravam o entusiasmo daquela rapaziada descolada da vida lá fora. Que ganhava mais entusiasmo na medida em que cheirava, fumava, ou bebia qualquer droga estimulante. Festas de causar inveja às orgias romanas.

Eram verdadeiras festas públicas, tipo aquelas realizadas em ruas de bairros de algumas metrópoles, porém, dentro de um casarão de propriedade privada. Ali, exceto comprovado flagrante, a polícia não poderia entrar e baixar o porrete sem prévia ordem judicial. Por esse motivo, o pessoal do *não tô nem aí* varava as noites em deplorável orgia. Quando a música entusiasmava, todos acompanhavam o agito do cantor, gritando palavrões inaudíveis ou impronunciáveis para quem vem de outra cepa. Mas o mundo atualmente está desse jeito. O que fazer? Possivelmente seria melhor decorar as letras e sair cantarolando pelas ruas do centro da cidade; de qualquer cidade; da sua cidade, diria um pensador moderno.

Numa certa noite, um grupo de viciados que se dizia ser amigo de Val, tentou penetrar na reunião, mas foi barrado na porta. Chamado

Valdemar para resolver o impasse, disse que os conhecia, mas que não os teria convidado para a noitada, porque eram muito caretas. Não estavam acostumados a participar de festas daquele estilo e, no fundo iriam estragar a reunião. A negativa levou alguns dos mais esquentados jogar algo no jardim do casarão, e o pau fechou entre os dois grupos. Mas logo cessou, quando alguém disse que teria chamado a polícia.

Em razão dessas balbúrdias rotuladas como festas pela anfitriã e seus convidados, alguns vizinhos começaram a reclamar a Severo, que não conseguiam dormir enquanto não cessava a infernal barulheira. Em noitadas de festas de literal orgia, os sons reverberavam com tal intensidade, que eram ouvidos por quem de longe passava. Quando todos cantando juntos alguns refrões, aquele barulho duplicava e reduplicava em todas as direções. Então, Severo desculpava-se aos antigos vizinhos, justificando que não morava mais na casa, que continuava ocupada pela sua ex-mulher, que se negava a desocupá-la.

Agindo dessa forma, Maristela dava mais um passo para atrás, com risco de retornar ao período mais negro da sua vida, quando ficou doente, sem dinheiro e sem condições para se tratar e para trabalhar – um passado maldito. Parecia que ela estaria próxima de reunir as condições que a levaram ao maior dos seus desastres e, que, para sua sorte, foi salva por aquele que ela pisoteava com ar de sarcasmo e de sadismo. Mas, lamentavelmente ela era verdadeiramente incrível e, então, preferia viver num mundo de fanfarrice.

Numa certa noite, um morador da vizinhança tomou a iniciativa de chamar a polícia, que esteve no local e mandou parar o som. Pediu a documentação de todos os participantes da festa, mas nada mais fez. Noutra noite, houve uma briga quase que generalizada entre os convidados; o que obrigou a polícia ser novamente chamada para acalmar os nervos dos mais agressivos. Nessa última investida, dois dos mais alterados foram levados no camburão para prestar depoimento no Distrito Policial.

Perguntada por Severo como andavam as coisas na casa; se havia muita coisa estragada; e, se Valdemar aparecia por lá, uma das empregadas respondeu-lhe que alguns móveis teriam sido arranhados numa das festas, e quebrados alguns copos e louças. Que por ordem de Maristela, Valdemar passara a morar na casa. Ele ficou fulo com a notícia, mas nada poderia fazer até então.

Com efeito, a situação era por demais agressiva e provocativa. Depois de tudo o que Maristela vinha fazendo, Severo não podia aceitar que Valdemar ainda fosse morar na sua casa. Segundo ele, à bem da verdade e, em defesa do interesse público, Val devia ser vaporizado; sair do mapa. Para ele, a sua presença era tão nociva que, ao morrer corria o risco de não ser recepcionado nem no céu nem no inferno. Talvez fosse atraído por Júpiter, ou Urano, ou se preferir, por Mercúrio, para ali, estando mais próximo do Sol, poder se bronzear até cremar e desaparecer para sempre.

Ela também contou a Severo, que vinha percebendo a falta de cuidado dela com a higiene pessoal. Os cabelos não eram mais penteados, ficando quase sempre bagunçados. Tal como saía da cama, ela descia e andava pelo resto da casa. Sequer lavava o rosto e escovava os dentes. Suas unhas viviam lascadas e roídas, sem esmalte e sujas. Que certa manhã, foi para a calçada fronteiriça ao prédio, com uma camisola transparente e, por detrás dela, apenas as calcinhas de renda preta. Ela não bem sabia se aquilo era uma forma de provocar quem por ali passasse, ou a loucura dela já teria chegado a tal ponto. Que, o mais provável, é que estivesse dopada ou embriagada. Noutra manhã em que repetiu o gesto, ao chegar na calçada, ela tapou os olhos com a máscara de dormir e, ali ficou parada, sendo observada e comentada por quem passava.

Dois dias depois, ao consultar um advogado de sua confiança, foi-lhe informado que haveria mais de um caminho para obter a reintegração de posse do imóvel. Porém, não seria possível prever a argumentação da defesa, pois que segundo ele mesmo informara, Maristela costumava usar de todos os ardis, mentiras e outros atos protelatórios para buscar resultado que a favorecesse. Era o que, pelo menos, ela vinha fazendo até aquele momento. Isso, na pior das hipóteses, poderia contribuir para retardar o andamento do processo; o que para ela seria uma vantagem da qual, possivelmente, ela não declinaria.

Ele saiu do escritório do advogado um tanto desanimado, pois desejaria retomar o seu imóvel com a maior pressa possível. Foi para o seu apartamento e ligou para a sua empregada doméstica, mais uma vez perguntando como andavam a farras na casa dele. Ela respondeu que haviam cessado um pouco, mas que Valdemar era bastante ríspido no tratamento com os serviçais. Que parecia ter-se apossado da coisa alheia e, Maristela o apoiava. Comentou ainda: como essa senhora mudou de um tempo para cá! Era tão dócil e agora tão agressiva! O que terá havido com ela?!

Alguns dias depois, Severo foi informado por Cristina, doméstica mais antiga, que Val teria se desentendido com Maristela e saído da casa. Que pelo visto, não voltaria mais. Que ela teria ficado muito triste, e inclusive se trancara no dormitório, sem sair nem para fazer as refeições. Com essa boa nova, Severo teve certo alento; pelo menos restaria despejar apenas um dos abusados ocupantes da sua casa. Mesmo assim, as dificuldades ainda persistiam.

Em novo contato com uma das empregadas, avisou-a que ao terminar os mantimentos da despensa, não repusesse nada. Que ele abrira uma conta no restaurante mais próximo, para os serviçais almoçarem e fazerem o lanche da tarde. Bastaria se identificar com o gerente, e depois ele passaria por lá para pagar as despesas. Com isso, ela ficaria sem ter o que comer depois de terminado o estoque da despensa. Como provavelmente ela não tivesse dinheiro para comprar os seus alimentos, quiçá desocupasse o casarão, ou propusesse algo razoável em troca da liberação da casa. Agindo da maneira como ela vinha fazendo, acirrou nele o desprezo e o ódio: dois sentimentos que ferem de morte uma relação conjugal. E a imprudência e a inconsequência dos atos dela, o levavam a carregar na sua alma que sempre fora calma e conciliatória, a pecaminosa ira.

Ele já teria constatado um dos seus maiores erros: que o excesso de bondade, não poucas vezes leva ao desrespeito; e, onde há desrespeito, inicia a desunião. Que, sempre é melhor o cônjuge que se sente desrespeitado sair da relação ao primeiro sinal de infidelidade (qualquer tipo de infidelidade), do que ficar como a coser uma colcha que a cada dia mais se rasga. Isso, além de dar chance a crescentes e variados atos de desonra, fere de morte o caráter do ofendido. Depois do fato se tornar conhecido por ambos, ao não haver reação do traído, a sua coluna vertebral jamais se reerguerá. Pois foi pensando nisso e noutro tanto, que ele se mudou para um apartamento próximo.

O seu afastamento dela, quanto maior fosse melhor seria para ele e, mais contribuiria para a separação. Mas, parecia que nem assim ele vinha obtendo o resultado que a situação exigia e conclamava. Mas Severo pensou mais: se ela pensa em atingir a minha reputação com essas baixezas – o que penso que não, por estar quase seguro de que o propósito dela deva ser outro -, estará enganada, porque a minha honra perante os meus amigos é inatingível por esse truculento caminho. Quanto ao resto, a *vox populi*, não me interessa, porque ela não é sábia para essas questões e, ainda é falsa.

* * *

Certa tarde, Severo casualmente encontrou-se com Renata (ex-companheira de quarto de Maristela) numa lancheria do bairro do Leme. Após manifestarem a agradável surpresa de se encontrarem, ele a convidou para se sentarem numa das mesas para conversarem um pouco mais. Ela prontamente aceitou o convite e, enquanto aguardavam serem servidos dos lanches, ela perguntou por Maristela, uma vez que não a via há bastante tempo.

Então, Severo a disse que se tinham separado há pouco tempo e, que, para evitar maiores desavenças com ela, estava morando num apartamento, enquanto ela ficara ocupando a sua casa, no Flamengo.

Disse, que nos últimos dias em que moraram na sua casa, não mais conversavam; sequer se olhavam. Que o ambiente estava ficando pesado e, ele sabia que a solidão é maior e mais aguda, quando as pessoas estão acompanhadas por quem não desejam. Também sabia e fez questão de dizer, que as mulheres são portadoras de uma admirável delicadeza que lhes facilita vencer com tranquilidade as maiores dificuldades da vida. Assim como são hábeis em se desmanchar em copiosos choros, também são capazes de se manter seguras quando diante de situações bastante adversas. Com a mesma agilidade com que conquistam, abandonam àqueles que por elas se apaixonam.

Que, no seu caso, não valeu a pena apaixonar-se por Maristela. Mas agora seria tarde para lamentar. Para ele, o que Maristela ainda se permitia, era pertencer a mais de um homem de uma só vez; o que por regra contraria o sentimento natural da mulher.

Disse ele ainda:

- Eu a tirei do mundo das bijuterias baratas e dos copos de plástico, e a coloquei no universo das joias e dos cristais. Mas agora sei que ela preferiu viver no mundo dos sonhos proporcionado pelas drogas. Está condenada a jamais se poder passar por uma mulher de classe. Do seu raciocínio brota um crepúsculo de maldades as vezes intuitivas e, outras vezes planejadas. Um dos seus últimos prazeres é pisotear em tudo o que a mim se refere. Para ela, o meu nome é sinônimo de coisa ruim, quanto tudo de bom que para ela eu tenha feito. Me deve a vida, mas se acha credora de algo que ela nem sabe dizer o que seja, pois desde que me machuque, é um bem que a compraz.

- Não posso negar que fui *apaixonado* por Maristela e, André Gide já afirmava que a paixão é bem mais puro do que o amor. Assim que, se por ela me apaixonei, a amei. Não posso negar que a sequência de ataques por dela desferidos contra o bom-senso, têm-me deixado assaz abalado, porque venho me sujeitando por muito tempo, experimentar ofensas cotidianas e injustificadas provocações.

Ele parou um pouco e voltou a quebrar um propositado silêncio. Então disse:

- Confesso que tenho lido um pouco sobre a

mitologia grega, mas não só essa. E, pelo que tenho observado, ainda que com machucada comparação, essa *moça* parece ter tido algum tipo de ligação com a demoníaca Lilith, a quem se atribui ter sido a primeira mulher de Adão; também conhecida como a Rainha do Mundo Inferior. Ou, quem sabe, descenda ela da feiticeira grega Circe, filha da também feiticeira Hécate, que se caracterizou por se especializar em venenos letais. Pois foi em sua ilha de Aea (ou Eeia), que desembarcou Ulisses quando procurava encontrar o reino de Ítaca. Veja, a que ponto chegaram os programados desastres articulados por Maristela.

- Com certeza Maristela ignora que a moral e a vergonha são inseparáveis aliadas da grandeza de caráter. Mas amiga, peço-lhe que me perdoe por ser tão contundente no que aqui digo, mas é o resultado do sofrimento a que fui levado por aquela mulher. Prometo fazer o possível para não mais ofender tanto a quem me fez mal, sob pena de me sentir a ela igualado.

- Enquanto o homem peca por se adaptar com indesejada naturalidade à *bigamia*, a mulher a repulsa; preferindo optar por ser *volúvel*, mas sempre se dedicando por inteiro a um único parceiro de cada vez. Sem dúvida que isso a valoriza.

Severo disse ainda, que, apesar das inúmeras tentativas e incontáveis formas de buscar Maristela para dentro de si, não teria tido qualquer sucesso. Pelo contrário, quanto mais a ela se dedicava, mais nele ela desfazia e agredia com gestos, palavras e atitudes. Isso era um contrassenso que, por sorte, ainda que tardiamente, ele veio a descobrir, alertado que fora por outras pessoas. Por sorte que, ainda vigoroso e disposto a continuar vivendo da melhor forma que lhe fosse possível e lhe aprouvesse.

Que, não gostaria de deixar escapar a oportunidade de dizer que Maristela é um tipo de mulher cujo empenho na sua conquista, pode custar um alto preço para o homem que a deseje amar. Que durante os primeiros tempos em que habitaram a sua casa, ela representava tudo o que havia de bom para ele; aliás, tudo nela era bom e, nada nela era ruim. Ela era a água que ele bebia e a comida que o alimentava. Parceira e companheira de toda hora e para qualquer tarefa, ele se sentia desaprumado e desajeitado quando não a tinha ao seu lado. Parecia faltar algo nele, quando percebia que não a tinha na sua presença; parecia faltar sua metade; ou mais do que sua metade, tal como ela era importante para ele.

Que, no entanto, ele já tinha certeza de que ela não fora merecedora de tanto afeto, preferindo trocá-lo por um desqualificado marginal. Mas, que, com ela, teve a oportunidade de viver no inferno; algo que nunca pensou conhecer. Com ela, conheceu a infelicidade, que lhe serviu de bom parâmetro para medir a felicidade e, a esta dar maior importância. A partir dela, começou a não ter certeza da existência do céu, mas a convicção de que o inferno existe e mora aqui na Terra. Arrematou, dizendo que, bem pensando, ela parecia possuir um espírito zombeteiro; que se compraz desse ente do mal.

Que um dos seus confessados erros, foi ter-se entregado em demasia a ela; sem colocar limites; por ter-se apaixonado por aquela bela mulher. Que esse fora um dos seus maiores erros. Que, teria ele esquecido que uma das coisas que mais a mulher admira no seu homem, não são gestos e manifestações de delicadeza e de bondade, ainda que para estas haja alguma oportunidade; porém, de decisões, de firmeza e de supremacia. Que, para que não viesse sentir algum remorso, sabia que nada teria feito tão bem, do que ter sido seu amigo. Isso tudo o fazia lembrar frase de Martin Luther King Jr.: *"Não há nada mais trágico nesse mundo do que saber o que é certo e não fazê-lo."* Que, sabia ele, que o abuso na simplicidade foi-se transformando em coisas simplórias. Parecia ela ter esquecido que a ilusão é a fantasia do viver. E, que a vida sem fantasia, se afasta da existência.

Depois, narrou detalhadamente tudo o que ocorrera entre eles, mais especificamente das traições por ela praticadas; traições com mais de um parceiro e, através de outros meios adredemente pensados.

E disse mais:

- Trago aqui à lembrança, minha cara Renata, algo que muito me desconfortou durante o tempo em que com ela convivi. Penso no que dizia Antoine de La Salle dentro de outro contexto: *"...a mulher proporciona ao marido o orgulho próprio, o equilíbrio, a confiança, a consolação, ela é que lhe põe ordem nas ideias, insere a decisão num contexto e a reforça...Ela age como o teólogo, que fornece as provas racionais de um dogma no qual todos os membros da igreja já acreditavam antes."*[311] Maristela em relação a mim agia de modo contrário e, só agora me dei conta disso. Mas, acho que despertei ainda a tempo de salvar-me. De salvar o meu patrimônio, porque a minha honra sempre se manteve inabalada. Maculada está a honra dela; isto é, um pouco mais manchada, porque as suas feridas foram abertas antes de a conhecer. Resumidamente: fui muito bom para ela; e, ela foi muito ruim para mim. Deveria fazer isso *para* o Val, ao invés de ter feito isso *com* ele contra mim. Maristela é uma pessoa que não se adapta às leis da vida, por isso, anda sempre na contramão da história.

- Confesso-lhe Renata, que há muito tempo já estourei a minha cota de sofrimento em razão das coisas que ela me vem fazendo. Há poucos dias, lendo um livro de Górki, dele pincei algo que me fez pensar bem melhor. Num diálogo entre os protagonistas de uma peça teatral, Tiêteriev assim diz para Eliêna: *"Minha senhora! Eu penso da seguinte maneira: o sofrimento vem da vontade. O homem tem desejos dignos de respeito e desejos indignos de respeito."*[312]

- Pois saibas Renata, que sempre zelei pela minha dignidade; o que quase perdi por causa dessa infeliz mulher que nada pensa de bom. Não estou mais disposto a ceder um dedo em favor dela. Agora, o meu principal objetivo é retirá-la da minha casa, não me importando onde ela irá morar. Talvez na rua, como antes ensaiou fazer. Poderás crer que nem tristeza sinto pelo tempo que com ela perdi e, pior, em ter perdido o entusiasmo de chegar a amá-la. Essa palavra, *tristeza*, não pertence ao meu vocabulário, que o italiano também a identifica como *malvadez*, ou ato de *maldade* (*malvagià*). Sou um homem alegre, disposto e aberto para as coisas boas, não abrindo espaço para sentimentos fechados e cheios de angústia. Quem me conhece, bem sabe como costumo agir diante dos eventuais tropeços que a vida me apresenta. Possivelmente, rindo, se outro modo de me expressar não for suficiente para elevar o meu astral.

- Não desejo ser demasiado pessimista, porém chego a pensar que, ainda quando não estava totalmente curada e, demonstrava alguma paixão por mim, possivelmente, na verdade, ela já estivesse cagando pra mim. Ela tem um caráter esfarrapado. Li, certa vez: *"O mal não é um elemento natural do mundo, nos acontecimentos ou nas pessoas. O mal é um subproduto da negligência, da preguiça, da distração: surge quando perdemos de vista nossa verdadeira meta de vida."* [313] Mas o mal não é *apenas um subproduto* da mente humana, mas está muito além da simples negligência, da proveitosa preguiça e do descuido que gera a desatenção, que são atos, na mais das vezes, involuntários. Forço dizer que o mal é uma deformidade intencional e, portanto, voluntária e proveniente de um caráter defeituoso e, não se trata de subproduto, mas de um refinado *produto*, cheio de coisas ruins, cujo seu titular costuma esforçar-se em cada vez mais aperfeiçoá-lo, o carregando de venenos e cargas explosivas suscetíveis de depor tanto os inimigos, quanto os amigos. O seu propósito é abater a todos e a tudo, para que se torne exclusivo e, não apenas especial ou melhor do que os que o cercam. O maldoso ou malvado, leva o seu mal onde ele estiver. Já viu que adjetivo se dá a quem maltrata um indefeso mendigo.? Mau!

Terminada a inicial manifestação de Severo, Renata, sentindo-se confiante no que dele ouvira, encorajou-se a dar a sua opinião sobre a ex-colega de apartamento. Afinal, segundo ela certamente supunha, Severo também esperava dela alguma manifestação que acendesse o diálogo. Então ela disse:

- Severo, nos conhecemos muito pouco, bem como, também conheço pouco Maristela. A convivência com ela não foi muito demorada, além de que, nem sempre tínhamos tempo para conversar. Embora morando no mesmo apartamento e ocupando o mesmo quarto, alguns dias sequer nos víamos. Tínhamos vidas independentes e compromissos distintos. Todavia, algumas vezes a senti insegura e, noutras, ela até pediu-me alguma orientação. Estas, possivelmente, tenham sido as oportunidades em que estivemos mais próximas. Mas eu a observava bastante, porque notava que, vez que outra, ela tinha comportamentos inesperados.

- Era uma moça que, embora reclamasse da falta de sorte, disso não poderia vindicar, porque a sorte bateu no seu ombro mais de uma vez. Mas, parecia que a ela faltava um pino, um parafuso, porque ela não tinha uma vida linear. Quando estava em alta, jogava tudo a perder e, quando se encontrava em dificuldade, baixava o astral e, se pudesse, não conversava com ninguém. Ela mais se parecia com alguém que sofre de distúrbio bipolar; ou, quem sabe, realmente sofresse desse mal. Mas o seu maior mal, foi se juntar e se apaixonar pelo vagabundo do Val. Quanto fez isso, jogou fora em pouco tempo tudo o que tinha conquistado com o seu talento e a sua beleza. Ela realmente é uma mulher talentosa e bonita, mas isso é insuficiente para quem quer vencer e se manter em segurança. Você sabe que eu não tenho muito estudo; nem completei o ensino médio, mas sei observar as pessoas. A vida me ensinou e continua me ensinando essas coisas. Com o perdão da palavra, ela me parece uma desgraçada, seja no sentido filosófico ou religioso, ou ainda, como sinônimo de infelicidade, de desventura.

E, ela continuou:

- De qualquer sorte, a vida futura é um enigma e, apesar de que muitos desejarem se preparar para esse tempo invisível, ninguém o conhece antes de ele se apresentar. O futuro pertence ao futuro, assim como passado pertence ao passado e, o presente somos nós aqui neste instante, que a cada fração de tempo, numa fração de uma fração de piscar de olhos, ele passa do presente para o passado. Mas só conhecemos o futuro quando o futuro chega, já sob a forma de presente.

- Mas, a paixão dela por Valdemar é algo inexplicável. Certa vez ela confessou-me que, depois que se prostituíra, jamais pensara ser mulher para um só homem, mas que ele a completava totalmente. A cabeça daquela menina se parece com uma caixa de pandora, uma figura enigmática; mas que também está sempre a inebriar de algo; a admirar a alguém. No entanto, também se comporta como uma pessoa meiga, amorosa. O que maior mal a vem fazendo, é aquele endiabrado do Val – um estereótipo de *persona non grata*, um dos males do mundo, que vive a jactar-se de coisas imbecis, mas que ela adora ouvir.

Severo, gostando da

conversa e da objetiva participação de Renta, acresceu:

- Pois é, Renata, eu também tenho ficado com um nó na garganta. Mas tem coisas que não se pode perdoar. Uma delas, é a traição e, na relação de um casal, isso tem que ser bem observado. A nenhum dos cônjuges é permitido trair; sequer em gestos e palavras. A fidelidade que brota da benquerença não pode ser desbotada no curso da relação. Senão, esmorece o amor; que é razão maior da relação marital. Nós não éramos casados, mas aceitávamos, reconhecíamos e agíamos como se o fôssemos. Maristela pecou muitas vezes e sob variadas formas. Eu não costumo me machucar com as coisas ruins que me fazem. Um cara que se julgue melhor do que eu e, me queira esnobar e me diminuir, não me fará nenhum mal. Está perdendo tempo e oxigênio que teriam melhor aproveito no seu cérebro, para coisas úteis e boas.

- Também não costumo me sentir ferido com coisas vindas de pessoas que, só pelo reprovado ato, já estão abaixo de mim. Porém, com Maristela as minhas reações e os meus sentimentos têm reagido de modo diferente. Com certeza, porque a amei e, isso tem uma importância maior. É claro que estou vivendo em tempos de dor. Não há motivo para eu negar. Eu não estaria sofrendo, se a minha relação com ela fosse uma mentira. Mas, se eu a condeno pelo fato de me mentir, como suportaria mentir para mim mesmo?

- Dentre o mais, chego a pensar que Maristela tinha uma inconsiderada vontade de reerguer-se, pois o mundo que escolheu para viver, é estranho ao dos vencedores. Nem desejo chegar ao absurdo de comparar a mulher que amei e comigo viveu, a um traste como é o homem que ela deseja. Porém, vale lembrar que Homero, na Odisseia afirmou que *um deus sempre conduz o semelhante ao seu semelhante*.

- Chego a ter dúvida sobre a minha maneira de pensar e de agir, pois sou capaz de admitir que deva seguir o conselho de Schopenhauer, para quem, todos deveriam ingerir durante o desjejum um sapo vivo, como garantia de não ter que passar durante o resto do dia em meio a algo tão ruim. A ela, hoje acredito que sempre faltou a virtude. E, isso me faz lembrar Sêneca: *"A virtude é livre, inviolável, firme, inabalável, de tal modo endurecida que nem mesmo pode ser curvada e menos ainda vencida.*

- Algumas vezes atribui à sua decadência, que posso afirmar ter chegado à indecência, ao fato de aqui ter chegado sem o amparo de que tanto precisava. Porém, com o tempo e a estreita convivência, convenci-me de que o mal que ela espargia tinha suas origens dentro dela mesma; não teria surgido, se desenvolvido e aprimorado em razão de fatores externos. Maristela, além de ingrata e desrespeitosa, é mulher petulante. Uma perigosa rapina que tanto ataca pela frente como pelas costas; durante o dia e ainda mesmo à noite. Se mão lhe oferecem o mal, ela o procura e sempre o encontra. De incontida confiança no que de errado faz, não tem medo de ser malsucedida no que arquiteta e realiza.

Ele fez breve pausa no assunto, para que ambos pudessem saborear os lanches. Pouco depois, todavia, ele retomou o assunto, pois estava necessitando desabafar. Havia coisas que estavam guardadas na sua garganta e embaraçavam os seus sentimentos.

Disse, então:

- A pessoa que ama – não adiante mentir -, sofre quando é traída. A traição entre amantes, geralmente tem apensado o corolário do ciúme e, isso as vezes é um sentimento perigoso. A traição e/ou ciúme tem levado alguns amantes, ou ambos, a condenados desfechos como o homicídio e/ou, o suicídio. Reprovo qualquer um desses negativos e desesperados atos. Mas, há pessoas que não conseguem dominar os seus ímpetos, as suas reações, que alguns dizem ser indomáveis. De minha parte, isso nunca acontecerá. Os meus sentimentos estão sempre ligados para o bem. Sou do tipo que sabe domar os seus sofrimentos, não lhes dando mais valor do que à razão. Sou homem que se conhece o bastante para saber que tudo passará. Que, tem a convicção de que novos dias de sol voltarão a brilhar, para aquecer o corpo e a esperançosa alma.

- De todo modo, fico a perguntar-me por qual razão ela gosta de exibir a sua torpeza? A quem desejará atingir? Penso que a si própria! Que grande raiva ela deverá ter de si! Algumas vezes fico a me perguntar se ela ainda tem alguma virtude? Se lhe sobrou algo de bom? Mas, sinceramente, não tenho encontrado resposta afirmativa para essas minhas interrogações. Sei que sempre tenho algo a ganhar quando me aproximo de pessoas; sempre tiro algo de proveitoso. Mesmo quando delas colho coisas ruins, as aproveito como exemplar aprendizado. Na pior das hipóteses, me servem para aprender a evitar incorrer em iguais erros. Por outro lado, apesar de todo o meu sofrimento, posso afirmar que mais sofro por tê-la conhecido, do que por tê-la perdido. Porém, guardo uma frase de Shakespeare que li na minha adolescência: *"Só quem já amou vai entender.* Já li, não faz muito tempo, num dos tantos livros que me ensinaram a viver melhor: *"Não punimos as pessoas por serem más, mas por escolhas más, escolhas que são ruins para o grupo."* [314] Pois as escolhas que ela fez, certamente que machucaram todo o grupo: as suas amigas, as suas colegas da noite e, também aqui incluo nesse grupo, a sua irmã; ainda que dela não tenha *procuração* para isso.

Depois de uma nova pequena pausa, ele retomou o assunto. Ele realmente estava ansioso para dizer bem mais. Era a sua oportunidade de desabafar.

Disse, pois:

- Me desculpe Renata, por contrariar uma pequena parte do que você disse a respeito de Maristela. Mas, não concordo que ela fosse portadora desse mal, há não muito tempo descoberto, que é o distúrbio bipolar. O que Maristela tem é falta de vergonha na cara e muito senso de maldade; além do que, deve deixar de lado essa mania de *sofrenilda*, que a todo instante está a se lamentar por algo que lhe deu errado. De qualquer modo, eu gostaria de poder entrar nas reentrâncias do pensamento e dos sentimentos dela, para obter resposta a vários questionamentos que me faço. Pessoa repulsiva, cujo caráter demorei a conhecer, produziu enorme dano ao meu bem-estar. *Ipso fato*, precisei fazer algum esforço superior ao que eu estava acostumado, para manter o equilíbrio que a situação exigia.

Mas, Renata retomou o assunto sob a sua perspectiva:

- Nós sabemos que ela costumava fazer tempestade em copo d'água, quando estava em alguma dificuldade; especialmente, financeira. Mas, nós não podemos medir o grau de sofrimento que isso lhe causava. Poderá ser que houvesse algum pouco de encenação nas suas manifestações, mas eu acredito que em tudo isso havia um tanto de realidade; de verdadeiro sofrimento. Também acho que em razão de que os problemas familiares nunca teriam sido resolvidos, sua fala era cheia de interjeições: quando um pouco cansada, expelia o seu *ufa!*; quando surpresa com qualquer coisa, inclusive do cotidiano, soltava um *ah!*, como se fosse difícil entender ou aceitar o que lhe era dito. Quando a notícia ou a informação para ela se parecia um pouco alvissareira: um *uau*!. Era nesse mundo de exclamações que ela desenvolvia a sua relação conosco, tanto no apartamento quanto na zona.

- Ela parecia viver num mundo de surpresas e, isso era muito ruim. Maristela tinha um comportamento que não posso dizer que fosse anormal, mas era impróprio para uma pessoa adulta e, já com alguma bagagem de experiência. Constantemente ela reclamava que tinha poucas roupas, mas ela tinha razoável quantidade de conjuntos e acessórios. Principalmente, quando a sua maré estava alta.

- Sinceramente, eu gosto bastante dela e acho que a compreendo um pouco, mas confesso que não desejaria mais morar com ela. Ela uma pessoa que desagrega, ao invés de aproximar. Dessa forma, a agradável conversa entre colegas, acaba por desaparecer, pela influência negativa dela. Ela tem um baixo astral e, acho que também por isso, atrai para si coisas ruins, com o risco de transmitir para outras pessoas. Em algumas vezes, a simples presença dela já denotava um ar de desconforto, de tristeza, de angústia e, às vezes até de revolta pela saturação que ela causava. Que pena que ela seja assim, porque me parecia uma pessoa boa, ainda que irresponsável e carregada desses males que acabei de dizer.

Severo retomou o assunto:

- Estou lembrando que a Maristela era um pouco escatológica, as vezes ficava a matutar com machucadas ideias do que aconteceria depois do fim do mundo. Tipo de preocupação abstrata e sem direcionamento. Além do mais, atualmente pouca gente acredita no fim do mundo. A última chance disso se consumar foi na chegada do ano 2.000, porque tinha gente que assegurava que o mundo acabaria na virada do milênio. Pois nada aconteceu, como nós todos sabemos. O mundo realmente terminou para o universo de pessoas que nos deixaram. Teve gente que contou os dias para a chegada do fim do mundo. Quanto tempo perdido!

- Acho que de algum tempo para cá, ela começou a achar-se como uma Jezabel (*Jezebel*): a mulher dominadora, que procurou derrubar o seu esposo, o promíscuo rei Acabe. Só que eu não sou um devasso, nem a nossa união resultou de algum acordo para fortalecer as relações entre os nossos povos.

Severo fez novo intervalo, quando mais uma vez pediu desculpas à Renata, pelo desabafo e por ocupá-la durante tanto tempo, numa conversa que, em princípio, só a ele interessaria.

Mas, continuou:

- Chego a concluir, que durante o apogeu do nosso namoro, ela já fosse desse mesmo jeito. Só que as suas manifestações eram mais polidas, do que sinceras; mais educadas, do que verdadeiras. Nós nunca brigamos, nem por coisas sérias nem por coisas banais, mas percebi que dentro daquele amor espontânea havia uma imperdoável traição. Ela não sabia que amor não se maltrata e, que, quando ele é maltratado, morre. Mas, fica-lhe um bom recado: que a experiência aumenta o saber, mas não a inteligência – o que lhe faltou até aqui.

- Eu também sabia que nunca se deva subestimar quem tem ódio; as pessoas que são hábeis em criar intrigas contra quem não gostam. Têm certa teima e se aproveitam dos mais serenos para os difamar. Algumas vezes ela desabava, dizendo que carregava a ideia de que os seus pais a renegavam; mas nada sei a respeito. Maristela parece estar embebida numa ardente chama de ódio contra mim; mas certamente, não apenas contra mim, porém contra ela própria. Quando ela se acordar desse demoníaco pesadelo, talvez lhe seja tarde para voltar à tona.

Severo fez outro pequeno intervalo para pedir um refrigerante, e retomou ao seu desabafo. Ele precisava muito botar tudo para fora, senão, parecia-lhe que iria explodir.

Disse, mais:

- Antes que Maristela chegasse ao apogeu da ingratidão e do desrespeito para comigo, ela passou por uma fase intermediária, que se debatia entre a ligação e a dissociação entre nós. Hábil em disfarces e cinismo, por muito tempo pode enganar-me sem que eu o percebesse. Porém, como todo falsário, ela não se deu conta de que os excessos abrem portas e afastam cortinas para desconfiança pela pessoa enganada e, que o seguinte passo, é o da certeza e da prova do embuste. Ao abrir o fosso para jogar-me, ela tropeçou e cai por si só. Dessa forma, mais uma vez ela perde o que eu chamo de *estatuto da honra*.

- Maristela, eu diria ser uma mulher notável, monstruosa. Cuidem-se com ela! Apesar de possuidora de extraordinária beleza física, nem provinha de origem nobre e, já nem sempre mostrava boa reputação e caráter ileso.. Sou obrigado a admitir que ela parece querer trazer a lume algumas absurdas contradições, que são demonstradas na sua maneira de agir e de falar; o que a leva à incoerência e à inapelável condenação. Hipócrita, como vem demonstrando ser, ela se esquece que a hipocrisia leva o hipócrita a fazer a sua vítima acreditar que ele vem adotando uma conduta semelhante àquela que procura demonstrar. Mas, muitas vezes ele escorrega nas suas mentirosas falas e trejeitos, dando oportunidade a que os seus disfarces sejam descobertos. A hipocrisia se apresenta ao mundo civilizado, de tal forma fecunda e as vezes até ironizada, que o cinismo que a veste nem sempre é capaz de enganar a tantos quantos pretende. Locke escreveu: *"Será muito difícil fazer homens sensatos admitirem que aquele que, de olhos secos e espírito satisfeito, entrega seu irmão aos executores para ser queimado vivo está sinceramente e de todo coração preocupado em salvar esse irmão das chamas do inferno no mundo do além."*[315] Assim agindo – o que preferiria dizer assim *atuando* – Maristela chega as barras do ridículo, onde tropeça na falta de vergonha. Aliás, há quem acertadamente diga que a melhor sanção para o ridículo é o riso. Mas, não desejo rir dela, porque é covardia rir-se dos infelizes.

- Oi gente, quanta maldade carrega essa mulher! Pobres ricos a quem ela pretender atacar; porque pobre sem dinheiro, já lhe basta um Valdemar. Mulher safada, minha amiga, que de puta tem muito pouco, pois a sua especialidade é fazer o mal.

Não satisfeito com tudo o que tinha dito sobre Maristela, ele encheu o peito e ergueu os ombros para mais falar:

- Cheguei a observar que algumas pessoas se afastaram do nosso convívio, depois de saberem de algumas traições. A maldade tem perna curta e estreita o caminho quando é envenenada pela ardência que saliva a língua dos fofoqueiros de esquina e de quiosques de shoppings. Esses, também fazem mais transbordar através das redes sociais. Parece-me que ela ao querer divertir-se, ou simplesmente distrair-se, se espertava a minha custa e, em troca de coisas que sabia que me desagradavam; que me incomodavam; que me angustiavam.

- Conhecedora das coisas ruins pelas quais

passou, estava disposta a viver com um homem ainda pior do que ela; ou, talvez, lhe fosse um igual. Minha cara, já li que *as dores leves são falantes, as grandes, ficam em silêncio* (*Curae leves loquuntur stumpent*). Não sei se a frase é de Lúcio Séneca (ou Sêneca); não tenho certeza, porque a li há muito tempo e, afinal, além de estarmos numa conversa entre confidentes, não sou filósofo. Repito que não mais a amo; dizer o contrário seria mentir. Não vejo como alguém possa amar a quem o procura destruir. Para agir assim, só alguém dotado do *haimsa*, que professa a ideia de se fazer o bem e até amar a quem o faz mal.

Após ouvi-lo por tanto tempo, estando sentados um de frente para o outro, Renata pediu-lhe para fazer um carinho, num gesto de amizade que desejava ter seguimento. Erguendo-se da cadeira, por sobre a mesa deu-lhe um beijo no rosto; ao que ele respondeu com igual beijo no rosto dela. Voltando a sentar-se, ela disse que bastante o admirava e, que lamentava ele não ter tido sorte com Maristela. Que ele era um homem a ser desejado por qualquer mulher bem-intencionada, pois que, além de um cavalheiro, era uma pessoa responsável e bondosa. Adiantando-se um pouco no assunto, quase lhe deu uma *cantada* ao dizer que não teria tido a mesma sorte que tivera Maristela, de ter conquistado pessoa tão especial, a que toda mulher deveria segurar com as duas mãos, para não vir a perdê-la.

Ele fez um sorriso que demonstrava o seu constrangimento com o que dela ouvira e, durante um pouco tempo ambos ficaram calados, apenas se observando. Então ele disse: Renata, você é uma mulher bonita e atraente, além de tudo, bem sei que és uma pessoa do bem. Quem sabe ainda encontres alguém com quem dividir a sua vida; mas não percas tempo, menina. Aproveita esse tempo em que estás no apogeu da tua beleza e, logo que conheceres alguém com queiras dividir uma casa, se lance nos braços desse que também será um felizardo. Acho até que chegaste atrasada, ou eu é que só vim lhe conhecer tardiamente. Tivesse isso acontecido antes de eu me envolver com Maristela, quem sabe hoje formaríamos um belo par? Ela concordou com o que dele escutou e, agarrou uma das suas mãos que estavam sobre a mesa e, a acariciou por algum tempo. Não querendo que a chapa esquentasse, pois que não era o motivo do encontro, ele a confessou:

- Hoje me considero seu eterno amigo e você minha confidente, se tanto o permitires. Todavia, não tenho direito de querer mais do que isso. O respeito que tenho por você, não me permite ir mais adiante do que já fomos. Trocar carinhos, são gestos de afeto, de bem-querer; nada mais do que isso. Além do mais, se fossemos para uma cama, possivelmente nos decepcionaríamos, porque acho que ainda não é esse o nosso desejo.

- Mas, como ainda estava muito revoltado com o que vinha sofrendo, apesar de nada de mal ter feito à sua desaforada ex-mulher, disse mais:

- O *modus vivendi* dela, enquanto vivemos uma vida a dois, feriu a minha moral e a dos meus amigos, que a tinham como mulher digna de ser recebida entre eles. A honra é algo que serviu aos mais brilhantes homens em todos os tempos. E isso lhe escapou por tanto tempo. A prática de atos de imoralidade e de desonra, por certo que afetam a felicidade do seu par. E a honra é uma das *hastes* basilares da vida em sociedade. Uma sociedade constituída por desonrados tende a balançar, a estremecer e a ruir. Mas os fatos que levam a tal ruína, nem sempre se resolvem ou desaparecem junto com ela. Assim terá que ser e, afinal, o é, porque as recíprocas relações entre as pessoas que constituem uma sociedade, deverão ser lastreadas na honra. Até mesmo nas sociedades do crime, as espúrias, há um *selo* de honra entre os seus integrantes.

* * *

Durante o tempo em que viveu em Porto Alegre, apesar de ter personalidade forte, bem definida; do tipo de mulher que sabia o que queria, Maristela se submetia, ainda que as vezes contrariada, às determinações e ordens dos pais. Estudante, que, com assiduidade fazia os temas escolares e sempre obtinha boas notas, em casa também desempenhava com destreza as tarefas que lhe eram designadas por dona Leda. Era do tipo que vivia a máxima que diz: enquanto descansas, aproveita e carrega algumas pedras.

Por outro lado, ela teve a sorte de viver uma época de apogeu na companhia de Severo e, o trocou pelo nada; ou pior, ainda: trocou por menos do que o nada. Deixou a fase em que brilhava espelhada em purpurinas, paetês e plumas, sem se dar conta de que, quem desafia a sorte, corre risco de encontrar um abismo e de rolar pelas escarpas até tombar no desértico e inóspito desfiladeiro. Mas ela parecia estar disposta a desafiar a tudo. Era do tipo que, mesmo que ao custo de perder tudo que tem; ou o pouco que ainda tem, não cede à máxima contida na antiga expressão latina: *ego sum qui sum* (*eu sou o que sou*) e, enfim, ela era o que realmente era.

Maristela não seria obrigada a continuar vivendo com Severo, mas também não precisaria traí-lo de tantas e variadas formas como o fez. Quem faz assim, ou é doente – o que é o menos provável no caso dela -. ou é safado; como ela mais se afeiçoava. Ela poderia continuar hipotecando respeito - se admiração não tivesse mais por ele -por ser pessoa que sempre a protegeu, respeitou e manteve, desde que começaram a coabitar.

Mas, certamente que a vida a iria ensinar que para aqui viver, não se poderá pensar estar numa ilha, como já foi dito anteriormente. Ninguém é tão autossuficiente, que não precise de ajuda de alguém. Só a cabeça de um ermitão comporta um pensamento tão egoísta como esse. Mesmo assim, poucos sabem como funciona a cabeça de uma pessoa que tenha escolhido viver em absoluto isolamento social. Mas, nem isso caberia no caso de Maristela, porque ela bem que gostava de estar na companhia de Valdemar e de outros tantos companheiros de arruaça. No fundo, o que estaria a pretender, era sacanear a vida de quem tanto a ajudou. Quem sabe ela acertará? Ou, quem sabe ela errará? Só o tempo e as circunstâncias serão capazes de dizer...

* * *

De outro lado, voltando à posteridade, no Sul o namoro de Marcela e Ronaldo continuava em pleno progresso. O casal de namorados vivia momentos de grande prazer, especialmente quando estavam juntos. Ela sempre mais sorridente do que ele, não se podendo dizer por qual motivo. Porém, sempre souberam que Marcela vivia com o sorriso aberto. A simpatia sempre fora um dos seus principais atributos. O seu sorriso abria muitas portas, especialmente quando necessitava obter algum favor ou maior atenção. Quando isso era comentado, ela respondia dizendo que sorriso não é palavra – é expressão. Que o sorriso veste as pessoas, alegra ambientes e decora momentos e lugares. O sorriso, para a alegre Marcela, complementa e realça a beleza física das pessoas, que com ele tornam-se mais descontraídas.

É um símbolo de almas abertas e um singelo meio de comunicação. Além do mais, é uma manifestação universal que se expõe de igual modo em todo o Mundo, se tornando condição inconfundível e insuperável da alegria. Ela costumava ainda dizer, que o sorriso não tem idioma, não tem costumes, e não tem pátria; que supera rituais, tabus e crenças. Que é meio de comunicação tão simples, que por si só traduz o sentimento de quem o expressa e cativa a quem o acolhe. Ele emoldura a beleza física dos naturalmente belos e, embeleza quem não a tem. Mas para ela havia vários tipos de sorriso, que não poderão ser confundidos com aquele que expressa a alegria de quem sorri. São casos tais como o sorriso do nervoso; do constrangido; do desambientado; do desapontado; do envergonhado; do mentiroso – que é o titular do conhecido sorriso amarelo. Nenhum deles identifica-se, nem se ombreia com o sorriso autêntico. O autêntico, o espontâneo, é germinado na vontade que brota na oportunidade. E para ela, o sorriso da bela mulher tem igual valor que o sorriso do homem humilde, desdentado, mal barbeado e mal arrumado. Ambos cativam pela intensidade e pela autenticidade. Não havia dúvida, pois, de que Marcela além de sorridente, carregava na sua bagagem cultural, bom conhecimento sobre a expressão facial que a tanto distinguia.

No início da semana ela foi informada de que naquela mesma semana haveria um simpósio sobre Direito Civil organizado pela Universidade Federal do Paraná - UFPR. Logo telefonou para Ronaldo perguntando se ele teria interesse em participar do evento, que seria realizado na próxima sexta-feira e sábado. Que, em caso afirmativo, ela providenciaria nas inscrições em nome dos dois. Ele concordou, e combinaram encontrar-se no hotel em que ele reservaria a hospedagem.

Como tudo estava plenamente combinado, encontraram-se no hotel e depois do almoço dirigiram-se para o lugar em que seria realizado o simpósio. Ela, sempre elegantemente vestida, com suave maquiagem e bom perfume, tinha um caminhar que havia quem dissesse ser solene, tal a delicadeza com que pisava.

Era num amplo auditório com cerca de quinhentos lugares. Após a explanação de cada um dos palestrantes, foi aberto prazo para os debatedores questionarem sobre algumas das questões defendidas por cada orador. Não havia dúvida de que ao participar do simpósio, estariam assistindo a exemplar aula de Direito, que bastante teria enriquecido todos os profissionais que ali estiveram.

Terminado o conclave, Ronaldo e Marcela reservaram a noite para curtir um pouco na Capital paranaense. Cidade onde o frio geralmente é bastante intenso, porém com uma estrutura urbana moderna. Conhecida por ser um lugar onde há grande variedade de opções de laser durante o dia e à noite.

À noite, num restaurante com cardápio à base de receitas alemãs, apesar de já terem consumido as suas cotas de bebida no almoço, o prato por eles escolhido convidava para beber um chope bem gelado. E foi o que fizeram com maior prazer. Uma bandinha com músicas e roupas típicas entusiasmava ainda mais o alegre ambiente. No enorme salão, quase que não havia mesas livres, e a fila de clientes era bem grande. Tudo indicava que teriam escolhido o lugar certo para se divertir.

Em dado momento, o assunto sobre o amor mais uma vez voltou à baila entre o casal de namorados e enamorados. Ronaldo então disse, que falar sobre o amor era uma empreitada difícil; um sentimento bem sedimentado, que se apresenta sobre várias faces e formas. Que o amor é etéreo como um fluído que se expande de forma incontrolável. Que há quem afirme que o amor é uma das fontes de felicidade; o que não deixa de ser uma verdade. Mas tanto o amor quanto a felicidade são manifestações emocionais que, uma vez absorvidas pelo sentimento humano, sobre elas não se exerce mais domínio.

Depois de jantarem, ainda dançaram numa boate tradicional da cidade, onde encontraram alguns colegas que teriam conhecido no conclave. Com isso, a diversão ainda ficou mais descontraída e o tempo passou com enorme pressa. Quando viram, já era bem tarde e, como viajariam na manhã seguinte, retornaram para o hotel. Por sorte que os horários dos voos para o Rio de Janeiro e para Porto Alegre eram bem próximos; o que oportunizou irem juntos para o aeroporto. Lá se despediram logo que Ronaldo encaminhou-se para a sala de embarque.

Marcela, ao ver Ronaldo desaparecendo na sala de embarque, teve que segurar as lágrimas, para não se distrair e perder o seu voo, cujo embarque já teria sido anunciado pela autofalante. Com certeza, durante a rápida viagem, ambos ficaram trocando lembranças do agradável, embora curto tempo em que estiveram juntos. Difícil seria retomar a rotina na segunda-feira, sufocando a tristeza de não poder continuar acompanhados por mais tempo. Mas, o que fazer se aquele fora o tipo de relacionamento que optaram por manter; não sabendo, todavia, até quando aguentariam continuar namorando à distância.

O amor entre eles era algo bastante incomum, a ponto de se poder dizer, ser febril. Quem os via quando estavam juntos, por certo que deveria invejá-los, tal o entusiasmo e a constante troca de carícias, que não reservava lugar para demonstrar tamanho afeto. As gentilezas entre eles era uma constante e nunca superadas por qualquer outro gesto, por valioso que pudesse parecer. Em primeiro lugar, para eles, apenas e somente para eles, era o mais importante.

Numa das noites em que dormiram em Curitiba, Marcela sonhou com Maristela e, ao levantar-se disse a Ronaldo que teria sonhado com a sua irmã, Stelinha, como a chamava. Disse ter sentido muita saudade dela, mas que não desejaria mais falar sobre a querida irmã, que a chamava de Marcelinha. Que assim eram tratadas desde crianças.

✽ ✽ ✽

Chegando em casa, Marcela viu que por debaixo da porta do apartamento havia uma correspondência endereçada para ela. Deixou a pequena mala no corredor e sentou-se na sala para ler o que continha a missiva, que assim estava escrita:

*"É através da janela envidraçada do meu quarto, que recostado numa poltrona deixo passar agradável tempo da minha quase ociosa vida, observando por ali passares diariamente. Sempre bela, sempre esguia, sempre bem-vestida e, sempre com a aparência de que és feliz. Oh mulher linda! De onde tiraste tanta formosura, bela mulher? Da janela do meu quarto, também observo a folhagem dos plátanos, plantados há quase um século, ornando a sempre bela e antes silenciosa rua onde moro. Nos seus galhos muito vejo pardais, rolinhas e até já vi emplumada e verdejante caturrita, como que a chamar atenção para a sua inconfundível beleza. Lá, fazem seus ninhos, como também já fizeram nos espinhosos ramos de um pinheiro do jardim da vizinhança. Mas parece que nunca reparas para essas belezas que a tantos encanta".*

"*Essas folhas, que de tempos em tempos mudam de cor; do verde vivo para o levemente amarelo e, ao final, para o castanho, são substituídas por outras que, atento me demoro a observá-las quase que diariamente e, me levam a meditar num devaneio envolvido em sonhos só possíveis na minha ardente imaginação. Esse ritual, porém, quase sempre é quebrado pela tua presença ao passares bem pertinho da minha janela. Mas peço-te, nunca te atrevas a me olhar! Não porque eu seja perigoso, mas porque sou muito vaidoso. Costumo sonhar com o impossível e com o improvável, que alimentam sobremodo o meu espírito ainda bem vivo e imaginário*".

"*O tempo vai passando lentamente, e a cada dia que me recosto naquela confortável poltrona que já vem moldando a minha silhueta, acrescento um novo sonho, na mais das vezes irrealizável. Ah janela, que deixas passar o sol que aquece o meu quarto; que me deixas admirar a beleza dos pingos da chuva gotejando e escorrendo pelos teus transparentes vidros; que me deixas espiar o que acontece lá fora; que me deixas protegido de quase tudo! Acho amiga janela, que jamais me proibirás de ver a linda mulher que pelo teu oposto lado, quase todos os dias passa e não me vê. Acho, também, que jamais me deixarás, e até acredito ser mais fácil deixar-te algum dia destes. Até lá...*"

A carta era anônima e parecia ser um tanto perigosa como as que ela teria recebido anteriormente. Marcela começaria a viver novo período de grande intranquilidade. Quem estaria fazendo tanto mal a ela? O que desejaria essa pessoa, ou essas pessoas? Perguntas para as quais ela não encontrava resposta. Perguntava ainda mais: onde ficaria essa casa? Onde ficaria essa *janela indiscreta*? - Pensamentos que a levavam a lembrar do imortal James Stewart e da sempre linda e também imortal, princesa Grace Kelly, que interpretaram no filme de igual título – Janela Indiscreta (1954) -, os personagens J. B. Jeffries e Lisa Carol Fremont.

Essa casa com tal indiscreta janela, e com esse bem mais indiscreto morador ficaria perto da casa dela? Ou perto de um dos prédios dos foros onde costumava ir? Ou perto do seu escritório? Ou perto de um dos restaurantes em que costumava frequentar no horário de almoço? Ou... ou...? Eram perguntas que cada vez mais a confundiam e a atormentavam. Chegou a prometer para si, que se descobrisse o lugar, procuraria o elemento para dar-lhe uma boa repriменda. Seria ele efetivamente homem, ou algum sapatão que se apaixonara por ela?

Como seria de prever, ela ligou para Ronaldo relatando tudo e lendo a complicada carta que recebera do desequilibrado autor. Parecia um cara de boa cultura, pelo menos sabia escrever razoavelmente bem. Um cara problemático, um louco varrido, ou um tarado que ficava por detrás dos vidros da sua janela, a espiar quem por ali passava. Seria ela a única pessoa a receber aquele texto? Perguntas que não a deixavam sossegada.

No dia seguinte ligou para todas as mulheres que receberam as cartas anteriores, mas nenhuma delas teria recebido essa última. Então, pensou que ela seria a única que estaria na mira do anônimo ocioso. Se o cara nada fazia durante o dia, por qual motivo apenas a apreciava ao passar pela janela da sua casa, ao invés de segui-la e abordá-la. Seria um desses tarados sexuais; um fetichista; um pervertido sexual com fixação sobre parte do seu corpo? A essa altura, de nada adiantaria saber qual parte do seu corpo servia de adoração para o impetuoso desajustado.

Sem que ela pudesse quantificar as três situações pelas quais teria passado em razão das correspondências recebidas, pelo menos a última trazia algo diverso das demais: o fato dele dizer que a via passar pela sua casa. Então, durante parte do seu trajeto ela era vista pelo indiscreto tarado. Mas, seria em todos os dias? Em quais horários? Na ida para o escritório ou na sua volta? Na ida para um dos prédios do foro, ou na sua volta? Quanto dilema! Quanta angústia!

Uma das primeiras medidas que fora opinada por um colega de escritório, seria começar a esquadrinhar os quarteirões usualmente percorridos por ela nos seus deslocamentos. Mas por medida de boa racionalidade, procurar apenas aqueles nos quais tivessem plantados plátanos e, dentre eles, onde tivesse alguma casa com um pinheiro no jardim. Esses eram os principais indicativos mostrados pelo autor na sua missiva. A partir dessas descobertas, a procura iria se afunilando e, quiçá, ela chegasse ao endereço do imbecil anônimo.

Depois de dois dias de pesquisa, Marcela descobriu a rua onde deveria estar a casa do seu espião. Agora, ela teria que descobrir em qual quarteirão ele morava; o que parecia ser fácil, a partir da descoberta da casa que teria um pinheiro no jardim. Já cansada de caminhar sobre sol forte, deixou essa última etapa para a manhã seguinte. Não demorou muito, e descobriu o enorme pinheiro Camada, com densa copa e folhagem de um verde bem vivo. Aquela então era a casa do vizinho dele.

Porém, faltava-lhe saber em qual casa daquela vizinhança ele moraria. Ela não teria qualquer indicativo, sequer físico do rosto dele para que, chegando a alguma das casas vizinhas, perguntasse qual seria a dele. Caminhou um pouco pelo quarteirão para ver se havia algum sinal que melhor o identificasse, inclusive, se haveria alguém numa janela a espiando. Mas a sua dificuldade aumentava, em razão de que o pinheiro sendo de grandes proporções, com enorme altura, ela poderia ser vista pelo remetente à boa distância da sua casa.

No entanto, o texto dizia que ele conseguia ver os ninhos das rolinhas; o que só seria possível se a sua casa ficasse próxima do pinheiro. Assim que, a residência do elemento deveria ser próxima da casa em que havia o pinheiro – o tal pinheiro que eventualmente abrigava ninhos de rolinhas. Essa era uma questão importante para a já perturbada Marcela. Essa dificuldade, depois de boa pesquisa por cerca de dois ou três dias, começava a atormentá-la. Demais disso, no entorno da residência que guarnecia o enorme pinheiro, além de casas havia alguns prédios com diversas janelas para a rua, sendo ainda mais difícil saber em qual das tantas aberturas se escondia o seu ocioso espião.

Dos prédios, alguns com mais de dez andares, o homem misterioso poderia ver os ninhos e observá-la dos andares mais altos, com o uso de binóculo ou luneta. Dessa forma, mesmo que pretendendo cuidar quando passasse pela rua, se alguém a estaria espiando por de trás de uma janela, não seria suficiente para que ela o descobrisse.

Para que pudesse continuar procurando quem seria o desocupado missivista, ela estabeleceu passar diariamente pela aludida rua em seu trajeto para o escritório. Assim que, todos os dias em que passava pelo logradouro, o fazia com atenção para as janelas, esperando ver alguém que a estivesse espiando.

Mesmo assim, isso ainda seria insuficiente, pois que, ocasionalmente ela poderia ver alguém a olhando de alguma janela, mas que não o fosse quem ela procurava. Poderia ser alguém que a tivesse olhado apenas naquela oportunidade, ou que a olhasse quase que sempre, mas não fosse o autor do texto a ela enviado. Quer dizer, que, realmente, seria uma empreitada dificílima para Marcela. Coisa para detetive de casos fantásticos.

Cansada de tanto pensar e imaginar coisas conexas e mesmo as desconexas ao fato, Marcela quase chegava à exaustão com essa sequência de textos que lhe eram enviados. Poderia resultar em algo perigoso para ela, mas também poderia não passar de brincadeira de algum desocupado metido a fantasma. O fato é que tais correspondências a vinham preocupando. Mal podia despreocupar-se das duas anteriores, e já aparecia essa última, com indicações um pouco mais precisas, mas ainda indefinidas.

Certa noite ela sonhou que um homem alto e, totalmente calvo, a observa por detrás de uma janela. Ele vestia uma capa preta, presa ao pescoço com enorme cordão e um medalhão dourado. Também, com uma pedra vermelha, que parecia ser de rubi. As mãos eram pálidas e as unhas compridas e sujas de sangue. Ele sorria e, vez que outra dava gargalhadas, mostrando alongados dentes incisivos. Em dado momento ele abriu a janela e parecia querer pular para a calçada onde ela estava.

Assustada, ainda no sonho, ela deu um grande grito de espanto e, esbaforida, saiu botando os *bofes pela boca*; em grande e incontida disparada, escondendo-se atrás do tronco de um enorme pinheiro de folhas verdejantes, que balançavam com as rajadas do forte vento. Insegura, começou a tremer e a gritar por socorro, mas não era ouvida por ninguém. Parecia que a sua voz estava trancada, abafada, inaudível. Algumas pessoas que por ali passavam, riam da situação em que ela se encontrava, ao invés de ajudá-la. Mesmo assim ela insistia em pedir ajuda, chorava copiosamente, e tremia. Ficara envolvida em tremendo estado de pavor, que não a permitia pensar numa forma de fugir daquela perigosa situação.

Era um pinheiro solitário, altivo e exuberante; com folhagens bem vivas, de um verde entre o musgo e a cor de oliva. Uma árvore imponente e, que atraía a atenção de quem por ali passasse. Se, se pensasse em orná-la com enfeites, ao modo das tradições natalinas, por certo que encobririam parte da sua beleza natural. Carregada de pinhas de diversos tamanhos, que por si sós *enfeitavam* a majestosa árvore, não se prestaria àquela, para sujeitar-se a qualquer tipo de decoração que a desfigurasse. No chão, no seu entorno, se poderia ver e recolher quantidade enorme de atas (fruta-do-conde) que, em algumas casas, têm servido de embelezamento em mesas e outros móveis no período de Natal. O seu frondoso e espichado tronco, bastante balançava e se vergava para um e outro lado, naquele dia de forte vento.

Mas aquele pinheiro não era um pinheiro qualquer, porque, como se verá na história contada por Marcela, ele tinha uma especial atribuição, porque servia de ponto de referência para as suas investigações sobre a carta que recebera. Aí, começou ela a pensar no seu pesadelo: Ah, pinheiro, se não fosses tu, o que mais serviria de referência à minha pesquisa? Pois amigo pinheiro, não saias daqui antes de eu encontrar-me bem protegida. Não deixes ninguém te abater! Me ouças e colabores comigo, por favor! E, se eu precisar, me protejas, deixando-me esconder atrás do teu vigoroso tronco, pois estou muito assustada com essas histórias que talvez tu não entendas.

De repente, olhando para adiante, pareceu-lhe que o homem da capa preta caminhava apressadamente na sua direção. Ele dava passos largos e mantinha o tórax curvado para a frente, mas a cabeça erguida. Dava repetidos abraços e socos no próprio peito; como que, querendo esmagá-lo; como se estivesse passando por um momento de fúria. Mas, achava que ele ainda não a teria visto escondida atrás do enorme pinheiro. Ela olhava em volta e não via os plátanos referidos pelo seu algoz ou adorador; o que a levava a imaginar que não estivesse na rua indicada na carta.

Mas subitamente ela ouviu gritos do homem, com uma voz cavernosa que mais saia pelo nariz do que pela boca, a chamando pelo nome, insistentemente: Marcela! Marcela! Marcela! Não adiante te esconderes porque te encontrarei! Eu tenho uma coleção de mulheres bonitas na minha casa, todas guardadinhas em caixões, no meu quarto. Cada dia eu escolho uma para conversar comigo e, depois volto a colocá-las no caixão. Elas me adoram e cuidam muito bem de mim. Não fujas mais, pois não te farei qualquer mal. Quando me conheceres, verás que sou um homem bom; que te protegerá.

Ao espiar por um dos lados do tronco do pinheiro, ela viu que o homem estava sentado na beira da calçada, na sarjeta, próximo de meio-fio. E, ali parecia que teria ficado a pensar em voz alta; dizendo que escolhia as mulheres, uma em cada noite, para que contassem histórias para ele. Que uma delas era totalmente branca, albina, achando que, quando nasceu, esqueceram de pintar o seu corpo com alguma cor. Outra, era tão preta, que chegava a ser meio que azulada, ou azulão. Mas, que, uma morena como ela, ele ainda não tinha na sua coleção. Dito isso, deu mais uma vibrante gargalhada que a assustou. Ato contínuo, ele girou totalmente a cabeça, a 180 graus; como fazia Regan, interpretada por Linda Blair, em O Exorcista.

Tomada de incontido medo, ela começou a gritar para ele: vai embora espírito do mal! Sai de perto de mim, homem maldoso; cruza do diabo com satanás! Não quero assunto contigo! Estás me escutando, pessoa do mal? Eu tenho uma réstia de alhos para jogar contra ti, se não me deixares em paz. Também tenho um espeto de madeira, bem grande e forte, que servirá para furar o teu peito até chegar ao teu coração, home ruim. Me deixes aqui, pois não estou de incomodando nem fiz algum mal para ti. Eu tenho amigos que, se me virem em apuros por tua causa, te farão sumir para sempre. Não te arrisques chegar perto de mim. Agora te conheço bem e, tenho certeza de que, se algum mal me fizeres, terminarei contigo e retirarei dos caixões as mulheres que manténs na tua casa! Vou chamar o teu criador, Bram Stoker, porque sei que fostes criado pelo mesmo homem que deu vida ao Conde Drácula! Vaza daqui seu infeliz! O medo que tenho de ti, será capaz de liquidar com a tua ousadia!

Aquele enorme homem, por vezes lhe parecia ser um fantasma que, ao invés de se cobrir com um costumeiro manto branco, usava aquela não menos assombrosa vestimenta. Confundido os seus pensamentos, já bastante insuflados pelo seu estado de terror, ela imaginava que, se aquele homem não fosse um fantasma, por um desses estaria sendo constrangido a lhe fazer algum mal. Mas, como não teria perdido por completo a razão, lembrava que esses espíritos do mal só existem na imaginação das pessoas; portanto, na realidade não existem.

Porém, essa constatação não aliviava o estado de pânico em que se metera e que a dominava; agora quase que por completo. Por demorado tempo ela alternava a razão com a fantasia; mas certamente que àquela se sobrepunha a esta; na mais das vezes, a dominando por completo. Mas Marcela continuou atrás da enorme árvore – sua improvisada trincheira -, certamente que pensando que aquele era um real emissário de Satanás; o Belzebu, que tinha supremacia sobre os espíritos que navegavam pelos ares.

Porém, como o sol ainda iluminava

parcialmente a rua e, segundo ela, os maus espíritos pertenciam às *trevas*, equivocadamente ela pensava que eles só agiriam durante à noite; no escurecer do dia. Isso custou-lhe maior sofrimento e desespero, pois supunha que a sua agonia não acabaria depois da chegada da noite. Para ela, muito pelo contrário, na escuridão da noite seria mais fácil de ser surpreendida por algum ente malfeitor.

Ela chegou a imaginar que aquele homem de fisionomia, gestos e tamanho desproporcional, tivesse saído do purgatório, uma vez que dizia ter guardado em sua morada várias mulheres desencarnadas. Afinal, ela já teria ouvido que esses tormentosos agentes, são espíritos de mortos que ficam a vagar durante a noite, na busca de outras almas para somar aos seus exércitos de intolerantes seres do além; do mundo dos mortos, mas que se tornavam imortais perante as suas vítimas.

Vez que outra ela via alguns relâmpagos que lhe mostravam a cara do seu ex-marido, Anselmo – o seu maior inimigo, se na verdade não fosse o seu único ferrenho desafeto. Nas suas visões, ela via que parecia que Anselmo ria-se da situação incômoda que a constrangia e, ainda dela debochava. Ela não tinha dúvida de que aquilo só poderia ser coisa do demônio.

No seu pesadelo, ela viu que Anselmo trazia numa das suas mãos uma pequena tocha com chama bem viva, dizendo que a mostraria como se acende o fogo do purgatório; do inferno. Que a vida dela estaria terminando e, que, ela iria arder no meio das chamas até que o fogo consumisse por inteiro o seu corpo. Mesmo assim, a sua alma continuaria a sentir o calor do fogo que a queimaria por vários dias; por muito tempo. Mas, que, com essa manifestação ela ainda não se livraria dele, pois a perseguiria onde ela estivesse. Ele a provaria que ela ainda lhe pertencia, pois que lhe fora dada pelos seus pais e, para com ele viver para sempre. Desequilibrada emocionalmente durante o demorado e aflitivo pesadelo, ela ainda lembrava que as almas do além são temidas por todos que as desafiam; inclusive os religiosos detentores de poderes especiais e sobrenaturais. Que, nem mesmo os exorcistas, que apesar de não temerem tais espíritos malévolos, nem sempre conseguem dominá-los; quando por eles não são vencidos.

Mais adiante ela viu uma espécie de procissão; um verdadeiro séquito de adoração a alguma entidade ou ser superior, do qual participavam muitas pessoas, todas com tochas acesas e cantando alguns hinos que pareciam ser religiosos. A maioria vestia capas pretas fechadas na frente por uma fileira de botões dourados. Todas cobriam a cabeça com enormes chapéus pretos e máscaras imitando expressões de loucos ou de mortos. As pessoas que não empunhavam tochas, carregavam algumas hastes em cuja extremidade superior traziam crânios. Outras, ainda carregavam corpos de pessoas que fazia parecer que tivessem desencarnado a pouco tempo. Esse pessoal vinha numa marcha lenta, mas sem interrupção e, caminhava em direção ao pinheiro. Numa das paredes das casas daquela rua, ela podia ver mãos ensanguentadas, como se fossem de pessoas já mortas pela implacável ação do homem alto, que continuava sentado à beira da calçada, a olhá-la com firmeza.

Com o passar do tempo e não saindo daquela infernal agonia, ela começou a ficar cada vez mais tensa. Sentia o seu coração disparar, como se encaminhando para uma crise de taquicardia. Percebeu que, sem ajuda, não teria condições de controlar àquela inesperada reação proveniente do incontido medo que dominava o seu corpo e o seu pensamento. Mas, ela sabia que diante de tão aguda situação, dificilmente existiria alguém que a pudesse ajudar e, menos ainda, a socorrer. Ela imaginava que, se tal eventualmente ocorresse, ela corria o risco de aquele *ser indefinível* ser mais rápido do que os socorristas e, seria apanhada e esgoelada até morrer.

Seria imperioso que se acalmasse e não mostrasse o seu estado de absoluto pavor àquele homem que certamente seria um enviado do diabo; algum parente próximo de satanás – o deus do mal. Vinha-lhe ao pensamento, o fato de que, se fosse pega por aquele *monstro* trajado de homem e colocada num de seus ataúdes, ninguém mais a encontraria. Ela percebia que o seu corpo tremia por inteiro e que os braços ficaram rijos e colados às pernas. Ela não tinha mais força para movê-los e os sentia dormentes. Imaginava que se ele a visse, a mataria e a colocaria num dos caixões. Então, preferiu parar de gritar e de atiçar o perigoso homem. O melhor seria ficar calada e escondida. Começou a esforçar-se para sair do estado de pânico, mas ainda encontrava dificuldade para tanto. Pelo contrário, a cada instante Marcela ficava mais nervosa e dominada por aquele pavor que tomava conta de si. Vez que outra, lhe parecia ouvir uma voz amiga a soprar nos seus ouvidos: acalme-se; controle-se; não se deixe dominar pelo medo que a vem levando ao estado de pânico. Isso tudo logo passará. Ele não a encontrará. Isso tudo é um blefe daquele monstro necrófilo.

Desequilibrada, desconfortável, confusa e tensa, ela tinha a sensação de que misturava um fato irreal com a realidade do seu cotidiano. Sentia um nó no peito e grande vontade de gritar; de pedir socorro, mas já teria se definido por não mais ser observada por aquele incrível homem. Em dado momento, lembrou que tinha num dos bolsos da jaqueta alguns comprimidos de Rivotril® – 2 mg., medicamento capaz de acalmá-la. Porém, a partir daí surgiu-lhe um dilema: se ingerisse o ansiolítico, ela certamente ficaria menos tensa, menos ansiosa; todavia, pensava ela, com o efeito do remédio, poderia se descuidar demasiadamente e até sair do seu *esconderijo*, ou adormecer. Os seus alternados pensamentos, a sua incorreta ou improvável previsibilidade sobre o fato, cada vez mais a afligiam, a ponto de pensar que poderia perder os sentidos. E, que, se desmaiasse, certamente que, do desmaio chegaria à morte pela determinada ação do horroroso homem guiado pelas forças do mal.

Em certo momento parecia-lhe ouvir dele, repetidamente, que, dentre as várias mulheres que tinha em casa, nenhuma se parecia com ela. Ela era uma peça rara para a sua coleção e, ele faria de tudo para tê-la guardada e exposta na sua sala.

Já totalmente pálida, parecia-lhe estar faltando entusiasmo para continuar viva. Faltava-lhe energia e coragem para continuar enfrentando aqueles terríveis momentos. A respiração, novamente, começava a ficar irregular e, parecendo que logo cessaria. Então, no seu pensamento começou a cobrar-se por ter ido àquele lugar, pois já imaginava que não teria suficientes condições para enfrentar a pessoa que a perseguia. Ainda mais, indo só e desarmada.

Adiante, ela foi surpreendida por um outro homem, o qual não pode identificar, que a decapitou. O seu corpo tombou ao chão, completamente ensanguentado e, a sua cabeça permaneceu a flutuar, no mesmo lugar em que estava antes da violenta execução. No seu rosto e resto da cabeça não havia sangue, porque, segundo ela imaginava, o corte teria sido feito por algum profissional talhado para aquele serviço. Ela conseguia abaixar a cabeça para olhar o seu corpo, mas não a podia tirar do lugar em que estava. A dor sentida pelo corpo se comunicava com o seu sistema nervoso e o cérebro. Ela queria conseguir fazer a cabeça descer até o corpo, para nele se encaixar novamente, mas não conseguia.

Então, pensou que o homem que a decapitara deveria não ser amigo do sinistro necrófilo, pois ela imaginava que ele a quereria inteira; não sem a cabeça. A partir daquele momento, ela começou a sentir forte dor na coluna cervical, imaginando que a fosse em razão do baque que as costas levaram ao tombar no chão. Pensou que tivesse ficado paralítica e, que, jamais conseguiria voltar a caminhar, ainda que lhe fosse possível voltar a unir a cabeça ao corpo. Numa das vezes em que conseguiu olhar para baixo, observou que o sangue que cobria o seu corpo estava ficando coagulado, pois não mais escorria pela calçada, como teria acontecido logo depois da decapitação.

Em decorrência da ansiedade, do intenso pavor e do frio que sentia, começou a soluçar copiosamente; o que a fazia ter a percepção de que algo a impulsionava àquelas incômodas sensações e manifestações tanto na cabeça quanto no corpo. Aqueles repetidos espasmos, lhe davam a impressão de que teria engolido algo ao ser decapitada. Mas, não conseguia entender como que, estando a cabeça separada do corpo, o soluço, que é uma contração do diafragma, seguindo até a glote, pudesse ser refletido em partes da sua cabeça, especialmente, na cavidade bucal.

Lembrou que, quando menina, seu Sérgio a levou juntamente com Maristela para verem um truque exposto num prédio do centro da cidade. Ao lá chegarem, viram a cabeça de uma bela mulher dentro de uma urna de vidro. Ao presenciarem àquela cena, saíram convencidas de a *artista*, realmente, não tinha corpo; apenas cabeça. E, a cabeça, apesar de não sair do mesmo lugar, sorria, piscava os olhos e se alimentava, periodicamente, com líquidos que a ela chegavam através de uma sonda. Lembrou que o rosto era de uma moça bem bonita e maquiada. E, a artista parecia não sofrer qualquer dor, por ali se manter fora do seu corpo. Pelo contrário, sorria bastante para a assistência formada por curiosos de todas as idades. Mais tarde, depois que cresceram, seu Sérgio as explicou que aquilo se dava através de um truque de espelhos, como muitos outros que aparecem nos circos, mágicos e artistas de rua.

Quando aquele grupo de pessoas mais se aproximou dela, um deles jogou-lhe uma enorme e pesada cobra sobre o seu corpo, já sibilando e com a afiada e comprida língua a jogar-lhe algo que lhe parecia ser veneno. Junto com a serpente venenosa, outras pessoas traziam enormes aranhas pretas, com os seus corpos dilatados e com as patas arqueadas, que começaram a pular nos seus braços e no seu rosto. Ao querer sair para outro lugar, Marcela percebeu que a enorme cobra havia entrelaçado o seu corpo na árvore; como se tivesse sido amarrado por uma grande e forte corda de tecido embebido em algum tipo de graxa. A partir daquele momento, ela não mais teve a sensação de que o seu corpo estava separado da cabeça; embora não soubesse entender como se deu essa reunião que lhe era necessária para melhor se defender ou se esconder.

A voz de Marcela, que inicialmente estava inaudível, começou a ser escutada por outras pessoas que começavam a se cercar dela, como que a querendo proteger. Em razão disso, o medo que ela tinha do homem grande e de todos os mais atores daqueles atos de terror, aos poucos foi diminuindo e, ela tomando um pouco de coragem. A cada minuto, a cada instante ela se sentia mais encorajada para enfrentar aquela estranha situação.

Em certo momento a cobra a desenlaçou e as aranhas desapareceram como por milagre. Mas ela não podia negar que ainda tinha considerável medo, ao ver aquele monstro sentado no meio fio da calçada, não longe dela e, que, ela tinha certeza de que ele comandava todo aquele espetáculo funesto. Começou a perceber que ficando de lado, encostada no enorme pinheiro, dificultava ser vista por aquele homem de tamanho desproporcional. Vez que outra ela rezava e, acreditava que, em razão da sua fé, aquele gigantesco e feio diabo sumiria dali. Era exatamente isso que ela mais pedia em suas orações. Ao distrair-se por alguns segundos, quando voltou à atenção, viu que um grande clarão brilhou um pouco adiante de onde ela estava e, em seguida, uma enorme fumaça densa e branca dirigiu-se para o alto, dissipando-se por completo. Quando tudo voltou ao normal, o homem da capa preta teria sumido, ela não sabendo dizer para onde. Com o desaparecimento dele, também desapareceu todo aquele torturador cenário de filmes de terror.

Sobressaltada, Marcela acordou-se e sentiu medo de ficar a sós no apartamento. Apesar do adiantado da hora ligou para Ronaldo e tudo contou. Ele procurou acalmá-la, dizendo que não teria passado de um pesadelo proveniente das preocupações que ela vinha tendo sobre o último texto que recebera. Que ficasse tranquila, pois era apenas um sonho ruim. Que ingerisse algum comprimido de remédio tranquilizante, que logo tudo passaria.

Na manhã seguinte, ao sair para o trabalho ela evitou passar pela rua onde possivelmente morasse o romântico espião, pelo medo de encontrar em alguma janela o careca da capa preta, que tanto a teria assustado durante a noite. Chegou a pensar que se tratasse de um necrófilo, porque ele teria dito que tinha uma coleção de mulheres bonitas, que guardava em caixões.

Mas ela teria que vencer aquele medo, para poder continuar a busca sobre a identidade do remetente da carta. E isso só poderia ser feito por ela mesma, pois não imaginaria encontrar alguém que se dispusesse a ajudá-la em tão árdua quanto complicada tarefa. Uma amiga opinou que ela contratasse um detetive para desvendar o misterioso caso da última carta. Disse-lhe que esses profissionais usam de técnicas avançadas e, na maioria dos casos encontram o resultado buscado pelo cliente. Mas ela preferiu aguardar uns dias antes de tomar qualquer iniciativa a esse respeito.

Depois, lembrou ainda que um policial amigo que teria cursado Direito com ela, possivelmente desse-lhe algumas dicas de como proceder. Era um renomado investigador de polícia, para quem talvez não fosse difícil descobrir quem era o malévolo elemento. No mesmo dia marcou encontro com o policial e mostrou-lhe o texto. Disse-lhe que queria saber quem o teria remetido, pois que estaria preocupada com o fato de que pudesse ser alguém capaz de abordá-la e maltratá-la. Pensou, inclusive, que pudesse vir a sofrer estupro, caso resistisse a uma investida dele.

O experiente investigador leu atentamente o texto, e disse-lhe que, para início de conversa não haveria qualquer risco de ser abusada pelo emitente. Que ela observasse que se tratava de pessoa que a elogiava e não fazia qualquer ameaça à sua integridade física. Possivelmente algum fã, que a tinha como seu ídolo, pelo fato de ser bonita, elegante, e aparentar ser feliz. Provavelmente uma pessoa que desejaria por para fora o seu predicado por ela, mas não queria fazê-lo pessoalmente; quiçá por constrangimento. Que pelo visto, se trataria de pessoa equilibrada, incapaz de oferecer ameaça a quem quer que fosse. Que também poderia ser algum idoso, com alguns sintomas de esclerose, mas que mesmo assim não seria capaz de fazer-lhe algum mal. Que, inclusive, poderia não ter usado do anonimato, pois poderia ter grafado qualquer nome como o do remetente; o que mais a confundiria. Além disso, assim agindo poderia envolver algum homônimo, desprovido de tal interesse.

Ela agradeceu ao colega e despediu-se com um abraço.

Logo telefonou para Ronaldo contando o que lhe dissera o policial e, dele teve integral apoio. Disse-lhe, que parasse de ocupar os seus nervos com situações aflitivas e preocupantes, pois isso faria mal para a sua saúde. Que no final de semana estaria em Porto Alegre para matar a saudade.

* * *

A Dra. Lindinha, em razão das sempre controvertidas informações e atos praticados pela sua cliente, procurou Maristela para renunciar os mandatos que dela teria recebido. Deixaria de ser advogada dela, e pelo visto, sequer desejaria vê-la pintada de qualquer cor. Maristela ficou chocada com o que teria resolvido a sua defensora, e preparou-se para um bate-boca cheio de desaforos e de palavras impronunciáveis. Nenhuma delas deixava por pouco uma boa briga e, muitas vezes, a advogada comprava um ranço, sem saber por que, nem contra quem. Era da sua *natureza* brigar; como da *natureza* de Maristela, era trair namorados ou companheiros.

Parecia que para a Dra. Lindinha, brigar era como que praticar um esporte. E sempre saía se dizendo vencedora, ainda que perdesse a contenda. De espírito belicoso, brigava até com guarda de trânsito, embora não tivesse automóvel nem motocicleta. Para Dra. Lindinha, o caso de Maristela, não bastasse as controvertidas informações que tanto dificultavam o seu trabalho profissional, a cliente era devedora de honorários e não teria dinheiro para pagá-los.

A discussão entre as duas foi fervendo de tal forma, que, se não fosse a interferência de algumas pessoas, talvez tivessem chegado às vias de fato. Baixinha, mas bastante atrevida, geniosa, e decidida, parecia cuspir sangue quando, por indesculpável engano Maristela a chamou por Dra. Pinto. Enraivecida, achando que a discussão teria descambado para o deboche, em plena calçada e, na presença de transeuntes e vizinhos, ela tirou de um dos pés a velha rasteirinha e quase que a esfregou na cara de Maristela. Só não conseguiu, porque esta era bem mais alta e segurou a tempo e com firmeza o braço da agressora.

Assim que, Maristela registrava na sua agenda, conhecer duas pequenas mulheres de irrefreável gana quando o assunto era partir para o pau. A baixinha da Prado Júnior e a advogada, Dra. Lindinha. Bem que essa dupla de briguentas poderia ganhar alguma notoriedade e dinheiro inscrevendo-se para lutar no octógono do UFC; com direito à apresentação do locutor oficial, Bruce Buffer!

Ao ouvirem uma sirene soar por perto, uma entrou em casa e a outra saiu a passos rápidos para o seu destino. Mas, a polícia não estaria vindo para apartar as duas, mas ia atender a um chamado em rua próxima.

Ficando sem alimentos em casa e sem a sua advogada para defendê-la, Maristela procurou a Defensoria Pública do Estado. Ingressou com ação de alimentos contra Severo, alegando que desde que fora ameaçada por ele e, que, em razão disso foi-lhe determinado afastar-se do lugar onde ela morava, ele deixou de fazer o rancho que abastecia a casa. Que diante de tais condições, e sem renda própria para alimentar-se, fosse determinado que o réu pagasse, enquanto tal situação persistisse, valor necessário para a cobertura das suas despesas ordinárias – dentre essas, com alimentação, transporte e higiene pessoal.

Em rápida decisão liminar, foi determinado que Severo passasse a depositar mensalmente em conta bancária por ela indicada, o valor equivalente a dois salários-mínimos. Furioso com a medida judicial a contestou, sem, todavia, obter sucesso. Restou-lhe, pois, resignar-se com o pagamento dos valores mensais fixados pelo juiz.

Certa noite, já um tanto chapada, Maristela ligou para Marcela perguntando como estaria a irmã rica. Esta respondeu dizendo que rica seria ela, que morava numa mansão, verdadeiro palacete, enquanto aquela morava num apartamento. Foi então que Maristela contou-lhe que teria se separado de Severo, e todo o mais que sobreveio em razão do desenlace.

Perguntou-lhe se já tinha encontrado um namorado, pois desde que se separara de Anselmo, não teria se aberto para outro homem. Então Marcela respondeu que não teria encontrado ninguém, nem desejaria encontrar, pois os exemplos estariam estampados a todo instante – como teria sido o caso dela, que se separara de Severo. Riram bastante e trocaram conversas sobre vários assuntos.

Porém, Marcela notou que a irmã ao falar enrolava um pouco a língua, mas atribuiu o fato à ingestão de algum medicamento. Por isso, perguntou-a se teria tomado algum remédio que a deixara com a voz um pouco pastosa. Ela então respondeu que não costumava tomar qualquer remédio. Que era uma mulher sadia sob todos os aspectos. Mas que vez que outra tomava uma pinga para desanuviar a sua alma. Antes de desligar o telefone, Maristela a convidou para passar alguns dias no Rio, mas Marcela disse não ter tempo livre. Que teria muito trabalho para desempenhar. Além do mais, enquanto não cessasse em definitivo o litígio entre ela e Severo, preferiria ficar longe dos dois. Que, em encrenca de marido e mulher o melhor é manter-se distante dos dois. Que, mantendo essa equidistância, talvez lhe fosse possível de manter a amizade com os dois, pois não teria nada contra ela nem contra Severo.

Numa tardinha de sexta-feira Valdemar bateu no casarão a procura de Maristela. Ao ser atendido foi convidado para entrar, mas preferiu ficar no jardim aguardando que ela se preparasse para um passeio de motocicleta. Disse-lhe, que um amigo dele teria emprestado a possante moto, com o trato de devolvê-la no dia seguinte. Que era um cara muito bacana e que sempre comprava os seus produtos pagando tudo em dinheiro. Que já se conheciam há muito tempo e, a amizade entre eles, era como a de irmãos.

Val disse ainda, que o seu amigo sabia da sua relação com ela e a desejaria conhecer quando fosse permitido. Porém, não só para conhecer, mas para tirar uma casquinha se o dono do pedaço autorizasse. Foi então que Maristela perguntou-lhe, se a autorizaria provar o dono da moto, nem que fosse por uma só vez. Disse que achava já tê-lo visto na saída do curso, quando os dois montavam aquela mesma motocicleta. Ela disse que o achava um desbunde de homem; que, sentiu-se extasiada ao ver a expressão daquele cara que parecia ter boa pegada.

Val então consentiu que os dois curtissem numa tarde em que ele estivesse ocupado com os *seus negócios*, que não poderiam parar. Malandro que vacila perde o ponto de venda para qualquer espertalhão, disse ele. Trabalho é trabalho! É trabalhando que eu consigo dinheiro para dar as minhas cheiradas, e fumacear o meu básico.

E, completou:

- Não fiques achando que eu não pego no pesado. Todos os dias tenho algum biscate pesado para resolver.

Ela então riu e, ele sublinhou:

- Tá pensando que é mentira, mina! Pode crê, é vero.

Não demorou muito o casal montou na moto e partiu para dar um rolê pela cidade. Numa das curvas da subida da avenida Niemeyer a motocicleta derrapou e levaram enorme tombo. Val sofreu algumas escoriações leves e pareceu preocupar-se mais com os danos causados na moto do amigo, do que em Maristela.

Ela ficou estendia na pista, semiacordada. Balbuciava alguma coisa, que com certeza demonstrava o seu grande sofrimento. Parecia chamar por Valdemar, que um pouco distante examinava a moto que ficara amassada. O trânsito foi logo interrompido, e ao chegar o socorro médico a colocaram no carro de resgate. Levada para o hospital mais próximo, os médicos constataram que ela teria sofrido dano que possivelmente não a permitisse mais caminhar. O impacto da batida teria produzido lesão na coluna cervical, com a consequência de ficar paraplégica. Logo que se recuperou um pouco, pediu que ligassem para Severo, cujo número do telefone estava registrado na agenda do seu celular, avisando-o, do acidente. Que pedissem para ele ir até o hospital.

Por seu turno, em razão de que não teria carteira de habilitação e ainda estaria um pouco chapado, Valdemar montou na moto e zarpou sem dar maior satisfação; sequer para os policiais que atendiam à ocorrência. Ele não desejaria meter-se em maior confusão do que aquela em que já se teria metido, causando danos na motocicleta do seu camarada. Pensava que, com certeza o seu mano não o perdoaria, pois era gamado na sua moto carenada, com especial *performance* aerodinâmica.

Chegando na sua praia, foi dizendo para o seu povo que teria feito uma grande borrada, e que não saberia o que dizer para o seu amigo de tanto tempo. Que teria derrapado numa das curvas da avenida Niemeyer, por exclusiva culpa da Prefeitura, que não cuidava daquela pista há muito tempo. Que algumas pessoas que se aglomeraram em torno da moto, disseram que se cobrasse do Município, ele pagaria todos os prejuízos. Mas que ele ainda não saberia como dizer para o seu camarada. Aquela moto era o xodó dele, que não a venderia por dinheiro nenhum.

\* \* \*

Severo assistindo à edição da noite de jornal de uma emissora de televisão soube do acidente. As imagens mostravam as vítimas e os graves danos causados na mulher envolvida no evento. O noticiário, ainda informou que o piloto da moto teria dado fuga do lugar sem dar satisfação aos policiais que atendiam à ocorrência. As nítidas imagens não deixavam dúvida de que se tratava de Maristela e de Valdemar. Logo em seguida ele recebeu telefonema de funcionário do hospital, o informando sobre o pedido de Maristela; mas nada disse, nem decidiu.

Eis mais um dilema para ele resolver, que assim ficou a pensar: acudi-la ou abandoná-la. Ora, ela era-me uma desafeta, que me castigara até aos extremos limites da minha capacidade. Aliás, ainda vinha desejando me por sob as fétidas entranhas que outrora oferecera em troca de dinheiro, e que hoje oferece a um gigolô imundo de alma e de corpo, que mais prazer sente em pisoteá-la do que em acariciá-la. Mulher peçonhenta. Uma pulha; uma canalha; calhorda; mistura de escorpião com cascavel, que não mede consequências quando deseja fazer o mal, especialmente a mim, que lhe teria sido tão bom. De outra banda, quem lhe deveria atenção e cuidado nessa hora de tamanha infelicidade, era o seu amado cúmplice, que se prestava para participar da traição. Pois que o procurasse para assisti-la e acompanhá-la no infortúnio. Ainda mais que, pelo visto, quem teria dado causa ao desastre teria sido ele. Que, segundo noticiado, nem sabia bem pilotar motocicleta, além de não ter habilitação para tal.

Apesar de ser correto e bondoso, mas magoado com todos os contratempos arquitetados por ela, ao receber a informação do hospital, Severo não se precipitou. Queria dar um tempo a si mesmo, antes de decidir-se sobre como agir diante daquele espinhoso impasse. Duas coisas pairavam sobre a sua cabeça: a uma, que ela certamente desejaria que ele arcasse com o pagamento das despesas necessárias para a sua cura; a duas, que ele não pretenderia vê-la, em hipótese alguma. Ele lembrara que já a teria tirado de outro enorme buraco e, o quanto custou-lhe a ingrata ajuda. Teria ele, pulso suficiente para enfrentar novo desgaste emocional? Pensou. Nos pratos da sua balança, ainda pesava contra essa última situação, o fato de que na oportunidade anterior, se ela não o amasse, pelo menos não o odiava e, agora o feria diariamente. Ela realmente era uma mulher que merecia ser adjetivada, sem pena nem remorso, como desgraçada; diabólica; sem caráter; perigosa; e, traidora. Que ele nem sabia se teria sido parida de uma mulher ou de uma onça. Mistura de esterco com qualquer outra coisa, sequer para adubo ela serviria. A raiva dele era bastante intensa e, jamais pensou em ser novamente instado a ajudá-la.

Claro que ele imaginava que ela necessitava e esperava a atenção dele para minorar o seu agonizante problema e, com a urgência que o caso exigia. Porém, ele ainda não teria decidido como proceder. Noutras circunstâncias, ele poria os problemas dela à frente dos seus; mas agora a situação teria mudado. Além disso, ele não poderia saber o que ela e o seu gigolô poderiam vir a tramar depois de ajudá-la. Ele não esquecera que em mais de uma vez a teria ajudado e, que, os resultados teriam desaguado nos incômodos que vinha enfrentando; sem qualquer dó de parte daquela infeliz, perigosa e traidora mulher.

Passado um razoável tempo, ele pensou: ou atenderia ao pedido dela sem mais demora; ou a esqueceria em estado de quase que moribunda naquele pronto-socorro. Pensou ainda no seu remorso, caso ela piorasse por não ser atendida como necessitava, e ter pedido que a socorresse. Que, se precisasse de tratamento especializado, geralmente caro, ela só conseguiria se fosse pago. Ela estava internada em hospital público, onde o grande número de pacientes e a falta de recursos, via-de-regra dificulta ou impossibilita atendimentos de maior complexidade.

Então, ele pensou que em defesa da sua honra e da sua humanidade, seria hora de começar a agir. Ele não desejaria passar pela pecha de alguém inculpá-lo de omissão ao pedido de ajuda da sua ex-mulher, quando diante de quadro de desespero pela falta de recursos para obter tratamento médico. Também, não queria sentir remorso, por eventual piora que ela viesse a sofrer pela falta do seu amparo. A sua consciência falava mais alto do que o seu desencanto por ela e a sua ira.

Diante dessas graves e pontuais

circunstâncias, ele pediu a um médico que conhecia de longa data e que trabalhava no hospital, para que lesse o prontuário e a visitasse, o informando o que soubesse. Foi assim que, em pouco tempo Severo ficou sabendo que ela estava internada em leito da UTI, e que teria sofrido grave lesão na coluna cervical. Que certamente ficaria paraplégica. Que no momento em que o médico foi visitá-la, estava sonolenta e sob efeito de medicamentos para diminuir as dores. Disse que o dano era irreversível, mas ela poderia obter alguma melhora, um pouco mais adiante, através de tratamento fisioterápico; o que poderia aumentar a sensibilidade nos membros inferiores. Mas repetiu que ainda seria cedo para um diagnóstico mais preciso. Além disso, outros recursos a levariam a menor sofrimento, especialmente com as fortes dores que vinha sentindo. Mas tudo isso dependeria de dinheiro, pois só mediante tratamento particular e, se possível, em hospital especializado.

Então, Severo pediu ao médico que a perguntasse se desejaria ser transferida para outro hospital, onde teria tratamento de melhor qualidade; tudo a ser custeado por ele. Na manhã do dia seguinte o médico o informou que ela teria concordado em ser transferida, e que agradecia a atenção dele. Que teria pedido que ele a visitasse no hospital. Ele escutou tudo, mas só respondeu sobre os custos da transferência e do novo tratamento ao qual ela se submeteria. Nada disse sobre o pedido que a visitasse. Ele não a visitaria, mesmo. Estava decidido que não queria vê-la. O que ele poderia fazer, já teria feito e continuaria fazendo; porém, sem visitá-la. Lembrou que possivelmente ele devesse informar Marcela sobre o fato; o que fez sem demora.

* * *

No telefonema que fez para Marcela, contou o que sabia, com os detalhes que teriam sido noticiados pela imprensa e pelo médico com quem conversara. Garantiu-a que não faltaria nada para a melhora da sua irmã, mas não a visitaria, apesar dela a ter pedido. Que estava muito magoado com o que ela vinha fazendo. Que não desejaria qualquer mal à Maristela, mas não queria vê-la. Sem esticar o assunto, estendeu a sua ajuda à Marcela, dizendo que com ele poderia contar para o que mais precisasse. Ela perguntou-lhe se achava necessário ir ao Rio de Janeiro para acompanhar Maristela, pelos menos nos primeiros dias. Ele respondeu não saber. Disse que isso seria caso de foro íntimo, mas que a sua irmã, como informara, teria sofrido lesão gravíssima e estaria sem alguém que a acompanhasse. Então, Marcela disse que na manhã seguinte iria ao Rio de Janeiro para acompanhar Maristela durante os primeiros dias de tratamento. Que eram as únicas irmãs, e não pretendia deixá-la ao desamparo, sem companhia diante de tamanho sofrimento. Pediu que a informasse o hospital em que estaria internada; o que ele informou no mesmo momento.

No dia seguinte, como previsto, Marcela foi ao hospital para onde teria sido transferida a sua irmã, que ao vê-la ficou muito contente. Disse que ainda sofria de fortes dores, que vinham sendo reduzidas com a medicação que ingeria segundo a orientação médica. Disse que estaria sendo muito bem tratada e que soube que Severo pagaria todo o tratamento. Marcela não quis entrar em detalhes sobre esse assunto, porque, como já teria dito em oportunidade anterior, desejaria manter-se equidistante dos dois. Ademais, que o assunto não seria de sua alçada.

Enquanto estava no quarto para onde Maristela teria sido transferida, uma enfermeira solicitou-a que fosse até a enfermaria, onde obteria uma informação. Lá chegando, disseram-lhe que um rapaz desejaria ver a paciente, mas que fora impedido de entrar no hospital porque não vestia camisa. Que teria discutido com o pessoal da recepção e, inclusive teria sido solicitado sair do local, sob pena de ser conduzido pelos seguranças. Que não desejariam dizer para a paciente, em respeito ao estado em que ela se encontrava. Mas pediram que Marcela fosse até a portaria do hospital para tentar convencer ao visitante, que não poderia entrar nos trajes em que se encontrava.

Lá chegando, Marcela deparou-se com a singular figura de Valdemar, com toda a sua catinga e pose de dono do pedaço. Ela assustou-se com o estereótipo do cara pelo qual a sua irmã estaria apaixonada, conforme lhe informara Severo. Era a literal tradução do vagabundo de última categoria, já bastante chapado. Ela apresentou-se a ele dizendo ser irmã de Maristela, e perguntou o que ele desejaria.

Val então respondeu-lhe:

- Dona, eu queria "ve" a minha mina que "tai" adoentada, mas os "cartola" do hospital não me deixaram "entrá". Eles disseram que se eu tivesse uma camisa, eles me "deixava entrá" e "ve" a minha namorada. Eu tenho direito de "ve" a minha parceira, pois" nóis" nos "amamo"! Se a senhora não sabe, eu não tenho camisa "pra' vestir, nem "to" acostumado com esse tipo de vestimenta. Camisa é "pra" gente fina; o que não é o meu tipo, como a Dona mesma já deve "te" notado. Sempre ando de peito nu, porque é melhor "pra" cabeça e "pro" corpo. Além disso, na portaria do hospital devia ter um cartaz dizendo que era proibido "entra" sem camisa. Frescura por frescura, eu já vi "entra" gente com chinelo havaiana, e os cara não proibiram a entrada!

Valdemar pensava ser a única pessoa que detinha a custódia da verdade; o domínio sobre todo e qualquer fato; a razão de tudo e sobre todos os argumentos em contrário. Mas por incrível que parecesse, quando estava chapado e ascendiam mais as opiniões divergentes, era mais cordato. No entanto, muitas vezes se portava com insuportável intransigência; era um cara teimoso, inoportuno, uma gravura fora da moldura.

Metido a inteligente, não poucas vezes se mostrava desatualizado com o mundo ao seu redor, surpreendendo pessoas com perguntas bizarras, que beiravam à imbecilidade. Afirmavam que esses comportamentos não teriam sido herdados ou adquiridos da sua família, da sua criação, porque tinha pais educados e que sempre procuraram transmitir-lhe bons costumes. Possivelmente, a vida que levava resultasse de sua livre escolha; da vontade de delinquir; de se tornar ídolo, mesmo que de pessoas de deplorável qualidade, sem caráter, vadios como ele, desocupados, malandros no seu literal termo e nas suas mais abomináveis espécies e exemplos.

Val era um cara sem cor e sem raça, que não representava o silêncio nem o barulho; um tipo distante de tudo o que se conhece e que transita por qualquer lugar. Além de ser uma obra inacabada, era resultado de uma obra de mau gosto. Mais se apresentava como prepotente do que como cordato. Tinha o peito de tal jeito decorado com tatuagens, que talvez fizesse feio para qualquer camisa barata. Os musculosos braços, ganharam força não se sabia dizer por qual motivo, pois nunca se acostumaram a carregar peso. As unhas dos pés e das mãos, disputavam sujeira e comprimento, capaz de nausear uma manicure e pedicure acostumada a lidar com esse tipo de descuido e de falta de higiene.

Ele disse mais algumas besteiras desse nível para Marcela, e calou-se um pouco.

Marcela querendo cortar o papo, disse-lhe que Maristela teria ingerido algum medicamento para dormir, e que ninguém poderia entrar no quarto. Val disse que precisaria de algum dinheiro para ajudar no conserto da motocicleta do amigo que lhe emprestara, mas achava que Maristela estaria dura.

Marcela respondeu-lhe que realmente a sua irmã não teria dinheiro disponível para tal coisa e, que estava em estado de convalescença. Não poderia ser importunada por ninguém. Pediu-lhe que fosse embora, e que não voltasse ao hospital. Que depois de curada, eles resolveriam o que fazer.

Porém, ela ficou impressionada com o belo físico do meliante. Não que ela gostasse de vadio, mas porque ele mostrava ser um cara com belo corpo. Musculoso no peito, braços e pernas, só não era mais bonito porque tinha o tórax e braços bastante tatuados. Na verdade, ninguém saberia dizer por que ele teria um corpo atlético, pois que não fazia qualquer outro exercício, que não dar porradas quando transava com alguma mulher tão louca quanto ele. Além disso, o cabelo comprido e sujo, piorava qualquer boa impressão. O cara, mesmo que afastado dela, exalava um bodum insuportável, verdadeiro bafio de quem passa vários dias sem banhar-se e sem escovar os dentes. Apesar dos lindos olhos claros, o que se via era o congestionamento causado pela quantidade de droga ingerida seguidamente. No fundo, Valdemar era um cara fora das pretensões de Marcela. Além disso, ela jamais trairia à sua irmã que tanto o desejava.

Com a chegada de Marcela para acompanhar Maristela, Val não mais voltou ao hospital, pois viu que ela não estaria para brincadeira e, então ele poderia vir a se dar mal nas suas investidas. Não desejaria armar um barraco com a gaúcha, porque ela poderia denunciá-lo à polícia por perturbação à incapaz e por venda de droga. Além do mais, o único interesse dele ao visitar Maristela, seria para sugar algum dinheiro; o que já teria sido descartado pela sua irmã.

O sofrimento de Maristela vinha diminuindo, enquanto os gastos com o tratamento aumentavam diariamente. Mas para Severo, o mais importante seria que ela se recuperasse o quanto mais rápido possível, evitando continuar sofrendo, como o médico o teria informado. Quase que diariamente ele telefonava para o médico para manter-se informado sobre o estado de saúde dela.

Cortez como era, certo dia convidou Marcela para jantar num restaurante; o que ela aceitou. Durante o tempo em que estiveram juntos, a pedido dela não falaram na separação. Quase que exclusivamente na saúde e na recuperação de Maristela. Marcela disse que ela viria melhorando dia a dia e, que, as dores teriam cedido bastante. Mas a sensibilidade e movimento dos membros inferiores continuavam inalterados. Porém, que os médicos disseram que possivelmente, bem mais adiante, ela provavelmente recuperasse a sensibilidade, mas não os movimentos. Após demorado tempo no restaurante, Marcela disse que teria que retornar ao hospital para acompanhar à irmã, já que teria prometido que não demoraria. Despediram-se, e ela tomou um taxi, pois não quis aceitar a carona dele. Mas agradeceu-o pelo que teria feito e continuava fazendo por Maristela, especialmente diante da situação gravíssima em que ela se encontrava. Beijou-lhe o rosto e deu-lhe um abraço apertado e demorado.

\* \* \*

Algum demorado tempo depois, Maristela

obteve alta médica, podendo retornar para o casarão. Severo não quis aproveitar-se do infortúnio dela, para tirar os seus pertences e levá-los para outro lugar qualquer. Nem trocar a fechadura da casa, para impedir que ela voltasse a ter acesso ao imóvel. Acreditou que se assim agisse, seria um ato de covardia; de baixo nível, com o que não concordaria diante daquela circunstância. Em razão de que ela não mais poderia caminhar, ele comprou e mandou entregar no endereço uma cadeira de rodas elétrica, para que ela pudesse movimentar-se dentro da casa. Voltou a contratar uma cozinheira e manteve a copeira. Além disso, contratou uma enfermeira para acompanhá-la. Começou a entregar à empregada mais antiga valores quinzenais para as despesas da casa, e para a compra dos medicamentos usados por Maristela.

Movida a alternâncias no seu modo de pensar, algumas vezes ela parecia sentir remorso pelo que fizera a Severo. Porém, de par desse contido sentimento, não encontrava justificativa para pedir perdão. Primeiro, porque não acreditava que Severo a perdoaria, pois os seus erros e traições foram bastante graves; tão impetuosos, que ela tinha quase certeza de que ele não aceitaria as suas desculpas e, ainda a deixaria a míngua de recursos para continuar vivendo. Acreditava que, quando muito, pagaria um taxi para levá-la de volta ao submundo da noite de Copacabana. Em segundo lugar, porque enquanto ela não confessasse os seus erros, teria algumas chances de continuar usufruindo do bom padrão de vida que ele a proporcionava. Em terceiro lugar, porque talvez ele ainda não soubesse ou não tivesse certeza de todas as suas travessuras.

Passados mais de dois meses em que ela se mantinha no casarão, Severo voltou a alimentar condições para tentar retomar à sua casa. A primeira medida foi consultar o seu advogado, para dele obter as diretrizes que recomendaria. Porém, ele não desejaria que ela viesse supor que o retorno às investidas dele para reaver o imóvel, decorriam do fato de ter custeado o tratamento médico. Uma coisa independeria da outra, segundo ele assegurava. Mas já seria tempo de voltar a pleitear a liberação da sua casa. Além do mais, ela morando num apartamento de um só piso, os seus deslocamentos seriam mais fáceis. O casarão, apesar de ter um pequeno elevador, era muito amplo e cheio de móveis e cômodos que dificultavam a circulação da cadeira de rodas.

* * *

Em conversa com o advogado, Severo saiu com a informação de que, antes de mais nada ele conversaria com a advogada dela. Disse procurar obter dela autorização para ele próprio entrevistar-se com Maristela, com o propósito de conseguir uma composição amigável para o impasse. E, foi o que realmente o advogado fez.

Em conversa com a defensora, dela teve autorização para tratar do assunto diretamente com a sua cliente, com a garantia de que antes de concretizar qualquer medida, levaria o assunto àquela, para decisão final. A proposta, em síntese, seria a liberação do imóvel para Severo, a transferindo para um apartamento de dois quartos no mesmo bairro. Ainda colocaria a sua disposição uma doméstica e uma enfermeira. O prazo para a liberação do casarão seria de dez dias contados da assinatura do acordo judicial e, o de residência no apartamento por dois anos, com as despesas com as taxas de condomínio e demais relativas ao imóvel por conta de Severo.

Em meio a esse tempo, Severo veio saber por uma das empregadas que Valdemar voltara a visitá-la no casarão, e que ela tornara a consumir drogas diariamente. Em razão disso, ele conversou com um dos médicos que a assistiam, que lhe disse que, se ela consumisse drogas comprometeria o tratamento. Que alguns medicamentos perdiam o efeito se ela consumisse algum tipo de droga não prescrita. Com as informações da empregada e do médico, Severo ficou furioso, pensando inclusive em suspender o dinheiro para a compra de medicamentos e para o resto do tratamento. Não seria justo ele procurar ajudá-la, quando ela própria nadava contra a correnteza. Dessa maneira, ao invés de ajudá-la, ele estaria jogando o dinheiro pelo ralo.

Mediante a autorização da defensora, o advogado de Severo ligou para Maristela, para marcar dia e hora para se encontrarem no casarão, para tratar da proposta de acordo feita pelo seu cliente. Disse-lhe, ainda, que teria sido autorizado pela sua advogada, mas aguardaria que as duas conversassem antes do encontro.

Estando tudo acertado em dois ou três dias, o advogado foi ao casarão na hora fixada por Maristela. Ela preferira estar com ele em horário em que lá não estariam as empregadas e a enfermeira, pois que trataria de assunto de seu exclusivo interesse. Não queria dar satisfação da sua vida para as domésticas nem para a enfermeira, que sempre estavam do lado de Severo.

* * *

Ao chegar na frente da casa, o advogado acionou a campainha e mediante o interfone identificou-se. Com o auxílio de controle remoto, Maristela abriu a porta e o mandou entrar. Ela estava no patamar superior da escada e, ele no térreo. Ele cumprimentou-a, mas não teve resposta à sua gentileza. Marrenta como era, ele nem esperaria atitude diversa. Então, lá do alto, Maristela sentada na cadeira, em voz firme perguntou-lhe o que desejaria.

- Vim oferecer-lhe uma proposta de acordo feita pelo meu cliente, que basicamente é a seguinte. Ele recomendou ainda que aceitaria uma contraproposta, caso seja do seu interesse.

- Mas que proposta é essa, doutor?

Então o advogado explicitou tudo o que havia acertado com o seu cliente, e não foi interrompido por ela. Mas ao final da explanação ela começou a xingá-lo, dizendo que ele era um grande covarde. Que tanto ele quanto o cliente dele, bebiam mijo no mesmo urinol. Que eram dois cretinos, metidos a certinhos, que por dinheiro seriam capazes de fazer qualquer coisa. Inclusive perguntou ao advogado, quanto Severo o teria pagado para servir de guri de recados. Que doutra vez que Severo quisesse fazer alguma proposta, que então mandasse um motoboy. Disse que Severo era um corno incorrigível, que não a deixava em paz e, que, pelo que estaria vendo, o seu advogado deveria seguir os mesmos passos do seu cliente. Que, se soubesse que ele traria uma proposta tão infeliz, não teria concordado em recebê-lo na sua casa.

Ela não tinha mais escrúpulo, enquanto o seu desejo fosse prejudicar Severo. Para ela valia tudo e mais alguma coisa. Tinha enlouquecido de verdade, ou estava sob efeito de drogas e álcool. Tudo que fosse iniciativa de Severo, por ela era repelido. A maldade que a circundava era doentia, uma espécie de teimosia, de birra, de pura ingratidão e desrespeito com quem a vinha mantendo durante tanto tempo e, a livrara de duas grandes enfermidades. Maristela não lutava por algo que lhe fosse proveitoso, mas que fosse prejudicial a Severo. E, sempre que pudesse, queria tisnar a imagem dele e de quem dele se aproximasse, inclusive a do seu advogado.

Disse mais:

- Essa casa é minha e daqui ninguém me tirará. E aqui só entra quem eu deixar, e continuarei recebendo os meus amigos que gostam muito de festas. Que, se o seu cliente não gostar, que chame a polícia, mas ele não esqueça, que os tiras também andam atrás dele. Diga para ele, que ainda terá que responder pelas ameaças que me fez. Ele que se cuide! Que veja bem com quem está se metendo! Eu não sou advogada, mas sei muito bem dos meus direitos. A minha defensora tem-me orientado bastante e dito para eu não afrouxar as rédeas.

E, ainda exclamou em alto som:

- Vá embora antes que eu chame a polícia, seu cretino e ordinário! Suma da minha casa, porque vou dizer que a invadiste! Fui clara ou precisarei repetir, seu advogado de merda? Advogado como tu, tem aos montes na porta do foro e da cadeia, seu infeliz. Te manda logo daqui, pois estás demorando muito para fazer o que estou mandando!

O advogado manteve-se em silêncio todo o tempo, mas no instante em que virou de costas para a escada com o propósito de sair da casa, ouviu um grande barulho. Ao virar-se novamente, viu Maristela tombada com a cadeira no chão da sala, no piso térreo. Segundo ele, ela teria caído da escada com a cadeira e, aparentemente teria desmaiado. Mas chegando um pouco mais perto dela, observou que a sua respiração teria parado e, que, enfim, estava morta.

Assustado com o fato de que só ele estaria na casa, em razão disso e do contexto que envolvia o seu cliente, resolveu deixar o local sem nada fazer. Afinal, ela estava morta; nada adiantando ser socorrida. Se ele fosse apanhado dentro da casa, poderia vir a ser indiciado como o assassino da pessoa que litigava contra o seu cliente. Além do mais, ela poderia ter falado para alguém, de que eles se encontrariam a sós na casa para tratar de assunto que a bastante contrariava. Antes de pegar na maçaneta da porta, o advogado teve o cuidado de proteger-se usando uma das pontas da sua gravata, para evitar deixar marcas das suas impressões digitais, tanto por dentro quanto por fora. Bateu a porta, e saiu rapidamente. Como o portão gradeado, rente ao muro da frente já estava aberto quando ele chegou, o deixou no mesmo estado. Por último, procurou ver se alguém o teria visto saindo da casa. E, não viu ninguém. A quadra estava deserta naquele momento.

* * *

Logo que saiu da casa ele ligou para Severo, que sabia que teriam combinado encontrar-se no casarão naquela manhã, e disse-lhe que não teria conversado com Maristela, porque ela não o deixara entrar no imóvel. Que dessa forma a proposta de acordo ficara prejudicada, até segunda ordem. Essa mentira era necessária, para que ele pudesse montar um álibi que não o comprometesse. Em síntese, ninguém poderia saber que ele estivera no casarão, principalmente quando ela caiu e veio a morrer. Sabe-se lá, se não seriam capazes de imaginar que ele a tivesse empurrado escada abaixo.

Inconformado com a atitude de Maristela, que segundo o seu advogado não o deixara entrar na casa, mesmo que tendo ordem judicial para manter-se afastado da residência, Severo resolveu ir até lá e entrar. Ao entrar, com o uso da sua chave, deparou-se com o corpo dela no chão da sala. Observou logo que ela estava morta, e a cadeira de rodas virada bem próxima do corpo. Deduziu que tivesse caído da escada com a cadeira e, assim tivesse morrido. Tão assustado com a repercussão quanto o seu advogado, em seguida saiu do casarão procurando não deixar qualquer vestígio da sua presença. Ninguém poderia saber que ele lá estivera naquela manhã; nem o seu advogado. Tal como imaginara o advogado, ele receava que alguém dissesse que ele a teria empurrado da escada. Ainda mais, que muitos sabiam do traumático litígio entre o casal. Tendo acionado a entrada com o uso da sua chave e, tendo repetido o ato ao sair, também não deixou qualquer vestígio na maçaneta, que pudesse identificar através das suas digitais, ter estado na casa.

No turno da tarde, quando as serviçais e a enfermeira chegaram na casa e constataram que Maristela estava morta, ligaram para Severo que se passando por surpreso, se disse surpreso. Perguntou-lhes ainda, se saberiam dizer qual a causa da morte; o que elas responderam que possivelmente ela tivesse caído da escada com a cadeira. Ainda que a contragosto, mas para não deixar furo no seu álibi, ele ligou para Marcela e a informou da morte da irmã. Perguntou se ela desejaria ir ao Rio e, em caso negativo, quais providências desejaria que ele tomasse. Mas ela disse que iria ao Rio de Janeiro e, pretenderia trasladar o corpo para Porto Alegre, onde seria sepultado. Que apesar dos seus pais não terem aceitado a vida que ela levava fora de casa, supunha que eles desejariam realizar uma pequena cerimônia, numa das capelas do cemitério.

Ao contar para os pais, Marcela percebeu um certo sentimento de remorso na fisionomia do pai, principalmente. Então, combinaram convidar por telefone alguns parentes e outras pessoas íntimas para participar do velório. Concluída essa importante fase, ela rumou para o Rio de Janeiro, para dar seguimento à difícil tarefa de traslado do corpo da sua irmã, que acabara morrendo, quando ainda era bastante moça.

Os pais, especialmente seu Sérgio, só a partir daí passaram a lembrar o quanto de ruim teriam feito para as filhas. Dizendo amá-las, as tratavam com distanciamento; dizendo querer educá-las, delas usava como se suas empregadas fossem; dizendo querer corrigi-las, as distratava; querendo preservá-las contra eventuais abusos, tirou-lhes o direito de escolher com quem desejassem se casar, prometendo uma delas a um amigo que não a merecia e, ela não o amava. Sabendo que elas já teriam saído da pré-pubescência, as tratavam como crianças. Quantos erros que teriam que agora ser expiados!

Aquele homem agora começava a sofrer pela maior das perdas que uma pessoa pode sentir, tal seja a da morte de um filho. Com o agravante do reconhecimento de que não teria sido um bom pai, para qualquer delas. Ele chorou muito, mas o choro apesar de aliviar as piores sensações do momento, jamais curaria o seu arrependimento e sentimento de culpa. Foi ficando meio que transtornado, como seria fácil imaginar.

Conforme combinado, Severo a apanhou no aeroporto e a levou até o Instituto Médico Legal, onde se encontrava o corpo de Maristela. Foi um enorme choque sofrido por Marcela, pois não pensava perder a irmã ainda tão nova. Mas parecia ter logo se recuperado e se conformado, porque também sabia da forma que ela escolhera para viver. Liberado o corpo, no dia seguinte foi trasladado para Porto Alegre, no mesmo voo em que ela viajou.

Realizada a perícia policial, ficou constatado que realmente ela teria tombado da escada com a cadeira de rodas. Que havia possibilidade remota, de que ela tivesse acionado a alavanca de movimentação do equipamento para frente, ao invés de fazer a cadeira recuar. Mas que isso era uma probabilidade difícil de ser comprovada, porque a cadeira ao ser periciada, mostrava a alavanca cravada no ponto morto. Assim que, tivesse ela acionado a palanca para andar para a frente ou para trás, ao tombar, o dispositivo que aciona os movimentos poderia ter-se deslocado para o módulo de ponto morto.

Questão outra, é a que informava o que a teria levado à morte, com complexos termos médicos e detalhes comuns em tais documentos; todos eles descrevendo e informando a *causa mortis*. Todavia, atestava que ela teria sido levada à óbito as 09:15 horas do dia do fato. Que a morte teria sido instantânea; isto é, tão logo ela tombou e chocou-se com o solo; o que não deveria ter-lhe causado sofrimento; não a teria deixado agonizando.

Requisitada pela polícia a câmera de vigilância instalada na calçada fronteiriça, aparecia Severo entrando no jardim do casarão as 11:23 horas do mesmo dia. Portanto, bem depois da hora em que se dera o óbito. De outro lado, não aparecia a entrada nem a saída do advogado, porque quando ele passou pela câmera, um caminhão baú estacionado na calçada cobria o equipamento, registrando então o veículo. Com essa informação, em princípio o advogado estaria livre de qualquer indiciamento; ao menos que alguém o tivesse visto entrando ou saindo da casa. Numa rua não muito movimentada, isso reduziria as chances de ser testemunhada a sua entrada e/ou saída do imóvel. Aliás, cuidado que ele tivera ao sair do imóvel.

De outra banda, Severo afirmava não ter entrado na casa no dia do fato. Mas a câmera registrava a sua entrada no jardim do casarão. Em contato com o advogado, para ele disse que no dia do fato realmente estivera no jardim com o propósito de entrar na casa e reclamar de Maristela por não ter aberto a porta para o seu defensor. Mas que já estando no jardim, refletiu sobre as consequências de possível desentendimento com ela, particularmente porque estava impedido de aproximar-se a menos de trezentos metros da casa. Que, ela poderia reclamar em juízo que ele desobedecera à ordem judicial e, então, estaria sujeito a alguma outra medida prejudicial. Que, ao voltar, em seguida, deixou aberto o portão de grade de acesso ao casarão, tal como já estava ao entrar no jardim.

No entanto, não se sabia por qual motivo a câmera que registrou a entrada dele, não filmou a sua saída. Possivelmente, porque outro veículo de grandes proporções tivesse passado naquele instante e impedido a gravação. Mas apesar do depoimento de Severo e da falta do registro da sua saída do imóvel, o delegado de polícia o indiciou em inquérito policial, resultando responsabilizá-lo pela morte de Maristela.

Ora, não seria crível que ele tivesse entrado na casa, e dela não saído até que as empregadas e a enfermeira chegassem. Mesmo que a câmera de vigilância não registrasse a sua saída, ele só poderia ter saído do casarão antes daquelas entrarem. Em caso contrário, elas testemunhariam a sua presença na casa, com o corpo da vítima estendido no chão. Porém, para o nem tão *zeloso* delegado, que também carecia de maior conhecimento técnico, havia grande suspeição de que o provável autor da infração penal seria Severo Antunes Mendes.

Houve até algumas conversas de esquina, em que diziam que o delegado sabendo que Severo era um homem abastado, estaria forçando alguma propina para arquivar o inquérito. Porém, isso não foi comprovado, apesar de ser de domínio público a costumeira conduta perniciosa daquela autoridade. Em época não distante, ele já teria sido afastado das suas funções por determinação da corregedoria, baseada a ordem em denúncia de corrupção feita por algumas pessoas. Mas diziam que ele era bem apadrinhado no alto escalão da Secretaria de Segurança, por isso nunca teria sido punido na forma da lei. Coisas do nosso país... sabe-se lá, mas há muita gente que ainda convive com essas práticas.

Encaminhado o inquérito ao Ministério Público, em razoável tempo o promotor de justiça ofereceu denúncia ao juiz, que a recebeu para estudo e possível pronúncia, se tal fosse o caso. De tal sorte que, se pronunciado, Severo passaria à condição de réu no processo penal.

Até então, o seu advogado vinha acompanhando o desenrolar dos atos policiais e do Ministério Público, passando a aguardar a manifestação judicial. Evidentemente, que diante das circunstâncias que o envolviam no caso, o advogado não vinha sentindo-se a vontade ao intrometer-se no trabalho do delegado e do promotor público. Ainda que a câmera de monitoramento não tivesse filmado nem a sua entrada e, nem a sua saída do imóvel, toda cautela precisaria ser tomada. Afinal, só ele teria presenciado a morte de Maristela. Era a testemunha ocular, que a todo momento poderia verter para dentro do processo, com consequências de toda ordem, inclusive, a de poder ser indiciado e pronunciado, isto é, poderia tornar-se réu. Não restava dúvida de que ele se considerava culpado pelo envolvimento de Severo no caso. Na verdade, se ele tivesse dito o que teria visto dentro da casa quando ocorreu o acidente, o seu cliente estaria livre dos incômodos pelos quais vinha passando e ainda poderia vir a passar. Mas certamente o advogado não estaria disposto a oferecer o seu couro em favor do cliente.

\* \* \*

Constrangido e sentindo-se inseguro para continuar patrocinando a causa, perguntou a Severo, se desejaria contratar outro profissional mais experiente no ramo do Direito Penal. Que, afinal, a sua experiência profissional sempre fora dirigida para outras áreas, que não a da defensoria criminal. Mas Severo pediu-lhe que continuasse a defendê-lo no caso, pois confiava piamente no seu trabalho. Em razão da resposta negativa de Severo, Ronaldo não mais tocou no assunto. Além do mais, se ele se sentia inseguro em relação ao caso, pelo menos estando a defesa sob o seu exclusivo direcionamento, acreditava que melhores chances teria para safar-se de qualquer envolvimento pessoal no caso. A presença de outro advogado, sabe-se lá, que, diante de novas provas poderia requerer a reabertura do inquérito policial; o que com ele na defesa, jamais ocorreria.

O tempo ia correndo e o processo vencendo as suas demoradas e burocráticas fases. Certo dia foi publicado no Diário da Justiça a sentença de pronúncia declarando réu o único acusado, Severo Antunes Mendes. Como esperado, a manifestação judicial trouxe desconforto para o réu e para o advogado. Mas não desestabilizou a confiança do cliente no seu defensor. Severo continuaria confiando na atividade profissional do seu advogado, sem suspeitar que por de trás do pano, de certa forma o traía com um tiro quase fatal.

A notícia ganhou repercussão nos jornais locais, dando azo a manifestações de grupos de defensores do então sexo frágil. Apesar de Dra. Lindinha não mais defender Maristela, deu entrevista num dos jornais da cidade, esculachando Severo e dizendo contra ele o que sabia e o que inventara. Cair na língua daquela advogada que não respeitava princípios basilares da convivência e da ética, seria o mesmo que cair num poço cheio de lama. Quando ela perdia as estribeiras, o que dizia não resultava da sua inteligência, mas da sua língua. Dali não saíam ideias, apenas sons.

Sempre à frente de grupo de manifestantes, Dra. Lindinha costumava subir em carros de som para dizer algum vitupério. E descia o pau não apenas em defesa da causa, mas já incluía alguns políticos de todos os níveis. Feia de rosto e de corpo, sempre se vestia sem qualquer aprumo. Gostava de usar roupas chamativas para ser notada de longe. Com sua rasteirinha quase que sem sola, dizia que não usava sapatos por ser coisa da burguesia. Com visível falta de alguns dentes, quase sempre mantinha um cigarro preso aos lábios. Vaidosa, sem saber-se no que sustentava a sua vaidade, não permitia que ao dirigir-se a ela deixassem de referir ao título de doutora, embora não fizesse jus à deferência. Quando isso acontecia, ela virava a cabeça para os lados e perguntava a quem a ela se dirigisse: o senhor está falando comigo? Dra. Lindinha era uma mulher que, caçoando, diziam pertencer ao folclore jurídico do Rio de Janeiro. Que deveria ser tombada pelo IPHAN, como patrimônio cultural da cidade.

Em meio ao desenrolar do processo judicial, uma testemunha de nome Marina Pereira Lima disse ter visto Severo entrando no jardim da casa no dia do fato. Ao depor em audiência, ao ser contraditada pelo advogado, confirmou que apenas o viu entrando no jardim e saindo em seguida. Que realmente não o viu entrando na casa; que a sua estada no jardim foi bastante rápida, quase que instantânea. Que ela achou que ele entrou e saiu de imediato porque teria esquecido alguma coisa. Que não o conhecia antes do evento; que só veio a conhecê-lo através das fotos nos jornais. Mero amontoado de entusiasmos imbecis, que, em nada resultaram para esclarecer o fato de forma segura. Mais importunou do que ajudou. De tal sorte, que o depoimento testemunhal não contribuiu para o resultado da ação judicial.

Intimado para depor em Juízo, Severo disse que efetivamente tivera no jardim da casa, porém, como constava na câmera de segurança, em horário em que Maristela já estaria morta. Disse mais - como já teria relatado ao seu defensor -, que não entrou na casa pelo receio de sua ex-mulher denunciá-lo à Justiça, pela quebra da determinação de manter-se afastado do imóvel.

Em razão de que o cerco vinha se formando em torno de Severo, este começou a sentir-se inseguro em relação ao resultado do processo. E o seu advogado, de igual forma sentia-se intranquilo por vir traindo ao seu cliente, que tanto nele confiava. Mas a sua covardia era maior do que a verdade que deveria ter declarado em Juízo.

Severo ficava a pensar no grande mal que vinha sofrendo, pelo fato de ter sido bondoso com uma mulher que gostou, mas que não conhecia. Porém, conformava-se com a ideia de que nunca é tarde para se aprender. Mulher cretina, que o teria esfregado até gastar a sua última camada de pele, não tinha escrúpulo com ninguém. Talvez apenas com o seu maltrapilho Val, de quem apreciava levar porradas para excitar-se, pensava ele.

Passado razoável tempo, foi designada data para

realização da sessão de júri, tendo por réu Severo Antunes Martins, acusado de ter matado Maristela Silva. O fato, mais outra vez foi noticiado nos jornais, inclusive os televisivos de todo país. Então, Marcela e seus pais ficaram sabendo do ocorrido, até então por eles desconhecido, de que Severo era acusado de ter matado Maristela. Em nova edição no mesmo dia, aparecia entrevista dada pelo advogado de Severo, Dr. Ronaldo Mendonça de Oliveira.

❋ ❋ ❋

Passados alguns meses, Sócrates (irmão de Anselmo), foi avisado por correspondência a ele endereçada para a caixa postal dos correios, que o seu pai estaria bastante doente e, que, em razão disso, passaria a não mais remeter a sua mesada. Apesar de que mantinha dinheiro guardado, porque pouco gastava com a vida de ermitão, preocupou-se com a possibilidade de ficar muito tempo sem receber os créditos. De outro modo, achou-se obrigado a fazer uma visita aos pais. Em poucas horas pegou as suas tralhas e tomou um ônibus para a cidade. Lá chegando de surpresa, deixou todos estarrecidos, mas felizes por poderem revê-lo. Na casa dos pais ele ficou por cerca de uma semana e, depois, já perturbado pela movimentação nas ruas, resolveu voltar para o seu isolamento, no interior. Ainda que nunca quisesse ser comparado ou assemelhado a Ludwig Wittgenstein, tão solitário quando ele, mas originário de família rica, que igualmente teria preferido morar numa cabana, para então melhor assegurar o seu isolamento social, vez que outra repetia uma das máximas frases do filósofo austríaco: *"Sobre o que você não pode falar, você deve manter silêncio."*[316]

De volta ao seu lugar de sossego, com a mente bastante aberta, ele então continuou a pensar: envolvidas em processos ilusórios, as coisas côncavas se podem mostrar como convexas, dependendo do ângulo pela qual sejam observadas. Uma lâmina côncava observado do lado oposto, poderá passar por convexa. Assim, a pouca luz ou a muita luz, poderá fazer com que o vermelho seja mais intenso, mais firme, ou esmaecido. O branco, mais brilhante sob a luz forte e, o preto desbotado, sob pouca luz. O verde se confunde com o azul e, a música ao longe, se torna menos audível. O som da tuba, na medida em que a banda vai se vai afastando, fica cada vez mais abafado, até desaparecer por completo. O contato com o frio e com o calor, na medida que se vai tateando ou se acostumando, torna a sensibilidade menos perceptível. Na primeira degustação, o paladar é mais acurado do que na última prova. E, a vida é assim e, assim continuará sendo. Quanto mais a conhecemos, melhor dela desfrutamos. E o conceito básico de equidade, se resume numa exaustiva frase que diz que, *todos são iguais perante a lei.* Sócrates sempre perguntava: serão?

Para ele, o sucesso e o fracasso são dois impostores que, quando ocupam demais a nossa cabeça, nos tira do eixo e, isso é muito ruim. Divagando em seus desencontrados pensamentos, costumava dizer que o mentiroso as vezes desempenha tão bem o seu papel, que chega a mentir para si mesmo; o que lhe poderá ser perigoso. Lembrava ainda, que toda sociedade tem as suas regras; algumas, centenárias, outras milenares. E, que, assim, não dará para se mudar tudo num pinote. Terá que ser aos poucos; por etapas; mas, que, enquanto não se começar, se estará perdendo mais tempo. Que, quando alguém passa a pertencer a uma sociedade e a *incorpora*; perde um tanto de si e adquire um tanto do grupo. Que a simplicidade não é uma coisa simples. Quem pensa que simplicidade é uma coisa fácil de fazer, está errado ou é um ingênuo despreocupado. Pois que, para se usar de simplicidade, nem sempre é algo descomplicado. Para se usar de simplicidade é necessário despir-se da vaidade; desvestir-se de tramas; descalçar-se de artificialidades; e, isso, nem sempre é fácil ou simples e, nem sempre está disponível em todos e, nem todos sabem agir dessa maneira.

Apesar do muito pouco que fazia e, que o fosse tido como um louco visionário, Sócrates era dotado de bons sentimentos. De espírito humanitário; não esquecia dos menos desafortunados, que para ele sempre seriam credores das populações mais abastadas. De toda sorte, nunca esquecia que o ideal da humanidade, dentro do possível, seria alcançar um nível de equivalência; já que pretender a igualdade entre todos seria uma utopia. Para ele, não se poderia perder de vista o fato de que a justiça social exige igualdade de condições e de tratamento entre pessoas. Todavia, uma das dificuldades para se traçar uma linha reta que aproximasse a *todos*, é, que esses *todos* se fecham em bolhas de grupos de classes sociais, dificultando a pretensa e desejada igualdade. Enquanto cada *casta* (qualquer casta) se mantiver isolada de pessoas a ela estranhas, não se chegará ao pretenso fim.

Sabia ele, ainda, que, entre esses grupos há uma discriminação, da qual resulta uma hierarquização de classes, criada não pela sociedade como um todo, mas forçada pelos diferentes grupos. E, que, quanto mais a civilização cresce e se expande, mais dificuldades surgem para que todos aproveitem que as portas foram abertas para *todos* viverem juntos. Ao tempo em que a divisão de castas era ditada pela lei, sem dúvida que havia maior conformidade, ou conformismo entre as diferentes classes e, entre os seus protagonistas. Porém, o esforço que hoje vem sendo feito para buscar a unidade, ou nivelamento social entre as pessoas, a despeito de leis modernas que, não apenas estimulam essa prática, mas também condenam a quem as infringir, longe se está de obter o resultado que *todos* dizem pretender e, ser o ideal.

Que algumas pessoas que pertencem a determinada classe privilegiada, a ela chegaram por descendência; mas, ainda que logrando por mérito seu mudar de categoria social, preferem permanecer nos lugares de suas origens; o que é plenamente razoável, desde que seja certo. Mas o que não poderá ocorrer, é o fato de aquele que teve oportunidade de mudar, e agora ter uma vida de fausto, continuar jogando pedras na vidraça do vizinho (do andar de cima ou do de baixo); porque isso é hipocrisia.

Que, além do mais, uma sociedade e, então, o Estado que a representa, necessita desse equilíbrio para se manter. Em caso contrário, poderá desabar e, depois que ruir, será mais difícil de reencontrar o caminho de volta. Lembrou também que hoje muitos ainda praticam condenáveis atos de humilhação e de discriminação aos seus semelhantes; o que mesmo antes já não se admitia. Porém, hoje todos dispõem de iguais oportunidades de defesa da honra, da saúde, da família, do patrimônio e, de tudo mais que tiver e provar ser direito seu. A atuação da Justiça é linear; o acesso à saúde (em tese) e a defesa de direitos está disponível a todos. Dá *trabalho*? Dá. Mas não custa dinheiro justamente porque dá *trabalho*. Nesse caso, a assistência social não é paga apenas pelo assistido, mas por todos. No contraponto a dispensa do *trabalho* é paga exclusivamente pelo tomador dos serviços, sem ônus para mais ninguém. Essas, são as regras básicas da vida em sociedade. Esperava ele, que mais e melhor ser aprimorasse, pois ainda faltava um tanto bastante para se chegar ao básico do suficiente e necessário.

Sócrates não tinha dúvida de que essas distinções entre classes, vez que outra levam a preconceitos, que, algumas pessoas os recebem como pretenciosas e injustas. Dessas distensões as vezes surgem agressões verbais e gestos ostensivos e ofensivos entre pessoas de classes distintas. Mas, nem sempre isso é o que mais fere; mesmo porque há oportunidade ao que se sentir ofendido retrucar a ofensa. Sabia ele que pior são as omissões, o que ele dizia ser a *agressão oculta*; o fazer que não vê o outro; que não escutou o que outro disse; que não o conhece, apesar de o conhecer; que diz não se lembrar do outro, apesar de lembrar; não responder ao educado cumprimento; não se dispondo a dar uma informação, sobre algo que sabe. Contudo, as classes menos privilegiadas também gozam de elogiável orgulho entre si. E isso lhes é bastante bom e até necessário para a melhor formação da sua prole. O menino pobre, já se cria orgulhoso de seus pais, apesar de saber das suas diferenças. E, desde novo percebe a arrogância emblemática de outras classes; o que, de certo modo também instiga nele a sempre condenável arrogância. Transcrição de uma abstração de Ludwig Boerne (*ator judeu*), ao referir-se ao fato de ser judeu, ajuda a explicar, em parte, esse sentimento: "*...alguns me repreendem por ser judeu, alguns me elogiam por isso, alguns me perdoam por isso, mas todos pensam nisso.*"

Ele costumava criticar o fato de existir pessoas que só sabem viver bem ao lado de quem declinam; em compensação, há outras que se escondem ao se ver passar por especiais. Mais, ainda: que o que sai de uma boca suja não pode ser escutado por ouvidos limpos; como gestos elegantes, não conseguem ser vistos por olhos distraídos. Afirmava também que um corpo sem alma é como uma pedra. Um corpo sem espírito e uma pedra são a mesma coisa; ou melhor, nesse caso uma pedra terá maior valia do que um corpo sem alma. Para que servirá um corpo sem alma, senão para alimentar germes e outras porcarias? Que, tem gente que foge de um corpo sem espírito, mas nunca viu alguém fugir de uma pedra. Se a pedra pudesse ter alma e perdesse a sua alma, nem por isso apodreceria nem federia, como acontece com o corpo, depois de a perder. Daí, ter-se, também, mais um motivo de o porquê serem tão diferentes e, talvez tão parecidos, porque nem um nem outra se movem por impulsos próprios.

Fato que o motivava a meditar à noite, era aguardar o admirado espetáculo que acontecia ao cair da tarde, quando coordenados grupos de cegonhas, após encenarem belo balé por sob o céu, iam ocupando os galhos das árvores mais copadas daquele lugar. Invariavelmente, após o pouso do último bando, o verde das folhagens quase desaparecia, dando lugar ao branco das penas das graciosas aves que, na sua infância, simbolizava o nascimento de bebês. Esse visual, que se repetia todos os dias, reunia alguns milhares de cegonhas, que davam ao lugar um sentimento de ingenuidade e de singular beleza.

Caminhando quase que sem rumo, por uma estrada próxima ao seu *acampamento*, voltou a meditar. Pensou que a dor poderá ser um prazer a ser satisfeito pelo masoquista; assim, como castigar, deva satisfazer ao sádico. Por isso, estará errado aquele que, invariavelmente, diz que a dor e o castigo são fontes de mal-estar. Da mesma forma, um homem sábio pode virar um tolo ao ser enganado por uma besta de mau-caráter. Porque a sabedoria, nem sempre é capaz de cobrir as coisas ruins e mal-intencionadas. Se assim fosse, um cientista estaria isento de cair num conto de vigário.

Perto de um acanhado posto de combustíveis, se aproximou do frentista e perguntou-lhe a hora. Como obtive a informação de que já passava do meio-dia, fez uma parada para beber um pouco de água que trazia no alforje. Acostumado a jejuar, não sentia fome, apesar da sua única refeição ter sido ao despertar do dia. Pensou, sentado um pouco numa pedra à beira da estrada, que o povo, em geral só gosta do que é vulgar, ainda mais nesses tempos de imensa e intensa vulgaridade. Aliás, vulgaridade é que o não falta, especialmente, na cidade. Todavia, recatado nos seus pensamentos, reservou espaço para excluir aos que não merecem essa pecha.

Lembrou também que os festejos e alaridos da vacilante publicidade, são capazes de motivar aos inferiores, que se acreditam crescidos ao se verem expostos. Pobres e pequenos, que se parecem com formigas olhando de cima para pulgas e desfazendo do seu diminuto tamanho. Quem dera uma formiga pudesse chamar alguém de pequeno! De qualquer forma, pode-se lhes dar um pouco de afago, pois, que, geralmente os que não têm, poderão ainda vir a ser os consagrados. Tudo dependerá de quem os julgar. De outro lado, algumas vezes são levados pelos que propagam seus vinhos, mas que não se atrevem a bebê-los. São os que oferecem sardinha enlatada, mas se alimentam de caviar. Ele *pensava* enojar-se dessa gente!

Estava convicto de que todos nós já subimos no trembala e, que, ele já arrancou em velocidade supersônica. Mas ainda não sabemos o seu destino, nem a sua próxima parada. Atravessamos por escuros túneis, que no lado oposto nos mostram surpresas sobre as quais precisamos, não apenas conhecer, mas como com elas lidar. E, quem não aprende a usá-las, corre risco de ficar parado no meio do caminho ou mesmo dos trilhos, com a possibilidade de ser esmagado pela composição que à anterior suceder. É angustiante saber que, mal equacionamos um problema, outros tantos mais se apresentam com as suas provocativas incógnitas, para serem resolvidas em pequenos espaços de tempo. O aprendizado cada vez se torna mais infinito e, o ensinamento horizontalizado vem dando lugar ao verticalizado. O músculo e a inteligência humanos vem sendo rapidamente substituídos por máquinas tão mais *musculosas* e precisas quanto velozes. Quem saberá dizer se isso um dia se esgotará, ou, se, ao menos, desacelerará? O medo de sermos derrotados por nossos semelhantes, vem sendo substituído pela derrota por coisas que nós mesmos criamos, e colocamos a nosso serviço. Será que conseguiremos sentir-nos satisfeitos com tudo o que já temos e, então, pararmos de criar coisas desumanas? Teremos tempo, capacidade e saúde para chegarmos ao século XXII?

Mais adiante, já próximo de *casa* e, vendo que ainda faltava um tanto para escurecer, viu um cavaleiro açoitando e gritando com o seu pangaré. Observou que, apesar das violentas chicoteadas, o animal não conseguia se apressar, pois vinha bastante cansado e espumando uma baba que sinalizava ter sede. Como o gaúcho ainda vinha um pouco longe, Sócrates adiantou-se para o meio da estrada, gesticulando para que o malvado que montava o animal, estancasse para com ele falar.

Vendo os sinais que ele fazia, cavalo e cavaleiro estancaram bem perto dele. Então, cheio de razão e de muita coragem, o eremita exclamou em alto e grave tom, que o campeiro não poderia continuar sacrificando o cavalo, pois que, sabidamente, não mais conseguiria andar, sob pena de vir adoecer gravemente. Era um animal tão magro quanto o seu dono. Parecia que nenhum deles se alimentava, devidamente, há vários dias. De início, Sócrates disse-lhe alguns abusos verbais absolutamente desnecessários e importunos. Afinal, recém estariam se conhecendo, pelo menos de passagem. Depois de uma conversa que por sorte se transformou em amigável, o cavaleiro garantiu que o seu cavalo estava acostumado àquela atividade e, que, tinha certeza de que não adoeceria. Então, trocaram mais alguns assuntos e conversaram sobre as suas atividades e lugares em que moravam. Tendo o cavalo descansado e o gaúcho servido um mate que ofereceu ao seu interlocutor, logo seguiu em marcha bem lenta, pelo menos até onde Sócrates os podia ver.

Então, ele pensou como é doloroso escutar ou assistir

ao que não se encaixa com a verdade. Pior, ainda, quando é dito ou feito, por quem tem consciência da sua inverdade. Pois estava evidente que o pobre e sacrificado animal, do jeito que vinha sendo tratado, não aguentaria muito tempo e, que, se não tivesse o devido cuidado, em poucos dias morreria. Melhor, que esses são os irracionais, porque não mentem, embora também possam ser traiçoeiros. Mas a diferença que supera os irracionais, é o fato de que não pensam – apenas se sujeitam aos seus instintos. O pior ignorante é aquele que ignora ser ignorante; mas ainda pior do que esse, é o ignorante que se pensa sabido. O primeiro faz feio por não saber que não sabe; o segundo, porque além disso passa por exibido. Quando a primeira traição do homem dá certo, ele se perde tal como um viciado no jogo, quando ganha a primeira aposta. Ele passa daí em diante na busca de uma nova vitória, ainda que ao custo de perder tudo o que já conquistou.

Estando com um pouco de dor numa das pernas, logo que viu uma grande pedra retangular que lhe poderia servir como banco, nela sentou-se e tirou a mochila para aliviar o peso que vinha sustentando há bastante tempo. Ao meditar mais um pouco, observando o balançar das folhas de uma bananeira bastante carregada de frutos, repensou um pouco sobre a sua vida; sobre a vida que escolhera para viver. Lembrou que estar em solidão exige alguns limites. Um deles, é o tempo pelo qual se deva manter em absoluto isolamento. O abuso no calendário, retira do eremita a chance de mais conhecer o mundo, que continua girando em seu entorno, com todas as suas peculiares circunstâncias.

Ele sabia que precisaria se atualizar e, para que isso acontecesse, seria necessário que saísse por algum tempo do seu exclusivo mundo, abandonando periodicamente a sua cela imaginária; a sua oca, para que, em fraternidade com o mundo exterior, arejasse o seu cérebro. Assim como fazem os selvagens, que convivem com a tribo na taba, os ermitões também precisam convier com a sociedade; sem que com isso, quebrem a promessa de se manterem isolados ao máximo que lhes for possível. Tal como o jejuar não pode ser infinito ou indeterminado, porque o corpo falece se não for alimentado; a alma também precisa de descanso para poder se refazer dos seus desgastes e obter novos conhecimentos. Enquanto o corpo se abastece com o alimento, a alma precisa abastecer-se de novos conhecimentos, que só a vida em sociedade lhes oportunizará.

Depois de parado por bem mais tempo do que pretendia, as pernas enrijeceram e, logo que tentou caminhar, sentiu-se desequilibrado, tal como o marinheiro ao desembarcar da sua primeira grande viagem, que continua ziguezagueando, como se para compensar o balanço do navio. Fez alguns exercícios aeróbicos e, sem demora partiu. Lembrou, pois, que a filosofia não é coisa exclusiva dos sábios. Que, cada um de nós tem a sua filosofia. O homem que vive isolado no campo, tem a sua própria filosofia – se boa ou ruim, é problema dele, mas ninguém poderá negar-lhe o direito de pensar e praticar o que sabe, a seu modo.

A filosofia do homem do campo e do que vive em alto mar, tem o mesmo valor para ele, do que a filosofia que se possa ouvir de um sábio. Além do mais, a filosofia não obriga ninguém a adotá-la, segui-la ou respeitá-la, tal como ocorre com a lei. Enquanto uma encontra adeptos; outra obriga, ainda que nem sempre possa ser a mais correta.

Mais ainda ele pensou: todo o conhecimento, mesmo que profundo, se o for isolado em relação ao que mais compõe o universo do saber, pode ser insuficiente e improdutivo. É necessário que, ao se pretender descobrir algo no seu estado mais puro, que se leve juntamente com essa forma de pensar, todo o resto do arcabouço do conhecimento; mesmo que nem tão profundamente, mas tão necessário para que sirva de parâmetro e de escora do todo em relação ou pouco; do mais em relação ao menos; do que é maior, em face do que é menor. Esse método de estudo, que se pode chamar de comparado – porque realmente se destina a comparar uma das partes com as demais e com o todo -, servirá de apoio, de âncora, de base para a mais segura descoberta do que se pretende descortinar.

Numa outra noite, a lua cheia lançava a sua luz prateada sobre o lago que, do alto de um combro de areia fina e bem clara, dava para tudo enxergar. Embaixo, mais adiante, a pequena mata de eucaliptos jogava sombra sobre o luar, mas entre elas, ele percebia estreita trilha que pudesse levar a lugar um tanto distante quanto desconhecido. A curiosidade de Sócrates o fez subir no arenoso cômoro, cuja escassa vegetação ainda verdejante, de alguma forma contribuía para manter de pé a extensa região das dunas. Mas, nada mais ele viu, do que um pouco além daquilo que já teria visto quanto estando mais abaixo. Lá de cima, admirando à bela vista, aproveitou-se do momento de completo sossego da sua alma e do seu corpo, para refrigerar o espírito com mais algum tempo de boa meditação.

De outro lado, ele já começava a se sentir instigado a comer algo, ainda que estivesse acostumado a *enganar* a fome com um treinado exercício de meditação. O propósito de se manter no jejum pelo maior tempo que lhe fosse possível, era uma das suas importantes metas de vida. Nas poucas vezes em que quebrou essa jura, pagou com o arrependimento, que o levou a sofrimento e pena. Como castigo por essa imperdoável culpa, se impunha alguns deveres que lhe eram desagradáveis, como mastigar folhas amargas e ardentes durante dois ou três dias consecutivos. Outra pena que ele atribuía ao seu corpo, era andar descalço em campo minado de rosetas que machucavam a planta dos pés. Em cumprimento a essa última pena, ele estabelecia certa área pela qual deveria andar sob o sofrimento a si imposto. E, tudo cumpria, como se estivesse sendo fiscalizado por alguém. Então, pensou: as pessoas que não entendem os eremitas, são aquelas que desconhecem o prazer da solidão; o agradável estado de se manter em absoluto silêncio; o aconchego de estar apenas consigo; a leveza da alma descansada; o amor a si sem esquecer do próximo; a inspiração da Natureza; ao dispensa ao artificial; a beleza do seu interior; a sua força no pensar e no agir; a coragem e a virtude de conhecer-se através de si; o desafio ao mundo próximo ou distante; ao mundo presente e ao que virá no futuro. É ter-se.

Pensou mais: que há pessoas que só descansam quando se agitam; há outras que depois de se agitarem, querem descansar. Que mundo é esse! Mas, na vida tudo tem o seu lugar. Na guerra, enquanto os homens ardem em sangue, as mulheres derramam lágrimas. Estaria, então, cada um em seu lugar, não é certo? Isso tudo é parte da Natureza. Robert Benson Hugh, assim profetisa: *"Nós não explicamos a natureza ou escapamos dela por meio de remorsos sentimentais"* ... *"A vida deve ser aceita nesses termos; não podemos estar errados se seguirmos a natureza; ou ainda, aceitar seus termos é encontrar a paz – nossa grande mãe só revela os seus segredos àqueles que a tomam como ela é."* [317]

Ele dizia que a vida e a Natureza são coisas difíceis de ser compreendidas, ainda que para filósofos, também. Pascal dizia que há quem encontre prazer na caçada e, não na presa. De outra banda, não se pode deixar de admitir que, o valor que se possa dar à política, não poderá se distanciar da verdade de que Aristóteles e Platão quando sobre ela escreveram, foi em momento de diversão com mais alguns outros filósofos. Então, ali idealizaram um *protótipo* de Estado para ser aplicado a um manicômio. Karl Max, chegou a defender a existência de um Estado sem governo. Sabe-se lá o que poderia resultar disso tudo; sem qualquer crítica sobre tal ideia que, aqui a critico... Afinal, Sócrates ainda não se definira sobre criticar ou não criticar o que sabia sobre Max.

O que hoje temos e vimos, é o que vivemos. Ora, tem gente querendo ser bonito, porque acha-se feio; que, quer ser culto, porque entende-se inculto; quer ser feliz, porque acredita-se imperfeito. Afinal, que tipo de cara é esse, que se acha feio, inculto, infeliz e imperfeito? O que essa pessoa anda fazendo em nosso meio que, para seu bem e de todos os que ela deva incomodar, já não tomou a iniciativa de mudar-se para sempre?

Adiante lembrou que uma verdade bem provada, é a que aceita que um mal menor possa ter um pouco de bem; enquanto num bem menor se possa ter um pouco de mal. (Leibniz). *Mutatis mutandis*, um mal menor pode passar-se por um bem; enquanto um bem menor pode passar-se por um mal. Outra façanha do seu pensamento: todo aquele que usa da sua inteligência para não agir, porque entende que o melhor será aguardar que as coisas por si sós aconteçam, é portador da chamada *razão preguiçosa*, termo usado pelo filósofo por último referido. Sócrates ainda aditou: além de preguiçosa, pode ser *temerosa*. Ainda antes de descer das dunas, Sócrates disse em voz bem alta, como se tivesse num púlpito, cercado de seguidores para ouvi-lo: o filósofo trabalha com hipóteses, portando não com certezas. A sua indústria intelectiva embora hipotética é assaz produtiva e merece ser conhecida. Sempre que possível, observada e adotada por aquele que a reconhece válida, útil e verdadeira, dentro dos seus limites.

Simone Weil em suas teorias sobre o *esvaziamento* das pessoas contradiz Karl Marx, defendendo, ela, que não será através da revolução dos meios de produção que serão transferidos bens da propriedade privada para o Estado. E, sublinha a sua assertiva afirmando que se assim o fosse, resultaria permanecer o sistema capitalista, apenas sob outra liderança. Defende a filósofa, que se devesse dar condições às pessoas, para que cada trabalhador pudesse ter a sua casa própria e uma oficina e jardim.[318]

Certa manhã Sócrates avistou um homem com roupas simples e descuidadas. Mas lhe parecia ser pessoa distinta, embora a sua precipitação o pudesse enganar. O cavalheiro veio se chegando para perto do lugar que ele ocupava e o cumprimentou com um aceno e duas palavras: bom dia. Sócrates respondeu ao cumprimento e abaixou a cabeça, em demonstração de que não desejaria nada mais além do cumprimento. Mas o homem resolveu dizer um pouco mais, e o perguntou se poderia dizer-lhe o nome daquele local e, se era o proprietário da área. Em resposta bem seca, Sócrates disse-lhe que não saberia dizer o nome do local e que não era o proprietário do local.

Mas, o angustiado homem insistiu em querer saber o nome do dono da área; o que levou Sócrates e desconfiar que se tratasse de algum intruso, que pretendia obter o domínio do terreno, para posteriormente registrá-lo como sendo seu. De modo que, em razão de que não vinha sendo bem recebido, o visitante resolveu abrir logo o jogo. Disse que era gaúcho, mas que há muito vivia distante da família, por que sendo eremita, preferiria andar a sós, mundo a fora; onde pudesse ficar sem ser perturbado e sem perturbar ninguém. Sócrates, com a fisionomia fechada, virou-se para o homem e disse também ser um eremita, com a diferença de que não incomodava ninguém, tal como já estava sendo perturbado pelo visitante. Como houve alguma identificação entre eles, ainda que não se pudesse dizer que havia uma empatia, a conversa foi crescendo e, cada qual desejando saber um tanto mais sobre a vida do outro. A situação era bastante incomum entre dois eremitas, pois além de ser raro se encontrarem, ainda quebravam a jura de silêncio.

Conversa vai, conversa vem, o ermitão disse chamar-se Trancoso, que era da zona de Cacheira do Sul, onde deixou a família: a mulher de quem estava separado há vários anos e um filho já casado. Vivia de uma aposentadoria que recebera em razão dos anos em que trabalhara. Como parecia andar louco para conversar, ainda que não o fosse propósito de um ermitão, abriu o papo dizendo acreditar ser uma inverdade, erroneamente comprovada pela voz popular, que o Sol se levanta e se põe todos os dias.

Era um tipo de pessoa que se poderia notar ser pouco cuidadoso de si. Parecia que se espelhando em Demócrito, não costumava aparar as unhas já bastante crescidas e sujas, bem como, não tinha por hábito raspar a barba e cortar os cabelos. Por certo que o seu visual não era convidativo a quem o visse, mas por dentro demonstrava ser bem diferente; um homem cheio de bondade e de excelsos conhecimentos, como a cada instante começou dar a conhecer. Dentre tudo o que dizia ser do seu convencimento, entendia que o aprendizado se torna mais assimilado quando vem acompanhado de um exemplo.

Disse, ainda:

- Que, como está cientificamente comprovado, o Sol não é um astro inerte, mas que só gira em torno de si mesmo. Só gira em rotação, por isso não se translada, como andam dizendo por aí? Quem sabe não será a Terra, que já está povoada de beócios, que realmente se move todos os dias, não parando de girar em torno do Sol? Se o tal de Nicolau Copérnico ainda vivesse, certamente esclareceria essa simplória questão! Porém, ainda tenho mais o que dizer a tal respeito, meu caro. Tommaso Campanella, na Apologia de Galileu, ao exibir os argumentos que lhe foram dados *contra* o que sustentara Galileu, n' alguns deles afirmavam que "*...a Terra permanece sempre, o Sol nasce e o Sol se põe...*". Adiante, outro argumento assim justificava: "*Grande é a Terra, e excelso é o céu; e o curso veloz do Sol percorre o giro do céu na sua órbita, em um só dia.*" Todavia, ao Campanella arrolar os argumentos *favoráveis* a Galileu, demonstrou o que dizia um deles: "*Igualmente, na Sagrada Escritura chama-se o céu sideral de Firmamento, posto que é imóvel. Portanto, a Terra se move e o Sol é o centro.*"[319] O movimento da Terra e a inércia do Sol foi de tal importância, que gerou conflitos com a Igreja Católica.

- Essas divergências de pareceres de filósofos, matemáticos, físicos, astrônomos e astrólogos duraram muito tempo e graves discussões entre desafetos; inclusive, como a pouco foi dito, com a Igreja Católica, especialmente, porque para alguns oponentes, certos entendimentos poderiam ferir o que continha as Sagradas Escrituras. Dentre os que divergiam sobre o tema, posso citar Pitágoras, Dante, Aristóteles, Platão, Boécio, Cícero, dentre outros nomes da Antiguidade que agora chamarei de greco-romana. E, embora isso tenha ocorrido há muito tempo, ainda existe quem espere a beleza da Natureza exposta no *por do Sol*; não apenas no Guaíba, que banha a nossa Porto Alegre, meu parceiro.

Sócrates ficou cabisbaixo a ouvir a explicação do seu visitante, que teria se convidado a falar com ele, embora não devesse esquecer de que deveria evitar conversar. Mas, como nada mais poderia fazer e, lhe parecia que o gajo era bem sabido, ficou a aguardar mais alguma coisa que justificasse a sua presença em área que lhe era desconhecida. Ficou a olhar para os lados, observando a vereda do cerrado e, a esperar em silêncio. De outro lado, vendo que de algum modo estava sendo receptiva a sua presença, Trancoso foi dizendo mais sobre o que entendia como correto.

Disse, então:

- Quando me olho no espelho me enxergo incompleto; isto é, pela minha metade, apenas. Porque o espelho faz refletir apenas o meu corpo, sem mostrar o meu espírito. Ao olhar-me no espelho, vejo apenas uma das partes do meu eu – provavelmente a menos importante, ainda que muitos deem maior valor ao físico do que ao espírito. Há pessoas preocupadas com a aparência e o embelezamento do seu físico, sem dar valor ao caráter. Pensam elas que ninguém enxerga o caráter! Exemplo prático está naquele que não liquida o débito com a academia de ginástica ou com o magazine; pouco se importando com que julgarão do seu caráter, desde que se apresente perante os outros esbelto e bem-vestido. Posso lhe chamar de compadre, meu amigo? Afinal, ainda não sei o seu nome?

- Me chamo, Sócrates, respondeu o interlocutor.

- Baita nome – respondeu o intruso visitante. Nome de filósofo! Muito prazer em conhecê-lo.

- Muito prazer, disse Sócrates.

Insatisfeito por, provavelmente ter que abandonar o local por não ter mais o que dizer, o visitante criou novo assunto:

- Gosto de ler, seu Sócrates. Quando abro um livro, só o fecho quando li tudo o que nele está escrito. E, aprendi muito lendo boas obras. Pois veja lá o que descobri. A banalização das relações sexuais, já no início do século XX, sem perdão a outras épocas, vem grifada no livro de Gramsci nos seguintes termos: *"A sexualidade se dá como função reprodutiva e como 'esporte' e o ideal 'estético' da mulher oscila entre a concepção de 'reprodutora' e de 'brinquedo'. Vai daí "os provérbios populares: 'o homem é caçador e a mulher é tentadora', ou, quem não tem nada melhor para fazer vai para a cama com uma mulher, etc;,...".* [320]

Sócrates, interessado no tema, aditou:

- Mas eu entendo que a prostituição organizada e por que não dizer, *legalizada*, pelo menos conhecida e consentida, tem o seu importante papel em meio à sociedade, balizando a transmissão de doenças sexuais infectocontagiosas, dentro do mais ao que se presta fazer. Os órgãos de assistência e de fiscalização sanitária estatais, também contribuem para a efetiva contenção dessas perigosas doenças. Por certo que fora dessa ambiência, têm-se propagado em grande quantidade e variedade de meios de transmissão, já fora do alcance da saúde pública. Já que se sabe ser impossível terminar com a prostituição, presente em todos os tempos e em todos os lugares, melhor a manter sobre certos cuidados e regras.

- Dias atrás – disse Trancoso -, andei lendo livro de um bom escritor, de nome Gramsci e, olha só que o homem é um cara bem entendido. Querendo dar umas bordoadas nos americanos, não sei por que cargas teve que concordar com algumas coisas que lhe pareciam óbvias em razão da filosofia defendida por Karl Marx. Lembro bem do que ele escreveu: *"A energia literária, abstrata, nutrida pela retórica generalizante, não está mais em condições de entender a energia técnica, sempre mais individual e acurada...A leitura energética ainda está com o seu Prometeu desacorrentado, imagem muito prática. O herói da civilização técnica não é um desvairado...Não é um ignorante que vive de ar; é um estudioso clássico, no melhor sentido...Enquanto a civilização técnica ou mecanicista...elabora em silêncio este seu tipo de herói eficaz, o culto literário da energia não cria senão um inepto e insensato.".* [321]

E, seguiu:

- Mas tomando outra parte dessa sinuosa estrada esburacada, digo de passagem, ao perguntar-me para que servem os números. Para que serve a matemática e as suas quatro operações primárias, se não poderemos somarmo-nos; se não poderemos subtrairmo-nos; se não poderemos dividirmo-nos; e, se não poderemos multiplicarmo-nos? Será que estarei dizendo algo de verdadeiro? Será isso um devaneio? Aí, também questionaria o fato de que os nossos sentidos, na mais das vezes, nos são indispensáveis para darmos regular seguimento às nossas vidas. Se nada tenho para tatear, pelo menos as minhas mãos servem para apalpar-me; e o olfato, para a percepção da exalação de qualquer odor, ainda que apenas expelido do meu corpo; os olhos, para ver tudo o que me é possível ver e, em especial, a mim mesmo, como mais uma oportunidade de conhecer-me externamente, sem confundir-me em meio a essa imensidão de pessoas semelhantes a mim; com o paladar, se outra coisa não tiver para provar, perceberei o sabor de minha saliva; e, com os meus ouvidos, quando aptos a escutar, a sensibilidade de algum ruído agradável ou intrigante, ou cansativo, ainda que muitos ou poucos decibéis contenham o seu volume.

Nem mesmo se firmando no mesmo assunto, mas também não querendo tergiversar, Trancoso deu sua opinião sobre circunstâncias em que, vez que outra, se envolvem alguns políticos:

- Na política, meu amigo, quando alguém troca de agremiação partidária, não poucas vezes trai aos seus correligionários, eleitores e simpatizantes; e, como um desertor de suas fileiras, poderá se tornar tão suspeito em relação aos novos parceiros, quanto aos anteriores. Além do mais, a política é um tecido que necessita ser costurado diuturnamente e, aquele que não a tecer com sabedoria, corre risco de ser abatido pelas ideias e pelos discursos dos seus opositores. Nesse grande e laborioso teatro, só tem vez quem tem voz e plateia cativa e, aquele que se esconde na coxia ou atrás do pano, certamente que terá pouca chance de ser reconduzido e de progredir.

- Mas, são esses mesmos homens que costumam chamar a si o direito a *res pública*; a ponto de se autodeclararem os guardiães da pátria. Tal me traz à lembrança antiga pendenga no Senado romano entre Marco Túlio Cícero e o seu adversário que, segundo este, pretenso desejoso de arruinar a República, Lúcio Sérgio Catilina. Em louvável e histórico discurso, Cícero pronunciou uma das mais conhecidas frases latinas: *Quasque tanden, Catilina, abutera patientia nostra*? "Até quando, Catilina, abusarás de nossa paciência?" E, segue: "Quando zombará de nós ainda essa tua loucura? Onde vai dar tua desenfreada audácia?"[322]

- Provavelmente, muitos não lembrem que do triunfo ao escárnio, muitas vezes a distância e o tempo são curtos: "*Do Capitólio a rocha Tarpeia não vai mais que um passo.*"[323] Mais ainda: "*Com frequência, só o discurso bem estruturado e atraente basta para captar audiência.*" [324] Por tal ensejo, meu caro parceiro, é que recomendo a não poucos políticos, que acresçam aos seus *sentimentos* de patriotismo a imorredoura luta de Cícero pela República romana. Uma leitura dos seus discursos no Senado ou noutro plenário, trará um belo exemplo a ser seguido por aquele que está investido em cargo público; mais, ainda, quando egresso através do voto popular. Mas que fique já bem definito desde já: essas pessoas geralmente são do tipo que se acham melhores do que os outros; que são os maiorais, como dantes se dizia. Porém, para mim só que não...

Então, Sócrates arrematou a conversa com outra afirmação, que a tinha por certeira para alguns casos:

- Como na vida há lugar para recompensas e comparações, valerá saber-se que nem todo rico se torna vencedor em razão da sua fortuna e, nem todo pobre é um desaventurado em razão da sua miséria. Assim que, o rico despreparado faz a recompensa do pobre erudito. Maquiavel nos deixou essa reflexão no seu livro sobre A Arte da Guerra: *"O rico desarmado é a recompensa do soldado pobre."* [325] Como o caro parceiro já deverá ter observado, as vezes expresso algumas ideias que aos outros se parecem com coisas estranhas e desconjuntadas. Porém, para mim, tudo tem o seu motivo para existir. Veja só que entendo que todos nós e cada uma de nós somos a Natureza em sua plenitude. O que eu faço agora e o que os outros fazem ou deixam de fazer agora (se é que alguém pode deixar de fazer alguma coisa em algum instante), antes ou depois, sempre será a Natureza se expondo. Nada está; não esteve; e, não estará fora ou além da Natureza. Porque a Natureza é tudo em matéria e em pensamento. O vivo tanto quanto o morto é Natureza. A pedra, a carne, o ovo, o Sol e a Lua, também são a Natureza, assim como a Terra, Marte e Saturno.

- Então, o que é a Natureza? Pois ela é tudo e muito mais do que se sabe e do que não se sabe e, do que nunca se saberá. A Natureza foi feita para vivermos e a vivermos; não apenas para a sabermos. Mas isso não é um mito, posto que é pura verdade! Mito é algo inexistente que, no entanto, se mantém e se trespassa entre pessoas e no tempo, seguro apenas na palavra. Assim que, ou nele não se acredita, ou, se o usa como mentira.

Mas, disse mais Trancoso, depois de demonstrar algo que deixou Sócrates um tanto confuso, mas atento:

- O meu caro parceiro e acolhedor, bem poderá saber que, apesar de ser um ermitão, não me esquivo de falar com outras pessoas – isso se dá, para que não passe por arrogante, antipático. De tal sorte que, assim agindo posso demonstrar apreço pelos outros que não merecem por mim serem ignoradas. Não agindo de tal maneira, penso poder passar por egoísta; coisa que enfim não sou. Todavia, sempre que me seja possível, tenho vivido mais na solidão que aquece a minha alma, e me dispensa da preocupação de cuidar-me com que os outros pensam de mim e, de saber o que aqueles fazem fora do meu pequeno universo. Mas antes que me esqueça, vou comentar algo que tem me chamado a atenção.

- Tenho por princípio afirmar que o passado de toda pessoa estará sempre com ela. Ela poderá até esquecer de algumas partes desse enorme filme, mas ele nunca mais desgrudará dela. E nem sempre adiantará ela fazer que esqueceu de coisas que estão escondidas na sua lembrança, porque muitas delas, provavelmente foram testemunhadas por alguém que não as esqueceu.

Assim, em tom provocada ironia, coçando levemente a cabeça e alisando os finos cabelos, foi dizendo:

-Tenho observado que tem pessoas que ao pressentirem que irão se gripar, dizem: estou *querendo* me gripar. O amigo já escutou alguma coisa semelhante? Pois quando tal escuto, sempre respondo: credo, eu *não quero* me gripar! Mas, por que diabo tais pessoas *querem* se gripar? Que vontade estranha têm essa gente que *quer* se gripar! Eu acho é que esses caras o que querem dizer é que *presumem* que irão se gripar; que percebem alguns sintomas de que irão se gripar. Mas, daí o cidadão *querer* se gripar vai uma ripa muito longa, não acha o amigo? Parece isso uma bobagem, mas não a aceito como correta, especialmente, quando escuto de pessoas que aparentam ser esclarecidas.

- Outra coisa que quero dizer, é que não chego a ser um naturalista, nem um vegano. Pelo menos penso não me enquadrar nessas *espécies* cada vez mais atuais quanto crescentes de número de adeptos. Isso até parece um modismo e, o pior é que a maioria sequer sabe um dedinho sobre esse assunto. Fora isso, não como doces desde que lendo um livro, soube que uma tal de Maman, lendo uma receita publicada no jornal francês, *Les Nouveaux Temps*, preparou um bolo seco e com gosto de sabão, para comemorar o aniversário de seu pai.[326] Pois eu não sei se por simples mania ou outro qualquer cacoete, desde que li aquela história, não mais me encorajo a comer qualquer doce, ainda que muitos descordem de mim. Incrivelmente, apesar de nunca ter provado coisa igual ou parecida, desde então rejeito qualquer tentação de degustar um doce; e, bolo, pior ainda. Nem mesmo um bolo de chocolate, tão apreciado pelo Príncipe William.

Sócrates concordou com o que escutou, apenas com um aceno com a cabeça.

A conversa entre os ermitões foi crescendo e parecia que a simpatia entre a dupla aflorava. Em certo momento, Sócrates ofereceu ao visitante uma erva que colhera na véspera, mas que ainda estava bem fibrosa e com um verde musgo sedoso. Ele não saberia dizer o nome da erva, mas garantia que teria ótimo sabor e que não lhe teria feito qualquer mal. Muito pelo contrário, o pacificara de algum distúrbio emocional que teria sentido a ponto de deixá-lo irritado. Diante das palavras do anfitrião, que parecia ser uma pessoa séria, que não pensaria em fazer-lhe mal algum, Trancoso aceitou algumas folhas da bonita erva e mastigou com bastante calma, até que diluídas com a saliva, as engoliu. Depois de se degustar com o sabor e o aroma da desconhecida planta, ficou a pensar por algum tempo, sem nada dizer.

Adiante, depois de conversarem sobre os mais variados assuntos, percebendo que a noite se aproximava, o visitante foi convidado a posar no local, pois o que não faltava por ali era espaço para tirar uma boa cochilada. Assim que, sem recusa e bastante agradecido pelo convide para ali ficar durante a noite, esticou-se por sobre um bom pedaço da relva bem seca, e não demorou a dormir profundamente. Não tendo mais no que pensar, porque já teria bastante esgotado o seu repertório, Sócrates também se recolheu no seu canto predileto e os dois dormiram até o amanhecer. Não sem antes dizer:

- Tenho a convicção de que todos os seres animados buscam repouso seguro após certo tempo de labor. Não há quem consiga se manter ativo ininterruptamente. Sem uma folga, sem descanso, não se abrirá oportunidade para a vitória. Por isso, parceiro, repito que seja momento de descansarmos a mente e o corpo e, aqui, lhe garanto que seja um lugar bem seguro. O que acha, meu caro Trancoso?

- Concordo, meu anfitrião – disse o outro.

- Outro ponto – disse Sócrates -, diz respeito à imortalidade da alma. Não sei o que o parceiro entende sobre isso, mas vou repetir o que já disse várias e várias vezes. Não o querendo cansar mais do que demonstra, mas quero ainda dizer mais alguma coisa que entendo como interessante: eu acredito que a alma não morre com o seu corpo, senão, veja só:

- A sociedade pitagórica – do genial matemático Pitágoras, um dos fundadores da seita e da escola do mesmo nome – acreditava na imortalidade da alma e na transmigração das almas, que poderiam vir a reencarnar em seres humanos ou, até, em animais. A literatura aponta situação em que Pitágoras reconheceu a alma de um amigo falecido, no corpo de um cão.[327] Dante, outro filósofo, meu caro, assim falou: "*Assinalo que, entre todas as bestialidades, é extremamente estulta, vil e danosa aquela de quem acredita que depois desta vida não há outra.*"[328] E isso tudo, tem base na inteligência humana; sequer noutra coisa. O homem sem razão não prospera e não se conhece, pois sequer sabe que a sua vida tendo um fim, possivelmente o seu espírito venha ser eterno. Boécio afirmava que vive como um *asno*, o homem que se distancia da razão, usando apenas a parte sensitiva.

- Importante é também saber que a alma é despida de matéria, por isso é invisível e intocável pelas mãos do homem; mas se apodera do corpo humano e o domina durante a sua existência enquanto vivo. Por isso, a razão, o amor, o ódio e todas as demais sensações e manifestações humanas resultam da alma e, não do corpo, que apenas as exprime; as externa. Mas são atribuídas ao homem, porque ele é a composição do corpo e da alma e, sem esse binômio, não existirá o homem. Porém, se cada uma dessas partes se isolar, se apartar da outra, não mais teremos a figura do homem, a figura humana; pois se terá uma alma, de cujo destino não há comprovação científica irrefutável. Restará um corpo sem vida e, portanto, sem alma.

\* \* \*

Ao acordarem, Trancoso, como que declamando uma bela poesia, foi dizendo:

- O passado não mais se assume, pois se poderá dizer que o que ficou de ruim é irrecuperável e, o que ficou de bom, apenas fica na lembrança, como a saudade. O presente é tão efêmero, que se dirá que nunca haverá tempo para completar-se, para terminar-se. O futuro é agora, porque o presente já virou passado no instante em que aqui eu pensava. De tanto e tanto pensar, chego a imaginar que o presente não existe; que é uma ficção. Um lapso de tempo tão e tão exíguo, que, como um raio se intromete entre o passado e o futuro e, que, quando dele lembramos, já se tornou coisa do passado. A cada fração de milésimo de tempo que vivemos, já estamos no passado. Pode-se afirmar sem medo de errar, que o presente se confunde com o passado imediato. É uma frase que não temos oportunidade de completar; é um pensamento que ficou incompleto; é o passo da perna direita, que não espera pela perna esquerda. É a bandeira que quando está sendo içada, a cada centímetro que percorre na haste o joga para o passado e enxerga ao alto do mastro, o futuro.

Sócrates, sempre com cavalheirismo, escutou tudo o que dissera Trancoso. Atento, depois que o parceiro esgotou o que tinha para dizer, resolveu falar alguma coisa que antes pensara, mas que ainda não teria dito a ninguém, por falta de oportunidade de encontrar alguém que o escutasse.

Disse, então:

- No mundo tudo tem um nome que o identifica, seu Trancoso. Se não existisse essa *convenção*, não se teria como identificar as coisas e sobre elas nos manifestar. Cada objeto e cada ser, inclusive os humanos, têm um nome. Em relação aos primeiros, para que possamos os individualizar; em relação aos segundos, para os individualizar e os identificar. E, vá lá que tem acerto essa afirmação que se baseia em um conceito aristotélico: "*O nome é um som articulado e significativo conforme convenção e sem tempo, e do qual nenhuma parte separada é significativa*" [329]

Ele ainda disse mais:

- Sabes lá meu hóspede, o que seja um sádico? Pois explico-te, antes que me interrompas: é o cabra que castiga o alheio sem dor própria; apenas por grande prazer e rara e estranha satisfação. Seus impulsos não são movidos por ódio, raiva ou cumprimento de dever. De modo que, quando o castigo é dado a chicotadas, socos ou facadas, só alcança a exaustão quando aplicado o último golpe contra a vítima indefesa. Esses desequilibrados e doentios antissociais, procuram amaldiçoar aos infelizes, para lhes servirem de espetáculo do terror. E, se for apartado antes de chegar ao febril orgasmo, sai a caça de outro infeliz, para nele cumprir o seu desejo até esgotar essa inversa forma de paixão pela dor alheia. Prazer que só é passível de ser alcançado ao regozijo de perceber a dor alheia. Mas, também, algumas vezes a vítima desses castigos são pessoas que carregam o hábito cruel de suspeitarem do que não sabem, desconfiarem do que vêm e, até mesmo do que não vêm, por igual hábito de sempre suspeitar. Mas, quando diante do algoz nada suspeitam, porque então têm certeza de que o que lhes estão dizendo não carece de prova; afinal, não têm dúvida de que o castigo está diante de si.

Trancoso, igual ermitão quanto Sócrates; arredio ao convívio social, num momento em que deixou de meditar, perguntou ao colega se, se sentia feliz em estado de completa solidão. A óbvia resposta saiu como que saltando da boca do interrogado:

- Desde que cresci jamais estive sozinho, pois sempre me acompanhei de mim- o que me tem bastado - e, para ter felicidade, é importante gostar-me, acima de tudo. Que, como gosto infinitamente de mim, e, me vendo sempre acompanhado de mim, por certo que nunca estive só. Assim que, por gostar de mim, não tenho dúvida de que sou uma pessoa feliz. Não tenho medo da solidão; pelo contrário, o isolamento me conforta e me encoraja. Viver apenas em mim, também é viver o mundo, porque vivendo em mim, passo a vida pensando em coisas boas, agradáveis, otimistas. Não gosto de pensar em coisas ruins, porque elas não servem para nada: para nada de bom e para nada de ruim. Os pensamentos ruins, só servem para perturbar a nossa alma e enchê-la de temores e de esquisitices. O homem que tem a mente aberta, está sempre apto a receber boas ideias, bons fluídos, boas mensagens. É a melhor forma de se dizer que é um boa-vida. E, de fato me reconheço como um boa-vida, porque sei que a minha vida é muito boa e, plenamente satisfatória para tudo o que dela desejo e sempre alcanço.

Trancoso então falou:

- Quando assumo o propósito de viver em isolamento, nisso não existe o interesse de esconder-me das pessoas, poque não sou um fraco, um covarde. Só não quero que essas pessoas intervenham na minha pacífica e definida vida, conforme a governo e dela desfruto.

Caindo a tarde, quando se via as primeiras aparições da lua nova, era comum naquele lugar sobrevir uma brisa que parecia anunciar alguma tristeza, logo alterada pela alegre visão do planeio de pássaros de variadas espécies e plumagens multicoloridas, com vivos e sonoros cantos, aos quais se juntava o ruído do balançar da folhagem das copadas árvores que ajudavam a enriquecer o local e o seu momento tão especial. Estes, que por ali se recolhiam antes da chegada das cegonhas, pareciam imitar uma orquestra da mãe Natureza, a oferecer uma beleza tão singular, quanto o local em que Sócrates escolhera para viver por aquele tempo.

Aqueles lindos momentos desviavam a sua atenção

dos pensamentos mais comprometidos, para, aliviado da razão, ficar a admirar o que via, e a respirar o ar mais puro que já encontrara. Embalado por aqueles momentos de singular pureza de espírito, ainda que não desejasse desviar o pensamento para coisas de menor fluidez, pensou em meditar por algum tempo. Mas não conseguiu pensar em mais nada, além de ficar a desfrutar da beleza que o envolvia por inteiro. Aquele lugar, era um lindo vale onde poderia receber ar limpo, com um pequeno bosque de verdejantes, altas e copadas árvores, seguido de um campo com relva um tanto alta, mas de tonalidade atrativa.

Sem outra coisa a pensar, lembrou de um pensamento que aprendera na sua adolescência: é possível sufocar as pessoas; neutralizar as pessoas; prender as pessoas; matar as pessoas, mas a ideias dessas pessoas persistirão, *ad aeternum.* Lembrou, ainda, que para apaixonados a quem se impõe a separação, é possível mudar os gestos e os hábitos, cessar os encontros, mas é impossível mudar os sentimentos, porque esses ficam longe do alcance de todos. É como escrever-se coisas que saíram apenas da caneta, da grafia, para serem postas no texto como mera ilustração na folha de papel; mas não saindo do coração, não terão qualquer valor sentimental.

Em certo momento, Sócrates comentou com o parceiro:

- Vês ali adiante, meu caro, aquele enorme tronco? Ele se parece um pé de *baobá*, aquela árvore africana de tronco muito largo; bem grosso, como se costuma dizer. Observa como ela é bonita e de aparência vigorosa. Mas apesar de existir alguns exemplares no Brasil, particularmente no Rio Grande do Norte, nunca soube que poderia vingar no clima frio do Sul. Dizem que chegam a durar mais de 1.000 anos; o que poderá nos convencer que esse pé, por aí esteja enraizado desde antes do descobrimento do Brasil. O mistério será saber quem o plantou aqui no nosso Estado e, como durou até hoje, enfrentando os nossos terríveis invernos.

Mas Sócrates ainda teria um tanto mais par dizer. Se via bastante entusiasmado com a visita de um colega, tão eremita quanto ele.

Disse, então:

- Meu caro parceiro – assim gosto de chamá-lo -, costumo identificar um homem honrado como aquele que é generoso; justo; de boa conduta e distinguida urbanidade. Sendo assim, o entendo e o recepciono como um cavalheiro, desde que a tanto lhe possa aditar a coragem, a valentia e, a sabedora. Longe estarei de reunir tamanha gama de virtudes; porém, posso afirmar que luto para alcançá-las, e reuni-las todas em meu corpo e minha alma. Quem sabe eu já esteja perto de tudo alcançar? Nem eu posso duvidar, tal o meu propósito e esforço para a tanto chegar. E, peço que, se a tanto alcançar, que a mais ninguém seja dado a conhecer, porque a inveja poderá ter por consequência, tentarem prejudicar o meu sossego. Porém, não é por motivo outro que Aristóteles dizia que *a honra é o preço da virtude.* Por certo que, ainda, de modo contrário, há muito dispenso a aparência exterior; a pompa; o exibicionismo; a vaidade; a artificialidade e o requinte que outros apontam como virtude. Penso, pois, que essas subalternas manifestações apequenam àquele que poderia ser um grande homem.

Em suas profundas e demoradas meditações, Sócrates expressava pensamentos e sentimentos tão puros quanto jamais alguém os pudesse imaginar. Todos fluídos da sua singular e especial mente; jamais imitadas ou copiados de algum outro prodigioso pensador; tão exclusivos que se propunham a ser repetidos para qualquer pessoa. Quando assim pensava e dizia para alguém, se apresentava como um homem distante do seu tempo; ora vivendo num passado já esquecido pela maioria das pessoas; ora estendendo-se para um tempo futuro e inimaginável para quem por ele fosse cativado.

Sempre respeitoso com as coisas Divinas, seguidamente lembrava que Salomão numa de suas passagens teria advertido que *"não pretendamos com o estudo da natureza atingir os mistérios de Deus"*; o que o levava a reafirmar a convicção de que Deus nos deu de tudo, mas se reservou ao propósito de não se revelar por inteiro. Dizia não ter dúvida de que Deus tem infinitas vontades, mas duas delas guiam todas as demais: uma, é a vontade por Ele revelada a todos através das suas obreiras manifestações; a outra, é a secreta, a qual não revela a ninguém. Essa segunda vontade jamais será descoberta pelo homem em toda a existência da humanidade.

Ao raiar de um novo dia, depois de outros tantos em que se mantinha como hospedeiro de Trancoso, a ele fez uma confissão que se lhe parecia indelicada, porém, necessária:

- Caro senhor Trancoso, desculpe-me pelo atrevimento, mas acho que o que vou dizer-lhe aproveita a nós dois. Em verdade, somos ermitãos por vontade e convicção próprias, pois não fomos induzidos por qualquer pessoa ou circunstância, a viver em isolamento social. Isso bastante nos satisfaz e, vai ao encontro dos nossos propósitos maiores. Todavia, haverá de convir o senhor, que estamos reciprocamente quebrando o nosso silêncio e a nossa vida em total isolamento, desde o dia em que o senhor aportou no quintal e, por aqui tem ficado, me parece, sem data para partir. Eu bem sei da minha indelicadeza ao dizer o que acabo de falar, mas o colega é bastante entendido para concordar comigo nesse particular. Não estarei eu certo? Não estaremos nós quebrando a nossa jura de vivermos isolados?

Trancoso, surpreso com a flechada do colega, nem pensou outra coisa, que não concordar com o que ouvira. Havia plena razão do que escutara do seu gentil hospedeiro. De modo que concordou com Sócrates e, disse-lhe, que, em breve partiria para lugar indefinido. Onde tivesse sol, água e bastante verdes.

Mas Sócrates remendou o que antes dissera, oferecendo a sua rústica morada, para ser pelo parceiro usada pelo tempo em que ele desejasse.

Num final de tarde em que o céu tinha cara de tristeza e a sombra da noite começava a invadir as copas das árvores, Sócrates pôs-se a pensar que o *nada* é a ausência *de* tudo; o que não se pode confundir, com a ausência *do* tudo. A ausência *do* tudo, ainda poderá não ser o *nada*. O *nada* é mais que um buraco, porque buraco é matéria, e o nada é vácuo; é ausência de matéria; é o éter que se expande e desaparece. É simplesmente ausência; falta; coisa vazada; menos que o menor, sem ser menor do que o menor, porque o *nada* não tem tamanho definido. É sublimação; inexistência; ausência. O *nada* muitas vezes é imprestável, inservível. Algumas vezes escutamos alguém dizer que não está sentindo nada. Pois bem, não estará essa pessoa querendo dizer que não está sentindo o nada, porque o *nada* é algo insensível; ninguém sente *o* nada.

Lembrou ainda, que grande parte da nossa vida é dedicada ao porvir. O homem trabalha no presente, para atingir metas futuras; de futuros próximos e/ou futuros distantes, remotos; inclusive, os futuros imprevisíveis. Nada do que ele faz, tem por objetivo o passado; senão, o pagamento de dívidas e a satisfação de compromissos assumidos no passado. É verdade que há um contingente de pessoas que apenas vive o presente, descartando por completo o futuro. Mas, essas correm o risco de tropeçarem e tombarem no futuro. É como se gastar tudo o que se tem hoje, sem se preocupar se amanhã se terá mais para gastar. E, se amanhã nada tiver para gastar, bem, aí só o *destino* saberá como resolver. Mas há muita gente que usa do imprevisível, por contar com o que o *destino* lhes garantirá.

No mesmo final de tarde, quando o sol já quase desaparecia por completo, Sócrates lembrou ter lido de um filósofo, cujo nome não lembrava, apesar do esforço em identificá-lo, que os prazeres não são firmes e estáveis em todos os homens. Que são variáveis para cada um, de modo que não há homem mais diferente de outro de que de si mesmo; conforme as circunstâncias. E assim como se dá com o prazer, também se dá com outras circunstâncias.

Sócrates era um adorador do Sol – o astro que, segundo ele, também era adorado pelo faraó Akhenaton -, de modo que, nos dias nublados, quando a tristeza o tocava profundamente, evitava meditar, para que não desse chance à pensamentos carregados de sofrimento e de maus agouros. Em tais dias, preferia olhar para o céu com desprezo; como que desfazendo do resto que o infinito cinzento lhe mostrava. Em dias ensolarados, ele se enchia de encantamento, de alegria e, de energia; de coisas fofas e inofensivas; agradáveis por natureza.

Recordou, ainda, que Pascal, em meados do século XVII, já observava que *"...todas as ciências que estão submetidas à experiência e ao raciocínio devem crescer para se tornarem perfeitas. Os antigos as encontraram somente esboçadas por aqueles que os precederam; e nós as deixaremos para aqueles que vierem depois de nós num estado mais aperfeiçoado do que as recebemos."* [330] Pois o filósofo tratou das ciências da geometria (seu foco principal), aritmética, física, medicina, arquitetura e mais outras. Estas, todos sabemos que a cada tempo mais se aprimoram. Entram num caminho, como se percorrendo um espaço, as vezes linear, outras vezes, sinuoso e bifurcado, que as aprimora e as conduz a avançar num continuado processo de novas descobertas e invenções. Mas, que nas ciências sociais – pensou Sócrates -, as mudanças nem sempre são crescentes; nem sempre avançam e se aprimoram, pois que muitos dos desvios a podem levar a retrocessos, que vez que outra surgem aqui, ali ou acolá. Alguns retrocessos, para melhor; outros, nem tão melhores; outros, ainda, para pior. Mas, tudo isso na dependência da lente de quem observa, aceita ou repele. Sabido é, no entretanto, que nessa área jamais se alcançará a unanimidade, como um conceito aritmético, porque as ciências sociais deixam aberto caminhos para se provar que 2 + 2 = 4, quanto que, 2 + 2 = 22. Demais disso, haverá espaço para avanços, para o crescimento, porque o indivíduo e, seu coletivo que é o povo, não mais aceita viver acorrentado ao que deu de errado e ao que vier de ruim. A aceitação resignada deixou de existir há muito tempo e, só é vencida pela paixão doentia e pelo fanatismo. O homem cada vez mais sabe que veio ao mundo não apenas para vier simplesmente, mas para viver conforme a sua vontade e, segundo os seus limites naturais e impostos pela ordem. A sua vontade será de viver bem, desde que não saia do quadrilátero desenhado pela soberana sociedade. O homem jamais aceitará ser escravo de alguém e, se isso lhe vier a ser imposto, não o acatará com passividade, ainda que lhe seja necessário ir à forra.

Trancoso, ainda bem-disposto, lembrou de um fato que lhe acontecera poucos dias atrás e, resolveu contá-lo a Sócrates:

- Meu caro parceiro, dias atrás, quando ainda andava por outra região, ao sediar-me num terreno baldio que beirava um arroio; quase como este aqui, ali aproveitei a água que era farta e lavei algumas de minhas roupas – as de baixo e as de fora. Aproveitando ainda o belo sol daquele dia, as pendurei numa frondosa árvore que me oferecia os seus galhos para que eu pudesse secar quase que tudo o quanto eu tinha. Quando as fui recolher, vi uma joaninha bem verdinha; tão verdinha quanto as folhas da frondosa árvore de que antes lhe falei. Pequenina, era menor do que a unha do meu dedo mindinho. Por ato impulsivo, armei os dedos para dar-lhe um peteleco, que se não a matasse, a jogaria para bem longe. Para sorte do inofensivo inseto, antes de firmar a pontaria, arrependi-me a ponto de não lhe fazer qualquer mal. Pensei na covardia que seria, praticar um ato tão grosseiro contra um animalzinho indefeso, muitíssimo menor do que eu e, que, nada de mal estaria a me fazer. Lembrei que a nossa diferença é maior do que o tamanho da Terra em relação ao Sol. Além do mais, há quem diga que as joaninhas trazem sorte para quem delas se aproxima. Pois a peguei cuidadosamente e a coloquei no chão. Ao ver que ela estava virada, de barriga para cima, tornei a agarrá-la e a ajeitá-la de modo que saísse daquela agonia de tremer as perninhas, como querendo virar-se para poder andar. Olhei-a firme e, só não a pedi desculpas, porque não cheguei a fazer-lhe qualquer mal. Vi que ela caminhava tão devagarinho, que ao final da tarde, ainda poucos metros ela tinha se distanciado do lugar onde a deixara.

Sócrates, ainda desassossegado, veio novamente a furo para contar mais uma de suas inéditas e curiosas passagens:

Após propositada pausa, Trancoso voltou a tomar a palavra:

- O amigo já deverá ter observado que sou bastante curioso e um tanto crítico. Nem sei se sou mais crítico do que curioso, mas ataco num e noutro lado, se assim for o jeito de eu dizer. Pois aprendi quando ainda piá, que o riso e o choro se manifestam de diversas formas, a saber: há risos que se mostram com contida parcimônia; outros há, que transbordam em demoradas e sufocantes gargalhadas; outros, ainda, apenas se demonstram no olhar. Por sua vez, o choro também se apresenta de formas diversas: num sereno e consolado lacrimejar; outros, numa torrente incontida de gritos desesperados, que parecem suplantar as lágrimas; outros, ainda, tal como no riso, com mera manifestação de tristeza no semblante. Daí, saber-se o quão diferentes são as pessoas diante de situações inesperadas. Porque o riso e o choro, na mais das vezes pega as pessoas de surpresa; o que as torna verdadeiramente autênticas, sem preparação, sem ensaio e sem figurações. Porém, essas manifestações de sentimento poderão ser regradas, educadas, nem sempre a toda e qualquer pessoa, porque exige domínio da alma sobre o corpo; de vez que a alegria e a tristeza são manifestações da alma, enquanto o riso e o choro são manifestações do corpo que se submete, ou não se submete a propria alma.

\* \* \*

Marcela teve grande choque ao saber que o seu namorado era o defensor do assassino da sua irmã. Isso para ela, era imperdoável. No primeiro momento não quis dizer aos seus pais que namorava Ronaldo há tanto tempo, mesmo que, sem saber que ele era o advogado de Severo.

Tão logo ela restabeleceu-se do choque inicial, ligou para Ronaldo se dizendo decepcionada pelo fato de ele ser o defensor do homem que teria assassinado à sua irmã. Que passava a desconhecê-lo como seu namorado; como a pessoa que tanto elogiara e que tanto amara. Pediu-lhe que não mais a procurasse, pois não sabia o que seria capaz de fazer se o visse na sua frente.

Ronaldo tentou justificar-se dizendo que não sabia que Maristela era sua irmã. Que, se tivesse sabido, sem dúvidas teria renunciado à procuração outorgada pelo seu cliente. Que, em razão desse mesmo fato, também não poderia saber que Severo era seu cunhado, pois nunca teriam falado sobre isso. Mas ela não aceitou a sua justificativa.

Não bastando, ofendeu-o, dizendo que era um homem sem caráter, e que não mereceria pertencer ao quadro de advogados da O.A.B. Disse, ainda, que se envergonhava de tê-lo como colega de profissão e, que a faculdade que ele teria cursado, por certo teria esquecido de ensinar as mais elementares regras de probidade e de respeito. Que, para ela, ele não passaria de um rábula metido a advogado. De um safado chicanista, que associado ao escuso interesse do seu cliente, vinha criando atalhos para retardar o andamento do processo que faria justiça à sua finada irmã. Que era um farsante, capaz de enganar pessoas bem-intencionadas, às quais oferecia primeiro o colo e, depois as jogava precipício abaixo. Que por certo seria um malnascido, que costumava esconder a sua descendência. Era um pilantra, que se vestia com terno e gravata para articular alguma tramoia contra pessoas de bem.

A fúria incontida de Marcela já teria ultrapassado os limites da plausibilidade, e se embrenhava pelo perigoso terreno da ofensa pessoal. Ainda que se sentisse abalada pela trágica e prematura morte da sua irmã, não havia qualquer adminículo de prova ou mesmo suspeição contra Ronaldo. Demais disso, ele apenas estaria exercendo a advocacia em favor de um cliente, como tantos outros que ela também defende na prática do seu mister. Não bastasse isso, ele não sabia que a vítima era sua irmã e, ao saber, prontificou-se a renunciar a procuração conferida pelo seu cliente.

Marcela não deveria ter machucado tanto Ronaldo, porque bem conhecia o seu caráter, que fora por ela aquilatado durante o demorado tempo de namoro. Ela sabia que ele não era indigno de integrar os quadros da O.A.B., como vociferou; que, ele não era nem se enquadrava como um chicanista ou um rábula. Também se excedeu ao chamá-lo de safado, farsante, malnascido, e pilantra, dentre outras ofensas não tão diretas. E possivelmente mais adiante se tenha envergonhado de ter baixado o nível a tal patamar. Marcela sabia que Ronaldo não era um farsante e que a teria amado na mesma intensidade que ela o amara. Que era um homem honrado, com distinguido sucesso profissional alcançado com o trabalho, com o estudo, com a pesquisa e, com boa clientela. Que sempre a cotejou, porque a tinha como merecedora de tais gestos. Nunca a traíra em qualquer circunstância, e sempre esteve ao seu lado; fosse nos seus dias de alegria, como nos de angústia.

Mas ela estava incontrolável; como ele nunca a teria visto, nem poderia imaginar. Naquele momento ele começava a conhecer uma Marcela diferente daquela pessoa um pouco insegura, que chegava a assustar-se com pesadelos sobre homens vestidos com roupa preta. Que se desorientava ao receber cartas anônimas, como se, na falta de subscritor, pudessem ter sido escritas por algum tarado, ao invés de um safado.

Ele começava a pensar que ela, antes de ser digna de pena, seria passível de ser perigosa. Descontrolada, ele não saberia imaginar o que ela poderia fazer se estivesse na sua frente. Aliás, nem mesmo ela saberia dizer, como verbalizou em meio ao seu irrefreável estado de cólera e de desatino. Pelo que deu para ele perceber, apesar de não terem partilhado do mesmo sangue, as irmãs não costumavam revisar os seus freios morais, deixando livre e ao desequilíbrio os seus sentimentos mais escondidos e mais subalternos. Cada uma a seu jeito, seria capaz de, por algum meio ferir o seu adversário até o esgotamento da sua ira. Que, apesar de Marcela parecer-se mais tranquila do que a serelepe Maristela, o desatino de uma e de outra só dependeria de oportunidade para deslanchar. Verdadeiramente, elas eram mais irmãs do que o DNA de cada uma poderia comprovar.

Então, Ronaldo disse-lhe que teria certeza de que Severo era inocente; que não teria matado Maristela, pois dela já estaria separado há bastante tempo, inclusive morando num apartamento. Que tanto a respeitava, que inclusive separados, ele deu-lhe toda assistência, durante e depois dela sair do hospital. Que quase que diariamente ele se entrevistava com um dos médicos que a assistiam, para saber sobre o andamento do mal que a acometera. Ao final, disse que a morte teria sido acidental, resultado de um tombo que ela levara caindo com a cadeira do andar superior ao térreo. Que essa questão de cunho material, dentro do processo já estava plenamente pacificada. Mas que mesmo assim, o inquérito policial e a denúncia do Ministério Público procuravam inculpar Severo, que sequer esteve no prédio no momento em que ocorreu o episódio.

Mas ela, ainda furiosa e descontrolada, emendou:

- Essa ajuda que Severo vinha dando, possivelmente fosse por remorso por algo que já planejaria fazer contra ela. Com o tempo tudo será passado a limpo. Não tenho pressa, pois, afinal, Maristela infelizmente já morreu, sem ter quem a defendesse naquela hora. Pelo contrário, quem dizia ajudá-la, protegê-la, e amá-la, foi quem desferiu o golpe fatal.

A despeito de todas as ofensas que ouviu, ele voltou a dizer que, em respeito à sua família, se ela entendesse necessário, renunciaria à procuração, para não mais continuar na defesa do seu cliente. Mas ela disse que o assunto estava encerrado; que ele não mais a procurasse. Sem despedir-se, desligou o telefone, e jogou-se na sua cama em crise de nervos.

Diante dessa equivocada e intransigente decisão dela, ele resolveu continuar advogando para o seu cliente, sem qualquer sentimento de pesar em relação a Marcela e a seus familiares. Afinal, nem ele nem o seu cliente teriam dado causa à morte da sua irmã. Além disso, o conjunto de fatos que envolveram a complicada relação entre Severo e Maristela, apontava para a grave realidade, de que esta não vinha agindo de modo a merecer respeito. Danada, perigosa e astuta, tinha a cabeça virada para o mal, especialmente em direção ao seu companheiro, que tanto a teria ajudado na miséria e na doença.

Maristela não era digna da pena de Ronaldo e de Severo e, se não tivesse morrido, ainda estaria aprontando alguma artimanha para tirar algum dinheiro do seu companheiro, ou prejudicá-lo de qualquer outra forma. Pior do que ser uma pessoa despida de sentimento, ela o tinha dirigido para o mal; principalmente para atingir quem a ajudava. Mulher má, bagaceira, tirana, que parecia ter trato com satanás ou outra qualquer figura malévola. Calculista, suja, indigna e maldosa, parecia ter vindo ao mundo apenas para tirar proveito à custa de quem nela acreditasse. Não se sabe para onde terá ido esse complicado espírito, mas se desejaria que não estivesse colocado ao lado de alguém que o queira proteger, pois correrá risco de muito sofrer antes de voltar.

* * *

Com a designação de data para a realização do júri, Ronaldo não se sentindo tranquilo para atuar perante do Tribunal do Júri, combinou com Severo que convidaria um colega experiente em sustentação oral para trabalhar com ele - o que seria melhor para obter o desejado resultado. Severo concordou com a pretensão de Ronaldo, e nada mais falou, apesar de que andava bastante nervoso nos últimos dias.

Então Ronaldo ligou para o Dr. Cipriano Amadeu Romano, que o conhecia de longa data e com ele marcou entrevista para o dia seguinte. Lá chegando, contou-lhe detalhadamente o caso, e o convidou para acompanhá-lo na defesa do seu cliente, na sessão do Tribunal do Júri. Com as cópias dos autos na mão, o experiente causídico pediu o prazo de dois dias para estudar o processo, antes de responder se aceitaria dividir com ele a defesa de Severo. Reconhecido como excelente profissional e, com larga experiência em sessões de júri, além de ser uma pessoa de raciocínio perspicaz, era intuitivo ao observar as expressões faciais e outras sutis manifestações dos jurados. Figurava como um advogado talhado para vencer difíceis contendas judiciárias.

Dois dias depois, Dr. Cipriano ligou para Ronaldo dizendo que aceitaria defender o cliente, mas que necessitaria conversar com o réu tão logo lhe fosse possível. De imediato marcaram a entrevista para o dia seguinte; ocasião em que Severo e Ronaldo foram ao escritório do ilustre advogado.

Dr. Cipriano era homem talhado para desenvolver a oratória no Tribunal de Júri. De fala mansa, mas incisiva, não costumava perder a tranquilidade diante das manifestações de promotores de justiça; mas não deixava qualquer argumento contrário ao seu cliente, sem pronta e convincente resposta. Sempre de olho nos jurados que decidiriam sobre o resultado da sessão, a eles costumava formular perguntas, embora soubesse que não poderiam responder em razão do cargo que desempenhavam. Mas, conhecedor de algumas técnicas que adquirira durante anos, poderia razoavelmente saber o que cada um pensava, ao observar os seus olhos e alguns gestos impulsivos. Quando achava que algum jurado não se teria convencido dos seus argumentos ou provas, repetia a sua fala, olhando especialmente para aquela pessoa ainda não convencida acerca da sua verdade. O seu currículo atestava que durante os tantos anos de profissão e de desempenho perante o Tribunal do Júri, só raras vezes teve insucesso; assim mesmo, em recurso ao Tribunal de Justiça obteve a absolvição do cliente. Professor universitário, com várias obras editadas, era referido em palestras e outros eventos, como brilhante advogado e profundo conhecedor do Direito Penal.

No dia da sessão do júri, Ronaldo primeiro apanhou Severo em sua residência e depois foi buscar Dr. Cipriano, para que os três chegassem juntos no prédio em que seria realizado o ato judicial. Severo estava um pouco nervoso, mas parecia que Ronaldo ainda estava mais intranquilo. Porém, nada comentaram sobre isso e, inclusive, o Dr. Cipriano entendeu como normal a aparente angústia do réu.

Nas proximidades do edifício em que se realizaria o júri, grande número de manifestantes se aglomerava com faixas e gritando palavras de ordem. Chamavam Severo de assassino de mulheres inválidas. Diziam que era um milionário covarde, que certamente por ser rico, teria contratado advogado caro para defendê-lo. Mas que a Justiça apesar de cega, não fecharia os olhos para Maristela. As manifestações se pareciam com as de um comício em véspera de eleição, quando vários desocupados em tempo integral, usavam o microfone para lançar insultos contra o adversário. Algumas pessoas que empunhavam cartazes, perguntadas por jornalistas, não sabiam dizer o motivo das manifestações. Mas disseram que teriam sido convidadas pela Dra. Lindinha e, que, pedido dela era como uma ordem. Uma charanga aumentava a barulheira, batucando tambores em ritmo frenético; o que proporcionava maior algazarra nas cercanias da sede do foro. A Polícia Militar deslocou-se para lá com uma pequena guarnição, mas manteve-se à distância observando o desenrolar dos fatos, e orientando o trânsito.

Em razão da grande aglomeração, como medida de segurança ao acusado, o Dr. Cipriano requereu ao juiz que determinasse que o réu fosse escoltado por policiais militares ao desembarcar do automóvel; o que foi deferido pelo magistrado.

Todo esse clamor popular, ao invés de pensar que viria em prejuízo do réu, para o Dr. Cipriano serviria de argumento favorável ao seu cliente. Aliás, ao iniciar a sua fala no auditório do Tribunal, aproveitou-se do que reclamavam na rua, dizendo:

- Advogado caro é o que dizem lá fora; mas conhecedor do processo em todas as suas nuances, esqueceram de dizer. Porém, que culpa terá o réu por ter contratado o profissional que ora vos fala? Como se não merecesse ser absolvido, pelo fato de ter contratado o advogado que ora o defende!

Instalados e abertos os trabalhos da sessão do Tribunal do Júri, foram sorteados os jurados. O Dr. Cipriano impugnou dois dos jurados, por serem do sexo feminino. Acreditava que possivelmente algumas das juradas pudesse participar de grupos de defensoras dos direitos da mulher. Isso, segundo ele poderia prejudicar ao réu no momento da decisão. No Tribunal do Juri, o advogado deve manter absoluta concentração no que ali acontece. Precisa se concentrar no que as testemunhas de ambas as partes informam, sempre evitando tirar os olhos dos jurados que, ainda que não possam e não pretendam mostrar suas reações ao que ouvem, muitos deles são traídos pelas verdades e meias-verdades que escutam. Afinal, não são artistas; são pessoas comuns, na maioria ali presentes pela primeira vez. Mas, Ronaldo não conseguia manter a sua atenção dirigida, sequer para os depoimentos testemunhais; sequer para os jurados.

Depois de feita a acusação pelo Promotor de Justiça, o defensor do réu fez demorada sustentação que, diante das provas dos autos, nem precisaria ser tão incisiva e eloquente; sendo um trabalho capaz de sossegar e convencer os espíritos mais controversos. Dando seguimento ao feito em todas as suas etapas, inclusive encerrado o prazo para os debates, os quesitos foram entregues pelo juiz aos jurados. Reunidos em sala em separado, respondidos os quesitos, foram devolvidos ao magistrado com o veredito. Em razão disso, o juiz leu a sentença que condenava o réu à pena de reclusão por dez anos e onze meses, em regime fechado. Apesar do grosseiro e indesculpável erro do juiz, como adiante se verá - magistrado de carreira e por isso bastante conhecedor da lei -, o réu teve que cumprir demorado tempo encarcerado por crime que não praticou.

Ao final da leitura da sentença, Severo e Ronaldo empalideceram. O Dr. Cipriano primeiramente dirigiu-se ao réu e disse-lhe que a sentença teria sido injusta, porque a decisão era contrária à prova dos autos. Que no processo havia incontestável prova de que quando ele esteve no jardim da casa, Maristela já estava morta. Disse ainda, em tom bastante profissional e linguagem acadêmica, que teria se operado no julgamento, uma incrível e imperdoável divergência entre o *quid iuris* (o que é o direito) e o *quid facti* (o que é o fato). Severo, apesar do estado pesaroso e confuso em que se encontrava depois de ouvir a sentença, quase ficou vesgo ao ouvir aquele palavrório em latim puro e indecifrável. Ignorando o que continha a complicada frase do seu defensor, ficou a perguntar-se, se aquilo o beneficiaria ou o prejudicaria ainda mais. Mas preferiu ficar calado, porque não tinha ânimo para ouvir qualquer outra coisa.

Reiterou o brilhante causídico, que no cotejo do laudo do Instituto Médico Legal com a perícia feita na câmera de vigilância, não restara dúvida quanto a essa assertiva. Ademais, que ele não teria entrado no corpo da casa onde estava a vítima já morta; pois que se limitara a entrar e sair em seguida, do jardim da frente. Que recorreria dentro do prazo legal, com a certeza de que o Tribunal de Justiça anularia a sentença, porque a decisão continha erro gritante. Que para ele a situação se apresentava como raríssima, para não dizer inédita, uma vez que, julgamento contrário à prova material é incomum e, quando houve tal incidência, a sentença foi reformada por unanimidade.

Dirigindo-se a Ronaldo, Dr. Cipriano perguntou-lhe por que estava naquele estado de nervos, tremendo e com o semblante fechado. Que o trabalho dele nas fases anteriores teria sido exemplar, e que não teria contribuído de forma alguma para o equivocado resultado apontado pelos jurados. Pediu-lhe que fosse até o seu escritório no dia seguinte, para em conjunto elaborar os argumentos e fundamentos do recurso. Ronaldo se penitenciava pelo que teria feito e continuava a fazer, pois não informava o que realmente sabia sobre o fato. Desejava pedir perdão a Severo e contar-lhe a verdade; o que seria uma remissão da sua culpa, ou bem menos do que isso, porque aquele já estava condenado e a caminho do cárcere. Mas ele não tinha coragem para isso. Não tinha envergadura para tamanho ato. Era um frouxo; um covarde; um fraco, que deveria ter trabalhado num banco preenchendo documentos contábeis, ou num lugar outro qualquer, ao invés de ter-se metido a advogado. Mas, nem isso adiantaria, pois o seu problema não era de caráter profissional, porém, de caráter. Apesar de bela pessoa, quando diante de dificuldade, perdia a espinha dorsal.

Dr. Cipriano, ainda disse a Ronaldo:

- Meu estimado colega, muito me surpreende a decisão que o conselho de sentença acaba de proferir. Sempre soube que a verdade é mais fácil de se provar, como *in casu*. Quincas Borba já afirmava: *"...não há vinho que embriague a verdade."* [331]

* * *

Severo foi conduzido por dois policiais até a viatura que o levaria para o presídio, conforme recomendação do juiz. Mas Ronaldo entrou em copioso choro, e trêmulo, não conseguindo segurar o seu pranto. Dr. Cipriano tentou acalmá-lo, enquanto se dirigiam para o automóvel. Reiterou que ele teria feito um exemplar trabalho na fase anterior e, que não havia culpa dele a ser apontada. Que, certamente eles reverteriam a decisão através do recurso. Que ele necessitaria manter-se tranquilo, para poder alcançar o resultado pranteado pelo seu cliente.

Antes de sair do auditório onde se realizara a sessão do júri, Severo, já cônscio do que lhe esperava dentre pouco tempo, dirigiu-se a Ronaldo com uma frase bastante sufocada: *a consciência do culpado por certo que vingará o inocente*. Essas duras palavras cruzaram o coração de Ronaldo, pois que, apesar de terem sido ditas para ele, a ele não eram endereçadas, mas quase o levaram a tontear e desmaiar.

Apesar de que Severo jamais suspeitasse que Ronaldo era o culpado pela pena que passaria cumprir, este vestiu aquelas ríspidas palavras em sua mente carregada com tal pecado. Desde então, essas graves palavras escureceram a mente de Ronaldo e, dele jamais se afastaram. Certo ele ficara de que a sua consciência passaria a cumprir pena por maior tempo do que a prescrita para o seu inocente cliente. Ele sabia, por já ter ouvido de alguém, que a vergonha é irmã da consciência do mal. De modo que, além do castigado remorso, ele ainda carregava a vergonha de si.

Severo pouco depois de desembarcar no prédio do presídio, foi encaminhado ao Instituto Médico Legal para sujeitar-se aos exames de praxe. Depois, retornou ao presídio, onde passou pelos procedimentos comuns aos presidiários. Cabisbaixo e muito nervoso, especialmente porque desambientado com aquela gente tão diferente dele, a cada minuto esperava por alguma surpresa desagradável e incômoda. Por lá, ele via que o assunto deveria ser pouco; quanto menos falasse, melhor seria para o novato. Os agentes penitenciários quase nada diziam, além dos monólogos indicando algumas coisas para fazer, e outras para não fazer. Recolheram os seus pertences, que foram colocados num grande envelope posteriormente lacrado, e o encaminharam para uma cela.

Ao passar pelos corredores em que havia celas lado a lado, à direita e à esquerda, como uma vereda, escutou gritarias, provocações e xingamentos, mas não se atreveu a responder a qualquer manifestação daquela população formada quase que exclusivamente por criminosos de todos os tipos e categorias. Para ele era o inferno dos infernos, contra o qual nada poderia fazer. Mas já esperava por coisas bem piores; o que era natural dele imaginar.

Ao entrar na cela que lhe fora destinada para passar boa parte dos seus dias, não viu manifestação de qualquer dos companheiros; pelo menos enquanto os agentes penitenciários estavam por perto. O lugar, se alguém afirmasse que era imundo seria um elogio ao tratamento que o Estado dá aos seus apenados. Camundongos circulavam como se fosse o seu habitat natural; como se ali fosse uma área de esgoto aberto. Baratas e outros insetos também disputavam espaço com os detentos; embora alguns gostassem de brincar com as baratas, deixando-as caminhar sobre os seus braços e peito. Outros, ainda, se divertiam caçando camundongos que, depois de mortos, eram pinçados com as suas imundas mãos. Suspensos pelos rabos, eram mostrados para a festiva plateia, que ria e aplaudia. O bicho, depois de morto, ali ficava fedendo por alguns dias, até que alguém reclamasse que deveria ser colocado fora da cela, para ser recolhido pelo pessoal da limpeza.

Dentro da pequena peça, num canto tinha uma latrina, onde os presos faziam as suas necessidades fisiológicas. Além do vaso sanitário, tinha uma pia e um chuveiro com água fria. O cheiro era insuportável para quem entrava pela primeira vez naquela imundice chamada de cela. Porém, com o passar do tempo ele começou a perceber que os demais colegas, bem como ele próprio, se acostumavam com o mau cheiro; não mais o repelindo. Embora isso fizesse grande mal, pelo menos não incomodava aos *moradores* daquela verdadeira pocilga, que talvez pudesse fazer mal para algum suíno. Já ao tempo de Beccaria e, certamente que antes dele, assim era: "*...o aspecto dos xadrezes e das masmorras, cujo horror é ainda aumentado pelo suplício mais insuportável para os infelizes, a incerteza...*" [332]

O processo pelo qual passa o apenado nos primeiros dias de reclusão, possivelmente sejam os mais difíceis, especialmente, se se tratar de um *novato*; alguém, que antes não estivera preso. Erving Goffman, na obra antes referida, explica essa situação, que de igual modo, em parte, aproveita para aquele que ingressa num sanatório para doentes mentais: "*O novato chega ao estabelecimento com uma concepção de si mesmo que se tornou possível por algumas disposições sociais estáveis no seu mundo doméstico. Ao entrar, é imediatamente despido do apoio dado por tais disposições. Na linguagem exata de algumas de nossas mais antigas instituições totais (americanas), começa uma série de rebaixamentos, degradações, humilhações e profanações do eu.*" "*Os processos pelos quais o eu da pessoa é mortificado são relativamente padronizados nas instituições totais; a análise desse processo pode nos auxiliar a ver as disposições que os estabelecimentos comuns devem garantir, a fim de que seus membros possam preservar seu eu civil.*"[333]

Toda a instituição de natureza seletiva em relação às pessoas que nela são admitidas, se atém a algumas restrições. Assim como presídios não aceitam pessoas que voluntariamente ali chegam com o exclusivo propósito de obter proteção e abrigo, os hospitais psiquiátricos não acolhem pessoas com perfeita saúde mental. O homem isento de culpa pela prática de crime e o que goza de sanidade mental, não tem acesso ao presídio e ao manicômio, pelo fato de que não tem onde morar, ou ter que passar uma noite chuvosa e fria na rua. Todavia, todo aquele que regularmente ingressa num desses estabelecimentos transforma o seu mundo social externo, num outro plenamente interno.

Na medida em que o internado passa pelos portões de uma dessas instituições, socialmente ele passa a ser outra pessoa na relação com outros indivíduos, sejam estes outros internos; sejam pessoas encarregadas dos serviços da administração disciplinar, curativo ou limpeza e conservação do local. O que ocorre no mundo extramuros, só raramente eles sabem e nem sempre como na verdade aconteceu. Todavia, o mais importante é que muitos deles passam por uma aguda mudança de caráter. Haverá pessoas calmas e pacíficas, que se tornam afoitas e brigonas; outras, que chegam inibidas e assumem lideranças; outras, ainda, que sendo agressivas, se tornam conciliadoras. Todavia, de certo modo essas instituições, como meio de manter a ordem interna e a dos internos, se importa muito em buscar uma relativa uniformidade de caráter, ainda que a custo de castigos físicos e de restrições ao exercício de atos próprios da vida pessoal de cada um. Ao se fecharem os portões dessas casas, um novo modo de vida os espera e neles se introjeta; seja de modo pacífico, através da compreensão e aceitação; seja por meio de agressões, pela imposição. Também, aquele restrito espaço, por cada um será usado como sua moradia (lugar para dormir e comer), além de usá-lo para o laser e a demorada espera de que um dia de lá possa sair em definitivo. O que se passa na cabeça dessa gente, poucos sabem, porque nem sempre confessam o que quer que seja; o que realmente pensam. Se é que pensam... Mas, se sabe que é mais comum falarem sobre coisas ruins, do que por coisas aleatórias. Não costumam jogar conversa fora. Muitas vezes falam sobre coisas más, sem sequer nelas terem pensado e arquitetado; mas o fazem por desabafo, contrariedade, ira, ou demonstração de força e de poder.

Pouco depois de estar na cela, em razão do seu crítico estado de nervos, Ronaldo afrouxou o intestino e necessitou usar o *banheiro*; o que fez com algum constrangimento, pois que os colegas não perderam o motivo para soltar algumas piadas. Mais adiante, novamente necessitou fazer as suas necessidades fisiológicas, e mais uma vez foi vaiado pelos demais presos. Enfim, com o passar do tempo, Severo acostumou-se com o difícil ambiente, com o qual precisaria acostumar-se, sob pena de sujeitar-se a consequências que não poderia imaginar quais seriam.

O lugar que já era pequeno para o número previsto de ocupantes, além dos presos tinha quatro beliches com duas camas cada um. Mas a quantidade de ocupantes era bem maior do que a prevista e possível; talvez mais do que o dobro. De modo que, não havendo espaço nem cama para todos, ali valia a lei do mais forte; ou do mais valente; ou do mais esperto; ou ainda, do mais endinheirado. Nessa disputa, ele logo ficou sabendo que a primazia era do mais forte, se igualmente fosse o mais valente. Como ele não se enquadrava em nenhuma das outras classes, sobrou-lhe a do mais endinheirado

Logo que os agentes fecharam a cela e se afastaram, um presidiário perguntou o seu nome e, em qual artigo do Código Penal estaria incurso. Ele respondeu que no artigo 121, mas que era inocente. Ao dizer que era inocente, levou uma grande vaia do grupo de colegas de cela. Um deles disse que todos ali também eram inocentes e, um deles foi mais arrogante:

- Inocente nada, seu babaca. Pensa que aqui tem algum panaca que vai acreditar em você? Está enganado, meu camaradinha. Não vem com mentira já no primeiro dia ou, então, você vai se *dá* mal! Entendeu? Ou quer que eu repita? Não se invoca com *móis*, pois *temo* todos quietos, senão vai sobrar *pro* seu lado!

Ele nada respondeu, mas perguntou a outro companheiro qual cama poderia ocupar.

- Aqui todas as camas *tão* ocupadas; se você quiser uma vai ter que *alugá* de algum colega de cela.

Apontando para um deles, disse:

- Aquele esfomeado tem uma *pra alugá*. Vê se você se acerta com ele. Ele aceita dinheiro ou droga em pagamento...

Severo dirigindo-se ao referido preso, perguntou-lhe por quanto ele alugaria a sua cama, mas ele respondeu-lhe que só alugaria a partir da próxima semana. Por enquanto não desejaria alugar a cama, pois andava muito cansado. Deu uma grande risada e deitou-se. Ato contínuo, o presidiário começou a cantar uma música muito chata e desafinada. Não gostando da música, outro mandou-o calar-se, mas ele respondeu que a boca era dele, e só a fecharia quando quisesse. Por sorte a coisa não foi adiante, pois Severo temia que pudessem brigar, chegando as vias de fato.

Um outro presidiário o apresentou ao líder da cela, conhecido por Zé Perigoso. O seu verdadeiro nome ele só ficou sabendo dias depois, quando já estava mais ambientado com o pessoal. Se chamava José Cunha Chaves, que carregava sob as costas uma infinidade de crimes – assassinato simples, latrocínio, sequestro, corrupção de menores, roubo à mão armada, e estupro, dentre outros que ele negava ter praticado. Homem tido por mau; de um caráter de dar medo a quem com ele se estranhasse.

Severo ao saber um pouco mais dele e de suas estripulias no mundo do crime, lembrou do "Desajustado", personagem numa história de Flannery O'Connor, intitulada Um Homem Bom é Difícil de Encontrar.[334] Pelo que se podia presumir, tal como "Desajustado", narrado no livro, Zé Perigoso não perdia tempo quando o negócio era deixar um corpo espichado. Corpulento, com altura superior à média dos companheiros de bandidagem, tinha ombros largos e braços fortes. Costumava usar de gestos bruscos, grosseiros, para não dizer intimidadores. Voz grossa, cabelos pretos, longos e crespos, na mais das vezes imundos, como os dos demais colegas de cela. Na maior parte do tempo costumava manter-se de pé, próximo a única porta de acesso ao cubículo. Se inventasse de ficar de costas para a porta de ferro, um só homem não conseguiria abri-la. Com a testa quase sempre franzida, parecia estar sempre intentando algo para perturbar lá quem fosse. Motivo para enfurecer-se não precisaria, porque parecia já ter nascido brabo, contrariado e briguento.

Se os colegas de cela estivessem quietos, em relativo sossego, Zé sempre encontrava uma maneira de provocar desarmonia, só sossegando quando o circo pegasse fogo. Em resumo, era um cara mau; não apenas mau-caráter, mas mau mesmo, danado de ruim. Tipo de gente que veio ao mundo só para fazer o mau e, a cada dia, mais aprimorado ficava nesse adjetivo. Era um indivíduo de extrema qualidade negativa. Sujeito capaz de criar problema até no além, já iniciando a discussão com São Pedro, de quem exigiria o cargo de xerife do lugar. Cruel e insano, se poderia dizer que nada ficaria a dever, se fosse comparado com os homens que mandaram matar o Filho de Deus que habitou entre nós.

Todavia, apesar da maldade que vestia, tinha grande respeito e apreço pelo capelão que, quinzenalmente visitava o presídio e, no pátio, rezava missa campestre, quando o tempo permitia. Depois da missa, dava atenção a cada detento que o procurasse. Inclusive, para fazer confissões e pedir o perdão divino. Zé Perigoso, apesar de se saber maldoso, na maior parte do tempo *ficava de boa*. No entanto, quando enfurecia soltava fogo pelas *ventas*. E não era difícil se saber quando ele era tomado de espírito de porco, ou de jacaré faminto.

Havia uma regra imposta pela *comunidade presidiária*: ninguém deveria ver nem ouvir, o que não devesse ver nem ouvir. Era uma impositiva regra que não podia ser transgredida, porque a pena prevista para o faltoso, ia desde a tortura, até a morte. A curiosidade que estimulasse a abertura dos olhos ou captação auditiva sobre fato sigiloso, seria tratada como um mal bem maior do que o que levara o curioso à prisão. E, se o fato fosse transmitido a terceiro, o dano poderia atingir àquele que, ouvindo quem o contou, não levou a informação ao conhecimento de quem o originou. Isso levava a um sofrimento que, não raras vezes obrigava o presidiário a viver em constante solidão. Lá costumavam dizer que entre eles o crime nunca prescrevia e, que, detento que chorasse por medo ou outro qualquer motivo, não mereceria ser respeitado pelos colegas. Com toda certeza, prisão era e ainda é, lugar habitado por gente maldosa, perversa, além de criminosa. Demais disso, alguns pavilhões tinham efetivos *donos*, ainda que as autoridades, do lado de dentro e do lado de fora, não pudessem dizer que não sabiam. Era e ainda é a força bruta que sempre governou os presídios em todos os lugares. Pergunta-se: por que isso não evoluiu, a despeito de todo o tipo de progresso pelo qual tem passado a sociedade?

Homem inteligente e bom leitor, Severo já sabia e se teria convencido de que a pena imputada ao apenado, não poucas vezes ao invés de buscar proteção à sociedade através do castigo, também o mantém afastado do convício social, para evitar que possa ameaçar a população vitimada. Sabia que o fracasso do sistema punitivo em todos os cantos e, em quase todo o tempo, vem sendo atestado diariamente. Que, de nada, ou muito pouco tem adiantado manter populações de criminosos encarcerados em tais condições, quando o Estado busca, além disso, a redução da criminalidade. Que, o que se tem observado nesse caso, é o crescente e variado número de crimes praticados, ao invés da sua diminuição. Sabia que as cadeias são verdadeiras escolas de aprimoramento do crime e da vadiagem. Que o *novato* que ali ingressa, em sua maioria ao ser libertado, sabe bem mais sobre desrespeito à lei, do que antes de ser preso. Que, além disso, também é sabido que aquele que *passa* por um presídio, adquire marcas em sua mente, que jamais desaparecerão. Que há casos de pessoas que passam a sofrer transtornos psíquicos de difícil ou impossível reversão.

De outro lado, o magistrado encarregado de proceder à condenação do réu, se vê adstrito ao que determina a lei, não lhe sobrando quase que espaço algum para dela se afastar; ainda que sabendo que a pena por ele aplicada extrapola o sentido, o objetivo e a natureza da punição e da recuperação do apenado. Em tal circunstância, sequer poderá pensar na ressocialização do criminoso, porque a letra escura e fria da lei, não contempla subjetividade como essa. Afinal, é lamentável e desumano saber que tema tão estudado pela doutrina do Direito, não tenha espaço na legislação penal. Unem-se a tais razões, palavras de sociólogos, psicólogos e filósofos, sem igual resultado satisfatório.

Tema tão complexo quanto antigo, pode melhor ser dissecado na obra de Didier Fassin, adiante referida em mais de uma vez.[335] Ainda que nada possa garantir acerca do que o autor interroga, bastante explica com didática clareza para quem se interessa pelo cativante e provocativo assunto. Com toda certeza a isso se pode chamar o que alguns criminólogos chamam de *injustiça da justiça*. Além desse injusto mal que espanta a todos (presos e não presos), outro o acompanha: as distintas condições sociais dos diferentes infratores condenados à prisão. Barack Obama, quando presidente dos Estados Unidos, após visitar um presídio americano e lá ter-se entrevistado com alguns prisioneiros, numa manifestação que fez diante da imprensa, simplificou o que se está agora dizendo: "'*Quando eles descrevem suas juventudes e suas infâncias, são pessoas que cometeram erros não muito diferentes do que eu mesmo e muitos entre vocês cometemos. A diferença é que eles não tiveram uma estrutura de apoio, segundas chances, recursos que lhes teriam permitido superar esses erros.'... Concluiu: 'é isso que me indigna – there but she grace of God (poderia ter sido eu).'"*[336]

Alguns e, não tão poucos dos encarcerados, são homens de caráter *cru*; primitivo, excepcional em relação às demais pessoas que vivem no seu entorno, ou mesmo noutro espaço físico. Por isso, deveriam cumprir pena em celas individuais e, delas só saírem para locais onde continuassem em absoluto isolamento. Isso seria meio de proteger todos os outros, das suas covardes e insanas agressões. Que culpa terá o seu vizinho ou parceiro de cela para dele receber *porradas*, se nada contra ele tenha feito. Pois que dê socos nas paredes, se a sua vontade for bater em algo até esgotar a fúria. De modo contrário, toda comunidade carcerária se mantém temerosa do contínuo risco de sujeitar-se, além das agressões físicas, à morte violenta, inesperada e injustificada. E o culpado disso tuto é o conivente Estado que, ao determinar que alguém cumpra pena de prisão, não está garantido ao seu apenado a preservação da sua vida. Afinal, aqui inexiste pena de morte.

Até a matança de inocentes (presos na espera de julgamento; e, do inocentado que aguarda o trânsito em julgado e o alvará de soltura), parece vir sendo consentida pela demorada negligência do Estado, pela ausência de atitudes positivas, que levem a resultados práticos. Vez que outra, ou de tempos em tempos, surge alguém de *voz grossa* que promete resolver essa vergonhosa situação. Mas, não passa do áspero ronco gutural. Além do mais, a repetida e demorada complacência do Estado, com esta e outras tantas faltas, tem levado à situações bem mais perigosas e de difícil contenção pela via pacífica: são casos de rebeliões e outras manifestações massivas, que não poucas vezes ultrapassam os muros e os portões das penitenciárias; as quais agregam parentes, parceiros e integrantes de gangues, colocando em estado de choque todo o resto da população local e, em particular, os moradores e trabalhadores das circunvizinhanças da cadeia. Há que convir com certa facilidade, que a grande maioria dos que estão dentro e dos que estão do lado de fora, não têm resiliência capaz e suficiente para suportar tamanha desordem social mantida pela ordem estatal, tanto por ação quanto por omissão.

Derradeiramente, na maioria das nações a aplicação da pena vem virada de pernas para o ar. Ora, se a sociedade buscasse com a aplicação da pena, seu maior valor na educação e ressocialização do criminoso, certamente que esse deveria ser o seu maior projeto. Então, secundariamente, deveria o preso sofrer uma punição pelo mal que praticara. Se algum mal ele fez, é certo que deva ser castigado na conformidade da lei. Porém, antes e acima disso, deveria ser educado para que não voltasse a delinquir. Todavia, o que se vê nas cadeias é uma brutal inversão desses valores implícitos nas letras das leis penais. Há uma verdadeira zona nebulosa, cinzenta, quando se fala em recuperação e ressocialização de presos. Porque lá mais se aprende a delinquir, do que a se educar. Pergunta-se, pois: Culpa de quem? Do Parlamento, como encarregado de editar as leis? Do Estado, que através dos seus agentes é o encarregado de construir e administrar as casas prisionais? Do Ministério Público e da magistratura, como ordenados para fiscalizar os presídios e as condições em que vivem os presos, e os meios a eles disponíveis para se readaptarem à sociedade?

Em que pese saber-se que a prisão tem por fim penalizar o criminoso, também tem ela outros propósitos, tais como, a ressocialização do apenado, de modo a que, em certo tempo possa devolvê-lo à sociedade em condições de *admitida normalidade* de caráter. Porém, dois objetivos - da recuperação e da ressocialização - cada vez mais se separam do primeiro, tornando a cadeia uma escola superior de aprimoramento da bandidagem. Em meio a tamanhas e repetidas arbitrariedades de outros detentos, de carcerários e de policiais; vivendo em celas imundas, com pouca ventilação e escasso espaço onde dormem, comem e fazem as suas necessidades fisiológicas; além da falta de segurança e de mínimo conforto para quem ali se mantém durante anos, nada ou pouco de melhora se poderá esperar de quem ali é jogado pela insuperável força da Justiça e da ordem pública.

De nada tem adiantado a beleza literária das obras de doutrina, nem o calor das vibrantes vozes dos políticos, se na ponta, na cadeia, nada é modificado. Bem se sabe que na Antiguidade as prisões serviam como fontes primárias de castigo; mas também se sabe que, com o passar do tempo, aqui, lá e acolá, o número de presos a cada tempo mais cresce e os espaços prisionais são cada vez menores do que a capacidade física para acolhê-los. Será isso mais uma forma de castigo? Há quem diga que sim.

De outro lado, nem sempre o *castigo* se inicia com a condenação do criminoso pela autoridade judiciária. Não são poucas as denúncias e notícias sobre policiais que, ainda antes da condenação *formal* do denunciado e, ainda que apenas previamente detido em delegacia policial, o investigado sofre intimidações e não poucas agressões físicas; o que é absolutamente contrário à lei. Algumas delas, como alegada forma de extorquir do meliante ou do inocente a confissão sobre o que fez ou, mesmo, sobre o que não fez. Didier Fassin nos explica: *"...o tomar o conjunto de elementos à luz da definição clássica do castigo, vemos que a operação policial é conduzida por uma instituição legal que não tem vocação para punir, mas que se considera, não obstante, autorizada a fazê-lo, e que o poder a respalda nesse sentido; que as infrações sancionadas não correspondem à razão da intervenção, podendo, inclusive, ser <u>fabricadas</u> para justificar as acusações e neutralizar eventuais queixas..."* (sublinhei). E, adiante: *"Ao longo do período recente, a polícia se apresenta cada vez mais,* *em diversos lugares do mundo, como veículo de expressão – às vezes extremo – de castigos extrajudiciais. No Brasil, as organizações de direitos humanos estimam que mais de 5 mil pessoas tenham sido mortas pela polícia nas favelas do Rio de Janeiro entre 2005 e 2014, sob o manto da luta contra a criminalidade. Nas Filipinas...só durante o mês de julho de 2016...mais de 1.800 suspeitos foram abatidos, dos quais, 700 pelas forças de ordem. Nos Estados Unidos, em 2015 tem-se a marca de 1.134 mortos por policiais, quarenta vezes mais que pela pena capital ao longo do mesmo período...*"[337]São atos de sevícia e de tortura, nem sempre legítimos e quase sempre desnecessários, excessivos e insuportáveis por quem a eles tem que sujeitar-se.

Severo por certo que escapou dessa verdadeira orgia policial que operava dentro de delegacias policiais; algumas delas até festejadas pelos aplicadores de castigos de toda ordem: do famoso pau-de-arara, aos choques elétricos nas partes pubianas e, o arrancar a sangue frio de unhas das mãos e dos pés; dos jatos de água fria e dos caldos em vasilhas cheias d'água - tudo executado por agentes do Estado, nos variados cargos de inspetores, investigadores e outros que têm espaço reservado no cadafalso das delegacias e, sob a complacência ou determinação de delegados. Atos de sadismo em altíssimo grau, que torna os executores, direta e indiretamente, impedidos de enfrentar uma entrevista com psicólogo ou outro profissional sério dessa área. É bem verdade que já foi muito pior e, que, em alguns lugares tais procedimentos desapareceram.

Questão que também causa revolta dado à covardia a que se sujeitam muitos detentos, refere às prisões preventivas e as *estendidas* provisórias, como pouco antes foi comentado e, aqui se reitera para que não caia em esquecimento. É desumano manter alguém encarcerado por longo tempo – alguns meses e até anos – enquanto aguarda o julgamento que o poderá absolver do crime a que está sendo apontado como autor. Absurdo, senão revoltante e odioso é saber que *"A ausência de crime ou de prova de crime não garante em nada a ausência de castigo."*[338] Pergunta-se: quem devolve esse tempo perdido à vítima do sistema estatal? O dinheiro? Será possível alguém trocar seu tempo de vida em liberdade por dinheiro? A liberdade então será uma mercadoria que o Estado paga sob a forma de indenização pecuniária, a quem injustamente manteve preso? E, o sofrimento dos familiares e outras pessoas próximas, quem e o que recompensa?

Questão que tem dado motivo a discussões e controversas está em se identificar e concordar com o pensamento de filósofos e de juristas no que trata da relação real e efetiva entre o crime e a punição. Pergunta-se, então, por que o criminoso estaria sujeito a certa natureza de castigo? Evidente que aqui não se está apregoando a ausência de punição a quem descumpriu a lei, mas se pergunta, ainda: como escolher e dosar o castigo que o Estado a ele impõe através da norma legal? Qual o correto fundamento científico para tal? Em que importa a diferença de tempo de prisão segundo o crime praticado e a lei de cada país, ainda que essa seja a principal e mais comum forma de castigo imposta ao condenado; posto que não mais seja a mais rígida e a mais cruel. Isso tudo, especialmente, depois que a pena não tem mais o caráter de pagamento, compensação ou reparação pelo delito ou crime praticado.

A mitologia nos contempla com o caso ocorrido com Delfos, quando Deus disse a Hércules que, para se curar do mal que vinha sofrendo em razão da morte de Ífito (rei de Élida), teria que manter-se escravizado por longo tempo e, ainda devolver o valor roubado aos pais da vítima. De toda sorte, tendo ele sido vendido à Ônfale, então rainha da Lídia, conseguiu pagar a sua dívida com o seu trabalho, também, como escravo.

Já em plena Idade Média a pena sofreu considerável mudança em seu caráter, uma vez que passou a ser admitida como *punição*, ao invés de *reparação*. De tal modo que, então, passou a impingir maior sofrimento ao apenado. Assim que, o sofrimento pelo qual o faltoso começou a submeter-se, *ainda que por ele aceito em tal época*, superava o caráter da simples vindita. Substituía-se o modelo compensatório, pela punição propriamente dita, eivada de cruel sofrimento a ser suportado pelo condenado, na conformidade do previsto na lei e na decisão do juiz. Mas, entendia-se que essa intermediação realizada pelo magistrado, dente outros propósitos, evitava os excessos no cumprimento da pena.

Didier Fossin, depois de ilustrar que, com o declínio das instituições monásticas ocorrido antes da Revolução Francesa, o Estado francês tendo transformado as abadias e os monastérios em bens públicos, veio a utilizá-los como prisões para criminosos. Nisso, o autor aponta uma das origens do cárcere: "*Ademais, o nascimento da prisão sempre foi apresentado como o símbolo e produto de uma humanização do castigo. Os ideais do Iluminismo, o reformismo penal de Cesare Beccaria, o ativismo filantrópico de John Howard e a utopia arquitetônica de Joremy Bentham se concretizaram na instituição carcerária, na qual se substituíram as punições físicas pelas correções morais, as execuções pela educação, a crueldade pela disciplina.*"[339]

O presidiário ao ingressar no sistema, rápido, mas gradativamente passa a sofrer humilhações, degradações, constrangimentos e grande falta de ambientação. Para ele, quando *iniciante*, tudo é desconhecido e tudo é novo. Nesse período inicial, ele vai sendo forçado pelos outros presos e/ou pelos agentes, a se sentir inferiorizado; especialmente, se for um novato. Por isso que, aqueles que para lá retornam, raramente se sujeitam a esses abusos. Não poucas vezes já chegam com atitudes próprias de chefia e, logo se tornam acolhidos e respeitados pelos demais. Não resta dúvida de que o *debutante*, desde então começa a perder várias partes do seu *eu*, sendo forçado a adotar novas regras de comportamento, geralmente estranhas ao mundo exterior em que teria vivido. No presídio, não se dirá que não terão pessoas bem-intencionadas, de coração aberto. Porém, também é consabido que o risco de se cair numa cilada, sempre é mais ordinário do que encontrar um apoio. Isso, porque também se sabe que aquele é o lugar dos criminosos, não dos bondosos.

Depois de algum tempo, Severo começa a entender que tudo o que por ali passara, poderia ser creditado ao que começou a chamar de *estadia prisional*.

A sujeira lá impera, como já se disse, com sérias consequências para a saúde de todos. "*Uma forma muito comum de contaminação se reflete em queixas a respeito de alimento sujo, locais em desordem, toalhas sujas, sapatos e roupas impregnados com o suor de quem os usou antes, privadas sem assentos e instalações sujas para o banho.*"[340] Mas isso, aparentemente até pode ser muito pouco, se comparado com algumas prisões chinesas, onde só é permitido o uso do vaso sanitário (que fica fora das celas), para defecção e urina, duas vezes ao dia. Sob tal regime de extrema brutalidade, o preso tem apenas 2 minutos para fazer as suas necessidades fisiológicas numa das latrinas, que se mantém aberta sob a vigilância de guardas. Ao vencer esse curto e derradeiro tempo, ainda que não tenha esvaziado o intestino ou a bexiga, é brutalmente devolvido para a cela. Nos hospitais de campos de concentração, cada 2 enfermos dividia uma mesma cama. E, quando um deles vinha a óbito, o outro era obrigado a ali se manter deitado com o morto por 24 horas. Inclusive, quando a causa da morte tinha origem em doença capaz de contaminar o *parceiro de leito*

É bom destacar que venceu o tempo em que a agendada visita de autoridades ao xadrez, fazia com que a administração da casa se empenhasse na oportuna e transitória melhoria das instalações. O local era higienizado pelos funcionários e por alguns detentos (voluntários ou selecionados). O propósito, é claro, era o de dar uma melhor aparência aos visitantes. Nessas visitas, eram levados para entrevistas com as autoridades, presidiários previamente selecionados pela administração do cárcere, tendo em conta fatores tais como disciplina, educação e respeito. Hoje, porém, nada mais disso existe. Parlamentares, governantes e outras autoridades visitam essas instalações, presenciam tudo em estado de absoluta originalidade; tudo tão cru e seco como realmente é, não sendo raros os casos de serem desaforados por grupos de detentos ao passarem pelos corredores de celas gradeadas.

Os casos mais graves ocorridos nas prisões, geralmente não são esclarecidos, pela falta de provas suficientes para punir os culpados. Manter o *bico fechado*, é uma das regras mais respeitadas nos presídios. Algumas vezes, nem os agentes abrem a boca, pelo risco de serem vitimados por apontar o responsável. Isso tudo depende muito do caráter do bandido a ser denunciado pelo agente. Além do mais, em razão de que as drogas entram nas cadeias com relativa facilidade, um cara *chapado* é capaz de fazer coisas imprevisíveis e, algumas vezes, difíceis de ser evitadas antes dele ser contido. Conter a fúria de um drogado, quase sempre é tarefa difícil; todos sabem.

Considerável número de presidiários, se pode dizer que são *bandidos profissionais, de carreira* e, assim, não operam individualmente, eis que integram algum cartel do crime, com força e forma para subornar, subordinar e tornar reféns autoridades que porventura tenham deixado o rabo do lado de fora da repartição. Ademais, contra a ação de bandidos que agem em cartel, ninguém goza de *salvo-conduto*; ficando sujeito, no casso de muito espremer a *organização*, ser despachado sumariamente para o além. De outra sorte, o sabido empenho da polícia e do Ministério Público no desbaratamento de gangues que vendem drogas e guerreiam entre si, dentro e fora de presídios, tem tido pouco resultado. Assim que, a cada condenação de traficante e apreensão de drogas, outro tanto se triplica em pouco tempo. Verdadeiro trabalho de secar gelo, cuja redução do que buscam, se torna pífia em relação ao crescimento da demanda.

É pena, porém, sabe-se que nas guerras de gangues, principalmente dentro de penitenciárias, são atingidos presidiários que não integram qualquer dos grupos em luta franca e aberta. E, indubitavelmente, isso é obrigação do Estado como responsável pelo encarceramento dessas vítimas. De tempos em tempos, se atracam homens contra homens e, até mulheres contra mulheres, em verdadeiros morticínios sangrentos; continuadas carnificinas, que só estancam quando muitos dos combatentes já se encontram gravemente feridos ou mortos. É nesse mesmo meio que muitas vezes são trancafiados inocentes e condenados pela prática de crimes de pequeno potencial punitivo. Ainda mais: nas prisões os homens perdem essa característica original e natural e, se transformam em objetos; em coisas, tal o tratamento a eles dispensado. Não importa para quem administra a cadeia o tipo de crime, o grau de pena, nem o comportamento do apenado, porque todos sofrem iguais restrições, quando amontoados numa mesma cela. Porém, isso não ocorre somente aqui. Há países em que as condições ainda são bem piores; embora haja quem duvide existir coisa pior do que aquela que aqui existe e se conhece.

Todavia, há um fator que merece ser comentado e que Beccari bem o apanha em sua obra: *"Dir-se-à, talvez, que a mesma pena, aplicada contra o nobre e contra o plebeu, torna-se completamente diversa e mais grave para o primeiro, por causa* da educação que recebeu, e da infâmia que se espalha sobre uma família ilustre. Responderei, no entanto, que o castigo se mede pelo dano causado à sociedade, e não pela sensibilidade do culpado. Ora, o exemplo do crime é muito mais funesto quando é dado por um cidadão de condição mais elevada." E, arremata ainda mais o filósofo iluminista italiano: "Creio haver uma exceção à regra geral de que os cidadãos devem saber o que precisam fazer para serem culpados, e o que precisam evitar para serem inocentes."[341]

Severo começou a saber que a liderança numa cela ou numa ala de presídio, geralmente era conquistada pela audácia do presidiário e, quantos mais e diversificados fossem os seus crimes, maior respeito o líder ganharia dos colegas. As fugas, brigas e assassinatos enquanto presos, também pesava positivamente no currículo do líder. Que, as relações entre presidiários, geralmente são desleais e, quase que sempre grosseiras e ameaçadoras. O detento, dentro e fora da cadeia, com raras exceções, é figurado como um ente do mal; um cara perigoso; um elemento antissocial. Que, a constante tensão emocional entre a população carcerária – por todos os motivos que ela mesma aponta – produz uma quase constante atmosfera de atrito entre eles mesmos e, também entre eles e os funcionários da instituição. Isso talvez se deva à cultura belicista existente dentro das casas de detenção – aqui e acolá – que mais privilegia a briga, o confronto, o desentendimento, do que o acordo, o diálogo, o argumento.

Ali, via-de-regra prevalece o emocional sobre o racional. É a cultura do ódio, da ira, contra a do entendimento, da condescendência. Enquanto fazer o mal é um pesadelo para muitos; para alguns desses sub-humanos é um sonho maravilhoso. Ainda mais quando o podem transformar em realidade. Michel Foucault assim dizia: "O que há de mais fascinante nas prisões é que, por um lado o poder não se esconde nem se mascara: revela-se como a busca da tirania em seus detalhes; é o cínico e, ao mesmo tempo, puro e totalmente 'justificado', já que sua prática pode ser formulada dentro dos parâmetros da moralidade. Consequentemente, sua tirania brutal se apresenta como a dominação serena do Bem sobre o Mal, da ordem sobre a desordem."[342]

Todavia, todos sabemos como isso acontece. Em todas as prisões brasileiras, o comando do crime em conluio com agentes que deveriam zelar pela ordem, subverteu a finalidade para a qual existem. O Estado, só depois de alguma grande manifestação da desordem e da tirania nelas reinante, é capaz de - medianamente, através do uso da força bruta que atinge culpados e inocentes -, calar, provisoriamente, a bagunça transformada em rebelião. Entre mortos e feridos de ambos os lados, o Estado volta a cruzar os braços, na espera de um novo episódio; mas o trem continua na sua marcha, ainda que desencarrilado. Nesse imoral ritmo em que o Estado dispensa sua atenção às cadeias, nada melhorou, mas tudo piorou. Entram governos e saem governos que se sucedem a cada fração de tempo, e nada vem sendo feito para resolver essa matança e, essa submissão de muitos às ordens de alguns – embora nem todos lá estejam para cumprir penas.

Na cadeia, como de resto, Severo sabia com acertada convicção, que todos devem se manter em constante alerta; atentos aos menores sinais de sua presciência, pois que a todo instante e em qualquer lugar, o bandido ou o agente poderá surpreender àquele que se mantiver com a guarda baixada ou distraída.

A situação é bastante simplista: junte-se várias pessoas que não têm nenhuma relação afetiva entre si, num mesmo exclusivo espaço físico e por demorado tempo, e logo se verá a instigação do mal. Não demorará saber-se que a convivência se tornou insuportável. Os malfeitores serão cada uma daquelas pessoas, para cada uma das demais outras pessoas. Contingente de pessoas improdutivas, para as quais se encaixaria a frase latina de Tito Lucrécio Caro: *"Nill posse creari de nihilo"*, tal seja: nada se tira do nada.

Mas seria injusto dizer que não existe entre os presos pessoas tranquilas, passivas, cordatas, que buscam a harmonia e cumprir o seu tempo sem se envolver em qualquer tipo de confusão. E se pode afirmar sem medo de errar, que esses, são em maioria. Porém, a minoria agitadora quando entra em ação, com os seus atos e ameaças quase sempre cumpridas, sufoca à maioria, intranquilizando a todos – os bons e os maus -; causa medo em alguns e produz ódio em outros; inibi alguns e provoca outros. Isso faz lembrar o que disse Schopenhauer: *"O homem, no íntimo, é um animal selvagem, uma fera. Só o conhecemos domesticado, domado, nesse estado que se chama civilização, por isso recuamos assustados ante as explosões acidentais do seu temperamento. Se caíssem os ferrolhos e as cadeias da ordem legal, se a anarquia rebentasse, ver-se-ia então o que é o homem." "O Estado não é mais do que uma mordaça cujo fim é tornar inofensivo esse animal carnívoro que é o homem e dar-lhe o aspecto de um herbívoro."*[343]

Dentre os presidiários, não em número considerável, há os que parecem ser naturalmente estimulados a prejudicar os outros – quaisquer outros -, ainda que disso não pensem obter qualquer vantagem. É o praticar o mal pelo mal, sem outra razão que não, fazer o mal como satisfação pessoal ou grupal. Detentores de um caráter defeituoso e de uma personalidade maligna incurável, são pessoas perigosas e intratáveis. De modo que um espiral de violência em meio à escuridão que desliza dos seus pensamentos, sem quaisquer sentimentos de piedade e altivez, os tornam violentos por essência. Livre-se, pois, quem puder evitar o convívio com eles, porque são capazes de prejudicar, sem qualquer interesse definido em suas retardatárias mentes, que levam qualquer pessoa, indiscriminadamente, a se tornar subjacente ao que exigem sob ameaças nas mais das vezes cumpridas.

Algumas vezes Severo ouviu rumores de que alguém estaria sendo esganado por algum adversário, companheiro de cela próxima a dele. O rebuliço e a correria de agentes pelos corredores logo comprovaram a assertiva. Nessas ocasiões, ele naturalmente ficava com medo, embora não pudesse demonstrar aos outros. Sentia as mãos suar e esfriar, e o coração aumentar a frequência. Essas sensações se repetiam sempre que ele sabia que algo de ruim estava acontecendo perto da sua cela, ou em outro lugar em que ele estivesse. Vez por outra, ele ficava a observar que alguns colegas de cadeia, apesar de expressarem humildade, serenidade e, até bondade, nada disso poderia ser verdadeiro, real, confiável. Que, se assim fosse, não teriam sido tão rudes, cruéis, desumanos com as suas indefesas vítimas. Então, pensava: que tipo de gente dissimulada é essa?

A cada novo dia de reclusão ele aumentava a certeza de que vivia em meio à maior das misérias. O maior dos fracassos humanos não era o do morador de rua; aquele que vivia e sobrevivia abaixo da linha de pobreza. Ledo engano seu, pois o pior ele ainda não teria conhecido em tão poucos dias de prisão. Também se preocupava com o risco de vir a ser forçado a se tornar tão criminoso quanto os seus colegas. No entanto, já tinha presenciado atos de extrema covardia que teriam transformados homens *tão limpos* quanto ele, em bandidos. As formas de coação irresistível eram seguidas, diversificadas e inarredáveis. A capacidade de suportar o mal tem limites incontroláveis por cada pessoa que se torna vítima dos insaciáveis e inesgotáveis atos do seu infernal algoz. Severo começava a se convencer de que para esses, só a morte os afastaria do prazer de fazer o mal. Que não havia chances de tratá-los de outra forma, poque não valem nada que os possa defender de atitudes extremas. A perversidade é parte da alma de algumas pessoas. Não se sabe se já nascem com esse instinto ou, se, o adquirem mais adiante; mas parece ser verdade que, depois de grudar na alma do sujeito, não mais desgruda.

Dia após dia, ao entardecer Severo se mantinha prostrado na beirada de uma cama, com os cotovelos debruçados sobre os joelhos e as mãos cegando os olhos, para fazer uma retrospectiva do seu dia; tentar entender por qual motivo se mantinha em meio àquele caos. Porém, a resposta sempre repetida para si, era a de que estava sofrendo pela *injustiça da Justiça*. No *filme* que passava pela sua mente, na maioria dos quadros apareciam assassinos, ladrões, estupradores, pedófilos e o que mais havia de ruim entre os homens que o acompanhavam no cárcere.

Nessa época, a presença de drogas – as mais variadas – era fonte de estímulo a desavenças entre presidiários e, entre estes e agentes. Quando entravam em transe, uma espécie de paranoia, que na linguagem cifrada era simplificada para *noia*, havia grande dificuldade para serenar os ânimos dos que estavam dopados. Se a droga os deixava fora de si, a abstinência não os melhorava. Em algumas situações, houve gente que foi levada à óbito: ou pelo excesso de droga; ou por ato incontido de algum viciado contra àquele que ele detestasse.

Lá dentro parecia existir um linguajar diferente daquele usado na rua. Diferente também da gíria e de alguns termos criados e usados na rua. No início Severo tinha dificuldade de entender o que era uma *paranga* de fumo e outros termos como, *bicuda*, *cabeção*, *jumbo*, etc. Um colega de cela dizia estar preso sem motivo; que era inocente e, tal como a maioria dos outros, alegava ter sido preso por engano. Que teria sido pego num arrastão e o teriam levado por engano. Que teria sido *arrastado* pela polícia e, afinal, virou presidiário. Mas, que ao ser preso, nada sabia de malandragem e, que, agora, já sabia fazer de tudo, até atirar para matar. Que, além disso, se antes era um pelado, agora já tinha dinheiro guardado que ganhou com o tráfico. Dizia que a vida no xilindró nem era tão ruim como diziam e, que, se em liberdade alguns dias não tinha o que comer, na cadeia o rango chegava com pontualidade. Uma das suas *verdades* era a de que na rua tem mais traidores do que no presídio. Que na cadeia todos sabem que traidor tem sentença de morte sem data marcada; por isso, traição é coisa que todo mundo leva a sério.

Dizia um confuso presidiário: aqui ando sempre com a cabeça erguida e tenho camaradas em todos os pavilhões. A minha honestidade me afiança esse tipo de tratamento. Nunca nenhum malandro falou mal da minha pessoa e, aquele que inventar alguma mentira vai ter que se ajustar com a galera toda. Vai ter gente de todos os pavilhões pra esmagar o mentiroso. Se, depois duma bordoada bem dada sobrar alguma coisa dele, só na enfermaria ele vai encontrar sossego. Comigo a coisa é no respeito e, quem com ele faltar, que vá se despedindo da família e dos amigos. Fui criado pela minha mãezinha, que perdeu o homem que a ajudou a me fazer, quando eu ainda era pequeno. Ela era gerente dum puteiro bastante frequentado por gente de toda laia. Como pessoa do Juizado não permitia que eu morasse na boca, ela sempre arrumava uma colega pra ficar comigo em casa, enquanto eu ainda estava acordado. Eu levava uma vida mansa, porque não precisava ir ao colégio. Só brincava e dormia. Por isso, até hoje não sei ler; mas aprendi a somar e diminuir. Ninguém me passa para traz nas contas, companheiro!

Na China, ao tempo de Confúcio (século III) e até bem pouco tempo, o recolhimento de criminosos à prisão se fundia mais em preceito moral do que em efetivo cumprimento de pena. Mais no propósito de punir pela vergonha ao ato praticado pelo faltoso, do que se transformar numa espécie de condenação moral, em troca da subjugação ao dano causado a outrem.

Aqui no Brasil, o primeiro edifício correcional construído, data de 1850 e, assinala ainda, ter sido o primeiro da América Latina: a Casa de Correção do Rio de Janeiro. No ano de 1852, consta da literatura pátria, foi inaugurada a Casa de Correção, em São Paulo. Com isso, se inicia a possibilidade, a abertura do surgimento de nova forma de punição que, para melhor ou para pior, vige até os nossos dias, tal como na maioria, senão na totalidade dos países ocidentais.

Todavia, é sabido por todos que, ainda que edificadas numerosas outras casas prisionais – aqui, lá e acolá -, há um visível fracasso no modelo instituído através da reclusão; da exclusão do convívio social, como resultado de recuperação e ressocialização do condenado. Processo caro para as duas partes – para o apenado, pelo sofrimento e desgaste físico-mental; para o Estado, financeiramente e, sem resultado que se possa comemorar. Têm contribuído para isso a ineficiência: desde as cortes judiciais até os administradores de presídios e de instituições similares e, executores e guardiãs do cumprimento da pena. Seguem a isso, a corrupção, as corporações de bandidos, a ineficiência ou escassez nas áreas da inteligência policial e, especialmente, o quase absoluto abandono da matéria tanto no Executivo como no Legislativo.

Para Kant, a pena (seja qual ela for) não vai além de uma retribuição à sociedade pelo mal que praticara o delinquente. Porém, as teorias filosófico-jurídicas, não param nessa importante manifestação iluminista. Muitas são as que vêm a pena como função preventiva e, ainda, conjugando as duas formas. Se pode adicionar a esse banquete de horrores, o inegável fato de que a pena restritiva de liberdade, na forma e condições existentes no Brasil, mais do que tudo, se encarrega de produzir uma espécie de mentalidade que se vai introjetando em cada indivíduo encarcerado, ou *estocado* em volumosa massa de homens e mulheres que, com o passar do tempo em que se mantém segregados, também vão se distanciando do que acontece e existe *extramuros*; passando a receber na mais das vezes, informações distorcidas, irreais e mentirosas. A prisão cria um mundo diverso daquele que existe além dos muros. Cria uma sociedade completamente diferente, com leis próprias e suscetíveis de se verem cumpridas por meios mais imediatos e intransigíveis do que aqueles escritos nos diplomas legais e institucionais.

A omissão, a inanição dos responsáveis pela criação de bem equipados estabelecimentos prisionais, pode lembrar as casas penais do distante século XVII, quando pessoas encarregadas de zelar e proteger àqueles que ali se mantinham *guardados*, eram valorizadas pela intensidade da força e pela determinação de mais punir. Eram os denominados e festejados *homens duros* no tratamento com os detentos. Não se faz aqui apologia a que os presos devam ser tratados com regalias, mas, se lá estão para cumprir determinação da lei, que a cumpram na forma nela prescrita e no *fundamento* das reclusões. Já são em bom número os apenados que são postos a sofrimento maior do que o mal que justificou a prisão.

Dentro e fora dos presídios, todos sabem da existência de verdadeiros carrascos que, usurpando das suas atribuições, se felicitam e comemoram o que de mal possam ter feito ou vir a fazer contra os temerosos encarcerados. E, isso tem que parar; a começar pela construção de prédios dispostos não só de equipamentos de seguro controle e garantia do sistema, mas também, capazes de dar tratamento humano aos que nele *habitarão* por muitos anos. A passagem por esses locais, nem sempre é rápida, meteórica; pois nas mais das vezes é por décadas que, se somam a outros tantos anos. O cumprimento de pena por homens e mulheres, tanto aqui como acolá, não há como negar que é uma disfarçada forma de tortura que dispensa a participação do carrasco com os seus antigos *instrumentos* de provocação de dor. Bastará nada ser feito em proteção a quem sofre além do que lhe foi determinado sofrer, para que se constate uma forma de punição ilegal e, com certeza que, sujeita a ser reparada pelos faltosos.

Apesar de todas as coisas negativas que existem na cadeia, Severo também conheceu pessoas muito boas, tanto presidiários como agentes e outros servidores. Pessoas que, apesar de passarem tanto tempo num lugar onde se reúne os variados pecados e os diversificados criminosos, mantém elogiável caráter. Isso é prova de que o meio a nem todos faz o mal. De fato, alguns deles eram bem tolerantes e compreensíveis com o comportamento de vários dos presidiários. Apesar disso, quando se sentia com medo de alguma agressão, se pacificava ao lembrar que alguma vez teria lido que o medo é corolário da vida na prisão. Mas literalmente, que ele *"...é efeito colateral comum de uma vida criminal."*[344] Demais disso, ele também sabia que o medo algumas vezes é uma forma de se evitar o pior, é um instrumento de defesa. Quantos valentões já sucumbiram por não medir as consequências de suas valentias; da equivalência entre o que tem, e a força destrutiva do seu opositor.

Mas nem sempre os mais audaciosos, os mais ousados, os mais arrogantes levam a vantagem. Nem sempre a liderança de cela está nas mãos dos mais perigosos e ameaçadores. Dependendo do caráter do conjunto de presos que ocupa o mesmo quadrilátero, os mais inteligentes, pacienciosos, sensatos, calados, cordatos, colaborativos, resignados e, até covardes, são escolhidos entre o grupo como o líder. Esse conjunto de atributos, algumas vezes confere ao seu titular a chance de liderar. É de observar-se que, no primeiro caso, a liderança se dá por imposição do ousado e arrogante presidiário; no segundo caso, por escolha dos pares de cela. Esse aspecto que veste o líder, tanto no primeiro como no segundo caso, o acompanhará por toda vida, inclusive antes e depois do cumprimento da pena.

Uma das suas maiores contrariedades; das suas quase insuportáveis angústias, era ter que sujeitar-se a determinações para cumprimento de atividades que feriam a sua formação e o seu caráter. Essas ordens, que não podiam ser desatendidas nem retrucadas, a ele amarguravam como o fel que aspergia, de tão ardente em tudo de bom que ele aprendera durante a sua formação, e pelo resto dos seus anos vividos como homem de leais princípios. Ele quase nada conhecia de *malandragem* e da vida vivida em meio ao crime; mas era obrigado a tudo fazer, com a habilidade e o desprendimento de quem vive nesse meio com excepcional sabedoria. Ele sabia que o medo que sentia se contrapunha à segurança e ao arrojo facilmente demonstrado pela maioria dos seus colegas de cela. Não poucas vezes ele ficou a pensar como lhe seria proveitoso poder gozar dos mesmos propósitos que impulsionavam as decisões e os atos dos criminosos. E, que, se assim o fosse, possivelmente menos sofreria pelo fato de estar a pagar pelo mal que não praticou.

Ele observava aquilo tudo e, principalmente a postura incorreta e pecaminosa dos líderes. Via-os, como cruéis tiranos, que mais faziam, não para serem respeitados, mas para serrem temidos. Ele observava que ao se saberem temidos, transpiraram sensações de inigualável e incontido prazer. Crentes de que o temor os mantinha distantes de seus iguais, e próximos dos seus temerosos e obedientes vassalos, não mediam meios, nem medo, e nem respeito. Sabiam ser regras suas, dentre outras, a de que o poder do maior esmaga o do menor, para que lhe preste obediência incondicional. Em tais situações, se mostram perigosos e insaciáveis. Esse perigoso desvio de caráter, via-de-regra os acompanha para sempre. São pessoas – se é que pessoas o são – que desconhecem o bem; apenas o mal. Com efeito, o mal decorre da ausência do bem e, com toda certeza, esses sentimentos não *convivem*; mas são capazes de se anular. Nessa difícil contenda, sempre vencerá o lado mais forte, que sufocará a participação do vencido. Mas, ainda há quem faça por onde se passe por bom para praticar o mal, porém, essa regra tem mão única; isto é, não trafega na contramão.

Certa noite ele presenciou um desafio ocorrido na cela em frente à sua, em que dois detentos imputavam recíprocas queixas. A certo tempo, parecia que a situação se tornaria irreversível e poderia chegar às vias de fato. Um deles, que se poderia dizer baixo e pouco corpulento e, o outro, um cara bastante parrudo, com enorme compleição física. De repente, o brutamonte lascou contra o baixinho:

- Não vês que sou muito maior do que tu? Numa só braçada te acabo por inteiro!

Então o outro respondeu-lhe:

- Não vês que sou campeão de tiro e, que, quanto maior o alvo, menos chances terei de errar? Então, fica na tua, cara!

Pensou, então Severo, que na vida a distinção entre os homens é meramente ilusória; porque estamos todos no mesmo nível. Que, embora aquele não fosse um lugar em que coubesse tão simplista afirmativa, não queria esquecer que se deve evitar atritos, desacertos, despropósitos, exacerbações, enfurecimentos, ataques desnecessários às pessoas. Que a vida deve ser aproveitada da melhor forma que se puder, inclusive quando recluso num presídio, poque as desavenças não contribuirão para a melhoria da infernal situação em que ali se vive. Que a felicidade é tão doce, como a percebe uma criança. Que os desentendimentos poderão ser resolvidos a partir de certas convicções, como nesta frase de Leonardo Boff: *"Todo o ponto de vista é a vista de um ponto"*. Outra, tão válida quanto a anterior, segundo dizem ser de Clara Og (não confirmado)*: "Ignorância é achar que o seu ponto de vista é um ponto final."* Pois sempre haverá espaço para discutir, ao invés de agredir.

A cadeia, disse-lhe algum parceiro, é fonte de promiscuidade; escola de formação e aperfeiçoamento de bandidos de todas as espécies. Dificilmente alguém que lá entra, sairá em condições iguais ou melhores que as anteriores. Capacitada para a ociosidade, não tem por princípio ou finalidade formar pessoas menos ruins do que são. Sua meta exclusiva é o encarceramento puro e simples; muito embora não seja esse o espírito da doutrina criminal brasileira. Até aqui, a sua função tem sido apenas retirar o criminoso do convívio social. Mais do que isso, vem lhe tirando a oportunidade ou condição para se redimir. Necessário e talvez imperioso seria transmitir ao recluso, ainda que em períodos irregulares, princípios morais que regem a sociedade como um todo; mostrar-lhe o mal que o delito por ele praticado resultou para todos em geral e, para a vítima em especial. Convencer-lhe que estando obrigado pela lei a se manter em cárcere, deve respeito não apenas para com as autoridades penitenciárias, mas igualmente para com os demais presidiários e outras pessoas que compõem a comunidade prisional. Sem se precisar para isso, se bastar nas raízes ou manifestações dos tempos primevos das condenações e dos castigos.

Disse, ainda, o colega presidiário:

- Após ler um livro que colhera na biblioteca do presídio, guardei a seguinte impressão do autor: "*Se houvesse na natureza alguma criatura totalmente maligna e rancorosa, ela não poderia ser apenas indiferente às imagens da virtude e do vício: seus sentimentos teriam de estar todos invertidos e em direta oposição aos sentimentos dominantes na espécie humana. Tudo o que contribui para o bem da humanidade, já que vai contra a constante inclinação de seus desejos e vontades, deve produzir-lhe desconforto e desaprovação; e, ao contrário, tudo o que produz desordem e miséria na sociedade, pela mesma razão, ser contemplado com prazer e satisfação.*"[345]

Ora - comentou o mesmo recluso -, não sei se consigo acreditar que em época tão distante como aquela em que a obra foi escrita (1748), já existia algum *espírito de porco* tal como alguns que aqui convivem conosco! Mas, pelo que li, me rendo à afirmativa do autor. Parece serem pessoas vindas de outro mundo e, aqui deixadas para incomodar a tantos quantos por elas passarem. Tem gente sem conserto e, enquanto viverem, cada vez mais serão perigosas e indesejadas.

Antes do primeiro mês de forçada internação naquele colégio do mal, ele já teria aprendido, ainda que não praticado, que, enquanto na rua a procura por drogas a cada dia ficava mais difícil, no presídio não havia escassez. Era oferecida *a domicílio*, por presos, familiares de presos e até por guardas. E podia ser adquirida para pagamento em dia futuro. Tudo, bem mais garantido do que no *comércio* de rua. Afinal, o calote na cadeia leva o devedor à execução com o agravante da pena de morte, sem que seja preciso procurá-lo para o cumprimento da sanção.

Uma das fontes que tem auxiliado na aceitação da pena e da recuperação do apenado é a instrução e prática religiosas para aqueles que têm alguma fé. Mas, é bem sabido que o sistema carcerário brasileiro, dá as costas para essas boas e fáceis iniciativas capazes de alcançar bons resultados. Resultados proveitosos para o apenado e para a sociedade que o espera pronto para convívio após o cumprimento do tempo de reclusão. Essa última, uma questão de extrema preponderância, que não poderá continuar esquecida pelo Estado.

Não é mais possível conviver com o sentimento de medo e de pânico sentido pela população, a cada vez que são liberados em datas especiais, contingentes de presos tidos como de *bom comportamento*. A prova disso é o imediato aumento da criminalidade praticada pelos *bem-comportados* presidiários; somado ao repetitivo fato de que alguns dão fuga, para só depois de muito tempo (anos) serem recapturados. Só cão que vive acorrentado, ao se livrar da corrente, continua fiel ao seu dono. Faça isso com o pássaro engaiolado, e jamais o terá de volta.

Há que se terminar com esse descontrolado sumiço de presos. Há necessidade de agentes e inspetores conhecerem *os seus presos*, para exercerem, não apenas a boa vigilância sobre eles, mas observarem se estará havendo progresso num dos aspectos essenciais da pena – a progressiva recuperação moral e social do criminoso. Ninguém entra no presídio para se tornar criminoso para sempre, nem ser sempre tido como criminoso. O crime por ele praticado já se foi faz algum tempo – agora ele está na fase de cumprimento da pena por aquele crime que ficou no tempo pretérito e, especialmente, para ser readaptado ao convívio social.

O país está farto de ver bandidos serem recolhidos ao xadrez e, de lá saírem bem piores do que entraram. Não se justifica e, nunca se justificou, manter gente amontoada em celas, como se fossem aves num aviário de corte. Isso não recupera ninguém e, pior é saber que as autoridades não desconhecem o fato. A prisão não tem finalidade apenas corretiva, mas, principalmente, recuperativa do apenado. Não se prende alguém, para com isso apenas *pagar* pelo que praticou. Esse é apenas um dos fatores que compõem a pena de reclusão. Porém, parece ser a única condição que vem sendo observado pelo sistema e pela política prisional brasileira. Foucault, afirma: "*...se a pena infligida pela lei tem como objetivo principal a reparação do crime, ela pretende também que o culpado se emende.*"[346] O mesmo autor ainda entende que, apesar de saber-se todos os inconvenientes da prisão e, o quanto o sistema é perigoso e até, por vezes, inútil; nada é encontrado que se possa pôr em seu lugar.

Na prisão, sujeitos à rigorosa disciplina que se impõe na base do castigo e, os detentos vivendo em compasso de espera, com ou sem a ilusão ou a esperança de se libertarem antes de cumprido todo o tempo da pena; tudo piora, comprovadamente. A relação entre eles, além de grosseira e perigosa, é cheia de sombras e de falsidades. Essas situações muitas vezes provocam estados de repulsa e de rebeldia, chegando a casos de brigas corporais, que levam alguns à morte. O ideal desejado pelos estudiosos da ciência da criminalidade, é que sempre que possível, os presos devam ser distribuídos de forma homogênea nas diversas galerias e celas. Não se mistura pato com ganso; nem gato com rato, porque são incompatíveis.

A prisão, com o passar do tempo torna o prisioneiro agitado, irrefletido, inconsequente e violento para com os seus superiores e seus pares. Daí a questão bastante discutida na literatura especializada; nos tribunais; na política: se a prisão individual (não o isolamento punitivo) trará maiores benefícios à recuperação do apenado, do que o recolhimento em celas coletivas (e superlotadas). Pior do que isso, é a manutenção diuturna, num mesmo diminuto espaço físico e temporal, de criminosos reincidentes e primários, contraventores, psicopatas, e delinquentes – pessoas com características psicológicas e psíquicas distintas. É mediante essa mistura *policriminosa*, que o vírus do mal se espalha e perpassa entre a variada casta de prisioneiros. A indiscriminada quantidade de detentos de várias origens e *qualidades*, vez por outra transforma o lugar que tem por finalidade, entre outras, a ressocialização de condenados, se transformar num campo de batalha; numa área de guerra; num conflito de força contra força, que resulta em perdas para ambos os lados.

O *cidadão* entra lá porque foi pego subtraindo uma fruta na feira livre e – típico furto famélico -, em poucos dias se diploma como traficante; mesmo que isso ele não queira ser. Mas se torna obrigado a praticar a nova modalidade de crime, porque ao ser libertado, aqui fora não faltará quem o obrigue a fazer o que lá dentro o ensinaram. "*Dizem que a prisão fabrica delinquentes; é verdade que ela leva de novo, quase fatalmente, diante dos tribunais aqueles que lhe foram confiados. Mas ela os fabrica no outro sentido de que ela introduziu no jogo da lei e da infração, do juiz e do infrator, do condenado e do carrasco, a realidade incorpórea da delinquência que os liga uns aos outros e, há um século e meio, os pega todos juntos na mesma armadilha.*"[347]

A cadeia é a escola capaz de transformar o mero infrator em contumaz e incorrigível delinquente. Mas é de uma força tão grandiosa, que subordina a todos, inclusive juízes que, em suas decisões não podem evitar que o condenado, conforme o caso, possa cumprir a pena noutro lugar, que não no estabelecimento prisional; ainda que essas autoridades bem saibam que não o recuperará. E isso não é uma vocação, nem um privilégio, mas uma subordinação aos ditames da lei. Mas, o aumento da criminalidade, via-de-regra concentrada em grupos definidos e conhecidos dos corpos de segurança, se torna mais crescente na medida em que o cidadão não dispõe de meios equivalentes para se defender.

Enquanto ao cidadão de bem é vedado o uso de armas, em relação aos bandidos não há controle, a despeito de tudo o que se vê e se sabe. Beccaria, filósofo que viveu no distante século XVIII, ao falar sobre o uso de armas pelo cidadão comum, assim se pronunciou: "*Podem considerar-se igualmente como contrárias ao fim de utilidade das leis que proíbem o porte de armas, pois só desarmam o cidadão pacífico, ao passe que deixam o ferro nas mãos do celerado, bastante acostumado a violar as convenções mais sagradas para respeitar as que são arbitrárias. Tais leis só servem para multiplicar os assassínios, entregam o cidadão sem defesa aos golpes do celerado, que fere com mais audácia um homem desarmado; favorecem o bandido que ataca, em detrimento do homem honesto que é atacado.*"[348]

No segundo dia em que Severo estava na cela, ao anoitecer observou que os detentos falavam como em códigos, por metáforas, e não o deixavam saber o que diziam. Em dado momento o enrolaram em algumas cobertas e o apertaram com força, não lhe dando chance para escapar daquela emboscada. Apesar de ter boa compleição física, de ombros e peito largos, braços e pernas musculosos, os companheiros de cela não se intimidaram e, o imobilizaram com certa facilidade. Já estavam bastante acostumados com esse trabalho sujo. Inclinaram-no de costas sobre uma das camas, arrancaram as suas calças e cuecas, oferecendo-o em troféu ao líder, que não o quis para si. Mas, como o líder não desejou satisfazer-se sexualmente com o novato, qualquer outro colega de cela pode substituí-lo naquilo que diziam ser uma agradável tarefa. Essa era uma das etapas do batismo a que se sujeitavam e ainda se sujeitam os novatos.

Depois de concluído o feito por um dos colegas, que para sua sorte ele não soube qual era, estando enojado com o repugnante ato, aconchegou-se num canto da peça e ali se manteve triste e cabisbaixo, sem lembrar quando pegou no sono. Todavia, ao conseguir livrar-se daquela curra, ficou pálido e com olheiras profundas e arroxeadas pelo intenso sofrimento físico e moral a que fora levado. Ele já sabia de antemão que passaria por aquela *etapa*, pois é de conhecimento público esse tipo de *batismo* pelo qual passam os prisioneiros novatos. Manteve-se um pouco acocorado, outro tanto com as pernas estendidas, sempre próximo da cabeceira de um dos beliches. Ao acordar, ainda de madrugada, relembrou o terror pelo qual teria passado, e ficou a pensar o quanto mais teria que sofrer por culpa da desgraçada da Maristela e do incompetente ou vendido juiz.

Ali começava a fase mais triste da sua vida e, ele não poderia imaginar como terminaria. Também não sabia quando cessaria a fase de batismo como novato e, por quanto tempo ainda ficaria sem cama. Mas ele sabia que não poderia bancar o fraco, porque no cárcere, covarde sofre muito mais. Da mesma forma, não poderia bancar o valentão, porque a liderança da cela estava nas mãos de um grande, valente, mau, e respeitado bandido. Ele já sabia que a vida na prisão é muito perigosa. As surpresas são praticamente diárias e ninguém obtém privilégio, senão na base da força, ou no prestígio ligado à pareceria com alguma gangue que atue dentro e fora da cadeia.

Certo dia ele pensou: num país que vive tempos conturbados, assolado pela crescente corrupção, a presunção de inocência tem se tornado a tese de defesa mais comum. Ninguém mais é condenado até que *confesse* ser ladrão. Condenado por juiz togado e confirmada a decisão em tribunal de segunda instância, o meliante só pode ser recolhido a xilindró para cumprir pena, depois de reconfirmada a já confirmada sentença, em terceira e última instância; se até lá o condenado ainda estiver vivo. E, pensou ele: estou e continuo aqui recolhido injustamente! Dependendo das minhas condições físicas e do tratamento que possam me dar os demais presos, acho preferível rezar e prometer aos meus santos que venha a óbito, ao invés de pedir-lhes a minha absolvição, se tanto a tempo chegar. Parece até mentira, mas depois de atravessar tantas quadras da vida, o meu destino está mais nas mãos dos bandidos, do que da Justiça.

O nefasto sistema carcerário, aqui institucionalizado no confinamento brutalizado; na completa inatividade dos presos e no absoluto isolamento social, leva o apenado ao descontrole emocional, que o torna muito pior do que estava ao ingressar na prisão. A maior pena por ele sofrida não está tipificada na lei, porque ela age internamente sobre o corpo e a mente do presidiário, que não raras vezes pensa no suicídio como forma de livrar-se em definitivo da pressão que sofre dentro da cadeia. Para muitos deles, esta aparece ser a forma mais extrema e mais prática de concluir o cumprimento da pena com menor sofrimento. A vida do detento *comum*, oscila entre o tédio e o sofrimento; entre o medo daquilo que o pune mais do que a lei prevê, e o ócio desesperador que o restringe a nada mais pensar do que na espera o tempo passar. Não poucas vezes eles esquecem o tempo em que já se mantém encarcerados e quanto ainda lhes falta para ali ainda se manter.

A cadeia no Brasil não recupera; agrava. Não há pena, mas massacre. Não há reclusão, mas inclusão no mundo do crime, para aquele que ainda nele não tenha *debutado*. Nem todo que ali é admitido, chega por ter praticado *crime*, mas *desvio*; porém, participará na teoria e na prática, dos maiores e mais sofisticados ensinamentos do mal. Só se livra desse infernal aprendizado quem for homem de verdade e contar com boa sorte e anjo protetor. Esse flagelo, com plena garantia internacional, é capaz de oprimir a todos os avanços de todas as ciências, credos e políticas em plena prosperidade do avançado século XXI. Onde estará o Prometeu – o inventor da humanidade? Frangos, e outros animais mantidos em cativeiro à espera de peso para serem abatidos, certamente sofrem bem menos, porque são irracionais. Melhor, então, ser como eles! São coisas que aqui se repetem desde sempre, quanto as frutas de estações; como as fases da lua; como o dia e a noite. Quem saberá responder por isso, a viva voz e de cara limpa?

Escondidos por de trás de caros biombos, a gama de autoridades responsáveis por esse estado de coisas, bem que mereceria passar alguns dias ali trancafiados, numa verdadeira espécie de vestibular para acesso aos seus elevados e importantes cargos a que são investidos. Pior saber-se que não são incapazes – muito pelo contrário, são absolutamente capazes de tudo saber e de saber como resolver tão crucial situação. Mas a vergonha parece estar no resultado, ao invés de estar na sua origem.

O noticiário costuma mostrar a situação dura e vergonhosa em que se encontram os presídios, mas nunca aponta para os responsáveis por tamanhos desastres. Homens que fogem de suas responsabilidades, se poderá dizer que se tornam tão criminosos quanto aqueles que mantém encarcerados. Até quando tal existirá? Mas, não há sossego para quem sabe o que ali se passa. Não há sossego para quem defende e aponta a verdade. O Estado jamais será culpado, porque é um ente fictício. O Estado não existe, se não existirem os seus dirigentes – as rotuladas *autoridades* que, cheias de privilégios e de garantias de toda ordem viram as costas para essa maledicência, como o fazem para outras tantas que todos sabemos. Num país em que há autoridades em demasia, fica fácil empurrar a culpa para debaixo dos caros tapetes que revestem os salões em que só pisam sapados caros e engraxados.

Durante o tempo em que lá esteve, Severo aprofundou a sua fé. Foi nas orações, nas rezas, que ele encontrou ânimo e coragem para enfrentar os revezes da cadeia. Foram as suas preces que o mantiveram corajoso naquele inferno de fogo e vermelhidão. Por longo tempo ficava a pensar na relação entre a fé e a justiça; entre a religião e o juiz. Como é que alguém que não tem coragem para matar uma mosca que pousa sobre a imagem de um santo, a tem para condenar um homem à morte? *"Ou você acha que os soldados que crucificaram Jesus não tinham sentimentos vis? E eram instrumentos de Deus!"*[349] Alguém também já disse que emoções e sentimentos ruins só têm lugar na cabeça de quem não tem o que fazer; que não tem mais com o que ocupar a cabeça. Porém, nem sempre era possível ele encontrar paz, silêncio e espaço para a concentração, para haver-se em elevada fé.

Geralmente isso só era possível no fundo da noite, quando na cela todos dormiam. Tinha por princípio evitar falar, especialmente, falar muito alto, porque nunca faltam inesperados ouvidos traidores ou interesseiros. O melhor acolhimento está na alma de cada um. Os receios e as iras, é melhor permanecerem retidos no secreto e indevassável esconderijo da alma. Além do mais, ele bem sabia que precisaria ser tolerante com tudo aquilo que o desgostava. Nunca esquecera uma frase de Ciro Mioranza que, ao apresentar edição brasileira do Tratado Sobre a Tolerância, de Voltaire, assim disse: *"...uma das atitudes mais difíceis do ser humano é a de ser tolerante..."*[350] Ele percebia o transcorrer do tempo, mas não conseguia saber quantos dias já se teriam passado – porque os dias que ainda lhe faltavam era uma incógnita – ele sofria com a angústia, com a tristeza e com o ódio por estar pagando por algo que não fez.

A monotonia fazia baixar o seu semblante. O seu relógio biológico estava descontrolado; o que o fazia sentir fome quanto não tinha o que comer e, ter que ingerir a repugnante comida quando não tinha fome. Pelo mesmo motivo, Severo sofria de insônia durante as madrugadas nem tão silenciosas, porque muitas vezes dormia durante o dia, para enganar-se de que o tempo passaria mais rapidamente. Muitas vezes procurava manter-se em solidão, num cubículo que dividia com mais pessoas do que o metro quadrado permitia; o que lhe era impossível e o atormentava. O medo que sentia ao presenciar lutas corporais dentro da cela e fora dela, debilitavam ainda mais o seu sistema nervoso, contra o qual, naquelas condições, não tinha acesso a tratamento recomendável. Nesses profundos estados de sofrimento, ainda se obrigava a chorar calado e as escondidas, para não ser provocado por algum dos *aninais* com quem dividia o reduzido espaço em que se confunde dormitório, copa e imunda latrina. Aliás, nem só a latrina era suja, pois todo o mais fedia e servia de *habitat* para insetos e ratos.

Muitas vezes ele ficava a pensar como alguns *colegas* de prisão, aceitavam tudo aquilo com naturalidade e, dentro do que sabiam fazer, contribuíam para aumentar a nojeira. Com o passar do tempo e a ausência de pessoas que o procurasse e por ele se interessasse, convencia-se de que os amigos que inteiravam o seu grande círculo de relações, o haviam esquecido. Parecia que o seu nome de registro em cadastros bancários, tinha sido deletado. Ele passara a ser um homem sem importância para os bajuladores gerentes de bancos e casas de câmbio; mas, também, alguém que não mais existia para esses cafetões de banqueiros e de doleiros. Talvez poque nem mais homem ele fosse depois daquela segunda noite em que passou trancafiado, e ao dispor do pedante prazer de vários co-prisioneioros. Gente que deveria ter morrido, ao invés de ser enjaulada. Gente abjeta, que não servia para nada; talvez sequer para fazer algum mal bem-feito. Pensava, como pessoas assim se transformam em monstros, embora vivendo em sociedade.

A crueldade que jorra do cérebro e dos membros desses homens insanos, que não se preocupam com a dor das suas vítimas, é algo espetacular; fantástico; incompreensível; e, inadmissível.

Mas esses pensamentos e atos praticados por essas bestas, ele sabia que lhes trazia felicidade, prazer, gozo, satisfação. Várias vezes ficou a pensar na injustiça a que estava sendo submetido. Que nada fizera de errado para se manter encarcerado em meio a tantos bandidos. Lembrou que um Conselheiro de Júlio Cesar ao tratar da restauração de Roma depois da decadência, acreditando que um dos primeiros passos a serem dados seria o de deixar de dar tanto valor à riqueza, assim expressou-se: *"Esses males e, tantos outros, desaparecerão junto com o culto ao dinheiro, logo que os cargos dos magistrados e outras coisas que deseja o vulgo deixem de ser venais."* Diante de tão clamorosa injustiça que sofria e do que via na prisão, lembrou de Beccaria, que escreveu uma das mais prestigiosas obras sobre o Direito Penal, inconformado que se sentia: *"...pelos desmandos da justiça, pela ferocidade na aplicação das leis, pela distorção das próprias leis, por uma legislação antiquada e obsoleta..."* *"E escrever denunciando os abusos dos promotores e dos juízes, expondo a corrupção que grassava em todos os seguimentos da classe dirigente..."*[351]

Atento ainda mais ao que disse o filósofo e jurista, Severo com ele concordava que o maior sofrimento por que passa o apenado, ultrapassa em muito ao que está previsto na lei, transformando o encarceramento; o isolamento do convívio com a sociedade como meio de punição e de recuperação do criminoso, num processo de sujeição às maiores barbaridades que se pode imaginar e, que todos já conhecem. Tantas vezes se questionava sobre o fato de o Estado ter perdido o domínio sobre situações criadas por gangues que ocupam vários espaços públicos; em especial, favelas que cada vez mais crescem nos grandes centros urbanos. Sinceramente, pensou ele, não me surpreendo mais com esse fato, a partir do conhecimento de que ele (o Estado), sequer consegue dominar e manter a ordem em lugares fechados, como é caso, as penitenciárias. Lugares em que, a rigor ninguém pode entrar nem sair sem ser vistoriado. Lugar no qual os apenados se mantem enclausurados em pequenas celas, trancafiadas a ferrolho e cadeado. Onde são vigiados por agentes armados e, com formação especial para atender a tão importante e rigorosa tarefa. Isso realmente é ilógico e, por isso, absolutamente incompreensível e inaceitável. Há coisa muito errada nisso e, não se poderá declinar do direito de exigir o cumprimento da lei. Quanta vergonha vige em espaços tão pequenos e durante tanto tempo!

Noutra vez, leu algo bastante interessante e, que, condizia com o que vinha presenciando e vivendo durante aqueles horríveis dias que seriam parte indissociável da sua vida. Foi num livro de Erica do Amaral Matos: *"Aqui, mais do que à privação da liberdade..., sentencia-se também à perda da integridade, da dignidade e de qualquer perspectiva de 'reinserção' na sociedade."*[352] Essa realidade dispensa outro comentário, dado que não há quem a desconheça e, já foi aqui bastante repisado. Relembrou que o recluso, tão logo é encarcerado, perde quase que tudo o que o caracteriza e identifica como indivíduo; como uma pessoa exclusiva; *própria de si mesma*, vez que é levado a abdicar de sua autoestima, em troca de um novo tipo de formação de caráter forjado pelos seus superiores legítimos e ilegítimos e, pelos seus iguais. Perde o domínio sobre o seu *eu*, para passar a se subsumir às ordens que são ditadas dentro daquele quartel de horrores e de maldades.

Um dos maiores sofrimentos pelo qual passa a maioria dos presos, resulta do decurso do tempo dentro da prisão. A ociosidade, para muitos, é um dos fatores que responde por essa angústia. Se manter sem ocupação durante horas, dias, anos, leva a mais um dos tantos sofrimentos a que se sujeita o prisioneiro.

Esse tempo, no qual praticamente ele nada faz, se poderia dizer que fosse livre; mas se contrapõe ao tempo livre, na mais das vezes desejado por quem tem o seu dia ocupado com o trabalho, estudo e outra qualquer obrigação. Por essa razão, embora não tenha unanimidade, há correntes de estudiosos, pensadores, psicólogos, sociólogos, juristas e quem mais se preocupa e se interessa pelo tema, que o trabalho autorizado ou oferecido ao preso, possivelmente venha ser fator que lhe proporcione fluir o *tempo* sem tanto nele pensar; além de, por óbvio, vir a ser uma fonte de ressocialização.

Se o trabalho for executado fora do presídio, a tudo isso se adicionará a oportunidade de convívio com outras pessoas, que não apenas apenados e, sem dúvida, de usufruir do que mais a vida oferece fora da prisão; possivelmente, já esquecido por alguns. *"Nesse contexto, a hipótese de ocupar esse tempo ocioso e de relativizar sua passagem ganha grande relevância. É preciso 'matar o tempo' na prisão e o trabalho aparece como a alternativa ideal tanto para o preso, mas também para administração penitenciária que, ao manter o preso ocupado, afasta a possibilidade de a mente vazia tornar-se 'a oficina do diabo.'"* *"Em sua pesquisa de campo, Hassen conclui que 'o trabalho só é melhor, para os presos, do que o ócio (...) não é o trabalho em si que tanto atrai os presos, mas o que proporciona e ao que ele se põe como alternativa, isto é, à ociosidade aos perigos das galerias.'"* [353] Assim que, ocupando parte do tempo ocioso com algum trabalho, ainda que esse não seja o de sua preferência, funciona como válvula de escape para quem passa o dia inteiro ao sabor das horas que não fluem e à sujeição às agressões de toda ordem. Mesmo que essas não sejam dirigidas a si, a elas se obriga a presenciar e silenciosamente repudiar. Reveste-se, pois, o trabalho, além do seu principal objetivo que é a produção de algo, como meio de minimizar o sofrimento imposto ao apenado.

Demais disso tudo, é importante saber, senão discutir, se o sistema prisional aqui adotado, sob forma, meio, e propósito, vem atingindo as suas específicas e especiais finalidades, a saber, duas delas: a) a punição; b) a ressocialização. Serve e parece se bastar por norte, levantamentos estatísticos que apontam o Brasil como o país que se coloca em terceiro lugar no *ranking* numérico de encarcerados, só perdendo para os Estado Unidos e para a China. Isso, em números absolutos, pois que, se o for em números relativos, talvez nos tornemos campeões. Então, algo de errado há em nosso sistema legal e, em especial, o prisional. Ademais, se nos USA, onde alguns estados são menos rigorosos no item *pena*, na China ninguém passa a mão na cabeça de delinquente. Questão também preocupante é a que trata do grande número de óbitos de detentos. Algo alarmante e, que, tem em conta não apenas assassinatos e suicídios, mas a morte por doenças que fora do presídio poderiam ser tratadas e curadas.

* * *

Zé Perigoso parecia ter gostado de Severo; o que para ele era um ponto positivo, segundo os demais colegas diziam. Porém, alguns deles o invejavam, por ter ganhado a simpatia do líder logo que chegara ao presídio. Mas aquele homem, para aumento do seu medo em relação a ele, era grande, muito forte, e pouco falava. Além de muito poderoso e malvado. Ele não costumava jogar conversa fora, como faziam alguns outros presidiários. Mas quando algo dizia, exigia ser ouvido, respeitado e, principalmente atendido. Ele exercia sua liderança dentro da cela, em algumas partes da ala e, especialmente, fora dos muros do presídio. De dentro da cela comandava enorme gangue de homens especializados em vários tipos de crimes; muitos deles com várias passagens por presídios. Alguns livres, por já terem cumprido as suas penas; outros por terem fugido, e não terem sido recapturados.

Esse pessoal que atuava fora do presídio também era temido, mas igualmente temia Zé Perigoso. Uma ordem dele não atendida, poderia dar fim à vida de qualquer um desses meliantes. Tipo de gente que veio ao mundo apenas para fazer mal ao mundo. Será necessário que essa gente venha ao mundo? Haverá jeito de evitar por aqui chegarem? Não seria melhor que não viessem; ou que se fossem logo que tivessem a primeira oportunidade para daqui sair? Serão seres incuráveis e, que, a cada dia se tornam mais cruéis e mais perigosos para os outros?

Na cadeia, não bastando os carrancudos guardas, geralmente desconfiados em relação aos presos e tudo o mais que envolve o seu trabalho, os riscos são permanentes. Nunca se sabe se essas pessoas são boas e confiáveis; por isso, melhor é não confiar nessa gente. Alguns deles podem ser piores do que muitos dos bandidos que estão sob sua custódia. A esse propósito, na cadeia o perigo é constante e diversificado. De tanto correr risco por tanto tempo, vez que outra algum mais *esperto* termina morto. É a lei natural dos presídios. Que duvide quem o quiser, mas que não faça isso enquanto estiver enjaulado. *Pessoas* que já mataram tantas e tantas vezes, e outras tantas vezes escaparam de morrer, não pensam muito quando são instigadas a matar mais um. Parecem viver mergulhadas num mar de maldades e, quando passam muito tempo sem arrumar algum *pecado*, sofrem alguma neurose só capaz de ser amenizada fazendo alguma crueldade – preferencialmente – contra inocentes e pessoas indefesas e de boa índole, apesar de serem presidiários.

O fato de vir a ser protegido por Zé Perigoso, trazia-lhe a vantagem de que ninguém se atreveria, dentro e fora da cela, a castigá-lo. Se alguém o prejudicasse ou lhe fizesse algum mal, já ficaria sabendo que teria que entender-se com implacável Zé Perigoso. De outra banda, ele não desejaria ficar com a responsabilidade de ter que atender às exigências daquele voraz bandido, porque se não as satisfizesse, ou não soubesse como atendê-las, poderia ser castigado. No fundo, Severo desejaria ser um anônimo naquele presídio, esperando o tempo fluir até que conseguisse a sua liberdade.

\* \* \*

Mas essa repentina simpatia de Zé Perigoso para com Severo tinha o seu preço. É que ele já teria levantado a ficha do novato lá fora dos muros da cadeia, e ficara sabendo que ele teria bastante dinheiro. Com dinheiro, limpo ou sujo, muito daria para ser feito, especialmente para comprar e vender drogas. Mas, também homens *importantes*. E, o bandido não estava errado, pois, que, realmente Severo era um homem rico, apesar de não demonstrar opulência. Assim que, depois de uma conversa meio que ao pé do ouvido do calouro, o Jesse James à brasileira o encarregou de conseguir alguns *trocados*, para dar seguimento a um rendoso negócio com drogas que empreendia desde antes de ser capturado. E já foi dando-lhe o prazo de uma semana para resolver a *pequena e fácil tarefa*.

Assustado com a dificuldade de não poder cumprir com a ordem do seu superior, Severo começou a pensar como poderia sacar algum dinheiro para atender ao seu poderoso chefão. E não poderia recusar à primeira tarefa, por mais difícil que ela pudesse ser. Sem acesso à sua conta bancária, não poderia levantar valores para entregar ao mandante e, sabia que meras explicações, não o excluiriam de pagar pelo descumprimento. Ficou um pouco nervoso, mas logo entendeu que a falta de tranquilidade prejudicaria o seu desempenho. Então, resolveu falar com um dos agentes penitenciários, pedindo que procurasse o seu advogado, dizendo que o estaria chamando no presídio para conversar.

\* \* \*

Logo que Ronaldo soube que Severo pedira para que fosse visitá-lo no presídio, assustou-se sobremodo. Começou a temer que ele fosse avisá-lo de que a polícia o estaria procurando, por ter descoberto que ele estivera no imóvel no dia da morte de Maristela. No primeiro momento, pensou em não o procurar, como seria de imaginar. Depois, resolveu procurar o Dr. Cipriano, pedindo-o que fosse ao presídio visitar o cliente, pois que ainda não se sentia seguro e confortável para desempenhar aquela tarefa. Que, em princípio não gostava de ir a presídios, tanto que no direito nunca atuara no ramo penal. Mas o Dr. Cipriano disse que a tarefa seria bastante simples e que seria bem recebido pelos agentes penitenciários. Que advogados sempre são recebidos com cordialidade e respeito pelos servidores de presídios. Que, além do mais, ele não poderia esquivar-se de atender a um chamado do cliente, que lá agonizava cumprindo injusta pena.

Então, na falta de outra alternativa, Ronaldo no mesmo dia dirigiu-se ao presídio e lá entrevistou-se a sós com o seu cliente. De início, Severo contou-lhe em linhas gerais o que teria passado naqueles poucos dias, e da necessidade de levantar dinheiro da sua conta bancária, para atender a ordem do bandido que liderava a cela. Disse ainda, o risco que correria caso não o atendesse. Pediu-o, que na sua frente solicitasse ao administrador do presídio, que lhe entregasse o seu cartão de movimentação bancária, cujas senhas já o teria informado.

Então, obtendo o documento voltaram a conversar. Como ficaria complicado Ronaldo sacar o valor e entregá-lo a Severo e, este, posteriormente à Zé Perigoso, ficou resolvido que ao levantar a importância, Ronaldo a entregaria diretamente ao bandido. Que ao retornar à cadeia, dissesse na portaria que era advogado de José Cunha Chaves, pois que tudo já estaria combinado dentro da cela. E assim ele agiu, porém quando entregou o maço de cédulas, Zé Perigoso já o encomendou de levar outro tanto dentro de quinze dias. Que não deixasse de atender à sua ordem, pois correria o mesmo risco a que estaria sujeito o seu cliente. Advertiu-o, que lá fora existia uma gangue que jamais desrespeitaria às suas determinações. Que inclusive os seus parceiros já sabiam onde o advogado morava e trabalhava.

Severo, especialmente nos primeiros dias de prisão sentia certa melancolia, angústia, desânimo e medo. Isso tudo poderia levá-lo a estado de depressão. Em momentos de intensa tristeza, em que o astral se aloja abaixo da sola dos sapatos, era imperioso que, sem demora ele reagisse, porque na cadeia não há espaço para depressivos. Se o preso permanecer em estado de depressão por muito tempo, a turma da *camaradagem* dará um jeito de o astral dele ainda se afundar bem mais. Assim que, se ruim estiver, pior poderá ficar.

De qualquer forma, ele sabia que ainda teria muito e muito para enfrentar, pois estaria apenas no começo. Ainda era um iniciado; a quem faltava um tanto mais para aprender a suportar o desgraçado lugar. Sempre ligado nos seus pensamentos, lembrou de um antigo dizer que traz sempre em sua companhia: que uma pedra no seu caminho, poderá servir de ponte para seguir em frete. Bastará delapidar essa pedra e, transformá-la de um obstáculo, em uma ajuda para continuar a sua jornada. Também recordou que tinha por convencimento, que o *bom* aproveitamento dos erros, pode ter a mesma importância e virtude dos acertos.

* * *

No dia seguinte, Trancoso cumpriu com o que já tinha decidido fazer: despediu-se de Sócrates, a quem agradeceu pela acolhida e pela troca de ensinamentos, e seguiu o caminho que o destino o guiasse; por lugares desconhecidos. Todavia, ao instante da despedida, Sócrates ofereceu-lhe de presente, como lembrança de sua estada com ele, um distintivo que mantinha preso no colete, para que o levasse como recordação daqueles singulares dias em que estiveram juntos. Todavia, Trancoso não quis aceitar o interessante regalo, argumentado não ser merecedor daquele mimo; ao que Sócrates respondeu-lhe:

- Meu caro, quem está a lhe presentear não sou eu, mas a *amizade* e, para ela não se faz desfeita. Leva e exibe esta lembrança que lhe está sendo oferecida com muito prazer. Que Deus o guie e o ampare.

Os dois estenderam os braços e apertaram as mãos. A despedida então selara uma união marcada pela amizade.

* * *

Severo continuava preso, e Zé Perigoso não parava de sugar dinheiro para a compra e venda de drogas. Ronaldo sempre assustado com a árdua tarefa que lhe fora confiada pelo seu cliente, não poderia negar ao criminoso o que ele exigia. A cada espaço de aproximadamente quinze dias, lá se ia Ronaldo ao banco e depois encontrar-se com o detento.

Certa vez, ele pensou em conseguir alguém que o substituísse na infernal e perigosa tarefa; no entanto, tinha receio de que a coisa não funcionasse bem e o grosseiro destinatário da remessa se rebelasse contra ele e contra Severo. Ademais, ficou ele sabendo que, em razão dessa perigosa tarefa, de algum modo ele passara a integrar quadrilha de tráfico de drogas, ainda que pela via indireta. E, se fosse pego pela polícia, não poderia dizer para quem entregava os valores, porque no meio desse tipo de crime não há quem se arvore a denunciar um traficante. Se dedurasse, certamente seria morto antes de ser sentenciado pela Justiça. Pensava, ainda, o quanto custou-lhe ter procurado Maristela, com o propósito de fazer acordo com o seu cliente. Triste e inesquecível dia em que esteve no casarão do bairro do Flamengo – tudo por ter-se excedido das suas atribuições de advogado, e ter vestido a camiseta que pertencia ao seu constituinte.

Com o vencer dos meses em que estava preso, Severo foi ganhando a simpatia e a confiança de alguns agentes penitenciários, inclusive do administrador do presídio. Somado a esse importante convívio que lhe trazia alguns benefícios, também gozava da proteção do líder de cela, e de parte daquela ala prisional. Depois de recolhido por cerca de seis meses, teve uma ideia, que repartiu com os colegas de cela. Pretendia instalar numa sala que antes teria servido para aulas de alfabetização, uma pequena academia de ginástica e de artes marciais. Todo o material seria custeado por ele, e a mão de obra executada pelos detentos da ala. Dessa forma, ele encontraria meio de deixar escorrer mais rapidamente, o tempo necessário para ter que conviver naquelas condições. Era uma pessoa centrada em boas ideias e bons propósitos, embora não se pudesse dizer que era um abnegado. Nem se desejaria tanto dele; afinal, lá estava para cumprir pena – esse o objetivo central do seu recolhimento. Com o apoio de maioria dos companheiros de cela, e o respeito que Zé Perigoso gozava de alguns agentes, a pretensão foi levada à administração do presídio, que a levou ao conhecimento do órgão estatal encarregado de autorizar a instalação. Deferido o pedido, por Severo foi liberado dinheiro para a compra do material e equipamentos. Trabalhando em mutirão com a participação de quase todos os presos da ala, o local foi pintado e os equipamentos montados em poucos dias.

Sabendo da novidade, presidiários de outras alas também se acharam no direito de usufruir dos equipamentos; o que lhes foi negado pela administração do presídio, porque não teriam contribuído com o seu trabalho nas obras de instalação da academia. Desgostosos, insinuaram fazer uma rebelião caso não lhes fosse liberada a sala. Diante do impasse, a administração resolveu liberar o local por um dia da semana, para ser usado por presos de outras alas; desde que previamente o solicitassem. Com essa, e outras atitudes de sua iniciativa, aos poucos ele foi cada vez mais ganhando a simpatia dos demais colegas de xadrez, de modo a vir sufocando a angústia que sentia pelo tipo de vida que um erro judicial o reservara.

Mas ele confiava na reversão daquela equivocada sentença, que não levou em conta as provas produzidas no processo. Claro que, se não conseguisse anular a sentença, ainda ficaria muitos anos sujeito àquela vida de ociosidade e companheirismo com criminosos de todos os tipos.

Certo dia ficou a pensar que jamais imaginara acostumar-se a viver na companhia de tantos bandidos, dividindo diariamente com eles curto espaço de área para todos. Parecia estar a caminho de convencer-se que a vida é dirigida para alguns destinos, sobre os quais nem sempre se consegue entender e, muito menos escolher.

Antes de ser preso, quase perdia os sentidos ao pensar que um dia poderia obrigar-se a tal situação. Isso o acompanhou pelo demorado tempo em que se manteve sujeito ao processo judicial. Pensou, que há coisas que a vida só ensina quando é chegado o necessário tempo. Que há coisas que jamais desejamos aprender, mas que nos obrigamos a assimilar, quando as circunstâncias passam a exigir. Que sempre pensou ser pior estar recluso num presídio, do que interno num hospital; mas agora já começava a pensar de forma diversa. Pensou que da prisão, certamente um dia ele se livraria, mas de uma internação hospitalar, dependendo do mal que afeta o doente, ninguém terá a mesma convicção.

Fazendo autocrítica, muitas vezes se condenava pelo fato de sentir-se ambientado em meio àquela bandidagem e aquele infernal lugar, que parecia realmente ter sido construído para aquele tipo de gente. No entanto, encontrava desculpa e conforto, ao ter certeza, que, pior do que isso, seria continuar sofrendo pela falta de adaptação às condições a que estava sujeito. Que há coisas para as quais não sobra lugar para crítica, apenas aceitação. E, pensava: que bom que estou conseguindo aceitar viver desse jeito, porque em caso contrário, estaria a sofrer bem mais e, sem chances de mudar, nem de melhorar.

A convivência com os presidiários não o deixou diferente daquilo que sempre fora. Jamais pensou em transformar-se num criminoso, pela simples convivência com aquela gente. Com os colegas de cela, e outros que conheceu, muito aprendeu, mas estava convencido de que também ensinou a quem desejava aprender.

Severo continuou sendo uma pessoa boa e preocupada com a angústia e o sofrimento dos outros e, isso o distinguia diante da maioria dos apenados. Ele tornou-se bem-quisto, não apenas porque teria dinheiro e porque era protegido pelo líder da cela, mas porque o reconheciam como uma pessoa de boa índole, e exemplares princípios. Os gestos de bondade que tinha para como os colegas, ressoavam no seu peito sob a forma de felicidade. Ninguém tinha dúvida quanto a ele ser uma pessoa boa e, não foi por outro motivo, que tanto ajudara Maristela.

De outro lado, começara a ter certeza de que, em meio àqueles bandidos, jamais por algum deles viria ser traído, como o fora pela sua mulher. Aquela machucada experiência obtida dentro da prisão, o ensinara o quanto Maristela era pior do que aqueles criminosos. Que aquele era mais um preço que ele estaria pagando, para aprender a não se envolver com pessoa tão cruel; mais bandida do que os bandidos; princesinha de todas as ingratidões; rainha de todos os males e traições. Mulher que deveria passar por aquele lugar, não para cumprir pena, mas para aprender a baixar a crista e a respeitar, porque na prisão, não há ingrato que deixe de pagar o preço pela ingratidão. Ali, quem aceita favor, passa a ser incondicional devedor. E aquele que não resgata a sua dívida, certamente sofre pena cruel imposta pelo credor.

Lembrou certa vez, que no dia em que foi preso, nem sabe como conseguiu forças para manter-se ativo e consciente do que lhe determinavam fazer. As suas primeiras horas na cela foram tão angustiantes e assustadoras, que falseavam o equilíbrio necessário para manter-se dono de si. Na primeira noite, antes de ser dominado pelo sono, parecia estar sonhando acordado, lembrando principalmente das horas em que esteve ansioso no Tribunal do Júri. O descontrole sobre o seu sistema nervoso, algumas vezes parecia que o levariam a desfalecer, mas como teria dito antes, ele não poderia demonstrar fraqueza diante dos colegas de cela, sob pena de ser diminuído e castigado.

Lembrou, que sempre ouvira dizer que cadeia é para homem; mas ele sabia que era para homem que não tem vergonha. Porém, ele tinha vergonha e estava preso em decorrência de um erro judiciário. Quanta sutileza por debaixo de uma situação desastrosa, que poderia levar alguém a pena de morte, se não atendesse as ordens de um bandido empossado no cargo de líder de presos. Bom exemplo; belo título; grande distinção. Esse é o Brasil de Severo Antunes Mendes e de mais outros Severos, Marcos, Santos, Castros, Guerreiros, Benditos e, Malditos.

Acostumado que ficara com a sujeira na cela e fora dela, nem mais reparava para tamanha imundice - certamente difícil de ser encontrada noutro lugar criado, organizado e mantido pelo Estado. Mas o organismo estatal acostumado com sujeiras de outra ordem, não se envergonharia por saber que outro tipo de nojeira existia dentro dos presídios. Não seria por outro motivo, que um jornalista teria escrito e publicado artigo criticando o descaso da administração pública para com os seus encarcerados. Pensava ele, que talvez tivessem esquecido de que os presos brasileiros pertencem à nação brasileira; não, a outra qualquer nação e, que, a obrigação de os proteger era exclusivamente do Estado brasileiro.

Governos que usavam antolhos à moda burros que

outrora puxavam carroças, ainda conviviam com os descasos da primeira metade do século XX, em que dissimuladamente desrespeitava negros e acintosamente desfazia em pobres; sem nada fazer, nem mandar fazer ou desfazer. Ele deduzia, que essa ingrata desatenção a situações tão graves, talvez não conseguisse alcançar o fim da primeira metade deste século, sem um gigantesco colapso social, difícil de ser controlado apenas na base da lei e da sua aplicação.

Sem que se precisasse falar em questões raciais e suas complexas heterogeneidades, a questão da pobreza e da riqueza se bastará, ao saber-se que por aqui há ricos – poucos ricos muito ricos; há pobres, muitíssimos pobres muitíssimo pobres -; e, há uma classe chamada média, que se poderá dividir em média-baixa, média-média e, média-alta. Essas últimas classes poderão se fundir numa só, uma vez que em nenhuma delas, alguém tem muito mais ou muito menos do que o necessário para o seu consumo, com alguma pequena folga para os que se encaixam na última dessas três categorias. Uns têm um carro melhor, outros têm um carro não tão melhor; uns têm um apartamento de 60 metros quadrados, financiado; outros têm um apartamento um pouco maior, também, em parte financiado. Todos têm mais uma TV, ar-condicionado, computador e, viajam. Alguns viajam para mais longe, outros, para lugares mais perto e mais baratos. Mas uma coisa todos têm – os ricos, os pobres e os intermediários: o avançado, moderno e ainda caro aparelho de telefone celular. Alguns não tão caros, outros caríssimos, mas todos servem para falar, trocar mensagens e descobrir o que acontece por aqui e por ali, ou mesmo por lá e, às vezes, acolá.

A repugnância dentro do nojento espaço que abrigava pessoas de todo o tipo e de toda origem, retratava não apenas a incapacidade de governantes, mas dava para acreditar na deliberada vontade de mantê-las nas situações em que se encontravam. Ou até em condições piores, se houvesse possibilidade para descer mais ainda. O percentual de presos que se recuperava depois de passar algum tempo naqueles cubículos, estava na ordem de alguns zeros à direita da vírgula que os separa de outro zero à sua esquerda. Mas possivelmente pouco ou quase nada faziam para mudar esse triste quadro, porque sabiam não estar sozinhos nessa empreitada que se repetia em muitos outros países.

E Severo continuou a pensar no retrógrado trabalho da administração pública em vários dos seus setores, mas para ele, especialmente no sistema carcerário. Possivelmente ainda não se teriam acordado para o fato de que os meios instantâneos de transmissão de informações, transformaram a superada época inaugurada com Gutenberg, no mundo em que estavam vivendo. Com certeza, tão desatentos estão em suas pretensões, que parece ainda viverem na época da cópia em papel carbono, de criação francesa, deixando de lado as alterações que a mídia trouxera para o mundo moderno. Mas na verdade, bem sabem, mas não se preocupam, é com o fato de que a tecnologia e a mídia alteraram diametralmente o mundo. Que as mensagens passaram a ser levadas imediatamente a enormes contingentes populacionais e aos mais distantes confins desse enorme planeta.

Esqueceram que o homem, ainda que preso, passara a ter domínio sobre os seus direitos, e a exigir o cumprimento do que está escrito na lei. E, que, se isso não for mudado, por certo que com a força bruta, já tantas vezes anunciada em rebeliões, poderá colocar em risco a segurança de boa parte do povo ainda não afetado pelo fenômeno. Esqueceram ainda - como bem serve a metáfora -, que da luta diária entre o leão e a gazela nas Savanas, geralmente resulta sobrevida apenas para um dos combatentes, porque lá o embate é entre irracionais e o lema é: matar ou morrer. Porém, que na luta por de exercer o direito, não se encontrará vencedores nem vencidos, porque o que se buscará nessa contenda, é a justa e equitativa aplicação da lei. E isso é plena e satisfatoriamente suficiente para todos. Não mais do que isso; apenas isso...

Que, superada essa fase, nada mais será preciso exigir-se, ao se ter por norte o direito – caminho e força por onde trilha a equidade e a justiça. E, mais ainda: aquele que disso se afastar, sem sobra de dúvida estará recusando o direito. E aos que vestem os louros da administração pública, Severo enunciava que é mister bater cem vezes, e cem vezes repetir: o direito não é filho do céu, é simplesmente um fenômeno histórico-científico; um produto da cultura da humanidade. Repisando Tobias Barreto, citou: *"Serpens nisi serpentem comederit non fit draco"*, que se traduz: *"serpe que não devora a serpe não se faz dragão; a força que não vence a força não se faz direito; o direito é a força que matou a própria força"*. Então, perguntou ele ainda: o que se estará a esperar? O domínio pela força?

Para Severo, parecia que uma grande nuvem embaçava o olhar e o pensamento de gente que por dever de ofício deveria ficar atenta para o que acontecia ao seu redor. Isso, possivelmente ocorria pela falta de capacidade para decidir e para resolver problemas que se arrastavam desde o tempo do Império. Mas o que não lhes faltaria era o orgulho – coisa triste e estranha. Esquecidas ficariam as glórias e grandezas dos homens e mulheres que atravessaram séculos que, sim, deveriam servir de inspiração eterna em qualquer tempo e lugar. Ficaria esquecido que homens e mulheres já cruzaram mares e, escalaram gigantescas montanhas. Viajaram pelo fundo dos oceanos e no vácuo gelado do espaço sideral. Que há lugares em que fizeram desertos produzir, e que idealizaram trabalhos de inigualável beleza, exatidão e conformação. Que por aqui já passaram homens como Galileu, Darwin, Beethoven, Colombo, da Vinci e, que, alguns continuam pensando que só agora foi descoberto que a Terra é redonda. Parece que apesar de afirmativas de renomados geólogos, parte da Administração ainda acredita que o planeta desaparecerá dentre em pouco, e que tudo o que ora fizerem, sucumbirá junto com o resto do Mundo.

\* \* \*

Certa manhã, quando Severo estava no pátio do presídio, no horário de sol, recolheu-se a um canto onde poderia ficar sozinho. Costumava dizer que o ócio em que vivem presidiários, dá oportunidade para pensar; para pensar em coisas boas e para pensar em coisas ruins. A vida ali dentro é assim mesmo e ninguém poderá mudá-la. Certas ações poderão ser frustradas, mas o pensamento sempre será livre e ninguém precisará dizer o que está pensando, porque poderá usar do recurso da mentira. Pensou, ainda, que é na dificuldade que o crescimento mais floresce; que no ócio é que surgem as melhores criações. Concluiu, pois, que nem a dificuldade e nem o ócio são coisas tão ruins; eis que serão capazes de produzir benefícios. E, ficou a pensar...

No cantinho, sentado numa enorme pedra que servia de banco para os presos, ficou a pensar numa menina que conhecera quando teria uns seis ou sete anos. E relembrou dela assim: Ela parecia ter a minha mesma idade, e estudávamos na mesma escola primária. Ela quase que não sorria, embora não parecesse ser uma guria sisuda. Era linda, como os meus olhos a enxergavam. Tinha a pele bem clara, da cor da pureza e, quase sempre andava a passos miúdos e rápidos. Seus olhos eram claros, parece que verdes, e os cabelos castanhos com lindos cachos bem cuidados. E seguiu a relembrar:

O dia em que estivemos mais próximos, foi quando fizemos a primeira comunhão numa bonita igreja que ficava perto da escola. Para lá se dirigiram os alunos que se inscreveram para o bonito ato religioso, todos acompanhados por um grupo de professoras. O pessoal estava bem arrumado e, meninos e meninas vestiam roupas brancas. Ela usava um vestido com saia rodada, com uma fita mimosa que passava entre umas casinhas costuradas perto do seu pescoço - detalhe que eu jamais esquecera, passados tantos anos. Usava luvas brancas e sapatos da mesma cor, com a biqueira fechada e uma tira sobre o peito do pé. O grupo era formado por cerca de cinquenta ou sessenta alunas e alunos, ou um pouco mais do que isso; possivelmente uns sessenta e poucos no total.

Naquela época eu não sabia contar mais do que dez unidades. Então eu fazia assim: contava dez unidades e separava o dedo *mindinho* de uma das mãos para o lado; depois contava mais dez, e separava o *seu vizinho*; contava outras dez unidades, e separava para o lado o *pai de todos*; depois fazia o mesmo com o *fura bolo*, e com o *mata piolho*. Com esse esquema pronto, eu dizia para minha mãe que teria contado dez unidades em cada um dos cinco dedos, e a perguntava quantas coisas eu teria contado no total. Ela então me informava a soma. Eu achava que quando chegasse à idade da minha mãe, teria aprendido a somar mais do que as cinquenta unidades; que talvez somasse um bilhão ou um trilhão de coisas, e os meus colegas de escola diziam que esse número não existia, que era invenção da minha cabeça. Mas eu via os adultos dizer essas palavras, que pareciam difíceis de pronunciar. Um vizinho meu, que já morreu, dizia que eram nomes feios, que não deveriam ser ditos para as meninas, nem na frente dos mais velhos. Bem mais tarde, quando eu já era um moço, é que descobri que o nome feio do qual ele falava, era outro. Esse, sim, era um nome muito feio, mas que por aqui na cadeia todo mundo diz com a maior tranquilidade.

O padre vestia batina marrom e usava sandálias sem meias. Para mim parecia ser um homem muito alto e também bastante gordo e barrigudo. Na véspera da comunhão, tive que confessar-me para um padre que não podia mostrar o rosto; por isso nunca fiquei sabendo se fora o mesmo que celebrou a comunhão. De joelhos no genuflexório, aos meus seis anos de idade eu ainda não teria feito qualquer coisa capaz ser capitulada como pecado. Pelo menos fui sincero e não fiquei incomodando o padre com lorotas. Disse logo que não teria pecado até aquele dia. O sacerdote me dispensou e, o aluno que estava atrás de mim ajoelhou-se, mas não me foi possível ouvir o que ele dizia. Só sei que ele demorou no confessionário e, aí eu fiquei a pensar: ou ele tem muitos pecados para confessar e pedir o perdão; ou ficou gago de tão nervoso.

Durante a cerimônia da comunhão, lá estava ela ainda mais encantadora; de uma beleza que não me deixava prestar atenção ao que o vigário dizia. Eu a olhava com toda firmeza dos meus olhos, e ela me parecia ter descido do altar, como se uma virgem fosse. No momento de receber o corpo de Cristo, cheguei a babar numa das mãos do padre que, todavia, não pareceu importar-se com esse meu deslise. Afinal, eu era um menino inocente e ainda não teria pecado.

Depois da bela cerimônia religiosa, em que eu mais olhei para a menina linda do que para o padre, todos fomos levados para o refeitório da escola, onde foi servido um gostoso chocolate bem quentinho. Durante todo esse tempo, não tirei os olhos da encantadora garotinha, que até hoje lembro nos mínimos detalhes. Não recordo o nome dela, mas parecia ser o de uma flor: talvez Rosa, ou Dália, ou Violeta, ou Margarida, sei lá, não lembro mesmo. Mas chego a imaginar que, em razão da sua pureza virginal, poderia chamar-se de Maria, em homenagem à mãe de Deus: Maria do Carmo, Maria das Dores, Maria de Fátima...

Durante todo esse tempo a vejo vez que outra na rua ou na igreja. É uma carola daquelas que ensina o padre a rezar a missa e, parece ter-se transformada numa chata. Mas com o passar dos anos, sempre que a vejo parece continuar sendo a mesma menina meiga; ou melhor, nem mais menina, nem mesmo idosa. Encolhida no seu constrangimento e, em sua escondida coragem para enfrentar a vida como ela se apresenta, algumas vezes parece triste, resguardada, encabulada, encolhida, deixando a impressão de que dispensa a atenção do resto que a cerca. Indiferente a tudo e a todos, parece viver em estado de isolamento, cercada e guarnecida apenas pelo seu ego e a sua fugaz segurança. Impensadamente, ela cria uma verdadeira barreira intransponível para quem não a conhece e não consegue adentrar no seu estranho e nebuloso interior. Outras vezes, se parece carente, a buscar um afago, uma atenção, um carinho, um braço e um abraço. Fragilizada pelas suas circunstâncias, é capaz de aceitar a presença e a mão de estranhos, de entregar-se, perigosamente, ao desconhecido. Fruto da falta de higidez, poderá confundir facilmente o interesse de alguém pelo maldoso interessado. Assim a observo e penso que ela seja.

Lá pelas ruas, quase sempre segue ela sem qualquer vaidade, sem a beleza *externa* que antes teve e, com a *interna*, que, ao que parece, sempre teve. Vestindo roupas simples e sapatos baixos em cores neutras para não ser notada em meio à multidão, quase nunca muda o ritmo das suas passadas rápidas e miúdas. Parece estar sempre atrasada para chegar ao seu escondido e exclusivo reduto – a igreja onde tomou a primeira comunhão. Ali estando evita tudo e a todos, não está para ninguém. Geralmente cabisbaixa, com o tronco visivelmente curvado para baixo, demonstra constranger-se ao ter que encarar a quem a observa ou cumprimenta. Mulher aparentemente tristonha, resultado de fatos que desconhece e não busca conhecer, porque acredita que a vida é assim e dessa forma deverá continuar a viver. Quem melhor a conhece, diz que ela foge de aglomerações e não gosta de ser interrogada, bem como nada pergunta a estranhos. Que seu círculo de amigos e de familiares é bem restrito e, mesmo assim, nem a eles tributa absoluta confiança. Oh, pessoinha meiga, não és menos do que ninguém! O fato de seres meiga, retraída, constrangida, insegura, não te torna menor do que serias se expansiva, destemida, ousada fosses! Livra-te desse desnecessário sofrimento e abre-te para as coisas que a vida tem de melhor para oferecer-te. A tua vida completará o seu ciclo, no mesmo tempo que levarás, se diferente fores.

Pena que o tempo a desgastou, ficando feia, com a pele enrugada, não mais mostrando aquela aparente aveludada maciez; e vestindo-se muito mal. Pareceu-me um tanto relaxada, ou pelo menos descuidada. As unhas das mãos e dos pés, sempre que a vejo estão sujas e, os cabelos grisalhos e desalinhados. Isso me entristece muito, porque tira de foco a lembrança guardada por tantos anos, da menina linda, sempre bem cuidada, impecavelmente vestida, e de um ar angelical, que no dia da nossa comunhão parecia ter descido do altar, para juntar-se a nós e de frente para o vigário. Acho que ela é uma dessas solteironas desiludidas da vida, ou convencidas de que homem é bicho-papão; exceto, por óbvio, ser for um religioso daqueles comportados. Tenho certeza de que ela não me conhece, mas um dia, quando sair do xilindró, a procurarei para relembrar a nossa primeira comunhão. Mas se ela souber que eu estive preso, penso que não desejará falar comigo. Isso eu jamais poderei dizer-lhe, embora corra o risco de alguém entregar-me para ela.

Mas que ninguém precisará ter ciúme, porque não a desejaria mais para mim; a menos que ela retroagisse aos seus seis anos de idade. Ah, então eu encheria o meu peito de coragem e a convidaria para irmos à matiné no cinema e, tenho certeza de que ela aceitaria, porque eu também era um menino bonito, apesar de muito acanhado. E se ela aceitasse casar comigo, poderia ir com aquele mesmo vestido longuinho, bastando colocar um véu e uma grinalda!

✳ ✳ ✳

Noutra manhã de sol, se mantendo pensativo enquanto outros presidiários jogavam futebol, lembrou das penas antes impingidas aos condenados lá pelos idos do século XVIII, na França. Elas eram dirigidas ao corpo do criminoso, de maneira a mais agressiva e direta e, se completava com a morte cruel do apenado. Mas antes de vir a óbito, o paciente se submetia a um ritual desumano, cuja execução cabia ao carrasco, que derramava sobre o corpo nu do réu matéria aquecida em fogo alto e, enxofre, chumbo derretido, e pinche. Depois disso, parelhas de cavalos puxavam as pernas e braços do condenado, o esquartejando por completo. Tudo presenciado pela população de curiosos e de pessoas que assentiam com a punição aplicada ao paciente.

A constância desses atos e dessas *cerimônias*, se poderia dizer que se assemelhava a um morticínio não provocado por doença cruel e de difícil cura, mas pela ação da Justiça e da autoridade reinante. Ainda mais, que, tudo em presença de grande assistência que para o local de execução se deslocava para assistir àquele verdadeiro teatro de horrores.

Fato outro, de igual crueldade, ele lembrou de ter lido no livro de Michel Foucault, que tomara por empréstimo da biblioteca do presídio. "*O confessor fala com o paciente ao ouvido e, depois ele lhe dá a benção, imediatamente o executor, com uma maça de ferro, das que são usadas nos matadouros, descarrega um golpe com toda força na têmpera do infeliz que cai morto: no mesmo instante o 'mortis exactur' lhe corta o pescoço com uma grande faca, banhando-se em sangue, num espetáculo horrível para os olhos: corta-lhe os nervos até os dos calcanhares e, em seguida abre-lhe o ventre de onde retira-lhe o coração, o fígado, o baço, os pulmões, pendurando-os num gancho de ferro, e corta e disseca em pedaços que põe em outros ganhos a medida que vai cortando, assim como se faz com os de um animal. Quem puder que olhe uma coisa dessas.*" Adiante ele retoma o assunto, mostrando esse espetacular e nojento cumprimento de pena, especialmente em França, mas não só lá: "*O grande pátio de Bicêrre exibe os instrumentos do suplício: várias fileiras de cadeias com suas gargantilhas. Os 'artoupans' (chefes das guardas), ferreiros temporários, dispõem a bigorna e o martelo. À grade do caminho da ronda estão colocadas todas aquelas cabeças com uma expressão indiferente ou atrevida, e que o operador vai rebitar. Mais alto, em todos os andares da prisão, veem-se pernas e braços pendurados pelas grades dos cubículos, parecendo um bazar de carne humana; são os detentos que vêm assistir à toalete de seus companheiros de véspera [...] ei-los na atitude do sacrifício.*)"[354]

Nesse meio tempo soou a sirene anunciado o término do período de sol e, ele teve que apressar-se a entrar na fila para retornar à cela. Mas lá dentro era difícil fixar-se em alguma coisa, porque a bagunça era enorme e, o barulho na cela e nos corredores não deixava ninguém sossegado.

✳ ✳ ✳

Noutra manhã de belo sol, os presos foram

novamente levados para o pátio, mas Severo vinha preferindo manter-se afastado do grupo, porque as brincadeiras deles eram muito pesadas e, em certa ocasião teriam lesionado uma das suas pernas. Alguns costumavam jogar futebol numa parte em que no chão pintaram o quadrilátero do imaginário campo e, ao fundo, ao invés de traves, pintaram as três barras das goleiras nas paredes. Quase sempre era liberada uma pesada bola de couro duro, do tipo usado nos primeiros jogos de futebol de salão. A discussão entre os presos já começava na escalação dos times e seguia-se durante a partida. Via de regra alguém se machucava e, pior, brigavam a socos e pontapés. Quando a briga crescia e vários presidiários participavam da rixa, os agentes penitenciários os recolhiam para as celas e, depois eram punidos. Dependendo da punição, poderiam ter que passar alguns dias numa cela solitária. A passagem pela solitária, seja por pequeno ou demorado tempo traz excessivo sofrimento a quem nela permanece. Max Lucado numa de suas obras mostra o que teria passado um dos seus "pacientes" em tal penosa situação: *"...É difícil descrever o que o confinamento solitário é capaz de fazer para enervar e derrotar um homem. Você logo cansa de ficar sentado e de ficar em pé, de ficar acordado e de dormir. Não há livros, papéis, lápis, não há revistas nem jornais. As únicas cores que se conseguem ver são um cinza pardo e um marrom sujo. Meses e anos podem passar sem que você veja o sol nascer, a lua, a grama verde ou uma flor sequer. Você fica trancado, sozinho e em meio a uma cela suja e apertada, respirando um ar bolorento e fétido, sempre tentando manter a sanidade."*[355]

* * *

Severo costumava dizer que no presídio há tempo para tudo, inclusive para sonhar com a desejada liberdade. Mas ainda assim, há muito barulho, que as vezes dificulta a concentração em alguma lembrança ou, em relação a um problema. Mesmo durante a noite, o silêncio é quebrado por gritarias, batidas de portas, discussões, gritos desatinados, enfim, tudo que seja capaz de emitir som, do mais harmônico ao mais estapafúrdio. Que, tem presidiário que esquece de desligar o rádio antes de dormir, e o danado do som com enorme chiado fica a perturbar os colegas de cela por quase toda a noite. Mas as vezes, alguém toma a iniciativa de desligar o aparelho e, assim, se não houver barulho nos corredores dará para ter um pouco de sossego. De qualquer modo, lá não há horário para dormir; dorme-se quando tem sono e lugar para deitar-se. De sorte que, quando o sono toma conta da gente, não há barulho que o espante, nem lugar incômodo que rejeite o corpo cansado. Assim é a vida numa cela de presidiário. Seja com grade ou porta cerrada, dentro daquele pequeno espaço várias pessoas passam meses e anos a fio, se acotovelando, conversando ou, se destratando.

Sobre o barulho nas celas e nos corredores, Severo ainda lembrou que também é bom sentir os sons e distingui-los vibrando nos nossos ouvidos. Diga-se, estáticos e receptivos ouvidos. Suaves, intermitentes ou mesmo quase que inaudíveis, há sons que alertam e, há sons que despertam avisando que se inicia um novo dia. Há sons cadenciados, mas nem tão harmônicos, pensava ele enquanto não conseguia dormir. Alguns são tão incômodos, cansativos; outros melancólicos, marcados por inesperada e indesejada tristeza. Outros há, que são apreciáveis, serenos, alegres, e convidativos a instantes de elevada inspiração e graça. São raros casos, numa cela, os provenientes de um rádio ligado numa boa estação. De resto, não há som, mas barulheira.

Também dizia que há sons presenteados pelo canto das aves e do espetáculo irrefreável e incessante da queda d'água, que vertiginosamente despenca da cachoeira. Mas, para ele ainda há outros tantos sons a ser lembrados, como é caso, o do balançar das folhas expostas ao vento e à chuva, e aquele oriundo do dom criativo do artista que, não rara vez, se eterniza em nossa alma. Quantas lembranças e tão pouco sono.

Adiante, já quase que dormindo embalado pelo silêncio que momentaneamente não era quebrado, lembrou do som do instrumento musical ou da improvisação de quem não o tem. Sons que pedem passagem e outros que a obstruem. Do crepitar da lenha a arder nos dias de frio, convidando para o aconchego no lar. Som do tilintar de copos, a brindar a vitória de um, e o orgulho de todos. Pensou, também, que há sons que se transportam e se traduzem em encantadoras melodias, proporcionadas pelo acorde de instrumentos e vozes coordenados pela maestria do regente. Mas, ainda há sons sincopados e guardados na rima das palavras do poeta. Também, sons do apito das fábricas e dos trens; das sinetas nas escolas, a anunciar a troca de aulas e, do padre na igreja, avisando que a missa irá começar. Som do silvo do apito do guarda-noturno, a despertar o sentimento de proteção; do respeitoso silêncio da madrugada. Enfim, sons que não mais escutava, mas que deixaram saudade dos seus tempos de infância que, como ela, não mais voltarão. Embalado nesses bons e serenos pensamentos, Severo dormiu, só sabendo que não mais estava acordado, ao despertar na manhã seguinte.

❊ ❊ ❊

Em outra manhã de sol, ficou novamente a divagar nos seus pensamentos. Lembrou que a desonra alcança a todos, indiscriminadamente. Lembrou, ainda, que o respeito muitas vezes é incômodo, porém sempre necessário. Ele nos é imposto até contra quem não nos respeita. Daí, não se tratar de ato de reciprocidade, mas exclusivo de quem é respeitoso. A sua boa imaginação foi-se desenvolvendo e o fez lembrar que os gênios geralmente pouco têm a aprender, porque se fazem por si próprios. Buscam o aprendizado na sua própria natureza; no seu dom. Que, muitas vezes a modéstia encobre o orgulho e, a sobriedade decorre da necessidade. Que, se todo mundo fosse sábio e rico, por certo a vida seria triste e monótona. Daí, se poderia dizer que as diferentes classes sociais, talvez existam para manter o necessário equilíbrio. Mas, que, também, não sejam tão desequilibradas!

Que a felicidade nem sempre nos chega como que caindo do céu. Não alcança a todos por igual e a um só tempo. Que, algumas vezes, também precisa de certa dose de sentimento romanesco do espírito, para se apossar da alma. Sem um pouco de sonho, de fantasia, nem sempre é fácil encontra-se a felicidade. Mas ela também pode interagir com a nossa essência, nos trazendo boas vibrações, independentemente de algum ato voluntarioso de nossa parte. Que apesar disso, não será preciso ter uma sabedoria de Salomão para alcançá-la. Em relação aos políticos, lembrou que quando a maré os favorece, mas a caça é pouca para ser aproveitada por todos, algumas bandeiras ou alas se afetam entre si; todavia, sem perder de vista que ao redor da gamela todos os mendigos se reconciliam. Que o mal algumas vezes deve ser considerado sublime, em razão da sua eventual e oportuna coerência. Que o mal não se incorpora no bondoso, mas as vezes usa das vestes deste, para atingir os seus maldosos objetivos.

Severo era uma pessoa de relativa cultura; gostava de ler e de inteirar-se do que o mundo criava de bom e. mesmo de ruim. Sempre que possível, se mantinha atualizado; em dia com as notícias. Mas a prisão não lhe permitia esses caprichos, essas benesses. Quando lhe era possível isolar-se, prazerosamente enchia a sua alma com bons pensamentos. Lembrou ainda que parte da sua vida se mantinha privada da liberdade, ainda que adstrita a um certo tempo para ele indeterminado. Esse tempo, ainda que pudesse ser longo, ou ainda que não fosse tão longo, era um tempo limitado. Julgava ele que esse tempo não seria eterno, a menos que viesse a morrer antes de ele esgotar-se.

O *tempo* é passado e presente, mas não é futuro., porque ele só se realizará no tempo futuro, quando este tempo futuro lá chegar. A projeção de fatos poderá adiantar-se ao *tempo*, mas eles (os fatos) só se realizarão quando o *tempo* lá chegar. A imaginação pode adiantar-se ao *tempo*, mas a realização jamais. Dizia Severo, eu posso apressar o meu trabalho, mas não posso apressar o *tempo*. Eu posso resolver agora, o que estaria previsto para ser realizado amanhã, mas o dia de amanhã não se antecipará para mim. Dizer que se pode recuperar o tempo perdido é figura de retórica, porque o *tempo* passado não volta; ainda que seja redundante dizer, ele já passou. Tal como o trem que, por algum lugar passou, não mais voltará a passar naquele mesmo *tempo*, ainda que possa voltar a passar naquele mesmo espaço. Porém, o problema do *espaço* é outro assunto. Mas a quem pertence o tempo? Ele pertence a cada um de nós ou a todos nós? Ele pertence a Deus, em razão de ser obra Sua? Já se pensou o que ocorreria se o tempo parasse? Imagine-se, o que ocorreria se Deus resolvesse parar o *tempo*! Já imaginaram se o *tempo* não se realimentasse através do princípio do moto perpétuo, e Deus pensasse: vou parar de dar manivela nessa bomba que faz o *tempo* andar? Possivelmente tudo ficaria congelado naquele exato *tempo*; totalmente paralisado. Severo pensou mais ainda: o tempo é grandeza ficcional, enquanto o *tempo* é intuitivo. O *tempo* é o substrato do tempo, de modo que a não existir o *tempo*, não se poderá mensurar o tempo.

Tendo que ocupar os dias de reclusão com coisas que reduzissem o seu sofrimento, numa tarde lembrou já ter lido que outro elemento sujeito ao *fenômeno* da infinitude é o *espaço*. E que, tal como o *tempo*, também é contínuo. Então, não há dúvida de que o *tempo* e o *espaço* são elementos infinitos contínuos. Leu que Newton, para a Teoria da Gravidade; assim como Einstein, para Teoria da Relatividade; Maxuell, para Teoria da Eletricidade; e, também, Schödinger, na mecânica quântica, afirmaram que há provável entendimento de que *espaço* e *tempo* são elementos contínuos. Claro que diante de fatores bastante especiais, sujeitos que ainda poderão se manter à controversas e, em escalas inferiores à atômica.[356]

Isso o teria bastante interessado, porque era parte de tudo o que seria capaz de saber, mas não imaginava. Todavia, já tinha conhecimento da relação entre tempo e espaço, tal como ocorre com a aceleração, quando se trata de movimento que não aquele de um objeto em torno de si mesmo. Dizia que, no caso do objeto posto a girar em torno de si próprio, poderá se alterar a aceleração para mais ou para menos. Todavia, o espaço ocupado pela coisa se manterá preservado, inalterado. Assim, no caso do movimento de rotação inexiste alteração no elemento espaço; o que fica reservado para o caso de trasladação. Ademais, o que Severo fazia naquele e noutros momentos em que se mantinha isolado em si mesmo, era buscar meio de deixar o seu finito *tempo* passar dentro daquele *espaço* não menos finito.

Enquanto a bola continuava rolando com um grupo de presidiários, outros ficavam sentados numa das arquibancadas dispostas no entorno da cancha, para fumar e conversar sobre o que lhes viesse à mente. Geralmente o assunto girava em torno de críticas e queixas de colegas e dos agentes penitenciários. Isolados da vida que existia além dos muros da penitenciária, o pouco que sabiam lhes era transmitido nos dias de visitas de familiares. Como ainda faltava bastante tempo para o fim do recreio, Severo voltou a meditar; o que fazia com prazer e, com isso, evitava envolver-se em fuxicos entre colegas, que não poucas vezes resultava em lutas corporais, só terminadas pela intervenção dos agentes. Em brigas entre presos, raramente alguém intervinha para apartar.

Outra noite ele passou a pensar mais profundamente sobre si e o seu papel diante dele mesmo. Certo ou errado, entendeu não ser capaz de se conhecer como realmente ele era; porém, apenas como ele *aparecia para si*. Isso realmente seria algo complicado, pois passou a admitir a existência de duas pessoas (figuras) ligadas a um só corpo e uma só alma. Admitiu que aquilo que ele realmente era, não lhe era dado a saber, a conhecer; mas apenas aquilo que a ele se apresentava como sua vida, sua existência. A outra parte se mantinha recessiva, escondida, inalcançável e indecifrável. Inclusive, pensou que Zé Perigoso pudesse não ser um homem tão mal, mas que se apresentava para si como uma pessoa maldosa. Que essa percepção por ele assimilada, estaria introjetada em sua mente, ou no seu ego, de tal modo que o fazia aparecer como uma pessoa má, não apenas para si, mas para o mundo em que vivia. Que, afinal, isso era o que ele conhecia de si, porque isso é o que lhe era dado a mostrar por si mesmo; muito embora, talvez fosse ele outra pessoa, com outro caráter que, todavia, nunca lhe fora dado a conhecer.

Porém, isso ainda não era tudo, porque Severo ficou a pensar o que as outras pessoas, especialmente aquelas que o conheciam melhor, saberiam a seu respeito. Qual das suas duas *figuras* era apresentada para os outros. Como ele se apresentava para essas pessoas. Será que esse lado que aparece para ele, é o mesmo que dele aprece para os outros? Ou será que o seu lado *oculto* era percebido pelos outros? Mas isso seria coisa para um analista; por sorte ele pensou assim...

Numa quinta-feira de sol quente, teve que procurar lugar na sombra para se aconchegar com a sua alma. Trouxe a si a lembrança de que entre os pobres, muitas coisas interessantes se destacam. Por exemplo, que, entre eles há menos inveja (entre aos igualmente pobres e, em relação aos não pobres). Eles usufruem da liberdade como um bem; não como um proveito. Sofrem mais a morte dos seus e, até daqueles que não sendo tão seus, os estimavam e por eles eram estimados. São valentes, mas, em sua maioria, nem sempre irascíveis. Que entre eles inexiste a soberba e a luxúria. São fielmente cumpridores dos seus compromissos e das suas promessas. Se pode dizer, sem ofensa, que moram mal, mas vivem bem. Têm excelente predileção pelo lar e, o defendem acima de tudo juntamente com a família. Não se queira por isso proclamar: viva a pobreza! Mas, que, viva o elevado espírito daqueles que vivem em estado de pobreza!

Porém, ainda lembrou de uma outra classe social. Uma coisa puxava outra. Pois que, além dos pobres, aqueles que vivem com dificuldade, mas com o fruto do seu trabalho, existem aqueles que vivem em estado de extrema pobreza, equivocadamente por alguns chamados de párias. Pois isso está errado; eles não são excluídos da sociedade, pois a integram. Nesse meio, possivelmente se revele a maior concentração de natalidade. Campanhas esclarecedoras e educativas vêm orientando a valorização de esforços para evitar a gravidez, especialmente de jovens desassistidas, para evitar o desenfreado crescimento da taxa de nascimentos nas famílias que vivem na extrema pobreza. Todavia, apesar do que já vinha sendo feito, essas campanhas vinham se mostrado insuficientes. Outras alternativas deveriam ser tomadas, segundo ele, pois que não havia mais tempo a se perder com lorotas e ideias frouxas. Impunha-se, conforme ele, a participação do Estado com uma legislação de caráter compensativo, e/ou restritivo de alguns favores legais, conforme cada caso, para se chegar ao desejado e necessário desiderato. Porque, se os relegarmos à situação de não poderem ser estimulados nem *punidos*, depois de repetidamente instruídos sobre as causas e as consequências, então, sim, que passem a ser considerados párias. Afinal, são pobres, muito pobres, paupérrimos; mas não são loucos, a ponto de não entenderem o mal que fazem para si e trazem para a sua prole e para a sociedade. Pôr uma criança no mundo, sem olhos para ela, sempre será um ato maldoso. Todavia, ressalvou ele outra vez, que, só depois de instruídos e largamente assistidos. Ademais, a todo cidadão o Estado exige e cobra o cumprimento de muitos deveres; a se iniciar pelo compulsório pagamento de impostos.

Numa madrugada em que teve dificuldade para dormir, Severo ficou a pensar na desordem, na anarquia que há nos presídios – pelo menos naquele em que cumpria a injusta pena. Especialmente dentro das celas, imperava a lei do mais forte, se não fosse a do mais astatuto. Longe estava de poder ser comparada com a imaginária Panopticon sonhada por Bentham, lá pelos idos dos séculos XVIII e XIX, quando os presidiários trabalhavam cerca de 16 horas diárias, para com o trabalho contribuir com o pagamento da administração da cadeia. Ficou a pensar que, por aqui ainda existem linchamentos e tribunais do crime, num retrocesso igualável em terror, aos espetáculos do Coliseu romano, onde eram jogados cristãos na arena, para serem trucidados por leões famintos, e para diversão dos soberanos e do povo. Assim que, tanto quando estava enjaulado naquele imundo cubículo, quanto, quando estava no pátio, ele passava bom tempo em solilóquio, a conversar consigo sobre a vida; suas circunstâncias e as rasteiras que ela é capaz de pregar; nas surpresas que ela pode nos dar, a ponto de nos virar pelo avesso.

\* \* \*

A alvorada nas celas começa silenciosa, mas logo que três ou quatro dos presos acorda, não há mais sossego. Não havendo respeitoso silêncio para com os colegas que ainda dormem, os despertos conversam em voz alta, que se associa à gritaria de outros aposentos, e dos corredores. O dia fica declarado como iniciado e, quem ainda não acordou, que se rale. O turno para dormir é o da noite, diziam alguns mais barulhentos.

Vez que outra havia brigas dentro das celas e nos corredores, que eram apartadas pelos funcionários da segurança. Isso causava temor a Severo, que nunca se acostumara com aquele clima belicoso. Só raramente ele percebia tiros, mas os presos usavam facas e outros objetos para atacar e se defender. Nessas contendas, quase sempre alguém saía bastante ferido, ou até morto. Quando as brigas eram mais intensas, algumas regalias eram suspensas, via-de-regra atingindo a todos, inclusive aos que não teriam participado da contenda. Também enfrentou com a tranquilidade que deveria demonstrar entre os colegas, duas pequenas rebeliões que foram deflagradas em 2 meses sucessivos, mas que resultaram sufocadas pela intervenção da Polícia Militar. Na segunda delas, queimaram alguns colchões e quebraram camas, que depois tiveram que ser substituídos.

Embora ele já tivesse dito que a cadeia não é lugar para homem de vergonha, mas para criminoso, ele aditou a sua conclusão dizendo que é para quem tem coragem. Quem não tem coragem, não será capaz de vencer o seu tempo de cumprimento de pena. Ficará pelo caminho, devendo para o Estado o cumprimento do prazo restante, dentro de uma cova. E lá, morto, não estará sujeito à cerimônia fúnebre. É entregue à família e, se ninguém aparecer no IML para retirar o corpo em tempo hábil, ficará engavetado até que seja entregue para a ciência.

Um dia Severo disse que, o que acontece diariamente dentro de um presídio, só quem viver lá saberá contar. É um lugar diferente de todos os que se possa conhecer ou mesmo imaginar. Não haverá vida mais perigosa e desassistida do que no cárcere. O mal está presente em cada dia e a cada espaço daquele enorme prédio, edificado que fora para manter como que enjaulados, humanos de todas as classes, origens, raças, credos e línguas que se possa imaginar. Amontoados como se animais sejam, só gozam do direito de não ter direito algum. Que, ali é o inferno dos infernos, com direito a fogo e homem de capa preta ou vermelha, e com o tridente em punho.

Ele continuava admitindo que estaria por lá pagando pelo que não fez, mas pelo que a Justiça fez de errado. Alguns amigos e pessoas que conheciam o caso se perguntavam: o que servirá de recompensa para esse homem rico, que tem dinheiro para comprar dois prédios do tamanho do presídio, quando for provada a sua inocência? Ah, ele bem sabia! Será recompensado com uma sentença, que o declarará absolvido do crime que nunca praticou e, do qual, foi indiciado, processado e condenado. E, isso lhe bastará. Porque ao morrer será levado para o céu ou para o inferno – tanto lhe fará –, porque Deus sempre está tanto num como noutro desses imaginários destinos do homem. Religioso e possuidor de muita fé, lembrou o que disse Santo Agostinho: *"Ainda não estive no inferno, mas também ali estás presente, pois, se descer ao inferno, ali estarás".*[357] Já se disse por aí, que nada está mais próximo dos olhos de Deus, do que o coração humano que lhe confessa seus erros.

Severo gostava muito de ler, mas na sela não tinha condições de praticar a leitura, em razão da zorra em que o lugar se encontrava quando todos os presos lá estavam. Todavia, um dia pensou em ludibriar o tempo, lendo um livro de Adam Shmith. Com enorme paciência e atenção, aos poucos foi vencendo página por página e se interessando pelo que lia. Destacou sobre o muito que leu, alguns bons ensinamentos que manteve gravado. Num deles, o autor sustenta que *"...um pequeno lucro num capital grande, geralmente proporciona renda maior do que um lucro grande de um capital pequeno."*[358] Noutra passagem, bem antes dessa, o mesmo economista diz que *"...o dinheiro é uma mercadoria em relação à qual toda pessoa é um comerciante. Ninguém o compra senão para revendê-lo, não havendo, portanto, ... um último comprador ou consumidor."*[359] Em que pese correta a primeira assertiva, porque resta fácil reconhecer que o pequeno investidor, em termos de rendimento absoluto, jamais superará o ganho auferido pelo grande capitalista, ainda que sobre este o percentual de rendimento possa vir a ser menor; no que refere à segunda parte, como metáfora foi escolhido um bom exemplo, no entanto, apenas como peça de didática.

Dinheiro jamais é uma mercadoria, pensou Severo. Pelo contrário, é o elemento criado para facilitar a troca de mercadorias e outros bens e serviços. Um bem fungível por excelência, que foi criado para facilitar a troca de mercadoria e/ou serviços entre o universo de pessoas que possam participar de uma ou de infinitas transações. Com a mercadoria, pois, não se confundirá. Dinheiro não se compra, se adquire geralmente mediante o trabalho; se troca, inclusive nas operações de câmbio. Se troca dinheiro por mercadoria, por outros bens e/ou por serviços. Se assim não fosse, as operações com dinheiro se igualariam às de escambo.

\* \* \*

O dinheiro que existia na conta bancária de Severo, depois de tantos saques esgotou-se. Para comprovar ao desconfiado bandido que a conta não apresentava saldo, Ronaldo o entregou o comprovante bancário. Mas o guloso e insatisfeito traficante, não se conformando com a repentina falta de dinheiro, disse-lhe que, então, começasse a entregar os valores da sua própria conta bancária. Que o seu pessoal já sabia o banco e a agência em que ele costumava realizar as suas transações. Assustado, e com a fobia dominando o seu raciocínio, concordou com o meliante e comprometeu-se a levar dinheiro das suas reservas quando fosse determinado. E a determinação foi dada na mesma hora, tendo sido previsto o dia para a entrega do primeiro maço de dinheiro.

Ronaldo tendo aplicações em outros bancos, não mais compareceu naqueles estabelecimentos, pelo receio dos comparsas descobrirem as suas operações. Assim que, daquele dia em diante, passou a fazer transações exclusivamente em dinheiro, para evitar que as suas reservas fossem aspiradas pelo insaciável mandante. Nervoso por saber que andaria sendo seguido pelos jagunços do destemido Lampião do século XXI, passou a caminhar observando tudo o que lhe parecia estranho. Se visse alguém o olhando mais demoradamente, entrava em pânico, não conseguindo conter a instabilidade emocional que o dominava por completo. Não poucas vezes ele entrou em ônibus urbano, sem sequer saber o seu destino. Apenas desejava fugir de alguma cena que lhe parecia ser perigosa e com resultados imediatos.

Diante desse massacrante sofrimento psicológico, Ronaldo não vislumbrava caminho para expiar a sua culpa: a menos, porém, que a tal altura se dispusesse a confessar como tudo verdadeiramente acontecera naquela manhã, no casarão do bairro do Flamengo. Mas a covardia esmagava qualquer tentativa de encorajar-se. Pior, ainda, quando tudo já tinha percorrido enorme caminho, com sofrimento imperdoável de parte de Severo.

O seu estado de perturbação emocional o levou a afastar-se do escritório por alguns dias. Mas pareceu-lhe que o ócio o deixava mais inquieto e temeroso. O constante sofrimento causado pelo inevitável medo, vinha destruindo partes do seu *eu*. Desde que essa sensação passou a acompanhá-lo, cada vez mais intensamente, ele começou a se distanciar de si. Começava a se transformar noutra pessoa; a ter dificuldade para reconhecer-se. Quando retornou ao trabalho, os colegas notando o seu estado de angústia, de verdadeiro pavor, parecendo ter medo de tudo e até da sua sombra, o aconselharam consultar um psiquiatra. E foi o que ele resolveu fazer no mesmo dia. Afinal, ele parecia estar se convencendo de que o medo que sentia era de si mesmo, uma vez que, por lógica, nada mais de efetivo poderia responder pelo seu constante temor.

Marcada consulta para o dia seguinte, ele iniciou por contar ao médico tudo o que vinha passando, com a riqueza de detalhes que lhe pareciam importantes. Atento, o psiquiatra o escutou por praticamente todo o tempo em que durou a consulta, sem dar-lhe qualquer informação. Apenas receitou alguma medicação para mantê-lo mais calmo, especialmente quando estivesse dormindo. Marcou outra sessão para dois dias depois, quando Ronaldo deu seguimento à sua minudente narrativa. Nessa segunda entrevista, o psiquiatra fez-lhe algumas perguntas e marcou nova consulta para data bem próxima. E, assim, Ronaldo deu seguimento ao seu tratamento com o uso de medicação e sessões de psicoterapia.

Indeciso como vinha se tornando nos últimos tempos, em nada apostava, porque não tinha ânimo e ainda menos confiança para decidir-se

sobre qualquer fato ou circunstância. Até mesmo os mais simples e incontroversos assuntos, coisas corriqueiras do seu dia a dia o incomodavam. Amigos diziam que se ele tivesse que decidir a sorte com uma moeda, possivelmente ela caísse em pé.

No entanto, com o tratamento, aos poucos parecia estar melhorando, embora ainda se sentisse inseguro com relação aos comparsas de Zé Perigoso. Para ele, o estariam seguindo durante as vinte e quatro horas do dia, não lhe dando folga sequer para trabalhar. Quando a secretária do escritório anunciava que alguém desejaria falar com ele, a primeira ideia que ele tinha, era de que poderia ser um dos lacaios do chefe do bando. Não se sentindo suficientemente tranquilo para tocar os processos dos seus clientes, transferiu toda a carga de trabalho para os colegas, inclusive o processo de reintegração de posse do casarão, que já estaria na sua fase conclusiva, em razão da morte de Maristela.

O tratamento psiquiátrico seguia dentro da estrutura desenhada pelo médico, mas vez que outra Ronaldo sofria um recuo, uma recaída. O próprio médico, dentro da meta a ser alcançada, já contava com essas alterações que não cessariam tão cedo. Porém, ele desejava um pouco de esforço do paciente, que parecia não vir contribuindo para obter melhora. Era sabido que o mal que o afetava não seria fácil de ser debelado, mas Ronaldo precisaria esforçar-se um pouco mais para aliviar o seu sofrimento. O psiquiatra o disse que deveria imbuir-se de maior coragem e encarar os fatos dentro da realidade. Ele precisaria sujeitar-se um pouco mais ao risco de ter que enfrentar o pior, porque isso contribuiria para dirimir o seu sofrimento. Um pouco de coragem lhe faria bastante bem e o deixaria mais aliviado. A racionalidade também deveria estar presente nos seus pensamentos, não se deixando levar por infundados receios. Afinal, pelo que ele teria contado, estaria sendo seguido por alguns meliantes, que apenas queriam obter informações sobre as suas operações bancárias. Que, pelo que lhe fora contado, nenhum deles teria recebido ordens para maltratá-lo ou matá-lo. Esse medo de ser abatido, ou de sofrer alguma violência estaria fora da realidade, porque ele viria cumprindo com as determinações do seu algoz.

Disse-lhe o médico, que de nada lhe adiantaria sofrer por antecipação e que, além do mais, talvez nunca viesse a sofrer quaisquer das consequências que tanto o apavoravam. Disse-lhe ainda, que, dentro do possível voltasse a concentrar-se no seu trabalho; o que bastante contribuiria para a sua melhora. Que procurasse levar a vida com normalidade, cumprindo com os compromissos do dia a dia, sem criar fatos e situações que o perturbassem. Que tivesse bastante mais confiança em si, deixando que a sua vida fluísse com certa frouxidão e, desatada de traumas por fatos apenas imaginários. Que se imbuísse de maior vigor espiritual, confiando mais na sorte, do que no azar. Que, além do mais, racionalmente, ele não apontava qualquer motivo real, efetivo, para sentir-se inseguro, amedrontado. Que, se ele procurara um psiquiatra, é porque estava a busca da cura do seu estado emocional; porém, para isso, o primeiro passo dependeria da sua ajuda, do seu efetivo desejo de curar-se; de não continuar a sofrer. Que, exemplificativamente, sendo uma pessoa sadia, mas que, por acaso insistisse que estaria à beira de um infarto, com boa probabilidade o seu estado emocional o levaria àquele resultado. Em contrário senso, ele possivelmente já poderia ter ouvido, que pessoas portadoras de grave doença, de difícil cura, com grande força de vontade e confiantes na superação do mal, alcançam a redenção, sequer esperada pelos médicos.

Mas ele era um frouxo, não se sabendo dizer se sempre o fora, ou assim se tornara em razão de algum fato, inclusive desse último. Essa seria uma questão para ser resolvida em uma análise, mas que levaria muitíssimo tempo; o que aparentemente ele não teria na ocasião, diante das presentes circunstâncias. Realmente se tratava de uma situação não muito rara, mas que nem sempre alcançava a plena cura dentro do tempo que o paciente preconizava. Depois de algumas sessões de psicoterapia, o médico aumentou a dosagem de alguns dos medicamentos e passou a encontrá-lo mais vezes durante a semana, todavia em períodos de tempo bem menores do que aqueles previstos inicialmente. Acreditava o profissional, que a cada vez que se entrevistavam, ainda que por pouco tempo, ele saia do consultório bem mais tranquilo e disposto a enfrentar a realidade.

De fato, havia duas realidades a ser separadas por Ronaldo: a efetiva, inquestionável, concreta e, de modo redundante apenas para grifar, verdadeira. Havia outra, que era a sua realidade, inverídica, abstrata, submissa ao seu pensamento e, que respondia pelo seu sofrimento. Essa última, como fácil de se notar, inexistia no mundo das coisas; apenas na imaginação dele. Se alguém pensar que será favorecido pela sorte, mesmo antes dela concretizar-se, estará imbuído de tal estado de euforia, que será possível de levar-lhe a um resultado positivo. De outra forma, se alguém cismar que estará sujeito a algum azar, possivelmente estará puxando o resultado para baixo.

* * *

Poucos dias depois do último encontro com o médico, já se sentindo um tanto mais calmo, Ronaldo teve conhecimento de que fora acolhido o recurso em favor de Severo, e o processo aguardava retorno à vara judiciária de origem, para a designação de data de realização de nova sessão do Tribunal do Júri. Isso também contribuiu para melhorar o seu ânimo e, em poucos dias, já sentia-se bastante otimista.

Voltou a frequentar o escritório, porém sem trabalhar em qualquer processo. Mas com isso acreditava que encontraria forma de dissipar os seus receios, como recomendado pelo psicoterapeuta. Voltara a vestir-se elegantemente – o que não vinha fazendo depois que entrou na fase mais aguda da crise – e, a elevar o semblante e o humor.

Num ato que atribuiu como de coragem, foi ao presídio e informou Severo a respeito da decisão do Tribunal de Justiça; tendo sido agradecido e felicitado pelo cliente. Realmente, estando no presídio não se sentiu muito à vontade, porque a todo instante achava que poderia encontrar-se com Zé Perigoso. Porém, não teria levado em conta que, se o encontrasse, nada o bandido faria em seu desfavor, pois que vinha cumprindo com as suas ordens, desde que foram determinadas. Aliás, fato atribuído pelo seu médico. Depois de conversar um bom tempo com Severo, despediram-se, e ele telefonou para o Dr. Cipriano para perguntar-lhe se já teria tomado conhecimento da informação expedida pelo Tribunal de Justiça; o que por ele foi confirmado. Na oportunidade, o advogado o convidou para novo encontro na semana vindoura, quando começariam a preparar os argumentos da defesa, durante a sustentação oral no Tribunal do Júri.

Ao comparecer ao encontro com Dr. Cipriano, Ronaldo pediu-o que passasse a defender o réu com exclusividade, confessando-lhe que não mais tinha tranquilidade para trabalhar no processo. Disse-lhe ainda, que estaria passando por grave doença que vinha afetando o seu sistema nervoso, não lhe dando condições para atuar como defensor de Severo. Sublinhou, que, inclusive estava afastado do seu trabalho no escritório de advocacia.

Não entrando maiores detalhes, para não ser perguntado sobre o motivo que o teria deixado em tamanho estresse, encerrou o assunto com a concordância do colega de assumir inteira responsabilidade sobre o feito judicial. Despediram-se, e com o retorno dos autos ao juízo de origem, foi designada data e hora para a realização da nova sessão do júri.

Sabendo disso, Ronaldo retornou ao presídio para informar Severo e dizer-lhe que a partir daquela oportunidade o processo estaria sobre exclusiva responsabilidade do Dr. Cipriano. Depois de alguma insistência do cliente para que também o continuasse defendendo, pareceu tê-lo convencido de que não teria condições emocionais para continuar a representá-lo em juízo. Argumentou que assuntos familiares teriam afetado gravemente o seu sistema nervoso, trazendo-lhe insegurança e intranquilidade - circunstâncias que não poderiam estar presentes no desempenho da sua atividade profissional.

Cerca de trinta dias depois, foi publicada nota de expediente informando a data de realização da nova sessão do Tribunal do Júri, e a determinação de que fossem cumpridos os demais atos de praxe. Outro juiz presidia o processo, e tomou conhecimento de que realmente teria havido erro ao condenar um réu inocente, pois as provas contidas nos autos atestavam absoluta isenção de responsabilidade do requerido. Na capa dos autos tinha uma tarja mandada afixar pelo Tribunal de Justiça, determinando urgência no desenrolar do processo, uma vez que, respeitada a soberana decisão do Tribunal do Júri, se tratava de réu preso, apesar de inocente. Em razão disso, o juiz designou data próxima para a realização da sessão do júri.

\* \* \*

Porém, no mesmo dia em que Ronaldo soube da boa notícia, outra ruim foi-lhe informada – que Zé Perigoso teria fugido do presídio junto à um grupo de presidiários. Segundo o noticiário, dois deles já teriam sido recapturados, mas a maioria ainda continuava sendo procurada pela polícia. Que as atenções dos policiais seriam redobradas nas próximas horas, porque dentre os fugitivos estaria o bandido conhecido por Zé Perigoso, com várias passagens pela cadeia. Diante dessa horrível notícia, Ronaldo sofreu grande recaída, precisando entrevistar-se com o psiquiatra logo que lhe fosse possível. Lá chegando, mostrou a sua total angústia, e o medo incontrolável de encontra-se com o bandido a todo momento e, em qualquer lugar. Pediu então ao médico que expedisse recomendação para interná-lo em hospital de psiquiatria, onde ele pensava que estaria plenamente guarnecido e sossegado. E, disse ao médico:

- Lá ninguém entra sem autorização médica, doutor! Tenho certeza de que lá ficarei tranquilo e bem protegido. Por favor, mande internar-me ainda hoje, pois no estado em que estou, serei capaz de dar fim à minha vida.

Diante da alegação de que poderia vir a suicidar-se, o médico logo expediu recomendação para que fosse internado num nosocômio. Ademais, conhecia bastante os sintomas do paciente e, diante da sua insistência e perigo de riscos maiores, expediu laudo circunstanciado do estado emocional do doente, com a recomendação de que fosse baixado em hospital de psiquiatria, sob os seus cuidados.

Internado no hospital, observou que a vida de pacientes com doença mental não é coisa fácil de ser resolvida. Diferentemente do que teria havido com Severo ao chegar na cadeia, no hospital não havia qualquer tipo de abuso por parte dos internos e dos funcionários. Havia pleno respeito entre eles, embora a maioria se mantivesse calado, sem prestar atenção ao que se passava ao seu lado.

Logo que chegou, recolheram os seus pertences e o encaminharam para uma enfermaria para fazer os exames preliminares. Depois, foi levado para um quarto em que havia duas camas, e outro paciente dormindo. Ali ficou durante o resto do dia, pensando no que teria se transformado a sua vida. De um homem alegre e disposto a enfrentar a vida como a teria sonhado; com uma mulher que o teria amado e ele ainda amava, pelo fato de ter-se excedido nas suas atribuições de profissional do direito, vinha pagando alto preço. Queixava-se de si, por não ter imposto limites ao seu agir. Que aquela não seria a primeira vez em que teria se excedido no exercício da advocacia. Que a dor sofrida pelo cliente, não adiantará ser dividida com o advogado, como o sofrimento do doente não poderá ser repartido com o seu médico. Todavia, ele ainda pensava com absoluta certeza, de que era responsável pela dor sofrida pelo seu cliente, por não ter informado à polícia no início do inquérito, o que sabia a respeito do acidente com Maristela.

Passados os primeiros dias de internação ele começou a ambientar-se com o hospital e com a rotina imposta aos doentes; no entanto, sentia vontade de sair um pouco para passear e conversar com amigos e colegas. Mas isso dependeria de autorização do seu médico. Numa das consultas, ele pediu ao psiquiatra para liberá-lo por algumas horas para passear. Mas o médico não lhe concedeu, pois bem sabia da imprevisível instabilidade emocional do paciente, que a todo instante poderia ter uma recaída com consequências perigosíssimas. Ele era um paciente especial, pois não era nem louco nem totalmente são. Apenas, vez que outra, com certa facilidade parecia dar um nó na sua cabeça, sentindo-se culpado por quase tudo o que teria ocorrido com o seu cliente. Além disso, passara a sofrer com a firme ideia de que vinha sendo perseguido pelo seu algoz – situação que fugia da realidade. Isso era algo absolutamente irreal, mas que convivia com ele desde que soube do seu envolvimento com aquele não menos doente e ferrenho bandido. O tal de Zé Perigoso não seria homem para estar preso numa cadeia, mas internado num hospital para recuperação de pessoas detentoras desse horrível mal; se é que realmente poderão ser curadas.

É bem verdade que teria prejudicado o seu cliente, que sofria dentro de uma prisão por ato que ele poderia ter confessado, se não fosse tão covarde. Por esse motivo, bem que lhe cabia o sofrimento que vinha passando. Porém, com relação a Zé Perigoso, ele estaria extrapolando os limites da normalidade, da realidade. Quando as suas crises aumentavam, ele parecia querer fugir de si mesmo; o que sabia ser impossível. Esses torturantes pensamentos o levavam a viver num eterno inferno mental, que abalava todo sistema nervoso e forçava para baixo o seu astral. E, mesmo que ele quisesse enganar os seus pensamentos, a angústia era maior e mais forte, a ponto de sufocar qualquer tentativa de fugir da sua realidade, da sua verdade.

No hospital, vivia caminhando pelos corredores e desviando de alguns doentes com diversas manias, como a de bater com a ponta do pé no chão, sistematicamente. Outro, ficava parte do dia conversando com alguém que morava noutra cidade, mas que o respondia nas suas perguntas. Havia alas distintas para distintos pacientes, inclusive separando homens e mulheres em corredores que não permitia se comunicarem. Durante o dia era permitido todos ficarem numa ampla sala. Ali, homens e mulheres depois de examinados pelos médicos, poderiam se sentar em sofás e poltronas para assistir programas de televisão. Noutra sala, tinham mesas com tabuleiros de damas, de xadrez e de mais alguns jogos, inclusive pingue-pongue. Mas era proibido o uso de aparelhos de som em alto volume, e algazarras.

Nos horários de refeições, tocava uma sirene anunciando que todos deveriam encaminhar-se para o refeitório. Quem chegasse atrasado, era advertido por um dos monitores ou enfermeiros. Os dias de visitas eram bem espaçados, e só os poderiam visitar, parentes que comprovassem documentalmente o parentesco e, amigos, só quando autorizados por algum parente. Durante as visitas, os doentes poderiam receber alguns alimentos ou objetos, inclusive roupas, desde que liberados pela administração do hospital. Medicamentos não poderiam entrar de forma alguma, nem com autorização médica. Essa última determinação era absolutamente inflexível.

Certa noite, ao entrar um paciente em estado de absoluto descontrole psíquico, inclusive vestindo uma camisa de força que comprimia os seus membros superiores, e evitava debater-se e bater em alguém, um dos enfermeiros que o teria acompanhado na ambulância, em voz alta disse para um colega que tivesse cuidado, porque o paciente sofria de trauma que o tornava *perigoso*.

Ao escutar a palavra *perigoso*, Ronaldo ficou pálido e recolheu-se no quarto, o trancando por dentro; o que não era permitido fazer. A sensação da eminente chegada do seu suposto algoz, nele agiu como uma tensão elétrica; como a descarga de um raio em dia de grande tempestade. Logo que o pessoal se desocupou da tarefa de acomodar o paciente que recém chegara, tiveram que dar ordens severas a Ronaldo, para que liberasse a porta que se encontrava fechada. Diante disso, ele passou a ter um tratamento diferenciado por recomendação do médico, tendo sido transferido para outro aposento mais próximo da enfermaria e, sem a possibilidade se trancar por dentro.

Essa movimentação na ala em que ele estava internado, foi motivo para alguns cochichos entre outros doentes, que começaram a olhá-lo de forma diferente. Para alguns dos internos, ele não mais se parecia com a pessoa cordata e gentil que demonstrara ser antes daquele evento. Ronaldo continuava a passar os dias assustado; em estado de pânico, dado o pavor que sentia pela hipótese de encontrar o grande bandido, justamente no hospital a que se mantinha recolhido por ordem médica. Vivia enchendo a cabeça com fantasias negativas. O medo o dominava o dia inteiro e, boa parte da noite. Vivia temeroso com a possibilidade de vir a ser surpreendido a qualquer momento e, em qualquer lugar. Evitava ficar sozinho; procurava aproximar-se de outros doentes ou funcionários, para que, na eventualidade de vir a ser atacado pelo maldito criminoso, pudesse ser defendido por alguém.

Alguns enfermos que com ele conversavam e jogavam damas, se afastaram pelo medo de que, estando em surto, ele tivesse alguma reação perigosa e possível de machucar alguém. Quase mais nenhum dos doentes falava com ele e, alguns, sequer o cumprimentavam no café da manhã. Ele começou a perceber esse afastamento e passou a ficar isolado. A partir desses fatos, também evitou falar com as pessoas que o desprezavam. O seu semblante baixou e, ele começou a sentir-se triste por ter ficado isolado da maioria dos internos. Eram pessoas que não conhecia antes da baixa hospitalar, mas que começara a estimar, uma vez que por elas era respeitado. Essa teria sido mais uma de suas *pisadas na bola*; tudo porque ainda não teria conseguido dominar o seu medo e manter a calma e a coragem indispensáveis à cura.

Noutra noite, novamente ouviu alguém gritar que determinado doente era *perigoso*; que estava em crise de difícil domínio e reversão. Dessa vez, apesar de sentir medo ao ouvir a palavra *perigoso*, se manteve no seu leito e não teve qualquer reação excepcional. Possivelmente fosse necessário gritar tantas e tantas outras vezes a palavra *perigoso*, para que ele se acostumasse com a ideia de que não se tratava do seu danado algoz.

\* \* \*

No dia da realização da sessão do júri, Severo foi conduzido do presídio ao foro. Lá, já o esperava o Dr. Cipriano, que o cumprimentou e comentou o fato irresponsável do anterior Conselho de Sentença, que o teria submetido por imperdoável erro a manter-se em cárcere por tanto tempo. Que estava confiante da reversão da decisão proferida pelos anteriores jurados e, que, certamente ele sairia daquela sessão livre de qualquer compromisso com a Justiça. Severo disse confiar plenamente no seu defensor e, que, lamentava Ronaldo não poder estar junto na sessão.

Sorteados os novos jurados, novamente duas mulheres foram impugnadas pelo defensor do réu, pelos mesmos motivos antes expostos. A sessão desenvolveu-se com certa agilidade, e o representante do Ministério Público, diante das inequívocas provas dos autos, pediu a absolvição do réu. O Conselho de Sentença, em razão da segura manifestação do promotor de justiça, votou unanimemente pela absolvição. A sessão foi rápida e, lida a sentença que o absolvia, Severo foi posto em liberdade ao término do ato judicial.

\* \* \*

Sabedor de que Ronaldo se encontrava internado, no dia seguinte foi ao hospital para visitá-lo, ainda que sem autorização de qualquer familiar, pois não sabia de pessoa que pertencesse à sua família. Não conseguindo entrar, procurou o psiquiatra que o assistia, na tentativa de poder visitá-lo. Assim que, com a autorização do médico ele conseguiu avistar-se com o seu advogado. Todavia, o médico que era conhecedor de todos os fatos com riqueza de detalhes, inicialmente temeu pela sorte do seu paciente. Afinal, não saberia qual seria a intenção de Severo para com o seu advogado, caso já soubesse da imperdoável traição. Não estaria descartada a hipótese de que pretendesse vingar-se daquele que tanto o prejudicou. Se o erro de Ronaldo fosse de natureza profissional, já seria bastante sério, mas o fora por defeito de caráter; o que ensejaria uma correção proporcional ao prejuízo causado àquele que nele tanto confiava. Então o médico liberou a visita, porém com a presença de um profissional do sanatório.

Ao chegar na sala de visitas, Severo entristeceu-se com a pesaroso estado em que se encontrava Ronaldo. Aquela não era mais a pessoa que antes conhecera. Estava magérrimo, pálido, com a voz e gestos trêmulos e, vez que outra, não conseguia dar sequência aos seus pensamentos. Era um homem em real estado de perturbação mental, que necessitava de cuidados médicos muito especiais. Demorou-se um pouco tentando afagar com palavras aquele homem que já considerava amigo. Mas via que o seu parceiro de tanta luta, não mais respondia às suas provocações. Então, viu que já era hora de despedir-se, e oferecer-lhe o que tinha de melhor – a sua amizade.

No dia seguindo ao da visita à Ronaldo, Severo foi ao escritório do Dr. Cipriano para mais uma vez agradecer e elogiar o seu trabalho, e perguntar-lhe se ainda devia algum valor a título de honorários. Em meio à conversa, disse-lhe que sabia que, em razão da morte de Maristela, a sua casa teria sido liberada pela Justiça. Disse, então, que pretendia voltar a morar no casarão, onde teria vivido desde que nascera. Mas o experiente advogado o aconselhou a não mais morar no Rio de Janeiro, porque apesar da sua vitória com a absolvição, ainda havia pessoas que o criticavam e, que, provavelmente não se sentindo convencidas da decisão entregue pela Justiça, ao vê-lo circulando na rua, ou em algum lugar privilegiado, poderiam querer perturbá-lo, desrespeitá-lo e, até agredi-lo.

Que além do mais, o convívio por cerca de nove meses na prisão, poderia servir de oportunidade para que algum desafeto que com ele tivesse convivido no xadrez, se acovardasse, com ou sem motivo, o instigando para uma desforra. Disse ainda, que sendo um homem rico, tendo ao seu dispor todo o planeta para morar, não seria seguro nem agradável continuar residindo no Rio de Janeiro. Ademais, a sua presença poderia ser motivo de constrangimento para algumas pessoas, com as quais antes tivera salutar relacionamento. Que não estaria se referindo aos seus amigos, porque esses continuariam a estimá-lo; mas aos conhecidos. Que a vida nos reserva surpresas que não podem ser afastadas, mas há outras situações que poderemos evitar, como é caso, o de mudar-se da cidade, procurando um lugar tranquilo, preferencialmente, onde ninguém o conhecesse.

Não precisou o Dr. Cipriano dizer muito para Severo convencer-se de que, afinal, poderia e deveria escolher outro lugar para morar. Talvez no exterior, onde também há lugares excelentes, muitos deles já visitados em viagens a passeio. Disse desejar ter um bom tempo para si; um tempo no qual desejaria afastar-se de tudo e de todos. Um espaço insular, onde ninguém mais penetrasse. Queria refazer-se e reencontrar os seus originais pensamentos; reestruturar os seus sentimentos; ganhar uma nova cabeça, ou reencontrar àquela que imaginou ter perdido em meio a tantos confrontos negativos.

No dia seguinte procurou um corretor de imóveis para contratar os serviços de corretagem de venda da casa. Todavia, antes de entregar as chaves na imobiliária, visitou a casa num ato de despedida do prédio em que morou desde que nasceu. Entrou no prédio e, a cada cômodo pelo qual passava, mais do que despedir-se, relembrou os demorados anos em que ali viveu na companhia da sua família – lembranças que jamais seriam apagadas da sua mente. Desde a época de criança, de adolescente, de adulto e, até bem pouco tempo atrás.

Lembrou do tempo em que descia a escada com todo cuidado, observado pelos pais e avós; das brincadeiras por todas as dependências do enorme prédio e no jardim. Dos dias em que se dizendo jardineiro, passava bom tempo da tarde regando as flores e folhagens; de quando aprendeu a andar de bicicleta, já sem as rodinhas traseiras de apoio; de quando os amigos de escola e da vizinhança com ele desarrumavam parte da casa, especialmente do piso superior. Da liberdade concedida pelos avós, apesar das observações e trancos dos pais; de quando pela primeira vez de lá saiu com o uniforme do colégio e com livros e outros materiais escolares.

Examinou tudo com certa demora, vendo o que tinha sido destruído; o que tinha desaparecido; e, o que ainda restava, depois de Maristela se *apossar* do imóvel. Para sua sorte, se mantinham intactas duas raras obras adquiridas pelo seu avô no início do século XIX. Se tratava uma delas, de Impressões do Brasil no Século Vinte, editada em português no ano de 1913 pela Llyd's Greater Britain Publishing Companhy – um denso volume com capa em couro e gravação em relevo das Armas do Brasil; a outra obra, se constituía de 3 grandes volumes também muito densos, intitulada História da Colonização Portuguesa do Brasil, editado por Editora Litografia Nacional, Porto, Portugal (MCMXXIV), em comemoração à independência do Brasil (1822). Essas belas obras ainda se mantinham no paradouro para elas reservados há muitos anos, na sala principal do prédio.

Recordou de quando lá chegou fardado do Exército, quando prestou o serviço militar obrigatório; ao festejar a aprovação no exame de vestibular para a universidade, numa festa organizada pela família. Lembrou das festas de Natal com toda a família reunida e mais alguns amigos dos pais e dos avós, que eram presenças garantidas e alegravam ainda mais aquelas inesquecíveis noites. Eram festas ambientadas com música e uma ceia organizada pela sua mãe, que tomava para si o prazer de decorar a enorme mesa e nela depor variados pratos enfeitados com motivos natalinos.

Lembrou ainda do tempo em que acreditava em Papai Noel, que lá aparecia para entregar presentes a todos; do enorme pinheiro enfeitado e com luzes intermitentes.

Ele sabia que aquela certamente seria a sua última oportunidade de pisar naquele cálido madeiramento do sempre encerado assoalho, nos tempos em que ali morou. Que possivelmente nunca mais pudesse desfrutar do encanto produzido pelas paredes ricamente revestidas com material mandado comprar pelos seus avós e, depois, pelos seus pais, na França. De desfrutar da bela e convidativa visão concedida pelo austero e harmônico conjunto do mobiliário, que tanto o envaidecia por ser seu; apenas seu, desde a morte dos avós e dos pais. Enfim, como seria de esperar, Severo foi às lágrimas antes de fechar a porta da casa pela última vez, mas teria cumprido com o seu último desejo: despedir-se do seu santuário, muito embora deixando ali dentro, a maior parte da sua existência. Realmente, não teria ele algum dia isso imaginado, mas sabia ser necessário curvar-se às circunstâncias que o levaram a tal desenlace.

Antes de cerrar o portão gradeado rente ao muro, ele parou demorado tempo observando e se despendido do seu jardim. Parecia estar dando adeus às suas queridas flores e, pedindo que elas zelassem pela integridade daquela casa, que também era delas. Que muitas delas, a exemplo dele, ali também tinham nascido e vivido. Seriam só elas que, afinal, ainda permaneceriam com vida naquela casa. Circundou calmamente a área externa, parou-se um pouco perto do caramanchão, onde chorou um tanto mais.

Após acalmado, ainda secando as lágrimas, Severo fechou o portão e caminhou pela calçada até dobrar na esquina, sem coragem de olhar para trás. Enquanto ainda andava pela calçada fronteiriça ao casarão, cantarolou para si, o que lhe pareceria ser uma canção que desejaria guardar para sempre na sua memória: era a antiga cantiga popular de Mário Lago em parceria com Roberto Martins, que repetia: "*Se essa rua fosse minha, eu mandava ladrilhar com pedrinhas de brilhante.*"

Enquanto ali esteve, sequer observou se algum vizinho estava a observá-lo; e, pensou que talvez fosse melhor que ninguém mais o tivesse visto. Então ficou a pensar: esta rua não é mais minha, mas a minha rua é esta... Pouco depois, enquanto caminhava pela redondeza, foi surpreendido por um antigo morador que o abordou e, em tom amigável, mas usando de palavras impróprias para um homem que nada devia à sociedade, fez-lhe a seguinte observação:

- Agora, Severo, você pode olhar-se. Não é verdade?

Grande bobagem disse o vizinho, que recebeu a resposta que merecia:

- Não é verdade, meu caro vizinho. Eu sempre olhei para mim. Só os covardes e complexados não se veem. Nunca devi nada a ninguém e, o bom vizinho bem sabe disso, pelos tantos anos que nos conhecemos. Passe bem.

\* \* \*

Passados muitos dias em que os presos deram fuga da penitenciária, Zé Perigoso foi captura e levado para o xadrez. O ato de fuga da cadeia, levou à abertura de outro processo contra ele e aos demais fugitivos. Já encarcerado, nos primeiros interrogatórios em que questionavam o fato dele ter conseguido dinheiro para intermediar negócio com drogas, o esperto vagabundo nada falou. Depois, disse que o dinheiro teria conseguido com um cara que não lembrava o nome, nem sabia onde morava. Debochando dos policiais, se atreveu a dizer que achava que era um policial quem atravessa o dinheiro. Que, como o salário dos tiras estava atrasado, o colega deles fazia um bico no negócio de drogas. E emendou dizendo:

- Se eu fosse policial não perdia tempo interrogando bandido em troca do salário que o governo não vem pagando. Trouxa é quem faz esse serviço perigoso!

Levado para o pau-de-arara, berrou muito da dor que sentia e, inclusive enquanto não apanhava. Puro jogo de cena. Mas nada disse, pois se tratava de jura do seu ofício não entregar cúmplice na muamba. Porém, como os tiras sabiam que teria mais gente envolvida na trama, não deixaram o lero-lero dele cessar com os castigos preliminares. Ainda haveria algumas outras *técnicas* para ser usadas contra o silencioso bandido. Afinal, Zé Perigoso era um cara que não saía da mira da polícia, possivelmente desde que nascera. A malandragem e o crime estavam no seu DNA, e certamente os teria herdado do pai, não menos envolvido no submundo da matança, do roubo e do tráfico. Não foi por outro motivo que acabou morto naquele mesmo presídio.

Quando o levaram para a sala de choque, ele pensou mais com a cabeça do que com a coragem. Afinal, o cara que teria levado dinheiro para ele, não se enquadrava no padrão de homem do crime. Era um zé gravatinha, que extrapolando as suas atribuições de advogado de preso, se prestara para enfiar a cabeça onde não devia, e depois não a sabia tirar. Demais disso, o esperto bandido não iria ficar mais tempo levando porradas e choques de ratos, apenas para não dedar aquele zé ninguém metido a letrado. E não foi outra coisa que se deu: Zé Perigoso entregou Ronaldo, com nome, sobrenome, endereços e banco no qual fazia os saques. Só não informou o número da conta, para dar algum trabalho para os agentes num dia de domingo.

Na manhã da segunda-feira, bem cedinho a polícia já andava atrás de Ronaldo com mandado de prisão na mão e tudo o mais; inclusive com algemas e camburão. Não o encontrando em casa, de lá zarparam em comboio para o seu escritório, onde foram informados de que ele se encontrava internado no hospital psiquiátrico. E foi só contornar alguns bairros para chegarem ao hospício que passara a servir de moradia para o patético Ronaldo. Afinal, Ronaldo era pessoa digna de pena, apesar dos graves erros que teria cometido. Um inocente útil, por assim dizer; um ingênuo perigoso e trapalhão. Nascera para bobo, e se metera a trabalhar como advogado. Um homem bom, mas idiota, que jamais deveria ter escolhido a advocacia como profissão. Se gostava tanto do Direito, deveria ter conseguido emprego no Congresso, onde as vezes fazem as leis. Ou, numa Câmara Municipal, onde editam leis dando nomes a ruas e outros logradouros, e não se exige dos edis qualquer conhecimento jurídico. Certamente, ele já teria conhecimento de que há vereadores, que sequer sabem os nomes de todas as secretarias do Município, e suas respectivas atribuições. Mas não há o que se queixar dessas excelências, pois que, afinal, são a voz do povo e, por ele são eleitos.

Ao ver os policiais, nem pediu para ler o mandado de prisão, coisa que não deixaria de fazer, se estivesse dentro do seu perfeito juízo. Sem qualquer reação, por moto próprio estendeu as mãos para a fixação das algemas e encaminhou-se para o camburão, sem saber se entraria pelos fundos ou pela lateral. Ora, ele nunca teria viajado numa viatura daquelas, com direito a sirene, giroflex e batedores. Branco como uma folha de papel do tipo A-4, tremia mais que vara verde, como se costumava dizer. Assustado como um gato molhado, nada falava nem olhava para ninguém, porque achava que deveria manter-se em absoluto silêncio para não perturbar o trabalho dos policiais.

Mas sabendo que seria levado para o presídio, parecia se sentir aliviado, porque acreditava que Zé Perigoso ainda continuava solto, escondido em algum cafofo, e protegido pelos seus fiéis comparsas. Confiante na liderança e na inteligência do seu cruel verdugo, não imaginaria que o dito cujo estava encarcerado na mesma casa de detenção que, talvez, o abrigaria por tempo indeterminado. Lá chegando, cumpridos os atos de estilo, foi levado para uma das celas. Todavia, a administração do presídio sabendo que ele teria sido alcaguetado por Zé Perigoso, o deixaram em outra ala. Além do mais, por se tratar de pessoa com formação em nível superior, teria direito de ser internado em aposento especial.

Logo que tomou real consciência do que estava acontecendo, pediu que chamassem um dos seus colegas de escritório, que seria o seu defensor. Do encontro, resolveram que a alternativa para sair provisoriamente da cadeia, seria mediante declaração médica de que necessitaria continuar internado em hospital psiquiátrico, dado o seu crítico estado de saúde. E foi o que o seu defensor fez sem demora.

Depois, ficou sabendo que só age dessa forma, advogado que não está acostumado com as estreitas e sinuosas curvas do Direito Penal, e de suas especiais circunstâncias. Que lidar com esse ramo do direito, não é coisa para amador nem para curioso. As consequências dessa medida para Ronaldo, foram as piores, das tantas que se poderia imaginar. Nisso vale relembrar o ditado que assim diz: quem não tem competência que não se estabeleça.

O médico - o mesmo que o vinha acompanhando no tratamento -, ao relatar a situação em que ele se encontrava, recomendou a sua internação hospitalar - lugar de onde teria sido retirado e transferido para o presídio. Que o paciente inspiraria cuidados, não sendo recomendado que se mantivesse recluso numa cadeia. Levado o relatório médico ao juiz de plantão, esse determinou a pronta internação do réu no HJDM – um hospital de psiquiatria forense -, mantendo-se em observação por médico do Estado, e sob custódia policial nas primeiras 48 horas.

Disso resultou não ter data nem prazo para ser solto. Mas a ordem de prisão inicialmente despachada – para ser recolhido ao presídio - era temporária, por alguns poucos dias, devendo ser colocado em liberdade sem demora. Não sendo elemento perigoso, responderia ao processo em liberdade logo que passados alguns poucos dias de investigação. Justificava isso, o fato de não pertencer à cúpula nem à esfera do crime, pois que só teria contribuído com a entrega de alguns valores para um dos líderes do tráfico. E isso tudo sob incondicional pressão do bandido e de seus jagunços. Comprovadamente ele era um homem íntegro, que por um tropeço teria favorecido o crime com o repasse de alguns valores.

Mas o afoito Ronaldo, bem como o advogado que escolheu para defendê-lo, sequer intentara o remédio legal do habeas corpus, antes de mais nada. Tendo escolhido o caminho da transferência para hospital psiquiátrico, de lá só sairia, como sói ocorrer, quando um médico do Estado o declarasse apto a voltar ao convício social; situação muito difícil de ocorrer. Tivesse ele entregue o seu direito à liberdade, ao trabalho de profissional competente, já estaria solto. O seu caso era de tal simplicidade, que qualquer advogado de porta de cadeia em petição de meia folha de papel, teria convencido ao juiz que não se tratava de caso para mantê-lo preso.

Por outro lado, Zé Perigoso teria perdido algumas estrelas ao retornar para a prisão. Ao ter induzido e coagido alguns presidiários a participar da fuga, todos sofreram severos castigos ao ser recapturados. Além do mais, tiveram aumentadas as suas penas e os prazos para mudança de regime prisional. Em razão disso, ele perdeu o comando sob detentos de outras alas e, na sua própria ala, deixou de ser tão respeitado e temido como antes.

\* \* \*

O HJDM, como era conhecido, se tratava de uma instituição de direito privado, que teria conveniado com o Estado, para receber presidiários com desvios comportamentais oriundos de doenças mentais. Historicamente, teria servido como casa de isolamento sanitário de portadores de hanseníase, tuberculose e, bem depois, aidéticos. Cada um dos portadores dessas doenças contagiosas era tratado e se mantinha em alas distintas. Com o passar do tempo e o aumento de recursos para a cura desses horríveis males, as internações foram diminuindo e o hospital entrou em quase insolvência. Foi a partir daí que, demonstrando ter condições físicas e técnicas para receber presos portadores de insanidade mental, resultou conveniado para esse fim.

O prédio situava-se num terreno ao pé de um enorme morro que o circundava totalmente, não podendo ser visto por quem passasse pelas suas imediações. Era como um vasto buraco ao fundo do morro; quase que um vale em meio a uma região desértica; lugar pouquíssimo habitado. Entre o terreno em que se situava o edifício e a área externa, havia um grande fosso que o rodeava inteiramente. O fosso tinha cerca vinte metros de profundidade e, mais ou menos trinta metros de distância entre a hipotética ilha em que estava o hospital e, a área externa. O fundo e largo fosso teria sido feito para evitar que doentes dessem fuga do lugar e, durante a noite, fachos de luz se alternavam iluminando toda a circunferência do enorme e profundo buraco.

O acesso para chegar-se ao hospital era feito através de um pontilhão, com altas grades laterais e mais duas em cada um dos extremos. De modo que, quem precisasse entrar ou sair da área privativa do nosocômio, teria que passar pelos quatro portões, a saber: ao abrir o primeiro deles, numa das extremidades do pontilhão, só abriria o seguinte depois daquele estar automaticamente fechado; e, na outra extremidade, para abrir o terceiro portão, precisariam estar fechados os dois anteriores. Finalmente, para ter acesso pelo quarto portão, os três anteriores teriam que estar automaticamente fechados. Mas havia dois macetes que ainda mais dificultava a entrada e saída pelo pontilhão: o primeiro deles, é que se alguém com pressa ou em fuga não aguardasse a conclusão dos ciclos de fechamento automático de cada portão, ficaria preso no pontilhão; só podendo ser resgatado com o auxílio de algum funcionário. O segundo, é que só uma pessoa poderia passar de cada vez. Assim que, só depois de alguém completar todo itinerário, com a abertura e fechamento automático dos quatros portões, outra teria acesso àquela engenhoca.

Aos fundos havia uma outra passagem, exclusiva para o recebimento de mercadorias, outros materiais e, até móveis. Era um pontilhão largo, sem os portões de abertura e fechamento automático, porém, se mantinha suspenso e, só quando necessário era acionada, eletronicamente, a sua descida e imediata subida.

Não sabendo para onde estaria sendo levado, Ronaldo já se sentia aliviado por ter deixado o presídio, onde imaginava que a todo momento poderia vir a se encontrar com o seu carrasco; segundo ele, *se* capturado pela polícia. Porém, nem sabia o desajeitado advogado, inexperiente que era com as coisas que envolvem o crime e suas nuances, que estaria sendo conduzido para um lugar enésimas vezes pior do que a cadeia.

Ao chegar no hospital, dentre outras circunstâncias, deparou-se com o que havia de mais desumano no planeta. Mas o maior choque não foi no primeiro momento, pois ainda haveria muita coisa para ser vista. Dizem que quem ficava por lá muito tempo, teria as batidas do coração aceleradas; como as de um atleta ao final da prova. Tinha coisas que ao ser vistas, o observador chegava a pensar que estava virado de costas para a cena. Mas ali era um hospital...

Na primeira hora em que lá esteve foram-lhe dadas algumas orientações que precisavam ser seguidas. Se tratava de horários para as refeições; para se recolherem às celas; sobre a obrigatoriedade de manter silêncio após as vinte horas; de comparecer às consultas médicas quando agendadas; etc.

No hall do enorme e ostentoso prédio que ficava em zona afastada do centro urbano da cidade, havia duas grandes estátuas de bronze, erguidas sobre bases de mármore verde, com placas em material metálico com os nomes dos fundadores do hospital. A pavimentação era em ladrilhos com desenhos geométricos e, ao meio, tinha um emblema de alguma instituição por ele não identificada. Altas janelas abertas e fechadas com sistema de cremona, proporcionava boa ventilação através de basculantes na parte superior. Próximos das paredes do grande salão havia quatro bancos de alvenaria, bem conservados apesar do ano em que foram construídos – 1893. No centro do enorme teto havia um domo que proporcionava entrada de luz, e ventilação quando era aberto.

O prédio tinha dois andares interligados por várias escadas situadas no final dos corredores, e um elevador com porta pantográfica, que pelo visto parecia necessitar de urgente manutenção. Um grande lustre ornado com cristais pendia do eixo principal do hall, mas pelo visto nenhuma das lâmpadas estaria apta a oferecer iluminação. Além disso, a sujeira anuviava ou manchava aquela verdadeira obra de arte, da qual pendia teias de aranha acumuladas por muito tempo. Em todos os corredores e algumas outras dependências havia sistema de calefação, absolutamente dispensável para o clima carioca.

Em algumas portas internas, tinha placas de metal com nomes de benfeitores da instituição em sua época de apogeu. Caminhando, ao passar por uma peça que parecia ser a sala do diretor, viu enorme mesa de madeira de pinho, com desenhos em alto e baixo relevo, mas com visíveis arranhões e mossas. Acompanhava aquilo que já teria sido um belo móvel, uma cadeira com espaldar alto e braços. A cadeira, que provavelmente movesse para trás ao sentar-se, era forrada com pano verde de boa qualidade, porém desbotado, manchado e puído, tanto no assento, como no encosto e nos braços. Sobre o tampo da mesa havia alguns objetos que não puderam ser bem identificados por Ronaldo. Mas acreditou que fossem canetas, papéis, grampeador, e outros utensílios de escritório. Além dessas peças, tinha outras duas cadeiras de aproximação, que combinavam com os demais móveis. Sob o conjunto de mesa e cadeiras tinha um lindo tapete de origem persa, também puído e desbotado pela ação do sol que entrava pela janela dos fundos daquele cômodo.

À esquerda de quem entrava no elegante e vetusto gabinete, tinha um armário envidraçado, confeccionado com a mesma madeira da mobília, de altura que alcançava o elevado pé direito da peça. No armário eram guardadas obras de profissionais que fizeram história na medicina e, principalmente na área da saúde mental. Dentre elas, livros de Jung, de Piaget, de Pinel, de Freud e de Pierre Janet. Ao fundo da mesa de trabalho tinha duas telas: uma retratando Hipócrates e outra, Freud. A primeira pintada por quem usou o pseudônimo de R. Solene, datada de fevereiro de 1923 e, a outra, de Peri de Ponte, sem data.

Ainda no mesmo gabinete, à esquerda, tinha um conjunto formado por um sofá e duas poltronas, mais uma mesinha de centro. Esse conjunto de estofados, também forrado com o mesmo tecido verde, estava em igual estado de degradação e sujeira. Sobre a pequena mesa tinha um grande e bonito cinzeiro de cristal, e uma peça, rústica, que não combinava com o que mais tinha naquele cômodo. Mas o que mais chamava a atenção, era a grande quantidade de pó em todos os móveis e, certamente no teto, paredes e piso. Parecia ser uma peça que além de não ser usada há muito tempo, também não era limpa desde a última vez que fora utilizada.

Seguindo pelo mesmo corredor, ainda à esquerda viu aberta uma porta de acesso à sala de reuniões, com uma mesa retangular assentada em pés tão densos, que mais pareciam com os de mesas de jogo de bilhar. No seu entorno havia diversas cadeiras com o assento estofado com couro, e sobre ela um enorme livro, que possivelmente servisse para registro das atas de reuniões. As paredes, todas revestidas com lambri, que por conta da umidade estava bastante danificado e sem conservação. Ao centro, bem perto da mesa, caía uma luminária com foco direcionado para o móvel, evitando prejudicar a visão de quem estava sentado ao seu redor.  A sujeira na sala de reuniões, nada devia para a da sala do diretor. Com o acréscimo de que, naquela, estando o lambri bastante castigado, o estrago feito pelo cupim se amontoava nas proximidades dos rodapés. Era de lastimar que um lugar tão bonito, fosse deixado aos cuidados de quem não o valorizava. Ou, quiçá, que não tivesse condições financeiras para mantê-lo como deveria.

De qualquer modo, não há dúvida de que o prédio teria sido construído e mobiliado ao tempo em que o dinheiro ainda não teria virado neve, ou mesmo pedras de gelo. Situações como essa, aconteceram e acontecem em muitos lugares; no mundo todo. Lugares que antes serviram de inspiração e de admiração a tantos que os conheceram, com o passar do tempo e a falta de dinheiro para a sua conservação, se transformaram, apenas, em deploráveis vestígios do que um dia foram. Isso, quando não chegam a se tornar apenas *esqueletos*, depois de terem sido atingidos pelo fogo ou pelo desabamento, não lhes restando algo para que se possa pensar em recuperação ou restauração.

Resumidamente, apesar da distinguida arquitetura que procurava embelezar a parte da frente; o que se poderia chamar de ala social do nosocômio, quanto ao resto era um prédio bruto, pesado, sem receptividade e, não convidativo. Um de seus principais emblemas, era a inesquecível lembrança ali deixada e sempre renovada, de que teria sido construído para abrigar pessoas com doenças incuráveis, ou de difícil cura que, em sua maioria ao lá chegarem, já tinham consciência de que, só raramente não sairiam mortas. E essa angústia, essa tristeza não se limitava aos internos, mas se estendia aos seus familiares que, não poucas vezes, ao lá os deixarem, se despediam com o sentimento de que nunca mais os veriam; sequer mortos.

Por outro lado, funcionários das mais variadas atividades, lidavam com esses horrores com domada insensibilidade, dor e, quiçá, tristeza. As mãos que vestiam o defunto em fase de avançado estado de putrefação, eram as mesmas que, antes de serem higienizadas, partiam o pão e limpavam a boca esfregando o seu dorso nos lábios. Isso, certamente que não pertence à vida humana, mas se aprende porque a necessidade ensina. Mas, tem gente que tem nojo de apertar a mão de um indigente! Por que será?

O silêncio sepulcral durante aquela interminável caminhada, mais intranquilizava do que distraia o novato paciente. Os corredores eram imensos e as escadas muito altas e com degraus espaçados, exigindo esforço de quem subisse. Os corrimões, que certamente não vinham sendo limpos há muito tempo, não convidava a neles se apoiar; sob pena de sair com as mãos imundas e contaminadas por algum vírus que ali fizesse o seu *habitat*. Mas, apesar da quase que absoluta ausência de sons, de vez em quando era possível ouvir algum grito de doente em surto, que soava por praticamente todo o edifício.

O prédio que tinha pé direito bastante alto, favorecia ao som espalhar-se até muito longe, e ser ouvido em quase todo, dos dois andares. Aquilo trazia uma sensação de medo, de intranquilidade, de insegurança e, até de pavor, para quem não estava acostumado a ouvir tamanho desatino. A cada momento os gritos pareciam estar mais próximos do lugar em que Ronaldo estava; dando a impressão de que o doente caminhava em direção ao corredor em que ele se encontrava. Se todo o mais já o teria deixado assustado, com essa inesperada e sombria visita de um louco em pleno surto psicótico, parecendo ir ao seu encontro, quase que o deixa em igual crise. Mas aos poucos, com a explicação dada pelo funcionário que o acompanhava, conseguiu serenar os seus nervos, e não se preocupar com aquela horrível cena.

O atendente que então fazia as vezes de cicerone, confortou-o com a garantia de que conhecia o doente que seguidamente dava aqueles gritos e, que além de não ser perigoso, não costumava sair do andar em que se encontrava. Que, aquela era uma cena quase que diária no HJDM e, que Ronaldo logo se acostumaria com aquela e com outras situações próprias de um hospital psiquiátrico. Aliás, aos poucos ele parecia estar convencido a aceitar *"a condenação de sofrer a dor que fica depois que se esgotou a dor."*[360]

Ao se aproximar da cozinha, de longe sentiu um cheiro repugnante, parecendo ser de comida azeda ou algo pior do que isso. Tanto assim, que pediu a quem o acompanhava dispensá-lo de entrar no local. Preferiria não ver o que teria que comer naquele e nos outros dias. Mas deu para escutar o barulho das bandejas de alumínio ou de estanho que eram jogadas umas sobre as outras, depois de passar por debaixo das torneiras em que pingava água escura. No andar superior, praticamente havia celas e quase que mais nada. Nem todas as camas davam para ser usadas. Muitas estavam jogadas em cantos das celas e nos corredores, já sem os colchões.

Mas os colchões e travesseiros propiciavam um comentário a parte. No tempo em que ele esteve internado, não viu sequer um colchão sem um grande rasgão e com a palha escapando pelos buracos. Travesseiros não havia para todas as camas e, quem chegasse primeiro no quarto, se adiantava segurando um para seu uso. Para os atrasados, sobrava as favas. As cobertas, com jogos quase sempre incompletos, não se sabia de quanto em quanto tempo eram lavadas e, nem sempre eram usadas pelo mesmo interno.

Mesmo que cansado e enojado de ver tanta imundice e desperdiço, teve que continuar andando pelo prédio na companhia do atendente destacado para essa viagem inicial. Por onde passava, não via quase que ninguém; apenas alguns poucos funcionários com guarda-pós bastante sujos e amassados. Provavelmente aquele fosse o estilo de vida dos funcionários do hospício para presos. Pareceu-lhe ser um hospital abandonado, onde não tivesse pacientes, nem médicos, nem enfermaria, enfim, nada que justificasse manter-se aberto e funcionando. Depois, ficou sabendo que havia tão pouca gente pelos corredores e noutras dependências, porque os pacientes e alguns atendentes estariam num espaço destinado à terapia ocupacional em grupo, que ficava no subsolo. Mas no primeiro dia não lhe mostraram aquele último piso. Quando já ambientado, ficou sabendo que diziam que, quem passava por lá, se louco não fosse, certamente ficaria; ou não sairia vivo.

Adiante, foi-lhe mostrada a cela em que dormiria. Ficava ao fundo de um enorme corredor, que durante a noite era mantido em quase que total escuridão. No meio de cada corredor havia banheiros e sanitários coletivos; uns para os homens e outros para as mulheres. Contavam que alguns pacientes se *fazendo de loucos*, vez que outra se *enganavam* de banheiros. Quando incorriam nesse erro, eram punidos com a proibição de sair da cela por alguns dias, exceto, pois, para fazer a necessidades fisiológicas, as refeições, e para as consultas médicas.

Recolhido à cela, ficou a pensar na sua vida e na bruta virada que ela teria sofrido. Pensou em Marcela e Severo - figuras que jamais sairiam da sua lembrança. Lembrou que quando conheceu aquela linda mulher, que adiante se tornaria sua namorada, confessou-a que detestava o inverno. E havia razão para isso, pois o primeiro encontro foi num final de tarde, e numa noite de arrepiar os pelos do gaúcho. Que ao se ambientar com ela, mas não com o frio intenso daquele dia em que ardia as orelhas e o nariz, e dava a sensação de que molhava o rosto, foi logo dizendo: para início de conversa vou confessar-te que detesto o frio. Só sei que faço questão de repetir que não gosto do inverno. A frase saiu com tamanha espontaneidade que ela deu uma gostosa gargalhada; parecia-lhe que tivesse ouvido uma piada. Mas ele continuou com a sua aparente parábola, dizendo que se encolhia diante do frio. E que ficava desanimado nos dias de chuva de gélidos pingos, e do constante sopro do vento que provoca angústia nas pessoas. Que, quase que em tom poético, arrematou: como é triste o inverno!

Que teria dito-lhe também, saber que havia quem achasse o inverno romântico, mas que seria mera opinião daqueles. Que alguns achavam que era a estação em que os casais mais se aproximam e trocavam carinhos, aquecidos no crepitar da lenha nas aconchegantes lareiras dos lares mais aquinhoados. Mas que para ele, isso não importaria, porque havia casais que trocavam juras de amor em casebres, debaixo de goteiras, e que nunca teriam visto, sequer na televisão, lugares convidativos como Gramado, Canela e outros sítios gelados desse enorme país.

Ao lembrar de Severo, que lhe teria sido grande amigo, entristecia-se pelo que teria feito de errado e, que, não mais teria como redimir-se. Mas desejaria que ele tivesse oportunidade para encontrar a mulher que merecesse a sua bondade e dedicação. Que, se ainda não a tivesse encontrado, certamente a encontraria, por ser pessoa merecedora dessa tão importante recompensa. Mas que ele o desculpasse pela covardia e pelo crime que praticara contra o honrado amigo, que nunca se teria queixado da decepção que sofrera ao ser condenado à prisão. Homem de fibra e valente; honrado e respeitador; humano e bondoso; amigo e fiel aos seus amigos e aos companheiros. Um ser superior, simplesmente. Um ente daqueles que não abunda por aqui nem por lá; nem acolá. E arrematou pensando: se é aqui que se paga pelos erros, já comecei a pagá-los, sem saber quando será liquidada essa enorme dívida.

No dia seguinte Ronaldo foi levado a conhecer o subsolo, onde havia o espaço destinado à terapia ocupacional em grupo. Então, se, em algum lugar ele teria que pagar pelos seus erros, aquele seria o mais apropriado para expiar os pecados. No caminho até o subsolo, ele foi surpreendido por uma interna que o abraçou firmemente. Era uma mulher horrível, se não bastasse ser feia. Magra, quase seca, com a roupa e o corpo sujos, com fortes vincos de rugas no rosto e nos braços, faltando vários dentes e com os seios e a barriga caídos. Uma das suas manias era zurrar e coicear, imitando um asno. Ao tocar no seu corpo, sentiu a flacidez das suas carnes enrugadas e fedorentas. Logo soube que aquele gesto da então desconhecida mulher – uma louca -, era uma forma de recepcioná-lo; de dar-lhe as boas-vindas ao lugar.

Um outro, com aparência de ser homem de pouca idade, tinha enorme dificuldade para falar, tornando difícil compreender o que dizia. Além de doente mental, era tatibitate e fanhoso. Ronaldo queria afastar-se dele para seguir o seu caminho, mas o companheiro de sanatório não o permitia, pegando firmemente o seu braço, enquanto se esforçava para dizer algo incompreensível. Depois deles, ele foi abordado por um homem alto, magro, que tinha a cintura bem definida. Logo que se viram, o tal interno começou a fazer movimentos graciosos, lépidos, um tanto joviais para idade que aparentava ter, e a requebrar-se. Com aqueles trejeitos, Ronaldo depois veio saber que o doente desejava chamar a atenção do novato paciente. Na ocasião, por ali passavam outros internos que bem o conheciam de longa data, e que sempre colocaram dúvida na sua virilidade; começaram a debochar das suas *performances* e a vaiá-lo. Mas ele pouco se importou, pois que já estava acostumado a sujeitar-se a sessões de *bullying* praticadas não apenas por alguns doentes, mas também por atendentes.

Dois dos internos logo providenciaram de afastá-lo daquele teatro sem palco nem cortina, dando oportunidade a que Ronaldo continuasse na sua trajetória. Um outro, se dizia ser Romeu e estava procurando Julieta, que a perdera há vários dias. Parecia ser uma pessoa ilustrada antes de cair em desgraça. Dizia já ter ligado várias vezes para Verona, para família Capuleto, mas ninguém atendia aos seus chamados. Achava que seria porque a família dela não se dava com os Montéquios. E, com um telefone na mão, que possivelmente não funcionasse, pedia que Ronaldo o ajudasse a fazer nova ligação. Dois ou três dias depois, assistiu a uma cena de velório, em que algumas senhoras doentes, em torno de um caixão de madeira vazio, faziam papéis de carpideiras. E, choravam de verdade; de correr lágrimas nos seus rostos.

No subsolo havia um enorme salão, se aproximando ao tamanho de uma quadra de jogos de basquete, com teto bem alto. Circundado por arquibancadas em todos os lados, ao centro tinha um tipo de eixo de metal pesado fincado no chão, com altura que quase que alcançava o teto. Em torno daquele eixo passavam grandes tubos de metal também pesado, que circulavam para um e para outro dos lados. Encaixadas nessas peças móveis, havia várias hastes espessas de metal, destinadas a ser empurradas para fazer o estranho objeto circular. A isso chamavam de roseta ou roleta dentada. Coisa semelhante a que foi submetido Sansão a girar a pedra de um moinho quando levado ao cárcere pelos filisteus. O piso era de cimento sem nenhum revestimento; o que o tornava áspero, encardido e, com algumas saliências.

Em alguns lugares, embaixo das hastes que eram empurradas pelos internos, algumas deformidades no solo, como afundamentos e pequenos *degraus*, podiam levar os doentes não acostumados, a tombar, machucando joelhos, canelas ou braços. Mas sem dúvida, também machucava os pés de quem nele pisava e esfregava sem o uso de calçado. Todavia, por conta disso mesmo, a maioria dos internos já tinha calos na sola das extremidades dos pés, quase nada mais sentindo depois de algum tempo pisar naquilo que mais serviria como lixa para desgastar ou alisar ferro velho, corroído, enferrujado.

Em todo o enorme prédio, as dependências se mantinham cobertas de teias e de algumas estranhas e grandes aranhas pretas. Isso era vestígio de que há muito tempo não era limpo. Pior saber que, pelo informado, tão cedo não seria higienizado.

A força motriz para movimentar aquele burlesco *aparelho* de estilo medieval, era a dos internos, que se revezavam de tempo em tempo empurrando as hastes e fazendo girar o estranho bagulho. A utilidade daquela geringonça movida à força humana, ninguém sabia, sequer os enfermeiros, terapeutas e seus auxiliares. Mas começava a sua cadenciada marcha depois de terminado o almoço e, se estendia até o final da tarde.

Lá dentro, como em quase todo o hospital, os pacientes usavam uma espécie de túnica branca, que os cobria dos ombros até a altura dos tornozelos. Abotoada na frente e sem mangas e bolsos. Na cabeça usavam um barrete também branco e calçavam chinelos de borracha. Não se sabendo por qual razão, lá dentro era obrigatório o uso desse *uniforme*, porém, ao entrar os doentes tiravam os chinelos e os deixavam perto da porta principal do salão. Por esse motivo, muitos teriam perdido os seus calçados; o que os levava a andar sempre descalços. Ronaldo mesmo perdeu o seu par de chinelos na primeira semana, tendo que passar o resto do tempo descalço. Mas, depois acostumou-se, como de resto estavam acostumados todos os internos.

Certa vez a administração do hospital comprou grande quantidade de chinelos, mas todos do mesmo tamanho. Resultou que muito poucos dos doentes pode usá-los. O que sobrou, segundo informaram, foi levado para um dos presídios para ser usados pelos presos. Mas descobriram que a compra foi empenhada duas vezes: uma para a compra para a hospital; outra, fraudulenta, para ser entregue no presídio. Souberam também, que a venda foi feita por um fabricante, que estando embuchado com enorme estoque de chinelos, todos do mesmo tamanho, os vendeu para a instituição por preço bem inferior ao que constou na nota fiscal. Daí, pois, a razão, de todos os chinelos oferecidos aos doentes, ter único número. Porém, nunca descobriram quem ganhou, nem quanto levou nessa baboseira. O assunto foi logo abafado, para bem de todos e, de quem delatou.

No interior do grande salão havia uma espécie de fumaça branca e densa, não permitindo enxergar nada que estivesse a mais de 1 metro, mais ou menos. Parecia ser uma névoa, que provocava um pouco de ardência nos olhos e nas narinas ao se entrar pela primeira vez. Aquela estranha nuvem branca, meio que acinzentada, exalava cheiro parecido com o do carbureto, bastante repelido pelo olfato de Ronaldo. Aquele fedor que disputava horror com o enxofre que arde do inferno, realmente era insuportável nos primeiros dias. Era cheiro que se parecia com o de gente morta, de cadáver exposto ao sol há vários dias. Um cheiro pestilento, capaz de infeccionar quem o aspirasse com profundidade. Algo irrespirável nos primeiros dias de internação. Mas, ele observava que as demais pessoas já tinham assimilado aquela situação fétida, pois nada reclamavam. Todavia, essa insuportável fedentina ainda não era tudo. Muito mais ele enfrentaria sem condições de repudiar e reclamar. Afinal, estava ali por determinação da Justiça.

Em todo lugar se via baganas de cigarro, papéis, cascas de frutas, enfim, tudo o que não teria sido colocado na lixeira. Ademais, a densa névoa escondia bastante o que ali tinha para ser visto; ou para não ser visto. De tempos em tempos um silvo avisava que estaria na hora de trocar as turmas que tracionavam a estranha máquina. Em tal momento, ao sair um grupo, outro previamente avisado entrava em operação. A roda quase não parava, e a rotina continuava de forma inalterada. Para que pudesse enxergar melhor, de vez em quando um dos atendentes chegava mais perto dos que estavam empurrando a roleta, para fiscalizar se algum deles não estaria fazendo menos esforço do que os outros, sobrecarregando peso aos demais. Se algum se fazia de esperto, não entregando toda a sua força física, era imediatamente retirado da sessão de *terapia ocupacional em grupo*, e levado para o castigo; sem direito à argumentação, nem justificativa.

Sem qualquer demérito aos pacientes, que em sua maioria ali estavam porque realmente eram doentes, eles mais se pareciam àquelas juntas de bois de carga, puxando uma carreta sobrepesada. Daquelas com rodas de madeira e aros de ferro, que se atritam contra o terreno irregular e, não reduzem a velocidade e a força, tanto na subida quanto na descida do trajeto. Animais que, de tão submissos, sequer precisam ser instados a andar, porque conhecem o trajeto que é repetido quase que diariamente. E, se sentirem sede, não adianta babar, porque só terão direito a água quando cumprido o itinerário.

Durante a *estranha* e cansativa sessão de terapia ocupacional, um instrutor puxava uma cantoria, que era seguida pelos pacientes. Era algo indecifrável para o novato, mas que mais se parecia com uma lamúria; uma ladainha; algo triste; uma lengalenga; ou uma chorumela que reclamava de alguém ou de algum ser desconhecido, que Ronaldo não sabia se realmente existia. Era uma espécie de música sem animação, mas ritmada por uma harmoniosa cadência que era acompanhada por palmas simétricas dos que ficavam nas arquibancadas. Mas também se parecia com um mantra, cujo propósito se pensava que fosse para *purificar* aqueles doentes-criminosos. Aquele ensaio quase funesto, parecia querer chamar por alguma entidade sobrenatural, fora da realidade humana, que vivia além do espaço terrestre, mas que pudesse incorporar num daqueles pecadores que buscava a redenção.

Aquilo mais se parecia com o ritual de alguma seita só praticada e conhecida *intramuros* da estranha instituição. Que poderia ser um manual a ser cumprido por algum clã; ou mesmo por uma religião ou outro tipo de crença; por uma sociedade estrelar ou tribal; ainda mesmo, por uma comunidade fechada de cunho radical; ou, quiçá, por um sistema filosófico; por uma doutrina, método ou sistema iniciático. Em meio àquele incrível estado de coisas – um verdadeiro desastre da vida – Ronaldo recordou o que lera em O Rei Lear, de Shakespeare: "*O lugar me oferece exemplos e modelos – os mendigos do hospício de Bedlan, com berros horripilantes, enfiam, nos braços nus, intumescidos e dormentes, alfinetes, espinhos, pregos, farpas de árvore...*"[361]

Para empurrar a roseta ou roleta dentada, os doentes davam passadas em harmonia, em cadência e, vez que outra, parecendo que tinham sido ensaiados para tal, batiam um dos pés com força no chão. Essa geringonça - meio aparelho malfeito e meio obra destinada a castigar internos – fazia lembrar o método utilizado no Brasil em épocas distantes, para obter o caldo de cana de açúcar. Stefan Zweig, assim conta sobre a transformação da cana em caldo: "*Basta colocar a cana entre dois cilindros de madeira, enquanto dois escravos - pois um boi seria muito caro – movem uma espécie de moinho por meio de uma haste horizontal. Suas voltas incessantes fazem girar os cilindros, até extrair a última gota do caldo de cana.*"[362] Quando terminava a música, escutava-se o arrastar dos pés se esfregando no piso cimentado, e mais fortemente a batida de um dos pés com força. Então, o som coordenado era quebrado por alguns gritos de certa exaltação proferidos pelo instrutor e repetidos pelos doentes, que parecia ser em louvor àquele que os salvaria e os poria em liberdade.

Fato notório e comprovado por Ronaldo, é que durante o trabalho de terapia ocupacional em grupo, nenhum dos internos em trabalho na roseta, sofria de qualquer crise psicótica. Quando alguém que estava nas arquibancadas entrava em transe, era imediatamente mandado para a roleta e, lá, em seguida se acalmava. Isso, para a administração do HJDM era a prova de que a terapia era necessária e, assim, indispensável para a recuperação dos doentes. E na verdade, segundo eles, estavam certos porque a prova estava ali exposta para quem a desejasse ver.

Dentro da sua relativa capacidade dedutiva, diante dos fatos presenciados e, convencido pelos argumentos dos atendentes e auxiliares, por algum pequeno tempo Ronaldo garantiu ser correto o método adotado pela instituição. Ficara convencido de que o exercício físico praticado na roseta, somado às cantorias e outros rituais, realmente contribuía para a cura dos pacientes. Todo esse mal se passava as escondidas; por de trás dos altos muros que circundavam uma casa desconhecida de quem a deveria conhecer.

De outro modo, alguns dos doentes durante o trabalho de terapia choravam, mas Ronaldo não sabia se motivados pela cantilena, ou pela sua indecifrável letra; outros, choravam porque estando exaustos não podiam parar; outros, ainda, por dores musculares, ou qualquer outro motivo. Então, Ronaldo começou a mudar o seu anterior entendimento, e passou a admitir que aquilo não era terapia coisa nenhuma, mas tipo de condenação à trabalhos forçados ou, ainda, coisa muito pior do que isso - figura jurídica não prevista no ordenamento pátrio.

A partir daí, embora sem muitos meios e poucas chances de contradizer à orientação cravada pela instituição, ele começou a melhor observar e a investigar o tratamento exigido aos doentes. Soube que, quem não concluísse a jornada na roseta dentada, e o instrutor achasse que seria por malandragem, era levado para uma cela especial que ficava num local construído ao fundo do terreno, como que um puxadinho, onde permanecia preso em solitária. Por lá, o paciente ficava o tempo determinado pela direção, sem luz durante a noite e, a pouca que durante o dia entrava no cubículo, vasava por uma estreita janela gradeada, bem ao alto. As refeições diárias eram passadas por um pequeno visor da porta de ferro, fechado diariamente pelos atendentes.

Nas primeiras semanas Ronaldo não precisou submeter-se à sessão de terapia, porque, segundo normas internas, ainda não estaria preparado para aquela tarefa. Havia um ritual a ser por ele vencido preliminarmente; uma espécie de rito de passagem; uma iniciação.

Repetiam por lá o sovado argumento que ele já sabia, e chegou a defender por algum tempo: que só a terapia levaria os doentes à cura e, se possível, os devolveria ao convívio social. Porém, ele não desejaria participar daquela loucura criada por algum demente em condições piores do que todos os outros somados. E perguntava-se: quem teria criado esse estúpido método de terapia? Qual médico assiste e atesta esse tipo de tratamento? Quem dirige essa instituição? Perguntas que nunca lhe responderam e, ele não teve tempo suficiente para obter as respostas.

Apesar de sempre ter sido um bobão educado, que antes se vestia segundo o hábito dos seus colegas de profissão, Ronaldo não era um cara esdrúxulo, nem tão doente quanto a esmagadora maioria dos internos. De outro lado, tinha uma boa bagagem cultural, não apenas restrita à leitura de uns poucos jornais e, o que assistia na TV. Pois que, além disso, já teria lido muitos livros de autores expressivos. Mas o que o traía, era o fato de entusiasmar-se com uma história mal contada e, depois, ter que corrigir a sua opinião sobre o fato noticiado. As suas opiniões sobre quase tudo, pareciam ser comparadas a um elevador de prédio comercial bem movimentado, no qual o carro está sempre subindo e sempre descendo.

Outra característica dele, era algumas vezes exceder-se em palavras e gestos crivados de desmedida finura, chegando a constranger quem recém o conhecesse. Também as vezes tropeçava ao empregar termos impróprios e não usuais no local, quando a conversa era entre pessoas estranhas e doentes de pequeno nível cultural e social. Para alguns, esse *modus agendi* se parecia como forma de exibicionismo desnecessário, impróprio para uma pessoa tão simpática e adaptável a grupos, quanto realmente ele era. Mas Ronaldo não era um cara exibido, nem daquele tipo que procurava alguma forma de constranger as pessoas. Pelo contrário, era um homem bastante simples, fácil de ser tratado, quase sempre com o sorriso aberto, embora carregasse essas dificuldades, que de algum modo poderia desmerecê-lo. Mas o prato da sua balança, sempre o favorecia com larga folga.

Outro amplo salão ainda existia no subsolo, com igual pé direito bem alto, onde homens e mulheres andavam sem ser obrigados a fazer qualquer trabalho. Mas passavam quase que todo tempo andando de um lado para outro ou, principalmente, em círculo. Alguns, apenas girando em torno de si mesmos, até tontear e cair. No lugar, igualmente havia a densa fumaça branca, mas não havia a cantoria que bastante incomodava no outro salão.

Depois de alguns dias, Ronaldo ficou sabendo que as túnicas, antes de ser vestidas pelos internos que trabalhariam no segundo salão, eram mergulhadas num enorme tanque, contendo uma mistura química que as deixava daquele jeito. Eles as vestiam molhadas, pois os convenciam de que assim, melhor seriam purificados. O cheiro exalado daquele sebo, se parecia com o de gordura de carne; o que fazia lembrar do olor sentido em alguns açougues. Por isso, ficou pensando que na mistura química, havia boa dose de gordura animal.

Porém, tanto este último salão como o outro, eram de grandes dimensões. Embora não houvesse a triste e chata ladainha cantada no outro salão, os internos e, principalmente as internas, passavam a maioria do tempo falando coisas desconexas e, em voz alta. Mas não falavam umas com as outras, apenas verbalizavam palavras incompreendidas, como se falassem um dialeto ainda não conhecido. Algumas com as mãos entrelaçadas nas costas; outras, ainda, gesticulando freneticamente. Todas feias e, se não eram feias, aparentavam ser, por serem descuidadas com a higiene e com a aparência. Realmente elas pareciam ser doentes e, pior; que, em razão de serem doentes teriam cometido algum crime. Ele constatou que havia mulheres de todas as idades; algumas bem jovens e, outras, com idade bem avançada, mas que, possivelmente ao ingressarem no HJDM ainda eram bem novas. Descobriu também, que os crimes praticados contra crianças, especialmente filhos das assassinas, dificilmente eram executados por mulheres de idade mais avançada. Que o descontrole emocional que as levava à prática de coisa tão hedionda, se manifestava ainda quando eram jovens.

Mulheres com cabelos sujos, pegajosos e longos, que cobriam o rosto da maioria delas, passavam grande parte da tarde girando em torno de si mesmas, ou de algo imaginário naquele exótico espaço. Parecia que não se penteavam nem alisavam os cabelos ao se levantar da cama e, assim passavam o dia inteiro, até novamente se deitar. De vez em quando, alguma parecia discutir com outra, mas ninguém se envolvia no bate-boca entre elas. Nem os atendentes, nem os enfermeiros se metiam nas discussões entre mulheres que, na verdade, brigavam bem mais do que os homens. Algumas delas, dado ao desaprumo, lembravam a Bruxa de Endor – a feiticeira que morava no vilarejo de Endor e, que, costumava ser consultada pelo rei Saul. Cenas tristes, muito tristes, que eram assistidas por quem com elas *morava* naquela incrível instituição mantida pelo Estado. Com toda certeza, as autoridades tinham conhecimento do que ali ocorria, tal como sabiam o que acontecia dentro dos presídios, mas nada faziam para corrigir tão graves erros; tão acentuados crimes praticados por quem administrava o sempre poderoso Estado.

Os homens se reuniam em outro cômodo; não se misturando com as mulheres, que se mantinham exclusivas naquele outro salão. O tratamento dispensado aos homens era bem mais radical do que o previsto para as mulheres. Deles, exigiam vários exercícios físicos, que os levavam à completa exaustão; havendo situações em que alguns, não suportando tamanho esforço, tombavam sobre o chão, ali se mantendo até a recomposição parcial das energias físicas. Uma vez que recuperados, imediatamente voltavam à prática dos exercícios.

É impossível acreditar que um administrador público não tivesse conhecimento do que ocorria numa instituição que está sob o seu comando e fiscalização. O propositado descuido; a procrastinação; a improbidade, eram latentes na ausência de indispensáveis atos de responsabilidade dos agentes públicos. Havia quem garantisse que, lá estando internado há muitos anos, nunca soubera da visita de algum agente direto do Governo. A maior autoridade que por ali passava ligeiramente, num ou dois dias da semana, era o temido administrador do hospital-presídio.

Diziam que o número de óbitos no local era grande, mas tudo costumava ficar abafado. Os corpos eram retirados por um portão nos fundos, onde o rabecão entrava, recolhia os mortos e os levava para algum lugar que ninguém sabia, nem poderia saber. Havia comentários de que atrás dos altos muros, já no declive posterior do morro havia um cemitério clandestino, mas ninguém se encorajava a afirmar em voz alta. Falavam a boca pequena, que todos aqueles que procuraram denunciar a existência do tal cemitério, terminaram sendo sacrificados e ali mesmo enterrados. Mas até isso era segredo.

Que, quando faziam a contagem dos internos, muitas vezes era constata a falta de algum, mas ninguém se preocupava em procurá-lo, por acreditar que já deveria ter sido enterrado. E, isso era o suficiente para o encarregado da coleta de dados estatísticos, que semanalmente era encaminhado pela administração da casa. Tanto assim era, que, quando algum interno percebia a falta de algum colega de cela, por primeiro atribuía à falta, por ter conseguido autorização para ser transferido para algum presídio. Só com o passar do tempo e a crescente comunicação boca a boca, vinha saber que o colega de cela tinha falecido e enterrado no secreto cemitério da instituição.

Outro importante fator, é o de que, apesar de ser um local de recolhimento de criminosos, que a partir de então começariam a contar o tempo de reclusão a que teriam sido condenados, mais do que isso, eram doentes mentais e, portanto, *pacientes*. Essa última qualidade atribuída aos recolhidos, com toda certeza teria que superar a primeira; isto é, antes de serem recebidos e tratados como presidiários, teriam que merecer a atenção dispensada à doentes mentais. No entanto, quanto a isso parecia existir uma escura nuvem, que os fazia esquecidos por quem teria obrigação de assisti-los e procurar, senão curá-los, reduzir os seus males e sofrimentos. Porém, naquela casa só tinham importância e, portanto, valor, médicos, enfermeiros, atendentes e outras pessoas que serviam à instituição e na instituição. Aos enfermos, que fossem às favas! O tratamento ali era pior do que o dispensado a animais. Um cão bravio que é domesticado pelo seu dono ou amestrador, se torna um animal dócil; um cavalo que se parece indomável, depois de algum treino cede à montaria; enorme falcão, que em altos voos se lança ao infinito dos céus, portador de bico e garras afiadas, depois de socializado, é capaz de posar no braço dos seu tratador e de outras pessoas.

Mas os internos que lá chegavam ainda com alguma capacidade cognitiva; isto é, com não mais do que 50% de debilidade ou insanidade mental; talvez em torno de 25%, aos poucos iam perdendo alguns *parafusos* e, a cada pequeno espaço de tempo, outros também iam caindo, até que os fios que se conectam com o cérebro, terminam arrebentando depois de um curto-circuito. Então, o cara que para lá é levado com menos de 50% de insanidade, por conta daquele especial tratamento, em pouco tempo atinge os 100% de loucura. Se antes de lá chegar costumava conversar com outras pessoas, depois passa a falar consigo mesmo e, em voz alta. Alguns até se xingam por motivos que não informam aos curiosos ouvintes e bisbilhoteiros.

A cada dia que Ronaldo ali ficava, mais dificuldade encontrava para ter vista da rua; o que o levava a confundir o dia com a noite. O tempo para ele não passava mais. A confusão mental se acentuava dia a dia e, parecia ser uma das intenções daquela casa de saúde-prisional. A dificuldade de saber ou de fazer coisas diferentes, o perturbavam, abrindo caminho para chegar à loucura. A cada momento ele se parecia mais igual àquelas pessoas que encontrou em estágio já adiantado de doenças mentais, quando chegou no hospício. As coisas que vivera muito antes e as que passou a conhecer desde que ali entrou, se confundiam na cabeça dele, já um tanto afetada pelo que via.

Perdendo a noção de tempo, ele perdera o seu diário mental; confundindo o que ficara registrado na sua memória. Parecia que Ronaldo estava assimilando com sucesso o tratamento prescrito por aquela *instituição*. Certos dias ele piorava de tal forma, que ouvia vozes saídas de objetos. Conversava e trocava comentários com cadeiras e com portas, de quem ouvia conselhos. Quando tinha um pouco de lucidez, se convencia de que o que lhe sobrara para o resto da vida, era aquele insuportável lugar, no qual se transformara de um advogado num preso-débil. Que, se pelo menos estivesse preso numa penitenciária, de outros recursos judiciais disporia para livrar-se. Mas sabia que ali, o remédio legal do habeas corpus não funcionaria.

Na área externa havia uma granja que era cuidada pelos internos, a cujo trabalho também diziam se tratar de atividade de terapia ocupacional em grupo. Mas para conseguir ali trabalhar – onde era exigido menor esforço do presidiário, além de poder ficar exposto à ambiente saudável -, o interno teria que passar pela atividade anterior sem qualquer punição. Porém, o descaso com grande parte dos pacientes era um dos pontos altos daquele nefasto lugar. Enfermeiros, auxiliados por alguns serventes, debochavam dos internos, imitando e rindo dos seus trejeitos engraçados. Impingiam-lhes castigos, como se tivessem autoridade para tanto. Dentre esses castigos, mandavam ficar de pé, de frente para a parede, durante demorado tempo, ou acocorados, sem apoiar as mãos no chão. E, a cada desalinhamento dessas posições, o tempo de castigo aumentava e até dobrava. Tudo isso a vista da administração e dos médicos. Essas manifestações de excessivo grau de maldade e de sadismo praticado por pessoas tão ou mais dementes do que os pacientes, se modificava e se alternava a cada vez eu um *cabeça de bode* daqueles imaginava nova forma de sacrificar algum interno, para satisfação pessoal e diversão dos seus comparsas.

Passados os dez primeiros dias de internação Ronaldo não mais conseguia manter o total domínio sobre os seus atos. Vez que outra caía em copioso choro e, várias vezes foi visto chutando paredes e se esbofeteando. Parecia que uma grave psicose vinha dominando o seu sistema nervoso. De uma fobia não tratada e, levado à internação em lugar como aquele, estaria a poucos passos da loucura. Começou a ter confusos devaneios; devaneios indefinidos; devaneios indecifráveis; devaneios incontroláveis; devaneios indomáveis. Passou a sonhar tanto dormindo quanto acordado. Estaria prestes a capitular, ou talvez às vésperas de sua capitulação. A sua cabeça fervia em meio a constantes confusões mentais e, começava a perder a necessária coragem para continuar vivo. Abrira-se um fosso entre ele e o mundo em que então vivia. Ele passaria a necessitar de extremos cuidados que, lamentavelmente, ali, apesar de dizerem ser um hospital para doentes mentais, não obteria. Pelo contrário, agravaria a sua doença.

O interno desde que chegava na instituição passava a sujeitar-se a gradual afastamento do seu mundo anterior – doméstico e externo, pois um dos critérios da organização hospitalar era justamente forçar a *quebra* do seu *eu* anterior a sua admissão como doente mental. E, isso era feito de forma linear, atingindo a todos os internos, unilateralmente. Ali, todos passavam a viver e a conviver sob uma nova ordem que, dentro do que lhes fosse possível imaginar, seriam instigados a se distanciar da vida lá fora.

Várias das modificações no *modus de vivendi*, por vezes surpreendiam os novatos. Uma delas, ainda que simples, os faziam sentir-se estranhos àquele ambiente com hábitos bem distintos daqueles que teriam adquirido e exercido durante a vida no mundo exterior – um deles, era o hábito de usar como talheres, apenas colheres. Coisa fácil, mas não deixava de provocar-lhes uma espécie de mortificação dos costumes adquiridos na sua vida social.

Outro fator que poderia levá-los a *aborrecimentos*, era a ociosidade quase que absoluta. Pela falta quase constante de exercer algo produtivo segundo a sua imaginação, passava ele a sofrer uma espécie de exaustão. Ainda que muitas pessoas aguardem com ansiedade uma folga em suas atividades para usufruir do ócio; este, para ter valor não poderá ser uma regra constante. Fato que ali também ocorria, era a manutenção de internados por dias a fio num cubículo que davam o nome de cela reservada, ou cela exclusiva, na qual mantinham a luz acesa durante todo o dia e noite. Ervin Goffman, assim ilustra: "*Um extremo talvez seja aqui o do doente mental autodestrutivo que fica nu, supostamente para sua proteção e colocado numa sala com luz constantemente acesa, e que, por uma "janelinha", pode ser visto por quem quer que passe pela enfermaria. De modo geral, evidentemente, o internado nunca está inteiramente sozinho; está sempre em posição em que possa ser visto e muitas vezes ouvido por alguém, ainda que apenas pelos colegas de internamento.*"[363]

A obra de Ervin Goffman, antes referida, bem explana muitos desses horrores que ocorrem em manicômios e presídios, que levam doentes mentais e presos a agudos sofrimentos. O interessante livro parece retratar um filme de terror, mas sobre fatos reais, custosos de se acreditar que tenham sido criados e executados por seres humanos; mas certamente por cabeças insanas. Em várias passagens que provocam o interesse do leitor, ele explica as diversas formas, em diferentes locais de isolamento social, em que o internado (doente mental ou preso) é levado ou intuído a *mortificar* o seu eu. A partir de sua entrada na instituição hospitalar ou prisional, o *novato* passa por um programado processo tendente a reduzir-lhe ou a retirar-lhe a capacidade de praticar atos provenientes da sua exclusiva vontade. Em muitos casos, chega a ser comparado a um *autômato*, porque quase nada lhe é encomendado fazer, além dos atos rotineiros a seu encargo. Tanto é que, tão logo passam a ser repetidos, quase nada o recluso precisará pensar sobre eles, dado à sua ordinária diária iteração. Todavia, é frequentemente induzido a perder o exercício de livre arbítrio, de vez que não lhe oferecem espaços para escolha. Há quem afirme que vão sendo forçados a sujeitar-se a verdadeiros métodos brutais de embotamento da memória, como uma das formas de intransigente submissão às ordens de superiores.

O princípio normativo implantado dentro do hospital, tinha uma forte e imutável tendência unilinear de ausência quase que absoluta de amparo aos *hóspedes*. Os doentes quase que eram deixados ao completo desamparo. Os internos eram ali jogados apenas para viverem o quando pudessem, sem poder contar com algum tipo especial de ajuda curativa. Sequer médicos ali se mantinha diariamente, pois as suas visitas não eram agendadas; isto é, eram ocasionais. Alguns funcionários com demorada experiência em atividades de enfermagem, mas sem formação regular para o exercício da profissão, ali a desempenhavam de modo putativo. Aliás, nem só ali, como em outros tantos lugares e noutras atividades isso acontece. Por isso, dá para afirmar que tal fato não é tão escasso. É caso de professoras do meio rural, e de difícil acesso, que sem formação para tanto, são assim reconhecidas e aceitas. É a situação, hoje menos repetida, de protéticos que eram reconhecidos como dentistas, mesmo nos centros urbanos.

Não poucas vezes a *loucura* que domina o doente mental, mais se agrava, exatamente em razão do internamento em local e condições inaptos para a cura ou a melhora. Outro fato, segundo alguns especialistas, resulta do seu afastamento absoluto da família e, assim, também de todo o seu histórico meio social. Procurem imaginar as consequências de *depositar* um débil mental num lugar insano, e lotado de outros tantos *loucos* que com ele passam a conviver! Pior, ainda, é saber que o tratamento médico e hospitalar também é de insuficiente qualidade e resultado. Com as funções da atividade hospitalar e da hotelaria precárias, muitos desses doentes se tornam condenados a não mais obterem alta. Demais disso, esses recintos são locais que funcionam um tanto às *escuras*, onde só raras vezes alguém pode visitá-los. Mesmo quando parentes visitam internos, são recebidos em locais reservados para essa função. Veja-se que, enquanto num hospital geral é o visitante que vai ao quarto do paciente; no hospital psiquiátrico, só raramente essa rotina ocorre – é o paciente que vai ao encontro da sua visita, numa sala especialmente mantida para esse fim.

Apesar da absoluta certeza de que Ronaldo necessitava de tratamento, pois era um homem traumatizado pelos seus próprios atos imaturos e incompreensíveis, nada era feito em favor da sua cura. Agia de modo a propor atendimento por pessoas com conhecimento médico especializado. Indubitavelmente, ele precisava submeter-se a cuidados por um psiquiatra; o que, por incrível que parecesse, no hospital que servia para internação de doentes mentais, era artigo raro e de luxo.

Apesar do alto custo despendido pelo Estado para a manutenção do estabelecimento, o lugar não servia para coisa outra, que não para abrigar doentes e criminosos, que se misturavam, se confundiam e se atropelavam diariamente. De modo que, com certeza, o crime praticado pelo Estado, suplantava ao dos apenados e doentes que ali se mantinham albergados. Fosse por qual motivo fosse, certo era que Ronaldo era uma pessoa traumatizada que necessitava de ajuda e, que, na falta dessa indispensável atenção, a cada dia piorava. Tinha dias em que as suas únicas manifestações se limitavam a resmungar sobre algo incompreensível. Também seria capaz de passar mais de 1 dia sem comer e nada beber e, quando lhe davam remédio na forma de cápsula ou comprimidos, os cuspia longe e reclamava com cara de brabeza.

As suas poucas falas passaram a ser precedidas de verdadeiros prelúdios; como se necessitasse de, antes de iniciar um assunto, obrigar-se a justificar os motivos que o levavam a comentar ou falar sobre qualquer coisa. Noutras vezes, soltava frases dissonantes, incompreensíveis e, também num *volume* tão baixo, que se tornavam inaudíveis a quem queria saber o que ele dizia.

Certas noites acordava dizendo que teria visto coisas estranhas circulando pelo quarto e pelos corredores. Começava aí, mais um rápido agravamento da doença iniciada muito tempo antes; muito tempo antes de conhecer Marcela; e, muito tempo antes de conhecer Severo. Esse irreversível e crescente sofrimento fazia parte da sua estrutura pessoal. Que, talvez não o tivesse adquirido, pois seria parte de si; do seu organismo; do seu corpo; do seu eu. Conclusivamente, esse conjunto de coisas visíveis e invisíveis - o seu corpo e a sua mente; os seus gestos e os seus pensamentos; os seus movimentos e os seus sentimentos, afinal, isso era ele próprio.

Essas *partes* não eram partes, porque eram indivisíveis, inseparáveis, eis que eram o conjunto da pessoa chamada Ronaldo; identificada no meio em que vivia, como Ronaldo Mendonça de Oliveira; que atendia por essa identidade.

Com o passar de alguns outros poucos dias, as iniciais justificativas que antecediam às suas falas - seus *prefácios* -, passaram a interromper-se - como *interlúdios* -, uma vez que já em curso alguma conversa, ele passava a imaginar que o interlocutor estaria a exigir nova explicação para os seus argumentos. Uma vez que começara a subverter o sentimento de sofrimento, o relegando a um estágio de aparente esquecimento ou escuridão mental, tudo o mais passaria a ser passivamente por ele aceito. Chegara, então, à uma fase temporal de conformação com tudo o que via, fazia e sentia. Ele não mais lutava por uma cura, por um resgate, porque admitia que a vida era aquilo que vinha vivendo. E, aquilo, quase sempre o fazia bem, pelo menos não o fazia o mal que antes sentira. Mesmo assim, as vezes era tomado de atos de revolta e de absoluta falta de domínio.

Chegando a esse estágio, ele não mais enxergava através do retrovisor, nem via o que o farol mostrava à sua frente. Sua quase constante conformação, sequer movia algum sentimento diferente daquele nele *plantado*, como se planta uma hortaliça ou uma fruta. Passara a ter um novo tipo de vida e de enxergar a vida. Começando a assimilar tudo o que anteriormente o contrariava. Agora ele se sentia parte daquilo, aceitando o seu novo tipo de vida; a sua nova estrutura emocional; o seu novo ser; o seu novo eu; como coisa absolutamente natural. Parecia ter esquecido o passado, pelo menos grande parte dele. As vezes esquecia que teria sido advogado; da sua família; dos seus amigos e colegas de trabalho. Quase tudo teria sido apagado da sua memória e, por contingência, não sentia saudade nem vontade de voltar ao que era antes de ser internado. Talvez fosse exagero se dizer que ele se sentia feliz onde estava, e, incrivelmente, demonstrava estar bem ambientado com a sua nova vida.

Depois de certo tempo, Ronaldo não mais sabia a quantos dias ou meses estava internado. Sequer lembrava porque fora levado para aquele lugar tão estranho e tão perverso; ainda que, vez que outra demonstrasse adorar o lugar. O seu sofrimento nem sempre se ligava à consciência. Parecia que algumas vezes ele passava várias horas e até maior tempo, inconsciente. Mesmo assim, perambulava pelos corredores, quartos e salões. Claro que outros internos e funcionários sabiam do seu estado crítico, porém nada poderiam fazer, ou nada queriam fazer para protegê-lo. Parecia que alguns aguardavam que a sua piora o levasse a um desespero maior e, com isso, se *encontrasse com a morte* antes do prazo previsto pela sua natureza.

Eis que ali surgia o novo Ronaldo, forjado e lapidado pelo sistema vigente dentro daquela *casa de horrores*, que funcionava e se mantinha a custo do Estado, e sob orientação e controle de pessoas *sadias* e médicos especializados no tratamento e cura de doentes mentais.

Um lapso de memória ou de puro amor; de sentimento ainda não sufocado, ocorreu quando uma detenta o abraçou e disse querer se casar com ele, porque ele era um homem muito bonito. Mas ele a respondeu que não poderia com ela se casar, porque era casado com Marcela e, dela não se separaria. Que com ela conversava todos os dias e, em breve sairia do hospital para com ela morar em Porto Alegre, ou no Rio de Janeiro. Disse, também, que preferiria morar no Rio, poque no Sul fazia muito frio e, ele detestava temperaturas baixas. Com um ar de grosseria, afastou-se da detenta e gritou para todos ouvirem, que ela não mais o convidasse para se casarem. Logo depois disso, ela sentou-se num dos degraus de uma das escadas e o perguntou: queres ver a minha aranha preta? Então, levantou a túnica e abriu bem as pernas, mostrando o que não será preciso aqui dizer. Ele fez que nada viu e, seguiu a sua trajetória sem nada falar. Depois dessa lamentável cena, ela foi embora, bastante decepcionada por saber que ele era casado e que falava com a sua esposa todos os dias. Mas, antes de desaparecer no corredor, ainda ela gritou mais alto do que ele:

- Sou mulher de não desistir do que quero e, então vou esperar que quando viuvares, ainda me procures para nos casarmos. Aí, sim, eu é que decidirei se ainda te desejarei, seu desaforado. Talvez quando esse dia chegar, tu já não sejas tão belo como hoje és. Te cuides, porque se estiveres velho não te aceitarei como meu marido.

Ronaldo pareceu não ter escutado tudo o que ela falou, e continuou seguindo o seu trajeto sem olhar para trás. Mas isso o fez lembrar de Marcela, de quem não vinha lembrando há bastante tempo. Parecia que ela também teria sido apagada da sua memória.

Depois de muito tempo de internado, por insistência de colegas de escritório junto à direção do hospital, afinal, ele foi levado a presença de um psiquiatra credenciado pela instituição. Ao final de uma longa entrevista, o médico relatou que durante os primeiros momentos em que conversaram, Ronaldo nada queria dizer a seu respeito e sobre o que vinha ocorrendo. Todavia, com o passar de mais alguns minutos e a insistência do profissional, conseguiram estabelecer um diálogo, ainda que não seguro e demorado. Que, o paciente se manteve tenso, praticamente durante toda a sessão; que apesar de lembrar de algumas passagens difíceis que enfrentara, muitas delas teria esquecido, pelo menos, momentaneamente. Reclamava de não poder sair e dispor da sua vida, apesar de nada de errado ter feito para se manter preso naquela casa. Vez que outra se tomava de irritação quase descontrolada, mas aos poucos retomava a serenidade, como que voltando a saber por qual motivo estava diante de um psiquiatra. Demonstrando tristeza, ou, quiçá, arrependimento pelo teria feito, várias vezes chorou compulsivamente. Demonstrou vontade de suicidar-se, por não mais suportar se manter naquele lugar, rodeado por loucos e criminosos, como mais de uma vez verbalizou.

Disse mais o psiquiatra:

- Não se pode afirmar que possa realmente suicidar-se: sempre observamos que, não raras vezes, quem tal anuncia, via-de-regra atende a sua vontade. Conclui-se, também, que ele está sujeito a uma diversificada oscilação no seu humor, com seguidas crises de depressão profunda, medo, falta de apetite e de sono. Quando dorme, quase que sempre sofre de pesadelos. Que nada foi-lhe medicado, porque, por primeiro tais informações deveriam ser levadas à administração hospitalar, para saber quais providências seriam tomadas. Mas, grifou que, dentro daquele lugar, ele jamais se curaria. Pelo contrário, certamente que pioraria, com o risco de matar-se ou de morrer pela falta indeterminada de se alimentar. Que, se fosse propósito do Estado – responsável pelo seu confinamento – deveria transferi-lo para hospital psiquiátrico e, não, para um simulacro de internato, como era o caso em que se encontrava.

A informação oferecida pelo psiquiatra, ainda dizia que o detento, na adolescência, teve um desenvolvimento psicológico retardado, se comparado com o que previa a ciência. Além disso, foi um jovem imaturo, medroso e cheio de fatores emocionais que reduziram o seu crescimento mental naquela ocasião e idade. Que, não bastassem essas evidências, ele se mantinha traumatizado pelas imaginárias ameaças de um algoz e seus comparsas, que tanto temia, a ponto de preferir suicidar-se a ter que enfrentá-los. Que havia fortes indícios de que ao entrar no estabelecimento no qual passou a viver, apesar de assustado, era uma pessoa psicologicamente normal. Tanto assim, que até então exercia a advocacia, ainda que com profundo receio de vir a ser açoitado por um dos bandidos. Porém, se não fosse adequadamente tratado, corria risco de ser tornar demente, insano.

O tempo passava – lento ou rápido –, mas enquanto Ronaldo não fosse atestado como pessoa sã, não poderia ser julgado. A sua prisão ou a sua liberdade dependeriam da sua atestada sanidade mental; o que possivelmente nunca ocorreria, conforme relatara o psiquiatra que o atendera e informara o seu estado mental, com a recomendação de que, para que se curasse, deveria ser transferido para hospital especializado.

Ainda durante a entrevista com o psiquiatra, Ronaldo em mais de uma vez disse ter vontade de vomitar. Mas, apesar do esforço e da insistência, nada mais se manifestou além de uma tosse seca e intermitente que, ao acabar, o levava a choro compulsivo. Pouco depois foi ao banheiro e regurgitou. Quando voltou, o médico notou que estava bem mais pálido do que quando lá entrou. As suas mãos e testas estavam frias e seus olhos inchados, com as olheiras mais marcadas e bem escuras. A respiração era ofegante; o que dava a certeza de que estava bastante mal e necessitando de pronto atendimento médico-hospitalar. As mãos e pernas tremiam e a cabeça balançava para um e outro lado. Os olhos piscavam: primeiro um, depois outro e, algumas vezes, os dois ao mesmo tempo. Aquilo não era um cacoete, mas sinal do seu descontrole emocional bastante adiantado. O resultado disso, na falta de atenção médica, poderia levá-lo a consequências imprevisíveis e a morte, se não fosse atendido dentro de poucas horas.

O terapeuta, que ali não exercia tal função – apenas se entrevistava com um doente que não era seu paciente -, estava convicto de que ele passava por um pesado trauma psíquico, que o levaria a distúrbios quase que generalizados. Porém, convencer aos agentes do Estado que o detento precisa de pronto atendimento, era situação muito difícil de ser alcançada. Nesse tipo de casa de internação, quase ninguém dá bola para doenças, apesar de ser destinada a manter doentes. Acredita-se, por certo, para apenas *manter* doentes.

A vida para ele deixara de ser algo concreto, para ser alguma coisa vaga, sem desejos, sem aspirações, sem metas, mas também, sem passado e, sem lembranças. Ele teria sofrido um apagão, pelo desligamento do seu contato com o mundo do tempo passado, presente e futuro. Ronaldo tinha ultrapassado a fase em que ainda encontrava sentido na vida, mesmo quando diante das suas angústias e fobias. Não sentia mais medo, nem prazer; nem alegria, nem tristeza; nem amor e nem ódio. Só não era um ser inanimado, porque ainda respirava, caminhava e comia mesmo que não tivesse fome e não sentisse o paladar da comida. O seu desânimo, ou desespero aumentou quando alguém lhe disse que o homem mais velho do mundo, naquela época, teria morrido com 116 anos de idade, dos quais, teria passado 75 dentro de uma instituição psiquiátrica. Isso o levou à maior e mais profunda descrença de que um dia sairia daquele infernal lugar.

Para ele, a maioria das pessoas que lá entravam, terminavam cumprindo pena equivalente à de prisão perpétua, pois só saíam ao final de suas vidas; isto é, quando mortas. Nenhum médico teria interesse nem mesmo coragem para atestar que o *paciente* estaria apto a receber alta hospitalar. A responsabilidade do profissional que tal atestasse seria enorme, pois correria risco de que o *doente*, posto em liberdade ou mesmo recolhido a presídio, voltasse a delinquir. Ademais, na psiquiatria nada é exato; tudo é possível ou provável; é circunstancial. Para o profissional estar seguro de como pensa e age o paciente, necessita de muito tempo em contado com ele; bastante conhecer as suas reações - o que não seria possível naquele internato para todo o tipo de gente. Não seria depois de uma ligeira entrevista com o paciente, que ele seria capaz de atestar, não apenas a sua sanidade mental, mas também a certeza de que no futuro não viria a delinquir.

Além dos problemas psicológicos, passou a sofrer de outros males, especialmente, porque era mal alimentado e vivia num lugar insalubre. Adquiriu uma tosse e expelia catarro escuro, algumas vezes com sangue. Quase sempre mantinha os lábios trêmulos e com pouca condição para fechar a boca. De vez em quando, se mantinha em estado de prostração, de torpor. Quase um morto-vivo; um ser inanimado, sequer para falar ou andar, pois de resto nada mais fazia. Se ainda pensava, ninguém saberia dizer. Outras vezes, cuspia uma substância nojenta, pegajosa, um escarro que aderia ao piso ou às paredes e, ali ficava porque ninguém limpava o repugnante lugar. Higiene, como antes referido, era um item desconhecido no hospital-cadeia.

Ronaldo parecia o esboço de um desenho feito a lápis preto e não concluído. As suas *cores* tinham desaparecido e, em pouco tempo só lhe restaria a silhueta do que um dia foi um homem bonito, sadio e elegante. Tremia quase que sem parar, dando a impressão de que queria mostrar o seu lado avesso, tal a força com que imprimia com gestos só possíveis a uma pessoa muito doente e descuidada. Vez que outra, arfava como um asmático – sinal de que as doenças se acumulavam num único corpo; numa única pessoa. Tinha sido jogado num depósito de insanos e de bandidos, que era administrado por criminosos pagos pelo Estado para nada fazer, ou fazer tudo errado.

Ele tinha lembrança de que, ao lhe ser mostrado o enorme prédio no dia em que ali foi admitido, ter visto no final de um dos largos e extensos corredores do confuso labirinto, uma enfermaria. Realmente, a sua lembrança não o traira, pois que a lembrada enfermaria efetivamente existia. Era um salão relativamente grande, com uma porta do tipo vaivém, com enorme placa já faltando uma das letras, dizendo: E FERMARIA. Aquilo era a catedral do inferno, cuja missa era rezada pelo *diabo* e assistida por quem conseguia sobreviver - devotos cujo esqueleto era formado por ossos sem tutano.

O local era provido de camas hospitalares onde ficavam *alojados* homens e mulheres agonizantes, como que se preparando para o *dia final*. Quando algum paciente estava muito agitado, um dos costumeiros recursos era sedá-lo com uma injeção na veia; o deixando dormindo, ou sonolento por algum tempo; num sono espasmódico ou até convulsivo, de modo a que ficasse tranquilo por bom tempo. Até que se acalmasse. Era comum homens e mulheres se urinar na cama, porque não se controlavam e não existiam fraldas. O cheiro era insuportável e ninguém fazia algo para mudar.

Possivelmente fosse a sala da pré-despedida da vida ou; o vestibular para a morte. Diziam que de enfermaria só tinha o nome estampado na porta, pois nada mais sobrava para atender os doentes; sequer enfermeiro ali tinha diariamente. Que, além do mais, não se tinha conhecimento de que algum enfermo de lá tivesse tido alta; senão, conduzido dentro de uma caixa de latão, do tipo usada pelo pessoal do IML. As condições físicas do prédio e o tratamento dados aos pacientes fazia lembrar a figuração de um outro seu congênere, nas palavras da escritora Nellie Bly: "*O Hospício de Alienados de Blackwell's Island é uma ratoeira humana. É fácil entrar, mas uma vez lá é impossível sair.*" [364]

Certo dia mordeu os próprios braços que bastante machucaram e sangraram. Isso levou a um dos médicos mandar que vestissem uma camisa de força durante dois dias. Durante esse período aplicaram medicação endovenosa para mantê-lo calmo. Passado esse tempo, pareceu ter voltado à normalidade, mantendo-se sereno. Por essa razão, adiaram a data em que ele começaria a participar de sessões de terapia ocupacional em grupo. Para que não se mantivesse ocioso durante todo o tempo, determinaram que durante a tarde fosse trabalhar na granja. Como se tratava de um advogado, acostumado ao trato com as letras, durante as manhãs mandaram que copiasse textos completos de alguns livros da instituição. Para isso, entregaram uma resma de papel branco e alguns lápis pretos. Pelo visto, se não se curasse da cabeça, adoeceria dos dedos, de tanto e tanto escrever.

Esse novo tipo de tortura que lhe fora imposto, o deixou ainda mais nervoso e, não poucas vezes, depois de ter copiado várias folhas de algum livro, rasgava tudo e gritava muito alto. Desesperado, parecia-lhe que aquela agonia jamais terminaria. Então voltou a ter crises com reações diversas, chegando a querer agredir um dos atendentes. Essa última façanha o levou a ficar recluso numa cela acolchoada nas paredes e no piso, além de vestido com camisa de força. A proteção era para evitar que se machucasse, caso quisesse jogar-se contra as paredes ou o piso. Naquele pequeno espaço ficou por algum tempo, que não conseguiu saber o quanto durou. Mas ao sair, estava com profundas olheiras, pálido, trêmulo e, extremamente magro. Debilitado, quase que não podia manter-se em pé, precisando ser amparado para deslocar-se até o seu aposento.

A cada novo dia, ou nova fase da sua doença, ele passava por um processo de regressão mental e, de incapacidade de preservação de si mesmo. Além disso, de par com o fato de que ligeiramente entrava em conflito com a realidade, ele começava a desconhecer objetos com os quais estava familiarizado. Certo dia, durante o almoço, levantou-se da mesa do refeitório e entrou na cozinha para perguntar para o que servia a colher que levava na mão. Outro dia, perguntou para o que servia a comida que estava servida na bandeja de alumínio. Todavia, tudo piorou quando deixou de reconhecer-se durante alguns dias. Por algum tempo esqueceu o seu nome, bem como, de qualquer membro da sua família. O descontrole sobre si estava chegando ao extremo e, os enfermeiros receavam algum desastre fatal.

Os dias de Ronaldo, assim como a sua vida, se modificaram desde que ali foi internado. Com a ingestão diária de uma série de medicamentos, ao caminhar arrastava os pés, que lhe davam a sensação de estarem pesados. Parecia-lhe, que calçava sapatos de chumbo, tal a força que precisava fazer com as pernas para poder locomover-se. Pequenas caminhadas dentro do hospital, lhe deixavam exaustivamente cansado. O moço esguio, que costumava manter o corpo a prumo, ereto, passou a andar com a coluna curvada para a frente e para baixo. Ele quase que não mais olhava para o que tinha a sua frente, mas o que estava no chão. Só de vez em vez distraía a sua mente, fixando olhos no piso ladrilhado. Muitas vezes se mantinha contando quantos quadrados pretos havia em cada peça do piso e, quando inconformado com o resultado, recontava, até encontrar em desesperado inconformismo e delírio a conta que aceitava como certa.

O homem que ali entrou são, já ingressava no grupo dos dementes, por culpa de um sistema público falido. Vivia triste e cabisbaixo. Não falava com quase ninguém, e sequer gostava de responder ao que lhe perguntavam. A higiene foi ficando para uma fase secundária e a barba não era raspada desde que ali chegou. As unhas sujas e compridas, pioravam o aspecto físico daquele que se tornou doente ao ser internado erradamente numa casa de reclusão para insanos. Era esse um segundo dos tantos erros praticados pelo soberano Estado: o primeiro, ao encarcerar Severo, um inocente; o segundo, ao manter num nosocômio, um homem psicologicamente sadio. E, tudo ficava por isso mesmo; de ninguém era a responsabilidade por esses erros gritantes, que a rigor são crimes perpetrados por autoridades desatentas às suas obrigações ordinárias; as mais ordinárias; as mais simples; mas também as mais cruéis.

É de se observar que essas pessoas, que comumente são consideradas *irresponsáveis*, porque são portadoras doenças específicas, são levadas a se manter *depositadas* em lugares na maioria das vezes insalubres, fétidos e prejudiciais; ao invés de serem tratadas convenientemente. Assim que, se infelizes já eram antes e durante a prática de crimes, piores se tornam, ao agravarem os males que as atormentam. Uma triste *coalizão* entre a lei, a Justiça, e a medicina, tem contribuído para que pessoas doentes, mantidas em tais *estabelecimentos sanitários*, se tornem agravadas dos seus males e, até incuráveis. Para a lei e para a Justiça só há duas alternativas: ou o homem não fere a lei; ou a fere. Não existe uma terceira via. Não importa para a lei, as condições psíquicas que levaram a pessoa a delinquir. Para a lei e para a Justiça, isso será resolvido no âmbito do cumprimento da pena. Se sadio, irá para a cadeia; se insano, para as casas de reclusão do sistema de psiquiatria forense. E, ponto final! *"Infelizmente acresce que os psiquiatras forenses, cuja profissão seria de opor-se a isso, habitualmente são mais medrosos em sua profissão do que os juristas; apenas declaram realmente doente aquela pessoa que não conseguem curar, o que é um pequeno exagero, pois também não conseguem curar os outros."*, nas condições que lhes são entregues e dos recursos de que dispõem. Além disso, *"Tribunais de Justiça assemelham-se a adegas em que a sabedoria de nossos antepassados dorme nas garrafas; a gente abre e tem vontade de chorar ao ver como se torna inaproveitável o mais alto e mais fermentado grau de exatidão humana antes de se tornar perfeito. Mas ele parece embriagar pessoas ainda sensíveis. É sabido que o anjo da medicina, depois de escutar por muito tempo as explanações dos juristas, muitas vezes esquece sua missão. Então, fecha as asas com um ruído metálico, e porta-se, na sala do tribunal, como um anjo; de reserva da jurisprudência."* [365]

E Ronaldo sequer era um doente mental. Mas isso não foi detectado por quem o examinou a avaliou. Ronaldo não só não era doente mental, como também não teria praticado crime algum. Assim que, pela segunda vez o sistema falhara, o encarcerando e hospitalizando. Seriam esses os únicos erros praticados por quem chama para si o direito/dever de processar e sentenciar pessoas iguais a si? Concordando com o autor a pouco citado, no entendimento da doutrina jurídica, quem é parcialmente insano é parcialmente sadio e, se é parcialmente sadio é integralmente responsável. Soma-se a isso, o inegável fato de que a medicina e os médicos já avançaram bastante, se comparado com o triste passado não distante. Essas questões que alguns rotulam de psico-jurídicas ou de jurídico-psiquiátricas, também vêm sendo tratadas como problemas sociais, em razão da sempre apontada falta de recursos pecuniários do Estado. Não há dúvida de que nas condições em que se apresentava o HJDM, jamais se alcançaria a recuperação de doentes-apenados.

Com a diária ingestão de medicamentos variados, alguns intravenosos, outros em comprimidos, a cada dia ele mais e mais piorava, ao invés de melhorar, como era um dos objetivos da internação hospitalar. Como já foi dito acima, a cada momento ele se mantinha mais cansado e, apesar de andar descalço, parecia que carregava pesadas botas com solas de chumbo. Nos últimos dias, Ronaldo não conseguia caminhar mais do que 20 metros, sem ter que fazer uma pausa, geralmente sentado em algum lugar. Começava a sentir vertigens, que o tombavam, a ponto de necessitar se apoiado por outros internos ou por assistentes, para se levantar. Tonturas mais leves, ele parecia sentir a todos instante, dando-lhe a impressão de não mais poder manter-se em pé, parado, porque o corpo balançava para um e outro lado. Evitando caminhar em razão desses incômodos, preferia passar bom tempo deitado na sua cama, mas isso não contribuía para a sua melhora, porque uma das orientações dos médicos, era que ele se mantivesse em contato com os demais detentos, para recuperar o seu convívio social, tão necessário para obter a alta hospitalar.

Depois de muito tempo, ele veio saber que a medicação que a ele era prescrita, de forma linear era receitada para alguns outros doentes, que passavam a ter os mesmos sintomas que a ele afetavam. Depois de alguns dias, ele começou a viver sob profundas crises psicóticas, alucinatórias e por agudo tormento psíquico, que lhe tiravam por completo o domínio sobre os seus atos, nos momentos de maior profundida da doença. Durante as fases de confusão mental, ele voltava a se sentir perseguido e acuado por Zé Perigoso e seus cruéis mandatários. Porém, nos momentos de sossego, calma e lucidez não lhe saía da cabeça saber que ali se mantinha internado como louco; embora não se achasse louco. Todavia, entre um e outro desses momentos, ele caminhava para a loucura, inexoravelmente. Entrou ali sadio, mas corria risco de sair louco.

Passava por momentos em que não se conhecia e não sabia onde estava. Esquecia o seu nome e a sua idade; inclusive, quem era Marcela. A sua mente abortara quase tudo o que teria retido até aqueles momentos. Ele sofria um *blackout* mental, que se alternava com momentos de absoluta lucidez. Vivia, pois, fase de grande confusão mental, que exigiam tratamento. Porém, ainda que estivesse *internado* em instituição criada para esse fim, nada era feito para alcançar a sua cura. Pelo contrário, as condições a ele ofertadas pelo Estado que ali o de*positara*, só o faziam piorar; o tornar mais perturbado; mais confuso.

Vez que outra Ronaldo retomava a lucidez, olhava ao seu entorno e se convencia de que passara a conviver com um universo de criminosos de toda espécie e classe; que ali, em sua maioria, permaneceriam como condenados à morte; senão, a prisão perpétua, se mais tempo durassem. E, ele sabia não ser exceção ao grupo, porque tinha certeza da inaudita verdade a seu respeito. De vez em quando, sentindo-se reconfortado, conseguia aceitar o destino que lhe fora reservado e, que, sobre ele e, em razão dele, nada poderia fazer de adverso. Era isso um consolo, infelizmente.

Não restava dúvida, de que nos primeiros dias ele se sentia seguro, a ponto de acreditar que a fuga dos espaços comuns das ruas, onde se via constantemente ameaçado, era prova de que não sofria de doença psíquica, mas de real medo de ser abatido pelos seus inimigos, que a qualquer momento poderiam confrontá-lo. Seguro de que estava a salvo dos seus perseguidores, restabelecia os ânimos, chegando a sentir-se encorajado para a prática de quase tudo o que temia; menos, ter que enfrentar os seus algozes. Mas o seu médico, embora não o dissesse, não acreditava no rápido progresso do seu paciente. Todavia, não o poderia dizer, para evitar uma recaída no tratamento. Ainda seria muito cedo para ele obter tamanha melhora.

De outro modo, passada a euforia dos primeiros dias em que se sentia seguro, guarnecido, começou a perceber que o funcionário da portaria, que dantes o tratava com espontâneos sorrisos, agora o cumprimentava secamente. Que a moça encarregada de vez que outra limpar e arrumar o seu aposento, passou a não mais fazer comentários sobre fatos comuns e alegres; se limitando a perguntar-lhe se precisaria de algo, e, se vinha tomando os remédios prescritos pelo médico. Começou a notar que os *colegas* de internação, não mais o encaravam e, o encarregado de servir as refeições, sequer lhe perguntava se desejava tomar água. Tudo invenção pura da sua doentia cabeça, porque, na verdade, nenhum dos funcionários do *hospital* teria alterado a maneira de tratá-lo.

Depois disso, começou a perceber o que havia de mais óbvio: que ali estava para cumprir pena; do que lhe restaria ter que aceitar penitenciar-se, em cruel e absurdo autoflagelo. Ademais, ali não havia hospitalidade em qualquer dos seus sentidos. Então, voltou a ter sensação de raiva, de ódio, de ira, passando a pensar em formas capazes de a tudo destruir, ou mesmo, destruir-se. Porém, como tudo com ele vinha sendo sujeito a constantes e inesperadas alternâncias, de logo mudava o pensar, passando a imaginar que a qualquer momento poderia vir a ser agraciado pelo que de bom e de bem havia feito durante a vida. Afinal, perguntava-se: por que estou sendo punido? Qual o meu pecado? Qual o meu erro? Lembrava, então, Strindberg, após saber a comparação que Swedenborg fez sobre a descrição do inferno com os tormentos da mitologia germânica: *"Estou no inferno e a danação pesa sobre mim."*[366]

Castigado pelo que havia de mais doloroso, tal o remorso do fato e circunstâncias que levaram o cliente e amigo à prisão, envolto no mais completo e irreversível desespero e infelicidade absoluta, a cada dia mais e mais se mostrava como um esqueleto recoberto de pele seca e enrugada, que, apesar disso, ainda conseguia andar. Jamais pensaria em fazer mal a alguém, porque pelo único que lembrava ter feito, estava a pagar com o corpo e a alma, que se vão diminuindo aos poucos, para impingir-lhe maior sofrimento do que se lhe fosse imposta a morte. Durante a noite, passara a sonhar com coisas ruins, que o assustavam e o acordavam em estado de pânico. Dormindo ou desperto, via figuras do diabo e caveiras que para ele riam e o chamavam de Severo.

* * *

O estado de saúde de Ronaldo piorava a cada dia e, ele começou a ouvir vozes gritando aos seus ouvidos. Então, os tapava com pedaços de papelão que encontrara numa lixeira. Num deles escreveu *direito* e, no outro, *esquerdo*. Dizia a si mesmo e, em voz alta, que se trocasse de lado os papelões, voltaria a escutar as ensurdecedoras vozes. Quando dormia, sonhava com coisas horríveis, como sendo perseguido por leões famintos em meio a uma enorme floresta. Algumas vezes, apesar de tudo quase apagado da sua mente, lembrava dos seus pais e chorava muito, desejando estar com eles; a tal altura, já falecidos. Dia a dia menos se alimentava, porque além de não gostar da péssima comida, não tinha apetite. O seu organismo vinha deixando de funcionar, paulatinamente. Alguns dos órgãos não tão essenciais, já estavam atrofiados e, os membros, quase sempre enrijecidos em razão da tensão nervosa. Era o esgotamento total que se aproximava, para anunciar o seu fim. Um fim que, para ele se demorava, pois o que mais desejava é que logo chegasse. Pensando enforcar-se, além de não encontrar corda nem lugar para a manter suspensa, depois de vários dias desistiu da incrível façanha. Resumidamente, ele não mais desejava viver; pelo menos naquela deplorável situação, minuciosamente planejada para servir de *amparo* a loucos. Alguns dias, passava alguns momentos gritando coisas desconexas e nem sempre entendidas por quem as ouvia. Talvez nem ele mesmo as entendesse, tal o seu estado de descontrole e desespero.

Numa noite sonhou estar em pânico, por ficar perdido numa grande cidade deserta, onde não havia mais ninguém, apenas ele, os prédios, carros, e as lojas com as portas abertas; mas sem ninguém para atender. Numa larga e extensa avenida, totalmente abandonada e repleta de enormes arranha-céus, havia densa fumaça que passava pouco acima da sua cabeça, expelida de chaminés de fábricas abandonadas. Mas embora não existisse alguém nas fábricas, as máquinas estavam trabalhando, sem quem as operasse. De vez em quando ele ouvia algum barulho, como o ruído de uma ferramenta que tivesse caído ao chão, ou o apito chamando o pessoal para iniciar o trabalho; porém ninguém aparecia. Parecia-lhe ouvir alguma pessoa gritando o seu nome bem de longe, e aquele som ecoava, se aproximando do lugar em que ele estava, mas nunca chegava bastante perto para que fosse identificada. Assustado, sentou-se num dos inúmeros automóveis parados pelas ruas da cidade, e o dirigiu para lugar incerto, mas querendo encontrar alguém para saber quando tudo voltaria à normalidade. Queria também saber por que aquela cidade teria ficado deserta; absolutamente sem ninguém. Então começou a gritar: Tem alguém aí? Me respondam, por favor! Onde vocês estão? A sua voz ecoava bem longe, mas ele não ouvia qualquer resposta. Parecia-lhe estar em Nova Iorque ou outra metrópole, pelo gigantismo dos prédios e a largura das avenidas.

Olhando para cima, ele via enormes arranha-céus, que o assustavam pela altura das suas fachadas. Entrou num deles e, pareceu ser aspirado por uma força estranha, que o impulsionou para dentro de um elevador que disparou automaticamente para o último dos andares: o de número 133, segundo registrado no painel. Ao chegar lá em cima, deparou-se com uma área descoberta, onde ventava muito e parecia que o forte vento o empurraria para baixo do prédio. As suas roupas embolsavam com a força do vento, e ele estava perto de perder o domínio sobre o seu corpo. Uma enorme bandeira fixada num mastro de metal, ao tremular fortemente, debatendo sob si mesma, fazia um ruído assustador. Parecia que nem ela conseguiria manter-se presa à espessa haste de metal maciço, tal a bravura daquela ventania, para ele jamais vista.

Lá mesmo do terraço, viu que a ventania tinha soprado com tamanha força, que arrancara tudo o que existia nos prédios, inclusive janelas, portas, pisos, tetos e paredes divisórias. Que aqueles enormes edifícios se tornaram esqueletos de prédios; o que lhe causou arrepios e pavor. O medo o imobilizou por algum tempo, enquanto ele pensava num jeito de descer do grandioso edifício. Ao chegar no parapeito do terraço, sentiu-se impelido pelo vento que o derrubou chão abaixo. Ao chegar no solo, ficou atônito ao ver aqueles prédios, dos quais só restava as fachadas e, olhando para cima de qualquer deles, enxergava o céu, que prenunciava grande tormenta, capaz de arrastar com o que ainda restara de pé.

Naquele instante ele caiu da cama e machucou um dos braços. Acordando-se, ficou feliz por ter escapado daquele agonizante sonho. Mas ficando nervoso com o que sonhara, começou a chorar de medo de voltar a ter um novo pesadelo. Então, uma enfermeira aplicou-lhe uma injeção, que o fez cair novamente no sono. Quando despertou na manhã seguinte, continuava a lembrar do pesadelo e, com medo de ficar sozinho no seu quarto. Então, foi até um salão que costumava ficar ocupado por muitos doentes. Não vendo ninguém, teve nova sensação de pavor ao lembrar da cidade desabitada e, entrou em novo surto que, para passar, necessitou ser novamente medicado.

Outra vez, imaginou estar num castelo medieval cheio de esqueletos e de alguns corpos em decomposição. Lá, era obrigado carregar os corpos e os esqueletos sobre os ombros até uma das altas torres. Para alcançar o topo das torres, ele e mais alguns outros vassalos precisavam subir com aquele material em decomposição ou já decomposto, em escadas rudimentares, feitas de pedaços de troncos, com os degraus amarrados com algum tipo de raiz. A empreitada era muito cansativa, além de perigosa e assustadora. Qualquer falseada no pé, ele viria abaixo com a carga e, certamente morreria ao chegar no chão. Para que não demorassem com o trabalho, o suserano destacava alguns guardas que incitavam aos vassalos a apressar na subida e na entrega da carga ao chegar no topo. Na área superior da torre havia inúmeras covas e vários homens que as abriam, e as fechavam depois de enterrados os corpos.

Ao acordar-se, parecia-lhe que os demais internos eram cadáveres que, apesar disso ainda caminhavam pelos corredores do internato. Então, saiu a procurar as escadas e a torre em que eles seriam enterrados e, os homens que cavariam as covas. Não encontrando ninguém nessas condições, começou a gritar pelos corredores, dizendo que não carregaria mais nada e, que a Idade Média já teria acabado. Que aquilo tudo que teriam contado para ele, era uma mentira; era para enganá-lo.

Essas cruéis manifestações o colocavam em desatino, o levando outras tantas vezes a gritar descontroladamente, só podendo ser contido com o uso de fortes medicamentos. Depois disso, por alguns dias, novamente parou de alimentar-se, mas os médicos diziam ser normal que, passados alguns dias o apetite voltaria. Que não haveria motivo para preocupações, porque o caso dele não era isolado; outros internos já teriam passado por aquela fase e se recuperado depois de algum tempo.

Como sentia-se bastante debilitado, em mais de uma vez pediu que chamassem o seu psiquiatra; o que, todavia, nunca atenderam. No entanto, para Ronaldo diziam que o tinham chamado várias vezes, mas que ele não teria respondido ao seu pedido. Mas que ele se mantivesse calmo, como a maioria dos outros internos, pois que vinha sendo bem tratado e sob a responsabilidade de recomendada equipe de profissionais. Que, em breve ele sairia do hospital, pois que já apresentava suficiente melhora em razão do bom tratamento a que viria submetendo-se.

Ele realmente entrou num processo de incontrolável decadência psíquica, que se avizinhava da loucura e, para pior, no hospital-presídio não havia profissional capacitado para mantê-lo em equilíbrio e tão sadio quanto o deveria. A sua decadência, a cada dia se tornava mais difícil de ser controlada; o que exigiria pronta e correta assistência médica. Em mais de uma vez, ele lembrou da amada Marcela, de quem não tinha notícias há muito tempo. Mas, assim como dela lembrava, tão logo a esquecia.

Digno de observação, era o fato de que, em grande parte, os registros de internos nos hospitais psiquiátricos, não eram franqueados, sequer a parentes e a servidores sem qualificação para interpretá-los. Havia restritos limites à sua obtenção e leitura. Eles ficam adstritos aos médicos e, em alguns casos a enfermeiros com formação superior. Isso, por certo que agrava o sofrimento dos pacientes e de seus familiares, porque o fato de não lhes permitir acesso a tais prontuários, ainda mais os angustiava.

*"A categoria 'doente mental' será entendida em sentido sociológico rigoroso. Nesta perspectiva, a interpretação psiquiátrica de uma pessoa só se torna significativa na medida em que essa interpretação altera o seu destino social – uma alteração que se torna fundamental em nossa sociedade quando, e apenas quando, a pessoa passa pelo processo de hospitalização. Por isso, excluo algumas categorias próximas: os candidatos (a internação) não-descobertos que seriam considerados 'doentes' pelos padrões psiquiátricos, mas que nunca chegam a ser assim considerados por si mesmos ou pelos outros, embora possam causar muitos problemas para todos; o paciente de consultório que um psiquiatra considera poder*

*tratar com medicamentos ou choques, fora do hospital; o doente mental que participa de relações psicoterapêuticas."* "O hospital psiquiátrico constitui um caso específico de estabelecimentos em que a vida íntima tende a proliferar. Os doentes mentais são pessoas que, no mundo externo provocaram o tipo de perturbação que fez com que as pessoas próximas a elas as obrigassem, física, se não socialmente, à ação do psiquiatra." [367]*

Enquanto em presídios isolam-se bandidos, nos hospitais psiquiátricos, separam doentes mentais, os mantendo sob tratamento, mas fora das vistas da sociedade. Tanto num como no outro estabelecimento, a vida para os internos se torna difícil e cheia de limitações. Todavia, em algumas dessas casas, certas situações são agravadas; seja como forma disciplinar; seja como modelo de terapia. Lendo Nellie Bly, se conhece algumas graves variantes que ela presenciou e participou quando se manteve internada num hospital psiquiátrico, nos Estados Unidos. Possivelmente deve ter sofrido mais do que as coitadas das *loucas*, porque Nellie era uma jornalista que gozava de plena sanidade mental, e teria se passado por doente para, ao ser internada no Hospício de Alienados de Blackwell's Island, pesquisar o que ali ocorria, com o objetivo de uma reportagem para o New York World, de Nova York. De fato, o descaso, que beira ao desrespeito com seres humanos que se mantém aos cuidados de profissionais da área médica, correlatos, e afins, é revoltante, segundo ela conta. E, se sabe que isso acontece não apenas lá, mas aqui e logo ali. E, nem precisará se tratar de hospital para doentes mentais, porque os descuidos e a falta de atenção, fazem morada em hospitais gerais, também. Especialmente, nos públicos.[368]

Situação digna de crítica é o fato da nomeada jornalista, apesar de gozar de plena sanidade mental, após ter-se entrevistado com 3 ou 4 quatro psiquiatras, foi encaminhada e admitida num sanatório, por ter sido atestada como demente e, assim, precisar ser hospitalizada. Fica-se a perguntar quais foram ou são os critérios médicos para atestar que alguém é *louco*? Será tão fácil assim enganar um psiquiatra, se passando por demente, conquanto mentalmente seja sadio? Qual o tratamento indicado para a cura de qual doença? Quais outros cuidados e terapias serão recomendados e ministrados? Onde fica a *higidez* da ciência, e confiança na sua aplicação aos pacientes? Será que isso só ocorre no sempre avançado Estados Unidos da América do Norte – um dos maiores e mais respeitados centros de vanguarda científica?

*"O mundo lá fora, nunca imaginaria quanto tempo os dias duram para aqueles que vivem em hospícios. Pareciam infinitos, e recebíamos com entusiasmos qualquer acontecimento que nos oferecesse algo em que pensar ou sobre o que falar. Vigiávamos ansiosamente as horas até a chegada do barco para ver se havia novas infelizes para se juntar às nossas fileiras."* [369]

\* \* \*

Severo viajou um pouco pela Europa e terminou fixando residência na Austrália, onde conheceu uma engenheira muito afável e bonita. Com ela viajou durante uns três ou quatro meses e depois começaram a dividir o mesmo teto. A bela companheira era brasileira e morava na Austrália desde que para lá fora para cursar o mestrado.

Era uma mulher que aparentava ter um espírito livre, sem quaisquer aporrinhações que dificultasse o relacionamento; o que para ele era algo que bastante necessitava, especialmente depois de ter passado por tantas privações. Uma mulher de reconhecida amabilidade e excessivamente carinhosa com ele, se é que se possa fazer *simetria* sobre o carinho que alguém dispensa a quem quer bem. Detentora de boa e variada cultura, gostava de conversar sobre tudo: de história à filosofia; de culinária à decoração; um pouco sobre teatro e outro tanto sobre música; e, ainda sobre política. Ele, por sua vez, também se mostrava dedicado e grato pelo que dela recebia; todavia, em razão do que já havia passado com Maristela, se punha intranquilo, inseguro. De qualquer modo, já havia retomado a felicidade que perdera durante o tempo em que esteve sob o jugo da Justiça e, os desmandos e traições de Maristela. Passara a viver numa aura de conforto espiritual, de grandeza de sentimentos, de uma nova forma de amar, que o fazia lembrar Aristóteles, segundo o qual, *a felicidade representa a totalidade do bem, e não apenas o bem mais elevado.* Vivia quase num estado de Nirvana; no reencontro com a paz e a tranquilidade. Liberto dos seus sofrimentos, não desejava mais olhar para atrás; pelo que já passara e o que o fizera sofrer. Novo céu e novo sol voltaram a cobrir a sua face e a sua mente já tão machucadas.

Ele comprou uma ampla casa próxima ao mar, em Gold Coast, cidade litorânea com cerca de meio milhão de habitantes. Com boa estrutura, no verão quase que dobrava o número de pessoas que para lá acorriam. Como esperado, depois de algum tempo ele plantou e cultivou um belo jardim, a exemplo do que tivera no bairro do Flamengo. Para acompanhá-los, adotaram dois cachorros e um gato que, segundo ele, enchiam a casa. Edificado com aprumado gosto e bem arejado, o imóvel tinha dois pisos e uma enorme varanda de frente para o mar. Ali passavam bom tempo conversando e sorvendo um bom vinho nas horas de folga. Ela era uma mulher encantadora, que costumava dourar a realidade com lindas palavras. Com docilidade, ela sabia manejar palavras como poucos.

Tinham poucos amigos, na maioria colegas de trabalho de Lorena, que sintonizavam com o bom estilo de vida do novel casal. Gostavam muito de jantar em bons restaurantes e frequentar alguns lugares interessantes que ele ainda não conhecia. Sempre com um dos pés atrás em razão dos tombos que recentemente levara, nunca teria contado à Lorena sobre as suas anteriores dificuldades. Acreditava que isso poderia diminuí-lo diante dela e trazer-lhe alguma insegurança em relação a ele. Entendia não ser fácil alguém querer conviver com um ex-prisioneiro, com o agravante de que teria sido acusado de ter assassinado a sua mulher. Não bastasse tudo isso, ainda teria sido objeto de várias manifestações populares, que nem sabia se já teriam sossegado com a sua mudança para a Austrália.

Poucos meses depois, através de um corretor de imóveis, finalmente, vendeu o casarão do bairro do Flamengo, como forma de esquecer em definitivo os maus momentos que ainda guardava. No lugar foi construído um grande prédio de apartamentos de luxo, que a seu pedido levou o nome do seu avô. Não querendo perder o vínculo que tinha com o Dr. Cipriano, vez que outra enviava algumas imagens e mensagens pelo celular. Além do mais, o preclaro advogado o ficara representando em várias ações judiciais relacionados aos seus negócios.

A sua vida parecia ter sido refeita na companhia de uma bela e inteligente mulher, que jamais se compararia com a perigosa Maristela; cujo nome e fisionomia ele não mais desejaria lembrar. Não a desejava o mal, apesar de já ter morrido. Pelo contrário, ansiava que a sua alma pecaminosa se elevasse, dando chance a um retorno sem sofrimento para si e, pelo menos para quem a estimasse.

Certa noite, na varanda da casa, já saboreando a segunda taça de vinho, puxou assunto com Lorena sobre a política no Brasil. Começou por dizer que a indiferença das lideranças políticas e dos governantes aos apelos populares, é coisa que merecia ser pensada. Que, não são poucas as vezes em que as pressões exercidas por grupos sociais contra determinados mandos e desmandos governamentais, não passam das manchetes dos jornais. Isso é mal que enseja um cuidado bem mais profundo do que àquele até agora dispensado, especialmente, pelos denominados e reconhecidos políticos de carreira. Se assim continuar, irremediavelmente estará sendo aberta uma fenda, ou mesmo um esmagamento dos alicerces da democracia, tão pranteada pelos seus defensores.

Disse mais:

- Lorena, entendo não haver dúvida de que a democracia, traduzida em sensíveis e justapostas igualdades, em todos os níveis, também se exerce e, principalmente, através de manifestações públicas de apoio ou descontentamento a decisões oriundas dos órgãos centrais de comando político-administrativo. Estou certo, ou não estou?

Ela, que bastante gostava que conversar sobre o assunto, procurou complementar o argumento com o seu pensamento aberto, mas serenamente apto para receber qualquer tipo de contrariedade, se por acaso ocorresse. Ademais, ainda não sabia o que Severo defendia em termos de política e de democracia. Para tanto, não querendo pisar em falso, foi lentamente dizendo o que pensava:

- Severo, entendo que a engenharia política responsável pelos resultados; pelas decisões capazes de alterar a vida dos cidadãos, não pode perder de vista a máxima de que, num regime democrático, a vontade sempre emanará originariamente dos cidadãos. Sem isso - faço questão de frisar – não haverá democracia, mas demagogia, ou ditadura. Assim que, quando os cidadãos reunidos em grupos sociais de quaisquer cores manifestam sua contrariedade à ordem reinante, as classes que detém o poder devem repensar suas ideias, sob pena de que, assim não agindo, firam a vontade popular e, por conseguinte, os alicerces do regime democrático. O que você acha?

- Estás absolutamente certa. Não tenho qualquer dúvida quanto ao que acabas de dizer. E digo mais: no Brasil, salvo algumas exceções, ironicamente a democracia vem sendo exercida de cima para baixo, como se isso fosse possível de perdurar. Então, já que estamos alinhados em ideias, vamos saborear mais uma taça?

- Claro! Exclamou ela.

Por ali ficaram mais algum bom tempo conversando sobre tudo, inclusive um pouco mais sobre política. Aproveitando a bela noite, ainda não tinham a intenção de sair da agradável cena que o céu proporcionava para os amantes. Entre um gole e outro, trocaram alguns beijos e se mantiveram abraçados e trocando gestos de carinho.

Noutro dia, encantado com a sua parceira, quando acabara de se ter debruçado sobre um romance de Goethe, para ela leu bela passagem do livro, em forma de galanteio à mulher que já tinha em sua tranquila companhia, mas que sabia que a conquista da amada é chama que tem que se manter avivada, para que não se apague ao menor sopro. Foi assim que, extraindo da clássica obra escrita na Alemanha do século XIX, leu em voz alta e pastosa, parte do diálogo entre Eduard e Charlotte, no qual o marido assim diz à sua consorte, quando já ultrapassada para os dois, parte da denominada meia-idade. Eduard então disse: *"Desse modo vocês mulheres se tornam realmente imbatíveis..."* *"São tão sensatas, que não podemos contradizê-las; tão amáveis, que nos rendemos a sua vontade; tão sensíveis, que não temos o direito de negá-las; tão cheias de pressentimentos, que nos enchemos de medo."*[370] Lorena então aproximou-se dele e o beijou delicadamente. Após, disse que, no que lhe tocava não se achava figurada naquelas elogiosas palavras e, que, também, durante a sua vida nunca foi chegada a pressentimentos.

Numa tarde domingueira, quando caminhavam num parque, em meio ao arvoredo que proporcionava boa sombra, sentados num banco e, de mãos dadas, ela o perguntou se ele sempre fora um homem feliz, como vinha demonstrando ser. Então, com a calma que lhe era peculiar, a respondeu:

- Lorena, eu luto desde a minha distante infância por uma vida digna, respeitando todos os valores sociais e individuais. Porém, naquela época nada obtive de positivo. Pelo contrário, na fase da primária formação do meu ego, comecei a sofrer seguidas decepções, grandes e repetidos constrangimentos que vergaram o meu empenho em crescer sobre um mundo comum a todos. Em tal época, eu era levado a me desenvolver sob um conjunto de atos que, a cada dia mais e mais me afastavam dos desejos de igualar-me às crianças que comigo conviviam. Sucedeu-se a adolescência e, apesar dos atos de constrangimento não terem piorado, se mantinham hostis e, eu já os compreendia com maior facilidade. Assim sendo, mais sofria com os gestos e palavras de desrespeito, então mais agudos e mais sofisticados e, por que não, mais diretos.

- Mas isso melhorou com o passar do tempo?

- Não tão cedo, como você possa imaginar. Pouco depois, comecei a notar que começava a ser discriminado por moços e moças com quem desejava conviver. Na verdade, gostaria de com eles estar – o que não me era permitido, em razão de que o grupo me sujeitava a uma espécie de seleção, na qual, tipo como eu não era permitido participar. Demorei, porém, descobri que jamais seria aprovado pela discriminativa seleção, formada que era por rapazes e raparigas, que no meu precário entender, pareciam-me de grande valor e importância. Diante disso, afastei-me daquele e de outros grupos, passando a viver a sós. Criei o meu próprio mundo, com a agulha da bússola indicando o meu próprio norte. Nesse norte, estava incluída a condição de que eu teria que vencer pelos meus próprios méritos e, assim, participar ou formar outros grupos; grupos que me aceitassem e me admirassem pelo que eu era. Mas era necessário que eu participasse de algum grupo, porque sempre soube que o homem sendo um ser social, não poderá viver isoladamente por muito tempo.

- Mas aquela fase negativa passou? Pelo que vejo, você é uma pessoa realizada em vários aspectos. Conte-me, como ocorreu a virada de página!

- Pois foi a partir daquela decisão que fui formando o meu caráter e passei a respeitar-me mais e mais. Passei a olhar mais para dentro do que para fora. Vi que seria capaz de valer pelo que eu era, e não pelo que os outros a mim atribuíam. Isso levou considerável tempo em que procurei aprimorar-me em todos os sentidos. Passei a não olhar mais para os lados; não olhar mais para aquilo que eu achava que me era superior ou inferior. Deixei de preocupar-me com o juízo que alguém poderia fazer a meu respeito, pois o que passaria a valer seria o que eu pensava a meu respeito; o que me fazia bem; o que tinha efetivo valor para mim. A partir daí tornei-me mais seguro e mais feliz, embora ainda possa vacilar sobre coisas para as quais atribua razoável importância. Assim sou eu...

- Que bela jornada de vida! Parabéns por a teres vencido; mudando a vela conforme a direção do vento que você mesmo sopra. Deixe-me beijá-lo, por mais saber sobre a sua vida.

- Sempre tive gosto pela leitura; já li muito; li de tudo que atraísse a minha atenção e aguçasse a minha curiosidade. Lembro de uma passagem de Kant, quando falando sobre a lei fundamental da razão prática, que bastante ajudou-me. Assim ele expressou-se: *"Aja de modo que a máxima de sua vontade possa sempre valer ao mesmo tempo como princípio de uma legislação universal." "A razão pura é prática por si mesma e fornece (ao homem) uma lei universal que denominamos lei moral."*[371] Isso realmente valeu-me muito, ajudou-me a reconhecer que sempre agi dentro desses parâmetros. E, isso foi muito bom para mim, porque esclareceu-me, que não me restou qualquer sombra de arrependimento pelo que fiz até aqui.

Ficaram mais algum tempo conversando, quando Lorena disse que gostaria de transmitir-lhe um lindo pensamento que teria escutado em meio à execução de uma linda música. O depoimento, que vinha escrito em meio à execução de Torna a Sorriento, assim dizia mais ou menos: que ao saborear um café, não se deve desprezar o fato de que, para se chegar a tal prazer, muitos anônimos contribuíram para sua efetivação. Mas segue, o texto, em partes do original: *"Assim é a vida, ela sempre requer assertivas para se realizar". "Ações de persistência, dedicação e determinação são partes dessa assertividade." "Da mesma forma, a verdadeira compreensão da vida não pode prescindir da retroalimentação como conhecimento, admiração e gratidão."*[372]

* * *

Severo e Lorena seguiram a caminhada e, encontrando um quiosque, se sentaram para tomar um lanche na base de sucos e sanduíches. Enquanto ali estiveram, aproximou-se um casal de brasileiros que eles já conheciam, que se juntou à conversa e ao aperitivo do meio da tarde. A conversa foi esticando e, ao chegar o início da noite, combinaram um reencontro para jantar em algum lugar especial, para saborear pratos de frutos do mar.

Conforme tinham combinado, encontraram-se no The Australin Ship, onde a conversa continuou em meio aos saborosos pratos e bom vinho branco, levemente resfriado. Ele, chamava-se Deodoro, médico obstetra; ela, Samira, psicóloga. Então, um cuidava do nascer e, a outra, da orientação psicológica sobre a vida mundana, se assim se poderia dizer. Mas, como para Severo o pitoresco e estranho lugar era uma novidade, Deodoro contou-lhe a história do The Australian Ship.

Pelo que ele sabia, se tratava de um enorme navio de cruzeiro, que depois de muitos anos de uso e de incontáveis viagens, não mais teria condições para continuar percorrendo rotas de longo curso e, mesmo as de cabotagem. Em muitas oportunidades percorreu a costa brasileira, levando turistas com viagens que se iniciavam na Bahia e terminavam em Buenos Aires. Que devido à falta de manutenção nas suas máquinas e no casco, pelas autoridades marítimas foi proibido de navegar. E nesse estado teria se mantido encostado num estaleiro australiano por mais de quatro anos, sem que fossem aportados recursos financeiros pelo armador. Passado esse demorado tempo, o proprietário do estaleiro fez uma tentadora proposta de aquisição da embarcação, que a cada dia mais e mais se desgastava parada, e sem manutenção. A oferta foi aceita pelo armador, que a vendeu quase que a preço de casco. Dizem, que depois de algum pouco tempo o armador entrou em insolvência e faliu.

Explicou, que as partes internas do transatlântico, destinadas à utilização pelos passageiros, ainda se mantinha em excelente estado de conservação. Tudo funcionava a pleno e com o luxo exigido por quem pagava altos preços pelas viagens. O novo proprietário então o teria adquirido, com a inicial ideia de utilizá-lo como um hotel, oferecendo aos seus hóspedes um tipo de hospedagem diferenciada daquela proporcionada pelos hoteleiros. De modo que, a imaginação de um homem que, até então, de embarcações só conhecia a parte de reparos, transformou-se num grande e especial empreendimento altamente rentável.

Com autorização dos órgãos competentes, foi-lhe permitido manter o navio atracado em lugar do cais não mais utilizado por embarcações, para ali ficar por tempo indeterminado. Para alcançar esse sonhado e invejável intento, o adquirente, Sr. Michel Clauser, teve que vender o seu estaleiro e tomar dinheiro a juros em alguns bancos, com enorme carência e longo prazo para liquidar os débitos. Tendo procurado quem a ele quisesse associar-se, ninguém lhe deu a atenção de que tanto precisava. Mas ele estava convencido de que a realização do seu sonho o levaria ao sucesso como empresário. Então, foi adiante e sozinho no seu arriscado empreendimento. De modo que, para melhor sorte, vinha faturando muito bem, e não precisava dividir os seus lucros com ninguém; exceção feita ao fisco, por óbvio. Então, desde o primeiro final de semana após a sua inauguração, o navio vinha se mantendo com ocupação quase que completa dos seus aposentos; todos aproveitados de cabines de passageiros. Havia famílias que morando na mesma cidade, por conveniência se mudavam para o The Australian Ship, para ali passar o final de semana descansando e com variada diversão.

Disse, e, depois mostrou-lhe que o luxuoso transatlântico tinha cinco salões de refeições e três bares. Tinha ainda três boates, duas salas de cinema com capacidade para cinquenta pessoas em cada uma e, um lugar destinado a shows, com capacidade para duzentas pessoas. Salas de jogos, duas academias de ginástica, duas piscinas e todo o mais que se pudesse imaginar ter num grande navio, que fora construído para viagens internacionais. Tudo fora otimizado para melhor agradar à clientela. Nas proximidades do porto, existia um *outdoor* indicando o portão de acesso ao agradável lugar. Que um dos requintados ambientes, era o Salão Dourado, com capacidade para receber cerca de trezentas pessoas. Era basicamente decorado com móveis e ornamentos em dourado. Em seu redor havia uma infinidade de cadeiras, poltronas e sofás, alternados aos estilos Luis XV e vitoriana. Todos estofados com fino tecido em vermelho. Parte das paredes eram revestidas com madeira nas cores branca e dourada e, enormes espelhos, com molduras com a predominância na cor dourada, combinavam com o luxuoso ambiente. Dois enormes lustres de cristal pendiam do teto, até cerca de dois metros e meio do chão. Tapetes persas cobriam grande parte do piso construído com um tipo de pedra clara e rara e, algumas mesas e vários consoles completavam o local bastante encortinado. Se poderia dizer, com algum exagero, um lugar épico, nascido de uma cabeça privilegiado, que tudo fez com um investimento modesto para o que oferecia de conforto e de requinte. Com esse ousado empreendimento, Michel Clauser sentia orgulho por ter aberto mais uma porta de acesso ao turismo australiano.

Segundo Deodoro, aquele lindo salão era comumente reservado para festas de casamento e de outras bodas, inclusive para solenidades oficiais. Ali, duas ou três vezes ao ano eram realizadas festas de gala, cuja procura por convites começava cerca de dois meses antes do evento. Uma delas, era sempre realizada no início da primavera, para comemorar a chegada da estação. Para realçar o tema da festa, não só o Salão Dourado como algumas outras dependências eram ornadas com grande quantidade de arranjos florais. Para a realização desses bailes eram contratadas orquestras famosas, que com boa antecedência apresentavam as suas propostas com preço, repertório, número de músicos, tempo de duração da apresentação, dentre outros requisitos.

Sua capacidade para hóspedes, era superior a duas mil pessoas. Mas quem não desejasse hospedar-se, poderia usufruir de todo o mais que o excelente e exclusivo lugar tinha para oferecer. A grande equipe de empregados para todo tipo de serviço, inclusive alguns mais graduados vestidos com imitações de fardamentos de oficiais de marinha, daria conta do que fosse necessário e exigido pelo proprietário. Quem nele *embarcava*, era tratado como passageiro. Era, por assim dizer, uma explosão de beleza e de riqueza. Coisa idealizada, construída e organizada para gente grã-fina, pois quem não estivesse à altura do que o local oferecia aos seus clientes, possivelmente não saberia desfrutar do requinte proporcionado pelo elegante, acolhedor, descontraído e luxuoso lugar.

Pois gente fina, se descontrai sem ser vulgar. Gente fina bebe, mas não se embebeda; não toma *porre*. Gente fina come, mas não se *empanturra*. Não enche o prato, a ponto de formar uma *pirâmide* de alimentos. Certamente haverá comida sobrando para todos repetirem o que mais gostarem. A advertência ao garçom, precedida de um *please*, é mais educado e resolve mais do que um xingamento. Gente fina não chama o garçom com grito nem assobio. Não desfaz no seu trabalho, pelo menos enquanto ele estiver a seu serviço. O serviçal é um profissional que, embora esteja a seu serviço, não é seu criado, nem seu lacaio. Questões maiores, deverão ser resolvidas com a direção da casa. Gente fina dá gorjetas nem tão modestas, que pareçam esmolas. Não fala tão alto, que perturbe a conversa nas mesas vizinhas. Sentir-se satisfeito ou enfarado é o modo correto de dizer-se estar *cheio*. Gente fina não mastiga nem fala com a boca cheia. Gente fina, não tira *tatu* do nariz, quando está à mesa, nem em outro lugar público. Sai da mesa, quando precisa assoar o nariz, espirrar ou tossir com maior intensidade. Ao chegar ou sair alguma dama da sua mesa, homem elegante se levanta em sinal de respeito e cortesia. Coisas tão simples, que nem precisam de estudo para sabê-las e praticá-las em qualquer lugar – no The Australian Ship, na pizzaria da esquina de casa, ou num lugar que a moçada diria ser *cool*.

Samira, que até então pouco teria falado, mas bastante entendia sobre o navio/restaurante/boate, disse:

- Vejo que vocês já têm noção de que neste navio viajou muita gente famosa, especialmente artistas. Nunca fui famosa e tenho certeza de que não tenho queda para tal. De outro lado, a fama já tem levado muita gente à bancarrota, por não saber impor limites à sua vida e ao seu patrimônio. Já se tem notícia de muitos famosos endinheirados que terminaram a vida na miséria; vivendo de favores. A esteira que os carrega para o alto, poderá trazê-los de volta ao porão. Se ao subirem desfizerem em quem os admira e ajuda a subir, na descida poderão ser empurrados ladeira abaixo, por aqueles mesmos que na subida os aplaudiram e ajudaram. Poucos são os que conseguem se manter no topo da fama antes de morrer. Alguns, só dela desfrutam como se fora um relâmpago, que tão rápido quanto se ilumina, desaparece em meio à ensurdecedora trovoada. São os protagonistas das chamadas famas meteóricas que, por falta de gás, esvaziam-se em meio ao primeiro voo. Gigi, avó do astro Will Smith o advertia: "*Lembre-se, Amorzinho, seja bom com todos que encontrar no caminho para o topo; porque você pode passar por eles de novo no caminho para baixo.*" E segue o texto: "*Ficar famoso é um pouco agridoce, mas deixar de ser famoso é um saco.*" Mais adiante, no mesmo livro de Will Smith: "*Uma estranha coisa acontece quando alguém cai: o seu fracasso prova para a todo mundo de quem você já discordou que eles estavam certos e você estava errado.*"[373]

A certa altura do agradável bate-papo, Deodoro disse:

- Passar boa parte do tempo navegando e se distraindo num luxuoso navio como este foi ao tempo em que fazer cruzeiros, era dar oportunidade para alcançar uma felicidade duradoura, já que a eterna parece ser difícil de ser alcançada. Mas também custa muito dinheiro. É programa restrito a muito poucos. Na agitada Roma antiga, tanto os estoicos quanto os defensores do epicurismo – de Epicuro, que viveu cerca de 300 anos antes de Cristo -, se lançaram na busca pela *eudaimonia*, que era o encontro com a felicidade duradoura. Todavia, sempre entendi que para se alcançar a felicidade (duradoura ou mesmo passageira), mais importante do que ter dinheiro, é ter tranquilidade de espírito. Sem essa *pílula*, que não é ingerida pela via oral, mas pela mente serena, mão se consegue alcançar a felicidade. A pessoa que vive em constante agitação; intranquilidade; insegurança; medo; tristeza; raiva; hostilidade; frustração..., com toda certeza não abre caminho para a felicidade. Pelo contrário, põe obstáculos a que ela se aproxime de si. É sabido que a felicidade absoluta e duradoura, se não é impossível, pelo menos é rara. Tudo dependerá de um bom equilíbrio mental e emocional, para se oportunizar que a felicidade atue sobre o nosso espírito e, nele se aloje por demorado tempo. Fatores externos e independentes da vontade de cada um, na maioria das vezes são os responsáveis pela afetação negativa da felicidade. Esses fatores, que agem de surpresa e, não raro desinteressados, conseguem tirar do prumo o equilíbrio de quem se mantinha em estado de saudável felicidade. Algumas vezes, a substituindo pela raiva; pela insegurança; e, por outros fatores negativos.

❋ ❋ ❋

O papo foi evoluindo agradavelmente num dos restaurantes e, em meio à conversa sobre a vida e a morte, suas consequências, seus tabus, suas verdades, suas esquisitices e seus temores, Samira perguntou a Severo, o que ele pensava sobre a vida e a morte. Ele respondeu, como se tivesse uma resposta pronta, e na ponta da língua, tal a sua convicção sobre o tema.

- Samira, antes de mais nada, por que falar em vida e morte? Quem sabe falo apenas da vida? Você não acha mais interessante?

- Acho, sim. Se assim preferes, declino do outro tema, porque há pessoas que fogem desse assunto. Algumas acreditam que ao falar em morte, ela poderá ser atraída, e apressar-se a chegar a quem a comenta.

Deu uma boa risada, e esperou a reação de Severo.

- Ora Samira, nunca me preocupei com a morte e, se você quiser saber, ela bastante me faz rir. Ninguém sabe quando ela chegará, porque ainda que, em muitas vezes ela previamente se anuncie, só poucos a admitem e a acolhem. Esses, parecem ser capazes de afastar ou retardar a sua ocorrência. Mas não é bem assim, como todos bem sabem. Quando ela está decidida a chegar, ninguém será capaz de detê-la, por mais esforço que faça, por mais que a ciência tenha evoluído. Na verdade, quando mais novo eu tinha medo de morrer, ainda que, naquela idade, as chances de tal ocorrer fossem bem mais remotas do que hoje. Mas agora que alcancei à maturidade, despedi-me daquele ridículo sentimento. E aí pergunto: por que ter medo do desconhecido? Será que daquele outro lado as coisas serão piores do que aquelas que aqui vivemos? Alguém já foi e voltou para contar-nos essa escondida passagem?

- Mas vez que outro fico a pensar como serei recebido por lá, sem saber onde está o *lá*, nem o que é, ou quem é o tal de *lá*. Mas uma coisa eu garanto: a História está cheia de notas e de provas da quantidade de pessoas – verdadeiras massas de seres humanos - que foram levadas à morte em razão dos mais variados fatos. E, essas mortes continuam sendo praticadas sob o manto disfarçado de diversos motivos; de motivos desconhecidos ou não comprovados; de fatos comprovados e visíveis ao mundo, que deles apenas se lamenta e, contra eles apenas há manifestações em cochichos; de vozes sufocadas ou de notícias informadas pela mídia. Isso é a banalização, não apenas da notícia, mas da morte.

E, Severo continuou:

- Agora, em relação à vida eu gosto muito de falar e de gozar. Usufruir da vida é coisa que todos deverão gostar; a menos que não estejam no seu perfeito juízo. É bem verdade que há os desmiolados que preferem sofrer – os masoquistas; os *sofrenildos*. Na turma da contramão existe muitos desses indivíduos que, além de buscar prazer e felicidade no sofrimento, na dor; muitas vezes arrastam para a sua toca outras pessoas que lhes são caras. Mas isso é problema deles e dos seus admiradores. Gostar da vida é, por exemplo, sentir prazer em conviver com amigos festejando a oportunidade de estar juntos, como agora acontece.

Todos concordaram com as palavras de Severo, e o brindaram com uma batida de copos.

Continuaram saboreando o gostoso rodízio de frutos do mar, e com facilidade foi servida a segunda garrafa de vinho. O tom da conversa ia crescendo, e o entusiasmo sobre temas atrativos aumentava entre o grupo. Em meio a temas de pequeno interesse, um outro foi abordado por Samira, que disse ser interessante observá-lo. Ao se manifestar desse modo, Deodoro a interrompeu para dizer que se trataria de assunto para ser mastigado e engolido por psicóloga, porque ele bem sabia do que se trataria. Ela deu-lhe um carinhoso tapa na mão, e começou a dizer que a vida é feita de sabores e de horrores, e quem os escolhe e separa é cada um de nós, segundo as nossas índoles e os nossos desejos. Mas, disse bem mais ainda.

Não faz muito que li o que direi agora e, tanto gostei que ainda não esqueci. As palavras pintadas pelo autor, não são tão idênticas às que ora direi, mas o sentido é o mesmo. Vejam que beleza de pensamento:

- Ele usava de boa metáfora para dizer o que pensava. Dizia estar convicto de que, para escolhermos entre o bem e o mal, entre o bom e o ruim, se impunha ter elevada grandeza para, ao saborearmos o fruto maduro, não repartirmos apenas os gomos tocados. Porque, se desfrutarmos sozinhos das partes saborosas e, aos outros deixarmos apenas as machucadas, daremos a entender que os relegamos à condição de ter que viver apenas com os horrores. Por certo que nisso residirá a nossa altivez ou a nossa pequenez. Da mesma forma, se não usarmos de cautelosa parcimônia aos escolhermos dentre as vertentes do bem e do mal, do bom e do ruim, correremos o risco de separarmos o fruto apenas pela sua aparência; arriscando sobre nós pesar a chaga de sermos desprezados por quem elegermos, pela mesma aparência, à condição de inferiores.

Severo gostando da bela e elucidativa metáfora, pediu a ela que mais dissesse, se lhe fosse possível. Que gostaria de ouvir um pouco mais sobre o assunto. Então, ela continuou dizendo:

- Não nos esqueçamos, no entanto, amigos, que, tal como foi escrito, a condição a que aos outros relegarmos poderá ser apenas aparente e, por vezes, só por nós admitida, eis que, aqueles com quem a boa fruta não repartirmos, iguais nos serão, ou melhor se tornarão em razão do nosso subalterno gesto de egoísmo. Além do mais, não queiramos nos arvorar à autossuficiência de uma ilha, uma vez que diversa daquela é a essência que nos faz incapaz de viver isoladamente! Vejam que, assim como o pavão exibe bela plumagem, mas não tem sentimentos, nós poderemos não ter boa aparência, mas admiráveis pendores internos – tudo dependerá de como escolhermos e saborearmos os frutos.

Deodoro, que também teria lido o mesmo livro, procurando complementar o pensamento da esposa, disse:

- Quando nos postarmos tentados por sentimentos de inveja, de ganância, de injúria e de outros tantos horrores, deveremos esforçarmo-nos por trocá-los por forças positivas como o amor, a bondade e a beleza em todas as suas formas, porque esses são valores fortes, superiores e livres; capazes de transpor sem percalços os caminhos que a vida oferece; inclusive, os que nos conduzirá à redenção – símbolo inequívoco de quem busca a paz.

Terminada essa última preleção, todos brindaram o prazer de estar juntos. Beberam e conversaram um pouco mais, pois, que, para eles a noite ainda era uma criança. Como ninguém pensava tão cedo *abandonar o navio*, se dispuseram a aproveitar ao máximo aquele bom encontro *a bordo* do The Australina Ship. Realmente a comida era de excelente qualidade e, o serviço nada deixava a desejar. Além do mais, o lindo e confortável ambiente, rico em tudo o que se via e desfrutava, convidava a continuar aproveitando bem mais àquela agradável noite.

Em meio a um pequeno intervalo, Samira disse algo mais:

- Faz poucos dias que terminei de ler um denso livro que, para minha sorte, mais valeu pelo conteúdo do que pelo tamanho. Das tantas partes que li, algumas memorizei. É um romance com bastante coisas de muitas coisas; se é que dá para entender o que acabei de dizer. Numa certa passagem um personagem de nome Ulrich, assim diz: *"A moral dos nossos tempos, seja o que for que se diga, é a das realizações. Cinco falências mais ou menos fraudulentas são boas se depois da quinta vier uma fase de prosperidade e bênçãos. O sucesso faz esquecer o resto. Se chegarmos ao ponto de doarmos dinheiro para eleições e comprarmos quadros, conseguimos a indulgência do Estado."* *"Também há limites para o êxito: não se pode conseguir qualquer coisa por qualquer caminho; alguns princípios básicos da Coroa, da nobreza e da sociedade, têm certo efeito de freio sobre o 'arrivista.'"*[374]

Lorena, que se mantinha quietinha num canto, como que a fazer contas e a equacionar problemas de física, resolveu dar uma pitada na conversa. Disse que também teria algo para dizer, não desejando ficar de fora daquelas belas manifestações.

Severo, sorrindo, recomendou-a que falasse em pé, para que melhor pudesse ser ouvida. Ao que ela se desculpou, dizendo que não atenderia ao seu pedido, porque ficaria encabulada. Porém, ela sabia que a sugestão não passava de uma brincadeira do seu agradável companheiro. E preparou-se para ler um texto que havia copiado de um livro na noite anterior, que gostaria de levar para uma antiga amiga. Como ainda não tivera oportunidade de encontrá-la, o mantinha na sua bolsa, para entregá-lo logo que fosse possível. Que, achava um belo texto, que mereceria ser ouvido por todos:

- Esse, pois, é válido para todo mundo, disse ela:

- *"Se um dia pensares ser justo, terás que antes de invocar a prática do ato, te despojares de todos os sentimentos, pois a justiça é predicado exclusivo de quem é capaz de isentar-se de todo o tipo de influências e condicionantes, não podendo ser praticada por quem a proclama escudado no reflexo do seu próprio espelho, nem sob o entusiasmo de qualquer pessoa. Aquele que se arvora a praticar a justiça amparado nos seus próprios pendores ou sob a animação de outrem, só por isso já se torna injusto para com aquele que está a julgar. A justiça para ser praticada exige supremacia, pureza e, isenção; não podendo pautar-se na bondade ou na maldade; exigindo do julgador que se mantenha inabalável na relação entre o erro e o perdão; insensível diante do sofrimento e do arrependimento; impenetrável à dor e ao prazer, porque todos esses sentimentos são capazes de desfigurar e afetar a sua necessária e exigida isenção e imparcialidade".*

Deodoro, como bom pensador, a cumprimentou pela bonita manifestação, dizendo que comungava com o que ela teria dito. Que certamente fazer justiça, sempre dependerá da mais absoluta isenção de sentimentos de toda ordem. E, completou com os seus próprios pensamentos:

- Tenho a certeza de que a justiça é uma luz cintilante e perene, que não admite ao julgador vacilar nem errar sem o consequente risco de incorrer em inaceitável, e por vezes, incorrigível e irreparável injustiça. Convencido do fato, só depois de despido de si próprio e de interferências que sombreiem a sua mente, o homem será capaz de proclamar a justiça. Quão difícil é a missão de julgar, que só a poucos iluminados é conferida!

Ao terminarem essas bonitas palavras, Severo não se conteve e chorou discretamente, ao lembrar-se da injustiça a que estivera sujeito por cerca de nove meses num presídio. Mas ele precisava engolir aquele choro, pois jamais desejaria dizer a quem quer que fosse, que teria sido condenado à prisão, ainda que injustamente. Enquadrou os seus sentimentos nas palavras de Lorena – logo Lorena, de quem começava a gostar tanto e tanto, teria escolhido tão belas frases para dizer o que ele sentia, mas não a poderia confessar. Parecia-lhe, ainda que muito distante, que ela carinhosamente teria optado pelo tema por saber do seu sofrimento; embora já superado. Doutro lado, Deodoro, uma pessoa a pouco tempo desconhecida, também parecendo saber da sua angústia, emoldurou o seu pensamento, como se, o tivesse pintando na tela de artista de renome. Quanta coisa boa para ser saboreada numa só noite. E, ele pensou: que beleza parceria! Que pena que só agora estamos a nos conhecer.

Pouco depois, um pouco mais entusiasmado com o álcool que teria ingerido e, possivelmente querendo reerguer o astral de Severo que, visivelmente ficara um pouco abalado, Deodoro perguntou-lhe, se, em sua juventude teria conquistado muitas mulheres.

Ele, então, respondeu:

- Quando novo - e ainda hoje -, eu não tive talento suficiente para conquistar a maioria delas; mas isso não desmotivava a minha ilusão em tê-las. Sempre fui louco por mulheres. Eu acho que foi muito bom apaixonar-me pelas mulheres – pelas que conquistei e pelas que nem souberam que eu existia. Sempre gostei de mulheres e, talvez por isso nunca me casei. Embora pareça um contrassenso, eu nunca pretendi me casar porque queria a todas e, se casasse, não poderia tê-las na quantidade e variedade desejada. (sorriu).

- Elas sempre fizeram parte da minha vida, dos meus sonhos – dormindo e mesmo acordado. Fizeram parte dos meus pensamentos, das minhas imaginações e, me acompanharam em cada sucesso que tive na vida. Risivelmente, eu dividia o meu sucesso com elas, ainda que tivesse a certeza de que elas nada sabiam. Eram confissões internas; presentes ocultos nos meus pensamentos; satisfações pessoais que eu dividia com algumas, com todas ou apenas com alguma delas. Tenho certeza de que a maioria delas sequer percebia que eu as tinha em minha cabeça; que eu nelas pensava, especialmente, na alegria, na sorte, no prazer, na vitória. Porque no azar, na dificuldade, na tristeza, nunca nelas eu pensava, porque me acharia pequeno querendo dividir as coisas ruins com as mulheres pelas quais me apaixonava. Eu era, ou ainda sou um cara estranho, ou, quem sabe, até normal.

E, continuou:

- A conquista de uma mulher quase sempre produz algo estranho. Pode ser comparado com a situação de uma criança que, ao desejar um brinquedo, quando o consegue, não o quer mais. O acha superado e por ele se desinteressa. Pois no relacionamento com mulheres, não poucas vezes assim ocorre. O homem corre atrás da sua conquista, vira um super-homem para cativá-la e, depois que a tem, parece que começa a desbotar o seu desejo, a perder a cor do seu interesse e, com o passar do tempo, não raras vezes, a convivência transforma a paixão em ato de companheirismo, de respeito, de amor. Eu diria, uma coparticipação. Mas a paixão vai desaparecendo, desaparecendo, desaparecendo...

- Vejam a minha relação com Lorena: a ela sou fiel e prometo continuar fiel em atos, mas não a poderei garantir ser fiel em pensamentos. Acho uma grande bobagem alguém dizer, ser fiel em seus pensamentos. Os pensamentos não podem ser dirigidos, controlados, como podem ser os atos. Os pensamentos surgem na nossa cabeça, sem que necessariamente os provoquemos. Simplesmente ocorrem, aparecem, brotam, muitas vezes não se sabendo de onde nem por quê. Claro que os *maus pensamentos*, os pensamentos eivados de traição, poderão ser castigados pelo remorso, mas nada mais do que isso! Porque ninguém lê os pensamentos alheios, apenas cogita e, às vezes, maldosamente os supõe. Só quem decifra os pensamentos é o seu titular; mais ninguém. O resto é exercício de adivinhação, jogo de sena, efeito de bola de cristal ou jogo de cartomante. Não há charuto, nem marafa que leia o pensamento alheio.

Deodoro, também já um tanto turbinado com a bebida, em meio àquela especial ceia escutando em suave volume, Carly Simon cantando Monligth Serenade, disse que parecia-lhe estar viajando no The Queen Mary II. Todos riram e o aplaudiram. A participação dele foi tão entusiástica, que falaram sobre a possibilidade de fazerem um cruzeiro marítimo em data a combinar.

\* \* \*

Realmente, os gostosos pratos saboreados não conseguiram sobrepor-se aos temas abordados por todos naquela mesa, que por pouco não se transformou numa tribuna. Mas como a reunião estava tão agradável, Severo chegou a sugerir que reservassem quartos para ali ficar até o dia seguinte. Porém, como Deodoro e Samira tinham compromissos agendados para o dia seguinte, agradeceram ao oportuno convite e deixaram essa agradável ideia para outro dia.

Severo disse que antes de saírem, gostaria de dar um rolê pelo navio, para conhecer mais alguns ambientes. Desejaria conhecer os outros restaurantes e, o recomendado Salão Dourado, se fosse possível. Então, combinaram que, logo após terminar a última garrafa de vinho, todos fariam um *tour* pelo lindo transatlântico.

Mas o bate-papo não parou por ali. Samira, que fora professora por muitos anos e ainda lecionava em curso de nível superior, pediu que Severo a servisse mais uma taça de vinho e, encorajou-se para falar um pouco da sua vida durante o longo tempo em que exerceu o magistério no Brasil. Disse, então:

- Com toda certeza eu tive a rara oportunidade de ter lecionado por muitos anos nos três graus de ensino: no fundamental, no médio e, no universitário. Durante esse demorado tempo, tenho certeza de que mais aprendi do que ensinei, pois, que, não bastasse a necessária atualização de conteúdos a ministrar, obriguei-me a preparar-me para lidar com alunos das mais diferentes idades, gêneros e condições sociais. Deles também tirei enorme gama de conhecimentos sobre a vida, uma vez que, o contato com tal diversidade de pessoas oriundas dos mais diferentes lares, forjadas nos mais diversos costumes, só engrandece a quem tem a sorte de com elas poder trocar experiências. Tributo a isso, a melhor parte que colhi do meu trabalho no magistério.

Severo, atento ao que dela ouvira, pediu-a que a mais dissesse das suas experiências como professora. Que, de fato, o exercício do magistério deverá ser encantador, exclamou. Disse que sempre admirou a profissão do professor e, sorrindo com o canto do lábio, corrigiu: da professora também!

Então, ela seguiu dizendo:

- É bem verdade que nem tudo é sublime, porque algumas vezes deparei-me com alunos que não edificavam a instituição a qual pertenciam. Mas, desses, também colhi aprendizado. Afinal, se todos fossem perfeitos, qual seria o critério para essa avaliação? Além disso, professo a assertiva de que ninguém é tão perfeito que não transpire algum tipo de erro e, que ninguém é tão nocivo, que não transmita algo de bom. Mas o que provoca o tema, diz respeito ao desencanto dos mestres que, vencido o tempo, vinham observando que ano a ano os alunos mais e mais se distanciam dos conhecimentos básicos do aprendizado. E, aí nós perguntávamos: será que hoje se atribui menor valor aos conhecimentos basilares do aprendizado? Ou, será que estará havendo menor interesse do discípulo sobre esses importantes conteúdos disciplinares?

Samira disse um pouco mais, antes de completar o seu pensamento:

- Não me surpreendia mais – e isso era muito ruim

– ver acadêmicos às vésperas de concluir o ensino superior, não saber escrever, sequer medianamente. Alguns, nem conseguiam expressar os seus pensamentos; outros, não se encorajavam a fazer uma operação aritmética elementar, sem o apoio de calculadora. Via pessoas em atividade de caixa, que não sabiam resolver a mais elementar das quatro operações – a soma de duas parcelas de números inteiros. Tinha e acho que ainda tem, muita gente que não sabe somar 8 + 9 sem o auxílio da calculadora, mas trabalhava em atividade de recebimento e pagamento de valores em dinheiro. Já vi aluno do terceiro grau escrevendo papel *almasso* e *isferográfica*. Algo está muito errado! Com certeza, muito há de errado no ensino. Mas a vida seguirá o seu curso normal e, qualquer aperfeiçoamento acontecerá dentro do espaço de tempo que lhe for disponível e necessário para tanto.

- O desenvolvimento tecnológico, com base em descobertas e na inventiva, vem tendo um crescimento rápido e, quem não se dispuser a acompanhá-lo tenderá a sucumbir. Porém, tudo dependerá de adaptação e de acostumar-se ao novo. Um *folder* distribuído pela Panhard Levassor - fabricante de automóveis no início do século XX – continha a seguinte informação e recomendação: *"O veículo tem três velocidades: pequena, média e grande. Esta última alcança a dezessete quilômetros por hora, mas em estradas planas ou quase planas pode atingir os vinte. Não obstante, estas 'grandes velocidades' requerem a maior atenção e todo o cuidado por parte do motorista e 'não as aconselhamos'"* (destaques do autor).[375] Pois vejam como nos adaptamos com facilidade às novas velocidades imprimidas aos veículos nos dias atuais.

O assunto estava bom, e Severo então disse:

- Estive lendo Pascal e, no início de uma de suas obras, quando tratando do Espírito Geométrico fez observação ao fato de que *"não se deve abusar da liberdade que se tem de impor o mesmo nome para coisas diferentes"*.[376] Pois me traz a oportunidade, lembrar da riqueza da língua portuguesa que, ao contrário do que propõe o filósofo, físico e teólogo francês, por aqui se desfruta da oportunidade de poder usar de vários nomes para identificar uma mesma coisa. Afora os neologismos, as gírias, os modernismos e os estrangeirismos.

\* \* \*

Com a absolvição de Severo, Marcela resolveu ir ao Rio de Janeiro para desculpar-se dele e de Ronaldo, que tanto ela e sua família tinham caluniado. Lá chegando, não sabendo onde encontrá-los, dirigiu-se ao escritório de Ronaldo, onde teve informação de seus colegas, de que o mesmo não mais advogava e que estaria internado numa instituição destinada a presos detentores de insanidade mental. Para ela a notícia foi um enorme choque, pois sequer imaginaria que ele pudesse estar preso e, pior, sofrendo de doença mental.

Tentou descobrir através dos colegas de escritório o motivo da prisão. Ficou sabendo então que ele teria sido preso preventivamente, porque alegavam que ele pertencesse a uma quadrilha de traficantes de entorpecentes. Mas disseram que a imputação não era verdadeira; que decorreria de uma confusão não bem esclarecida pelas autoridades policiais, e pela Justiça. Que, afinal, nem ele nem o seu cliente, Severo, teriam qualquer relação com o tráfico. Que tudo seria esclarecido no seu devido tempo e oportunidade processual.

Disseram que Ronaldo seria mais uma vítima do

arcaico e precário sistema judicial. Que tinham absoluta convicção da inocência do colega, que há tanto tempo com eles trabalhava, sempre demonstrando ser pessoa honrada, como ela mesma poderia atestar. Ela desejou obter mais algumas informações sobre o caso, especialmente, sobre o fato dele estar internado em instituição para doentes mentais. Os advogados esclareceram que desde que Severo fora preso, Ronaldo vinha demonstrando crescente descontrole emocional, chegando ao ponto de afastar-se do escritório e ter repassado os seus clientes para os colegas. Que vinha em tratamento psiquiátrico há vários meses, cujo médico eles informaram o nome e o endereço. Disseram também que pouco antes da sessão do Tribunal do Júri, no qual foi declarada a absolvição de Severo, Ronaldo já teria passado o caso aos cuidados em um profissional que o vinha assistindo na defesa.

De posse do nome, endereço e número de celular do nomeado advogado, Marcela agradeceu-lhes pela atenção e, despedindo-se, preparou-se para sair. Já na porta da sala, fez mais uma ressalva: pediu que a informassem o que viessem saber dali em diante; tanto em relação a Severo quanto a Ronaldo.

Desesperada, foi ao escritório do Dr. Cipriano, na busca de informações sobre Severo. Lá, foi informada de que ele residia na Austrália e, que não pretenderia mais voltar ao Brasil. Obtendo o endereço dele e o número do celular, pensou que, logo que possível manteria contato para prestar as suas desculpas, e perguntar como ele estaria vivendo, depois de ter restabelecido a merecida liberdade.

Porém, muito embora desejasse desculpar-se de Severo, sua maior agonia seria encontrar Ronaldo, que além do mais teria sido seu grande amor; pessoa a quem ainda não teria esquecido. Lembrou, que antes dele nunca teria amado outro homem, eis que o seu casamento teria sido uma farsa arquiteta pelo seu pai, com a mansa conivência da sua mãe e, a participação do escuso, prepotente e, oportunista Anselmo. Um charlatão metido à médico-veterinário, que sequer saberia dizer se ao grafar o termo usaria o sinal gráfico do hífen. Prepotente, querendo sempre demonstrar ser o dono da verdade, esquecia-se que, muitas vezes, quem sopra ares de inteligência, geralmente são os mais imbecis.

Ficou muito apreensiva ao saber que ele estava internado em sanatório e, envolvido em crime de grande potencial punitivo. Que verdadeiramente isso não correspondia ao caráter, à dignidade e, à perfeita sanidade de Ronaldo. Que ela sabia que ele era um homem sadio, física e mentalmente. Além do mais, se algum problema psicológico tivesse, como realmente ele tinha com aqueles estados de fobia, bastaria ser tratado com sessões de terapia em consultório médico e, com a ingestão de alguns medicamentos.

Marcela passou o resto do dia preocupada com aquela triste e angustiante notícia. Não conseguia entender que Ronaldo sofresse de alguma doença mental tão grave, a ponto de precisar ser internado. Já o conhecia há bastante tempo, e nunca notara desvio de comportamento que justificasse a sua hospitalização.

No dia seguinte foi ao consultório do psiquiatra para obter informações sobre Ronaldo. O gentil médico narrou o que poderia dizer-lhe, e que fora suficiente para que ela se inteirasse da situação crítica em que ele estaria. Sabedor do estado decadente do seu ex-cliente, a aconselhou não o visitar na instituição em que estava albergado. Ela agradeceu à gentileza, ao conselho e, saiu.

Inconformada, não pretenderia voltar ao Rio Grande do Sul sem falar com Ronaldo e, pelo menos, pedir-lhe desculpas. Ficou encucada com a recomendação do psiquiatra, para não visitar Ronaldo no hospital. Pior, quando soube que não se tratava de uma instituição especial de recolhimento e tratamento de doentes mentais. Logo soube que ele estava internado num nosocômio destinado a presidiários que sofriam de doença mental. Percebeu que teria havido grande mudança no comportamento dele, desde que romperam com a relação. Em razão disso, trouxe para si um pouco da culpa pelo que vinha ocorrendo. Isso, ainda mais justificaria desejar visitá-lo. Para ela, seria imperioso saber de tudo com detalhes e, ouvir a sua verdade sobre os fatos.

Na manhã seguinte foi ao hospital e, identificando-se como advogada, tentou conversar reservadamente com Ronaldo. Lá chegou ela, tão linda quanto sempre fora; exalando o seu frescor de mulher bem-cuidada e sempre vaidosa, suscetível de iluminar o lugar e as pessoas de seu entorno. Ainda não imaginava ela, todavia, como estaria Ronaldo depois de passado tanto tempo sem vê-lo.

Depois de alguns minutos, a encaminharam a uma sala de visitas, onde havia um sofá e duas poltronas, além de uma mesinha de centro. O lugar era simples, embora deixasse vestígios de que já tivesse sido luxuoso. Exemplo disso era o sofá e as poltronas, estofados com tecido com desenhos florais em relevo com fios dourados; mas desbotados e desgastados pela ação do tempo e a má conservação. Os encostos tinham marcas de gordura, possivelmente deixadas por pessoas que se recostavam com cabelos oleosos e sujos. Nos assentos e nos braços, vários rasgões mostravam o desleixo com móveis de grande valor artístico e histórico, para a quase secular instituição. Tudo ali parecia que não vinha sendo limpo há muito tempo. As cortinas estavam incompletas e, pelo que ela soube, as janelas não eram abertas porque corriam risco de despencar das dobradiças e tombar sobre a cabeça de alguém. Dois dos vidros com ricos desenhos feitos a jato de areia estavam quebrados e, possivelmente jamais seriam substituídos. No lugar deles, para evitar que a chuva molhasse a sala, foram colocados pedaços de plástico incolor, fixados com fita adesiva e percevejos.

Entre as poltronas havia uma escarradeira de louça trabalhada em alto relevo, cuja razão de ali estar, logo que viu, não conseguiu imaginar. Mas depois, achou que, possivelmente, como antes fora um hospital de isolamento de tuberculosos, o antigênico objeto ainda se mantinha exposto como ornamento da sala de visitas. A velha cuspideira estava tão suja, que só faltava ainda preservar para a história da antiga instituição, algumas gotículas que tivessem sobrado da última escarrada.

O lugar era repugnante, nojento, encardido e, devido ao calor, ainda voavam alguns insetos que batiam asas bem próximo da poltrona em que ela estava sentada. Num lustre com bocais para seis lâmpadas, só uma delas acendia e, mesmo assim, vez que outra piscava. Das lindas tulipas em azul água e com bordas sinuosas, uma estava quebrada e outra não mais existia. Mas pelo que ela imaginara, aquele era um dos cartões de visita do hospital de presidiários-loucos, se é assim que ela poderia chamar. Estranhou que, enquanto aguardava a chegada de Ronaldo, apesar de ser um hospital, um enorme gato de pelo claro e olhos cinzentos, pulou na outra poltrona e sentou-se ao seu lado, com ar de quem participaria de alguma reunião de condomínio. Ainda que por maldade, ou mesmo sem ela, Marcela achou que o bonito, mas, impetuoso mascote, tivesse a missão diária de incomodar à ratazana que, sem dúvidas deveria habitar local tão acessível para servir de moradia e reprodução da espécie.

Enquanto aguardava a chegada de Ronaldo, o pouco tempo que ali se manteve sozinha, parecia ser uma eternidade. O silêncio poderia ser absoluto, se de vez em quando não fosse quebrado por gritos de algum doente, que bastante a assustavam. Tentou mexer no celular para distrair-se, mas não conseguia concentrar-se no que via. Aguardava que a todo instante ele chegasse pela única porta daquela estranha sala. Mas não havia outro jeito: o caso era de esperar e esperar; ou não mais esperar.

Ocorreu, no entanto, que os minutos foram somando e Ronaldo não era trazido à sua frente. Em decorrência disso ela começou a ficar angustiada, já prestes a fazer valer o seu direito de, como advogada, avistar-se com o seu cliente. Mas ela sabia não ter muitas chances para isso, porque na verdade não era advogada de Ronaldo. Que se isso viesse a ser descoberto pela administração do hospital, criaria circunstância indesejável para si e, quiçá, para ele também. Afinal de contas, ele não era apenas um doente em tratamento, mas um presidiário, ainda que não julgado, nem condenado.

Passados cerca de trinta minutos ela ouviu a batida forte de algumas portas e passos pelo corredor. Era Ronaldo que vinha sendo conduzido por dois atendentes. Ao avistá-la, ele não a encarou, como ela esperava e desejava. Naquele momento os pensamentos dele estavam bastante distantes daquele local. Ela aproximou-se dele e o abraçou, mas ele não fez qualquer gesto; isto é, não a acolheu nem a rejeitou. Permaneceu imóvel e de pé na frente dela. Os atendentes se afastaram um pouco do lugar, permanecendo em alerta no corredor.

Marcela sentou-se e o convidou a sentar-se no sofá ao seu lado, porém ele nada respondeu e ficou inerte, como que olhando para o infinito. Estava vestido com aquele horrível uniforme branco e, de pés descalços. Com a barba e o cabelo crescidos, parecia não tomar banho há vários dias. Os dentes amarelados, davam prova de que não eram higienizados como de costume. As mãos e os pés sujos, tinham as unhas bastante crescidas e também imundas. Malcheiroso, dava a impressão de não querer aproximar-se dela, justamente em razão do seu deplorável estado físico. Seus olhos vagos, sequer tiveram qualquer lampejo de que a reconhecia; de que sabia quem estava à sua frente; de que sabia o que estaria ali fazendo. Possivelmente, nem soubesse que alguém com ele desejava falar e até tocar, se ele permitisse. Marcela ficou a olhar para aquelas tristes feições destroçadas, como que querendo reencontrar naquela estática e destruída figura humana, o bonito e elegante homem que tanto amou e acariciou. Não podendo segurar a emoção por mais tempo, sentiu correr pela face as mornas lágrimas que contrastavam com o rosto pálido e frio.

Percebendo que o teria perdido para sempre, lembrou de uma frase por ele dita nos seus bons tempos: *"Felizes são as pessoas que têm o que desejam e, nunca se magoam por não ter o que não podem"*. E pensou: tinhas razão, meu querido Ronaldo. De que adiantará continuar te amando, sem ter a esperança de que um dia ainda poderás me amar? Ficou-lhe a certeza traduzida na letra da música inesquecível de Moacyr Franco: *"Eu nunca mais vou te esquecer"* ...embora não mais queira te amar, para não sofrer.

Com o tronco curvado para frente e a cabeça ereta, não se parecia com um ser animado; uma pessoa. Ronaldo era um *troço*; um bicho desconhecido; uma coisa assustadora para quem não mais convivia com ele. Não era algo imóvel, porque respirava de forma ofegante, mas não dava outro sinal de existência. Porém, parecia ainda ter força para suportar o peso físico, porque o peso espiritual ele não mais tinha como aguentar. Com as palmas das mãos viradas para a frente, parecia clamar por alguma ajuda. Mas, como ajudá-lo naquelas circunstâncias; pensou ela. Qual tipo de ajuda eu poderei oferecer-lhe; interrogou-se.

Pobre homem, pensou ela. O que fizeram com o meu Ronaldo, que o levaram a tal estado de coisas? Isso é um enorme delito que precisará ser desvendado. Isso é crime de castigo; de intenso sofrimento; de tortura; de grave tortura; de profunda tortura. Só a tortura será capaz de deixar alguém nessas circunstâncias. Que diabo fizeram com ele? Por qual motivo o destruíram dessa forma? Ela ficou a lacrimejar por algum pequeno tempo, evitando mostrar-lhe o seu sofrimento, porque tal atitude poderia levá-lo à maior desespero. Depois que disfarçadamente secou as lágrimas, olhou firmemente para Ronaldo e ficou a observá-lo sem nada dizer. O examinou de cima a baixo, como se fosse numa ação investigativa e, não pode conter o choro por outra vez. Aí sim, o seu choro foi intenso, com alguns soluços que a engasgaram várias vezes. Mas ele continuou inerte; passivo; aparentemente sem nada ver nem notar. Dava a impressão de que ele ainda não sabia que, quem estava na sua frente era Marcela - aquela mulher que ele tanto amou.

No entanto, era provável saber que ele não a identificasse, porque já estaria acostumado a ver e conviver com pessoas doentes, que demonstravam sentimentos diferentes; manifestações de desprendimento; de desafeto; de desatenção; descuidados de tudo, de si mesmos e, em ralação a todos; sem importância com o que existia ao seu redor; de ausência de amparo; de falta de cuidado; sem esperança de melhora, se é que se achavam doentes; que não reclamavam do estado de abandono, porque não se achavam abandonadas. Enfim, pessoas vivas, animadas, cujo corpo funcionava, mas que, na engrenagem da cabeça faltava ou sobrava alguma peça bastante importante para ver, participar, e usufruir do mundo, tal como ele se lhes apresentava. Eram pessoas que não sabiam que existiam como tais. Gente que vivia noutro mundo, diferente do mundo dos normais, se é que existam pessoas normais, na correta acepção do termo.

Ela então continuou a pensar: ora, esse mundo não é tão pequeno quanto dizem e, a roda do tempo não gira com a velocidade que alegam.Vá aos cemitérios e verá gente morta dos dois lados! Pelo que entendo, se mataram dentro da própria casa, mas continuavam vivendo como marido e mulher, sob o mesmo teto e a mesma terra. Mas o problema não foi resolvido – tanto assim, que a discussão continuava e jamais cessaria. Porque o embate, a discórdia, a réplica, a mentira, o embuste, o proveito próprio, são da sua *natureza*. E, para que essa natureza continuasse viva, atuante, subindo e descendo, ora tremulando para a direita e ora para a esquerda, diariamente era regada na base de acusações; mentidos e desmentidos; argumentos válidos, sérios, reais; e, contra-argumentos vazios, movediços, vacilantes. Verdadeiramente a vida entre eles era como a de um casal em clima de separação: se acusavam reciprocamente, mas à noite dormiam sobre o mesmo colchão. Almoçavam em lugares separados, mas deixavam os dejetos intra-intestinais no mesmo banheiro.

Mas ela logo percebeu que a recusa em se aproximar se dava por outro motivo – era porque ele sofria de doença mental em alto grau de desenvolvimento e agravamento. Triste, teve a certeza de que aquele não era o homem que ela conhecera; certamente que o não era. O seu estado de saúde era tão grave, que só assistido por um dedicado médico e num bom hospital poderia obter alguma melhora. Mas isso ele jamais poderia ter, porque, se saísse dali seria conduzido ao presídio.

Ela pouco conversou com ele; aliás, não houve conversa, mas um monólogo, resumindo-se quase que todo em reiterar o seu pedido de desculpas e a insistência para que ele se cuidasse. Porém, nada do que ela dissera surtiu algum efeito porque Ronaldo continuava imoto, absolutamente inerte e olhando para algum lugar distante e indefinido. Ao vê-lo daquele jeito, ela chorou outra vez, inclusive, novamente se achando um pouco culpada pelo que teria acontecido a ele. Mas na verdade, o que lhe acontecera não teria sido por obra dela, mas dele próprio - da sua repetida covardia, não informando Severo sobre o verdadeiro motivo que levara Maristela à morte e, por ter concordado em servir de instrumento do crime para Zé Perigoso. Isso, por certo que ela não sabia, pois nunca chegou ao seu conhecimento.

Ao deparar-se com aquele deprimente e lamentável quadro, Marcela não sabia se deveria ir embora ou se deveria continuar observando aquele homem. Aquele homem, do qual muitas de suas partes lhe teriam sido retiradas pelos inescrupulosos carrascos que se vestiam de médicos e de enfermeiros, com a primordial intenção de sacrificar a quem estivesse aos seus cuidados.

Parada diante dele por mais alguns instantes, pensou que tal estado de coisas não poderia perdurar por mais tempo. Que alguém teria que fazer algo para dar fim àquela vergonhosa situação ocorrida em meio a uma sociedade culta, que lá fora vivia sob os auspícios de um outro mundo, mas dentro do mesmo país. Que, mesmo que algo que viesse fazer não chegasse a tempo de liberar Ronaldo, não haveria mais o que a detivesse.

Ainda sentada no amarfanhado e imundo sofá, ela começou a fazer uma rápida retrospectiva da sua convivência com Ronaldo. Lembrou da oportunidade em que se conheceram em Porto Alegre, no inverno de 2011. Das iniciais conversas no café e depois no restaurante. Da ida a boate e dos passeios pela cidade. Da noite em que tiveram a primeira relação sexual, que bastante a marcou. Das apressadas viagens dele nos finais semana, com a exclusiva finalidade de ficarem juntos dois ou três dias. Enfim, em rápidas pinceladas, relembrou da sua história de amor com aquele homem por ela tão desejado, mas que, lamentavelmente chegara aquele deplorável estado físico e psicológico. Que, na verdade, diante dela estava um ser já sem luz; um ente guiado por outros instintos; não um homem na real acepção do termo. O que ela via diante de si era algo indecifrável com palavras e, se alguém não entendesse o que ela pretendesse dizer, seria porque já a teria entendido.

Sabia ela que, quando alguém não consegue explicar o inexplicável, cabe ao seu interlocutor entender, não o que não é, *mas o que na verdade é*. Ronaldo representava uma figura pior do que a de um idiota, que ali estava porque foi levado sem saber para o quê. Seria capaz de provocar medo a quem o visse, ao invés de pena. Aquele não era mais um homem, mas *aquilo* era uma massa ainda com algumas de suas partes necessárias para continuar com vida. Numa das poucas vezes em que ele a olhou, viu que seus olhos mostravam que a pouco tinha chorado; mas se isso produziu nele alguma sensação, algum sentimento, ninguém saberia dizer, porque continuou inerte, plenamente passivo e distante de tudo.

Ao sair do hospital, Marcela parecia disposta a reunir forças para dar um fim àquela loucura, muito embora quase nada do que se passava lá dentro tivesse chegado ao seu conhecimento. Mesmo assim, pretendia conversar com políticos influentes; com a direção da Ordem dos Advogados do Brasil; e, com a direção de outras tantas instituições, inclusive com o Ministério Público e com a presidência do Tribunal de Justiça do Estado. Pretendia buscar acolhida no Conselho Federal de Medicina e, principalmente, obter o apoio da imprensa. Para ela, aquele estado de coisas não poderia continuar. Ela pode então saber que pessoas doentes, eram ali mantidas como se criminosos fossem. Que ao invés de serem tratadas, eram condenadas à prática de cruéis atividades arquitetadas por falsas autoridades; por reais criminosos, porque quem dirigia aquela instituição, realmente era um criminoso, como também eram as pessoas que atendiam às suas ordens ao invés de denunciá-lo, como era seu dever. Que essa omissão de parte dos subalternos, também não escapava da esfera criminal e, por isso, teriam que ser condenados a pagar pelo mal que durante tanto tempo praticaram contra o contingente de doentes ali internados. Que os internos naquela instituição, em sua maioria não eram criminosos, mas doentes mentais. Deviam ser tratados como pacientes e, não como presidiários. Se foram para lá encaminhados por alguma autoridade, é porque nos processos a que respondiam, alguém comprovou algum acentuado grau de insanidade mental que afetava o réu.

Ao deixar o local, arrastando os pés no chão, Ronaldo foi conduzido de volta para a sua cela, para aguardar ordens sobre o que deveria fazer. Parecia ter ficado bastante triste ao ver Marcela, mas nada poderia fazer, além de pensar; apenas pensar, se é que ele ainda pensava. Incrivelmente, ele já era quase uma *despessoa*, na acepção emprestada de George Orwell, no 1984 [377] [378] Porém, Ronaldo ainda pensava, pensava mesmo, como logo provou.

Ao chegar à noite, depois da janta, recolhido na cela, ficou a criar pensamentos negativos que o intranquilizavam; que o atormentavam; que o assustavam; levando-o a sentir calafrios, a tremer os membros, e a ter vontade de gritar o nome de Marcela, para que todos ouvissem. Mas a sua voz estava trancada, sufocada, em tom baixo e trêmulo. Pensando estar prestes a enrolar a língua a puxava com os dedos para fora da boca. Incontrolado, ficando mais aguda a crise nervosa, voltou a esbofetear-se e, a morder os braços.

Pensou e comparou o que vinha passando, com os momentos áureos da sua vida. Para ele, havia um muro intransponível, mas que ao se pendurar nele, via o outro lado da existência que vinha tendo desde que chegou ao hospital. No outro lado, tudo era colorido, enquanto no lado em que estava, tudo era cinzento. No lado colorido, ele via as coisas boas pelas quais teria passado antes de entrar naquele hospício. Relembrou que teria sido um homem de sorte, que além de bonito, elegante e geralmente bem-vestido, teria sido um profissional competente e conquistado a mulher mais bonita que já teria conhecido. Que a amava, tanto quanto ela o amava. Que, ao ter caído naquele mundo cor de cinza, jamais teria oportunidade de voltar ao mundo por ele antes vivido. Vivia ele em meio à sujeira; em volta com doentes mentais, tão ou mais doentes do que ele e, principalmente, reféns de uma instituição fracassada. Teria perdido a liberdade que, bem comparando, ainda era oportuna e gozada pelos miseráveis moradores de rua.

A partir daí começou a convencer-se de que a vida o perderia em definitivo, porque a morte se lhe apresentava como iminente. O seu tempo de vida nesse mundo, tristemente teria se exaurido. E pior: ele sequer teria tido o direito de aproveitar a metade do tempo por ele imaginado e previsto. Ele ainda era um jovem, portador de uma doença, provavelmente incurável e, se a quisesse curar, passaria grande parte do seu tempo em condições desumanas. Não era o que ele queria. Não era o que ele desejava. Não era para isso que ele viera ao mundo. Num momento de aparente superação, parecendo estar mais calmo, dirigiu-se a cozinha que se mantinha em total escuridão naquela hora da noite. Tateando, abriu uma das gavetas em que sabia existir uma faca bastante afiada e a espetou no peito, na altura do coração. Morreu instantaneamente.

Desse modo, cabia se reconhecer o quão desafortunado fora em sua sorte, pois sequer teria tido oportunidade de se curar do mal que o levara à tão profunda depressão; somado tudo isso ao fato de não ter sido tratado (cuidado) como merecia e devia. Ronaldo, nem mesmo teve condição de expressar o que sofria e por que sofria. Tudo isso, se poderá dividir com o erro judiciário, que lançou sobre a mente de um homem já doente, a espada que o levou ao incontrolável desespero e à morte. Ele não mais exercia maestria sobre os seus atos; não mais regia a sua mente.

\* \* \*

A primeira pessoa a saber do suicídio fora Marcela, pois ao tê-lo visitado naquele dia, foi obrigada pela administração do HJDM a identificar-se, e informar o seu endereço e número de telefone. Logo que soube da notícia entrou em pranto e, mais uma vez achou-se culpada pelo evento. Ficou bastante desorientada; sem saber como agir e a quem socorrer-se numa cidade grande, onde quase ninguém conhecia. Porém, logo reagiu e telefonou para os colegas de Ronaldo, que hipotecaram integral apoio a ela. Como medida inicial, a aconselharam ir até o escritório para melhor estudarem como agir.

Ao chegar no escritório, notou que o ar de tristeza estava estampado no semblante de todos os colegas de Ronaldo, que igualmente estavam surpresos com a atitude dele. De toda forma, o suicídio não era circunstância que poderia ser afastada diante do sofrimento que o vinha atingindo há tanto tempo.

Como medida inicial, combinaram que Marcela e um dos colegas iriam ao hospital para melhor certificar-se do fato, e obter declaração médica do óbito, dizendo a causa da morte. E foi assim que fizeram. Lá chegando, os convidaram a entrar para ver o cadáver que se encontrava numa sala próxima da entrada. Mas, nem Marcela nem o colega quiseram vê-lo. Preferiram ocupar-se com a obtenção do atestado de óbito, para dar seguimento aos demais atos que antecederiam à liberação do corpo. Como se tratava de suicídio, o corpo teria que ser encaminhando primeiramente para o Instituto Médico Legal e, só depois, poderia ser liberado para os familiares. Todavia, ninguém conhecia qualquer familiar de Ronaldo que morasse no Rio de Janeiro, ou mesmo no Rio Grande do Sul - seu estado de origem.

Ao serem comunicados da liberação do corpo – o que demorou considerável tempo – não se apresentando qualquer familiar, inclusive Marcela que teria sido sua namorada - restou aos colegas de escritório, fazendo prova de que trabalhavam juntos, a responsabilidade pela remoção do corpo e o sepultamento.

Durante esse trabalho de remoção do corpo e outros atos inerentes, inclusive a obtenção de certidão de óbito a ser lavrada em cartório, comunicaram ao Dr. Cipriano e, com ele conseguiram contato com Severo, que se encontrava na Austrália. O velório foi tão rápido quanto as circunstâncias reclamavam, não tendo comparecido ninguém mais, além dos colegas de escritório, o Dr. Cipriano e Marcela.

Triste, mas pensando que apesar do lamentável resultado, o seu dever havia sido cumprido, no dia seguinte Marcela retornou para Porto Alegre, pensando nunca mais retornar à cidade maravilhosa que, afinal, não teria qualquer culpa pelo que ocorrera. Agora, ela já tinha um segundo motivo para não desejar visitar a sempre bela e receptiva cidade do Rio de Janeiro.

* * *

Insatisfeita por não saber as origens da irmã, e um pouco revoltada pela infeliz vida que ela tivera enquanto morou no Rio de Janeiro, Marcela decidiu-se a procurar descobrir quem teriam sido os pais de Maristela e os motivos dela ter sido adotada. Ela bem sabia que seria uma jornada difícil, para não dizer impossível, pois teria que partir do marco zero, por não ter qualquer informação capaz de direcionar o seu leme. Além disso, não queria nada contar para os seus pais, porque sabia que eles ainda dificultariam mais a sua pesquisa.

Depois de muito pensar e de conversar com várias pessoas sobre o assunto, por mera coincidência alguém a informou que conhecia uma moça chamada Georgia, que há muito tempo lhe teria dito que conhecera os pais de Maristela. Para Marcela, o nome Georgia não parecia estranho, pois quando ela e a irmã estudaram piano no conservatório de música, uma colega que aprendia violino, no mesmo horário, tinha esse nome, não muito comum. Mas, ainda ela não poderia ter certeza de que se tratava da mesma pessoa. Afinal, ela não seria a única Georgia que morava em Porto Alegre e, que ainda teria conhecido os pais de Maristela. Procurando obter mais detalhes com essa interposta pessoa, sobre quem era Georgia, nada mais soube, além de que ela ainda morava em Porto Alegre, por terem conversado há poucos dias. Mas, não sabia onde morava. Questionada sobre se ela teria apendido a tocar violino no conservatório de música, a gentil senhora não soube informar.

A primeira iniciativa de Marcela, foi então dirigir-se ao conservatório de música, aonde não ia desde que terminara o curso de piano, para obter informações sobre o nome completo e endereço de Georgia. Lá, conseguiu saber o nome completo da ex-colega de escola de música, que se chamava Georgia Rampazzo Di Paola. Belo nome para ser dito e nunca esquecido. Todavia, a informaram o endereço que constava na ficha escolar; não sabendo, porém, se ela continuaria morando no mesmo lugar. Marcela anotou tudo no celular, e no dia seguinte foi procurar encontrar a nomeada *figlia di madre e padre italiani*.

A ex-colega do curso de música a informou que teria conhecido os pais de Maristela, mas que nunca teria falado no assunto, porque acreditava que a sua família soubesse. Que, além disso, se tratava de tema de cunho privado, possivelmente não sendo interessante ser abordado por quem não pertencia a nenhuma das famílias: a biológica e à adotiva. Que achava bastante normal e saudável, Maristela ter sido criado por uma família bem ajustada.

Disse, que a mãe biológica de Maristela teria trabalhado como empregada doméstica na casa dos seus pais (pais de Georgia), quando ela ainda era uma menina. Se chamava Leocadia e, não sabia se ainda estava viva. Era uma mulher alta, muito bonita, com cabelos loiros e olhos claros. Que, quando lá foi trabalhar teria só dois filhos; dois meninos. Quando saía para o serviço deixava as crianças com a avó materna. Por ser uma pessoa que tinha uma vida atrapalhada, com dificuldade para dividir o seu tempo entre o emprego e o cuidado com os filhos, trabalhou na sua casa, apenas cerca de 1 ano. Que, depois os seus pais souberam que ela teve uma menina, que era muito bonita, mas que morou com a mãe muito pouco tempo.

Que, antes da criança nascer, ela teria trabalhado na casa do seu Sérgio e Dona Leda. Mas, quando lá estava trabalhando ficou grávida daquela linda loirinha de olhos claros e, teve que pedir demissão, porque não tinha condições de trabalhar estando com aquela enorme barriga. Mas, apesar de não mais trabalhar na casa dos Silva, vez que outra era vista na rua na companhia apenas dos meninos. A menina, depois de pouco tempo de nascida não andava com ela.

Adiante, ficou-se sabendo que não mais morava com a mãe. Leocadia dizia que não conhecia o pai do filho mais velho, apenas do menino mais novo. Sempre que Georgia se encontrava com Leocadia conversavam um pouco sobre as queixas que esta tinha por não ter condições financeiras para sustentar os filhos. Que apesar de ter relações com o pai do menino mais moço, este não queria contribuir com dinheiro para a criação do filho.

Mais adiante, soube que Leocadia sofria de cleptomania e, que, por isso, várias vezes teria sido flagrada furtando coisas de pequeno valor. De tantas queixas policiais pelos furtos que fazia, terminou sendo condenada à prisão, ao invés de ser encaminhada para tratamento psiquiátrico, como deveria. Ao ser presa, continuava grávida, possivelmente de Maristela, cujo bebê nasceu numa das celas por ela ocupada.

Lembrava, que lhe teriam contado que a recém-nascida teria ficado com a mãe durante o período de amamentação e, depois, ninguém mais soube qual destino teria sido dado à criança. Que na época os seus pais, com pena de Leocadia e do bebê chegaram a visitá-la na prisão, mas depois ficaram sabendo que a criança não mais estava com a mãe e ninguém informava ao certo para onde teria ido. Mas comentavam que um senhor que trabalhava nos Correios a teria adotado. Que esse senhor, há muitos anos teria tido um namorico com Leocadia e, entre eles ainda havia algum resquício do que antes teria sido amor. Que ele e a sua esposa eram pessoas muito boas e adoravam a menina. Que inclusive teriam dado nome à criança. Que o início do período de gravidez teria coincidido com o tempo em que ela trabalhava na casa do funcionário dos Correios.

Um tanto constrangida com o mais que sabia, Georgia contou que naquela época havia quem tivesse comentado com os seus pais, que o pai biológico de Maristela seria o funcionário dos Correios. Que isso vieram saber através de um colega de trabalho, que se intitulava confidente do seu Sérgio, apesar de não saber guardar tamanho segredo.

Sabedora dessa lamentável história, especialmente, da possibilidade de seu pai ser o pai biológico da irmã, Marcela nunca contou ao seu Sergio e à dona Leda, para evitar rusgas entre o casal. Além do mais, ela não sabia se a sua mãe era sabedora desse triste episódio; nem, se, verdadeiramente ele existiu. Mas, se fora verdadeiro, algum estranho motivo os teria levado a segredar importante assunto. Possivelmente, para evitar que Maristela viesse saber que a sua mãe biológica, teria deixado como herança uma constrangedora história; o que provavelmente a machucaria.

* * *

Passado bom tempo em que Sócrates voltara a viver sozinho, pois que não mais tinha a companhia de Trancoso, num início de tarde ouviu o relinchar de um cavalo e as passadas de suas pesadas patas. Não demorou muito para ver que se achegava para perto de onde estava, um cavaleiro andante, com chapéu com aba virada para trás e com as rédeas encurtadas, numa demonstração de que queria estancar o animal.

Logo que trocaram olhares, Sócrates antecipou-se e, se aproximando bem do animal, ainda antes da montaria descer e dar algum sinal que lhe merecesse ser pessoa de confiança. O ermitão logo perguntou-lhe o que desejava por aquelas bandas e qual o seu nome de batismo.

O homem, com demonstrada calma, disse chamar-se Samuel e, que vinha da região das Missões. Que descendia de valorosos missioneiros, possivelmente, de uma geração muito distante, a qual não teve a sorte de conhecer e, sequer os seus pais e avós. Mas, pelas histórias que contavam lá pelas bandas de São Gabriel e circunvizinhas, onde viveram os seus heroicos ascendentes, eles teriam conhecido e fixado amizade com o índio Sepé Tiaraju – grande guerreiro; lá por meados do século XIII e, hoje, tido como santo naquela região. Que, se Sócrates desejasse ver, ele trazia documentos pessoais e, algumas reportagens jornalísticas que comentavam algumas façanhas vividas pela sua distante família e pelo índio Guarani.

Sócrates, ainda que um pouco desconfiado e inseguro com aquele surpreendente aparecimento, de toda sorte o cumprimentou de modo acolhedor e, perguntou se ele desejava apear, para que melhor se conhecessem e trocassem um dedo de prosa; o que Samuel aceitou. Amarrou as rédeas do animal numa árvore e se achegou ao desconhecido, com quem, todavia, gostaria de formar relacionamento amistoso.

Então, Sócrates perguntou-lhe o que fazia por aqueles lugares tão distantes da sua região. Foi assim que o cavaleiro disse que gostava muito de cavalgar, que desde novo se embrenhava por terras desconhecidas, cujo interesse seria conhecer novas pessoas e novos lugares. Que gostava muito de fazer amizades e trocar ideias. Que, amiúde ficava um pouco em cada lugar e, quando já tinha feito bom relacionamento com pessoas de várias estirpes – termo que ele costumava usar -, se debandava para lugares outros. Quase sempre era guiado pelo seu cavalo, a que tinha grande predileção. Era um amigo que tinha há vários anos, e a sua estima para com ele, bastante se afigurava com a que muitas pessoas têm por um cão de estimação.

Disse mais o cavaleiro:

- Não fosse ser pessoa que não se achega a qualquer religião, como é o meu caso – ainda que ateu confesso não ser -, poderia dizer que ando peregrinando, como de uma e outra romaria, parando um tanto mais onde vejo que falam a mesma minha língua. E, nesse meu andar, vagando mais nos dias de céu aberto do que nos tristes e chuvosos, garanto ter mais aprendido do que são capazes de ensinar os livros, que também gosto de ler e de folhear. E, quem dirige os meus caminhos e as minhas andanças, além do cavalo é o destino, a coragem e a astúcia. Se me oferecem, aceito; pois não tenho costume de fazer desfeitas. Se nada me presenteiam, nada peço, para não sofrer a decepção de ser indesejado. Mas como um bom *velejador*, de antemão prevejo donde não deva chegar, para que não sofra consequências desastrosas e até perigosas.

E, Samuel continuou:

- Nasci homem e homem continuarei sendo sem qualquer fricote. Mas respeito aos frescos; afinal, são dignos da minha boa consideração, pois cada um, desde que cuide de si e não ofenda aos outros, que faça o que melhor lhe aprouver. Ademais, meu caro senhor, nenhum dos que encontrei pelos lugares que visitei, teve gesto ou palavra de abuso à minha maneira de viver. E, isso é o que me basta! E, isso é além do que me basta, num mundo em que o desrespeito ao próximo grassa desde os primeiros anos de gente que pertence a uma *casta* de nome desconhecido. Chamemo-la, apenas de *casta*, para que não os ofendamos. Além do mais, deixo aqui lavrado, como se o fosse numa ata, que não sou contra os homossexuais, mas costumo ficar a observar os frescos, aquelas pessoas cheias de fricotes, coisas que têm afetado muito homem metido a macho em certas ocasiões, mas que entra em delírio quanto vê uma barata. Por algumas regiões que passei, ouvi gente dizendo que sou guapo; coisa que nem sei se é verdadeira. Porém, me acho ainda muito novo para perder a minha liberdade, me enrabichando com uma mulher ou, sabe-se lá, por um outro homem que ainda venha cortar a minha língua.

Então, Sócrates viu-se obrigado a confessar-lhe que, contrariamente ao que professava o bom cavaleiro, ele tinha por princípio evitar contato com novas pessoas. Que era um tanto arredio a relacionamentos, mas se propunha a receber o visitante, enquanto ambos se sentissem bem e reciprocamente desejosos de trocar conhecimentos e informações. Além do mais, há quem diga que os opostos se atraem. Falou de pronto, ser um ermitão convencido do que escolhera para a sua vida, até que ela desaparecesse.

Samuel então respondeu-lhe, um pouco constrangido, que devesse dar maior valor ao que a vida tem de melhor e presente. Que procurasse respirar novos ares. Respirar os ares da cultura, que estão em constante ebulição. Que fizesse por onde apreciar a arte, que a todo momento expressa novas faces do Mundo. Disse, também, que Antístenes pregava que a arte é um legado cultural de âmbito universal, devendo ser apreciada por todos, sem preconceitos. E, foi adiante, o aconselhando não contrariar o que Deus entrega e exige dos homens. Que, o que está escrito por Ele, deve ser atendido pelos homens. Que, certa feita leu algo que professa como verdadeiro: "... *toda condição que cabe aos homens é determinada pelo Altíssimo; a este ele determina dragonas de general, àquele ser conselheiro titular; a um mandar, a outro submeter-se, ser resignado e temeroso. Isso é calculado de acordo com as capacidades da pessoa; uma é capaz disso, outra daquilo, e as capacidades são organizadas pelo próprio Deus.*" [379]

Falou mais, o cavalheiro recém-chegado:

- Meu caro Sócrates, tu que tens o nome de um grande filósofo da antiguidade, proponho que te abras mais para o mundo que está em tua volta. As ciências se desenvolvem numa velocidade inimaginável e, quando te deres conta do que há de novo, talvez te seja tarde para saberes de tudo. Olha que já estão fabricando carros autônomos; que dispensam motoristas para guiá-los. Esses carros começaram a ser testados pelo Google em 2009, lá pelas bandas do Vale do Silício americano. E, segundo noticiam, deverão se tornar mais seguros que os conduzidos por seres humanos. De toda sorte, também é admissível que esses veículos, em razão de mau funcionamento possam causar colisões; o que é um chute para atrás. Mas o progresso chegará até lá. Será que já ouviste falar na quarta onda da inteligência artificial?

- Um dos grandes propagadores dessas modernidades é o chinês Kai-Fu Lee, que já trabalhou em várias empresas chinesas e americanas, voltadas para o aproveitamento e desenvolvimento da I. A. (inteligência artificial). Pensa bem no que estou te dizendo, meu amigo. Pensa, se vale a pena continuares vivendo nesse isolamento sem fim. A inteligência artificial, criada a partir do distante ano de 1956 – quando eu ainda não era nascido – atualmente vem crescendo rapidamente; numa velocidade de verdadeira revolução tecnológica, que não dá oportunidade para a espera. Tudo nasce e se desenvolve em espantosa velocidade, incapaz de ser acompanhada pelo homem comum - o dotado apenas de inteligência mediana. Por enquanto, está se tornando algo para ser aproveitado apenas pelas pessoas de inteligência avançada. Mas, de qualquer modo, a utilização desses modernos e espantosos equipamentos daí resultantes, têm facilitado a vida de todos – alguns deles em todos os lugares; em todos os países. Porém, a compreensão sobre o funcionamento desses sofisticados equipamentos ainda está adstrita a especialistas.

- De outro lado, pelo que os estudiosos e operadores desses novos sistemas estão a dizer, é que a I. A. não está vindo para *roubar* o lugar da mão de obra não-qualificada, apenas, mas também do pessoal do colarinho branco, principalmente. Essas máquinas estão perto de pensar por esses burocratas que recebem altos salários para resolver problemas de empresas no campo da atividade intelectual. Por isso, se deverá estar alerta para o fato de que não se estará trocando uma máquina de datilografar mecânica (manual), por uma elétrica, sensível ao menor toque nas suas teclas. Se estará substituindo o falível trabalho da mente humana, por equipamento alegadamente infalível e altamente preciso. A I. A. promete uma elevada e progressiva produção de bens materiais, superando em muito qualquer outro avanço tecnológico experimentado pelo homem.

- Pois olhes que a solidão me traz tristeza e mal-estar. Nem sempre me sinto satisfeito em estar a sós. Claro que um pouco de isolamento, vez por outra é algo que se torna impositivo. Strindberg, estando certa vez num restaurante de sua habitual frequência, ao se sentir perturbado por vizinhos de mesa, pensou: *"Por que estou aqui? A solidão me força a procurar os seres humanos, a escutar vozes de gente."*[380] Ao contrário do que pensa e faz o parceiro, eu prefiro manter convívio com amigos e familiares. Essas relações, quando honestas, me deixam feliz e, penso que a eles também. Há uma troca que fortalece a todos, indistintamente; além de abrir caminhos para novos relacionamentos e conhecimento. A oportunidade de discutir fatos é algo que se reconhece como o ouro e a prata. Por isso, desacredito numa vida em isolamento, em que o simples meditar seja suficiente para o nosso crescimento.

Depois de aceitar tomar um pouco do chimarrão que lhe fora oferecido por Sócrates e, elogiado a boa erva que provara, Samuel foi adiante:

- Há coisas tão incríveis acontecendo nesse mundo ao qual pertencemos, que acho que o solitário amigo nem imagina. Conhecer o que há de novo é importante para os cultos e, não deve ser obstruído por pensamento ou tipo de vida algum. O Céu não nos quer avessos ao que ele nos proporciona e, afastar-se do convívio das pessoas que espontaneamente nos cercam, poderá ser uma forma de cair em pecado. Ser um pouco ambicioso, sem que com isso prejudique o semelhante, faz parte de uma vida saudável e de bom progresso. O desejo por se inteirar e participar do novo, é próprio do homem comum e, não deve ser negado a ninguém. Não estou a falar do luxo, mas do conforto; do bem-estar; da felicidade, apesar de pensar que o companheiro se sinta feliz com a forma que escolheu para viver. Porém, acho que não deva enterrar o seu futuro, da mesma maneira que deve ter sepultado o seu passado. Aqui viemos para aprender; não para nos esconder. Aqui estamos para ver e para sermos vistos. Não devemos esquecer que trazemos a missão de ajudar a quem possa precisar de nós, mas que jamais poderemos ajudar ao próximo, nos escondendo em lugares ermos, onde ninguém possa nos encontrar. Desculpa-me por tê-lo que dizer algo, sem ter a intimidade necessária para isso, mas não quero perder a oportunidade de falar o que penso a respeito da vida que o amigo escolheu.

E, Samuel então prosseguiu:

- A vida em isolamento é cheia de egoísmo e, isso não é correto. Ainda há bastante oportunidade para abrir-se para o mundo que o cerca e que se transforma a cada espaço de tempo. A Natureza se desenvolve por si mesma e, o homem a vem aproveitando para o bem de todos. Inteligente como demonstrou ser nos nossos primeiros momentos de conversa, imagino que pensará um pouco sobre o que estou a lhe dizer. Não quero que receba essas minhas palavras como crítica, mas como observação. Afinal, como poderia eu criticar a quem não conheço e que, além disso, me recepciona amistosamente. Se tivermos oportunidade de conversar mais tempo e, me der chance para tanto, desfilarei alguns progressos criados pela humanidade em favor dela mesma. Há muitas pessoas fazendo o máximo que têm ao seu alcance, para descobrir o que ainda está escondido acima e abaixo da Terra; na esperança de encontrar algo que venha contribuir para a salvação de pessoas desesperadas pelo desencanto de não poderem viver mais um pouco e, viver melhor. Pois é da ajuda individual, que somada a outras tantas pessoas, que se encontra a força coletiva para debelar o fogo que possa vir a destruir as coisas que foram construídas com o sacrifício de muitos abnegados. Não é hora para desistirmos desse embate, pois muitos precisam de nós. Pensando nos que mais precisam, diariamente faço por onde auxiliá-los com parcela do que lhes falta. Passeio muito, viajo outro tanto, mas trabalho mais do que a soma dessas outras duas formas de viver. Porém, mesmo em meus passeios e assim nas minhas viagens, minha cabeça não deixa de reservar tempo para obter conhecimentos úteis à melhoria da sociedade. Já ajudei pessoas aqui e no exterior, porque as pessoas daqui não são diferentes daquelas que vivem além de nós. Somos todos iguais e nascemos da mesma maneira, para vivermos de modo igual.

Disse mais o festivo viajante, enquanto descansava da longa jornada, em *buena* mas exaustiva montaria:

- Alguém dirá que há lugares em que não há miséria...possivelmente. Mas, não só em razão da miséria as pessoas sofrem. São infinitos os motivos que as levam ao sofrimento; cada uma sente a dor no lugar que mais lhe machuca. A própria felicidade é diversa e receptiva e, usufruída por cada um de forma diversa. Nem todos são felizes pelo mesmo motivo e, mesmo aqueles que o percebem de igual forma, a sentem em graus diferentes. Apesar de sermos muitíssimo parecidos, não somos iguais. Cada qual tem a sua forma, ou a sua formatação. Não procures ser igual a ninguém, porque você é exclusivo. Eu mesmo tenho por convicção que posso não ser a melhor pessoa – realmente não a sou -, mas ninguém é igual a mim, porque sou único. Sou um homem convicto de que cada um de nós é o maior, se não o único responsável por si. Não apenas pelos seus atos, mas por sua existência.

- Ninguém é mais responsável por nossas vidas do que nós mesmos. Não adianta querermos invocar obrigações de terceiros, quando os responsáveis diretos e mais imediatos somos nós mesmos. Mas, o que nos acontece de bom ou de ruim, agora, pode ter origem em algo que fizemos ou deixamos de fazer em tempo bastante remoto. Quem não se quer, não pode querer obrigar a terceiro querê-lo. Se sou fruto de uma mulher e um homem, como a maioria dos seres é resultante de uma fêmea e um macho, me assumirei com exclusividade e isenção, depois de vencido o período de *maturação*? Bem sei que a maturação dos humanos é bem mais demorada do que a dos demais animais; porém, a ela chegando, todo o mais é responsabilidade de cada qual. Não importam aqui leis, costumes, hábitos, seitas, credos, nem questões éticas. Por isso pergunto: que fundamento moral terá alguém que se dispensa da obrigação de se defender e de responder por si, ao exigir de outrem tal responsabilidade? As pessoas são responsáveis pelos próprios sucessos e fracassos. Perdoe-me, mais outra vez, parceiro que recentemente estou a conhecer, mas a atitude por vossa pessoa assumida diante da realidade mundana, mais se parece com a de Robinson Crusoé – o solitário sobrevivente que habitou uma ilha do Caribe depois de um naufrágio da embarcação em que viajava e, que, de tal desastre, só ele restou com vida. Esse seu modo de vida, apenas para si próprio, não será impertinente e desnecessário? O aconselho a experimentar o valor que as demais pessoas dão às suas vidas, para que recolha disso algo mais satisfatório, do que se manter a sós em lugar ermo.

- Quem sabe o parceiro tem receio de ter que dividir com mais alguém o que acredita ser absolutamente seu? Não estou aqui a falar em coisas materiais, pois pelo que vejo, são muito poucas as que possui. Mas os seus pensamentos e a sua individualidade; a sua liberdade de fazer o que melhor lhe aprouver, sem ter que dar satisfação a qualquer outra pessoa. O fato de não ter que preocupar-se com vida e o respeito para com outras pessoas.

- Lyle Rossiter melhor figura essa minha crítica na sua obra, ainda que o seu trabalho tenha como foco outro tema. Em certa parte do seu livro, o escritor e psiquiatra norte-americano assim diz: *"As únicas regras que fazem sentido para um homem em isolamento são aquelas que suportam a vida como algo tão materialmente seguro e pessoalmente satisfatório quanto possível ao seu próprio esforço. Ele pode desfrutar da liberdade absoluta de fazer tudo o que quiser. Ele não tem a necessidade, e nem a oportunidade, de considerar mais ninguém. Uma vez que não há relacionamento com outras pessoas, seus esforços para produzir o que precisa não terão nenhum efeito econômico, bom ou ruim, em mais ninguém. Pela mesma razão, ele não pode causar um impacto social, bom ou ruim, em ninguém.*[381]

Sócrates ficou calado. Ficou apenas pensando no que ouvira do atrevido cavalheiro que a ele se teria aproximado da sua zona de conforto, sem sequer ser convidado. O achou um tanto abusado, mas teve que concordar com o que escutara. Sentiu-se envergonhado ao olhar para dentro de si, e constatar que tudo o que lhe fora dito era verdade.

Então, diante do silêncio de Sócrates, Samuel compreendeu com absoluta facilidade e certeza de que o seu acolhedor ermitão tanto aceitara o que ele teria dito, como estaria pronto para ouvir outro tanto. Disse, pois:

- Para que se tenha uma ideia do quão pequenos somos em relação à Natureza, retrato aqui uma passagem de Auguste Comte: *"...todos os nossos estudos reais são necessariamente limitados a nosso mundo que, entretanto, constitui apenas um elemento mínimo do universo, cuja exploração nos é essencialmente interditada"*[382] Veja você, que todos nós temos a nossa filosofia, tal como temos um pouco da medicina. Se o homem encasquetar que irá adoecer, poderás contar que ele adoecerá em breve; se, ao estar enfermo, encher-se de esperança de que irá melhorar ou até se curar, também poderás apostar que ele estará contribuindo para a sua melhora ou cura. Aquilo que pensamos e fazemos é parte da nossa filosofia de vida. Sobre o que eu falava antes, vou contar mais uma passagem do mesmo filósofo francês, que mais se aproxima do que venho lhe dizendo: *"...a disposição geral que deve...prevalecer na filosofia verdadeiramente positiva"* dentre o mais, *"...será conceber todas as nossas especulações como produtos da nossa inteligência, destinados a satisfazer às nossas diversas necessidades essenciais, sem se afastarem nunca do homem, senão para melhor voltarem a ele, depois de ter estudado os outros fenômenos enquanto indispensáveis ao conhecimento"*.[383] Essas luminosas ideias de pensadores, nos servem como faróis a serem seguidos na busca da felicidade própria e dos demais.

E, continuou:

- Mas, antes de fechar esse assunto, quero confessar

ao interessante parceiro, ainda que aqui eu esteja presente a tão pouco tempo, que há coisa que nunca disse a ninguém. Nem mesmo ao mais próximo amigo e, até mesmo aos meus familiares. Pois quando eu era um jovem garoto e, mesmo depois de chegar à fase adulta, eu tinha dois *amigos* com quem costumava me encontrar quase que diariamente. Acho mesmo que, diariamente. Eles sempre se achavam mais cultos e inteligentes do que eu. Mas confesso que, por aquelas coisas que ninguém saberá bem definir, eles gozavam de melhores condições financeiras do que eu, que, ainda, tanto quanto eles, dependia de mesadas dos pais. Penso, também, que eles me achavam um idiota e, que, com toda certeza inflavam o peito por acreditar que me faziam menor do que a pequenez que até então munia a minha alma, ainda tão inocente. Pois saiba o companheiro, que hoje eles continuam mijando em poste, enquanto eu já tenho um mictório para despejar a minha urina. O mundo é assim mesmo, ainda que eles ainda se achem em grau de superioridade, por nada saberem da nossa diferença. Certamente, continuarão mijando no túmulo.

Samuel respirou fundo e continuou a falar. Ainda tinha coisas a dizer e, as queria expor. A oportunidade não poderia ser desperdiçada; afinal, seria capaz de não mais encontrar outro homem que tanto contradissesse o que ele pensava e procurava fazer:

- Veja-se, pois, fato que venho observando desde a minha infância: quão pouca gente ou nenhuma pessoa estranha ao nascituro, é capaz de acotovelar-se para assistir ao seu surgimento ao mundo? Agora, se virar-se a moeda para o lado oposto, se verá muitas caras com imensa curiosidade e cheia de palpites, a circundar alguém que acaba de vir a óbito em plena rua, ou que, sabendo da sua passagem por motivos tantos, se prepara para o velório e o enterro. Fico a pensar, meu parceiro, que na realidade as pessoas dão bem mais importância a quem se vai, do que a quem acaba de chegar. Mas não é só isso, seu Sócrates: agora tenho certeza de que as pessoas mais gostam do choro da morte, que da alegria do Natal. Estarei certo?

Sócrates, percebendo o desempenho do cavaleiro com a sua montaria, comentou:

- Vejo que sabes bem manejar esse teu animal, coisa indispensável a quem usa da montaria como meio de transporte. Estarei certo, amigo?

- Estás muito certo, meu caro. Ademais, entre o cavaleiro e o animal é necessário boa coordenação para que a montaria além de proveitosa, não traga riscos para qualquer dos dois. Quanto mais e melhor cavalo e cavaleiro se conhecerem, bem mais fácil será o manejo para os dois. Isso é de grande importância, porque ambos são sensíveis aos movimentos. Montar um cavalo, que é um ser vivo, é diferente de montar uma *bike* ou uma motocicleta, que são coisas inanimadas. Certa vez, lendo um livro de Maquiavel que tratava sobre as guerras de sua época, ele defendeu algo próximo do que acima falei. Disse o filósofo italiano, assim "*...se um cavalo sem vivacidade* (for) *montado por um homem sem ímpeto...essa disparidade de inclinação só pode trazer desordem...*". Além do mais, completou ele: "*...o cavalo é um animal sensato que conhece o perigo e não se expõe a ele de boa vontade.*"[384]

- E, ainda que não me seja simpático nem agradável falar sobre a morte, tenho algo a observar, pois que a presenciei não muito tempo atrás. Num local onde se *praticam* vários velórios, que são realizados em diversos cubículos alugados para os momentos de despedida de entes queridos – ou mesmo nem tão queridos – pode-se dizer que em cada um daqueles reservados espaços, se professam dores distintas. Dos mais serenos e concordes com o fato, aos mais desesperados e que não aceitam ou não têm coragem para enfrentar o que é certo e irremediável. Para alguns desses últimos sofredores, o velório não termina com o enterro ou o sepultamento, mas continua dias e noites a fio, ainda que sem a presença do morto, do ataúde e das velas. Para outros, em contrário, ao saírem do cemitério, vão logo ao encontro do advogado para tratar do inventário e da partilha do que foi deixado pelo finado. Mas, haverá que se entender, que é assim a vida. Machado de Assis, no livro que li mais de uma vez, intitulado Memórias Póstumas de Brás Cubas, narra o sofrimento que alguém sente ao se aproximar do *espetáculo (termo machadino)* da morte de pessoa amada. Imagine-se, então, àquele que se sabe próximo dela, pois que, em tese, nada de maior o homem amará do que a si mesmo. Digo mais, caro anfitrião: os encontros coincidentes, seja num atropelamento ou no encontrar uma joia caída na rua, não dispensa a inevitável relação entre espaço e tempo. Pois é caso de se estar no lugar certo e na hora certa. Quantos de nós ou nossos conhecidos já passou por isso – tanto na infelicidade de um atropelamento; quanto na sorte de achar algo valioso!

Provocado pelo parceiro, Sócrates foi dizendo:

- Quero antes de tudo, dizer que, apesar de correta a observação feita por Epicteto, não a tenho levado a sério, quando me sinto ofendido. Prelecionou o filósofo: *"Não tenha medo de agressões verbais ou de críticas. Só os moralmente fracos sentem-se impelidos a se defender ou se explicar aos outros. Deixe que a qualidade de suas ações fale a seu favor. Não podemos controlar as impressões que os outros têm a nosso respeito, e o esforço de fazê-lo só degrada o nosso caráter."* Mais, ainda: *"Apegue-se ao que é espiritualmente superior sem fazer caso do que as outras pessoas pensam o fazem. Mantenha-se fiel às suas verdadeiras aspirações, não importa o que esteja acontecendo em torno de você."*[385]

E, Sócrates continuou:

- De início, sem que o queira ofender, apesar de já me sentir um tanto bastante ofendido com o que o parceiro disse a meu respeito, talvez eu pudesse lhe exigir fazer algo: proibir-se de fazer juízo sobre quem não lhe dá confiança para tal. Porém, saiba bom parceiro, que aqui vivo como viveria em qualquer outro lugar em que já vivi. Sempre despido de armas para defender-me contra eventual ataque. Assim sou e assim quero continuar sendo. Não sou valentão e muito menos covarde, mas abro meu peito ao mundo e, dele espero respeito. Acho perigoso usar armas, porque aquelas que me possam servir em defesa, também podem trair-me quando manejadas por desafeto. Bentinho dizia: *"Um dos erros da Previdência foi deixar ao homem unicamente os braços e os dentes, como armas de ataque, e as pernas como de fuga e de defesa."*[386] Pois desse tipo é que eu sou e continuarei sendo, se algo não me obrigar a mudar. Ademais, uma das coisas que mais me estimula a meditar é o *som do silêncio* que aqui encontro. Esse estado de quietude, de sossego, de calmaria, me propicia a concentração.

- É nesse estado de quase absoluta paz com o meu *eu*, que ponho a sentir e a pensar sobre o mundo; suas virtudes; suas consequências; o seu existir; o seu desenvolver-se; e, a capacidade que têm os homens de adaptar-se ao que a eles impõem; ainda que não poucos sucumbam às novas regras dessa humanidade em constante mudança desde que tudo foi feito por um Ser superior e até aqui desconhecido, apesar de imaginado, respeitado e adorado por quase todos nós. E isso me faz muito bem; até me alimenta, me revigora e também me alegra e sacia os meus desejos.

- Vou fazer uma confissão ao parceiro: tenho convencimento de que chego a ter medo de ser visto na cidade, nas aglomerações, no meio de muita gente desconhecida e na qual não confio, pois sei que meu xará, por não se ter cuidado como tanto deveria e, não dominar as suas intenções e pensamentos, morreu envenenado. Gosto muito de *conversar* com os meus pensamentos e, algumas vezes, até com eles falar com voz abafada; o que poderá levar àquele que me vê, pensar muitas coisas esquisitas a meu respeito, inclusive, que sofra de doença mental. Afinal, falar ainda que baixinho, para ninguém, realmente se prece coisa de maluco. Mas, o que fazer se sou assim e assim gosto de ser?

E, Sócrates seguiu falando calmamente, como era do seu feitio:

- Acredite quem quiser, pois a minha vida é episódica, apesar de viver nessa solidão. Saibam os que me negam, que a cada dia tenho algo de novo para conhecer, para saber, para gozar e para fazer. Quem me leva é a vida que eu levo e, assim me sinto satisfeito; muito feliz. Aqui, me sinto como outros se sentem ao visitar Sweet Valley, onde tudo parece ser perfeito, bonito e muito agradável. E faço-lhe uma oportuna advertência: há coisas que visivelmente estão erradas, mas que se acha melhor não as endireitar, porque, como estão, vêm produzindo boas sensações a quem as vê. Saiba que vivendo sozinho, trago a meu exclusivo encargo tudo o que preciso fazer e mais o que desejo ter. Vejo que algumas coisas que me cansam, também me enchem de prazer. Trabalhar com prazer é um tônico que lubrifica a nossa alma. E atividades nem tão valiosas, são capazes de enriquecer o espírito. A atividade laborativa, antes de ser remunerada com dinheiro, deve ser recompensada com o prazer. Além disso, quando me sinto acabrunhado, recorro ao trabalho físico para nele buscar o bálsamo na medida necessária para curar o meu desalento. E, assim me ponho a trabalhar por todo o tempo necessário para afastar o aborrecimento que cai sobre mim. E assim como a alvorada que rouba a escuridão da madrugada, ao me sentir recobrado, encho a alma antes abatida, de coragem, alegria e felicidade.

- Outra maneira que adoto quanto me sinto entristecido comigo mesmo, é a de caminhar a esmo, sem rumo definido, me pondo a observar tudo o que está ao alcance das minhas vistas e, a engolir em grandes doses o ar que despenca do céu em minha direção. Também tenho observado com correta convicção, que antes das minhas pernas darem sinal de cansaço, já me sinto recuperado. Assim eu penso e faço, sempre que o sangue lateja nas minhas veias e a minha mente se torna aflita e contrariada. Além disso, meu caro senhor, aprendi desde o tempo em que me eduquei, que não se deixe de dizer o que precisa ser dito, ao invés de se calar; mas também sei que se deva manter o silêncio quando este for de maior eloquência do que as palavras. Bem que eu poderia me manter calado diante do que acabo de escutar do recém-chegado cavaleiro, porque desde moço aprendi que, muitas vezes o silêncio é a melhor e a mais aguda resposta.

E, Sócrates continuou, pois ainda tinha mais o que dizer:

- Saiba companheiro, que chego a sentir inveja de mim, ao saber que sou tão *bondoso* para comigo. Isso aprendi ao conhecer um pouco do estoicismo, para o qual, aquele que não concede bondade para si mesmo, não poderá ser bondoso para com os outros. E, certamente isso me parece ser uma verdade, tanto que a aplico diariamente. Também digo que, olhando para a multidão que enchia as ruas ao tempo em que eu vivia na cidade, observava pessoas que se autoilustravam à custa de atos de corrupção e outras maneiras de roubar e enganar; apenas disfarçadas sob fina camada de verniz barato e de qualidade duvidosa. Outra questão que igualmente vem chamando atenção, é o fato de que hoje muitos esbanjam um tipo de cultura *utilitarista*, que os leva à busca de resultados imediatos que, nem sempre são satisfatórios.

- De outra banda, penso que a vida que escolhi, afasta ou, pelo menos restringe o número de amigos e de outras pessoas de *menor valor*. Talvez, porque pouco acredito em amizade. Nem poucas são as pessoas que de mim se aproximam, se fazendo de amigas, mas no final das contas, o que buscam é algo vantajoso apenas para elas. São pessoas egoístas, superficiais e cínicas. Por isso, acima as identifiquei como de *menor valor*. Deve-se ter muito cuidado com esse tipo de gente, tão perigosa quanto o ladrão comum; tão nociva quanto a inseto venenoso que nos ataca de surpresa. Por isso e tudo mais que agora não interessa ser dito, costumo viver comigo e, apenas em mim. Me acho sensato, alegre e feliz com o que faço e como o que sou, obviamente. De outro lado, não me extremo com paixões, raivas, iras e, nem desgostos e ansiedades. E isso me é suficiente e me basta para levar a vida que me deram ao nascer e, que, eu escolhi para viver.

- De todo modo, continuo lutando em busca de dias que me tornem melhor, porque entendo que a procura pelo aperfeiçoamento só parará quando não mais se der valor à vida. Nunca desejei ser melhor ou igual aos melhores, mas exijo não ser comparado aos piores, porque aquele que chega a ser igualado aos piores, corre risco de ser o pior dos piores. Assim, evito negligenciar com algo que sei que tenho que fazer com o uso das minhas forças físicas e do me pensamento. É dessa maneira e, com o emprego e o uso de tudo que aprendi na vida, que me ponho diariamente em conexão com a Natureza – o que me conforta e me põe em harmonia e paz com o meu mundo e com o mundo exterior.

Disse mais o convicto eremita:

- Já que o cavaleiro me diz que prefere andar para mais conhecer pessoas e lugares, o advirto que quem passa por muitos lugares sem se fixar em nenhum, acaba conhecendo muitas pessoas, mas fazendo nenhuma amizade. Ademais, passar a vida a viajar sem destino definido, mais me parece uma inquietação do espírito do andarilho, do que real vontade de mais conhecer o mundo. Demais disso, sou uma pessoa convencida de que, pelo fato de viver sozinho, não tenho a quem dirigir as minhas angústias e reclamações, por isso aprendi a engoli-las, ao invés de transferi-las a quem nada tem a ver com os meus desgostos. E, isso me faz muito bem. Saiba, pois, que aquele que muito reclama aos outros, além de incomodar terceiros, sobrecarrega o seu espírito de negativismos. Atrai para si uma carga negativista que o acompanha por onde ele for e, algumas vezes é capaz de afetar outras pessoas que dele se aproximam. Isso, além de muito chato, é muito feio.

- Cada pessoa deve guardar para si os seus aborrecimentos, evitando transferi-los ou reparti-los com quem não tenha dado causa às suas irritações e dissabores. Essa maneira *tóxica* de se comportar, as vezes leva ao afastamento de amigos e simples conhecidos, que começam a fugir; a evitar contato com o chato do infeliz reclamante que, quase nunca tem um assunto agradável ou, pelo menos útil para dividir com os companheiros e colegas de trabalho ou de aula. Não poucas vezes se transforma em objeto de crítica e de deboche e falatório de quem o conhece. De modo que, meu companheiro, um pouco de racionalidade e de *desconfiômetro* não faz mal a ninguém e, faz muito bem aos seus colegas, amigos e parceiros. Essa chatice, bem se sabe, já tem destruído alguns casamentos, porque o cônjuge *vitimado* por tais reclamações, chega ao ponto de não mais suportar viver com um indivíduo tão intolerante.

E, disse um tanto mais de prosa:

- Sempre digo que passo os meus dias usufruindo de boas ocasiões. São elas formadas por inúmeros momentos, inconstantes instantes em que o bom espírito se faz presente. Uma boa ocasião, um bom momento dispensa qualquer preparação, porque ele surge diante de nós, desde que estejamos abertos par recepcioná-lo. A isso também chamo de felicidade. E, já que gosto tanto da Natureza e da vida ao ar livre, me dividindo ou me somando às arvores e às águas cujas bases mais profundas se encontram com a terra, recolhi na minha memória, com o propósito de não mais esquecer, o que escreveu Clarissa Pinkola Estés, ao comparar a higidez das plantas à coragem e perseverança da mulher: "*Toda árvore possui por baixo da terra uma versão primavera de si mesma. Por baixo da terra, a árvore venerável abriga 'uma árvore oculta', feita de raízes vitais constantemente nutridas por águas invisíveis. A partir dessas radículas, a alma oculta da árvore empurra a energia para cima, para que sua natureza mais verdadeira, audaz e sábia viceje a céu aberto.*"[387] Admiro as árvores, especialmente, as mais copadas, as frondosas, porque nos dias de sol forte me oferecem sombra e refrescam o ar. Durante a noite e nos dias chuvosos me dão proteção e coragem quando sob elas preciso ficar. Nos dias ventosos, o farfalhar das suas folhas cantam para mim lindas e imaginadas canções que meus ouvidos captam e à minha alma alegram. Como eu gostaria de morar numa floresta, onde pudesse desfrutar de um sem-número de árvores. Das mais altas às arvoretas mais rasteiras; todas elas a eu admirar por suas encantadoras belezas.

* * *

Ao ouvirem alguns guinchos, constaram que o manso cavalo anunciava a presença de algo que o incomodava. Logo, ouviram um sopro, como se ele estivesse a cumprimentar algum outro animal. Não ouviram o relincho, mas Samuel conhecia bem o seu animal e, pelo que percebera, algo de errado estaria acontecendo por perto. Logo viram que era um lobo que uivava pelas imediações. Resolveram então parar de conversar e, se prostrarem em alerta para qualquer eventualidade perigosa. O cavaleiro que sempre andava munido com algum apetrecho de defesa, não se sabendo bem se uma espingarda ou outra arma de cano longo, se apressou a tirá-la do lombo do equino e pôs-se em posição de defesa, já com as pernas abertas e os pés firmes no solo. Felizmente, passado algum bom tempo, viram o grande e feroz animal se bandear para outros lados, até o perderem de vista. Depois desses difíceis momentos, voltaram a matear mais um pouco. Foi então que Sócrates fez o seguinte comentário: Ovídio, se referindo a Deus em Metamorphose disse: "*Enquanto os outros amimais olham voltados para a terra, deu aos homens uma postura ereta, e os ordenou olhar o céu, e elevar os olhos para olhar as estrelas.*"[388]

Mas tem outra mais, meu caro, para o deixar pensando nas verdades que lhe digo, cavaleiro marchador:

- A sabedoria; o conhecimento é algo infinito, interminável, infindável e, na medida em que mais conhecemos, mais nos convencemos o quão grande é o que ignoramos. Por isso, se terá que dar valor a quem sabe: mas igual importância àquele que não sabendo, anda a procurar do saber. Todos nós nascemos sem algo saber. Tudo aprendemos após o nascimento. Todavia, alguns são mais inteligentes, enquanto outros são menos esforçados; uns têm mais oportunidades para aprender, outros as põem fora. Mas, há dois pontos em que todos se nivelam: no nascimento e nos momentos que antecedem à morte; porque a morte não é seletiva, de modo a poupar alguns em detrimento de outros. Quando ela lança os seus longos e gélidos braços sobre a vida, não faz juízo de valor, de modo a escolher João em troca de José, ou vice-versa.

- Certa vez escutei de um pensador de lá da minha terra, que, enquanto o tempo leva a nossa vida para o seu fim, a memória faz uma viagem de volta, trazendo à lembrança o que de mais importante marcou a nossa passagem por aqui. E, com certeza acho que não há qualquer equívoco no que diz e pensa o letrado conterrâneo. Digo-lhe um tanto mais, parceiro Samuel, que não sendo poucas as horas que tenho dedicado à descoberta do que seja justo, mesmo assim tenho encontrado severas dificuldades para descobrir tal intrincado entendimento. Ainda que me pareça que, para se reconhecer o que seja injusto salte aos nossos olhos e aos nossos ouvidos, no que trata de atos justos, a dificuldade de acertar poderá nos dar um drible. Assim entendo, porque o ato justo, grande parte dele poderá ser gelatinoso, cheio de subjetividade e, assim, mais difícil de encontrar unanimidade. Algumas vezes, o ato justo tem até dificuldade de encontrar maioria de pessoas que o reconheçam como tal. Lendo um escritor de nome Colin Bird, em livro que tomei de emprestado de um velho amigo, dele extrai o seguinte entendimento: *"Caracteristicamente encontramos conflitos entre fazer o que a justiça, ou a moralidade de modo mais geral exige, e realizar o que pensamos que promoveria os nossos próprios interesses." "Isso sugere que qualquer reconstrução plausível da justiça precisa conceder que estar disposto a agir de maneira justa implica uma propensão a renunciar a certos benefícios e vantagens em prol de algo maior do que a si próprio. Entendida de modo apropriado, a complacência com a justiça e a moralidade é abnegada, e não de interesse próprio."* [389]

Em meio um pouco de chimarrão e uma e outra conversa descontraída, o bem-vivido forasteiro desviou-se por um assunto por demais descontraído, de modo a evitar saturar o seu acolhedor companheiro com coisas que o pudessem chatear. O respeito para com os outros, foi coisa que disse ter aprendido desde a sua primeira infância.

Samuel então disse:

- Dizem por aí que o brasileiro gosta de luxo. Não sei se isso é verdade. Afinal, o carro mais romântico que por aqui andou foi o Fusca. Era a simplicidade personificada, num cobiçado automóvel na sua época. Havia até uma propaganda da Volkswagen que assim dizia: *Lá vai um Fusca, será do reitor ou do estudante?* - uma prova de que atingia várias classes da pirâmide social. Na contramão dessa afirmativa, o carnavalesco Joãozinho Trinta plantou outra: *O povo gosta de luxo; quem gosta de miséria é intelectual.* O mesmo Comte, a pouco por mim referido, dizia que o homem não se desenvolve isoladamente, mas coletivamente. De tal sorte, meu caro anfitrião, sem que queira magoá-lo, mas pelo contrário, ajudá-lo, muito está sabido que essa sua vida de eremita não o levará a algum desenvolvimento, por mais felicidade (com um sorriso de ponta de lábio assim ele disse) que *vossa mercê* sinta pela sua escolha. Pergunto-lhe, então, ainda que prefira nada responder-me o cortês amigo: não lhe desperta interesse em crescer?

Sócrates se manteve passivo; apenas olhando para baixo. Sentiu que algo de substantivo o havia atingido e que não se sentia em condições de responder. Olhava para o cavalheiro andante e, nele parecia estampar algo de irreal, pois que não estava acostumado a ouvir tanta crítica sobre a sua pessoa, especialmente, partida de quem não conhecia. Mas, já tinha boa convicção de que o dito cujo tinha alguma razão no que falava. Aquelas palavras pareciam ter vindo de um ventríloquo, ou de um artista de pantomina, que falava e dava vida aos seus bonecos de pau e pano. Apesar de que o que ouvira não se tratasse de uma blasfêmia, alguma ofensa, de toda sorte lhe parecia ter saído de uma franqueza não autorizada por quem não o conhecia. Então, pesou: o que poderei fazer, se não esperar que tudo acabe da melhor forma.

Mas, Samuel voltou a dizer mais algumas coisas e, amiúde foi lascando, agora em tom um pouco mais genérico:

- Luxo, já que nele se falou, é saber viver com o que se tem, em meio a tantos que nada têm; luxo é poder caminhar em meio a tantos inválidos, como meu pai o foi; luxo é ter boa saúde, em meio a tantos doentes; luxo é ter amigos, quando muitos não os têm; é respirar ar puro, em meio a essa selva de pedras; é ter lugar para morar, quando muitos ainda *moram* na rua; é poder comer todos os dias, quando o alimento ainda falta para muitos; é poder agasalhar-se no frio, quando há gente que ainda morre de hipotermia por não ter onde se abrigar; luxo é poder trabalhar e estudar, onde tanta gente não tem acesso ao trabalho e à escola. Luxo, meu caro recepcionista, somos nós dois que aqui estamos a viver fogosos e distantes de qualquer coisa que nos faça mal. Afinal, o amigo terá dúvida de que vivemos no luxo? Ah, tem gente que só encontra luxo nas joias, nas roupas e perfumes caros; nos automóveis exclusivos; nas mansões ricamente mobiliadas e nos lustres de cristal e tapetes com artes em relevo; nas lojas famosas da Champs-Élysées; nas Galeries Lafayette; na Louis Vuitton; na Givenchy ou na Dior; ou ainda, nas da Quinta Avenida de Manhattan, como a Apple Store, a Best Buy, com seus eletrônicos que deixam transtornados turistas e novaiorquinos. Tem gente que acha um luxo poder ir a Dubai – porém, quem não gostaria de passear nesse colosso construído pelos bilionários Emirados Árabes Unidos? Só louco, mesmo! Esses todos, também são adjetivos do luxo que já conheci em boa parte, mas complementares do luxo que, por primeiro falei e, só acessíveis àqueles que vencerem com folga a relação anterior.

Após mais uma breve suspensão do que vinha dizendo e, evitando cansar ou angustiar o seu bom recepcionista, sugou mais um pouco do mate amargo, enquanto borbulhava a água fervente sobre a erva. Falaram sobre o cavalo e trocaram ideias sobre o motivo de ter aparecido o lobo numa região a ele estranha. Ali, certamente não seria o seu natural *habitat*. Samuel contou alguns causos ocorridos nas suas viagens e, Sócrates, para não ficar para trás, também contou algumas façanhas de gaúchos dos pampas. Após rirem bastante do que reciprocamente falaram e ouviram, o visitante disse mais algo que gostaria de esclarecer ao seu acolhedor companheiro:

- Lá para trás andei lhe falando em Inteligência Artificial. Lembras disso?

- Sim. Não esqueci - disse Sócrates. Lá sou eu homem de tão curta memória!? Se desejares, posso repetir-te tudo o que me dissestes e eu ouvi.

- Nada disso, amigo. Não precisarás repetir o que falei, porque também lembro bem das minhas palavras. Mas, vou dizer-te mais um pouco do que vem acontecendo nesse mundo que sempre está em constante mudança. Saibas que tenho algum receio e precinto até algum perigo se houver um desenvolvimento pleno da Inteligência Artificial Forte – uma nova etapa da I. A. Assim é, que ela se divide em Forte e Fraca, coisas que, se me fosse dado mais saber e maior tempo, tudo te explicaria com interesse e boa vontade. Mas essa I. A. Forte, tem por modelo a *mente*, de sorte que, assim seguindo, sabe-se lá e, alguns garantem que poderá substituir em muitos casos a capacidade intelectiva do homem. Conforme Henry Brighton e Howard Selina, *"Humanos e animais podem acabar sendo os exemplos menos inteligentes de uma classe de agentes inteligentes ainda por ser descoberta."* [390] De modo que, com todas as reservas e ressalvas que os cientistas fazem, mesmo assim, invocam a longínqua possibilidade, apenas teórica, de que a I. A. Forte possa tornar possível a imortalidade, eis que a *mente* do ser humano poderia continuar a existir em uma plataforma superior à humana. Que horror, meu amigo! Porém, para os mais cautelosos, ainda se está muito longe de alcançar essa ambiciosa pretensão, que se choca com pensadores, filósofos, religiosos, psicólogos e sociólogos do mundo inteiro. Até mesmo o uso da I. A. Fraca, para alguns cientistas se caracteriza como uma máquina que *pensa*, embora para outros, isso não passe de uma ficção. De toda sorte, depois de muito tempo gasto em pesquisas e invenções, há algum consenso entre cientistas, de que estamos muito longe de criar máquinas que possam, sequer, igualar à capacidade cognitiva do homem. A menos, porém, que amanhã todos esses fiquem ruborizados e impactados ao saber da descoberta de um aparelho que tenha superado a capacidade cognitiva dos humanos.

- Lendo um pouco sobre esse especial assunto, colhi como correto, exceto o que aqui vou dizer, que é da lavra do antropólogo e cientista social inglês, Gregory Bateson: *"Costumamos discutir se uma máquina podia pensar. A resposta é 'não'. O que pensa é um circuito total, incluindo talvez um computador, um homem e um ambiente. Da mesma forma, podemos perguntar se um cérebro pode pensar e, novamente, a resposta seria 'não'. O que pensa é um cérebro dentro de um homem que é parte de um sistema que inclui um ambiente."*[391] De qualquer forma, os robôs e os computadores vieram para ficar e para facilitar o homem em suas múltiplas atividades. Quanto a essa parte, o convencimento é generalizado; para não se dizer, unânime. Só se saber que umas complexas máquinas criadas pelo gênio humano são capazes de operar cerca de um milhão de vezes mais rápido que os neurônios humanos, já é suficientemente bastante para querermos conviver com elas.

- Mas isso que agora estou a dizer, não passa de um ensaio, eis que a verdade está muito além do que o homem comum será capaz de saber. Isso, no entanto, nada tem que ver com a inteligência emocional, inerente ao homem e, que trata da sua capacidade de lidar com os sentimentos. Porém, verdadeiramente, confesso ao amigo que ao saber desses progressos da ciência, me sinto um tanto atônito, verdadeiramente perplexo e até espantado. Seja lá o que for e o que tiver que vir, pois aqui no subsolo do conhecimento, nada poderemos fazer para estancar o que de ruim possa vir dentro de um grande pacote com aspecto de progresso. De toda sorte, fique sabendo que digo e repito que sou um homem feliz e, que cabe na minha felicidade, um alegre e colorido estado de espírito. Jamais eu desejaria ser um imitador de Hamlet, que justificava vestir-se de preto, porque para ele era a cor que traduzia o seu estado de espírito. Coitado dele, digo eu! Enfim, se assim ele desejava, assim o fazia.

Conversando um pouco de tudo e quase nada sobre futilidades, Sócrates quis justificar o seu demorado propósito de passar a viver no maior isolamento pessoal que lhe fosse possível. Que, ali vivendo, em área de cuja propriedade sequer sabia o nome, mas que lhe vinha sendo útil, sobremodo, ainda porque, além de contar com lindo campo aberto, árvores frutíferas, água farta para beber e para banhar-se, também contava com uma acanhada e velha choupana bem cuidada, que lhe servia de abrigo para o resguardar nos dias de chuva e de frio.

Disse, então:

- Não sou pessoa de me sentir obrigado a justificar os atos da minha vida, mas quero crer que a oportunidade é boa, uma vez que não sei se algum outro dia poderemos vir a nos encontrar nesse enorme planeta. De qualquer modo, desejo agora *emplacar* outra boa lembrança, para que jamais seja esquecida pelo parceiro.

Saiba, pois, que o egoísmo e a vaidade muitas vezes respondem pelo fracasso de quem desconhece a modéstia – é o caso de quem ao se intitular mestre, se deixa ser dominado pelo orgulho, a não mais querer ser pupilo.

- Pois, então me diga, disse-lhe Samuel; ao que Sócrates logo iniciou dizer:

- Saiba o parceiro que me isolo da vida social, também pelo medo e pela aguda desconfiança que tenho de pessoas demasiadamente chegadas a mim, transbordando ares de falsas palavras e gestos. São pessoas que na cidade, por vezes a mim se aproximam com ares de que seriam amigas de longa data, mas que nunca as conheci e, sequer as vi em algum lugar. Ocorre que tais perigosas *personas*, ao primeiro gesto de socorro que a elas eu transmita, passam a esquecer-me em absoluto. Esquecem de mim para o todo e sempre e, aqueles gestos preliminares de enganoso afeto, se fecham como se encerram as cortinas do teatro após terminado o espetáculo. E, afinal, a comparação que logro fazer é de toda bastante correta, porque esses demônios que vez por outra me cercavam com bons ares e sorrisos largos, diante de qualquer pedido meu, davam por encerrada a cena até ali exibida.

- Uma outra boa razão na qual espelho o meu isolamento, está em saber que o ser humano, incrivelmente, não é afeito à vida em sociedade. Ele é muito egoísta e, usa desse grande mal como elemento de defesa. Ele tem medo de perder o que lhe pertence e, assim, receia ter que repartir o que é seu com os outros. A antiga expressão latina criada por Plauto na obra, Asimaria, *homo homini lúpus* [392] simplifica e elucida o que acima eu afirmo. Por isso, senhor Samuel, prefiro aqui viver em meio a estas árvores, com quem também converso e não me levam a constrangimento nem desgosto; nem mesmo a titubeantes pensamentos a seu respeito. Pelo contrário, ao pedir a sua ajuda, me oferecem a sua sombra e o seu sacrifício, cedendo-me parte de cada uma para servir de lenha par atear o fogo para coser a minha comida e aquecer o meu corpo nas noites gélidas do Sul. Pois é aqui, meu caro, neste mundo estranho a maioria, que me sinto feliz e seguro.

- É aqui que me encontro com as fontes que tanto me inspiram nas meditações e em meus devaneios ao luar. E quando a luz prateada das noites de lua cheia, se espelham nestas mansas águas que também me inspiram, é que emerge em minha alma e no meu coração *a mais feliz das felicidades*. É aqui neste ermo lugar que eu encontro o amor mais puro e mais autêntico que sinto pela ingênua Natureza de onde também brotei. Aqui vivo a minha pura espiritualidade, que me parece trocar mensagens com tudo o que me cerca. Viva essa vida! Digo eu a todos. Nada me abate e, se por acaso observar o condor sobrevoando, desgarrado que esteja das imensas cordilheiras andinas e, aqui der uma *rasante*, por certo que estará vindo para abençoar-me, porque nada de mau, a ele terei feito; assim como o lobo que presenciaste vir cumprimentar-me com um uivo que foi respondido pelo teu manso cavalo. Não sei mais viver em sociedade, pelo medo que sinto dela querer roubar o meu viver. Tenho a precisa impressão de que ela tem forçado a que eu viva conforme os seus ditames: e, isso eu não desejo querer.

- O homem que vive em sociedade, corre risco de desfazer-se interna e externamente, passando a usar a roupagem que para ele, ela escolhe e exige, para que não seja ridicularizado e abandonado. A gente perde a natureza e se transforma num artifício, num adorno, num bibelô e passa a ser apenas olhado e, não mais admirado. Há muito que me desapego das coisas que não me são úteis. Acostumei-me a viver com poucas coisas; apenas com as indispensáveis. Falando em coisas úteis, veja só meu amigo, a interpretação que esses estudiosos dão à *utilidade*. Enquanto alguns economistas a definem como a capacidade que têm as coisas (bens) de satisfazer as nossas necessidades (as necessidades humanas), no terreno da filosofia, Jeremy Bentham, fundador da doutrina *utilitarista*, a define como qualquer coisa que produza prazer ou felicidade ou que evite a dor ou o sofrimento. [393]

Mas, não esgotada a sua manifestação, Sócrates continuou:

- Saibas também que a pessoa dominada por outra, pode chegar ao estágio de perda de um dos seus mais essenciais sentimentos, que é o de *pertencimento;* isto é, de perder parte de si próprio. Quando alguém consegue perceber que não mais se pertence, na verdade já perdeu esse atributo há muito tempo; porém, o processo de *amputação*, só mais tarde, quiçá, chegará ao seu conhecimento.

- Saiba parceiro, que em minhas andanças nunca titubeei quando era imposto a decidir-me por algo. Num rápido exame de consciência e relembrança do que já vivi e conheci, separo as coisas a que dou valor entre prós e contras e, de acordo com o meu saber e com o meu interesse, escolho o que melhor para mim se apresenta dentre as opções. E, não tenho dúvida de que o homem que não sabe escolher, que depende de uma muleta para decidir-se é um ser incompleto. Sou um convicto de que a maioria das pessoas aprende com o que vê com os olhos; eu, aprendo com o que *vejo* com os meus pensamentos nas minhas meditações. Por isso, já ouvi alguém dizer que tenho uma retina no cérebro. Imagina se posso entender!?

Parou um pouco mais e voltou a argumentar:

- Seu Samuel, a vida que escolhi e a aproveito par viver, me é satisfatória e, por isso a digo digna de importância para mim. Por aqui e por onde mais eu esteja ou passe, tanto a sós quanto na eventual e passageira companhia de alguém, me sinto satisfeito e orgulhoso de assim ser. Creio que ninguém poderá, nem mesmo saberá convencer-me de algo que eu não queira. Sou livre como os pássaro, e duradouro, se tanto cuidar-me. Não tenho amigos e, também sou convicto de que inimigos também não os tenho. Há quem de mim discorde, mas não se atreve a convencer-me de algo que eu não queira saber. Certa vez li de Sêneca uma frase que não esqueci e a mantenho em minhas meditações: *"...um sábio é de natureza melhor se nenhuma injúria lhe é nociva do que se nenhuma lhe é feita"*.[394] Saibas gentil visitante, que levo a vida do modo que a escolhi. Tanto faço por superar os obstáculos que nunca faltam a me dificultar algo, como tenho sabido me aproveitar do que me é oportunizado ter e fazer. E, me parece que isso me tem bastante servido para dar um seguimento sereno e controlado do tempo em que por aqui estou e por onde já andei. Sabendo bem dispor dessas *contingências*, parece-me que, quanto ao resto todo mais se resolve. Colin Bird, a quem admiro pelo que leio, assim simplifica essa questão: *"É difícil imaginar a atividade humana ocorrendo sem nenhum obstáculo, ou uma vida consciente na qual literalmente 'nenhuma' oportunidade para a ação é deixada em aberto."*[395]

Sócrates disse mais a Samuel:

- Apesar das minhas sobradas convicções sobre as virtudes do viver sob isolamento, já li que a filósofa alemã, Hannah Arend, contradizia essa verdade por demais provada a mim mesmo. E, isso é o que me basta, companheiro! Ela defendia em seus princípios, que uma pessoa não pode viver isoladamente, solitariamente, porque ela só *existe* enquanto plural, para que a sua real existência possa ser percebida por outras pessoas. Contrariando o que penso e faço, ela defendia que o pensador se dispersa no isolamento; devendo, para encontrar sentido no que pensa, buscar recurso no diálogo. O diálogo, para ela, é fonte de crescimento para aquele que se propõe a pensar. Pois que cada uma de nós pensa a sua maneira...

Então, cordial e respeitosamente falou Samuel. Aliás, como era o seu estilo:

- Bem sei e bastante respeito o amigo, que mantém como sua prazerosa atividade meditar. Sinceramente, nunca me senti apto a isso e, penso que, por não ter tido formação que me induzisse a tão alto saber. Lamento tal fato. Mas sei de pessoas que criticam e condenam a meditação, ainda que sem forte convencimento. Exemplo falso disso foi pronunciado por Rousseau: *"L"homme qui medite est um animal deprave."*[396] [397]Foi uma frase muito pesada e, valeu-lhe muita crítica de homens de sua época, como ainda bem adiante. Desculpe-me o amigo, por ter sido tão direto na minha manifestação e na citação, mas tenha certeza de que não concordo com a triste manifestação do filósofo francês que, não apenas em razão desse dito, foi bastante criticado pela sua incoerência como filósofo. Não foram poucas as críticas lançadas contra os seus trabalhos, apesar de, também ter ensejado a defesa de parte de seus admiradores e, de outros estudiosos que conseguiram extrair das suas manifestações e trabalhos, bons resultados. De mera oportunidade, para que não se torne indefeso, cito Gustave Lanson[398] *"...todos os elementos do sistema de Rousseau se ajustam, um suplementando o outro, e expressam a doutrina central da qual deriva todo o poder da perspectiva rousseauniana – a crença de que o homem, por natureza bom, pode transformar-se em bom cidadão na boa sociedade."*[399]

Com a aparente autorização de Sócrates, Samuel continuou a falar:

- Todo homem tem leis interiores que decidem sobre os seus atos. Isso, dizem ser o seu *Eu*. Elas são a sua consciência que, apaixonada ou mesmo livre de qualquer pressão externa, avalia, apenas para si, o valor dos seus atos com base em princípios alicerçados na razão e na moral. Essas leis não nascem com ele, posto que só se tornam conhecidas e assimiladas a partir do seu desenvolvimento como pessoa e, de acordo com o mundo e as circunstâncias e consequências que lhe são dadas para viver. Só excepcionalmente alguém é contrário ao senso comum; diverge de todos – a ponto de poder ser considerado demente. Por isso, se torna *obrigatório* aceitar que muito do que homem é, resulta de suas *livres* escolhas dentre as coisas que lhe são oferecidas pela sociedade. Desde tenra idade o homem começa a conhecer e aprender a *coação* que a sociedade impõe aos menos afortunados; se tornando *obrigado*, por educação e/ou formação a - salvo honrosas exceções -, respeitar. Enquanto nestes ela pode causar uma revolta silenciosa; a outros, em alguns casos, ensina a força do proveito e da humilhação.

Depois de acomodar-se sentado a um tronco já bem castigado e absolutamente seco, ele continuou a falar:

- Com toda certeza não pretenderei desagradar ao meu caro anfitrião. Longe estarei de isso imaginar. Porém, exceto alguns outros poucos eremitas, me poria a procurar como quem procura agulha em palheiro, um homem moderno; isto é, atual, capaz de levar a sua vida em sociedade, sem ouvidos e atenção ao que brota do meio ao qual pertence; uma pessoa, sequer, capaz de não se deixar levar – ainda que teimando em contrário – pela orientação flechada pela própria sociedade. E, a vida atual, tão mutante como é e o sabemos, já não nos obriga a sair de casa para obtermos orientações, pois os meios de comunicação de massa bem melhor exercem esse trabalho, do que se o fosse na base do pé de ouvido. De outro modo, caro senhor, posso afirmar mundo afora, que hoje tive a graça de conhecer e conversar com uma pessoa bastante excepcional – tal seja, um ermitão convicto dos seus preceitos e compromissos para consigo. Pois tenha certeza absoluta, de que me sinto contente e satisfeito por conhecê-lo e, bem mais ainda, por saber do seu convencimento sobre o que faz e da forma como o faz. Com o caro amigo - se já o posso chamar de amigo -, galgo mais uma grandiosa etapa na minha busca pelo saber. E, o que aprendi aqui, jamais esquecerei, por se tratar de absoluta verdade, uma vez que a colhi numa das melhores fontes do saber; tal seja, nas palavras de um autêntico eremita.

Sócrates, então com bastante firmeza e um percebido entusiasmo, afirmou a Samuel que Rousseau também foi ermitão durante algum tempo de sua trajetória. Que, passou a viver em solidão em Montmorence, em meio à natureza expressada em bosques e campos e, se deleitando com o som produzido pelos pássaros e as águas, como se estivesse a ouvir lindas canções; então, apaixonado pela condessa d'Houdetot, a partir de então começou a escrever a sua principal obra – a Nova Heloísa. De modo que, tenho convicção de que, se me afastar desse meu voluntário e seguro isolamento, serei corrompido pela vã sociedade que se move nas cidades. Prefiro manter-me recolhido em mim, não me abrindo nem aceitado o convívio que me estreitaria a vida mundana. Posso parecer aos outros e, inclusive ao senhor, ser um esquisito ou um lunático. Mas pouco ou nada isso me importa e me modificará. Tenho tanta convicção de que venho fazendo a escolha certa, quanto ao fato que o vi aqui chegar montado no seu cavalo. Tenho os pés firmes no chão, mas sei que mais firme ainda estão o meu cérebro e o meu coração que me alegram, tranquilizam e encorajam. Assim que, peço ao cordial cavaleiro que não lance qualquer outra crítica ao meu modo de viver, pois desde que por aqui chegou, vem sendo acolhido com rigoroso respeito e afeto. Estamos acertados?

Samuel ficou bastante constrangido com o carão que levou e, prometeu para si e para Sócrates, que não mais tocaria no assunto. Pediu então licença para abordar outro tema, que certamente não atingiria as respeitadas decisões do seu acolhedor anfitrião. Falou sobre algo que lera sobre Maquiavel, embora com outras palavras, segundo a sua livre tradução do pensamento do filósofo e político:

- É fato a registrar, que onde se estabelece o poder e o governante exara as suas ordens, se torna impositiva a fixação de limites, de fronteiras instransponíveis, que o mandatário deve respeitar, incondicionalmente. Esses limites, por certo que estarão delineados na legislação. Que é a que reconhece e estabelece os seus poderes, mas também os restringe a certo modo, intransponíveis. Tudo isso, por óbvio, que em respeito à boa governabilidade e ao bem comum; que é o seu objetivo último e a razão da sua existência. Assim, tudo que o governante fizer, será em favor do seu povo. Essas mesmas leis, *contrário sensu,* não poderão ser interpretadas ao sabor de quem governa, sob pena de ocorrer o caos social e, eminente perigo de levar a um estado ditatorial, ainda que brando.

Sócrates, então falou-lhe em linhas gerais, como se comportava durante os seus períodos de meditação:

- Saiba parceiro, que quando me disponho a meditar, abandono o pensamento de todo e qualquer lugar; de toda e qualquer pessoa; de tudo e de qualquer ser vivo e, concomitantemente, até mesmo de enxergar qualquer coisa. Assim o faço, porque assim o sou e, só assim consigo me entregar à meditação. De todo modo e por toda sorte desse mundo, quero que ninguém confunda a meditação que faço, com um sonho. Os meus pensamentos são reais e têm profundidade. Pelo menos, assim eu penso. Pois a propósito de sonho, há duas maneiras de se sonhar: numa delas a pessoas sonha enquanto dormido; noutra, enquanto se mantém em vigília. Todavia, o sonho vivido por aquele que dorme, será incapaz de fazer mal a quem quer que seja; mas o sonho sonhado por quem está acordado, poderá resultar em duas vertentes: a uma, quando imagina algo de bom para si ou para outrem; a duas, quando idealiza algo ruim para terceiro. Por isso, se deverá ter dobrado cuidado com quem costuma sonhar desperto, pois não se poderá saber com absoluta confiança, o que foi por ele sonhado. Se sonhou com algo justo ou injusto. O sonho nos leva a viajar no tempo e no espaço; poderá nos levar a situações de alegria ou de tristeza. O sonho enquanto dormido é reflexo de algo já visto ou sabido enquanto desperto; enquanto o sonho acordado, pode brotar de algo novo e, até momentâneo. O sonho é imaginação real ou irreal. O sonho pode trazer a quem sonha, momentos de paz, de serenidade, de sossego; mas também pode produzir angústia, medo, ódio, ira. Quem nunca sonhou não viveu; é uma ameba. Sem o sonho a vida para; tranca; se mantém estagnada; inerte; é um vácuo. Calderón bastante trata do sonho em A Vida é Sonho, em forma de arte.[400]

Terminado isso, ele convidou Samuel para aguardar enquanto ele aqueceria um pouco mais de água, para matearem e conversarem mais um pouco. Mas, seguindo por outro *ramal* da longa estrada que os dois acabavam de construir, Sócrates então disse:

- Meu caro visitante, fique sabendo um dos motivos pelos quais não pretendo ajuntar-me a qualquer mulher: é que grande parte delas, apesar de belas, gostam de fazer-se esperadas. Isso é um intrigante mistério quase que exclusivamente do sexo chamado frágil. Há uma quase que generalizada queixa dos homens casados, nesse pontuado item da relação à dois. E, se eventualmente se casarem mais de uma vez, com mulheres distintas, por certo que esse teatro não mudará de cena. Quando elas dizem que já estão prontas para sairmos juntos, parece que a coisa piora. Nunca arrisque entrar no carro que ainda está na garagem, antes da sua esposa entrar, porque você será capaz de pegar no sono ali dentro, com o risco de amarrotar a roupa que usará na festa para qual ela estará se arrumando desde o dia anterior. Na véspera, ela já deverá ter ido à manicure e, na manhã da festa, ao cabelereiro e ao maquiador. Mas, na hora da arrancada final, ela se dará conta que o vestido está muito justo, porque o seu peso aumentou algumas poucas gramas e, ficou franzido no abdome. Então, apesar de ter mandado confeccioná-lo ao preço da bagatela de cinco mil reais que você pagou, ela terá que trocá-lo por outro, com o qual não se sentirá muito à vontade, porque já o teria usado noutro encontro social e, não seria elegante repeti-lo. Para ela, isso não seria *correto* e, por certo, o colunista social já a teria fotografado noutra reunião festiva, com a mesma roupa. Solucionada a crítica e, a apressada questão do vestido, ela sairá à cata de joias que possam combinar com o novo traje, mas, não sabendo onde as guardou, convoca a empregada e a babá para rastrearem os vários lugares onde elas possam ter sido deixadas quando da última vez que as usou. Quando finalmente ela chega na garagem, pergunta ao marido o que ele estaria ali fazendo, pois ainda não se dignara a abrir o portão da garagem e tirar o automóvel. Que, desse jeito, eles chegarão tarde à festa! E, se por acaso você tiver mais de uma mulher, elas só lhe servirão para as comparar no item *atraso*. Sem mais querer esticar-me com coisa tão trivial, gosto de lembrar a todos que isso se parece com uma sina para os cronometrados noivos, que se põem no altar cheios de nervosismo, à espera da noiva que quase sempre chega atrasada na igreja. E, quando o padre celebrante a pergunta se é de livre e espontânea vontade que ela deseja se casar com Miguel, ela calmamente levantando o véu que simboliza a sua *virgindade*, dá uma apertadinha com os lábios para ajeitar o batom; olha para o nervoso noivo e faz um espontâneo e demorado sorriso, capaz de deixar o gajo e o padre aflitos pela esperada resposta. Então, tremulando a voz, ela responde, SIM!

Logo após, os dois continuaram trocando ideias sobre variados assuntos, que pareciam não se esgotar. Entre eles se estabelecera boa empatia, que os entusiasmava a não se separem de imediato, sendo desejo que continuassem um tanto mais de tempo juntos, naquilo que se parecia com um dueto, no qual as vozes se complementavam. Um quase sarau a dois, e a Natureza a oferecer-lhes o palco e a verdejante plateia de tão animada conversa.

Em certa altura do bate-papo, Samuel disse que, quem bem sabia escolher fora Platão, o filósofo de muitos filósofos, quando assim se expressou: *"Quando me querem obrigar a escolher entre duas alternativas, faço como as crianças: escolho ambas."* Pois meu caro ermitão, bem fazia ele, que evitava o risco de errar na escolha. Pensassem melhor as pessoas, jamais teriam uma só alternativa, nunca dispensando a salvadora e por vezes exclusiva opção *B*, que em muitas e muitas vezes tem salvado a asa machucada do pássaro. E, se bem que, segundo penso, a letra *B* poderia ser classificada como uma vogal, ao invés de ser mera consoante. Não poucas vezes, está ela a se intrometer em negócios que não se realizam, senão com a participação dela, porque a primogênita *A*, não teria sido capaz de se apresentar para resolver o quanto lhe era atribuído fazer. E apensar de ser primogênita, bem se sabe ser capaz de saltar num só impulso até a *Z*, que mais se parece com uma finada, uma defunta; eis que de vez em quando se vê dizer ou escrever que algo vai de *A* à *Z*. Quer-se assim dizer-se que, chegando à *Z*, tudo se acaba; é o limite dos limites; é o fim da linha. Brilhantes e essenciais são todas as letras, pois que sem elas, muito do que se fala e se conhece, teria se perdido no tempo. Apesar de ocuparem espaços, são mais confiáveis do que aquilo que exprimimos a viva voz. Belas, bem grafadas, com alguns formatos e trejeitos cunhados por alguns artífices, ou mesmo indecifráveis; em certas línguas são absolutamente diferentes do que as que aqui conhecemos e usamos, chegando a se aproximar ou a se confundir com diminutos e graciosos desenhos suscetíveis de encantar até crianças que não sabem ler.

Depois disso, Samuel disse que ao iniciar o dia seguinte, reiniciaria a sua viagem por destino ainda não sabido.

Depois de dormirem por bastante tempo, ao alvorecer, Sócrates ofereceu ao viajante uma caneca de café bem quente, enquanto Samuel preparava o animal para sua nova jornada.

Ao se despedirem, se abraçaram efusivamente, ambos declarando que aquele pequeno convívio teria sido bastante salutar e, que, desejavam voltar a se encontrar quando o destino lhes oportunizasse.

\* \* \*

Marcela continua morando em Porto Alegre e advogando no mesmo escritório que divide com os mesmos colegas desde o seu início profissional. Tendo a procurado algum tempo atrás, tentei marcar encontro através do seu telefone, mas ela se desculpou dizendo que não teria tempo disponível para conversarmos. Senti, que ela teria me dado um gelo.

Severo nunca se casou com Lorena, apesar dos insistentes pedidos dela. Mas vivem na mesma bela e ampla casada, na costa da Austrália.

MARCELA E MARISTELA

Ainda conversamos vez que outra; o que me deixa satisfeito, especialmente, por saber que venceu todas as dificuldades que tanto atrasaram a sua vida, em época de *mau-tempo*. Penso que nunca tenha sabido do mal que lhe fizera Ronaldo.

Deodoro e Samira continuam sendo parceiros de Severo e Lorena; tendo os dois casais se hospedado algumas vezes no The Australian Ship.

Pelo que se sabe, até hoje nenhum familiar de Ronaldo o procurou, nem ao seu corpo na hipótese de saber do seu falecimento.

Os pais de Marcela e Maristela, seu Sérgio e dona Leda ainda vivem em Porto Alegre e, apesar de residirem numa metrópole, em pleno século XXI, ainda cultivam as mesmas manias e tabus que aprenderam na primeira metade do século XX. Soube alguma coisa a respeito deles, através de um antigo amigo que os conhece há muito tempo e, com eles tem contatos apenas bissextos.

Rosinha voltou a encontrar-se com Marcela para jantares e bebericadas aos finais das tardes de sextas-feiras. Sempre descontraída, nunca deixou passar a oportunidade para contar uma piada ou criar uma frase debochada. Só conversamos, ligeiramente, pelo celular. Mas através dela soube que Marcela está bem e, não pretende namorar, por enquanto.

Anselmo não se casou outra vez, nem procurou aproximar-se de qualquer mulher. Mas foi promovido, por tempo de serviço, dentro da escala funcional da secretaria de Governo. Ao ser promovido ganhou um enorme e chamativo bóton, com o qual ainda desfila alfinetado na lapela do mesmo gorduroso paletó. As notícias que obtive dele, foi através de um colega que se dispôs a conversar um pouco comigo. Sublinhou que, acha que com o tempo está cada vez mais cheio de manias.

Pedro Ernesto continua atuando nas suas picaretagens, cada vez mais rico e assediado pelas mulheres da sociedade carioca. Não lembro mais quem me alcançou essas informações, mas sei que são confiáveis.

Sobre Renata, companheira de quarto de Maristela na rua Prado Júnior, soube que se casou com um bom homem, que além do mais era muito rico e a ela dedicado. Com ela tive oportunidade de conversar um bom tempo. Disse ter-se sentido feliz por me conhecer.

A vida de Valdemar deu um giro de cento e oitenta graus. Tendo mudado a administração da área de segurança de Copacabana, o novo delegado determinou a sua prisão, onde ainda se encontra, segundo noticiaram. Mas, dessa vez não houve aglomeração nem gritaria de *rolinhas* nas imediações da delegacia de polícia, pelo medo de igualmente serem presos. Soube dele através da leitura em jornal do Rio de Janeiro. De todo modo, quero distância com aquele cara.

Zé Perigoso continua preso e comandando a sua gangue de dentro do presídio. Parece que o tempo de prisão, somadas as penas, ultrapassa aos cem anos. Também tive informações dele, lendo jornais do Rio de Janeiro. Famoso como era e, ainda deverá ser, mais de uma vez foi capa de alguns diários cariocas.

A Dra. Lindinha continua advogando no Rio de Janeiro e, sempre que pode, faz algum estardalhaço, nem que seja para chamar atenção. Mas há quem diga que ela melhorou um pouco. As informações sobre ela, obtive em ligeiras conversas com dois advogados que encontrei na calçada fronteiriça ao foro.

Sócrates, não mais foi visto pela família, que acredita, no entanto, que continue recluso em algum lugar, não muito longe, a praticar meditação.

# EPÍLOGO

Se alguém depois de ler este livro entender que ele contém crítica sobre política, não entendeu o que leu; ou é um político daqueles que tudo puxa para o seu lado. Possivelmente seja uma daquelas pessoas, para as quais, se alguém falar em política, inequivocamente estará falando sobre política. Na verdade, ele contém várias críticas sobre políticos, porém, sem definir-se sobre qualquer tipo de política a ser adotado; nem é esse o seu propósito. Vez que outra há alguns exemplos, cuja finalidade é ilustrar o que está sendo escrito; apenas isso. A esses, aconselho reler o livro por inteiro e com atenção, para poder fazer a sua crítica com critério. Samuel Johnson, falando sobre poesia assim disse: "*As partes não devem ser examinadas até que o todo tenha sido investigado; há uma espécie de distanciamento intelectual de qualquer (grande) obra em toda a sua dimensão e em suas verdadeiras proporções; um exame próximo mostra as peculiaridades menores, mas a beleza do todo já não é mais discernida.*"[401] Aqui, não há nada contra nem a favor da política: seus aspectos, suas facções e suas tendências. Apenas contra os maus políticos – os investidos em cargos políticos e os que praticam a política fora dos seus quadros. É a esses, que parte do livro é dedicado sob a forma de observada e repetida crítica. Aqui se fala do subterrâneo da política, que vem fazendo por onde torná-la desacreditada. Todavia, como toda moeda tem dois lados, não é menos verdade que há pessoas que poucas importantes coisas fazem, mas que tornam a sua vida uma verdadeira instituição respeitável. Também é bom saber que, o que mais tem valor é a importância do que se faz; não, o número ou a diversidade de coisas. Demais disso, não estou a fazer uma apologia da desgraça. Longe disso...

Mas o livro também trata de outros tantos subsolos da difícil, mas inevitável vida em sociedade. Parece que as pessoas quanto mais se aprimoram, *a contrario sensu*, mais se animalizam - o que é uma lástima, antes de ser um perigo. Para escrever este livro, me obriguei a separar tempo para ler algumas boas e outras razoáveis obras, segundo o meu critério. Apesar de quase sempre ter gostado do que li, quase nada mais sei sobre o que li. Sou um desmemoriado, já sei desde pequeno. Não sei como ainda lembro o meu nome e o dia em nasci. Isso pode ser curioso, mas é verdadeiro. A essa altura, não pegaria bem mentir para quem está disposto a ler o que escrevi. Funcionalmente eu poderia ser comparado a um idiota, mas não sou, porque consegui escrever o livro que você está lendo e, isso merece respeito de minha parte.

Por outro lado, não há dúvida de que viver é uma dádiva; melhor, ainda, poder viver bastante e saber viver; e, afinal, ainda bem melhor é saber viver bem. Mas a trajetória da vida é cheia de surpresas e de perigos que causam medos, receios, inseguranças, inquietudes e intranquilidades. Afinal, viver exige luta e escolha. O medo de ousar faz parte de cada indivíduo. Mas entendo que mais vale aquele que tenta e erra, do que aquele que tem medo de tentar. O risco de errar faz parte de qualquer escolha sobre algo que não conhecemos suficientemente. O mundo se abre para nós com infinitas vertentes, nos obrigando a, dentre elas, escolher a que acharmos a melhor; ou a mais correta; ou a mais oportuna; ou a mais propensa de ser realizada; ou a mais agradável; e, possivelmente a menos trabalhosa e menos difícil para nós. Porém, a vida nos cobra um preço quando escolhemos a opção errada. N'algumas vezes, esse preço pode ser maior do que a nossa vida, por isso, sempre será melhor termos prudência na hora de escolher: não apenas optarmos pela pior, porque nos pareça a menos arriscada; nem pela mais agradável, ainda que possa ser a mais perigosa. Enfim, cada qual sendo dono da *sua* vida, o que se quer é que faça a melhor escolha e, se não puder, que, pelo menos, não faça a pior.

Mas quando falo em *vida*, por certo que é no sentido biográfico, dispensado que fica o sentido biológico. Há que se ter em mente que a vida existe para ser desfrutada, mas que certas pessoas a gozam de maneira prejudicial a si mesmas. Ka-Fu Lee faz uma confissão sobre algo que *esmagou* a sua vida: por dedicar-se demasiadamente ao estudo e ao trabalho; afastado da família e dos amigos, foi diagnosticado com câncer que quase roubou-lhe a vida. Foi quando se reconheceu: "*Na verdade, hipnotizado pela minha busca para criar máquinas que pensassem como seres humanos, tinha me tornado um homem que pensava como uma máquina.*"[402]

O Brasil ainda precisa fazer muito para crescer. Terá que sair desse sonho mal dormido, de que é grande em perspectivas futuras. Sem engano, é fácil afirmar que *poderá* vir a ser uma grande potência no cenário internacional, mas para lá chegar precisará dar chances a que boas cabeças que ansiosamente buscam recursos para desenvolver a ciência, os alcancem, sem precisar mendigá-los. Sem *despertar*; sem levantar-se desse *berço esplêndido*, não chegaremos a lugar nenhum. Somos compradores de tecnologias, quando deveríamos ser seus criadores. Temos orgulho de termos recursos agrícolas para alimentar o planeta. Mas, se pergunta: até quando? Até enquanto um país de tecnologias avançadas não nos roubar esse título? Bom exemplo vem da China para o mundo. De um país agrícola se transformou numa potência industrial (na base da cópia -ou não -, mas alavancou a sua economia antes emperrada) e, agora, é uma reconhecida potência inovadora. O Brasil tem que deixar de querer apenas usufruir do que oferecem os países produtores, para começar a produzir coisas *suas* para os seus.

Bem sei que, aquele que se propõe escrever um livro, não estará fazendo algo que desperte apenas prazer a quem o ler. Mas, também crítica, julgamento e, não algumas vezes, comentário destrutivo impulsionado pelo subalterno sentimento de inveja. Já passei por isso, mas logo esqueci, porque, de pronto compreendi o inalcançado propósito de tais pessoas. Fiz de cada observação infundada uma boa piada. Não guardo tristeza daqueles momentos; como de outros tantos igualmente desalentadores. Tudo passa, como antes já foi dito. Isso valorizo como ato do Céu. Bem melhor pensar assim... Aceito e até gosto da crítica, porque ela me aprimora e contribuiu para que eu possa continuar a planar. Por isso, gosto de falar e escrever para todos; sem restrições. Apesar de não ter a pretensão de conhecer a ciência, trago para exemplo um corte que faço sobre algo defendido por Auguste Comte em meados do século XIX, ao dizer não serem as ciências reservadas exclusivamente aos sábios, mas principalmente para o povo. E, isso, segundo o moderno filósofo francês, aproveita à própria ciência; eis que abre caminho à crítica "*espontânea e imparcial de homens sensatos*"[403], contribuindo para apontar versões científicas distanciadas da necessária verdade. Também se justifica toda e qualquer leitura, porque, ainda que não se diga por menosprezo à informação oral, foi a partir da escrita que a memória Universal se tornou mais segura; mais provável; e, mais confiável. Sem dúvida, mais disposta à pesquisa e à satisfação das curiosidades de interesse científico. Não resta dúvida de que a partir disso, vem se impondo como elemento de base para as novas conquistas nos campos da descoberta e da inventiva. Fisguei de um dos livros da feminista americana Roxane Gay (em outro contexto): *"Dizem que todo escritor tem uma obsessão..."*. Não é o meu caso.[404]

Além do mais, penso que nem sempre é possível separar o escritor daquilo que ele escreve, mas há necessidade de se esforçar para que isso não ocorra, principalmente, quando se trata de um romance. Se não houver essa distinção, o romance poderá ser confundido com uma autobiografia. E, no meu caso não valerá um tostão, porque não conheço alguém que esteja interessado em bisbilhotar a minha vida.

Sem ser filósofo, em várias passagens percorri caminhos trilhados pela filosofia; inclusive foram transcritas e comentadas passagens de importantes cientistas. Todavia, chamou-me atenção o que li do filósofo espanhol, José Ortega Y Gasset: *"Como vai pretender que alguém a leve* (a Filosofia) *a sério, se ela começa por duvidar da sua própria existência, se vive na medida em que combate a si mesma, em que se desvele a si mesma?* [405]

Aqui se questionou e discutiu questões comportamentais e morais das pessoas; sem, todavia, deixar qualquer sinal que induza ao reconhecimento de alguém. Afinal, não era e não é a minha intenção. Ademais, me acho no direito de desfilar através da escrita, coisas que o cotidiano já conhece, ainda que as possa interpretar e/ou valorizar de modo diverso. Quanto a isso, têm todo o meu respeito.

Destaco que há uma característica natural de certas pessoas – o que alguns autores dizem ser uma *doença* -, acreditar que elas possuem uma verdade intransigível. Em razão disso, põem-se dispostas a negar o que lhes é incompreensível. Por isso, quando algo lhes *parecer* contrário ao que está registrado nas suas mentes, ao primeiro sinal de manifestação contrária a rebatem antes de examinar o adverso. Demais disso, me sinto aconchegado depois de ler a citação a seguir, que me exclui da crítica: *"...Críticos nem sempre são gente ruim, são apenas, por força dos tempos adversos, ex-poetas líricos que precisam encostar o coração em alguma coisa, para desabafar; são poetas líricos do amor, ou da guerra, conforme o capital interior que precisam aplicar favoravelmente, ou não, e é compreensível que prefiram aplicá-lo no grande escritor e não no escritor comum."* [406] Aproveito esse *gancho* para rogar ao leitor, que considere que, se a obra não foi ao encontro da sua expectativa, não debite tal decepção ou desconforto à minha vontade, mas à minha insuficiente capacidade de pesquisar e de demonstrar. Porque, em minha defesa, eu jamais agiria com desprezo ao que quis empreender, pois sou convencido de que ninguém é mais amigo do homem, do que si mesmo.

Abro bom espaço para falar sobre as agudas críticas que fiz à prostituição e, em especial às prostitutas. Principalmente, àquelas que se expõe a cativar ou a conquistar parceiros na rua. Pois aqui, igualmente reservo espaço para os que defendem a teoria libertária. Afinal, há que se dar lugar para que todos tenham liberdade para fazer o que desejam; desde que respeitem os direitos alheios. Pois é na chamada *prostituição de rua*, que se dá a ofensa ao direito do outro, de poder resguardar parte do seu recato moral. E, ainda mesmo que a moral tenha por fundamento convenções sociais, mutáveis e transitórias, enquanto ainda estas vigerem, o *status* de que prostituição é prática imoral, deve ela fazer, por onde não ferir aquele que não a aceita como algo moralmente válido. Não se enquadra como lei moral, nem é prática em prol da lei moral, como quer Kant, segundo o qual, agir moralmente é agir conforme a lei moral. Jamais nos distanciamos das razões que mais comumente levam mulheres a se prostituir. Seja pela necessidade financeira; pelo desamparo familiar; por qualquer outro tipo de desgraça; inclusive, pela livre opção de se prostituir. O que se condena com agudez, é que se exponha a oferecer o seu *trabalho* na via pública, conclamando e se oferecendo a quem por elas passa, ainda que inadvertidamente. Isso é muito feio, e isso é imoral e desrespeitoso. Afinal, que não se queiram confundir sua profissão com a de um vendedor ambulante que, em plena via pública se mantém a oferecer, aos gritos, o seu produto e o preço de oferta.

Entendo que o autor não é a pessoa indicada ou encarregada de apontar o resultado do seu trabalho; dentre o mais, porque ele poderá ter mais de uma proposta: cada leitor poderá dele extrair – útil e proveitosa leitura, ou mesmo, inexpressivo e até imprestável trabalho. Afinal, quem serei eu para atribuir nota ao que fiz?

Através de metáforas procurei dizer um pouco ou um tanto do que observo, e do que entendo sobre o que vejo; mas ninguém estará sendo induzido nem convidado a aceitar-me. Porém, quero confessar que sou homem que crê na verdade e, que, contra ela não há força que a desacredite; sequer por coação.

Aqui contei várias histórias ficcionais e outras verdadeiras – todas escondidas sob o véu de um romance barato; trivial; capaz de só encontrar plateia numa matiné de dia chuvoso. Mas, como saber o que escrevi, sem arriscar a perda de tempo com a leitura? Foi de Rousseau que colhi esta frase: "*...só podereis julgar (me) depois que me tiveres lido.*"[407] Claro que toda ficção carrega um pouco de mentira! Não tenho dúvida quanto a essa afirmativa fácil de ser dita. Porém, certas mentiras podem esconder algumas verdades. A descoberta das verdades dissimuladas, dependerá de cada um que seja capaz de participar e de vencer este complicado jogo de *esconde-esconde*. Santo Agostinho, dentro de um outro contexto assim explicou: "*...todas as coisas são verdadeiras enquanto existem, e só é falso o que julgamos existir, mas não existe.*" [408] De todo modo, colho a oportunidade para transcrever palavras de Buda, que, segundo Gandhi foram reveladas por dr. Fabri: "'*Não acreditem irrestritamente no que digo. Não aceitem nenhum dogma ou livro como infalíveis.*'"[409]

Para não querer correr o risco de perder a confiança do leitor, me defendo dizendo o quanto é difícil manter-se a ficção tão certa quanto se fora realidade, especialmente, numa história longa e diversificada em suas narrativas. Para isso, sigo a advertência que bebi numa das obras de Virginia Woolf: "*A ficção deve ater-se aos fatos e, quanto mais verdadeiros os fatos, melhor a ficção – é o que nos dizem.*" Numa caçada a várias obras, ainda pincei outro apontamento da mesma feminista Virginia Woolf: "*...na maioria dos casos, é claro, os romancistas falham em algum ponto. A imaginação tropeça sob o esforço imenso. O discernimento se confunde, já não consegue distinguir entre o verdadeiro e o falso; já não tem forças para prosseguir no vasto trabalho que a cada momento exige o emprego de tantas faculdades diferentes.*"[410] Eu também não poderia deixar de frisar, que um romance produz momentos de variada excitação; tanto para quem o escreve, como para quem o lê.

Apesar da minha insistência em alguns dos assuntos abordados, facilmente se verá que não pretendi convencer nem persuadir o leitor sobre o que escrevi. Quem sou eu para tanto!? Pois, quando muito, chamo a atenção para o que me preocupa. Mas, quem bem explica a distinção entre convencer e persuadir, é Chaïn Perelman e Lucie Olbrechts-Tyteca.[411] Penso ser lido por pessoas de fulgurante saber e, que, assim, eu não seria capaz de *persuadir*. Nem mesmo, repito, é a minha vontade.

De outro modo, penso não errar muito ao dizer que, em síntese, a consciência moral é a faculdade humana de julgar o valor ético dos atos. Todavia, se o livro toca num assunto tão delicado quanto a moral, posso adiantar que a sua complexidade é quase que inesgotável. Ajudou-me bastante tratar do tema, aquilo que afirmo ser quase um tratado da matéria, explicado por Luiz Feracine, aqui já referido. Demais disso, fazer-se o que se quer, decorre do uso do nosso *livre arbítrio*. Todavia, vale ainda grifar que nem sempre dispomos do direito ao exercício do *livre arbítrio*, porque ele também poderá depender da nossa liberdade para poder praticá-lo. Há situações que nos roubam esse direito natural e tão primordial, que nos dará a condição de nos alinharmos com o que poderemos chamar de decoro. Ilustra mais essa importante manifestação pessoal, que repica no convívio social, dizer que o que atualmente significa pessoa sábia (*erudita*), na antiguidade era a expressão máxima da moralidade. Sábio era, pois, o indivíduo dotado de grau de moralidade que o permitia participar da elite social. No contraponto, Nietzsche busca desvalorizar a importância dada à moralidade, fincando estaca ao afirmar que ela é a causa da situação deplorável na qual se encontrava a sociedade da sua época.[412]

Quero registrar algo que imagino possa ser dispensável a tal altura, mas sempre vale a pena dizer: enquanto os meus personagens têm um tempo dentro dos fatos contados no livro, eu tenho outro tempo - por certo que este, ambíguo. São os momentos em que me transfiro para dentro dos textos e, outros, nos quais continuo a impulsionar a minha vida. O tempo deles, que se abre no inverno de 2013 e, hora retroage, hora avança, por mais que se estenda não me alcançará. De toda sorte, aqui estou a escrever em plena arrasadora pandemia dos anos 2020/2021; sem saber quando ela terminará, ou, se, me deixará concluir a prazerosa atividade de escrever.

*"Não é um trabalho tão terrível ser escritor. Você faz alguma pesquisa, inventa uns personagens, dá forma a uma trama que desenvolve temas centrais e ideias. Depois que termina, você procura um editor, que por sua vez encontra um gráfico; o livro é composto, adiciona-se uma bela capa e o objeto final acaba nas livrarias. Tudo parece bastante natural, mas na verdade trata-se de um arranjo relativamente recente que progrediu de forma gradual ao longo dos últimos quinhentos anos (e agora está mudando de novo). O arranjo envolve pessoas que possuem máquinas e pessoas que vendem suas histórias para elas, por sua vez, significa que é preciso haver pessoas que tenham histórias, histórias originais que podem ser roubadas, plagiadas e pirateadas."* *"Mas agora, de repente, todo mundo pode se tornar escritor e encontrar leitores pelas mídias sociais."* *"Estamos à beira de uma segunda grande explosão – o mundo da escrita está prestes a mudar mais uma vez"* [413] Deixo claro, sem qualquer pedacinho de vaidade que, para escrever este livro, antes de tudo precisei imaginar uma história bastante frágil; comum em nosso mundo cheio de surpresas. Esta me foi a parte mais fácil, mas também a mais exclusivamente minha. Porém, para dar *enchimento* a uma boba história e torná-la atrativa, me obriguei a ler e reler tantos livros quantos os referi em notas; mais outros tantos que também bastante me ensinaram e, alguns que não me convenceram, apesar dos seus sérios argumentos, mas que não os identifiquei por achar desnecessário. Confesso outra vez, que escrever um livro é um trabalho agradável; uma cachaça que não poucas vezes interrompe o nosso sono e intervém no nosso sonho, nos levando a sair da cama para escrever algo que poderá ser esquecido se deixarmos para o dia de amanhã.

Sou um convencido de que não há obra, nem arte, nem pesquisa, nem ensinamento, por mais perfeito que seja, que algum crítico não o pretenda destruir; o que acontecerá se o autor, o artista, o cientista ou o mestre não der importância à voz dos sensores. Afinal, para muitos daqueles é a oportunidade para custear o almoço. Também reforço que aqui, além do meu natural humor, há *bastante* coisa *bastante* séria, de modo que as expressei tal como acredito. De mais a mais, é meu desejo que o que aqui expus, não retrate de mim um espírito mordaz, eis que assim o sendo, corro risco de me comparar com pessoa vulgar e impertinente. De toda sorte, não poderia deixar escapar o que disse Stephen Backouse, discorrendo sobre a vida do escritor dinamarquês, Soren Kierkegaard: *"O 'leitor' é um aspecto muito importante da produção de Kierkegaard, pois ele tinha em mente um participante ativo ao elaborar seus livros."*[414]

Ao encerrar este trabalho, entendo como justo apropriar-me do que La Bruyère disse sobre a sua obra: *"Restituo ao público o que me deu; dele tomei emprestado a matéria desta obra; é justo que, depois de a ter concluído...eu faça ao público esta restituição."* De tal sorte que ele *"Poderá contemplar com prazer este retrato que dele fiz...e, se reconhecer alguns dos defeitos que aponto, procurar corrigir-se. É o único objetivo que se deve ter ao escrever e também o resultado que menos se deve esperar, mas, assim como os homens não desistem do vício, nem por isso deve deixar de recriminá-los..."* Por fim, ainda copiando o que disse o filósofo francês, *"...concedo que digam de mim às vezes que não observei bem, desde que me provem ter observado melhor do que eu."*[415]

Ao concluírem a leitura do que escrevi, apenas quero que me vejam como alguém que buscou pontuar algumas faltas que estão a merecer a atenção de todos e, consequente correção. De tal modo, ainda me sobra entusiasmo para dizer a quem me ler: ***Nunca desista do que é o seu desejo e do que é necessário fazer.***

# REFERÊNCIAS

[1] - MONTAIGNE, Michel de, L & PM Editores, Porto Alegre, RS, 2016, pg. 193.

[2] KLOSTERMAN, Chuck, E Se Tivermos Errados?, Harper Collins Brasil, Rio de Janeiro, RJ, 2016, pg. 212.

[3] SHAKESPEARE, Willian, A Tempestade, Editora Schwarcz S. A., São Paulo, SP, 2022, pg. 147.

[4] MAHER, Keri, A Livreira de Paris, Editora Intrínseca Ltda., Rio de Janeiro, RJ, 2022.

[5] HUGO, Vitor, Os Miseráveis, Editora FTD S. A., São Paulo, SP, 2013.

[6] FRANCINE, Luiz, Filosofia Comentada Cícero – O Mario Filósofo Latino da Antiguidade, Editora Lafonte, São Paulo, SP, 2011, pg. 21.

[7] DE ASSIS, Machado, Quincas Borba, ob. cit., pg. 24.

[8] CHOPRA, Deepak, A Vida Após a Morte – O Que Acontece Quando Morremos?, Editora Rocco Ltda., Rio de Janeiro, RJ, 2006, pg. 259.

[9] O'CONNOR, Flamery, Um Homem Bom é Difícil de Encontrar Editora Nova Fronteira Participações S. A., Rio de Janeiro, RJ, 1983, pg. 151.

[10] HUME, David, Investigações Sobre o Entendimento Humano e Sobre os Princípios da Moral, Fundação Editora UNESP, São Paulo, SP, 2003, pg. 11.

[11] LEBELL, Sharon, Epicteto – A Arte de Viver, GMT Editores, Rio de Janeiro, RJ, 2018, pg. 93.

[12] Deixo de referir a obra na qual li essa bela frase do poeta e acadêmico, porque o foi em livro que há muito tempo tomei emprestado não lembro de quem. De toda sorte, estou convencido de que isso não diminuirá o meu trabalho nem a reconhecida importância do letrado e imortal recifense.

[13] GOLDING, Willian, Senhor das Moscas, Editora Schwarcz S. A., Rio de Janeiro, RJ, 2021, pg. 139.

[14] Fiz do meu jeito.

[15] VERÍSSIMO, Érico, Solo de Clarineta, Cia. das Letras, São Paulo, SP, 2005, pg. 5).

[16] ROBLES, Martha, Mulheres, Mitos e Deusas, Editora Aleph, São Paulo, SP, 2019, pg. 258.

[17] BALZAC, Honoré de, A Mulher de Trinta Anos, Editora Schwarcz S. A., São Paulo, SP, 2015, pg. 8.

[18] BACH, Richard, Fernão Capelo Gaivota, 6ª. edição., Ed. Record, Rio de janeiro, RJ. 2020, pg. 129.

[19] PUCHNER, Martin, O Mundo da Escrita, Editora Schwarcz S. A., São Paulo, SP, 2017, pgs. 22/23.

[20] PUCHNER, Martin, ob. cit. pg. 35.

[21] PUCHNER, Martin, ob. cit., pg. 87.

[22] HOBBES, Thomas, Leviatã ou Matéria, Forma e Poder de Um Estado Eclesiástico e Civil, Editora Martins Claret Ltda., São Paulo, SP, 2009, pg. 38.

[23] MONTAGNE, Michel, ob. cit. pg. 72.

[24] GOLDIN Willian, ob. cit., contracapa.

[25] Garcia, Ayrton, Curso de Direito Comercial, Editora Síntese, Porto Alegre, RS, 1981.

[26] - Aristóteles, Da Interpretação, Editora Unesp, São Paulo, SP, 2013, pg. 5.

[27] PASCAL, Blaise, Do Espírito Geométrico – Pensamentos, Editora La Fonte Ltda., São Paulo, SP, 2018, pg. 37.

[28] DESCARTES, René, Discurso do Método, L & MP Editores, Porto Alegre, RS, 2021.

[29] QUEIROS, Eça, A Relíquia, IBC – Instituto Brasileiro de Cultura Ltda., Barueri, SP, 1976, pg. 5.

[30] PERELMAN, Chain, e OLBRECHTS-TYTECA, Lucie, Tratado da Argumentação – A Nova Retórica, Editora WMF – Martins Fontes Ltda., São Paulo, SP, 2020, pg. 39.

[31] KANT, Immanuel, Crítica da Razão Pura, Editora Vozes Ltda., Petrópolis, RJ, 2012, pg. 103.

[32] Kant, Immanuel, Crítica da Razão Pura, ob. cit., pgs. 139/140.

[33] HUME, David, ob. cit., pg. 23.

[34] VALÉRY, Paul, A Arte de Pensar – Ensaios Filosóficos, Bazar do Tempo, Produções e Empreendimentos Culturais Ltda., Rio de Janeiro, RJ, 2020, pg. 224.

[35] FRANKIL, Viktor E., Em Busca de Sentido, Editora Sindonal, São Leopoldo, RS, 2019.

[36] ISHIGUR, Kazuo, O Gigante Enterrado, Editora Schwarcz S. A., São Paulo, SP, 2017, pg. 71.

[37] TURGUÊNIEV, Ivan, Primeiro Amor, Editora Sckwarcz S. A., São Paulo, SP, 2020, pg. 21.

[38] CORÇÃO, Gustavo, Lições de Abismo, Centro de Desenvolvimento Profissional e Tecnológico, Campinas, SP, 2018, pg. 138.

[39] STROGATZ, Steven, O Poder do Infinito, GMF Editores Ltda., Rio de Janeiro, RJ, 2022, pg. 273.

[40] HUIZINGA, Joham, Homo Ludens, Editora Perspectiva Ltda., São Paulo, SP, 2019, pg. 8.

[41] HUIZINGA, Johan, Nas Sombras do Amanhã, Editora & Livraria Caminhos Ltda., Goiânia, GO, 2017, pgs. 164/165.

[42] DE ASSIS, Machado, A Sereníssima República e Outros Contos, Editora FTD S. A., São Paulo, SP, 1994, pg. 9.

[43] DE LA BARCA, Calderón, A Vida é Sonho, Editora Hedra Ltda., São Paulo, SP, 2007, pg. 22.

[44] BRAGA, Antonio C., La Rochefoucauld e La Bruyère – Filósofos Moralistas do Século XVII, Editora Lafonte, São Paulo, SP, 2011, pg. 43.

[45] KRISHNAMURTI, Jiddu, A Primeira e Última Liberdade, Editora Planeta do Brasil Ltda., São Paulo, SP, 2020, pg. 80.

[46] BARSI FILHO, Luiz, O Rei dos Dividendos, GMT Editores Ltda., Rio de Janeiro, RJ, 2020, pgs. 233 e 234

[47] ERNEST, Hemingway, O Jardim do Éden, Editora Bertand Brasil Ltda., Rio de Janeiro, RJ, 2022, pg. 70. *O diálogo entre Marcela e Ronaldo, que no texto aparece com destaque, foi integralmente extraído da mesma página. nº 70, da obra identificada.

[48] MUSIL, Robert, O Homem Sem Qualidade, Editora Nova Fronteira, Rio de Janeiro, RJ. 2018, pgs. 963/964.

[49] FROMM, Erich, A Arte de Amar, Martins Editora Livraria Ltda., São Paulo, SP, 2015, pg. 32.

[50] KAFKA, Franz, O Processo, Editora Schwarcz S. A., São Paulo, SP, 2021, pg. 189.

[51] BRAGA, Antonio C., ob. cit., pg. 55

[52] CRETELLA JÚNIOR, José Júnior, Liberdades Públicas, José Bushatsky Editor, São Paulo, SP, 1974.

[53] ALIGHIERI, Dante, Banquete, Editora Lafone, São Paulo, SP, 2018, pg. 12.

[54] NOELLE-NEUMANN, Elisabeth, A Espiral do Silêncio, Editora Estudos Nacionais, Florianópolis, SC, 2017, pg. 128.

[55] KOSTERMAN, Chuck, ob. cit., pg. 91.

[56] HOBBES, Thomas, ob., cit., pg. 158.

[57] HUIZINGA, Johan, Nas Sombras do Amanhã, ob. cit.

*Não há página ou parte especial da obra para ser citada, pois só a leitura atenta e completa oportunizará entender o pensamento do escritor.

[58] ROBLES, Martha, ob. cit., pg. 349.

[59] FROMM, Erich, ob. cit., pg. 133.

[60] MUSil, Robert, ob. cit., pg. 1.140.

[61] GAY, Roxane, Má Feminista, Editora Globo S. A., Rio de Janeiro, RJ, 2021, pg. 183.

[62] DOSTOIÉVSKI, Fiódor, Noites Brancas, Ciranda Cultural Editora e Distribuidora Ltda., São Paulo, SP, 2019, pg. 57.

[63] HUME, David, ob. cit., pg. 69.

[64] HUME David, ob. cit., pg. 341.

[65] LIVIO, Mario, Deus é Matemático?, Editora Record, Rio de Janeiro, RJ, 2010, pg. 121.

[66] STROGATZ, Steven, ob. cit., pgs. 118/119.

[67] FITZGERALD, Francis Scott, Este Lado do Paraíso, Editora Best Seller Ltda., Rio de Janeiro, RJ, 2011, pg. 186.

[68] STROGATZ, Steven, ob. cit., pg. 119.

[69] CORÇÃO, Gustavo, ob. cit., pg. 82.

[70] LEBELL, Sharon, ob. cit., pgs. 83, 111 e 113.

[71] SERTILANGES, Antonio-Dalmace, A Vida Intelectual, CEDEC – Centro de Desenvolvimento Profissional e Tecnológico, Campinas, SP, 2019, pgs. 79/80.

[72] DOSTOIÉVKI, Fiódor, Gente Pobre, Ciranda Cultural Editora e Distribuidora Ltda., 2021. Pg. 43.

[73] DOSTOIÉVSKI, Fiódor, Os Irmãos Karamázov, Editora 34 Ltda., São Paulo, SP, vol. 1, pg. 383.

[74] ROSSITER, Lyle H. Dr. A Mente Esquerdista – As Causas Psicológicas da Loucura Política, Centro de Desenvolvimento Profissional e Tecnológico, Campinas, SP, 2016, pg. 325.

[75] DE MACEDO, Paulo Emílio Vauthier Borges, Hugo Grócio e o Direito: O Jurista da Guerra e da Paz, Livraria Editora Lumen Juris Ltda., Rio de Janeiro, RJ, 2021, pg. 53.

[76] DELAP, Lucy, Feminismos – Uma História Global, Editora Schwarcz S. A., São Paulo, SP, 2022, pg. 30.

[77] NIETZSCHE, Friedrich, Além do Bem e do Mal, Edipro, Bauru, SP, 2019, pg. 28.

[78] CORÇÃO, Gustavo, Ob. cit. pg. 217.

[79] SÊNECA, Lucio Aneu, Editora Schwarcz S. A., São Paulo, SP, 2017, pg. 44.

[80] STROGATZ, Steven, ob. cit., pg. 59.

[81] MONTAIGNE, Michel, ob. cit., pg. 59

[82] MONTAIGNE, Michel, ob. cit., pg. 59

[83] DOSTOIÉVSKI, Fiódor, Os Irmãos Karamázon, Editora 34 Ltda., São Paulo, SP, 2008, vol. 2, pg. 720/721.

[84] CHOPRA, Deepk, cb. Cit. pg. 56.

[85] MONTAIGNE, Michel de, ob. cit. pg. 82.

[86] SIDEKUM, Antonio, Interpelação Ética, Editora Nova Harmonia Ltda., São Leopoldo, RS, 2003, pg. 55 e 63.

[87] BIRD, Colin, Introdução à Filosofia Política, Madras Editora Ltda., São Paulo, SP, 2011, pg. 203.

[88] BRAGA, Antonio C., ob. cit., pg. 62.

[89] PLATÃO, A República, Editora Edipro, São Paulo, SP, 2019, pg. 59.

[90] BIRD, Colin, ob. cit. *Inexiste página do livro de Colin a ser aqui referida; mas o conjunto da obra comprova a afirmativa acima exposta.

[91] Revista Veja, ed. Abril, edição 2326, ano 46, Nº 25, 19 de junho de 2013, pg. 27.

[92] SHEAKESPEARE, Willian, A Tempestade, ob. cit.., pg. 125.

[93] EKSTEINS, Mordis, A Sagração da Primavera, CEDEC – Centro de Desenvolvimento Profissional e Tecnológico, Campinas, SP, 2021, pg. 176;

[94] BECCARIA, Cesare, Dos Delitos e das Penas, Editora Edipro Edições Profissionais Ltda., São Paulo, SP, 2015, pg. 8.

[95] HORÁCIO, Epístolas – 1.11.27.

[96] PLATÃO, A República, ob. cit., pg. 341.

[97] ATWOOD, Margaret, O Conto da Aia, Editora Rocco Ltda., Rio de Janeiro, RJ, 2017, pg. 230.

[98] CAMPANELLA, Tommaso, Apologia de Galileu, Editora Hedra Ltda., São Paulo, SP, 2007, pg. 54.

[99] FROMM, Erich, ob. cit.

[100] KANT, Immanuel, Crítica da Razão Prática, Editora Vozes Ltda., Petrópolis, RJ, 2016, pg. 41.

[101] HUÍZINGA, Johan, Homo Ludens, Editora Perspectiva Ltda., São Paulo, SP, 9ª edição, 1ª reimpressão, pg. 93.

[102] MUSIL, Robert, Ob. cit., pgs. 432/433;

[103] WOOLF, Virginia, Orlando, Editora Schwarcz S. A., São Paulo, SP, 2014, pg. 253.

[104] SARTRE, Jean-Paul, Sartre – Vida e Pensamentos, Editora Martins Claret Ltda., São Paulo, SP, 1998, pg. 128.

[105] VALERY, Paul, ob. cit., pg. 42.

[106] STROGATZ, Steven, Ob. cit., pgs. 307/312.

[107] LÍVIO, Mario, Deus é Matemático?, Editora Record, Rio de Janeiro, RJ, 2010, pg. 27.

[108] BACON, Francis, Da Proficiência e o Avanço do Conhecimeno Divino e Humano, Madras Editora Ltda., São Paulo, SP, 2006, pg. 56.

[109] Revista Veja, Ed, Abril, edição 2.173, ano 43, Nº 28, 14/06/2010, pg. 21.

[110] Não há nada após a morte, a morte não é nada.

[111] PERELMAN, Chaïm e OLBRECHTS-TYTECA, Lucie, Tratado da Argumentação – A Nova Retórica, Editora WMF Martins Fontes Ltda., São Paulo, SP, 2020, pg. 216.

[112] CHOPRA, Deepak, ob. cit., pg. 37.

[113] CHOPRA, Deepak, ob. cit., pg. 42.

[114] AGOSTINHO, Santo, Confissões – Livros I a VIII, Editora Petra, Rio de Janeiro, RJ, 2020, pgs. 233/234.

[115] O' CONNOR, Flanery, Um Homem Bom é Difícil de Encontrar, Editora Nova Fronteira Participações S. A. Rio de Janeiro, RJ, 1983, pgs. 56/57.

[116] STEPHEN, Alain, Filosofia para Apressadinhos, Editora Pensamento Cultrix Ltda., São Paulo, SP, 2016, pg. 127.

[117] SÊNECA, Lucio Aneu, ob. cit., pgs. 10, 11, 19 e contracapa.

[118] HUME, David, ob., cit.., pg. 160.

[119] ROBBES, Thomas, ob., cit., pg. 476.

[120] SHOPENHAUER, Arthur, Sobre a Morte, Editora WMF Martins Fontes Ltda., São Paulo, SP, 2020, pg. 3.

[121] MARX, Karl e ENGELS, Friedrich, Manifesto do Partido Comunista, Edipro, São Paulo, SP, 2020, pg. 28.

[122] CÍCERO, Velhice Saudável O Sonho de Cipião, Editora Escala, São Paulo, SP, pg. 65 * Não consta na ficha editorial o ano da publicação da obra.

[123] GAARDER, Jostein, O Mundo de Sofia, Editora Schwacz S. A., São Paulo, SP, 2021, pgs. 488/489.

[124] MUSI, Robert, ob. cit. pg. 1.234.

[125] GROEN, Hendrik, Tentativas de Fazer Aldo da Vida, Editora Planeta do Brasil, São Paulo, SP, 2016, pg. 241.

[126] Expressão apropriada do autor acima citado.

[127] GAARDNER, Jostein, ob. cit., pgs. 17 e 247.

[128] Observação feita pelo autor acima citado.

[129] CORÇÃO, Gustavo, ob. cit. pg. 190.

[130] HIZINGA, Johan, Homo Ludens, ob. cit., pg. 203.

[131] SHOPENHAUER, Arthur, As Dores do Mundo, Edipro, São Pulo, SP, 2014, pg. 31.

[132] VOLTAIRE, Tratado Sobre a Tolerância, Editora Lafonte Ltda., São Paulo, SP, 2017.

[133] FRONN, Eric, A Arte de Amar, Martins Editora Livraria Ltda., São Paulo, SP, 2015, pgs. 19/20.

[134] ARANTES. Ana Claudia Quitanda, A Morte é Um Dia que Vale a Pena Viver, GMT Editores, Rio de Janeiro, RJ, 2016, pg. 48.

[135] GRAMSCI, Antonio, Americanismo e Fordismo, Editora Hedra Ltda., São Paulo, 2008, pg. 36.

[136] De ASSIS, Machado, ob. cit., pg. 46.

[137] HICKS, Stephen, R. C., Faro Editorial, Alphavile, Barueri, SP, 2021.

[138] Hypokrinein, em grego.

[139] BARBOSA, Ruy, Oração aos Moços, Edipo Edições Profissionais Ltda. São Paulo, SP, 2021, pgs. 35/36.

[140] DMITRI, Vologonov, Os Sete Chefes do Império Soviético, Editora Nova Fronteira, Rio de janeiro, RJ, 2008, pg. 397.

[141] ENGELS, Friedrich, Do Socialismo Utópico, Editora Edipro Edições Profissionais, São Paulo, SP, 2020, pg. 57.

[142] DI C ESARE, Donatella, O Complô no Poder, Editora Âynê, Belo Horizonte, MG, 2022, pg. 84.

[143] A célebre frase de Martin Luther King é mais completa, segundo se poderá pesquisar e confirmar: *"O que me preocupa não é nem o grito dos corruptos, dos violentos, dos desonestos, dos sem caráter, dos sem ética...O que me preocupa é o silêncio dos bons."*

[144] PELREMAN, Chain e OLBRECTS-TYECA, Lucie, ob. cit., pg. 68.

[145] BIRD, Colin, ob. cit. pg. 226.

[146] MARX, Karl e ENGELS, Friedrich, Manifesto do Partido Comunista, Edipro, São Paulo, SP, 2020, pg. 66.

[147] Ibid, em várias passagens.

[148] HUIZINGA, Johan, Homo Ludens, ob. cit., pg. 93.

[149] MARX, Karl, O Capital, ob. cit., pg. 269.

[150] NIETZCHE, Friedrich, Assim Falou Zorastruta, Editora Schwarcz S. A., São Paulo, SP, 2020, pg. 46.

[151] VOLKOGONOV, Dmitri, Os Setes Chefes do Império Soviético, Editora Nova Fronteira S. A., Rio de Janeiro, RJ, 2008, pg. XIV do prólogo.

[152] MAQUIAVEL, O Príncipe – Comentários de Napoleão Bonaparte, Ed. Hemus S. A., 2002, pg. 132.

[153] DESCARTES, René, Meditações Metafísicas, Editora Edipro Edições Profissionais Ltda., São Paulo, SP, 20116, pgs. 8 e 37.

[154] GIBRAN, Kalil, O Profeta, Editora Planeta, São Paulo, SP, 2013, pg. 57.

[155] ARISTÓTELES, Política, Editora Edipro Edições Profissionais Ltda., São Paulo, SP, 2019, pgs. 75/76.

[156] BRANCACCI, Aldo, Oikeios Logos – Linguagem, Dialética e Lógica de Antístenes, Editora PUC, Rio de Janeiro, RJ, 2019, pg. 44.

[157] MARLOVE, Cristopher, A História Trágica do Doutor Fausto, Editora Hedra Ltda., São Paulo, SP, 206, pgs. 109/110.

[158] CRETELLA JR., José, Liberdades Públicas, Livraria Editora Jurídica José Bushatsky Ltda., São Paulo, SP, 1974, pg. 68.

[159] MARX. Kal, O Capital, ob. cit., pg. 206.

[160] MARX, Karl, O Capital, ob. cit., pg. 168.

[161] Pubio Virgílio Maro, foi poeta romano clássico.

[162] Arqueronte é um rio grego.

[163] BACON, Francis, ob. cit. pg. 70.

[164] BACON, Francis, ob. cit., pg. 70.

[165] HUZINGA, Johan, Nas Sombras do Amanhã, ob. cit., pg. 168.

[166] HILL, Napoleon, Mais Esperto Que o Diabo, Citadela Grupo Editorial, Porto Alegre, RS, 2014, pg. 134.

[167] FRANKL, Viktor E., Sobre o Sentido da Vida, ob. cit., pg. 36.

[168] ARISTÓTELES, Política, ob. cit., pgs. 217/218.

[169] BACON, Francis, ob. cit., pg. 208.

[170] YGASSET, José Ortega, A Rebelião das Massas, CEDET – Centro de Desenvolvimento Profissional e Tecnológico, Campinas, SP, 2016, pg. 143.

[171] Y GASSET, José Ortega, ob. cit., pg. 149.

[172] CASSIRER, Ernest, A Questão Jean-Jacques Rousseau, Fundação Editora da UNESP, São Paulo, SP, 1997, pgs. 32/33.

[173] CASSIER, Ernst., ob. cit., pg. 58.

[174] LLOYD'S GRATER BRITAIN PUBLISCHING COMPANY, Impressões do Brasil no Século XX – Seo Povo, Commercio, Industrias e Recursos, Editor brasileiro Joaquim Eulalio, 1913 e DUPUY, Daniel Hammerly, O Mundo do Futuro? Casa Publicadora Brasileira, Santo André, SP, 3 volumes.

[175] Y GASSET, José Ortega, ob. cit., pg. 221.

[176] PONDÉ, Luiz Felipe, Crítica e Profecia p A Filosofia da Religião em Dostoiévski, Texto Editores Ltda., São Paulo, SP, 2013, pg. 239.

[177] VOLTAIRE, ob. cit., pg. 41.

[178] DOSTOIÉVSKI, Fiódor, Gente Pobre, ob. cit., pg. 40.

[179] BALBUREY, Ray, Fahrenheit, 451, Editora Globo, Rio de Janeiro, RJ, 2010, pg. 42.

[180] ALIGHIERI, Dante, ob. cit., pgs. 14 e sgts.

[181] AGOSTINHO, Santo, Confissões, livros I a VII, manifestação de PONDRÉ, Luiz Felipe, O Olhar da Graça, ob. cit. pg. 12.

[182] GANDHI, Mahatma, A Roca e o Calmo Pensar, Palas Atenas Editora, São Paulo, SP, 2020, pgs. 17/18.

[183] GANDI, Mahatma, ob. cit., pgs. 41 a 45.

[184] DESCARTES, René, Meditações Metafísicas, ob. cit., pg. 76.

[185] JOYCE, James, Retrato do Artista Quando Jovem, Editora Nova Fronteira Participações S. A., Rio de Janeiro, RJ, 2017, pgs. 118 a 129.

[186] CHINIQUY, Carlos, O Padre, a Mulher e o Confissionário, Empreza Lux, Lisboa Portugal, 3ª edição, pg. 1.

[187] EKSTEINS, Modris, ob. cit., pg. 174.

[188] - DUMAS, Alexandre Filho, A Dama das Camélias, Editora Martin Claret Ltda., São Paulo, SP, 2023, pg. 167 e 168.

[189] ATWOOD, Margaret, O Conto da Aia, Editora Rocco Ltda., Rio de Janeiro, RJ, 2017, pg. 195.

[190] WOLLSTONECRAFT, Mary, Reivindicação dos Direitos da Mulher, Boitempo – Jinkings Editores Ltda., São Paulo, SP, 2021, pg. 100.

[191] STROHMEYR, Armin, Dez Mulheres Filósofas, Editora Record, Rio de Janeiro, RJ, 2022, pg. 28.

[192] ROBLES, Marta, ob. cit., pg. 251.

[193] STROHEMEYR, Armin, ob. cit., pg. 22.

[194] MONTAIGNE, Michel de, ob. cit. pg. 107.

[195] DE ASSIS, Machado, Dom Casmurro, Escala Educacional, São Paulo, SP, 2008, pg. 94.

[196] EKSTEIN, Modis, A Sagração da Primavera, ob. cit., pg. 62.

[197] ATWOOD, Margaret, ob. cit., pg. 196.

[198] MIL, Johan Stuart, A Sujeição das Mulheres, Editora Lafonte Ltda., São Paulo, SP, 2019, pg. 8.

[199] DELAP, Luci, ob. cit., pg. 11.

[200] ROBLES, Martha, ob. cit., pg. 497.

[201] ROSSITER, Lyle H. Dr., ob. cit. pg. 478.

[202] Bobbio, Norberto, Elogio da Serenidade, Editora Unesp, São Paulo, SP, 2011, pgs. 115/116.

[203] ROBLES, Martha, ob. cit., pg. 14 e 19.

[204] ROBLES, Martha, ob. cit., pg. 174.

[205] MILL, Johan Stuart, ob. cit., pg. 63.

[206] SÊNECA, Lúcio Aneu, ob. cit., pg. 39.

[207] SHAFFER, Andrew, Os Grandes Filósofos Que Fracassaram no Amor, Texto Editores Ltda., São Paulo, SP, 2012, pgs. 25/26.

[208] DELAP, Lucy, ob. cit.

[209] PATOU-MATHIS, Marilène, O Homem Pré-Histórico Também éMulher – Uma História da Invisibilidade das Mulheres, Editora Rosa dos Tempos, Rio de Janeiro, 2022, pg. 13.

[210] PATOU-MATHIS, Marilène, ob. cit., pgs. 157/158.

[211] PATOU-MATHIS, Marilène, ob. cit., pg. 273.

[212] STROHMEYR, Armin, ob. cit., pg. 10.

[213] ROBLES, Martha, ob. cit., pgs. 235 e 237.

[214] STROHMER, Armin, ob. cit., pg. 68.

[215] ETÉS, Clarissa Pinkola, A Ciranda das Mulheres Sábias, Editora Rocco Ltda., Rio de Janeiro, 2007, primeira aba.

[216] STROHMEYER, Armin, ob. cit., em diversas passagens.

[217] STROHMEYER, Armin, ob. cit., pg. 251).

[218] MURDOCK, Maureen, A Jornada da Heroína, GMT Editores Ltda., Rio de Janeiro, RJ, 2020, pg. 30.

[219] ROVERE, Maxime, Arqueofeminismo – Mulheres Filosóficas e Filósofos Feministas – Séculos XVI e XVII, n-1 Edições, São Paulo, SP, 2019, pg. 7.

[220] MURDOCK, Maureen, ob. cit., pg. 39.

[221] ROVERE, Maxime, ob. cit., pgs. 15/16.

[222] MURDOCK, Maureen, ob. cit., pg. 117.

[223] ARAÚJO, Iron Mendes e ARAÚJO, Iron Mendes Júnior, Mulheres Filósofas, Editora e Livraria Appris Ltda., Curitiba, PR, 2020, pg. 28.

[224] Gay, Roxane, ob. cit., pgs. 57/58.

[225] WOLLSTONECRAFT, Mary, Reivindicação dos Direitos da Mulher, ob. cit., pg. 39.

[226] BENHABIB, Seyla; BUTLER, Judith; CORNELL, Drucilla; FRASER, Namci, Debates Feministas – Um Intercâmbio Filosófico, Fundação Editora da Unesp (FEU), São Paulo, SP, 2019, pgs. 42 e ouras e, 85).

[227] Benhabib, Seyla e outros acima nomeados, ob. cit. pg. 136.

[228] HUME, David, ob. cit., pg.431.

[229] BOÉCIO, A Consolação da Filosofia, Editora WMF Martins Fontes Ltda., São Paulo, SP, 2021, pg. 66.

[230] GOLFFMAN, Erving, Manicômios, Prisões e Conventos, Editora Perspectiva Ltda., São Paulo, SP, 2015, pg. 104.

[231] STEPHEN, Alain, ob. cit., pg. 38.

[232] HUGO, Vitor, ob. cit.,, pg. 70.

[233] PROUST, Marcel, O Fim do Ciúme e Outros Contos, L&PM Editores, Porto Alegre, RS, 2017, pg. 30.

[234] TOSTÓI, Lev, O Diabo e Outras História, Editora Schwarcz S. A., São Paulo, SP, 2020, pgs. 159/160.

[235] MUSI, Robert, ob. cit., pgs. 120/121.

[236] ROUSSEAU, Jean-Jacques, As Confissões, Editora Nova Fronteira Participações S. A., Rio de Janeiro, RJ, 2018, pg. 44.

[237] SHOPENHAUERM Arthur, As Dores do Mundo, ob. cit., pg. 29.

[238] Smith, Adam, Os Economistas, Editora Nova Cultura, São Paulo, SP, 1996, Vol. II, pg. 357.

[239] SANDEL, Michel J., Justiça – O Que é Fazer a Coisa Certa, Editora Civilização Brasileira, Rio de Janeiro, RJ, 2009, pg. 25.

[240] SANDEL, Michel J., ob. cit., pgs. 135/136.

[241] HUIZINGA, Johan, Nas Sombras do Amanhã, Editora & Livraria Caminhos Ltda., ob. cit., pg. 58.

[242] GIBRAN, Khalil, ob. cit., pg. 43.

[243] KLASTERMAN, Chuck, ob. cit., pgs. 145/146.

[244] MAQUIAVEL, A Arte da Guerra, Editora Lafonte, São Paulo, SP, 2021, pg. 107.

[245] PELERMAN, Chaïn e OLBRECHTS-TYTECA, Lucia, ob. cit., pg. 397.

[246] BRANCACCI, Aldo, ob. cit., pgs. 75 e sgts.

[247] HUIZINGA, Johan, Nas Sombras do Amanhã, ob. cit., pg. 69.

[248] DE JESUS, Carolina, Quarto de Despejo, Editora Ática S/A, São Paulo, SP, 1993, pg. 29.

[249] Bird, Colin, ob. cit.

[250] DE BERNARD, François, O Governo da Pobreza, Editora Nova Harmonia Ltda., São Leopoldo, RS, 2022, pg. 7.

[251] SHAKESPEARE, Willian, O Rei Lear, L & PM Editores, Porto Alegre, RS, 1997, pgs. 55. 65/66.

[252] DOSTOIÉVISKI, Fiódor, Crime e Castigo, Ciranda Cultural Editora e Distribuidora Ltda., 2020, pg. 15.

[253] FRANKL, Viktor, Sobre o Sentido da Vida, ob. cit., pgs. 41/42.

[254] CHAFFER, Andrew, ob. cit., pg. 21.

[255] SHOPENHAUER, Arthur, As Dores do Mundo, ob. cit., pg. 25.

[256] WOOLF, Virginia, Um Teto Todo Seu, Editora Nova Fronteira Participações S. A., Rio de Janeiro, RJ, 2019, pgs. 22 e 27.

[257] Queirós, Eça, ob. cit., pg. 30.

[258] EKSTEINS, Modris, ob. cit., pg. 230.

[259] EKSTEINS, Modris, ob. cit., pg. 230

[260] MAKSIM, Górki, Pequeno-Burgueses, Editora Hedra Ltda., São Paulo, 2015, pg. 66.

[261] DIDEROT, Denis, O Sobrinho de Romeau, Editora Escala, São Paulo, SP.

[262] DESCARTES, René, Meditações Metafísicas, ob. cit., pg. 78.

[263] SHAKESPEARE, Willian, Otelo, ob. cit., pg. 86.

[264] NESBO, Jo, O Filho, Editora Record Ltda., Rio de Janeiro, RJ, 2014, 413.

[265] HARARI, Yuval Hoal, Homo Deus – Uma Breve História do Amanhã, Companhia das Letras, São Paulo, SP, 2016, pg. 313.

[266] VON GOETHE, Johan, Wolfgang, Editora Schwarcz S. A, São Paulo, SP, 1971, pgs., 2133/214.

[267] SARTRE, Jean-Paul, ob. cit., pg. 7.

[268] Musil, Robert, ob. cit., pgs. 745/746;

[269] NIETZSCHE, Friedrich, Assim Falou Zaratustra, ob. cit., pg. 62.

[270] AUSTEIN, Jane – Orgulho e Preconceito, in BACKHOUSE, Stephen, Kierkegaard – Uma Vida Extraordinária, Vida Melhor Editora Ltda., Rio de Janeiro, RJ, 2019, pg. 7.

[271] SARTRER, Jean-Paul, ob. cit., pg. 127.

[272] SARTRER, Jean-Paul, ob. cit., pg. 31.

[273] ALIGHIERI, Dante, ob. cit., pg. 91.

[274] SCHOPENHAUER, Arthur, As Dores do Mundo, ob. cit., pg. 42.

[275] SHOPENHAUER, Arthur, As Dores do Mundo, ob. cit., pgs. 43 e 51.

[276] SHOPENHAUER, Arthur, AS Dores do Mundo, ob. cit., pgs. 52 e 65;

[277] ROUSSEAU, Jean-Jacques, As Confissões, ob. cit., pg. 24.

[278] HEMINGWAI, Ernest, ob. cit., pg. 307.

[279] BALZAC, Honoré, ob. cit., pg. 12.

[280] SHEACKESPEARE, Willian, ob. cit., pg. 135.

[281] NOELLE, Neumann, ob. cit., pg. 100.

[282] STEPHEN, Alain, ob. cit., pg. 39.

[283] DOSTOIÉVSKI, Fiódor, O Jogador, L & PM Editores, Porto Alegre, RS, 2021.

[284] NOELLE-NEUMANN, Elisabeth, ob. cit., pg. 142.

[285] BOÉCIO, ob. cit., pg. 5.

[286] MAQUIAVEL, ob. cit., pg. 74.

[287] DOSTOIÉVSKI, Fiódor, Os Irmãos Karamázon, ob. cit. vol. 1, pg. 34.

[288] NIETZSCHE, Friederich, Assim Falou Zaratustra, ob. cit.

[289] PATERMAN, Carole, O Contrato Social, Editora Paz e Terra, São Paulo, SP, 2020, pgs., 69, 81, 82, 83, 87, 99 e 154.

[290] PATERMAN, Carole, ob. cit., pgs. 251, 261, 264 e 298.

[291] PATOU-MATHIS, Marilène, ob. cit., pgs. 16, 76 e 77.

[292]

[293] DE BEUAVOIR, Simone, A Força da Idade, Editora Nova Fronteira Participações S. A., Rio de Janeiro, 2018, pg. 121.

[294] Von Gothe, Johann Wolfgang, As Afinidades Eletivas, Editora Schwarcz S. A. São Paulo, SP, 1971, pg. 179.

[295] ROBLES, Martha, ob. cit., pg. 541;

[296] MAQUIAVEL, ob. cit., pag. 141.

[297] MAQUIAVEL, ob. cit., pg. 87.

[298] Von Goethe, Johann Wolfgangh, ob. cit., pg. 133 e outras tantas.

[299] DE ASSIS, Machado, Dom Casmurro, ob. cit., pg. 56.

[300] - SHEAKESPEARE, Willian, Otelo, ob. cit., pg. 81.

[301] DOSTOIÉVSKI, Fiódor, O Eterno Marido, Editora Schwarcz S. A., São Paulo, SP, 2018.

[302] TURGUÊNIEV, Ivan, ob. cit., pg. 51.

[303] WOOLF, Virginia, Orlando, ob. cit., pg. 104.

[304] TURGUÊNIEV, Ivan, ob. cit., pg. 104.

[305] BALZAC, Honoré, ob. cit., pgs. 78/79.

[306] KAFKA, Franz, A Metamorfose, Editora Planeta do Brasil Ltda., São Paulo, SP, 2019, pgs. 13 a 21.

[307] DE BEAUVOIR, Simone, ob. cit., pg. 342.

[308] DE BEAUVOIR, Simone, ob. cit., pg. 318.

[309] DOSTOIÉVSKI, Fiódor, OS Irmãos Karamázov, ob. cit., vols. 1 e 2.

[310] BOBBIO, Norberto, ob. cit., pg. 41.

[311] PERELMAN, Chain e OLBRECHTS-TYTECA, Lucia, ob. cit. pg. 48.

[312] GORKI, Markisim, ob. cit,, pg. 126.

[313] LEBEL, Sharon, Epicteto – A Arte de Viver, ob. cit., pg. 58.

[314] NESBO, Jo, ob. cit., pg. 413;

[315] PERELMAN, Chain, e OLBRECHTS-TYTECA, Lucie, ob. cit., pg. 231.

[316] STEPHEN, Alain, ob. cit., pg. 96.

[317] BENSON, Robert Hugh, O Senhor do Mundo, Editora Sétimo Selo, Campinas, SP, 2021, pg. 229.

[318] ARMIN, Strohmeyr, ob. cit., pg. 190.

[319] CAMPANELLA, Tommaso, ob. cit., pgs. 38, 39 e 47.

[320] GRAMSCI, Antonio, ob. cit., pg. 43.

[321] Ibid, pg. 48.

[322] CÍCERO, As Catilinárias, Edipro Edições Profissionais Ltda., São Paulo, SP, 2019, pg. 20.

[323] Ibid, pg. 55.

[324] CÍCERO, A Velhice Saudável – O Sonho de Cipião, ob.cit., pg. 35.

[325] MAQUIAVEL, A Arte da Guerra, ob. cit., pg. 169.

[326] ATYLOR, Jordyn, O Diário de Paris, Buzz Editora Ltda., São Paulo, SP, 2022, pgs. 88/90.

[327] LIVIO, Mário, ob. cit., pg. 41.

[328] ALIGHIERI, Dante, ob. cit., pg. 53.

[329] ARISTÓTELES, Da Interpretação, ob. cit., pgs. 3 e 82: Comentários de José Veríssimo Teixeira da Mata.

[330] PASCAL, Blaise, ob. cit., pgs. 48/49.

[331] DE ASSIS, Machado, Quincas Borba, ob. cit., pg. 14.

[332] BECCARIA, Cesare, ob. cit., pg. 20.

[333] GOLFMANN, Ervin, ob., cit., pg. 24.

[334] O'CONNOR, Flannery, ob. cit., pgs. 11 a 27.

[335] FASSIN, Didier, PUNIR – Uma Paixão Contemporânea, Editora Ayné, Belo Horizonte, MG, 2021.

[336] FASSIN, Didier, Punir – Uma Paixão Contemporânea, Editora Ayné, Belo Horizonte, MG, 2021, pag. 169.

[337] FASSIN, Didier, ob. cit., pgs. 59/60.

[338] DIDIER, Fassin, ob. cit., pg. 65.

[339] FASSIN, Didier, ob., cit., pg. 83.

[340] GOLFMANN, Ervin, Manicômios, ob. cit., pg. 33.

[341] BECCARIA, Cesare, ob. cit., pgs. 79 e 88.

[342] HICK, Stephen, ob. cit., pg. 10.

[343] SHOPENHAUER, Arthur, As Dores do Mundo, ob. cit., pg. 121.

[344] NESBO, Jo, ob. cit., pg. 65.

[345] HUME, David, ob. cit., pg. 294.

[346] FOUCOUT, Michel, ob. cit., pg. 225.

[347] FOUCOUT, Michel, ob. cit., pg. 248.

[348] BECCARIA, Cesare, ob. cit., pg. 97.

[349] MUSIL, Robert, ob. cit., pg. 781.

[350] VOLTAIRE, ob. cit., pg. 9.

[351] PEREIRA, Marcos e BECCARIA, Cesare, Percursores do Direito Penal Moderno, Editora Lafonte, São Paulo, SP, 2011, pg. 11.

[352] MATOS, Erica do Amaral, Cárcere & Trabalho, Revista dos Tribunais, São Paulo, SP, 2020, pg. 15.

[353] Ibid, pgs. 176/177.

[354] FOUCAUT, Michel, Vigiar e Punir – Nascimento da Prisão, Editora Vozes Ltda., Petrópolis, RJ, 1997, pgs. 52, 251/252.

[355] LUCADO, Max, Você Vai Sair Dessa!, Vida Melhor Editora Ltda., Rio de Janeiro, RJ,. 2013, pgs. 59/60.

[356] STROGATZ, Steven, ob. cit., pgs. 44/47

[357] SANTO, Agostinho, Confissões, Livro I a VIII, ob. cit., pg. 20.

[358] SMITH, Adam, Os Economistas, Editora Nova Cultural, São Paulo, SP, 1996, vol. II, pg. 105.

[359] Ibid, pg. 55.

[360] ROBLES, Martha, ob. cit., pg. 349.

[361] SHAKESPEARE, Willian, ob. cit., pg. 55.

[362] ZWEIG, Stefan, Brasil – Um País do Futuro, L&PM Editores, Porto Alegre, RS, 2013, pg. 85.

[363] GOFFMAN, Ervin, ob. cit., pg. 32.

[364] BLY, Nellie, Dez Dias Num Hospício, Editora Fósforo, São Paulo, SP, 2021, pg. 105.

[365] MUSIL, Robert, ob. cit., pgs. 255/256.

[366] STRINDLBERG, Inferno, Editora Hedra Ltda., São Paulo, SP, 2010, pg. 154.

[367] GOLFFMAN, Ervin, ob. cit., pgs. 112 e 247.

[368] BLY, Nellie, ob. cit.

[369] Ibid, pg. 92.

[370] VON GOETHE, Johan Wolfgang, ob. cit., pg. 27.

[371] KANT, Immanuel, Crítica da Razão Prática, ob. cit., pgs. 49 e 51.

[372] Vídeo do filme Assim é a Vida, de Jeadmiral – Hauser – Caroline Campbell/Sinfônica de Varsóvia – Giambatista e Ernesto de Curtis.

[373] SMITH, Will, Will, Editora Best Seller Ltda., Rio de Janeiro, RJ, 2021, pgs. 178 e 183.

[374] MUSIL, Robert, ob. cit., pg. 757.

[375] DUPUY, Daniel Hammerly, ob. cit., pg. 42.

[376] PASCAL, Blaise, ob. cit., pg. 14.

[377] ORWELL, Jorge, 1984, Editora Schwrarz, São Paulo, SP, 2003, pg. 82.

[378] 1984 é uma metáfora criada por Jorge Orwell, na qual um homem, sozinho, desafia uma cruel ditadura comunista.

[379] DOSTOIÉVSKI, Fiódor, Gente Pobre, ob. cit., pg. 84.

[380] STRINDBERG, ob. cit., pgs. 103/104.

[381] LYLE, Rossiter, ob. cit., pgs. 27/28.

[382] CONTE, Auguste, Discurso Sobre o Espírito Positivo, Editora Lafonte Ltda., 2020, pg. 31.

[383] COMTE, Auguste, ob. cit.,, pgs. 31/32.

[384] MAQUIAVAL, A Arte da Guerra, ob. cit., pg. 47.

[385] Lebell, Sharon, ob. cit. pgs. 51 e 80.

[386] DE ASSIS, Machado, Dom Casmurro, ob. cit., pg. 102.

[387] ESTÉS, Clarissa Pinkola, ob. cit., pg. 31.

[388] CAMPANELLA, Tommasco, ob. cit., pg. 58.

[389] BIRD, Colin, ob. cit., pgs. 41/42.

[390] BRIGHTON, Henry e HOWARD, Selina, Entendendo Inteligência Artificial, Texto Editores Ltda., São Paulo, SP, 2014, pg. 9.

[391] BRIGHTON, Henry e HOWARD, Selina, ob. cit., pg. 128.

[392] O homem é o lobo do próprio homem.

[393] SANDEL, Michael, J., ob. cit., pg. 48.

[394] SÊNECA, ob. cit., pg. 42.

[395] BIRD, Colin, ob. cit., pg. 200.

[396] O homem que medita é um animal depravado.

[397] CASSIRER, Ernst, ob. cit., pg. 18.

[398] Historiador e crítico literários francês falecido no início do século passado.

[399] CASSIRER, Ernst, ob. cit., pg. 23.

[400] DE LA BARCA, Calderón, ob. cit.

[401] CASSIER, Ernst, ob. cit., pg. 34.

[402] LEE, Fa-Fu, Inteligência Artificial, Editora Globo S. A., Rio de Janeiro, RJ, 2019, pg. 210.

[403] COMTE, Auguste, ob. cit., pg. 75/76.

[404] GAY, Roxane, ob. cit., pg. 112.

[405] GASSET. José Ortega Y, ob. cit., pg. 159.

[406] MUSSIL, Robert, ob. cit., pg. 444

[407] ROUSSEAU, Jean-Jacques, As Confissões, ob. cit., pg. 263.

[408] AGOSTINHO, Santo, Confissões, Livros I a VIII, ob. cit., pg. 200.

[409] GANDHI, Mahatma, ob. cit., pg. 23.

[410] WOOLF, Virginia, Um Teto Todo Seu, ob. cit., pgs. 20 e 70.

[411] CHAIN, Perelman e OLBRECHTS-TYTECA, Lucie, Tratado da Argumentação – A Nova Retórica, ob. cit., pgs., 29, 34 e 46.

[412] NIETZSCHE, Friederich, Assim Falou Zaratustra, ob. cit.

[413] PUCHNER, Matin, ob. cit., pgs. 230, 378 e 385.

[414] Stepehn Backhouse, ob. cit., pg. 113.

[415] BRAGA, Antonio C., ob. cit., pg. 89.

# ABOUT THE AUTHOR

## Ayrton Sanches Garcia

Ayrton Sanches Garcia nasceu na cidade de Pelotas, RS, em 03 de dezembro de 1942. Desde os 3 anos de idade, por contingências de interesse familiar, mudou-se para a cidade do Rio Grande, RS. Lá, cursou Contabilidade, em nível de ensino médio e, Direito, na Fundação Universidade do Rio Grande - nesta última, se profissionalizando como advogado e professor. Durante mais de 45 anos exerceu a advocacia como profissional liberal nas áreas do Direito Civil, Empresarial e do Trabalho. Ainda na advocacia foi contrato para a atividade de procurador jurídico da Sociedade Educacional Noiva do Mar de Rio Grande, RS e, da Sociedade Educacional Noiva do Mar de Pelotas, RS. Também foi contrato como advogado do Sindicato dos Trabalhadores Ruais de Rio Grande, RS; procurador jurídico da Sociedade Educacional Atlântico Sul; aprovado em processo seletivo para o cargo de professor de Direito, da Faculdades Atlântico Sul, todos em Rio Grande, RS; em tal época foi agraciado com Diploma do Mérito Atlântico Sul. Foi sócio da Associação Brasileira de Direito Marítimo – ABDM, com sede no Rio de Janeiro, RJ. No ano de 1985 participou de curso sobre Direito do Urbanismo, ministrado pelo Instituto Brasileiro de Administração Municipal - ABDM, com sede no Rio de Janeiro. Participou de curso de Introdução à Criminologia, ministrado pelo Instituto de Sociologia e Política, da Universidade Federal do Rio Grande do Sul, em Porto Alegre, RS; ainda participou de curso sobre Aspectos do Direito Penal Militar e do Direito Processual Militar, ministrado pela Fundação Universidade do Rio Grande, RS. Participou como conselheiro e julgador do pioneiro Conselho de Conciliação e Julgamento, criado pelo Poder Judiciário do Rio Grande do Sul (Juizado de Pequenas Causas), de abrangência Nacional. Foi palestrante em atividade de extensão universitária, intitulada Direito Municipalista, promovida pelo Departamento de Ciências Jurídicas, da Fundação Universidade do Rio Grande, RS. Integrou ainda a sua atividade laborativa, nomeação como escriturário do Banco Nacional do Comércio S/A e, depois, do Banco do Estado do Rio Grande do Sul S/A. Também, foi contador de S/A Cachoeirense de Fertilizantes, e Frifar – Ind. e Com., ambas com sede em Rio Grande, RS. Foi Assessor de Diretoria de Immuno S/A – Produtos Biológicos e Químicos e, contador de Latt-Mayer S/A, ambas com sede no Rio de Janeiro, RJ. Através de concurso público, foi nomeado Procurador Jurídico do Município do Rio Grande, RS., onde trabalhou por cerca de 20 anos, quando se aposentou. Ainda através de concurso público foi nomeada professor de Direito na Universidade Federal do Rio Grande, exercendo ali o magistério por cerca de 20 anos, quando igualmente se aposentou. Por ato que tributa à bondade de alunos, por mais de uma vez foi escolhido paraninfo e patrono de formandos do curso de Direito da nomeada Universidade. Lecionou ainda no Liceu Salesiano Leão XIII, Instituto Educacional Almirante Tamandaré, Ginásio do Instituto Cristo Rei, Serviço Nacional de Aprendizagem Comercial-SENAC, todos com sede em Rio Grande, RS; e, na Unidade Educacional Gama e Souza, no Rio de Janeiro, RJ. Paralelamente a isso, participou de congressos, palestras, cursos e seminários sobre Direito e temas correlatos, dentre estes, curso de pós-graduação, em nível de especialização sobre Sociedade, Política e Cultura, ministrado pela Fundação Universidade do Rio Grande. Também, participou de dois ciclos de palestras da Associação dos Diplomados da Escola Superior de Guerra – ADESG. Em 1981, após escrever o livro sobre direito comercial, teve publicada a obra de sua autoria intitulada Curso de Direito Comercial, 417 páginas, Editora Síntese Ltda., Porto Alegre, RS. Em 1995, após aprovação por conselho editorial, teve publicado no portal Âmbito Jurídico, com sede em Rio Grande, RS, trabalho sob a denominação de História do Direito Comercial, com 42 páginas. Desde o ano de 1983 integra a Academia Rio-Grandina de Letras, na condição de membro efetivo, sendo titular da Cadeira Nº 08, cujo patrono é Apolinário José Gomes Porto Alegre. Igualmente participou de coletânea de textos publicados pela Academia Rio-Grandina de Letras. Em várias oportunidades contribuiu para diversos órgãos de imprensa, como colaborador, através de artigos, editoriais e crônicas sobre o cotidiano e outros temas de interesse social. Durante os últimos dois anos, já na ociosidade que a aposentadoria lhe proporciona, dedicou-se a escrever sobre o tema que dá corpo a este livro – Marcela e Maristela; o que o levou à leitura de cerca de 250 obras, adredemente escolhidas para dar respaldo ao seu trabalho. Observou, no curso da redação dos originais deste livro, a distância que o separa daquele anteriormente por ele escrito – que, se restringindo à especial matéria de cunho científico, o redigira que fora para seleto leitor interessado, exclusivamente, naquilo que a obra rotulava na sua capa – o Direito Comercial. Já na presente obra, que trata de vários temas, mas de certo modo romanceada, lhe coube buscar recursos outros, capazes de cativar indiscriminado público interessada em ler o que nele contém.